宋 元

笔记小说

大观

上海古籍出版社
本社编

六

第六册目录

癸 辛 杂 识

[宋]周密　撰
王根林　校点

校 点 说 明

《癸辛杂识》，宋末元初人周密撰。周密（1232—1308），字公谨，号草窗，又号萧斋，著名的学者和词人。祖籍济南，北宋亡，其祖随宋室南渡居吴兴，晚年居杭州之癸辛街。先后任临安府、两浙转运司幕属、义乌令等职，入元后隐居不仕。一生著述甚富，除本书，尚有《武林旧事》、《齐东野语》、《绝妙好辞》、《草窗词》等存世。

《癸辛杂识》凡六卷，是一部以记载朝野遗事和社会风俗为主的史料笔记。内容广泛，记叙翔实，具有较高的史料价值。文中体现了作者坚持民族气节、维护祖国统一的爱国精神。

该书原先仅有钞本，后收入《稗海》和《津逮秘书》，到清代，又有《四库全书》和《学津讨原》两种版本。这次整理，以清嘉庆藏书家张海鹏"照旷阁"所刻《学津讨原》本为底本，而以其他诸本参校。凡据校本对底本所作改动，一律不出校记。又，底本中正文间有个别小字夹注，现予保留。

目　　录

癸辛杂识序

坡翁喜客谈，其不能者，强之说鬼。或辞"无有"，则曰："姑妄言之。"闻者绝倒。洪景卢志《夷坚》，贪多务得，不免妄诞，此皆好奇之过也。余卧病荒闲，来者率野人畸士，放言善谑，醉谈笑语，靡所不有。可喜可噩，以警以惧，或献一时之笑，或起千古之悲，其见绐者固不少，然求一二于千百，当亦有之。暇日萃之成编，其或独夜遐想，旧朋不来，展卷对之，何异平生之友相与抵掌剧谈哉！因窃自叹曰："是非真诞之辨，岂惟是哉？信史以来，去取不谬、好恶不私者几人，而舛伪欺世者总总也。虽然，一时之闻见，本于无心；千载之予夺，狃于私意。以是而言，岂不犹贤于彼哉？"癸辛盖余所居里云。弁阳老人周密戏书于道迩斋。

癸辛杂识前集

胎　　息

　　东坡云:养生之方,以胎息为本。此固不刊之语,更无可议。但以气若不闭,任其出入,则渺绵混濛无卓然近效,待其兀然自住,恐终无此期。若闭而留之,不过三五十息,奔突而出,虽有微暖养下丹田,此一于迂,决非延世之术。近日沉思,似有所得,盖因看孙真人养生门中《调气》第五篇,反复寻究,恐是如此。其略曰:"和神之道,当得密室闭户,安床暖席,枕高二寸半,正身偃卧,瞑目闭气于胸膈间,以鸿毛著鼻上而不动。经三百息,耳无所闻,目无所见,心无所思,则寒暑不能侵,蜂虿不能毒,寿三百六十岁。此邻于真人也。"此一段要诀,且静心细意,字字研究看。既云"闭气于胸膈中",令"鼻端鸿毛不动",初学之人,安能持三百息之久哉? 恐是元不闭鼻中气,只以意坚守此气于胸膈中,令出入息似动不动,氤氲缥缈,如香炉盖上烟,汤瓶嘴上气,自在出入,无呼吸之重烦,则鸿毛可以不动。若心不起念,虽过三百息可也。仍须一切依此本诀,卧而为之。仍须真以鸿毛粘著鼻端,以意守气于胸中,遇欲吸时,不免微吸,及其呼时,不免微呼。但任其气氤氲缥缈,微微自出,出尽气平,则又吸入。如此出入元不断而鸿毛自不动,动亦极微。觉其极微动,则又加意,则勒之以下动为度。虽云则勒,然终不闭,至数百息。出者多则内守充盛,血脉流通，上下相灌输，而生理备矣。予悟此元意，甚以为奇。

又记张安道《养生诀》云：此法比之服药，其力百倍，非言语所能形容。其诀大略具于左：

　　　　每日以子时后，三更三四点至五更以来。披衣坐，床上拥被坐亦可。面东或南，盘足坐，叩齿三十六通，握固，两拇指掐第三指手文，或以四指都握拇指，两手拄腰腹间可也。闭息，闭息最是道家要妙，先须闭目静虑，扫除灭妄想，使心源湛然，诸念不起，自觉出入调匀、细微，即闭口，并鼻不令出气，方是工夫。内视五脏，肺白、肝青、脾黄、心赤、肾黑。当先求《五脏图》或烟萝子之类，常挂于壁上，使日常熟识六脏六腑之形状也。次想心为炎火，光明洞彻，入下丹田中，丹田在脐下三寸是。待腹满气极，则徐徐出气。不得令耳闻声。候出息匀调，即以舌搅唇齿内外，漱炼津液，若有鼻涕，亦须漱炼，不可嫌其咸。漱炼良久，自然甘美，此即真气也。未得咽下，复前法闭息内观，纳心丹田，调息漱津，皆依前法。如此者三，津液满口，即低头咽下，以气送下丹田中。须用意精猛，令津与气谷谷然有声，径入丹田中。以依前法为之，凡九闭息、三咽津而止。然后以左右手热摩两脚心，此涌泉穴，上彻顶门，气诀之妙。及脐下腰脊间，皆令热彻。徐徐摩之，微汗出不妨，不可喘。次以两手摩熨眼面耳项，皆令极热，仍按捏鼻梁左右五七次，梳头百余梳，散发而卧，熟寝至明。

右其法至简易，惟在长久不废，即有深功，且试行二十日，精神便自不同，觉脐下实热，腰脚轻快，面目有光。久之不已，去仙不远。但当存闭息，使渐能持久，以脉候之，五至为一息。某近来渐闭得渐久，每一闭一百二十至而开，盖已闭得二十余息也。又不可强闭多时，使气错乱，或奔突而出，则反为害也。

慎之！慎之！又须常节晚食，令腹中宽虚，气得回转。昼日无事，亦时时闭目内观，漱炼津液咽之，摩熨耳面，以助真气。且清净专一，即易见功矣。神仙至术，有不可学者三：一忿躁，二阴险，三贪欲。道家胎息之法，以元牝为鼻，鼻者，气之所由出入以为息也。佛藏中有《安盘守意经》，云："其法始于调身简息，以谓凡出入鼻中而有声者，风也；虽无声而结滞不通者，喘也；虽无声，亦不结滞，而犹粗悍不细者，气也。去是三者，乃谓之息。然后自鼻端至脐下，一二数之，至于十，周而复始，则有所系而趋于定。则又数以心随息，听其出入，如是反复，调和一定，而不乱，则生灭道断，一切三昧无不见前。"道士陈彦真常教人，令常寄其心，纳之脐中，想心火烈烈然，下注丹田。如是坐卧起居不废，行之既久，觉脐腹间如火，则旧疾尽去矣。

陈 圣 观 梦

咸淳甲戌秋，余为丰储仓。时陈圣观过予，为言边报日急，余以乡曲通家故，因间扣之。圣观蹙然引入小室，曰："时事将不可为矣。某春首常梦至一大宫殿，若常日朝参处，殿上皆垂帘，寂无人声。既而，稍近帘窥之，见御榻上一异物踞之。或龙或虎之类，陈不详言。其傍则有小儿，服斩衰之衣，余遂惊寤。今嗣君尚幼，方居先帝之丧，此小儿衰服之验，其不祥莫甚焉，天下事去矣。"余意其梦事不足信，然是岁之冬，果有透渡之事。透渡，即宋之北狩也。

改 春 州 为 县

春州瘴毒可畏，凡窜逐黥配者必死。卢多逊贬朱崖，知开封府李符言，朱崖虽在海外，水土无他恶，春州在内地，而至者必死,望改之。后月余,符坐事,上怒甚,遂以符知春州。至州,月余死。元丰六年,王安石居相位,遂改春州为阳春县,隶南恩州。既改为县,自此获罪者遂不至其地,此仁人之用心也。

吴 兴 园 圃

吴兴山水清远,升平日,士大夫多居之。其后,秀安禧王府第在焉,尤为盛观。城中二溪水横贯,此天下之所无,故好事者多园池之胜。倪文节《经锄堂杂志》常纪当时园圃之盛,余生晚,不及尽见,而所见者,亦有出于文节之后。今摭城之内外常所经游者列于后,亦可想象昨梦也。

　　南沈尚书园　沈德和尚书园,依南城,近百余亩,果树甚多,林檎尤盛。内有聚芝堂藏书室,堂前凿大池几十亩,中有小山,谓之蓬莱。池南竖太湖三大石,各高数丈,秀润崎峭,有名于时。其后贾师宪欲得之,募力夫数百人,以大木构大架,悬巨组,缒城而出,载以连舫,涉溪绝江,致之越第,凡损数夫。其后贾败,官斥卖其家诸物,独此石卧泥沙中。适王子才好奇,请买于官,募工移植,其费不赀。未几,有指为盗卖者,省府追逮几半岁,所费十倍于石,遂复舁还之,可谓石妖矣。

　　北沈尚书园　沈宾王尚书园,正依城北奉胜门外,号北村,叶水心作记。园中凿五池,三面背水,极有野意。后又名之曰自足。有灵寿书院、怡老堂、溪山亭、对湖台,尽见太湖诸山。水心尝评天下山水之美,而吴兴特为第一,诚非过许也。

　　章参政嘉林园　外祖文庄公居城南,后依南城,有地数十亩,元有潜溪阁,昔沈晦岩清臣故园也。有嘉林堂、怀苏书院,相传坡翁作守,多游于此。城之外别业,可二顷,桑林、果树甚盛,濠濮横截,车马至者数返。复有城南书院,然其地本郡志之南园,后废,出售于民,与李宝谟者各得其半。李氏者后归牟存斋。

牟端明园　本郡志南园,后归李宝谟,其后又归牟存斋。园中有硕果轩、大梨一株。元祐学堂、芳菲二亭、万鹤亭、荼蘼双杏亭、桴舫斋、岷峨一亩宫,宅前枕大溪,曰南漪小隐。

赵府北园　旧为安禧故物,后归赵德勤观文,其子春谷、文曜茸而居之。有东蒲书院,桃花流水、薰风池阁、东风第一梅等亭,正依临湖门之内。后依城,城上一眺,尽见具区之胜。

丁氏园　丁总领园,在奉胜门内,后依城,前临溪,盖万元亨之南园,杨氏之水云乡,合二园而为一。后有假山及砌台,春时纵郡人游乐。郡守每岁劝农还,必于此舣舟宴焉。

莲花庄　在月河之西,四面皆水,荷花盛开时,锦云百顷,亦城中之所无。昔为莫氏产,今为赵氏。

赵氏菊坡园　新安郡王之园也,昔为赵氏莲庄,分其半为之。前面大溪,为修堤、画桥,蓉柳夹岸,数百株照影水中,如铺锦绣。其中亭宇甚多,中岛植菊至百种,为菊坡、中甫二卿自命也。相望一水,则其宅在焉。旧为曾氏极目亭,最得观览之胜,人称曰八面曾家,今名天开图画。

程氏园　程文简尚书园,在城东宅之后,依东城水濠,有至游堂、鸥鹭堂、芙蓉泾。

丁氏西园　丁葆光之故居,在清源门之内,前临苕水,筑山凿池,号寒岩。一时名士洪庆善、王元渤、俞居易、芮国器、刘行简、曾天隐诸名士皆有诗。临苕有茅亭,或称为丁家茅庵。

倪氏园　倪文节尚书所居,月河,即其处,为园池,盖四至傍水，易于成趣也。

赵氏南园　赵府三园在南城下，与其第相连。处势宽闲，气象宏大，后有射圃、崇楼之类，甚壮。

叶氏园　石林右丞相族孙溥号克斋者所创，在城之东，多竹石之胜。

李氏南园　李凤山参政本蜀人，后居雪，因创此为游翔之地。中有杰阁曰怀岷，穆陵御书也。

王氏园　王子寿使君家，于月河之间，规模虽小，然曲折可喜。有南山堂，临流有三角亭，苕、雪二水之所汇，苕清雪浊，水行其间，略不相混，物理有不可晓者。

赵氏园　端肃和王之家，后临颜鲁公池，依城曲折，乱植拒霜，号芙蓉城，有善庆堂，最胜。

赵氏清华园　新安郡王之家，后依北城，有秫田二顷。有清华堂，前有大池，静深可爱。

俞氏园　俞子清侍郎临湖门所居为之。俞氏自退翁四世皆未及年告老，各享高寿，晚年有园池之乐，盖吾乡衣冠之盛事也。假山之奇，甲于天下，详见后。已上皆城中园。

赵氏瑶阜　兰坡都承旨之别业，去城既近，景物颇幽，后有石洞，常萃其家法书，刊石为《瑶阜帖》。

赵氏兰泽园　亦近世所葺，颇宏大，其间规为葬地，作大寺，牡丹特盛。未几，寺为有力者撤去。

赵氏绣谷园　旧为秀邸，今属赵忠惠家，一堂据山椒，曰雪川图画，尽见一城之景，亦奇观也。

赵氏小隐园　在北山法华寺后，有流杯亭，引涧泉为之，有古意，梅竹殊胜。

赵氏蜃洞　亦赵忠惠所有，一洞窅然而深不可测，闻昔有蜃居焉。

赵氏苏湾园　菊坡所创,去南关三里,而近碧浪湖,浮玉山在其前,景物殊胜。山椒有雄跨亭,尽见太湖诸山。

毕氏园　毕最遇承宣所葺,正依迎禧门城,三面皆溪,其南则邱山在焉。亦归之赵忠惠家。

倪氏玉湖园　倪文节别墅,在岘山之傍,取浮玉山、碧浪湖合而为名。中有藏书楼,极有野趣。

章氏水竹坞　章农卿北山别业也,有水竹之胜。

韩氏园　距南关无二里,昔属平原群从,后归余家,名之曰南郭隐。城南读书堂、万松关,太湖三峰各高数十尺,当韩氏全盛时,役千百壮夫移置于此。

叶氏石林　左丞叶少蕴之故居,在卞山之阳,万石环之,故名,且以自号。正堂曰兼山,傍曰石林精舍,有承诏、求志、从好等堂,及净乐庵、爱日轩、跻云轩、碧琳池,又有岩居、真意、知止等亭。其邻有朱氏怡云庵、涵空桥、玉涧,故公复以玉涧名书。大抵北山一径,产杨梅,盛夏之际,十余里间,朱实离离,不减闽中荔枝也。此园在雪最古,今皆没于蔓草,影响不复存矣。

黄龙洞　与卞山佑圣宫相邻,一穴幽深,真蜿蜒之所宅。居人于云气中,每见头角,但岁旱祷之辄应。真宗朝金字牌在焉。在唐谓之金井洞,亦名山之一也。

玲珑山　在卞山之阴,嵌空奇峻,略如钱塘之南屏及灵隐、芎林,皆奇石也。有洞曰归云,有张谦中篆书于石上。有石梁,阔三尺许,横绕两石间,名定心石。傍有唐杜牧题名云"前湖州刺史杜牧大中五年八月八日来",及绍兴癸卯,葛鲁卿、林彦政、刘无言、莫彦平、叶少蕴题名。章文主公有诗云:

"短镵长镵出万峰,凿开混沌作玲珑。市朝可是无峨崄,更向山椒巧用工。"

赛玲珑　去玲珑山近三里许,近岁沈氏抉剔为之。大率此山十余里,中间皆奇石也。今亦皆芜没于空山矣。

刘氏园　在北山,德本村富民刘思忠所葺,后亦归之赵忠惠。

钱氏园　在毗山,去城五里,因山为之。岩洞秀奇,亦可喜。下瞰太湖,手可揽也。钱氏所居在焉,有堂曰石居。

程氏园　文简公别业也,去城数里,曰河口。藏书数万卷,作楼贮之。

孟氏园　在河口,孟无庵第二子既为赵忠惠婿,居雪,遂创别业于此。有极高明楼,亭宇凡十余所。

假　　山

前世叠石为山,未见显著者。至宣和,艮岳始兴大役,连舻辇致,不遗余力。其大峰特秀者,不特侯封,或赐金带,且各图为谱。然工人特出于吴兴,谓之山匠,或亦朱勔之遗风。盖吴兴北连洞庭,多产花石,而卞山所出,类亦奇秀,故四方之为山者,皆于此中取之。浙右假山最大者,莫如卫清叔吴中之园,一山连亘二十亩,位置四十余亭,其大可知矣。然余平生所见秀拔有趣者,皆莫如俞子清侍郎家为奇绝。盖子清胸中自有丘壑,又善画,故能出心匠之巧。峰之大小凡百余,高者至二三丈,皆不事饾饤,而犀株玉树,森列旁午,俨如群玉之圃,奇奇怪怪,不可名状。大率如昌黎《南山》诗中,特未知视牛奇章为何如耳。乃于众峰之间,萦以曲涧,甃以五色小石,旁引清流,激石高下,使之有声,淙淙然下注大石潭。上荫巨竹、寿藤,苍寒茂密,不见天日。旁植名药,奇草薜荔、女萝、菟丝花红叶碧。潭旁横石作杠,下为石渠,潭水溢,自此出焉。潭中多文龟、斑鱼,夜月下照,光景零乱,如穷山绝谷间也。今皆为有力者负去,荒田野草,凄然动陵谷之感焉。

艮　岳

艮岳之取石也,其大而穿透者,致远必有损折之虑。近闻汴京父老云:"其法乃先以胶泥实填众窍,其外复以麻筋、杂泥固济之,令圆混。日晒,极坚实,始用大木为车,致于舟中。直侯抵京,然后浸之水中,旋去泥土,则省人力而无他虑。"此法奇甚,前所未闻也。又云:"万岁山大洞数十,其洞中皆筑以雄黄及卢甘石。雄黄则辟蛇虺,卢甘石则天阴能致云雾,瀜郁如深山穷谷。后因经官拆卖,有回回者知之,因请买之,凡得雄黄数千斤,卢甘石数万斤。"

炮　祸

赵南仲丞相溧阳私第常作圈,豢四虎于火药库之侧。一日,焙药火作,众炮俱发,声如震霆,地动屋倾,四虎悉毙,时盛传以为骇异。至元庚辰岁,维扬炮库之变为尤酷。盖初焉,制造皆南人,囊橐为奸,遂尽易北人,而不谙药性。碾硫之际,光焰俱起,既而延燎,火枪奋起,迅如惊蛇,方玩以为笑。未几,透入炮房,诸炮并发,大声如山崩海啸,倾城骇恐,以为急兵至矣,仓皇莫知所为。远至百里外,屋瓦皆震,号火四举,诸军皆戒严,纷扰凡一昼夜。事定按视,则守兵百人皆糜碎无余,楹栋悉寸裂,或为炮风扇至十余里外。平地皆成坑谷,至深丈余,四比居民二百余家,悉罹奇祸,此亦非常之变也。

牛 女

七夕牛女渡河之事,古今之说多不同;非惟不同,而二星之名莫能定。《荆楚岁时记》云:"黄姑、织女时相见。"太白诗云:"黄姑与织女,相去不盈尺。"是皆以牵牛为黄姑。然李后主诗云:"迢迢牵牛星,杳在河之阳。粲粲黄姑女,耿耿遥相望。"若此则又以织女为黄姑,何耶?然以《星历》考之,牵牛去织女隔银河七十二度,古诗所谓"盈盈一水间,脉脉不得语",又安得如太白"相去不盈尺"之说?又《岁时记》则又以黄姑即河鼓,《尔雅》则以河鼓为牵牛。又《焦林大斗记》云:"天河之西,有星煌煌,与参俱出,谓之牵牛。天河之东,有星微微,在氐之下,谓之织女。"《晋·天文志》云:"河鼓三星,即天鼓也。牵牛六星,天之关梁,又谓之星纪。"又云:"织女三星,在天纪东端,天女也。"《汉·天文志》又谓织女"天之贞女",其说皆不一。至于渡河之说,则洪景卢辨析最为精当。盖渡河乞巧之事,多出于诗人及世俗不根之论,何可尽据?然亦似有可怪者。杨缵继翁大卿倅湖日,七夕夜,其侍姬田氏及使令数人露坐至夜半,忽有一鹤西来,继而有鹤千百从之,皆有仙人坐其背,如画图所绘者。彩霞绚粲,数刻乃没。杨卿时已寝,姬急报,起而视之,尚见云气纷郁之状。然则流俗之说,亦有时而可信耶?

蕈 毒

菌蕈类皆幽隐蒸湿之气,或蛇虺之毒,生食之,皆能害人。而好奇者每轻千金之躯以尝试之,殊不可晓。《夷坚志》所载简坊大蕈,及金溪田仆食蕈,一家呕血,陨命六人,邱岑幸以痛饮而免，盖酒能解毒故耳。又灵隐寺僧得异蕈，甚大而可爱，献之杨郡王。王以其异，遂进之上方，既而复赐灵隐。适贮蕈之器有余沥，一犬过而舐之，跳跃而死，方知其异而弃之。此事关涉尤大。近得耳目所接者两事，并著为口腹之戒。嘉定乙亥岁，杨和王坟上感慈庵僧德明，游山得奇菌，归作糜供众。毒发，僧行死者十余人，德明亟尝粪获免。有日本僧定心者，宁死不污，至肤理拆裂而死。至今杨氏庵中，尚藏日本度牒，其年有久安、保安、治象等号，僧衔有法势大和尚、威仪、从仪、少属、少录等称。是岁，其国度僧万人。定心姓平氏，日本国京东路相州行香县上守乡光胜寺僧也。咸淳壬申，临安鲍生姜巷民家，因出郊得佳蕈，作羹恣食。是夜，邻人闻其家撞突有声，久乃寂然，疑有他故，遂率众排闼而入。则其夫妇一女皆呕血殒越，倚壁抱柱而死矣。案间尚余杯羹，以俟其子，适出未还，幸免于毒。呜呼，殆哉！

呼 名 怖 鬼

刘胡面黝黑，似胡蛮，人畏之，小儿啼，语云："刘胡来！"便止。杨大眼威声甚振，淮、泗、荆、沔之间，童儿啼者，呼云："杨大眼至！"即止。将军麻秋有威名，儿啼，辄呼："麻秋来！"即止。檀道济雄名大振，魏甚惮之，图以襀鬼。江南人畏桓康，以其名怖小儿，且图其形于寺中，病疟者写其形帖床壁，无不立愈。

闽 鄞 二 庙

嘉熙庚子岁，先子为闽漕干官时，方公大琮为计使，特如礼敬，一台之事悉委之。先是，郡中有富沙太尉祠，颇为乡民所信,至是投牒乞保奏丐封额。时方久旱,先子遂书牒云:"本路正兹闵雨,神能三日内为霖,当与保奏。"方公笑语吏魁曰:"汝可以运干所拟,白之于神。"吏敬录其语,往祠所焚之。次日大雨,连雨昼夜,境内沾足。遂从其请,竟获封侯。而里人以周公能通神明,作歌美之,且刻梓书其事,鬻于市焉。乙卯岁,先子守鄞江,以贡士院敝甚,遂一新之。院内旧有土神七姑庙在焉,先子素刚介,并欲撤去,且命凿二井以便汲。既而得泉,皆污浊不堪用。监修判官周颛及吏魁赖良者白曰:"土神庙貌已久,州人赖之,今既与院中无所妨,欲姑存之。"先人谩答云:"神若能令二井清泠,则可。"官吏因往白太守语。次日落成,吏欣然走告曰:"井水已可食矣。"试命汲之,清泠佳泉也。于是并为葺其祠焉。此二事余所目击。

健啖

赵温叔丞相形体魁梧,进趋甚伟,阜陵素喜之。且闻其饮啖数倍常人,会史忠惠进玉海,可容酒三升,一日,召对便殿,从容问之曰:"闻卿健啖,朕欲作小点心相请,如何?"赵悚然起谢。遂命中贵人捧玉海赐酒,至六七,皆饮釂,继以金柈捧笼炊百枚,遂食其半。上笑曰:"卿可尽之。"于是复尽其余,上为之一笑。其后均役南,暇日欲求一客伴食,不可得。偶有以本州兵马监押某人为荐者,遂召之燕饮,自早达暮,宾主各饮酒三斗,猪、羊肉各五斤,蒸糊五十事。赵公已醉饱摩腹,而监押者屹不为动。公云:"君能尚饮否?"对曰:"领钧旨。"于是再进数勺,复问之,其对如初。凡又饮斗余乃罢。临别,忽闻其人腰腹间春然有声,公惊曰:"是必过饱,腹肠迸裂无疑。吾本善意,乃以饮食杀人!"终夕不自安。黎明,亟遣铃下老兵往问,而典客已持谒白曰："某监押见留客次谢筵。"公愕然延之,扣以夜来所闻。踽踽起对曰:"某不幸抱饥疾,小官俸薄,终岁未尝得一饱,未免以革带束之腹间。昨蒙宴赐,不觉果然,革条为之迸绝,故有声耳。"

科　举　论

淳熙间,赵温叔丞相常力荐郭明复、刘光祖、杨辅之,谓皆省殿试前列,且云"大好士人"。寿皇宣谕云:"朝廷用人以才,安论科第?科第不过入仕一途耳。"温叔唯唯而退。越日,御制《科举论》,其略谓:"近世取士,莫若科场,及至用人,岂当拘此?诗赋、经义,学者皆能为之,又何足分轻重乎?夫科场之弊,于文格高下,但以分数取之,真幸与不幸耳。至于廷试,未尝有黜落者,尽以官赏命之,才与不才者混矣,是科场取士之弊也。夫用之弊,在乎人君择相之不审,至于怀奸私,坏纲纪,乱法度,及败而逐之,不治之事,已不胜言矣。宰相不能择人,每差一官,则曰此人中高第,真佳士也,然不考其才行如何。孔圣之门,犹分四科,人才兼全者,自古为难。今则不然,以高科虚名之士,谓处之无不宜者,何尝问才之长短乎?夫监司、郡守,系民之休戚,今以资格付之,丞相虽择其一二,又未能皆得其人。及至陛对,既无过人之善,粗无凡猥之容,则又未能极精其选。国朝以来,过于忠厚,宰相而误国者,大将而覆军者,皆未尝诛戮之。虽三代得天下以仁,而启誓六卿曰:'不用命,戮于社。'羲和废厥职,犹惩之曰:'以干先王之诛。'况掌邦邑军师之大事乎!要在人君,必审择相,相为官择人,不失其所长,懋赏立乎前,严诛设于后,人才不出,吾不信也!朕延一二柄臣,皆能精白一心尽忠无隐,宜勉乎此,更勤夙夜,以懋庶绩,岂不休哉!"初宣示,温叔色变,上曰:"不谓卿等。"赵奏曰:"迅雷风烈,虽不为孔子,而孔子色变者,畏天怒也。"异日,上复宣谕曰:"朕所著《科举论》,或以为过,或以为是。以为过者,史浩也;以为是者,阎苍舒也。浩极长者,故不欲朕用威刑;阎苍舒趋事赴功之人也,故赞朕以为是。刘子宣《迩言》亦云:'场屋之文,朝廷假以取士,与学优则仕异矣。士大夫以此高下人物,更相矜傲,更相景慕,亦可悲矣!'"善乎,文节公之言曰:"不为俗学所累者,可与言理道焉。"

荐杨诚斋

绍兴庚戌十月,倪文节公思为中书舍人,杨文节万里自大蓬除直龙图阁,将漕江东,朝论惜其去,公留录黄欲缴奏。或以语杨,杨亟作简止之。倪公答云:"贤者去国,公论以为不然,既辱宠喻,不敢复缴,却当别作商量也。"杨公即以所答简余纸复止之,云:"死无良医,幸公哀我,得并别作商量之说免之。尤荷公孙黑辞职,既而又使子为卿,子产恶之。至恳至叩,不胜激切!"至以"恩府"呼之,其欲去之意可见也。然倪公竟入札留之,云:"臣闻孔子曰:'吾未见刚者。'又曰:'不得中行而与之,必也狂狷乎?'刚与狂狷,皆非中道,然孔子有取焉。为其挺特之操,可与有为,贤于柔懦委靡、患得患失者远矣。若朝廷之上得如此三数辈,可以逆折奸萌,矫厉具臣,为益非浅。窃见秘书监杨万里,学问文采,固已绝人,乃若刚毅狷介之守,尤为难得。夫其遇事辄发,无所顾忌,虽未尽合中道,原其初心,思有补于国家,至惓惓也。向来劝讲东宫,已蒙陛下嘉奖,陛下践祚,首赐收召晋登册府,士类咸以为当。今甫逾年,遽尔丐外,朝廷以职名漕节处之,不为不优。然而公论以为如万里者不宜遂使去国。录黄之下,臣始欲缴论,为又念朝廷此命本是优贤,虽已书行,而于臣愚见,犹欲陛下改命留之。盖万里再入修门,未为浸久,倪朝廷以贪贤为意,喻之小留,万里感荷君恩,岂能复以私计为辞。"云云。盖二公相知极深也。后二十年,杨公已亡,倪公得其当时手简,不忍弃之,遂自录所上之札,及往来之书,装潢成卷,亲叙其事于后。攻媿楼公尝跋之云:"东坡赋屈原庙,云'虽不适中,要以为贤兮',诚斋有焉。昌黎留孔戣,事虽不行,陈义甚高,诚斋有焉。"尤为确论。亦可概想前辈去就之道,交情之谊也。

王　小　官　人

　　建康缉捕使臣汤某者,于侪辈中著能声,盖群盗巨擘也。一日,有少年衣裳楚楚,背负小笈,扣汤所居。汤遣询谁何?则自通为鄱沙王小官人,趋前致拜。汤亦素知其名,因使小憩,辞云:"观察在此,不敢留。只今往和州,拟假一力,负至东阳镇问渡。"汤疑有他,遂择其徒黠黠者偕往,俾侦伺之。自离城阃,遇肆辄饮,已而大吐,几不能步。同行者左负笈,右扶醉人,殊倦,甚恚,曰:"汤观察以其为好手,不过一酒徒耳。"凡七十里抵镇邸,大吐投床,终夕索水喧呶不少休。黎明,有骑马扣门者,乃汤也。密扣同行,知夕来酒醉伏枕,亟造卧所,少年闻汤来,则亦扶头强衣,扣所以至。汤谩以他语答之,客笑曰:"得非疑某沿途有作过否?"因指同行为证,且曰:"虽然,或有他故,愿效区区。"汤嗫嚅久之,曰:"不敢相疑,实以夜来总所有大酒楼失银器数百两,总所移文制司,立限构捕严甚,少违则身受重谴矣。束手无措,用是冒急求策耳。"少年微笑曰:"若然,则关系甚大,恐妖异所为,非人力能措手。惟有祈哀所事香火，或可徼神物之庇耳。"汤哂其醉中语荒诞，不复诘，力邀同还。抵家，谩用其说，祷之圣堂，则所失器物皆粲然横陈供床下矣。汤始大惊，以为神，方欲出谢之，则其人已去矣。盗亦有道，其是之谓乎？

化　蝶

杨昊字明之，娶江氏少艾，连岁得子。明之客死之明日，有蝴蝶大如掌，徊翔于江氏傍，竟日乃去。及闻讣，聚族而哭，其蝶复来绕江氏，饮食起居不置也。盖明之未能割恋于少妻稚子，故化蝶以归尔。李商尝作诗记之曰："碧梧翠竹名家儿，今作栩栩蝴蝶飞。山川阻深网罗密，君从何处化飞归。"李铎谏议知凤翔，既卒，有蝴蝶万数自殡所以至府宇，蔽映无下足处。官府吊奠，接武不相辨，挥之不开，践踏成泥。其大者如扇，逾月方散。杨大芳娶谢氏，谢亡未殓，有蝶大如扇，其色紫褐，翩翩自帐中徘徊，飞集窗户间，终日乃去。始信明之之事不诬。余尝作诗悼之云："帐中蝶化真成梦，镜里鸾孤枉断肠。吹彻玉箫人不见，世间难觅返魂香。"亦纪实也。

玉　环

杨太真小字玉环，故今古诗人多以阿环称之。按李义山云："十八年来堕世间，瑶池归梦碧桃闲。如何汉殿穿针夜，又向窗中觑阿环。"荆公诗云："瑶池森漫阿环家。"又云："且当呼阿环，乘兴弄溟渤。"则是以西王母为阿环也。按西王母降汉庭，遣侍女与上元夫人，答云："阿环再拜上问起居。"然则上元夫人亦名阿环耳。

劜书 菣书

隆州跨鳌李先生，老儒也，尝著书，名之曰《劜书》。张行成跋云：“《方言》曰：‘劜，倦也。’丁度谓字或作劜，故司马相如云：‘穷极倦劜。’释云：‘倦劜，疲惫也。’盖乐其倦游，不希时用也。”楼攻媿云：“尝考之《集韵》二十陌，有劜字，与剧同音。《方言》：‘倦也。’然则此书之名，音从剧，义则倦耳。然《说文解字》无劜。《集韵》：‘欿，胡官反。馒欿，亭名，在上谷。馒，谟官切。’《说文解字》：‘欿，其虐切，相踦欿也。’二字若不类，俗书足以相乱。欿从山谷之谷，弹丸之丸。则钦宗兼名三十六号，止是亭名，别无义可取。欿从谷，亦其虐切。口上阿也，从口，上象其理，邸绤皆从谷，俗书与山谷之谷无别。瓾，居逆切，持也，象手也。《集韵》云：‘隶变为丸，执、埶等丸，恐筑之几，皆从瓾。俗书与丸、几无别。’相如《上林赋》曰：‘微劜受诎。’曰：‘穷极倦劜。’俱音剧，倦惫疲。而《说文》颤字，徐锴《通释》亦引《上林赋》‘微劜受屈’，谓以力相踦角，微劜而受屈也。劜，渴极切。颤，其虐切。声亦相近，疑即颤字。跨鳌之书，不应取踦欿之意义，正用《方言》、《上林赋》倦劜之意耳。区区虽若辞费，详考及此，因并及之。”又余樯自著书以拟《太元潜虚》，命名《菣书》，以八起数，菣字之义，亦未易晓。攻媿尝为考云：“《说文解字》二字部，亟，敏疾也，从人，从口，从又，从二。二，天地也，去吏反。徐锴《释》曰：‘承天之时，因地之利，口谋之，手执之，时不可失，疾也。会意，气至切。’《集韵》于去声七忌正引上文，而又入声二十四职出此字，菣蒿，菣注亦引上文，而云或作蒿极。樯盖以此字备三才，故用之，亦务奇，故又加艹，第未知菣字止用《集韵》为据，惟复别见他书，复其下又加木,则未之见也。当考。去吏乃本音也,要当从去声为正。"余异二公名书之僻,嘉前辈考订之精,故并书之,以俟问奇字者。

乘　　槎

乘槎之事,自唐诸诗人以来,皆以为张骞,虽老杜用事不苟,亦不免有"乘槎消息近,无处问张骞"之句。按骞本传,止曰"汉使穷河源"而已。张华《博物志》云:旧说天河与海通,有人赍粮乘槎而去,十余月至一处,有织女及丈夫饮牛于渚,因问此是何处?答曰:"君还至蜀,问严君平则知之。"还,问君平,曰:"某年月日,有客星犯牵牛宿。"然亦未尝指为张骞也。及梁宗懔作《荆楚岁时记》,乃言武帝使张骞使大夏,寻河源,乘槎见所谓织女、牵牛,不知懔何所据而云?又王子年《拾遗记》云:尧时有巨槎浮于西海,槎上有光若星月,槎浮四海,十二月周天,名贯月槎、挂星槎,羽仙栖息其上,然则自尧时已有此槎矣。

游　月　宫

明皇游月宫一事,所出亦数处。《异闻录》云:"开元中,明皇与申天师、洪都客夜游月中,见所谓广寒清虚之府,下视玉城嵯峨,若万顷琉璃田,翠色冷光,相射炫目。素娥十余舞于广庭,音乐清丽,遂归制《霓裳羽衣》之曲。"唐《逸史》则以为罗公远,而有掷杖化银桥之事。《集异记》则以为叶法善,而有潞州城奏玉笛投金钱之事。《幽怪录》则以为游广陵,非潞州事。要之,皆荒唐之说,不足问也。

郑　仙　姑

瑞州高安县旌义乡郑千里者,有女定二娘。己酉秋,千里抱疾危甚,女刲股和药,疾遂瘳。至次年,女出汲井之次,忽云涌于地,不觉乘空而去。人有见若紫云接引而升者,于是乡保转闻之县,县闻之州,乞奏于朝,立庙旌表以劝孝焉。久之未报,然乡里为立仙姑祠,祷祈辄应,远近翕然,趍之作会,几数千人。明年苦旱,里士复申前请。时洪起畏义立为宰,颇疑其有他,因阅故牒,密遣县胥廉其事。适新建县有阙氏者雇一婢,来历不明,且又旌义人,因呼牙侩讯,即所谓郑仙姑也。盖此女初已定姻,而与人有奸而孕,其父丑之,遂宛转售之傍邑,乃设为仙事以掩之,利其施享之入,以为此耳。昌黎《谢自然》、《华山女》诗,盖亦可见,然则世俗所谓仙姑者,岂皆此类也耶?

寡　　欲

孟子曰:“养心莫善于寡欲。”《老子》曰:“不见可欲,使心不乱。”圣贤拳拳然以欲为害道,可不慎乎! 刘元城南迁日,尝求教于涑水翁,曰:“闻南地多瘴,设有疾以贻亲忧,奈何?”翁以绝欲少疾之语告之。元城时盛年,乃毅然持戒惟谨。赵清献、张乖崖,至抚剑自誓,甚至以父母影象设之帐中者。盖其初未始不出于勉强,久乃相忘于自然。甚矣! 欲之难遣也如此。坡翁云:“服气养生,难在去欲。”苏子卿啮雪啖毡,蹈背出血,无一语少屈,可谓了生死之际,然不免与胡妇生子于穷海之上。况洞房绮疏之下乎? 乃知此事未易消除。香山翁佛地位人,晚年病风放妓,犹赋《不能忘情吟》。王处仲凶悖小人,知体弊于色,乃能一旦感悟,开阁放妓。盖天下事勇决为之,乃可进道。余少年多病,间有一二执巾帨供刉浣者,或归咎于此。兵火破家,一切散去,近止一小获,亦复不留,然犹未免时有霜露之疾。好事不察者,复以前说戏之,殊不知散花之室已空久矣。虽然,戏之者,所以爱之也。余行年五十,已觉四十九年之非,其视秀惠温柔,不啻伐命之斧,鸩毒之杯,一念勇猛,顿绝斯事,以徼晚年清净之福。闭阁焚香,澄怀观道,自此精进不已,亦庶乎其几于道矣。然则疾疢者安知非吾之药石乎?

芍 药

韩昌黎诗:"两厢铺氍毹,五鼎烹芍药。"注引《上林赋》注云:"芍药根主和五脏,辟毒气,故合之于兰桂五味,以助诸食,因呼五味之和为芍药。"《七发》亦曰:"芍药之酱。"《子虚赋》曰:"芍药之和具,而后御之。"《南都赋》曰:"归雁鸣鶂,香稻鲜鱼,以为芍药。"服虔、文颖、文俨等解芍药,或亦不过称其美,而《本草》亦止言辟邪气而已。独韦昭曰:"今人食马肝者,合芍药而煮之,马肝至毒,或误食之至死。则制食之毒者,宜莫良于芍药,故独得药之名耳。"此说极有理。《古今注》载牛亨问曰:"将离将别,赠以芍药,何耶?"答曰:"芍药一名将离,故以此赠之。"此又别一说也。江淹《别赋》云:"下有芍药之诗。"正用此义。而注之中仅引"赠之以芍药"之语。张景阳《七命》"和兼芍药",乃音酌略。《广韵》中亦有二音。

三 建 汤

三建汤所用附子、川乌、天雄,而莫晓其命名之义。比见一老医云:"川乌建上,头目之风虚者主之;附子建中,脾胃寒者主之;天雄建下,腰肾虚惫者主之。"此说亦似有理,后因观谢灵运《山居赋》曰:"三建异形而同出。"盖三物皆一种类,一岁为萴子,二岁为乌喙,三岁为附子,四岁为乌头,五岁为天雄,是知古药命名,皆有所本祖也。

杨凝式僧净端

杨凝式居洛日,将出游,仆请所之,杨曰:"宜东游广爱寺"。仆曰:"不若西游石壁寺。"凝式举鞭曰:"姑游广爱寺。"仆又以石壁为请,凝式乃曰:"姑游石壁。"闻者为之抚掌。吴山僧净端,道解深妙,所谓"端狮子",章申公极爱之。乞食四方,登舟,旋问何风,风所向即从之,所至人皆乐施。盖杨出无心,端出委顺,迹不同而意则同也。

迎　　曙

李方叔《师友谈》记及《延漏录》、《铁围山录》载仁宗晚年不豫,渐复康平。忽一日,命宫嫔、妃主游后苑,乘小辇向东,欲登城堞,遥见小亭榜曰"迎曙",帝不悦,即时回辇。翌日上仙,而英宗登极,盖曙字乃英宗御名也。又寇忠愍《杂说》载哲宗朝常创一堂,退绎万几,学士进名皆不可意,乃自制曰"迎端",意谓迎事端而治之。未几,徽宗由端邸即大位。又晁无咎《杂说》言仁宗时作亭名曰"迎曙",已乃悟为英宗名,改之曰"迎旭",又以为未安,复改曰"迎恩",皆符英宗御名也。已上数说,未知孰是。

白　帽

管宁白帽之说尚矣，虽杜诗亦云："白帽应须似管宁。"然《幼安本传》止云："常著皂帽。"又云"著絮帽布衣"而已。初无白帽之事。独杜佑《通典·帽门》载管宁在家常著帛帽，岂以帛为白乎？然宋、齐之间，天子燕私多著白高帽，或以白纱，今所画梁武帝像亦然。盖当时国子生亦服白纱巾，晋人著白接䍦，谢万著白纶巾，南齐桓崇祖白纱帽，南史和帝时，百姓皆著下檐白纱帽，《唐六典》天子服有白纱帽。他如白帢、白幍之类，通为庆吊之服。古乐府《白纻歌》云："质如轻云色如银，制以为袍余作巾。"杜诗："光明白氎巾，""当念著白帽，采薇青云端"。白乐天诗云："青筇竹杖白纱巾。"然则古之所以不忌白者，盖丧服皆用麻，重而斩齐，轻而功缌，皆麻也，惟以升数多寡精粗为异耳。自麻之外，缯缟固不待言，苧葛虽布属，亦皆吉服。缟带、纻衣，昔人犹以为赠，则亦何忌之有？汉高帝为义帝发丧，兵皆缟素，行师权制，固不备礼。后世人多忌讳，丧服往往求杀，今之薄俗，盖有以缟纻为缌功者矣。宜乎巾帽之不以白也。

送　刺

节序交贺之礼，不能亲至者，每以束刺金名于上，使一仆遍投之，俗以为常。余表舅吴四丈性滑稽，适节日无仆可出，徘徊门首，恰友人沈子公仆送刺至，漫取视之，类皆亲故，于是酌之以酒，阴以己刺尽易之。沈仆不悟，因往遍投之，悉吴刺也。异日合并，因出沈刺大束，相与一笑，乡曲相传以为笑谈。然《类说》载陶榖易刺之事，正与此相类，恐吴效之为戏耳。又

《杂说》载司马公自在台阁时,不送门状,曰:"不诚之事,不可为之。"荥阳吕公亦言送门状习以成风,既劳作伪,且疏拙露见可笑。则知此事由来久矣。

今时风俗转薄之甚。昔日投门状,有大状,小状,大状则全纸,小状则半纸。今时之刺,大不盈掌,足见礼之薄矣。

简　椠

简椠古无有也,陆务观谓始于王荆公,其后盛行。淳熙末,始用竹纸,高数寸,阔尺余者,简版几废。自丞相史弥远当国,台谏皆其私人,每有所劾荐,必先呈副,封以越簿纸书,用简版缴达。合则缄还,否则别以纸言某人有雅故,朝廷正赖其用,于是旋易之以应课,习以为常。端平之初,犹循故态。陈和仲因对首言之,有云:"槁会稽之竹,囊括苍之简。"正谓此也。又其后括苍为轩样纸,小而多,其层数至十余叠者。凡所言要切则用之,贵其卷还,以泯其迹。然既入贵人达官家,则竟留不遣,或别以他椠答之。往者御批至政府从官皆用蠲纸,自理宗朝亦用黄封简版,或以象牙为之,而近臣密奏亦或用之,谓之御椠,盖亦古所无也。

人　妖

赵忠惠帅维扬日,幕僚赵参议有婢慧黠,尽得同辈之欢。赵昵之,坚拒不从,疑有异,强即之,则男子也。闻于有司,盖身具二形,前后奸状不一,遂置之极刑。近李安民尝于福州得徐氏处子,年十五六,交际一再,渐具男形,盖天真未破,则彼亦不自知。然小说中有池州李氏女及婢添喜事,正相类。而此外绝未见于古今传记等书，岂以秽汙笔墨，不复记载乎？尝考之佛书，所谓博叉半择迦者，谓半月能男，半月不能男。又《遗像经》有五种不男，曰生、剧、妒、变、半，变、半者二形，人中恶趣也。《晋·五行志》谓之"人疴"。惠帝时，京洛人兼男女二体，亦能两用人道，而性尤淫乱，此乱气所生也。《玉历通政经》云"男女二体主国淫乱"。而《二十八宿真形图》所载心、房二星皆两形，与丈夫妇人更为雌雄，此又何耶？《异物志》云："灵狸一体，自为阴阳，故能媚人。"《褚氏遗书》云："非男非女之身，精血散分。"又云："感以妇人则男脉应胗，动以男子则女脉顺指，皆天地不正之气也。"

四　韩

或云韩信为吕后所杀，韩通为杜后所杀，韩侂胄为杨后所杀，韩震为谢后所杀，四人皆将相，皆死于妇人之手，亦异矣。

韩　彦　古

韩彦古字子师，诡谲任数，处性不常。尹京日，范仲西叔为谏议大夫，阜陵眷之厚，大用有日矣。范素恶韩，将奏黜之，语颇泄，韩窘甚，思所以中之。范门清峻，无间可入，乃以白玉小合满贮大北珠，缄封于大合中，厚赂铃下老兵，使因间通之。范大怒，叱使持去。所爱亦在傍，怪其奁大而轻，曰："此何物也？"试启观之，则见玉合，益怪之。方复取视，玉滑而珠圆，分迸四出，失手堕地。合既破碎，益不可收拾。范见而益怒，自起捽妾之冠，而气中仆地，竟不起，其无状至此。李仁甫亦恶其为人，弗与交，请谒尝瞰其亡。一日知其出，往见之，则实未尝出也。既见，韩延入书屋而请曰："平日欲一攀屈而不能，今幸见临，姑解衣盘礴可也。"仁甫辞再三，不获，遂为强留。室有二厨贮书，牙签黄袱，扃护甚严。仁甫问："此为何书？"答曰："先人在军中日，得于北方。盖本朝野史，编年成书者。"是时仁甫方修《长编》，既成，有诏临安给笔札，就其家缮录以进。而卷帙浩博，未见端绪，彦古常欲略观不可得。仁甫闻其言窘甚，亟欲得见之。则曰："家所秘藏，将即进呈，不可他示也。"李益窘，再四致祷。乃曰："且为某饮酒，续当以呈。"李于是为尽量，每杯行辄请。至酒罢，笑谓仁甫曰："前言戏之耳。此即公所著《长编》也。已为用佳纸作副本装治，就以奉纳，便可进御矣。"李视之，信然。盖阴戒书吏传录，每一板酬千钱，吏畏其威，利其赏，辄先录送韩所，故李未成帙而韩已得全书矣。仁甫虽愤愧不平，而亦幸蒙其成，竟用以进。其怙富玩世，狡狯每若此。今之官吏亦有过此者。

松　五　粒

凡松叶皆双股，故世以为松钗。独栝松每穗三须，而高丽所产每穗乃五鬣焉，今所谓华山松是也。李贺有《五粒小松歌》，陆龟蒙诗云"松斋一夜怀贞白，霜外空闻五粒风"，李义山诗"松暄翠粒新"，刘梦得诗"翠粒点晴露"，皆以粒言松也。《酉阳杂俎》云：五粒者，当言鬣。自有一种名五鬣，皮无鳞甲而结实多，新罗所种云然。则所谓粒者，鬣也。

唐　重　浮　屠

唐世士大夫重浮屠，见之碑铭，多自称弟子，此已可笑。柳子厚《道州文宣庙记》云："《春秋》师晋陵蒋坚，《易》师沙门凝辩。"安有先圣之宫，而可使桑门横经于讲筵哉？此尤可笑者。然《樊川集》亦有《燉煌郡僧正除州学博士僧慧苑除临坛大德制》，则知当时此事不以为异也。

葵

今成都面店中呼萝蔔为葵子，虽曰市井语，然亦有谓。按《尔雅》曰："葵，芦菔也。"郭璞以菈为菔，俗呼雹葵，先北反。或作荳，释曰："紫花松也，一名葵，盖其性能消食、解面毒。"《谈苑》云：江东居民岁课艺，初年种芋三十亩，计省米三十斛。次年种萝菔三十亩，计益米三十斛，可见其能消食。昔有婆罗门僧东来，见人食面，骇云："此有大热，何以食之！"及见萝菔，曰："赖有此耳。"《洞微志》载齐州人有《病狂歌》曰："五灵叶盖晚玲珑，天府由来汝府中。惆怅此情言不尽，一丸萝菔火吾宫。"后遇道士作法治之，云："此犯天麦毒，按医经芦菔治面毒。"即以药并萝菔食之，遂愈，以其能解面毒故耳。

乞食歌姬院

韩熙载相江南，后主即位，颇疑北人，有鸩死者。熙载惧祸，因肆情坦率，不遵礼法，破其家财，售妓乐数百人，荒淫为乐，无所不至。所受月俸，至不能给，遂敝衣破履作瞽者，持弦琴，俾门生舒雅执板挽之，随房乞丐，以足日膳。后人因画《夜宴图》以讥之，然其情亦可哀矣。唐裴休晚年亦披毳衲于歌姬院，持钵乞食，不为俗情所染，可以说法为人。乃知熙载之前，已有此例。虽裴公逃禅，熙载避祸，余谓熙载是世法，裴公是心法，心迹不同也。

袁彦纯客诗

袁彦纯同知始以史同叔同里之雅,荐以登朝,尹京。既以才猷自结上知,遂繇文昌跻宥府,寖寖乎柄用矣。适诞辰,客有献诗为寿,云:"见说黄麻姓字香,且将公论是平章。十年旧学资犹浅,二纪中书老欲僵。刑鼎岂堪金锁印,仙翁已在白云乡。太平宰相今谁是,惟有当年召伯棠。"刑鼎指薛,盖以金科赐第。仙翁指葛,时已七十。旧学则郑安晚也。此诗既传,史闻恶之,旋即斥去。

长沙茶具

长沙茶具,精妙甲天下。每副用白金三百星或五百星,凡茶之具悉备,外则以大缕银合贮之。赵南仲丞相帅潭日,尝以黄金千两为之,以进上方,穆陵大喜,盖内院之工所不能为也。因记司马公与范蜀公游嵩山,各携茶以往。温公以纸为贴,蜀公盛以小黑合。温公见之,曰:"景仁乃有茶具耶?"蜀公闻之,因留合与寺僧而归。向使二公见此,当惊倒矣。

真西山入朝诗

真文忠负一时重望,端平更化,人傒其来,若元祐之涑水翁也。是时楮轻物贵,民生颇艰,意谓真儒一用,必有建明,转移之间,立可致治。于是民间为之语曰:"若欲百物贱,直待真直院。"及童马入朝,敷陈之际,首以尊崇道学,正心诚意为一义,继而复以《大学衍义》进。愚民无知,乃以其所言为不切于时务,复以俚语足前句云:"吃了西湖水,打作一锅面。"市井小儿,嚣然诵之。士有投公书云:"先生绍道统,辅翼圣经,为天地立心，为生民立命。愚民无知，乃欲以琐琐俗吏之事望公，虽然，负天下之名者，必负天下之责。楮币极坏之际，岂一儒者所可挽回哉？责望者不亦过乎！"公居文昌几一岁，洎除政府，不及拜而薨。

赵子固梅谱

诸王孙赵孟坚字子固，善墨戏，于水仙尤得意。晚作梅，自成一家，尝作《梅谱》二诗，颇能尽其源委，云："逃禅祖花光，得其韵度之清丽；闲庵绍逃禅，得其萧散之布置。回视玉面而鼠须，已见工夫较精致。枝枝倒作鹿角曲，生意由来端若尔。所传正统谅未绝，舍此的传皆伪耳。僧定花工枝则粗，梦良意到工则未。女中却有鲍夫人，能守师绳不轻坠。可怜闻名不识面，云有江西毕公济。季衡粗丑恶拙祖，弊到雪蓬滥觞矣。所恨二王无臣法，多少东邻拟西子。是中有趣岂不传，要以眼力求其旨。踢须止七萼则三，点眼名椒梢鼠尾。枝分三叠墨浓淡，花有正背多般蕊。夫君固已悟筌蹄，重说偈言吾亦赘。谁家屏幛得君画，更以吾诗跋其底。""浓写花枝淡写梢，鳞皴老干墨微焦，笔分三踢攒成瓣，珠晕一圆工点椒。糁缀蜂须疑笑靥，稳拖鼠尾施长梢。尽吹心侧风初急，犹把枝埋雪半消。松竹衬时明掩映，水波浮处见飘飖。黄昏时候朦胧月，清浅溪山长短桥。闹里相挨如有意，静中背立见无聊。笔端的皪明非画，轴上纵横不是描。顷觉坐来春盎盎，因思行过雨潇潇。从头总是汤杨法，挤下工夫岂一朝。"

笔　　墨

先君子善书，体兼虞、柳。余所书似学柳不成，学欧又不成，不自知其拙，往往归过笔墨。谚所谓“不善操舟而恶河之曲”也。虽然，工欲善其事，必先利其器，泛观前辈善书者，亦莫不于此留意焉。王右军少年多用紫纸，中年用麻纸，又用张永义制纸，取其流丽便于行笔。蔡中郎非流纨丰素不妄下笔。韦诞云：“用张芝笔，左伯纸，任及墨，兼此三具，又得巨手，然后可以建径丈之字，方寸千言。”韦昶善书而妙于笔，故子敬称为奇绝。汉世郡国贡兔，惟赵为胜，欧阳通用狸毛笔。皇象云：“真措毫笔，委曲宛转，不叛散，尝滑密沾污，墨须多胶绀黟者，如此逸豫，余日手调适而欢娱，正可小展试。”世惟米家父子及薛绍彭留意笔札。元章谓笔不可意者，如朽竹篙舟，曲箸哺物，此最善喻。然则古人未尝不留意于此，独率更令临书不择笔，要是古今能事耳。

辨　章

今人呼平章为辨章，见《尚书大传·唐传》第一曰：“辨章百姓，百姓昭明。”《史记》则又以为“便章百姓”。韩文公《袁氏先庙碑》亦用“辨章”二字。

来　牟

今人呼小麦面为来牟，或曰牟粉，皆非也。《广雅》云：“牟为大麦，来为小麦。”然则来、牟自是两物。《说文》云：“大麦，牟也，牟，大也。牟一作䴨。”周之所受瑞麦来牟，即今之大麦。按小麦生于桃后二百四十日，秀之后六十日成，秋种，冬长，春秀，夏实，具四时之气，兼有寒、温、热、冷。故小麦性微寒，以为曲则温，面则热，麸则冷。

父　　客

世称父之友为执，则父之宾客宜何称？按《史记·张耳传》外黄女"亡其夫，去抵父客"。《汉·吴王濞传》"周亚夫问父绛侯客"。东坡赠王定国诗云："西来故父客。"正用此耳。父客二字甚新。

误　著　祭　服

余为国局，尝祠蜡，充奉礼郎兼大祝。同行事官有老谬者，乃加中单于祭服之上，而以蔽膝系于背间。一时见者，掩鼻忍笑不禁，几致失礼，竟为监察御史所劾。王明清《玉照志》载元符间有太学博士论奏云："自来冠冕前仰后俯，此必是本官行礼之时倒戴差误。"哲宗顾宰臣笑曰："如此等岂可作学官？可与闲慢差遣。"遂改端王府记室。未几，感会龙飞，遂致摈席云。

向　胡　命　子　名

吴兴向氏，钦圣后族也。家富而俭不中节，至于屋漏亦不整治，列盆盎以承之。有三子，常访名于客，长曰涣，次曰汗，曰仜，古水字也。父不以为疑也。他日有连呼其名曰涣汗水，方悟为戏己。又胡卫道三子，孟曰宽，仲曰定，季曰宕，音荡。盖悉从宀。其后悼亡妻，俾友人作志，书曰："夫人生三子，宽定宕。"读者为之掩鼻。盖当时不悟为语病也。宽后为京金，宕则多收古物，其子公明悉献之贾师宪，得一官，以赃败。

贾母饰终

甲戌咸淳十年三月二十日丁酉,贾似道母秦、齐两国贤寿夫人胡氏薨。特辍视朝五日,赐水银、龙脑各五百两,声锺五百杵,特赠秦、齐国贤寿休淑庄穆夫人。择日车驾幸临奠,差内侍邓惟善主管敕葬,特赐谥柔正。遂特起复,仍旧职,任仰执政侍从诣府劝勉,就图葬于湖山。且令帅、漕、州、司相视,展拓集芳园、仁寿寺基,营建治葬,于内藏库支赐赙赠银绢四千匹两,又令户部特赐赙赠银绢二千匹两,皇太后殿又支赐赙银绢四千匹两,又令帅、漕两司应办葬,仍存胡夫人在日请给人从,又赐功德寺额为"贤寿慈庆",以雍熙寺改赐,永免科役。似道皆辞之。执政侍从两省台,皆乞勉留元臣。遂降诏贾似道起复太傅,平章军国重事。似道八疏控辞,皆不允。又令两司建造赐第于城中。初择六月初九日安厝,以急于入觐,遂令趱前于五月九日安厝。又令有司于出殡日,特依一品例给卤簿、鼓吹,仍屡差都司刘黻、李珏、梅应发致祭,并趣赴阙。于出殡日,特辍视朝一日,又差枢密章鉴、察官陈过前往勉谕回朝。又命浙漕及绍兴府守臣办集船只,只备师相回阙。又命有司照礼例候师相回朝日,百官合郊迎。又依所奏,将绍兴府公使库径行拨赐。又令内臣梁大原赐银合香药。又令两司踏逐建造赐第,凡九处:杨府清隐园,李府家庙,夏府,中酒库,十官宅,大王宫,旧秀王府,旧景献帝府,御厨营。又命福王谕旨趣之。至五月二十二日,始过江还湖曲私第,至六月尽百日之制,复以疾作,给朝参等假十日,展转迟回。至七月初八日,度宗违和,求草泽赦死罪,初九日宣遗诏。十一月除王钥左丞相,章鉴右丞相。太史选用来年正月二十三日起攒,二月初三日发引，三月十三日**掩攒**。至十二月十四日北军透渡，遂改十二月二十四日起攒，二十八日发引，总护使改差章右相。降制贾似道都督诸路军马，依旧起复太傅，平章军国重事。凡自三月二十日至七月，度宗升遐，贾相持丧、起复、辞免，虚文汩汩，殆无虚日。如此三阅月，内外不安，而国事边事皆置不问。至十二月十四日透渡，自此丧乱相寻，无复可为矣，悲哉！

孝宗行三年丧

三年之丧，自天子达于庶人。自汉文短丧，其后时君皆以日易月，行之既久，无以为非者。惟孝宗皇帝行之独断，一旦复古，可谓孝矣。《李氏杂记》尝书其事，甚略，今摭当时始末于此，以益国史之未备云。"高宗之丧既易月，孝宗常谕大臣，不用易月之制，如晋武、魏孝文，实行三年之服，自不妨听政。丞相周必大入奏，上服缞绖，呜咽流涕，奏及丧服指挥，上曰：'司马光《通鉴》所载甚详。'必大奏晋武虽有此意，后来止是宫中深衣练冠，上曰：'当时群臣不能将顺其美，光所以讥之，后来武帝竟行。*谓王太后之丧*'必大奏记得亦是不能行。上曰：'自我作古，何害？'遂诏曰：'大行太上皇帝奄弃至养，朕当衰服三年，群臣自遵易月之令。'至小祥祭奠，上不变服，必大奏圣孝过哀，沆御初祥之服，臣等不胜忧惶，乞俯从礼制。上流涕曰：'大恩难报，情所不忍，俟过大祥商量。'既而必大又奏礼官苴麻三年，恐难行于外庭，今祥禫在迩，乞付外施行。枢密施师点奏曰：'百日之制，其实不可行，正碍正月人使朝见。'上云：'朕自所见。'必大奏陛下圣孝冠古，知汉文短丧之失，而陋晋群臣不能成武帝之美，所以锐意复古，非圣孝高明，岂易及此！上曰：'朕正欲稍救千余载之弊。'会敕令所删定官沈清臣谕丧服六事,凡八千言,展读甚久,极合上意。知阁张嶷奏已展正引例隔下,清臣奏读如初,久之,嶷又云:'简径奏事。'上目之,令勿却。已而甚久,嶷前奏:'恐妨进膳。'清臣正色曰:'言天下事,读竟乃已。'上劳之曰:'卿二十年闲废,今不枉矣。'于是上意益坚。一日奏事,上忽指示衣袂曰:'此已易用布,不太细否?'必大奏曰:'陛下独断行三年之丧,均是布衣,何细也?且光尧初上仙,陛下便有此意,而群臣不能将顺,致烦圣虑,所谓其臣莫及,足以垂训万世矣。'至,卒哭,祭迎祔太庙。内批:'朕昨降指挥,欲缞绖三年,缘群臣屡请,御殿易服,故以布素视事。内殿虽有祔庙,勉从所请之诏,然稽之经典,心实未安。行之终制,乃为近古,宜体至意,勿复有请。'于是径行三年之服焉。"

施 行 韩 震

德祐元年乙亥正月,贾平章似道督府出师时,平昔爱将已有叛去者,贾闻之,气大馁。临行,与殿帅韩震、京尹曾渊子约曰:"或江上之师设有蹉跌,即邀车驾航海至庆元,吾当帅师至海上迎驾,庶异时可以入关,以图兴复。'且留其二子于震家,使仓卒可以随驾。时省吏翁应龙实知其谋。至二月二十三,督府溃师于鲁港,翁应龙得罪下狱,翁谓曾尹曰:"平章出师时,分付安抚道甚么来?如今却来罪应龙,何也?"于是渊子语塞,而震亦不自安。会似道以蜡书至韩,趣为迁避,其间有云:"但得赵家一点血,即有兴复之望。"震得之,即具申状,亲携蜡书白堂白台,陈丞相宜中遂奏之太后,宫中为之震动。时都民、戚里、官寺往往皆欲苟安,疑惑撼摇,目之为贼。宜中本为似道所引,至是与编修官潘希圣谋,一反贾政,专以图守为说。

震不察其意,乃坚持迁避之策。三月朔日,宜中召震会议于第五府,先已差天府增级顾信等数人以拟之,及震至,门阖,即以铁挝击其首。韩曰:"相公不当如此。"陈答曰:"此奉圣旨。"韩犹以坐椅格之,遂折其足胫而毙之。遂自后门舁出,揭其首于朝天门。省吏刘应韶即以黄榜自窗槛中递出张挂,慰谕一行将士,谓罪止诛其首。亟命彭之才统其军马,其随行亲兵,赐银二万两,十八官会三十万贯,各补两官。殿步马司制领将官等并诸军官兵,共特赐十八官会一百万贯,兵各补两官。其日坐中惟文及翁金书及曾渊子在焉。渊子固尝预迁避之谋,闻变,面无人色。继而得免而出,自庆再生,行至通衢,复有呼召,仓忙而入,自分必死,口噤几不能言。及至,乃处分他事耳。刘应韶以衢倅赏,顾信补承信郎,继而潘希圣入察行,且登用。未几,疽发于足,日见韩在左右,不数日而殂。身后以从官赏之。潘字养蒙,永嘉人。及北军既入,宜中乃挟二王航海而去,然则贾、韩之谋,是非果何如耶? 后之秉笔削者,当有以任其责矣!

癸辛杂识后集

理宗初潜

穆陵之诞圣前一夕，全夫人欲归东浦母家，荣文恭王时待次。闽县尉遣仆平某者，即平幕使之父也，赍黑神散与之同往。时天尚未晓，启门则见甲士盈门，意谓过军，亟惊入报。尉曰："军行自应由上塘，何缘至此？"遂出观之，了无所睹。方舣小舟，欲登，忽有大黑蛇有两小角，压船舷而卧，船为之侧，疑其有异，遂不复往。未几诞男，即理宗也，小字乌孙，以蛇异也。其初被选也，史卫王当国，先命赵宗丞希言与权之，并选宗室子"与"号十岁已下者，各与课算五行，于是就其中选到十人。与膺、与爽、与休、与蕺、与应、理宗、福王。时侍郎王宗与权善五星，指理宗、福王二命谓卫王曰："二者皆帝王之命也。"于是理宗改训与莒，福王改训与芮，盖取二国以为名也。始下大宗正司尽召十人，时入和尚师禹领宗司皆伺于王府土地祠，久之皆馁，遂就市肆呼面。方及门而桲覆地，众方馁甚，交责之，独穆陵凝然略不变色，反以言慰藉之。史相闻其事，遂大异之。既而，私引入书院中试，令写字，即大书"朕闻上古"，卫王栗而起曰："此天命也。"于是立储之意已定云。

魏子之谤

魏峻字叔高，号方泉，娶赵氏，乃穆陵亲姊四郡主也。_{理宗}

第六，福王第八。庚午岁得男，小字关孙，自幼育于绍兴之甥馆。实慈宪全夫人之爱甥也。慈宪每于禁中言其可喜，且为求官。穆陵以慈宪之故，欲一见而官之，遂俾召至皇城。法凡异姓入宫门，必县牌于腰乃可，惟宗子则免，此一时权宜，遂令假名孟关以入见焉。时度宗亦与之同入宫，欲其故，遂倡为魏太子之说。既而外廷传闻浸广，于是王伯大、吴毅夫得其事，遂形奏疏，而四方遂有魏紫姚黄之传。其实则不然也。关孙后溺死于荣邸瑶圃池中，魏洪则自地以继关孙之后焉。当吴毅夫为相日，穆陵将建储，吴不然之，欲别立汗邸，承宣专任方甫以通殷勤。吴以罪去国。绍陵既为皇子，尝遣人俟于汗邸，欲杀之。方知之，乃自后门逃去，后为谢堂捕之，送兵马司，自刭而死。此事福王亲闻之穆陵云。

徽宗梓宫

徽宗、钦宗初葬五国城，后数遣祈请使，欲归梓宫。六、七年而后许以梓宫还行在。高宗亲至临平奉迎，易缌服，寓于龙德别宫，一时朝野以为大事。诸公论功受赏者几人，费于官帑者大不赀。先是，选人杨炜贻书执政李光，以真伪未辨。左宣义郎王之道亦贻书谏官曾统，乞奏命大臣取神椟之下者斫而视之。既而礼官请用安陵故事，梓宫入境，即承之以椁，仍纳衮冕翚衣于椁中，不改敛。遂从之。近者杨髡盗诸陵，于二陵梓宫内略无所有。或云止有朽木一段，其一则木灯檠一事耳。当时已逆料其真伪不可知，不欲逆诈，亦聊以慰一时之人心耳。盖二帝遗骸飘流沙漠，初未尝还也，悲哉！

成 均 旧 规

成均旧规，后来不复可见矣。谩言所知者数则于此，亦可想见当时学校文物之盛，庶异日复古或有取焉。大学私试，以孟、仲、季分为三场，或司成无暇，则并在岁晚。有公试则无私试，试为监中司成命题，就差学官充考校封录之职，不复经由朝□。至第三日即揭晓，每十人取一，孤经则二三人亦取二名。第一等常缺。第二等谓之放等，魁当三分，第二名二分半。第三等魁二分，率从第二三取起，魁二分，第二、第三一分半，第四、第五一分三厘，余并一分。太学公试，遇省试年则在省试后二月下旬，凡引试二日。经赋一日，论策一日。非省试年分，则随铨试后引试，系朝廷差官，士子则襕幞入试。大约七人取一，第一等缺。第二等约二十人取一，余约七人取一，第四、第五并一分。公试魁纵不该升补，他日登第，亦是部注教官。若三名前，例是教官。有外校次年公试中第二等，谓之入等升，又谓之正升。或外舍成校人前一年已中第三等，本年再中第三等，谓之本等升。或外舍成校定人前一年中第四等，本年中第三等，谓之进等升。若先在三而今在四，谓之退舍，不能成事。此外又有追补法。前一年或不成校，本年忽中公试第二等，名为入等。却用本年私试，二场并得。如中魁，亦当一场，谓之追升，可以陈乞追补内舍。或止中两场则无用。又前一年外校八分以止，或优本年公试，不同得失，得之升榜。若下就试者非内舍校定，以升补做内舍校定者，一年止有两试。一试中则又试两试，若一年两试俱失，谓之折脚，不复试第三试。以三试不中，则当退舍。每年二十一人，或于内有未升上舍而过省者，或有事故者，许二十一人之后分数少者，依资次来豁校。如正升内外舍人，亦用状射，某人已成事，缺新升内舍。一年无两升，纵当年上舍试入优，止理为内舍校定，不可升上舍。内舍一年无三色试，已试公试者，不许赴私试；已试私试者，不许赴公试。上舍试每三人取一人，优等十人，赋三，书二，余经各一。通榜魁十分，亚鼎各九分，余七名并八分，平六分。内舍未有校定，本年中舍平等者，理为内校。升补上舍有三等。内舍平校试舍试平等，或内舍优校，不中上舍试，或有季无校定，试入上舍试优等，亦与随榜升补下等上舍。谓之赤脚升，其升补名字依上舍试榜资次。盖舍试压公试，内舍新升及无季人虽中舍试，只作内校分数。然舍试一中优等八分，平等六分，五名以前，又有加分，尽可赶优。或前一年已有平校，本年有平等，上舍试入两中舍试平等，已上谓之俱平，或一优一否，皆为下等上舍。谓如内舍优校人试入上舍试平等，或上舍平校人试入上舍优等，当举免省到殿。元有求免人理作升甲用，已升甲者升名，谓之一优一平为中等上舍，谓如内舍优校人又中上舍试优等，以优中优皆是释褐，不拘名数，先赐进士出身，谓之上等上舍，法注教官。续有此附黄甲第三人恩例，注推官，自方熙孙始。当年间有内舍优校，内优三，人当年积八分已上者，可成舍试。次年自分已上者，不可成。偶舍试当年分人多，亦止以三人为限，第四名纵积十分，亦不理。若以优中优，则谓之两优状元。其试两年一次，率在季秋，圣旨差官命极难之题，重于省试。优校赴舍试，如不中，守三年后径到殿中，平即免省到殿。平校人赴舍试，中优即赴殿。自甲子年后，上舍人多陈乞解褐出身，不到殿，应当举免解，次举免省赴殿，谓之待年。若本自免解，谓之两免相充，此学法也。或本未免解，当年实请免，谓之请免相衡，并相衡免省赴殿。国子生寄理法,国子生补入者,升补内舍,谓之寄理内舍。升补上舍,谓之寄理上舍。未许行正食,止借一日食而已。升中等、下等上舍,合后到殿者,未许到殿,直待元牒主补外方,理为正行食,及许到殿。以此牒官有请一月或半月暇者,盖欲其早成事故耳。解褐舍法,下等上舍先免解,后免省,待三年后到殿。中等上舍径到殿,或特旨径行解褐。释褐恩数成而优者,谓之状元。择日于崇化堂鸣鼓集众诸生,两廊序坐,学者穿秉立堂上,状元亦襕幞立,同舍班侯揖。揖讫,诣堂下香案前,面东南望阙谢恩,跪受敕黄,再拜。次入幕换公裳,其所换下之衣,尽为斋仆持去,以利市。再至阶上,面西北再拜谢恩。毕,与学官同舍讲拜者,再次诣忠文庙。次诣直舍,通门状谢学官,亦止称其斋学生,再拜,遂归本斋团拜。次诣诸斋谢,亦称同舍生,不书斋名。礼毕,到堂上换衫帽,与学官相见交贺。监中备酒七杯,次本斋三杯。讫,临安府差到客将,备轿马、从人、差帽,迎至祥符寺状元局。凡学夫、斋仆以次,平日趋走之人,皆以大小黄旗,多至数百面,呵喝状元,与唱名一同。遂择日谒先圣。其局钱酒支用,并天府应办。次日,谢宰执台谏,然后部中送缺,初任文林郎、节察推官,视殿试第三人恩例。谢宰相,用启事,见主司,有拜礼。太学解试与舍试无相干。太学十人取三人,若参未满年,七人取一人,系不满年太学生。升补一请求免,已经特恩正免,又一请者亦免。曾于方州请举不改名者,谓之带胎入学,异时于学中请者亦免。在学三十年,公私试曾一中者,永免在学,曾一请后二十日永免。太学解试邦魁,虽不升舍,将来在第,亦许升甲,部注教官。

光　斋

太学先达归斋,各有光斋之礼,各刻于斋牌之上。宰执则送真金碗一只,状元则送镀金魁星杯柈一副,帅漕新除,各斋十八界二百千、酒十尊。

诸斋祠先辈

太学诸斋各祠本斋之有德行者:存心斋、果行斋并祠粟斋巩丰,循理斋祠慈湖杨简,果行斋祠李绍,观化斋祠梅溪王十朋、菊坡崔与之。

学　规

学规五等。轻者关暇几月,不许出入,此前廊所判也。重则前廊关暇,监中所行也。又重则迁斋,或其人果不肖,则所迁之斋亦不受,又迁别斋,必须委曲人情方可,直须本斋同舍力告公堂,方许放还本斋,此则比之徒罪。又重则下自讼斋,则比之髡罪,自宿自处,同舍亦不敢过而问焉。又重则夏楚屏斥,则比之死罪。凡行罚之际,学官穿秉序立堂上,鸣鼓九通,二十斋长渝并襕幞,各随东西廊序立,再拜谢恩,罪人亦谢恩。用一新参集正宣读弹文,又一集正权司罚,以黑竹篦量决数下,大门甲头以手对众,将有罪者就下堂毁裂襕衫押去,自此不与士齿矣。

太 学 文 变

南渡以来,太学文体之变,乾、淳之文,师淳厚,时人谓之"乾淳体"。人材淳古,亦如其文。至端平江万里习《易》,自成一家,文体几于中复。淳祐甲辰,徐霖以书学魁南省,全尚性理,时竞趋之,即可以钓致科第功名。自此,非《四书》、《东西铭》、《太极图》、《通书》、《语录》不复道矣。至咸淳之末,江东李谨思、熊瑞诸人倡为变体,奇诡浮艳,精神焕发,多用庄、列之语,时人谓之换字文章,对策中有"光景不露"、"大雅不浇"等语,以至于亡,可谓文妖矣。此则有商量。

两 学 暇 日

太学上巳暇一日,武学则三日;清明太学三日,武学乃一日,殊不可晓。

学 舍 燕 集

学舍燕集必点妓,乃是各斋集正自出帖子,用斋印,明书"仰弟子某人到何处祗直本斋燕集"。专有一等野猫儿卜庆等十余人,专充告报,欺骗钱物,以为卖弄生事之地。凡外欲命妓者,但与斋生一人相稔,便可借此出帖呼之。此事不知起于何时,极于无义,乃所以起多事之端也。

三 学 之 横

三学之横,盛于景定、淳祐之际。凡其所欲出者,虽宰相台谏,亦直攻之,使必去权,乃与人主抗衡。或少见施行,则必借秦为喻,动以坑儒恶声加之,时君时相略不敢过而问焉。其所以招权受赂,豪夺庇奸,动摇国法,作为无名之谤,扣阍上书,经台投卷,人畏之如狼虎。若市井商贾,无不被害,而无所赴诉。非唯京尹不敢过问,虽一时权相,如史嵩之、丁大全,不恤行之,亦末如之何也。大全时极力与之为敌,重修丙辰监令，榜之三学，时则方大猷实有力焉。其后诸生协力合党以攻大全，大全终于得罪而去。至于大猷，实有题名之石，磨去以为败群之罚。自此之后，恣横益甚。至贾似道作相，度其不可以力胜，遂以术笼络。每重其恩数，丰其馈给，增拨学田，种种加厚，于是诸生啖其利而畏其威，虽目击似道之罪，而噤不敢发一语。及贾要君去国，则上书赞美，极意挽留，今日曰"师相"，明日曰"元老"，今日曰"周公"，明日曰"魏公"，无一人敢少指其非。直至鲁港溃师之后，始声其罪，无乃晚乎！盖大全之治三学，乃惩嵩之之不敢为。似道之不敢轻治，乃监大全之无能为。至彭成大之为前廊，竟摭为平日之赃，决配南恩州，学舍寂不敢发一语，此其术亦有过人者。

贾相制外戚抑北司戢学校

似道误国之罪，上通于天，不可悉数。然其制外戚、抑北司、戢学校等事，亦是所不可及者，固不可以人而废也。外戚诸谢，惟堂最深崄，其才最颉颃难制。似道乃与之日亲狎而使之不疑，未几不动声色，悉皆换班，堂虽知堕其术中，然亦末如之何矣。北司之最无状者董宋臣、李臣辅，前是当国者，虽欲除之，往往反受其祸。似道谈笑之顷，出之于外，余党慑伏，惴惴无敢为矣。学舍在当时最为横议，而啖其厚饵，方且讼盛德、赞元功之不暇，前庑一得罪，则黥决不少贷，莫敢非之。福邸，帝父也，略不敢以邪封墨敕以丐恩泽，内庭无用事之人，外阃无怙势之将，宫中、府中俱为一体。凡此数事，世以为极难，而似道乃优为之，谓之无才，可乎？其所短者，专功而怙势，忌才而好名，假崇尚道学、旌别高科之名，而专用一等委靡迂缓不才之徒，高者谈理学，卑者矜时文，略不知兵财政刑为何物。

垢面弊衣，冬烘昏愦，以致靡烂渐尽而不可救药。此皆不学而任术，独运而讳言之罪也。呜呼！古人以集众思、广忠益为相业，真万世之名言也欤！

祠 神

太学除夜各斋祀神，用枣子、荔枝、蓼花三果，盖取"早离了"之谶。遇出湖，则多不至三贤堂，盖以乐天、东坡、和靖为"落酒沐"故也。可发一笑。

簿 录 权 臣

前后权臣之败，官籍其家，每指有违禁之物为叛逆之罪。若韩侂胄家有翠毛茵褥、虎皮，及有织龙男女之衣，及有穿花龙团之类是也。近世籍贾似道，至以藉御书、龙团锦袱之类为违法。此则大不然。盖大臣之家平日必与禁苑通，往往有赐与，帝后之衣谓之御退，衣服皆织造龙凤，他如御书，必藉以龙锦，又何足为异。余妻舍有两朝赐物甚多，亦皆龙凤之物。至于御退罗帕，四角皆有金龙小印，凡数十枚，亦皆御前之物，诸阁分递相馈，无足怪者。今若一切指此为违法，恐不足以当其罪，适足以起识者之笑耳。大臣误国，其罪莫大，以此为罪，死魄游魂，不得而逃。若借此以重其罪，则恐九原有知，反得以有辞耳。昔侂胄败，捕其党于大理狱，狱吏加以不道，欲以违法诸物文致之。大理卿奚逊明其不然，曰：侂胄首兵权，自有定罪，若欲诬之以叛逆，天不可欺也。"庙堂无以夺其议。

韩平原之败

韩平原被诛之夕，乃其宠姬四夫人诞辰，张功甫移庖大燕，至五更方散，大醉几不可起。干办府事周筠以片纸入投云：“闻外间有警，不佳，乞关阁门免朝。”韩怒曰：“谁敢如此！”至再三，皆不从。乃盥栉取瑞香番罗衣一袭衣之，登车而往。旋即殿司军已围绕府第矣。是夕所用御前乐部伶官皆闭置于内，饥饿三日始放去。时赵元父祖母蕲国夫人徐氏与其母安部头皆在府中，目击其事。其后斥卖其家所有之物，至于败衣破絮，亦各分为小包，包为价若干。时先妣母谩以数券得一包，则皆妇人弊鞋也。方恚恨以为无用，欲弃之，疑其颇重，则内藏大北珠二十粒。盖诸婢一时藏匿为逃去之计，适仓惶遗之云耳。

马 相 去 国

咸淳甲戌之夏，丞相番阳马公廷鸾字翔仲，以翻胃之疾，乞去甚苦，凡十余疏，始得请，则疾已棘矣。以暑甚病危，不可即途，遂出寓于六和塔。余受公知，间日必出问之。时公偃仰小榻，素无姬妾，止一村仆煮药其傍。尝凄然谓余曰：“吾家素贫，少年应南宫之试，止草履襆被而已。一日道间馁甚，就村居买螺蛳羹，泡蒲囊中冷饭食之，遂得此疾。既无力治药，朋友怜之者以二陈汤服之，良愈。是岁窃冒省魁。后为两制日，疾复作，医者复以丁香草果饮，亦三两服即愈。因念前疾之所以不死者，盖有后来之功名故也。今承乏庙堂，分量极矣，过矣。今疾复作而众药不效，势无生理必矣。所恨者时事日异，无以报国为不满耳。”因泣下数行。然贾师宪终疑其托疾引去，欲相避者，因奏知自出关访问之，其实觇之也。及见其骨立赢然，乃始惊曰：“碧梧乃真病也！”次日奏闻，以大观文知乡郡，以荣其归，且特赐东园秘器，以为沿途缓急之备。公即日舆疾以归，及还番阳，疾乃安，阅月而全愈。未几，以吴坚为相。是冬北军渡江，督府军溃，而国随以亡矣。使公不病，病不亟，则位不可释，位不可释，则奉玺狩北之责，公实居之。今乃以疾而归，归而疾愈，安处山林，著书教子者，凡十四年而后薨。此非天相吉德，曲为之庇，安能若是哉！公尝自著《番阳遗老传》，及门人所述年谱，备载出处之详，兹不赘云。

荔枝梅花赋

　　唐舒元舆《牡丹赋序》云："吾子独不见张荆州之为人乎？斯人信丈夫。然吾观其文集之首有《荔枝赋》焉。荔枝信美矣，然而不出一果，所与牡丹何异？但问其所赋之旨何哉？"皮日休《桃花赋序》云："余尝慕宋广平之为相，贞姿劲质，刚态毅状，疑其铁肠与石心，不解吐婉媚辞。然睹其文而有《梅花赋》，清便富艳，得南朝徐、庾体，殊不类其为人也。"二序意同。《梅花赋》人皆知之，《荔枝赋》则人未有用之者，何耶？然《荔花赋》今不传，近徐子方以江右所刊者出观，其文猥陋，非惟不类唐人，亦全不成语，不善于作伪者也。

金龟称瑞

　　真宗东封回，至兖州回銮驿罩庆桥醮，赐辅臣、亲王、百官宴于延寿寺。有金龟集游童衣袂，大如榆荚。丁谓以献，上命中使赍示群臣。余为儿童时，侍老大夫为建宁漕属官，廨后多草莽，其间多有此物，有甲能飞，其色如金，绝类小龟，小儿多取以为戏，初非难得之物也。鹤相善佞而欺君，乃遽指以为祥瑞，载之史册，真可发后世一笑也。

许占寺院

南渡之初,中原士大夫之落南者众,高宗愍之,旸有西北士夫许占寺宇之命。今时赵忠简居越之能仁,赵忠定居福之报国,曾文清居越之禹迹,汪玉山居衢之超化。他如范元长、吕居仁、魏邦达甚多。曾大父少师亦居湖之铁观音寺,后迁天圣寺焉。

须属肾

医家之论人须、眉、发,皆毛类,而所主五脏各异,故老而须白眉发不白者,脏气有所偏故也。大率发属于心气,如火气,故上生。须属肾气,如水气,故下生。眉属肝,故侧生。男子肾气外行,上为须,下为势,故女子、宦人无势,亦无须,而眉发无异男子,则知不属肾也。此沈存中所记如此。余老来每掀髯,则须或易脱,每疑为肾气衰乏使然,今益知此说为信。

短小精悍

短小精悍之称凡数人,如《史记》之郭解,前汉之严延年,唐之李绅是也。

纲目用武后年号

余向闻林竹溪先生云:"欧公修《唐书》,作《武后纪》,依前汉例也。天授以后,唐虽改号为周,而史不以周新之,盖黜之也。晦翁病其唐经乱周,史遂有嗣圣二十四年之号,年之首书曰:'帝在某。''帝在某',盖以《春秋》之法正名也。每年之下又细书武氏所改年号,垂拱则曰武氏垂拱,天授则曰周武氏天授，此意甚严。但武氏既革唐命，国号为周，既有帝而又有周，有周则无唐矣，无唐则无帝矣。同一疆域也，而帝与周同书，则民有二王、天有二日矣，岂无窒碍？若《春秋》'公在乾侯'，则鲁国未尝有他号。"

游阅古泉

至元丁亥九月四日，余偕钱菊泉至天庆观访褚伯秀，遂同道士王磐隐游宝莲山韩平原故园。山四环皆秀石，绝类香林、冷泉等处，石多穿透崭绝，互相附丽。其石有如玉色者，闻匠者取以为环珥之类。中有石㵎，杳而深，泉涓涓自内流出，疑此即所谓阅古泉也。㵎傍有开成五年六月南岳道士邢令开、钱塘县令钱华题名，道士诸葛鉴元书，镌之石上。又南石壁上镌佛像及大字《心经》，甚奇古，不知何时为火所毁，佛及残缺。又一洞甚奇，山顶一大石坠下，傍一石承之，如饾饤然。又前一巨石不通路，中凿一门，门上横石梁。又有一枯池，石壁间皆细波纹，不知何年水直至此处。然则今之城市，皆当深在水底数十丈矣。深谷为陵，非寓言也。其余磴道、石池、亭馆遗迹，历历皆在，虽草木残毁殆尽，而岩石秀润可爱。大江横陈于前，时正见湖上如疋练然，其下俯视，太庙及执政府在焉。山顶更觉奇峭，必有可喜可愕者，以足惫，不果往。且闻近多虎，往往白昼出没不常，遂不能尽讨此山之胜，故书之以谂好事之寻游者。

种竹法

尝闻九曲寺明阇黎者言种竹法云："每岁当于笋后，竹已成竿后即移，先一岁者为最佳。盖当年八月便可行鞭，来年便可抽笋，纵有夏日，不过早晚以水浇之，无不活者。若至立秋后移，虽无日晒之患，但当行鞭之际，或在行鞭之后，则可仅活，直至来秋方可行鞭，后年春方始抽笋。比之初夏所移，正争一年气候。"此说极为有理。

律文去避来

律云"去避来"之文，最为难晓。太宗尝问孔恭承曰："今文宗贵贱长轻重，各有相避，何必又云去避来，此义安在？"恭承曰："此必戒于去来者，互相回避耳。"上不然，曰："借使去来相避，此义止是憧憧于通衢之大路，人密如交蚁，乌能一一相避？但恐律者别有他意耳。"余尝扣之棘寺老吏，云："所谓去避来者，盖避自我后来者，以其人自后奔走而来，此必有急事故耳，故当避之也。"此语亦甚有理。

廖莹中仰药

贾师宪还越之后，居家待罪，日不遑安。翘馆诸客悉已散去，独廖群玉莹中馆于贾府之别业，仍朝夕从不舍。乙亥七月一夕，与贾公痛饮终夕，悲歌雨泣，到五鼓方罢。廖归舍不复寝，命爱姬煎茶以进，自于笈中取冰脑一握之。既而药力不应，而业已求死，又命姬曰："更欲得热酒一杯饮之。"姬复以金杯进酒，仍于笈中再取片脑数握服之。姬觉其异，急前救之，则脑酒已入喉中矣，仅落数片于衣袂间。姬于是垂泣相持，廖语之曰："汝勿用哭我，我从丞相，必有南行之命，我命亦恐不免。年老如此，岂能复自若？今得善死矣。吾平生无负于主，天地亦能鉴之也。"于是分付身后大概，言未既，九窍流血而毙。

先 君 出 宰

先君子于绍定四年辛卯,出宰富春,九月到任。未几,值慈明太后上仙,应办梓宫,百色之冗,先子优为之,略无科扰,民称之为"周佛子"。撙节浮费,百废俱举,修建县学,一新释奠祭器,刻之于石。又重定释奠仪,重建合江驿。驿后为大阁,扁曰"清涵万象"。辟县圃,凿池建堂。适有双莲之瑞,因名之曰"合香",取古诗"风合雨花香"之句。壬辰岁,余实生于县斋。其时李文清方闲居于邑中,其家强干数十,把握县道,难从之请,盖无虚月。先人惟理自循,不能一一尽奉其命也,以此积怨得罪焉。邑有官妓曰蔡闰,为文清所盼,每欲与之脱籍而未能。一日,酒边曰:"此妓某未尘忝时,已见其在籍中矣。"意欲言其系籍已久也。先子因顾蔡曰:"汝入籍几何时?今几岁矣?"蔡不悟,直述所以。考之则李公登科之岁,此妓方生十年耳。李不觉面发赤,以为先子有意于相窘,其实出于无心也,于是衔之。及入台,先子已满去,乃首章见劾焉。

向 氏 书 画

吴兴向氏,后族也。其家三世好古,多收法书、名画、古物,盖当时诸公贵人好尚者绝少,而向氏力事有余,故尤物多归之。其一名士彪者,所畜石刻数千种,后多归之吾家。其一名公明者,呆而诞,其母积镪数百万,他物称是,母死专资饮博之费。名画千种,各有籍,记所收源流甚详。长城人刘瑄,字困道,多能而狡狯。初游吴毅夫兄弟间,后遂登贾师宪之门。闻其家多珍玩,因结交,首有重遗。向喜过望,大设席以宴之,所陈莫非奇品。酒酣,刘索观书画,则出画目二大籍示之,刘喜甚,因假之归,尽录其副。言之贾公,贾大喜,因遣刘诱以利禄,遂按图索骏,凡百余品,皆六朝神品。遂酬以异姓将仕郎一泽公明,稇载之,以为谢焉。后为嘉兴推官,以赃败而死,其家遂荡然无子遗矣。然余至其家,杰阁五间悉贮书画、奇玩,虽装潢锦绮,亦目所未睹。未论画也,佳研凡数百只,古玉印每纽必缀小事件数枚,凡贮十大合。有雪白灵壁石,高数尺,卧沙水道悉具,而声尤清越,希世之宝也。其他异物,不能尽数。然公明视之亦不甚惜,凡博徒酒侣至,往往赤手攫之而去耳。景定中,其祖若水墓为贼所劫,其棺上为一槅,尽贮平日所爱法书、名画甚多。时董正翁楷为公田,分得其《兰亭》一卷,真定武刻也。后有名士跋语甚多,其精神煜煜,透出纸外,与寻常本绝异,正翁极珍之。然尸气所侵,其臭殆不可近,虽用沉脑薰焙,亦不能尽去。或教之以檀香能去尸气,遂作檀香函贮之。然付之庸工装潢,颇为裁损,所谓金龟八字云。

误书庙讳

胡石壁颖为宪日,尝出巡部。适一尉格目忘书名,胡大怒,遂批银牌云:“县尉不究心职事,至于格目亦忘署名,可见无状。”追问,尉亦狡者也,遂作一状,录宪状判于前而空署字,以黄覆之。及就逮投状,胡见益怒云:“汝尚敢侮我如此!”遂索元批银牌观之,则有署字,盖一时盛怒中所书,忘其庙讳也。于是径不敢问而遣之。

修史法

余尝闻李双溪献可云:“昔李仁甫为《长编》,作木厨十枚,每厨作抽替匣二十枚,每替以甲子志之,凡本年之事,有所闻必归此匣,分月日先后次第之,井然有条,真可为法也。"

过　癞

闽中有所谓过癞者,盖女子多有此疾,凡觉面色如桃花,即此证之发见也。或男子不知,而误与合,即男染其疾而女瘥。土人既皆知其说,则多方诡作,以误往来之客。杭人有秬供申者,因往莆田,道中遇女子独行,颇有姿色,问所自来,乃言为父母所逐,无所归,因同至邸中。至夜,甫与交际,而其家声言捕奸,遂急窜而免。及归,遂苦此疾,至于坠耳、塌鼻、断手足而殂。癞,即大风疾也。

十 二 分 野

世以二十八宿配十二州分野,最为疏诞。中间仅以毕、昴二星管异域诸国,殊不知十二州之内,东西南北不过绵亘一二万里,外国动是数万里之外,不知几中国之大,若以理言之,中国仅可配斗、牛二星而已。后夹漈郑渔仲亦云:"天之所覆者广,而华夏之所占者牛、女下十二国中耳。牛、女在东南,故释氏以华夏为南赡部州,其二十八宿所管者,多十二国之分野,随其所隶耳。"赵韩王尝有疏云:"五星二十八宿,在中国而不在四夷。"斯言至矣。

吹　霎

"吹霎"二字,每见刘长卿用之,作伤寒感冷意,问之,则谩云出《汉书》,然莫可考也。继阅方书,于《香芎散证治》云:"吹霎,伤风头痛发热。"此必有所据也。

故 都 戏 事

　　余垂龆时，随先君子故都，尝见戏事数端，有可喜者，自后则不复有之，姑书于此，以资谈柄云。呈水嬉者，以髹漆大斛满贮水，以小铜锣为节，凡龟、鳖、鳅、鱼皆以名呼之，即浮水面，戴戏具而舞。舞罢即沉，别复呼其他，次第呈伎焉。此非禽兽可以教习，可谓异也。又王尹生者，善端视，每设大轮盘，径四、五尺，画器物、花鸟、人物凡千余事，必预定第一箭中某物，次中某物，次中某物，既而运轮如飞，俾客随意施箭，与预定无少差。或以数箭俾其身射，命之以欲中某物，如花须、柳眼、鱼鬣、燕翅之类，虽极微眇，无不中之。其精妙入神如此，然未见能传其技者。又太庙前有戴主者，善捕蛇，凡有异蛇，必使拢之，至于赤手拾取如鳅、鳝然。或为毒蝮所啮，一指肿胀如椽，旋于笈中取少药糁之，即化黄水流出，平复如初。然十指所存，亦仅四耳。或欲捕之蛇藏匿不可寻，则以小苇管吹之，其蛇则随呼而至，此为尤异。其家所蓄异蛇，凡数十种，锯齿毛身，白质赤章，或连钱，或绀碧，或四足，或两首，或仅如称衡而首大数倍，谓之饭揪头，云此种最毒。其一最大者如殿楹，长数尺，呼之为蛇王。各随小大以筊篮贮之，日啖以肉，每呼之，使之旋转升降，皆能如意。其家衣食颇赡，无他生产，凡所资命，惟视吾蛇尚存耳，亦可仿佛豢龙之技矣。又尝侍先子观潮，有道人负一簏自随，启而视之，皆枯蟹也。多至百余种，如惠文冠，如皮弁，如箕，如瓢，如虎，如龟，如蚁，如猬，或赤、或黑、或绀，或斑如玳瑁，或粲如茜锦，其一上有金银丝，皆平日目所未睹。信海涵万类，无所不有。昔闻有好事者居海濒为蟹图，未知视此为何如也。杜门追想往事，戏书。

马裕斋尹京

马裕斋光祖之再尹京也，风采益振，威望凛然。大书一榜，揭之客次，大意谓僚属自当以职业见知，并从公举。若挟贵挟势，及无益俪语以属者，不许收受，达者则先断客将。于是客之至者，掌客必各点检衔袖，惟恐犯令得罪。余时为帅幕，一日以公事至，见有薛监酒方叔在焉。薛虽进纳，出入福邸贵家甚稔，余因扣其何为，薛笑而不见答，觇袖间则有物焉。余指壁间文曰："奈何犯初条乎？"薛笑曰："非惟犯初条，将并犯所戒矣。"既而速客僚属白事毕，薛出袖中函书，马公颦蹙不语。既而又出俪卷，傍观皆悚惧，而典客面无人色，谓受杖必矣！及退，乃寂然无所闻。又旬日，余复以事至，则薛又在焉。余因扣其所投何如？薛笑曰："已荷收录矣。余袖中乃谢启也。"扣其所主，则南阳贵人也。以是知人不可无势，以马公峻峭壁立，亦不能不为流俗所移，况他人哉！

贾廖刊书

贾师宪常刻《奇奇集》，萃古人用兵以寡胜众如赤壁、淝水之类，盖自诧其援鄂之功也。又《全唐诗话》乃节唐《本事诗》中事耳。又自选《十三朝国史会要》。诸杂说之会者，如曾慥《类说》例，为百卷，名《悦生堂随抄》，板成未及印，其书遂不传。其所援引多奇书。廖群玉诸书，则始《开景福华编》，备载江上之功，事虽夸而文可采。江子远、李祥父诸公皆有跋。《九经》本最佳，凡以数十种比校，百余人校正而后成，以抚州草抄纸、油烟墨印造，其装褫至以泥金为签，然或者惜其删落诸经注为可惜耳，反不若韩、柳文为精妙。又有《三礼节》、《左传节》、《诸史要略》及建宁所开《文选》诸书，其后又欲开手节《十三经注疏》，姚氏注《战国策》、注坡诗，皆未及入梓，而国事异矣。

贾 廖 碑 帖

贾师宪以所藏定武五字不损肥本褉帖，命婺州王用和翻开，凡三岁而后成，丝发无遗，以北纸古墨摹榻，与世之定武本相乱。贾大喜，赏用和以勇爵，金帛称是。又缩为小字，刻之灵璧石，号"玉板兰亭"，其后传刻者至十余，然皆不逮此也。于是其客廖群玉以《淳化阁帖》、《绛州潘氏帖》二十卷，并以真本书丹入石，皆逼真。又刻《小字帖》十卷，则皆近世如卢方春所作《秋壑记》，王茂悦所作《家庙记》、《九歌》之类。又以所藏陈简斋、姜白石、任斯庵、卢柳南四家书为小帖，所谓《世綵堂小帖》者。世綵，廖氏堂名也，其石今不知存亡矣。

济 王 致 祸

济王夫人吴氏，恭圣太后之侄孙也，性极妒忌。王有宠姬数人，殊不能容，每入禁中，必察之杨后，具言王之短，无所不至。一日内宴，后以水精双莲花一枝，命王亲为夫人簪之，且戒其夫妇和睦。未几，王与吴复有小竞，王乘怒误碎其花。及吴再入禁中，遂潜言碎花之事，于是后意甚怒，已有废储之意。会王在邸新饰素屏，书"南恩新"三大字，或扣其说，则曰："'花儿王'王壻之父，号花儿王。与史丞相通同为奸，待异日当窜之上二州也。"既而语达，王与史密谋之杨后，遂成废立之祸焉。盖当时盛传"花儿王"者秽乱宫闱，市井俚歌所唱"花儿王开者"，盖指此也。

十 三 故 事

余试吏部,铨第十三人。外舅杨泳斋遗书贺先君,其间一联云:"第十三传衣钵,已兆前闻;若九万抟扶摇,更期远到。"盖用和凝登第名在十三,及为知举,取范质即以第十三处之,场屋间谓之"传衣钵"。盖外舅向亦以十三名中选故耳,以此用之最为切当。盖张时先辈笔也。时乃张武子良臣之子,昔为张功父之客云。

舞 谱

予尝得故都德寿宫舞谱二大帙,其中皆新制曲,多妃嫔诸阁分所进者。所谓谱者,其间有所谓:

左右垂手　双拂　抱肘　合蝉　小转　虚影　横影称星

大小转轉　盘转　叉腰　捧心　叉手　打场　搀手鼓儿

打鸳鸯场　分颈　回头　海眼　收尾　豁头　舒手布过

鲍老掇　对窠　方胜　齐收　舞头　舞尾　呈手关卖

掉袖儿　拂　蹾　绰　觑　掇　蹬　焌

五花儿　踢　搕　刺　搧　系　掤　捽

雁翅儿　靠　挨　拽　捧　闪　缠　提

龟背儿　踏　偾　木　折　促　当　前

勤步蹄　摆　磨　捧　抛　奔　抬　抉

是亦前所未闻者,亦可想见承平和乐之盛也。

知 州 借 紫

　　故事:知州军皆例借紫鱼袋。先子为衢倅时,外舅杨彦赡知郡,既而除工部郎官,交郡事甫毕,则自便门至倅厅相谢,则已衣绯矣。余时在侍旁,不晓所谓。先子语之曰:"盖知州则许借紫,今既满任交事,法当仍还元服故也。"因言今浙西宪亦许借紫,若圣节随班上寿,则仍元服也。独帅漕居辇下者,则虽圣节朝谒,亦许服所借耳。若元为知州军而既除本路监司者,仍旧带借,或除别路,则不可就矣。然亦莫晓立法之意也。

记 方 通 律

　　《石林避暑录》载蔡州道士杨大均善医,能默诵《素问》、《本草》、《千金方》,其间药名分两,皆不遗一字。因问其"此有何义理而可记乎"?大均曰:"苟通其义,其文理有甚于章句偶俪,一见何可忘也。"余向登紫霞翁门,翁妙于琴律,时有画鱼周大夫者善歌,每令写谱参订,虽一字之误,翁必随证其非。余尝扣之,云:"五凡工尺,有何义理?而能暗通默记如此,既未按管色,又安知其误耶?"翁叹曰:"君特未深究此事耳。其间义理之妙,又有甚于文章,不然安能强记之乎?"其说正与前合。盖天下之事,虽承蜩履稀之微,亦各有道也。

大 父 廉 俭

　　大父少傅素廉俭,侨居吴兴城西之铁佛寺,既又移寓天圣佛刹者几二十年。杜门萧然,未尝有毛发至官府。时杨伯子长孺守湖,尝投谒造门,至不容五马车。伯子下车顾问曰:"此岂侍郎后门乎?"为之欷叹而去。时寓公皆得自酿,以供宾祭,大父虽食醋，亦取之官库。一日，与客持螯，醯味颇异常时，因扣从来，盖先姑婆乳母所为斗许，以备不时之需者。遂令亟去之，曰："毕竟是官司禁物，私家岂可有耶？"其自慎若此。待子弟仆甚严，虽甚暑，未始去背子鞋袜。

断　　桥

完颜亮窥江之时，步帅李捧建谋，欲断吴江长桥，以扼奔突。时洪景伯知平江，以为无益，奏止之。既而，又有建策于常熟福山一带多凿坑阱，以陷虏马者。德祐之际，朝臣亦建议断桥于吴江者，又断北关之板桥者。呜呼！疾已入于膏肓，且投肤革之剂，亦只取识者之笑耳，尚忍言哉！

馈送寿物

《朝野杂记》所载韩平原送寿礼物，各列之天庆观廊间，观者为之骇然。以近世观之，每有馈遗，惟恐外人之窥，何肯张皇以眩众目哉？尝闻有阃帅馈师宪三十皮笼，局鐍严，误留寄他家。其承受人不过赍书函及鱼钥小匣投纳而已，笼中之物，虽承受人亦所不知也。其视平原之事，何翅万万！又记吴曦出蜀入朝，多买珍异，孔雀四、华亭鹤数十，金鱼及比目鱼等，及作粟金台盏遗陈自强者。在今观之，皆不足道，岂当时人有廉俭之风，视此已为异事，不若今人视以为常耶？抑秀岩蜀产，耳目之隘故耶？

桐蕈鳆鱼

天台所出桐蕈味极珍，然致远必渍之以麻油，色味未免顿减。诸谢皆台人，尤嗜此品，乃并舁桐木以致之，旋摘以供馔，

甚鲜美，非沟渍者可比。贾师宪当柄日，尤喜苕溪之鳊鱼，赵
与可因造大盘，养鱼至千头，复作机，使灌输不停，鱼游泳拨剌
自得，如在江湖中，数舟上下递运不绝焉。余尝于张称深座
间，有以活鳆鱼为献，其美盖百倍于槁乾者。盖口腹之嗜，无
不极其至，人乳蒸肫，牛心作炙，古今皆然也。

纵　囚

梁席阐为东阳太守，在郡有能，悉放狱中囚，依期而至。
后汉虞延为细阳令，每至岁时伏腊，辄休遣囚徒，各使归家，并
感其恩德，因期而还。《南史》何胤在齐为建安太守，为政有
恩，人不忍欺，每伏腊放囚还家，依期而返。呜呼！中孚之信
及豚鱼，盖非一日之积也。

赵　孟　桂

乙亥岁，国事将危，忽传当涂孟之缙妻赵氏孟桂见为伯颜
丞相次妻者，朝廷遂以太后命，遣人赍金帛与之，俾赞和议。
继得孟桂回奏云："和议将成。"遂复赐手诏云："敕孟桂，吾老
矣，不幸遭家多难，嗣君在疚。不谓似道失信北朝，致开边衅，
生灵荼毒，宗社阽危，日夜思此，惟有流涕。忽览来奏，知尔身
在边方，心存宗国，且拳拳以讲信为请，自非孝顺一念，发于天
性，畴克有此！得书喜幸，莫有云喻。已诏丞相遣使通问，以
全两国生灵之命。尚赖尔委曲赞助，速成议和，以慰老怀。"复
遣人以金帛慰之，继而寂然无报。及事定，孟桂南归雪川，盖
未尝为伯颜次妻，亦未尝得诏及赐物也。盖奸人乘危造为此
说，以骗脱朝廷金帛耳。问探不明，有类儿戏，国安得不亡哉！
孟桂乃赵忠惠与篢之妹，今为尼，改名子桂，住湖州广福寺云。

紫纱公服

近见近客章服有花纱绫绢或素纱者,或者讥笑之。余尝见《演繁露》载白乐天《闻白行简服绯》诗云:"彩动绫袍为趁行"之句,注云:"绯多以雁衔瑞莎为之。"则知唐章服以绫织花。又《旧闻证误》云:"今宗室外戚之亲贵者,或赐花罗公服,宣和间又有纱公服。"然则此亦不以异也。

译　者

"译者"之称,见《礼记》,云"东方曰寄",言传寄内外言语;"南方曰象",言放象内外之言;"西方曰狄鞮",鞮,知,通传夷狄之语,与中国相知;"北方曰译",译,陈也,陈说内外之言。皆立此传语之人,以通其志。今北方谓之通事,南蕃海舶谓之唐帕,西方蛮徭谓之蒲叉,去声。皆译之名也。

秘　固

精力、精神、精气、精血、精明、精爽、精到、精详、精妙,皆以精为主,卫生者当谨之。苦海、爱河,狂澜弗返,其涸也,可立而待。《素问》曰:"法于阴阳,和于术数。"又曰:"凡阴阳之道,阳密乃固。"注曰:"交会之要者,正在于阳气不妄泄耳。"此语余闻之谢奕修待制,云:"此先公密庵平日之所受持也。"密庵名采伯,亦谢后之诸父也,天台人。

雅流自居

刘克庄云:"自义理之学兴,士大夫研深寻微之功,不愧先儒,然施之政事,其合者寡矣。夫理精事粗,能其精者,顾不能粗者,何欤？是殆以雅流自居,而不屑俗事耳。"此语大中今世士大夫之病。

张 氏 至 孝

宝庆丙戌,莆阳境内小民张氏至孝,家贫养母。尝有所适,归而母亡,张追慕不已,既祥而不除,欲丧之终其身。太守杨叔防闻而哀之,赐以钱酒,且书其门曰:"何必读书,只此便是读书;何必为学,只此便是为学。"

五 行 间 色

五行所主:金白,木青,水黑,火赤,土黄。然间色亦相克成,木克土,则青黄合为绿;金克木,则青白合为碧;火克金,则赤白合为红;水克火,则黑赤合为紫;土克水,则黄黑合为骝。

构 字 义

构音进,凡织前绥以构梳,系使不乱也,出《埤仓》,见《唐韵》。近世张定叟所云则构字,一点,三音标的,若非此构字也。

连 架

今农家打稻之连架,古之所谓拂也。《王莽传》"东巡载耒南载耦",注:"锄也,薅去草。""西载铚,北载拂",注:"音佛,以击治禾,今谓之连架。"庆历初,知并州杨偕伏所制铧连枷,铧简藏秘府。狄武襄以铧连枷破侬智高,非特治禾也。按《天官书》棓亦作样及棒,又连枷也,见《玉篇》。此棓杖之棓,其字从木,本非止于击禾。又以铁为之,短兵之利便也。

正　闰

　　正闰之说尚矣。欧公作《正统论》,则章望之著《明统论》以非之;温公作《通鉴》,则朱晦庵作《纲目》以纠之。张敬夫亦著《经世纪年》,直以蜀先主上继汉献帝。其后庐陵萧常著《后汉书》,起昭烈章武元年辛丑,尽后主炎兴元年癸未,又为吴、魏载记。近世如郑雄飞,亦著为《续后汉书》,不过踵常之故步。最后翁再又作《蜀汉书》,此又不过拾萧、郑弃之竹马耳。盖欲沽特见之名,而自附于朱、张也。余尝闻徐谊子宜之言云:"立言之人,与作史记之体不同,不可以他文比也。故圣人以《秦誓》次于帝王之后,亦世衰推移,虽圣人不能强黜之。汉儒虽以秦为闰位,亦何尝以汉继周耶?若如诸公之说,则李昪自称为吴王恪之后,亦可以续唐矣。"余尝见陈过圣观之说甚当,今备录于此,云:"《纲目·序例》有云:'表岁以首年,而因年以著统。'自注其下云:'正统之年岁下,大书非正统者,两行分注。'或问《纲目》主意于朱子,曰:'主在正统。'又曰:'只是天下为一,诸侯朝觐狱讼皆归,便是正统。'夫正闰之说,其来久矣,甲可乙否,迄无定论。盖其论无论正统之有无,虽分裂之不一,或兴创而未成,必择其间强大者一国当之,其余不得与焉。此其论所以不定也。自《纲目》之作,用《春秋》法,而正统所在有绝有续,皆因其所建之真伪,所有之偏全斟酌焉,以为之予夺,此昔人所未及,今历考之,周之亡,秦与列国分注而为首,此正统之一绝也。始襄王五十二年,至始皇二十六年初并天下,遂得正统,此正统之一续也。二世已亡,义帝虽为众所推,不得正统,特先诸国而已,此正统之再绝也。义帝亡而西楚为首,至汉高帝之五年,始得正统,此正统之再续也。

王莽始建国之年,尽有汉天下矣,虽无他国亦从分注,此正统之三绝也。更始之主,虽汉子孙,而为诸将所立,犹不得绍统。光武即位,乃得正统,此正统之三续也。汉献帝之废,昭烈承之,虽在一隅,正统赖以不绝。后主亡而魏、吴分注,此正统之四绝也。晋武平吴亦得正统,此正统之四续也。愍帝亡而元帝中兴,虽在江南,而正统未绝,安帝为桓玄所篡,未几返正,以至恭帝禅宋而与魏分注,此正统之五绝也。自是历齐、梁、陈、魏、齐、周,南北分注,比之隋文平陈,而后得正统,此正统之五续也。隋恭帝侑废,而越王侗与唐高祖分注,此正统之六绝也。高祖武德五年乃得正统,此正统之六续也。昭宣帝为朱全忠所篡,而晋与淮南以其用唐年号,特先梁而分注,此正统之七绝也。自是历后唐、晋、汉、周,皆不得正统,可谓密矣。然正统之兼备,自三代以后,五季以前,往往不能三四,秦亡而汉高以兴,隋亡而唐高以王,正统之归吾无间。然他如秦以无君无亲,嗜杀人,隋以外戚有反相,而皆得天下,是皆始不得其正者。得其次如晋武帝袭祖父不义之业,卒以平吴一统而与秦、隋俱得正统,此其所未安也。有正者,其后未必有统,以正之所在而统从之,可也;有统者,其初未必有正,以统之所成而王从之,可乎?以秦、晋及隋概之,羿、莽特其成败有不同耳,顾以其终于伪定而以正归之,殆于不可,故尝为之说曰:'有正者不必有统,非汉、唐不与焉;有统者不必有正,虽秦、隋可滥数。夫有正者不责其统,以正之不可废也。有统者终与之正,是不特统与正等,为重于正矣。无统而存其正,统犹以正而存也;无正而与之统,正无乃以统而泯乎?'若曰纪事之法,姑以是提其要耳。正与不正,万世自有公论,则昔人正闰之论,犹不能一,而以是断汉、魏之真伪,吾恐犹以彼三者藉口也。何以言之？以正言之，则正者为正，不正者为僭。以统言之，则正固正也，统亦正也。今而曰朝觐狱讼皆归，便是正统，却使不得。正统如南北十六国，五代十国，有能以智力取天下而不道，如秦、晋与隋者，其必以正统归之矣。庄周有言：'窃钩者诛，窃国者侯。'此言虽小，可以喻大。盖南北十六国，五代十国，窃钩者也；秦、晋及隋，窃国者也。彼愦愦不知，有如曹丕凭藉世恶，幸及其身，而舜、禹之事，吾知之矣。然世有公论在也。今以朱子正统之法，而使秦、晋及隋乃幸得之，使其尚存，其以计得者，将不以曹丕自说，而幸己之不与同传，其以力得者，将又不曰汤、武之事。吾知乎，是后世无复有公论也，而可乎！夫徒以其统之幸得而遂界以正，则自今以往气数运会之参差，凡天下之暴者、巧者、侥幸者，皆可以窃取而安受之，而枭、獍、蛇、豕、豺、狼，且将接迹于后世。为人类者，亦皆俯首稽首厥角以为事之当然，而人道或几乎灭矣，天地将何赖以为天地乎！窃谓三代而下，独汉、唐本朝可当正统，秦、晋与隋有统无正者，当分注。薰莸斌玉，居然自明，汉、魏之际，亦有不待辨者矣。"

奉倩象山

荀奉倩以《六籍》为圣人糟粕，据子贡言性与天道也。此与象山与学者言《六经》几个不分不晓底，子曰"贤，信得及否"数语相似，元言与顿悟本相近也。

大 行

大行乃不返之辞，见《昌邑王传》韦注，平声。理宗之丧，湖州教官刘亿读祝，依《文选》注作去声，所谓大行受大名，纽行受细名，此虽谥法，而实不然也。《前汉书音义》云："'《礼》有大行人、小行人，主谥号官也。"韦昭云："大行，不返之辞，崩未有谥，故称大行。"《穀梁传》曰："大行受大名。"《风俗通》云："天子新崩，未有谥，故且称大行皇帝。"义两通，又见《安帝纪》注。

龙有三名

龙之名有三。龙见而雩，此谓东方七宿为苍龙。蛇乘龙，此谓岁星木精，木为苍龙，故岁星亦以龙名。并见《左传》。又《淮南子》青龙为天之贵神，即太岁异名，王莽《铜权铭》"岁在大梁，龙集戊辰"者，以岁为岁星，龙为太岁也。魏《文昌殿钟簴铭》"岁在丙申，龙次大火"，是则以岁为太岁，龙为岁星，义得两通。若《张纯传》所谓"摄提之岁，苍龙甲寅"，按是岁太岁而言驳。右见吴斗南《两汉刊误补遗》。今按龙集者，岁星所集也。魏《铭》所指星也，莽《铭》乃易置为太岁。今世皆以太岁为龙集，盖名用莽《铭》而实用魏《铭》也。若《张纯传》语则叠指太岁，其误甚矣。又苍龙甲寅在东宫，此以岁在寅德与甲相值，甲位在东方故也。《王莽传》亦云："苍龙癸酉，德在中宫。"注云："癸德在中宫。"按杜钦云："戊土，中宫之部，今癸北宫而云中宫者，以癸为戊妃也。"此与《纯传》小异。《莽传》又云："今年刑在东方，是岁壬申，申刑寅，故也。"欧阳公《集古录》载隋《李康碑》云："岁在亥，大将军在酉。"公谓出于阴阳家，前史所未见。按此即张晏所谓岁后二辰为太阴者也。《抱朴子》有诸皋太阴将军之称，碑用其说。

押字不书名

　　余近见先朝太祖、太宗时朝廷进呈文字，往往只押字而不书名。初疑为检底而末乃有御书批，殊不能晓。后见前辈所载乾淳间礼部有申秘省状，押字而不书名者。或者以为相轻致憾，范石湖闻之，笑其陋云："古人押字，谓之花押印，是用名字稍花之，如韦陟五朵云是也。"岂惟是前辈简帖，亦止是前面书名，其后押字，虽刺字亦是前是姓某起居，其后亦是押字。士大夫不用押字代名，方是百余年事尔。

蕝茷

　　蕝茷二字，上音祖外反，小貌；下音租税反，束茅表位，出《国语》。叔孙通为绵蕝野外，注："立竹及茅索营之，习礼仪其中也。"师古曰："蕝与茷同，皆子说反。"然十七薛韵内只有此说，茷字乃在十四泰，音最。木待问轮对，误读蕝尔之国作撮音，寿皇厉声曰："合作在最反读为是。"按毛晃韵十七薛出茷蕝二字，于十三蔡内，亦有一字，内茷字下注子芮反，束茅表位，正叔孙通绵蕝之仪。《春秋传》云："置茅荫也。"蕝字下注："《史记·礼书》作绵蕝。"徐广曰："表位标准。"如淳曰："置设绵索，为习肄处，谓以茅翦植地为纂位。"又于十四泰亦出二字，皆有祖外反，别出一蕝字，祖外反，小貌也。则二音皆可通用无疑。

五月五日生

　　五月五日生子，俗忌之，然不可一概论也。姑书数事于此。田文以五月五日生，父命勿举，母私举之。文长，以实告

之,启父曰:"不举五月子,何也?"父曰:"生及户损父。"文曰:
"受命于天,岂命于户?若受命于户,何不高其户?谁能至其
户耶?"父知其贤。后封孟尝君。俗以五月恶月,故忌。《苑史
记传》。王镇恶以五月五日生,家人欲弃之,其祖猛曰:"昔孟尝
君以此日生,卒相齐。此儿必兴吾家,以镇恶名之。《南史》王
凤亦以五月五日生者,父欲不举,曰:"俗语,举此子长及户则
自害,否则害其父母。"其叔父曰:"昔田文以此日生,非不祥
也。"遂举之。《西京杂记》。胡广以五月五日生,本姓黄,父母恶
之,藏之葫芦,弃之河流岸侧。居人收养,及长,有盛名,父母
欲取之,广以为背其所生则害义,背其所养则忘恩,而无所归,
托葫芦而生也,乃姓胡名广。后登三司,有中庸之号。《世说》。
唐崔信明亦以五月五日正中时生,太史令占曰:"五月为火,火
为离,为文采,日正中,文之盛也。"及长,博文强记,下笔成章,
终秦川令。徽宗亦以五月五日生,以俗忌,改作十月十日,为
天宁节。近世省吏翁应龙亦以五月五日生,后受极刑。屈原
则以五月五日生,投汨罗江而死。楚人哀之,每至其时,以竹
筒贮米投水祭之。《续齐谐记》。孝女曹娥,其父以汉安二年五
月五日溯涛迎神溺死,娥年十四,乃号泣十七日,投江而死,三
日后,与父尸俱出。《东汉列女传》。

度宗祔庙无室

　　太庙自宣、僖、翼、顺四祖为祧,别于太庙西上为祧殿以奉
之,与太庙诸室并同列,而各门以隔之。自太祖以下至理宗为
十四室,度宗之祔,在理宗东,已无所容,乃外辟东庑以处之,
亦不祥矣。

徐留登第

留忠斋梦炎、徐畋霖在衢校，俱受知于俞教任礼。俞善濮斗南，俞以二人属之，徐魁南宫，留亦中选。每同诣濮，又同寓邸，而徐日湎于酒，无所闻知。时穆陵书"后父""克艰"二语，以锡丞相史嵩之，谢表及记，皆濮所为。留刺知之，不以语徐，遂以自拟对策，遂冠多士云。

私取林竹溪

林竹溪希逸字肃翁，又号鬳斋，福清人。乙未，吴榜由上庠登第，凡三试，皆第四。是岁真西山知举，莆田王迈实之亦预考校。西山欲出《尧仁如天赋》立说，尧为五帝之盛，仁为四德之元，天出庶物之首，西山以此题为极大。实之云："题目自好，但矮些个。"西山默然。林居与王隔一岭，素相厚善，首试前，林衣弊衣邀王车，密扣题意。王告以必用圣人以天下为一家，要以《西铭》主意，自第一韵以后皆与议定，首韵用三极一家，次韵云大圣人之立极，合天下为一家，四韵尧宅禹宫，大铺叙《西铭》。至是西山局于无题可拟，乃谓实之曰："日逼，无题奈何？"王以位下辞避，西山再四扣之不已，王久之若不得已，乃以前题进，并题韵之意大略，西山击节。至引试日，题将揭晓，循例班列拈香，众方对越，闻王微祝云："某誓举所知，神其鉴之。"是时乡人林彬之元质亦在试中，上请，以乡音酬答，亦授以意，亦预选云。

吴益登对

吴益为院辖官日，因轮对上殿，理宗忽问曰："白鹿之功，何如淮、淝?"奏曰:"不同。"又问所以不同,奏曰:"淮、淝之功,成于己济。"上宣肯之。贾师宪以此喜之。

朱王二事相同

朱元晦平生议论前无古人,独庙议以僖祖东向及社仓祖述青苗二事,与王介甫正同,殊不可晓。庙议见《中庸或问》及宋祁《祖宗配侑议》,《文鉴》卷百五。元晦以东向之说出于韩退之《禘祫议》,殊非公论。《南史》臧焘驳郑玄以二祧为文、武之谬,其语甚切,当并考之。

方　　珠

横塘人褚生以右科官与贾巨川涉有旧,初为扬州一令,有妻,又赘于一宗姓之家。既而,挟其资以逃,因遭褫剥,夤缘复官,既得廉州,蓄徒二百,专事采珠。有舶商得方珠,褚知之,因矫朝命,籍而取之。经司风闻,复遭废停,已过满半年,后至者挤之,遂饮鸩而殂。方珠者竟莫知所在。且珠者贵圆,贵色,贵大,如珠不圆,更无色,何足贵?

张约斋佣者

张约斋甫初建园宅,佣工甚众。内有一人,貌虽瘠而神采不凡者,张颇异之。因讯其所以,则云本象人,以事至京,留滞无以归,且无以得食,故不免为此。张问其果欲归否?答曰:"虽欲归,奈无路途之费。"张曰:"然则所用几何?"遂如数赒之。且去,不复可知其如何也。未几,张以罪谪象州,牢落殊甚。一日,忽有来访者,审则其人也。于是为张营居止,且贷以资,使为生计,张遂赖以济。后张殁于家,其人周其葬,事毕亦莫知所在。

禁 男 娼

书传所载龙阳君、弥子瑕之事甚丑，至汉则有籍孺、闳孺、邓通、韩嫣、董贤之徒，至于傅脂粉以为媚。史臣赞之曰："柔曼之倾国，非独女德。"盖亦有男色焉。闻东都盛时，无赖男子亦用此以图衣食。政和中，始立法告捕，男子为娼者，杖一百，赏钱五十贯。吴俗此风尤盛，新门外乃其巢穴。皆傅脂粉，盛装饰，善针指，呼谓亦如妇人，以之求食。其为首者，号"师巫行头"。凡官呼有不男之讼，则呼使验之。败坏风俗，莫甚于此！然未见有举旧条以禁止之者，岂以其言之丑故耶？

赵春谷斩蛇

赵暨守衢日，所任都吏徐信，兴建佑圣观，敛民财甚夥。未几，詹寇作，信以致寇抵罪而死。然民之诣祠如故，特太守不复往。赵孟奎春谷始至，以典祀亦往致敬。已而得堂帖，从前守陈蒙所申，命加毁拆。民投牒求免，而主祀祠黄冠遇大蛇于道，谓神所凭，率民以祷，曰："果神也，盍诣郡？"遂以蛇至倅厅，以白郡。赵曰："此妖也。"以黄冠为惑众，械系于狱，继取蛇贮以大缶，加封闭焉。三日狱成，黄冠坐编置，而戮蛇于市，人咸壮之。

三山诏岁举送

三山旧例，诏岁试，每场两日，帅于谯楼揖士，盖贡院在楼之门也。楼头赞揖，士子同应，声如奔雷者，无虑数万。杂以市人群不逞旗号，纷然抢案占廊，奔突可_此下有阙文_。

癸辛杂识续集上

罗 椅

罗椅字子远，号涧谷，庐陵产也。少年以诗名，高自标致，常以诗投后村，有"华裾客子袖文过"之句，知其为巨富家子也。壮年留意功名，借径勇爵，捐金结客，驰名江湖。时方向程朱之学，于是尽弃旧习而学焉。然性理之学必须有所授，然后名家，于是尊饶双峰为师。时四方从之者数百，类多不能文之人。子远天资素高，又济之以性理之学，竟为饶氏高弟，其实欲盖陶猗之名也。未几，以李之格荐登贾师宪之门。久之，贾恶其不情，心薄之。时在江陵，值庚申透渡之事，遂去贾往维扬，依赵月山日起。遂青鞋破褙，蓬头垢面，俨然一贫儒也。月山得其衔袖之文甚喜，遂延之教子，宾主极相得。未几，师宪移维扬，月山仍参阃幕。一日，话间云："儿辈近得一师，善教导，盖庐陵罗兄也。才美可喜，但一贫可念也。"师宪先廉知为子远，绐月山云："好秀才能教子弟，极难得，愿见其人。"月山遂拉子远出见之，师宪为之绝倒。月山茫然问所以，师宪曰："此江西罗半州也，其家富豪十倍于我辈，执事高明，乃为所欺耶？"月山甚惭。子远知踪迹已露，遂告别而去。既而登丙辰第，以秉义郎换文林，为江陵教，又改潭教。潭之士闻其来，先怀轻侮之意，及至首讲《中庸》，亹亹可听，诸生乃无语。及宰赣之信丰，登畿为提辖榷货务，贾师宪既知其平生素诡诈,不然之,久而不迁。至度宗升遐,失于入临,于是台评论罢而去。饶双峰者,番阳人,自诡为黄勉斋门人,于晦庵为嫡孙行。同时又有新淦董敬庵、韩秋岩,皆为双峰门人,子远与之极相得,互相称道。及世变后,道学既扫地,董、韩再及门,则子远不复纳之矣。董、韩亦行怪者,俱不娶。双峰死,二君匍匐往哭,缟素背负木主。每夕旅邸辄设位奉木主哭临之,旅主人皆患苦之。及道由抚州,黄东发震时为守,津吏报云:"有二秀才素衣背位牌入界,大哭而去,行止怪异,不知何人?"东发闻之,即往迎之,亦制服于郡厅设位,三人会哭,俱称先师之丧。及自石洞回,东发聘董为临汝堂长,书币极厚,留韩郡斋。盖一时道学之怪,往往至此。时人有言云:"道学先牌人欲行。"董敬庵,淦之浮薄者,乡人呼为"董苟庵"。韩自诡为魏公之裔,僻居鄙屋,而榜帖则必称本府。常语朋友云:"先忠献王勋德在国史,先师文公精神在《四书》,诸贤不必对老夫说功名、说学问。"以此往往为后生辈所讥云。

大　打　围

北客云:"北方大打围,凡用数万骑,各分东西而往,凡行月余而围始合,盖不啻千余里矣。既合,则渐束而小之,围中之兽皆悲鸣相吊。获兽凡数十万,虎、狼、熊、罴、麋鹿、野马、豪猪、狐狸之类皆有之,特无兔耳。猎将竟,则开一门,广半里许,俾余兽得以逸去,不然,则一网打尽,来岁无遗种矣。"又曰:"未猎之前,队长去其头帽,于东南方开放生之门。如队长复帽,则其围复合,众始猎耳,此亦汤王祝网之意也。"

水 竹 居

薛野鹤曰："人家住屋，须是三分水、二分竹、一分屋方好。"此说甚奇。

宋彦举针法

赵子昂云："北方有宋彦举者，针法通神，又能运气，谓初用针即时觉热，自此流入经络，顷刻至患处，用补泻之法治之，则病愈而气血流行矣。"

刘汉卿郎中患牙槽风，久之颔穿，脓血淋漓，医皆不效。在维扬有邱经历，益都人，妙针法，与针委中及女膝穴，是夕脓血即止，旬日后颔骨蜕去，别生新者。其后张师道亦患此证，亦用此法针之而愈，殊不可晓也。邱尝治消渴者，遂以酒醇作汤饮之而愈，皆出于意料之外。

委中穴在腿腘中，女膝穴在足后跟，俗言"丈母腹痛，灸女婿脚后跟"，乃舛而至此，亦女膝是也。然灸经无此穴，又云女须穴。

华 夷 图 石

汴京天津桥上有奇石大片，有自然《华夷图》，山青水绿，河黄路白，粲然如画，真异物也。今闻移置汴京文庙中，作拜石。伯几、月观皆云。

缙 云 叶 医

括之缙云有叶医，挟术颇精。一夕，忽梦追至城隍，主者戒云："凡今北之人虐南人盖有数，若南人恃北势以虐南人者，此神明之所甚怒,罪无赦。赵某者昔在福州日,杀人至多,获罪于天,今使之得喑疾而死。或以谷二石、酒二斗、鸡四只相邀,汝慎毋往。不然,逆天之罪,不可违也。然于次日必有叶氏亦以此数相偿,且有重获也。"既觉,惴惴然遂往庙中炷香。甫归家,而赵氏之家令人果以物至相邀,遂辞以疾,不往。次日,叶府召医,疾愈,以物酬谢,乃鸡、酒、谷,如梦中之数。收功获谢,而赵则殂矣。蔡莲潜云。

洪　　渠

高疏寮守括日,有籍妓洪渠者,慧黠过人。一日,歌《真珠帘》词,至"病酒情怀犹困懒",使之演其声若病酒而困懒者,疏寮极称赏之。适有客云:"卿自用卿法。"高因视洪云:"吾亦爱吾渠。"遂与脱籍而去,以此得啧言者。

插 花 种 菊

春花已半开者,用刀剪下,即插之萝卜上,却以花盆用土种之,时时浇溉,异时花过,则根已生矣。既不伤生意,又可得种,亦奇法。沈草庭云。梅雨中,旋摘菊丛嫩枝插地下,作一处,以芦席作一棚,高尺四五,覆之。遇雨则除去以受露,无不活者,且丛矮作花可观,上盆尤佳。

大 野 猪

北方野猪大者数百斤,最犷悍难猎。每以身揩松树,取脂自润,然后卧沙中,傅沙于膏。久之,其肤革坚厚如重甲,名带甲野猪,虽劲弩不能入也。其牙尤坚利如戟,马至则以牙梢之,马足立伤,虽虎豹所不及也。又云猎犬之良者最畏狐,盖狐善以秽气薰犬，目即瞽，故猎者凡见狐必收犬，盖恐为所损也。胡德斋。

天　花　异

戊子五月初二日以来，日光中有若柳絮，又如雪片者，飞舞乱下，人皆哄传以为天花。迨至初四日大雷雨，飞雹大者如当三钱，始知连日所谓天花者，即雪也。及飞下，则以为雹耳。盖小片半空已化于烈日，中大者乃乘风而坠耳。继闻沈氏失冰一窨，次日，王子才自越来，则知越中端午日大雹，西廊门冰亦失其半。按宁宗嘉定甲戌九月朔，日食之，既，日傍有星见，及有飞片如雪母之状自天飘下，今之天花，殊类此也。

西　域　玉　山

刘汉卿尝随官军至小回回国，去燕数万里。每雨过，山泥净尽，数百里间皆玉山相照映，碧淀子皆高数尺，岂所谓琅玕者耶？

灵　寿　杖

又云：灵寿杖出西域，自黄河随流而出，不知为何木。其轻如竹，而性极坚韧。又有赪柳，色如红玉，亦可为杖，能辟雷，每雷作时，杖头皆有火光，殊不可晓。又有大桃核如升，可以破而为碗，皆自黄河流下，不知何国物也。

改　安　吉　州

或言湖州以潘丙之事，改名安吉州，乃寓潘丙二字，史相之狡狯也。

二王入闽大略

德祐丙子正月十二日之事,陈丞相宜中与张世杰皆先一日逃往永嘉。次日,苏刘义、杨亮节、张全挟二王及杨、俞二妃行,自渔浦渡江,继而杨驸马亦追及之。至婺,驸马先还,二王遂入括。既而陈丞相遣人迎二王,竟入福州。丁丑五月朔,于福州治立益王,即吉王,方八岁。改元景炎。立之日,众方立班,忽有声若兵马至者,众惊甚,久乃止。益王锐下,一目几眇。是岁大军至,遂入广州,至香山县海中,大战而胜,夺船数十艘。继而北军再至,遂致败绩,益王坠水死。陈宜中自此逃去,竟莫知所之。继又至雷州,驻硇洲,属雷州界。立广王,后封卫王,俞妃所生。貌类理宗。即位之日,有黑龙见,两足一尾,改号祥兴。至己卯岁二月,北军大至,战于厓山。初以乏粮,遣心腹赍银上岸籴米,至是众船出海口迎战,而所遣者未还。张世杰云:"若弃之而去,后来何以用人?"遂决计不动。遂决战,自晓至午,南北皆倦,欲罢。平日潮信凡两时即退,适此日潮终夕不退,北军虽欲小退,而潮势不可,遂死战。南军大溃,王及枢密使陆秀夫、字君实。杨亮节皆溺海而死焉。时二月六日也。此役也,皆谓苏刘义实著忠劳云。姜大成云。

海　船　头　发

澉浦杨师亮航海至大洋,忽天气陡黑,一青面鬼跃入舟中,继有一美妇人至,顾左右取头发,舟人皆辞以无,妇人顾鬼自取之,即于船板下取一笼,启之,皆头发也。妇人拣数束而去。

海神擎日

扬州有赵都统，号赵马儿，尝提兵船往援李璮于山东。舟至登、莱，殊不可进，滞留凡数月。尝于舟中见日初出海门时，有一人通身皆赤，眼色纯碧，头顶大日轮而上，日渐高，人渐小，凡数月所见皆然。

戊子地震

至元二十五年戊子岁，冬十月二十四日丙子，夜正中，地大震。始如暴风驾海潮之声自西南来，鸡犬皆鸣，窗户磔磔有声。继而屋瓦皆摇，势若掀簸。余初闻是声大窘，以为大寇至，惧甚，噤不敢出息。继而觉卧榻撼如乘舟迎海潮，始悟为地震也。远近皆喧呼，或以为火，凡两茶顷，甫定。次日，亲朋皆相劳问，互言所闻。至十一月初九日庚辰辰时又震。余向于庚子岁侍先子留富沙，曾经此变，乃晡时，杭、雪则在二鼓后，此理不可晓。

江西术者奇验

咸淳甲戌之春，余为丰储仓，久以病痁不出。忽闻贾师宪丁母忧而出，凡朝绅以至京局，皆往唁莫，送之江干。同官曾昭阳来问疾，因及此事，云："师宪旦夕必再来。"余曰："此公请归之章凡十余，今适有此，必不复来矣。"曾曰："江西一术者，其言极神，前日来，尝扣之，云：'此人不出今岁，必再来，尚可洗日一番。然自此以往，凶不可言矣。'"余深不以为然。至秋，度宗升遐，继而有溃师亡国之祸，果如其言。惜当时不曾扣问术者姓名也。

天　裂

　　咸淳癸酉十月，李祥甫庭芝自江陵被召至京口。一日午后，忽见天裂，见其中军马旗帜甚众，始红旗，继而皆黑旗，凡一茶顷乃合，见者甚众。赵德润。

李 醉 降 仙

　　应山在淮阃日，吕少保荐一术士，能降仙，豪于饮，号曰"李醉"，施州人。凡有所祷祈，令人自书一纸，实卷之。以香一片，令自祈祷，且自缄封、书押，并金纸一百焚于香炉中。然后索酒痛饮，多至四五斗，乃浓墨大书，或草，或画卦影，或赋词诗之类，多至数十纸，皆粲然可读。其答所问，往往多验。一日，应山密书以扣襄、樊之事，醉后大书十字云："山下有朋来，土鼠辞天道。"每字径尺余。至甲戌岁，度宗升遐，解者谓度宗庚子生，纳音属土，所谓土鼠者耶？德润。

海　井

　　华亭县市中有小常卖铺，适有一物，如小桶而无底，非竹、非木、非金、非石，既不知其名，亦不知何用。如此者凡数年，未有过而睨之者。一日，有海舶老商见之，骇愕，且有喜色，抚弄不已。叩其所直，其人亦黠，意必有所用，漫索五百缗。商嘻笑偿以三百，即取钱付驵。因叩曰："此物我实不识，今已成交得钱，决无悔理，幸以告我。"商曰："此至宝也。其名曰海井。寻常航海必须载淡水自随，今但以大器满贮海水，置此井于水中，汲之皆甘泉也。平生闻其名于番贾，而未尝遇，今幸得之，吾事济矣。"

狗 畏 鼻 冷

狗最畏寒，凡卧必以尾掩其鼻，方能熟睡。或欲其夜警，则剪其尾，鼻寒无所蔽，则终夕警吠。

凿 井 法

北方凿井，动辄十余丈深，尚未及泉，为之者至难。或泉不佳，则费已重矣。后见一术者云："凡开井，必用数大盆贮水置数处，俟夜气明朗，于盆内观所照者星光何处最大而明，则地中必有甘泉也。"试之屡验。伯机。

重 窖

自兵火以来，人家凡有窖藏，多为奴仆及盗贼、军兵所发，无一得免者。独闻一贵珰家，独有窖藏之妙法：须穿土及其下，置多物讫，然后掩其土石，石上又覆以土，复以中物藏之，如此三四，层始加甃砌。异日或被人发掘，止及上层，见物即止，却不知其下复有物也，多者尽藏于下。此说甚奇。

日 形 如 瓠

范元章闻之本心翁，谓曾见钱浩达可云："戊子十月内，早出郭，日初出，略无精光，其形如瓠。既而变方，乃就圆，殊不可晓也。"

叶 李 遭 黥

叶亦愚上书后，朝廷捕之甚急。遂祷之霍山张王庙，是夕，梦一白衣裹帽人，指庭下一鸡为蛇所缠，牢不可解。其后有黥而王之,验二物,已酉合也。

地　连　震

绍定戊子八月初三日二鼓,雷雨之声自东北来,地遂震,四鼓再震。九月十三日夜又震。谢密庵云:"春秋二百四十二年,地震者五,今连及三震焉。"其后嘉熙庚子地震,戊子岁十月地震,十一月又震,却一甲子矣。

蜀　人　不　浴

蜀人未尝浴,虽盛暑,不过以布拭之耳。谚曰:"蜀人生时一浴,死时一浴。"

梅无仰开花

杜南谷云:"梅花却无仰开者,盖亦自能巧避风雪耳。"验之信然。

栅　沙　武　口

北军未渡之时,守把统制官王顺欲栅沙武口及沌口。以此二处江水极深,难于用工,遂用披搭敝舟百余只,载沙石沉之。继以石箓土囊压下,就用樯竿打为桩栅,不两日即办。盖长江之险,此二处最为要害故也。夏贵乃以为不然,遣人尽去桩栅,欲纵北船入口,然后与战。顺极以为忧,请披搭船三百只,左右前后皆置棹。先棹以迎之,俟彼船出口子,即以铁猫儿冒定,复回棹拽其船以归。盖口子既小,自不容并进,不过尽入吾阱中乃已。夏老复忌其功,不以为然。及北船尽出之后,散漫大江之中,守兵仅能与未去口子者相拒,而余舟皆已飞渡浒、广矣。

李仲宾谈鬼

　　李仲宾衔父少孤贫,居燕城中。荒地多枸杞,一日,逾邻寺颓垣,往采杞子。日正午,方行百余步,忽迷失故道。但见广沙莽莽,非平日经行境界,心甚异之。举头见日色昏,犹能认大悲阁为所居之地,遂向日南行,循阁以寻归路。忽见一壮夫,白带方巾,步武甚健,厉声问往何方。方错愕间,遽以手捽其胸,李素多力善搏,急用拳捶之,其人仆,已失其首。心知为鬼物,然犹踉跄相向,李复以拳仆之,随仆随起者十余次,其人遂似怒而去。既稍前,则无首者踞坐大石上以俟,意将甘心焉。然路所必经,势不容避,忽记腰间有采杞之斧,遂持以前。其人果起而迎之,遂斧其颈,铿然有声,乃在青石上。其人寂然不见,而异境亦还元观,乃私识其处而归。家人见其神采委顿,问之,则不能语。越宿,方能道所以。遂偕数人往访其处,果有斧痕在石上,遂启其石,下乃眢井,井中皆枯骸也。询之,盖亡金兵乱中死者。遂函其骨,迁窆他所,后亦无他。

大 兴 狱 鬼

　　仲宾又云:"向在燕为太常令史,太常官廨向为大兴狱,闻有物怪,往往能杀人。时年少气壮勇,方秋初,一夕守宿官舍,一仆自随,亦以暑甚出外舍,遂独据炕酣寝。至夜半,忽房门轧然有声而开,惊觉,则胸间愤闷,若压气不苏醒。极力微开目,见一人,黑色,乘微月率率有声而前,既进复退。于是恐甚,极力瞠目起坐,则房门未尝启也。顷之,其人复来,思有以御之。适无他物,仅有皮靴一只于其前,俟其稍近,以靴掷之,划然有声如雉鸣,用手斜拉窗眼而去。至晓观之,其手拉窗处,每窗眼皆圆窍数十,破处皆如一纸,虽破而不脱,竟不知为何怪也。"

梨　　酒

仲宾又云:"向其家有梨园,其树之大者,每株收梨二车。忽一岁盛生,触处皆然,数倍常年,以此不可售,甚至用以饲猪,其贱可知。有所谓山梨者,味极佳,意颇惜之,漫用大瓮储数百枚,以缶盖而泥其口,意欲久藏,旋取食之。久则忘之。及半岁后,因至园中,忽闻酒气熏人,疑守舍者酿熟,因索之,则无有也。因启观所藏梨,则化而为水,清冷可爱,湛然甘美,真佳酝也,饮之辄醉。回回国葡萄酒止用葡萄酿之,初不杂以他物。始知梨可酿,前所未闻也。

四明延寿寺火

四明延寿寺,在城大刹也。三十年前,僧良月溪者为知客,一夕,梦本寺所奉四明尊者告之曰:"三十年后,当使瓦砾化为黄金。"适符吉梦。至明年,己丑正月初四日,乃四明尊者忌辰,作会。次日,戴觉民家火作,延燎寺中,一椽不留,其应乃如此。先是,一月前有汪氏子名信道者,梦其祖宗云:"火灾当起于汝家,吾力告免于神,今已得一同姓名者代矣。"及火作,乃起于戴氏阍人汪信之家,与信道仅有一字之异。所毁几万家,凡壬午年火所不及者,皆不得免,其新旧界址截然,若有神所司者,此尤可怪云。

合 乐 谐 和

　　尝闻梨园旧乐工云："凡大燕集乐初作,必先奏引子。谓如大石调,引子则自始至终,凡丝竹歌舞,皆为大石调。直至别奏引子,方随以改为耳。"又云："凡燕集初作,或用上字,然或用工字,然必须众乐皆然,是谓谐和。或有一时煞尾参差不齐,则谓之不和,必有口舌不乐等事。前后验之,无不然者。以此推之,则乐之关乎治乱,为不诬矣。"

盗 马 踏 浅

　　甲戌透渡之事,其先乃因淮阃遣无鼻孔回回潜渡江北盗马,或多至二三百匹。其后遂为所获,遂扣其渡江踏浅之处,乃自阳罗堡而来。于是大江可涉地,北尽知之,遂由其处而渡焉。

于 阗 玉 佛

　　伯颜丞相尝至于阗国开省,于其国中开井,得白玉佛一身,高三四尺,色如截肪,照之皆见筋骨脉胳,已即贡之上方。又有白玉一段,高六尺,阔五尺,长一十七步。即长八尺五寸也。以重不可致。

狗　　　站

　　伯机云："高丽以北地名别十八,华言乃五国城也。其地极寒,海水皆冰,自八月即合,直至来年四五月方解。人物行其上,如履平地,站车往来,悉用四狗挽之,其去如飞。其狗悉谙人性,至站亦破狗分例,稍不如仪,必至啮死其人。"

姨 夫 眼 睛

帠音望。令史，河间人，其妻常为白衣男子所据，来则痛饮，然后共寝。帠不胜其忿，于是仗利刃伺于床下。既而果来，拥妇剧饮，大醉，方欲就睡。掩其不备，以刃刺之，白衣沿壁而上，跷捷如飞，因逆刃抢杀之。堕地化为霜毛白鼠，身长五尺许，双目烂然，遂抉其目，珠色深碧而径寸，宛似瑟瑟。夜至，暗室有光芒尺余，北人戏名曰"姨夫眼睛"。盖北人以两男子共狎一妓，则呼为姨夫，故以为戏云。伯机。

偏 僻 无 子

施仲山云："士大夫至晚年多事偏僻之术，非惟致疾，然不能有子。盖交感之道，必精与气接，然后可以生育。而偏僻之术必加系缚之法，气不能过，是以不能有子也。爱身者当慎之。"

琴 应 弦

琴间指以一与四、二与五、三与六、四与七为应，今凡动第一弦，则第四弦自然而动，试以羽毛轻纤之物，果然。此气之自然相感动之妙。紫霞翁。

治 物 各 有 法

金花定碗用大蒜汁调金描画，然后再入窑烧之，永不复脱。凡玉工描玉，用石榴皮汁描之，则见水不去。垒珠相思子磨汁缀之，白芨亦可。则见火不脱。凡事皆有法。

金 凤 染 甲

　　凤仙花红者用叶捣碎,入明矾少许在内,先洗净指甲,然后以此付甲上,用片帛缠定过夜。初染色淡,连染三五次,其色若胭脂,洗涤不去,可经旬,直至退甲,方渐去之。或云此亦守宫之法,非也。今老妇七八旬者亦染甲。今回回妇人多喜此,或以染手并猫狗为戏。

杭 城 食 米

　　余向在京幕,闻吏魁云:"杭城除有米之家,仰籴而食凡十六、七万人,人以二升计之,非三四千石不可以支一日之用。而南北外二厢不与焉,客旅之往来又不与焉。"

开 庆 六 士

　　陈宜中、曾唯、黄镛、刘黻、陈宗、林则祖,皆以甲辰岁史嵩之起复上书,倡为期之论。一时朝绅,如卢越、徐霖、元杰、赵无堕皆和之,时人号为"六君子"。既贬旋还,时相好名,牢笼宜中为抡魁,余悉擢巍科,三数年间,皆致通显。然夷考其人平日践履,殊有可议者,然同声合党,孰敢撄其锋?郭方泉闻在台日,尝疏黄镛之罪,因论虚名之弊。时宜中在政府,黻在从班,竞起攻之,闻为之出台。及镛知庐陵,文宋瑞起义兵勤王,石端沮之,遂成大隙。既而北兵大入,则如黄、如曾数公,皆相继卖降。或言其前日所为皆伪也。于是有为之语云"开庆六君子,至元三搭头",朵之云亡,皆此辈有以致之,其祸不止于典午之清谈也。

范 元 章 梦

范元章向在魏明己馆中。尝赴省试,梦至大宫殿,手执文书,历阶而上。自顾其身,则挂绿衣,既而有衣皂褙者亦欲进,为左右所却,以为无绿衣而不可进。范遂脱所衣绿袍与之,其袍内乃著粉青战袍,旁有嘲之者,答云:"无笑!此乃银青袍也。"及寤,虽喜衣绿之吉,又有脱袍之疑。既而中第,辞魏氏馆,继之者乃蜀人税某也。次举亦第,于是脱袍之征已验。独不晓银青之说,然自喜以为此必异时所至之官也。临安盐仓批满,则谢堂实尹京,其衔乃银青光禄大夫,时事已异,仅止于此。是以知人生皆有分定,不容少有侥幸也。

福 王 婚 启

福王之子娶全竹斋少保之女,婚书一联云:"依光蓟北,苟安公位之居;回首江南,惟重母家之念。"亦有味也。时福王为平原郡公。

雷 雪

至元庚寅正月二十九日癸酉,是年二月三日春分,余送女子嫁吴氏至博陆。早雪作,至未时电光,继以大雷,雪下如倾,而雷不止。天地为之陡黑,余生平所未见,为惊惧者终日。客云:"记得春秋鲁隐公九年三月,三国吴主孙亮太平二年二月,晋安帝元兴三年正月,义熙六年正月,皆有雷雪之变。"未及考也。

医　术

　　吾乡医者庞良臣、良材兄弟二人，指上颇明，最是暗记诸药方，不差分毫，为难能也。永嘉术者陈独步瞽而善记，每有客自外来，闻其声即知其为何人也，诵言一别，今几何岁矣，台庚乃某年某月日时者乎，略无一差。吾乡张神鉴亦瞽而善记，胸中所储无虑数万。每谈一命，则旁引同庚者数十，皆历历可听。又有张五星亦瞽而慧，善辨宝玉，此犹是暗中摸索。至于能别妇人妍丑，闻其声咳，扣问数语，即知其人美恶情性。赵信国丞相专俾置姬妾并玉器云。

湖　翻

　　庚寅五月连雨四十日，浙西之田尽没无遗，农家谓尤甚于丁亥岁，虽景定辛酉亦所不及也。幸而不没者，则大风驾湖水而来，田庐顷刻而尽。村落名之曰“湖翻”。农人皆相与结队往淮南趁食，于太湖买舟百十余，所载数千人同往。甫至湖心，大风骤至，悉就溺死。又有千余人渡扬子江，济者同日亦沉于江。净慈、灵隐皆停堂，客僧数百皆渡江还浙东。内四僧偶别门徒，至中途忘携雨具，还取之，至江干则渡舟解维矣。方怅然自失，舟至中流，亦为风浪所覆，四僧幸而得免。岂非所谓劫数者耶？

回 回 沙 碛

　　回回国所经道中，有沙碛数千里，不生草木，亦无水泉，尘沙眯目，凡一月方能过此。每以盐和面作大镟，置橐驼口中，仍系其口，勿令噬嗑，使盐面之气沾濡，庶不致饿死。人则以面作饼,各贮水一槛于腰间,或牛羊浑脱皮盛水置车中。每日略食饦饼,濡之以水。或迷路水竭,太渴则饮马溺,或压马粪汁而饮之。其国人亦以为如登天之难。今回回皆以中原为家,江南尤多,宜乎不复回首故国也!

短　　蓬

杨大芳尝为明州高亭盐场,场在海中,或天时晴霁,时见如匹练横天,其色淡白,则晴雨中分,土人名之曰"短蓬",亦蜃气之类也。

子 山 隆 吉

梁栋,字隆吉,镇江人,登第,尝授尉,与莫子山甚稔。一日,偶有客访子山,留饮,作菜元鱼为馔,偶不及饬,栋憾之,遂告子山尝作诗有讥讪语,官捕子山入狱。久之,始得脱而归,未几,病死。余尝挽之云:"秦邸狱成杯酒里,乌台祸起一诗间。"纪其实也。后十年,栋之弟投茅山许宗师为黄冠,许待之厚。既而,栋又欲挈妻孥而来,许不从,栋遂大骂之。许不能堪,遂告其曾作诗云"浮云暗不见青天",指以为罪。于是捕至建康狱,未几,病死。此恢恢之明报也。

蹇 材 望

蹇材望,蜀人,为湖州倅。北兵之将至也,蹇毅然自誓必死,乃作大锡牌,镌其上曰:"大宋忠臣蹇材望。"且以银二笏凿窍,并书其上曰:"有人获吾尸者,望为埋葬,仍见祀,题云'大宋忠臣蹇材望。'此银,所以为埋瘗之费也。"日系牌与银于腰间,只伺北军临城,则自投水中,且遍祝乡人及常所往来者,人皆怜之。丙子正月旦日，北军入城，蹇已莫知所之，人皆谓之溺死。既而，北装乘骑而归，则知先一日出城迎拜矣，遂得本州同知。乡曲人皆能言之。

船　吼

甲戌岁，越中荣邸两舫舟忽有声如牛吼，移时方止，俗谓之"船吟"，不祥之征也。未几，有透渡之祸。庚寅岁十一月朔，西兴渡以舟子不谨，驱趁渡人上沙太早，既而潮至，趋岸不及，溺死者近百人。时王篆竹、孙小隐同问渡，目睹其事，以钞一锭命舟，仅救三人。孙遂以事白省，遂断两监渡官各一百七下，梢人则处典刑，以谢溺者。既而渡口之舟复大吼，岂溺者有知而然邪？

古狱塔灯

武林右司理院昔为僧寺，有大石塔在焉。风雨阴晦之夕，或现一灯于上，则府主必移易狱有故。甲戌岁，范元章摄右狱日，亲见之。此灯或多至六灯，两两相并于塔之半，其色淡红、而微青，凡数见之。

成都恶事

魏明己之侄有六直阁者，云少年在成都，时方承平，繁盛与京师同。一日，入酒肆中坐，觉卓下有所遗物如钥匙之状，极其光莹，俱各不等，凡数十枚，莫晓其为何物，姑收置之佩囊中。因游狭斜，至深夜方归，忽有三四少年揖于道旁，为礼甚恭，然皆平生素昧者。力邀于酒肆中，坚辞不可，酒再行，乃出向所得如钥之物见还，云："某辈不知先生在此，辄犯不趋，兹谨纳还,然所愿受教于明师。"魏闻其言,略不知所谓,亦不知此为何物,亦莫知缘何为其所取。辞以偶尔得之,初不知为何用。而众犹不信,久而乃散。及扣黠者,则知此物探囊胠箧之具,此数辈适得之于魏,疑其为高手盗也,欲师之耳。魏惧贾祸,亟毁弃之,久而不敢出市云。范元章。

冯妇搏虎义

《孟子》冯妇搏虎一章,有以"晋人有冯妇者,善搏虎,卒为善士则之"为断句,"攘臂下车,众皆悦之,其为士者笑之",与前段相对,亦自有义。

盐 养 花

凡折花枝,捶碎柄,用盐筑,令实柄下满足,插花瓶中,不用水浸,自能开花作叶,不可晓也。

文 山 像 赞

有传邓光荐赞文山像云:"目煌煌兮,疏星晓寒;气英英兮,晴雷殷山。头碎柱而璧完,血化碧而心丹。呜呼!谁谓斯人不在世间。"祝静得。

王 茂 林 立 子

王克谦号茂林,无子。后知永嘉,命立修竹为子,时已二十,乃戊戌生,本姓林氏,正合茂林二字,非偶然也。

回 回 送 终

回回之俗,凡死者专有浴尸之人,以大铜瓶自口灌水,荡

涤肠胃秽气，令尽。又自顶至踵净洗，洗讫，然后以帛拭乾，用
纩丝或绢或布作囊，裸而贮之，始入棺敛。棺用薄松板，仅能
容身，他不置一物也。其洗尸秽水，则聚之屋下大坎中，以石
覆之，谓之招魂。置卓子坎上，四日一袝以饭，四十日而止。
其棺即日便出瘗之聚景园，园亦回回主之。凡赁地有常价，所
用砖灰匠者，园主皆有之，特以钞市之。直方殂之际，眷属皆
劳面，捽拔其发，毁其衣襟，辟踊号泣，振动远近。棺出之时，
富者则丐人持蚀撒果于道，贫者无之。既而，各随少长，拜跪
如俗礼成服者，然后呫靴尖以乐相慰劳之意，止令群回诵经。
后三日，再至瘗所，富者多杀牛马以飨其类，并及邻里与贫丐
者。或闻有至瘗所，脱去其棺，赤身葬于穴，以尸面朝西云。
辛卯春，于瞰碧目击其事。

接　待　寺

杭之北关接待寺，寺额乃吴傅朋书"敕赐妙行之院"。初，
扁甚小，其后展而大之，殊乏书体。其右庑有古观音殿，亦傅
朋书，极佳，观音铜像高丈余，唐物也。其一壁作水波，有汹涌
势，若毗陵太平寺之类。外有给库石碑立于侧，其文乃铦朴翁
撰，姜尧章书。伽蓝神左相公，不知何代人。寺乃淳熙间喻弥
陀开山，常施水饭僧于此，有大石井尚存，其深六丈，泉极清
洌。喻有塔幢在法堂之左，题云"斋三百万僧瑜弥陀之塔"云。

天　雨　尘　土

辛卯三月初六日甲辰，黄雾四塞，天雨尘土。入人鼻皆辛
酸，几案瓦垅间如筛灰。相去丈余，不可相睹。日轮如未磨
镜，黳黯无光采，凡两日夜。是夜二鼓，望仙桥东牛羊司前居

民冯家失火,其势可畏,凡数路分火,沿烧至初七日,势益盛,而尘雾愈甚,昏翳惨淡,虽火光烟气,皆无所睹。直至午刻方息。南至太庙墙,北至太平坊南街,东至新门,西至旧秘书省前,东南至小堰门吴家府,西南至宗正司、吴山上岳庙、皮场星宿阁、伍相公庙,东北至通和坊,西北至旧十三湾开元宫门楼,所烧逾万家。至今恰一甲子矣。客云:"汉成帝建始元年,后周宣帝、陈后主中皆有黄雾之变。"未及考也。

宋江三十六赞

　　龚圣与作《宋江三十六赞并序》曰:宋江事见于街谈巷语,不足采著,虽有高如李嵩辈传写,士大夫亦不见黜。余年少时壮其人,欲存之画赞,以未见信书载事实,不敢轻为。及异时见《东都事略》中载侍郎《侯蒙传》有书一篇,陈制贼之计云:"宋江以三十六人横行河、朔、京东,官军数万,无敢抗者。其材必有过人,不若赦过招降,使讨方腊,以此自赎,或可平东南之乱。"余然后知江辈真有闻于时者。于是即三十六人,人为一赞,而箴体在焉。盖其本拨矣,将使一归于正,义勇不相戾,此诗人忠厚之心也。余尝以江之所为虽不得自齿,然其识性超卓有过人者,立号既不僭侈,名称俨然,犹循轨辙,虽托之记载可也。古称柳盗跖为盗贼之圣,以其守壹至于极处。能出类而拔萃若江者,其殆庶几乎!虽然,彼跖与江,与之盗名而不辞,躬履盗迹则无讳者也,岂若世之乱臣贼子,畏影而自走,所为近在一身,而其祸未尝不流四海。呜呼!与其逢圣公之徒,孰若跖与江也!

呼保义宋江

不假称王，而呼保义。岂若狂卓，专犯讳忌。

智多星吴学究

古人用智，义国安民。惜哉所予，酒色粗人。

玉麒麟卢俊义

白玉麒麟，见之可爱。风尘大行，皮毛终坏。

大刀关胜

大刀关胜，岂云长孙？云长义勇，汝其后昆。

活阎罗阮小七

地下阎罗，追魂摄魄。今其活矣，名喝太伯。

尺八腿刘唐

将军下短，贵称侯王。汝岂非夫，腿尺八长。

没羽箭张清

箭以羽行，破敌无颇。七札难穿，如游斜何。

浪子燕青

平康巷陌，岂知汝名？大行春色，有一丈青。

病尉迟孙立

尉迟壮士，以病自名。端能去病，国功可成。

浪里白跳张顺

雪浪如山，汝能白跳。愿随忠魂，来驾怒潮。

船火儿张横

大行好汉，三十有六。无此火儿，其数不足。

短命二郎阮小二

灌口少年，短命何益。曷不监之，清源庙食。

花和尚鲁智深

有飞飞儿，出家尤好。与尔同袍，佛也被恼。

行者武松

汝优婆塞，五戒在身。酒色财气，更要杀人。

铁鞭呼延绰

尉迟彦章，去来一身。长鞭铁铸，汝岂其人。

混江龙李俊

乖龙混江，射之即济。武皇雄争，自惜神臂。

九文龙史进

龙数肖九,汝有九文。盍从东皇,驾五色云。

小李广花荣

中心慕汉,夺马而归。汝能慕广,何忧数奇!

霹雳火秦明

霹雳有火,摧山破岳。天心无妄,汝孽自作。

黑旋风李逵

,风有大小,不辨雌雄。山谷之中,遇尔亦凶。

小旋风柴进

风有大小,黑恶则惧。一噫之微,香满太虚。

插翅虎雷横

飞而食肉,有此雄奇。生入玉关,岂伤令姿。

神行太保戴宗

不疾而速,故神无方。汝行何之,敢离太行。

急先锋素超

行军出师,其锋必先。汝勿锐进,天兵在前。

立地太岁阮小五

东家之西,即西家东。汝虽特立,何有吾宫。

青面兽杨志

圣人治世,四灵在郊。汝兽何名,走旷劳劳。

赛关索杨雄

关索之雄,超之亦贤。能持义勇,自命何全。

一直撞董平

昔樊将军,鸿门直撞。斗酒肉肩,其言甚壮。

两头蛇解珍

左啮右噬,其毒可畏。逢阴德人,杖之亦毙。

美髯公朱仝

长髯郁然,美哉丰姿。忍使尺宅,而见赤眉。

没遮拦穆横

出没大行,茫无畔岸。虽没遮拦,难离火伴。

拚命三郎石秀

石秀拚命,志在金宝。大似河鈍,腹果一饱。

双尾蝎解宝

医师用蝎，其体贵全。反其常性，雷公汝嫌。

铁天王晁盖

毗沙天人，证紫金躯。顽铁铸汝，亦出洪炉。

金枪班徐宁

金不可辱，亦忌在秽。盍铸长殳，羽林是卫。

扑天雕李应

鸷禽雄长，惟雕最狡。毋扑天飞，封狐在草。

　　此皆群盗之麾耳，圣与既各为之赞，又从而序论之，何哉？太史公序游侠而进奸雄，不免异世之讥，然其首著胜、广于列传，且为项籍作本纪，其意亦深矣。识者当自能辨之云。华不注山人戏书。

种葡萄法

　　有传种葡萄法，于正月末取葡萄嫩枝长四五尺者，卷为小圈，令紧，先治地土松而沃之以肥，种之止留二节在外。异时春气发动，众萌竞吐，而土中之节不能条达，则尽萃华于出土之二节。不二年，成大棚，其实大如枣，而且多液，此亦奇法也。

插瑞香法

　　凡插之者带花，则虽易活而落花，叶生复死。但于芒种日折其枝,枝下破开,用大麦一粒置于其中,并用乱发缠之,插于土中,但勿令见日,日加以水浇灌之,无不活矣。试之果验。

杨髡发陵

杨髡发陵之事,人皆知之,而莫能知其详。余偶录得当时其徒互告状一纸,庶可知其首尾云:"至元二十二年八月内,有绍兴路会稽县泰宁寺僧宗允、宗恺,盗斫陵木,与守陵人争诉。遂称亡宋陵墓有金玉异宝,说诱杨总统,诈称杨侍郎、汪安抚侵占寺地为名,出给文书,将带河西僧人,部领人匠丁夫,前来将宁宗、杨后、理宗、度宗四陵,盗行发掘,割破棺椁,尽取宝货,不计其数。又断理宗头,沥取水银、含珠,用船装载宝货,回至迎恩门。有省台所委官拦挡不住,亦有台察陈言,不见施行。其宗允、宗恺并杨总统等发掘得志,又于当年十一月十一日前来,将孟后、徽宗、郑后、高宗、吴后、孝宗、谢后、光宗等陵尽发掘,劫取宝货,毁弃骸骨。其下本路文书,只言争寺地界,并不曾说开发坟墓,因此江南掘坟大起,而天下无不发之墓矣。其宗恺与总统分赃不平,已受杖而死。有宗允者,见为寺主,多蓄宝货,豪霸一方。"

西征异闻

陈刚中云:"成吉思皇帝常西征,渡流沙万余里,其地皆荒寂无人之境。忽有大兽,其高数十丈,一角如犀,能人言,忽云:'此非汝世界,宜速还!'左右皆震恐,耶律楚材楚字晋卿,辽人,博物无所不知,盖张华、郭璞辈。随进云:'此名角猯,音端。能日驰万里,灵异如神鬼,不可犯也。'帝为之回驭。"又云:"有大鸟,其一羽足以蔽千人,盖鹏类也。"又云:"西域有沙海,正据要津,其水热如汤,不可向近,此天之所限华夷也。终古未尝通中国,忽一夕,有巨兽浮水至,其骨长数十里,横于两涘,如津梁然。骨中有髓窍,可容并马,于是西域之地始通中国。其国谋往来者,每以膏油涂其骨,令润,惧其枯朽,折则无复可通故耳。"

嘲 留 忠 斋

赵子昂入觐之初,上命作诗嘲留忠斋云:"状元曾受宋朝恩,目击权奸不敢言。往事已非那可说,好将忠孝报皇元。"留以此衔之终身云。

锁 阳

鞑靼野地有野马与蛟龙合,所遗精于地,遇春时则勃然如笋出地中。大者如猫儿头,笋上丰下俭,其形不与,亦有鳞甲筋脉,其名曰"锁阳",即所谓肉苁蓉之类也。或谓鞑靼妇人之淫者,亦从而好合之,其物得阴气,则怒而长。土人收之,以薄刀去皮毛,洗涤令净,日乾之为药。其力百倍于肉苁蓉,其价亦百倍于常品也。五峰云:"亦尝得其少许。"

纯 色 骰 钱

闻理宗朝春时,内苑效市井关扑之戏,皆小珰互为之。至御前,则于第二、三扑内供纯镘骰钱,以供一笑。

公 主 添 房

周汉国公主下降,诸阍及权贵各献添房之物,如珠领宝花、金银器之类。时马方山天骥为平江发运使,独献罗钿细柳箱笼百只,并镀金银锁百具,锦袱百条,共实以芝楮百万。理宗为之大喜,后知出于承受姚某者,遂赐金带一条。承受者,即姚静斋之父也。

圣 门 本 草

陈参政揆家集名亦受家传,内有《忸怩集》,乃为举子时程文。又以圣门十哲七十子,各有为本草,无乃不可乎?陈即行之之祖也。

海 鳅 兆 火

壬午岁,忽有海鳅长十余丈,阁于江、浙潮沙之上,恶少年皆以梯升其背,脔割而食之。未几大火,人以为此鳅之示妖。其说无根。辛卯岁,十二月二十二、三间,又有海鳅复大于前者,死于浙江亭之沙上,于是哄传将有火灾。然越二日,于二十四日之夜,火作于天井巷回回大师家,行省开元宫尽在煨烬中,凡毁数千家,然则滥传有时可信也。此欠考耳。此即出于《五行志》中,云:"海鱼临市,必主火灾。"行省即宋秘书省,畜书并板甚多。故时人云:"昔之木天,今之火地也。"

壬 辰 星 陨

壬辰二月朔甲子,更初有大星如五斗米栲栳大,徐徐自东而西,红光照地,有声殷殷若雷。越日,乃知坠于宗阳宫,火光满室,副宫陈悦道所目击。又闻是晓亦坠于阳坟之升元观,村中皆见火光,后亦无他。

叶 李 纪 梦 诗

叶亦愚右丞辛卯八月初四日夜,忽梦一老人,曰:"汝前为文昌相,坐漏泄天机遭谪,能悔过,当复职。"引之至通明、大明二殿,俾为主殿之职,于是赋诗四章以谢。及觉,仅记其一,云:"通明殿逼紫微垣,一朵红云拥至尊。下土小臣勤稽首,愿将惠泽溥元元。"于是作诗以记其事,云:"宋时豪士石曼卿,帝命作主芙蓉城。我才比石万无一,半世虚负狂直名。年来似有丧心疾,荐共引緤辜苍生。天诛未加公论沸,日夕惟待鼎镬烹。何哉异梦出非想,忽遇仙老谈真情。谓予凤是文昌相,漏泄轻举遭弹抨。帝令谪堕饱忧患;且使两足蹒跚行。追思善步不可得,飞升妙术矧敢轻。当时廷议只如此,汝悔当复惟相迎。稽首老仙谢慈愍,臣罪当死天子明。久之寂灭一大乐,盖棺待尽无他营。老仙笑许汝可教,引领直上朝玉京。通明、大明二宫殿,林木蓊萃阶瑶琼。芙蓉烂漫锦欲似,帝皇锡以主殿名。赋诗奏谢九拜起,玉音嘉奖傍观荣。痴人说梦聊一快,我独知命不少惊。只恐才非曼卿敌,相见惭汗应如倾。从今闭目需帝召,玉楼续记时当成。儿孙自有儿孙福,与依报国须勤耕。"明年壬辰二月初六卒。

海　蛆

李声伯云:"常从老张万户入海,自张家浜至盐城,凡十八沙,凡海舟阁浅沙势,须出米令轻。如更不可动,则便缚排求活,否则舟败不及事矣。舵梢之木曰铁棱,或用乌婪木,出钦州,凡一合直银五百两。其铁猫大者重数百斤。尝有舟遇风下钉,而风怒甚,铁猫四爪皆折,舟亦随败,极可异也。凡海舟,必别用大木板护其外,不然,则船身必为海蛆所蚀。凡运粮则自莱州三神山再入大洋,七日转沙门岛,可至直沽,去燕止百八十里耳。"

北 方 大 车

北方大车可载四五千斤,用牛骡十数驾之。管车者仅一主一仆,叱咤之声,牛骡听命惟谨。凡车必带数铎,铎声闻数里之外,其地乃荒凉空野故耳。盖防其来车相遇,则预先为避,不然恐有突冲之虞耳。终夜劳苦,殊不类人,雪霜泥泞,尤艰苦异常。或泥滑陷溺,或有折轴,必须修整乃可行,濡滞有旬日。然其人皆无赖之徒,每挟猥娼同处于车箱之下,籍地而寝,其不足恤如此。

全 氏 孪 鬼

壬辰四月二十日,全霖卿子用之妻史氏,史盛之女。诞子先出双足,足类鸡鹅。乳医知其异,推上之,须臾别下双足,继而肠亦并下,乃孪子也。皆男子,而头相抵,发相结,其貌如狞鬼,遂扼杀之,母亦随殂。

押 不 芦

回回国之西数千里地,产一物极毒,全类人形,若人参之状,其酋名之曰"押不芦"。生土中深数丈,人或误触之,著其毒气必死。取之法,先于四旁开大坎,可容人,然后以皮条络之,皮条之系则系于犬之足。既而用杖击逐犬,犬逸而根拔起,犬感毒气随毙。然后就埋土坎中,经岁然后取出曝干,别用他药制之。每以少许磨酒饮人,则通身麻痹而死,虽加以刀斧,亦不知也。至三日后,别以少药投之即活。盖古华陀能刳肠涤胃以治疾者,必用此药也。今闻御药院中亦储之,白廷玉闻之卢松厓。或云:"今之贪官污吏赃过盈溢,被人所讼,则服百日丹者,莫非用此。"

种 茯 苓

道士郎如山云:"茯苓生于大松之根,尚矣。近世村民乃择其小者,以大松根破而系于其中,而紧束之,使脂液渗入于内,然后择地之沃者,坎而瘗之。三年乃取,则成大苓矣。洞霄山最宜茯苓,往往民多盗种,密志之而去,数年后乃取焉。种者多越人云。"

叶李姓名二士

叶亦愚名李,先为叶山所攻,后为李性学所窘,遂以此饮恨而死。盖二人正寓其姓名云。

讼 学 业 觜 社

江西人好讼,是以有"簪笔"之讥。往往有开讼学以教人者,如金科之法,出甲乙对答,及哗讦之语,盖专门于此。从之者常数百人,此亦可怪。又闻括之松阳有所谓业觜社者,亦专以辨捷给利口为能,如昔日张槐应,亦社中之琤琤者焉。陈石涧、李声伯云。

相 马 法

马之壮者,眼光照人见全身;中年者,照人见半身;老者,照人仅见面耳。此鞑靼相马之法。张受益。

碑 盖

赵松雪云:"北方多唐以前古冢。所谓墓志者,皆在墓中,

正方而上有盖,盖丰下杀上,上书某朝某官某人墓志,此所谓
书盖者。盖底两间,用铁局局之。后人立碑于墓道,其上篆额
止谓之额,后讹为盖,非也。今世岁月志,乃其家子孙为之,非
所谓墓碑也,古者初无岁月志之石。”

驼　　峰

驼峰之隽,列于八珍。然驼之壮者两峰坚耸,其味甘脆,
如熊白奶房而尤胜。若驼之老者,两峰偏斜,其味淡韧,如嚼
败絮。然所烹者,皆老而不任负重者,而壮有力者,未始以为
馔也。子昂。

解　厄　咒

行御史台监察御史周维卿以言事忤权臣得罪,远流西北
方名哈剌和林,去燕京八千里。周知不免,日夕持诵《高王观
世音经》。一夕,梦有僧问之曰:“汝曾诵《高王观世音经》否?”
曰.“然。”僧于是口授一咒与之,此观世音菩萨应现解厄神咒
也,持诵一万二千遍,可以免难。梦中熟诵,及觉即书之纸,自
是持诵不辍,无何得还燕京。而权臣怒犹未已,复系刑部狱。
周在狱持诵益勤,未几,遣使云南以自赎。至彼合蕃僧加瓦八
遍阅《大藏经》,得梵本咒,比梦中惟欠三字。未几,权臣诛,遂
除刑部郎中,还其妻子财物,人以为诵咒之力云。咒曰:

　　　答侄他 侄音只他音。唵呔啰哦哆呋哦音他暗。　呋啰哦
哆呋呵哦哆　啰呋哦哆　啰呋哦哆娑呵

霍　山　显　灵

杭之霍山张真君祠宇雄壮,香火极盛,自兵火后,渐致颓

圮,此役甚大,人无复问之者。辛卯,朱宣慰运米入京,自登、莱抛大洋三神山转料以往,忽大风怒作,急下钉铁猫,折其三四,舵干铁棱,轧轧有声欲折,一舟之人皆分已死。主者爇香望空而拜乞命,忽于黑云中震霆有声,出大黄旗,上书"霍山"二字,于是舟人亟拜,许以再新殿宇,以答神贶。须臾,风涛贴然,遂获安济。是冬入杭,遂捐钞千锭,崇建鼎新云。

黄 芦 城 干

　　长城之旁居人,以积雨后或有得坚木于城土中,识者谓名"黄芦木"。乃当时用以为城干用者,性极坚劲,不畏水湿而耐久,至今一二千年,犹有如楹大者,以之为枪干最佳。盖筑城无以为干不可,所谓不谨而置薪焉者,又何邪? 受益。

癸辛杂识续集下

徐渊子词

竹隐徐渊子似道，天台人，名士也，笔端轻俊，人品秀爽。初官为户曹，其长方以道学自高，每以轻脱目之。渊子积不能堪，适其长丁母忧去官，渊子赋《一剪梅》云：道学从来不则声，行也《东铭》，坐也《西铭》。爷娘死后更伶仃，也不看经，也不斋僧。　却言渊子大狂生，行也轻轻，坐也轻轻。他年青史总无名，我也能亨，你也能亨。能亨，乡音也。

龙负舟

壬辰水祸已作，往往龙物示现，多至十余。湖州土山有富人命数仆驾舟，往田所点视塍岸，至漾中，凡水阔之处名曰漾。忽舟若凑浅不能进，极力撑挽，略不为动，意必为暗石所碍。及令仆下水负，乃知舟正阁龙脊上，而篙亦正刺龙鳞间。惊窘无策，遂舍舟，急令仆善水者负之登岸，急逃归。再片时，龙跃而起，凡其处田畴数百亩皆为巨浸。其人归舍皆卧病，一人死焉。

白玉笙箫

理宗朝，张循王府有献白玉箫管长二尺者，中空而莹薄，奇宝也，内府所无。即时有旨补官。未几，韩蕲王府有献白玉笙一攒,其薄如鹅管,其声清越,真希世之珍也。此二物皆在军中日得之北方,即宣和故物也。

白玉出香狮

龟溪李大卿之子,娶韩平原君之女,奁具中有白玉出香狮子,高二尺五寸,精妙无比,真奇玩也。后闻归之福邸云。

画本草三辅黄图

先子向寓杭,收拾奇书。大庙前尹氏书肆中,有彩画《三辅黄图》一部,每一宫殿绘画成图,极精妙可喜,酬价不登,竟为衢人柴望号秋堂者得之。至元斥卖内府故书于广济库,有出相彩画《本草》一部,极奇,不知归之何人。此皆书中之奇品也。

水落石出笔格

米氏砚山后归宣和御府,今闻说流落台州戴氏家,不可见之。杭省广济库出售官物,有灵璧石小峰,长仅六寸,高半之,玲珑秀润,卧沙水道,裙折胡桃文皆具,于山峰之顶有白石,正圆莹如玉,徽宗御题八小字于石背曰:“山高月小,水落石出。”略无雕琢之迹。真奇物也。

吴妓徐兰

淳祐间,吴妓徐兰擅名一时。吴兴乌墩镇有沈承务者,其家巨富,慕其名,遂驾大舟往游焉。徐知其富,初至则馆之别室,开宴命乐,极其精腆。至次日,复以精缣制新衣一袭奉之。至于舆台,各有厚犒,如此兼旬日,未尝略有需索。沈不能自已,以白金五百星并彩缣百匹馈之。凡留连半年,糜金钱数百万而归。于是徐兰之声播于浙右,豪侠少年,无不趋赴。其家虽不甚大,然堂馆曲折华丽,亭榭园池,无不具。至以锦缬为地衣,乾红四紧纱为单衾,销金帐幔,侍婢执乐音十余辈,金银宝玉器玩、名人书画、饮食受用之类,莫不精妙,遂为三吴之冠。其后死葬于虎丘,太学生边云遇作墓铭云:"此亦娼中之贵者。其后如富沙之唐媚、魏华、苏翠,京口邢蕊、韩香,越之杨花、缪翠,皆以色艺称。士大夫之不自检者,往往为其所污,屡见之于白简云。"

冰蛆飞驼

西域雪山有万古不消之雪,冬夏皆然。中有虫如蚕,其味甘如蜜,其冷如冰,名曰"冰蛆",能治积热。郭祐之云:冰蛆今杭州路达鲁花赤乐连木尝为使臣至其处,亲见之。又赛尚书尝宦于云南,亦有。毛曾带得数条来,亦尝见之,其大如指。又有飞骆驼。又有马高一丈余,人皆行于马腹下,往来无碍。

虹见井中

丁未岁,先君为柯山倅。厅后屏星堂前有井,夏月雨后,虹见于井中,五色俱备,如一匹彩,轻明绚烂,经一时乃消,后亦无他。

道　学

尝闻吴兴老儒沈仲固先生云:"道学之名,起于元祐,盛于淳熙。其徒有假其名以欺世者,真可以嘘枯吹生。凡治财赋者,则目为聚敛;开阃扞边者,则目为粗材;读书作文者,则目为玩物丧志；留心政事者，则目为俗吏。其所读者，止《四书》、《近思录》、《通书》、《太极图》、《东西铭》、《语录》之类，自诡其学为正心、修身、齐家、治国、平天下。故为之说曰：'为生民立极，为天地立心，为万世开太平，为前圣继绝学。'其为太守，为监司，必须建立书院，立诸贤之祠，或刊注《四书》，衍辑语录。然后号为贤者，则可以钓声名，致肤仕，而士子场屋之文，必须引用以为文，则可以擢巍科，为名士。否则立身如温国，文章气节如坡仙，亦非本色也。于是天下竞趋之，稍有议及，其党必挤之为小人，虽时君，亦不得而辨之矣。其气焰可畏如此。然夷考其所行，则言行了不相顾，卒皆不近人情之事。异时必将为国家莫大之祸，恐不在典午清谈之下也。"余时年甚少，闻其说如此，颇有嘻其甚矣之叹。其后至淳祐间，每见所谓达官朝士者，必愦愦冬烘，弊衣菲食，高巾破履，人望之知为道学君子也。清班要路，莫不如此，然密而察之，则殊有大不然者，然后信仲固之言不为过。盖师宪当国，独握大柄，惟恐有分其势者，故专用此一等人，列之要路，名为尊崇道学，其实幸其不才愦愦，不致掣其肘耳。以致万事不理、丧身亡国，仲固之言，不幸而中。呜呼！尚忍言之哉。

秦　九　韶

秦九韶，字道古，秦凤间人。年十八，在乡里为义兵首，豪宕不羁。尝随其父守郡，父方宴客，忽有弹丸出父后，众宾骇愕，莫知其由。顷加物色，乃九韶与一妓狎，时亦抵筵，此弹之所以来也。既出东南，多交豪富，性极机巧，星象、音律、算术以至营造等事，无不精究。迄尝从李梅亭学骈俪、诗词、游戏、球马、弓剑，莫不能知。性喜奢好大，嗜进谋身，或以历学荐于朝,得对有奏稿,及所述教学大略。与吴履斋交尤稔。吴有地在湖州西门外,地名曾上,正当苕水所经入城,面势浩荡,乃以术攫取之。遂建堂其上,极其宏敞,堂中一间横亘七丈,求海柁之奇材为前楣,位置皆自出心匠。凡屋脊两翚抟风,皆以砖为之。堂成七间,后为列屋,以处秀姬、管弦。制乐度曲,皆极精妙。用度无算,将持钵于诸大阃,会其所养兄之子与其所生亲子妾通,事泄,即幽其妾,绝其饮食而死。又使一隶偕此子以行,授以毒药及一剑,曰:"导之无人之境,先使仰药;不可,则令自裁;又不可,则挤之于水中。"其隶伪许而送之所生兄之寓鄂渚者,归告事毕。已而,寝闻其实,隶惧而逃,秦并购之。于是罄其所蓄自行,且求其子及隶,将甘心焉。语人曰:"我且赍十万钱如扬,惟秋壑所以处我。"既至,遍谒台幕,洪恕斋勋为宪,起而贺曰:"比传令嗣不得其死,今君访求之,是传者妄也。可不贺乎?"秦不为答。久之,贾为宛转得琼州,行未至,怒迓者之不如期,取驭卒戮之。至郡数月罢归,所携甚富。己未透渡,秦喜色洋洋然,既未有省者,则又曰:"生活皆为人揽了也。"时吴履斋在鄞,亟往投之。吴时将入相,使之先行曰:"当思所处。"秦复追随之。吴旋得谪,贾当国,徐掩秦事,窜之梅州。在梅治政不辍,竟殂于梅。其始谪梅离家之日,大堂前大楣中断,人谓不祥。秦亡后,其养子复归,与其弟共处焉。余尝闻杨守斋云:"往守霅川日,秦方居家,暑夕与其姬好合于月下。适有仆汲水庭下,意谓其窥己也,翌日遂加以盗名,解之郡中。且自至白郡,就欲黥之。"杨公颇知其事,以其罪不至此,遂从杖罪断遣。秦大不平,然匿怨相交如故。杨知其怨己,每阚其亡而往谒焉。直至替满而往别之,遂延入曲室,坚欲苟留。杨力辞之,遂荐汤一杯,皆如墨色,杨恐甚,不饮而

归。盖秦向在广中多蓄毒药，如所不喜者，必遭其毒手，其险可知也。_{陈圣观云。}

吴生坐亡

故都向有吴生者，专以偏僻之术为业，江湖推为巨擘。居朝天门，开大茶肆，无赖少年竞登其门。其后贾师宪在扬州，补以勇爵，遂有制属之称。兵火后，忽谢绝妻子，剪发为僧，居吴门东禅寺，众寮素与游者邀之饮酒食肉，皆不拒也。尝于寺邻僦小房，为出入憩息之地。一日，忽置酒治具，尽招平日狎游诸友大会，歌笑竟日。酒将阑，据坐胡床，命笔作偈，跏趺端坐。众皆大笑而呼之，则果逝矣。岂所谓顿觉者耶？

银瓶娘子签

太学忠文庙，相传为岳武穆王并祠。所谓银瓶娘子者，其签文与天竺一，同如门里心肝卦，私试得之必中，盖私试榜卦于中门内故也。如飞鸿落羽毛，解试得之者必中，以鸿中箭则羽毛落。

上庠斋牌

上庠斋牌亦有关系。雷宜中为成均时，立三槐市于学前，市字似弔字，即时学生三人皆不得其死。存心斋立斗魁牌，当时十三人遇省，既而徐撼死，以斗字止为十二也。笃信斋立德聚牌，时本斋一十四人赴会试，仅二人。盖德字虽有十四字，而聚字乃取二人之谶也。

入 燕 士 人

丙子岁春,三学归附士子入燕者,共九十九人。至至元十五年所存者止一十八人,各与路学教授。太学生一十四人,文学二人,武学二人。

赵希榛浦城,严教。　　林立义福州,秀教。

赵孟镠福州,苏教。　　徐武子温州,温教。

潘梦桂明州,明教。　　黄元辉福州,福教。

吴时森上虞,越教。　　陈寅之福州,泉教。

赵又贵福州,处教。　　沈唐光漳州,漳教。

许又进许州,建宁教。　　林桂发杭州,润教。

张观光婺州,婺教。　　黄子敏杭州,宣教,改南钦教。

金　炎杭州,松江教。　　虞廷桂长兴,湖教。

陈自立福州,福清教。　　高　选福州,杭教。

卖 阙 沈 官 人

昔有卖阙沈官人者,本吴兴之族,专以卖阙为生,膳百余指。或遇到部干堂之人,欲得便家见阙者,或指定何路,或干僻阙,虽部胥掌阙簿者,亦不过按图索骏。时方员多阙少,动是三五政十年,殊不易得。必往扣之,门外之履常满。彼必先与谐价邀物为质,或立文约,然后言某处为见阙,某处减两政。虽在官累数政,缘上政某人,已于何时事故,有见亲弟若亲故见在某处,某恤可问而知。次政某人,见行通理月日,补填岁月,不俟终更已,常于考功或他所属投放文书,见是吏人某,承行可问而知。次某人则近于此月某日已行丁忧,各详援亲戚乡人可证者。乃各相引指踪迹访问具的,然后能射阙,阙已则以所许酬之。天下诸州属县大小员阙，无一不在其目中，如指诸掌。亦各有小秩，然时时揭帖，实为觅阙之指南，虽有费不惮也。他人欲效之，皆不能逮，盖人之心计各有所长如此。

爱　　水

《楞严经》云："因诸爱受染，发起妄思，情积不能休，生爱水。是故众生心忆珍羞，口中水出。心忆前人，或怜或恨，目中泪盈。贪求财宝，心发爱涎，举体光润。心著行淫，男女二根，自然流液。"又曰："淫习交接，发于相磨。"

避讳去姓

叶亦愚之为右丞相也，李溆泉班通书题衔云："门生中奉大夫福建道宣慰使班。"盖径去自己之姓，以避其名，其苟贱不足道如此。溆泉在前朝为省元，为从官，为督府参谋，所守如此，宋安得不亡！

贡　狮　子

近有贡狮子者，首类虎，身如狗，青黑色，官中以为不类所画者，疑非真。其入贡之使遂牵至虎牢之侧，虎见之，皆俯首帖耳，不敢动。狮子遂溺于虎之首，虎亦莫敢动也。以此知为真狮子焉。唐阎立本画文殊所骑者，及世俗所装戏者，为何物？岂所贡者乃狮子之常，而佛所骑者为狮子之异品邪？又云，狮子极多力，十余人挽之始能动。伯机坐中，闻杜郎中云。

倭人居处

倭人所居，悉以其国所产新罗松为之，即今之罗木也，色白而香，仰尘地板皆是也。复涂以香，入其室则芬郁异常。倭妇人体绝臭，乃以香膏之，每聚浴于水，下体无所避，止以草系其势，以为礼。番船至四明，与娼妇合，凡终夕始能竟事。至其畅悦，则大呼如猨猱，或恶其然，则以木槌扣其胫乃止。然下体虽暑月亦服至数重，其衣大袖而短，不用带。食则共置一器，聚坐团食，以竹作折折取之。鞋则无跟，如罗汉所著者，或用木，或以细蒲为之。所衣皆布，有极细者，得中国绫绢则珍之。其地乃绝无香，尤以为贵。其聚扇用倭纸为之，以雕木为骨，作金银花草为饰，或作不肖之画于其上。

马 赵 致 怨

马华父光祖知高沙日，戍军叛，华父抚谕不从，遂藏身后圃乱荷中获免。其家人散走藏匿，华父之妻则匿于都吏之家，遂为所污。赵信国自维扬提兵至郡讨叛，令王克仁入城抚谕，遂诛首谋者百余人。赵遂系吏者，缠以麻绲，渍之以油，用大竿称于通衢而燃之。华父惭怒，以赵为彰其家丑，遂构大怨。其后华父开江阃，遂辟王容之子某为溧水令，俾觇赵过，将甘心焉。赵公知之，遂首以外执政一削举之，且为宛转料理改秩。马知其故，遂劾去之。其后建清溪诸贤祠，凡仕于江、淮者皆在祀列，独信国之父忠肃公方不得预焉。

南 丹 婚 嫁

周子功云：“南丹州男女之未婚嫁者，于每岁七月聚于州主之厅，铺大毯于地。女衣青花大袖，用青绢盖头，手执小青盖；男子拥髻，皂衣皂帽，各分朋而立。既而，左右队长各以男女一人推仆于毯，男女相抱持，以口相呵，谓之‘听气’。合者即为正偶,或不合,则别择一人配之。盖必如是而后成婚,否则论以奸罪也。"

相　怜　草

又云:"彼之山中,产相怜草,媚药也。或有所瞩,密以草少许掷之,草心著其身不脱,彼必将从而不舍。尝得试辄验,后为徐有功取去。"

石　洞　雷　火

费洁堂伯恭云:"重庆受围之际,城外一山极崄绝,有洞,洞口仅容一人,而其间可受数百人。于是众竞趋之,复以土石窒其穴。时方初夏,一日,忽大雷雨,火光穿透洞中,飞走不定。其间有老者云:'此必洞中之人有雷霆死者。'遂取诸人之巾,以竹各悬之洞外。忽睹雷神于内取一巾而去,众遂拥失巾之人出之洞外,即有神物挟之而去,至百余步外仆于田中,其人如痴似醉,莫知所以然。及雷雨息,复往洞中问之,但见山崩坏,洞中之人皆被压死,无一人得免祸者,惟此失巾人获存耳。"

按　摩　女　子

马八二国进贡二人,皆女子,黑如昆仑,其阴中如火,或有元气不足者与之一接,则有大益于人。又有二人能按摩,百疾不劳药饵。或有心腹之疾,则以药少许涂两掌心,则昏如醉,凡一昼夜始醒,皆异闻也。或谓此数人至前途,因不服水土皆殂。

老张防御沈垚

杭医老张防御向为谢太后殿医官,革命后,犹出入杨驸马家,言语好异,人目为"张风子"。然其人尚义介靖,不徇流俗,其家影堂之上作小阁,奉理宗及太后神御位牌,奉之惟谨,以终其身焉。可谓不忘本者矣。杨府九位有掠屋钱人沈垚者,居长生老人桥,每至杨和王忌辰,必设位书"恩主杨和王",供事惟谨。人问其故,则云:"某家在世,皆衣食其家,今其位虽凌替,然不敢忘此。"亦小人知义者。今世号为士大夫者,随时上下,自以为巧而得计,视此真可愧矣!

蔡陈市舶

永嘉有蔡起莘,尝为海上市舶。德祐之末,朝廷尝令本处部集舟楫,以为防招之用。其处有张曾二者,颇黠健,蔡委以为部辖。既而本州点撞所部船,有违阙,即欲置张于极刑,蔡力为祈祷,事从减。明年,张宣使部舟欲入广,又以张不能应办,欲从军法施行。蔡又祈免之,遂命部舟入广以赎罪。未几,厓山之败,张尽有舟中所遗而归觐,骤至贵显。蔡既归温,遂遭北军所掳,家遂破焉。因挈家欲入杭,谒亲故,道由张家浜,偶怀张曾二部辖者居此,今不知何如,漫扣之酒家,云:"此处止有张相公耳。"因同酒家往谒之。张见蔡,即下拜,称为"恩府",延之入中堂,命儿女妻妾罗拜,白曰:"我非此官人,无今日矣。"遂为造宅置田,造酒营运,遂成富人。张即今宣慰也,名瑄。同时继蔡为市舶者,姓陈,名壁,天台人。有方元者,世居上海,瑾徒也。因事玉宫,陈遂槌折方手足,弃之于沙岸。后医治复全,革世后,隶张万下为头目。因部粮船往泉南,至台境,值大风不行,遂泊舟山下。因取薪水登岸,望数里外有聚屋,扣之土人,则云:"前上海陈市舶家也。"方生意疑为向所见杀者,即携酒往访之。陈出迎,已忘其为人,扣所从来,方以阻风告。陈遂置酒,酒半酣,方笑曰:"市舶还记某否? 某即向遭折手足方元也。"陈方愕然,逊谢。三鼓后,方哨百人秉炬挟刃而来,陈氏一家皆不得免焉。此二事,一为报恩,一为复怨,皆得之于天。

铁　蛆

鲜于伯机云向闻其乃翁云:北方有古寺,寺中有大铁锅,可作数百人食。一夕,忽有声如牛吼,晓而视之,已破矣。于铁窍中有虫,色皆红,凡数百枚,犹有蠕动者。铁中生虫,亦前所未闻也。

捕　狸　法

捕狸之法,必用烟薰其穴,却于别处开穴,张罝捕,如拾芥。然狸性至灵,每于穴中迭土作台以处,且可障烟,夏月则于台下避暑,可谓巧矣。而捕者又必穷其台之所之而后止,可谓不仁也。

兰亭两王俣

山阴之亭,其扁乃靖康中箕山王俣书。壬辰岁,全楚卿舍天章寺旁庵田三十亩为兰亭书院,其扁乃廉访分司王俣书之。二百年间同姓同名,可谓异矣!

洪起畏守京口

洪起畏知京口日,乃北军入境之初,尝大书揭榜四境曰:"家在临安,职守京口,北骑若来,有死不走。"其后举郡以降,或为人改其末句云:"不降则走。"卫山斋云。

张世杰忠死

张世杰之战海上也,尝与祥兴之主约曰:"万一事不可为,则老臣必死于战,有沉香一株,重千余两,是时当焚此香为验,或香烟及御舟,可即遣援兵。或不然,宜速为之所,无堕其计中也。"及厓山之败,张俨然立船首,焚香拜天曰:"臣死罪,无以报国,不能翊运辅主,惟天鉴之。"尚有将佐三十余人,亦立其后,如此者凡一昼夜,从者亦耸立不少动。既而,北军拥至,篙师亦皆以小舟逃去,风起浪涌,舟遂沉,溺者甚众。其部曲有张霸都统者,遂收其遗赀,放舟回至永嘉海洋中,与之招魂作佛事。时周文英者一舟正泊对港,远见旗船,遣人觇之,则知为将军也。遂轻舟往见之,甚欢,因谓张曰:"二王既死,吾侪无主,若放浪海中,与盗贼何异?"意欲与之投拜也。张素知其人中险,漫尔应之。次日,张欲置酒招周,将乘间图之。适有人往报于周,周亟杀一马,拂明,亟遣以半体送之,曰:"昨见相公,回马适踠足,今已烹之,敢屈相公一醉。"张不虞其机已露,乃曰:"今日本欲相招,乃为君所先,当即往就邀以归也。"至则周杀张于坐中,因抚其部曲。张军头目竞献子女玉帛,周尽却之,令各自收拾,同往广中梁相公处投拜。止留张世杰所爱二内人,皆绝色也,二人常持家事,尽知世杰所有宝玩及供军金帛数。既约日进发,则凡张军诸舟,各差守把,不许一人登岸，凡数十船金宝，悉卷而有之。既约日进，复以世杰节度使印以为根脚，授广州宣慰使。及其还江南也，异时随二王官属、贵珰、幕士，竞往投之，附其舟以归，周皆为料理舟楫。及舟发至海中，乃尽杀之，掩有数家之财焉。时毛文豹为士人，处梁相公之馆，备知其事，故告发焉。

许　夫　人

周文英之父名彦荣，守节死于毗陵。昔在闽、广时，有许夫人者，聚兵立山寨甚盛，周每至其寨往来，许悦之，因嫁焉。遂辟诸山寨，最后至一寨，遇伏，前值水坎，周跃马过之，许马弱，堕坎，遂为所烹。周遂据其所有云。李声伯云。

孕　妇　双　胎

安吉县村落间有孕妇，日馌其夫于田间，每取道自丛祠之侧以往。祠前有野人，以卜为业，日见其往，因扣之，情寖洽。一日，妇过之，卜者招之曰："今日作馄饨，可来共食。"妇人就之，同入庙中一僻静处，笑曰："汝腹甚大，必双生子也。"妇曰："汝何从知之？"曰："可伸舌出看，可验男女。"妇即吐舌，为其人以物钩之，遂不可作声。遂刳其腹，果有孪子，因分其尸，烹以祀神。且以孪子炙作腊，为鸣童预报之神。至晚，妇家寻觅不见，偶有村翁云："其每日与卜者有往来之迹。"疑其为奸，遂入庙捕之，悉得其尸，并获其人，解之县中。盖左道者以双子胎为灵丹，乃所不及也。壬辰之冬。

屠　节　避　讳

省吏屠节尝出知道州，太守省札，其本房书吏以避贾相之名,遂书作某人知春陵州事。贾见之大怒,批出云:"二名不偏讳,临文不讳,皆见于《礼经》。今屠节乃敢擅改州名,可见大无忌惮,使不觉察,岂不相陷?"决欲黜之。后以诸省吏罗拜恳告,遂从编置,即存博之□也。

回 人 送 炭

牟献之巘,存斋之子,旧为浙东宪,尝有谢人送炭一联云:"翻手可覆手,曲身成直身。"

赵 孟 巏 台 评

赵孟巏因诱买王寿妾楚□□,遂为曾渊子所论,一联云:"乔妾之归,承嗣忍著主衣;周颛之事,□□殆非人类。"

金 钩 相 士

文时学昔为秘书郎日,有金钩相士,朝省会日挤于厅吏辈入省中,遍阅诸馆职,继而扣之云:"左偏坐二人,一月皆当补外。潘墀、王世杰。末坐一少年,最不佳,官虽极穹,然当受极刑。"扣其何以知之? 云:"顶有拳发,此受刑之相也。凡人若具此相,无得免者。"盖文宋瑞时为正字,居末坐也。未几,潘、王果出,而宋瑞之事乃验于两纪之后,可谓神矣。又尝见宋瑞自云:"平生凡十余次梦中见髑髅满前后无数,此何祥也。"然则异时之事,岂偶然哉! 本心翁癸巳六月。

十 干 纪 节

或云"上巳"当作十干之"己",盖古人用日例以十干,如上辛、上戊之类,无用支者。若首午尾卯,则上旬无巳矣。故王季夷嵋《上己词》云：“曲水溮裙三月二。”此其证也。

文山书为北人所重

平江赵昇卿之侄总管号中山者云：“近有亲朋过河间府，因憩道傍，烧饼主人延入其家，内有小低阁，壁帖四诗，乃文宋瑞笔也。漫云：‘此字写得也好，以两贯钞换两幅与我如何？’主人笑曰：‘此吾传家宝也。虽一锭钞一幅，亦不可博。咱们祖上亦是宋民，流落在此。赵家三百年天下，只有这一个官人，岂可轻易把与人邪？文丞相前年过此与我写的，真是宝物也。’斯人朴直可敬如此，所谓公论在野人也。”癸巳九月。

至元甲午节气之巧三十一年

正月初一日壬子立春　二月初二日癸未惊蛰　三月初三日癸丑清明　四月初四日甲申立夏　五月初五日甲寅芒种　六月初六日乙酉小暑　七月初七日乙卯立秋　八月初八日乙酉白露　九月初九日丙辰寒露系亥正初刻至初八日，至有四刻日之迟。十月初十日丙戌立冬　十一月十一日丁巳大雪　十二月十二日丁亥小寒

夷考百年以来理宗宝祐四年丙辰

正月一日立春　二月二日惊蛰　三月三日清明　四月四日立夏　五月五日芒种　六月六日小暑　七月七日立秋　八月八日白露　九月九日寒露　十月十日立冬　十一月十一日大雪　十二月十二日小寒

馀未见如此者，亦一奇事也。

香炉峰桐柏山

越上有香炉峰,唐德宗时,有告于朝者,言此山有天子气,于是遣使凿其山。理宗高祖周元肃王向祗投于河南,死焉,其子楚王遂挟父母遗骨以归越,葬于香炉峰下。于是前说验焉。又杭之仁和县有桐柏山,宣和中,蔡京尝葬其父于临平,及京败,或谓此为骆驼饮海势,遂行下太路,遣匠者凿破之。有金鸡自石中飞出,竟渡浙江,其地至今有开凿之径。知地理者谓犹出带血天子,而后济王实生其地。赵节山云。

失诰碎带

丙寅冬,嗣荣王拜福王之命,贾御医将上命部押仪物过越,及至邸第,则遗忘诰命及新铸之印,人皆以为不祥。贾师宪景定庚申自江上凯旋归朝,遂拜少师,赐玉带。及入朝之日,马蹶而坠,碎其带焉,人人皆知为不祥。

吴氏鸟卵

吴子明居杭之横塘,晚年闲步水滨,忽见泥中一物蠕动,疑为蛇类,细视之,乃一鸟卵,大可如拳。心异之,遂取归,置之圣堂净水盂中。旋即涨大,忽发大声,穿屋而出,或以为龙卵云。然吴竟以此惊悸成疾而殂。

鲁港风祸

或谓贾平章鲁港之师,尝与北军议定岁币,讲解约于来日各退师一舍,以示信。既而,西风大作,北军之退西者旗帜皆东指。南军都拨发孙虎臣意以为北军顺风进师,遂仓忙告急于贾，贾以为北军失信而相绐，遂鸣锣退师。及知其误，则军溃已不可止矣。是南军既退之后，越一宿而北军始进，盖以此也。呜呼，天乎！

慈宪生吉兆

慈宪全夫人之生也，其父全翁大节忽门外有大蛇蟠绕一大树间，细而视之，则其蛇有两小角。方以为异，将入呼儿侄辈逐之，则报以得女，而蛇不复见矣。福王妻柔懿李夫人之生也，忽大雷雨，有龙入其室，而夫人生焉。

德祐二子名

福王长子小字祐孙，庚子生，即不育。次日黄氏所生小字德，即绍陵也，盖取并立人二字，后乃应德祐之号，异哉！

绍陵初诞

绍陵之在孕也，以其母贱，遂服坠胎之药，既而生子手足皆软弱，至七岁始能言。黄氏德清人，乃李夫人从嫁，名定喜，后封隆国育圣夫人。

宁宗不慧

或谓宁宗不慧而讷于言，每北使入见，或阴以宦者代答。

衢吏徐信

衢之常山有道院，三月三日上真诞辰，道侣云集，吏魁徐信主此会。有一道人阄得如意袋三，寄留徐家，约以四月八日合会复至以取，且赠以诗云："一方眼目共推尊，祸福无门却有门。夜半或传人一语,明朝推背受皇恩。"徐大刻之石,及期,道人不至。未几,詹峒作梗,诬其罪于徐,夜半省札下,竟伏极刑。陆大匹时为龙游宰,亲言之。

征　日　本

至元十八年,大军征日本。船军已至竹岛,与其太宰府甚迩,方号令翌日分路以入,夜半忽大风暴作,诸船皆击撞而碎,四千余舟所存二百而已。全军十五万人,归者不能五之一,凡弃粮五十万石,衣甲器械称是。是夕之风,木大数围者皆拔,或中折,盖天意也。李顺丈为令史,目击而言。

束　手　无　措

束元嘉知海陵,泰州。禁醋甚严,有大书于郡门曰:"束手无措。"

蜘　蛛　珠

蒙古歹之在福建省时,有村落小民家一妇人,以织麻为业,每夜沤麻于大水盎中。忽一日视之,盎中水涸矣。视之,初无罅漏,凡数夕皆然。怪其异,至夜俟之。夜过半,果有一物来,径入盎中饮水,其身通明如月,光照满室。妇细视之,乃一白蜘蛛耳,其大如五斗栲栳。其妇遂急以大鸡笼罩之,割其腹,内得一珠,如弹丸大,照明一室。是夕,地分军士皆见其家有火光烛天,疑为有火,翌日遂往扣其妇人,以为无有。军人之黠者以言诱之,终不能隐,遂出示之。其卒胁以威,以十五千得之。既而千户知其事,复杀卒以取之。转转数手,亦杀数人,最后归之蒙古。遂以所得福王玉枕并进之,遂得江浙省平章。闻内府一珠向以数千锭得之于海贾,方之此珠,不及其半,盖绝代之宝也。

佛莲家资

泉南有巨贾南蕃回回佛莲者,蒲氏之婿也,其家富甚,凡发海舶八十艘。癸巳岁殂,女少无子,官没其家赀,见在珍珠一百三十石,他物称是。省中有榜,许人告首隐、寄债负等。

圣　铁

有所谓圣铁者,凡人佩之,刀兵皆不能入。尝以羊试之,良验。又谓此铁佩之,刀兵所至,则铁随应之,终不可入。又云此铁大者仅如豆,破肉入之身中,或遇刀兵,则此铁随以应之,更不可入。未知孰是。闻张眼子有之。

华岳阿房基

王国用金省云:“五岳惟华岳极峻,直上四十五里,遇无路处,皆挽铁絙以上。有西岳庙在山顶,望黄河,一衣带水耳。所谓龙池者,仅方丈,龙在则水深黑,龙不在则清见底。山有郭仙姑者,年二百六七十岁矣,曾事陈希夷,又常随吕公游于世。”又云:“阿房宫基址尚存,前殿从广各数里,可容万人,其大可知。”

钉官石

又云:“钉官石在长安城中,色青黑,其坚如铁。凡新进士求仕者,以大钉钉之,如钉径入,则速得美官;否则,龃龉不能入,入亦不能快利也。石上之钉皆满。”

张 氏 银 窖

张府主奉位酒库屋，其左则蒙古平章之居。一日，蒙古欲展地丈余，主奉者不获已，与之。彼方毁旧垣再筑，于旧基得乌银数十大笏，皆掩有之，盖张氏之宿藏也。

猪 祸

至元癸巳十二月内，村落间忽伪传官司不许养猪，于是所有悉屠而售之，其价极廉，不知何祥也？

张 松

世俗命强记者曰"张松"。按《蜀纪·刘禅纪》注，杨修以所撰兵书示张松，饮宴间，一看便暗诵之，即此也。

桃 符 获 罪

盐官县学教谕黄谦之，永嘉人，甲午岁题桃符云："宜入新年怎生呵，百事大吉那般者。"为人告之官，遂罢去。

龙 蚌

《老学庵笔记》言，寿春县滩上有一蚌，其中有龙蟠之迹，以为绝异。余尝于杨氏勤有堂见其亦类此，疑即寿春之物。既而，邻邸有六家，有客人持一蚌壳求售，其中俨然一蛇身，累累若贯珠。乃知天壤之间，每有奇事。

透 光 镜

透光镜其理有不可明者，前辈传记仅有沈存中《笔谈》及之,然其说亦穿凿。余在昔未始识之,初见鲜于伯机一枚,后见霍清夫家二枚。最后见胡存斋者尤奇,凡对日映之,背上之花尽在影中,纤悉毕具,可谓神矣。麻知几尝赋此诗得名。余尝以他镜视之,或有见半身者,或不分明,难得全体见者。《太平广记》第二百三十卷内载有侯生授王度神镜,承日照之,则背上文尽入影内,纤悉无失,然则古亦罕见也。

菖　蒲　子

菖蒲花候结子老收之,至梅月,用米饮同子嚼碎,喷在大炭上,则自然生苗,极细可爱,然止是虎须耳。昌化有此苗。章爱山云。

死　马　杀　人

凡驴马之自毙者,食之,皆能杀人,不特生丁疮而已。岂特食之,凡剥驴马,亦不可近。其气薰人,亦能致病,不可不谨也。今所卖鹿脯,多用死马肉为之,不可不知。

爪　哇　铜　器

徐子方尝得爪哇国一铜器,类箕,径约四寸,从约三寸。其中有梁如斗,梁上坐国主、国后二像,一人侍侧,极其丑恶,如优人之类。其侧有两人首。殊不知为何所用也?

黑　漆　船

赵梅石孟蘱,性侈靡而深崄,其家有沉香连三暖阁,窗户皆镂花,其下替板亦镂花者。下用抽替,打篆香于内,香雾芬郁,终日不绝。前后皆施锦帘,他物称之。后闻献之福邸,云后为都大坑冶。又造黑漆大坐船,船中舱板皆用香楠镂花,其下焚沉脑,如前阁子之制。吕师夔亲见之,遂号孟巇为"黑漆船",后饿死于燕京。存斋云。

周弥陀入冥

湖州贵泾坊有周弥陀者,其人手中有弥陀印,故得名。为人善良且孝,忽以病殂,以心腹未寒,未敢殓。越二日,复苏,曰:"此番得生,皆陈尚书之力。"因言至一官府,囚徒甚众,仰观据案者,即陈本斋尚书也。存,字体仁。见谓曰:"汝,吾赁户也,何缘至此?"检大簿曰:"此人极孝,且所追同姓名,可令发回。"蹶然而苏。好事者虽能言,未之信也。未几,廉访分司薛帖木儿自嘉兴至霅,因扣左右,曰:"前宋有马裕斋、陈本斋否?"众曰:"然。"因言在嘉兴时,一书吏暴死,一夕方苏,因言入冥,有二冥官以簿参照,误而遭回。吏语之曰:"此善恶判官也。"恶判官乃马裕斋,善判官乃陈本斋耳。乃与周弥陀之事正相合,亦可怪。按裕斋名光祖。

马　相　漂　棺

饶州乐平县中有某人者,元执役于马相府,后以病死,入冥见中坐者乃马相公也,其人举首叩头以求救。既而以误追放还,方出,马即呼语之,曰:"汝回人间,可与吾儿言,我屋已漏损一角,宜亟修之。可怜儿子读书,将来有用处。"既苏,遂往马府告之。然所居之第,初无损漏之事。越明年,山中发洪水,马相之墓适当其冲,遂为大水漂其棺,随流而去,莫知所之。至四十里之外,为枯槎挽定,适渡子见之,讶其棺华大,疑非常人者,即举渡船中,载之以归。既而马府物色得之,给赏取回,改葬焉。此事陈无逸在婺源为山长时,见张伯大家言之甚详。伯大,丞相之妹婿也。

伯 宣 被 盗

刘伯宣为宣慰司同知,去官日,泊北关外俞碗盏家之别室。一夕,为偷儿盗去银匙箸两副,及毛衫布海青共三件。次日,几无可著之衣。其家即欲经官捕盗,而伯宣不许,因自于门首语其邻曰:“此辈但知为盗,而不知吾乃穷官人也。所有之物,不过如此,万一见获,遂坏此生。银匙箸入其手,亦不愿得,但衣服颇觉相妨,仍见还可也,幸相体此意。”人皆笑其迂。越再宿,忽得一簏于屋后空地,视之,毛衫布衣皆在焉。刘公一言信及穿窬,非一日之积也。白廷玉云。

李 性 学

李性学之为吾教也,有诗云:“天下今无读书者,世间惟有作诗人。”其后得罪于巨室,故遭完颜御史之怒,杖几及身,阎子静援之而免。于是怒之者有墙壁之文丑诋,有云:“挂腐鼠于书斋之内,谓辟蝇营;避飞蚊于锦被之间,有如龟缩。吃带糠糙米粥,啜无盐淡菜羹。猫儿常宝玩于房中,虮子任珠悬于衣上。”又云:“肸病知心脉之已死;自缢有颈痕之尚存。”先是,性学尝以俪语数范药庄之恶,有云“面带墨香,口尚乳臭”等语,此其报也。

夏 驾 山

吾乡妙喜谓之杼山,谓夏后杼尝巡历于此,故名。其西曰夏驾山,又有所谓夏王村者,皆是也。今乃讹“夏王”为“下黄”,“夏驾”为“下夹”,且名其上曰“上夹”,以成伪焉。

渴 字 无 对

卫山斋云:“凡字皆有对,如饥之对饱,寒之对暖,悲之对欢之类是也。独有渴字,无不渴一字对之。”此虽戏言,亦似有理。又云:“向见乡先生言,《关雎》‘后妃之德’,注家皆指后为太姒,非也。盖后即君耳,妃乃夫人。以夫人为后,乃自秦始耳。”

观 堂 二 石

徐子方云:“向到故内观堂,有黑漆厨内龛二石,高数尺。其一有南斗六星,隐起石上,刻金书‘南极呈祥’,其阴有北斗七星,亦隐起而色白,刻曰‘北斗降瑞’。及再至杭,则观堂已化为佛寺,此石莫知所在矣。”

董 仪 父 论 易

董仪父鸿尝云:“《易》有圣人之道四焉,王辅嗣去三而存一,于道阙焉。晦庵知其为非,所以《本义》、《启蒙》各以卜筮言之。然虽知其为卜筮之道而不知其所以为卜筮之道,不过复以理言之,则亦何异乎辅嗣哉?”

棺 盖 悬 镜

今世有大殓而用镜悬之棺盖以照尸者,往往谓取光明破暗之义。按《汉书·霍光传》,光之丧,赐东园温明。服虔曰:“东园处此器,以镜置其中,以悬尸上。”然则其来尚矣。

北 地 赏 柳

焦达卿云："鞑靼地面极寒，并无花木，草长不过尺，至四月方青，至八月为雪虐矣。仅有一处开混堂，得四时阳气，和暖能种柳一株，土人以为异卉，春时竞至观之。"

光 禄 寺 御 醴

达卿尝为光禄寺令史，掌醴事，云："炊米之器，皆以温石为大釜，温石即菜石。甑以白檀香，若瓮盎之类，皆银为之，极其侈靡，前代之所无也。车驾每亲幸焉，所掌必以大头目，外廷丞不足道也。"

奸 僧 伪 梦

安吉县朱实夫，马相碧梧之婿也。有温生者，因朱而登马相之门，近复无聊，遂依白云宗贤僧录者，无以媚之，乃创为一说，云："曩闻碧梧与之言云：'向在相位日，蒙度宗宣谕云：朕尝梦一圣僧来谒，从朕借大内之地为卓锡之所，朕尝许之，是何祥也？'马虽知为不祥，而不敢对。今白云寺所造般若寺，即昔之寝殿也。则知事皆前定。"于是其徒遂以此说载之于寺碑，以神其事。呜呼！使当时果有此梦，方贾平章当国，安得独语马公？使马公果闻此语，安得不使子侄亲友知之，且独语门吏耶？可见小人之无忌惮如此。余恐后人不知而轻信，故不得不为之辩。金一之荪壁云。

沉 香 圣 像

杭西湖延祥观四圣小像并从人，共二十身，皆蜡沉香，凡数百两,即韦太后北巡狩归日所雕,皆饰之以大珠。及杨髠据观为寺,尽取之为笠珠及香饼,可叹也。_{杜秋泉云。}

西 湖 好 处

江西有张秀才者,未始至杭,胡存斋携之而来,一日泛湖,问之曰:"西湖好否?"曰:"甚好。"曰:"何谓好?"曰:"青山四围,中涵绿水,金碧楼台相间,全似著色山水。独东偏无山,乃有鳞鳞万瓦,屋宇充满,此天生地设好处也。"此语虽粗俗,然能道西湖面目形势,为可喜也。

石 庭 苔 梅

宜兴县之西,地名石庭,其地十余里皆古梅,苔藓苍翠,宛如虬龙,皆数百年物也。有小梅,仅半尺许,丛生苔间,然著花极晚。询之土人,云:"梅之早者皆嫩树,故得春最早。树老则得春渐迟,亦犹人之气血衰旺,老少之异也。"此说前所未闻。梅间有小溪,流水横贯交午,桥下多小石,圆净可爱。时有产花鸟及人物者,近世以来则有骑而笠者,盖天地之气亦随时而赋形,尤可异也。

陈 谔 捣 油

陈谔字古直,号堑水,尝为越学正,满替,往婺之廉司取解由。归途偶憩山家,有长髯野叟方捣柏子作油,见客至,遂少辍,相问劳曰:"君亦儒者邪?"持杯茶饮之,遂问今将何往?陈对以学正满替,欲倒解由,别注他缺。髯叟忽作色而起,曰:"子自倒解由,我自捣柏油。"遂操杵曰,不复再交一谈。陈异而询于邻人,云:"此傅秀才,隐者也。恶君言进取事故耳。"陈心甚愧之，因赋诗云："忽遇深山避世翁，居然沮溺古人风。老来一出为身计，不满先生一笑中。"

襄鄂百咏

又云：向在鄂渚，正值己未透渡之变。至辛酉闰十一月二十一日解围，尝作《鄂渚百咏》，以记一时之事，多归功于贾老。中间有一首云："久戍胡儿已念家，将军何不奏胡笳。今朝忽报严围解，白雪纷纷亦散花。"贾见"散花"之语大怒，捕陈甚急，陈窘甚，求救于赵晦岩。晦岩为解释，乃免。

打　　聚

阛阓瓦市专有不逞之徒，以掀打衣食户为事，纵告官治之，其祸益甚。五奴辈苦之，切视其所溺何妓，于是敛金以偿其直，然后许以嫁之，且俾少俟课钱足日娶去。然所逋故尔悠悠，使延引岁月，而不肖子阴堕其计中，反为外护，虽欲少逞故智，不可得矣。其名曰"打聚"。

家之巽三贤诗

家志行尝和《三贤堂诗》云："孤峰落魄一诗人，白傅何曾号直臣。较似眉山敢同传，并祠浙水恐诬神。人非伦拟终非偶，论贵平和不贵新。争似独尊元祐学，高堂正笏更垂绅。"又："谁称三老作三山，方回曾以香山、眉山、孤山为三山也。夫子宁居季孟间。骆厩侍人多愧色，鳌头处士若为攀。辞章小技应闲事，节义千年真大闲。何似眉山专一壑，九京贤圣尽欢颜。"虽然，志行尊坡翁是也，贬二贤，无乃过乎？何不反观自己，为德政碑以媚杨髡，受僧略以作寺记。义方之训可笑，由径之叹不惭,奈何!

四 圣 水 灯

西湖四圣观前,每至昏后有一灯浮水上,其色青红,自施食亭南至西陵桥复回。风雨中光愈盛,月明则稍淡,雷电之时,则与电争光闪烁。金一之所居在积庆山巅,每夕观之无少差,凡看二十余年矣。

大 辟 登 科

南康刘以仁尝手杀其叔,里族买静,不经有司,后竟登宝祐癸丑第,及官长沙令。江古心尝云:"糊名考校中,诸行百户,何所不有?虽盗贼大辟,亦可登科改秩云。"

黄 王 不 辨

浙之东言语"黄""王"不辨,自昔而然。王克仁居越,荣邸近属也,所居尝独毁于火,于是乡人呼为"王火烧"。同时有黄瑰者,亦越人,尝为评事,忽遭台评,云:"其积恶以遭天谴,至于独焚其家。"乡人有"黄火烧"之号。盖误以"王"为"黄"耳。邸报既行,而评事之邻有李应麟者,为维扬幕,一见大惊,知有被火之事,亟告假而归。制使李应山怜之,馈以官楮二万。及归,则家无患,乃知为误耳。盖黄无辜而受王之祸,而李无望而得二万之获,殊可笑。

押 韵 语 录

刘后村尝为吴恕斋作文集序云:"近世贵理学而贱诗赋,间有篇咏,率是语录、讲义之押韵者耳。"

演 福 新 碑

　　家之巽志行为演福寺作观音殿碑,所得几何,乃大骂贾相以示高。殊不知其寺常住赡僧田一万三千亩,乃贾相所舍也。其碑具衔云:"前朝奉大夫秘书省校书郎兼国史编修官实录院检讨官。"殊不知此二兼职,非卿监不可也,意者欲愚庸髡,眩俗眼,以为荣耳。碑成,打造遍送当路。其后官司打勘,没官田土,则贾相所舍寺中万三千亩,正在数中。省官呼释髡问之,云:"贾似道既舍许多田与寺中,不知寺中呼之为何称?"曰:"大檀越也。"曰:"寺中亦感激他否?"曰:"大众仰食于此田,安得不感激?"曰:"既是如此,何乃刻碑毁骂邪?"髡无以应之。以此知公论在人心,无间于南北也。

喜 行 古 礼

　　吴中一富家子粗识字而呆然,其性僻,专喜行古礼。辟大堂以祀夫子,凡朔望二丁,必大集里中士人以行礼。凡俎豆衣冠之具,及祭馔牲酒,莫不精腆。每一行礼,必有重费不靳也。然其人初无识解,不过所存如此,亦可尚也。

龙 畏 神 火

　　乙未岁五月,宜兴近湖之地,忽有二龙交斗,俱坠于湖,其长无际,顷刻大风驾水,高丈余而至。即有火块大如十间屋者十余,自天而坠,二龙随即而升。盖天恐其为祸,驱神火逐之,使少缓须臾,则百里之内皆为巨壑矣。余向者舟经德清之桃园,其稻田皆焦黑凡数十亩。遂舣舟,问其里人,云:"昨午有大龙自天而坠下,随即为地火所烧而飞去。"盖龙之所畏者,火耳。

不葬父妨子

或谓停父母之丧久而不葬者,则其子孙每岁缩小。近见钱达可、康自修二子之事皆然,此其异也。姚子敬云。

多景红罗缠头

张于湖知京口,王宣子代之。多景楼落成,于湖为大书楼扁,公库送银二百两为润笔。于湖却之,但需红罗百匹。于是大宴合乐,酒酣,于湖赋词,命妓合唱甚欢,遂以红罗百匹犒之。

韩平原姓王

王宣子尝为太学博士,适一婢有孕而不容于内,出之女侩之家。韩平原之父同乡,与之同朝,无子,闻王氏有孕婢在外,遂明告而纳之。未几得男,即平原也。

乌银江姚

承平时,贵家以乌银为江姚壳,外具细纹而色似真。每宴集,则以此赠姚柱以供 客,可谓富贵之极也。胡存斋云。

金紫银青

广西诸洞产生金,洞丁皆能淘取。其碎粒如蚯蚓泥,大者如甜瓜子,故世名瓜子金。其碎者如麦片,则名麸皮金。金色深紫,比之寻常金色复加二等,此金之绝品也。银之品有纹如罗甲者,有松纹者,有中洼而郭高者,皆为精银,其绝品则色青。故官品有"金紫银青"之目,盖金至于紫,银至于青,为绝品也。张敬堂云。

乌 贼 得 名

世号墨鱼为"乌贼",何为独得贼名?盖其腹中之墨可写伪契券,宛然如新,过半年则淡然如无字。故狡者专以此为骗诈之谋,故谥曰"贼"云。

天 雨 米 豆

至元丙申三月十八日,永嘉天雨黑米,粒小而多,饭可食。陈本斋云。泉州雨红豆,亦可为饭,其色如丹砂,前未见也。徐容斋云。乙未岁,江西歉甚,时天亦雨米,贫者得济,富家所雨则雪也,此又异甚。胡存斋云。

朱 宣 慰 诗

日观僧子温善作墨蒲萄,时书诗文句于上,或有可喜者。尝在朱宣慰家作画,讫,遂写一诗在上云:"昔有朱买臣,今有朱宣慰。两个担柴夫,并皆金紫贵。"朱老欣然曰:"朱清果是卖芦柴出身,和尚说得我著。"遂馈赆资五锭酬之。

杏 仁 有 毒

松雪云:"杏仁有大毒,须煮令极熟中心无白为度,方可食用,生则能杀人。凡煮杏仁汁,若饮犬猫,立死。"

章 宗 效 徽 宗

金章宗之母,乃徽宗某公主之女也。故章宗凡嗜好书札,悉效宣和,字画尤为逼真,金国之典章文物,惟明昌为盛。

茯苓益松

凡所砍大松,根下枯而红润者,其下必有茯苓,盖得茯苓所养故耳。人能服饵,岂无奇功!

虎引彪渡水

谚云:虎生三子,必有一彪。彪最犷恶,能食虎子也。余闻猎人云:"凡虎将三子渡水,虑先往则子为彪所食,则必先负彪以往彼岸,既而挈一子次至,则复挈彪以还,还则又挈一子往焉,最后始挈彪以去。盖极意关防,惟恐食其子故也。"

撩　纸

凡撩纸,必用黄蜀葵梗叶新捣,方可以撩,无则占粘不可以揭。如无黄葵,则用杨桃藤、槿叶、野蒲萄皆可,但取其不粘也。

冬至前造酒

凡造酒,冬至前最佳,胜于腊中,盖气未动故也。今造盐菜者,亦必于冬至前,则可以久留矣。此说极有理。李静仙云。

壬日扦种

芒种后壬日入梅。壬日所种花草,虽至难活者亦皆活,申日亦可。

白　蜡

　　江浙之地,旧无白蜡。十余年间,有道人自淮间带白蜡虫子来求售,状如小芡实,价以升计。其法以盆桎树,_{桎字未详。}树叶类茱萸叶,生水傍可扦而活,三年成大树。每以芒种前,以黄草布作小囊,贮虫子十余枚,遍挂之树间。至五月,则每一子中出虫数百,细若蟛蠓,遗白粪于枝梗间,此即白蜡,则不复见矣。至八月中,始剥而取之,用沸汤煎之,即成蜡矣。_{其法如煎黄蜡同。}又遗子于树枝间,初甚细,至来春则渐大,二三月仍收其子如前法散育之。或闻细叶冬青树亦可用。其利甚博,与育蚕之利相上下。白蜡之价,比黄蜡常高数倍也。

癸辛杂识别集上

汴　梁　杂　事

罗寿可丙申再游汴梁,书所见梗概。汴学曰文学、武庙,即昔时太学、武学旧址。文庙居汴水南,面城背河,柳堤莲池,尚有璧水遗意。"太学"与"首善阁"五大字石刻,皆蔡京奉敕书。先圣之右为孟,左为颜,作一字位置,不可晓,北方学校皆然。先圣、先师各有片石,镌宋初名臣所为赞,独先圣,太祖御制也。讲堂曰"明善",藏书阁曰"稽古"。古碑数种,如宋初翰苑题名,开封教授题名,《九经》石板,堆积如山,一行篆字,一行真字。又有大金登科题名,女真进士题名,其字类汉篆而不可识。司天台太岁殿,徽宗草书"九曜之殿"。旧开封府有府尹题名,起建隆元年居润,继而晋王、荆王而下皆在焉。独包孝肃公姓名为人所指,指痕甚深。楼阁最高而见存者,相国寺资圣阁、朝元宫阁、登云楼。资圣阁雄丽,五檐滴水,庐山五百铜罗汉在焉。国初曹翰所取者也。朝元宫阁即旧日上清储祥宫移至,岩峣半空。登云楼俗呼为八大王楼,又称谭一作潭楼,盖初为燕王元俨所居,后为巨珰谭积有之,其奇峻雄丽,皆非东南所有也。朝元宫殿前有大石香鼎二,制作高雅。闻熙春阁前元有十余座,徽宗每宴熙春,则用此烧香于阁下,香烟蟠结凡数里,有临春、结绮之意也。朝元宫虚皇台亦上清移来,下有青石础二,刻画龙凤团花,极工巧,旧时是朱温椒兰殿旧物。台上有拜石，方广二丈许，光莹如碧玉，四畔刻龙凤、云雾环绕。内留品字三方素地，云是宣、政内醮时，徽庙立于中，林灵素、王文则居两傍也。汴之外城，周世宗时所筑，神宗又展拓，其高际天，坚壮雄伟。南关外有太祖讲武池，周美成《汴都赋》形容尽矣。梁王鼓吹台、徽宗龙德宫旧基尚在。开封府衙后有蜡梅一株，以为奇，遂创梅花堂。北人言河北惟怀孟州号"小江南"，得太行障其后，故寒稍杀，地暖故有梅，且山水清远似江南云。南门外有五岳观、太乙宫、岳帝殿，极雄壮华丽，宫连跨小楼殿，极天下之巧，俗呼为"暖障"。闻汴有大殿九间者五，相国、太乙、景德、五岳，尽雕镂，穷极华侈，塑像皆大金时所作，绝妙。徽宗《定鼎碑》，瘦金书，旧皇城内民家因筑墙掘地取土，忽见碑石穹甚，其上双龙，龟趺昂首，甚精工，即瘦金碑也。四方闻之，皆捐金求取，其家遂专其利。蔡京题额"政和定鼎之碑"。或云九鼎金人未尝迁，亦只在土中或水中耳。如资圣阁、登云楼覆压岁久，今其地低陷甚多。曾记佛书言，山河大地凡为城邑、宫阙、楼观、塔庙，亦是缘业深重所致。光教寺在汴城东北角，俗呼为上方寺，琉璃塔十三层，铁普贤狮子像甚高大。座下有井，以铜波斯盖之，泉味甘，谓通海潮。旁有五百罗汉殿，又云五百菩萨像，皆是漆胎，庄严金碧，穷极精好。《普贤洞记》石碑甚雅，金皇统四年四月一日，奉议大夫行台吏部郎中飞骑尉施宜生撰并书，所谓方人者也。后为金相，字步骤东坡。寺入门先经藏殿，殿极工巧，四隅不动，其中运转，经卷无伦次，皆唐人书也，极精妙。大庙街近城，有古观音寺，北齐施主姓名碑。佛殿开宝皇后命孙德元画西方净土，极奇古精妙，仅存半壁。僧崇化大师为之赞书，亦有法。相国寺佛殿后壁，有咸平四年翰林高待诏画大天王，尤雄伟。殿外有石刻，东坡题名云："苏子瞻、子由、孙子发、秦少游同来观晋卿墨竹，申先生亦来。元祐三年八月五日。老申一百一岁。"又片石刻坡翁草书《哨遍》，石色皆如元玉。宝相寺俗呼为大佛寺，有五百罗汉塑像，甚奇古。又噀水石龙，镌刻甚精，皆故宫物也。

蝤蛑馄饨

《轩渠录》载，有人以糟蟹黂子同荐酒者，或笑曰："则是家中没物事，然此二味作一处怎生吃？"众以为笑。近传溆浦富家杨氏尝宴客作蝤蛑馄饨，真可作对也。

包宏斋桃符

包宏斋恢致仕后，归作园于南城，题桃符云："日短暂居犹旅舍，夜长宜就作祠堂。"年八十七薨。

南风损藕

近闻亭皋荡户云："每岁夏月，南风少则好藕。晒荷叶遇雨，所著处皆成黑点。藏荷叶则须密室，见风则蛀损，不堪用矣。"

灯檠去虫

桃树生小虫，满枝黑如蚁，俗名矸虫。虽用桐油洒之，亦不尽去。其法乃用多年竹灯檠挂壁间者，持之树间，则纷纷然坠下，此物理有不可晓者。戴祖禹得之老圃云。

鱼　苗

　　江州等处水滨产鱼苗,地主至于夏,皆取之出售,以此为利。贩子辏集,多至建昌,次至福建、衢、婺。其法作竹器似桶,以竹丝为之,内糊以漆纸,贮鱼种于中,细若针芒,戢戢莫知其数。著水不多,但陆路而行,每遇陂塘,必汲新水,日换数度。别有小篮,制度如前,加其上以盛养鱼之具。又有口圆底尖如罩篱之状,覆之以布,纳器中,去其水之盈者以小碗,又择其稍大而黑鳞者,则去之。不去则伤其众,故去之。终日奔驰,夜亦不得息,或欲少憩,则专以一人时加动摇。盖水不定则鱼洋洋然,无异江湖;反是则水定鱼死,亦可谓勤矣。至家,用大布兜于广水中,以竹挂其四角,布之四边出水面尺余,尽纵苗鱼于布兜中。其鱼苗时见风波微动则为阵,顺水旋转而游戏焉。养之一月半月,不觉渐大而货之。或曰初养之际,以油炒糠饲之,后并不育子。

同　里　虎

　　近岁平江虎丘有虎十余据之,同里叶氏墓舍在焉。其一大享堂,虎专为食息之地,凡人兽之骨交藉于地,蛇骨亦有之。闻虎之饥,则兼果实皆啖,不特兽也。其堂下大泥潭,虎饱则展转于中。傍居之人熟窥之,凡食男子必自势起,妇人必自乳起,独不食妇人之阴。或有遇之者,当作势与之敌,而旋退引至曲路,即可避去。盖虎不行曲路故也。

陶　裴　双　缢

　　丙申岁九月九日,纪家桥河北茶肆陶氏女,与裴叔咏第六子合著衣裳,投双缳于梁间。且先设二神位,乃题自己及此妇姓名,炷香然烛,酒果羹饭,烛然未及寸而殂矣。尝记淳熙间,王氏子与陶女名师儿共溺西湖,有人作"长桥月,短桥月",正其事也。至载之《周平园日记》,何前后盛情之事,皆生于陶氏门中邪?近至元二十七年大水,湖州府仪凤桥下有新生死小儿弃于水中者,两手四臂四足,面相向抱持,胸胁相连,一男一女,丐者取以示人而乞钱。疑皆此辈所幻也,怪哉!

因　庸　堂

谢府有因庸堂,穆陵御书二字,盖出《崧高》之诗云:"因是谢人,以作尔庸。"注云:"谢乃周之南国也。"此诗美宣王能建国,褒赏申伯,于此取义,固佳。然于两句中各取一字,亦太穿凿矣。

德　寿　买　市

隆兴间,德寿宫与六宫并于中瓦相对,令修内司染坊,设著位观,孝宗冬月正月孟享回,且就看灯买市。帘前堆垛见钱数万贯,宣押市食歌叫直一贯者,犒之二贯。时尚有京师流寓经纪人,如李婆婆鱼羹、南瓦张家圆子之类。

天　狗　坠

丙申十一月十七日冬至,是夜三鼓,有大声如发火炮,震动可畏,鸡犬皆鸣。次日,金一山自山中来,云:"山中之声尤可畏,野雉皆鸣。"或云天狗坠故也。

丁 酉 异 星

丁酉正月初二日乙丑夜二鼓,天井巷张家金银铺遗漏。是夕,天中有如云气赤色,其大如箕而微长,或谓其大星,余目昏视之不见。疑此云气为火气所烁而然,凝然不动,殊为可异,不知何物也!

彗 星 改 元

是岁二月,忽有传夜后西北角有星光芒曳尾者,余不之信。数夕起观,皆无所见。一夕,于西边见大星,光芒正在胃、昴间,然考之,则太白耳。益疑小人妄传。继而有自吴来者,云船中见之甚的,类景定彗星,而尾短仅数尺耳。余终未之信也。及三月十七日诏书到杭,改元大德,有云"星芒示变,天象儆予",始信前者为信然也。

和 剂 药 局

和剂惠民药局,当时制药有官,监造有官,监门又有官。药成,分之内外,凡七十局,出售则又各有监官。皆以选人经任者为之,谓之京局官,皆为异时朝士之储,悉属之太府寺。其药价比之时直损三之一,每岁糜户部缗钱数十万,朝廷举以偿之。祖宗初制,可谓仁矣!然弊出百端,往往为诸吏药生盗窃,至以樟脑易片脑,台附易川附,囊橐为奸,朝廷莫之知,亦不能革也。凡一剂成,则又皆为朝士及有力者所得,所谓惠民者,元未尝分毫及民也。独暑药、腊药分赐大臣及边帅者,虽隶御药,其实剂局为之。稍精致若至宝丹、紫雪膏之类,固非人间所可办也。若夫和剂局方,乃当时精集诸家名方,凡经几名医之手，至提领以从官内臣参校，可谓精矣。然其间差讹者，亦自不少。且以牛黄清心丸一方言之，凡用药二十九味，其间药味寒热讹杂，殊不可晓。尝见一名医云："此方止是前八味至蒲黄而止，自干山药以后凡二十一味，乃补虚门中山芋丸，当时不知缘何误写在此方之后，因循不曾改正。"余因其说而考之，信然。凡此之类，必多有之，信乎误注《本草》，非细故也。

葛天民赏雪

葛天民字无怀，后为僧，名义铦，字朴翁。其后返初服，居西湖上，一时所交皆胜士。有二侍姬，一曰如梦，一曰如幻。一日，天大雪，方拥炉煎茶，忽有皂衣者闯户，将大珰张知省之命<small>即水张太尉也</small>。招之至总宜园。清坐高谈竟日，雪甚寒剧，且觉腹馁甚，亦不设杯酒，直至晚，一揖而散。天民大恚，步归，以为无故为阉人所辱。至家，则见庭户间罗列衾笥数十，红布囊亦数十，凡楮币、薪米、酒肴，甚至香茶适用之物，无所不具。盖此珰故令先怒而后喜，戏之耳。

彭　晋　叟

彭晋叟，福州侯官人，亦有学，文亦奇，肄业京庠，每试多居首选。胡颖为浙西宪政，尚猛厉，物情不安，彭因伪作台章以胁之，有尼僧为之表里，使以稿示之曰："得之台中，行且止矣。"胡惧，就致祷，约以获免当以数万为谢。已而，月课不及，胡遂作台长，江古心书历述所闻以谢之。古心下京府名捕，时政放堂试，赋题出"王言如丝"，彭为首冠。破云："王妙心纬，言关化机，于未布以先谨，如有丝之至微。"揭晓之际，彭已置理,乃以次名代之。狱成,黥隶贵州,久之,宛转自如,得至静江。适当诏岁入贡闱,为编栏,遇都吏一子于场中,日授三卷,得预荐送。吏深德之,未有以报,乃为之谋曰:"经干潘公谠,汝乡人也。盍往归之?"彭以呈面为难。又命之作札,"吾当为通"。潘见其辞藻粲然,亟令来见,深爱其才,而革面无策,为之重叹,曰:"吾当思一策以处。"既数日,乃曰:"得其说矣。"使具戎服,介之经帅府。时姚橘洲希得领桂管,因从容为地,且令修一俪语为贽。彭退思数日,未能措词,乃往见潘求教。潘为之思有顷,拊髀曰:"吾已得一联矣。曰:'失邯郸之步,为吾党羞;借荆州之阶,以军礼见。'"使绪成之,且为点定,约日道之以前。橘洲庭见之,彭趋进入拜如彝,乃以贽上。橘洲观之喜甚,详询始末,留之书院。授以《文选》,使分类之,以观其能否。未几,书成,橘洲益喜,使诸子师之。资身之计渐裕,旋得勇爵,纳妾有家,继得两子。橘洲入为文昌,兼夕拜,使与俱行,缴驳之章,多出其手。复出入无间,辄登市楼,恣肆无忌,为人指目。闻于当路,于是逮治填配,押回元隶所,橘洲亦以此去国。彭后与黎峒通,为具舟楫,尽室以行,莫知所之。

唐尧封

　　唐仲友之父侍御尧封,孝庙时以礼部侍郎大司成除侍御,有直声。尝论钱尚书礼,左迁小龙场,及去国,同朝送之,馆学为空。孝宗知之,叹曰:"遂为唐氏百年口实。"初入言路,钱迎问第一人,答以"方思之"。归语仲友,仲友曰:"大人失言,当云此行正为公来也。"

林　乔

林乔,泉州人,颇有记问。初游京庠,淳祐丙午,宗学时芹斋与太学褆身斋争妓魏华,乔挟府学诸仆为助,遂成大哄。押往信州听读,因与时贵游从赓唱,放浪狎邪,题诗于茶肆云:"斗州无顿闲身处,时向梅花走一遭。"士论薄之。旋登徐元杰之门,后元杰死,徐径畋、李斛峰皆以应用之往来。既而元杰家为伐柯一村豪家,为接脚婿。其幼子寓城中,有地占为菜园,与赵温州崇机邻,守皆有月馈,其门如市,数年得自便。宝祐癸丑,买福州待补,作申如名纳卷,题出"言行枢机动天地",遂中魁选,欲参学,为人所攻而止。久之,上书,特补保义郎,领钱亿万,往谋北事,时景定初也。继又赴有官漕试,得荐登第,随被论驳,经营复得官戎议之类。还寓信州,朱浚为守,不往见,且语诋之,朱怒,捃摭其罪,押回本贯。与蒲舶交借地作屋,王茂悦为舶使,蒲八官人者漏舶事发,林受其白金八百锭,许为言之。既而王罢去,蒲并攻之,且夺其所借地。乃往从元杰之子直谅,以清潭和买吏屋,且任和籴。既而直谅得宪节,林随以行。后以词诉,为徐帅择斋明叔所治,押往五年,攉锋军寨,拘锁而殂,时咸淳末年也。或言后改名为天同,字景郑云。

李　梦　庚

李梦庚者,襄阳人,善文,不偶,归而治生。其子能文而不肖,数盗用父财,父欲杀之。宗党劝止,使其子拜且谢。或告以父已负剑,子甚恐,拜方起而剑欲及,亟走避,闭门,剑入门者几寸。其子后魁浙漕荐,襄帅以书抵漕,潜说友曰:"今岁漕

魁,乃梦庚之子也。其论尾之语,曾见之否? 其语曰:'世岂有
弃鲧而不用其子者哉?'闻者莫不大噱云。"

陈 侨 如 尊 者

王瞿轩清举到省,道经建阳,谒梦盖竹庙。梦至王者居,
有五百人列坐,而虚其四。瞿轩未至,有呼者曰:"官人位在
此。"王既坐,举首见席端乃一僧,王负气怒甚,左右曰:"此陈
侨如尊者。"遂寤,及廷唱,大魁乃吴潜也。

史 浩 传 赞

尤木石蝤修《四朝国史》,高、孝、光、宁。其赞史浩略云:"其
在太子家号为智囊,又其当国,多引天下知名之士,朱熹其首
也。"然其意以为知名之士皆天所与,蔽而不扬,则是违天,而
不问其道之行与否也。因此忤穆陵意,得谴去国,盖专为张魏
公地耳。后改,俾别为赞云:"独用兵一事与时贤异,岂非欲先
报本而后机会欤?"

唐 震 黄 震

唐震、黄震,抚州、信州,俱是二千之石,皆为九百之头。
唐尝为桐川倅,以本厅糜费,取办于吏,欲从州郡具申省部罢
本职。守倅皆谓言曹废置,当出朝廷,不从之,且为于窠名量
拨为助,遂止。唐后知饶州,北兵之来,官军与群盗交乱,唐以
北兵辄出御之,遂死于难。黄后持使节,幸存于鄞云。

男 不 授 女 状

林靖之共甫初筮越之民曹,尝直议舍,同幕东莱吕延年后

仲在焉。有妇人来投牒，吏无在者，林欲前受之，吕自后止之曰："男女授受不亲。"林竦然而止，每称以诲子孙云。

沈　次　卿

沈次卿者，吴兴人，待制之后，常登赵节斋之门。赵尹京，使提督十三酒库，课以增羡而人不怨咨。常言比较自有捷法，既不害物，自可沮劝。其法使拍户于本府入钱给由，诣诸库打酒，仍使自择所向。遇比较则萃诸库，而视其所售之多寡，取其殿最之尤者，加之赏罚。诚令不烦，激厉自倍，真不易之良法也。

陈　预　知

陈预知者有术。陈叔方作邑时，扣以事，陈令于心无事时入静室，坐一二日却见问。节斋如其说，而后召之，陈使随意写诗文一两句而缄之，然后疏已所推为验。节斋所书"阳春布德泽"，以"王度日清夷"为对，陈出视之不差，因语节斋曰："君官职皆已前定，但遇事只可做五分。"节斋每用其说以自警也。

牧　羊　子

湖州卜者牧羊子，识章文庄于未遇时。及仕再筮，皆不许其得禄，果连丁艰。既而曰："今可仕矣，且不在外。"遂由掌故以致两地。又尝语医者李垕父曰："君当饭于省中。"乡人传以为笑。后文庄贵，常招之胗脉，留与共饭于省阁，因举旧话一笑。

何 生 五 行

平阳县八丈村有何生者,虽为佣,而能谈五行,当诏岁设肆城中。有士人以女命来扣,云:“有孕方可免灾。”问:“弄璋邪? 弄瓦邪?”答云:“也弄璋,也弄瓦。”不知为何等语而去。后果孪生二子,一男一女也。

戴 生 星 术

番禺戴生以术游临安,时陈圣观为常博,戴许以必当言路。未几,安边所主字郑应先语及戴术,云渠谓常博必当言路,且与吾乡象郭闻为代,只候其他,徐即见。既而,张志立自小坡出为右史,守永嘉,而陈文龙冠象论,浙西宪洪畏去职时,台长陈伯大求去甚力,郭与陈坚即皆序升,代之为小坡,而圣观与徐卿孙并命为察,实代郭云。

括 苍 赵 墓

赵节斋之父国公祖墓在括苍青田,以地本一蜀人所定,约三年复来。已而,见者皆言其中有水,当谋改厝。启之未毕,而前人至,见之曰:“水自有之,无害也。”既启穴,水绿色,以盏勺饮,极甘。挠之数四,一金鱼跃出,击杀之。又挠之,有二鱼,复击其尾纵之,曰:“当出三天子,今只作一半。”遂复掩之,后乃生景献太子。

阴 阳 忌 乐

王伋云:“阴阳家无他,惟‘忌乐’二字而已。乐惟乐其纯阳纯阴,忌惟忌其生旺库墓,此水法也。谓如子午向,午水甲水皆可向,即纯阳;艮震山,庚辛水流即纯阴。"

悬　棺　葬

孔应得云:"朱晦庵之葬,用悬棺法,术家云:'斯文不坠,可谓好奇。'"

郭　阆

郭阆,号方泉,广州人,少颉颃场屋。其父与廖莹中之父有交好,两家之子同笔研。得第后,试邑平江,事吕文德,数以事忤之,而亦以受知符,代授以书与其子师夔。师夔时在从班,盖命之荐于时相也。郭还里二年,漫以书达之师夔,旋外补,继而如京干堂间。廖在翘馆,闻之,使人通意,郭不为汲汲,而廖挽之不置。未几,除省门,充辛未省闱考官,旋入言路,廖有所属,往往不能曲意徇之,寖不乐之。又虚名实用一疏为陈宜中、刘黻所不平,达于贾相,大费分解。夙有上气之疾,呕血而死。

王　盖　伏　法

王盖县丞,福州长溪人。嘉定初,宦游京、湖。时方经虏患,杀人至多,积骸如山,数层之下,复加搜索,击以铁槌乃去。有未绝者,夜见炳烛呵殿而来,以为虏也,怯甚,屏息窥之。旋闻按籍呼名,死者辄起应之,应已复仆。次至其人,亦起应之,则又闻有言云:"此人未当死。"乃举籍唱曰:"二十年后,当于辰州伏法。"既得免,投僧舍为行者。适郡倅眉山家坤翁来游寺中,喜其淳厚而文,曰:"肯从我乎?"欣然而就,家人亦爱之。家有女,适史植斋李温之子,使从之以往,遂居史。已而,史得辰州，欲以自随，王猛忆前事，具白辞行。史曰："吾为郡守，岂不能庇汝？"乃勉从之至郡。逾年，史幼女戏后圃，为蛇绕，王因击蛇，并女毙焉。史怒，竟致之法，距前神言恰二十年。

埋藏会

桐州祠山，新安云岚，皆有埋藏会，或以为异。康植守广德，不以为信，至用郡印印其封，翌日发视，无有焉。或以所见异，恐未必然。余按《周礼》"以狸沉祭山林川泽"，注：祭山林曰狸，川泽曰沉。然则尚矣。

东迁道人

丙子，北师自苏入杭，道由东迁。有道人结茅岸傍，备水饮，以施行者，化缘募铸观音铜像，积久乃成。相好端严，晨夕奉事，闻师至，叹曰："一死无恨，所惜此像兵火不保耳。"夜梦大士告曰："吾何所虑，恐汝不免。盖汝前生曾杀人，今来者正宿冤也。明日有三骑过山，其前二人衣红，后一人衣白者，是已。汝可迎之以请死，无所逃也。"至期，所见无异，其人诧曰："人皆避匿，独尔敢耳？"执之至庵，索其撒花，具以梦告。且曰："我若厚藏，岂不能为性命计？"其人感悟，遂释之，且有所赠，曰："吾与汝解冤结。"竟以获免。

屠门受祭

戴良斋云："昔有宦家过屠门，见幼稚而爱之，抱以为子，戒抱者使勿言。既长，且承序矣。尝因祀先，恍惚见受享者皆佩刀正坐，而裹章服者，列位其傍，愕然以语抱者。抱者始告以实。自是当祀必先祀其所生，而后祀其所为后者，云：命后者,不可不知也。"

陈 公 振 立 子

止安陈公振字震亨,居吴门,无子。有同姓昌世者,为人端悫,,每加敬爱,因延之家塾,常从容与言命继之事,且托之访,历久未有所启。问之,以难其人为对,则曰:"得如子者乃佳。"昌世皇恐不敢当。又久之,问如初,昌世谢未敢轻有所进。乃曰:"如此则无出于子矣。"昌世固辞不敢,强之再三,乃勉承命。后因语及曩尝梦谒家庙,觉有拜于后者,顾视,则昌世也,此意遂决。昌世以其泽入仕,尝倅三衢,摄郡,于公帑纤毫无所取。穆陵闻之,擢为郎,淳祐间也。

梅 津 食 笋

尹梅津焕无子,螺蛉罗、石二姓名一,越人为之语曰:"梅津一生辛勤,只办得食笋一担。"

郁 鬯 大 毒

明堂所用郁鬯,凡三十斤,取之信州,吏云:"实未尝用,用之大毒,能杀人,盖文具久矣。"

陈 仲 潜 健 啖

永嘉平阳陈仲潜健啖过人,仕至邑宰。偶临安,会北使至,亦健啖,求为敌者使与馆伴,陈闻而自衒,因获充选。食已,复索,乃各以半豚进。使者辞不能容,陈独大嚼,由是得湘阴庾节。使还,不为生计,每饭必肉数斤,未几,所畜一空。其妻告以饥,愁中吐出一虫,如小龟,金色,遂殂。

范吕不合

范文正始与吕文靖不合而去,文靖晚以西事复召用之,文正遗吕书,以郭、李为喻,共济国事,视古廉、蔺、寇、贾,真无慊矣。而忠宣乃谓无之,吕太史所辑《文鉴》特载此书,而《文正集》中无之,盖忠宣所删也。父子之间,可谓两尽。近世倪祖常刻《齐斋集》,内有《昆命元龟说》,专为史弥远,而以集遗宅之,此犹出于不审也。陈石斋力修与陈叔方争军赏于都堂省,拂袖径出,以此去国,终焉。而其子皋谟乃以行实属之,节斋叙此一节,指为中风,且有以微罪行之语。皋谟以呈其从兄应辰、应桃之子也,以为不然,节斋恐其不用也,径取而刻之以出,此岂特不审而已哉!盖敌惠敌怨不在后嗣,然自当视其事之轻重理之,是非不可一概论也。

施武子被劾

施宿字武子,湖州长兴人。父元之,绍兴张榜,乾道间为左司谏。宿晚为淮东仓曹,时有故旧在言路,因书遗以番葡苜。归院相会,出以荐酒,有问,知所自,憾其不已致也,劾之,无以蔽罪。宿尝以其父所注坡诗刻之仓司,有所识傅稚字汉孺,湖州人。穷乏相投,善欧书,遂俾书之,锓板以赆其归。因摭此事,坐以赃私。其女适章农卿良朋云。

二章清贫

章文庄参政与其兄宗卿,虽世家五马,而清贫自若。少依乡校,沈丞相该之家学相连,章日过其门。沈氏少年与客坐于厅事,时方严冬,二章衣不掩胫,沈哂之曰:"此人会著及时衣。"客傲之曰:"二章才学,乡曲所推,不可忽也。"章亦微闻之。既而,兄弟联登第,骎骎通显。沈氏之屋,适有出售者,宗卿首买之以居焉。宗卿滑稽善谑,与同舍聚话,吴棣调之曰:"鸟覆翼之。"翼之,宗卿字也。章若不闻,他语自若,良久,忽语众曰:"顷与众人会语正洽,俄闻恶臭,罔知所自。时舍弟达之亦在焉,久乃觉其自达之也,退而诮之曰:'吾弟,吾弟,众皆在此说话,吾弟却在此放屁。'"众为一笑。

卿宰小鬼

何小山既贵,里居有卿宰,初上来见,一睹刺字曰小鬼耳,遣吏谢之。后以佃家来诉邻凫之扰,有状至邑宰,判云:"作高田塍多著水,鸭踏苗头自理会。朝中自有大官人,何必执状问小鬼。"

刘　漫　塘

刘宰字平国,号漫塘,润之金坛人。早有经世志,以微疾,不乐出。或言其面黚点,不欲应诏起者再,力辞以免。尝大书其印历,以示终身不起云:怪矣面容,无食肉相;介然褊性,无容物量。智浅而虑不周,材疏而用则旷。不返初服,辄启荣望。岂特二不可七不堪,正恐一不成万有丧。故俯以自适,超然自放。衣敝袍可无三裰之辱,饭蔬食何用八珍之饷?隐几觉来,杖藜独往。或从田家瓦盆之饮,或和渔父沧浪之唱。顾盼而花鸟呈伎,言笑而川谷传响。优游岁月,逍遥天壤。道逢扁舟而去者,语之曰:"汝非霸越之人乎?陶天下之中,从子致富,亟去,毋乱吾乐!"遇篮舆而来者,揖之曰:"汝非不肯见督邮者乎?有要于路者,藉得钱送酒家,固不若高卧北窗,日傲羲皇之上也。”又尝发明靖节意云：“士大夫既作县弃官而归，率自托于陶元亮，其说以不见督邮为高，以解印绶不顾五斗米为廉。愚以为此士大夫有血气者之常，元亮非为血气所使者，其胸中必有见。《论语》载子在川上一章，秦、汉以来学者所未喻，独程门以为论道体，其说盖本于元亮。元亮谓逝彼不舍，安此自富，惜其寄情于酒而为学有作辍也。不然，总角闻道，白首未成，所欲成者何事？脂我名车，策我良骥，千里虽遥，孰敢不至。所欲至者何所？惟其用功，深见道明，知世道之难，而时事盖不可为，故欲翻然而归。其发于督邮之来，特不欲为苟去云耳。”世遂以为诚然真痴人之前难说梦也。

陈宜中父

　　陈宜中之先为吏，每以利物为心，日计所及，以钱投大缶中，一钱为一事，久而不可胜计，人多德之。尝负官钱在圂，属其孙往贷于葛宣义。葛居外沙，资累钜万，宿梦黑龙绕其厅柱，觉而异之，夙兴未颒，径至彷徨，若有所伺，家人呼之不顾。果有小儿来，年可十许岁，问为谁，曰：“陈某孙。”又问来故，以实对。又问所需几何？曰：“百千。”如数付之。陈既出，诣葛谢，葛曰：“汝肯以此子见与否？”陈曰：“寒贱下吏，势分辽绝，非所敢闻。”葛勉使就学，许以捐助，未几，以长女许之。既而陈游上庠，上书攻丁大全，南迁数年，贾相牢笼，置之伦魁。陈在南日，葛以往江心寺设水陆供，尽室以往，独长女居守。葛巨富，是夕寇夜至，遂席卷以去，长女亦被获以往。至是寻盟，乃以幼女归之。陈后以文昌出守七闽，遇巧节，诸吏各有所献。陈妻忽识一枰，似其家物，审是果也。因语陈，陈乃召吏扣所从来，云“海巡所遗也”。亟发兵围其寨，尽俘诸校，置于理,悉得其情,正葛寇也。事已吻合,以次伏诛,无漏网者。葛女已有二子,初犹隐不言,其妹为言委曲,执手相哭,乃毙其二雏焉。

刘朔斋再娶

魏鹤山之女,初适安子文家,既寡,谋再适人。乡人以其兼二氏之撰,争欲得之,而卒归于朔斋。以故不得者嫉之,朔斋以是多啧言。晚丧偶于建宁。王茂悦棐自台归雪,继而朔斋亦以口语归,王辂之近郊。既而,皆有伉俪之戚,语相泣也。王告别归舟,得疾,竟至不起。王,刘所爱也。刘归吴中,未几,亦逝。二人皆蜀之隽人,识者无不惜之,时戊辰、己巳之间也。衢按,朔斋名震孙。

朔斋小姬

嘉熙丁酉,朔斋守湖,赵毋堕为鼎倅。既得湖守,为朔斋交代,刘颇不乐。会刘得史督之辟,是时其父端友适自蜀来,正所由也,不容不就。刘欲卜居于湖,拟郡教场地为基,乃别相地以迁之,得广化寺后空地。后得宅于苏,不复来,斯场随废。蔡达夫节守湖日,创安定书院,用其地为之云。朔斋在吴日,有小妓善舞扑蝴蝶者,朔斋喜而纳之矣。郑润父霖来守苏,盖旧游也。因燕集扣其人,知在刘处,亟命逮之。隶辈承风,径入堂奥,窜取以去,刘大不能堪。未几,郑殂,刘复取之以归。时淳祐己酉也。衢希按,毋堕名歪,宋宗室。

成均浴堂

贾似道之为相也,学舍纤悉,无不知之。雷宜中长成均也,直舍浴堂久圮,遂一新之。或书其壁云:"碌碌盆盎中,忽见古罍洗。"雷未之见也。一日,见贾,语次忽云"碌碌盆盎中",雷恍然不知所答,深用自疑。久之,入浴堂见之,乃悟云。

潜　说　友

潜说友缙云人,甲辰得第,咸淳庚午尹京,凡四年。后因误捕贾公私秋事去,语之同傅者吴元真,逾年起家守吴,闻北师至,计无所出。适时宰欲以金银往舒城犒军,会舒已下,不得进,寄吴门郡库。潜因移为撒花用,偕表同往。北师既退,自以全城为功,未几,朝廷知其事,遂罢去。文天祥实代之。后从二王入闽,二王入广,留守闽中,更反覆随之向背,未乃复为北守。所共事王积翁因众军支米不得,王以言激之曰:"潜意也。"遂罹剖腹之酷,王复作文以祭之。潜与赵裕庵同邑,初甚相好,后浸不相能。潜既南向,裕庵之子巩与其子交恶,至聚众角斗。巩以女妻唆都,因拉裕庵入闽,以其常帅彼也。还至三衢而俎,巩后得南剑同知云。

王　积　翁

王积翁留耕。参政伯六之侄也。尝宰富阳有声,后觐北,留连甚久,遂自诡宣谕日本,遂命为奉使,以兵送之。至温陵,有任大公者,家有四舶,王尽拘用之,使行,又于途中鞭之。有谇语,王颇闻之,至骸山,即髑髅山。以好语、官职诱之,且付以空头总管文帖,且作大茶饭享之。任亦领略,亦作酒以报,众使醉饱,任纵兵尽杀之,靡有孑遗。王窜匿于舵楼下,任叱之曰:"奉使何在?"犹佯笑曰:"在此。"出则叩头乞命,任顾其徒,鞭而挤之于水,席卷所有宝物货财而去。取所乘舟断其首尾,使若倭舟然。后有水手四人逃回永嘉，北朝为之立庙赐谥焉。

王厚斋形拘

王厚斋应麟为右史、两制时，刘黻在言路，尝论之云："识局于形，志夺于艺，惟务诇说以钓爵位，遂使文体日就委靡。遍历华要，津津立坳矣。"命下之日，唧唧人识吾皇甫，用人如鉴衡，故为而常。一通谱嫔御之人云云。

安　刘

安刘字景周，一字子阳，四明人。嘉熙丁亥，太学解试魁，戊戌周榜，初任柳州教授。及瓜惮行，使人以身代往，既而其人卒于官，郡以实言，久之乃往。归投贾于维扬，为作委曲，使言者拈出而加以遣罚，于是死灰复然。自是寝加朝武，出守括苍，末得入馆，丞秘省，得宜春以出，旋又劾去。未几，郡亦不守矣。安素与同郡孙愿质，孙无恙时，常祝其族子中以不合远之，命更一子，殂，出子乃复谋归。安患之，未有以绝其来。其人仕至信州李曹，会农寺有逋券四千缗，正在秋厅，安以为奇货，嘱承吏使迫之，自投于井而死。时弁渎为卿，张汝诰为丞，以此并免。未几，弁、张皆殂。

俞　浙

俞浙，字季渊，上虞县人。旧多游鄞学，以长上自居，与同舍不相能，至或欧击，为众所攻，誓于礼殿而去。使弟鄞教，职员多故旧，遇之如束湿，众怒而哄，碎其座，俞遂弃官去。素出王丞相爚之门，王为祷时相，治其为首者，太常丞为之代，久之不敢上。俞改吉教，乃得往。俞善治财，数吏为所迫死。后入为言官,所疏多至数十人,不久去国。常为章全部端子馆客。

黄　　国

黄华父,其先建宁人,父居吴兴。早游京学,本习词赋兼《春秋》。采时事,所抄邸状甚整,其造请不避寒暑,以故多闻,枚举往事,历历如指诸掌,于时日无所差误。甲辰攻史嵩之,以预扣阍,与时宰谢方叔游从。既以乡举登庚戌第,旋得京教,继入史馆为校勘,迁太博。中遭啧言,指其“他无所长,但能多收朝报耳”。晚得南康,未上而勘召主宗正名籍,造朝未及关,而台评及之,数月分禄。华父熟于典故,又好谈命,知人甲子,或于广座举正班次,往往呼吏从己所见,引却龟列。一日,遇六院序学官之上,责吏使正之,然后止。为六院者,跼蹐而退,以故多不乐者。

方　　回

方回字万里,号虚谷,徽人也。其父南游,妞于广中。回,广婢所生,故其命名及字如此。魏明己遇为守,爱而异遇之。忽与倡家有讼,遂俱至庭,魏见之甚骇,而方力求自直,魏为主张而敬则衰矣。后以别头登第,为池阳提领茶盐所干官。居与大家并,其家实寡妇主人,回以博游其家,且道其长,吕师夔亦往焉。旋以言去。喜作诗,以放肆为高,有云:“菊花与汝作生日,螃蟹唤吾入醉乡。”又与伯机为寿云:“诸公未许子为政,万事无如髯绝伦。”“糟姜三盏酒,柏烛一瓯茶。”又自寿诗云:“把酒从来不可期,吾降《离骚》协降字作洪。今日少人知。”有轻薄子联之云:“但看建德安民榜,即是虚翁德政碑。”又《竹杖》云:“跳上岸头须记取,秀州门外鸭馄饨。”《甲午元日》云:

"端平甲午臣八岁,甲午今年又一周。六十八年多少事,几人已死一人留。"其处乡专以骗胁为事,乡曲无不被其害者,怨之切齿。遂一向寓杭之三桥旅楼而不敢归。老而益贪淫,凡遇妓则跪之,略无羞耻之心。有二婢曰周胜雪、刘玉榴,方酷爱之,而二婢实不乐也。既而方游金陵,寄二婢于其母周姬之家,恣开杜陵之门,胜雪者竟为豪客挟去。方归,惟怅怏而已,遂作二诗云:"鹦鹉笼开彩索宽,一宵飞去为谁欢。早知黠妪心肠别,肯作佳人面目看。忍著衣裳辜旧主,便涂脂粉事新官。丈夫能举登科甲,可得妖雏胆不寒。""一牝犹嫌将两雄,趋新背旧片时中。陡忘前主能为叛,乍事他人更不忠。玉碗空亡无易马,绛桃犹在未随风。何须苦问沙吒利,自是红颜薄老翁。"自刻之梓,揭之通衢,无不笑者。既而复得一小婢曰半细,曲意奉之。每出至亲友间,必以荷叶包饮食肴核于袖中,归而遗之。一日,遇客于途,正揖间,荷包坠地,视之,乃半鸭耳,路人无不大笑,而方略不为耻。每夕与小婢好合,不避左右。一夕痛合,床脚摇拽有声,遂撼落壁土,适邻居有北客病卧壁下,遂为土所压。次日诉于官,方为追逮到官,朋友间遂为劝和,始免。未几,此婢满,求归母家,拳拳不忍舍,以善价取以之归。时年登古希之岁,适牟献之与之同庚,其子成文与乃翁为庆,且征友朋之诗,仇仁近有句云:"姓名不入六臣传,容貌堪传九老碑。"且作方句云:"老尚留樊素,贫休比范丹。"方尝有句云:"今生穷似范丹。"于是方大怒褒牟而贬己,遂撼六臣之语,以此比今上为朱温,必欲告官杀之。诸友皆为谢过,不从。仇遂谋之北客侯正卿,正卿访之,徐扣曰:"闻仇仁近得罪于虚谷,何邪?"方曰:"此子无礼,遂比今上为朱温,即当告官杀之。"侯曰:"仇亦止言六臣,未尝云比上于朱温也。今比上为朱温者,执事也。告之官,则执事反得大罪矣。"方色变,侯遂索其诗之元本,手碎之乃已。先是,回为庶官时,尝赋《梅花百咏》以谀贾相,遂得朝除。及贾之贬,方时为安吉倅,虑祸及己,遂反锋上十可斩之疏,以掩其迹。时贾已死矣,识者薄其为人。有士人尝和其韵,有云:"百诗已被梅花笑,十斩空余谏草存。"所谓十可斩者,盖指贾之幸、诈、贪、淫、褊、骄、吝、专、谬、忍十事也,以此遂得知严州。未几,北军至,回倡言死封疆之说甚壮。及北军至,忽不知其所在,人皆以为必践初言死矣。遍寻访之不获,乃迎降于三十里外,毦帽毡裘,跨马而还,有自得之色。郡人无不唾之。遂得总管之命,遍括富室金银数十万两,皆入私囊。有老吏见其无耻不才,极恶之。及来杭,复见其跪起于北妓之前,口称小人,食猥妓残杯余炙,遂疏为方回十一可斩之说,极可笑。大略云:"在严日,虐敛投拜之银数十万两,专资无益之用,及其后则鬻于人,各有定价。市井小人求诗序者,酬以五钱,必欲得钱入怀,然后漫为数语。市井之人见其语草草,不乐,遂以序还,索钱,几至挥拳,此贪也。寓杭之三桥旅舍,与婢宣淫,撼落壁土,为邻人讼于官,淫也。一人誉之,则自视天下为无人,大言无当,以前辈自居,骄也。一人毁之,则呼号愤怒,略无涵养,褊也。在严日,事皆独断以招略,不谋之同寅,专也。有乡人以死亡告急者,数日略不之顾,吝也。凡与人言,率多妄诞,诈也。回有乞斩似道之疏以沽名,及北兵之来,则外为迎拒之说,而远出投拜,是微幸也。昔受前朝高官美职,今乃动辄非骂以亡宋称之,是可忍也,孰不可忍也!年已七旬,不归田野,乃弃其妻子,留连杭邸,买少艾之妾,歌酒自娱。至于拜张、朱二宣慰以求保解,日出市中买果肴以悦其婢,每见猥妓,必跪以进酒,略不知人间羞耻事,此非老谬者乎?使似道有知,将大笑于地下矣。"其说甚详,姑书大略如此。

衡岳借兵

衡岳庙之四门,皆有侍郎神,惟北门主兵,最灵验。朝廷每有军旅之事,则前期差官致祭,用盘上食,开北门,然亦不敢全开,以尺寸计兵数。或云其主司乃张子亮也。张为湘南运判,死于官。丁卯、戊辰之间,南北之兵未释,朝廷降旨以借阴兵。神许启门三寸,臬使遂全门大启之,兵出既多,旋以捷告。而庙旁数里民居皆罹风灾,坏屋近千家,最后有声若雷震者,民喜曰"神归矣",果遂帖息。后使按行民有诉者,乃厚给之。

北 客 诗

北客有咏前朝诗云:"当日陈桥驿里时,欺他寡妇与孤儿。谁知三百余年后,寡妇孤儿亦被欺。"又咏汴京青城云:"万里风霜空绿树,百年兴废又青城。"盖大金之亡,亦聚其诸王于青城而杀之。白敬甫。

须 溪 月 诗

刘会孟尝作《月诗》,六言,云:"霓裳声里一撷,如今是第几轮。赤壁黄楼都在,古今多少愁人。"为人所讦,几殆。

菊 子

朱斗山云:"凡菊之佳品,俟其枯,斫取带花枝,置篱下,至明年收灯后,以肥膏地,至二月即以枯花撒之。盖花中自有细子,俟其苗,至社日,乃一一分种。"

回 回 无 闰 月

回回俗每岁无闰月,亦无大小尽,相承以每月岁首数三百六十日,则为一年。乙酉岁,以正月十二日为岁首,大庆贺。可与此说非也。回回之历,岁月但以见新月为一月之首,每岁则以把斋满日为庆贺,谓之开斋节。如把正月,则一并三年皆把正月。次年则退把十二月,又三年周而复始,凡三十六年,则一周也,皆例退。凡把斋月,但见新月则把起,次月见新月则开斋,此非用古之礼,乃夷俗也,何足尚哉!

乿 敊 二 字

治亂之亂当作乿,从屬从乙。郎段切。治也,治之也。烦敊之敊当作敊,从屬从攴。音同前,烦也。并见《说文》乙部、攴部。

两 王 医 师

王医师有二:王继先,高祖朝国医,后以德寿宫进药罔效,安置福州;王泾,亦继先同时,相先后应奉,后以德寿疾进凉药大渐,杖脊黥海上,后得归,所谓御胗王承宣者是也。

髯　　阉

《周益公日记》云:"杨存中人号为髯阉,以其多髯而善逢迎也。"《王梅溪集》载刘共甫云:"范伯达尝目存中为髯阉,谓形则髯,其所为则阉也。"

胡 服 间 色

茶褐、黑绿诸品间色,本皆胡服,自开燕山,始有至东都者。《攻媿夫人行状》。

天　市　垣

伯机云：“扬州分野正直天市垣，所以两浙之地市易浩繁，非他处之比。”此说甚新。又术者云：“近世乃下元甲子用事，正直天市垣，所以人多好市井牟利之事。”

石　行

德祐国将亡之际，福王府假山石一峰高二丈，忽行出厅事而仆，其所乘大舟，若牛鸣者三。全子用。

世 修 降 表

李世修，蜀人，愧堂熊仲之子，为江阴金判。北军之来，因斩使而得知军事，后乃自修降表以降，岂世修降表之裔乎？

社　公　珠

近时社公多为回回所买。或言其胸中有珠，过二十以后则在膝，必凿之。过三十以往，则无之矣。此妄传也。纵有之，回客焉敢杀人而取珠乎？

贺知章倚史势

近者鉴湖天长观有道士为僧，献杨总摄所，云：“照得贺知章者，本是小人，倚托史越王声势，将寺改为道观，今欲乞复元寺施行。”杨髡遂从其请，真可发笑也！

尼　站

临平明因尼寺，大刹也。往来僧官每至，必呼尼之少艾者供寝,寺中苦之。于是专作一寮,贮尼之尝有违滥者,以供不时之需,名曰"尼站"。

升 遐 玉 圭

国朝典故,凡人主升遐,玉带则取之霍山,玉圭则取之文宣王。向后复送还之,不知起于何时。

椒 兰 殿 赤 草

洛阳椒兰殿故基之前,传是朱温弑昭宗处,寻丈间生草皆赤色,谓其冤血所染而然也。

燕 用

汴梁宋时宫殿,凡楼观、栋宇、窗户,往往题"燕用"二字,意必当时人匠姓名耳。及金海陵修燕都,择汴宫窗户刻镂工巧以往,始知兴废皆定数,此即先兆也。

荐

《尚书》窜四凶,或问云:"鲧有汩陈五行之罪,共工触不周而折天柱,三苗有不率教之罪,特不知驩兜以何罪而同罚?"或解曰:"帝曰:'畴咨若予采。'驩兜曰:'都!共工方鸠僝功。'帝曰:'吁!静言庸违,象恭滔天。'"然则驩兜有所荐非才之罪,故与之同罚耳。师道云叶亦愚常用,不知出何书?

大 仙 笔 诗

客有降仙者,余心疑其捧箕者自为之。因命题《斌笔》,且令作七言律诗,顷刻辄就,云:"兔出山中骨欲仙,何人拔颖缠尖圆。拙夫堪笑堆成冢，豪客曾同扫似椽。窗下玉蜍涵夜月，几间雪茧涌春泉。当时定远成何事，轻掷毛锥恐未然。"纵使人为，其速亦不可及也。辛卯春。

蒙古江西政

蒙古及之在江西省也，每下学，则命士人坐讲而立听，又出钞、帛、酒、米，命士人群试。刘会孟命题出《周南赋》，韵脚云："言化之自北而南也。"《闻韶赋》"不图为乐至于斯也"。蒙之死，会孟作祭文十六字云："公来何暮，公逝何速。呜呼哀哉，江西无福。"

火　　蝎

北方毒螫，有所谓火蝎者，比之常蝎极小，其毒甚酷。常有客人数辈，夏月小憩磐石，忽觉髀间奇痛彻心，不可忍，遂急起索之，则石面光莹，初无他物。仅行数步，则通身肿溃而殂。其同行异之，意石之下必有异，遂起视之。见一蝎极小而色黑，一人以竹杖击之，竹皆爆裂，而执竹之手亦肿溃，不旋踵而死。近得杜真人持咒驱，此害稍息。

倪氏窖藏

倪文节为吾乡一代名流，常与秀邸为邻，颇有侵越地界之争。常为之语云："住场好，不如肚肠好；坟地好，不如心地好。"盖有为而发也。或议其有窖藏之僻，然余未敢以为信。既而，子孙有分析窖藏不平之讼，颇为前人之辱，余始疑而终未敢以为信也。后纳一婢，乃自其孙所来，备言其事，云："一日骤雨，堂屋舍漏水，壅不泄，遂呼圬者整之。得大箧于檐溜中龥下，视之，皆黄白也。或窖于墙壁间，凡数处。以此兴讼，数年不已，尽为刻木辈所有，正不救子孙之贫也，悲夫！”

燕子城铜印

伯机云：长安中，有耕者得陶器于古墓中，形如卧茧，口与足出茧腹之上下，其色黝黑，匀细若石，光润如玉，呼为茧瓶。大者容数斗，小者仅容数合，养花成实。或云：三代秦以前物，若汉物，则苟简不足观也。又保定府之西有易州，即郭药师起兵处，在易水北，州东南有故城，土人号曰“燕子城”。有人耕于城中，得小铜印数十枚，一好事者购得赵云之印，一钮不盈寸，篆十字，极精好。伯机得一印于焦达卿处，古文二字莫有识者。其最可怪者，或一锸土凡得数枚，莫知其所以然也。

祖　杰

温州乐清县僧祖杰，自号斗崖，杨髡之党也。无义之财极丰，遂结托北人，住永嘉之江心寺，大刹也。为退居号春雨庵，华丽之甚。有寓民俞生，充里正，不堪科役，投之为僧，名如思。有三子，其二亦为僧于雁荡。本州总管者与之至密，托其访寻美人。杰既得之，以其有色，遂留而蓄之。未几有孕，众口籍籍，遂令如思之长子在家者娶之为妻，然亦时往寻盟。俞生者不堪邻人嘲诮，遂挈其妻往玉环地名。以避之。杰闻之大怒，遂俾人伐其坟木以寻衅。俞讼于官，反受杖，遂诉之廉司。杰又遣人以弓刀置其家，而首其藏军器，俞又受杖。遂诉之行省，杰复行赂，押下本县，遂得甘心焉，复受杖。意将往北求直，杰知之，遣悍仆数十，擒其一家以来，二子为僧者亦不免。用舟载之僻处，尽溺之，至刳妇人之孕以观男女，于是其家无遗焉。雁荡主首真藏叟者不平,越境擒二僧杀之,遂发其事于官,州县皆受其赂,莫敢谁何。有印僧录者,素与杰有隙,详知其事,遂挺身出,告官司。则以不干己却之。既而遗印钞二十锭,令寝其事,而印遂以赂首于是官,始疑焉。忽平江录事司移文至永嘉,云据俞如思一家七人经本司陈告事官司,益疑以为其人未尝死矣。然平江与永嘉无相干,而录事司无牒他州之理,益疑之。及遣人会问于平江,则元无此牒,此杰所为,欲覆而彰耳,姑移文巡检司追捕一行人。巡检乃色目人也,夜梦数十人皆带血诉泣,及晓,而移文已至,为之悚然。即欲出门,而杰之党已至,把盏而赂之。甫开樽,而瓶忽有声如裂帛,巡检恐而却之。及至地所,寂无一人,邻里恐累而皆逃去,独有一犬在焉。诸卒拟烹之,而犬无惊惧之状,遂共逐之,至一破屋,嗥吠不止。屋山有草数束,试探之,则三子在焉,皆恶党也。擒问不待捶楚,皆一招即伏辜,始设计招杰。凡两月余始到官,悍然不伏供对,盖其中有僧普通及陈轿番者未出官。普已赍重货入燕求援,以此未能成狱。凡数月,印僧日夕号诉不已,方自县中取上州狱。是日,解囚上州之际,陈轿番出觇,于是成擒,问之即承。及引出对,则尚悍拒,及呼陈证之,杰面色如土,陈曰:“此事我已供了,奈何推托?”于是始伏,自书供招,极其详悉,若有附而书者。其事虽得其情,已行申省,而受其赂者,尚玩视不忍行。旁观不平,惟恐其漏网也,乃撰为戏文,以广其事。后众言难掩,遂毙之于狱,越五日而赦至。夏若水时为路官,其弟若木备言其事。

杨髡发陵

乙酉杨髡发陵之事,起于天衣寺僧福闻号西山者,成于剡

僧演福寺允泽号云梦者。初，天衣乃魏宪靖王坟寺，闻欲媚杨
髡，遂献其寺。继又发魏王之冢，多得金玉，以此遽起发陵之
想，泽一力赞成之。遂俾泰宁寺僧宗恺、宗允等诈称杨侍郎、
汪安抚侵占寺地为名，出给文书，详见前集。将带河西僧及凶党
如沈照磨之徒，部领人夫发掘。时有宋陵使中官罗铣者，犹守
陵不去，与之极力争执，为泽率凶徒痛棰，胁之以刃，令人拥而
逐之。铣力敌不能，犹拒地大哭。遂先发宁宗、理宗、度宗、杨
后四陵，劫取宝玉极多。独理宗之陵所藏尤厚，启棺之初，有
白气竟天，盖宝气也。帝王之陵，乃天人也，岂无神灵守之。理宗之尸
如生，其下皆藉以锦，锦之下则承以竹丝细簟，一小厮攫取，掷
地有声，视之，乃金丝所成也。或谓含珠有夜明者，遂倒悬其
尸树间，沥取水银，如此三日夜，竟失其首。或谓西番僧回回，
其俗以得帝王髑髅可以厌胜，致巨富，故盗去耳。事竟，罗铣
买棺制衣收敛，大恸垂绝，乡里皆为之感泣。是夕，闻四山皆
有哭声，凡旬日不绝。至十一月，复发掘徽、钦、高、孝、光五帝
陵，孟、韦、吴、谢四后陵。徽、钦二陵皆空无一物，徽陵有朽木
一段，钦陵有木灯檠一枚而已。高宗之陵，骨发尽化，略无寸
骸，止有锡器数件，端砚一只。为泽所得。孝宗陵亦蜕化无余，
止有项骨小片，内有玉瓶炉一副及古铜鬲一只。亦为泽取。尝
闻有道之士能蜕骨而仙，未闻并骨而蜕化者，盖天人也。若
光、宁诸后，俨然如生，罗陵使亦如前棺敛，后悉从火化，可谓
忠且义矣！惜未知其名，当与唐张承业同传否？后之作宋史者，
当览此以入忠臣之传。金钱以万计，为尸气所蚀，如铜铁，以故诸
凶弃而不取，往往为村民所得，间有得猫睛、金刚石异宝者。
独一村翁于孟后陵得一髻，其发长六尺余，其色绀碧，髻根有
短金钗，遂取以归，以其为帝后之遗物，庋置圣堂中奉事之，自

此家道渐丰。其后，凡得金钱之家，非病即死，翁恐甚，遂送之龙洞中。闻此翁今为富家矣。方移理宗尸时，允泽在旁以足蹴其首，以示无惧。随觉奇痛一点起于足心，自此苦足疾，凡数年，以致溃烂双股，堕落十指而死。天衣闻僧者既得志，且富不义之财，复倚杨髡之势，豪夺乡人之产，后为乡夫二十余辈俱俟道间，屠而脔之。当时刑法不明，以罪不加众而决之，各受杖而已。

二　僧　入　冥

　　乙未岁，余还雪省墓，杼山闻宝积僧云："去岁菁山普明寺僧茂都事者，病伤寒，死二日复苏。言初至大官府，冠裳数人据坐大殿，有一僧立庑下，窃窥之，则径山高云峰也。欲扣其所以，摇手云：'我为人所累至此。'忽枷至一僧，则其徒也。即具铁床，炽火炙之，叫号秽臭不可闻。主者呼云峰，问其事如何？答曰：'彼受此痛，若某有预，必言矣。'主者曰：'当是时是谁押字？'则无以对。继又枷至一僧，骨肉皆零落，则资福寺主守观象先也。方欲问之，忽有黄巾武士直造殿上，问某事何为久不行遣？或云问景僧录事。主者皆悚然而起，立命吏索案，案卷盈庭，点检名字，一吏就旁书之，凡四十二人，主者遂署于后。甫毕，此纸即化为火飞去，即有大青石枷四十二具，陈于庭下，各标姓名于上。顷刻追至二僧，乃灵隐、龄悦二都事，即就枷之。继而又有一人自外巡庑而入，各点姓名，见茂云：'汝安得至此？'遂令拥出，至门一跌而寤。"然其所见四十二人，是时皆无恙。至次年，死者凡十数人，固已异矣。至丁酉七月，演福主僧允泽号云梦者，以双足堕指溃烂，病亟，日夕号呼，瞑目即有所睹。其亲族兄长在左右视其疾，一日，忽令其兄设四十九解礼忏，自疏平生十大罪以谢过，发陵亦一事。泣谓其兄曰："适至阴司，见平日作过诸僧皆在，各带青石大枷，独有二枷尚空，已各书名于上矣。其一则下天竺瑞都事也。"其时瑞故无恙。扣其一枷为何人？则潸然堕泪曰："吾恐不可免也。"是夕泽殂。越一日，瑞都事亦殂。其冥中所见，大率与甲午岁茂僧入冥所睹皆吻合，盖可谓怪。天理果报之事，未有昭昭如此事者，故书之以警世云。

癸辛杂识别集下

天　籁

风之吹万物不同,天籁也。禽鸟啁哳,亦天地自然之声,作乐者当于此取则焉。所谓"听风听水作霓裳",近之矣。以《箫韶》九成,凤凰来仪,击石拊石,百兽率舞,盖以我自然之声,感彼自然之应,所谓同声相应者也。

陈绍大改名

陈绍,天台之仙居人,初名诏。宋淳祐丙申,常魁漕闱,后游上庠,欲改名。或有言增损偏旁可也,昔先圣本名兵,已乃去其下二笔,遂易今名登第。及问其语所本,则不能知,所谓异闻也。

银　花

高疏寮,一代名人。或有议其家庭有未能尽善者,其父尝作《兰亭博义叙》,疏寮后易为《兰亭考》,且辄改翁之文,陈直斋尝指其过焉。近得炳如亲书与其妾银花一纸,为之骇然,漫书于此,云:"庆元庚申正月,余尚在翰苑,初五日成得何氏女,为奉侍汤药。又善小唱嘌唱,凡唱得五百余曲,又善双韵,弹得五六十套。以初九日来余家,时元宵将近,点灯会客,又连日大雪,余因记刘梦得诗'银花垂院榜,翠羽撼條条铃',王禹玉《和贾直孺内翰》诗‘银花无奈冷，瑶草又还芳’，苏味道《元宵》诗‘火树银花合，星桥铁锁开’，《群仙录》‘姚君上升之日，天雨银花，缤纷满地’，宋之问《雪中应制》诗‘琼章定少千人和，银树先舒六出花’，遂名之曰‘银花’。余丧偶二十七年，儿女自幼至长大，恐疏远他，照管不到，更不再娶，亦不蓄妾婢，至此始有银花，至今只有一人耳。余既老，不喜声色，家务尽付之子，身旁一文不蓄，虽三五文，亦就宅库支。余不饮酒，待客致馈之类，一切不管。银花专心供应汤药，收拾缄护，检视早晚点心，二膳亦多自烹饪，妙于调胹。缝补、浆洗、烘焙替换衣服，时其寒暖之节，夜亦如之。余衰老，多小小痰嗽，或不得睡，即径起在地扇风炉，趣汤瓶，煎点汤药以进。亦颇识字，助余看书检阅，能对书札。时余六十七岁矣，同往新安，供事三年，登城亭，览溪山，日日陪侍，余甚适也。既同归越，入新宅次家，亲族以元宵寿予七十。时银花年限已满，其母在前，告某云：‘我且一意奉侍内翰，亦不愿加身钱。’旧约逐月与米一斛，亦不愿时时来请。余甚嘉其廉谨，且方盛年，肯在七十多病老翁身傍，日夕担负大公徒，此世间最难事，其淑静之美，虽士大夫家贤女有所不及也。丙寅春，余告以：‘你服事我又三年矣，备极勤劳。我以面前洗漱等银器约百来两，欲悉与你。’对以‘不愿得也’。时其母来，余遂约以每年与钱百千，以代加年之直，亦不肯逐年请也。积至今年，凡八百千，余身旁无分文，用取于宅库，常有推托牵掣，不应余求。自丙寅年，欲免令庵庄巢租谷六百石，是岁积两年租米未巢，见管五六十石，庵僧梵头执法云：‘知府与恭人商量，欲以此谷变钱，添置解库一所。’继而知府来面说，且要谷子钱作库本，若要钱用，但来支用，不知要钱几何？余云：‘用得千缗。’答云：‘无不可者。’而宅库常言缺支用，拒而不从。又二年，遂令庄中粜谷五百石，得官会一千八十贯，除还八年逐年身钱之外，余二百八十贯，还房卧钱，系知府曾存有批子。支三百千，系丙寅春所许，令填上项钱。余谓服事七十七岁老人，凡十一年，余亦忝从官，又是知府之父，又家计尽是笔耕有之，知府未曾置及此也。况十一年间看承谨细，不曾有病伏枕，姑以千缗为奁具之资，亦未为过。但即未办，候日后亲支给，银花素有盼盼燕子楼之志，而势亦不容留。余勉其亲，亦迟迟至今。今因其归，先书此为照。银花自到宅，即不曾与宅库有分文交涉，及妄有支用。遇寒暑，本房买些衣著及染物，余判单子付宅库正行支破，银花即无分毫干预。他日或有忌嫉之辈，辄妄有兴词，仰即此示之。若遇明正官司，必鉴其事情，察余衷素，且悯余叨叨于垂尽之时，岂得已哉！嘉定庚午八月丙辰押。”达识如乐天，亦有不能忘情之句，爱之难割也如此。浮图三宿桑下者，有以夫！余年及炳如之岁，室中散花之人空也，幸无此项挂碍耳。

褚承亮不就试

金人天会中，皇子郎君破真定，拘境内进士，立试场。褚承亮字茂先，宣和中已擢第，至此匿不出。军中知其才，遂押赴安国寺对策，大抵以徽宗无道、钦宗失信为问。举人承风旨，极行诋毁，茂先诣主文刘侍中云：“君父之过，岂臣子所宜言邪？”即揖而出，刘为变色。后数日，复召茂先，问：“愿附榜乎？”茂先坚不从。是时所考者七十二人，遂自号“七十二贤”。状元许必仕至郎中官，一日，出左掖门，堕马，适与石硐遇，碎首而死，余无显者。茂先后年七十余，谥为“元真先生”。刘侍中名宵产,辽咸雍中状元,怨宋人海上之盟,故发此问。此北人元遗山《续夷坚志》所载,其好恶之公如此,叛臣贼子亦可知所惧矣。

凤　凰　见

金泰和四年六月,磁州武安县南鼓山北石圣台凤凰见。凤从东南来,众鸟周围之,大者近内,小者在外,以万万计。地在屯区村,村民惧为官司所扰,谋逐去之,驱牛数十头,击柝促之。牛未至二里,即有鸷鸟振翼而起,翼长丈余,下击二水牸,肉尽见骨,水牸即死。于是众始报官。凤凰高丈余,尾作鲤鱼状,而色殷,九子差小,翼其傍。凤为日影所照,则有二大鸟更迭盘旋庇荫之,至日入则下。留三日,乃从西北摩空而上,县中三日无鸟雀。凤去后,人视其处,有鲤鱼重五六十斤者,食余尚有数头。台旁,禽鸟粪两沟皆满,小禽不敢飞动,饿死者不可胜计。村民疑台下有异,私掘之三尺余,石罅中直插金剑一,取不能尽,击折得其半,以火锻,欲分之,剑见火,化金蝉散飞而去。

武　城　蝗

戊戌七月,武城蝗自北来,蔽映天日。有崔四者,行田而仆,其子寻访,但见蝗聚如堆阜,拨视之,见其父卧地上,为蝗所埋。须发皆被啮尽,衣服碎为筛网,一时顷方苏。晋天福中,蝗食猪。平原一小儿为蝗所食,吮血,惟余空皮裹骨耳。

绵　上　火　禁

绵上火禁,升平时禁七日,丧乱以来,犹三日。相传火禁不严,则有风雹之变。社长辈至日就人家以鸡翎掠灶灰,鸡羽稍焦卷,则罚香纸钱。有疾及老者不能冷食,就介公庙卜乞小火,吉则燃木炭,取不烟;不吉则死不敢用火。或以食暴日中,或埋食器于羊马粪窖中,其严如此。戊戌岁,贾庄数少年以禁火日饮酒社树下,用柳木取火温酒,至四月,风雹大作,有如束箱柳根者在其中,数日乃消。又云:火禁中,虽冷食无致病者。

旱 魃

金贞祐初,洛阳大旱。登封西吉成村有旱魃为虐,父老云:"旱魃至,必有火光,即魃也。"少年辈人昏凭高望之,果见火光入农家,以大栲击之,火焰散乱,有声如驼。古人说旱魃长三尺,其行如风,未闻有声也。

买 地 券

今人造墓,必用买地券,以梓木为之,朱书云"用钱九万九千九百九十九文,买到某地"云云。此村巫风俗如此,殊为可笑。及观元遗山《续夷坚志》载曲阳燕川青阳坝有人起墓,得铁券刻金字,云:"敕葬忠臣王处存,赐钱九万九千九百九十九贯九百九十九文。"此唐哀宗之时,然则此事由来久矣。已上六事并见《续夷坚志》。

泰 山 如 坐

泰山如坐,嵩山如卧,华山如立。赵德正云。

平 分 四 时

周岁十二月平分四时,余欲以二、三月为春,四、五、六、七

月为夏,以八、九月为秋,十、十一、十二并来年正月为冬。何
以言之?春生正月物未生,夏暑七月暑未退,秋凉九月与八月
同,冬寒正月与十二月同,故也。此说但据寒温而言,非谓气
候也,亦自有理。余则欲以二、三、四月为春,五、六、七月为
夏,八、九、十月为秋,十一、十二来年正月为冬,如此始得寒温
之正耳。

必 世 后 仁

子曰:"必世而后仁。"盖言天下大乱,人失其性,凶恶不可
告诏,三十年后此辈老死殆尽,后生可教,而渐成美俗也。已上
北人杨宏道事言补。

画 扇 不 入 内

客语云:紫纱衫、画扇,画花竹者不禁。不得入内。今年宰相
皆是紫罗衫褙,不许携扇以入客次。自有画扇,特不许携出
耳。

权 知 举

祖宗朝,知贡举者礼部长贰,乃云知举,馀官虽在礼部贰
之上,皆称权知举,盖知举乃礼部职也。今不复然。

一 彪

虏中谓一聚马为彪,或三百匹,五百匹。

咸 阳 六 冈

咸阳有六冈,如乾之六爻,故曰咸阳。唐时宫殿皆在九冈

上,而作太清宫于九五冈上,百官府皆在九四冈上。

卯酉克损目

凡人损目者,命多是卯酉克,盖卯酉者日月之门户,所为光明也。卯为子所刑击。酉乃自刑,必有此疾。

守口如瓶

富郑公有"守口如瓶"、"防意如城"之语,见《梁武忏》六卷,不知本出何经?

德寿赏月

德寿宫有桥,乃中秋赏月之所。桥用吴璘所进阶石甃之,莹彻如玉,以金钉校。桥下皆千叶白莲花,御几御榻,至于瓶炉酒器,皆用水精为之。水南岸皆宫女童奏清乐,水北岸皆教坊乐工,吹笛者至二百人。康伯可云。

汴京宫殿

京师有八卦殿,八门各有树木、山石,无一相类。石皆嵌空,石座亦穿空,与石窍相通。上欲有所往,与所幸美人自一门出,宫人仙衣,壮士扶轮,一声水辟历,则仙乐竞奏云霄间,石窍间脑麝烟起如雾。大门省玉虚馆阶前以玉石甃之,殿上椽柱一色,皆金也,炫跃夺目。每上元,上必先于此馆三官殿烧香。禁中锦庄前有射垛,太祖始受禅,即暂坐于此,有"茅茨不剪"之风。庑中一夕失火尽焚,惟锦庄如故。又库前有苇林,初受禅时,用苇为火把,弃掷成林。后大内焚苇,虽烧尽复繁茂云。

宦 者 服 药

凡宦官初阉,名曰服药,则以名字申兵部,看命则看服药日时,全不用始生日时,故常择善良日时乃腐。

空 谈 实 效

周平原云:"学问须观其效,如祖宗时尚诗赋,后来以不如经义,然熙、丰以来用经义取士,何如祖宗时得人?又如元符后尚伊川之学,轻鄙王氏,然元符以后何如熙、丰?今刘子澄辈至云:'韩魏公、欧阳公及其祖元公之属,惜不遇伊川,使见之,学问功业当不止此,不知诸公乃就实行中做也。'又言:'圣如孔子,必以言与行相配言之,故虽孔门高弟,尚有听言观行之说。'今诸公却言自有真知,具此知者,所行自然无失。恐无此理。今之学者,但是议论中理会太深切,不加意于实行,只如人学安定先生,有何差错?若学伊川、喻子才、仲弥性之徒,岂不误事?张南轩亦为人误耳。"

周 莫 论 张 说

周必大子充,莫济子齐,坐缴张说枢密之命,皆投闲。张说乃露章荐之,两人皆得郡国,周得建宁,莫得温。莫意欲往,周迁延不进,喻子才有书言激实生患,故东汉有士大夫之祸,盖必以温为是,建为非。汪圣锡报云:"东汉之患生于激,西汉之患生于养,方今患在养,不患在激也。"已上并客语,不知何人作也。

假尸还魂

建康有陈道人,常与仵作行人往来,饮酒甚狎。仵问道人将何为?因曰:"吾欲得一十七八健壮男子尸。"一夕,忽有刘太尉鞭死小童,仵舆致之。道人作汤,浴其尸,加自己之衣巾,作跌坐于一榻上。道人亦结跌其前,至明,道人尸化而童尸生矣。又,金大定中,宛平县张孝善男名合得,病死复活,云是良乡王建男喜儿,盖是假尸还魂者。部拟付王建为子,世宗曰:"若然,则吾恐奸诈小人竞生诈伪,有乱人伦。既身是合得,止合付合得家。"前一段王山有云,后一段《世宗实录》云。

两世王

有两世王者,真定人,前身为吃李八。方八九岁时,一媪至门,呼为己媳妇。媪六十余矣,怪怒问儿,言:"我不识汝。""我李八也。"斥呼媪小名无差,同至所居,指磨盘下,得银钏与之,至十四五后,始不复记前事。其人常在燕京。又,真定有匙王,曾病入冥,有逮者呼之曰王陵,匙曰:"非也。"逮曰:"汝前生实王陵也。"匙不省,遂以器盛王撼之,令省前身。匙被撼,方省曰:"我果陵也。"引至一大城,城中有一囚,闭其中,身与城等。王讶,逮者曰:"此白起也,罪大身亦大,俾证坑赵卒事。"匙曰:"吾初建言分赵屯耳,坑出公意。"起无言,以头触城,哭曰:"此证又须千万年。"匙乃苏,言其事。

象 油

燕京昔有一雄象,甚大,凡伤死数人,官吏欲杀之,不得已,乃明其罪,象遂弭帖就杀,凡得象油四十八大瓮。

狗 蚤 颂

侯峰和尚《狗蚤颂》云："摸不著时寻不见,十二时中绕身转。若还离得这众生,除是不挂一条线。"亦有旨意。

物 外 平 章

或作散经,名《物外平章》云："尧、舜、禹、汤、文、武,一人一堆黄土。皋、夔、稷、卨、伊、周,一人一个髑髅。大抵四五千年,著甚来由发颠。假饶四海九州都是你底,逐日不过吃得升半米。日夜官宦女子守定,终久断送你这泼命。说甚公侯将相,只是这般模样。管甚宣葬敕葬,精魂已成魍魉。姓名标在青史,却干俺咱甚事!世事总无紧要,物外只供一笑。"此语亦可发一笑也。

德 祐 表 诏

德祐之亡也,奉表等文,皆无肯任其责者。闽人刘哀然毅然自认,遂以丰储仓所检察除太常丞翰林,权宜使之秉笔焉。其表云:"正月日,宋国主臣谨百拜奉表于大元尊兄皇帝陛下:臣昨尝专遣侍郎柳岳、正言洪雷震捧表驰诣阙庭,敬伸卑悃,伏计已彻圣听。臣眇然幼冲,遭家多难。权臣似道背盟误国,臣不及知,至勤兴师问罪,宗社阽危,生灵可念。臣与太皇日夕忧惧,非不欲迁避以求苟全,实以百万生灵之命,寄臣一身。今天命有归,臣将焉往?惟是世传之镇宝,臣不敢爱,谨奉太皇命戒,痛自贬损,削去帝号,并以两浙、福建、江东西、湖南北、二广、两淮、四川见存州郡,谨谨悉奉上于圣朝,为宗社生灵祈哀请命。伏望圣明垂慈,念祖母、太皇耄及卧病数载,臣茕茕在疚,情有足矜。不忍臣三百余载宗社,遽至坠绝,曲赐裁处,特与存全。实拜皇帝陛下再生之赐,则赵氏子孙世世有赖,不敢弭忘。臣无任瞻天望圣,激切屏营之至!”既而,丞相吴坚奏云:“北朝丞相说两浙、福建、四川、二广、湖南北、两淮见在州军,今已归附,合行下各郡等处,取收附状,庶免大军前去,荼毒生灵。”取圣旨批答,云:“艺祖创业,高宗中兴,亦艰难矣。今权臣误国,至于此极,尚忍言之哉!以小事大,势亦宜然。朝廷所以归附,为宗社计,为百万生灵计,所有州郡,宜各体此,取依准状,及须知册申。仍令学士院降诏书,敕某处守臣等,朕自基丕绪,遭时多艰,权臣似道误国背盟,至勤大元兴师问罪,已入京城。有诏许存留宗社,不害生灵,谨奉太皇命戒,举国内属。今根本已拔,其余州郡,纵欲拒守,民何辜焉。诏书到日,其即归附,庶生灵免罹荼毒,宗社不至泯绝。故兹诏示,想宜知悉。”时丙子二月也。哀然既随入北,死于燕京。继此行省奉表称贺,求能为表文者,有士人陆威中,亦闽人,欣然承命。其中一联云:“《禹贡》之别九州,冀为中国;《春秋》之大一统,宋亦称臣。”自负得意,时行省在旧秘书省,威中候报于省前茶肆中,假寐案间。既呼之,则死已,可畏哉!

景　炎　诏

景炎末造,狼狈海上,固无暇文物典章矣。然诏语亦或有可观者,有云:“虽鸟兽之迹,不无交中国之时;然马牛其风,何常及南海之远。”又云:“今南方已定,兵甲已足,岂今年不战,来年不征。”不知为何人笔也。

鸡 冠 血

《北里志》:张住住与庞佛奴有私,乃髡雄鸡冠取丹物,托邻媪以聘陈小凤。然则今世间巷有为伪者,其来久矣。

药 州 园 馆

廖药州湖边之宅,有世禄堂、在勤堂、惧斋、习说斋、光禄斋、观相庄、花香竹色、红紫庄、芳菲径、心太平、爱君子。门桃符题云:"喜有宽闲为小隐,粗将止足报明时。""直将云影天光里,便作柳边花下看。""桃花流水之曲,绿阴芳草之间。"二小亭。

亭 名

牟存斋桂亭曰"天香第一",赵春谷梅亭曰"东风第一",贾秋壑梅亭曰"第一春"。

史 嵩 之 始 末

淳祐初年,乔行简拜辨章,李宗勉为左相,史嵩之督视荆、襄,寻拜右揆。既而二公皆去位,嵩之独运化权,癸卯,长至雷,三学生上书攻之。明年,徐霖伏阙上书,疏其罪。是岁仲冬,嵩之父弥忠殂于家,不即奔丧,公论沸腾。未几,御笔嵩之复起右丞相,于是三学士复上书,将作监徐元杰、少监史季温、右史韩祥皆有疏,言其不可。于是范钟拜左,杜范拜右,尽逐嵩之之党金渊、濮斗南、刘晋之、郑起潜等。当时又为诗诮之者曰:"嵩之乃父病将殂,多少恬人尽献谀。元晋甘心持溺器,郑。良臣无耻扇风炉。施。起潜秉烛封行李,郑。一荐随司出帝都。陈。天下好人皆史党,不知赵鼎有谁扶?"嵩之之从弟宅之,卫王之长子也,与之素不咸。遂入札声其恶,且云:"先臣弥远晚年有爱妾顾氏,为嵩之强取以去。乞令庆元府押顾氏还本宅,以礼遣嫁,仍乞置嵩之于晋朱挺之典。"及丙午冬,终丧,御笔史嵩之候服阕日除职,与宫观,于是台臣章琰、李昂英及学校皆有书疏交攻之。御笔始有史嵩之特除观文殿大学士,许令休致。时刘克庄权中书舍人,当草制,缴奏云:"照得史嵩之前丞相既非职名,又非阶位,不知合于何官职下,许令休致?"议者乃以克庄欲阴为嵩之之地,章、李二台臣因再攻嵩之,并克庄劾去之。克庄自辨云:"腊月廿二日夜,丞相传旨草制,次日具稿,又次日被论,竟莫知为何罪也? 罢制中有云:'朕闻在昔求忠臣于孝子之门,人谓斯何,岂天下有无父之国?'又云:'宇宙虽广,有粟得而食诸;霜露既濡,啜泣何嗟及矣。'又云:'罪臣犹知之,卿勿废省循之义退,天之道也,朕乐闻止足之言。'然竟别命词焉。"未几,章琰、李昂英与在外差遣赵汝腾,首上封事,学校又上书乞留二臣,并不报。且内批云:"如学校纷纷不已,元降免解旨挥,更不施行。"于是京庠再上书云云,大博李伯玉亦上疏力争,李韶亦言上意终不回。于是陈、韩、与蕳皆不能自安,屡丐祠,李韶作批答云:"朕临御以来,未尝罪一言者,今为卿去二台谏以留卿,前未有是也。人言纷纷,非出朕意。"于是韶亦奉祠而去。明年三月,忽有京学宾贤斋朱振者独上一书,以荐嵩之,于是台臣周坦、叶大有、陈求鲁、陈垓备论其无忌惮而罪之。

嵩 之 起 复

嵩之之起复也,匠监徐元杰攻之甚力,遂除起居舍人、国子祭酒，仍摄行西掖。未几，暴亡，或以为嵩之毒之而死，俾其妻申省。以为口鼻拆裂，血流而腹胀，色变青黑，两臂皆起黑泡，面如斗大，其形似鬼，欲乞朝廷主盟，与之伸冤。侍御郑寀率台谏共为一疏，少司成陈振孙、察官江万里并有疏。遂将医官、人从、厨子置狱，令郑寀督之，竟不得其情，止以十数辈断遣而已。徐霖上书，力诋寀不能明此狱之冤，不报，竟去。寀奏疏乞留霖，亦不报。先是，侍御史刘汉弼尽扫嵩之之党，至此亦以暴疾亡，或者亦谓嵩之有力，然皆无实迹也。朝廷遂各赐田五顷，楮币五千贯，以旌其直。黄涛之试馆职也，对策历数史嵩之之恶，至是除宗正少卿，于对疏乃言元杰止是中暑之证，非中毒也。于是金议攻之。而元杰之子直谅投匦扣阍，力辨此说，涛遂被劾云。

徐 霖

徐霖字景说，号径畈，三衢人，为南省第一人。首伏阙诋史嵩之，不报，嵩之谓人曰："朝廷大比，所费不知其几，合天下士，仅得一省元，乃是狂生，可以为世道叹！"于是虚名顿增。未几，有徐元杰之狱，上书攻郑寀不明此冤，径去国。寀上疏留之，于是传旨，俾宰执留之，又令左司尹焕面留，又令姚希得传旨勉谕，毅然不从而去。往往沽激太过，人亦薄之。其居衢也，于所居画诸葛武侯像，终日与之对坐，论天下事。诸阍畏其吻，竞致金帛，皆受之。其回字有云："承惠兼金束帛，足见尊贤崇道之意。"赵汝腾时为从官，上疏力荐，至比之为范文正公，屡有召命，皆不就，及除著作郎，则翻然而来，举止颠怪，妄自尊大。凡士子之来受教，皆拜庭下，霖危坐受之，不发一语，瞑目坐移时，豁然而起。有黠者俟其瞑目，亦效之，俟其跃然

而起,亦起从之。霖曰:"汝已得道矣。"夏月,京府命工搭盖松
棚,适一匠者袒服破绽,见其二子,霖竟牒天府云:"某人受役
而不主一,合从重挞。"随行一童,厅吏或以果饵与之,霖适见,
并厅吏解天府,谓某吏坏其太极,都城无不传以为笑。甚至乘
醉而入经筵,自称为宗师,及兼宰士,则妄有更改。未几,轮
对,竟论乞劾罢台谏,于是御笔有云:"徐霖以庶官而论台谏、
京尹,要朕必行,事关纪纲,前所未有。昨以去余晦为是,今乃
疏蔡杭为奸,言及朝士,亲填姓名,怀情不一,首鼠两端,可与
在外差遣。"尚迟回不去,赵汝腾往视,趣其出关。盖霖之无忌
惮,皆汝腾成其狂,至目汝腾为太宗师,己为小宗师,递相汲
引。霖既去,汝腾亦不自安,遂自补外。未几,察官萧泰来数
其十二狂,不可治郡,于是声名扫地矣。

史　宅　之

　　史宅之字子仁,号云麓,弥远之子也。穆陵念其拥立之
功,思以政地处之,然思不立奇功,无以压人望。会殿步司狱
芦荡以为可以开为良田,裨国饷。时宅之为都司,遂创括田之
议,一应天下沙田、围田圩、没官田等并行拨隶本所,名"田事
所"。仍辟官分往江、浙诸郡,打量围筑。时淳祐丁未,郑清之
当国时也,遂以宅之为提领官,右司赵与耈为参详官,计院汪
之野为检阅,赵与訔、谢献子并为主管文字。诸郡又各差朝
士,分任其事。怨嗟满道,死于非命者甚众。分司安吉州榷辖
毛遇顺毅然不就,分司嘉禾奏院王畴刻剥太过,刑罚惨酷,词
诉纷然,随即汰去。行之期年,有扰无补。朝廷亦知其不可
行。乃以赵与耈为浙西宪司嘉禾提领江浙田事,陈绮为淮西
饷置司会陵提领江淮田事,宅之遂除副枢。于是刘垣、赵汝

腾、黄自然皆力陈其不可，皆以罪去。后一年，宅之终于位，赵
与膺死于嘉禾，王畴、盛如杞次第皆俎。其后应于官田，遂并
归安边所，令都司提领焉。

郑　清　之

　　郑清之字德源，号青山，又号安晚，为穆陵之旧学。端平
初相，声誉翕然。及淳祐再相，已耄及之，政事多出其侄孙太
原之手，公论不与。况所汲引如周垣、陈垓、蔡荣辈，皆小人，
黄自然尝入疏论之。既而丰储仓门赵崇隽上书，历陈其昏缪
贪污之过，亦解绶而去。未几，察官潘凯遂劾之，吴燧亦劾其
党，朝廷遂夺二察言职。夕堂董槐亦入疏求去，盖潘、吴二豸，
皆董所荐也。潘疏有云：“马天骥竭浙东盐本百万而得迁。”天
骥遂申省辨白，清之欲差官核实，程元凤以为不可以外官钤制
台谏，其议遂寝。时牟子才家居，亦疏攻郑而留二察，不报，辛
亥冬，祈雪，得雷电大作，而清之薨于位，恩数极厚。明年，傅
端林彬之按太原公受贿赂窃取相权，凡所以误故相者，皆太原
之罪，乞罢其阁职，勒守故相之墓，上从之。初，清之之重来
也，有作诗讥之云：“一札未离丹禁地，扁舟已自到江干。先生
自号为安晚，晚节胡为不自安？”及其薨也，又有诗云：“光范门
前雪尺围，火云烧尽晓风吹。堪嗟淳祐重来日，不似端平初相
时。里巷谁为司马哭，番夷肯为孔明悲。青山化作黄金坞，可
惜角巾归去迟。”

卫 王 惜 名 器

　　史卫王挟拥立之功，专持国柄，然爱惜名器，不妄与人，亦
其所长。嗣秀王师弥既为嗣王，遂赐玉带。其弟师贡亦已建

节开府矣,亦颇望横玉围腰之宠,屡有营求,皆不许。其后媚灶于史亲幸之姬,必欲得之。史知其意,命取所有玉带,于内择其最佳者与之。姬喜,亟报之,殊不知非出君赐,又无阁门许令服系关子,安可自擅服系?其吝惜名器皆此类,亦可尚也。

阎　　寺

淳祐庚戌之春,创新寺于西湖之积庆山,改九里松旧路,轮奂极其靡丽。至壬子之夏始毕工,穆陵宸翰赐名显慈集庆教寺,命讲师思诚为开山教主。既而给赐贵妃阎氏为功德院,且赐山园田亩,为数颇多。建造之初,内司分遣吏卒市木于郡县,旁缘为奸,望青采斫,鞭笞追逮,鸡犬为之不宁。虽勋臣旧辅之墓,皆不得而自保。或作诗讽之曰:"合抱长材卧壑深,于今惟恨不空林。谁知广厦千斤斧,斫尽人间孝子心。"其后恩数加隆,虽御前五山,亦所不逮。一日,忽于法堂鼓上有大字一联,云:"净慈、灵隐、三天竺,不及阎妃两片皮。"于是行下天府缉捕,岁余,终不得其人。

余　　晦

余晦字养明,四明人,小有才,赵与𥲅之罢京尹,晦实继之,此壬子四月也。后一月,上庠士人与市人有竞,以不能奉学舍之意。既而斋生有毙于斋中者,遂命总辖辈入斋看验,遂肆诸生之怒。时祭酒蔡杭入奏,三学卷堂伏阙上书,直攻晦为仆。及晦轿出,将白堂,则诸生拦截于路,欲行打辱,于是晦即绝江以避之,遂以理少罢职,而杭亦除宗少而去。京庠复上书留蔡,而大博黄邦彦、武博戴艮斋复劾晦而留杭,皆不报。未几，晦知鄂州，杭以贰卿召。或有诗献蔡云："九曲湾头是钓滩，先生何事放渔竿？长江流水滔滔去，落日西风阵阵寒。好把丹心神圣主，休将素节换高官。想于献纳论思际，应说今来蜀道难。"后杭径除金枢，或有讥之云："不因同舍之卷堂，安得先生之芝府。"

余玠

淳祐辛丑，余玠毅夫卒于渝州，权司程逢辰不能任其事，朝廷加意择帅。久之，乃以余晦除司农少卿，为四川宣谕使。七月入蜀，八月除权刑部侍郎、四川安抚制置使兼知重庆府，又兼四川总领。十二月方入夔峡交印，明年正月，始开藩于重庆。既而又兼夔路转运屯田。然晦才望既薄，局面又生，蜀士军民皆不安之。未几，筑紫金城，激叛苦行。临南永忠以隆庆降，王惟忠失阆州，甘闰以泗州叛，败政日甚。未几，虏兵又入，议者纷然。宗正簿赵崇璠首上封事言之，副端吴燧、蜀人赵至皆有疏。六月，御笔李曾伯以资政殿学士节制四川边面，召回程逢辰。既而余晦召赴行在，蒲泽之除军器监，暂充四川制置，权司护印。黄应凤太常丞成都运判，叶助权司，候蒲泽之自大获山回日，仍旧。公议以为不可使荆、湖、渝制西蜀，于是胡大昌、牟子才、潘凯、郑发、程元凤各有论列，参政董槐则请行以任蜀事，蔡杭亦请以沿边任使。人虽壮其志，而哂其无能为也。三学各有伏阙书攻丞相谢方叔。未几，李曾伯除四川宣抚使兼荆、湖制置大使，进司夔路，又赐曾伯同进士出身。牟子才、吴燧、胡大昌、陈大方、丁大全皆有疏，疏王惟忠罪状，乞正典刑。而庙堂亦欲以此掩误用余晦之失，遂摄惟忠赴大理狱，伏锧东市。并籍余玠家资三千万以犒师，治其子如孙之罪,皆陈大方辈作成之也。八月,除蒲泽之四川制置副使兼宣抚判官,以吕文德权知江陵,总统边事,于是蜀事略定矣。

王 惟 忠

王惟忠,四明人,其为阆帅也,与余晦为同里,薄其为人,每见之言语间,晦深衔之。及败绩,弃城而遁,晦遂甘心焉。既申乞镌降,又令其党陈大方、丁大全力攻之,必欲置之死地。庙堂亦欲掩误用帅之羞,遂兴大狱,日轮台官入寺鞫之。评事郑畴、理丞曾壄则欲引赦贷命,旋即劾去。甲寅十月二十五日,本寺出犯由榜云:"勘到王惟忠顶冒补官,任知阆州利西安抚府日,丧师、庇叛、遣援迟缓等罪。准省札,奉圣旨,王惟忠处斩,仍传檄西蜀。"或者以其罪不至死,冤之。后二年,陈大方白昼有睹,恐甚,遂设醮以谢过。青词有云:"阆帅暴尸于都市,幽魂衔怨于冥途。莅职柏台,尽出同寮之议;并居梓里,初无纤隙之疑。"未几暴卒。继即余晦患瘰疬绕项,坠首而死,可畏哉!

李 伯 玉

李伯玉字纯甫,乙未殿试第三人,议论端悫,出处不苟。当史嵩之柄国时,为太学博士,上疏援章、李二台官,以此大得声誉。未几,为陈劾去。壬子,以小著召兼右司,以萧泰来附谢丞相,伤残善类,继弹高斯得,伯玉乃援神宗朝张商英故事,有都司可以按台臣之条,历数泰来之过,封章以劾之。穆陵大怒,乃降御笔云:"国家置御史,所以纠正官邪,置宰属,所以俾赞机务。御史乃天子耳目之官,宰掾不过一大有司耳,未闻以庶寮而劾纠御史者。近有以都司而按大有,言徐霖也。今伯玉以都司而按泰来，阴怀朋比之私，蔑视纪纲之地，是所以轻台谏，乃所以轻朝廷也。今伯玉且复援张商英事，以文其过，且郭磊卿以正言而按李遇英，吴当可翁甫以博士而按刘之杰，以其职事之关系也。若都司可以按台谏，则台谏反将听命于都司矣。朝纲不几紊乱乎？李伯玉可降两官，放罢。"既而台臣程元凤、刘元龙上疏劾之，御批"李伯玉僭劾御史，以快己私，擅改宪章，以文己过，肆为欺诞，浸紊纪纲，既得罪于祖宗，已难逃于黜罚"云云。明年，萧泰来除左史，牟子才亦作右史，潘凯除都丞，并有疏辞免，以为耻与哙伍。泰来遂除职，与郡郎孙梦观又缴新命，察官丁大全则奏罢其祠禄，而同援伯玉，不肯与之书降官录黄。其后，牟子才撰词命云："国家设御史以纠官邪，非使之为营私谋利计也。萧泰来昨居弹劾之任，而黩货背义，丑正党邪，靡所不至。尔以都曹，能白其奸，虽有体统关系之法，然英词劲气，靡拂救正，略不少挫。此可以观汝之所存矣。姑屈两阶，以振台纲，而汝之心，则朕所鉴也。尚少安之，以俟叙复。"又明年七月，姚希得引对，直指赵汝腾为君子之宗，萧泰来为小人之宗，诸公多为之言叙复者。八月，伯玉与宫观。又明年，叙复元官。景定间，除礼部尚书、侍读，入政地矣。甫入修门，一疾而卒。伯玉初号畏斋，又号斛峰。

伪　　号

淳祐甲寅五月，禁中获伪号人，乃是玉津园火工包四。勘供系赍到有请人潘宝敕号。继于潘宝家搜出敕入宫门假印板一面，遂正典刑，其子潘三亦杖死，凡黥决者四十八人。于是尽易事敕号，内宫门号八角样，禁卫号银锭样，殿门号四如意样，每岁一易，各立样式，承袭为例。

马 光 祖

马光祖字华父,号裕斋,吏事强敏,风力甚著,前后麾节,皆有可观。乙卯尹京,内引一札云:"自后宣谕旨挥,容臣覆奏。戚里请托,容臣缴进。"下车之后,披剔弊蠹,风采一新,时号名尹。未几,有仓部郎中师应极之子,夜饮于市,碎其酒家器。诘朝,尹车过门,泣诉其事,光祖即偿所直,追逮一行作闹仆从,仍牒问师仓郎。盖光祖时领版曹,以仓部为所属,故牒问,殊不思京师无牒问朝士之理。师乃时相之私人,乃执缚持牒之卒,恣肆凌辱,又率诸曹郎官白堂,乞正体统。朝廷遂札漕司,追出被打酒家,反加黥配。应极之子帖然无它,于是光祖威风顿挫,百事退缩。初,颜帅尹京之时,遇三学应有讼牒,必申国子监俟报,方与施行。学舍已不能堪。及光祖尹京,又创为一议,应学舍词讼,须先经本监用印保明,方许经有司。学舍尤怒之,作为小诗曰:"几年贪帅毒神京,虎视国家三学生。休道新除京尹好,敢将书铺待司成。"未几,察官朱应元劾李昂英,太学作书讥之,有云"何不移其劾昂英者劾光祖"等语,光祖愈不安。既而辟客参议薛垣以踪迹诡秘罢,于是光祖力丐外任,出守留都焉。尹京号为难治者,盖以广大之区,奸宄百弊,上则有应奉之劳,次则有贵戚干政、他司挠权之患,此其所以难也。余则曰:"不然。自淳熙以来,尹京几人其得罪而去者,未始不由学校,可指而数也。"然则学校之横,又有出于数者之外矣。

胥 吏 识 义 理

嘉定间,宇文绍节为枢密,楼钥为参政。宇文卧病,王医师泾投药而毙，史直翁帅宰执往祭之，命南宫舍人李师普为文，末句曰："云谁过欤？医师之罪。"相府书吏张日新写至于此，执白卫王曰："既是误投药剂，岂可谓之医师？只当改作庸医之罪。"卫王首肯之。又嘉定初，玉堂草休兵之诏，有曰"国势渐尊，兵威已振。"日新时在学士院为笔吏，仍兼卫王府书司，密白卫王曰："国势渐尊之语，恐贻笑于夷狄，不当素以为弱也。"卫王是其说，遂道意于当笔者，改曰"国势尊隆，兵威振励"。盖胥吏亦有识义理，文字之不可不检点也如此。《容斋随笔》所载一事，亦然。

沈　夏

　　沈夏，德清人，寿皇朝为版曹贰卿。一日登对，上问版曹财用几何？合催者几何？所用几何？亏羡几何？夏一一奏对讫，于所佩夹袋中取小册进呈，无毫发差。上大喜，次日问宰臣曰："侍郎有过政府例否？"梁克家奏云："陛下用人，何以例为？"遂特除金书枢密院事。

史嵩之致仕

　　丙申之春，御笔史嵩之退安晚节已逾十年，可特授观文殿大学士，依旧金紫光禄大夫、求国公致仕，仍尽与宰执恩数。令学士院降诏，仍免宣锁。越二日，奏事右相董槐公云："四川屡捷，颇为可喜。"金枢蔡杭随奏云："大奸复出，深为可虑。"又云："近降嵩之旨挥，外间谓宰臣欲为汲引，以报私恩。"上曰："此乃还其致仕恩数耳。"参政程元凤奏云："臣曩在经筵，亦尝亲闻圣训及此，圣意虽坚，天下未必尽知，兼致仕二字，岂能絷缚之使不出？"越一日，董槐上疏辨明蔡枢之奏，欲乞于嵩之致仕旨挥之下，明示以不复图任之意，庶可白孤踪，释群疑，所有上项制可未敢施行。御批："史嵩之复职，不过酬以宰臣谢事之恩数耳。且其一闲十三年，中外未常任使，何缘今日用之？仍令致仕，旨挥甚明，正示天下以决不复用之意。而予之职名，则休致之典备矣，岂有他哉？断自朕衷，非由启拟，卿其安之。"林存当制，有云："高尚不事王侯，朕每加于雅志；忠爱不忘畎亩，尔毋有于遐心。"公论复以为未然。太学生上书攻董相及邓泳、李仲熊，并攻林存。董相再奏，谓"嵩之予致仕恩数，臣见凡前执政之罢斥者，皆有之，不复执奏。今则皆归罪于用事之人，伏望姑寝前命"。御笔云："史嵩之复职，非由卿请，惟朕知之。学舍有言，但虑其复出耳，岂校其职名哉？其人决不再用，其职亦不可夺，所请既不悖理，其安之。"正言邵泽劾姚希得，又于希得董试之时，捕其馆人，以赃黥决其人。乃已黥之人故也。未几，内批史玠卿理卿，并与合入干官差遣。既而嵩之又陈请任相位日连书赏，时留梦炎为国史，复申省以其邀求经修经进之赏，将来列衔，某决不敢预金，乞罢免职事。嵩之躁进，始终不静，真是可厌。而朝廷用事，岂学校一一能把持乎？

度宗诞育

　　景定三年壬戌，度宗在东宫。闰九月二十九日亥时，降生皇孙，赐名焯，封崇国公，一作封崇国政资国公。是年十一月薨。度宗登极，追封广王，谥冲善。景定五年甲子，度宗在东宫。七月初三日未时，皇太子妃全氏降生皇孙，以彗星出现，避殿免贺。度宗即位，改称皇子，赐名舒。咸淳四年戊辰闰正月初六日午时，淑妃杨氏降生皇子，辛未赐名显，甲戌七月，进封吉王。是岁十月一日，顺安郡修容夫人俞氏诞生皇子，五年十二月，赐名宪，封益国公。六年六月十二日薨，追封谥冲定。咸淳五年己巳六月初十日，淑妃杨氏再诞生皇子，二十三日薨，赐名锽，封岐王，谥冲靖。咸淳辛未九月二十八日，全后诞生皇子，癸酉十一月，赐名显，封嘉国公。甲戌七月，度宗遗诏即帝位。咸淳壬申正月十二日，修容俞氏诞生皇子，甲戌七月进封信王。凡七子。

钿　屏　十　事

王櫄字茂悦，号会溪。初知彬州，就除福建市舶。其归也，为螺钿卓面屏风十副，图贾相盛事十项，各系之以赞，以献之。贾大喜，每燕客，必设于堂焉。行将有要除，而茂悦殂矣。

度宗即位　　南郊庆成　　鄂渚守城　　月峡断桥

鹿矶奏捷　　草坪决战　　安南献象　　建献嘉禾

川献嘉禾　　淮擒孛花

已上十事，制作极精。

襄　阳　始　末

襄阳遭端平甲午叛军之祸，悉煨于火，直至淳祐辛亥，李曾伯为江陵制帅，始行修复。时贾似道开两淮制阃，心忌其功，尝密奏于朝，谓"孤垒绵远，无关屏障"。至开庆透渡之际，穆陵犹忆此语，欲弃襄阳而保鄂，而似道乃谓"在今则不可弃矣"。先是，蜀将刘整号为骁勇，庚申保蜀，整之功居多。吕文德为策应大使，武臣俞兴为蜀帅，朱祀孙为蜀帅，既第其功，则以整为第一。整恃才桀傲，两阃皆不喜之，乃降为下等定功。整不平，遂诉问祀孙其故，朱云："自所目击，岂敢高下其手？

但扣之制密房,索本司元申一观,则可知矣。"整如其说,始知
为制策二司降而下之,意大不平,大出怨詈之语。俞兴闻之,
以制札呼之禀议,将欲杀之。整知不可免,叛谋遂决。遂领麾
下亲兵数千人,投北献策,谓"攻蜀不若攻襄,无襄则无淮,无
淮则江南可唾手下也"。遂为乡导,并力筑堡,断江为必取之
计,此咸淳丙寅、丁卯岁也。俞兴父子致祸之罪莫逃,遂俱遭
贬谪。先是,兴既死,丙辰岁俞大忠为荆、湖咨议,领舟师援
蜀,陷杀名将杨政,因争财,又杀马忠,遂遭台评追削官爵,勒
令自劾。大忠乃捐重贿,得勋臣经营内批,遂作勘会,面奉玉
音。俞大忠利其财而陷杨政于死,且尽掩其功,欺罔朝廷,罪
不容诛。然遣杨政而获捷者,俞兴也,姑以其父之功,特从末
减,将白沙冒赏官资,并与追夺外,特免自劾。于是刘整闻之
尤怨,且薄朝廷之受赂焉。襄阳自丁卯受围,生兵日增,关隘
日密,守臣吕文焕虽能坚守,而外绝援兵,又为筑白阿、虎头二
城,复置鬼门关以键出入,自是,虽音耗亦不可通矣。朝廷虽
屡督制府出师救援,而不克进,往往失利不一。既而吕文德病
笃,中外为之忧惧。既而果薨,上遗表赐谥武忠,遂命其子师
夔起复为湖广总领,知鄂州。贾平章似道入奏云:"臣近得师
夔报,其父文德病革,不可为。臣尝具奏,以为设如所言,臣当
奉命驰驱,以为抢攘之会。非可以经制,宜在廊庙,自诿陛下
难言,而臣之志固已决于此矣。昨文德讣至,日为忧皇,几失
匕箸。继又再申前请,以为急其所急,岂非藉是以为去本朝
计。而陛下决不听许,臣通夕展转,念无以易此。傥非臣等勇
于一行,决不能宽,顾且荆、襄绎骚,士不解甲者再岁,以文德
声望、智略,高出流辈,仅能自保。今一失之,奚所统摄。矧诸
名将器略难齐,势不相下,仓卒谋帅,复难其人。兵权不可一

日无所归，边务不可一毫有所误。虽目前暂令夏贵管护，然其使人商度远计，寝食不安，终不若疾趋其所，处分诸事，则随机以应，不至差池，是则臣报陛下之职分也。臣非不知曩在兵间，备尝险阻，困瘁成疾。只谋谢事，宁堪自取颠覆，诚以难平者事，所徇者国，皆不知其他。臣亦岂不知本朝故事，无以平章而巡边者，然唐裴度以平章出使山东，似有足援。用拜疏以请，恭听矜俞。"御笔云："朕以凉菲云云，师相岂可一日而轻去朝廷。虽跬步之近，不可舍去，请勿重陈。"似道再奏云云："连夕展转不寐，良以驿置一往复，率半月余，曾不若身履其处，机应于速之为善。再念今之荆、湖，莫急于襄中，寇环吾疆，惟隙是乘，陨星之变非小，故未可死诸葛走生仲达。况今士不解甲，与之尺寸力争，阅新岁则跨历三载，事有适值，必生戎心，讵容以疆场小小交兵视之哉？因念畴昔分阃荆、湖，先帝必欲宠臣以枢管，命臣复襄。臣回奏不敢轻易后继，臣为阃者，徒奉将相，意慕复襄之美名，萃江、岳之重屯以实之，江面单露，卒成己未之祸。先帝每记臣言，必欲弃襄以全鄂。臣则以为不可。非故自相矛盾，盖襄既复，则城池、米粟、甲兵，委难以资虏。臣在军极力留劲兵以守襄，襄幸以全。今又十一年矣。以吕文德运掉备竭志虑，忧悲以至于死。今阃虽暂有所付，而臣与受其责。若使臣制于此，脱有出于意料之外，其可以非己所以自解？无情议论，必指臣为准矢之的矣。"云云。又御笔极力勉留。再上章，欲权带职巡视，以三月为期，上复不允。此后襄围小小捷奏，于是此议遂缓。明年元日，以两淮制帅李庭芝为荆、湖制置大使，兼夔路策应大使兼知江陵府。命范文虎提御前精兵八千余人，往荆、襄应援，一战而败，文虎仅以身免。至明年，蜀江泛溢，漂溺堡垒，至五、六月间，围稍解。制府乘此机,以布帛、盐、钱、米之类,遣兵防护而入。夏贵亦遣兵担运粟米数千石,呼延德亦运柴薪、布帛以往。未几,夏军大败,丧舟数百,危急如初。御笔遂督荆、湖制阃移屯旧郢州,范文虎以下重兵,皆屯新郢治上均州河口,扼其要津。当时从官中有言于朝,谓昔神尧以一旅之师取河北,今朝廷竭天下财力,以援一州而不能,于是贾相大怒。至咸淳八年壬申春,警报尤急,似道复有视师之请。盖李庭芝避事悠缓,而范文虎以殿岩自居,颇有不受节制之意。故台臣虽有章言之,宣示二人,然无益也。壬申岁,又檄沿江副阃孙虎臣及湖副帅高世杰之师,顺流而下夹攻。适值江水暴涨,乘势冲突堡寨及万人敌,打透鹿门,连船运入衣袄、布帛、米盐粮草。进发生兵,遂自樊城,后取安阳河,转均州江而还郢上。七月,据荆阃申大略云:"襄樊受围,跨越五载,水陆路梗,援兵莫通。遂于去冬札知均州刘懋等,打造战舰,间探贼兵,措置战守。又调总管张顺、路钤张贵,提兵前往均州,地名中水路,创立硬寨,建造楼船。自中水路至襄城,止一百二十余里,节节皆是堡团军船,屯泊将士。从龙虎口硬打下去,本司重立赏格。张顺候立功回,特授转右武大夫、环卫官、正任御前都统制,犒银五百两,界会一万贯,纻丝十匹。张贵以下,次第立赏。又准平章钧翰,除制司赏格外,更与不次升擢。及移文范察使添调间探,司部官刘盛聪等于四月二十日到均州邓寨,添造船只。大使司委知郡范天顺等与二张部官同进。六月十三日,据张贵等申,昨于五月二十二日探得汉水已生,次日将船只拖拽到团山下稍泊。二十四日,以大使司赏格抚谕将士,一应船只,并拖拽至高头港口,蒙范殿帅、刘路钤等般运衣袄等物,结成方阵。至一更三点,张贵等举火为号,出江极力鏖战,与贼舟手刃相接。至磨洪滩已上，贼船布满江内，张贵又以红灯为号，抚谕头目混战，与贼乱杀，火炮药箭射死北兵及坠水者，不计其数。二十五日天明，已抵襄阳，船只等物至府，军民踊跃，皆说'贼围数年，未尝有许多军需物件进入至此。'本是万全，缘当夜四更以来，南风大作，吹奔北岸，于内总管张顺所带火炮，并已发尽，人马力竭，身中三枪六箭，就阵殁于王事。张贵等既送军需等物入城，次日即欲打出，与夏节使兵船相应，缘江水陡落，又蒙安抚吕察使留贵等人船在城，添加战守，外以路梗不通，至七月方据申，到九月以来汉水渐涸，北兵得计，不可前矣。夏、孙、高兵船但守地分，范殿帅之军又与制府抵牾，莫能并力，坐视而已。"朝廷乃先解殿帅总统之权，陈伯大劾范文虎，罢黜。十一月，荆阃李庭芝奏"襄围不解，客主易位，重营复壁，繁布如林，遮山障江，包络无罅，旷岁持久，臣实有罪。且谓昔之浒、黄，今之襄、樊，皆古今非常之变。天每以非常之人拟之，岂区区庸夫所克胜任，云云。师臣徇国，一念上通于天，其恳恳欲以身临之者，亦察愚臣之不可专仗也。若稽南渡之初时，则以张浚、赵鼎自行都建督府，尽护诸将运掉之势，一时之势合，师臣大勋茂德，威震华夷，少超常度，参用旧弼，以臂使指，一新观瞻"云云。御笔令侍从两省集议，然卒无定论。贾平章回奏曰"若办此事，非臣捐躯勇往，终未能遂。然纵使臣行，亦后时矣。恐无益于襄阳之存亡，尚可使江南无虞，而不至内地之震骇也。庭芝欲臣建督于荆之谋，要不过姑为是说，督既建矣，设有警动，臣欲安坐于此，得乎？臣今为是行也，则诸阃皆受节度，云云。若推至来年春夏之交，则调一大将统三万兵船真捣颍、亳，又调一大将统二万兵直捣山东，则襄围之贼，皆河南北、山东之人，必将自顾其父母妻子，相率离叛,如是则襄围不解,臣未之信。倘陛下不容臣跬步离左右,纵有奇谋秘计,一无所施,且当以择相为急"云云。然亦卒不行也。癸酉正月,蜀闻捷报以昝万寿收复成都,继又收复眉州,二月以朱祀孙为四川制置安抚大使,两淮制司又奏浮光之捷。忽数日平章疏奏,力请行边,乃云:"所闻日异,且言始得朱祀孙申言,敌有直捣内地之议,祀孙危之,谓非筑京城重内势不可。又收吕文焕二月三日蜡书,谓樊之力已不可支,再于襄城临江一面,植木栅立硬寨,誓以死守。但六年被围,一旦前功尽废,实有难言者。浮光废垒筑为家基,去冬逆整与六安叛将恐是焦与。一意窥江,乞检照累年所奏,容臣一出临边,即赐处分。"御笔又令集议,然皆悠悠之谈,御笔终于不从行边之请。调阮思聪策援边淮,就令相视平江城壁,差官修浚。三月,贾平章又奏:"忽得李庭芝连日书,乃知襄帅吕文焕为虏诱胁,竟以城降。臣一闻战眩颠沛,几于无生。不谓事不可期,力无所措,乃至此极!容臣自劾,以报国恩。"御笔则决于不许,旋降御笔批别置机速房,亦建督于京之意。继而学校纷纷上书,皆澜翻不急之语,甚而谓"咸阳之焰未息,而山东盗起;六士之驾未出,而浒、黄透渡"。可谓劫持之语。独郭昌子一书,颇有可采。所言江汉道里,亦颇详尽。且画六策以献:"一曰分游击以屯南岸,二曰重归峡以扼要冲,三曰备昌汉以固上流,四曰调精兵以护汉江,五曰备下流以绝窥伺,六曰饬隘口以备要害。"又有十六策,以为守备之要,其末并及济邸之事。平章召见,扣其颠末,补之以官,且令入机速房,以备咨访。继而宰执奏事上前,平章复陈行边之请,上曰:"断是不可。"上又曰:"诸生之书,只得留中,如下诏求言,亦有未可。"贾奏云:"端平荆、襄之失,继以诸郡,是时皆不曾降诏,惟开庆有之。

今幸未至此。更容臣讨论以闻。"上曰："且镇以静,不须得行。"四月,内批李庭芝召赴行在,汪立信荆、湖制置使知江陵府,印应雷两淮制置使知扬州,李应春知岳州,钱真将知江州,翟贵知鄂州,江陵都统程文亮副之,赵孟知郢州,陈起知浮光。既而黄万石召赴行在,赵溍沿江制置使知建康府,赵孟奎淮东总领,孟之缙知太平州,趣召叶梦鼎赴阙。荆、湖制司申武功大夫带右领卫将军范天顺,乃同张顺、张贵运送军需衣袄等物前进襄阳,留存在城守御,立功尤多。城降之际,时在所守地,仰天大呼曰："好汉谁肯降贼,死时也做大宋忠义鬼!"于二月二十七日,就地分屋内自缢身死。右武大夫、湖北总管司马统制朱富,亦系续遣前往襄城战御,转调过樊城,任责东北最紧地分。今年正月十一日,贼攻樊城,朱富拒敌死战,至二更,以身中枪刀,不能支持,为贼所得,义不受辱,就战楼内触柱数四不死,遂投身赴火而殁。欲乞赠恤,奉圣旨,范天顺特赠静江军马承宣使,特与三承信郎,支银五百两,十八界会二万贯,白田三百亩。庚申范文虎差知安庆府,阮思聪知池州,李应雷知鄂州,以为防江计。察官陈文龙上疏云云,且曰："夫当人言汹汹,所幸众言纷纷,古今所恃以立国于天地间者,独有此一脉。言脉犹活,国脉其有瘳乎!欲行求言,皆谬论也。"既而免言职。未几,又有上书乞师相临边者,御批"并不能从"云。

机　速　房

咸淳癸酉三月,御笔以师相固请行边不已,照张浚、赵鼎旧例,别置机速房。凡急切边事,先行后奏,赏罚支用亦如之。其常程则密院行移,无建督于京之名,而有其实奠不可,内重其势,外御其侮,庶不失为挽留也,师相其勿辞。贾遂毅然祗承,条具以闻,辟属官二员,右司许自,检详家铉翁,制领十员,使臣九十员。于封椿库作料科拨激赏第一料金五百两,银一万两,关子五万贯,十八界会二十万。行遣提点文字沈因、张梦龙、徐良弼、沈大发,书写文字王景阳、张国珍、张汝楫、吴桂芳,监印陈柯、汪云、郑大渊。又添给诸路戍兵生券三分之一,增招车等下军装钱,置枢密院都副统制一员,补归明人官资。凡有上书献书关涉边事者,并送本房面问,如有可行者,并与施行。忽有蜀人杨安宇者,献策奇谲,右司许自扣之,不相投合。许自乃操闽音秽语以为高,欲乞朝廷竟差许自前往边邮,操秽语以骂贼退师云云。于是遂将安宇行遣,而机速房之望顾轻矣。且许自乃一不通世务之闽士,仅能作诗文,之外他无所能,而乃令当此选,用之者固谬,而自亦可谓不揣矣。一筹不画,坐致危亡,非不幸也。

置 士 籍

咸淳辛未,正言陈伯大建议,以为科场之弊极矣,欲自后举始,行下诸路运司,牒州县先置士籍。编排保伍,取各家户贯,三代年甲,娶谁氏,兄弟男孙若干之数。其有习举业者,则各书姓名,所习赋经。子孙若凭所书年甲,如十五以上实能举业者,自五家至二十五家,而百家,百家而里正,许其自召其乡之贡士,结罪保明,批书举历,然后登士籍。一样四本,县、州、漕、部各解其一,仍从县给印历,俾各人亲书家状于历首,以为字迹之验。不许临期陈状改易。或有随侍子弟,合赴曹牒,诸色漕试者,各令赍历先赴县批凿,前去各处状试。每遇唱名后,重行编排保伍取会。如有新进可应举者,续照前式保明付籍。或有事故服制者,并画时申闻批凿。或毁抹,如虚增人名,妄称举子,其犯人与里正保伍,并照贡举条例施行。大意如此。御笔从行遍牒诸路,昭揭通衢。或撰《沁园春》云:"国步多艰,民心靡定,诚吾隐忧。叹浙民转徙,怨寒嗟暑,荆、襄死守,阅岁经秋。虏未易支,人将相食,识者深为社稷羞。当今亟出陈大谏,箸借留侯。　　迂阔为谋,天下士如何可籍收?况君能尧、舜,臣皆稷、契,世逢汤、武,业比伊、周。政不必新,贯仍宜旧,莫与秀才做尽休。吾元老广四门贤路,一柱中流。"又有诗云:"刘整惊天动地来,襄阳城下哭声哀。庙堂束手浑无计,只把科场恼秀才。"察院陈文龙上疏,颇有愤抑之意,遂以理少出台。自是士之有籍,严行天下,或稍有瑕疵,皆不敢有功名之望。士论纷纷,直至贾老溃师之后,台中首劾置士籍之陈伯大,变七司法之游汝,行公田之刘良贵,沮宽恩之董朴,称翁应龙为简斋先生,写万拜申禀之朱浚,欲变类田法之洪起畏焉。

宋 二 十 一 帝

　　《长编》所载宋二十一帝,盖自顺、宣、禧三祖及东都九朝,南渡后高、孝、光、宁、理、度、少帝、德祐。并景炎、祥兴也。

宋 十 五 朝 御 押

太祖囱　太祖元押。玄　太宗ㄌ　太宗元押。石　真宗〇
仁宗白　英宗匝　神宗〇　哲宗帝　徽宗开
钦宗匡　高宗瓜　孝宗岊　光宗〇　宁宗冂
理宗且　度宗㠪

归　潜　志

[金]刘祁　撰

黄益元　校点

校 点 说 明

《归潜志》十四卷，金刘祁撰。

刘祁（1203—1250），字京叔，号神川遁士，浑源（今属山西）人。出身金代世宦家庭。八岁起即随祖、父游宦汴京（金初称南京），结识显宦名流。举进士不第，闭门读书。壬辰岁（1232），亲历汴京陷落。辗转流离两年后，返乡筑室曰"归潜"，撰《归潜志》。入元后应试南京，登魁首，任山西东路考试官，后为征南行台拈合幕府，卒年四十八。另有《神川遁士集》二十卷（今残存一卷）。

《归潜志》是刘祁于金亡次年（1235）对金朝覆亡的痛定思痛之作。以其二十年间"所闻多见"，"因暇日记忆，随得随书"，多为金末历史的珍贵资料。前六卷为金代闻人小传，第七至第十卷杂记遗事轶闻，卷十一《录大梁事》记金哀宗亡国始末，卷十二记为叛将崔立立碑事并论金代兴亡之由。末两卷附录其他诗文。《金史·完颜奴申传》赞称："刘京叔《归潜志》与元裕之《壬辰杂编》二书虽有异同，而金末丧乱之事犹有足征者。"如《金史·哀宗本纪》及李之纯、赵秉文等传，直接取材于本书；而本书"拖雷渡汉江"、"刘元规使北"、"金代钞法"等条，多能纠正史有关年月、姓名、官爵、纪事之误。

本书最早为元至大辛亥（1311）孙和伯刊行十四卷本。明代流行钞本八卷。清乾隆间，鲍廷博于莱阳太守赵起杲处抄得十四卷本，参诸本互校，并采《中州集》、《金史》作注，附录了有关佚文,刻入《知不足斋丛书》。此外,尚有《四库全书》本、《学海类编》本等。

现以《知不足斋丛书》本为底本,参诸本互校、标点,遇异文择善而从,不出校记。

目　　录

归 潜 志 序

　　余生八年，去乡里，从祖父游宦于大河之南。时南京为行宫，因得从名士大夫问学。不幸弱冠而先子殁。其后进于有司，不得志，将归隐于太皞之墟。一旦遭值金亡，干戈流落，由魏过齐入燕，凡二千里。甲午岁，复于乡，盖年三十二矣。因思向日二十余年间所见富贵权势之人，一时烜赫如火烈烈者，迨遭丧乱，皆烟销灰灭无余，而吾虽贫贱一布衣，犹得与妻子辈完归，是亦不幸之幸也。由是以其所以经涉忧患与夫被攻劫之苦、奔走之劳，虽饭蔬饮水，囊中无寸金，未尝蒂诸胸臆。独念昔所与交游，皆一代伟人，人虽物故，其言论、谈笑，想之犹在目。且其所闻所见可以劝戒规鉴者，不可使湮没无传，因暇日记忆，随得随书，题曰《归潜志》。"归潜"者，予所居之堂之名也。因名其书，以志岁月，异时作史，亦或有取焉。

　　　　　　　　　　岁乙未，季夏之望，浑源刘祁京叔自叙

归潜志卷一

金海陵庶人读书有文才，为藩王时，尝书人扇云："大柄若在手，清风满天下。"人知其有大志。正隆南征，至维扬，望江左赋诗云："屯兵百万西湖上，立马吴山第一峰。"其意气亦不浅。

宣孝太子，世宗子，章宗父也，追谥显宗。好文学，作诗善画，人物、马尤工，迄今人间多有存者。

章宗天资聪悟，诗词多有可称者。《宫中》绝句云："五云金碧拱朝霞，楼阁峥嵘帝子家。三十六宫帘尽卷，东风无处不扬花。"真帝王诗也。《命翰林待制朱澜侍夜饮》诗云："夜饮何所乐，所乐无喧哗。三杯淡醲醁，一曲冷琵琶。坐久香成穗，夜深灯欲花。陶陶复陶陶，醉乡岂有涯?"《聚骨扇》词云："几股湘江龙骨瘦，巧样翻腾，叠作湘波皱。金缕小钿花草斗，翠绦更结同心扣。金殿日长承宴久，招来暂喜清风透。忽听传宣须急奏，轻轻褪入香罗袖。"又《擘橙为软金杯》词云："风流紫府郎，痛饮乌纱岸。柔软九回肠，冷怯玻璃碗。纤纤白玉葱，分破黄金弹。借得洞庭春，飞上桃花面。"尝为《铁券行》数十韵，笔力甚雄。又有《送张建致仕归》、《吊王庭筠下世》诗，具载《飞龙记》中。

豫王允中，世宗第四子也。好文，善歌诗，有《乐善老人集》行于世。

密国公璹字仲宝，世宗之孙，越王允常之子也。幼有俊才，能诗，工书，自号樗轩居士。宣宗南渡，防忌同宗，亲王皆有门禁。公以开府仪同三司奉朝请。家居止以讲诵、吟咏为乐。时时潜与士大夫唱酬，然不敢彰露。正大间，余入南京，因访僧仁上人，会公至，相见欣然。其举止谈笑，真一老儒，殊无骄贵之态。后因造其第，一室萧然，琴书满案，诸子环侍无俗谈，可谓贤公子矣。乃出其所藏书画数十轴，皆世间罕见者。后余适陈，送以二诗，甚佳。又为予先子集作后序。一时文士如雷希颜、元裕之、李长源、王飞伯皆游其门。飞伯尝有诗云："宣平坊里榆林巷，便是临淄公子家。寂寞画堂豪贵少，时容词客听琵琶。"盖实录也。天兴初，北兵犯河南，公已卧疾。予候之，因论及时事，公曰："敌势如此，不能支，止可以降，全吾祖宗；且本边塞，如得完颜氏一族归我国中，使女直不灭，则善矣，余复何望？"尔后数月薨。五子，幼曰守禧，字庆之，年少，亦有俊才，作诗与字画亦可喜。状貌白皙，丰神秀彻如仙人，公特钟爱。尝会予，指其书画曰："将以付斯人。"公薨，崔立之变，皇族皆聚于禁中。将北迁，庆之病死，年未三十。公平生诗文甚多，晚自刊其诗三百首、乐府一百首，号《如庵小藁》，赵闲闲序之，行于世。其佳句有《闻闲闲再起为翰林》云："莲烛光中久废吟，一朝超擢睿恩深。四朝耆旧大宗伯，三纪声名老翰林。人道蛟龙得云雨，我知麋鹿强冠襟。宝岩嵝谷西窗梦，不信秋来不上心。"又《过胥相墓》云："亭亭华表立朱门，始信征南宰相尊。下马读碑人不识，夷山高处望中原。"甚有唐人远意。又绝句："孟津休道浊于泾，若遇承平也敢清。河朔几时桑柘底，只谈王道不谈兵。"不可谓无志者也。

赵学士秉文，字周臣，磁州滏阳人。少擢第，作诗及字画有名。王庭筠子端荐入翰林。因言事忤旨，外补。后再入馆，为修撰、待制，转礼部郎中。出典岢岚、平定、宁边三郡。南渡，为直学士，迁侍读，拜礼部尚书，致仕。再起为礼部，改翰林学士。天兴改元夏五月卒，年七十三。公幼年诗与书皆法子端，后更学太白、东坡，字兼古今诸家学。及晚年，书大进。诗专法唐人，魁然一时文士领袖，寿考康宁爵位，士大夫罕及焉。性疏旷，无机凿。治民镇静，不生事。在朝循循无异言。家居未尝有声色之娱，夫人卒，不再娶。断荤肉，粗衣粝食不恤也。酷好学，至老不衰。后两目颇昏，犹孜孜执卷钞录。上至六经解，外至浮屠、庄老、医学丹诀，无不究心。其所著有《太玄解》、《老子解》、《南华指要》、《滏水集》、《外集》，无虑数十万言。自号闲闲居士云。

　　李翰林纯甫，字之纯，宏州襄阴人。祖安上，尝魁西京进士。父采仲文，卒于益都府治中。公幼颖悟异常儿。初为词赋学，后读《左氏春秋》，大爱之，遂更为经义学。逾冠，擢高第，名声烨然。为文法庄周、左氏，故其词雄奇简古。后进宗之，文风由此一变。又喜谈兵，慨然有经世志。泰和南征，两上疏，策其胜负。章宗咨异，给送军中，后多如所料。宰执奇其文，荐入翰林。及北方兵起，又上疏论事，不报。宣宗南渡，再入翰林。时丞相尤虎高琪擅权，擢为左司都事。公审其必败，以母老辞去。俄而高琪诛死，识者智之。再入翰林，连知贡举。正大末，由取人逾新格，出倅坊州，未赴，改京兆府判官，卒于南京，年四十七。公为人聪敏，于学无所不通。少自负其才，谓功名可俯拾，作《矮柏赋》，以诸葛孔明、王景略自期。由小官上万言书，援宋为证，甚切。当路者以迂阔见抑，士论惜之。中年度其道不行，益纵酒自放，无仕进意。得官未尝成考，旋即归隐。居闲，与禅僧、士子游，惟以文酒为事。啸歌袒裼,出礼法外,或饮数月不醒。人有酒见招,不择贵贱,必往,往辄醉。虽沉醉,亦未尝废著书。至于谈笑怒骂,灿然皆成文理。天资喜士,后进有一善,极口称推,一时名士,皆由公显于世。又与之拍肩尔汝,忘年齿相欢。教育、抚摩,恩若亲戚。故士大夫归附,号为当世龙门。尝自作《屏山居士传》,末云:"雅喜推借后进。"如周嗣明、张毅、李经、王权、雷渊、余先子姓名、宋九嘉,皆以兄呼。而居士使酒玩世,人忤其意,辄嫚骂之,皆其志趣也。其自赞曰:"躯干短小而芥视九州,形容寝陋而蚁虱公侯,语言謇吃而连环可解,笔札讹废而挽回万牛。宁为时所弃,不为名所囚。是何人也耶?吾所学者净名庄周。"晚自类其文,凡论性理及关佛老二家者,号"内藁",其余应物文字如碑志、诗赋,号"外藁",盖拟《庄子》内、外篇。又解《楞严》、《金刚经》、《老子》、《庄子》,又有《中庸集解》、《鸣道集解》,号为《中国心学》《西方文教》,数十万言。尝曰:"自庄周后,惟王绩、元结、郑厚与吾。"此其所学也。每酒酣,历历论天下事,或谈儒释异同,虽环而攻之,莫能屈。世岂复有此俊杰人哉?

附录:重修面壁庵记 大金兴定六年二月屏山居士李纯甫撰

屏山居士,儒家子也。始知读书,学赋以嗣家门;家大义以业科举。又学诗以道意,学议论以见志,学古文以得虚名。颇喜史学,求经济之术;深爱经学,穷理性之说。偶于玄学似有所得,遂于佛学亦有所入。学至佛则无可学者,乃知佛即圣人,圣人非佛,西方有中国之书,中国无西方之书也。吾佛大慈,皆如实语,发精微之义于明白处,索玄妙之理于委曲中。学士大夫犹畏其高而疑其深,诬为怪诞,诟为邪淫,惜哉!龙宫海藏,琅函贝叶,无虑数千万言,顶之而不观,目之而不解。且数百年老师宿德，又各执其所见，裂于宗乘，汨于义疏，吾佛之意扫地矣，悲夫！梁普通中，有菩提达摩大士自西方来，孤唱"教外别传"之旨，岂吾佛教外复有所传乎？特不泥于名耳。真传教者，非别传也，如有雅乐，非本色则不成宫商；如有甲第，非主人则不知户庭。自师之至，其子孙遍天下，多魁闳磊落之士，硕大光明，表表可纪。剧谈高论，径造佛心。渐于义学、沙门，波及学士大夫，潜符密契不可胜数。其著而成书者，清凉得之以疏《华严》，圭峰得之以钞《圆觉》，无尽得之以解《法华》，颍滨得之以释《老子》，吉甫得之以注《庄子》，李翱得之以述《中庸》，荆公父子得之以论《周易》，伊川兄弟得之以训《诗》、《书》，东莱得之以议《左氏》，无垢得之以说《语》论《孟》，使圣人之道不堕于寂灭，不死于虚无，不缚于形器，相为表里如符券然。虽狂夫愚妇，可以立悟于便旋顾盼之顷，如分余灯以烛冥室，顾不快哉！道冠儒履皆有大解脱门，翰墨文章亦为游戏三昧，此师之力也。新学晚生，愧无以报，今因少林主人志隆命其侍者海净问讯屏山，曰照了居士王知非暨刘菩萨并其徒储道人重修面壁庵，既已落成，请记其岁月。时大金兴定四年中元之前一日也。随喜之余，又洗手焚香，而为之赞曰："玄关未启，玉镤生苔。灵台未洗，金镜尘埋。铁牛穿鼻，石女怀胎。孰为具眼？鼻祖西来。舟行万里，禅心如灰。壁观九年，梵音如雷。不戒而戒，不斋而斋。一衣一钵，五叶花开。或杖或拜，或嚬或舞，声咳扬眉，謦欬举武。或咄或咦，或吽或普，柏树药栏，灯笼露柱。弹指张弓，吹毛击鼓。跌宕形容，径庭言语。太漫汗中，剔浑沦处。有者个在，又怎么去。津然可口，如甘露浆。薰然入鼻，如薝卜香。如发管钥，如施印章，金仙海藏，同时放光。窃吾糟粕，贷吾秕糠。粉泽孔、孟，刻画老、庄。八万四千，清凉道扬，屏山说破，谁取承当。"

　　雷翰林渊，字希颜，应州浑源人，与余同里闬，且姻家也。父思百仲，名进士，仕至同知北京转运司。注《易》行于世。公幼丧父，以孤童入太学，读书昼夜不休。虽贫甚，不以介意。

从李屏山游,遂知名。俄中高第,调泾州录事。坐高庭玉献臣之狱,几死。后改东平,迁东阿令,授徐州观察判官。兴定末,召为英王府文学。俄入翰林,为应奉。拜监察御史,言五事,称旨。又弹劾不避贵臣,出巡郡邑,所至有威誉,凡奸豪不法者,立榱杀之。坐此,为小人所讼,罢去。久之,起为太学博士、南京转运司户籍判官,迁翰林修撰。一夕暴卒,年四十八。公博学有雄气,为文章专法韩昌黎,尤长于叙事。诗杂坡、谷,喜新奇。好收古人书画、碑刻藏于家,甚富。喜结交,凡当途贵要与布衣名士,无不往来。居京师,宾客踵门,未尝去舍。后进经公品题以为荣。家无余赀,及待宾客,丰腆甚。莅官,喜立名。初登第,摄令遂平,一邑大震。尝笞州魁吏,州檄召,不应,罢去。后凡居一职,辄震耀。亦坐此,仕不达,然士论未尝不壮之。尝为文祭高公献臣,其词高古,一时传诵。工于尺牍,辞简而甚文,朋友得之,辄以为珍藏。发书顷刻数十轴,皆得体可爱。在馆与诸同年友制辞,皆摘其不及以藏之。如诰商衡平叔云:“将迎闲有,亦须风节之自持。”诰聂天骥元吉云:“读书大可益人,宜勤讲学。”少年赋《松庵》诗曰:“庵中偃卧龙,阅世须髯古。人天共护持,半夜起风雨。”《过华山怀陈希夷》云:“五季乾坤半晦冥,先生有意俟澄清。鼾鼾四十年来睡,开眼东方日已明。”又《梅影》云:“维摩丈室冷于冰,千劫萧然无尽灯。天女散花愁不寐,夜深高髻影鬅鬙。”人皆传之。初善李屏山,后善冯公叔献,后善高公献臣,最后善赵公周臣、陈公正叔。早与余先子交,尝同乡校,同太学,同河朝。先子殁,公寄挽诗有云:“乡校连裾春诵学,上庠同榻夜论心。”余因请为墓志。迄今,予家有公书简甚多也。善饮啖,未尝见大醉。酒间论事,口吃而甚辩,出奇无穷,此真豪士也。

　　宋翰林九嘉,字飞卿,夏津人。少游太学,有词赋声。从屏山游,读书、为文有奇气,与雷希颜、李天英相埒也。至宁初,擢高第,历关中四邑,以能称。召补省掾,为当轴者所忌,求去。已而为延安帅府所辟,充经历官,召为南京右巡院使,风采甚著。以不能事权要,罢官。俄入翰林,为应奉。得风疾,引去。遭乱北还,道病殁,年未五十,士大夫惜之。飞卿为人刚直,英迈不群,能政能文,甚为时望所属,不幸中以病废,哀哉!初,召至南京,时屏山亦在,予每从之游。乱后,予居八仙馆,与飞卿相迩,日相见属和,其诗犹在予橐中。少时《题太白泛月图》云:"江心月影尽一掬,船头杯酒尽一吸。夜深风露点宫袍,天地之间一李白。"可想见其意气也。文辞简古,法宋祁《新唐书》。惜乎为吏事所夺,不多著。性不喜佛,虽从屏山游,常与争辩。在关中时,因杨焕然赴举,书与屏山荐之,曰:"焕然,佳士,往见吾兄,慎无以佛老乃嫚之也。"屏山持之,示交游以为笑。其后西行,予以序送之,备论其守道不回,今兹云亡,岂复见此挺特之士乎?

归潜志卷二

　　李经天英,锦州人。少有异才。入太学肄业,屏山见其诗曰:"真今世太白也。"盛称诸公间,由是名大震。字画亦绝人。再举不第,拂衣归。南渡后,其乡帅有表至朝廷,士大夫识之,曰:"此天英笔也。"朝议以武功就命倅其州,后不知所终。天英为诗刻苦,喜出奇语,不蹈袭前人,妙处人莫能及。号"无尘道人"。《题太真图》云:"君前欲拜还未拜,花枝无力东风羞。"又《夜雨》云:"灯火万家夜,萧萧帘下声。"《晚望》云:"夕阳万里眼,人立秋黄中。"《夜起》云:"夜半不得月,河汉空星辰。"又《步云意》云:"一片昆仑心,夕阳小烟树。"又四言云:"老峰蹙云,壁立挽秀。林阴洒雨,苍苍玉斗。虚明满镜,夜气成昼。"此其诗体也。

　　张彀伯玉,许州人,伯英运使弟也。少有俊才,美丰姿,髯齐于腹。为人豪迈不羁,奇士也。初入太学,有声。从屏山游,与雷、李诸君及余先子善。雅尚气任侠,不肯下人。再举不中,遂辍科举计。居许之郾城,有园圃田宅甚丰。日役使诸侄治生事,而己则以诗酒自放,偃然为西州豪侠魁。邑令过使,皆下之。喜称人善,交游有患难,极力挈扶。俗子少不惬意,辄嫚骂。年四十余不娶,有一妾,因小过以铁简杀之。尝衣紫绮裘,半醉坐堂上,人望之如神。迨酒酣兴发,引纸落笔,往往有天仙语。后病脑疽死,年未五十。麻九畴知几为文以祭,辩其为人大略。少时与屏山饮燕市,有诗云:"日日饮燕市，人人识张胡。西山晚来好，饮酒不下驴。"又云："昨日上高楼，西山翡翠堆。今日上高楼，西山如死灰。想见屏山老，疗饥西山隈。餐尽西山色，高楼空崔嵬。"又赋《古镜》云："轩姿古镜黑如漆，锦华鳞皴秋雨湿。"人以为不减李长吉云。

　　周嗣明晦之，真定人。叔昂德卿，名士，文章气势，一时流辈推之。屏山最爱之，尝曰："若德卿操履端重，学问淳深，真韩、欧辈人也。"晦之为人有学，长于议论，自号放翁。屏山尝与作《真赞》，与雷、宋、张、李辈颉颃。同余先子擢第后，从其叔北征，在军中。军败，父子俱缢死。屏山《赘谈》，晦之序也。屏山《送李天英》诗云："髯张元是人中龙，喜如俊鹘盘秋空，怒如怪兽拔枯松。更著短周时缓颊，智囊无底眼如月，斫头不屈面如铁。一说未终复一说，勍敌相厄已铮铮，二豪同运又连衡。屏山直欲树降旌，那得人间有阿英。阿英魁奇天下士，笔头风雨三千字，醉倒谪仙元不死，时借奇兵攻二子。"可想见三人者也。

　　王权士衡，真定人，又名之奇。从屏山游，屏山称之。为人跌宕不羁。喜功名。博学，无所不览。酣饮放歌，人以为狂。屏山为作《狂真赞》。与余先子同年进士，然仕宦连蹇。晚召入朝，为部勾当官。俄辟为县令，未赴。家鲁山，为县吏所辱，愤惋发疾死。贞祐初，余先子摄许州幕，时屏山、二张（伯英、伯玉）、雷、魏诸公皆在焉，日会饮为乐。忽高公献臣将赴河南，来过，诸公诣之。及夕，独希颜、士衡留宿。高既去，未几，为主帅所诬陷以有异志，逮捕诸党与。符下颍川，械二公，赴洛狱，搒掠万端。会赦，方得免。然自兹士衡无仕进之意矣。

　　麻九畴知几，初名文纯，易州人。幼颖悟，善草书，能诗，号神童。既长,入太学,刻苦自励,为赵闲闲、李屏山所知。南渡后,居郾、蔡间,入遂平西山读书。为经义学,精甚。兴定末,试开封府,词赋乙,经义魁。再试南省,复然。声誉大振,南都妇人小儿皆知名。及廷试,以误绌,士论惜之。已而隐居,不为科举计。正大初,门人王说、王采苓俱中第,上以其年幼,怪而问之,且知知几为师,近臣言其有才学,平章政事侯公挚、翰林学士赵公秉文俱荐之,特召赐进士第。以病,不拜官,告归。病已,赴调,授太常寺太祝。俄入翰林,复以病去,居郾。久之,北兵入河南,知几挈其妻孥入确山避乱。后复出,为兵士所得,驱之北边,至广平病死。知几为人耿介清苦,虽居贫,不妄干求,卓然以道自守。然性隘狭,交游少不惬意,辄怒去,盖处士之刚者也。初,因经义学《易》,后喜邵尧夫《皇极书》,因学算数。又喜卜筮射覆之术。晚更喜医方,与名医张子和游,尽传其学。为文精密巧健,诗尤奇峭,妙处似唐人。尝作《透光镜》、《篆韵诗》,人争传写。后以避谤、畏时忌,持戒不作诗,益潜心为《易》学。与张伯玉、宋飞卿、雷希颜、李钦叔及余先子善。先子初摄令郾城,日与唱酬为友。后知几试开封,先子为御史,监试,而王翰林从之、李翰林之纯为有司,因相与读举子之文,见其有雄丽者,相谓曰:"是必知几。"因擢为魁。已而果然,士林以得人相贺。晚景为赵闲闲所知,有《送麻征君序并诗》云。

辛愿敬之,河南人,自号女几野人,又号溪南诗老。幼嗜书,苦学,坐环堵数年,由是六经百家无不通贯。喜作诗,五言尤工,人以为得少陵句法。平生不为科举计,且未尝至京师,蹇然中州一逸士也。为人质古,不娴世事,麻绦草履,或倚杖读书,市中人讶之亦不恤。尝谓王郁飞伯曰:"王侯将相,世所共嗜者,圣人有以得之亦不避。得之不以道,与夫居之不能行己之志,是欲澡其身而伏于厕也。此言他人难闻,子宜保之。"此可见其志趣也。贞祐初,先子主长葛簿,敬之素不识,闻其名来谒,相得甚欢。及别,厚赠之。归而买牛,使其子躬耕以自给。居女几山下,往来长水、永宁间,惟以吟咏讲诵为事,朝士大夫愿交而不得也。正大中,先子令叶,复来游,后归洛下,病殁。有诗数千首,常在行囊中。其佳句有云:"院静宽留月,窗虚细度云。"又:"莺衔晚色啼深树,燕掠春阴入短墙。"又:"波摇朗月浮金镜,岭隔华星断玉绳。"又:"箕山颖水春风里,唤起巢由共一杯。"又:"黄绮暂来为汉友,巢由终不是唐臣。"真处士诗也。

赵宜禄宜之,忻州人。幼举童子第。及壮,病目失明,自号愚轩居士。高才能诗,其所读书,皆自少时不忘。居西山下,止以吟咏为乐,名士无不与游,赵、李诸公甚重之。屏山尝赋《愚轩》云:"我虽有眼不如无,安得恰似愚轩愚?"后病殁,有《愚轩集》。其《题嵩阳归隐图》云:"风烟万顷一椽茅,丘壑端能傲市朝。窈窕云山三兔穴,飘飘风树一鸠巢。本来无取亦无与,只合自渔还自樵。三十六峰俱可隐,愿从君后不须招。"《送辛敬之》云:"李白久矣骑长鲸,后五百岁之纯生。"

史学学优,河南人。昆弟三人,兄才长亦知名。学优之学,长于史传、地理。工诗,绝句殊妙。年五十,擢南省魁,后中廷策,得主武阳簿,颇有政声。再辟卢氏令,病卒。兴定末,与余同试于廷,始识之,中夜棘闱谈至旦。后先子令叶,学优复来游。先子殁,学优寄挽诗。未几,亦下世。有诗数百首,其《七夕》云:"箱牛回驭锦机闲,天上悲欢亦梦间。月夜凭肩人不见,萧萧风叶满骊山。"又绝句:"石璧城头夜斩关,软红尘

底晓催班。道人一笑那知此,门外清溪屋上山。"又《哭屏山》
云:"张侯新作九原人,伯玉。梁子今为战血尘。仲经父。四海交
游零落尽,白头扶杖哭之纯。"

李献能钦叔,河中人。先世以武功显,仕至金吾卫上将
军,时号李金吾家。迨钦叔昆弟,皆以文学有名。从兄钦止献
卿先擢第,继以钦叔,又继以仲兄钦若献诚、从弟钦用献甫,故
李氏有四桂堂。钦叔苦学博览,无不通,尤长于四六。南渡擢
南省魁,复中宏词,遂入翰林,为应奉。考满再留,出为鄜州观
察判官。再入,迁修撰。正大末,授河中帅府经历官。北兵来
攻,军败,奔陕,又为陕府经历官。天兴改元,陕乱,见杀,年四
十三。钦叔为人眇小而黑色,颇有髯。善谈论,每敷说今古,
声铿亮可听。作诗有志于风雅,又刻意乐章。在翰院,应机敏
捷,号得体。赵闲闲、李屏山尝曰:"李钦叔,天生今世翰苑
材。"故诸公荐之,不令出馆。尝谓人云:"吾幼梦官至五品,寿
不至五十。"后竟如其言,异哉。

冀禹锡京父,惠州龙山人。幼聪敏绝伦,年十九,擢大
兴魁,入太学,有声。弱冠登高第,时雷希颜、宋飞卿皆同
榜,号为得人。京父入仕以能称,遇事风生,老吏莫及。初
主沈丘簿,以年少,喜交游、饮酒,遂为其令所乘,坐废。再
调考、柘二城,皆主簿,又以治闻。由前过,终不得京官。朝
士屡荐之,为当途者所沮。居闲,日与诸公宴游。蒙昭雪,得
扶风丞,因客睢阳,为行枢密院辟为都事。末帝东迁,擢为应
奉翰林文字,充尚书省都事。蒲察官奴之变,与宰相李蹊同见
杀,年四十三。京父少年作诗,锻炼甚工,写画亦劲健可喜,其
赠先子诗有云:"忠策万言忧国献,好诗千首课儿钞。"又哭先
子云:"大才自古无高位,吾道何人主后盟?"又:"醉乡广大宽

留地,仕路崎岖小作程。"闻诛高琪诏下,《寄聂元吉》云:"开函喜读故人书,四海穷愁一豁无。见说帝庭新殛鲧,逆知天意欲亡吴。两宫日月开明诏,万国衣冠入坦途。莫向新亭共囚泣,中兴岂止一夷吾?"散文亦精致,尝作余先子哀词,雷丈希颜善之。

王渥仲泽,后名仲泽,太原人,家世贵显。少游太学,有词赋声,屡中高选。南渡后擢第,为时帅奥屯邦献、完颜斜烈所知,故多在兵间。后辟令宁陵,有治迹,召为省掾。因使宋至扬州,应对华敏,宋人重之。回为太学助教,充枢密院经历官。俄迁右司都事,稍见信用。天兴改元,从赤盏合喜提兵出援武仙郑州西,遇北兵,大战,殁于阵。性明俊不羁,博学,无所不通。长于谈论,使人听之忘倦。工尺牍,字画遒美,有晋人风。作诗多有佳句,其《过颍亭》云:"九山西络烟霞去,一水南吞涧壑流。宾主唱酬空翠琰,干戈横绝自沧州。"又《赠李道人》云:"簿领沈迷嫌我俗,云山放浪觉君贤。"又《颍州西湖》云:"破除北客三年恨,惭愧西湖五月春。"又《过龙门》云:"诗成一大笑,浩浩淇波东。"

李汾长源,先名让,字敬之,太原人。少游秦中,喜读史书,览古今成败治乱,慨然有功名心。工于诗,专学唐人,其妙处不减太白、崔颢。为人尚气,跌宕不羁。颇褊躁,触之辄怒,以是多为人所恶。尝以书谒行台胥相国鼎,胥未之礼也。长源后投以书,尽发胥过恶。胥大怒,然以其士人,容之。元光间游梁,举进士不中。能诗声一日动京师,诸公辟为史院书写。时赵闲闲为翰林,雷希颜、李钦叔皆在院,长源不少下之,诸公怒,将逐去,亦不屑,后以病目免归。复入南京,上书言时事,不报。出客唐、邓,会北兵入境,恒山公武仙署为掌书记,在军中。金国亡，长源劝仙归宋，未几，为仙麾下所杀，年未四十，哀哉！平生诗甚多，不自收集，故往往散落。其《再过长安》有云："三辅楼台失归燕，上林花木怨啼鹃。空余一掬伤时泪，暗堕昭陵石马前。"又《下第》绝句云："学剑攻书事两违，回头三十四年非。东风万里衡门下，依旧中原一布衣。"又《记时事》云："捕得酒泉生口说，众酋劈面哭单于。"《望少室》云："圭影静涵秋气老，剑锋横倚斗杓寒。"《夏夜》云："鸦衔暝色投林急，萤曳余光入草深。"《鹳雀楼》云："白鸟去边红树小，断云横处碧山多。"乐府歌行尤雄峭可喜。

李夷子迁，后名俛，字季武，陈郡人。出于兵家，能刻苦为学。喜读史书，究古今成败治乱。尤喜武事，习兵法、击剑、驰射，有志于功名。累举词赋，不中，改试经义，复不售。后将弃二科，以武举进身。无何，陈陷，死，年四十二。子迁为人介特，自守不群，然尚气使酒，刚甚。平居循谨，惟恐伤人。既醉，虽王公大人嫚骂不恤。为文尚奇涩，喜唐人，作诗尤劲壮多奇语，然不为乡里所知。贞祐末，先子为陈幕，一见喜之，为延誉诸公间。后为麻知几、雷希颜所重，东方后进皆推以为魁。若侯季书、雷伯威、王飞伯、杜仲梁、曹通甫辈皆以兄事，与余最深。子迁既死，余尝为哀词，道其为人之详。平生诗不甚多，不如意，辄毁去。尝赋《古镜》，诸公称之。其诗曰："盘盘古皇州，梦断繁华缺。一鞭春事忙，耕出垅头月。土蚀背花暗，蹄涔骇龙蹲。须鬣殆欲张，不敢著手扪。星环紫极位，剑外十三字。细看清用文，其篆文云："为清日用。"溟漠君墓志。寿堂锁菱花，引得阿紫家。榛烟夕霏时，几照拂双鸦。神物污难久，一日落吾手。寿光阅人多，尝有此客不？呵呵吾戏云，雅志踵先民。镜里春风面，泉下今日尘。九原不可作，哲弟师有若。摩挲一面铜,便有亲炙乐。"又《吊张伯玉》云:"匣内青蛇亦悲吼,竟凭谁识抉云材。"又《赠赤腿王》云:"石鼎夜联诗句健,布囊春醉酒钱粗。"

归潜志卷三

　　侯策季书,先字君泽,中山人。少不喜学,斗鸡走狗雄乡里。南渡后,慨然有为学心,与一时名士游,尽绝少年事。喜作诗,刻苦向学,自汉魏六朝、唐宋诸集,无不研究。初为李子迁所知,荐于余,先子亦喜之。王飞伯负其材,素少许可,一见季书诗,即加敬。为人任侠尚气,然修谨无过失,与余交最深。久之,居南顿。家甚贫,遇朋友,倾所有共乐。天兴改元,陈乱失妻,独走大梁,诣余。会疾作,数月死。诸朋友为买棺,葬西城。余为志其墓,刻石。平生诗甚多,同王飞伯唱和南顿,同余唱合梁园,又喜效西昆体,甚有得。其《吊一贵人》云:"歌翻《薤露》刍灵远,门掩秋风甲第深。"又云:"峰前两送闺中梦,楼上云凝扇底歌。"又:"明月花楼闲玉凤,秋风桂漏戛铜龙。"又:"九疑湘瑟悲龙竹,子夜秦箫隔凤楼。"又:"幽鸟弄音花覆地,断虹沈影水明河。"又《咏雨》云:"势侵书帙湘芸润,声入帘旌蜡炬清。"又《和飞伯》云:"世事催人南去早,梦魂失路北归迟。"置之唐人集中,谁复疑其非也?

　　雷琯伯威,坊州人。父秀实,亦名进士。伯威博学能文,作诗典雅,多有佳句,时辈称之。初,余过阳夏,闻其名,及一见,倾倒欢甚。后伯威赴葬余先子淮阳,为谋文,雅澹可喜。余以示雷翰林,奇之。已而,以家贫母老,为国史院书写。秩满,为八作使。乱后南奔,道为兵士所杀,年未四十,哀哉!伯威为人议论刻深,然于文字甚工细。每酒酣,谈说今古莫能

穷。又欲取奇异功名自喜,亦不羁之士也。其诗多散落,有
《游龙德宫》云:"千年金谷铜驼怨,万里蜀天杜宇啼。"又:"明
月清风一壶酒,与君同酹信陵坟。"

王郁飞伯,奇士也。少余一岁,与余交最深。仪状魁奇,
目光如鹘,步武翩然,相者云:"病鹤状貌也。"少居钧台,闲门
读书,不接人事数载。为文闳肆奇古,动辄数千百言,法柳柳
州。歌诗飘逸,有太白气象。初为御史程公震所知,继为李翰
林钦叔、麻徵君知几、史卢氏学优嘉赏,且共为延誉籍籍。正
大初,余先子令叶,飞伯持诸公书来投,先子异其文,置门下,
遂与余定交,每觞酒宴游无不在。已而入南京,见赵、雷诸公,
皆称之不已。布衣少年,名动京师。后因下第,西游洛中。余
居淮阳,凡三过,留辄数月,唱酬谈论相高。每相别,辄以所著
相寄,且相商订为益。正大末,南京被围,复相守围城中。天
兴改元秋,飞伯忽过余别曰:"吾跫伏陷阱,不自得,今将突围
远举,然生死未可知。"因出其所作《王子小传》属余曰:"兹不
朽之托也。"余不能止之而去,三年不知存亡。丙申岁南游,遇
交游辈说,飞伯初为东诸侯兵士所得,其将厚遇之。飞伯径行
不设机,久之,为其下所忌,见杀。临终,怀中出书曰:"是吾平
生著述,可传付中州士大夫。王飞伯死矣。"计其时,年甫三
十。予哭诸镇阳。盖飞伯为人虽聪颖绝人,然涉世日浅,颇鹙
岸不通彻,此所以不免。余尝见其举止言谈无顾忌,旁为慅
然,而飞伯益自信莫能戒,以是常得谤议,为俗人所憎,迄今谈
其名不悦者多矣。嗟乎!以斯人之才气,稍有锻炼,其文章所
至,岂易量哉?今而中道摧折,不迄于大成,可以为斯文叹。
其诗文往来与余最多,有淮阳唱和、南顿联句、古赋铭赞、书序
数十首,遭乱,皆在余囊中。今仍略载其小传云:"先生名青

雄,一名郁,大兴府人也。十五代祖珪,相唐太宗,官侍中、永宁郡公。曾祖衍,金紫光禄大夫、定海军节度使,兼莱州管内观察使。祖彦信,邠州宜禄尉。父钦,山东路转运司盐铁判官。先生始生之月,父梦神人自天而下,开所负紫丝囊,赐一大雕,且云:'吾后必来取。'其雕在地振羽一鸣,惊而寤。访诸日者,繇曰:'凛凛霜鹗,赐自上穹。既文于外,又刚于中。法生贵子,其应在公。他日必作,青云之雄。'先生既生,因采其语为名字。年十八,父殁。家素富,赀累千金。遭乱,荡散无几。先生殊不以为意,发愤读书。是时,学者惟事科举时文,先生为文,一扫积弊,专法古人。最早为麻徵君九畴所赏,其后潜心述作,未尝轻求人知。李钦叔过钧台,得其所著《伤鲁麟》、《导怀》等赋并《杨孝童碑》、《王梦祥哀辞》,大惊,誊书遍荐于诸公,先生之名始满天下。自此,去钧台,放游四方,又移隐陉山,覃思古学。正大五年,先生年二十五矣,来游京师,诸公倒屣争识其面。宰相闻其名,取所作文章,将荐之,事中格。樗轩、皇叔密公琦。闲闲朝廷二大老,皆致礼于先生,交馆之。明年,以两科举进士,不中,西游洛阳,放怀诗酒,尽山水之欢。先生平日好议论,尚气,自以为儒中侠。所向敢为,不以毁誉易心,又自能断大事。其论学,孔氏能兼佛老。佛老为世害,然有从事于孔氏之心学者,徒能言而不能行,纵欲行之,又皆执于一隅,不能周遍。故尝欲著书,推明孔氏之心学,又别言之行之二者之不同,以去学者之弊。其论经学,以为宋儒见解最高,虽皆笑东汉之传注,今人唯知蹈袭前人,不敢谁何,使天然之智识不具,而经世实用不宏,视东汉传注尤为甚。亦欲著书,专与宋儒商订。其论为文,以为近代文章为习俗所蠹,不能遽洗其陋,非有绝世之人奋然以古作者自任,不能唱起斯文。故尝欲为文,取韩、柳之辞,程、张之理,合而为一,方尽天下之妙。其论诗,以为世人皆知作诗,而未尝有知学诗者,故其诗皆不足观。诗学当自三百篇始,其次《离骚》,汉魏六朝,唐人,过此皆置之不论,盖以尖慢浮杂,无复古体。故先生之诗,必求尽古人之所长,削去后人之所短。其论诗之详皆成书。其论出处,以为仕宦本求得志,行其所知以济斯民。其或进而不能行,不若居高养蒙,行乐自适。不为世网所羁,颇以李白为则。先生受知最深者,曰樗轩公完颜㻞、闲闲公赵秉文、余先子、雷渊、李献能、王若虚、麻九畴、史学优、程震、宋九嘉。其游从最久者,曰李汾、杨宏道、元好问、魏蟠、一作璠张邦直、杜仁杰、曹居一、雷琯、冀禹锡、张介、王说、王采苓、赵著、张甫、王铸、刘辑、李全、刘源、杨奂、胡权、徒单公履、吕鲲、史环、李俣、侯策、张杰、刘郁、左坦、一作垣牛汝霖、尤虎邃、乌林答爽、僧性英诸公。随得书无次第。至于心交者,惟李冶、刘祁二人而已。八年,先生复至京师。十二月,遇兵难,京城被围,先生上书言事,不报。明年四月,围稍解。五月,先生挺身独出,远隐名山,不知所终。”

　　刘昂霄景贤,陵川人。博学能文,从屏山游,又与雷希颜、辛敬之、元裕之善。尝由任子入官,已而隐居洛西山水间。逾四十,病卒。其诗有云:“岁月销磨诗砚里,河山浮动酒杯中。迢迢万里乾坤眼,凛凛千年草木风。”元裕之尝称之,余恨未之识也。

　　尤虎邃士玄,先名玹,字温伯,女直纳邻猛安也。虽贵家,刻苦为诗如寒士。喜与士大夫游。初,受学于辛敬之,习《左氏春秋》。后与侯季书交,筑室商水大野中。恶衣粝食,以吟咏为事,诗益工。时余在淮阳,屡相从讲学。迨北兵入河南,被命提兵戍亳州。已而亳乱见杀，年未四十也。少年诗云：“山连嵩少云烟晚，地接崤函草树秋。”其寄余云：“西湖风景昔同游，醉上兰舟泛碧流。杨柳风生潮水阔，芙蕖烟尽野塘幽。一作秋。花边落日明金勒，云里清歌绕画楼。今夜相思满城月，梁台楚水两悠悠。”又《睢阳道中》云：“又渡潋江二月时，淮阳东下思依依。邱园寂寞生春草，城阙荒凉对落晖。去国十年初避乱，投荒万里正思归。临岐却羡春来雁，乱逐东风向北飞。”又《书怀》云：“关中客子去迟迟，飘泊炎荒两鬓丝。三楚楼台淹此日，王陵鞍马想当时。春风草长淮阳路，落日云埋汉帝祠。回首故乡何处是，北山天际绿参差。”甚有唐人风致。

乌林答爽，字肃孺，女直世袭谋克也。风神潇洒，美少年。性聪颖，作奇语，喜从名士游。居淮阳，日诣余家，夜归其室，抄写讽诵终夕。虽世族家，甚贫。为后母所制，逾冠未娶。恶衣粝食恬如。遇交游，杯酒豪纵可喜。余谓使其志不辍，年稍长，则当魁其辈流。壬辰陈陷，赴水死，年未三十。初，赋《邺研》诗有云：“上有丹锡花，秋河碎星斗。磨研清且厉，玉瑟鸣风牖。”又赋《古尺》云：“背逐一道十三虹，赤鬣金鳞何夭矫！翻思昨夜雷霆怒，只恐乘云上天去。”又，《七夕曲》云：“天上别离泪更多，满空飞下清秋雨。”其才清丽俊拔似李贺，惜乎不见其大成也。

刘琢伯成，中山人，刻苦为学，事母教弟，以孝友闻朋友。居邓州，人甚重之。正大初，举进士南京，余始与相识。俄下第归。久之，河南乱，闻在武仙军中，一云“军人中”。仙使使宋，回为所杀，哀哉。作诗甚工，有云：“吴蚕丝就方成茧，楚柳绵飞又作萍。”非浅浅者所能道也。其过叶哭余先子诗亦佳。

史怀季山，陈郡人。少游宕不羁，然有才思。既壮，乃折节为学,与名士李子迁、侯季书、王飞伯游。作诗甚有功,《冬日即事》云:"檐雪日高晴滴雨,炉烟风定暖生云。"亦可喜也。又作《古剑》诗,极工。"古剑"一作"古镜"。陈陷,死。

刘昉仲宣,中山人。读书有才学,作诗甚有可称。尝作《淮阳八咏》,工甚。居西华之小姚镇,时来游陈,余识之。遭乱殁。

高永信卿,渔阳人。偶傥尚气,轻财好交游。颇读书,喜谈兵。文辞豪放,长于论事。尝从屏山游,与李长源、元裕之、杜仲梁、李稚川相善。累举不第,家甚贫。正大末,余居淮阳,信卿持诸公书来谒,因为定交。留月余,西去。未几,同在南京被围。尝上书言事,不报。以病死。自号应庵。

胡权直卿,卫州人。南渡,有诗声,累举不第。贫甚,性狂狭,不能容寻常人,年过四十方娶。尝投余先子淮阳,又与余同试于京。遭乱北归,以病卒。

田永锡,义州人。叔思敬耀卿,名进士。永锡少有诗声,其《过东坡坟》诗云:"富贵一场春夜梦,文章万斛冷云泉。英魂返却眉山秀,依旧春风草木天。"为人传诵。兴定末,同余试南京,擢第。遭乱南奔,在江淮间病卒。

李澥公渡,相州人,王黄华门生也,自号六峰居士。工诗及字画,皆得法于黄华。与赵闲闲诸公游,连蹇科场,竟不第。至六十余,病终。时人言公渡赋不如诗,诗不如字,字不如画。科举,赋最紧,何公渡最紧下也。兴定末,与余同试开封,中选,公渡甚喜,有诗示余先子,后云:"姓名偶脱孙山外,文字幸为坡老知。谁念三生李方叔,欲将残喘寄炉锤。"先子和答云:"瓶有储粮鬓有丝,蹉跎岁晚坐书痴。辋川画隐王摩诘,锦里诗穷杜拾遗。应举尚陪新进士,主文多是旧相知。春闱看决鱼龙阵,未必尖锥胜钝锤。"士林相传以为笑谈。

刘勋少宣,云中人。初名讷,字辩老,与其兄汉老俱工诗。幼随官居济南二十余载。后南渡居陈,数与余先子唱酬。为人俊爽滑稽,每尊俎间一谈一笑可喜。科举连蹇,竟不第。年五十余,陈陷,死。平生诗甚多,大概尖新,长于对属。其佳句有云:"午风襟袖知秋早,甲夜阑干得月多。"又,《济南泛舟》云:"人行著色屏风里,舟在回文锦字中。"又上先人云:"南山有后传能赋,北阙无人继敢言。"送余赴试云:"文章四海名父子,孝友一门佳弟兄。"又,《赠王清卿》云:"长拖酒债杜工部,新有诗声侯校书。"《赠马元章》云:"曾著麻鞋见天子,敢将道服衬朝衣。"又:"车毂春雷震屋山,马蹄乱雹响柴关。何时得个茅庵子,不在车尘马足间。"又,《画马》末云:"神物世间寻不见,五陵春草色萋萋。"仲兄谯,字庭老,亦好古,作诗不凡。

宁知微明甫,宿州人。博学,无所不知,尤长于史事。剧谈古今治乱或诸家文章,历历不可穷。援笔为诗文,亦敏赡可喜。举经义,连不中。迁居淮阳,与余游二载。家积书万卷,载以行。麻知几及余先子皆重之。后还乡遭乱,不知所在。或云,渡淮在南中。余尝有《西游诗》四十余篇,明甫取而观,一夕尽和其韵以见示,其间佳句甚多。

崔遵怀祖,燕人。父建昌万卿,名进士。怀祖少有词赋声,所交皆名士。累举不第。南渡,辍科举不为,居嵩山下,以读书作诗为事。正大末,北兵入河南,怀祖为兵所得,胁令往招洛阳,见杀。尝有诗云:"青山似有十年旧,小雪又为三日留。"元裕之称之。

曹恒君章,应州人,高丞相汝砺之婿也。少读书,不喜为科举计。性孤介,不肯事富贵人。南渡,居大梁,葺轩种竹,号

"友直",余先子为作赋记之。又好收古人书画、器物,蔼然有士君子风。遭乱病殁。有子之谦,擢第。

王宾德卿,亳州人。擢第,为虹令,有声。入为省掾,坐事罢。遭乱还乡,会兵变,宾起率众据城,后属金亡,已而见杀。为人诙谐、轻脱,嗜酒,无威仪。诗颇工,有上先子云:"致君有道莫如律,敢谏不行犹得名。"

归潜志卷四

王元朗,字子元,宏州人,余高祖南山翁婿也。家世贵显,才高,以诗酒自豪。擢第,得官辄归,不乐仕宦。与余从曾祖西岩子多唱酬。其《明妃》诗云:"环珮魂归青冢月,琵琶声断黑河秋。汉家多少征边将,泉下相逢也自羞。"甚为人所传。

刘仲尹致君,号龙山,辽阳人,李钦叔外祖也。少擢第,终昭义军节度副使。能诗,学江西诸公。其《墨梅》诗云:"高髻长眉满汉宫,君王图上按春风。龙沙万里王家女,不著黄金买画工。"为人所传。又有《梅影》诗云:"玉换严更三唱鸡,小楼天淡月平西。风帘不著阑干角,瞥见伤春背面啼。"

陈君可,永宁人。有《梅影》诗云:"隔窗疑是李夫人,江月多情为返魂。不似丹青旧颜色,十分憔悴立黄昏。"

王特起正之,代州崞县人。少工词赋有声,年四十余方擢第。作诗极高,尝有《龙德联句》,为时所称。又题杨叔玉所藏《双峰竞秀图》云:"龙头矗双角,驼背堆寒峰。"诸公嘉其破的。晚年取一侧室,留别一乐章《喜迁莺》,至今人传之:"东楼欢宴。记遗簪绮席,题诗罗扇。月枕双敧,云窗同梦,相伴小花深院。旧欢顿成陈迹,翻作一番新怨。素秋晚,听阳关三叠,一樽相饯。 留恋。情缱绻。红泪洗妆,雨湿梨花面。雁底关河,马头星月,西去一程程远。但愿此心如旧,天也不违人愿。再相见,老生涯分付,药炉经卷。"余诗惜不多见。尝为沁源令,政颇严。后为司竹监官。疾卒。

刘昂次霄,济南人,有才誉。以先有刘昂之昂,故号"小刘昂"。泰和南征,作乐章一阕《上平西》,为时所传。其词云:"蚕铠极,螳臂展,敢盟寒。似洞庭、彭蠡狂澜。天兵小试,万蹄一饮楚江干。捷书飞上九重天。春满长安。　舜文明,唐日月,周礼乐,汉衣冠。洗五川、烟瘴江山。全蜀下也,剑关何用一泥丸。有人传信,日边来,都护先还。"终邹平令。

金国初,有张六太尉者镇西边,有一士人邓千江者。献一乐章《望海潮》:"云雷天堑,金汤地险,名藩自古皋兰。绣错云屯,山形米聚,喉襟百二河关。鏖战血犹殷。见阵云冷落,时有雕盘。静塞楼头晓月,犹自玉弓弯。　看看定远西还。有元戎闻令,上将斋坛。区脱昼空,兜铃夕举,甘泉夜报平安。吹笛虎牙闲。但宴陪珠履,歌按云鬟。未讨先零醉魂,_{一作招}_{取英灵毅魄}长绕贺兰山。"太尉赠以白金百星,其人犹不惬意而去。词至今传之。

高左司庭玉字献臣,辽东人。少擢第,入官有能声,吏事明敏,人莫能及。尤俶傥重气节,敢为。为左司郎中,誉甚重,一时人士推仰焉。贞祐初,出为河南府治中,主帅温迪罕福兴,奸伪人也,公临事少不逊让,遂交恶。是时,北兵围燕都,事已迫,四方无勤王师,公独慨然有赴援意,屡以言激福兴。福兴惮之,因诬以有异志,辄收赴狱。名士如庞才卿、雷希颜、辛敬之皆连系,考掠,无实。然公竟为福兴所困,死狱中。余会赦,得释。公既卒,朝命下,除公河南路安抚副使,代福兴,士夫痛愤。后朝廷知其冤,谪福兴远郡,昭雪之。屏山于人材少许可,至论公,独以为真济世材。又言其学术端正,可以为吾道砥柱。时之不幸,为奸人所害。屏山以诗哭之甚哀,雷希颜又为文以祭,述其事,为时所称。屏山又将文其碑，未著，死，后其子属之雷公。雷公以其仇人犹在也，亦未著，死。迄今事状不详，惜哉。公诗亦高，余家有数十篇，遭乱失去。尝记其《中秋》诗有云："跳上玉龙背，抱得银蟾光。"亦奇语也。

杨尚书云翼，字之美，平定人。先擢词赋第，又经义魁，亦中乙科。入仕能官，练达吏事，通材也。南渡，为翰林学士、吏礼部尚书、御史中丞。将大拜，以风疾止。再为学士，卒，士论惜之。公笃学，于九流无不通。又善天文算学，博洽人莫及。尝上疏谏宣宗南征。鞫狱以宽恕，待士谦甚，士无贤不肖称焉。晚年与赵闲闲齐名，为一时人物领袖。且屡知贡举，多得人。南渡时诏皆公笔。其《应制白兔》诗云："光摇玉斗三千丈，气傲金风五百霜。"又吊余先子有云："清华方翰府，憔悴忽佳城。"其余文字甚多，家有集。子恕。

庞户部铸，字才卿，辽东人。少擢第，仕有能名。南渡，为翰林待制，迁户部侍郎，坐游贵戚家，出倅东平，擢京兆路转运使，卒。博学能文，工诗书，蔼然为一时名士。其《题杨秘监雪谷晓装图》云："溪流咽咽山昏昏，前山后山同一云。天公谈玄玉屑喷，散为花雨白纷纷。诗翁瘦马之何许，忍冻吟诗太清古。老奴寒缩私自语，作奴莫作诗奴苦。木僵石槁鸟不飞，山路益深诗益奇。老奴忍哭怜翁痴，不知诗好将何为。杨侯胸中富邱壑，醉里笔端驱雪落。如何不把此诗翁，画向草堂深处著。"

张运使縠，字伯英，许州人。少擢第，以谨愿、纯厚著名。尝为监察御史，言奸臣纥石烈执中事，士论壮之。后以母丧，归居许之西城，有园圃，号小斜川，花木泉石，隐然一佳处。公日在其间行吟坐啸，客至，一觞一咏，尽欢。襟韵翛然，君子儒也。寻判隰州刺史,召为户部郎中,同知河南府,迁平阳路转运使,卒。公莅官以廉,俸禄未尝妄糜,布衣蔬食,泊如也。性友爱。弟彀,才高,相与甚欢,所蓄称其所用。独好收古人器物,所在购求,以是丛于家。古镜尤多,其样制不可遍识。字画劲古,有颜平原风。诗学黄鲁直格。尝赠余先子诗云:"丘垤孰与南山尊?公卿皆出山翁门。遗文人共师夫子,阴德天教有是孙。问礼庭中新有桂,忘忧堂下旧多萱。人间乐事君兼有,歌我新诗侑寿樽。"此斜川时事也。赴隰州被召时,又寄诗,有句云:"溪口急流裁燕尾,山腰曲路转羊肠。到郡莅官才九日,过家上冢正重阳。"

陈司谏规,字正叔,绛州人。弱冠擢第。南渡,为监察御史,上宣宗十事,直言当时得失,忤旨,出为徐州帅府经历官。正大初,收用旧人,召为右司谏,数上书论事。改刑部郎中,以事罢。再为补阙,复拜司谏,言事不少衰,朝望甚重,凡宫中举事,上曰:"恐陈规有言。"近臣窃议,惟畏陈正叔,挺然一时直士也。后出为中京副留守,未赴,卒于围城,士论惜之。公为人刚毅质实,有古人风。笃学问,至老不废。晚喜为诗,与赵、雷诸公唱酬。其吊先人诗有云:"骢马余威行尚避,仙凫善政去犹思。"人以为破的。初,先人见其所上十事,叹曰:"宰相材也。"惜乎朝廷不能用。后同朝,相见甚欢。未几,先人下世,余复从之游。每论及时事,辄愤惋,盖伤其言之不行也。死之日,家无一金,知友为葬之。

许司谏古,字道真,河间人。父安仁子静,名士,汾阳军节度使。公少擢第。南渡,为侍御史。时丞相尤虎高琪擅权,变乱祖宗法度,公上章劾之。上知其忠,常庇翼之,凡有奏下尚书省,辄去其姓名。然竟为高琪所中,贬凤翔幕。正大初,召为补阙,迁左司谏,言事稍不及昔时。后致仕,居嵩山下,病卒。平生好为诗及书,然不为士大夫所重,公论但称其直云。初贬凤翔,朝士畏高琪,故皆不敢与言。余先子时为提举南京榷货事,独以诗送之,有云:"有晋必无楚,两雄难并驱。向来既发药,其可止半途。"又曰:"君年迫桑榆,只身忧患余。双亲白杨拱,同气紫荆枯。贫无孟光春,醉无骥子扶。唯有忠义名,可与天壤俱。"盖欲坚其初志也。闻者竦然,多传之。后游叔麟之,为凤翔录事,先人又寄以诗云:"寄语多言唐谏议,生还记取李师中。"亦此意也。

赵尚书思文,字庭玉,中山人。与其弟庭秀、庭直皆名进士。公少擢第,为省掾。从完颜福兴守燕都,福兴死,奔诣南京行宫,擢侍御史。出为汝州防御使,迁集庆军节度,所在镇静,吏民赖之。公暇以诗酒为乐,好吹笛,多著乐章,为人传诵。南渡后,士大夫有典郡之荣者,不及也。正大末,召为礼部尚书,卒。为侍御史时,与余先子同台。为礼部时,余始一识也。为人宽厚,有君子之风。

萧尚书贡,字真卿,京兆人。少为名进士,时号"三萧"。南渡,为户部尚书。后致仕还乡,卒。公博学,尝注《史记》,又著《萧氏公论》数万言,评古人成败得失,甚有理。

史翰林公奕,字宏父,大名人。工书,有能名,自号岁寒堂主人。正大初,为翰林修撰,又充益政院官,为上讲书。后致仕居亳,卒。重厚人也。

崔翰林禧,字伯善,卫州人,与屏山同年进士也。长于史学,历代典故无不通。南渡,为翰林待制,与闲闲、屏山同在院。后出刺永州,病卒。

王翰林良臣,字大用,潞州人。长于律诗,尖新,工对属。

南渡，在馆。后从李天英北征，遇害。其《上移剌总管》云："笔底有神扶气力，人间无处著声名。"又绝句云："流转年光桥下水，翻腾时态岭头云。溪翁道号奇聋子，除却松风百不闻。"人多传诵之。

石抹翰林世勣，字晋卿，契丹人。少有词赋声，擢第。读书为文有体致。南渡，为左司郎中，坐事免。久之，为礼部侍郎、司农、太常卿、翰林侍讲学士。从末帝东征，至蔡州，城陷死。有子嵩企隆。

王左司□□，字公玉，临潢人。少擢第，入仕以能称。大安末，为左司员外郎，累迁青州防御使。与宰相抹捻尽忠不协，左迁刺州。南渡，以病免。居蔡州，卒。杂学，喜《易》及佛、老、庄书。

吕陈州子羽，字唐卿，大兴人。少为名进士，擢第。南渡，为左司郎中，坐事免官。后同知开封府，迁陈州防御使。时军旅数兴，户口逃窜，公因以实闻于朝，而小人李涣以为不忧国、失军储，下吏当死。公耻之，缢于太康驿。后朝廷知其无罪，复其官。公入仕，以能称。读书为文有士大夫风。致死非其罪，天下伤之。

李治中遹，字平甫，栾城人。少擢第，有能声。工诗善画，与屏山诸公游，自号寄庵老人，蔼然名士大夫也。南渡，授东平府治中。后致仕，居钧台，病卒。有子冶。屏山尝赠诗云："寄庵丈人眼如月，墨妙诗工兼画绝。儒术吏事更精研，只向宦途如许拙。"为监察御史，言纠石烈执中不法事，闻者竦然。

潘翰林希孟，字仲明，磁州人。少擢第。南渡，为吏部主事，迁翰林修撰。后病风疾卒。为文条畅有法，宣宗哀册、玉册皆其笔也。

郭翰林伯英,字伯诚,上党人。第进士,为南顿西平令,有治迹。正大中,由应奉迁修撰,以风疾暴终。为人质厚不苟合。喜读书为文,词有《香山赋》,诸公皆有诗。

刘翰林祖谦,字光甫,解州人。少擢第,为吏有声。由宁陵令丁父忧,数年不调。南渡,召为大理司直,拜监察御史。出为河南府判官,再召为翰林修撰。遭乱北迁,为兵士所杀。公博学,兼通佛老百家言,从赵闲闲、李屏山诸公游,甚为所重。谈论亹亹不穷,援笔为文,奇士也。尝请屏山志其父墓,屏山以事废,命余代焉。铭辞屏山笔也。迨屏山殁,公以文祭,有曰:"凤不足以言瑞,龟不足以效灵,吾视之其犹龙也。"诸公称之。与余父子交,尝属余作《蒲萄酒赋》、题其父所画《河山形势》诗,亦一知己也。

冯吏部延登,字子俊,吉州人。少擢第。南渡,为太常博士,累迁吏部郎中、翰林待制。奉使北朝,逾年归,迁吏部侍郎。遭乱,不知所终。公为人谨厚,吏事亦精。笃学问,长年犹不辍,在公署,日钞书。为文苦思,尚奇涩,诗亦新巧可称。与余先子交最善,先子入翰林,公与赵闲闲所荐也。平生著述甚多,尝以示余。乱后散失,可惜。

时治中戬,字天保,后改字多福,沧州人。少为人奴,后读书为学,第进士,其主良之。南渡,为监察御史,历清要,致仕,卒。为人纯厚好学,多读《易》、《左氏春秋》,君子儒也,自号拙庵。尝属余作记,与余家三世交。

王府判仲元,字清卿,东平人,广道先生之孙也。工书,法赵黄山,自号锦峰老人。卒于京兆幕。

张司直谷英,字仲杰,赵州人。擢经义高第。从屏山诸公游,为文以多为胜。尝为南顿令,从军数年,入为省掾大理司直,卒。自号无著道人。屏山为作《梦记》。余先子同年进士也。

归潜志卷五

王翰林彪,字武叔,大兴人,贞祐五年经义魁也。为文颇驰骋波澜。性疏放,嗜酒,不拘细事。初,对廷策,宣宗喜其文,以为似古人,特授太子副司经、国史院编修官,进司经。末帝在东宫,颇见知。后入翰林为应奉,迁修撰。出为平凉府治中,入为待制。出刺州,未赴,南京被围,食乏,服绝粒药,俄饮酒被药死。尝赋《吕唐卿海藏斋》诗云:"虚白云中含法界,软红尘底寄虚舟。"又,"只应乌帽红尘底,羞见苍烟白鹭洲。"亦可喜也。

张翰林邦直,字子忠,河内人。少工词赋,尝魁进士平阳。南渡,为国史院编修官,迁应奉翰林文字。在馆五六年,从赵闲闲游。性朴澹好学,尤善谈论,人多爱之。闲闲本注《太玄》,子忠尝言,亲授于关中隐士薛子明,因相与讲辨甚久。俄丁母艰,出馆,居南京,从学者甚众。束脩惟以市书,恶衣粝食,虽士宦如贫士也。同年如雷、宋诸人,皆以声名意气相豪,子忠独恬退,以学自乐。正大初,余先子入翰林,子忠从之游。后先子下世,有《挽诗》云:"桃李双凫舄,风霜一豸冠。才华惊世易,勋业到头难。白日空金马,青天下玉棺。传家有贤子,文或似欧韩。"甚为诸公所称。先子殁,与余善。后南京被围,阙食,余遇之富城西,敝衣缦缕可怜。已而,闻鬻卜天街,值一回鹘问卜,子忠以文语应之,为回鹘所殴。北渡,将还乡,道病死。哀哉!

　　张翰林仲安,字晋臣,燕山人,贞祐六年词赋魁也。为人谦谨有礼法,时辈称焉。为文亦平畅得体,尤工词赋。自居太学有声,入翰林为应奉,秩未满,卒,士论皆惜之。

　　高斯诚法飏,大兴人,至宁元年经义魁也。读书有学问,与王从之、李之纯游。为诗文恬澹自得。初调凤翔府录事,为行部檄监支纳陈州仓,因忤郡魁吏,构之下狱,几死。已而赦免,病终。颇喜浮屠,自号唯庵。与余先子善。

　　刘遇鼎臣,真定人,兴定五年词赋魁也。少与王从之、周晦之游,兼经义学,有誉。南渡,为国史院书写。已而擢第,应奉翰林,后出为郿州帅府经历官,遇害。尝与余同文会,且同试于廷。读书,有文学。

　　张翔茂进,太原人。第进士,为南京榷货司勾当官,迁南京曲使。出为太康令,莅官清苦,有治声。好书,从士大夫讲学,为文作诗,有志于时名。遭乱,殍卒。与余交最善。

　　董治中文甫,字国华,潞州人,第进士。南渡,尝为大理司直,后为河南府治中,卒。自号无事老人。为人淳谨笃实,学道有得。其学参取佛、老二家,不喜高远奇异,循常道。临终预知死期,斋浴而逝,时人异之。兴定初,余先子居丧淮阳,公乘传过焉,谈道竟夕。余时为童子,窃听窗下。盖其于六经、《论》、《孟》诸书,凡一章一句皆深思而有得,必以力行为事,不徒诵说而已。既去,先子大称之。后于郝丈国才处得所著一编,皆论道之文,迄今藏余家。其子安仁,传其学,亦谨厚人也。

　　申编修万全,字百胜,高平人。与其兄无移百福俱擢第。百胜为人沉重,不妄交。好经学,勤勤君子儒也。尝为郑县令,爱民慎狱,不为赫誉,邑民便之。后召入史馆,俄摄监察御

史、应奉翰林。居京师,朝归,闭门讲诵不出。睹时事不惬意,
屡欲以母老归,未果也。正大末,为南伐行台辟掌书檄,至淮
上,大雨,宵行,溺水死,士论惜之。赵闲闲为文以祭,哀甚。
初,百胜在太学,与雷丈希颜及余先君同舍相善,先君尝称其
为人。后入朝,先君已下世,余因得从游。为文亦典雅有体。

许国至忠,怀州人。少擢第,有能名。性闲澹,不锐仕进。
居卢氏西山下,不赴调。数年后,召为南京丰衍库使。倾家赀
市书,后告归。赵闲闲诸公多重之。余尝至其家,敝衣粝食,
环堵萧然,盖清苦之士也。未乱,病卒。

王贡安之,北京人,参知政事之翰从子也。擢第,以修洁
称。南渡,得度居郾。操行纯谨,时人甚重之。后病卒。

王彧子文,洺州人。少擢第,南渡,为省掾。睹时政将乱,
一旦弃妻子,径入嵩山,剪发为头陀,自号照了居士,改名知
非,字无咎。居达摩庵,苦行自修。朝廷初疑焉,遣使廉之,知
其非矫伪,乃止。当世号王隐居,名甚高。后十余年,忽下山
归其家,复与妻子如旧。妻死更娶,又为洛阳行省参议。遭
乱,不知所终。嗟乎,有始有卒者难矣哉!

马天采元章,太原人。擢第,与雷希颜、宋飞卿同年。为
人诡怪好异,又喜为惊世骇俗之行,人莫测焉。南渡,为史院
编修官。不事修饰,麻绦草履,沉浮闾里,殊无朝士风。杂学,
通太玄数,又善绘画及塑像。虽居官,辄为人塑画自神。颇善
李屏山。当屏山殁,为写真,且题以赞,皆怪语,末曰:"若到黄
泉见鲁仲连、蔺相如,道余传示。"其狂诞如此。后以病终。

杨户部楫,字正夫,吉州人。少擢第,有能名。南渡,为左
司员外郎,颇与权要辨争,以罢。后为户部侍郎,又行部河中。
北兵攻胡壁堡,将陷,正夫知不免,先使其妻子赴黄河,已从之

死。为人慷慨有气节，士大夫多称之。甚可惜。

李中丞英，字子贤，辽东渤海人。布衣，以气节闻，后擢第为省掾。贞祐初，北兵犯京师，与侯挚、田琢请偕行，提兵扼居庸关，屡战有功，擢宣差都提控。南渡，召为御史中丞，诏与元帅庚寿同率兵援燕都。至潞州，遇北兵，战死。初，子贤之出也，河南民望太平。遽丧败，天下惋惜，朝廷褒赠焉。

田总管琢，字器之，蔚州人。少擢第，为省掾。贞祐初，北兵围燕，器之慨然求见，愿出招乡里义兵守要冲，宣宗壮之，擢同知蔚州节度使，得兵数千，屡与敌战有功，迁浚州防御使、宣差都提控。南渡，驻军陈州。久之，命守华州，领节度使，战潼关下。军败，归罪于其副任铸，斩之。改东平路转运使，俄命守益都，为山东东路兵马都总管。张林之变，逐器之，以城北降。朝廷召之，将加罪，道发疽，卒。赵闲闲有《送器之》诗云："田侯落落奇男子，主辱臣生不如死。殿前画地作山西，愿与义军相表里。恨我不得学李英，爱君不减侯莘卿。横道浮尸三十万，潼关大笑哥舒翰。"

梁翰林询谊，字仲经，父绛州人，户部尚书襄子也。少游太学有声。为人多膂力，尚气节，慨然有取功名志。屏山诸公皆壮之，尤与雷希颜善。文章豪放，有作者风。既擢第，复举宏词，为应奉翰林文字，出为上京留守判官。宣宗南渡，宗室万奴叛，据上京，独仲经父不从，以节死，朝廷优赠之。

韩府判玉，字温甫，燕人。少读书，尚气节。擢第，入翰林，为应奉文字。后为凤翔府判官。大安中，北兵围燕都，夏人连陷边州，陕西帅府檄温甫为都统，募军，得万人。出屯华亭，与夏人战，败之。而温甫毅然有勤王志，因移檄关中，言词忠壮，闻者感动。其檄有云："人谁无死？有臣子之当为。事至于今,忍君亲之弗顾?勿谓百年身后虚名一听史臣,只如今日目前,何颜再居人世?王侯将相宁有种乎?富贵功名当自致耳。"或诬温甫以有异志,收鞫死狱中。士大夫愤惜。

聂左司天骥,字元吉,五台人。弱冠擢第。沈静寡言,不妄交,入官以谨自守。兴定初,为省掾。时胥吏擅威,士人往往附之,独元吉不少假借,彼亦不能害也。后平凉帅辟为经历官,军败,同其帅被责。俄擢左司员外郎。天兴改元,末帝东迁,留二执政居守,元吉与焉。崔立之变,二执政死,元吉亦被创甚,归卧于家,旬日不食,卒。金亡,士流之在位以节死者,惟元吉一人。其死也,其女子适以寡来归家居,见其父殁,亦缢死。时人伤之,虞乡麻革信之为作《聂孝女传》。

程御史震,字威卿,东胜人,与其兄鼎和卿俱擢第。公入仕,有能声。兴定初,召百官举县令,公得陈留。陈留南都属邑,颇繁,公治为河南第一。召拜监察御史,弹劾无所挠。时皇子英王为宰相,家僮辈往往恃势侵民,公以法劾之。英王怒。未几,坐为故吏所讼,罢官。岁余,呕血卒。公为人刚直,有材干,忘身徇国,不少私。与余先子同年擢第,相得甚欢。已而同为御史台,纲大振,小人皆侧目,故俱不能久留于朝。公既居闲,慨然有志于学,将延致名儒执弟子礼,师事之。会卒,士论惜之。

魏户部琦,字民英,宏州顺圣人。少工词赋,擢高第,为鄱阳令,有治行。南渡,为南京留守判官,迁户部员外郎、郎中,以材干称。贞祐末,北兵犯潼关,行部北军前,至洛阳,见杀。朝廷官其子焉。

吾古孙左司奴申,字道远,由女直人译史入官。性伉特敢为,有直气。尝为监察御史,时中丞完颜百家以酷烈闻,道远以事纠罢,朝士耸异。后为左司郎中、近侍局使,皆有名。天兴东狩,留南京居守。崔立之变,同御史大夫裴满阿虎带自缢于台中。与余先子善,余尝为赋《古漆井》诗。

裴满御史大夫阿虎带,字仲宁,女直进士也。经历清要,名亚完颜速兰。尝为陈州防御使,累迁御史大夫,使北朝。崔立之变,自缢死。同时户部尚书完颜仲平亦自杀。仲平亦女直进士也。

末帝宝符李氏,国亡,从太后、皇后北迁。至宣德州,居摩诃院。李氏自入院,止寝处佛殿中。作为旛旆数合,会当同后妃赴龙庭,将发,于佛像前自缢死,且自书门纸曰:"宝符御侍此处身故。"凡施旛旆几何。较之后妃辈失节者,何啻霄壤?甲午岁,余家武川,观其遗迹。

李尚书元忠,字献可,武州人。少擢第,历清要。南渡,为工部尚书。审决河南冤狱,多所平反。俄坐督修京城工不谨,出为泰宁军节度使。致仕,居陈州。每朝廷有政事不合,或民间利害,屡上言。亦读书,有学问,和厚人也。

李陈州山,字夏卿,一字安仁,大名人。少擢第,历清要。南渡,同知开封府,迁陈州防御使。为小人所陷,罢。闲居南京,以事赴井死。为人重厚。读书,喜作诗,号松风老人。

刘户部元规,字元正,咸平人。少擢第。南渡,为侍御史。时尤虎高琪为相擅权,公数抗言事,争殿上,出同知昌武军节度使事。后为户部郎中,行部河中,坐事斥。后致仕。天兴改元,诏使北朝,不知所终。

康司农锡,字伯禄,赵州人,与雷希颜、冀京父同年进士。正大初,由省掾拜监察御史,上章言点检完颜撒合辈预政非宜。又言宿帅纥石烈牙虎带太恣横不法。时二人权势赫然,伯禄皆不屑,士论称焉。后为南京路司农少卿,再授河中帅府经历官。北兵陷河中,帅率兵南奔,济河,船败死。为人厚重有为,颇读书。尝赋《打球》诗云:"高飞远走偶然耳,坎止流行任所之。"余先子云:"亦有理也。"

杨左司居仁,字行之,其先大兴人,后居南京。年十八擢第入仕,以能称。为人谨密,朝廷上下皆爱之。为监察御史,言事称旨。由吏部郎中改太常少卿。使北朝,凡再往。归,坐事废。天兴末,迁为左司郎中,与二执政居守。崔立之变,被伤,窜卧余家。已而,为立强起,复旧职。俄以病辞去。将北渡,举家投黄河死,时年未五十。公少有吏能,晚读书,作诗有佳处。使任清时,不失为名卿、材大夫。遭世乱,困踬可叹。与余父子交最善。余尝送其《北使序》及诗。

房刑部维桢,字周卿,济南人。少擢第。南渡,为左司都事、司农少卿。出刺申州,召为刑部郎中,卒。为人谨厚,读书作诗,颇好贤。

齐申州梠,字寿之,夏津人。少擢第,入官,以廉称。南渡,为监察御史、右司都事。许古尝上书荐之。后为司农丞,进少卿。出刺申州,卒。

张户部俊民,字用章,延安人。擢第,以材干称。尝为户部郎中,进侍郎。遭乱北迁,病卒。为人慷慨尚气义,喜学《易》。

杨户部愷,字叔玉,五台人。擢进士第。南渡,为监察御史、户部郎中、司农卿,迁户部侍郎。通吏事,有能名。正大末,权参知政事,后罢守户部。南京降,病卒。尝与余先子同任御史,颇作诗。

高尚书霠,字唐卿,保州永平人。第进士,莅官有才誉。

南渡，历户部员外郎，后迁尚书，专治粮储。尝巡行京东，便宜行事，抵罪，诏释之。天兴初，为翰林学士。乱后北迁还乡，卒。

冯内翰璧，字叔献，真定人。为人严毅整肃，望之俨然，人莫敢视。然文采风流，言谈洒落，使人爱之不能舍以去。诗笔清遒，字画严峻，为一时所称。与李屏山、王从之同年第，二公皆重之。大安初，入翰林，由应奉迁修撰。后屡为法官，台察弹劾不避权势。时高琪当国，察其畏谨，数以公推考贵人，所拟辄称旨，朝士多侧目，颇有刻骨之讥。屡上章言事，又条上恢复之策。出为同知亳州，致仕归嵩山，结茅玉峰下，自号松庵，徜徉泉石间。酿酒名"松醪"，味胜京师。采兰置室中，与山僧野客作斗兰会。壬辰之乱北归，由东平至镇阳以殁，年七十有九。平生文章工于四六，尺牍为当代之冠，人得一篇皆宝藏之。与韩温甫、高献臣友善。后进中特喜雷希颜、冀京父、王仲泽，皆从之游。颇与余先子善。壬辰岁，围城中，余居与公相近，甚相往来。时公年已高，神采毅然，目光如炬，布袍麻屦，杖策翩然，后生辈莫及也。北迁后，再见于镇阳。今其亡矣，前辈风流遂不复见，惜哉。子渭，以孝称。

王革字德新，宏州人。少有才思，诗笔尖新，风流人也。屡举不第，以任子仕。晚由恩得主宜君簿。北渡居云内，后迁云中，卒年七十余。名士皆其友也。尊酒之间，一谈一笑，甚有前辈风，今不复见矣。戊辰冬，赴试西京，自以年高，与诸后进偕入，复作此举，因有诗云："惯掣苍龙晓漏钟，受恩曾入大明宫。香浮扇影迎初日，人逐鞭声静晓风。转首俄惊成异世，此身虽在已衰翁。唤回五十年前梦，再著麻衣待至公。"

郭子通为太常博士，宋国遣信使以申议为名，将有所求也,宰相下其事于礼官,诸公环视未对,子通对曰:"申者重也、再也,自大定甲申讲和之后,盟约既定,无复再议之事。且以小事大,若有祈请,亦难申议之名。"宰相是之。后宋使之来,改曰祈请,议者服其识远。大定十七年三月朔万春节,诸国人使将见而大雨作,大宗伯张公问子通曰:"礼当何如?"子通曰:"哀公问孔子曰:'诸侯朝于天子而不得见也有四,雨沾服失容一也。'张公曰:"此非使臣之事。"子通曰:"彼国主之来尚不得见,况其臣乎?"少顷,有敕放朝,士大夫服其知体。右见李致美作《子通神道碑》。子通卒清州防御使。

归潜志卷六

高丞相汝砺,字岩夫,应州人。少擢第,入仕有能名。尝为左司郎中、谏议大夫。入户部,专掌财赋。迁尚书,改三司副使,倡行钞法,以代货泉。宣宗南渡,拜参知政事,迁左右丞。进平章政事、右丞相,封寿国公。正大初,薨于位,年七十余。为人慎密廉洁,能结人主。知守格法,循默避事,不肯强谏。故为相十余年,未尝有谴诃。寿考康宁,当世莫及。金国以来书生当国者,惟公一人耳。

贾左丞守谦字彦亨,东平人。少擢第,莅官以能称。章宗时为谏议大夫,皇叔镐王以疑忌下狱,公力争,士论直之。大安末,拜参知政事。南渡,进右丞,迁左丞,致仕,薨。

胥平章鼎,字和之,代之繁畤人。父持国,章宗时执政。公少擢第,以能称。关右司郎中,善占对。大安末,为参知政事,俄出镇平阳。宣宗南渡,行台河中,兵民安辑。进平章政事兼左副元帅,移镇京兆,封莘国公。后朝廷将伐宋取蜀,召议。公归,上言止之,坐是忤旨,致仕薨。公通达吏事,有度量,为政镇静,所在无贤不肖,皆得其欢心。南渡以来,书生有方面之柄者,惟公一人而已。

张左丞行信,字信甫,先名行忠,避末帝旧讳改焉。莒州人,御史大夫晔之子,太子太傅行简之弟也。家世以纯厚称,士论以为如汉万石君家。公少擢第,历清要。宣宗南渡,为礼部尚书。时丞相尤虎高琪擅权,百官侧目。因廷议事,公独抗言折之，上甚喜。明日，拜参知政事。未几，为近侍所谮，出镇泾州。到官，上疏论近侍之奸，士大夫称重。正大初，首召拜左丞，言事稍不及前，人望颇减。后致仕，数年薨。为人简朴，不修威仪，恶衣粝食如贫士。既致仕家居，惟以钞书、教子孙为事。茸园池东城，号静隐亭，时时游咏其间为乐。南渡宰执中最有直名。初至南京，父昕以御史大夫致仕，犹康健。兄行简为翰林学士承旨，公为礼部尚书，诸子侄多中第居官，当世未之有也。

侯平章挚，字莘卿，东阿人。少擢第，慷慨有为。贞祐初，北兵围燕都，公由中都曲使请出募军，已而婴城有功，自行户部侍郎，迁河平军节度使。宣宗南渡，为参知政事，出镇东平，移镇下邳，所至吏民安爱。后入朝，迁左丞。正大初，进平章政事，封萧国公。居相位，愤无所施，请守大名，诏出行尚书省。未几，还朝。致仕，居南京，有园亭蔡水滨，公日在间与耆老宴饮。后南京降，以前宰执，为北兵所杀。为人有威严，御兵人莫敢犯。在朝遇事亦敢言，颇喜荐士，如张文举、雷希颜、麻知几，皆由公进用。南渡后宰执中人望最重。

李参政巩，字君美，河中人。少擢第，有能名。南渡，为参知政事，出镇平阳。北兵至，城陷自杀。从子复亨，字仲修，逾冠擢第，以才能称。为人通敏，善奏对，南渡为左司郎中，大为宣宗所器，一时誉甚隆。迁翰林直学士，知开封府，进吏部尚书，为参知政事，年方四十，父母俱存，近世未有也。兴定末，坐监试进士失取人，出镇同州。未几，北兵攻城陷，自杀。叔侄相继执政，俱死事，士论所嘉。遗轩赵宜之《挽仲修》诗云："报君惟有死，见叔固无惭。"人以为破的也。

师参政安石，字仲安，清州人。少擢第，轻财尚气，义闻于朋友。为省掾。宣宗南渡,从完颜福兴守燕都。福兴将死,以遗表托仲安,使赴行在。既达,上嘉之,擢枢密院经历官。时末帝在春宫领院事,遂见知遇。正大初,进同金枢密院事,迁御史中丞、工部尚书,遂为参知政事,其骤用如此。既居位,人望颇减,俄以脑疽薨。

李左丞蹊字贯之,大兴人。少擢第,通吏事,能官。南渡,为左司郎中,迁吏部侍郎。为蒲察合住所陷,下狱当死,诏释之。后为大司农。正大初,拜参知政事,进左右丞,专掌财赋。北兵围南京,坐粮储不给,除名。久之,起为工部尚书,权参知政事,复左丞,奉使军前送曹王。后从末帝东征,至睢阳,官奴之变见杀。

吾古孙参政仲端,字子正,女直进士也。为人谨厚,莅官以宽静称。兴定间,由礼部侍郎使北朝,从入西域,二年始归。为陈州防御使,迁御史中丞,为参知政事,人望甚隆。天兴东狩,罢为翰林学士承旨。知时事不可支,家居一室,陈平生玩好,日与夫人宴饮为欢。癸巳正月下旬,忽闭户自缢,其夫人亦从死。明日,有崔立之变,若先知者。金国亡,大臣中全节义者一人。公使归时,备谈西北所见,属赵闲闲记之,赵以属屏山,屏山以属余。余为录其事,赵书以石,迄今传世间也。

完颜参政速兰,字伯阳,至宁元年女直进士魁也。莅官修谨得名,然苛细不严,任大事,较之辈流颇可称。仕历清要,时望甚隆,为宣宗所知,擢任近侍局。颇直言,有补益。旋罢出,为谏议大夫。居父丧,不饮酒食肉,庐墓三年。后为参知政事,同纥石烈牙虎带守京兆,不相协,召还至陕,被围。久之,亡奔行宫,道遇害。与余先子善。弟奴申,字正甫,亦女直进士。仕历清要,由吏部侍郎使北朝,凡再往。天兴东狩,拜参知政事，留守南京，龌龊不能有为，崔立之变见杀。

完颜右丞胡斜虎，字仲德，女直进士也。为人忠实，有时望。尝帅秦、巩。天兴改元，南京被围，仲德提孤军入援，转战数回，止存五六人。至京城门，遇末帝东狩，因从以行。驻睢阳，拜参知政事。从徙蔡州，进右丞，间关阴阻中，尽心不懈。蔡围既急，末帝内禅，崩。城陷，仲德帅兵三百，力战不支，赴蔡水死，军士皆从之。其得士心，虽古之田横无以加也。金国亡，死君者，惟仲德。

完颜平章合打，由护卫入官典郡。尝陷北朝，亡归南都，累擢平凉帅。为人勇敢忠实，一时人望甚隆。拜参知政事，代胥相鼎镇京兆，军民便之。北兵犯蓝关，将兵拒战有功，入朝，进平章政事，封芮国公。正大末，北兵由襄、汉大入，诏合打帅精兵拒之。已而失利，退保钧台，军败见杀。

完颜中郎将陈和尚，字良佐，兄斜烈，毕里海世袭猛安也。忠义勇敢著名。尝陷北朝，亡归，擢帅寿、泗，威望甚重。性好士，幕府延致文人。改安平都尉。尝愤郁无所施，发病死。良佐从其兄在军中，勇冠一时。尝坐擅杀人，将抵死，上奇其材，特赦之。为忠孝军总领，擢御侮中郎将。天兴改元，北兵入河南，良佐从完颜合打力战钧台，军败被擒，不屈死。良佐为人爱重士大夫，王渥仲泽在其兄幕府，良佐从之游，学仲泽书，极可观。且同讲经学，读书不辍，亦一时弟兄良将帅也。

移剌都尉买奴，字温甫，契丹世袭猛安也。读史书，慷慨有气义。喜交士大夫，视女直同列诸人奴隶也。尝为宣抚使，便宜邓、豫间，以事杖杀经历官，坐废。后为虎贲都尉，提兵赴关中，后由商南全军而回，病死。自号拙轩。赵闲闲为赋之，诸公皆有诗。正大初，先子令叶，余往省，会温甫，属余为《拙轩铭》,先子亦有诗。

移剌枢密粘合,字廷玉,契丹世袭猛安也。弟兄俱好文,幕府延致名士。初帅彭城,雷希颜在幕,杨叔能、元裕之皆游其门,一时士望甚重。为将镇静,守边不扰,军民便之。天兴东狩,知国亡,率邓州军民诣宋人纳款。宋以兵马辖处之,赐第,居襄阳。未几,病死。

南渡之初,将帅中最著名者曰郭仲元,俗号郭大相公,其军号"花帽子"。曰郭阿里,俗号郭三相公,其军号"黄鹤袖"。二人本非亲兄弟,以其壮勇,年齿先后为配。仲元为将,重厚沈毅有谋。守凤翔,北兵力攻,数月不下而退,卒保其城以闻。后为兵部尚书、皇太卫尉,卒。阿里最骁勇,人莫能敌。屡与北兵战,有功,一时为士庶属目。后提兵关中,与宋人战,马倒被擒,不知存殁也。

南渡后,诸女直世袭猛安、谋克,往往好文学,喜与士大夫游。如完颜斜烈兄弟、移剌廷玉温甫总领、夹谷德固、尤虎士、乌林答肃孺辈,作诗多有可称。德固勇悍,在军中有声,尝送舍弟以诗,亦可喜。天兴初,提兵戍谯,军乱见杀。

南渡之后,为将帅者多出于世家,皆膏粱乳臭子,若完颜白撒,止以能打球称。又完颜讹可,亦以能打球,号"杖子元帅"。又完颜定奴,号"三脆羹"。又有以忮忍号"火燎元帅"者,又纥石烈牙忽带号"卢鼓椎",好用鼓椎击人也。其人本出亲军,颇勇悍,镇宿、泗数年,屡破宋兵。有威,好结小人心。然跋扈,不受朝廷制。尝入朝诣都堂,诋毁宰执亦不敢言,而人主倚其镇东,亦优容之也。尤不喜文士,僚属有长裾者,辄取刀截去。又喜凌侮使者,凡朝廷遣使者来,必以酒食困之,或辞以不饮,因并食不给,使饿而去。张用章尝以司农少卿行

户部,过宿见焉,牙虎带召饮,张辞以有寒疾。牙虎带笑曰:
"此易治耳。"趣命左右持艾炷来,当筵令人拉张卧,遽爇艾于
腹,张不能争,遂灸数十。又因会宴,诸将并妻皆在座,时共食
猪肉馒头,有一将妻言素不食猪肉,牙虎带趣左右易之。须臾
食讫,问曰:"尔食何肉?"其人对曰:"蒙相公易以羊肉,甚美。"
牙虎带笑曰:"不食猪肉而食人肉,何也?尔所食非羊,人也。"
其人大呕,疾病数日。又御史大夫合住因事过宿,牙虎带馆之
酒肉,使妓歌于前。及夜,因使其妓侍寝,迟明将发,令妓征
钱。合住愕然,牙虎带因强发其箧笥,取缯帛悉以付妓,曰:
"岂有官使人而不与钱者乎?"合住无以对而去。故司农、御史
皆不敢入其境,避之。又宿州有营妓数人,皆其所喜者,时时
使一妓佩银符,屡往州郡取赇赂,州将夫人皆远迎,号"省差行
首",厚赠之,其暴横若此。及康锡伯禄为御史,上章言其事,
且曰:"朝廷容之,适所以害。欲保全其人,宜加裁制。"然朝
廷竟不能治其罪。后北兵入境,移镇京兆,军败召还,道病死。
在东方时,卢鼓椎之名满民间,儿啼亦可怖,大概如呼麻胡云。

　　任履真子山,许州长葛人。读书喜杂学。深于医,又有乡
行,邑人皆信之。贞祐初,召入太医院,旋告归。与闲闲、屏山
诸公及余先子善。先子主长葛簿,其修儒宫及太虚观,子山之
力居多。为医,起人疾甚众。既卒,闲闲志其墓云。

　　张子和,睢州考城人,初名从正。精于医,贯穿《难》、《素》
之学,历历在口。其法宗刘守真完素,药多用寒凉,然起疾救
死多取效,士大夫称焉。为人放诞无威仪。颇读书作诗,嗜
酒。久居陈,游余先子门。后召入太医院,旋告去,隐。然名
重东州,麻知几九畴与之善。使子和论说其术,因为文之,有
六门三法之目,将行于世,会子和、知几相继死,迄今其书

存焉。

僧德普，武川人，自号胜静老人。倜傥有机术，与士大夫游，饮酒食肉豁如也。尝为尤虎高琪所重，在军中论兵。南渡，居陈之开元寺。与余先子善，尝著《弥陀偈》谈理性，先子为序之。屏山亦喜其俊爽不羁也。颇喜字画、作诗。年六十余死。余谓古之文畅、秘演之流。

僧圆基，字子初，姓田氏，亦北人。虽为浮屠，喜与豪士游。负其材略，有握兵治民之志，盖隐于僧者也。尝住持南京静安寺，以不检，去。之岘山，历嵩阳，死。与德普相善。颇能诗，尝题移剌右丞画云："调燮之余总是闲，闲中游戏到毫端。而今亦有丹青手，犹在蟠溪把钓竿。"可见其有志也。又《咏柳叶》云："一气潜通造化中，人间无处不春风。莫嫌冷地开青眼，试看夭桃几日红。"

王赤腿，不知其名字年齿，人以其衣短，号"哨腿王"，或云名予可，字南云，河东人。幼尝为卒，不详。居郾、蔡间，以乞食为事。衣皮衣，露膝。长叹，好插花。额上系以铜片如月，人问之，皆有说。又时时自言为天帝所召，有某仙、某神在焉，所食何物，皆诞诡莫可测。然善歌诗。有求之者，索韵立成。字亦怪异。在郾城，凡寺观楼阁及民家屋壁，书其诗殆遍，往往有奇丽语，如《天仙有梦梅》云："鼎铸陶钧政格新，横斜疏影慰骚魂。婴香枕簟黄昏月，懑棣东风笑谷春。"又"经间璇几虚云锁，杯卷江山枕岛楼。却忆西岩旧宫殿，半横星斗下瀛洲。"又《题石潭》云："石裂雯华浸月秋。"又"松阴滚碎阑干角"。其他多僻怪不可晓。问之，则曰出天上何书，书名亦不可晓。或云为鬼物所凭。麻知几独重之。李子迂赠诗云："肮脏风仪古丈夫，鹤袍铁面戟髭须。人间春色向头剩，天上月明当额孤。

石鼎夜联诗句健,布囊春醉酒钱粗。危楼试倚街头看,应见潜
飞入玉壶。"状其人殆尽。正大初,余过郾,诸公为召至,索诗,
求韵立书,辞亦不可晓。后因病,失一目明。遭乱北渡,病死。

归潜志卷七

兴定初,尤虎高琪为相,建议南京城方八十里,极大,难守。于内再筑子城,周方四十里,坏民屋舍甚众。工役大兴,河南之民皆以为苦。又使朝官监役,分督方面,少不前,辄杖之。及北兵入河南,朝议守子城,或云,一失外城,则子城非我有,遂止,守外城。外城故宋所筑,土脉甚坚,北兵攻之,旬余不能拔,而新筑子城竟无用也。嗟乎!愚人之虑何如哉?使天下郡邑俱失,纵然独保一子城,何以国也?然子城初起时,于地中得一石碣,上有诗云:"瑞云灵气锁城东,他日还应与北同。岁月迁移人事变,却来此地再兴功。"亦有数云。其字书类宋人,迄今犹在相国寺。

大梁城南五里号青城,乃金国初粘罕驻军受宋二帝降处。当时后妃皇族皆诣焉,因尽俘而北。后天兴末,末帝东迁,崔立以城降,北兵亦于青城下寨,而后妃内族复诣此地,多僇死,亦可怪也。

南渡之后,南京虽繁盛益增,然近年屡有妖怪。元光间,白日虎入郑门。又吏部中有狐跃出,宫中亦有狐及狼。又夜闻鬼哭辇路,每日暮,乌鹊蔽天,皆亡国之兆。迄今为丘墟瓦砾,伤哉!

南京同乐园,故宋龙德宫,徽宗所修。其间楼观花石甚盛,每春三月花发,及五六月荷花开,官纵百姓观,虽未尝再增葺,然景物如旧。正大末,北兵入河南,京城作防守计,官尽毁之。其楼亭材大者，则为楼橹用；其湖石，皆凿为炮矣。迄今皆废区坏址荒芜，所存者，独熙春一阁耳。盖其阁皆杪木壁饰，上下无土泥，虽欲毁之，不能。世岂复有此良匠也！

宣宗喜刑法，政尚威严。故南渡之在位者，多苛刻。徒单右丞思忠，好用麻椎击人，号麻椎相公。李运使特立友之号半截剑，冯内翰璧叔献号马刘子。后雷希颜为御史，至蔡州，缚奸豪，杖杀五百人，又号"雷半千"。又有完颜麻斤出、蒲察咬住，皆以酷闻。而蒲察合住、王阿里、李涣之徒，胥吏中尤狡刻者也。

宣宗后妃皆出微贱，南渡人有云："头巾王、过道史、白酒庞"，指三外戚家也。王氏有成国夫人者，宣宗皇后之姊，末帝之姨，奢侈尤甚，权势薰天，当涂者往往纳赂取媚，积赀如山，且出入宫掖无时度，号"自在夫人"。天兴改元，末帝东迁，崔立之变，凡富贵家皆搜括金银，成国竟捶死。又有平章政事完颜白撒，以内族位将相，尤奢僭。尝起第西城，如宫掖然，其中婢妾百数，皆衣缕金绮绣如宫人。在尚书省，恶堂食不适口，以其家膳供。然为将相无他材能，徒以仪体为事。从末帝东征，方渡河督战，遽劝上回奔睢阳。众以其误国，归罪请废；末帝不得已，下狱，饿死。

南渡之后，为宰执者往往无恢复之谋，上下同风，止以苟安目前为乐。凡有人言当改革，则必以生事抑之。每北兵压境，则君臣相对泣下，或殿上发叹吁。已而敌退解严，则又张具会饮黄阁中矣。每相与议时事，至其危处，辄罢散曰："俟再议。"已而复然。因循苟且，竟至亡国。

南渡之后，朝廷近侍以谄谀成风，每有四方灾异或民间疾苦将奏之，必相谓曰："恐圣上心困。"当时有人云："今日恐心困，后日大心困矣。"竟不敢言。又在位者临事，往往不肯分明可否，相习低言缓语，互推让，号"养相体"。吁！相体果安在哉？又宰执用人，必先择无锋铓、软熟易制者，曰"恐生事"。故正人君子多不得用，虽用亦未久，遽退闲，宰执如张左丞行信，台谏官如陈司谏规、许司谏古、程、雷御史，皆不能终其任也。

南渡之后，近侍之权尤重。盖宣宗喜用其人为耳目以伺察百官，故使其奉御辈采访民间，号"行路御史"。或得一二事即入奏之，上因切责台官漏泄，皆抵罪。又方面之柄虽委将帅，又差一奉御在军中，号"监战"。每临机制变，多为所牵制。辄遇敌先奔，故其军多丧败。

贞祐间，尤虎高琪为相，欲树党固其权，先擢用文人，将以为羽翼。已而，台谏官许古、刘元规之徒见其恣横，相继言之。高琪大怒，斥罢二人。因此大恶进士，更用胥吏。彼喜其奖拔，往往为尽心，于是吏权大盛，胜进士矣。又高琪定制，省、部、寺、监官，参注进士，吏员又使由郡转部，由部转台省，不三五年，皆得要职。士大夫反畏避其锋，而宣宗亦喜此曹刻深，故时全由小吏侍东宫，至为金枢密院事。南征帅又有蒲察合住、王阿里之徒居左右司，李涣辈在外行尚书六部，陷士夫数十人，亦亡国之政也。

南渡后，屡兴师伐宋，盖其意以河南、陕西狭隘，将取地南中。夫己所有不能保，而夺人所有，岂有是理？然连年征伐，亦未尝大有功，虽破蕲黄，杀虏良多，较论其士马物故，且屡为水陷溺，亦相当也。最后，盱眙军改为镇淮府，以军戍之费粮数万，未几亦弃去。又师还，乘夏，多刈熟麦，以归助军储。故宋人边檄有云："暴卒鸱张，率作如林之旅；饥氓乌合，驱帅得罪之人。"驸马都尉仆散阿海、金枢密院事时全，皆回辕即诛。后又谋取蜀，时胥平章鼎镇关中，奏请缓发，胥由此罢相。嗟乎！避强欺弱，望其复振，难哉。此皆宣宗时事，末帝即位，无南伐之议矣。

甚哉，风俗之移人也！南渡后，吏权大盛。自高琪为相定法，其迁转与进士等，甚者反疾焉。故一时之人争以此进，虽士大夫家有子弟读书，往往不终辄辍，令改试台部令史。其子弟辈既习此业，便与进士为仇，其趋进举止，全学吏曹，至有舞文纳赂甚于吏辈者。惟侥幸一时进用，不顾平日源流，此可为长太息者也。

金朝取士，止以词赋、经义学，士大夫往往局于此，不能多读书。其格法最陋者，词赋状元即授应奉翰林文字，不问其人才何如，故多有不任其事者。或顾问不称上意，被笑嗤，出补外官。章宗时，王状元泽在翰林，会宋使进枇杷子，上索诗，泽奏："小臣不识枇杷子。"惟王庭筠诗成，上喜之。吕状元造，父子魁多士，及在翰林，上索重阳诗，造素不学诗，惶遽献诗云："佳节近重阳，微臣喜欲狂。"上大笑，旋令外补。故当时有云："泽民不识枇杷子，吕造能吟喜欲狂。"

兴定初，朝议县令最亲民，依常调数换多不得人，始诏内外七品以上官保举，仍升为正七品。资未及者，借注人。一时能吏如王庸登庸令洛阳、程震威卿令陈留，皆有治绩。或入为监察御史台部官，自是居官者争以能相尚，民亦多受赐。其后，往往自纳赂请托得之，故疲懦贪秽者亦多。然士大夫为之者犹自力，此良法也。

正大初，末帝锐于政，朝议置益政院官，院居宫中，选一时宿望有学者，如杨学士云翼、史修撰公燮、吕待制造数人兼之轮直。每日朝罢,侍上讲《尚书》、《贞观政要》数篇,间亦及民间事,颇有补益。杨公又与赵学士秉文采集自古治术,分门类,号《君臣政要》,为一编进之。此亦开讲学之渐也,然岁余亦罢。

士气不可不素养。如明昌、泰和间崇文养士,故一时士大夫争以敢言敢为相尚。迨大安中,北兵入境,往往以节死,如王晦、高子杓、梁询谊诸人皆有名。而侯挚、李瑛、田琢辈皆由下位自奋于兵间,虽功业不成,其志气有可嘉者。南渡后,宣宗奖用胥吏,抑士大夫,凡有敢为敢言者,多被斥逐。故一时在位者多委靡,惟求免罪,呰苟容。迨天兴之变,士大夫无一人死节者,岂非有以致之欤? 由是言之,士气不可不素养也。

南渡后,疆土狭隘,止河南、陕西,故仕进调官皆不得遽,入仕或守十余载,号重复累,往往归耕,或教小学养生。故当时有云:“古人谓:十年窗下无人问,一举成名天下知。今日一举成名天下知,十年窗下无人问也。”其后,有辟举法行,虽未入仕,亦得辟为令。故新进士多便得一邑治民,其省令史亦以次召补。故士人方免沉滞之叹云。

大臣尤当以至公至正黜陟百官,不可畏嫌避党为自保计。南渡为宰执者,多怯惧畏懦不敢有为,凡处一事,先恐人疑己。如宰执本进士,或士大夫得罪,知其无辜,不敢辨言,恐人疑其为党也。又或转加诘责,以示无私。或要职美官宁用他流,取媚于众。一登省府,遽忘本来用心,如此望其成功名、立节义难矣。然亦往往不能以富贵自终。向使以公正自持,未必以是得罪也。人之用智巧者竟何如哉!

宰相之职,佐人主治天下,所患耳目不广,不能周知民间苦乐、国势安危。故当忘私去智,取诸人以为善,以天下治天下。至于百官士流贤否，皆当如家人美恶，一一辨其才，然后进退用舍合公望。办职业而为国者立法，使百官、宾客不得谒见于私第，何哉？其意止以防其请托而徇私也。夫果察其人徇私不公，岂可使为宰相哉？既以为宰相，是已以天下付之矣，诚不宜犹尔防闲也。唐裴晋公一日拜相，遽请于私第见百官、宾客，可谓远谋。而宪宗信之，卒平淮蔡。此其君臣遇合，故有此奇伟士成功名。使龊龊者为之，亦不敢请，而庸主亦不听也。余观南渡后为宰执者，自非亲戚故旧，往往不得登其门。若夫百官士流，未尝接议论，局局自保，惟恐失之。如此，望其所取用得人、闻见不塞者，未之有也。

士大夫为吏者，当以至公无心处之，事自理，民自服，不可委曲要誉以枉义也。余在南方时，见辟举为令者，往往妄用心。如富家与贫家讼，必直贫民；势家与百姓争，必直百姓；不问理何如也。又，或故旧同道之家有科征，必先督促不少贷，至加之刑罚。其意以为如此，示我无私，且贾细民称誉。嗟乎，贫富相争，自有曲直，彼贫民中亦有桀黠不逞者，富家中亦有循良懦弱者，乌可执一哉？故旧同道之家，义当假借，不然止以无心处之可也。至首加讯责，不亦伤乎？大抵此曹志于升进故尔。甚者榜于门云："无亲戚故旧"、"不见宾客"、"不接士人"。世岂有一为郡邑而遽无亲无旧者？尝记有一人为县令，禁其子不令出。其子犯禁，笞责之，其子赴井死。哀哉！不循中道，纵得升迁何荣也？

国所以设官取士，士所以居官，先以养其口体妻子，然后得专意王事，虽不可取于民奢纵害公，亦不必钓名要誉太俭陋也。余见河南为令者，有夜盖纸被，朝服弊衣以示廉，又令妻子辈汲爨，不使吏卒代者，其意皆欲闻上位，媚细民。然其听断、抚养之道殊不在是,能使其车骑仪从、屋宇、服用鲜整,而遇事风生,吏民称快,较之此曹,何自苦也?

南渡后,士风甚薄,一登仕籍,视布衣诸生遽为两途,至于征逐游从,辄相分别。故布衣有事,或数谒见在位者,在位者相报复甚希,甚者高居台阁,旧交不得见。故李长源愤其如此,尝曰:"以区区一第傲天下士邪?"已第者闻之多怒,至逐长源出史院,又交讼于官。士风如此,可叹!

省吏,前朝止用胥吏,号"堂后官"。金朝大定初,张太师浩制皇制,祖免亲、宰执子试补外,杂用进士。凡登第历三任至县令,以次召补充,一考,三十月出得六品州倅。两考,六十月得五品节度副使、留守判官,或就选为知除知案。由之以渐,得都事、左右司员外郎、郎中,故仕进者以此途为捷径。如不为省令史,即循资级,得五品甚迟,故有"节察令推何日了,盐度户勾几时休"之语。浩初定制时,语人曰:"省庭天下仪表,如用胥吏,定行货赂混淆;用进士,清源也。且进士受赇,如良家女子犯奸也;胥吏公廉,如娼女守节也。"议者皆以为当,屏山尝为余言之。然省令史仪礼冠带,抱书进趋,与掾史不殊,有过,辄决杖。惜乎,以胥吏待天下士也。故士大夫有气概者往往不就,如雷翰林希颜、魏翰林邦彦、宋翰林飞卿及余先子,或召补不愿,或暂为遽告出,皆不能终其任也。李丈钦止为余言:"宋制,省曹有检正,皆士大夫。其堂吏主行移文字也。"且问余以宋制与金制孰优? 余以为宋制善,钦止曰:"此议与吾合也。"

金朝用人,大概由省令史迁左右司郎中、员外郎、首领官取其簿书精干也。由左右首领官选宰相执政,取其奏对详敏也。其经济大略安在哉? 此所以在位者多长于吏事也。

金朝兵制最弊,每有征伐或边衅,动下令签军,州县骚动。其民家有数丁男好身手,或时尽拣取无遗,号泣怨嗟,阖家以为苦。驱此辈战,欲其克胜,难哉。贞祐初,下令签军,会一时任子为监军者以春赴吏部调数,宰执使尽拣取,号"监官军",其人愤懑叫号,交诉于台省,又冲宰相卤簿,告丞相仆散七斤,大怒,趣左右取弓矢射去。已而,上知其不可用,免之。元光末,备潼关、黄河,又下令签军,诸使者历郡邑,自见居官者外,无文武小大职事官皆拣之。至许州,前户部郎中、侍御史刘元规,年几六十,亦中选,为千户。至陈州,余先子以前监察御史,亦为千户。自馀不可胜言。既以立部曲,须依军例,以次相钤束,物议喧然。后亦罢之。嗟乎!以任子为兵已失体,况以朝士大夫充厮役乎?当是时,余以终场举人获免,而先子以御史不免,立法之弊以至于斯。余赴试开封,先子以诗送之,且寄赵闲闲、雷希颜,有云:"老作一兵吾命也,芳联七桂汝身之。厚禄故人如见问,为言尘土困王尼。"二公览之,为一笑。

金朝近习之权甚重,置近侍局于宫中,职虽五品,其要密与宰相等,如旧日中书,故多以贵戚、世家、恩幸者居其职,士大夫不预焉。南渡后,人主尤委任,大抵视宰执台部官皆若外人,而所谓"心腹"则此局也。其局官以下,所谓奉御、奉职辈,本以传诏旨、供使令,而人主委信,反在士大夫右。故大臣要官往往曲意奉承,或被命出外,帅臣郡守百计馆馈,盖以其亲近易得言也。然此曹皆膏粱子弟,惟以妆饰体样相夸,膏面镊须,鞍马、衣服鲜整,朝夕侍上,迎合谄媚。以逸乐导人主安其身,又沮坏正人招贿赂为不法。至于大臣退黜,百官得罪,多自局中,御史之权反在其下矣。其后,欲收外望,颇杂用士人。完颜伯阳居之不岁余亦罢。又于台部令史选奉职数人,又于进士中亦选一二人充备。其人既入局中,则趋进举止,曾亦未闻有正言补益者。且此曹本仆役之职,士大夫处之可羞,而一二子泰然自以为荣,亦陋也。

宣宗尝责丞相仆散七斤:"近来朝廷纪纲安在?"七斤不能对,退谓郎官曰:"上问纪纲安在,汝等自来,何尝使纪纲见我?"

归潜志卷八

金朝取士，止以词赋为重，故士人往往不暇读书为他文。一云"不暇习为他文"。尝闻先进故老见子弟辈读苏、黄诗，辄怒斥，故学者止工于律、赋，问之他文，则懵然不知。间有登第后始读书为文者，诸名士是也。南渡以来，士人多为古学，以著文作诗相高。然旧日专为科举之学者疾之为仇雠，若分为两途，互相诋讥。其作诗文者目举子为科举之学，为科举之学者指文士为任子弟，笑其不工科举。殊不知国家初设科举，用四篇文字，本取全才。盖赋以择制诰之才；诗以取风骚之旨；策以究经济之业·论以考识鉴之方。四者俱工，其人材为何如也？而学者不知，狃于习俗，止力为律、赋，至于诗、策、论，俱不留心，其弊基于为有司者止考赋，而不究诗、策、论也。吾尝记故老云："泰和间，有司考诗赋已定去取。及读策论，则止用笔点窅沛、御名，且数字数与涂注之多寡。"有司如此，欲举子辈专精难矣。南渡后，赵、杨诸公为有司，方于策论中取人，故士风稍变，颇加意策论。又于诗赋中亦辨别读书人才，以是文风稍振；然亦谤议纷纭。然每贡举，非数公为有司，则又如旧矣。

金朝以律、赋著名者，曰孟宗献友之、赵枢子克。其主文有藻鉴多得人者，曰张景仁御史、郑子聃侍读。故一时为之语曰："主司非张、郑，秀才非赵、孟。"律、赋，至今学者法之。然其源出于吾高祖南山翁。故老云：孟晚进，初不识翁。因少年下第，发愤，辟一室，取翁赋，摹其八韵，类之帖壁间，坐卧讽咏深思，已而尽得其法，下笔造微妙。再试，魁于乡、于府、于省、于御前，天下号"孟四元"，迄今学者以吾祖孟师也。孟虽仕，不甚贵。作诗词有可称，自号虚静居士。颇恬淡，留意养生术。尝著《金丹赋》行于世，其诗词亦有集。

余高祖南山翁，金国初，辟进士举，词赋状元也，故为一代词学宗。雅好成就后进，见其文，辄能断其后中第否。当时名士大夫多出门下，学者至今皆师尊之。四子：长西岩、次龙泉，同年擢第；二女，长姑及笄，将适人，一时贵显者争求之，翁皆不许。张御史景仁时在布衣，以所业诣翁，翁嘉之。俄翁为有司取士，张赋甚佳，为邻坐者剽之，尽坐同而黜。已而翁知其然，遽以长姑嫁焉。家人辈皆愠，翁不恤也。后三年，翁复为有司，御试，张擢别试魁，骤历清华，以文章擅当世，位至翰林学士、河南尹、御史大夫。尝使宋，有风节，赫然为名臣，世皆以翁有知人之鉴也。后，翁墓表，张所作，具载其事云。次姑适襄阴王元节，亦名进士。能诗，博学，尝为密州节度判官。迄今士大夫嫁女多谈翁之事也。

金朝士大夫以政事最著名者曰王儦然。尝同知咸平府，摄府事。时辽东路多世袭猛安、谋克居焉，其人皆女直功臣子，骜亢奢纵不法。公思有以治之，会郡民负一世袭猛安者钱，贫不能偿。猛安者大怒，率家僮辈强入其家，牵其牛以去，民因讼于官。公得其情，令一吏呼猛安者。其猛安者盛陈骑从以来，公朝服，召至听事前，诘其事，趋左右械系之，乃以强盗论，杖杀于市。一路悚然。后知大兴府，素察僧徒多游贵戚家作过，乃下令，午后僧不得出寺，街中不得见一僧。有一长老犯禁，公械之。长老者素为贵戚所重，皇姑某国公主使人诣公请焉，公曰："奉主命，即令出。"立召僧，杖一百，死。自是京辇肃清，人莫敢犯。世宗深见知，故公得行其志也。公为人恬淡简静，颇留意养生。每食必以时，过午则不食也。临终斋沐而逝，于死生了然。其为吏之名，至今人云过宋包拯远甚。其子渐，为吏亦有能称，为中都警巡使。

孙左丞铎振之，章宗时名臣。为人正直敢言，有学问文采，一时相望甚切。俄诏下，同辈皆相执政，公再授户部尚书。公意不惬，因于户部厅事壁间书唐人诗云："南邻北舍牡丹开，年少寻芳去未回。惟有君家老柏树，春风来似不曾来。"有人奏之，坐贬郿州防御使。再召入朝，未几，执政。南渡，为太子太师。后致仕，以寿终。

贞祐南征，获一统制官李伸之者，帅府经历官刘逯卿辈召而饭之，且诱以降。将宥焉，伸之献诗曰："一饭感恩无地报，此心许国已天知。胸中千古蟠钟阜，一死鸿毛断不移。"竟就死。又云："拟把孤忠报主知，主知未报已身疲。明朝定作长淮鬼，马革应烦为裹尸。"又云："区区犹上和亲策，安得元戎一点头。"

先翰林尝谈国初宇文太学叔通主文盟时，吴深州彦高视宇文为后进，宇文止呼为小吴。因会饮，酒间有一妇人，宋宗室子，流落。诸公感叹，皆作乐章一阕。宇文作《念奴娇》，有"宗室家姬，陈王幼女，曾嫁钦慈族。干戈浩荡，事随天地翻覆"之语。次及彦高，作《人月圆》词云："南朝千古伤心事，犹唱《后庭花》。旧时王谢、堂前燕子，飞向谁家？偶然相见，仙肌胜雪，云鬟堆鸦。江州司马，青衫泪湿，同是天涯。"宇文览之大惊，自是，人乞词，辄曰："当诣彦高也。"彦高词集篇数虽不多，皆精婉尽善，虽多用前人诗句，其翦裁点缀若天成，真奇作也。先人尝云："诗不宜用前人语。若夫乐章，则翦截古人语亦无害，但要能使用尔。"如彦高《人月圆》，半是古人句，其思致含蓄其远，不露圭角，不尤胜于宇文自作者哉！

党承旨怀英、辛尚书弃疾，俱山东人，少同舍属。金国初遭乱，俱在兵间。辛一旦率数千骑南渡，显于宋；党在北方，擢第，入翰林，有名，为一时文字宗主。二公虽所趋不同，皆有功业，宠荣视前朝李穀、韩熙载亦相况也。后辛退闲，有词《鹧鸪天》云："壮岁旌旗拥万夫，锦襜突骑渡江初。燕兵夜娖银胡䩮，汉箭朝飞金仆姑。思往事，叹今吾，春风不染白髭须。都将万字平戎策，换得东郊种树书。"盖纪其少时事也。

高丞相岩夫在相位，因元光二年元日庆七十，会乡里交旧，且求作诗文，时先子以新罢御史，避嫌不赴。余方弱冠，为作诗，以公颇负谤，且劝其退休也。公得诗大喜，趣召余，迎谓余曰："解道青云自致不须阶邪？"又抚余背曰："汝'费'字如何下来？"盖余诗云："青云自致不须阶，十稔从容位上台。负荷一堂森柱石，调和众口费盐梅。勤劳密迩三朝重，寿考康宁七秩开。家道益昌孙有息，彩衣扶杖好归来。"雷希颜为作序，亦有"乘天眷未衰，可以引去"之语。后余将归淮阳，复献书劝其举一人自代，可得致政归。然公竟薨于位，不能从也。

明昌、承安间，作诗者尚尖新，故张翥仲扬由布衣有名，召用。其诗大抵皆浮艳语，如："矮窗小户寒不到，一炉香火四围书"。又"西风了却黄花事，不管安仁两须秋。"人号"张了却"。刘少宣尝题其诗集后云："枫落吴江真好句，不须多示郑参军。"盖讥之也。南渡后，文风一变，文多学奇古，诗多学风雅，由赵闲闲、李屏山倡之。屏山幼无师传，为文下笔便喜左氏、庄周，故能一扫辽、宋余习。而雷希颜、宋飞卿诸人皆作古文，故复往往相法效,不作浅弱语。赵闲闲晚年诗多法唐人李、杜诸公,然未尝语于人。已而,麻知几、李长源、元裕之辈鼎出,故后进作诗者争以唐人为法也。

赵闲闲尝言:"律诗最难工,须要工巧周圆。吾闻竹溪党公论,以为'五十六字皆如圣贤,中有一字不经炉锤,便若一屠沽子厕其间也。'"又云:"八句皆要警拔极难。一篇中须要一联好句为主,后但以意收拾之,足为好诗矣。"又尝与余论诗曰:"《选》诗曰'南登灞陵岸,回首望长安。''朔风动秋草,边马有归心。''明月照高楼,流光正徘徊。'此其含蓄意几何?"又曰:"小诗贵风骚,今人往往止作硬语,非也。"

赵闲闲少尝寄黄华诗,黄华称之,曰:"姓王氏非作千首,其工夫不至是也。"其诗至今为人传诵,且赵以此诗初得名。诗云:"寄语雪溪王处士,年来多病复何如?浮云世态纷纷变,秋草人情日日疏。李白一杯人影月,郑虔三绝画诗书。情知不得文章力,乞与黄华作隐居。"

赵闲闲尝为余言,少初识尹无忌,问:"久闻先生作诗不喜苏、黄,何如?"无忌曰:"学苏、黄则卑猥也。"其诗一以李、杜为法,五言尤工。闲闲尝称其《游同乐园》诗云:"晴日明华构,繁阴荡绿波。蓬邱沧海远,春色上林多。流水时虽逝,迁莺暖自歌。可怜欢乐极,钲鼓散云和。"又有佳句:"行云春郭暗,归鸟暮天苍。野色明残照,江声入暮云。"甚似少陵。闲闲又称赵黄山诗云:"灯暗风翻幔,蛩吟叶拥墙。人如秋已老,愁与夜俱长。滴尽阶前雨,催成镜里霜。黄花依旧好,多病不能觞。"此诗信佳作也。又黄山尝与予黄山道中作诗,有云:"好景落谁诗句里?蹇驴驮我画图间。"世号"赵蹇驴"。余先子翰林,尝谈章宗春水放海青,时黄山在翰苑,扈从,既得鹅,索诗,黄山立进之，其诗云："驾鹅得暖下陂塘，探骑星驰入建章。黄伞轻阴随凤辇，绿衣小队出鹰坊。搏风玉爪凌霄汉，瞥日风毛堕雪霜。共喜园陵得新荐，侍臣齐捧万年觞。"章宗览之，称其工，且曰："此诗非宿构不能至此。"

赵闲闲平日字画工夫最深，诗其次，又其次散文也。尝语余曰："今日后进中作文者颇有三二人，至吟诗者绝少，字画亦无也。"以是知公所长。然议论经学，许王从之，散文许李之纯、雷希颜，诗颇许麻知几、元裕之，字画颇许麻知几、冯叔献也。又尝教余学书，先法张旭《石柱记》，每曰："汝辈幸有天资，止不肯学古人一点一画写也。"

李屏山雅喜奖拔后进，每得一人诗文有可称，必延誉于人，然颇轻许可。故赵闲闲尝云："被之纯坏却后进，只奖誉，教为狂。"后雷希颜亦颇接引士流，赵云："雷希颜又如此。"然屏山在世，一时才士皆趋向之。至于赵所成立者甚少。惟主贡举时，得李钦叔献能，后尝以文章荐麻知几九畴入仕，至今士论止归屏山也。

李屏山教后学为文，欲自成一家，每曰："当别转一路，勿随人脚跟。"故多喜奇怪，然其文亦不出庄、左、柳、苏，诗不出卢仝、李贺。晚甚爱杨万里诗，曰："活泼剌底，人难及也。"赵闲闲教后进为诗文则曰："文章不可执一体，有时奇古，有时平淡，何拘？"李尝与余论赵文曰："才甚高，气象甚雄，然不免有失支堕节处，盖学东坡而不成者。"赵亦语余曰："之纯文字止一体，诗只一句去也。"又赵诗多犯古人语，一篇或有数句，此亦文章病。屏山尝序其《闲闲集》云："公诗往往有李太白、白乐天语，某辄能识之。"又云："公谓男子不食人唾，后当与之纯、天英作真文字。"亦阴讥云。

赵闲闲论文曰:"文字无太硬。之纯文字最硬,可伤!"王翰林从之则曰:"文字无软者,惟其是也。"余尝以质诸先人,先人以赵论为是。

兴定、元光间,余在南京,从赵闲闲、李屏山、王从之、雷希颜诸公游,多论为文作诗。赵于诗最细,贵含蓄工夫;于文颇粗,止论气象大概。李于文甚细,说关键宾主抑扬;于诗颇粗,止论词气才巧。故余于赵则取其作诗法,于李则取其为文法。若王,则贵议论文字有体致,不喜出奇,下字止欲如家人语言,尤以助辞为尚。与屏山之纯学大不同。尝曰:"之纯虽才高,好作险句怪语,无意味。"亦不喜司马迁《史记》,云:"失支堕节多。""韩退之《原道》,如此好文字,末曰'人其人、火其书',太下字。柳子厚'肥皮厚肉'、'柔筋脆骨'之类,此何等语? 千古以来,惟推东坡为第一。"又多发古名篇中疵病:渊明《归去来辞》,前想象后直述,不相侔。伯伦《酒德颂》有大人先生,是寓言;后"闻吾风声","吾"当作"其"。退之《盘谷序》,前云"友人",后云"昌黎韩愈",似不相识。永叔《苏子美墓志》"争为人所传",既用"争"字,当曰"人争传之",不然,曰"为人所传",不须"争"字。子瞻《超然台记》"物有以蔽之矣","矣"字不安。此类甚多,不可胜纪。雷则论文尚简古,全法退之。诗亦喜韩,兼好黄鲁直新巧。每作诗文,好与朋友相商订,有不安,相告立改之。此亦人所难也。

正大中,王翰林从之在史院领史事,雷翰林希颜为应奉兼编修官,同修《宣宗实录》。二公由文体不同,多纷争,盖王平日好平淡纪实,雷尚奇峭造语也。王则云:"实录止文其当时事,贵不失真。若是作史,则又异也。"雷则云:"作文字无句法,委靡不振,不足观。"故雷所作,王多改革。雷大愤不平,语人曰:"请将吾二人所作,令天下文士定其是非。"王亦不屑,王尝曰:"希颜作文,好用恶硬字,何以为奇?"雷亦曰:"从之持论甚高,文章亦难止以经义科举法绳之也。"

雷翰林希颜为人作碑志,虽称其德善,其疵短亦互见之。尝曰:"文章止是褒与贬。"初,作《屏山墓志》,数处有微言。刘光甫读之不能平,与宋飞卿交劝令削去。及刻石,犹存"浮湛于酒,其性厌怠,有不屑为"之言。余谓碑志本以章其人之善,虽不可溢美有愧辞,然当实录其善事,使传信后世。若疵短则不当书也,况非作史传,何必贬焉?且其子孙览之,岂得自安也?

赵闲闲作《南城访道图》,诸公皆有诗。尝有一齐希谦者题云:"亿劫梦中夸识解,一生纸上作风波。到今不肯抽头去,毕竟南城有甚么?"人颇传之。

赵闲闲以文学名一世,于吏事非所长。兴定初,尤虎高琪为相,恶士大夫,有罪辄以军储论加棰杖,在位者往往被其苦。俄命赵公摄南京转运司,未几,果坐误粮草事,当杖。既奏,宣宗曰:"学士岂当棰邪?"高琪曰:"不然无以戒后。"遂杖四十,公大愤焉。其后,高琪诛,诏适公当笔,首曰:"君臣分严,无将之罪莫大;夫妇义重,不睦之刑何逃?曾是一身,兼此二恶。"人谓赵公之仇雪矣。

正大初,赵闲闲长翰苑,同陈正叔、潘仲明、雷希颜、元裕之诸人作诗会,尝赋《野菊》,赵有云:"冈断秋光隔,河明月影交。荒丛号蟋蟀,病叶挂螟蛸。欲访陶彭泽,柴门何处敲?"诸公称其破也。又分咏《古瓶蜡梅》,赵云:"苔华吐碧龙文涩,烛泪痕疏雁字横。"后云:"娇黄唤起昭阳梦,汉苑凄凉草棘生。"句甚工。潘有云:"命薄从教官独冷,眼明犹喜迹双清。"

语亦老也。后分《忆橙》、《射虎》，题甚多。最后《咏道学》，雷云："青天白日理分明"，亦为题所窘也。闲闲同馆阁诸公，九日登极目亭，俱有诗。赵云："魏国河山残照在，梁王楼殿野花开。鸥从白水明边没，雁向青天尽处回。未必龙山如此会，座中三馆尽英才。"雷希颜云："千古雄豪几人在？百年怀抱此时开。"李钦止云："连朝倥偬簿书堆，辜负黄花酒一杯。"

凡作诗，和韵为难。古人赠答皆以不拘韵字。迨宋苏、黄，凡唱和，须用元韵，往返数回以出奇。余先子颇留意。故每与人唱和，韵益狭，语益工，人多称之。尝与雷希颜、元裕之论诗，元云："和韵非古，要为勉强。"先子云："如能以彼韵就我意，何如？亦一奇也。"尝在史院与屏山诸公唱和李唐卿《海藏斋诗》"舟"字韵，往返十余首。先子有云："绣坼旧图翻短褐，朱书小字记归舟。"屏山大称其工用事也。后居淮阳，与刘少宣唱和"村"字韵，亦往返数十首。最后论诗，有云："杨刘变体号西昆，窃笑登坛子美村。大抵俗儒无正眼，惟应后世有公言。光生杜曲今千丈，派出江西本一源。此道陵迟嗟久矣，不才安敢擅专门。"又："乐府虚传山抹云，诗名浪得柳连村。九原太白有生气，千古少陵无闲言。登泰山巅小天下，到昆仑口知河源。如君少进可入室，顾我今衰不及门。"少宣以为全不觉用他人韵也。

联句亦诗中难事。盖座中立书，不暇深思也。南京龙德宫赵闲闲、李屏山、王正之联句，王云："棘猴未穷巧，穴蚁已失王。"人多称之。余先子亦留意。主长葛簿时，与屏山、张仲杰会饮，坐中有定磁酒瓯，因为联句，先子首唱曰："定州花磁瓯，颜色天下白。"诸公称之。屏山则曰："轻浮妾玻璃，顽钝奴琥珀。"张则曰："器质至坚脆，肤理还悦泽。"后居淮阳，冀京父来过,雪夜联句,先子有云:"帘疏见飞霁,窗静闻落屑。"又李钦叔来过,李子迁在座,会合联句,先子首唱曰:"玉立两谪仙,鼎峙三敌国。"又云:"三强出奇兵,八战乃八克。一老怯大敌,三战即三北。"后自大梁归陈,与祁联句,先子首云:"红抛汴梁尘,绿吸淮阳酒。"后令叶县,中秋夜,与郝坊州仲纯、王飞伯辈联句,具载《蓬门集》中。

归潜志卷九

余先子翰林令叶时，同郝坊州仲纯赋《昆阳怀古》诗，诸公多继作。先子有云："营屯滍水横陈处，计堕刘郎小怯中。天上雷风扫妖气，人间虎豹畏真龙。千秋一片昆溪月，曾照堂堂盖世雄。"郝云："战骨至今埋滍水，暮云何处是舂陵？"李长源云："颍川南下郁坡陁，遐想当年战垒多。自是真人清宇宙，谁为竖子试干戈？"元裕之云："英威未觉消沈尽，试向舂陵望郁葱。"王飞伯云："落日一川英气在，西风万叶战声来。"后云："谁倚城楼吊兴废，一声长笛暮云开。"史学优、李钦叔、白文举皆有诗，余亦作一古诗也。

古人多有偶得佳句而不能立题者，如山谷云："清鉴风流归贺八，飞扬跋扈付朱三。"未知可以赠谁。又云："人得交游是风月，天开图画即江山。"亦无全篇。余先子尝有句云："推愁不去若移石，呼酒不来如望霓。"又"半生窃禄鱼贪饵，四海无家鸟择栖"。又"未解作诗如见画，常忧读赋错呼霓"。

梦中作诗，或得句，多清迈出尘。余先祖龙山君尝梦得句云："山深犹有壁，松风清无尘。"先子梦中诗云："落月浸天池。"余幼年梦中亦作诗云："玄猿哭处江天暮，白雁来时泽国秋。"如鬼语也。

先翰林罢御史，闲居淮阳，种五竹堂后自娱，作诗云："拨土移根卜日辰，森森便有气凌云。真成阙里二三子，大胜樊川十万军。影浸凉蟾窗上见，声敲寒雨枕边闻。林间故事传西晋,不数山王咏五君。"以寄赵闲闲。会闲闲亦于闲闲堂后种竹甚多,一日,礼部诏余曰:"昨夕欲和丈种竹诗,牵于韵,自作一篇,答其意可也。"因出其诗云:"君家种竹五七个,我亦近栽三四竿。两地平分风月破,大家留待雪霜看。土膏生意叶犹卷,客枕梦魂声已寒。见此又思君子面,何时相对倚阑干?"先子复和其韵云:"我家陈郡子梁园,不约同栽竹数竿。清入梦魂千里共,笑开诗眼几回看。幽姿淡淡不追时好,苦节相期保岁寒。八座文昌天咫尺,得如闲容倚阑干。"又李濂公渡因游圉城,会云中一僧,曰德超,谈及乡里名家刘、雷事,公渡留诗云:"邂逅云中老阿师,里人许我话刘雷。略谈近日诸孙事,颇觉衰怀一笑开。众道髯参宜帅幕,谓希颜。人怜短簿去霜台。谓先子。圉城香火西庵地,尝记秋高雨后来。"后先子过圉见之,和其韵云:"上林春晚数归期,辚辚车声疾转雷。翠幄护田桑叶密,绿云夹路麦花开。偶因假馆留萧寺,试问游方指厄台。陈郡。白首衲僧同里闬,亦知吾祖有云来。"余以示闲闲。闲闲亦和其韵,寄先子云:"屏山殁后使人悲,此外交亲我与雷。千里老怀何日写? 一生笑口几回开? 心知契阔留陈土,时复登临上吹台。目极天低雁回处,西风忽送好诗来。"先子复和云:"两地相望云与泥,敢期胶漆嗣陈雷。遥怜晓镜霜须满,但对故人青眼开。且趁梅芳醉梁苑,莫因雁过问燕台。上林花柳惊春晚,蓬勃西风卷土来。"

正大初,先君由叶令召入翰林,诸公皆集余家,时春早有雨,诸公喜而共赋诗,以"好雨知时节,当春乃发生"为韵。赵闲闲得"发"字,其诗云:"君家南山有衣钵,丛桂馨香老蟾窟。从来青紫半门生,今日儿孙床满笏。迩来云卿复秀出,论事观书眼如月。岂惟传家秉赐彪,亦复生儿勌剧勃。往时曾乘御史骢,未害霜蹄聊一蹶。双凫古邑试牛刀,百里政声传马卒。今年视草直金銮,云章妙手看挥发。老夫当避一头地,有惭老骥追霜鹘。座中三馆尽豪英,健笔纵横建安骨。已知良会得四并,更许深杯辞百罚。我虽不饮愿助勇,政要青灯照华发。但令风雨破天悭,未厌归途洗靴袜。"先君得"好"字,因用解嘲,其诗云:"春寒桑未稠,岁旱麦将槁。此时得一雨,奚翅万金宝。吾宾适在席,喜气溢襟抱。酒行不计觞,花底玉山倒。从来悭混嘲,盖为俗子道。北海得开尊,天气岂常好?况当生发辰,沾足恨不早。东风又吹檐滴干,主人不悭天自悭。"是日,诸公极欢,皆沾醉而归。后月余,先君以疾不起,赵以"天悭"为诗谶云。

元裕之、李长源同乡里,各有诗名。由其不相下,颇不相咸。李好愤怒,元尝云:"长源有愤击经。"元好滑稽,李辄以诗讥骂,元亦无如之何。元尝权国史院编修官,时末帝召故驸马都尉仆散阿海女子入宫,俄以人言其罪,又蒙放出。元因赋《金谷怨》乐府诗,李见之,作《代金谷佳人答》一篇以拒焉,一时士人传以为笑谈。元诗云:"娃儿十八娇可怜,亭亭袅袅春风前。天上仙人玉为骨,人间画工画不出。小小油壁车,轧轧出东华。绣带盘绫结,云裙蹋雁沙。娇云一片不成雨,被风吹去落谁家?岂无年少恩泽侯,锦鞲貂帽亦风流。不然典取鹔鹴裘,四壁相如堪白头。金谷楼台杳无主,燕子不飞花著雨。只知环珮作离声,谁解琵琶得私语?有情蜂雄蛱蝶雌,无情鸡欺翡翠儿。劝君满饮金曲卮,明日无花空折枝。"李诗云:"石家园林洛水滨,粉垣碧瓦迷天津。楼台参差映金谷,歌舞日日娇青春。是时天下甲兵息,江南已传归命臣。永平以来太康治,四海一家无穷人。洛阳城中厌醽醁,司隶夜过不敢嗔。王门戚里争豪侈，车马如水争红尘。烧金斫玉延上客，季伦岂输赵王伦？两家炎炎贵相轧，笙竽嘈嘈妓成列。珊瑚红树鞭击碎，步障青丝马踏裂。因缘睚眦贵人怒，诏下黄门促收捕。邮夫防吏急喧驱，河南牒系御史府。钟鸣漏尽行不休，生存华屋归山丘。绿珠香魂浣尘土，侍儿忍居楼上头。君王慈明宥率土，妾身窜名籍民伍。平生作得健儿妇，狗走鸡飞岂敢恶？”元和其诗，先子称工。

麻徵君知几在南州，见时事扰攘，其催科督赋如毛，百姓不安，尝《题雨中行人扇图》诗云：“幸自山东无税赋，何须雨里太仓黄？寻思此个人间世，画出人来也著忙。”虽一时戏语，也有味。知几若见今日事，又作何语邪？又《戏题太公钓鱼图》云：“向使文王不猎贤，一竿潦倒渭河边。当时若早随时世，直吃羊羔八十年。”亦中时病也。又有《道人》云：“太公寿命八十余，文王一见便同车。而今若有蟠溪客，也被官中要纳鱼。”虽俚语，可以想见时世也。

王翰林从之尝论黄鲁直诗穿凿、太好异，云：“‘能令汉家重九鼎，桐江波上一丝风。’若道汉家二百年自严陵钓竿上来且道得，然关风甚事？”又云：“‘猩猩毛笔‘平生几两屐’身后五车书。’此两事如何合得？且一猩猩毛笔安能写五车书邪？”余尝以语雷丈希颜，曰：“不然，一猩猩之毛如何只作笔一管？”后以语先子，先子大笑云。

金朝律赋之弊不可言。大定间，诸公所作气质浑厚，学问淳醇，沨沨可观。其后，张承旨行简知贡举，惟以格律痛绳之，洗垢求瘢苛甚，其一时士子趋学，模题画影，至不成语言，以是有“甘泉”、“甜水”之谕，文风浸衰。故士林相传，但君题小赋，必曰“国欲图治，君当灼知”。隔句贴多用“可得而知”四字，故文人见一举子，必指曰："又一可得而知者。"有人云："闻一老师令席生作《汉高祖斩白蛇赋》，席生小赋破题云：'蛇不难斩，君当灼知。'师改曰：'不然，不若国欲图治，君当斩蛇。'又令作《鸿雁来宾赋》曰：'秋既云至，雁当灼知'。"此可以轩渠也。

许州有苏嗣之者，云东坡后裔，盖子由久居颍川，有族不南渡者也。其人颇蠢骏，富于财，以资入官，交结权要、短衣，女直中士大夫多以为笑。以其肥硕也，呼为"苏胖"。余尝与雷希颜谈及之，雷曰："颇闻夜僵水牛之说乎？"余对"不知也"。雷曰："昔东坡生，一夕眉山草木尽死。今苏胖生，一夕郑村水牛尽死也。"此可大笑。

赵翰林周臣为学士，杨之美为礼部尚书，二公相得甚欢。盖杨虽视赵进稍后，且齿少，赵以其学问、政事过人，雅重之，而杨事赵亦谨。正大初，朝廷以夏国为北兵所废，将立新主，以赵公年德俱高，且中朝名士，遂命入使册之。既行，馆阁诸公以为赵公此行必厚获，盖赵素清贫也。至界上，朝议罢其事，飞驿卒遣追回。当驿卒之行也，杨公在礼部，召至，授以一卷书，封印甚谨，谕以直至学士面前开拆。卒既至赵所，先授以省符，次白有礼部实封。赵公疑讶，不知为何事。启之，乃杨公诗一首也。其诗云："中朝人物翰林才，金节煌煌使夏台。马上逢人唾珠玉，笔头到处洒琼瑰。三封书贷扬州命，半夜碑轰荐福雷。自古书生多薄命，满头风雪却回来。"赵公抚掌大笑。后朝野喧传，以为笑谈。

张特立文举，东明人。少擢第，有能声。调莱州节度判官，不赴。居杞之围城，躬耕田野，以经学自乐。正大初，侯左丞挚荐诸朝，为洛阳令，称治，召拜监察御史，奉法无所私。因劾省掾高桢辈受请托、饮娼家，坐不实得罪。盖初劾时，尝以草示应奉王鹗伯翼,共议之。王乃其门生也。事既行,高桢辈讼之。当时同席并有省掾王宾德卿,张以其进士也,故不劾。于是,朝省疑其私,并治文举、德卿。文举左迁邳州军事判官,杖五十,宾亦勒停。士论皆惜文举之去,宾因作诗有云:"王鹗既曾经手改,高桢自是著心攀。就中最苦张文举,收拾闲云返故山。"时人传以为笑。

高丞相岩夫,自南渡执政,在中书十余年,无正言直谏闻于外,清论鄙之。公性勤慎密,以此为人主见知。每朝,入待漏院,必先百官至。有人云:"丞相方秉烛至院中,忽一朝士朝服立于前,公不识之,问曰:'卿为谁?'其人曰:'我欧阳修也。''尔为谁?'公曰:'吾丞相也,卿不识邪?'其人曰:'修不识丞相,丞相亦不识修。'"朝野相传以为笑。又为三司使时,主行钞法。及出支军粮,颇靳惜,且折支他物,军民号"不支"。及薨,人又云:"丞相死,既焚,其声犹不支也。"嗟乎,士大夫得志可不慎欤? 一有失众心,其讥诮如此,可畏也夫!

王翰林从之貌严重若不可亲,然喜于狎笑,酒间风味不浅。崔翰林伯善性俭啬,家居止蔬食为常。故院中为之语曰:"崔伯善有肉不餐,王从之无花不饮。崔伯善有肉不餐,却图个甚? 王从之无花不饮,谁惯了你来?"又云:"崔伯善有肉不餐,要餐也没;王从之无花不饮,不饮即休。"

李屏山在燕都时,与雷希颜、张伯玉诸公宴游,李嗜酒,雷善饮啖,因相戏言:"之纯爱酒如蝇,希颜见肉如鹰,伯玉好色如僧。"遂相与大笑。

李长源虽才高,然不通世事,傲岸多怒,交游多畏之。李钦叔尝云:"长源上颇通天文,下粗知地理,中间全不晓人事也。"或者传为本谓王飞伯。正大中,长源遇余淮阳,因谈及飞伯,余举钦叔言,长源大笑曰:"此政谓我也。"

李屏山视赵闲闲为丈人行,盖屏山父与赵公同年进士也。然赵以其才,友之忘年。屏山每见赵致礼,或呼以老叔,然于文字间未尝假借;或因醉嫚骂,虽愠亦无如之何。其往刺宁夏,尝以诗送,有云:"百钱一匹绢,留作寒儒裙。"讥其多为人写字也。又云:"一婢丑如鬼,老脚不作温。"讥其侍妾也。又《送王从之南归》有云:"今日始服君,似君良独难。惜花不惜金,爱睡不爱官。"亦一时戏之也。

赵闲闲本好书,以其名重也,人多求之,公甚以为苦。尝于礼部厅壁上榜云:"当职系三品官,为人书扇面失体,请诸人知。"既致仕,于宅门首书曰:"老汉不写字。"然燕居无客未尝不钞书,相识辈强请亦不能拒。若夫其心所不喜者,虽恳求竟不得也。雷希颜得其书最多,凡有求,未尝拒。盖公颇惮雷,且雷善求其书。时或邀公食后,出古人墨迹使观之,又出佳研、精纸、名墨在前;或饮以一二杯,待公有书兴,引纸落笔,俄顷数幅。雷旁观辄称叹,凡一点一画,必曰:"此颜平原也。""此米元章也。"公既喜,遂书不倦。又雷与屏山皆不工书,赵公尝笑之曰:"希颜堂堂如此,而写如此字。"一日,在礼部,适公为王从之书,末云:"某月日为从之天下士书,髯雷在侧,笑其不工也。"阖坐大噱。又一日,雷得郭恕先篆数幅,甚珍之,以示赵公。公亦喜,雷因求跋尾,公跋云:"恕先篆不减唐人,然迄宋百余年不经诸名士发扬。"此一反雷希颜而趣售之。其鉴裁如此。然其书不减李屏山,此一反。后数日,公婿张履求书,余亦在座,公跋其尾云:"年月日,微雨中为张倩书,雷希颜欲以恕先篆相易。"雷愕然,公徐曰:"刘京叔不可,乃止。"因相与大笑。又王武叔出馆补外,未赴,甚贫,会五月麦熟,将出京求济于交友辈,持素纨扇数十,诣公求书,公拒之。武叔素嗜酒不检,既出公门,大叫呼公,公闻而遽召,为书之。然每一扇头但书古诗一联,有曰"黄花人麦稀"者,有曰"麦天晨气润"者,有曰"麦陇风来饼饵香"者,盖嘲王求麦也。然王竟以其书多所获。又一日,公在礼部,白枢判文举诸人邀公饮丹阳观。公将往,先谓诸人曰:"吾今往,但不写字耳。如求字者,是吾儿。"文举曰:"先生年德俱高,某等真儿行也。"公笑,又为书之。

附录:赵秉文　和拟韦苏州

按,闲闲以书名世,其真迹流传绝少。予藏有草书诗稿一卷,附录以永其传。

金源闲闲老人真迹

和拟韦苏州

西　涧

西荒行径草丛生,树隔前溪一犊鸣。步寻幽涧疑无路。忽有人家略彴横。

和烟寺钟

近壑敛暝色,远山犹夕晖。声从烟际起,复向烟中微。随风散林野,渡头人未归。

和西塞山龙门

双阙耸岹峣,神斧忽中断。一水从中来,千龛道傍满。

和山耕叟

步逐麋鹿迹,讵知朝市情。负薪南涧曲,榛棘雨中行。呼儿问牛饱,又向山田耕。

和上方僧

石润云生衲,崖倾月照禅。晒衣横竹锡,洗钵落岩泉。但见山花发,幽居不记年。

拟 咏 夜

明从暗中去,暗从明际来。流光不相待,暗尽玉炉灰。

拟 咏 声

万籁静中起,犹是生灭因。隐儿以眼听,非根亦非尘。

和寄全椒道士

新移白阁峰,远访中条客。结茅授经台,共坐云间石。松龛读《易》朝,月窗谈道夕。从此到终身,区中了无迹。

和 游 溪

青溪雾气散,水涵天影空。白云翻著底,移舟明镜中。鸟近前滩日,花移别岸风。遥知夜来雨,山色翠如葱。

和秋斋独宿

冷晕侵残烛,雨声在深竹。惊鸟时一鸣,寒枝不成宿。

和听嘉陵江水声代深师答

惊湍泻石崖,百步无人迹。爱此静中喧,聊布安禅席。水无激石意,云何转雷声?仁者自生听,达士了不惊。心空境自寂,澹然两无情。

和演师西斋

不见竹间僧,但闻花外磬。敲槛出鱼游,巢檐知鸟性。云蒸坐禅石,露湿行道径。夜寂一灯残,山月来破暝。

和游开元精舍

松轩风扫净,终日闭门居。犬卧青苔地,鸟衔红柿初。瓶残夜禅起,经润雨翻余。自是少人迹,非关往来疏。

和答山中道士

行转青溪又别峰,马蹄终日认樵踪。翠微深处无人住,寺在深山何处钟。

西 楼

十去龙沙雁,年年九不归。烟尘犹未息,莫近塞云飞。

拟漠漠帆来重

薄暮潇潇雨,何人独倚栏。濛濛山气重,澹澹水纹寒。草际光犹泫,松梢滴未干。灯前未归客,无梦到长安。

拟何时风雨夜

幽居少人事,有客来不速。炉内火正红,尊中酒新绿。高斋始闻雁,隔窗时动竹。何当风雪夜,抱被还同宿。

拟绿阴生昼寂

了无车马迹,终日掩禅关。不下溪头路,坐看檐际山。好鸟破午寂,幽花澹春闲。簪组方为累,来游不知还。

拟兵卫森画戟

冠带事朝谒,清坐弹鸣琴。以彼尘外趣,远我遗世心。岸帻送归鸟,隐几见遥岑。聊得静者乐,岂必居山林。

右《拟和韦诗》凡廿首,数年前致政时作,今岁过超化少林,意欲卜居,病未能也。

正之郎中送此幅,裱者用矾糊,不能书,书不成字,重违雅意,勉强作此。正大八年七夕后一日　秉文

闲闲公以正大九年五月十二日下世,此卷最为暮年书,故能备钟、张诸体,于屋漏雨、锥画沙之外,别有一种风气,令人爱之而不厌也。百年以来,诗人多学坡、谷,能拟韦苏州、王右丞者,唯公一人。唯真识者乃能赏之耳。后廿二年三月五日门生元好问敬览。

李屏山平日喜佛学,尝曰:“中国之书不及也。”又曰“西方之书”,又曰“学至于佛则无所学”。《释迦赞》云:“窃吾糟粕,贷吾秕糠;粉泽丘、轲,刻画老、庄。”尝论以为“宋伊川诸儒,虽号深明性理,发扬六经、圣人心学,然皆窃吾佛书者也”。因此,大为诸儒所攻。兴定间,再入翰林,时赵闲闲为翰长,余先子为御史,李钦止、钦叔、刘光甫俱在朝,每相见,辄谈儒佛异同,相与折难。久之,屏山因以禅语解“《中庸》那著无多事,只怕诸儒认识神”。先子和之,亦书其后云:“谈玄政自伯阳孙,佞佛真成次律身。毕竟诸儒扳不去,可怜饶舌费精神。”盖屏

山尝言:"吾祖老子,岂敢不学老、庄？吾生前一僧,岂敢不学佛?"故先子及之。屏山览之,大笑,且曰:"'扳'字如何下来?"先子曰:"《公羊》:'诸大夫扳隐而立之'。是也。"又屏山解"道生一"云:"一二三四五,虾蟆打杖鼓。"大抵皆如此葛藤语。及其属疾,盖酒后伤寒,至六七日发黄,遍身如金,迄卒,色不变,医所谓酒疸者。交游因戏之曰:"屏山平日喜佛,今化为丈六金身矣。"而张介夫祭文直云:"公必乘云气、骑日月,为汗漫之游,不然,则西方之金仙矣。"

赵闲闲本喜佛学,然方之屏山,颇畏士论,又欲得扶教传道之名,晚年自择其文,凡主张佛老二家者皆削去,号《滏水集》,首以中、和、诚诸说冠之,以拟退之原道性,杨礼部之美为序,直推其继韩、欧。然其为二家所作文,并其葛藤诗句另作一编,号《闲闲外集》。以书与少林寺长老英粹中,使刊之,故二集皆行于世。余尝与王从之言:"公既欲为纯儒,又不舍二教,使后人何以处之?"王丈曰:"此老所谓藏头露尾耳。"又深戒杀生,中年断荤腥。尝谓余曰:"凡人欲甘己之口舌而害生物,彼性命与人何异也?"又曰:"吾先人晚年亦断荤腥。临终,闭目逝。少顷,复开目曰:'我见数人担肉数担过去,盖吾命所得食而不食者也。'"或者戏曰:"死则已矣,不亦枉了此肉乎?"然推公之心本慈祥,尝曰:"吾生前是一僧。"又曰:"吾前生是赵抃阅道。"盖阅道亦奉佛也。余先子自初登第识公,公喜其政事。既南渡,喜其有直名。后由公荐入翰林,相得甚欢。尝谓同僚曰:"吾将老而得此公入馆,当代吾。"又曰:"某官业当为本朝第一。"未几,先子殁。公哭甚哀,又为文以祭,为诗以挽,又取诸朝士所作挽词亲书为一轴寄余。余请表诸墓。至于《新修叶县学》诗及先子《惠政碑》,皆公笔也。余兴定末因试南京，初识公。已而，先子罢御史，归淮阳，余独留，日从公游，论诗讲道，为益甚多。然公以吾家父子不学佛，议小不可，且屡诱余，余亦不能从也。尝谓余曰："学佛老与不学佛老，不害其为君子。柳子厚喜佛，不害为小人；贺知章好道教，不害为君子；元微之好道教，不害为小人。亦不可专以学二家者为非也。"余因悟公以吾父子不学二家恐其相疵病，故有是论。已而，余亦归淮阳，公又与余书曰："慎不可轻毁佛老二教，堕大地狱则无及矣。闻此必大笑，但足下未知大圣人之作为耳。"余答书曰："若二教，岂可轻毁之？自非当韩、欧之世，岂可横取谤议哉？自非有韩、欧之智，岂可漫浪为哉？君子者，但知反身则以诚，处事则以义。若所谓地狱则不知也。"然公终于余有所恨。石抹嵩企隆亦从公游学佛，公甚爱之。尝于慧林院谒长老，公亲教企隆持香炉三棹脚作礼，因语梁户部斗南曰："此老不亦坏了人家子弟邪？"士林传以为笑。公既致仕，苦人求书，大书榜于门。有一僧将求公作化疏，以钉钉其手于公门。公闻，遽出礼之，为作疏且为书也。

归潜志卷十

　　李屏山晚年多疑畏，见后进中异常者，必摩抚之。雷公希颜本其门下士，后见其锋铓气势，恐其害己，甚惮之。尝为檄以疏其过恶，已而焚之。李公钦止、刘公光甫皆推挹屏山，然屏山以为李有钧钜，刘谈论锋出，皆惮之。尝谓余曰："若钦止之目，希颜之髯，光甫之牙，皆可畏。"余每与先子言以为笑。

　　正大间，雷希颜、李钦叔俱在翰林，王鹗伯翼以新进状元，亦入院为应奉，然其趋向各不同，故当时馆中有云："凡在院诸公，有侯门戚里者，有秦楼谢馆者，有田夫野老者。"侯门戚里者谓雷交权要也，秦楼谢馆者谓李狎歌酒也，"田夫野老者"谓王为其乡人通请托也。

　　泰和、大安以来，科举之文弊，盖有司惟守格法，无育材心，故所取之文皆猥弱陈腐，苟合程度而已。其逸才宏气、喜为奇异语者往往遭绌落，文风益衰。及宣宗南渡，贞祐初，诏免府试，而赵闲闲为省试，有司得李钦叔赋，大爱之。盖其文虽格律稍疏，然词藻庄严绝俗，因擢为第一人，擢麻知几为策论魁。于是举子辈哗然，诉于台省，投状陈告赵公坏了文格，又作诗讥之。台官许道真奏其事，将覆考，久之方息。俄钦叔中宏词科，遂入翰林，众始厌服。正大中，钦叔复为省试，有司得史学优赋，大爱之，亦擢为第一，于是举子辈复大噪。盖史之赋比李尤疏，第以学问词气见其为大手笔。又赋中多用禽兽对属，众言"何考官取此赋为魁？盖其中口味多也"。又曰：

"可号学优为百兽家。"俄学优对廷策中之，议者亦息。嗟乎！士皆安卑习陋久矣，一旦见其有轩昂峭异者，其怪骇宜哉。夫科举本以取天下英才，格律其大约也。或者舍彼取此，使士有遗逸之嗟，而赵、李二公不徇众好，独所取得人，彼议者纷纷何足校也。

金朝钱币旧止用铜钱，正隆、大定、泰和间始铸新钱，余皆宋旧钱。及高岩夫为三司副使，倡行钞法。初甚贵重，过于钱，以其便于持行也。尔后兵兴，官出甚众，民间始轻之，法益衰。南渡之初，至有交钞一十贯不抵钱十文用者，富商大贾多因钞法困穷，俗谓坐化。官知其然，为更造，号曰宝券。新券初出，人亦贵之，已而复如交钞。官又为更造，号曰通货，又改曰通宝，又改曰通货，曰宝泉、珍宝、珍会，最后以绫织印造，号珍货，抵银。一起一衰，迄国亡而钱不复出矣。予在淮阳时，尝闻宋人喜收旧钱，商贾往往以舟载，下江淮贸易，于是钱多入宋矣。嗟夫！钱为至宝，自古流行，今日弃置与瓦砾等，而以诸帛相诳欺，无怪乎天下之远……原本空白二行。

兴定末，予在南京，会屏山至钧台，日游，每从之，多问以金朝旧事，屏山备为予谈之。其谈田毂侍郎党事云，熙宗时，韩丞相企先辅政，好奖进人材。田毂辈风采，诚一时人士魁，名士皆显达焉。凡宴谈会集间，诸公皆以分别流品、升沉人物为事。时蔡丞相松年、曹尚书望之，许宣徽霖居下位，欲附其中，而毂辈不许曰："松年失节，望之俗吏，霖小人。"皆屏而不用。三人者大恨之。时太师辽王名宗弼。以皇叔当国，三人者游其门，甚言毂等专进退人材自利，将不利朝廷。辽王信之，将有以发怒，会韩丞相病革，辽王候焉。适毂在内闻之，趋避门后。丞相属王以后事，曰："田毂可代吾。"辽王忿然曰："是

子当诛,相公昏矣。"因起而出。毁闻之,汗沾衣。已而,丞相
薨,毁等失势,三人者促辽王起党事奏闻。熙宗曰:"党人何
为?"辽王曰:"党人相结欲反耳。"上曰:"若尔,当尽诛之。"于
是收毁等下狱,且远捕四方党与。每得一人,先漆其面赴讯,
使不相识。捞掠万状,毁、具瞻皆死狱中,而松年、望之、霖皆
进用矣。其后,松年在相位,晨赴朝,上马,见毁召辨,左右但
闻松年云:"某当便行。"望之在吏部听事亦见毁召辨,二人由
此薨。而霖病创颈断卒,天之报施亦显哉,大抵类田蚡、灌夫
事也。当毁用事时,士之希进者无不附之,独吾高祖南山翁不
预。及其遭祸,天下士多不免,独吾祖得全,世以拟郭林宗。
张御史景仁表翁墓有云:"当时以声势为能吏巧相附会者,未
尝推挽公,公亦不以此屑意。其后,皆坐朋党沦胥以败,公独
不与,识者莫不多之。"盖实录也。

　　屏山又谈赵闲闲初上言诸公坐诗讥讽得罪事云:章宗诚
好文,奖用士大夫。晚年为人谗间,颇厌怒。如刘左司昂、宗
御史端修,先以大中事皆坐谤议朝政谪外官。其后,路侍御
铎、周户部昂、王修撰庭筠复以赵闲闲事谪绌。每曰:"措大辈
止好议论人。"故泰和三年御试,上自出题曰"日合天统",以困
诸进士。止取二十七人,皆积渐之所致也。初,赵秉文由外官
为王庭筠所荐入翰林,既受职,遽上言云:"愿陛下进君子,退
小人。"上召入宫,使内侍问:"当今君子、小人为谁?"秉文对:
"君子,故相完颜守贞;小人,今参政胥持国也。"上复使诘问:
"汝何以知此二人为君子、小人?"秉文惶迫不能对,但言:"臣
新自外来,闻朝廷士大夫议论如此。"时上厌守贞直言,由宰相
出留守东京。向持国谄谀,骤为执政,闻之大怒,因穷治其事。
收王庭筠等俱下吏,且搜索所作讥讽文字,复无所得,独省掾

周昂《送路铎外补》诗有云："龙移鲭鳝舞，日落鸥枭啸。未须发三叹，但可付一笑。"颇涉讥讽。奏闻，上怒曰："此政谓世宗升遐而朕嗣位也。"大臣皆惧，罪在不可测。参知政事孙公铎从容言于上曰："古之人臣亦有拟为龙、为日者，如孔明卧龙、荀氏八龙，赵衰冬日、赵盾夏日，宜无他。"于是上意稍解。翌日有旨："庭筠坐举秉文，昂坐讥讽，各杖七十，左贬外官。秉文狂愚，为人所教，止以本等外补。"初，秉文与昂不相识，被累。已而，昂杖卧，秉文谢焉，大为昂母所诟，秉文但曰："此前生冤业也。"故人为之语有"不攀栏槛只攀人"之句。其后，赵公以文章翰墨著名，位三品，主文盟，然此少时事终不能掩。大安中，出刺宁夏，屏山以诗送之，有云："明昌党事起，实夫子为根。黄华文章伯，抱恨入九原。樊樊周大夫，不得早调元。株逮及见黜，公独拥朱辖。"盖讦其旧事也。

余尝闻故老论金朝女直宰相中，最贤者曰完颜守贞。相章宗，屡正言，有重望。自号冷岩，接援士流，一时名士如路侍御铎、周户部德卿诸公皆倚以为重。后竟以直罢相，出留守东京。德卿赋《冷岩行》颂其德。

胥参政持国由经童入仕，得幸于章宗，擢为执政，一时权势赫然，而张仲淹诸人游其门，附以进用，时号"胥门十哲"。泰和南征，宋人传檄有云："经童作相，监女为妃。"皆指以罪章宗。"监女"者，元妃李氏，其家因罪没入官为奴婢，属监户。李氏少给事太后，章宗见而悦之。及即位，大被宠，嬖专房，拜为元妃，势敌正后。其兄喜儿，少尝为盗，夤缘至宣徽使。弟帖哥至近侍局使。一家权势熏天，士大夫好进者往往趋附。南京李按察炳、中山李翰林著皆与妃家结为亲。独李怀州晏辞不肯。后章宗崩，无子，元妃等与宰相撒速定策立卫王。

王,世宗子,章宗叔也。王既立,撒速欲专其功,媒孽李氏罪恶,以为尝为厌胜事,卫王下诏赐元妃死,且废为庶人,使天下止呼其小字李师儿。其母王坐诛,兄喜儿、弟帖哥皆窜北边,李氏一族灰灭矣。当其盛时,不减唐开元杨贵妃家,然止于奢纵,不能害政蠹民也。世言李氏姿色不甚丽,性慧颖,能迎合人主意,以此幸于章宗。初不知书,后见上好文,遂能作字知文义,妇人女子变化有此哉。

张仲淹复亨少为进士,同郭黼、周询、卢元中宏词科,为文有体,且长于吏事,大为章宗所知。登第不十年,位三品,擢中都路都转运使,卒,时年方四十余。不然,大拜矣。然以其附胥氏得进,清论鄙之。士大夫趋向不可不慎也。

纥石烈执中,小字胡沙虎。世宗时为护卫,得幸于章宗。为人凶悍鸷横,为举朝所恶。且苛官不法,台谏屡有言,上常右之,每曰:“汝辈无他事,何止言胡沙虎也?斯人止是跋扈耳。”孟参政铸时为御史中丞,对曰:“圣世岂容有跋扈之臣?”上无以应。然屡斥屡召,恩宠不衰。卫王即位,北方兵起,命执中为帅,大败于古北口,北兵由此犯燕都。卫王疏其罪,除名为民。未几,复起为四门都提控,仍令参议省事。执中既得兵柄,遂有废立心。时驸马都尉南平,卫王心腹也,方用事,判大兴府。执中一旦勒兵,言南平谋反,杀之于街,即诣宫,斩关以入,车载卫王还第,自号监国元帅,坐都堂,百官无敢言者。时完颜元奴以参政将兵数万备北边,执中惧其见讨,使其家人好召之。元奴迟疑久,竟赴阙,执中执而诛之,遂缢卫王死。时丰王判彰德府,即迎入立,是为宣宗。士论谓元奴不入都,执中必不敢弑逆,政如皇甫嵩之就董卓征也,庸人无断至误国家如此。宣宗以执中为太师、尚书令、泽王,进退百官自恣,有震主之威，宣宗拱手而已。尤虎高琪者，时为西南路招讨使，将兵，执中命出都与北兵战。高琪败归，见执中，执中将诛之，已而释之，复命提兵以出。又败，高琪惧诛，号令军士，将顺众心诛执中，众皆诺。夕入执中第，被甲胄露刃以前，执中方濯足，见大骇，走入卧内，高琪军士追杀之，持其首赴宫门请罪。宣宗大惧，遽传诏赦之。明日，拜平章政事。高琪既为相，复跋扈擅权，南渡政事自己出，宣宗甚惮之。然其为人颇廉，月俸计家所费外，悉纳于官。性忌忍，多害其敌己者，杀平章政事抹捻尽忠、杀东平帅移剌都，其力也。兴定初，坐杀其夫人，为家人讼言宰执，将奏之，法当退避，高琪忿然，遽索马归。宣宗即命亲兵擒下狱，以大不敬论杀之。

卫王初即位，改元大安，历四年，改元崇庆，历二年，又改元至宁，人谓"三元大崇"至矣，俄有胡沙虎之变。

南京未破时一二年，市中有一僧，不知所从来，持一布囊贮枣，持以散市人无穷，所在儿童从之。又有一僧，手拾街中破瓦子，复用石击碎，所在亦儿童聚焉。人初不知何意，后国亡，方知散枣者使之早散，击瓦者国家瓦解矣。

宣宗兴定六年夏，慧星出西方，长丈余，朝廷下诏改元元光，据汉武帝故事以厌之。其年十一月宣宗崩，已而宋帝亦崩，天道竟谁应耶？

赵翰林可献之少时赴举，及御帘试《王业艰难赋》，程文毕，于席屋上戏书小词云："赵可可，肚里文章可可。三场捱了两场过，只有这番解火。恰如合眼跳黄河，知他是过也不过。试官道王业艰难，好交你知我。"时海陵庶人亲御文明殿，望见之，使左右趣录以来，有旨谕考官："此人中否当奏之。"已而中选，不然亦有异恩矣。后仕世宗朝，为翰林修撰。因夜览《太宗神射碑》，反覆数四。明日，会世宗亲裸庙，立碑下，召学士院官读之，适有可在，音吐鸿畅如宿习然，世宗异之。数日，迁待制。及册章宗为皇太孙，适可当笔，有云：“念天下大器，可不正其本欤？而世嫡皇孙，所谓无以易者。”人皆称之。后章宗即位，偶问向者册文谁为之？左右以可对，即擢直学士。嗟乎，献之三以文字遇知人主，异哉！献之少轻俊，文章健捷，尤工乐章，有《玉峰闲情集》行于世。晚年奉使高丽。高丽故事，上国使来，馆中有侍妓，献之作《望海潮》以赠，为世所传。其词云：“云垂余发，霞拖广袂，人间自有飞琼。三馆俊游，百衔高选，翩翩老阮才名。银汉会双星。尚相看脉脉，似隔盈盈。醉玉添春，梦魂同夜惜卿卿。　　离觞草草同倾。记灵犀旧曲，晓枕余酲。海外九州，邮亭一别，此生未卜他生。江上数峰青。怅断云残雨，不见高城。二月辽阳芳草，千里路旁情。”归而下世，人以为“此生未卜他生”之谶云。先是蔡丞相伯坚亦尝奉使高丽，为馆妓赋《石州慢》云：“云海蓬莱，风雾鬓鬟，不假梳掠。仙衣卷尽霓裳，方见宫腰纤弱。心期得处，世间言语非真，海犀一点通寥廓。无物比情浓，与无情相搏。　　离索。晓来一枕余香，酒病赖花医却。激滟金尊，收拾新愁重酌。半帆云影，载得无际关山，《中州乐府》云：“片帆云影，载将无际关山。”梦魂应被杨花觉。梅子雨丝丝，满江千楼阁。”二词至今人不能优劣。予谓萧闲之浑厚，玉峰之峭拔，皆可人。然蔡之“仙衣卷尽霓裳，方见宫腰纤弱”与赵之“惜卿卿”皆不免为人疵议之矣。

　　王副枢晦子明，自布衣时慷慨以侠闻，其友人出游久，妻与一僧私，既归，晦以告，其友无如之何。晦教之，复为远出计。治装即岐，而他寓。夕造其家，僧见之，趋启轩以逃，晦伏

轩外,以铁简迎击,僧脑出而毙。明日,晦诣有司等自陈其事,
有司义而释之。其后守顺州,竟以节死。

金朝名士大夫多出北方,世传《云中三老图》:魏参政子平
宏州顺圣人,梁参政甫应州山阴人,程参政晖蔚州人,三公皆
执政世宗时,为名臣。又苏右丞宗尹天成人,吾高祖南山翁顺
圣人,雷西仲父子浑源人,李屏山宏州人,高丞相汝砺应州人,
其余不可胜数。余在南州时,尝与交游谈及此,余戏曰:"自古
名人出东、西、南三方,今日合到北方也。"

周户部德卿尝论时人之文曰:"正甫之文可敬,从之之文
可爱,之纯之文可畏也。"正甫名珪,真定人。尝为省都事,有
能声。泰和南征,军书羽檄皆出其手,为文条畅有法。余尝至
栾城,县署中有一遗爱碑,正甫笔也,余文不多见。在南京时,
李屏山尝云:"正甫文字全散失不传。"以是知士大夫贵有良子
弟也。

赵闲闲于前辈中,文则推党世杰怀英、蔡正甫珪,诗则最
称赵文孺沨、尹无忌拓。尝云:"王子端才固高,然太为名所
使。每出一联一篇,必要时人皆称之,故止是尖新。其曰'近
来陡觉无佳思,纵有诗成似乐天'。不免物议也。"李屏山于前
辈中止推王子端庭筠。尝曰:"东坡变而山谷,山谷变而黄华,
人难及也。"或谓赵不假借子端,盖与王争名,而李推黄华,盖
将以轧赵也。屏山南渡后文字,多杂禅语葛藤,或太鄙俚不
文,迄今刻石镂板者甚众。余先子尝云:"之纯晚年文字半为
葛藤,古来苏、黄诸公亦语禅,岂至如此? 可以为戒。"又多为
浮屠作碑记传赞,往往诋訾吾徒,诸僧翕然归向,因集以板之,
号《屏山翰墨佛事》,传至京师,士大夫览之多愠怒,有欲上章
劾之者。先子尝谓曰:"此书胡不斧其板也?"屏山曰:"是向诸

僧所镂,何预我耶?"后屏山殁,将板其全集,闲闲为涂剔其伤教数语,然板竟不能起,今为诸僧刻于木,使传后世,惜哉。

屏山之殁,雷希颜志其墓,赵闲闲表焉。余先子之殁,亦雷志其墓,赵闲闲表焉。皆刻于石矣。迨雷、赵之殁,既葬而后,元裕之志之,其外表迄今皆阙也。

余高祖南山翁未第时,尝梦游山寺,见佛衣纹隐隐如金字,然细视之,乃七言诗也。觉而记其四句云:"喜逢汉代龙兴日,高谢商山豹隐秋。蟾宫好养青青桂,须占鳌头稳上游。"已而,金朝初开进士举,中魁甲。继以二子西岩、龙泉同擢第,又继以孙洺州君,又继以孙中奉君、朝列君、曾孙翰林君、奉政君,凡四世八人也。在南京时,中奉君尝求书"八桂堂"于赵闲闲,闲闲曰:"君家岂止八桂而已耶?"为书"丛桂蟾窟"四字云。

屏山之殁,诸公祭文、挽诗数十篇,雷、宋倡之。已而余先子殁,诸公祭文、挽诗才数首。后赵闲闲殁,惟余及宋飞卿、杨焕然作祭文、挽诗也。

归潜志卷十一

录 大 梁 事

金正大八年辛卯冬十一月，一作"十二月"。余居淮阳，北兵由襄、汉东下，时老祖母、老母在南京，趋往省焉。既至京师，边声益急，闻北兵阻荆江，与平章政事完颜合打等谋纵北兵东渡，将以劲骑蹴入江。北兵既渡，皆殊死战，合打兵不能遏，遂帅八都尉退保钧州。北兵袭之，不进。时朝廷忧惧不知所为，然天下劲兵皆为二帅所统，倚以决存亡。又命参知政事徒单兀典、殿前都点检完颜重喜提兵扼潼关。九年正月，下诏求言，于东华门接受陈言文字，日令一侍从官居门待，言者虽多，亦未闻有施行者。盖凡得士庶言章，先令诸朝贵如御史大夫裴满阿虎带、户部尚书完颜奴申等披详可，然后进，多为诸人革拨，百无一达者。余时亦愤然上书，且求见口陈。会翰林修撰李大节直于门，余付之，且与论时事。李曰："今朝廷之力全在平章、副枢，看此一战如何？"余无可奈何矣。时正月十七日也。翌日，报闻十六日钧台与北兵酣战，会天大雪没膝，我师皆冻不能支，转战良久，北兵后自孟津南渡，与南来诸兵会，我师遂大败，移剌蒲瓦被擒，完颜合打窜于地穴中，为所发见杀。都尉苗英、高英、樊泽，郎将完颜陈和尚诸骁将皆死。京师大震，下诏罪己，改元开兴。为守御京城计，四面置帅府，置行户、工部。和速甲蒲速辇帅北面，李新帅东面，范正之帅南面，完颜习你阿不帅西面。蒲察君平、张俊民、张师鲁、石抹世勣分领户、工部事。时平章政事兼枢密使完颜白撒、枢密院副使赤盏合喜用事，二人奸佞无远略，士庶皆恶之，末帝信用，不能斥去。识者知其误国矣。俄闻陷钧州，又陷许州，许帅十伦死之。二月，陷陈州，陈帅粘割奴申死之。京畿诸邑，所至残毁。末帝在宫中，时聚后妃涕泣。尝自缢，为宫人救免。又将坠楼，亦为左右救免。御史大夫裴满阿虎带、吏部侍郎刘仲周等诣北兵告和，不从。三月，北兵迫南京，上下震恐，朝议封皇兄荆王守纯子肃国公某为曹王，命尚书右丞李蹊等奉以为质子于军前，擢应奉翰林文字张本为翰林侍讲学士从以北。北兵留曹王营中，李蹊等回，具言彼虽受之，待北投，京师将不免攻。明日，北兵树炮攻城，大臣皆分主方面。时京城西南隅最急，完颜白撒主之。西隅尤急，赤盏合喜主之。东北隅稍缓，丞相完颜塞不主之。独东南隅未尝攻。时人情汹惧，皆以为旦夕不支。末帝亲出宫，巡四面劳军，故士皆死战。帝出，从数骑，不张盖，纵路人观。余时在道左，欲诣陈便宜，忽见一士捧章以进，帝令左右受之，谕曰："入宫看读，当候之。"余谓此时当马上览奏行事，今云"入宫"，又虚文也，遂趋去。已而其事竟无闻。北兵攻城益急，炮飞如雨，用人浑脱，或半磨，或半碓，莫能当。城中大炮号"震天雷"应之，北兵遇之，火起，亦数人灰死。军士又自城根暗门突出，杀伤甚众。总领蒲察官奴、高显、刘奕皆以力战有功，众庶推之，皆擢为帅，使分守四面相接应。时自朝士外，城中人皆为兵，号"防城丁壮"。下令：有一男子家居处死。太学诸生亦选为兵。诸生诉于官，请另作一军，号"太学丁壮"。已而，朝议以书生辈尫赢不任役，将发为炮夫，诸生刘百熙、杨焕等数十人伺上出，诣马前请自效。

上慰谕,令分付四面户部工作委差官,由是免炮夫之苦。平章白撒怒诸生之自见上也,趋召赴部,以缓期,杖户部主事田芝。又分令诸生监送军士饮食,视医药,书炮夫姓名。又令于城上放纸鸢,鸢书上语招诱胁从之人,使自拔以归,受官赏,皆不免奔走矢石间。又夜举灯球为令,使军士自暗门出劫战,令诸生执役,灯灭者死。诸生甚苦之。俄以灯球未具,杖刑部郎中石抹世勣,以前户部侍郎李渔代之。白撒本无守御才,但以严刻立威誉。夏四月八日始辍攻,下诏改元天兴。传闻北有朝命,令勿击。众谓攻三日不解,城将隳。已而,城上人望见北兵焚炮车,众皆以相贺。俄闻北兵不退,四面驻兵逻之,由是知祸未艾也。士庶往往纵酒肉歌呼,无久生心。秋七月,北兵遣唐庆等来使,且曰:“欲和好成,金主当自来好议之。”末帝托疾卧御榻上,见庆等掉臂上殿,不为礼。致来旨毕,仍有不逊言,近侍皆切齿。既归馆,饷劳。是夕,飞虎军数辈,愤庆等无礼,且以为和好终不能成,不若杀之快众心。夜中,持兵入馆,大噪,杀庆等。馆伴使奥屯按出虎及画二人亦死。迟明,宰执趋赴馆视之。军士露刃,诣马前请罪。宰执遑遽慰劳之,上因赦其罪,且加犒赏。京师细民皆欢呼踊跃,以为太平。识者知其祸不可解矣。八月,恒山公武仙提兵自邓赴京师,上命副枢合喜出兵援之。至密县遇北兵,合喜遽退走。仙兵与北兵转战于郑州之西南,会徒单兀典亦提兵东来相遇,战久之,由合喜兵不相接,皆败。仙引余兵南归,兀典亦西走。合喜还京师,士庶罪其误国,上不得已,废为民。时京师被围数月,仓廪空虚。尚书右丞李蹊坐粮不给下狱,已而免死,除名。擢前户部侍郎张师鲁为户部,主粮储事。时民间皆言官将搜百姓粮,人情汹汹,甚以为忧。冬十月,果下令自亲王宰相已下,皆存三月粮,计口留之，人三斗，余入官，隐匿者处死。命御史大夫裴满阿虎带、总帅知开封府徒单百家主之，其余朝廷侍从官分领其事。凡主者所往，剑戟从焉，户阅人诘不少缓，用铁锥监之，石杵震之，恐藏城中。士庶不爨以待。或搜获隐匿者，械于街，虽皇兄、后妃家皆不免。军士突入，妃主惊逃，驱蓺奴仆，使之指陈所匿，京师巨家著姓被罪者甚多。总领蒲察定住尤酷甚，杖杀无辜数人，凶黠辈因之为奸利，由是百姓离心。识者知其必亡。十二月，朝议以食尽无策，末帝亲出东征。丞相塞不、平章白撒、右丞完颜斡出、工部尚书权参知政事李蹊、枢密院判官白华、近侍局副使李大节、左右司郎中完颜进德、张兖、总帅徒单百家、蒲察官奴、高显、刘奕皆从。上与太后、皇后、诸妃别，大恸，誓以不破敌不归。仪卫萧然，见者悲怆。留参知政事完颜奴申、枢密副使完颜习你阿不权行尚书省兼枢密事。以余兵守南京。上既出，遇巩州帅完颜胡斜虎提兵转战来赴援，因从以东。初，上疑东面帅李新跋扈，有妄言，先罢为兵部侍郎。将出，密谕二守臣羁縶之。已而上出，二人者以事召新诣省。新疑其见擒，纵马突城门欲出，门者止之。新弃马逾城，二人者遽命将追及，堕湟水中，斩其首。时末帝既出，人情愈不安，日夜颙望东征之捷。俄闻北渡，前锋方交战，有功，取蒲城。进取卫州，白撒等望见北兵，遽劝上登舟船南渡，从官多攀从不及，死于兵。而骁将徒单百家、高显、高奕辈初不知上去，已而军士皆散没。上以余兵狼狈入归德，杜门，京民大恐，以为将不救矣。二守臣素庸暗无谋，但知闭门自守。百姓食尽，无以自生。米升直银二两，贫民往往食人脬，死者相望，官日载数车出城，一夕皆剔食其肉净尽。缙绅士女多行丐于街，民间有食其子。锦衣、宝器不能易米数升。人朝出不敢夕归，惧为饥者杀而食。平日亲族交旧，以一饭相避于家。又日杀马牛乘骑自啖，至于箱箧、鞍鞴诸皮物，凡可食者皆煮而食之。其贵家第宅与夫市中楼馆木材皆撤以爨。城中触目皆瓦砾废区，无复向来繁侈矣。朝官士庶往往相结携妻子突出北归，众谓不久当大溃。二年正月，末帝遣近侍局使徒单四喜等入南京取太后、皇后、诸妃嫔赴归德。既出城，惧与北兵遇，复仓皇归宫。于后。四喜独携其族以去，末帝斩之。时外围不解，上下如在陷阱中，且相继殍死，议者以为上既去国，推立皇兄荆王，以城降，庶可救一城生灵，且望不绝完颜氏之祀，是亦《春秋》"纪侯大去其国，纪季以酅入于齐"之义，不得已者。况北兵中有曹王也，朝士皆知，莫敢言。二守臣但曰："当以死守。"众愤二人无他策，思有一豪杰出而为之救士民。余夕见左司郎中杨居仁白其事，杨云："是事固善，然孰敢倡者？彼二执政亦知之而不敢言，且不敢为也。"廿有一日，忽闻执政召在京父老、士庶计事，诣都堂。余同麻革潜众中以听。二执政立都堂檐外，杨居仁诸首领官从焉。省掾元好问宣执政所下令告谕，且问诸父老便宜。完颜奴申拱立无语，独完颜习你阿勃反覆申谕："以国家至此，无可奈何，凡有可行，当共议。"且继以泣涕。诸禺叟或陈说细微，不足采。余语麻革，将出而白前事。革言："莫若以奏记密陈。子归草之，吾当共上也。"余以是退，将明日同革献书。其夕，颇闻民间称有一西南崔都尉、药招抚者将起事，众皆曰："事急矣，安得无人？"予既归，夜草书，备论其事。迟明，怀以诣省庭，且邀革往。自断此事系完颜氏存灭，且以救余民，虽死亦无愧矣。是旦，大阴晦，俄雨作，余姑避民间。忽闻军马声，市人奔走相传曰："达靼入城矣。"余知事已不及，遂急归。路闻非北兵，盖西南兵变，已围尚书省矣。时崔立为西面都尉、权元帅,同其党韩铎等举兵。
药安国者,北方人,素骁勇,为先锋以进,横刀入尚书省,崔立
继之。二执政见而大骇曰:"汝辈有事,当好议。"安国先杀习
你阿不,次杀奴申,又杀左司郎中纳合德晖,击右司郎中杨居
仁、聂天骥,创甚。省掾皆四走,窜匿民家。崔立既杀二人,提
兵尚书省,号令众庶曰:"吾为二执政闭门误众,将饿死。今杀
之,以救一城民。"且禁诸军士:"取民一钱处死。"阖郡称快,以
为有生路也。食时,忽阴雨开霁,日光烂然。立提兵入宫见太
后,具陈其事。太后惶怖听命,拜立为左丞相、都元帅、寿国
公。立以太后令,释卫邸之囚,召卫王故太子梁王某监国,遂
取卫族皆入宫。即遣使持二执政首诣军前纳降款。明日,立
坐都堂,召在京父老、僧道、百姓谕言,皆曰:"谢丞相得生。"立
又自诣军前投谒归附,命归,令在京士庶皆割发为北朝民。
初,立举事止三百人,杀二执政。当时诸女直将帅四面握兵者
甚多,皆束手听命,无一人出而与抗者。人谓李新若在,决与
立抗衡,新死,故立得志。立变三日,御史大夫裴满阿虎带、提
点近侍局兼左右司郎中吾古孙纳申缢于台中,户部尚书完颜
仲平亦自杀。初,立以副元帅药安国首事难制,忌之。因其夜
取故监军王守玉妻,且坐都堂,以安国犯令,叱左右斩以徇。
于是朝士震悚,无令不从。梁王虽监国,在宫中虚名而已。立
以其弟某为平章政事,张颂为殿前都点检,韩铎为副元帅、知
开封府,左司都事李蕊鲁谷之为御史中丞,皆其党也。又以吏
部侍郎刘仲周、谏议大夫张正伦参议省事,盖立取仲周女为
妻,正伦有人望也。又以前卫尉奥屯阿虎带为尚书右丞,前殿
前都点检温迪罕二十为参知政事。仲周、正伦皆进参知政事,
省令史元好问为左右司员外郎。又以刁壁为兵部尚书、元帅

左监军。初，立起，与璧谋。及其期，璧不往。立颇怒之甚，故不得执政。一时人望与士大夫退闲者，皆以次迁擢台阁中，其除拜无虚日。俄，立自为太师、尚书令、郑王。闻钧、汝间有众据西山不从命，立遣韩铎帅兵讨之。铎中箭死，以折彦颜知开封府。立又封诸内藏库，将以奉北兵，亦往往取归其第。又搜选民间寡妇、处女，亦将以奉北兵，然入其家者甚众。又括刷在京金银，命百官分坊陌穷治之，贵人、富家俱被害。陈国夫人王氏，末帝姨也，素富于财；平章白撒夫人亦富侈；右丞李蹊旧以取积闻，其妻子皆被搒掠、拷讯死。立又自诣军前求免剽掠，又求纵百姓出城挑菜充饥，于是人得出近郊采蓬子窠、甜苣菜，杂米粒以食。又闻京西—作"西京"陈冈上有野麦甚丰，立请百姓往收之。立又聚皇族皆入宫，俄遣诣青城，皆为北兵所杀，如荆王、梁王辈皆预焉，独太后、皇后、诸妃嫔宫人北徙。百姓初闻皇族当北往，有窜其间者，亦被诛军前。又取壬辰诸宰执家属，治罪杀唐庆事。故相侯挚亦见杀。四月二十日，使者发三教医匠人等出城，北兵纵入，大掠。立时在城外营中，兵先入立家，取其妻妾、宝玉辇以出。立归，大恸，亦不敢谁何。大臣富家多被荼毒死者，而三教医匠人等，在青城侧亦被剽夺无遗。俄复遣三教人入城，许百姓与北兵市易，城中人以所余金帛易北来米麦食之，然多为北兵劫取，莫敢语。余时同诸生复入居八仙馆中。五月二十有二日，会使者召三教人从以北。嗟乎，此生何属亲见国亡？至于惊怖、劳苦万状不可数。乃因暇日，记忆旧事，漫记于编。若夫所传不真及不见不闻者，皆不敢录。

归潜志卷十二

录 崔 立 碑 事

崔立既变,以南京降,自负其有救一城生灵功,谓左司员外郎元裕之曰:"汝等何时立一石,书吾反状邪?"时立国柄入手,生杀在一言,省庭日流血,上下震悚,诸在位者畏之,于是乎有立碑颂功德议。数日,忽一省卒诣予家,赍尚书礼房小帖子云:"首领官召赴礼房。"予初愕然,自以布衣不预事,不知何谓,即往至省。门外遇麻信之,予因语之。信之曰:"昨日见左司郎中张信之言,郑王碑事欲属我辈作,岂其然邪?"即同入省礼房。省掾曹益甫引见首领官张信之、元裕之二人曰:"今郑王以一身救百万生灵,其功德诚可嘉。今在京官吏、父老欲为立碑纪其事,众议属之二君,且已白郑王矣。二君其无让。"予即辞曰:"祁辈布衣无职,此非所当为。况有翰林诸公如王丈从之及裕之辈在,祁等不敢。"裕之曰:"此事出于众心,且吾曹生自王得之,为之何辞?君等无让。"予即曰:"吾当见王丈论之。"裕之曰:"王论亦如此矣。"予即趋出,至学士院,见王丈,时修撰张子忠、应奉张元美亦在焉。予因语其事,且曰:"此实诸公职,某辈何与焉?"王曰:"此事议久矣。盖以院中人为之,若尚书檄学士院作,非出于在京官吏、父老心;若自布衣中为之,乃众欲也。且子未仕,在布衣。今士民属子,子为之亦不伤于义也。"余于是阴悟诸公自以仕金显达,欲避其名以嫁诸布衣。又念平生为文，今而遇此患难，以是知扬子云《剧秦美新》，其亦出于不得已邪？因逊让而别。连延数日，又被督促。知不能辞，即略为草定，付裕之。一二日后，一省卒来召云："诸宰执召君。"余不得已，赴省。途中，遇元裕之骑马索予，因劫以行，且拉麻信之俱往。初不言碑事，止云省中召王学士诸公会饮，余亦阴揣其然。既入，即引诣左参政幕中，见参政刘公谦甫举杯属吾二人曰："大王碑事，众议烦公等。公等成之甚善。"余与信之俱逊让曰："不敢。"已而，谦甫出，见王丈在焉，相与酬酢。酒数行，日将入矣，余二人告归。裕之曰："省门已锁。今夕既饮，当留宿省中。"余辈无如之何。已而烛至，饮余，裕之倡曰："作郑王碑文，今夕可毕手也。"余曰："有诸公在，诸公为之。"王丈谓余曰："此事郑王已知众人请太学中名士作，子如坚拒，使王知诸生辈不肯作，是不许其以城降也，则衔之刻骨，缙绅俱受祸矣。是子以一人累众也。且子有老祖母、老母在堂，今一触其锋，祸及亲族，何以为智？子熟思之。"予惟以非职辞。久之，且曰："予既为草定，不当诸公意，请改命他人。"诸公不许，促迫甚。予知其事无可奈何，则曰："吾素不知馆阁体，今夕诸公共议之，如诸公避其名，但书某名在诸公后。"于是裕之引纸落笔草其事。王丈又曰："此文姑使裕之作以为君作，又何妨？且君集中不载亦可也。"予曰："裕之作政宜，某复何言？"碑文既成，以示王丈及余。信之欲相商评，王丈为定数字。其铭词则王丈、欲之、信之及存予旧数言。其碑序全裕之笔也。然其文止实叙事，亦无褒称立言。时夜几四鼓，裕之趣曹益甫书之，裕之即于烛前焚其稿。迟明，予辈趋去。后数日，立坐朝堂，诸宰执首领官共献其文以为寿，遂召余、信之等俱诣立第受官。余辈深惧见立。俄而，诸首领官赍告身三通以出，付余辈曰："特赐进士出身。"因为余辈贺。后闻求巨石不得，省门左旧有宋徽宗时《甘露碑》，有司取而磨之，工书人张君庸者求书。刻方毕，北兵入城纵剽，余辈狼狈而出，不知其竟能立否也？嗟乎！诸公本畏立祸，不敢不成其言。已而又欲避其名，以卖布衣之士。余辈不幸有虚名，一旦为人之所劫，欲以死拒之，则发诸公嫁名之机，诸公必怒，怒而达崔立，祸不可测，则吾二亲何以自存？吾之死，所谓自经于沟渎而莫之知。且轻杀吾身以忧吾亲为大不孝矣，况身未禄仕，权义之轻重，亲莫重焉，故余姑隐忍保身，为二亲计。且其文皆众笔，非余全文，彼欲嫁名于余，余安得而辞也？今天下士议往往知裕之所为，且有曹通甫诗、杨叔能词在，亦不待余辩也。因书其首尾之详，以志少年之过。空山静思，可以一笑。

附录：元好问《外家别业上梁文》

穷干途者返于家，乃人情之必至。劳以生而佚以老，亦天道之自然。方属风霜匽薄之余，而有里社浮湛之渐。兹焉卜筑，今也落成。遗山道人，蟫蠹书痴，鸡虫禄薄；猥以勃窣槃跚之迹，仕于危急存亡之秋。左曹之斗食未迁，东道之戈船已御；久矣公私之俱罄，困于春夏之长围。穷甚析骸，死惟束手。人望荆兄之通好，义均纪季之附庸。出涕而女于吴，莫追于既往；下车而封之杞，有觊于方来。谋则佥同，议当孰抗？爰自上书宰相，所谓试微躯于万仞不测之渊；至于喋血京师，亦常保百族于群盗垂涎之口。皇天后土，实闻存赵之谋；枯木死灰，无复哭秦之泪。初，一军构乱，群小归功；劫太学之名流，文郑人之逆节。命由威制，佞岂愿为？就磨甘露御书之碑，细刻锦溪书叟之笔。蜀家降款，具存李昊之世修；赵王禅文，何预陆机之手迹？伊谁受赏，于我嫁名？悼同声同

气之间,有无罪无辜之谤。耿孤怀之自信,听众口之合攻。果吮痈舐痔
之自甘,虽窜海投山其何恨? 惟彼证龟而作鳖,始于养虺以成蛇。追韩
之骑甫还,射羿之弓随毂;以流言之自止,知神圣之可凭。复齿平民,仅
延残喘。泽畔而湘累已老,楼中而楚望奚穷? 怀先人之敝庐,可怜焦
土;眷外家之宅相,更愧前途。岂谓事有幸成,计尤私便? 东诸侯助竹
木之养,王录事寄草堂之赀。占松声之一丘,近桃花之三洞。东墙西
壁,无补拆之劳;上雨旁风,有闭藏之固。已与编户细民而杂处,敢用失
侯故将而自名? 因之挫锐以解纷,且以安常而处顺。老盆浊酒,便当接
田父之欢;春韭晚菘,愧夺园夫之利。彼扶摇直上,击水三千;韦杜城
南,去天尺五。坐庙堂,佐天子,盖有命焉。使乡里称善人,斯亦足矣。
云云。

郝经《辨磨甘露碑》诗云:"国贼反城以为功,万段不足仍推崇。勒
文颂德召学士,淳南先生付一死。林希更不顾名节,兄为起草弟亲刻。
省前便磨《甘露碑》,书丹即用宰相血。百年涵养一涂地,父老来看暗流
涕。数椽黄封几斛米,卖却家声都不计。盗据中原责金源,吠尧极口无
觍颜。作诗为告曹听翁,且莫独罪元遗山。"

辩　　亡

或问:"金国之所以亡,何哉? 末帝非有桀、纣之恶,害不
及民,疆土虽削,士马尚强,而遽至不救,亦必有说。"余曰:观
金之始取天下,虽出于边方,过于后魏、后唐、石晋、辽,然其所
以不能长久者,根本不立也。当其取辽时,诚与后魏初起不
殊。及取宋,责其背约,名为"伐罪吊民",故征索图书、车服,
褒崇元祐诸正人,取蔡京、童贯、王黼诸奸党,皆以顺百姓望,
由能用辽宋人材,如韩企先、刘彦宗、韩昉辈也。及得天下,其
封诛废置,政令如前朝,虽家法边塞,害亦不及天下,故典章法

度皆出于书生。至海陵庶人，虽淫暴自强，然英锐有大志，定官制、律令皆可观。又擢用人才，将混一天下。功虽不成，其强至矣。世宗天资仁厚，善于守成，又躬自俭约以养育士庶，故大定三十年几致太平。所用多敦朴谨厚之士，故石琚辈为相，不烦扰，不更张，偃息干戈，修崇学校，议者以为有汉文景风。此所以基明昌、承安之盛也。宣孝太子最高明绝人，读书喜文，欲变夷狄风俗，行中国礼乐如魏孝文。天不祚金，不即大位早世。章宗聪慧，有父风，属文为学，崇尚儒雅，故一时名士辈出。太臣执政，多有文采学问可取，能吏直臣皆得显用，政令修举，文治烂然，金朝之盛极矣。然文学止于词章，不知讲明经术为保国保民之道，以图基祚久长。又颇好浮侈，崇建宫阙，外戚小人多预政，且无志圣贤高躅，阴尚夷风；大臣惟知奉承，不敢逆其所好，故上下皆无维持长世之策，安乐一时，此所以启大安、贞祐之弱也。卫王苟查，不知人君体，不足言。已而强敌生边，贼臣得柄，外内交病，莫敢疗理。宣宗立于贼手，本懦弱无能，性颇猜忌，惩权臣之祸，恒恐为人所摇，故大臣宿将有罪，必除去不贷，其迁都大梁可谓失谋。向使守关中，犹可以数世；况南渡之后，不能苦心刻意如越王勾践志报会稽之羞，但苟安幸存以延岁月。由高琪执政后，擢用胥吏，抑士大夫之气不得伸，文法棼然，无兴复远略。大臣在位者，亦无忘身徇国之人，纵有之，亦不得驰骋。又偏私族类，疏外汉人，其机密谋谟，虽汉相不得预。人主以至公治天下，其分别如此，望群下尽力，难哉。故当路者惟知迎合其意，谨守簿书而已。为将者但知奉承近侍以偷荣幸宠，无效死之心。幸臣贵戚皆据要职于一时，士大夫一有敢言敢为者，皆投置散地。此所以启天兴之亡也。末帝夺长而立，出于爱私。虽资不残酷，然以圣智自处，少为黠吏时全所教，用术取人，虽外示宽宏以取名，而内实淫纵自肆。且讳言过恶，喜听谀言，又暗于用人，其将相止取从来贵戚，虽不杀大臣，其骄将多难制不驯；况不知大略，临大事辄退怯自沮，此所以一遇劲敌而不能振也。大抵金国之政杂辽、宋，非全用本国法，所以支持百年。然其分别蕃、汉人，且不变家政，不得士大夫心，此所以不能长久。向使大定后宣孝得位，尽行中国法，明昌、承安间复知保守整顿以防后患，南渡之后能内修政令，以恢复为志，则其国祚亦未必遽绝也。尝记泰和间有云中李纯甫，由小官上书万言，大略以为"此政当有为日"，而当路以为迂阔，笑之。宴安自处，以至土崩瓦解。南渡后，复有以"机会宜急有备"为言者，而上下泰然俱不以为心。以至宗庙丘墟，家国废绝，此古人所谓何世无奇材而遗之草泽者也。

金银珠玉，世人所甚贵。及遇凶年则不及菽粟，何哉？事有先后，势有缓急也。平时富贵之家求一珠玉、犀象、玩好、器物，至发粟出帛惟恐其不得，将以充其室，夸耀于人以自乐者，皆是也。壬辰岁，余在大梁，时城久被围，公私乏食，米一升至银二两余，殍死者相望，人视金银如泥土，使用不计。士庶之家出其平日珠玉、玩好、妆具、环珮、锦绣衣衾，日陈于天津桥市中，惟博粜升合米豆以救朝夕。尝记余家一氄袍，极致密鲜完，博米八升，金钗易牛肉一肩，趣售之。以是知明君贵五谷而贱金玉，诚知其本也。古人云："薪如桂，米如珠。"岂虚言哉。

文章各有体，本不可相犯欺，故古文不宜蹈袭前人成语，当以奇异自强。四六宜用前人成语，复不宜生涩求异。如散文不宜用诗家语，诗句不宜用散文言，律赋不宜犯散文言，散文不宜犯律赋语,皆判然各异。如杂用之,非惟失体,且梗目难通。然学者暗于识,多混乱交出,且互相诋诮,不自觉知此弊,虽一二名公不免也。

长于此者必短于彼,优于大者或劣于小。士君子穷处不能活妻子、免饥寒,及其得志,则兼济天下,使民物皆得所。太公困于鼓刀钓鱼,伊尹躬耕莘野,彼岂不能妄营财利,使生理优游邪?耻不为也。若夫韩淮阴,少年乞食漂母,人皆笑嗤。及为将,料敌制胜无遗策,卒能佐汉祖定天下,身享南面之乐。岂昔之拙而今之巧邪?材有所长,志有所不为也。因是以思吾侪,今日遭大变,遁于穷山荒野中,日惟糊口之不给,而不免有求于人,亦不足怪,但恨不能自渔樵、亲耕稼以自给,如古之人。彼穷居,妻子有愠言,乡人贱之,交游笑之,又何病也?理固然也。

国家养育人材当如养木,彼楩楠豫章之材,封殖之、护持之,任其长成,一旦可以为明堂太室之用。如或牛羊啮之、斧斤伐之,则将憔悴惨淡无生姿,或枯槁而死矣,又安能有干霄拂云之势邪?士大夫亦然。国家以爵禄导之、以语言使之,精神横出,材气得伸,锐于有为,然后得为我用。傥绳以文法,索过求瑕,为之则有议,言之则有罪,将括囊袖手,相招为自全计矣,国家何赖焉?余先君尝为言,如屏山之才,国家能奖养挈提使议论天下事,其智识盖人不可及。惟其早年暂欲有为有言,已遭摧折,所以中年纵酒,无功名心,是可为国家惜也。呜呼,自非坚刚不拔之志,超世绝伦之人,其遇忧患,遭废绌而不变易者,鲜矣哉。

传曰:“人定亦能胜天,天定亦能胜人。”余尝疑之。试以严冬在大厦中独立,凄淡不能久居。然忽有外人共笑,则殊暖燠，盖人气胜也。因是以思，谓人胜天亦有此理。岂特是哉？深冬执爨或厚衣重衾亦不寒，夏暑居高楼，以冰环坐而加之以扇亦不甚热，大抵有势力者能不为造物所欺，然所以有势力者，亦造物所使也。

人之生有三乐：有志气之乐，有形体之乐，有性命之乐。夫事业、功名、权势、爵位，乐志气也；酒色、衣食、使令、车马，乐形体也；仁义、礼知、忠信、孝弟，乐性命也。虽然，事业、功名、权势、爵位，得时者之所有也；酒色、衣食、使令、车马，富厚者之所备也；惟仁义、礼知、忠信、孝弟，虽不得时、不富厚而于我皆具，盖穷士之所有也。今吾既不得时有志气之乐，又不富厚有形体之乐，居荒山之中，日惟藜藿之为养，其所享无一毫过于人，舍性命其何乐哉？

士之生于世，何其多品邪？有为公卿宰辅，以事业功名显于后代者；有虽居下位，不得柄用，犹能以节义自著者；又有浮湛闾里，应物持身，但以德善立名者；有放浪山林，草衣木食，以高洁自居者；有抒心文史，以著述吟讽有闻者；又有研精技艺，如阴阳、医药、卜筮、字画、绘画以名世者；又有纵酒放歌，废弃礼法，以乐其形体者；又有抑情去欲，炼身服气，以觊飞升者。要之各从所好，且有定数在，亦安能一其迹邪？今吾幼而苦学，及于齿壮，学虽初成，而未有所遇。今穷居草野，日惟衣食之不充，将为事业、功名而不可得。又非居位当言，且临事变可以立节义。愿服炼，以懒惰不能；放纵，以拘窒不喜。诸技艺皆非所专心。平生以经籍文翰自娱。顾后日穷达犹未可知，然则独守吾残编断稿者，犹未为痴计也。

予生壮年，其所历多矣：尝陪诸举子进取矣，亦尝偕诸朋友讲学矣，又尝视诸农夫耕获矣，又尝同诸少年嬉游矣，又尝诣诸王公贵人干谒矣。自非上为卿相，行经济之谋；下为仆吏，执奔走之役。其于世故无所不涉。今而遭值乱离，屏居故山之下，回思向者之事，扰扰胶胶，于身无初少异，所谓如梦觉、如醉醒，而不见纤毫形迹。以此观之，百年之内亦可以默觉矣。而独区区虑衣食之不充，惧志意之不得，而不能乐天知命，坎止流行，与万物同始终，亦其学之不至也。哀哉！

三国时，士尚权诈，其间不为风俗所移者，陈寔、徐稚；魏晋间，士尚虚玄，其间不为风俗所移者，徐邈、卞壶。兹数人者，或以道德显，或以节行闻，或以智量称，或以风义著。行身立志卓尔不群，皆豪杰之士也。

予尝观《道藏》书，见其炼石服气以求长生登仙，又书符咒水役使鬼神为人治病除祟，且自立名字、职位云。主管天条而斋醮祈禳，则云能转祸为福。大抵方士之术，其有无谁能知？又观佛书，见谈天堂、地狱、因果、轮回，以为人与禽兽无异。且有千佛万圣，异世殊劫，而以持诵、布施则能生善地。大抵西方之教，其有无亦谁能知？因思吾道，天地日月照明，山河草木蕃息。其间君臣、父子、兄弟、夫妇，礼文粲然，而治国治家焕有条理。赏罚绌陟立见，荣辱生死穷通，互分得失，其明白如此，岂有惑人以不可知之事者哉？而世之愚俗，徒以二氏之诡诞怪异出耳目外，则波靡而从之，而饮食起居日在吾道中而恬不自知，反以为寻常者，良可叹也。呜呼，愚俗岂可责邪？而士大夫之高明好异者往往为所诱，不亦悖哉！

举世之人日奔走经营，惟以衣食为事。士君子则安闲乐道，不以衣食为忧。举世之人所畏者，饥寒、患难、死亡。士君子则于饥寒、患难、死亡无所畏，使道义充于中。虽明日饥而死,无歉于天地。使行不义而动非礼,虽贵于王公,富积千金,而内以愧于心,外以怍于人。然则士君子之所为所守,诚举世之人所背而驰者也。使俗人笑其迂而议其拙也宜哉。

归潜志卷十三

吾在南方时，从父母仕宦，家资颇温;而吾则专心于学，生事不一问。食未尝不肉也，寝未尝不帷也，出游未尝无车马也，役使未尝无僮仆也，然不知温饱安逸之味也。今遭丧乱，归故山，四壁萧然，日惟生事之见迫。食或旬日无醯醢，及一得之，则觉其甘。寝或终夜无衾裯，及一得之，则觉其暖。出或徒行无驴，及一得之，则觉其便。居或汲爨无人，及一得之，则觉其泰。乃知夫温饱安逸者，世之人亦未易得，然向之所得犹不足也，惑矣。因思一时富贵权势之人，生长纨绮中，或不遭患难摧折至老者，非惟不知稼穑之艰难，流于奢淫以蠹国病民，抑又不知世间温饱安逸之正味为不少，可胜叹哉！吾故以自尝试者述之，可为得志者戒。

窃尝考自古士风之变，系国家长短存亡。三代以前，其风淳质、修谨不必言。三代以后，世衰道丧 士大夫惟知功利为上，故争尚权谋。战国间游说从横之流，已而变为刑名掊刻，以法律控持上下，失士庶心，以至焚书坑儒，毒流四海。汉兴，其风稍更变，多厚重长者，然其权谋法律者犹相杂。迨至武帝，天下混同，士风一变，以学问为上，故争尚经术文章，一时如公孙弘、董仲舒、二司马、枚乘之徒出，文物大备。元、成以来，经术之弊皆尚虚文，而无事业可观，浮沈委靡，以苟容居位，匡衡、贡禹、孔光之流重以诌谀，故权臣肆志，国随以绝。东汉之初，人主惩权臣之祸，以法令督责群臣，群臣惟知守职奉法无过失。及桓、灵之世，朝政淆乱，奸臣擅权，士风激厉，以敢为敢言相尚，故争树名节。袁安、杨震、李固、杜乔、陈蕃之徒抗于朝，郭泰、范滂、岑晊、张俭之徒议于野，国势虽亡，而公议具存，犹能使乱臣贼子有所畏忌。已而诸豪割据，士大夫各欲择主立功名，如荀攸、贾诩、程昱、郭嘉、诸葛亮、庞统、鲁肃、周瑜之徒，争以智能自效。晋初，天下既一，士无所事，惟以谈论相高，故争尚玄虚。王弼、何晏倡于前，王衍、王澄和于后。希高名而无实用，以至误天下国家。南渡之后，非有王导、谢安辈稍务事业功名，其颓靡亦不可救矣。宋、齐、梁、陈，惟以文华相尚、门第相夸，亦不足观，故国祚亦不能久。唐兴，士大夫复以事业功名为上，贞观诸人有两汉风，其权谋、经术、文章、名节者错出间立，故唐一代人材最多，其扶支国势亦至三百载。及其乱也，死节者相望。五代之间亦无可取。宋初，士大夫复驰骋智谋。厥后混一，其风大变，经术、文章不减汉、唐，名节之士继踵而出。大抵崇尚学问，以道义为先，故维持国家亦二百载。虽遭丧夺，尚能奄有偏方。大抵天下乱，则士大夫多尚权谋、智术，以功业为先；天下治，则士大夫多尚经术、文章、学问，以名节为上。国家存亡长短随之，亦其势然也。

予平生有二乐：曰良友，曰异书。每遇之则欣然忘寝食。盖良友则从吾讲学，见吾过失，且笑谈游宴以忘忧。异书则资吾见闻，助吾辞藻，属文著论以有益。彼酒色膏粱如一时浮云，过目竟何所得哉？

肥浓甘脆，世所共珍，使饱而遇之，则食如泥土；藜藿葵荠，世所共贱，使饥而遇之，则食如饴糖。乃知贫穷之士自乐，富贵之人亦有苦。是则我辈区区以空乏为忧，亦悖矣。

国之不可治,犹可以治其家;人之不能正,犹能正其身。使家之齐而身之修,虽隐居不仕犹可谓得志。故吾尝曰:"虽天下未太平,而吾一家独不可太平乎?是诚在我者也。"

昔人云:"借书一痴,还书亦一痴。"故世之士大夫有奇书多秘之,亦有假而不归者,必援此。予尝鄙之。以为君子惟欲淑诸人,有奇书当与朋友共之,何至靳藏,独广己之闻见?果如是,量亦狭矣。如蔡伯喈之秘《论衡》,亦通人之一蔽,非君子所尚,不可法也。其假而不归者尤可笑,君子不夺人所好,"己所不欲,勿施于人",岂有假人物而不归之者耶?因改曰:"有书不借为一痴,借书不还亦一痴也。"

夫诗者,本发其喜怒哀乐之情。如使人读之无所感动,非诗也。予观后世诗人之诗,皆穷极辞藻,牵引学问,诚美矣,然读之不能动人,则亦何贵哉?故尝与亡友王飞伯言:"唐以前诗在诗,至宋则多在长短句。今之诗在俗间俚曲也,如所谓《源土令》之类。"飞伯曰:"何以知之?"予曰:"古人歌诗,皆发其心所欲言,使人诵之至有泣下者。今人之诗,惟泥题目、事实、句法,将以新巧取声名,虽得人口称,而动人心者绝少,不若俗谣俚曲之见其真情而反能荡人血气也。"飞伯以为然。

"六经"中莫难穷者《易》,莫难断者《春秋》,故予三十而学《春秋》,以其壮而立志也。四十而学《易》,以长而多练事也。

余祖沂水君尝训子孙曰:"士之立身如素丝然,慎不可使点污,少有点污则不得为完人矣。"屏山称之,以为名言。其作墓表也亦备载云。

老子之书,孔子尝见之矣,而未尝论其是非。孟子亦尝见之矣,而未尝言。若庄子与孟子同时,其名不容有不相知,而亦未尝有一言相及。而孟子所排者,杨、墨、仪、秦。庄子所论

者,孔、颜、曾、史。至于扬子始论老、庄得失,韩子则盛排之,
何哉?夫老、庄之书,孔、孟不言,其偶然邪?其有深意邪?扬
子排之,其得圣人微意邪?其与圣人异见邪?文中子一世纯
儒,其著述动作全法圣人,虽未能造其域,亦可谓贤而有志者。
遗书在世,韩子亦不容不见之,而未尝比数于荀子之列,其意
以为无足取邪?其偶然邪?至李翱则比诸世所传《太公家
教》,以为无辞而粗有理,亦轻之矣。司马君实则论其失而取
其长,为作补传。而程伊川则以为其议论尽高,有荀、扬道不
到处。诸公皆名世大儒,而异同如此,皆学者所当深究也。

　　司马君实作《文中子补传》,怪《隋书》不为文中子立传。
而其子弟云凝为御史,尝弹侯君集,君集与长孙无忌善,以此
王氏不得用,其修隋史者乃陈叔达、魏征,畏无忌,故不为立
传。君子曰:"叔达固畏无忌,征岂以畏无忌故掩其师名邪?"
以是为疑。余尝思,使征辈诚文中子门人,其不为立传亦自有
深意。将非以既拟其师以圣人,欲列于传,恐小之,欲援《孔子
世家》之例,而《隋书》无他世家,且恐时人议,故皆不纪。以为
其师之名不待史而传乎?如此然,未可知也。

　　余读《书》至《汤誓》、《汤诰》及《泰誓》、《牧誓》,观汤武伐
桀纣之际,谕众诲师无不以天为言。如曰"夏氏有罪,予畏上
帝","尔尚辅予一人,致天之罚"。"天道福善祸淫,降灾于
夏"。"肆台小子,将天命明威,不敢赦","上天孚佑下民,罪人
黜伏","俾予一人,辑宁尔邦家"。"今商王受弗敬上天,降灾
下民","皇天震怒,命我文考肃将天威","商罪贯盈,天命诛
之。予弗顺天,厥罪惟钧"。"惟天惠民,惟辟奉天"。"天其以
予乂民","戎商必克"。"商王受自绝于天,结怨于民","尔其
孜孜,奉予一人,恭行天罚"。"今予发,惟恭行天之罚"。大抵

以桀、纣为恶逆天，天绝之。我则诛恶救民，为顺天，且若阴受上天之命而行者。嗟乎！圣人之心则天心也，天之心则圣人心也。天之所绝，圣人则绝之；天之所与，圣人则与之；初无一毫异，有以见圣人以天自处也。非徒以天自处，其理诚一也。故当是时为圣人者，权其轻重，计其公私，而不暇顾其君臣之分。彼桀、纣所行诚顺天邪，吾则事之。诚逆天邪，吾则去之。其事其去，皆与天合。既去彼而求其为天下主者，舍己其谁哉？故践位而代之不辞，而天下翕然亦无异议。要之，所行者天也。又岂有歉然于心邪？其曰"惟有惭德，予恐来世以为口实"者，惧后之人臣不知天理、妄干天位者援以为例耳，亦惧浅学之士求其名而遗其实者耳。岂真有"惭德"邪？然则后之君子犹以臣伐君为疑者，陋矣。彼汤、武之心，求知于天而不求知于人者，可见矣。或者曰："然则莽、操之取汉，司马氏之取魏，若以天为言亦可乎？"曰："不然。彼汉、魏之政，如桀、纣乎？莽、操、司马氏之法，如汤、武乎？有汤、武之圣，遇桀、纣之恶，然后可以言受天命，否则，徒为篡逆而已。"

吾道盛衰自有时。吾尝考之，如循环相乘除也。周衰，诸侯不礼士。至战国，则魏文侯、燕昭王辈拥篲筑台，师事焉。继以始皇坑儒之祸。汉末，藩侯不礼士，而光武则安车蒲轮征聘焉。继有桓、灵党锢之事。唐朝士大夫往往为将相，有势位，后有白马之灾。宋兴，内外上下皆儒者显荣，至宣、政极矣，至于金国，士气遂不振。而今日困顿摧颓亦何足怪？但我辈适当此运者为不幸耳。虽然，穷、达一也，又何叹也。

贤人君子得志，可以养天下，如不得志，天下当共养之。

分人以财，有时而尽；分人以善，百世不磨。

凡将迎交接之际，礼貌、语言过则为谄、为曲；不及，则为亢、为疏，所以贵乎得中也。如或失中，与其谄也宁亢，与其曲也宁疏。

张平章万公父弥学座右铭有云："欲求子孙，先当积孝。欲求聪明，先当积学。"此至言也。

为善而遇灾屯困窘者，命也，非分也。为恶而遇灾屯困窘者，分也，非命也。为善而得富贵亨达者，分也，非命也。为恶而得富贵亨达者，命也，非分也。命、分之理，惟识者为能辨之。

夫欲心不死，道心不生。若欲安时任命，著书立言，发前人所未见，成后世之大名，惟忘富贵利达外物可也。

宁使敬而疏，毋使狎而亲。人敬而疏，不失为端士；人狎而亲，恐流而为小人。独不见冰雪与脂韦乎？其所喻何如？

厚于道味者，必薄于世味；厚于世味者，必薄于道味。士君子苟不为世味所诱，何名之不成，何节之不立哉？士大夫多为富贵坏了名节。吾尝为柳子厚、元微之之徒惜也。挤却死亡、贫贱，便做出好公事来；不然，终不能有所立。

富贵爵禄，世人所共嗜，故忘身屈节而徇之。惟君子视之为外物，得失付之自然。苟与世人同，安得为君子？

求合于圣贤，必不合于世俗。必欲与世俗合，则于圣贤之道远矣。同于古，必不同于今。苟欲富贵与道义兼，宁有是理？是则忖己之所趋向嗜好，又何愠乎贫贱哉？以此自思，便安。

士君子得志可以济天下，不得志不能活一身。故子思居卫，缊袍无里；荣公七十，带索无依。近世陈无己妻子常寄妇翁家，诚不肯非义而取也。

马援书诫兄子，使之效龙伯高，无效杜季良，所为则善矣。

虽然,杜季良仇人讼书引援诚为证,竟免官,而梁松、窦固因之被难,梁松由是恨援,死后构陷,至妻子不敢归葬。若是,则初时戒子侄好议论人长短,而不知先以此陷于祸也,悲夫。

保养乎身,勿以寿夭委之天;勤俭乎家,勿以有无付之命;强勉乎政,勿以否泰归之时;忠爱乎君,勿以昏明托诸上。此所谓先尽人事后言天道,先尽其在己者,在人者初不计也。定心之法,莫善于此。

凡事,宁失之缓,勿失之急;宁失之不及,无失之过。急者,古人以为病。前辈有云:"优柔和缓。"又云:"天下事孰不因忙后错了? 曷尝令君缓不及事?"宜深思之。

附录:游龙山记　麻革

余生中条王官五老之下,长侍先人,西观太华,迤逦东游洛,因避地家焉。如女儿、乌权、白马诸峰固已厌登,饱经穷极幽深矣。革代以来,自雁门逾代岭之北,风壤陡异,多山而阻,色往往如死灰,凡草木亦无粹容。尝切慨叹南北之分,何限此一岭,地脉遽断,绝不相属如是邪? 越既,留滞居延,吾友浑源刘京叔尝以诗来,盛称其乡泉石林麓之胜。浑源实居代北,余始而疑之。虽然,吾友著书立言蕲信于天下后世者,必非夸言之也,独恨未尝一游焉。今年夏,因赴试武川,归道浑水,修谒于玉峰先生魏公。公野服萧然,见余于前轩。语未周浃,骤及是邦诸山,若南山,若柏山,业已游矣。惟龙山为绝胜,姑缺,兹以须诸文士同之。子幸来,殊可喜。乃选日为具,拉诸宾友骑自治城西南行十余里抵山下。山无麓。乍入谷,未有奇。沿溪曲折行数里,草木渐秀润。山竦出,崭然露芒角,水声锵然鸣两峰间,心始异之。又盘山行十许里,四山忽合,若拱而提、环而卫者。嘉木奇卉被之,葱蒨酣郁。风自木杪起,纷披震荡,山与木若相顾而坠者,使人神骇目眩。又行数里,得泉之泓澄渟滀者焉,泆出石罅,激而为迅流者焉。阴木荫其颠,幽草缘其趾。宾欲休，咸曰：“莫此地为宜。”即下马，披草踞石列坐。诸生渝筋以进，酒数行，客有指其西大石曰：“此可识。”因命余。佘乃援笔，书凡游者名氏及游之岁月而去。又行十许里，大抵一峰一盘，一溪一曲，山势益奇峭，树木益多，杉、桧、栝、柏，而无他凡木也。溪花种种，金间玉错，芬香入鼻，幽远可爱。木萝松鬣，冒人衣袖。又萦纡行数里，得冈之高遽，陟而上，马力殆不能胜。行茂林下，又五里，两岭若岐，中得浮屠氏之居，曰大云寺。有僧数辈来迎，延入，馆于寺之东轩。林峦树石，栉比楯立，皆在几席之下。憩过午，谒主僧英公，相与步西岭，过文殊岩。岩前长杉数本挺立，有磴悬焉。下瞰无底之壑，危峰怪石，巉岏巧斗，试一临之，毛骨森竖。南望五台诸峰，若相联络无间断。西北而望。峰豁而川明，村墟井邑，隐约微茫，如弈局然。徜徉者久之，赍缘从入西方丈，观故侯同知运使雷君诗石及京叔诸人留题。回，一作“遍”。乃径北岭，登萱草坡，盖龙山绝顶也。岭势峻绝，无路可跻。步草而往，深弱且滑甚，攀条扪萝，疲极乃得登。四望群木，皆翠杉苍桧，凌云千尺，与山无穷，此龙山胜概之大全也。降，乃复坐文殊岩下，置酒小酌。日既入，轻烟浮云，与暝色会。少焉月出，寒阴微明，散布石上。松声翛然，自万壑来。客皆悚视寂听，觉境愈清、思愈远。已而相与言曰：“世其有乐乎此者与？”酒醨，谈辩蜂起，各主其家山为胜。如郭主太华，刘主兹，余主王官五老，更嘲迭难不少屈。玉峰坐上坐，亦怡然一笑，诗所谓“善戏谑兮，不为虐兮”者，政如是也。至二鼓，乃归卧东轩。明且复来，各有诗识于石。迨午，饭主僧丈室。已乃循岭而东。径甚微，木甚茂密，仅可通马行。又五里，至玉泉寺，山势渐颇隘，树木渐稀阔，顾非龙山比。寺西峰曰望景台，险甚。主僧导客以登，历嶘嵓，坐盘石。其傍诸峰罗列，或偃或立，或将仆坠，或属而合，或离而分，贾奇献异不一状。北望川口最宽肆，金城原野，分画条列，历历可数。桑乾一水，纡绕如玦，观览旷达，此玉泉胜处也。从此归，路崄不可骑，皆步而下。重溪峻岭，愈出愈奇，抵暮乃得平地，宿李氏山家。卧念兹游之富与夫昔所经见而不能寐，若太华之雄尊，五老之巧秀，女几之婉严，乌权、白马之端重，兹山固无之。至于奥密渊邃，树林荟蔚繁阜，不一览而得，则兹山亦其可少哉？人之情，大抵得于此而遗于彼，用于所见而不用于所未见，此通患也。今中书令湛然公纪西域事称金山之秀，李子微贻友书论和林之胜有过于中州者，不知天壤之间、六合之内，复有几龙山也。因观山，于是乎有得：徒以文思浅狭，且游之亟，无以尽发山水之秘。异时当同二三友幅巾藜杖，于于而行，遇佳处辄留。更以笔札自随，随得随记，庶几兹山之仿佛云。己亥岁七夕后三日，王官麻革为之记。同游者。

续录 按：刘祁《神川遁士集》二十二卷，已失传。偶得遗文一篇，录附于后。

书证类本草后

余读沈明远《寓简》，称范文正公微时，慷慨语其友曰："吾读书学道，要为宰辅。得时行道，可以活天下之命。时不我与，则当读黄帝书，深究医家奥旨，是亦可以活人也。"未尝不三复其言，而大其有济世志。又读苏眉山《题东皋子传后》云："人之至乐，莫若身无病而心无忧，我则无是二者。然人之有是者接于予前，则予安得全其乐乎？故所至常蓄善药，有求者则与之。而尤喜酿酒以饮客。或曰：'子无病而多蓄药，不饮而多酿酒，劳己以为人，何哉？'予笑曰：'病者得药，吾为之体轻；饮者得酒，吾为之酣适。岂专以自为也？'"亦未尝不三复其言而仁其用心。嗟乎，古之大人君子之量何其宏也！盖士之生世，惟当以济人利物为事。达，则有达而济人利物之事，所谓"执朝庭大政，进贤退邪，兴利除害，以泽天下"是也；穷，则有穷而济人利物之事，所谓"居闾里间，传道授学，急难救疾，化一乡一邑"是也。要为有补于世、有益于民者，庶几乎兼善之义。顾岂以未得志也，未得位也，遽泛然忘斯世而弃斯民哉！若夫医者，为切身一大事，且有及物之功。语曰："人而无恒，不可以作巫医。"又曰："子之所慎，斋、战、疾。"康子馈药，子曰："丘未达，不敢尝。"余尝论之，是术也，在吾道中虽名为方伎，非圣人贤者所专精，然舍而不学，则于仁义忠孝有所缺。盖许世子止不先尝药，《春秋》书以弑君，故曰为人子者不可不知医，惧其忽于亲之疾也。况乎此身受气于天地,受形于父母,自幼及老,将以率其本然之性,充其固有之心。如或遇时行道,使万物皆得其所,措六合于太和中,以毕其为人之事,而一旦有疾,懵不知所以疗之,伏枕呻吟,付之庸医手,而生死一听焉,亦未可以言智也。故自神农、黄帝、雷公、岐伯以来,名卿、才大夫往往究心于医。若汉之淳于意、张仲景,晋之葛洪、殷浩,齐之褚澄,梁之陶宏景,皆精焉。唐陆贽斥忠州纂集方书,而苏、沈二公良方至今传世。是则吾侪以从政、讲学余隙而于此乎搜研,亦不为无用也。余自幼多病,数与医者语,故于医家书颇尝涉猎。在淮阳时,尝手节《本草》一帙,辨药性大纲。以为是书通天地间玉石、草木、禽兽、虫鱼万物性味,在儒者不可不知。又饮食、服饵、禁忌,尤不可不察,亦穷理之一事也。后居大梁,得闲闲赵公家《素问》善本,其上有公标注,黉缘一读,深有所得。丧乱以来,旧学芜废,二书亦失去。尝谓他日安居,讲学、论著外,当留意摄生。今岁游平水,会郡人张存惠、魏卿介、吾友弋君唐佐来,言其家重刊《证类本草》已出,及增入宋人寇宗奭衍义,完焉新书,求为序引,因为书其后。

己酉中秋日　云中刘祁云

游西山记

余髫龀间,尝闻先大人言:“龙山之胜甲乡山。”时幼,未能往。其后在南方,北望依依,每以为歉。甲午岁还浑水。明年秋八月,释菜于先圣。越明日,拉友人河阳乔松茂寿卿、云中刘偕德升,暨弟郁同游。初出西城,日方中,望西山而行。一二里,涉水。又前七八里,至李谷。谷在永安山下,流波古木相交。仰视之,秋色如画。稍东,山之腋,见厓间一抹碧,尤佳。村民曰:“此麻汇也。”予与二三子杖而诣,步渐高,并路旁水声铿锽数股。涉水,行乱石间。里余,忽见青松绿杨荟蔚中,凿厓而屋。既至,有僧居,因共坐西轩,望平原诸峰横立,南顾永安山,嵬嶷独雄尊。斜日秋烟,溕荡百里。迫暮,留诗而回。夜宿李谷。迟明，上永安山。初入谷，路甚艰，两崖夹峙峭峻，其石皆跨谷萦路，诡怪若坐卧起立。且时闻水声，盘折而上，足栗目荒。前二三里，忽见一峰，突兀孤高，树色青黄红紫间错，晓日映之锦鲜。东，诸小峰侧列相附。又东，一岭独岚翠无日气，真惆怅间，诸人喜快咏诗，步益健。又前数百步，峰转境又佳，遂各坐大石，且在青桧影中。石有苔华涵渍，绣文缕缕可爱。因相与俯视川野，倚树浩歌。又前数十步，忽闻有声如风雨震山，又如千人喧笑不已。逼视之，乃流泉一派，自山下入绝壑，穿林络石，雪练飞逐，伫听久。前至烈风厓，厓险特。盖两峰最高，苍藤赭蔓蒙翳，下有泉源。诸人相谓曰：“此境绝不可不志。”即手泉研石各题诗。又前数步，路益险，见西厓间复有泉出，流大石上。树影交羃，声锵锵，微风吹散，珠琲四落。余曰：“此石名琴泉。”又赋诗。又前几二三里，树木丛阴中，殿阁屹然四五所，盖玉泉寺也。路侧皆暗泉行草间，沥沥如人语言。或者披草掀石，决其源方去。既入寺，寺宇岁深，且经乱，多摧毁。厨堂锺阁雨崩草翳，僧寮多坏址。独万圣殿完丽可观。殿中金碧璀璨溢目，又有石罗汉像数百，击之铿然，亦奇致。晚憩僧舍，其舍盖余儿时从大父避乱所居。追维旧事，为之恻怆。起寻玉泉，泉在西南石厓下，如井厓间，枝溜滴沥。络莓苔上，有古树覆荫，颇阴肃。因留题殿壁，纪予今昔游。诸人亦各诗其后。南上祖堂，堂绝高。北望神州在掌上，城邑如棋局。东则岳神山如屏，青松翠柏间，隐隐有楼观。南则群山迤逦，高下浅深异姿，秋叶古林色明艳，斜阳照灼，金紫满山。堂后有径上山巅，余纵步独往，径狭而危，扪萝以前。望峰端树不明，度其境必异，锐进百余步，困惫，又皆落木梗路，遂回，然终以为恨。北过法堂，观维摩

像，堂亦倾漏不完。天曛，入僧舍。既夜月出，清寒逼人。予
与诸人散步檐外，见峰峦崒嵂，树木阴森，禽声嘲哳相应答。
仰视星斗磊落，与人近。皦然天地，如在玉壶中。又相与啸
咏，约二更，方就寝。诘旦，出户，见白云数缕出东山，延布南
岭上，状如飞龙，蜿蜒山中。露气萧爽，回念尘域，恍如梦间。
利火名膏，销铄净尽。复往祖堂，川原浮蔼苍茫，城中青烟万
道。俄而颒洞弥漫，莫能辨。须臾，日出东岭，红霞青云属联，
满山草木光炯炯，丛石峭壁，呈奇献异，欲动摇如生。乃率二
三子登北台，台并绝顶支一峰，缘厓百余步方至。回观大山峭
拔，则蜡然草树红碧，点缀班驳。西顾诸峰，如彩楼相蔽亏，阳
光阴气，晦明不一。北望平原百里，际北岭外。云中城阙浮屠
如锥金成，浑、源二郡及诸村落若盘盂罗列，田畴若龟甲开张。
涧波数处，若缺镜裂素散掷。微云薄雾乍起乍伏，若鲜衣轻袂
婆娑。又相与赋诗赏叹。粥余，别寺僧，游龙山。路自西南，
往穿枯木翠蔓间。里余，遇山脊，恍然异境也。俯视重峰复
岭，秋物烂斑，且目极皆山，无平地。厓左折，径稍夷。厓上多
大石，或人立，或兽呀，或禽翔，或鬼攫，森竦可畏。前至大林，
林皆青黄红紫，相间栉密。时时逢怪石睨路，状诡异。山风飔
至，叶落如雨，触石覆面，濛濛飞岚走翠，隐映林影中，旋变灭。
又三四里，林穷，有平冈数亩可田，下有泉北流。又入林，益西
三四里，大木翳空蔽日，树底有暗泉，蒙榛败叶，萦渍微有声。
厓转而南，忽见龙山寺，乾机坤秘，骈露叠开，四面诸峰如踊跃
相趺。大殿在山腹，丹碧湮摧。云堂影室，在殿西檐，牖亦圮。
然其规制宏且邃，依然南俯深涧，涧外皆山相联。下有大林，
杳窈望莫际。遂缘石磴上，方丈大室三楹，极整鲜。西有一
径，入树阴中百余步，至文殊殿。殿在孤峰上，号舍身厓，神像

精致妙绝。远望千岩万壑,络绎参差,树叶日光,烂然五色,虽巧笔妙手不能图且绣,盖其雄丽冠龙山。阃外石如掌平,其首骞,下窥,黝黬无底。南则清凉山、五台历历,且遥见代郡川。西则鄯阳、马邑诸诚,皆微茫可数,诸人叹息久之。稍北往西,方丈室在峭岩下,悬柱而修,旁视讶且恐。室中读雷少中诗石刻,盖予从大父洺州君所书。又有予从父怀远君诗在壁。其南境物不减文殊殿。斯须,过锺楼,出方丈后,上萱草坡。寺僧云:“每当秋夏交,万花被坡锦绣堆,花多金莲,如灯照山谷。又萱草无数,故以云,又号百花冈。”惜余来暮,不得见。绿坡草滑,步旋颠。既上,立大木间,东望峰峦奇秀。又南数步,至山巅,旷荡开廓,千里目中,秋容苍然,群山齿立,盖天下绝境也。下瞰西方丈在匡中。又有大石突空出,德升独踞而歌,余栗不能往。忽闻有声如雷震,在文殊殿西,游氛飚起,疑霹雳出硐底,诸人骇焉。后问之寺僧,乃大木落也。礚礋移时,片云突涌垂空,恐雨作,乃下。饭余,往西岩。岩在西方丈西,数峰如崭截,峮嵝磊砢相倚,仰观凛凛褫人神。下有屋三楹,幽洁。前有大石,石上有大树,阴翳翳,其境物大概如西方丈前。忽见浮阴四合,微雨落。又飞云汹涌上走,腾腾然,诸人皆在云气中,只尺相失。未几,夕日出,光景鲜明,余云变化半隐晦。暮归方丈,见白云缥缈,如帷幔数十幅,自文殊殿东南来,奔马莫能追。其间树彩匡姿,披露闪烁,怪丽甚。山风摆荡,林木骇人,若天地轰礚开震矣。夜宿方丈东轩。未寝,开门,月在空,阴氛已开。岩峦树木、殿阁相映,颇悴竦。予行吟轩外,几夜半方眠。自觉襟怀萧洒,意气雄壮,如神仙中人也。晓阴复合,予独曳杖复往文殊殿,云光雾色,冲突勃郁如元气中。西望川原,莽苍不可见。西岩、西方丈皆为烟雨晦藏。秋风怒号，疑鬼神交战。青林红叶隐映，乍有无。余叹曰："生年三十，局促城市间，不意今朝见天地伟观！"以寒甚，不能久留，乘云气而回。迨雨止，复与诸人往西岩、西方丈题诗，且谈笑良久。时日已中，别寺僧而归。复过云堂，见梁秀岩瑀诗，字画亦美。遂由旧路东北往。林间残雨滴衣，岚气烟霏，交走横骛，皆眷恋不忍去，因共作龙山诗。又恐雨复作，仍迟疑，忽见平川，晴色烂然。行至水窟，路益北，一二里，出林。四望龙山脊，巍峻与天角。又数十步，忽见高厓峭壁，扶裂分张，日光中映，如泼黛、如按蓝。厓间有水光，炯然如剑出匣射日，四山树叶炫人。余与二三子健跃叹赏，又作诗以纪之。自此，无深林大木，行黄花红叶中。又二三里，行甚苦，扳援方能进。忽见孤峰嵌天，峰上碕，攒拥牙角，口鼻轩轩。下一峰腋出如剑，诸人不觉失声称奇，又作诗纪之。回顾诸峰，千态万状，不可殚纪。路益下，三四里至神谷，谷中有泉出石罅，浪然其流，散漫出山外。厓东有神祠，祠边有树。余与二三子憩祠下，题诗。天已暮，月上，随水声行。又里余，方出谷。又涉水乘月往，咸谋宿野寺中。明旦，别寿卿，予三人者归浑水。乌乎，余生山水间，故有乐山水心。然南游二十年，所居皆通都大邑，无山林，尝迫狭不自得。今因北归，得游历故山，可胜快哉！况干戈未已，栖隐为上。行当结屋山中，览天地变化之机，而又读书足以自娱，著书足以自奋，浩歌足以自适，默坐足以自观。逍遥涧谷，傲睨云林，与造化为徒，与烟霞为友，虽饭蔬饮水，无愠于中。振迹宽心，可以出一世之外，又何必高车大盖、驷骑满前，方为大丈夫哉？因记。

游林虑西山记

癸卯之冬十月,祁自苏门徙居相台。明年秋八月,玉峰魏公自燕赵适东平,遂登太山,拜阙里。将北归,过相台,会公谓祁曰:"吾闻太行之秀曰黄华,曰洴谷,尔其从我一游乎?"祁曰:"诺。"初出安阳郭西四十里,渡洹水,俗号安阳河,夕宿辅岩邑馆。翌日,同邑中士人尊酒坐池上。池有数泉觜沸,如玻璃盆涌出万珠。柳阴映翳,颇萧洒。南谒宋韩谏议坟,魏公琦父也,坟皆老柏参天。碑有楼,文则富郑公弼撰,王岐公珪书,皆完具。旁有浮屠号孝亲院,石刻魏公所建。院规制宏敞,柱皆文石,佛像如新。茶坐西寮,彷徉竟日。迟明西上,路皆坡陁冈阜,间以树林。行几四十里,过马店,望林虑诸山,若蚁尖、若黄华、若天平、若洴谷,齿立。玉峰马上笑谈,喜见颜色。前涉横水,水旧有石桥,甚巧丽,今圮坏纷然。晡至林虑山,横峙天西,如城壁相衔,争雄角锐,泼黛凝青,而高下险夷不一。玉峰曰:"昔人称林虑名山,信哉。"暮会邑中士大夫,皆曰:"游当自黄华始,且北而南可也。"明日,遂出北城,邑人张君佩玉偕往。西北约二十里,入榭林。林行一二里入谷。两厓夹径,径并东厓,大石鳞差,马足行甚艰。下皆绝壑巅洞,树木蓊郁,水声潺潺,使人耳目儵然。前观山势峭拔奇伟,不觉失声叹异。又一里余,厓豁地平,丛竹如云。竹中堂殿茅亭数处,乃黄华古禅刹也,今为老氏居。道士数辈来迎,解鞍坐览,乐甚。殿之石柱,刻宋人题名及张相《天觉赋》、《高欢避暑宫》诗。诗云:"南北纷纷似弈棋,高王霸业起偏裨。情知骑虎非安计,岂是青山避暑来。"音黎。因忆王翰林子端《游黄华诗》,盖此寺废已久,王诗云:"王母祠东古佛堂,人传栋宇自隋唐。年深寺废无人往，满谷西风栗叶黄。"饭余，屏骑乘，杖屦以西，涉小溪。行约一二里，山益奇，巅峰崭岫，回互掩映千万状，不可纪。山端有小峰抉出如立指，号仙人峰。遇佳处，辄坐树下石，听流泉玉漱，乌语膺人。回视向来尘土中，便如隔世。又前数武，地平可耕。厓腋有草庵，且阑篱种菜芋，亦道士舍。西上，路浸高。又二里余，陟峻阪，号公主关，有厓，号梳洗楼。意其为前代帝子游衍迹。汉武帝女弟封隆虑公主，岂此邪？坂皆巨石，若为堡砦摧裂。无蹊径，扪萝以登。又里余，路穷，大岩合，若环屏幛。稍南，孤峰削成，拔地划出，号挂镜台。台西树林间，望山脊玉虹蜿蜒下垂，摇曳有声。迫视之，悬泉也。相与暗吒，因列坐台趾方石纵观，盖泉自石门而下，初势甚微，已而散布半空，特诡异。其始来也，如飘风扇雪，弥漫一天。少焉，如骤雨落云，淋漓万壑。或如飞练千尺，腾掷不收；又如珠帘百幅，联翩下坠。乍散乍聚，乍缓乍急，乍去乍来，乍巨乍细，霏微滴沥，溅面洒饥，浩荡铿锵，惊心动魄。可以起状志，可以醒醉魂，可以洗尘纷，可以平宿愤，亦天下伟观也。下潴为潭，澄泓湛碧，冰莹镜明，向之水声，皆其流派。迨出山而洑，不知其所往，此又异也。步至岩东北，有大龛如列屋，可坐数十人。寻绎昔人题名在龛壁，玉峰健叹，以为东游未尝见此。移时，缅怀赵武灵王登黄华之上，与肥义谋胡服骑射，教百姓以强其国，亦一时雄杰。张君曰："泉之上有路平坦，直抵天平。望绝壁有石窍，曰青龙洞尾，盖门在天平也。其中暗黝多水。东北有高欢避暑宫殿，址尚存，且有碑。"以路绝，不能到。又曰："高欢葬此山石岩中，铁索纫其棺。尝有人见之。"祁旧读司马氏《通鉴》云："高欢薨，虚葬漳水西，潜凿成安鼓山为穴，约其柩而塞之。"盖距此不远，与所传小异。张又言，此山佳处甚多，惜不能遍历。日斜，由旧路而东。石壁而堂，石像浮屠精致。行三四里，路忽分，张云："由南而往殊胜。"厓转三潭，滟出大石间，相通，号叠研。皆流泉所潴，细流布石上，萦纡明澈。潭水□□黝碧，云有蛟龙居。共坐潭侧啸咏，仰山俯泉，极快惬。南有古祠破裂，号王母祠。祠壁石刻云："仙人王津葬母于此。"号仙人冢。土人祠以祈福。祠前有大木九，今余一焉。赵巘、阎光弼来游，赵镇侍行，盖宋宣和间人也。字画亦不凡。东有龙祠，颇整完，中有石刻纪异。南则地复旷阔。行荒榛蔓草中里余，复抵寺舍。会日已暮，骑出山，顾念胜游，如在天上。归而寝，不寐。明发，邑中士大夫宴集，作一日留。会姚公茂诸君南来，相约同游谼谷。日昃，出南城三十里，入楸林，林比黄华颇大。林行四五里入山，路比黄华颇夷，谷亦旷，树木繁巨，水声比黄华差小。渡溪至宝岩寺，寺在竹间，旧有名刹，冠一方遭乱，惟二浮图在。大殿、经阁址宛然新构，功未毕。其南厓号五松亭。亭亡，止余一松，王子端记之。碑阴刻刘治中涛诗。涛亦闻人。东北石屋号戒猴洞，洞中浮屠、石像及诸佛纤刻在。石起高齐峰端，有檐甍隐隐，号金门寺云。有僧居，路险林深，游者罕到。会坐西轩，轩外竹成林。流泉琅琅，逾轩入竹，如檐溜声不绝。东南山缺，瞰川原。虽峭密不及黄华，而宏邃有过之者。寺有浴室，放泉以烧。且入浴，神体爽。继饭余，读张天觉《圣灯图记》及边德举寺碑文。顷之，复杖屦西上。厓北转，有大石方丈余，雪莹掌平，枕溪，号石席。上刻杜相公美所作铭，铭云："溪石齿齿，溪水潺潺。鸣玉跳珠，水流石间。涓涓溪月，泠泠溪风。风吟松梢，月湛杯中。欲醉而歌，既醉而卧。悠悠千古，浮云之过。"充相人，辞清婉，字画亦遒逸可爱，即共坐赋诗。起而前，山特变化出奇。林益深密,时时伫立从容。霜已降,树林有改色者,于青翠中间,见红叶如春华。又清泉白石,举步如图画。天风卒至,树声与泉声杂,如笙竽、环珮交鸣;又若琴瑟未终,钟鼓迭起。日光下远,林阴萝影,玲珑斑驳,龙蛇篆隶交。余数人者坐其间,谈道论文,自谓:"虽此世抢攘,亦片日如仙耳。"又三四里,路穷岩合,势如黄华山。岩巅飞瀑下流,亦如黄华水。山疑楼阁刻画,削蜡裁金;水则络绎萦绵,千丝万络。乃共坐泉间容与,天晴月明,映玩逾佳。珠网玉旒摇动半天外,晶莹闪烁,姿态横生。溅雪跳冰,潭面蜂起。又相与赋诗道其事。岩下多大石,细流穿石罅作金铁声。旧有亭,号知胜,王子端作记,今无余迹。归途,题大石龛。晚出山,与公茂诸君别,第以不到天平为恨。还宿林虑,雨,留三日。九月朔霁,还相台。越重九之明日,东北行四十里,宿邺镇。镇,古邺地,有曹魏所建铜雀、金虎、冰井三台故基。暮登台置酒,西望太行,所谓黄华、徯谷,皆隐约可辨。漳水西来,如剑如练,络北台而东,盖河朔胜处也。且其地南控大河,西连上党,东扼齐魏,北负燕赵,实天下襟喉,此自古英雄如曹、袁、慕容、高氏所以多据依。又见故城隐嶙,冢累累相望,伤时吊古,良用慨然。徙倚至曛,宿南台道士舍。晓渡漳水,别玉峰南归。后月余,玉峰书来曰:"尔当为予记之。"乃援笔识其始末。祁居代北,乡中名山已历游。尝谓太行魁天下,山富奇丽,志欲一览,然非偕巨公伟人不足称山之雄。玉峰,祁姑之夫也,高名大节,一世所推。乃今邂逅得从之游,诚遂所愿。方将阶此过苏门,扣百岩,访盘谷,登天坛,西游河汾,观砥柱,上中条,览太华,入秦中,以迄天下形胜。已与公有成约,会当治行。嗟乎,世之人皆驱驰智力,以金帛车骑相夸豪,而吾侪独玩心泉石,放浪于寂寞之

境,要之各有乐,未可以为彼是此非。至于后世,又不知其孰
得失,况古之圣贤莫不乐山乐水!若夫究地理、考土风、辨古
今、识草木、皆不可谓亡益于学。姑从所好,以毕余生。或有
笑其迂僻者,亦不得辞也。　　乙卯春正月之望谨记。

北 使 记

兴定四年七月,诏遣礼部侍郎吾古孙仲端使于北朝,翰林
待制安庭珍副之。至五年十月复命。吾古孙谓予曰:"仆身使
万里,亘天之西,其所游历甚异,喜事者不可不知也。公其记
之。"自四年冬十二月初,出北界,行西北向,地浸高。并夏国
前七八千里,山之东水尽东,山之西水亦西,地浸下。又前四
五千里,地甚燠,历城百余,皆非汉名。访其人,云有磨里奚磨
可里、纥里、迄斯乃蛮、航里、瑰古、途马、合鲁诸番族居焉。又
几万里,至回纥国之益离城,即回纥王所都,时已四月上旬矣。
大契丹大石者在回纥中。昔大石林麻,辽族也。太祖爱其俊
辩,赐之妻,而阴蓄异志。因从西征,挈其孥亡入山后,鸠集群
纥,径西北,逐水草居。行数载,抵阴山,雪石不得前,乃屏车,
以驼负辎重入回纥,攘其地而国焉。日益强,僭号德宗,立三
十余年死。其子袭,号仁宗。死,其女弟甘氏摄政,奸杀其夫,
国乱,诛。仁宗者次子立,以用非其人,政荒,为回纥所灭。今
其国人无几,衣服悉回纥也。其回纥国,地广袤,际西不见疆
畛。四五月百草枯如冬。其山,暑伏有蓄雪。日出而燠,日入
而寒。至六月,衾犹绵。夏不雨,迨秋而雨,百草始萌。及冬,
川野如春,卉木再华。其人种类甚众,其须髯拳如毛,而缁黄
浅深不一。面惟见眼、鼻。其嗜好亦异。有没速鲁蛮回纥者,
性残忍,肉交手杀而啖,虽斋亦酒脯自若。有遗里诸回纥者,

颇柔懦,不喜杀,遇斋则不肉食。有印都回纥者,色黑而性愿。其余不可殚记。其国王阉侍,选印都中之黔而陋者,火漫其面焉。其国人皆邑居,无村落。覆土而屋,梁柱檐楹皆雕木,窗牖瓶器皆白琉璃。金银珠玉、布帛丝枲极广,弓矢、车服、甲仗、器皿甚异。甃甓为桥,舟如梭然。唯桑五谷颇类中国,种树亦人力。其盐产于山,酿蒲萄为酒,瓜有重六十斤者。海棠色殊佳。有葱蒜,美而香。其兽则驼而孤峰,牛有□脊,羊而大尾。又有狮、象、孔雀、水牛、野驴。有蛇四跗。有恶虫,状如蜘蛛,中人必号而死。自余禽兽、草木、鱼虫,千态万状,俱非中国所有。山曰塔必斯罕者,方五六十里,葱翠如屏,桧木成林,山足而泉。其俗衣缟素,衽无左右,腰必带。其衣衾茵幕悉羊毳也。其毳殖于地。其食则胡饼、汤饼而鱼肉焉。其妇人衣白,面亦衣,止外其目。间有髯者,并业歌舞音乐。其织纴裁缝皆男子为之。亦有倡优百戏。其书契、约束并回纥字。笔苇其管,言语不与中国通。人死不焚,葬无棺椁。比敛,必西其首。其僧皆发,寺无绘塑。经语亦不通,惟和沙洲寺像如中国,诵汉字佛书。予曰:嘻,异哉,公之行也。或张骞、苏武衔汉命使绝域,皆历年始归,其艰难困苦,仅以身免。而公以苍生之命,挺身入不测之敌,万里沙漠,嘻笑而还,气宇恢然,殊不见衰悴忧戚之态。盖其忠义之气素贮乎胸中,故践夷貊间若不出闺阃然。身名偕完,森动当世,凛乎真烈丈夫哉。视彼二子,亦无愧。故予乐为之书,以备他日史官采云。

右记三首,见陶九成《游志续编》。

古　　意

秋江有芙蓉,颜色好鲜洁。褰裳欲采折,水深不可涉。严风下飞霜,芳艳空凋歇。怅望一长叹,临川无桂楫。

送 雷 伯 威

朔风起天末,落木鸣空山。冰霜正凝冱,游子百里还。出郭送将别,徘徊上高原。如何睽离情,对此芳岁阑。壮士志四方,不须涕汍澜,人生非山海,会面亦不难。愿子崇明德,余功振文翰。长因东南鸿,惠我金玉言。

右诗二首,见《元音》。

逸事

事言补 一则　　　　　杨宏道 叔能

平生交游赠予诗者多矣。惟刘京叔二篇尝吟咏之:"忆昔逢君北渚秋,藕花香里醉轻舟。三年一别空回首,千里相思更倚楼。明月不随春物老,碧山长带暮云愁。天平松竹黄华水,早晚柴车得共游。""思君一日如三载,两寄诗来慰我心。尘土愈知人世隐,风烟遥见海门深。贫来笑我尝痴坐,乱后怜君更苦吟。历下亭前春水阔,遍舟何日重相寻?"

归潜志卷十四

归潜堂记

刘子,朔方人,生于云中之浑源山水之间。髫龀从父、祖仕宦大河之南。初知诵读,偶属为童子学。少长习时文,为科举计。然亦时时阅古今词章,窃读史书,览古今成败治乱,慨然有功名心。未冠计偕,试开封礼部,中之。及庭而绌,于是始大发愤,以著述自力,颇为先达诸公所知。又结交当世豪杰,未有不与以文字往还者。旧有田淮水之阳,春夏在陈视耕获,秋冬必入汴避乱,且从诸公讲学。已而先大夫下世,遂经纪家事。然读书为文亦未尝少休。间四方交游来,把酒论文,谈笑连日夕,或留之旬月,不令去。时虽少年,未遂其进取心,而会友著书亦自乐无歝。岂知一旦时移事变,流离兵革中,生资荡然,僮仆散尽,从行惟骨肉数口、旧书一囊。由铜壶过燕山,入武川。几一载,始得还乡里。乡帅高侯为筑室以居。所居盖其故宅之址,四面皆见山。若南山、西岩,吾祖旧游。东为柏山,代北名刹。西则玉泉、龙山,山西胜处。故朝岚夕霭,千态万状。其云烟吞吐,变化窗户间。门外流水数支,每静夜微风,有声琅琅,使人神清不寐。刘子每居室中,焚香一炷,置笔砚楮墨几上。书数卷,偃息啸歌。起望山光,寻味道腴,为终日乐,虽弊衣恶食不知也。闲尝自念,幸生而为儒,忝学圣人之道。其平昔所志,修身治国平天下,穷理尽性至于命,进则以斯道济当时,退则以斯道觉后也。今当壮岁,遭此大变,更赖先人之灵,得返乡里。幸而有居以自容,将默卷静学,以休息其心力。况世路方艰,未可为进取谋,因榜其堂曰"归潜",且以张横渠东西二铭书诸壁。客有过而诘之曰:"今吾子生当乱世,政英雄奋发之秋,大而可以分疆据土,奉王命为诸侯;下而可以附雄藩巨镇,驰骋才谋取富贵。或如终童请长缨,入越,羁其王献北阙下,以功名著。不然,当效苏季子、司马长卿以文词谈说干人主,六印驷马耀乡俗。吾子奚独韬光晦迹,甘为弃物于一时,使平日所学眇不见锋焰,亦鄙陋之甚也。"刘子曰:"嘻,若亦不闻君子之道乎?盖君子之道,以时卷舒。得其时而不进为固,失其时而强进为狂。且先顾其内之所有何如,亦不在夫外也。吾平生苦学,岂将徒老焉?顾自鬻自求,贤者所耻;加之新罹塞难,始欲自修,且将扫除吾先祖丘墓。果其后日为时所用,亦安肯不致吾君、泽吾民?如或不然,虽终身潜可也。《易》曰:'龙德而隐,遁世无闷。'传曰:'君子若凤。治则见,乱则隐。'吾虽非圣贤,亦安敢不学乎?若非知吾之志者也。"客既去,遂书于堂以记之,且歌曰:"南山漠漠兮,浑水洋洋。桂椒葱蔚兮,松柏青苍。清泉涌其下兮,白日皦以如霜。兕豹跧伏兮,鸾凤翙其来翔。世溷浊而不照兮,蹇骒骋夫先路。荆榛莃以蒙达兮,野纵横其豺虎。矧余志之复迁兮,了罕罕而畴伍。归欤!归欤!其潜于南山之下。"又歌曰:"潜于农挚之侣兮,潜于渔望之徒兮;顾惟不肖,岂敢与俱兮!惟兹一堂,有琴有书兮,学其所不知,求进于圣途兮。潜乎!潜乎!亦可以为娱兮。嘻!"

归潜堂铭 并序

寂通居士陈时可秀玉

“潜”之为言隐也。古之所谓隐君子者，无江海而闲，不山林而幽，盖藏器待时，乐天知命，不潜而潜者也。吾京叔之文之行有不可掩者，而以“归潜”名所居堂，第恐欲潜而不得耳。且吾闻之《易》曰：“君子之道，或出或处，或默或语。”应处而出非道，应出而处亦非道。语、默何异哉！夫鱼不厌深矣，龙德则不然，升潜以其时。孔子，圣之时者也，乃所愿则学孔子。子谓颜渊曰：“用之则行，舍之则藏。”其论逸民则曰：“我则异于是，无可无不可。”艮，止也。圣人象是卦曰：“时止则止，时行则行。动静不失其时，其道光明。”庄周，阳挤阴助者也，至其举养生之道，亦引仲尼曰：“无入而藏，无出而阳，柴立其中央。”岂有吾圣门弟子反专于“潜”之一字者邪？京叔以书求铭老夫，告京叔，能勿忘乎？谨为铭曰：

仲尼驻车蚁邱浆，宜僚陆沈于其旁。夫妻臣妾登屋梁，季路往视渠以亡。但见虚室依颓墙，古人潜德不欲彰。那用此字书其堂？况君年甫三十强！撑肠拄腹经传香，文气浑尔诗笔昌。户外屦满名飞扬，吾恐自此饶荐章。远来乞铭何可当？拈出圣语语颇长：用之则行舍则藏，无入而藏出而阳。得时忌作天际翔，勿以深眇贤庚桑。归欤归欤且和光，铭哉铭哉幸无忘。

诗

定庵老人吴章德明

城上栖乌尾毕逋，归来小隐与时俱。高山流水谁同听？明月清风德不孤。富贵于人真暂热，文章照世足为娱。庙堂一旦求遗逸，只恐终南是仕途。

定斋居士李献卿钦止

落落奇男子，生有四方志。万言长策六钧弓，三尺太阿秋水似。不喜雕虫技，不作儿女悲。长安市上曾纵酒，奴命五陵年少儿。龙荒万里期一扫，踏碎轮台碛西岛。便调金鼎佐无为，凤池坐数汾阳考。世无礼乐二百年，追踪直拟三代前。嘉生叶气越唐舜，坐令米斗三四钱。谁知天地遽翻覆，沧海横流陷平陆。又如烈火焚昆山，孰辨顽石与真玉？平生事业安用为？携家径走南山陲。布衣粝食混渔钓，妻孥粗足常熙熙。数椽茅屋门横水，尽著光阴文字里。有时俯仰尘土间，扰扰干戈如斗蚁。我有一言君试听，乾坤万古真邮亭。但教定宇天光发，区区世间富贵何异蜾蠃与螟蛉？

河东白华文举 集句

天其未厌卯金刀，池上于今有凤毛。有才不肯学干谒，便入林泉真自豪。衣如飞鹑马如狗，野饭盈盘作葱韭。仰天大笑出门去，桃李春风一杯酒。列卿太史尚书郎，五更待漏靴满霜。何如一身无四壁，醉踏残花屐齿香。人物尤难到今世，浮云柳絮无根蒂。不须辛苦上龙门，秋水寒沙鱼得计。

西岗吕大鹏鹏举

扰扰人间世,荧荧风烛光。谁能逃厄数?况复入吾乡!
岚秀充朝馁,冰弦响夜堂。堂中幽独否?昆季足徜徉。

太原元好问裕之

南山老桂几枝分?翰墨风流属两君。共说人间好歆向,
争教茅屋著机云。备尝险阻聊乘化,力战纷华又策勋。却恐
声光埋不得,皇天久矣付斯文。

王官麻革信之

逃渔鱼深处,避弋鸿冥飞。古来贤达士,亦复咏《采薇》。
南山先庐在,兵尘怅暌违。山空无人居,惟见草木肥。翩然千
年鹤,一朝复来归。新筑临浑水,行径窈以微。清流鸣前除,
白云入晨扉。回头陵谷迁,万事倏已非。著书入理奥,得句穷
天机。前路政自迫,此道傥可几。殷勤抱中璧,黾勉留余晖。
第恐遁世志,还负习隐讥。永怀泉石上,一觞与君挥。惜无凌
风翰,遐举非所希。

尘土悠悠涴客襜,一堂千古入幽潜。喧无车马云迎户,静
有琴书月挂檐。浑水清泠通竹过,南山苍翠与天兼。遥知吟
啸同云弟,剩有新诗洒壁缣。

仰山性英粹中

二陆归来乐有真,一堂栖隐静无尘。诗书足以教稚子,鸡
黍犹能劳故人。瑟瑟松风三径晚,濛濛细雨满城春。因君益
觉行踪拙,又为浮名系此身。

东城李微子微

沧海成田后，携家返故乡。披榛寻旧址，借力构新堂。山给窗扉翠，泉供枕簟凉。故田依浑水，别业胜淮阳。侍御遗风在，南山庆派长。是兰宜并秀，鸿雁自成行。经史胸中业，龙蛇笔下章。行当依日月，宁久事耕桑。尚父终辞渭，阿衡定佐商。飞潜无定迹，易道个中藏。

析津李惟寅舜臣

浩浩干戈里，怜君遂隐居。云蒸秋潭冷，月落夜窗虚。岁月杯中物，生涯几上书。潜中有真趣，吾亦爱吾庐。

地僻心偏远，人闲物自幽。功名真敝屣，轩冕等浮沤。野鸟从喧寂，山云自去留。一杯浊酒外，万事付休休。

蒲城薛玄微之

肯构茅堂养道真，满前俗事罢纷纭。磻溪夜钓波心月，汾曲春耕陇上云。长笑熊罴劳应梦，肯教猿鹤怨《移文》。斩新传得安心法，万壑松风枕上闻。

奔走红尘二十年，归来参破净名禅。忙开鞠径成嘉遁，静闭柴门草《太玄》。千嶂云岚真辋谷，一川风月小壶天。皋时若用商岩雨，应遍齐州九点烟。

故山泉石稳栖迟，纬国才名恐四驰。节信情高方著论，渊明心远更能诗。素琴黄卷真余乐，明月清风无老时。只恐葛龙潜不定，一声雷雨跃天池。

金城兰光庭仲文

几年踪迹寄兵尘,且喜归来见在身。满眼云山犹可隐,一庭松菊未全贫。定惭巧宦卢藏用,却爱成名郑子真。只恐池中非久处,伫看雷雨起天津。

渔阳赵著光祖

万里烟埃气尚炎,秋风携手赋"归潜"。当时北望长劳梦,今日南山副具瞻。鸿雁不飞闲日月,鹡鸰无语静依檐。遥思二陆沈如此,自愧区区未属厌。

河东张纬纬文

结庐高隐谢尘埃,浩气元从道学来。北阙云烟无梦到,南山草木觉春回。四时风月供吟笔,万古乾坤入酒杯。却恐汉庭须羽翼,鹤书未许老岩隈。

太原高鸣雄飞

高情谢氛坱,归隐南山隈。颓然一茅屋,萧洒无纤埃。胜概纷满前,怀抱长好开。舒啸野云乱,浩歌空翠来。瑶花晚夕静,相对挥清杯。太虚风露下,幽兴何悠哉! 回首区中人,扰扰良可哀。

黄鹄入寥廓,龙性何能驯? 英英刘处士,天子不得臣。卧老草堂月,吟尽南山春。野饭足藜藿,幽兰充佩纫。一杯石上酒,静见天地真。万虑此都寂,孰知名与身? 灵运卧岩幽,子陵钓渚滨。神超物不违,异世等达人。我无玄豹姿,亦欲事隐沦。空歌《紫芝曲》,早晚由东邻。

邢台刘德渊道济

南国堂堂二"凤雏"，年来归隐旧茅庐。四围山水境何胜？一室琴书乐有余。长啸松林月明夜，行吟菜圃雨晴初。荒芜庭院人休诮，天下终期一扫除。

洺水刘肃才卿

屠龙破千金，梦觉人已非。二陆不可作，故山归采薇。江湖鸿雁乐，原隰鹡鸰飞。惆怅朱门客，思归不得归。

龙 江 张 仲 经

羸骖短仆行夷犹，西京才子云二刘。荒山穷僻厌岭寂，长裾遍谒东诸侯。手中虽无丈八矛，胸蟠河图与天球。有时吐出作灵瑞，坐令宇县还殷周。忆昨长鲸吞古汴，千里还家异乡县。筑堂故址号"归潜"，要使新诗走群彦。方今河朔藩镇雄，衣冠往往罗其中。两贤胡为独不出，埋光铲彩为冥鸿。朝亦潜，暮亦潜，东山不起吾何瞻？山中为问谁相识？白鸟孤云自入帘。

燕山张师鲁明道

岐路荆榛万险夷，丈夫出处不磷缁。莫夸荀氏八龙集，且羡陆家双凤仪。尘世浪随春夏改，寸心惟有鬼神知。蒲团泽几炉烟静，卧读黄庭乐圣基。

东明张特立文举

陵迁谷变海波翻，筑室渠能返故园。夜雨对床闲炼句，春风满座共开樽。都无北阙功名想，且喜南山气象存。才大到头潜不得，已传华尊出蓬门。

山东勾龙瀛英孺

世路艰难已饱经，归来一室晦虚名。任他沧海掀天恶，喜我南山照眼明。云气冷侵吟砚润，棣华香泛酒杯清。故园未遂归休志，惭愧刘家好弟兄。

续录 新增

浑源刘先生哀辞 并序

郝　经

岁庚子，经甫逾童，获拜先生于馆舍，而遽南轫，阔越八九载。己酉春，先生往来燕、赵间，始得奉杖屦。格言、义训虽屡得闻，而顽钝椎鲁之资，杆棘而不入，是以尘心槁思，渴而未沃也。庚戌春，方负笈南迈，以遂抠衣之问，而凶讣掩至。继而其弟文季来，以先生易箦时所付一书四十篇曰《处言》见示，经再拜雪泣读之，其辞汪洋焕烂，高壮广厚，约而不缺，肆而不繁。其理则诣乎极而穷乎性命，于死生祸福之际尤为明析，非世之所谓文章、古所谓立言者也？于是感愚志之不卒，伤先生之不天，悯吾道之不竟，恨愤惋激，吐辞以哀之。呜咽扼吭，不复条贯。其辞曰：

浊河绝流大梁亡，日入地底阴磷光。百年秀孕骊大荒，文源湮汨甚滥觞。三五在北辉其芒，姑为维持为主张。砭碙沈痼开膏肓，护籍偾踣扶颠僵。碧云双凤方翔翔，忽弱一个危乎姜。当年振羽来朝阳，竹花蹴落桐花香。岐山山头唤文王，一鸣燕雀惊且狂。总角独步高昂昂,旁魄瑰奇古锦囊。飚然声价腾且骧,飞蒙茸兮走陆梁。挺特温润直以方,有虞圭璋夏琮璜。波澜老成肆汪洋,洞庭万顷澄秋霜。上稽韩柳下苏黄,探道索古追羲皇。一编《处言》含天章,立意造语攀荀扬。呜呼天道其何量? 既与之德不与昌,既与之年不与长。浑源之山空苍苍,相台台下天荒凉。元气索莫真宰藏,南山家世两渺茫。有弟有弟涕陨裳,有识有泪如清漳。奠桂酒兮陈椒浆,魂兮来归摧肝肠。魂兮不来空所望。呜呼天道其何量?

追挽归潜刘先生

王　恽

我自髫髦屡拜公,执经亲为发颛蒙。道从伊洛传心事,文擅韩欧振古风。四海南山青未了,一丘洰水恨何穷! 泫然不为山阳笛,老屋吟看落月空。

山 居 新 语

[元]杨瑀　著

李梦生　校点

校 点 说 明

《山居新语》,一名《山居新话》,元杨瑀著。杨瑀(1285—1361),字元诚,浙江杭州人。文宗天历年间官中瑞司典簿,文宗爱其才,超授奉议大夫、太史院判官。惠宗至正中,改官建德路总管,进中奉大夫、浙东道宣慰使都元帅,致仕。

《山居新语》是作者归老山中后所作,书前杨维桢序及书后自序均署至正庚子(二十年,1360),书当成于该年前。杨瑀自称是书"举凡事有古今相符者,上至天音之密勿,次及名臣之事迹,与夫师友之言行,阴阳之变异,凡有益于世道,资于谈柄者,不论目之所击,耳之所闻,悉皆引据而书之",因此《四库全书总目提要》言书"皆记所见闻,多参以神怪之事,盖小说家言"。元文宗于元诸帝中最尚文治,特开奎章阁,政事之余,日与诸文人虞集、揭傒斯、柯九思等在阁内品评书画。杨瑀适于此时擢列文学侍从,故于当时朝廷异闻、文人佚事知之甚详,所录足资谈助。

元未东南一带为割据势力张士诚等所占,张士诚或战或降,反覆无常,战事频仍。本书为杨瑀致仕后居杭州所作,所记多为亲历目见,凿凿可靠,多可补正史之不足;而所记杭州事,又多为后世地方志书采纳,《西湖游览志》、《西湖游览志馀》一类记杭州人文地理、佚事趣谈的书,采入尤多,稍迟于本书的《南村辍耕录》,就有相当篇幅引自本书,可见本书影响之大。

《山居新语》的版本,据《增订四库简明目录标注·续录》,

知有元刊二种,一为四卷本,一为一卷本,此二本今未见。通行版本有《四库全书》、《武林往哲遗著》、《八千卷楼丛刊》、《知不足斋丛书》本。《四库》所收为四卷本,较他书少"至元四年伯颜太师之子"至"朔方缣缣州"凡五条;《知不足斋丛书》本时有阙字。今以《武林往哲遗著》所收"钱塘丁氏重刊影元写本"为底本,校以各本,凡有错讹,径行改正不出校。

目　　录

山居新语序

经史之外有诸子，亦羽翼世教者。而或议之说铃，以不要诸六经之道也。汉有陆生贾著书十二篇，号《新语》，至今传之者，亦以善著古今存亡之征。继《新语》者有《说苑》、《世说》，他如《笔语》、《文说》、《夷坚》、《侯鲭》、《杂俎》、《丛话》、《桯史》、《墨客》、《夜话》、《野语》等书，虽精粗泛约之不同，亦可备稽古之万一。若《幽冥》、《青琐》祆诡淫佚，君子不道之已。吾宗老山居太史归田后，著书名《山居新语》凡若干首。其备古训类《说苑》，摭国史之阙文类《笔语》，其史断诗评，绳前人之愆，天灾人妖，垂世俗之警，视祆诡淫佚败世教者远矣，其得以说铃议之乎？好事者梓行其书，征予首引，予故为之书。至正庚子夏四月十有六日，李黼榜第二甲进士，今奉训大夫、江西等处儒学提举会稽杨维桢叙。

山居新语

　　累朝于即位之初,故事,须受佛戒九次,方登大宝,而同受戒者或九人,或七人,译语谓之暖答世。一日,今上入戒坛中,见马合哈剌佛前以羊心作供,上问沙剌班学士曰:"此是何物?"班曰:"此羊心也。"上曰:"曾闻用人心肝为供,果有之乎?"班曰:"闻有此说,未尝目击,问之剌马可也。剌马即帝师。"上命班叩之,答曰:"有凡人萌歹心害人者,事觉,则以其心肝作供耳。"遂以此言复奏。上曰:"人有歹心,故以其心肝为供。此羊曾害何人,而以其心为供耶?"剌马竟无以答。

　　太府少监阿鲁奏取金三两为御靴剌花之用。上曰:"不可,金岂可以为靴用者?"因再奏,请易以银线裹金,上曰:"亦不可。金银乃首饰也,今诸人所用何线?"阿鲁曰:"用铜线。"上曰:"可也。"

　　至元四年,伯颜太师之子甫十岁余,为洪城儿万户,乃邀驾同往,托以三不剌之行为辞,本为其子也。至中途,有酒车百余乘从行,其回车之兀剌赤多无御寒之衣,致有披席者。有一小厮,无帽,雪凝其首,若白头僧帽者,望见驾近,哭声震起,上亦为之堕泪。遂传命令遣之,伯颜不从。上亟命分其酒于各爱马,即各投下。及点其人数,死者给钞一定,存者半定,众乃大悦,遂呼万岁而散。

　　揭曼硕傒斯天历初为授经郎,时上自北来。一日,揭梦在授经郎厅,忽报接驾,急出门迎之,恍如平日,及入厅坐定,视之，乃今上也。时奎章阁官院长忽都鲁笃鲁迷失、供奉学士沙剌班，揭以二公谨愿笃实，遂以此梦告之。后果相符。班公以揭公梦事闻之于上，遂得召见。

至元六年二月十五日，黜逐伯颜太师之诏，瑀与范汇同草于御榻前。草文以其各领所部，诏书到日，悉还本卫。上曰："自早至暮，皆一日也。可改作时。"改正一字，尤为切至，于此可见圣明也。

元统甲戌三月二十九日，瑀在内署，退食余暇，广惠司卿聂只儿也里可温人。言：去岁在上都，有刚哈剌咱庆王，今上皇姊之驸马也。忽得一证，偶坠马，扶马则两眼黑睛俱无，而舌出至胸。诸医束手，惟司卿曰："我识此证。"因以剪刀剪去之。少顷，复出一舌，亦剪之。又于其舌两侧各去一指许，用药涂之而愈。剪下之舌尚存。亦异证也。广惠司者，回回医人隶焉。

朔方缣缣州，其西南有二石洞，一洞出石盐，皆红色，今湮没矣；一洞出青黑色者，尚存，缣人皆食之。石文粗砺如南方青石然，调味甚适口。他处亦皆有捞盐海子，或出青盐，或红盐，或方而坚，或碎而松，或大块可旋成盘者。大营盘处亦以此为课程抽分，不假人力，乃天成也。予友完者经历、夏石岩经历，皆曾以此盐遗余，彼亦尝亲历其地。缣缣州即今南城缣州营，是其子孙也。自大都至彼一万四千里，与怯里吉思为邻境，过此即海都家望高处也。

至元四年，天历太后命将作院官以紫绒金线翠毛孔雀翎织一衣段，赐伯颜太师，其直计一千三百定，亦可谓之服妖矣。罗国器总管尝董其工云。

至元四年，大都金玉局忽满地皆现钱文，视之如印成者。

其中居人陶小三尝以有文之土数块遗予,数年后看之,文皆不见。今通用铜钱,岂非先兆耶?

松江府青村盐场有林清之者,后至元丁丑,空中有芦一枝在前,继有钞随而飞之,村中见者皆焚香有乞降之意,竟坠于林清之之家,排置于神阁被版之上,其家迄今温饱。按《幽冥录》载:海陵黄郤先贫,风雨中飞钱至其家,触园篱,误落无数,余处皆拾得,后富至十万,擅名江北。以此观之,诚有此事。

桑哥丞相当国擅权之时,同僚张左丞、董参政者,二公皆以书生自称,凡事有不便者,多沮之。桑哥欲去之而未能。是时都省告状撺箱,乃暗令人作一状投之箱中,至午收状,当日省掾须一一读而分拣之,中有一状,无人名事实,但云:"老书生,小书生,二书生坏了中书省。不言不语张左丞,铺眉拓眼董参政,也待学魏徵,一般俸读作捧。请。读作倩"桑哥佯为不解其说,趣省掾再读之不已。张起身云:"大家飞上梧桐树,自有傍人话短长。"一笑而罢。语虽鄙俚,亦一时机变也。

聂以道,江西人,为□□县尹。有一卖菜人,早往市中买菜,半路忽拾钞一束。时天尚未明,遂藏身僻处,待曙检视之,计一十五定,内有五贯者,乃取一张买肉二贯,米三贯,置之担中,不复买菜而归。其母见无菜,乃叩之,对曰:"早于半途拾得此物,遂买米肉而回。"母怒曰:"是欺我也。纵有遗失者,不过一二张而已,岂有遗一束之理,得非盗乎?尔果拾得,可送还之。"训诲再三,其子不从。母曰:"若不然,我诉之官。"子曰:"拾得之物,送还何人?"母曰:"尔于何处拾得?当往原处候之,伺有失主来寻,还之可也。"又曰:"吾家一世未尝有钱买许多米肉,一时骤获,必有祸事。"其子遂携往其处。果有寻物者至,其卖菜者本村夫,竟不诘其钞数,止云失钱在此,付还与之。傍观者皆令分赏，失主靳之，乃曰："我失去三十定，今尚欠其半，如何可赏？"既称钞数相悬，争闹不已，遂闻之官。聂尹覆问，拾得者其词颇实，因暗唤其母复审之，亦同，乃令二人各具结罪文状，失者实失去三十定，卖菜者实拾得十五定。聂尹乃曰："如此，则所拾之者非是所失之钞，此十五定乃天赐贤母养老。"给付母子令去，喻失者曰："尔所失三十定，当在别处，可自寻之。"因叱出。闻者莫不称善。

　　至元间，有一御史分巡，民以争田事告之曰："此事连年不已，官司每以务停为词，故迁延之。"御史不晓务停之说，乃谕之曰："传我言语，开了务者。"闻者失笑。又至正间，松江有一推官，提牢至狱中，见诸重囚，因问曰："汝等是正身耶？替头耶？"狱卒为之掩口。又一知府到任，村民告里正把持者，怒曰："以三十七打罢这厮！"若此三人者，卤莽如此。昔宋仁宗朝，张观知开封府，民犯夜禁，观诘之，曰："有见人否？"众传以为笑。一语之失，书诸史册，百世之耻，可不慎欤？

　　至顺间，余与友人送殡，见其铭旌粉书云：答剌罕夫人某氏。遂叩其家人，云："所书答剌罕，是所封耶？是小名耶？"答曰："夫人之祖，世祖皇帝收附江南时，引大军至黄河，无舟可渡，遂驻军。夜梦一老曰：'汝要过河无船，当随我来。'引之过去，随至岸边，指视曰：'此处可往。'遂以物记其岸。及明日，至其处，踌躇间，有一人曰：'此处可往。'想其梦，遂疑其说。上曰：'你可先往，我当随之。'其人乃先行，大军自后从之，果然此一路水特浅可渡。既平定，上欲赏其功，其人曰：'我富贵皆不愿，但得自在足矣。'遂封之为答剌罕，与五品印，拨三百户以养之。今其子孙尚存。"余每以此事叩人，皆未有知者。

　　李朵儿只左丞，至元间为处州路总管。本处所产荻蔗，每

岁供给杭州砂糖局煎熬之用。糖官皆主鹘回回，富商也，需索
不一，为害滋甚。李公一日遣人来杭果木铺买砂糖十斤，取其
铺单，因计其价，比之官费有数十倍之远，遂呈省革罢之。又
箭竹亦产处州，岁办常课军器，必资其竹，每年定数，立限送纳
杭州军器提举司。及其到司，跋涉劳苦，何可胜言，而司官头
目箭匠方且刁蹬，否则发回再换。李公到任，知有此弊，乃申
省云："竹箭固是土产，为无匠人可知，故不登式，乞发遣高手
头目匠人来此选择起解，庶免往返之劳。"从之。迄今无扰。
此皆仁政之及民者如此。左丞唐兀人，汉名希谢，号贺兰，官
至江西左丞。余按，周世宗时王祚为随州刺史，汉法禁牛革，
辇送京师，遇暑雨多腐坏。祚请班铠甲之式于诸州，令裁之以
输，民甚便之。适与二事相同，漫书于此，观者或可触类而长，
则利民之事足有为也。

　　北庭王夫人，举月思的斤。乃阿怜帖木儿大司徒北庭文贞
王之妻也。一日，有以马鞭献王，制作精最。王见而喜之，鞭
主进云："此鞭之内，更有物藏其中。"乃拔靶取之，则一铁简在
焉。王益喜，持归以示夫人，取钞酬之。夫人大怒曰："令亟持
去！汝平日曾以事害人，虑人之必我害也，当防护之。若无此
心，则不必用此。"闻者莫不韪之。

　　阿怜帖木儿文贞王一日为余言："我见说娄师德唾面自干
为至德之事，我思之，岂独说人，虽狗子亦不可恶它。且如有
一狗自卧于地，无故以脚踢之，或以砖投之，虽不致咬人，只叫
唤几声，亦有甚好听处？"

　　脱脱丞相，即倚纳公。康里人氏，延祐间为江浙丞相。有伯
颜察儿为左平章，咨保宁国路税务副使耶律舜中为宣使。一
日，平章谕该吏曰："我保此人乃风宪旧人，及其才能，正当选

用。"嘱之再三曰:"汝可丞相前覆说之。"丞相曰:"若说用则便用之,若说选则不必提也。"只分别用选二字,言简而意尽,姑书之以备言行录之采择焉。公又访知杭州过浙江往来者不便,乃开旧河通之。此河钱王时古河也,因高宗造德寿宫湮塞之。公相视已定,州县与富豪通交,沮以太岁之说为疑。至日,公自持镬一挥而定。往年每行李一担,费脚钱二两五钱,今以一担之费买舟,则十担一舟能尽,其利可谓溥矣。

应中甫本,钱唐人,壮年笃志学道,得请仙降笔法甚验,每在杭州万松岭上同志家为之。过数日,欲设祭,将之供,适无钱,降仙告归不许,漫以借钱叩之,乃允,降笔云:"适有鳌翁平章即贾似道。在此,可立约借汝。"遂写契,以金纸甲马同焚炉中。复书曰:"汝二人可往葛岭相府故居大银杏树下稍西有草一茎长而秀者,就此处掘之,可得。"二人遂买舟过湖,至其所,不见是草,因以瓦半片祝之曰:"大仙果有此钱,则当引而去之。"祝毕,其瓦即有动意。中甫乃以手扶瓦,随其所往,行至树西,静视之,果有长草在焉。遂掘深二尺许,唯见粗石屑数块,余无他物。因再祝曰:"恐此即是。"瓦卓地应之,遂持以回。复叩仙曰:"此石当何为之?"仙书曰:"当用炉作汁。"二人因借炉投石炼之,少顷闻炉中如淬水声,视之,则溜汁下炉,取出皆白银也。往三桥银铺货得钞三十两,以为祭物用。数月后,因别事忽仙书云:"应生所借之钱免汝还,有元约可向炉中取之。"如言而往炉中拨其灰,则元约止烧去上下空纸,有字者俱在。岂谓无仙耶? 中甫,儒者也,外貌矍铄,为人敦笃,有膂力,能手搏,无与敌者。所传乃刘千和尚之派,每欲以此事教人,非忠孝者不传,不得其人,遂无传焉。卒于至正己丑,时年七十有八。

至正四年七月二十四日,松江府上海李君佐偕张四,泊同行者六人,过上海浦东待渡。时日已西矣,见一青色鸡,朝北立于日上,独不见其足。李下马,六人俱拜,伫观至没而去。

吴巽字叔巽,尝应天历己巳举至都,对余言:某初两举皆不第,忽得一梦,有人言黄常得时你便得,遂改名为黄常,亦不中。即复今名。至此举,乡试乃黄常为本经诗魁,省试则黄常与吴巽榜上并列其名。其吴黄常解据亦并在箧中,梦之验有如此者。

厉周卿,婺州人,能卜术。天历间游京师。一日,余写一上字卜之,厉即对本钞录,姓名出处之说,皆如见,后一段云:"商量更改事,佳会喜金羊。寅巳同申主,好事喜非常。"其应果在十年后,岂非万事皆分定也。

刺刺拔都儿乃太平王将佐。后至元三年,杀唐其势大夫于宫中,外未之觉也。因其余党皆在上都东门之外,伯颜太师虑其生变,亲领三百余骑往除之。刺刺望见尘起,疑有不测,乃入帐房中,取手刀弓箭带之,上马,遇诸途,短兵相接,而以其手刀挥之,将近伯颜太师之马,而刀头忽自坠地,遂逃以北,乃追回杀之。且刺刺名将也,岂有折刀之说?后询其故,乃半月前此刀曾坠地而折,家人惧其怒,虚装于鞘中。事非偶然,岂人力可致。

徐子方琰,至元间为陕西省郎中。有一路申解到省内,误漏落一圣字。案吏欲问罪,指为不敬,徐公改云:"照得来解内第一行脱漏第三字,今将元文随此发去,仰重别具解申来。"前辈存心如此,亦可为吹毛求疵之戒。

孙子耕者,杭人,与新城豪民骆长官为友。元统间,骆犯罪流奴儿干,孙以友故,送至肇州而回。交谊如此,诚不减古人也。

元统间，余为奎章阁属官，题所寓春帖曰："光依东壁图书府，心在西湖山水间。"时余崶山为江浙儒学提举，写春帖付男峒置于山居，则曰："官居东壁图书府，家住西湖山水间。"偶尔相符，亦可喜也。

韩子中_忠，曹州定陶人，至正初为大都路知事。乃父在家，一日，忽移家去河六十里。人问其故，答曰："井水北流，则泉脉近矣。不久当有水患。"未及半年，定陶之地半为水矣，惟韩公无遗失之患。亦可谓先见之明者。

陈云峤_柏，泗州人，陈平章之孙也。偶傥不羁，人以为陈颠称之。后至元五年，为余姚州同知，因病求医于杭，稍愈，值重阳日，遂邀张伯雨及余同登高。是时云峤寓赤山李叔固丞相先茔，余二人往焉。乃扶杖游水乐洞，憩石屋寺前，露坐闲谈。云峤因自言曰："我前身僧也。泗州塔寺有住持者，皆名之为老佛，斋戒精严。一日，呼侍者令作血脏羹，欲食之。侍者曰：'老佛一世持斋，何故有此想？'乃不从。遂怒之，拂袖而去，见陈平章曰：'我特来索血脏羹吃。'平章亦以斋戒为答。佛曰：'元来你也是不了事汉。'平章遂作此羹啖之。即归寺，乃别大众而作偈曰：'撞开平屋三层土，踏破长淮一片冰。'遂趺坐而逝。茶毗之日，舁其龛至淮河岸，冰合已久，举火之次，忽大响一声，则河冰自裂。时平章在府中，见老佛入于堂，问之，则后堂报生一子，即某也。"言毕，回饮于寓所而散。明日，伯雨送登高诗，而颈联有"百年身付黄花酒，万壑松如赤脚冰"之句。余和韵云："方外弟兄存晚节，人间富贵似春冰。"云峤曰："我无冰字，且只以长淮一片冰答之。"不数日，云峤告殂。岂非说破话头而致然也。

余家藏竹龟一,乃古人以老竹片所制,首尾四足皆他竹外来者,窍小,两头倍大,可转动而不可出,故用纵横之竹,纹理显然。背载三截碑牌一,两侧有转轴十,亦外来之,轴首大腰细,不知何法得入。遍叩匠者,皆莫晓所谓,特以鬼工称之。

余为太史院官时,吏云:本院库中有汉高祖斩白蛇剑藏焉。余按晋太康中,武库火,已毁此剑,何缘更有?每欲过目,因循未克。又闻官库有昭君琵琶,天历太后以赐伯颜太师妻,今不知何在。又大都钟楼街富民家藏宣圣履在焉。

胆巴师父者,河西僧也。大德间,朝廷事之,与帝师并驾。适德寿太子病瘠而薨,不鲁罕皇后遣使致言于师曰:"我夫妇以师事汝至矣,止有一子,何不能保护耶?"师答曰:"佛法譬若灯笼,风雨至则可蔽,若尔烛尽,则灯笼亦无如之何也。"可谓善于应对。

余家藏石子一块,色青而质粗,大如鹅弹,形差匾,上天然有兜尘观音像在焉,虽画者亦莫能及。或加以磨洗,则精神愈出,诚瑞应也。

上海县士人庄蓼塘者,藏书至七万卷。其子欲售之买者,积年无有好事者,可见其鲜。

余外祖英德路治中冯公世安园中茶花一本,其花瓣颜色十三等,固虽出人为,亦可谓善夺造化之巧者。

余任太史同金,特旨令知天象事。后至元六年七月朔,灵台郎张某来请甚急,及同到院,则李院使者肃襟以待曰:"夜来景星见,此祥兆也,可即往奏闻,我辈当有厚赐。"余乃以奏目画图,考之志书殊异。余曰:"虽见于晦日,形则少异。且景星之现,当有醴泉出,凤凰来,朱草生,庆云至,而相副之。今陕西灾疫,腹里盗贼,福建反叛,恐非所宜,何天道相反如是耶?"

李公之意颇坚，折之不已。余曰："今见者惟灵台监候六人也。万一或有天下共见之凶兆，当何如耶？"遂答曰："伺再见即闻。"乃止。越九日，太白经天，由是言之。凡事不可造次也如此。

余幼侍坐于赵子昂学士席间，适写神陈鉴如持赵公影草来呈，公援笔与之自改，且言所以未然之故。笔至唇，乃曰："何以为之人中？若以一身之中言之，当在脐腹间，指此名之曰中，何也？盖自此而上，眼、耳、鼻皆双窍，自此而下，口泊二便皆单窍，成一《泰卦》耳。由是之故，因以此名中也。"满座为之敬服。

皇元累朝即位之初，必降诏诞布天下，惟西番一诏用青绉丝粉书诏文，绣以白绒，穿珍珠网于其上，宝用珊瑚珠盖之。如此赍至其国，张于帝师所居殿中，可谓盛哉！

铜虎符，好事之家多珍藏者，不过或左或右，止存一边。独余家所藏全体具在，背上各有篆书某处发兵符一行，腹下真书十字，唯戊癸二字合全，余八字皆半于腹内，作牝牡五窍斗合之。古人关防之密如此。余因见河南盗杀省臣之事，屡欲以此言之，事乃不偶，且深藏以待举行，当致诸有司以取制作之度。

瞿运使霆发，上海巨室也。尝有贫士伪作张文质运使书持以干公，公得书即命干者以钞三定助行。干者知其伪，沮之未与。越数日，贫士复见公于轿前，公乃驻轿命即取五定，加以温言，慰而遣之。干者白其语于公，公曰："汝知之乎，人何不作书干你，何怪之有？"闻者咸服其度量云。

瑀于至元六年二月十五日夜御前以牙牌宣人玉德殿，亲奉纶音，黜逐伯颜太师之事。瑀首以增梟官米为言，时在侧者皆以为迂。瑀曰："城门上钥明日不开,则米价涌贵,城中必先哄噪。抑且使百姓知圣主恤民之心,伯颜虐民之迹,恩怨判然,有何不可?"上允所奏,命世杰班殿中传旨,于省臣增米铺二十,钞到即粜。都城之人,莫不举手加额,以感圣德。

大都长春宫有桃核半个,其大如掌,至今以为常住镇库之物。余尝观之,诚希有也。蟠桃之说,宁或果有之乎? 古者王琚遇仙,与桃核大如斗,磨而服之,愈疾延年,今则未闻也。桃核扇之说,是其类耳。

不鲁罕皇后出居东安州日,其地多蛙,朝夕喧噪不已。苦其烦聒,乃遣人喻旨,令止之。众蛙为之屏息。迄今蛙不鸣,亦异事也。

瑀尝以简易小日晷进之于上,其大不过三寸许,可以马上手提测验,深便于出入。上命太史院官重为校勘,比之江浙日晷多半刻,再以上都校之,又长半刻。南北地势不同者如此。

后至元四年,因伯颜太师称寿,百官填拥。中丞耿焕年迈颠踬于地,踏伤其胁而出。

后至元年间,阿怜帖木儿大司徒知经筵事,乃子沙剌班亦为奎章阁侍书学士兼经筵官。班公以父子辞避之,上终不允所请,乃并列焉。

至正七年,社稷署太祝张从善,都城巨室也,方四十即致仕。尝预营寿室,解石版为穸门,石中忽有纹成松石,虽绘画者不如也。观者填门,因以为碑而置坟墙之中。翰林学士欧阳玄、侍讲学士揭傒斯皆为寿松记刻石以表瑞,后附致碑本示余求诗,漫以一绝赋之曰:"举世纷纷名利间,达生轻禄古今难。天生瑞兆为君寿,寄我山中作画看。"

鲜于伯机枢一日宴客,呼名妓曹娥秀侑尊。伯机因入内典馔未出,适娥秀行酒,酒毕,伯机乃出。客曰:"伯机未饮酒。"娥秀亦应声曰:"伯机未饮。"座客从而和之曰:"汝何故亦以伯机见称? 可见亲爱如是。"遂佯怒曰:"小鬼头焉敢如此无礼?"娥秀答之曰:"我称伯机固不可,只许你叫王羲之乎?"一座为之称赏。

上海县农家一老妪,被雷击死,少顷复苏。里中咸往视之,问其故,妪云唯闻"错了",余无所见。时口中有药一丸尚存,因吐出手中示人。邻人俞生者夺而吞之。越一年,俞生病喉痛数载。一日,因怒咳痰于地,闻有声,乃拨痰寻之,内有一物,状如李核,光莹而黄色,以斧凿击之不碎,喉痛遂止。

杭州盐商施生者,至正八年,其家猪栏中母猪自啖其子。喂猪者往棰之,忽为人言曰:"因你不喂我,自食我子,干你何事?"喂猪者大惊,往报施生。生往视之,傍观者或曰可杀,或曰货之。猪复言曰:"我只少得你家三十七两五钱,卖我还你便了,何必闹?"遂卖之,果得三十七两五钱而止。古有中宵牛语之说,诚不诬也。

沙剌班学士者,乃今上之师也,日侍左右。一日,体倦,于便殿之侧偃卧,因而睡浓。上自以所坐朵儿别真即方褥也。亲扶其头而枕之。又班公尝于左额上生小疖,上亲于合钵中取佛手膏摊于纸上,躬自贴之。比调羹之荣,可谓至矣。

镔铁胡不四世所罕有,乃回回国中上用之乐,制作轻妙。余每询之铁工,皆不能为也。今归平江巨室曹氏。

阔阔歹平章之次妻,高丽人也。寡居甚谨。其子拜马朵儿赤知伯颜太师利其家所藏答纳环子,遂以为献。伯颜即与闻之于上,乃传旨命收继之。高丽者款以善言,至暮,与其亲母逾垣削发而避之。伯颜怒,奏以故违圣旨之罪,遂命省台泊侍正府官鞫问之。奉命唯务锻炼。适有侍正府都事帖木儿不花汉名刘正卿。者，深为不满。时问事中秉权者阔里吉思国公，正卿朝夕造其门，委曲致言曰："谁无妻子，安能相守至死？得守节者，莫大之幸，反坐之罪，非盛事也。"遂悟而止。正卿，蒙古人，廉直寡交，家贫至孝，平日未尝嬉笑，与余至契。公退必过门，言所以，故知此为详。至正初拜御史而卒。

至元六年冬仲，皇帝亲祀太庙。期迫，创制衮冕，猝不能办。适有英庙元制二副，已用一副，未经用者一副见存，皆以旧物为不宜而沮之。惟余与欧阳学士所言相同，解之曰："若以此物为不宜，则玉玺、宫殿、龙床未尝更易，何独以此为忌也？"众议遂息。乃独易一中单，余皆就用之。

枢密院同知帖木达世，后至元六年，中书右丞缺，众议欲以某人为之，近侍世杰班力以帖木达世为荐，至甚恳切，上乃允其请。后累迁官至左丞相卒，不知世杰班之举，班亦未尝齿及之，可谓厚德人也。

至正七年，余至鹤砂访旧，馆于草堂张梅逸之家。因动问梅逸去年得疾之由，后服何剂而愈，曰："始因气而得之，方当危困之际，忽于清旦似梦非梦，有神语之曰：'一闻异事，其病立差。'次日婿偕门僧来问疾，语及场前龙降一事，极其异常，闻之矍然，疾乃如失。"予因问所以异。有乡中豪强之家，平日恃富凌贫，靡所不为，累挟官势，排陷平人者多矣。先一日，有佃户来诉作商为人所负，欲报之其主。因呼场吏，欲诬以逃灶户藏于其家，而挤陷之。吏曰："若然，必破其家，非阴骘事。"不允。固啖以利，吏亦不从。乃遣爪牙名某者往迫之，吏不得已，许以来日从事。是日，忽二龙降于豪强之家，凡厅堂所有，床椅窗户，皆自相奋击，一无完者。摄一舟决颐如口衔于爪牙者当门之槛，牢不可脱。讼者之舟摄覆平地，谋讼者压折左肱几死。龙所过之地，作善之家分毫无犯，凡平日之强梁者，多破产焉。豪强寻亦遭讼，今渐费荡。呜呼！龙之有神，古所闻也。龙能彰善瘅恶，古所未闻也。愚民自以为天道冥冥，今观斯事，神岂远乎哉？闻之者足以为戒也。

大德三年七月十八日，中书省奏准禁捕秃鹙。盖因扬州淮安管内，蝗虫为害，忽有秃鹙五千余，恬不惧人，以翅打落蝗虫，争而食之。既饱，吐而再食。遂致消弭。迄今著于禁令，载之《至正条格》。

伯颜太师所署官衔曰元德上辅广忠宣义正节振武佐运功臣、太师、开府仪同三司、秦王答剌罕、中书右丞相、上柱国、录军国重事、监修国史兼徽政院侍正昭功万户府都总使、虎符、威武阿速卫亲军都指挥使司达鲁花赤、忠翊侍卫、亲军都指挥使、奎章阁大学士、领学士院、知经筵事、太史院、宣政院事、也可千户、哈必陈千户达鲁花赤、宣忠干罗思扈卫亲军都指挥使司达鲁花赤、提调回回汉人司天监、群牧监、广惠司、内史府、左都威卫使司事、钦察亲军都指挥使司事、宫相都总管府领太禧、宗禋院兼都典制神御殿事、中政院事、宣镇侍卫亲军都指挥使司达鲁花赤、提调宗仁蒙古侍卫亲军都指挥使司事、提调哈剌赤也不干察儿、领隆祥使司事，计二百四十六字，此系至正五年五月所署之衔也。

范舜臣天助，汴人，世为名医，博学多能，尤精于天文之书。至顺间，为永福营膳司令。尝与余言：影堂长明灯每灯一盏，岁用油二十七个。此至元间官定料例，油一个该一十三斤，总计三百五十一斤。连年著意考之，乃有余五十二斤，则日晷之差短明矣。永福营膳司所掌青塔寺影堂也。

　　天历初,建奎章阁于西宫兴圣殿西廊,择高明者三间为
之。南间以为藏物之所。中间学士诸官候直之地。北间南向
中设御座,两侧陈设秘玩之物,命群玉内司掌之。阁官署衔初
名奎章阁学士,阶正三品,隶东宫属官。后文宗复位,乃升为
奎章阁学士院,阶正二品,置大学士五员,并知经筵事;侍书学
士二员,承制学士二员,供奉学士二员,并兼经筵官。幕职置
参书二员,典签二员,并兼经筵参赞官;照磨一员,内掾四名,
内二名兼检讨;宣使四名,知印二名,译史二名,典书四名。属
官则有群玉内司,阶正三品,置监群玉内司一员,司尉一员,亚
尉二员,佥司二员,典簿一员,令史二名,典吏二名,司钥二名,
司膳四名,给使八名,专掌秘玩古物。艺文监,阶正三品,置太
监兼检校书籍事二员,少监同检校书籍事二员,监丞参检校书
籍事二员,或有兼经筵官者,典簿一员,照磨一员,令史四名,
典吏二名,专掌书籍。鉴书博士司,阶正五品,置博士兼经筵
参赞官二员,书吏一名,专一鉴辨书画。授经郎,阶正七品,置
授经郎兼经筵译文官二员,专一训教怯薛官大臣子孙。艺林
库,阶从六品,置提点一员,大使一员,副使一员,司吏二名,库
子一名,专一收贮书籍。广成局,阶从七品,置大使一员,副使
一员,直长二员,司吏二名,专一印书籍,已上书籍乃皇朝祖宗
圣训及番译《御史箴》、《大元通制》等书。特恩创制牙牌五十
于上,金书“奎章阁”三字,一面篆字,一面蒙古字、畏吾儿字,
令各官悬佩,出入无禁。学士院凡与诸司往复,惟札书参书厅
行移。又命侍书学士虞集撰《奎章阁记》,文宗御书,刻石禁
中。先时,燕帖木儿太平王为丞相,系衔署奎章阁大学士,领
学士院事。后伯颜秦王为丞相,系衔亦如之。

奎 章 阁 记

　　大统既正，海内定一，乃稽古右文，崇德乐道。以天
历二年三月作奎章之阁，备燕闲之居。将以渊潜退思，缉
熙典学。乃置学士员，俾颂乎祖宗之成训，毋忘乎创业之
艰难，而守成之不易也。又俾陈夫内圣外王之道，兴亡得
失之故，而以自儆焉。其为阁也，因便殿之西庑，择高明
而有容，不加饰乎采斫，不重劳于土木，不过启户牖以顺
清燠，树庋阁以栖图画而已。至于器玩之陈，非古制作中
法度者不得在列。其为处也，跬步户庭之间，而清严邃
密，非有朝会祠享、时巡之事，几无一日而不御于斯。于
是宰辅有所奏请，宥密有所图回，诤臣有所绳纠，侍从有
所献替，以次入对，从容密勿，盖终日焉，而声色狗马不轨
不物者无因而至前矣。自古圣明睿知，善于怡心养神，培
本浚源，泛应万变而不穷者，未有易乎此者也。盖闻天有
恒运，日月之行不息矣。地有恒势，水土之载不匮矣。人
君有恒居，则天地民物有所系属而不易矣。居是阁也，静
焉而天为一，动焉而天弗违，庶乎有道之福，以保我子孙
黎民于无穷哉！
至顺辛未孟春三日，御书于奎章阁，瑀被赐墨本，特以天历、奎
章二宝印识于其上。

　　皇朝昔宝赤，即养鹰人也。每岁以初按海青获头鹅者即天鹅
也。赏黄金一定。

　　皇朝贵由赤，即急足快行也。每岁试其脚力，名之曰放走。
监临者封记其发，以一绳拦定，俟齐，去绳，走之。大都自河西
务起至内中，上都自泥河儿起至内中，越三时行一百八十里，

直至御前,称万岁礼拜而止。头名者赏银一定,第二名赏段子四表里,第三名赏二表里,余者各一表里。

至治二年,江西廉访金事哈剌书吏毕宗远奏:差陈汝楫巡按至瑞州路,一日看卷之际,金事见鼓楼上红衣人往来,问他人皆不见之。少顷,雷雨大作,电光直入厅事旋绕,随至卷所。宗远亟逾权栏而出,髭髯悉为雷火所燎,文卷被羊角风掣去,旋入云霄,竟不知落于何处。陈汝楫击死于地。泰定间,宗远侍父毕敬之来松江为庸田使,亲言此事。

至正七年八月十二日,上海浦中午潮退,未几复至,人皆异之。费子伟万户亲与余言。

松江府下砂场第四灶盐丁顾寿五妻王氏,始笄适顾,生子女五人。至大辛亥复有孕,及期临蓐,七日不娩,仍如故,腹亦不加长。每嘱之家人曰:“我死后焚我,勿待尽,必取腹中物视之,以明此疾何也。”至正庚寅十月二十五日,因胎动腹痛而死。越二日,火化,家人果取物视之,则胞带缠束甚紧,剖之,乃一男胎,其肋骨如铁之坚。计之,怀胎四十年矣。其妇甲戌生,死年七十有七。

至正间,别怯儿不花为江浙丞相,尽以本省所管土人不得为掾史。时左丞佛住公曰:“若如此回避,则都省掾当以外国人为之。”

至元间,乃颜叛,以其余党徙居于庆元之定海县。延祐初,倚纳脱脱公为江浙丞相,其党人屡以水土不安乞迁居善地,诉之不已。公曰:“汝辈自寻一个不死人的田地来说,当为汝迁之。”遂绝。

揭曼硕学士有题《秋雁》诗云:“寒向江南暖,饥向江南饱。莫道江南恶,须道江南好。”

新月每见于大二小三之说，盖为前月小则后月初三见，前月大则初二日见。至正七年九月小，忽十月初二日已见，漫识于此，以问诸保章，恐历法之差尔。

至正七年丁亥十二月朔旦，虹见于西北，竟天至东南，少顷，微雨。是岁九月二十四日至十月初一日五日，骤雨雷电大作，初二日大风极冷而止。变在嘉兴城中，未知他郡同否。

至正戊子小寒后七日，即十二月望，申正刻，四黑龙降于南方云中，取水，少顷，又一龙降东南方，良久而没。俱在嘉兴城中见之。

至正戊子正月十八日，钱塘江潮比之八月中潮倍之数丈，沿江民舍皆被不测之漂，一时移居者甚众。

《图画见闻志》载：张文懿公有玉画叉。余家藏有古玉画叉一枚，是非文懿公之物耶？姑识于此。

余屡为滦京之行，每宿于李老峪酒肆。其家比之他屋稍宽敞焉。其屋东大楣中发一灵芝，茎长三尺余，斜倚其上，人以为常。及余山居宝云山上，不时生芝，不以为奇。余思大成殿瑞芝及宋徽宗时进芝称贺，以此观之，何足为贺也？

湖南益阳州每有人夜半忽自相打，莫晓所谓，名之曰沙魇。土人知此证者，唯以冷水浇泼，稍定，以汤水饮之，徐徐方醒，二三日即如醉中不知者，殊用惊骇。上海县达鲁花赤兀讷罕至正初为本州同知，因造漆器，匠者八人一夕作闹，亲历此事，尝与余言之。

至正辛卯十一月癸酉冬至后三日，即二十七日，夜雨至四更时，霹雳雷电大作，其雨如注，天明乃止。时侨居松江下砂。后闻十二月初二日，杭州又复雷电大雨。

徐子方琰为浙西宪使，南台札付为根捉朱九，即朱张之子。

行移海道府,回文言往广州取藤椸去了。以此回宪司,再行催发,海道府复云已在大都。台复驳前后所申不一,取首领官吏招伏缴申。徐公乃云:"先言远而后言近,远者虚而近者实。依实而申,焉敢不一。所据取招一节,乞赐矜免。"台官为之愧服。

李和,钱塘贫士也。国初时尚在,鬻故书为业,尤精于碑刻,凡博古之家所藏,必使之过目。或有赝本,求一印识,虽邀之酒食,惠以钱物,则毅然却之。余生晚矣,失记其颜貌。先父枢密洎姻家应中父常称道之,漫书于此,以砺仕宦者之志云。余家藏万年宫碑阴题名,后有李和鉴定,石刻印识见存。

尚酝蒲萄酒,有至元、大德间所进者尚存,闻者疑之。余观《西汉·大宛传》,富人藏蒲萄酒万石,数十年不败。自古有之矣。

《图画见闻志》载:唐刺史王倚有笔一管,稍粗于常用笔,管两头各出半寸,中间刻从军行一铺,人马毛发、亭台远水无不精绝。每一事刻从军诗两句,似非人功。其画迹若粉描,向明方可辨之,云用鼠牙雕刻。崔铤文集有《王氏笔管记》,其珍重若此。余尝闻大都钟楼街富室王氏有玉箭,杆圆环一如钵遮环之状,差小,上碾《心经》一卷。及闻先父枢密言:先见竹龟一枚,制作与余所藏相同,但其碑牌中以乌木作牌,象牙为字,嵌《孝经》一卷于其上。其碑不及一食指大。以此观之,二物尤难于笔管多矣,人皆以为鬼工也。

《酉阳杂俎》载:齐日升养樱桃,至五月中,皮皱如鸿柿不落,其味数倍,人不测其法。今西京每岁冬至前后进花红果子,色味如新。其地酷寒,比之内地尤难收藏,诚可珍也。余屡拜赐焉。

　　至正十一年夏,余于松江普照寺僧房见一敝帚开花,僧云
此帚已七八年矣。今似此者甚多。嘉兴路儒学阍人陶门者,
其家磨上木肘忽发青条,开白花。时应才为学正,陶持以示其
家人。吴江州分湖陆孟德言:其邻铁匠庞氏者,其家一柳桩坫
铁砧十余年,今岁忽发长条数茎,如苇帚开花,皆以为常。余
观《宋史·刘光世传》:光世以枯秸生穗闻于朝,帝曰:"岁丰人
不乏食,朝得贤辅佐,军有十万铁骑,乃可为瑞。此外不足
信。"时建炎三年也。以时事观之,岂非草木之妖欤?

　　罗世荣字国器,钱唐人。后至元丙子,为行金玉府副总
管。有匠者慢工,案具而恕之,同僚询其故,罗曰:"吾闻其新
娶,若挞之,其舅姑必以妇为不利,口舌之馀,则有不测之事存
焉,姑置之。"余按宋曹彬知徐州日,有吏犯罪,既具案,逾年而
杖之,人莫知其故。彬曰:"吾闻此人新娶妇,若杖之,彼其舅
姑必以妇为不利而朝夕笞詈之,使不能自存,吾故缓其事。然
法亦未尝屈焉。"二事适相符,并识于此,抑亦仁人之用心也。

　　畏吾儿僧间间,尝为会福院提举,乃国朝沙津爱护持_{汉名总统}。南的沙之子,世习二十弦,_{即答篾也}。悉以铜为弦,余每叩
乐工,皆不能用也。唐人贺怀智以鹍鸡筋为弦,欧阳文忠公诗
"杜彬皮作弦",后人多疑之,以此观之,或者亦可为尔。铜弦
则余亲见闻也。庸田监司左答那失里乃间间之亲弟。

　　丁卯进士萨都剌天锡《宫词》:"深夜宫车出建章,紫衣小
队两三行。石阑干畔银镫过,照见芙蓉叶上霜。"人莫不脍炙
之。予以为拟宋宫词则可,盖北地无芙蓉,宫中无石阑干,擎
执宫人紫衣大朝贺则于侍仪司法物库关用,平日则无有也。
宫车夜出,恐无此理。又《京城春日》诗:"燕姬白马青丝缰,短
鞭窄袖银镫光。御沟饮马不回首,贪看柳花飞过墙。"国朝有

禁御沟不许洗手饮马，留守司差人巡视，犯者有罪，故宋显夫《御沟》诗有"行人不敢来饮马，稚子时能坐钓鱼"之句，可谓纪实矣。

皇朝设内八府宰相八员，悉以勋贵子弟为之，禄秩章服并同二品，例不受宣，唯奉照会礼上，寄位于翰林院官扫邻。即宫门外会集处也。所职视草制词，如诏敕之文，又非所掌，院中选法杂行公事，则不与也。

余山居西濒湖有养乐园，乃贾似道之故居，今则江州路同知西域人居之。至正九年夏，其家生一鸡骈首，恶而弃之于水。十二年，红巾毁其屋，残其家。亦妖孽之先兆也欤？

大德间，回回富商以红剌一块，重一两三钱，申之于官，估直十四万定，嵌于帽顶之上。累朝每于正旦与圣节大宴则服用之，瑀尝拜观焉。

至正癸巳冬，上海县十九保村中鸡鸣不鼓翼，民谣曰："鸡啼不拍翅，鸦鸣不转更。"

《汉书》中有录囚，《唐书》中有虑囚，《集韵》载录音力居切，分晓。是录囚其义且明白，盖北音录为虑。高丽人写私书皆以乡音作字，中国人观之皆不可知。余尝见缘环二字写作唾环，余皆类此。《唐书》一时书手误写，后人因而讹之。

延祐间，都城有禁不许倒提鸡，犯者有罪。盖因仁皇乙酉景命也。

至元末年尚有火禁，高彦敬克恭为江浙省郎中，知杭民藉手业以供衣食，禁火则小民屋狭，夜作点灯必遮藏隐蔽而为之，是以数致火患，甚非所宜，遂弛其禁，杭民赖之以安。事与廉叔度除成都火禁之意一也。余因书之，俾后人知公之德政利人者如此。

后至元间,伯颜太师擅权,尽出太府监所藏历代旧玺,磨去篆文,以为鹰坠,及改作押字图书,分赐其党之大臣。独唐则天一玺,玉色莹白,制作一如官印,璞仅半寸许,不可改用,遂付艺文监收之。一时阁老诸公,皆言则天智者,特以其把手高耸于上,璞薄而文深,使后人不可改作,故能存之。国朝凡官至一品者,得旨则用玉图书押字。文皇开奎章阁,作二玺,一曰"天历之宝",一曰"奎章阁宝",命虞集伯生篆文。今上皇帝作二小玺,一曰"明仁殿宝",一曰"洪禧",命瑀篆文。洪禧小玺,即瑀所上进者,其璞纯白,上有一墨色龟纽,观者以为二物相联,实一段玉也,上颇喜之。

王叔能参政题一钱太守庙诗云:"刘宠清名举世传,至今遗庙在江边。近来仕路多能者,学得先生要大钱。"

北庭文定王沙剌班,号山斋,字敬臣,畏吾人,今上皇帝之师也,上尝御书"山斋"二大字赐之。至元后庚辰,为中书平章。一日,公退为余言曰:"今日省中有一江西省咨曾某告封赠者,吏胥作弊,将曾字添四点以为鲁字,中间亦有只作曾字者,欲折咨之。"余曰:"即照行止簿便可明也。"簿载曾姓相同,吏弊显然。僚佐执以为疑,公曰:"为人在世,得生封者几人?何况区区七品虚名,又非真授。纵吏不是改,亦何妨?若使往返,非一二年不可,安知其可待否?且交为父母者生拜君恩,不亦悦乎?"力主其说而行之。诚可谓厚德君子也。余观《中兴系年录》载:魏矼字邦达,为考功员外郎,选案不存,吏缘为奸,川陕官到部者多以微文沮抑,往返辄经年。矼请细节不圆处悉先放行,人以为便。

教坊司、仪凤司旧例依所受品级列于班行,文皇朝令二司官立于班后。至正初仪凤司复旧例,教坊司迄今不令入班。

　　蒙古人有能祈雨者,辄以石子数枚浸于水盆中玩弄,口念咒语,多获应验。石子名曰鲊答,乃走兽腹中之石,大者如鸡子,小者不一,但得牛马者为贵。恐亦是牛黄、狗宝之类。

　　国朝有禁每岁车驾巡幸上都,从驾百官不许骑坐骗马,唯骑答罕马。答罕,二岁驹也。延祐间,拜住丞相尝骑骡子出入。今则此禁稍缓。

　　至正元年四月十九日,杭州火灾,总计烧官民房屋公廨寺观一万五千七百五十五间,六所七披,民房计一万三千一百八间,官房一千四百二十四间,六所七披,寺观一千一百三十间,功臣祠堂九十三间。被灾人户一万七百九十七户,大小三万八千一百一十六口,可以自赡者一千一十三户,大小四千六十七口。烧死人口七十四口,每口给钞一定,计七十四定。实合赈济者计九千七百八十四户,大口二万二千九百八十三口,每口米二斗,计米四千五百八十一石八斗;小口一万一千六十六口,每口米一斗,计米一千一百六石六斗,总计米五千六百八十八石四斗。时江浙行省只力瓦歹平章移咨都省,云:"光禄大夫、江浙平章政事,切念当职荷国荣恩,受寄方岳,德薄才微,不能宣上德意,抚兹黎民。到任之初,适值阙官,独员署事,一月有余,政事未修,天变遽至。乃四月十九日丑寅之交,灾起杭城。自东南延上西北近二十里,官民间舍,焚荡迨半。遂使繁华之地,鞠为蓁芜之墟。言之痛心,孰甚其咎!衰老之余,甘就废弃,当此重任,深愧不堪。已尝移文告代,未蒙俞允,诚不敢久稽天罚,以塞贤路。谨守职待罪外,乞赐奏闻,早为注代,生民幸甚!"明年四月一日,又复火灾。宋治平三年正月己卯,温州火烧民屋一万四千间,死者五千人。

　　松江夏义士者,乃甲户也,其家房门上有一西番塔影,盖松江无西番塔，不知此影从何而得，人以为异。《酉阳杂俎》云：扬州东市塔影忽倒，老人言：海影翻则如此。又沈存中以谓大抵塔有影必倒。陆放翁云：予在福州见万寿塔，成都见正法塔，蜀州见天目塔，皆有影，亦倒也。然塔之高如是，而影止三二尺，纤悉皆具。或自天窗中下，或在廊庑间，亦未易以理推也。以上之说，因其塔所见影，然松江无此塔而有影见者，其理又不可得而究之。予尝游平江虎丘寺，阁上槛窗下裙板中有一节孔，阁僧以纸屏照之，则一寺殿宇廊庑，悉备见于屏上，其影皆倒。余山居与保叔塔邻峰也，朔望点灯之夕，遇夜观之，一塔灯光倒插于段桥湖中。大抵塔影皆倒，沈存中之说是也。

皇朝开科举以来，唯至正戊子举王宗哲元举乡试、省试、殿试皆中第一，称之曰三元。宋自仁宗庆历复明经科，称三元者王岩叟一人而已。

彻彻都郯王、帖木儿不花高昌王二公被害，都人有垂涕者。伯颜太师被黜，都人莫不称快。笔记载张德远诛范琼于建康狱中，都人皆鼓舞。秦桧杀岳飞于临安狱中，都人皆涕泣。是非之公如此。

秦桧孙女封崇国夫人，爱一狮猫，忽亡之，立限令临安府访求。及期，猫不获，府为捕系邻居民家，且欲劾兵官。兵官皇恐步行求猫，凡狮猫悉捕致，而皆非也。乃赂入宅老卒，询其状，图百本于茶肆张之。府尹因璧人祈恳乃已。至正十五年，浙宪贴书卢姓者，忽失一猫，令东北隅官搜捕之。权势所在，一至于此，可不叹乎？

元统间，革去群玉内司，并入艺文监通掌其事，监官依怯薛日数更直于奎章阁。盖群玉内司所管宝玩，贮于阁内。时揭曼硕为艺文监丞,寓居大都双桥北程雪楼承旨故廨,到阁中相去十数里之遥。揭公无马,每入直必步行以往,比之僚吏,又且早到晚散,都城友人莫不以此为言。一日,揭公为余言曰:"我之不敢自漫入直者,亦有益也。近日在阁下,忽传太后懿旨,问阁中有谁,复奏有揭监丞。再问莫非先帝时揭先生耶?遂赐酒焉。义一日,再问是某,以古玉图书一令辨之,详注其文而进,亦赐酒焉。"是时阁下悄然,余者皆是应故事而已,多有累怯薛不入直者。此公晴雨必到,终日而散。后十余年,予归老西湖上,每遇同志之友,清谈旧事,屡及此者,莫不以长厚老成称之。余观《归田录》载:枢密王畴之妻,梅鼎臣女也。景德初,夫人入朝德寿宫,太后问夫人谁家子,对曰:"梅鼎臣女。"太后笑曰:"是圣俞家乎?"由是始知圣俞名闻于宫禁也。揭公之际遇,尤可尚矣。

　　士大夫因其闻见之广,反各有所偏致,有服丹砂者,服凉剂者。服丹砂者为害固不待言,余以目击服凉剂者言之。友人柯敬仲、陈云峤、甘允从三人,皆服防风通圣散,每日须进一服,以为常。一日,皆无病而卒。岂非凉药过多,销铄元气殆尽,急无所救者欤?可不戒之。《老学庵笔记》载:石藏用名用之,高医也。尝言今人禀受怯薄,故案古方用药多不能愈病。非独人也,金石草木之药亦皆比古力弱,非倍用之不能取效。故藏用喜用热药得谤,至有藏用担头三斗火,人或畏之,惟晁之道悦其说,故多服丹药,然亦不为害。后因伏石上书,丹为石冷所逼,得阴毒伤寒而死。盖因丹气热毒所攻,终为所服丹药过多之故也。视过服凉剂者,亦由是欤?

　　范玉壶作《上都诗》云:"上都五月雪飞花,顷刻银妆十万家。说与江南人不信,只穿皮袄不穿纱。"余屡为滦阳之行,每岁七月半,郡人倾城出南门外祭奠,妇人悉穿金纱,谓之赛金纱,以为节序之称也。

平江漆匠王□□者,至正间以牛皮制一舟,内外饰以漆,拆卸作数节,载至上都,游漾于滦河中,可容二十人。上都之人未尝识船,观者无不叹赏。又尝奉旨造浑天仪,可以折叠,便于收藏,巧思出人意表,可谓智能之人。今为管匠提举。

凡有颠搏刀斧伤者,但以带须葱炒熟捣烂,乘热盦患处速愈,频换热者尤妙。

凡有疯狗、毒蛇咬伤者,只以人粪涂伤处极妙,新粪尤佳,诸药皆不及此。

破伤风能死人,用桑条如箸长者十数茎阁起,中用火烧,接两头滴下树汁,以热酒和而饮之,可愈。

集贤大学士王彦博约为副枢日,有兄弟争袭万户者。弟有父命,兄不肯让,二十余年而不能决。公曰:"父命行之一家,君命施之天下。"遂令其兄袭之。又英庙为东宫礼上枢密使,例须新制铺陈。事毕,工部复欲取发还官,回文皆不为准。公为副枢,首回此文曰:"照得上项铺陈,难同其余官物。本院除已尊严安置外,行下都事厅同呈。"遂绝其事。又湖广省咨蛮洞相杀,合调军马征之。公回咨云:"蛮夷相仇,中国之幸。行下合属固守边防,毋得妄动军马。"公之所行,大概如此,姑识其一二云。公泰定、天历间为三老,商议中书省事。

后至元间,伯颜太师擅权,谄佞者填门,略举其尤者三事,漫识于此,余者可知矣。有一王爵者,驿奏云:"薛禅二字,往日人皆可为名,自世祖皇帝尊号之后,遂不敢称。今伯颜太师功德隆重,可以与薛禅名字。"时御史大夫帖木耳不花,乃伯颜之心腹,每阴嗾省臣,欲允其奏。近侍沙剌班学士从容言曰:

"万一曲从所请,大非所宜。"遂命欧阳学士、揭监丞会议,以元德上辅代之,加于功臣号首。又典瑞院都事□□建言:"凡省官提调军马者必佩以虎符,今太师功高德重,难与诸人相同,宜造龙凤牌以宠异之。"遂制龙凤牌,三珠以大答纳嵌之,饰以红刺鸦忽杂宝,牌身脱钑"元德上辅功臣"号字,嵌以白玉。时急无白玉,有司督责甚急。缉闻一解库中有典下白玉朝带,取而磨之。此牌计直数万定,事败毁之,即以其珠物给主,盖厥价尚未酬也。又京畿都运纳速剌言:伯颜太师功勋冠世,所授宣命,难与百官一体,合用金书以尊荣之。宛转数回,遂用金书"上天眷命皇帝圣旨"八字,余仍墨笔,以塞其望。明年黜为河南左丞相。行事之夕,虽纸笔亦不经省房取用,恐泄其事,遂于省前市铺买札付纸写宣与之。余尝以否泰之理,灼然明白,因举似于用事者,可不戒欤? 梁冀跋扈,止不过比邓禹、萧何、霍光而已,曹操之僭,固不容诛,薛禅之说,又过于九锡多矣。

余家人病疟,邻家有藏雷斧者,借授病人禳之。其斧如石,若斧状,脑差薄而无光,恐是楔尔,正与《笔谈》所说相同。

后至元己卯四月,黄雾四塞,顷刻黑暗,对面不见人,油坊售之一空。余于都城亲历此事。古有昼昏,恐若此也。

至正十二年壬辰七月初十日,徽贼入寇杭城。时樊时中执敬为浙省参政,亟出御贼,北行至岁寒桥遇害。先浙省以杭州路总管宝哥惟贤摄参政,调守御昆山之太仓领军而往,驻于昆山旧州山寺,离太仓州治三十余里,终于不往,闻寇至,遂遁,匿于杭之寓舍。适值贼破杭,乃挈家潜于西湖舟中。越三日,邻居无赖之徒利其所将,恐之,遂与次妻□氏连结其衣袂,溺水而死。时潭州路总管鲁至道作二诗挽之,以寓褒贬之意,谩书于后。

挽樊时中参政

　　主将无谋拂众情，贤参有志惜言轻。狐群冲突成妖孽，黔首惊惶望太平。奋志从军全节义，杀身徇国显忠诚。岁寒桥下清冷水，夜夜空闻哽咽声。

挽宝哥参政

　　香魂俊骨堕深渊，无智无谋亦可怜。妖寇猖狂如有祟，生民雕瘵似无天。芳名苟得十年在，死节应当二日先。欲向西湖酹尊酒，凄风冷雨浪无边。

　　至元十三年丙子正月廿二日，伯颜丞相入杭城。二月廿二日，起发宋三宫赴北。四月廿七日到上都。五月初二日，拜见世祖皇帝。十一日，命幼主为检校大司徒、开府仪同三司，进封瀛国公。十二日，内人安康夫人、安定陈才人，又二侍儿失其姓氏，浴罢，肃襟闭门，焚香于地，各以抹胸自缢而死。解下衣，中有清江纸书一卷云："不免辱国，幸免辱身。不辱父母，免辱六亲。艺祖受命，立国以仁。中兴南渡，计三百春。身受宋禄，羞为北臣。大难既至，劫数回轮。妾辈之死，守于一贞。焚香设誓，代申诸绅。忠臣义士，期以自新。丙子五月吉日泣血书。"十三日，奏闻，露埋四尸，取其首悬于全后寓所，以戒其余，在上都时济门。予尝闻之先父枢密，因观周草窗《日钞》亦载此事，又得祈请使日记官严光大《续史》所说相同。二书皆写本，恨《三朝政要》、《钱塘遗事》板行于世，皆失此一节，惜哉！若此贞烈，可不广传乎？因笔之于此。

　　汉成帝时，孔光领尚书典枢机十余年，沐日归休，兄弟妻子燕语终日,不及朝省政事。或问光温室省中树皆何木也,光默不应,更答以他语,其不泄如此。予因追忆高昌世杰班字彦时。北庭文定王,沙剌班大司徒之子,为尚辇奉御。元统元年,上新制洪禧小玺,贮以金函青囊,命世杰班掌之,悬于项,置于袖中,经年其母不知。亲友或叩之内廷之事,则答以他说。其慎密如此。时年十五岁,方之孔光,尤可尚矣。

皇朝御膳日用五羊,今上皇帝即位以来,日减一羊。可见圣德仁俭也若此。

郊祀祭庙,天子御衮冕,百官皆法服。凡披秉须依歌诀次第,则免颠倒之劳。谩识歌诀于左:袜履中单黄带先,裙袍蔽膝绶绅连。方心曲领蓝腰带,玉珮丁当冠笏全。

至元间,行省左丞史公弼号紫微老人,能写大字,有神力,平开二石五斗弓以三指,背可悬五十两银定七片。初攻扬州有功,然心服姜才之忠勇。

黄子久公望,自号大痴,吴人,博学多能之士,阎子静、徐子方、赵松雪诸名公莫不友爱之。一日与客游孤山,闻湖中笛声。子久曰:"此铁笛声也。"少顷,子久亦以铁笛自吹下山,游湖者吹笛上山,乃吾子行也。二公略不相顾,笛声不辍,交臂而去。一时兴趣,又过于桓伊也。

叶子澄以清,号雪篷,吴人也,贫而尚义之士,与黟县达鲁花赤伯颜为厚交。至正壬辰,寇起江东,浙省调兵守昱岭关。时颜在遣中,没于王事。其家旧居嘉兴崇德州,讣音至,家人招黄冠岩隐者追荐摄召之。颜云:"且夕杭城受危,尔辈宜速往吾弟处逃生。"母妻以无弟可依,再叩之,云:"即松江叶子澄,乃我存日生死交也,可往依之。"其即备船东行。比至前三日,叶夜梦伯颜相见,以家属为托。叶即为留居供给不息。后杭城果陷。此得非颜平日正心不昧，故能灵悟若是，亦由叶之与人交情不渝，真诚相感之所致也。宋仁宗时有托公书之事，颇相冥合，信有之矣。颜字谦斋，唐兀人也。

江西胡存斋参政，平日好客，四方之人往来，无不馆谷之。虑阍人倦于通报，但不出，即于门首挂一“本官在宅”之牌。近年浙间富室无一家不帖却客之榜，较之亦可怜哉！

巎巎平章，字子山，号正斋、恕叟，又号蓬累叟，康里人。一日，与余论书法，及叩有人一日能写几字，余曰：“曾闻松雪公言一日写一万字。”巎曰：“余一日写三万字，未尝辍笔。”余窃敬服之。凡学一艺，不立志用工，可传远乎？

江浙参政赫德尔公，字本初，尝云：向任留守司都事时，本司诸先辈同谈内苑万岁山太液池本非我朝创建，乃亡金之沼囿也。初，圣朝起朔庭绝塞，土有一山，形势雄壮，峰峦秀异，金人望气者言此山有王气，当出异人，非金之利，谋欲倾圮之，计无从出。时金已衰微，因通好，托以入贡为辞，愿求此山之土为报。众皆鄙笑而许之。金人遂掘其山，自备车马挽载，运至幽州城北，积累成山，开挑海子，栽植花木，营构台殿，以为游幸之所。未几金亡。世祖皇帝登大宝，改筑京城，山适在禁苑之中，至今塞土遗迹尚存。其土赤润，草木不生。乃知帝王之宅，都会之京，兴衰之兆，天已默定，岂人力之所能为也。公因和万岁山诗韵，有“水溯颠崖流自转，山移绝塞势尤雄”之句，史册必载之详，姑录其略，以广闻见耳。

延祐间，武神童□□尝为中瑞司典簿，善写小字，一粒芝麻上写“天下太平”四字。《江南野史》载：应用尝于一粒麻上写“国泰民安”四字。

法令书其别有四，敕、令、格、式也。神宗圣训曰：禁于未然之谓敕,禁于已然之谓令,设于此以待彼之至谓之格,设于此以待彼效之谓之式。

律文有贱避贵、少避老、轻避重、去避来之说,余以为去者为主,来者为客,是以避之。后有一宋法司老吏云:"谓如人方去,忽有人仓忙自后而来,必有急事也,故当避之。"谩识此,以俟知者正之。

王衍以铜钱为阿堵物,顾长康画神指眼为阿堵中,二说于理未通。今北方人凡指此物皆曰阿的,即阿堵之说明矣。余尝见周草窗家藏徽宗在五国城写归御批数十纸,中间有云:"可付体己人者。"即今之所谓梯己人,因方言之讹,书手之误无疑。

江西吕道山师夔,至元间分析家私作十四分,本家十分,朝廷一分,省官一分,尊长吕平章文焕一分,亲戚馆客一分,每分金二万两、银十万两、玉带十八条、玉器百余件、布二十万匹、胆矾五瓮。只此是江州府库,见管鄂州他处者又不预焉。以此观之,石崇又何足数也?

宋嘉熙庚子岁大旱,杭之西湖为平陆,茂草生焉。李霜涯作谑词云:"平湖百顷生芳草,夫容不照红颠倒。东坡道,波光潋滟晴偏好。"管司捕治,遂逃避之。

唐卢从愿为刑部尚书,占良田数百顷,时号多田翁。松江下砂场瞿霆发尝为两浙运使,延祐间以松江府拨属嘉兴路,括田定役,榜示其家出等上户,有当役民田二千七百顷,并佃官田共及万顷,浙西有田之家无出其右者,此可为多田翁矣。

读书诀云:"生则慢读明经句,熟则紧读贪遍数。未熟莫要背念,既倦不如且住。"

至正十五年,浙西科鹅翎为箭羽,督责甚急,一羽卖三钱,后至五钱者。且以集庆一处言之,比年杭州一运解一百六十万根,共发三运,本路止有匠人二十名,日造箭八百只,该用翎一千六百根,周岁用翎五十七万六千根,如此则一运可供三年。盖此物经过历蒸,皆成无用。然而催运不已,本路自科者可胜言哉! 傥肯计会而索之,则民无害矣。宋王济为龙溪主簿时,调福建输鹤翎为箭羽。鹤非常有物,有司督责急,一羽至直百钱,民甚急之。济谕民取鹅翎代输,仍驿奏其事,因诏旁郡悉如济所陈。淳化五年诏曰:"作坊工官造弓弩用牛筋,岁取于民,吏督甚急,或杀耕牛供官,非务农重谷之意。自今后,官造弓弩,其从理用牛筋悉以羊马筋代之。"皆载之史策。

都城豪民每遇假日必以酒食招致省宪僚吏翘杰出群者款之,名曰撒和。凡人有远行者,至巳午时以草料饲驴马,谓之撒和,欲其致远不乏也。又江南有新官来任者,巨室须远接,以拜见钱与之,叩之则答以穿鼻来。如江西、浙西数大郡长官,非千定不可,间有一二能者,诈及三千定者,佐贰各等第皆有定价。或有于都下应付盘缠,同出,就与之管事,名之曰苗儿头。余切恨赃污之徒要拜见钱,与因一事取受者大不相侔,按律文反有终非因事取受之条,失之远矣。且以江西萧、刘,松江朱、管,嘉兴王氏,皆遭此显戮,非拜见钱而致之,何以得此? 所谓负国害民,以致于天下不宁,讵可言哉! 因观江邻几《杂志》:载士阳豪民邵□□者,指缙绅来借贷者,乞与二百缗,便可作驴骑。腰金拖紫不为豪子以长耳视之者鲜矣。余曰:若以借贷者便作驴骑,取觅者指以撒和、穿鼻,又何多耶?

钱唐韩介石,巨室也。延祐夏忽风雨骤至,令庖僮往楼上闭窗,雨过不见此僮,楼上寻之,则已毙矣。因取所带刀而验之,绦鞘皆如故,刀刃则销铄过半。事为《笔谈》所载。内侍李舜举家暴雷所震,人以为堂屋已焚,窗纸皆黔,有一宝刀极钢坚,就刀室中熔为汁,而室亦俨然。二事皆相同,此理殊不可强解也。

国朝尚食局上供面磨,磨置楼上,机在楼下,驴之蹂践,人之往来,皆不相及,且远尘土臭秽。叩之,乃巧人瞿氏所作也。

国朝镇殿将军凡请给衣粮,名之曰大汉。但年过五十者方许出官。

《因话录》云:昔有德音搜访怀才抱器不求闻达者,有人逢一书生奔驰入京,问求何事,答曰:"将应不求闻达科。"因念延祐间陈伯敷绎曾到都,每见晦迹丘园者数多,遂有诗云"处士近来恩例别,麻鞋一对当蒲轮"之讥。

余儿时闻先父枢密言:尝于宋官库中见孟蜀王锦衾,其阔一梭径过,被头作二穴,织成云板样,盖而叩于项下,如盘领状,两侧余锦拥覆于肩。此之谓鸳衾也。

至正十七年三月,上海县十九保往字围李胜一家鸡伏七雏,一雏作大鸡状,鼓翼长鸣。余按《文献通考》鸡祸类无此鸣者,始识于此。

至正戊戌正月初三日,钱唐卢子明家白鸡伏雏九只,内一只三足,二足在前,一足在后,越三日而死。三月间,诸暨袁彦诚家一雏四足,二足在翼下。时余访旧到诸暨,适见此事。咸淳己巳,常州鸡翼生距。

龙广寒,江西人,居钱唐,挟预知之术,游食于诸公之门。一日,居佑圣观陈提点房。陈叩以明日饮食之事,答曰:"写了不可看。"陈俟其出,乃窃视之,书云:"来日羊肉白面,老夫亦与其列。"适有人送活鲫鱼者,陈属仆明日以鱼为食,诸物不用。至五更钟末,住持吴月泉遣人招陈来方丈相陪高显卿参政，盖高公避生日也。陈为吴言："房中有活鱼，取来下饭。"高曰："我都准备了也，诸物皆不用。"陈自念龙之语有验，因及龙广寒者在房中住。高曰："我识之，可请同坐。"是日羊肉白面、亦与其列，皆应其说。尝自言："我已一百八岁。"故贯酸斋赞其象云："有客名广寒，自号一百岁。更活二百年，恰好三百岁。"以此戏之。卒于延祐末年。尝闻先父枢密言：宋末有富春子，能风角鸟占之术，名闻贾秋壑。一日，贾招之，叩以来日饮食之事，富写而封之。明日，贾作宴于西湖舟中，至晚贾行立于船头，自歌"月明星稀，乌鹊南飞"之句，座客廖莹中乃言此时日已暮，可以取所书观之。拆封，诸事不及，唯有"月明星稀，乌鹊南飞"八字，众皆惊赏。余按：蒋□□《逸史》载李宗回食五般馄饨，李栖筠食两拌糕糜二十碗、橘皮汤之事相同，万事莫非前定也欤？

巴思八帝师法号：皇天之下，一人之上，开教宣文辅治大圣至德普觉真智祐国如意大宝法王，西天佛子，大元帝师玫的达巴思八八合失。

杭州开元宫住持玄觉真人王眉叟寿衍，有铜水滴一枚，贮水在内，遇潮汛则水涌应时。欲以此进上，后携至都，潮候不应，遂已之。可见气候不同。浙间凡造酱酢糟淹之物，收藏不避潮汛，则及时必须涌出，至有封泥瓶瓮者亦为之破裂。或取清明日门上所插柳条置之瓶上襄之，其涌即止。江北则无此说。所以见方贡土物药材道地之分，凡事岂可一概论之，谩书于此，以为仕宦中固执己见，不察地方，不顺人情者补其闻见之万一云。

《朝野佥载》云：御史李审请禄米送至宅，母遣量之，剩三石，问其故，令史曰："御史例不概。"又问脚钱，又曰："御史例不还脚钱。"母怒,送剩米及脚钱以责审,诸御史皆有惭色。吁,贤哉!□□若以当今之世,岂无如此母之贤者,恨见闻不广,录此以□来者,而得书之。因追忆奉化知州祝居宝,尝为余言曰:彼为浙省译史时,屡因公差赴都,经镇江,必为其友回回千户者相见而往。一日,留作午饭,食罢,其妻出见之。千户云:"今次见伯伯之迟者,盖家贫无人,此饭皆媳妇为之,故出迟尔,幸勿见罪。每岁赖此妇织绵绸二匹卖以助俸之不给者,皆此妇之力也。"本妇拜而责其夫曰:"何以为贫?我赖汝之贵,傥有筵会,处置我上坐,称之以夫人,金绣者皆列之于下,未尝因贫而贱我。或者乐人之金珠锦绣,使汝有所犯,我安得□□于上乎?"祝视之,所衣粗布也,头绣上有补顶,可谓至贫也。操守如此,不谓之贤妇可乎?辄书此以追配之。

　　文宗好食蛤蜊,中有碎破不裂者,上焚香祝之,俄顷自开,中有螺髻璎珞,衣履菡萏,谓之菩萨。上置之金粟檀香合,赐与善寺,令致敬焉。余于杭城故家见蚌壳二扇,内有十八尊大阿罗像,纤粟悉备,后归之答里麻思的左丞。欲求其理,又不可强言曲解也。

　　唐李景略尝宴僚佐,行酒者误以醯进。判官京兆任迪简知景略性严,恐行酒者获罪,强饮之。阿怜帖木儿北渡访西镇国吉剌失的长老,长老迎之甚喜,留坐,嘱侍者□后好酒一尊为礼。长老执杯,王尽饮之。长老曰:"尊客远临,当进两杯。"王复饮之。回盏及唇,长老大惊,乃酽醋也,即欲捶侍者。王曰:"酒醋皆米为者,我不厌之,何怒耶?"怒不能释,王曰:"欲留我坐,须勿怒。我有佳酝,取来共饮。"尽欢而散。较之任迪简尤可重矣。

　　松江曹云西知事,善书画。杭士李用之访之,殁于馆中,云西敛之正堂,葬之善地。亦希有也,可与范云迎王畋丧还家营敛之事相同,漫识于此,以励薄俗。

山居新语后序

国家承平日久，制度文物、礼乐之盛，无不著在大典，布之成书。其底治于累朝，实比隆于三代。予归老山中，习阅旧书，或友朋清谈，举凡事有古今相符者，上至天音之密勿，次及名臣之事迹，与夫师友之言行，阴阳之变异，凡有益于世道，资于谈柄者，不论目之所击，耳之所闻，悉皆引据而书之。积岁月而成帙，名之曰《山居新语》。其不敢饰于文者，将欲使后之览者便于通晓，抑且为他日有补于信史云。至正庚子三月既望，中奉大夫、浙东道宣慰使都元帅杨瑀识。

乐 郊 私 语

[元]姚桐寿　著

李梦生　　校点

校点说明

《乐郊私语》一卷，元姚桐寿著。桐寿字乐年，睦州（今浙江桐庐）人。据杨维桢为桐寿兄椿寿所作墓志铭，知其系出唐姚崇，至崇孙秘书监姚合守睦，因家睦。椿寿生于大德四年（1300），桐寿当生此后不久。《乐郊私语》前有姚桐寿至正二十三年（1363）序，据序，桐寿于后至元中曾官余干教授，解官归里，自号桐江钓叟。至正十三年（1353）移居海盐，读书自娱，与当时名士杨维桢、贝廷臣、潘泽民等过从甚密，将所闻所见，撰成此书，因"天下土崩，余犹得拈弄笔墨如此，海上真我之乐郊也"，遂题之曰《乐郊私语》。

全书凡记三十一事，虽多为海盐一州之事，实概括了元末东南大事，颇资考证。其中记传闻轶事的条目，笔墨细致，刻画入微，饶有趣味。如写赵子固清高疏狂、也先不花闻潮声惊慌等事，均委婉生动。记绍兴间海盐丞谒乡大夫你睡我醒，最终未交一言而去事，明沈璟据以改编为杂剧《乜县丞竟日昏睡》，可见本书对后世之影响。

本书现知存世最早版本为明刊本，题"桐江钓叟姚桐寿乐年著，先懒居士郁嘉庆伯承校"。收入丛书者有明代《宝颜堂秘笈》、《续百川学海》，清代《学海类编》、《四库全书》等本。这次校点，以明刊本为底本，校以各丛书本，明显错字，径行改正。原书正文各条无标目，今据总目补入；原阙"海盐丞"一目，据文意补。

目　　录

乐郊私语序

余于后至元己卯教授余干,时同知州事为海盐沈穀仲实也。仲实开朗好读书,与余倾盖若平生欢,两人以为相见之晚,遂结姻盟,庶几久要不忘之义。乃不三四载,各以解官星散。忽于至正己丑,仲实奄弃宾客,余裹粮走海上哭之。刘夫人出拜余曰:"老身惟一爱女,不欲远嫁,郎君婚期已近,倘能就婚,相倚为命,是未亡人之愿也。"余悲其言而许之。至岁壬辰,儿年十八,行将逆妇,老妻谓余曰:"大儿已堪自立,此儿犹黄口,忍弃置海上乎?"遂夫妇移家于丰山之阳。至明年二月,始毕婚事。刘夫人复拜余曰:"亡人所遗只一褓中婴孺,门户衰冷,所冀翁媪郎君为我支办。倘云此后终当离异,是非亡人托契于翁媪之意也。"余益悲其言,谓吾妇曰:"世方扰扰,桐江迫处孔道所,必被兵。且此州僻悬海上,亦自可托,何必故乡?"遂定居州城,往来于丰阳别业之间,称此州寓公也。既而与新故知交若云间杨廉夫、嘉禾贝廷臣、潘泽民、张子晦、本州杨友直,时于春林夏泽,寻讨旧迹,遣拨旅怀。凡耳目之所睹记,有触于中,辄为条载,数年,不觉丛聚成帙,私为之叹曰:"天下土崩,余犹得拈弄笔墨如此,海上真我之乐郊也。"遂题之曰《乐郊私语》,以就正于后之博达君子云。

> 至正癸卯春三月,桐江钓叟姚桐寿乐年叙。

乐郊私语

鲁 公 祠

余始至州,舟过鹿苑废刹,时方深秋,红树扶疏,隐映败樠破壁,大足供客中吟眺。因维梢登览,读壁间旧记,有鲁简肃公罗汉见梦事。括苍吴思齐题其旁曰:"是法本平等,无怠亦无敬。如何证无生,却来见参政。"余谓阿罗汉自敬正人,不敬参政,简肃风范凛凛,载在史册,每一翻诵,未尝不想见其为人。及入城,谒所谓鲁公祠,祠旁有思鲁桥,壁端有卜筊词,州民有疑,辄问凶吉如响。公之精灵不昧,更有如此者。柱上有联云:"乌去古祠留鸟翼,名从青史识鱼头。"是县令蒋行简所书。

徐 湾 庙

天仙湖急递铺在城西十里,仅一大漾耳。湖旁相传有徐湾故居,湾得仙道者,后以委蜕仙去,故以名湖。然复有庙,神称徐王,盖误以徐湾为徐王也。庙后有老人甚褴褛,问之姓郭氏,乃宋枢相慎求之后,贫无以资,充铺长以自给。因出枢相诰身像赞相示,余摄衣冠拜之,乃分裹粮之馀为赠。始知韩昌黎"不见三公后,饥寒出无驴"之句为不诬也。

六里山天册碑

　　六里山旧有石刻云:"天册元年旃蒙协洽之岁,孟冬阳月日,维壬寅朔,石箦神遗忽自开发,拾得青石玺符文吴真皇帝。"共三十八字。余按吴天册元年为晋武帝咸宁元年,是年七月甲申晦日有食之,则孟冬朔非甲申则乙酉也,壬寅当在望后,安得有壬寅朔乎? 此必里人伪为符瑞,漫不考其日月,以悦世主于一时耳。

刘伯温论南龙

　　括苍刘伯温多才艺,能诗文,尤善形家言。尝以儒学提举得相见于钱塘,后十年所,刘已解官,复见于海盐之横山,把臂道故,至于信宿。谓余曰:"中国地脉俱从昆仑来,北龙、中龙人皆知之,惟南龙一支从峨嵋并江而东,竟不知其结局处。顷从通州泛海至此,乃知海盐诸山是南龙尽处。"余问何以知之,刘曰:"天目虽为浙右镇山,然势犹未止,蜿蜒而来,右束黟、浙,左带苕、霅,直至此州长墙、秦驻之间而止。于是以平松诸山为龙,左抱以长江、淮、泗之水,以庆、绍诸山为虎,右绕以浙江、曹娥之水。然诸水率皆朝拱于此州,而后乘潮东出,前复以朝鲜、日本为案。此南龙一最大地也。"余问此何人足以当之,曰:"非周、孔其人不可,然而无有乎尔,吾恐山川亦不忍自为寂寂若此也。"

丙 申 日 斗

　　至正丙申三月日晡时,天忽昏黄,若有霾雾,市中喧言天有两日。予立庭中视之,初以老眼不能正视,眩然若有数日,久之果见两日交而复开,开而复合者凡数千百遍,回视窗隙壁窦,皆成两圆影,若重黄卵,亦复开合不常。此数十年来目所未睹之异也。发书占之,李淳风曰:日不可有二,风霾日无光,占为上刑急,人不乐生。又日变色,有军急,其君无德,其臣乱国。嗟嗟,今岂其时乎!

杨完者武林之捷

十六年五月,声言张兵南下。杨参政完者以数万众屯嘉兴,军容甚盛,先锋吕才以七千众屯王江泾,商旅不行,川途严肃。张兵遂不敢取道嘉禾,乃自平望乌墩直捣武林。达丞相以为杨当必扼其锋,漫不为备,及敌已入境,仓皇出拒,遂至破军杀将,达仅以身免。杨得破城之问,乃跌足曰:"罪诚在我!"即统苗土官军分为三路,使蒋英从大麻、唐栖,董旺从碛石、长安,身率刘震、朱钺从海盐黄湾而进,以吕才、吕升屯守嘉兴。张军知杨分路而来,遂应接不暇,一败于皋亭山,再败于谢村,三战而败于夹城巷。张军悉溃,水从德清,陆从海盐遁还。初,杨过海上,余与别驾郭大理谒之,劝其留兵三千遏其归路,杨云此行贼且成擒,安得有归者,不听。已而竟得纵逸而去。

德藏僧真谛

德藏寺在县北五十里。寺虽濒市,亦深静可憩。国初,有僧真谛性若戆呆,而恪守戒律,第为寺中樵汲而已。时有国师杨连真伽来寓寺中,声言欲发天女等墓,然皆古冢,实无意开发。意以云间陆左丞爱女及朱提举夫人皆以有色夭死,闻用水银装殓,欲发尸淫秽之耳。及杨下令,果及二墓。真谛闻之,怒形于色。众僧惧其以戆致祸,苦为阴劝。及杨五鼓肩舆发众出寺,真谛忽起,抽韦驮木杵奋击。杨命擒之,时众虽数百,皆披荡不能拒,伤者凡百余人,至有头破臂折者。人见真谛于众中超跃每逾寻丈,若隼撇虎腾,飞捷非人力可到,一时灯炬皆灭,穰锄奋锸皆为段坏。杨大惧,谓是韦驮显圣,遂不敢往发,鼓柁率众而去,亦不敢问此僧也。后二年,真谛行脚峨嵋,不知所往。

黄 郎 中 庙 碑

州衙前有黄郎中庙,相传是前代贤令,故立庙于此。考之旧记,惟绍兴间有黄昱,乾道间有黄纶,然庙为何执中重建,则何又先于二黄,竟不知为谁。按重修碑记云:黄公不知何代,不知何名,亦不知何许人,惟此中旧老云:公为县有善政入民,民不解于心,相与尸祝者又不知几何年。今庙且颓圮,民复奉主环泣请余新之。余惟人莫亲于祖先,然亲尽则毁。兹黄公以前朝一令,世何远也。世远则政隔,泽无及也,世与泽两不可知,则心所不属也,而民犹恋恋若不释然者,是岂人情哉!我知其以前令劝后令耳。以为彼善为民,民亦不忘,虽千百世不改,则今之为牧者曷不尽若黄公,使后世不忘,若今日之不忘黄公也。余亦勉承民志,重为建祠,以副其不忘黄公者。余岂敢望民不忘如黄公也哉!此记亦大有关于为政者,故录于此。

赵 子 固

赵子固,宋宗室也。入本朝,不乐仕进,隐居州之广陈镇。时载以一舟,舟中琴书尊杓毕具,往往泊蓼汀苇岸,看夕阳,赋晓月为事。尝到县,县令宣城梅黻到船谒公,公飞棹而去。梅伫立岸上,言曰:"昔人所谓名可闻而身不可见,殆谓先生欤?"公从弟子昂自苕中来访,公闭门不纳,夫人劝之,始令从后门入,坐定,第问:"弁山、笠泽近来佳否?"子昂云:"佳。"公曰:"弟奈山泽佳何?"子昂惭退。公便令苍头濯其坐具,盖恶其作宾朝家也。余生也晚,乃少从妇翁得见子昂,今虽身寓公里第,有想象鼓棹行吟胜处耳。至于子昂风神美丽,而和易可亲,文章书绘人号三绝,若夫忝恩彻里竟诛桑哥之奸,亦当代第一流人也。

税　务

税务在安仁桥西十五步,务为宋枢密郭三益彰庆馆基也。余悲此地昔为迎宾文酒之所,今为剥敛叫嚣之场,前后何雅俗悬隔也。近来盗贼四起,在在用兵,课赋无艺,即税额一节,往往增加无算,市中不堪其扰。当延祐间,程文宪条言江南茶盐酒醋等税,近来节次增添,比初时十倍。今又逐季增添,正缘管课程官虚添课额以谄上司,其实利则归己,虚额则张挂欠籍云云。奉仁宗皇帝圣旨,诸色课程从实恢办。既许从实,岂可虚增?除节累增课额实数,及有续次虚增数目,特与查照,并行蠲减,从实恢办。明旨凛然,今但挂壁而已。

贡　师　泰

张氏之陷平江也,总管宣城贡师泰怀印脱身,易姓名为端木氏,隐居云间,时一往来海上。尝寓于资圣寺,与僧寿量相得甚欢。寿量有戒行,尝绝江浮淮以游湖湘之间,泛彭蠡,过洞庭,登祝融,望大庾,还至天目,传法于中峰大师,行脚于四远凡三十年，于是归隐于寺。题其栖禅之室曰大隐。贡因述其意作《大隐记》，记载《礼部集》，文多不具载。

杨元坦行状

杨友直元坦，尝于后至元间判余干，与余情昵，而福儿托契仲实同守，友直实为合二姓之好，然未尝悉其上世所从来。兹卜居丰阳，去友直所居仅一舍，因得拜其先茔及高曾三下诸像，乃知杨氏为宋文公亿之后，有以武功起家者，土著盐之澉浦。高祖春，宋武经大夫，国朝赠中宪大夫、松江知府、上骑都尉，追封弘农郡伯。曾祖发，宋右武大夫、利州刺史、殿前司选锋军统制官、枢密院副都统，国朝内附，改授明威将军、福建安抚使，领浙东西市舶总司事，赠怀远大将军、池州路总管、轻车都尉，追封弘农郡侯。祖梓，嘉议大夫、杭州路总管致仕，赠两浙都转运盐使、上轻车都尉，追封弘农郡侯，谥康惠。父樧，敦武校尉、赣州路同知、知宁都州事，卒于官，友直生方晬耳。母周夫人携孤扶榇而归，时康惠公及陆夫人与樧生母訾夫人相与保护。至泰定丁卯，康惠薨逝，友直已年二十余矣。为人倜傥多才，好学不倦，能嗣其先德。江浙财赋总管韩仲山重其才，以女妻之。比官上饶，通守常州，所在著积。方将振其家声，而天不悔祸，复于至正丁酉溘然长逝，春秋仅五十有五。少寡遗孤，茕茕在疚。伤余结契仲实，不幸早逝，惟友直足为旅人相依，今复尔，则信乎其命之穷也。嗟乎！友直往矣，无以报称，惟应状君世德及所行事以请于当代大方，为友直不朽计耳。

张士信杉青之败

丁酉八月,张氏以水师数万来攻嘉兴,羽檄星驰,川陆戒严。海盐自州佐巡场以下,皆统兵北屯,半逻新丰,广陈以备他道。州城闭塞兼旬,民间米谷骤踊,而薪爨不属,多破斫檐柱几榻而炊。杨完者以大军四伏,使小舟数十百艘饵之。敌樯橹蔽天排川而下,追至杉青。东西岸多积苇以待,时南风大作,岸上举火,敌舟焚燎,至四十里不止,死者甚众。遂舍舟登陆,进逼城下,战于东瓜堰,大破之,斩首万七千级,俘者数千。张氏统军张士信以伏水遁还。然完者凶肆掠人货钱,至贵家命妇室女,见之则必围宅勒取,淫污信宿,始得纵还。少与相拒,则指以通贼,纵兵屠害。由是部曲骄横,凡屯壁之所家户无得免焉。民间谣曰:“死不怨泰州张,生不谢宝庆杨。”善乎余廷心之言曰:“苗獠素不被王化,其人与禽兽等,不宜使入中国,他日为祸将不细。”今若此,何其言之若持左券也。

杭 州 新 城 碑

张氏既归命本朝,兄弟相继拜太尉、平章之命,乃于十九年秋七月,大城武林,至起平、松、嘉、湖四路官民以供畚筑。虽海盐一州,发徒一万二千,分为三番,以一月更代,皆裹粮远役。而督事长吏,复藉之酷敛,鞭扑棰楚,无有停时,死者相望。至本年十月,始得迄功。凡费数十百万,而新城碑记至以南仲山甫为譬,其辞有曰:“有嘉太尉,克绥我民。畴其相之,平章弟昆。”又曰:“我作我息,我出我入。变呻为讴,伊谁之力。”岂不惭觍斯言也乎!

范　巡　检

　　州濒海,盐为国利,然亡命得以私贩擅之,每操兵飞棹,往来贾贩,虽吏兵莫之敢撄。至正丁酉,滦城范廉卿以荫补芦沥巡检。其为人恂恂儒者,顾长骑射,无论鸟兽,不及飞窜,虽海涂上跳鱼子蟹之细捷,射之百不失一。夜每悬火竿上,去竿三百步,从暗中射火,无不灭也。于是亡命心惧,毋敢于州北私贩,境内为之肃然。先是,本路推官陈春以平反盐狱数百人见称,至是本路大僚曰:“使巡官人人如范,何必陈司理平反也。”

西　域　种　羊

　　楚石大师为沙门尊宿,尝从驾上都,有《漠北怀古》诸作。余尝读其“自言羊可种,不信茧成丝”之句,疑以为羊可种乎?因以问师,师曰:“大漠迤西,俗能种羊。凡屠羊用其皮肉,惟留骨,以初冬未日埋着地中,至春阳季月上未日为吹笛咒语,有子羊从土中出。凡埋骨一具,可得子羊数只。”此盖四生胎外之化也,亦不足怪,特非中国所有,致生疑耳。后读浦江吴立夫《西域种羊皮书褥歌》云:“波斯国中神夜语,波斯牧羊俱杂房。当道剐刀羊可食,土城留种羊胫骨。四围筑垣闻杵声,羊子还从胫骨生。青草丛抽脐未断,马蹄踏铁绕垣行。羊子跳踉却在草,鼠王如拳不同老。饫肉筵开塞馔肥,裁皮褥作书林宝。南州侠客遇西人,昔得手褥今无伦。君不见冰蚕之锦欲盈尺,康洽年来贫不贫。”此又云以胫骨种之,与琦师目见之者不同也。盖波斯国别有种法,如吴诗所闻耳。

三　州　守

州学在净业寺南,神宇斋舍,颇亦弘厂。有至元六年知州
赵孟贯、贾禧重修碑,至正六年知州叶彦中再修,亦有碑。然
三州守皆贤,有治声于当时。赵字子唯,台州黄岩人,治海上
有惠政,民到于今犹念之。其祖子英为宋宗正少卿,南迁时以
宗室从为黄岩丞,遂家焉。有子六人,皆以文学登朊仕。至其
孙师渊为太常丞,师夏为判宗,皆受业于紫阳之门,且缔姻焉。
故能以礼世其家,施于有政云。贾字吉甫,宛丘人。能行之以
正,限之以信,群佐若卑弟生之听严传,老胥肃然若家老之奉
其尊也。叶字大中,松阳人。尝以才敏有风操为江南行御史
台架阁管勾,所至皆有休绩可纪。至于留神庠校,崇道重学,
则三君之雅意均也。

鲁訔杜诗注

杜少陵集自游龙门至过洞庭诗目次第为此州先正鲁訔季
钦编定,大都一循少陵生平行迹,亦可以见其诗法升降,亦随
其年自少而壮而老,愈入于细而化也。注脚多所补益,极为后
学借资,第音切类多吴音。其他注释如以"铁马汗常趋"为昭
陵石马果常有汗,以"空同小麦熟"为不近武威,"林间踏凤毛"
踏字为跨字之误,"汝与山东李白好"以山东为东山,"天阙象
纬逼"以天阙为天阅,"江月满江城"以江月为秋月,"赤骥顿长
缨"以缨为辔之类,不免为杜集增累。

张　文　穆　公

州弟子员张炯子晦,卓荦有奇表,与予为道义交。每言其

祖文穆公受知于世祖皇帝,尝被召入便殿,问当时急务。时方
隆冬,上以所坐貂褥撤赐命坐,别以他褥进御。公所上数十
条,皆当时切要,上命执政以次第举行。而桑哥、卢世荣辈以
罢冗官一条为侵夺朝权,詈声朝堂,曰:"何物蛙虾儿,遽欲夺
吾柄邪?"夜令健儿俟之途,将甘心焉。幸中表赵文敏知之,邀
还邸中,得免。明日虽拜翰林承旨,寻以惧祸病免。及卢桑伏
诛,诏还前官,大德间以老疾不起,时论惜之。有集若干卷行
于世。

澉浦市舶

　　澉浦市舶司,前代不设,惟宋嘉定间置有骑都尉临本镇,
及鲍郎盐课耳。国朝至元三十年,以留梦炎议置市舶司。初
议番舶货物十五抽一,惟泉州三十取一,用为定制。然近年长
吏巡徼上下求索,孔窦百出,每番船一至,则众皆欢呼,曰:"驱
治厢廪,家当来矣。"至什一取之,犹为未足。昨年番人愤愤,
至露刃相杀,市舶勾当,死者三人,主者隐匿不敢以闻。射利
无厌,开衅海外,此最为本州一大后患也。

也先不花

　　潘从事泽民尝为余言:本州达鲁花赤也先不花,本北人,
以至正三年至海上。时方八月,秋涛大作,潮声夜吼,震撼城
市。不花初至,闻此,夜不敢卧,起问门者。门者熟睡,呼之再
三,始从梦中答曰:"潮上来也。"及觉,知是官问,惧其答迟,连
声曰"祸到也,祸到也",狂走而出。不花误听,遂惊跳入内,呼
其妻曰:"本冀作达鲁花赤,荣耀县君,不意今夕共作此州水
鬼。"遂夫妇号泣,合门大协。外巡徼闻哭传报,州正佐官皆颠

倒衣裳来救,以为不花遭大变故也。因急扣门,不花愈令坚闭,庶水势不得骤入。同寮益急,遂破扉倒墙而入,见不花夫妇及奴婢皆升屋大呼救我,同寮询知,不觉共为绝倒。乃知唐人"灉声偏惧初来客"为真境也。不花今为参知政事。

天　　裂

己亥秋九月晦,余晓诣嘉禾。时晓星犹在树杪,忽西南天裂数十百丈,光焰如猛火,照彻原野,一时村犬皆吠,宿鸟飞鸣。余谛观其裂处,蝡蝡而动,中复大明,若金融于冶铸者。少时方合。操舟者谓余曰:"此天开眼也。"彼不知天者至尊,裂者极祸,关系岂藐小乎哉! 是年冬十二月,有州东赵氏家屠豕,脱治已竟,既出肺肠,其肠忽蜿蜒疾行,虽健蛇不若也,主人逐之不能及,遂出城遇海而止。此盖国家有心腹肾肠之人归向,宽大容蓄之象也。

朴　知　义

州民有朴知义者,家翁庄堰。幼生而不慧,至八岁不语。一日俄谓其母曰:"今日墙外牛斗,娘可避之。"举家骇而且喜。已而邻人之牛果斗墙外。是后复不言。数日,复言有官兵来。未几,张军从云间来。自此言无不验,四方挟钱帛来问者如见神明,家至骤富。然见人有凶事,辄指而告之如响,自是人见之始多面如死灰,惟恐其有恶言也。母因戒之,其后惟母告之言则言。年十九始娶,与其妻一接而殂。此虽人妖,亦似乎保真通灵,故能前知如此。及少近妇人,忽焉灭没,殆真泄而神与之俱亡,无足怪也。

金粟寺放光记

　　金粟寺有康僧会身像,余于至正癸巳始得顶礼。明年春,余以伯兄见背,到寺礼忏,复与潘广文泽民检发唐代所书三藏,然零落过半,惟《华严》、《法华》、《楞严》、《宝积》、《维摩》、《长阿含》及诸律论之半犹完整不坏。翻阅逾旬,忽于晡时作礼像前,见像眉间有光,须臾光若白线,袅袅而出,盘绕华盖而上。余遂鸣钟聚僧,称佛名号,礼拜赞颂。至暮而光复从眉间收摄,人人叹为稀有。泽民因作《放光记》纪其事曰:夫佛者觉也,觉者灵照不灭也。含之可以内照六根,放之可以旁烛三界。此从七佛至于未来圣尊,一光相续而常照者也。第能保光于无始,常照而不断,则虽百千万劫,此光常若如新。粤自汉年觉光东度,迄于吴代犹未该被,于是康法师以舍利示感,始辟法门于吴会,传像教于江左,是盖以身光照摄东南四生之祖也。既而立化天禧,腾身金粟,灵像栖托,实在于广慧焉。甲午之春三月十有三日,前教授余干桐江姚桐寿乐年,以孔怀之戚,礼忏像前,忽眉间若有白云一线出于针孔者,蜿蜒少时,遂若朱蛇游雾,欻闪盘旋,难以名状。久之,或若虹拳,或如波曲,或延袤长引,或轮囷成晕。时佛日朗映,俄见天地楼阁,皆成五彩,似从放光石中看金碧世界也。于时大众惊叹,此瑞为世稀有。余以为此宁独法师觉光常照而已哉,要亦以广文宿习圆满,今之虔祷,发于天情,故与灵契冥格,若以铁击石,以木钻燧,感极而光灵示现之耳。此一光也,更不特为广文感极之证,而见前千万善信莫不摄身神光之内,各为照彻因地,使信心复萌,此又法师了却过去劫中普照群有之一大愿力也。余身被灵瑞,五体投地。援笔记此,为后学启信。

秦桧像赞

州著姓常氏，自忠毅公与秦桧不合，退居海上，遂家焉。其后有号蒲溪者，亦官参知政事，入本朝，子孙多不学。尝言有厥祖遗像一幅，以兵乱失之，后复得之民间，因出以示余。其像瘦恶而髯，带貂蝉冠，上有赞曰："佑时生甫，同德暨汤。治格一隆，力成再造。长乐温清，遂明王孝理之心；海宇皁丰，跻斯民仁寿之域。公功棐迪，帝庸作歌。列辟具瞻，谓相君之形惟肖；睿辞敦奖，见王者之制坦明。郁郁乎其文哉，皓皓不可尚已。"其后题曰："绍兴龙集壬申仲春谷旦，门下士武原鲁璪拜赞。"余甚疑之。此赞似宰相，两常公皆不得柄国，奈何有此？后检宋范茂明集，有《代贺秦太师画像启》，乃知此赞是摘启中数语为赞耳。此盖桧像，而子孙爱重此启，摘去和戎等语，而借以为赞也。年代既久，沦落民间，为常氏所得，复以鲁璪为本州人，益信而不疑耳。不知鲁中绍兴甲午赵逵榜，桧方柄国，故称门下，第不识茂明何故代璪作启。余备录以示，常氏不以为然，愈益珍重。嗟嗟，是忘乃祖之仇而拜其仇也，子孙诚不可不学如此！

缪 同 知

嘉兴通守缪思恭，当张氏来攻嘉兴，杨完者命缪典火攻，我师遂大捷。既而张氏归命，因大城武林，檄缪统所属工徒以赴其役。张阴属其弟士信乘此戮辱之。众皆为缪心战，缪不以介意。缪当治西北面数十百丈，以松江路工徒属之。缪每事作则先人，止则后众，劳来督罚，殊得众心，由是视他所筑愈益坚好，士信亦无奈何。忽一日，巡工至缪所辖地分时，日已虞渊,而工犹未辍。士信曰:"日出而作,日入而息。汝何独劳民如此?"缪曰:"平章礼绝百司,犹敬共皇命,日夕尚勤畚锸,况为之民者,敢偷余晷?"士信曰:"此人口利如锥,何怪杉青闸畔,烈烈逼人。"缪曰:"今幸太尉革面,国家借此得成奖顺之典。若念杉青之役,犹恨不力,纵逸平章耳。"士信曰:"别驾好将息,言及杉青,犹能使人肉跳不已。"

大 成 乐

余读海盐州学黄侍讲《大成乐记》,言真州贝君身为考其度数齐量,范金为钟,而协以古律管,彼此适均,吹其律而钟自应。至于琴瑟,亦率自制云云。余心甚慕之。及甲午春祭,以余家所藏崇宁大晟乐大吕、无射二钟,持与考击,则比余所藏声益加高判不相协,余乃窃叹曰:"彼贝君者,果足与言乐乎?金既如此,丝石可知。知其声者,则州之丧没匪久矣。"按大晟乐,国初东平严氏一承宋旧者也。当宋徽庙时,有魏汉津者,以一蜀黔卒为造此乐。且以帝皇制乐,实自其身得之,请以徽庙中指三节三寸定黄钟之律,蔡京亦从臾其说,即使范金裁石,用之郊庙,至颁其乐于天下。然徽庙指寸视人加长,而乐律遂高,虽汉津亦私谓其弟子任宗尧曰:"律高则声过哀,而国乱无日矣。当今圣人其身出而身遭之乎?"未几遂有靖康之祸。今州学钟高倍崇宁,则宜乎州之日阽危于清河锋镝也。第所谓考其度数、协以古律者,岂别有出于缇室葭灰之外者乎?

杨 氏 乐 府

州少年多善歌乐府,其传皆出于澉川杨氏。当康惠公存时，节侠风流，善音律，与武林阿里海涯之子云石交善。云石翩翩公子，无论所制乐府散套，骏逸为当行之冠，即歌声高引可彻云汉，而康惠独得其传。今杂剧中有《豫让吞炭》、《霍光鬼谏》、《敬德不伏老》，皆康惠自制，以寓祖父之意，第去其著作姓名耳。其后长公国材、次公少中，复与鲜于去矜交好。去矜亦乐府擅场，以故杨氏家僮千指，无有不善南北歌调者。由是州人往往得其家法，以能歌名于浙右云。

海 盐 丞

相传绍兴间有海盐丞，简傲不羁，志轻一世。尝谒一乡大夫，主人偶迟迟而出，丞故好睡，比主人出则丞已鼾声如雷矣。主人以客睡，不敢呼，亦复就睡。及丞觉，亦以主睡，不敢呼，更复就睡如初。究之主客更相卧醒，至日没，丞起而去，竟不交一言。赵子固爱其事，为作图，纪其说于上，置之座右，曰："此二人大有华胥风气，足以箴世之责望宾主者。"

杨 廉 夫

杨廉夫寓云间，及余到海上，时一过余。岁壬寅冬，杨从三泖来，宿余斋头。适就李贝廷臣以书币为萧山令尹本中乞吴越两山亭志，并选诸词人题咏，于时杨尹已移官嘉禾矣。杨即为命笔，稿将就，夜已过半，余方从别室候之。俄门外有剥琢声，启扉视之，则皆嘉禾能诗者也。余从壁间窥之，率人人执金缯乞杨留选其诗。杨笑曰："生平于三尺法亦有时以情少借，若诗文则心欲借眼，眼不从心，未尝敢欺当世之士。"遂运笔批选，止取鲍恂、张翼、顾文烨、金炯四首，杨谓诸人曰："四诗犹为彼善于此，诸什尚须更托胎耳。"然被选者无一人在。

诸人相目惊骇,固乞宽假,得与姓名,至有涕泣长跪者。杨挥出门外,闭关灭烛骂曰:"风雅扫地矣!"

陈　彦　廉

　　州诗人陈彦廉好作怪体,兼善绘事。其母庄本闽人,父思恭商于闽,溺死海中,庄誓不嫁,携彦廉归本州抚育,遂成名士。彦廉有才名,交往多一时高流,最与黄公望子久亲昵。彦廉居硖石东山,终身不至海上,以父溺海故也。子久岁一诣之,至则必到海上观涛,每拉彦廉同往不得。已偕至城郭,黄乞与同看,陈涕泣曰:"阳侯吾父仇也,恨不能如精卫以木石塞此,何忍以怒眼相见?"子久亦为之动容,不看而返,因为作《仇海赋》以纪其事。

南村辍耕录

[元]陶宗仪　著

李梦生　　校点

校 点 说 明

《南村辍耕录》三十卷,元陶宗仪著。陶宗仪,字九成,号南村,一号泗滨老人,黄岩(今属浙江)人。约生于延祐末、至元初,卒于明建文中。又据近人昌彼得考证,谓生于延祐三年(1316)。二十岁左右曾举进士不第,后弃去,以撰述为事,洪武间曾任教官。因妻费氏为松江(今属上海)人,中年时即隐松江南,因以南村为号。著有《四书备遗》、《南村诗集》等,纂有《书史会要》等。尤注重于稗官野史,除著有《辍耕录》外,还汇辑历代文献成丛书《说郛》一百卷。

《南村辍耕录》书前有元至正丙午(1366)孙作序,结合书中未提及明一统后事,知作于元末。序云作者时隐松江,劳作之余,辍耕树荫,遇事摘叶书之,贮一破盎,前后十载,积十数盎,因编录成书,名"辍耕"。然书中征引广泛,常整篇抄录他人作品,绝非"辍耕树荫"而摘叶书者,如全录杨维桢《正统辨》、燕南芝庵《唱论》等,即为明证。

全书涉及广泛,大凡朝廷典章、法令制度,文人轶事、风俗趣闻,均有涉及。尤其是元末东南一带史事,尤为详赡,足补史传阙失。于里巷丛谈、奇闻怪事,亦津津录之,多为后世小说所采摘;涉及法书伎艺、戏曲演唱的一些条目,极为后世研究者所重。

本书版本,存世有元刊本(1923年武进陶湘、《四部丛刊》三编曾据以影印)、明成化十年刊本、明玉兰草堂刊本、《津逮秘书》本、《四库全书》本、光绪十一年刊本等。这次标点,以陶湘影元本为底本,校以《四库全书》本。二本编排次序及收目略有不同,以卷六为例,《四库》本"亲家"条列"宝晋斋研山图"后,"廉使长厚"、"私第延宾"、"句曲山房熟水"三条列"法帖谱系"之后;《四库》本"梵嫂"、"房老"、"官奴"三条,见元本卷七;《四库》本比元本少"卫夫人"一条。元本每条原无标目,今据《四库》本补上,凡底本误字,径行参校补正,不出校记。

南村辍耕录总目

南村辍耕录叙

余友天台陶君九成,避兵三吴间,有田一廛,家于松南。作劳之暇,每以笔墨自随。时时辍耕,休于树阴,抱膝而叹,鼓腹而歌,遇事肯綮,摘叶书之,贮一破盎,去则埋于树根,人莫测焉。如是者十载,遂累盎至十数。一日,尽发其藏,俾门人小子,萃而录之,得凡若干条,合三十卷,题曰《南村辍耕录》。上兼六经百氏之旨,下极稗官小史之谈,昔之所未考,今之所未闻。其采摭之博,侈于《白帖》;研核之精,拟于洪笔。论议抑扬,有伤今慨古之思;铺张盛美,为忠臣孝子之劝。文章制度,不辨而明;疑似根据,可览而悉。盖唐宋以来,专门史学之所未让;虽周室之藏,郯子之对,有不待环辙而后知,又岂抵掌谈笑以求贤于优孟者哉!九成,名宗仪,少工举子业,晚乃弃去,阖户著书,此其一云。至正丙午夏六月,江阴孙作大雅序。

南村辍耕录疏

南村田叟陶君九成,著书三十卷。凡六合之内,朝野之间,天理人事,有关于风化者,皆采而录之,非徒作也。然又能不忘稼穑艰难,盖有取于圣门"馁在其中、禄在其中"之旨,乃名之曰南村辍耕录。朋游间咸欲为之版行,以备太史氏采择,而未有倡首之者。于是偺为疏引,以伸其意。同志之士有观其书者,必皆乐闻而兴起焉。

伏以儿宽带经而锄,名高前史;陶亮既耕还读,教及后昆。顾服田力穑,乃士之常;然著书立言,于世为重。比睹《辍耕》之录,实为载道之文。凡例既明,书法尤备。钩玄提要,匪按图索骥之空言;考古验今,得闭户斫轮之大意。盍亦写诸琬琰,庶可绪于简编。惟镂板乃见全书,在司帑当无难色。同门曰朋,合志曰友,幸惢惢以相成;副墨之子,洛诵之孙,共流传于不朽。学海之波澜无障,研田之稼穑有秋。谨疏。

今月　　日疏　　青溪野史邵亨贞

南村辍耕录卷一

大元宗室世系

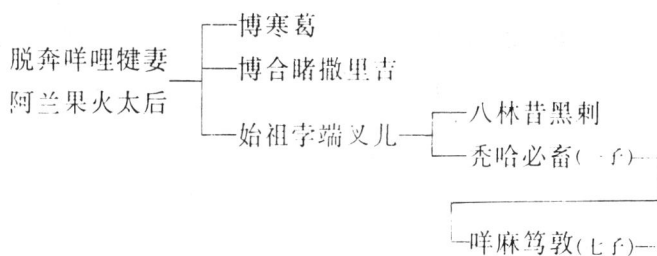

```
                    ┌─博寒葛
脱奔咩哩犍妻  ──────┼─博合睹撒里吉
阿兰果火太后         └─始祖字端义儿─┬─八林昔黑剌
                                   ├─秃哈必畜（一子）─┐
                                                     │
                    ┌────────────────────────────────┘
                    └─咩麻笃敦（七子）─
```

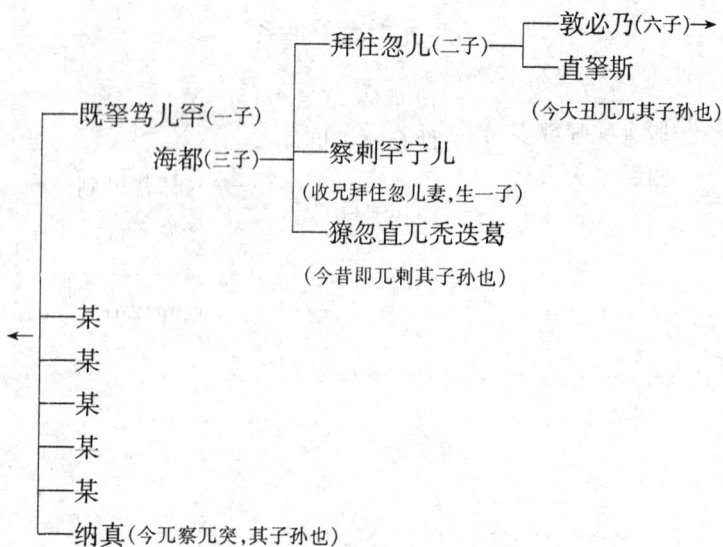

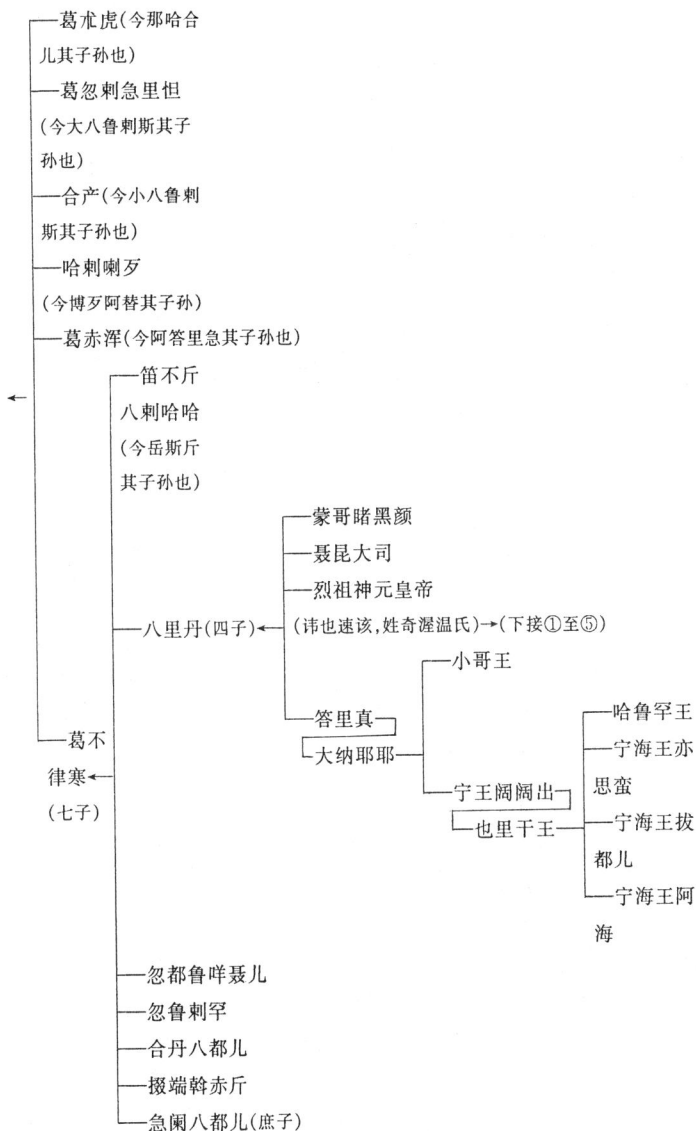

```
├─葛尤虎(今那哈合
│  儿其子孙也)
├─葛忽剌急里怛
│  (今大八鲁剌斯其子
│  孙也)
├─合产(今小八鲁剌
│  斯其子孙也)
├─哈剌喇歹
│  (今博歹阿替其子孙)
├─葛赤浑(今阿答里急其子孙也)
│                    ├─笛不斤
│                    │  八剌哈哈
│                    │  (今岳斯斤
│                    │  其子孙也)
│                                      ├─蒙哥睄黑颜
│                                      ├─聂昆大司
│                                      ├─烈祖神元皇帝
│                    ├─八里丹(四子)◄─(讳也速该,姓奇渥温氏)→(下接①至⑤)
│                    │                              ├─小哥王
│                    │                  ├─答里真┐              ├─哈鲁罕王
│                    │                  └─大纳耶耶┐            ├─宁海王亦
│                    │                            │            │  思蛮
├─葛不                │                            ├─宁王阔阔出┐├─宁海王拔
│  律寒◄─            │                            └─也里干王┘│  都儿
│  (七子)            │                                          └─宁海王阿
│                                                                  海
│                    ├─忽都鲁咩聂儿
│                    ├─忽鲁剌罕
│                    ├─合丹八都儿
│                    ├─掇端斡赤斤
│                    └─急阑八都儿(庶子)
```

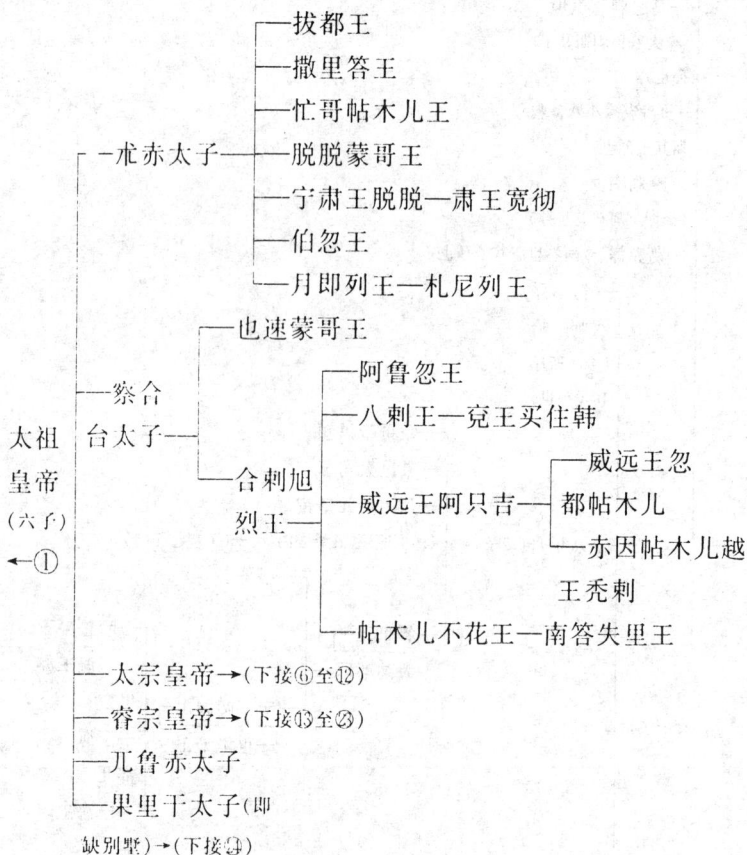

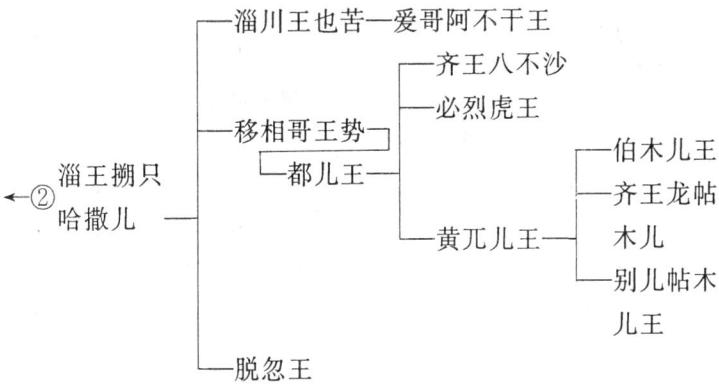

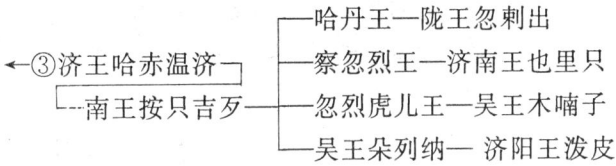

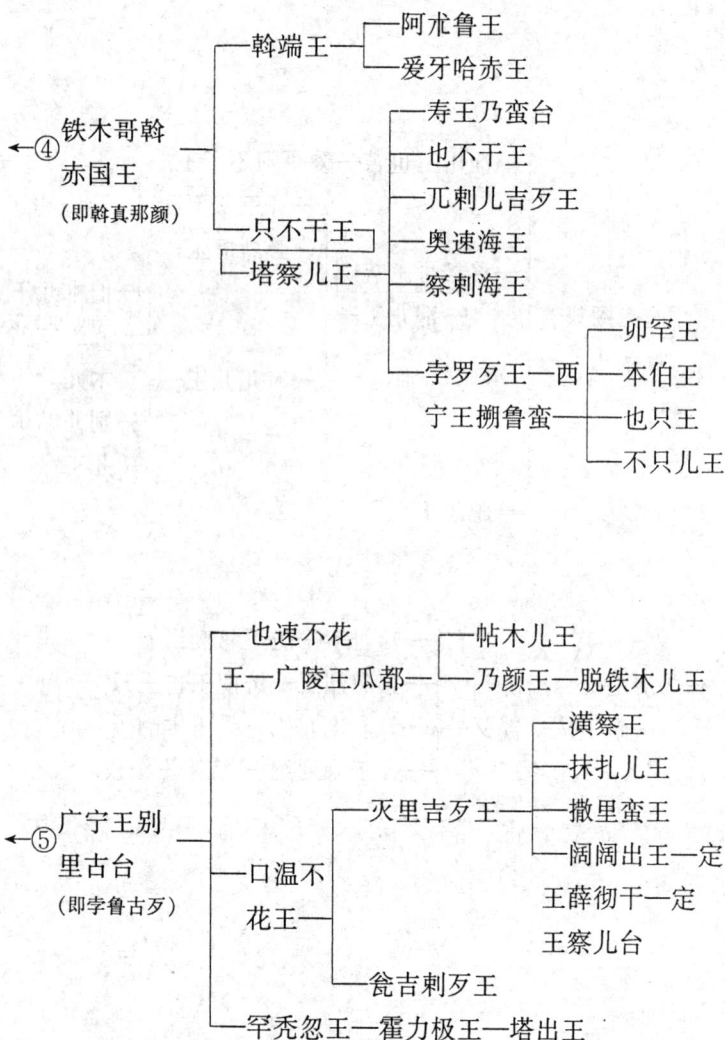

←④ 铁木哥斡赤国王（即斡真那颜）
- 斡端王
  - 阿尤鲁王
  - 爱牙哈赤王
- 只不干王
- 塔察儿王
  - 寿王乃蛮台
  - 也不干王
  - 兀剌儿吉歹王
  - 奥速海王
  - 察剌海王
  - 孛罗歹王—西
  - 宁王搠鲁蛮
    - 卯罕王
    - 本伯王
    - 也只王
    - 不只儿王

←⑤ 广宁王别里古台（即孛鲁古歹）
- 也速不花王—广陵王瓜都
  - 帖木儿王
  - 乃颜王—脱铁木儿王
- 口温不花王
  - 灭里吉歹王
    - 潢察王
    - 抹扎儿王
    - 撒里蛮王
    - 阔阔出王—定
    - 王薛彻干—定
    - 王察儿台
  - 瓮吉剌歹王
- 罕秃忽王—霍力极王—塔出王

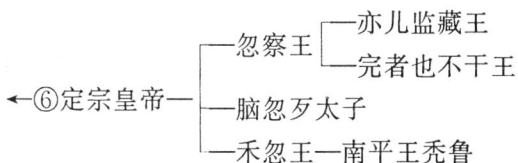

←⑥定宗皇帝—
　　┬忽察王┬亦儿监藏王
　　│　　　└完者也不干王
　　├脑忽歹太子
　　└禾忽王—南平王秃鲁

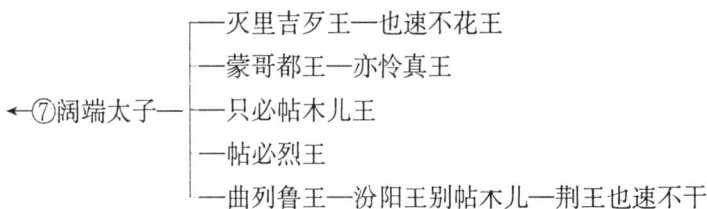

←⑦阔端太子—
　　├灭里吉歹王—也速不花王
　　├蒙哥都王—亦怜真王
　　├只必帖木儿王
　　├帖必烈王
　　└曲列鲁王—汾阳王别帖木儿—荆王也速不干

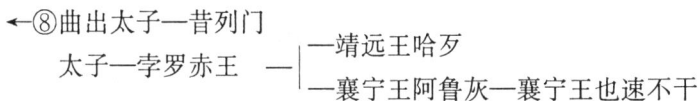

←⑧曲出太子—昔列门
太子—孛罗赤王　—┬靖远王哈歹
　　　　　　　　└襄宁王阿鲁灰—襄宁王也速不干

←⑨哈剌察儿王—脱脱王—┬月别台
　　　　　　　　　　　└沙蓝朵儿只

←⑩合昔歹王—海都王—汝宁王察八儿—汝宁王忽剌台

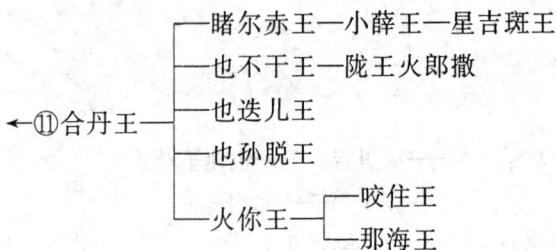

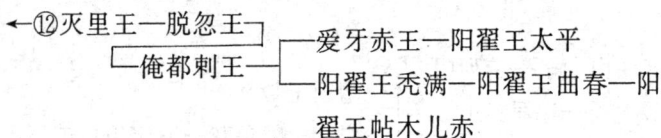

```
                   ┌—睹尔赤王—小薛王—星吉斑王
                   ├—也不干王—陇王火郎撒
←⑪合丹王————┼—也迭儿王
                   ├—也孙脱王
                   │                    ┌—咬住王
                   └—火你王————┤
                                        └—那海王
```

```
←⑫灭里王—脱忽王┐
                └—俺都剌王————┬—爱牙赤王—阳翟王太平
                              └—阳翟王秃满—阳翟王曲春—阳
翟王帖木儿赤
```

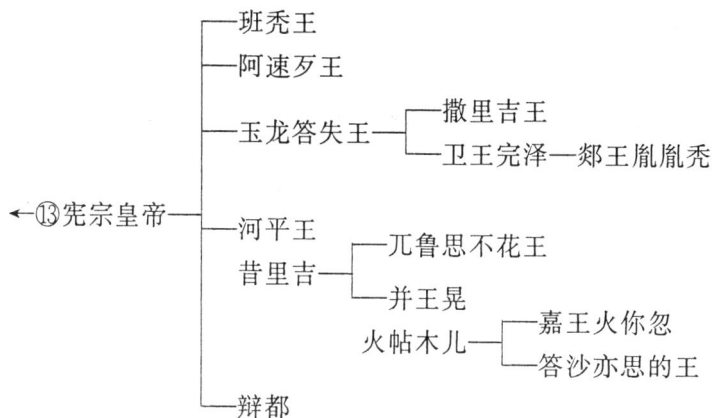

```
                   ┌─班秃王
                   ├─阿速歹王
                   │                  ┌─撒里吉王
                   ├─玉龙答失王───┤
                   │                  └─卫王完泽─郑王胤胤秃
←⑬宪宗皇帝───┤─河平王
                   │  昔里吉  ┌─兀鲁思不花王
                   │         └─并王晃
                   │    火帖木儿──┬─嘉王火你忽
                   │             └─答沙亦思的王
                   └─辩都
```

←⑭─忽靓都

←⑮─次三失其名

⑯世祖皇帝

├─朵儿只
│　（一作都儿真）
│
├─裕宗皇帝─┬─显宗皇帝─┬─梁王松山
│　　　　　　│　　　　　　├─泰定皇帝
│　　　　　　│　　　　　　└─湘宁王迭里哥儿不花—湘宁王八刺失里
│　　　　　　│
│　　　　　　├─顺宗皇帝─┬─魏王阿木哥─┬─脱不花王
│　　　　　　│　　　　　　│　　　　　　　├─蛮子王
│　　　　　　│　　　　　　│　　　　　　　├─西靖王阿鲁
│　　　　　　│　　　　　　│　　　　　　　├─魏王孛鲁帖木儿
│　　　　　　│　　　　　　│　　　　　　　├─唐兀台王
│　　　　　　│　　　　　　│　　　　　　　├─答儿蛮失里王
│　　　　　　│　　　　　　│　　　　　　　└─孛罗王
│　　　　　　│　　　　　　│
│　　　　　　│　　　　　　└─武宗皇帝─┬─明宗皇帝─┬─今上皇帝—皇太
│　　　　　　│　　　　　　　　　　　　　│　　　　　　│　子爱猷识理达腊—买
│　　　　　　│　　　　　　　　　　　　　│　　　　　　├─的里八刺
│　　　　　　│　　　　　　　　　　　　　│　　　　　　└─宁宗皇帝
│　　　　　　│　　　　　　　　　　　　　│
│　　　　　　│　　　　　　　　　　　　　├─文宗皇帝─┬─皇太子阿
│　　　　　　│　　　　　　　　　　　　　│　　　　　　│　刺忒纳答刺
│　　　　　　│　　　　　　　　　　　　　│　　　　　　├─燕帖古思
│　　　　　　│　　　　　　　　　　　　　│　　　　　　│　太子
│　　　　　　│　　　　　　　　　　　　　│　　　　　　└─太平讷太子
│　　　　　　│　　　　　　　　　　　　　│
│　　　　　　│　　　　　　　　　　　　　└─仁宗皇帝─┬─英宗皇帝
│　　　　　　│　　　　　　　　　　　　　　　　　　　　└─安王兀都思不花
│　　　　　　│
│　　　　　　└─成宗皇帝—皇太子德寿
│
└─（下接㉕）

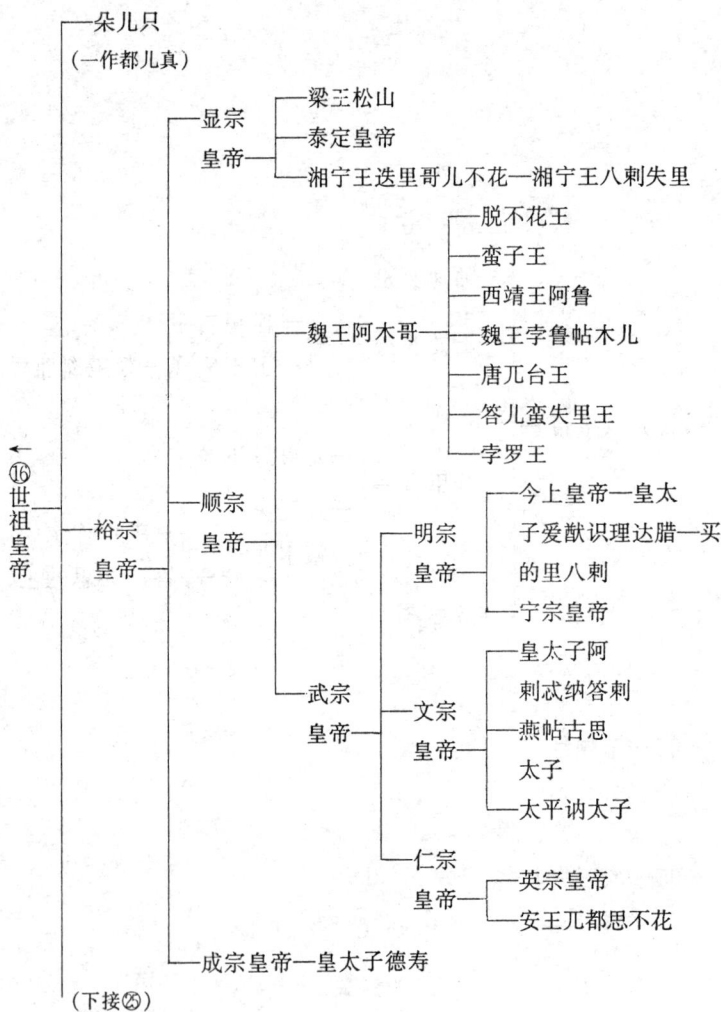

⬅⑰次五失其名

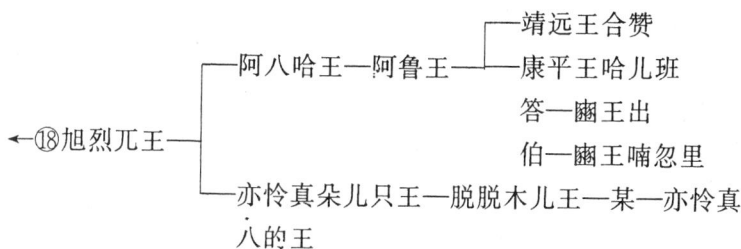

←⑱旭烈兀王—

阿八哈王—阿鲁王——
— 靖远王合赞
— 康平王哈儿班
答—豳王出
伯—豳王喃忽里

—亦怜真朵儿只王—脱脱木儿王—某—亦怜真
八的王

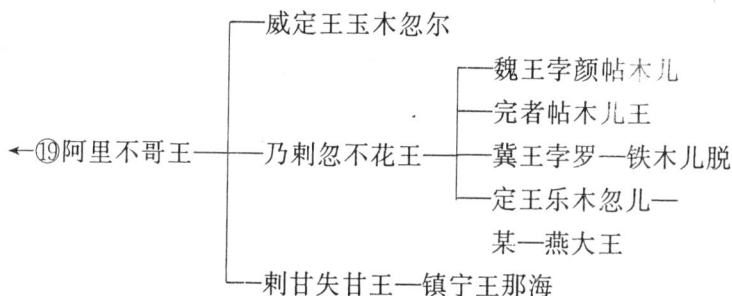

←⑲阿里不哥王—

—威定王玉木忽尔
—乃剌忽不花王—
— 魏王孛颜帖木儿
— 完者帖木儿王
— 冀王孛罗—铁木儿脱
— 定王乐木忽儿—
某—燕大王
—剌甘失甘王—镇宁王那海

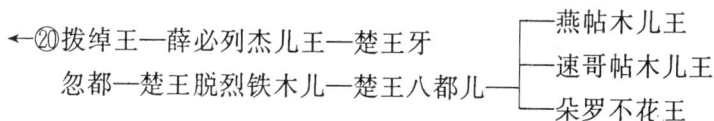

←⑳拨绰王—薛必列杰儿王—楚王牙
忽都—楚王脱烈铁木儿—楚王八都儿—
—燕帖木儿王
—速哥帖木儿王
—朵罗不花王

←㉑末哥王—昌童王—伯帖木儿王—永宁王伯颜木儿

←㉒岁都哥王—速不歹王—┬—荆王脱脱木儿
　　　　　　　　　　　　└—哈鲁孙王—荆王也速不坚

←㉓雪别台王—某—┬—月鲁帖木儿
　　　　　　　　　└—买闾也先

←㉔河间王忽察—┬—也不干王—八八王—┬—兀脱思帖木儿王
　└忽鲁歹王—┤　　　　　　　　　　└—合宾帖木儿王
　　　　　　　├—八八剌王—安定王脱欢—安定王
　　　　　　　├—朵儿只班
　　　　　　　└—伯答罕王

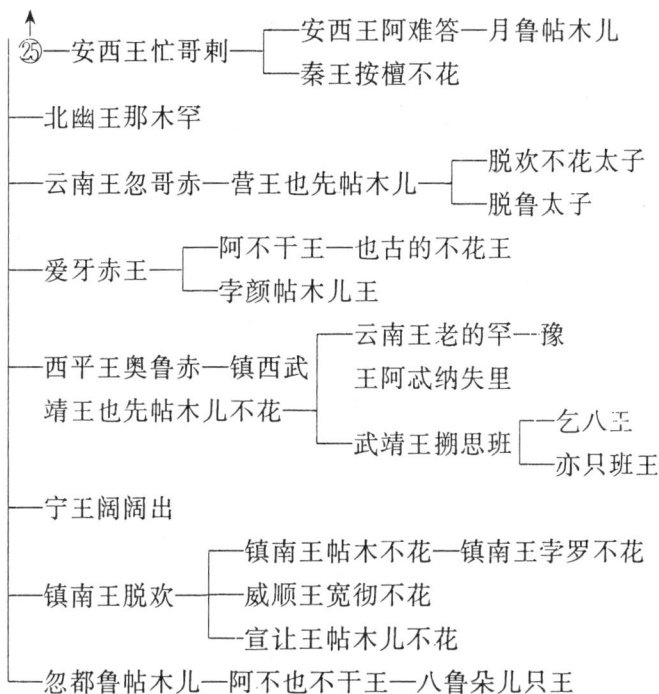

列圣授受正统

始祖讳孛端叉儿。

烈祖神元皇帝讳也速该，姓奇渥温氏。

太祖应天启运圣武皇帝讳铁木真，国语曰成吉思。　宋开禧二年丙寅十二月即位于斡难河，自号可汗。至宋宝庆三年丁亥七月己丑崩于萨里川。在位二十二年，寿六十六。葬起辇谷。

太宗英文皇帝讳窝阔台。　宋绍定二年己丑八月己未即位于忽鲁班雪不只。至宋淳祐元年辛丑十一月崩于胡阑山。在位一十三年，寿五十六。葬起辇谷。　六皇后秃里吉纳临朝称制。皇后乃马真氏。

睿宗仁圣景襄皇帝讳拖雷。　宪宗追谥。

定宗简平皇帝讳贵由。　宋淳祐二年壬寅至乙巳皇后当国，丙午七月归政。即位于答兰答八思。至戊申三月崩于胡眉斜阳吉儿。在位三年，寿四十三。葬起辇谷。皇太后秃里吉纳复治国事。

宪宗桓肃皇帝讳蒙哥。　宋淳祐十一年辛亥六月即位于阔帖兀阿兰。至宋开庆元年己未七月二十七日癸亥崩于钓鱼山。在位九年，寿五十二。

世祖圣德神功文武皇帝讳忽必烈，国语曰薛禅。　宋景定元年庚申四月一日戊辰即位于开平，建元中统。至至元三十一年甲午正月十九日庚午崩于紫檀殿。在位三十五年，寿八十。葬起辇谷。中统四，至元三十一。

裕宗文惠明孝皇帝讳真金。　成宗追谥。

顺宗昭圣衍孝皇帝讳答剌麻八剌。　武宗追谥。

成宗钦明广孝皇帝讳铁木耳，国语曰完者笃。　至元三十一年

甲午四月十四日甲午即位于上都,改至元三十二为元贞。至
大德十一年丁未正月八日癸酉崩于玉德殿。在位十三年,寿
四十二。葬起辇谷。元贞二,大德十一。

武宗仁惠宣孝皇帝讳海山,国语曰曲律。　大德十一年丁未
五月十一日甲戌即位于上都,十二月,诏改大德十二为至大。
至四年辛亥正月八日庚辰崩于玉德殿。在位四年,寿三十一。
葬起辇谷。至大四。

仁宗圣文钦孝皇帝讳爱育黎拔力八达,国语曰普颜笃。　至大四
年辛亥三月十八日庚寅即位于大明殿,九月壬子,诏改至大五
为皇庆。至延祐七年庚申正月二十一日辛丑崩于光天宫。在
位九年,寿三十六。葬起辇谷。皇庆二,延祐七。

英宗睿圣文孝皇帝讳硕德八剌,国语曰革坚。　延祐七年庚申
三月十一日庚寅即位,十二月乙巳,诏改延祐八为至治。至三
年癸亥八月四日癸亥遇弒,崩于上都途中南坡行幄。在位四
年,寿二十一。从葬诸帝陵。至治三。

显宗光圣仁孝皇帝讳甘麻剌。　泰定追谥,今出庙。

泰定皇帝讳也孙帖木儿,原封晋王。　至治三年癸亥九月四日
癸巳即位于上都龙居河,十二月丁亥,诏改至治四为泰定。至
五年戊辰二月庚申改致和,七月十日庚午崩。文宗追废。在
位五年,寿二十六。泰定四,泰定伍,改致和,文宗即位,改天
历。

明宗翼献景孝皇帝讳和世剌,国语曰忽都笃。　天历二年己巳
正月二十八日丙戌即位于和宁北,八月二日,大驾次王忽察
都,六日,暴崩。不改元。在位八月,寿三十。葬起辇谷。

文宗圣明元孝皇帝讳图脱木儿,国语曰扎牙笃。　致和元年戊
辰九月十三日壬申即位于大明殿,改元天历,诏让大兄明宗。

明年己巳五月，帝发京师北迎。八月二日丙戌，遇于王忽察都。庚寅，明宗暴崩。己亥，复即位于上都。至三年庚午五月戊午改至顺，至三年壬申八月十二日己酉崩。在位五年，寿二十九。葬起辇谷。后至元六年庚辰六月丙申，以帝谋不轨，使明宗饮恨而崩，诏撤其庙主。天历二，至顺三。

宁宗冲圣嗣孝皇帝讳懿璘质班。　至顺三年壬申十月四日庚子即位于大明殿。至十一月十六日壬午崩。不改元。年七岁。葬起辇谷。

今上皇帝御名妥欢帖睦尔。　至顺四年癸酉六月八日己巳即位于上都，十月戊辰，改元元统。至三年乙亥十一月辛丑，改至元，至七年正月一日，改至正。元统二，至元六，至正今二十六年。

氏　族

蒙古七十二种

阿剌剌	别速歹	阿儿剌歹	那颜吉歹
晃忽摊	塔塔歹	末里乞歹	木里乞
别剌歹	札剌儿歹	颜不草歹	伯要歹
曲吕律	永吉列思	那颜乞台	许大歹
塔塔儿	怯烈歹	忽神忙兀歹	木温塔歹
列尤歹	也里吉斤	兀鲁兀	阿塔力吉歹
灭里吉歹	哈答吉	秃别歹	瓮吉剌歹
蛮歹	颜不花歹	扎剌只剌	郭儿剌思
亦乞列歹	阿大里吉歹	散儿歹	八鲁剌忽
外抹歹	也可抹合剌	歹列里养赛	脱里别歹
外剌歹	合忒乞歹	兀罗歹	乞要歹

散尤兀歹	忽神	扎马儿歹	朵里别歹
别帖里歹	塔一儿	也可林合剌	哈答歹
阿塔里吉歹	阿火里力歹	外抹歹乃	灭里吉
外兀歹	别帖乞乃蛮歹	八鲁忽歹	答答儿歹
捏古歹	忙古歹	撒尤歹	尤里歹
晃兀摊	察里吉歹	兀罗罗歹	八怜
忙兀歹	兀鲁歹	瓮吉歹	外剌

色目三十一种

哈剌鲁	钦察	唐兀	阿速
秃八	康里	苦里鲁	剌乞歹
赤乞歹	畏吾兀	回回	乃蛮歹
阿儿浑	合鲁歹	火里剌	撒里哥
秃伯歹	雍古歹	蜜赤思	夯力
苦鲁丁	贵赤	匣剌鲁	秃鲁花
哈剌吉答歹	拙儿察歹	秃鲁八歹	火里剌
甘木鲁	彻儿哥	乞失迷儿	

汉人八种

契丹	高丽	女直	竹因歹
尤里阔歹	竹温	竹赤歹	渤海女直同

金人姓氏

完颜汉姓曰王	都烈曰强	尼忙古曰鱼	奥屯曰曹
女奚烈曰郎	仆散曰林	温敦曰空	纳剌曰康
温迪罕曰温	乌古论曰商	散答曰骆	斡准曰赵
移剌曰刘	兀颜曰朱	尤虎曰董	吾鲁曰惠
裴满曰麻	石抹曰萧	乞石烈曰高	呵不哈曰田
阿里侃曰何	斡勒曰石	蒲察曰李	古里甲曰汪

徒单曰杜	孛尤鲁曰鲁	阿典曰雷	乌林答曰蔡
颜盏曰张	夹谷曰仝	抹颜曰孟	

平 江 南

　　至元十一年甲戌，宋之咸淳十年也，秋七月，世祖命中书右丞相伯颜总制大军取宋。谕之若曰："朕闻曹彬不嗜杀人，一举而定江南。汝其体朕心，法彬事，毋使吾赤子横罹锋刃。"伯颜叩首奉命惟谨。既而混一职方，岂非不嗜杀人之验与？

独 松 关

　　明年乙亥春，诸郡望风降败，丞相伯颜遣员外郎石天麟诣阙奏闻。世皇喜，顾谓侍臣曰："朕兵已到江南，宋之君臣必知畏恐，兹若遣使议和，邀索岁币，想无不从者。"遂敕伯颜按兵，乃命礼部尚书廉希贤、侍郎严忠范、计议官宋德秀、秘书丞柴紫芝等，赍奉国书使宋。次建康，希贤等借兵卫送。伯颜曰："方今两军相阨，互有设险，宜令行人先往道意。若便拥兵前进，吾恐别生罅隙，则和议之事必难成矣。"希贤等坚请，乃简阅锐卒五百界之。至独松关，戍关者宋浙西安抚司参议官张濡也，以为北兵阳关，率众掩击，杀忠范、执希贤。希贤亦病创死。世皇闻之大怒，趣进攻。嗟夫！宋之亡也，非有桀纣之恶，特以始之以拘留使者肇天兵之兴，终之以误杀使者激世皇之怒耳。藉使独松之使不死，宋之存亡未可知，其亦有数也与！

浙 江 潮

　　明年正月甲申，丞相伯颜驻军皋亭山，宋奉表及国玺以降,遣千户囊加歹等入城慰谕,令居民门首各贴"好投拜"三字。及闻益王、广王如婺州,即命分兵屯守诸门。范文虎安营浙江沙浒。太皇太后望祝曰:"海若有灵,当使波涛大作,一洗而空之。"潮汐三日不至,军马晏然。文虎,吕文焕婿,安庆守臣,降于我者。

宋　兴　亡

宋之兴,始于后周恭帝显德七年,恭帝方八岁。及其亡也,终于少帝德祐元年,少帝时四岁,名显,而显德二字,竟与得国时合。周以主幼而失国,宋亦以主幼而失国。周有太后在上,宋亦有太后在上。始终兴亡之数,昭然如此。

万　岁　山

万岁山在大内西北太液池之阳,金人名琼花岛。中统三年修缮之。其山皆以玲珑石叠垒,峰峦隐映,松桧隆郁,秀若天成。引金水河至其后,转机运斡,汲水至山顶,出石龙口,注方池,伏流至仁智殿后,有石刻蟠龙,昂首喷水仰出,然后东西流入于太液池。山上有广寒殿七间。仁智殿则在山半,为屋三间。山前白玉石桥,长二百尺,直仪天殿后。殿在太液池中之圆坻上,十一楹,正对万岁山。山之东为灵囿,奇兽珍禽在焉。车驾岁巡上都,先宴百官于此。浙省参政赫德尔尝云:向任留守司都事时,闻故老言:国家起朔漠日,塞上有一山,形势雄伟,金人望气者谓此山有王气,非我之利。金人谋欲厌胜之,计无所出。时国已多事,乃求通好入贡。既而曰:"它无所冀,愿得某山以镇压我土耳。"众皆鄙笑而许之。金人乃大发卒,凿掘辇运至幽州城北,积累成山,因开挑海子,栽植花木,营构宫殿，以为游幸之所。未几金亡，世皇徙都之。至元四年，兴筑宫城，山适在禁中，遂赐今名云。留守司在宫城西南角楼之南，专掌宫禁工役者。

大军渡河

世皇取江南，大军次黄河，苦乏舟楫。夜梦一老叟曰："陛下欲渡河，当随我来。"引至一所，指曰："此即是已。"帝遂以物标识之。及觉，历历可记。明日，循行河浒，寻梦中所见处，果是。方惊顾间，忽有人进曰："此间水浅，可渡。"时帝征梦中语，因谓曰："汝能先涉否？"其人乃行。大军自后从之，无一不济。帝欲重旌其功，对曰："富与贵悉非所愿，但得自在足矣。"遂封为答剌罕，与五品印，拨三百户以食之。今其子孙尚有存者。此事，杨元诚太史瑀所云。

檄

世皇下江南檄，枚举贾似道无君之罪，宋国臣民其有不诚服者与？其文曰：宅中图大，天开一统之期；自北而南，雷动六师之众。先谓吊民而伐罪，盖将用夏而变夷。欲制江浙以削平，极汝海隅而混一。堪嗟此宋，信任非人。处之师相之尊，委以国柄之重。世济其恶，真凶悖之贾充；谋及乃心，效奸雄之曹操。不学无识，舞术弄权。夸浒黄仅免其身，比河清莫大之绩。承君之宠，如彼之专。贪天之功，确乎不拔。借官爵以总宝货，苛条法以苦贤才。夺土田而无地可耕，变关会而物价溢涌。藉鄙猥者伴食于庙堂，任反侧者失兵于边徼。恬视雷星之召异，罔闻水火之降灾。满朝皆其私人，用将因其重赂。用白札而破世守之法，曲丹笔而容天讨之刑。民心已离而下知,天命将革而未悟。方且贪湖山之乐,聚宝玉之珍。弗顾母死,夺制以贪荣;乃乘君宠,立幼而固位。以己峻功硕德,而自比于周公;欺人寡妇孤儿,反不如于石勒。深怀祸慝,恣肆奸邪。合正两观之诛,可纾百姓之怒。我大元皇帝,聪明智睿,神武慈仁。焚香祝天,誓莫杀而混海宇;振兵略地,随所向而宣皇威。一战乘胜而渡江,诸将列降而献土。厥角稽首,迎我前矛。后实先声,易如破竹。昭然天顺人信之助,成我风行草偃之功。合宇宙以清宁,苏人民而镇抚。恩宽幼主以下,罪止元恶之身。自今檄到,应守令以境土投拜。除大支犒赏外,仍其官职。谨檄。

朝　　仪

大元受天命,肇造区夏,列圣相承,至于世皇,至元初,尚未遑兴建宫阙。凡遇称贺,则臣庶皆集帐前,无有尊卑贵贱之辨。执法官厌其喧杂,挥杖击逐之,去而复来者数次。翰林承旨王文忠公磐时兼太常卿,虑将贻笑外国,奏请立朝仪,遂如其言。

科　　举

皇庆癸丑冬十一月,诏曰:"其以皇庆三年八月,天下郡县,兴其贤者能者,充赋有司。明年二月,会试京师。中选者,朕将亲策焉。"按遗山元公好问所撰《廉访使杨文宪公圣墓碑》云:太宗即位之十年戊戌,开举选,特诏宣德课税使刘公用之试诸道进士。公试东平,两中赋论第一,奏授河南路征收课税所长官,兼廉访使。则国朝科举之设,已肇于此。寥寥七十余年,而普颜笃皇帝克不坠祖宗之令典,尊号曰仁,不亦宜乎?

初焉试论赋,盖反宋金余习,后则一以经学为本,非复向时比矣。

江 南 谣

汲郡王公《玉堂嘉话》云:宋未下时,江南谣云:"江南若破,百雁来过。"当时莫喻其意。及宋亡,盖知指丞相伯颜也。

白 道 子

太宗时,诸国来朝者多以冒禁应死。耶律文正王楚材进奏曰:"愿无污白道子。"从之。盖国俗尚白,以白为吉故也。

官 不 致 仕

大德七年,诏内外官年及七十并听致仕。时郭守敬,字若思,顺德邢台人,知太史院事,以旧臣,且熟朝廷所施为,独不许其请。至今翰林太史司天官不致仕者,咸自公始。

答 剌 罕

答剌罕,译言一国之长,得自由之意,非勋戚不与焉。太祖龙飞日,朝廷草创,官制简古,惟左右万户,次及千户而已。丞相顺德忠献王哈剌哈孙之曾祖启昔礼,以英材见遇,擢任千户,锡号答剌罕。至元壬申,世祖录勋臣后,拜王宿卫官袭号答剌罕。

皇 族 列 拜

己丑秋八月,太宗即皇帝位,耶律文正王时为中书令,定册立仪礼。皇族尊长,皆令就班列拜。尊长之有拜礼,盖自此始。

内 八 府 宰 相

内八府宰相八员，视二品秩，而不降授宣命，特中书照会之任而已，寄位于翰林之埽邻。埽邻，宫门外院官会集处也。所职视草制，若诏赦之文，则非其掌也。至于院之公事，亦不得与焉。例以国戚与勋贵之子弟充之。

云 都 赤

国朝有四怯薛太官。怯薛者，分宿卫供奉之士为四番，番三昼夜。凡上之起居饮食，诸服御之政令，怯薛之长皆总焉。中有云都赤，乃侍卫之至亲近者，虽官随朝诸司，亦三日一次，轮流入直。负骨朵于肩，佩环刀于腰，或二人四人，多至八人。时若上御控鹤，则在宫车之前，上御殿廷，则在墀陛之下，盖所以虞奸回也。虽宰辅之日觐清光，然有所奏请，无云都赤在，不敢进。今中书移咨各省，或有须备录奏文事者，内必有云都赤某等，以此之故。余又究骨朵字义，尝记宋景文《笔记》云：关中人以腹大为胍肝，上音孤，下音都。俗因谓杖头大者亦曰胍肝，后讹为骨朵。朵，平声。

大 汉

国朝镇殿将军，募选身躯长大异常者充。凡有所请给，名曰大汉衣粮。年过五十，方许出官。

贵 由 赤

贵由赤者，快行是也。每岁一试之，名曰放走，以脚力便捷者膺上赏,故监临之官齐其名数而约之以绳,使无后先参差之争,然后去绳放行。在大都则自河西务起程,若上都则自泥河儿起程。越三时,走一百八十里,直抵御前,俯伏呼万岁。先至者赐银壹饼,余则缎匹有差。

昔　宝　赤

昔宝赤,鹰房之执役者。每岁以所养海青获头鹅者,赏黄金壹锭。头鹅,天鹅也。以首得之,又重过三十余斤,且以进御膳,故曰头。

南村辍耕录卷二

圣　　聪

至元六年二月二十五日,上御玉德殿,命史臣榻前草诏,黜谪太师伯颜。诏文有云:"其各领所部,诏书到日,悉还本卫。"上曰:"自早至暮,皆一日也,可改日字作时字。"时伯颜以飞放为名,挟持皇太子在柳林,意将犯分。诏既成,遣中书平章只理瓦歹赍至彼处开读,奉皇太子归国,而各枝军马即时散去。盖一字之中,利害系焉。亶聪明,作元后,于此有以见之矣。

隆师重道

文定王沙剌班,今上之师也。为学士时,尝在上左右。一日,体少倦,遂于便殿之侧偃卧,因而就寐。上以藉坐方褥,国语所谓朵儿别真者,亲扶其首而枕之。后尝患疖额上,上于金钵中取佛手膏躬与贴之。上之隆师重道,可谓至矣尽矣。王字敬臣,号山斋,畏吾人。

受佛戒

累朝皇帝,先受佛戒九次,方正大宝。而近侍陪位者,必九人或七人,译语谓之暖答世,此国俗然也。今上之初入戒坛时,见马哈剌佛前有物为供,因问学士沙剌班曰:"此何物?"

曰:"羊心。"上曰:"曾闻用人心肝者,有诸?"曰:"尝闻之,而未尝目睹,请问剌马。"剌马者,帝师也。上遂命沙剌班传旨问之。答曰:"有之。凡人萌歹心害人者,事觉,则以其心肝作供耳。"以此言复奏。上复命问曰:"此羊曾害人乎?"帝师无答。

减 御 膳

国朝日进御膳,例用五羊。而上自即位以来,日减一羊,以岁计之,为数多矣。

圣 俭

太府少监阿鲁奏取黄金三两,为御靴刺花用。上曰:"不可。"因请易以银而镀金者。上曰:"亦不可。金银,首饰也。今民间所用何物?"对曰:"用铜。"上曰:"可。"右五事,杨太史瑀所言。太史居官时,日侍上,故知其详。

后 德

今上皇太子之正位东宫也,设谕德,置端本堂,以处太子讲读。忽一日,帝师来启太子母后曰:"向者太子学佛法,顿觉开悟,今乃受孔子之教,恐损太子真性。"母后曰:"我虽居于深宫,不知道德。尝闻自古及今,治天下者须用孔子之道,舍此它求,即为异端。佛法虽好,乃余事耳,不可以治天下。安可使太子不读书?"帝师赧服而退。

端 本 堂

皇太子方在端本堂读书,近侍之尝以飞放从者,辄臂鹰至廊庑间,喧呼驰逐,以惑乱之,将勾引出游为乐。太子授业毕,徐令左右戒之曰："此读书之所,先生长者在前,汝辈安敢亵狎如此? 急引去,毋召责也。"众皆惊惧而退。右二事,乃贡尚书师泰授经宣文阁下日所目见者。至正丙申间,避地云间,每谈朝廷典故,因及此。

征　　聘

中书左丞魏国文正公鲁斋许先生衡,中统元年,应召赴都日,道谒文靖公静修刘先生因,谓曰："公一聘而起,毋乃太速乎?"答曰:"不如此,则道不行。"至元二十年,征刘先生至,以为赞善大夫,未几,辞去。又召为集贤学士,复以疾辞。或问之,乃曰:"不如此,则道不尊。"

治 天 下 匠

中书令耶律文正王楚材,字晋卿,在金为燕京行省员外郎,国亡,归于我朝,从太祖征伐诸国。夏人常八斤者,以治弓见知于上,诧王曰:"本朝尚武,而明公欲以文进,不已左乎?"王曰:"且治弓尚须弓匠,岂治天下不用治天下匠耶?"上闻之喜,自是用王益密。

以 官 为 氏

中书平章政事廉希宪,字善甫,封恒阳王,谥文正。本畏吾氏。王之父讳布鲁凯,为回鹘王,归朝,官至顺德诸路宣慰使,封魏国公,谥孝懿。拜廉访使之命,时适王生,顾曰:"是儿必大吾门。吾闻古者以官受氏,天将以廉氏吾宗乎? 吾其从之。"举族承命。

受孔子戒

　　世祖一日命廉文正王受戒于国师，对曰："臣已受孔子戒。"上曰："汝孔子亦有戒耶？"对曰："为臣当忠，为子当孝，孔门之戒，如是而已。"上喜。

不食死

　　谢君直先生枋得，号叠山，信州弋阳人。宋景定甲子，江东漕闱校文，发策问"权奸误国、赵氏必亡"，忤贾似道，贬兴国军。三年，遇赦得还。天兵南下，郡城溃，弃家入闽。至元二十三年，御史程文海、承旨留梦炎等交荐，累召不赴。二十六年春正月，福建行省参知政事魏天祐复被诏旨，集守令戍将，迫蹙上道。临行，以诗别常所往来者曰："雪中松柏愈青青，扶植纲常在此行。天下岂无龚胜洁，人间不独伯夷清。义高便觉生堪舍，礼重方知死甚轻。南八男儿终不屈，皇天上帝眼分明。"夏四月，至京师，不食死，年六十有四。秋八月，子定之奉枢归葬，门人诔而题之曰："文节先生谢公墓。"嗟乎！伯夷、叔齐，在周虽为顽民，而在商则为义士，孰谓数千载后，有商义士之风者，复见先生焉。

染　髭

　　中书丞相史忠武王天泽，髭髯已白，一朝忽尽黑。世皇见之，惊问曰："史拔都，汝之髯何乃更黑邪？"对曰："臣用药染之故也。"上曰："染之欲何如？"曰："臣览镜见髭髯白，窃伤年且暮，尽忠于陛下之日短矣，因染之使玄，而报效之心不异畴昔耳。"上大喜。人皆以王捷于奏对，推此一事，则余可知矣。汉人赐名拔都者,惟王与太师张献武王弘范及真定新军张万户兴祖耳。

杀 虎 张

真定新军张万户兴祖,中山无极人。至元十九年,丞相楚国文定公阿里海涯以中书右丞南取汉郢,公实从,有功,授前职。平生射虎数十。一日遇虎,一发而踣。语人曰:"吾闻生虎之髭剔齿疾,可已风。"因拔之。虎怒,爪靴裂,赖其气息垂尽,不能伤足。由是人目之曰杀虎张。后以国言赐名拔突。拔突,即拔都,都与突,字虽异而声相近,盖译语无正音故也。

御 史 举 荐

姚文公先生燧,为中台监察御史时,忽御史大夫谓曰:"我天子以汝贤,故擢居耳目之官,今且岁余,至如兴利除害之事,未尝有片言及之,但惟以荐举为务,何邪?"先生答曰:"某所荐者已百有余人,皆经世之才,其在中外,并能上裨圣治,则某之报效亦勤矣,又何待屑屑于兴利除害然后为监察御史之职任乎?"大夫曰:"真宰相器也。"叹赏久之。

切 谏

太宗素嗜酒,晚年尤甚,日与大臣酗饮。耶律文正王数言之,不听。一日,持酒槽之金口以进,曰:"此乃铁耳,为酒所蚀,尚致如此,况人之五脏,有不损邪?"上说,赐以金帛。仍敕左右,日惟进酒三钟而止。夫以王之切谏不已,而上终纳之,可谓君明臣良者矣。

丁　祭

内翰王文康公鹗,字百一,开州东明人。国初,自保定应聘北行。时故人马云汉,以宣圣画像为赠。既达北庭,值秋丁,公奏行祭奠礼。世祖说,即命举其事。公为祝文,行三献礼。礼毕,进胙于上。上既饮福,熟其胙,命左右均沾所赐。自是春秋二仲,岁以为常。盖上之所以尊师重道者,实公有以启之也。

高 学 士

国朝儒者,自戊戌选试后,所在不务存恤,往往混为编氓。至于奉一札十行之书,崇学校,奖秀艺,正户籍,免徭役,皆翰林学士高公智耀奏陈之力也。公,河西人,今学校中往往有祠之者。

大 黄 愈 疾

丙戌冬十一月,耶律文正王从太祖下灵武,诸将争掠子女玉帛,王独取书籍数部,大黄两驼而已。既而军中病疫,惟得大黄可愈,所活几万人。吁! 廉而不贪,此固清慎者能之,若其先见之明,则有非人之所可及者。

置 台 宪

御史台,至元五年置,秩从二品。二十一年,升正二品。大德十一年,升从一品。台有大夫一人,后增一人。中丞二人,后又增二人,随复故。侍御史二人,治书侍御史二人,殿中侍御史二人,治朝著之事。典事二人,掌幕府文书之事,后改为都事三人,后又以都事之长蒙古若色目一人为经历。检法二人,后废。管勾三人,其一人兼照磨。监察御史十二人,后增至十六人,皆汉人,又增蒙古色目人,如汉人之数,今三十二人。至元十四年,既取宋,置南行台。二十七年,专莅江南之地,号江南诸道行御史台,秩如内台,而监察御史今二十四人。西行台,初由云南廉访司升行台,大德元年移治陕西,号陕西诸道行御史台,莅陕西、甘肃、四川、云南之地,延祐间暂废,随复其官,秩如南台,而监察御史今二十人。各道提刑按察司,至元六年置,正三品,有使、副使、佥事、察判、经历、知事。二十八年,改肃政廉访司,使、副使、佥事各二人。大司农奏罢各道劝农司,以农事归宪司,增佥事二人,经历、知事、照磨各一人。今天下凡二十二道。始建台时大夫则塔察儿也。

内 御 史 署 衔

内监察御史署衔无御史台三字,以为天子耳目之官,非御史大夫以下所可制也。行台则不然。

令 　 史

国朝凡省台院吏曰掾史,独江南行台作令史者,盖缘至元十四年初立行台日,御史大夫授三品秩故也。后虽升一品,而乐因循者不为申明改正。西台立,视南台已升品秩,则曰掾史焉。

臺 　 字

三臺,凡公文所书臺字,并从士从口,不敢作其字头,若然,则伪文也。按许氏《说文》:"臺,从至从之从高省。"则土乃之之正书耳,当从土从口为是。

诏　西　番

　　累朝皇帝于践祚之始,必布告天下,使咸知之。惟诏西番者,以粉书诏文于青缯,而绣以白绒,网以真珠,至御宝处,则用珊瑚,遣使赍至彼国,张于帝师所居处。

五　刑

　　国初立法以来,有笞、杖、徒、流、死之制。凡七下至五十七下用笞,六十七下至一百七下用杖。徒之法,徒一年,杖六十七。一年半,杖七十七。二年,杖八十七。二年半,杖九十七。三年,杖一百七。此以杖丽徒者也。盐徒既决而又镣之,使居役也。数用七者,建元以前,皆用成数,今匿税者笞五十,犯私盐茶者杖七十,私宰马牛者杖一百,旧法犹有存者。大德中,刑部尚书王约数上言:“国朝用刑宽恕,笞杖十减其三,故笞一十减为七。今之杖一百者,宜止九十七,不当反加十也。”议者惮于变更,其事遂寝。流,则南之迁者之北,北之迁者之南。死,则有斩,有凌迟,而无绞。

钱　币

　　世皇尝以钱币问太保刘文贞公秉忠,公曰:“钱用于阳,楮用于阴。华夏阳明之区,沙漠幽阴之域。今陛下龙兴朔漠,君临中夏,宜用楮币,俾子孙世守之。若用钱,四海且将不靖。”遂绝不用钱。迨武宗,颇用之,不久辄罢。此虽术数谶纬之学,然验之于今,果如所言。

巴 而 思

河南江北行中书省参知政事姚忠肃公天福,字君祥,平阳人。至元十一年,拜监察御史,弹击权臣无所顾畏,世祖赐名巴而思,国言虎也。后条奏宰相阿合马罪二十有四,召廷辩,公枚数之,彼辄引服,数至于三,气沮色丧。上曰:"此三者,罪已不在宥。"因目公曰:"巴而思,臣下有违太祖之制、干朕之纪者,汝抨击毋隐。"廷臣皆震悚。时方倚相理财,姑释不问,众人莫不为公危之。公之太夫人有贤识,勖之曰:"为国者忘其家,汝第尽力效忠,果不测,吾追踪陵母,死日犹生年也。"公泣谢,白其长曰:"万一得谴,乞不以老母坐连。"语闻,上叹曰:"是母子有古义烈。"敕侍臣符宝郎董文忠宣付史馆书之。

善 谏

至元二十四年,桑哥之为尚书丞相也,专权擅政,虐焰薰天,贿赂公行,略无畏避。中书平章武宁正献王彻理时为利用监,独奋然数其奸赃于上前。上怒,以为丑诋大臣,命左右批其颊。王辨不为止,且曰:"臣思之熟矣,国家置臣子,犹人家畜犬,譬有贼至而犬吠,主人初不见贼,乃棰犬,犬遂不吠,岂良犬哉?"上悟,收桑哥,籍其家。明日,王拜御史中丞。余按《北史·宋游道传》:毕义云奏劾游道,杨遵彦曰:"譬之畜狗,本取其吠,今以数吠杀之,恐将来无复吠犬。"诏除名。则王之以犬自况,为有所本矣。

使 交 趾

翰林学士元文敏公明善,字复初,清河人。参议中书日,会朝廷遣蒙古大臣一员使交趾，公副之。将还，国之伪主赆以金，蒙古受之，公固辞。伪主曰："彼使臣已受矣，公独何为？"公曰："彼所以受者，安小国之心；我所以不受者，全大国之体。"伪主叹服。

刻 名 印

今蒙古色目人之为官者多不能执笔花押，例以象牙或木刻而印之。宰辅及近侍官至一品者，得旨，则用玉图书押字，非特赐不敢用。按周广顺二年，平章李穀以病臂辞位，诏令刻名印用。据此，则押字用印之始也。

国 玺

文宗开奎章阁，作二玺，一曰天历之宝，一曰奎章阁宝，命臣虞集篆文。今上作二小玺，一曰明仁殿宝，一曰洪禧，命臣杨瑀篆文。洪禧，璞纯白而龟纽墨色。

宣 文 阁

天历初，建奎章阁于西宫兴圣殿之西廊，为屋三间，高明敞爽。南间以藏物，中间诸官入直所，北间南向设御座，左右列珍玩，命群玉内司掌之。阁官署衔，初名奎章阁，阶正三品，隶东宫属官。后文宗复位，乃升为奎章阁学士院，阶正二品，置大学士五员，并知经筵事；侍书学士二员，承制学士二员，供奉学士二员，并兼经筵官；幕职置参书二员，典签二员，并兼经筵参赞官；照磨一员；内掾四名，内二名兼检讨；宣使四名，知印二名，译史二名，典书四名。属官则有群玉内司，阶正三品，置监群玉内司一员，司尉一员，亚尉二员，佥司二员，典簿一员,令史二名,典吏二名,司钥二名,司膳四名,给使八名,专掌秘玩古物。艺文监,阶正三品,置太监兼检校书籍事二员,少监同检校书籍事二员,监丞参检校书籍事二员,或有兼经筵官者,典簿一员,照磨一员,令史四名,典吏二名,专掌书籍。鉴书博士司,阶正五品,置博士兼经筵参赞官二员,书吏一名,专一鉴辨书画。授经郎,阶正七品,置授经郎兼经筵译文官二员,专一训教怯薛官大臣子孙。艺林库,阶从六品,置提点一员,大使一员,副使一员,司吏二名,库子一名,专一收贮书籍。广成局,阶从七品,置大使一员,副使一员,直长二员,司吏二名,专一印行祖宗圣训及国制等书。特恩创制象齿小牌五十,上书奎章阁三字,一面篆字,一面蒙古字与畏吾儿字,分散各官悬佩,出入宫门无禁。学士院凡与诸司往复,惟札送参书厅行移而已。命侍书学士虞集撰记,御书,刻石阁中。今上即位改奎章曰宣文。其记曰:大统既正,海内定一。乃稽古右文,崇德乐道。以天历二年三月,作奎章之阁,备燕闲之居。将以渊潜遐思,缉熙典学。乃置学士员,俾颂乎祖宗之成训,毋忘乎创业之艰难,而守成之不易也。又俾陈夫内圣外王之道,兴亡得失之故,而以自儆焉。其为阁也,因便殿之西庑,择高明而有容。不加饰乎采斫,不重劳于土木。不过启户牖,以顺清燠;树庋阁,以栖图书而已。至于器玩之陈,非古制作中法度者,不得在列。其为处也,跬步户庭之间,而清严邃密,非有朝会、祠享、时巡之事,几无一日而不御于斯。于是宰辅有所奏请,宥密有所图回,争臣有所绳纠,侍从有所献替,以次入对,从容密勿,盖终日焉。而声色狗马,不轨不物者,无因而至前矣。自古圣明叡知,善于怡心养神,培本浚源,泛应万变而不穷者,未有易乎此者也。盖闻天有恒运,日月之行不息矣;地有恒势，水土之载不匮矣；人君有恒居，则天地民物有所系属而不易矣。咢是阁也，静焉而天为一，动焉而天弗违，庶乎有道之福，以保我子孙黎民于无穷哉！至顺辛未孟春二日记。

占　　验

傅初庵先生立以占筮起东南。时杭州初内附，世皇以故都之地，生聚浩繁，资力殷盛，得无有再兴者，命占其将来如何。卦既成，对曰：“其地六七十年后，会见城市生荆棘，不如今多也。”今杭连厄于火，自至正壬辰以来，又数毁于兵，昔时歌舞之地，悉为草莽之墟，军旅填门，畜豕载道，乃知立之占亦神矣。立乃番阳祝泌甥，泌精皇极数。

权 臣 擅 政

中书右丞相伯颜所署官衔计二百四十六字，曰“元德上辅广忠宣义正节振武佐运功臣、太师、开府仪同三司、秦王、答剌罕、中书右丞相、上柱国、录军国重事、监修国史、兼徽政院侍正、昭功万户府都总使、虎符威武阿速卫亲军都指挥使司达鲁花赤、忠翊侍卫亲军都指挥使、奎章阁大学士、领学士院知经筵事、太史院、宣政院事、也可千户哈必陈千户达鲁花赤、宣忠斡罗思扈卫亲军都指挥使司达鲁花赤、提调回回汉人司天监、群牧监、广惠司、内史府、左都威卫使司事、钦察亲军都指挥使司事、宫相都总管府领太禧宗禋院、兼都典制神御殿事、中政院事、宣镇侍卫亲军都指挥使司达鲁花赤、提调宗人蒙古侍卫亲军都指挥使司事、提调哈剌赤也不干察儿、领隆祥使司事。”当其擅政之日，前后左右，无非阴邪小辈，惟恐献谄进佞之不至，孰能告以忠君爱民之事！有一王爵者驿奏云：“薛禅二字，人皆可以为名,自世祖皇帝庙号之后,遂不敢用。今太师伯颜功高德重,可以薛禅名字与之。"时御史大夫帖木儿不花亦其心腹,每阴嗾省臣奏允其请。文定王沙剌班时为学士,从容言于上曰:"万一曲从所请,关系非轻。"遂命学士欧阳玄、监丞揭傒斯会议,以"元德上辅"四字代之,加于功臣之上。又典瑞院都事某建言:"凡省官提调军马者必佩虎符,今太师伯颜难与他人同,宜锡龙凤牌以宠异之。"制可。遂制龙凤牌一面,其三珠各函径寸真珠一枚,而饰以红刺鸦忽宝石,牌身脱钑元德上辅功臣号字,仍用白玉嵌造。牌成,计直数万锭。既被贬黜,毁其牌,就以珠宝给还物主,盖督勒有司和买原价尚未酬也。又京畿都运纳速剌上言:"太师伯颜,功勋盖世,所授宣命,难与百官一体,合用泥金书词以尊荣之。"省台院官议不可行,宛转禀白,止金书"上天眷命皇帝圣旨"八字,余仍墨笔云。

怀　孟　蛙

大德间,仁宗在潜邸日,奉答吉太后驻辇怀孟,特苦群蛙乱喧,终夕无寐,翼旦,太后命近侍传旨谕之曰:"吾母子方愦愦,蛙忍恼人耶? 自后其毋再鸣。"故至今此地虽有蛙而不作声。后仁宗入京,诛安西王阿难答等,迎武宗即位,时大德十一年也。越四年,而仁宗继登大宝。则知元后者天命攸归,岂行在之所,虽未践祚,而山川鬼神已阴来相之,不然,则虫鱼微物耳,又能听令者乎? 但迄今不鸣,尤可异矣。

贼　臣　摄　祭

至治癸亥十月六日甲子,先一夕,因晋邸入继大统,告祭太庙之顷,阴风北来,殿上灯烛皆灭,良久方息。盖摄祭官铁失也先帖木儿、赤斤帖木儿等,皆弑君之元恶也。时全思诚以国子生充斋郎,目击之。此无他,必祖宗威灵在上,不使奸臣贼子得以有事于太庙,而明示严谴之耳。彼徒罪无所逃,至于身诛族赤而后已。吁,可畏哉!

叛党告迁地

至元二十四年,宗王乃颜叛,后伏诛,徙其余党于庆元之定海县。延祐间,倚纳脱脱公来为浙相,其党屡以水土不便为诉,乞迁善地。公曰:"汝辈自寻一个不死人的田地,当为汝迁之。"众遂不敢再言。

土人作掾

至元间,别儿怯不花公为江浙丞相,议以本省所辖土人不得为掾史。时左丞佛住公谓曰:"若然,则中书掾当用外国人为之矣。"相有赧色,议遂不行。

萧先生

萧贞敏公斛,字维斗,京兆人。早岁□吏于府。一日,呈牍尹前,尹偶坠笔,目公拾之,公阳为不解,而止白所议公事。如此者三。公曰:"某所言者王事也,拾笔责在皂隶,非吏所任。"尹怒,公即辞退,隐居十五年,惟以读书为志,从公游者,屦交户外。平章咸宁王野仙闻其贤,荐之于世祖。征不至,授陕西儒学提举。继而成宗、武宗、仁宗累征,授国子司业、集贤直学士,未赴。改集贤侍讲,又以太子右谕德征,始至京师。授集贤学士、国子祭酒。寻复得告还山。年七十七,以寿终。谥贞敏。

端　厚

文贞王阿怜帖木儿尝言:"娄师德唾面自干,以为美事。我思之,虽狗亦不可恶它。且如有一狗自卧于地,无故以足蹴之,或掷以物,狗固不便咬人,亦吠数声而去,却有甚好听处。"

弓　字

弓即卷字,《真诰》中谓一卷为一弓。或以为吊字及篇字者,皆非。

南村辍耕录卷三

正 统 辨

　　至正二年壬午春三月十有四日,上御咸宁殿,中书右丞相脱脱等奏命史臣纂修宋、辽、金三史,制曰可。越二年甲申,春三月,进《辽史》本纪三十卷、志三十一卷、表八卷、列传四十六卷。冬十一月,进《金史》本纪一十九卷、志三十九卷、表四卷、列传七十三卷。又明年乙酉,冬十一月,进《宋史》本纪四十七卷、志一百六十二卷、表三十二卷、列传世家二百五十五卷。初,会稽杨维桢尝进《正统辨》,可谓一洗天下纷纭之论,公万世而为心者也。惜三史已成,其言终不见用。后之秉史笔而续《通鉴纲目》者,必以是为本矣。维桢,字廉夫,号铁崖,人咸称之曰铁史先生。泰定丁卯李黼榜相甲及第,以文章名当世。表曰:至正三年五月日,伏睹皇帝诏旨,起大梁张□、京兆杜本等,爵某官职,专修宋、辽、金三史。越明年,史有成书,而正统未有所归。臣维桢谨撰《三史正统辨》,凡二千六百余言,谨表以上者右。伏以历代离合之殊,固系乎天数盛衰之变;万年正闰之统,实出于人心是非之公。盖统正而例可兴,犹纲举而目可备。前代异史,今日兼修,是非之论既明,正闰之统可定。奈三史虽云有作,而一统犹未有归。共惟世祖皇帝,以汤武而立国;皇帝陛下,以尧舜而为君。建极建中,致中和而育物;惟精惟一,大一统以书元。尝怪辽、金史之未成,必列赵宋编而全备。芸台大启,草泽高升。宜开三百载之编年,以垂千万代之大典。岂料诸儒之谦笔,徒为三国之志书。《春秋》之首例未闻,《纲目》之大节不举。臣维祯素读《春秋》之王正月,《公羊》谓大一统之书;再观《纲目》之绍《春秋》,文公有在正统之说。故以始皇二十六年而继周统,高祖成功五年而接秦亡。晋始于平吴而不始于泰和,唐始于灭盗而不始于武德。稽之千古,证之于今。况当世祖命伯颜平江南之时,式应宋祖命曹彬下江南之岁。亲传诏旨,有过唐不及汉之言;确定统宗,有继宋不继辽之禅。故臣维桢敢痛排浮议,力建公言。挈大宋之编年,包辽金之纪载。置之上所,用成一代可鉴之书;传之将来,永示万世不刊之典。冒干天听,深惧冰兢,下情无任瞻天望阙激切屏营之至。辩曰:正统之说,何自而起乎? 起于夏后传国,汤武革世,皆出于天命人心之公也。统出于天命人心之公,则三代而下,历数之相仍者,可以妄归于人乎? 故正统之义,立于圣人之经,以扶万世之纲常。圣人之经,《春秋》是也。《春秋》,万代之史宗也。首书王正于鲁史之元年者,大一统也。五伯之权,非不强于王也,而《春秋》必黜之,不使奸此统也。吴楚之号,非不窃于王也,而《春秋》必外之,不使僭此统也。然则统之所在,不得以割据之地,强梁之力,僭伪之名而论之也,尚矣。先正论统于汉之后,不以刘翌之祚促与其地之偏而夺其统之正者,《春秋》之义也。彼志三国降昭烈以侪吴魏,使汉嗣之正,下与汉贼并称,此《春秋》之罪人矣。复有作《元经》自谓法《春秋》者,而又帝北魏,黜江左,其失与志三国者等耳。以致尊昭烈,绌江左两魏之名不正而言不顺者,大正于宋朱氏之《纲目》焉。或问朱氏《纲目》主意,曰在正统,故纲目之挈统者在蜀晋,而抑统者则秦昭襄、唐武氏也。至不得已，以始皇之廿六年而始继周。汉始于高帝之五年而不始于降秦，晋始于平吴而不始于泰和，唐始于群盗既夷之后而不始于降武德之元，又所以法《春秋》之大一统也。然则今日之修宋、辽、金三史者，宜莫严于正统与大一统之辨矣。自我世祖皇帝立国史院，尝命承旨百一王公修辽、金二史矣。宋亡，又命词臣通修三史矣。延祐、天历之间，屡勤诏旨，而三史卒无成书者，岂不以三史正统之议未决乎？夫其议未决者，又岂不以宋渡于南之后，拘于辽、金之抗于北乎？吾尝究契丹之有国矣，自灰牛氏之部落始广。其初，枯骨化形，戴猪服豕，荒唐怪诞，中国之人所不道也。八部之雄，至于阿保机披其党而自尊，迨耶律光而其势浸盛。契丹之号，立于梁贞明之初，大辽之号，复改于汉天福之日。自阿保机讫于天祚，凡九主，历二百一十有五年。夫辽，固唐之边夷也，乘唐之衰，草窃而起，石晋氏通之，且割幽燕以与之，遂得窥衅中夏，而石晋氏不得不亡矣。而议者以辽乘晋统，吾不知其何统也。再考金之有国矣，始于完颜氏，实又臣属于契丹者也。至阿骨打，苟逃性命于道宗之世，遂敢萌人臣之将，而篡有其国，僭称国号于宋重和之元，相传九主，凡历一百一十有七年。而议者又以金之平辽克宋，帝有中原，而谓接辽、宋之统，吾又不知其何统也。议者又谓完颜氏世为君长，保其肃慎，至太祖时，南北为敌国，素非君臣，辽祖神册之际，宋祖未生，辽祖比宋前兴五十余年，而宋尝遣使卑辞以告和，结为兄弟，晚年且辽为翁而宋为孙矣，此又其说之曲而陋也。汉之匈奴，唐之突厥，不皆兴于汉唐之前乎？而汉唐又与之通和矣。吴、魏之于蜀也，亦一时角立而不相统摄者也。而秉史笔者，必以匈奴、突厥为纪传而以汉唐为正统，必以吴、魏为分系而以蜀汉为正统，何也？天理人心之公,阅万世而不可泯者也。议者之论五代,又以朱梁氏为篡逆,不当合为五代史,其说似矣。吾又不知,朱晃之篡,克用氏父子以为仇矣。契丹氏背唐兄弟之约而称臣于梁,非逆党乎?《春秋》诛逆,重诛其党,契丹氏之诛为何如哉?且石敬瑭事唐,不受其命而篡唐,谓之承晋可乎?纵承晋也,谓之统可乎?又谓东汉四主,远兼郭周,宋至兴国四年,始受其降,遂以周为闰,以宋统不为受周禅之正也。吁!苟以五代之统论之,则南唐李昇尝立大唐宗庙而自称为宪宗五代之孙矣。宋于开宝八年灭南唐,则宋统继唐不优于继周继汉乎?但五代皆闰也,吾无取其统。吁!天之历数自有归,代之正闰不可紊,千载历数之统,不以上承先朝续亡主为正,则宋兴不必以膺周之禅接汉接唐之闰为统也。宋不必膺周接汉接唐以为统,则遂谓欧阳子不定五代为南史,为宋膺周禅之张本者,皆非矣。当唐明宗之祝天也,自以夷虏,不任社稷生灵之主,愿天早生圣人,以主生灵,自是天人交感而宋祖生矣。天厌祸乱之极,使之君主中国,非欺孤弱寡之所致也。朱氏《纲目》于五代之年,皆细注于岁之下,其余意固有待于宋矣。有待于宋,则直以宋接唐统之正矣,而又何计其受周禅与否乎?中遭阳九之厄,而天犹不泯其社稷,瓜瓞之系,在江之南,子孙享国又凡百五十有五年。金泰和之议,以靖康为游魂余魄,比之昭烈在蜀,则泰和之议,固知宋有遗统在江之左矣,而金欲承其绝为得统,可乎?好党君子,遂斥绍兴为伪宋,吁,吾不忍道矣!张邦昌迎康邸之书曰:"由康邸之旧藩,嗣宋朝之大统。汉家之厄十世,而光武中兴;献公之子九人,而重耳尚在。兹惟天意,夫岂人谋。"是书也,邦昌肯以靖康之后为游魂余魄而代有其国乎?邦昌不得革宋,则金不得以承宋。是则后宋之与前宋,即东汉、前汉之比耳,又非刘蜀牛晋,族属疏远,马牛疑迷者之可以同日语也。论正闰者,犹以正统在蜀,正朔相仍在江东。矧嗣祚亲切,比诸光武、重耳者乎? 而又可以伪斥之乎? 此宜不得以南渡为南史也明矣。再考宋祖生于丁亥,而建国于庚申,我太祖之降年,与建国之年亦同。宋以甲戌渡江,而平江南于乙亥丙子之年,而我王师渡江平江南之年亦同。是天数之有符者不偶然,天意之有属者不苟然矣。故我世祖平宋之时,有过唐不及汉,宋统当绝,我统当续之喻。是世祖以历数之正统归之于宋,而以今日接宋统之正者自属也。当时一二大臣又有奏言曰:其国可灭,其史不可灭也。是又以编年之统在宋矣。论而至此,则中华之统,正而大者,不在辽、金,而在于天付生灵之主也昭昭矣。然则论我元之大一统者,当在平宋,而不在平辽与金之日,又可推矣。夫何今之君子,昧于《春秋》大一统之旨,而急于我元开国之年,遂欲接辽以为统。至于怫天数之符,悖世祖君臣之喻,逆万世是非之公论而不恤也。吁! 不以天数之正,华统之大,属之我元,承乎有宋,如宋之承唐,唐之承隋、承晋、承汉也,而妄分闰代之承,欲以荒夷非统之统属之我元,吾又不知今之君子待今日为何时,待今圣人为何君也哉! 於乎!《春秋》大统之义,吾已悉之,请复以成周之大统明之于今日也。文王在诸侯凡五十年,至三分天下有其二,遂诞膺天命,以抚方夏,然犹九年而大统未集,必至武王十有三年,代商有天下,商命始革,而大统始集焉。盖革命之事,间不容发,一日之命未绝,则一日之统未集,当日之命绝,则当日之统集也。宋命一日而未革,则我元之大统亦一日而未集也。成周不急文王五十年、武王十三年,而集天下之大统,则我元又岂急于太祖开国五十年及世祖十有七年,而集天下之大统哉! 抑又论之,道统者,治统之所在也。尧以是传之舜,舜以是传之禹、汤。禹、汤传之文、武、周公、孔子。孔子没,几不得其传百有余年,而孟子传焉。孟子没,又几不得其传千有余年,而濂、洛、周、程诸子传焉。及乎中立杨氏,而吾道南矣,既而宋亦南渡矣。杨氏之传,为豫章罗氏、延平李氏,及于新安朱子。朱子没,而其传及于我朝许文正公。此历代道统之源委也。然则道统不在辽、金而在宋,在宋而后及于我朝,君子可以观治统之所在矣。於乎!世隔而后其议公,事久而后其论定。故前代之史,必修于异代之君子,以其议公而论定也。晋史修于唐,唐史修于宋,则宋史之修宜在今日而无让矣。而今日之君子,又不以议公论定者自任,而又诿曰付公论于后之儒者,吾又不知后之儒者又何儒也,此则予为今日君子之痛惜也。今日堂堂大国,林林巨儒,议事为律,吐辞为经,而正统大笔,不自竖立,又阙之以遗将来,不以贻千载纲目君子之笑为厚耻,吾又不知负儒名于我元者,何施眉目以诵孔子之遗经乎?洪惟我圣天子当朝廷清明四方无虞之日,与贤宰臣观览经史,有志于圣人《春秋》之经制,故断然定修三史,以继祖宗才遂之意,甚盛典也。知其事大任重,以在馆之诸贤为未足,而又遣使草野,以聘天下之良史才,负其任以往者有其人矣。而问之以《春秋》之大法,纲目之主意,则概乎其无以为言也。於乎!司马迁易编年为纪传,破《春秋》之大法,唐儒萧茂挺能议之。孰谓林林巨儒之中,而无一萧茂挺其人乎?此草野有识之士之所甚惜而不能倡其言于上也。故私著其说,为《宋辽金正统辩》,以伺千载纲目之君子云。若其推子午卯酉及五运之王以分正闰之说者,此日家小技之论,君子不取也,吾无以为论。

贞　烈

　　至元十三年丙子春正月十八日，淮安王伯颜以中书右相统兵入杭，宋谢、全两后以下皆赴北。有王昭仪者，题《满江红》词于驿云："太液芙蓉，浑不似旧时颜色。曾记得、春风雨露，玉楼金阙。名播兰簪妃后里，晕潮莲脸君王侧。忽一朝鼙鼓揭天来，繁华歇。　　龙虎散，风云灭。千古恨，凭谁说。对山河百二，泪沾襟血。驿馆夜惊尘土梦，宫车晓碾关山月。愿嫦娥相顾肯从容，随圆缺。"昭仪名清蕙，字冲华，后为女道士。五月二日，抵上都，朝见世皇。十二日夜，故宋宫人安定夫人陈氏、安康夫人朱氏与二小姬，沐浴整衣焚香，自缢死。朱夫人遗四言一篇于衣中云："既不辱国，幸免辱身。世食宋禄，羞为北臣。妾辈之死，守于一贞。忠臣孝子，期以自新。丙子五月吉日，泣血书。"明日奏闻，上命断其首悬全后寓所。天此四人之贞烈，视前日之托隐忧于辞章者，相去盖万万矣。是年，丞相偏师徇台。台之临海民妇王氏者，美姿容，被掠至师中。千夫长杀其舅姑与夫，而欲私之，妇誓死不可。自念且被污，因阳曰："能俾我为舅姑与夫服期月，乃可事君。"千夫见其不难于死，从所请，仍使俘妇杂守之。师还，挈行至嵊，过上清凤岭，妇仰天窃叹曰："吾知所以死矣。"即啮拇指出血，写口占诗于崖石上曰："君王无道妾当灾，弃女抛男逐马来。夫面不知何日见，此身料得几时回。两行清泪偷频滴，一片愁眉锁未开。回首故山看渐远，存亡两字实哀哉。"写毕，即投崖下以死。死之日，距今且将八九十年，石上血渍起如始写时，不为风雨所剥蚀。予昔过其下，尚能读所写诗。嵊丞徐君端树石祠，刻碑于死所。浙东元帅白野泰不华公字兼善，状元及第，守越日,为立庙像。乡之人私表曰贞妇,著作李五峰先生孝光为记。郡上其事于朝,请封如民所表。先是,岳州破时,韩氏为游卒所掠,以献诸主将。韩知必不免,乘间赴水死。越三日,有得其尸,于练裙中题五言长句曰:"宋未有天下,坚正臣礼秉。开国百战功,每阵惟雄整。及侍周幼主,臣心常炯炯。帝曰卿北伐,山戎今有警。死狗莫击尾,此行当系颈。即日辞陛行,尽敌心欲逞。陈桥忽兵变,不得守箕颍。禅让法尧舜,民物普安静。有国三百年,仁义道驰骋。未改祖宗法,天胡肆大眚。细思天地理,中有幸不幸。天果丧中原,大似裂冠衽。君诚不独活,臣实无魏丙。失人焉得人,垂戒当耿耿。江南无谢安,塞北有王猛。所以戎马来,飞渡巴陵境。大江限南北,今此一舴艋。本期固封疆,谁谓如画饼。烈火燎昆冈,不辨金玉矿。妾本良家子,性僻守孤梗。嫁与尚书儿,衔署紫尧省。直以才德合,不弃宿瘤瘿。初结合欢带,誓比日月朗。鸳鸯会双飞,比目愿常并。岂期金石坚,化作桑榆景。旄头势正然,蚩尤气先屏。不意风马牛,复及此燕郢。一方遭劫虏,六族死俄顷。退鹢落迅风,孤鸾吊空影。簪坚折白玉,瓶沉断青绠。一死空冥府,忠心长炳炳。意坚志不移,改邑不改井。我本瑚琏器,安肯作溺皿。志节匪转石,气噎如吞鲠。不作爝火然,愿为死灰冷。贪生念曲蛾,乞怜羞虎阱。借此清江水,葬我全首领。皇天如有知,定作血面请。愿魂化精卫,填海使成岭。"此诗士大夫多称道之。韩名希孟,年十有八,魏公五世孙襄阳贾尚书之子琼之妇。死且三十余年,而其英爽不昧,复能托梦赵魏公,为书其诗,则节妇之名,因公之翰墨而愈不巧矣。又岳州徐君宝妻某氏,亦同时被虏来杭,居韩蕲王府。自岳至杭,相从数千里,其主者数欲犯之,而终以巧计脱。盖某氏有令

姿,主者弗忍杀之也。一日,主者怒甚,将即强焉。因告曰:
"俟妾祭谢先夫,然后乃为君妇不迟也,君奚用怒哉?"主者喜
诺,即严妆焚香,再拜默祝,南向饮泣,题《满庭芳》词一阕于壁
上,已,投大池中以死。词曰:"汉上繁华,江南人物,尚遗宣政
风流。绿窗朱户,十里烂银钩。一旦刀兵齐举,旌旗拥、百万
貔貅。长驱入,歌楼舞榭,风卷落花愁。　　　清平三百载,典
章文物,扫地俱休。幸此身未北,犹客南州。破鉴徐郎何在,
空惆怅、相见无由。从今后,断魂千里,夜夜岳阳楼。"杭徐子
祥与韩府居相邻,尝闻长老嗟悼之,及见所书词,故能言其详。
某氏,余偶忘其姓。噫!使宋之公卿将相贞守一节若此数妇
者,则岂有卖降覆国之祸哉,宜乎秦、贾之徒为万世之罪人也。

岳　鄂　王

　　岳武穆王飞墓,在杭栖霞岭下,王之子云祔焉。自国初以
来,坟渐倾圮。江州岳氏讳士迪者,于王为六世孙,与宜兴州
岳氏通谱,合力以起废,庙与寺复完美。久之,王之诸孙有为
僧者,居坟之西,为其废坏,庙与寺靡有孑遗,天台僧可观以诉
于官。时何君颐贞为湖州推官,柯君敬仲九思以书白其事,田
之没于人者复归,然庙与寺无寸椽片瓦。会李君全初为杭总
管府经历,慨然以兴废为己任,而郑君明德元祐为作疏语曰:
"西湖北山褒忠演福禅寺,窃见故宋赠太师武穆岳鄂王,忠孝
绝人,功名盖世。方略如霍骠姚,不逢汉武,徒结志于忘家;意
气如祖豫州,乃遇晋元,空誓言于击楫。赐墓田栖霞岭下,建
祀祠秋水观西。落日鼓钟,长为声冤于草木;空山香火,犹将
荐爽于渊泉。岂期破荡子孙,尽坏久长规制。典祊田,堕佛
宇,春秋无所烝尝;塞墓道,毁神栖,风雨遂颓庙貌。休留夜啼

拱木,踯躅春开断垣。泪落路人,事关世教。盖忠臣烈士,每
诏条有致祭之文;岂狂子野僧,挽国典出募缘之疏。望明有司
告之台省,冀圣天子锡之珪璋。褒忠义在天之灵,激死生为臣
之劝。周武封比干墓,事著遗经;唐宗建白起祠,恩覃异代。"
疏成,郡人王华父一力兴建,于是寺与庙又复完美。且杭州路
申明浙省,转咨中书,以求褒赠。适赵公子期在礼部,倡议奏
闻,降命敕封并如宋,止加"保义"二字。自我元统一函夏以
来,名人佳士,多有诗吊之,不下数十百篇。其最脍炙人口者,
如叶靖逸先生绍翁云:"万古知心只老天,英雄堪恨亦堪怜。
如公少缓须臾死,此虏安能八十年。漠漠凝尘空偃月,堂堂遗
像在凌烟。早知埋骨西湖路,悔不鸱夷理钓船。"赵魏公孟頫
云:"岳王坟上草离离,秋日荒凉石兽危。南渡君臣轻社稷,中
原父老望旌旗。英雄已死嗟何及,天下中分遂不支。莫向西
湖歌此曲,水光山色不胜悲。"高则诚先生明云:"莫向中州叹
黍离,英雄生死系安危。内廷不下班师诏,绝漠全收大将旗。
父子一门甘伏节,山河万里竟分支。孤臣尚有埋身地,二帝游
魂更可悲。"潘子素先生纯云:"海门寒日澹无辉,偃月堂深昼
漏迟。万灶貔貅江上老,两宫环珮梦中归。内园羯鼓催花发,
小殿珠帘看雪飞。不道帐前胡旋舞,有人行酒著青衣。"林清
源先生泉生云:"谁收将骨葬西湖,已卜他年必沼吴。孤冢有
人来下马,六陵无树可栖乌。庙堂短计惭嫠妇,宇宙惟公是丈
夫。往事重观如败局,一龛灯火属浮屠。"读此数诗而不堕泪
者几希。然贼桧欺君卖国,虽擢发不足以数其罪,翻四海之波
不足以湔其恶,而武穆之精忠,霭然与天地相终始,死犹生也。
彼思陵者,信任奸邪,竟无父兄之念,亦独何心哉! 故余亦有
诗云:"精忠祠宇西湖上,再拜荒坟感昔游。断碣草深蒙翳员,

空山日落叫钩辀。天移宋祚难恢复,帝幸燕云困虏囚。逆桧
阴图倾大业,昭陵无意问神州。偷安甫遂邦家志,饮痛甘忘父
母仇。信使北和怜屈膝,策文南驻忍含羞。两宫五国瞻征帜,
丹诏班师下节楼。万里长城真自坏,中兴武绩遂云休。乌乎
竟死奸邪手,颠沛谁为社稷忧。黯黯冤魂游狴犴,纷纷雨泪泣
貔貅。唯余满地苌弘血,不见中流祖逖舟。氛蜇已尘金匮匦,
冕旒终换铁兜鍪。姓名竹帛书千载,父子英雄土一丘。老树
尚知朝禹穴,遗黎总解说王歆。复田起废怜僧寺,移檄褒嘉赖
省侯。圣世即今崇祀典,伫看宠渥到松楸。”精忠,宋所赐庙
额,此诗在未曾加封前作,故云。时至正己丑也。

木　乃　伊

　　回回田地有年七八十岁老人,自愿舍身济众者,绝不饮
食,惟澡身啖蜜,经月,便溺皆蜜,既死,国人殓以石棺,仍满用
蜜浸,镌志岁月于棺盖,瘗之,俟百年启封,则蜜剂也。凡人损
折肢体,食匕许,立愈。虽彼中亦不多得。俗曰蜜人,番言木
乃伊。

南村辍耕录卷四

发 宋 陵 寝

吴兴王笏庵先生国器,示余所藏《唐义士传》,读之不觉令人泣下,谨录之。传曰:辛亥秋,友人端叟倪君过余溪上,示《游杭杂稾》,中有识唐玉潜事一篇。余读大惊,顿足起立曰:"异哉,今世乃有此人,有此事! 愿详告我。"叟乃言曰:唐君名珏,字玉潜,会稽山阴人。家贫,聚徒授经,营瀿瀮以养其母。岁戊寅,有总江南浮屠者杨琏真珈,怙恩横肆,势焰烁人,穷骄极淫,不可具状。十二月十有二日,帅徒役顿萧山,发赵氏诸陵寝,至断残支体,攫珠襦玉柙,焚其骴,弃骨草莽间。唐时年三十二岁,闻之痛愤,亟货家具,得白金百星许,执券行贷,得白金又百星许,乃具酒醴,市羊豕,邀里中少年若干辈,狎坐轰饮。酒且酣,少年起请曰:"君儒者,若是将何为焉?"唐惨然具以告,愿收遗骸共瘗之。众谢曰:"诺。"中一少年曰:"发丘中郎将,眈眈饿虎,事露奈何?"唐曰:"余固筹矣。今四郊多暴骨,取而以易,谁复知之?"乃斫文木为匮,复繢绢为囊,各署其表曰某陵某陵,分委而散遣之,苑地以藏,为文而告。诘旦,事讫,来集,出白金羡余酬,戒勿泄。越七日,总浮屠下令哀陵骨,杂置牛马枯骼中,筑一塔压之,名曰镇南。杭民悲戚不忍仰视,了不知陵骨之犹存也。祸淫不爽,流传京师,上达四聪,天怒赫赫,飞风雷号令,捽首祸者北焉,山阴人始有籍籍传唐事者。由是唐之义风，震动吴越，声生势长，若胥江掀八月之涛。名虽高，困固自若。明年己卯后上元两日，唐出观灯归，忽坐殒，息奄奄，若将绝者。良久始苏，曰："吾见黄衣吏持文书来告曰：'王召君。'导我往，观阙巍峨，宫宇靓丽，殆非人间。有一冕旒坐殿上，数黄衣贵人逡巡降揖曰：'籍君掩骸，其有以报。'唐乃升谒，造王前。王谓曰：'汝受命窭且贫，兼无妻若子，今忠义动天，帝命锡汝伉俪子三人，田三顷。'拜谢，降出，遂觉，罔不知其何也。"逾时，越有治中袁俊斋至，始下车，为子求师。有以唐荐者，一见，置宾馆。一日，问曰："吾渡江，闻有唐氏瘗宋诸陵骨，子岂其宗耶？"左右指君曰："此是已。"袁大骇，拱手曰："君此举，豫让不能抗也。"曳之坐，北面而纳拜焉。礼敬特加，情款益笃。叩知家徒四壁，恻然嗟矜，语左右曰："唐先生家甚寒，吾当料理，使有妻有田以给。"左右逢迎，爰诹爰度，不数月，二事俱惬，聘妇偶故国之公女，负郭食故国之公田，所费一一自袁出。人固奇唐之节，而又奇唐之遇，两高之，曰："二公真义士，义士"尔后获三丈夫子，鼎立顾顾。凡梦中神所许，稽其数，无一不合，咄咄怪事乃如此。唐葬骨后，又于宋常朝殿掘冬青树，植于所函土堆上，作《冬青行》二首曰："马棰问髡形，南面欲起语。野麋尚纯束，何物敢盗取。余花拾飘荡，白日哀后土。六合忽怪事，蜕龙挂茅宇。老天鉴区区，千载护风雨。"又曰："冬青花，不可折，南风吹凉积香雪。遥遥翠盖万年枝，上有凤巢下龙穴。君不见，犬之年，羊之月，霹雳一声天地裂。"复有《梦中诗》四首曰："珠亡忽震蛟龙睡，轩弊宁忘犬马情。亲拾寒琼出幽草，四山风雨鬼神惊。""一坏自筑珠丘土，双匣亲传竺国经。只有春风知此意，年年杜宇哭冬青。""昭陵玉匣走天涯，金粟堆寒起暮鸦。水到兰亭转呜咽，不知真帖落谁家。""珠凫玉雁又成埃,班竹临江首重回。犹忆年时寒食节,天家一骑奉香来。"余客钱塘久,熟悉其事,唐至今无恙。灵卿既具闻始末,谓端叟曰:"江左运穷,天水源涸,宋之亡,非有商辛流毒,为白旄黄钺之招也。直以千载河清,六合势一,木火运移,衣冠道尽,卧榻侧难容它人鼾睡耳。圣朝量包覆焘,恩完猇狘,煦育亡国遗胤,坦无惊猜,何物异端,无忌惮敢尔!至今言之,可为痛哭已。抑吾不能无慨,异时会稽近畿,世家林立,虽蓬莱清浅,陵岸变迁,岂无一二慷慨仅存者,卓哉斯举,乃出闾里一寒士,何欤?岂所养非所用,而民彝物则,独具于势卑位下者之资禀与?"余又怪世之言命者,穷通祸福,罔不在厥初生,一成而不可变。今忠义所感,定命靡常,六极转移,易若反掌。乃知元命自作,多福自求,枢机由人,虽天有所不能制,圣言岂欺我哉!一介行通神明,捷于景响,况力又有大者,其积弥厚,其泽当弥长,又可以概量乎哉!吾谓赵氏昔者家已破,程婴、公孙杵臼强育其真孤。今者国已亡,唐君玉潜匿藏其真骨。两雄力当,无能优劣。以其系人伦,关世教,有足多尚,援笔以纪,待编野史者采焉。此云溪罗先生有开所撰也。先生德兴人。董石林吉翁题其后曰:"释焰熏天,墨毒残骨,不啻鞭尸刖骸之惨。势张威慑,孰撄其锋?儒流唐进士,念世籍阳和生育,雨露涵濡之恩,忠愤激发,毁室捐资,仗义集俦,潜遗骼于暴露之后,拔游魂于兽嚻之中,身首免异处,支体脱烈炎,视漆身陨钺者尽在下风。精诚动天,奇节震世。锡佳丽偶,送麒麟儿,阳施阴报,捷若景响,善者劝矣。"詹厚斋载道复题曰:"尝疑武王伐商剑钺斩击事,窃意王者之师,未必尔也。纣死矣,既击之,又断其首挂大白,不已甚乎?当时举天下无非者,而西山饿夫独非之。昌黎颂之曰:若伯夷者,特立独行,穷天地,亘万古而不顾者也。会稽诸陵,非有商辛之虐,不幸而遭樊崇,当时曾无一人动孟阳之哀者,呜呼痛哉! 唐生,一寒士耳,其势位非如孤竹君之子,徒以故国遗黎,不忍视其上之人之祸之惨,愤激于中,毁家取义,为人所不敢为于不可为之时,深谋秘计,全而归之。智名勇功,足以惊世绝俗,视伯夷固未易同日语,而一念之烈,行之而不顾,岂非韩子所谓千百年乃一人者与? 余读罗君所为传,为之掩卷泣下。呜呼,尚忍言哉! 天地惟一感应之理,有感必应,其得报固其理耳。不然,天者有时而难必,神者有时而难明,善者怠矣。厥后越有新治中来,闻其事,义其人,下车首物色得之,亟拜亟为礼,罗而致之馆下,又从而振德之。唐固义士,治中亦伟人,皆出秉彝好德之真。微唐君不能成治中之义,微治中不能著唐君之忠,是大有功于人伦世教者也,此传之所以不可不作也。皇庆二年夏五月题。”及见遂昌郑明德先生元祐所书《林义士事迹》云:宋太学生林德阳,字景曦,号霁山。当杨总统发掘诸陵寝时,林故为杭丐者,背竹箩,手持竹夹,遇物即以夹投箩中。林铸银作两许小牌百十,系腰间,取贿西番僧曰:“馀不敢,望收其骨,得高家孝家斯足矣。”番僧左右之,果得高、孝两朝骨,为两函贮之,归葬于东嘉。其诗有《梦中作》十首,其一绝曰:“一坏未筑珠宫土,双匣亲传竺国经。只有东风知此意,年年杜宇哭冬青。”又曰:“空山急雨洗岩花,金粟堆寒起暮鸦。水到兰亭更呜咽,不知真帖落谁家。”又曰:“乔山弓剑未成灰,玉匣珠襦一夜开。犹记去年寒食日,天家一骑捧香来。”余七首,犹凄怨,则忘之。葬后,林于宋常朝殿掘冬青一株,植于所函土堆上,又有《冬青花》一首曰:“冬青花,冬青花,花时一日肠九折。隔江风雨清影空,五月深山落微雪。石根云气龙所藏,寻常蝼蚁不敢穴。移来此种非人间,曾识万年觞底月。蜀魂飞绕百鸟臣,夜半一声山竹裂。"又一首有曰:"君不记,羊之年,马之月,霹雳一声山石裂。"闻其事甚异,不欲书。若林霁山者,其亦可谓义士也已。此五诗,与前所录语句微不同,诗中有双匣字,则是收两陵骨之意。得非林义士诗,而罗云溪以传者之误而写入传中乎?但曰移宋常朝殿冬青,植所函土上而作《冬青诗》,吾意会稽去杭,止隔一水,或者可以致之。若夫东嘉,相望千余里,岂能容易持去,纵持去,又岂能不枯瘁。作如此想,则又疑是唐义士诗。且葬骨一事,岂唐方起谋时,林已先得高、孝两陵骨耶?抑得唐所易之骨耶?盖各行其所志,不相知会,理固有之。载考之齐人周草窗先生密《癸辛杂识》所记云:至元二十二年乙酉八月,杨髡发陵之事,起于天长寺福僧闻号西山者,成于演福寺刬僧泽号云梦者。初,天长乃魏宪靖王坟寺,闻欲媚杨髡,遂献其寺。旋又发魏王冢,多得金玉,以此起发陵之想。泽一力赞成之,俾泰宁寺僧宗恺、宗允等,诈称杨侍郎、汪安抚侵占寺地为名告词,出给文书,将带河西僧及凶党如沈照磨之徒,部领人夫发掘。时有中官陵使罗铣者,守陵不去,与之极力争执,为泽痛棰,胁之以刃,令人逐去,大哭而出。遂先启宁宗、理宗、度宗、杨后四陵,劫取宝玉极多。惟理宗之陵,所藏尤多,启棺之初,有白气亘天,盖宝气也。理宗之尸如生,其下皆藉以锦,锦之下,承以竹丝细簟,一小厮攫取,掷地有声,乃金丝所成。或对云:"含珠有夜明者。"乃倒悬其尸树间,沥取水银,如此三日,竟失其首。或谓西番僧回回,其俗以得帝王髑髅,可以厌胜致富,故盗去耳。事竟,罗陵使买棺制衣收敛,大恸垂绝,邻里为之感泣。是夕,闻西山皆有哭声,凡昼夜不绝。至十一月,复发徽、钦、高、孝、光五帝陵，孟、韦、吴、谢四后陵。初，钦、徽葬五国城，数遣使祈请于金人，欲归梓宫，凡六七年，而后许以梓宫还存在。高宗亲至临平奉迎，易缌服，寓于龙德别宫，一时朝野以为大事。诸公论功受赏，费于官帑者不资。先是，选人杨炜贻书执政，乞奏闻，命大臣取神椟之最下者斫而视之。既而礼官请用安陵故事，梓宫入境，即承之以椁，仍纳衮冕翠衣于椁中，不改敛。从之。至此，被发掘。钦、徽二陵皆空无一物，徽陵有朽木一段，钦陵有木灯檠一枚而已。盖当时已料其真伪不可知，不欲逆诈，亦以慰一时之人心耳。而二帝遗骸，浮沉沙漠，初未尝还也。高宗陵，骨发尽化，略无寸余，止锡器数件，端砚一只，砚为泽所得。孝陵亦蜕化无余，止顶骨小片，内有玉炉瓶一副，古铜鬲一只，亦为泽所得。昔闻有道之士能蜕骨而仙，未闻并骨蜕者，真天人也。若光宁与诸后，优然如生，罗陵使亦如前棺敛，后悉从火化。可谓忠且义矣，当与张承业同传。陵中金钱以万计，皆为尸气所蚀，如铜铁状，以故诸凶弃而不取，往往为村氓所得。间有得猫睛异宝者。一村翁于孟后陵得一髻，其发长六尺余，其色绀碧，髻根有短金钗，遂取以归，以其帝后遗物，庋置佛堂中，奉事之，自此家道寝丰。凡得金钱之家，非病即死。翁恐甚，亟送龙洞中，而此翁今成富家矣。方移理宗尸时，泽在傍，以足蹴其首，以示无惧。随觉奇痛一点，起于足心，自此苦足疾数年，以致溃烂双股，堕落十指而亡。闻既得志，且富不义之财，复倚杨髡势，豪夺乡人产业，后为乡夫二十人伺道间，屠而脔之，罪不加众，各不过受杖而已。其恺与杨髡分赃不平，已受杖死，尚有允在。据此说，则云溪所传，岁月绝不同。盖尝论之，至元丙子，天兵下江南，至乙酉，将十载，版图必已定，法制必已明，安得有此事？然戊寅距丙子不三年,窃恐此时庶事草创,而妖氛得以肆其恶与?妖氛就戮,群凶接踵陨于非命,天之所以祸淫者亦严矣。但云高宗陵骨发尽化,孝宗陵顶骨小片,不知唐义士所易者何骨也,林义士所收者又何骨也。惜余生晚,不及识宋季以来老儒先生,以就正其是非,姑以待熟两朝典故之人问焉。

相　　术

国初有李国用者自北来杭,能望气占休咎,能相人。其人崖岸倨傲,而时贵咸敬之。谢后诸孙字退乐者,设早馔延致,至即据中位,省幕官皆坐下坐,不得其一言以及祸福。时赵文敏公谓之七司户,与谢姻戚,屈来同饭。文敏公风疮满面,李遥见,即起迎,谓坐客曰:“我过江仅见此人耳。疮愈即面君。公辈记取,异日官至一品,名闻四海。”方襄阳未破时,世皇命其即军中望气。行逾三两舍,遄还,奏曰:“臣见卒伍中往往有台辅器。”襄阳不破,江南不平,置此人于何地。噫,李之术亦神矣!国用,登州人,尝为卒,遇神仙,教以观日之法,能洞见肺腑,世称神相。

前　辈　谦　让

延祐间,兴圣宫成,中官李丞相邦宁传奉太后懿旨,命赵集贤孟頫书额,对曰:“凡禁扁皆李雪庵所书,公宜奏闻。”既而,命李、赵偕至雪庵处。雪庵曰:“子昂何不书,而以属吾耶?”李因具言之,雪庵遂不固辞。前辈推让之风,岂后人所可企哉!

不　苟　取

胡汲仲先生长孺,号石塘,特立独行,刚介有守。赵松雪尝为罗司徒奉钞百锭,为先生润笔,请作乃父墓铭。先生怒曰:“我岂为宦官作墓铭邪?”是日,先生正绝粮,其子以情白,坐上诸客咸劝受之,先生却愈坚。观此,则一毫不苟取于人,从可知矣,故虽冻馁有所不顾也。先生送蔡如愚归东阳诗有云:“薄糜不继袄不暖,讴吟犹是钟球鸣。”语之曰:“此余秘密藏中休粮方也。”

论　　诗

虞伯生先生集、杨仲弘先生载同在京日,杨先生每言伯生不能作诗。虞先生载酒请问作诗之法,杨先生酒既酣,尽为倾倒,虞先生遂超悟其理。继有诗送袁伯长先生桷扈驾上都,以所作诗介他人质诸杨先生。先生曰:“此诗非虞伯生不能也。”或曰:“先生尝谓伯生不能作诗,何以有此?”曰:“伯生学问高,余曾授以作诗法,馀莫能及。”又以诣赵魏公孟頫,诗中有“山连阁道晨留辇,野散周庐夜属櫜”之句,公曰:“美则美矣,若改山为天,野为星,则尤美。”虞先生深服之。故国朝之诗,称虞、赵、杨、范、揭焉。范即德机先生椁,揭即曼硕先生傒斯也。尝有问于虞先生曰:“仲弘诗如何?”先生曰:“仲弘诗如百战健儿。”“德机诗如何?”曰:“德机诗如唐临晋帖。”“曼硕诗如何?”曰:“曼硕诗如美女、簪花。”“先生诗如何?”笑曰:“虞集乃汉廷老吏。”盖先生未免自负,公论以为然。

妻　贤　致　贵

程公鹏举,在宋季被虏,于兴元板桥张万户家为奴。张以虏到宦家女某氏妻之,既婚之三日,即窃谓其夫曰:“观君之才貌,非久在人后者,何不为去计,而甘心于此乎?”夫疑其试己也,诉于张。张命箠之。越三日,复告曰:“君若去,必可成大器,否则终为人奴耳。”夫愈疑之,又诉于张。张命出之,遂鬻于市人家。妻临行,以所穿绣鞋一易程一履,泣而曰:“期执此相见矣。”程感悟,奔归宋,时年十七八,以荫补入官。迨国朝统一海宇,程为陕西行省参知政事,自与妻别已三十余年,义其为人,未尝再娶。至是,遣人携向之鞋履,往兴元访求之。市家云:“此妇到吾家,执作甚勤,遇夜未尝解衣以寝,每纺织达旦,毅然莫可犯。吾妻异之,视如己女。将半载,以所成布匹偿原鬻镪物,乞身为尼,吾妻施资,以成其志。见居城南某庵中。”所遣人即往寻见,以曝衣为由,故遗鞋履在地。尼见之,询其所从来。曰:“吾主翁程参政使寻其偶耳。”尼出鞋履示之,合,亟拜曰:“主母也。”尼曰:“鞋履复全,吾之愿毕矣,归见程相公与夫人,为道致意。”竟不再出。告以参政未尝娶,终不出。旋报程,移文本省,遣使檄兴元路,路官为具礼,委幕属李克复防护其车舆至陕西,重为夫妇焉。

奇　　遇

揭曼硕先生未达时,多游湖湘间。一日,泊舟江浒,夜二鼓,揽衣露坐,仰视明月如昼,忽中流一棹,渐逼舟侧,中有素妆女子,敛衽而起,容仪甚清雅。先生问曰:“汝何人?”答曰:“妾商妇也,良人久不归,闻君远来,故相迓耳。”因与谈论,皆世外恍惚事。且云："妾与君有夙缘，非同人间之淫奔者，幸勿见却。"先生深异之。迨晓，恋恋不忍去。临别，谓先生曰："君大富贵人也，亦宜自重。"因留诗曰："盘塘江上是奴家，郎若闲时来吃茶。黄土作墙茅盖屋，庭前一树紫荆花。"明日，舟阻风，上岸沽酒，问其地，即盘塘镇。行数步，见一水仙祠，墙垣皆黄土，中庭紫荆芬然。及登殿，所设象与夜中女子无异。余往闻先生之侄孙立礼说及此，亦一奇事也。今先生官至翰林侍讲学士，可知神女之言不诬矣。

贤　　烈

戴石屏先生复古未遇时，流寓江右。武宁有富家翁爱其才，以女妻之。居二三年，忽欲作归计。妻问其故，告以曾娶。妻白之父，父怒，妻宛曲解释，尽以奁具赠夫，仍饯以词云："惜多才，怜薄命，无计可留汝。揉碎花笺，忍写断肠句。道傍杨柳依依，千丝万缕，抵不住一分愁绪。捉月盟言，不是梦中语。后回君若重来，不相忘处，把杯酒浇奴坟土。"夫既别，遂赴水死。可谓贤烈也已。

挽文丞相诗

宋丞相文公天祥，其事载在史册，虽使三尺之童，亦能言其忠义。翰林学士徐威卿先生世隆有诗挽之曰："大元不杀文丞相，君义臣忠两得之。义似汉王封齿日，忠如蜀将斫颜时。乾坤日月华夷见，岭海风霜草木知。只恐史官编不尽，老夫和泪写新诗。"可谓善风刺者矣。虞伯生先生集亦有诗曰："徒把金戈挽落晖，南冠无奈北风吹。子房本为韩仇出，诸葛安知汉祚移。云暗鼎湖龙去远，月明华表鹤归迟。何须更上新亭饮，大不如前洒泪时。"读此二诗而不泣下者几希。

祷　雨

往往见蒙古人之祷雨者，非若方士然，至于印令、旗剑、符图、气诀之类，一无所用，惟取净水一盆，浸石子数枚而已，其大者若鸡卵，小者不等。然后默持密咒，将石子淘漉玩弄，如此良久，辄有雨。岂其静定之功已成，特假此以愚人耶？抑果异物耶？石子名曰鲊答，乃走兽腹中所产，独牛马者最妙，恐亦是牛黄狗宝之属耳。

广　寒　秋

虞邵庵先生集在翰苑时，宴散散学士家，歌儿郭氏顺时秀者，唱今乐府，其《折桂令》起句云："博山铜细袅香风。"一句而两韵，名曰短柱，极不易作。先生爱其新奇，席上偶谈蜀汉事，因命纸笔，亦赋一曲曰："鸾舆三顾茅庐，汉祚难扶。日暮桑榆，深渡南泸。长驱西蜀，力拒东吴。美乎周瑜妙术，悲夫关羽云殂。天数盈虚，造物乘除。问汝何如，早赋归与。"盖两字一韵，比之一句两韵者为尤难。先生之学问该博，虽一时娱戏，亦过人远矣。《折桂令》一名《广寒秋》，一名《天香第一枝》，一名《蟾宫引》，今中州之韵，入声似平声，又可作去声，所以蜀术等字，皆与鱼虞相近。

无　恙

《战国策》：赵威后问齐使："岁无恙耶？王亦无恙耶？"《楚辞·九辩》曰："还及君之无恙。"《说苑》魏文侯语仓庚曰："击无恙乎？"又曰："子之君无恙乎？"《汉书》元帝诏贡禹曰："今生有恙,何至不已?"乃上疏乞骸骨。《聘礼》亦曰:"公问君,宾对,公再拜。"郑注云:"拜其无恙者。"顾恺之与殷仲堪笺:"行人安稳,布帆无恙。"隋日本遣使,称日出处皇帝致书日没处皇帝无恙。《神异经》曰:"北方大荒中有兽,咋人则疾,名曰獆。獆,恙也。尝入人室屋,黄帝杀之。"人无忧疾,谓之无恙。《尔雅》曰:"恙,忧也。"应劭《风俗通》曰:"上古之时,草居露宿,恙,噬人虫也,善食人心,人患苦之,凡相问云无恙。"恙,或以为兽,或以为虫,或谓无忧。《广干禄书》兼取忧及虫,《事物纪原》兼取忧及兽。《广韵》獆字下云:"獆,兽,如狮子,食虎豹及人。"恙字下云:"忧也,病也,噬虫,善食人心。"是獆、恙二义,《神异经》合而一之,则误矣。

不乱附妾

维杨秦君昭妙年游京师,其执友邓载酒祖饯,既而舁一殊色小鬟至前,令拜秦,因指之曰:"此吾为部主事某人所买妾也,幸君便航,可以附达。"秦弗敢诺。邓作色曰:"纵君自得之,亦不过二千五百缗耳,何峻辞乃尔?"秦勉强从命。迤逦至临清,天渐暄,夜多蚊蚋可畏,内之帐中同寝,直抵都下,置舍馆主妇处,持书往见主事,问曰:"足下与家眷来耶?"曰:"无有。"主事意极不悦,随以小车取归。逾三日,谒谢曰:"足下长者也。昨已作答简附便驿报吾邓公,且使知足下果能不孤公付托之意矣。"遂相与痛饮,尽欢而散。夫柳下惠夜宿郭门,有女子来同宿,恐其冻死,坐之于怀,至晓不为乱。颜叔子独居,夜大雨,有女子投之,令其执烛,至明不二志。故千古以为美事。今秦之于此女子也,相从数千里,饮食起居无适而不同,又非造次颠沛者之比,可谓厚德君子矣。后秦之子孙感至显宦。

南村辍耕录卷五

角　　端

　　金华黄先生溍尝云："子将以举子经学取科第,有一赋题曰角端,亦曾求其事实否乎?"余曰："未也。"因记《史记·司马相如传》"兽则麒麟角䚟"之语,退而阅之,按注,郭璞曰："角䚟,音端,似猪,角在鼻上,堪作弓。"又云："似麒麟而无角。"《毛诗》疏云："麟黄色,角端有肉。"张楫云："角端似牛角,可以为弓。"以此推之,岂亦麟之属与? 及考《符瑞志》、《名臣事略》、《癸辛杂识》等书,乃始得其详。盖太祖皇帝驻师西印度,忽有大兽,其高数十丈,一角如犀牛然,能作人语,云："此非帝世界,宜速还。"左右皆震慑。独耶律文正王进曰："此名角端,乃旄星之精也。圣人在位,则斯兽奉书而至,且能日驰万八千里,灵异如鬼神,不可犯也。"帝即回驭。载稽之前志:神禹氏治水功成,天降飞菟,日行三万里,而未尝善言也。又后土跌蹄之兽至,善言,而未闻其独角也。轩辕获飞黄而独角,汉武获兽并角而五蹄,又未尝闻其能言善驰也。及圣祖诞膺天命而角端出焉。夫一角者,所以明海宇之一,而万八千里之涉者,所以示无远弗届,此又天将开天下于大一统之象也。至正庚寅,江浙乡试,八月二十二日夜二鼓,院中仿佛见一物,驰过甚疾,其状若猛兽者,军卒从而喧哄,因出角端为赋题。

劈　正　斧

劈正斧,以苍水玉碾造,高二尺有奇,广半之,遍地文藻粲然,或曰自殷时流传至今者。如天子登极、正旦、天寿节、御大明殿会朝时,则一人执之,立于陛下酒海之前,盖所以正人不正之意。

兴　隆　笙

兴隆笙在大明殿下。其制,植众管于柔韦,以象大匏土鼓,二韦橐。按其管,则簧鸣。笙首为二孔雀,笙鸣机动,则应而舞。凡燕会之日,此笙一鸣,众乐皆作,笙止乐亦止。

尚　食　面　磨

尚食局进御麦面,其磨在楼上,于楼下设机轴以旋之。驴畜之蹂践,人役之往来,皆不能及,且无尘土臭秽所侵。乃巧工瞿氏造者。

僧　有　口　才

大德间,僧胆巴者,一时朝贵咸敬之。德寿太子病瘈瘲,不鲁罕皇后遣人问曰:“我夫妇崇信佛法,以师事汝,止有一子,宁不能延其寿邪?”答曰:“佛法譬犹灯笼,风雨至,乃可蔽,若烛尽,则无如之何矣。”此语即吾儒死生有命之意,异端中得此,亦可谓有口才者矣。

邓　中　斋

邓光荐先生剡,号中斋,庐陵人。宋亡,以义行著。其所

赋《鹧鸪诗》曰:"行不得也哥哥! 瘦妻弱子赢特驮,天长地阔
多网罗。南音渐少北语多,肉飞不起可奈何。行不得也哥
哥!"其意可见矣。又有赞文丞相像曰:"目煌煌兮,疏星晓寒。
气英英兮,晴雷殷山。头碎柱兮璧完,血化碧兮心丹。呜呼,
孰谓斯人,不在世间!"

汪　水　云

汪元量先生大有,号水云。天兵平杭日,诗曰:"西塞山边
日落处,北关门外雨来天。南人堕泪北人笑,臣甫低头拜杜
鹃。"又曰:"钱塘江上雨初干,风入端门阵阵酸。万马乱嘶临
警跸,三宫洒泪湿铃鸾。童儿剩遣追徐福,疠鬼终当灭贺兰。
若说和亲能活国,婵娟应是嫁呼韩。"此语尤悲哽。先生诗有
《水云集》。

厚 德 长 者

徐文献公琰,字子方。至元间,为陕西省郎中。有属路申
解到省,误漏圣字,案吏指为不敬,议欲问罪。公改其牍云:
"照得来解内第一行脱去第三字,今将元文随此发下,可重别
申来。"时皆称为厚德长者。

毁 前 朝 玉 玺

后至元间,太师伯颜出太府监所藏历代玉玺,磨去篆
文,改造押字图书及鹰坠等物,以分散其党与,盖先已奏请
故也。独唐武氏玺,玉色莹白,制作如官印,璞仅半寸许,因
不可他用,遂付艺文监收之,竟获永存。岂武氏之智能逆料
之乎?

披 秉 歌 诀

天子郊祀与祭太庙日，百官陪位者皆法服，凡披秉须依歌诀次第，则免颠倒之失。歌曰："袜履中单黄带先，裙袍蔽膝绶绅连。方心曲领蓝腰带，玉佩丁当冠笏全。"

三　　教

孛术鲁翀子翚公在翰林时，进讲罢，上问曰："三教何者为贵？"对曰："释如黄金，道如白璧，儒如五谷。"上曰："若然，则儒贱耶？"对曰："黄金、白璧，无亦何妨，五谷于世其可一日阙哉！"上大说。

授 时 历 法

《授时历要法歌》曰："授时历法君要知，但以九年旧历推。古云：但看九年兔望日，便是今年正月一。月大月小起初一，看其初一天地支。天不言干者，为诗句所拘，然举支以见干也。当推九年前历，每月初一是何干支，便以此干支依后法数去。大月天干五支九，且如大月天干五、地支九。假令初一日甲子，甲至戊，五数也，子至申，九数也，即以戊申为今月朔。小月天四地八耦，且如小月，天干四，地支八。假令初一日丙寅，丙至己，四数也，寅至酉，八数也，即以己酉为今月朔。古云：前九之年起算法，大月五小四八。月大三十日无差，如初一日己酉，数至次月朔见己卯，即月大也。月小分明只廿九，如月朔数至次月朔止廿九日，即月小也。节气只凭九年历，假若造甲午年历，则看丙戌年节气。二十四气真端的。要知今年节气，则看前九年中是何节气。天干三数地支七，假如癸亥日，癸见乙，三数，亥见己，七数也。熟记心中须历历。定时二十四年取，逢时遇八君无虑。如逢子时交节气，却用未时亦交也，中气如之。若依此法个中推，方省阴阳玄奥处。闰月本来中气无，古云：闰月无中气。何劳物外更他图。世人谙得神仙术，不是愚氓是丈夫。"又歌曰："九年二月半，便是正月一。前九年二月十五日辰，即今年正月初一日辰。该九十七个半月，二千八百八十日，六甲转四十八周。只九年中取，大小无差失。"又歌曰："若要求立春，相冲对食神。假如前九年甲子日立春，甲食丙，子冲午，即今年丙午日立春也。二十四气准此。闰月无中气，说与惺惺人。"又一法云：古有数九九之语，盖自至后起，数至九九，则春已分矣，正如至后一百六日为寒食之类。岂特此为然，凡推算皆有约法。《推闰歌括》云："欲知来岁闰，先算至之余。更看大小尽，决定不差殊。"谓如来岁合置闰，止以今年冬至后余日为率。且如今年十一月二十二日冬至，则本月尚余八日，则来年之闰，当在八月。或小尽，则七月。若冬至在上旬，则以望日为断，十二日足，则复起一数焉。《推节气歌括》云："中气与节气，但有半月隔。若要知仔细，两时零五刻。"谓如正月甲子日子时初初刻立春，则数至己卯日寅时正一刻，则是雨水节也。《推立春歌括》云："今岁先知来岁春，但隔五日三时辰。"谓如今年是甲子日子时立春，则明年合是己巳日卯时立春。若夫刻数，则用前法推之。又《求节气歌》曰："惊蛰五时二刻求，清明十时四刻流，立夏一日三时六，芒种一日九时周，小暑二日二时二，立秋二日七时四，白露三日零六刻，寒露三日六时至，立冬三日十一二，大雪四日四时四，小寒四日九时六，五日三时交新岁，节遇子时加一日，此为捷法君须记。"又《一年约法》云："一周年，三百六十五日零三时。一月节，三十日零五时二刻。半月一气，十五日零二时五刻。"又《食神定法》云："甲食丙，乙食丁，丙食戊，丁食己，戊食庚，己食辛，庚食壬，辛食癸，壬食甲，癸食乙。"其捷要，但取我生之干,阳配阳,阴配阴是也。又《时刻约法歌》云:"二十四气渐差除,循环时刻四同途。单逢正四换初一,正三依旧复初初。"又乘除法推算二十四气时刻云:其法不论何岁何月,但以日为百数,时为十数,刻为零数。初一至初十,于百上下数。如过初十,于千上下数。假如正月十一日亥正一刻立春,欲求中气,贝先下一千一百数,十一日故也。再下十二数,亥时故也。如子一、丑二之类,复加一千五百二十五数,共得二七三三,则二十七日寅初二刻雨水也。何以知为初二刻? 盖零一数初初刻,二数初一刻,三数初二刻,四数初三刻,五数正初刻,六数正一刻,七数正二刻,八数正三刻,此立成法也。今零三数,是乃初二刻矣。欲求二月节,则于前数上加一五二五,即前一千五百二十五也。此项数,节气中气皆以之加用。为前正月小尽,除去二十九日,如遇大月,除去三十日。算中气则不除大小月。剩下一三五八,则十三日辰时正三刻惊蛰也。馀仿此。十二时为一日,如遇十三时以上,则退十二时为一日,八刻为一时。如遇九刻以上,则退八刻为一时也。

　　时刻约法图

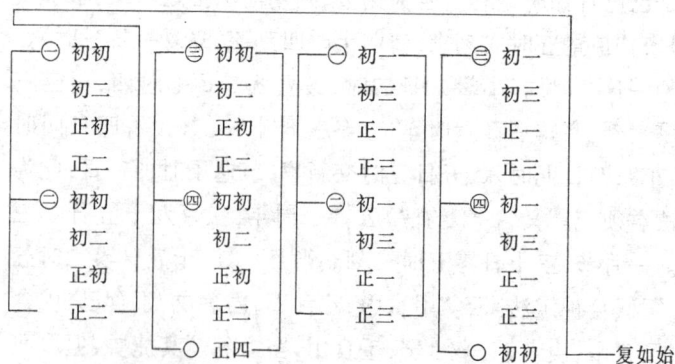

功　布

《丧·大记》云：“士葬用国车，国音辁，示专反。或作
团。又误作国。二绰，无碑。比出宫，用功布。”注云：
“比出宫，用功布。”则出宫而止，至圹无矣。旧图云：
功布，谓以大功之布长三尺以御柩，居前，为行者之
节度。又隐义云：羽葆功布等，其象皆如麾。则旌旗
无旒者，周谓之大麾。《既夕礼》云：“商祝执功布以
御柩，执披。”贾释云：“谓以葬时乘人，故有柩车前执
引者，及在柩车傍执披者，皆御治之。”又注云：“居柩
车之前，若道有低仰倾亏，则以布为抑扬左右之节，
使执引者执披者知之也。”道有低，谓下阪时也。道
有仰，谓上阪时也。倾亏，谓道之两边在柩车左右辙
有高下也。若道有低，则抑下其布，使执引者知其下
阪也。若道有仰，则扬举其布，使执引者知其上阪也。若柩车
左边右边或高下倾亏，亦左右其布，使知道有倾亏也。假令车
之东辙下，则抑下其布向东，使西边执披者持之。若车之西辙
下，则抑下其布向西，使东边执披者持之。所以然者，使车不
倾亏也。大夫御柩以茅，诸侯以羽葆，天子以纛指引，前后左
右，皆如功布之施为也。又《既夕礼》：“将葬启殡音异时，商祝
免袒，执功布入，升自西阶。”注云：“功布，灰治之布也，执之，
以接神为有所拂扮。方罔反”贾释云：“拂扮，犹言拂拭也。”故
下经云：“商祝拂柩用功布。”是拂拭去尘也。此始告神而用功
布拂拭，谓拂拭去凶邪之气也。出聂崇义《三礼图》。

人　中

钱唐陈鉴如，以写神见推一时。尝持赵文敏公真像来呈，公援笔改其所未然者，因谓曰："唇之上何以谓之人中？若曰人身之中半，则当在脐腹间。盖自此而上，眼耳鼻皆双窍，自此而下，口暨二便皆单窍。三画阴，三画阳，成《泰》卦也。"

发　烛

杭人削松木为小片，其薄如纸，熔硫黄涂木片顶分许，名曰发烛，又曰焠儿，盖以发火及代灯烛用也。史载周建德六年，齐后妃贫者以发烛为业，岂即杭人之所制与？宋翰林学士陶公穀《清异录》云："夜有急，苦于作灯之缓，有知者批杉条，染硫黄，置之待用，一与火遇，得焰穗然，既神之，呼引光奴，今遂有货者，易名火寸。"按此，则焠寸声相近，字之讹也。然引光奴之名为新。

嫁故人女

沈仲说古，姑苏人，年四十，未有子。其妻邹氏候其他适，为置一年少貌美之妾。及归，命出拜，将以奉枕席。仲说询其乡贯祖父来历，始不肯言，询之再，泣而曰："妾范复初女也。父丧家贫，老母见鬻于此。"仲说恻然下泪，因嘱妻曰："此女父吴中名士，乃吾故人，岂可以为妾，当如己子视之。"即寻其母使择婿，仲说备奁具嫁之。邦人称之，至今不置。夫嫁人之女以为妾、为妓、为娼者，古有其人矣，今则未闻也，仲说诚贤矣哉。

平　　反

中书左丞李忠宣公德辉，字仲实，通州潞县人。至元七年庚午，公为户部尚书，岁旱蝗，世祖特命公录山西河东囚。行至怀仁，民有魏氏，发得木偶，持告其妻挟左道厌胜谋杀己。经数狱，服词皆具，自以为不免。公烛其诬，召鞫魏妾，搒掠一加，服不移晷。盖妒其女君，谓独陷以是罪，可必杀之也。即直其妻而杖其夫之溺爱受欺，当妾罪死。观者神之，或咨赏泣下。

勘　　钉

姚忠肃公，至元二十年癸未，为辽东按察使。武平县民刘义讼其嫂与其所私同杀其兄成。县尹丁钦，以成尸无伤，忧憁不食。妻韩问之，钦语其故。韩曰："恐顶囟有钉，涂其迹耳。"验之，果然。狱定，上谳。公召钦，谛询之，钦因矜其妻之能。公曰："若妻处子邪？"曰："再醮。"令有司开其夫棺，毒与成类，并正其辜，钦悸卒。时比公为宋包孝肃公拯云。

碑 志 书 法

尝闻诸翰林大老云：古碑刻中，单书国号曰汉、曰宋者，盖其建国号诏曰汉、曰宋也。我朝大元二字在诏旨，不可单用。又凡书官衔，俱当从实，如廉访使、总管之类，若曰监司、太守，是乱其官制，久远莫可考矣。又篆盖二字，止可施诸圹石，若于碑，须曰篆额为是。

雕 刻 精 绝

詹成者，宋高宗朝匠人，雕刻精妙无比。尝见所造鸟笼，四面花版,皆于竹片上刻成宫室,人物、山水、花木、禽鸟,纤悉具备,其细若缕,而且玲珑活动。求之二百余年来,无复此一人矣。

题　跋

　　刘须溪先生会孟《题苏李泣别图》云:“事已矣,泣何为?苏武节,李陵诗。噫!”冯海粟先生子振《题杨妃病齿图》云:“华清宫,一齿痛;马嵬坡,一身痛;渔阳鼙鼓动地来,天下痛。”陈伯敷先生绎曾《题杨妃上马娇图》云:“此索《清平调》词赴沉香亭时耶?抑闻渔阳鼙鼓声赴马嵬坡时耶?上马固相似,情状大不同,观者当审诸。”余观三先生之跋语,痛快严峻,抑扬感伤,使后世之为人君而荒于色,为人臣而失其节者,见之宁不知惧乎?

隆　友　道

　　张毅父先生千载,庐陵人,而宋丞相文公友也。公贵显时,屡以官辟不就。江南既内属,公自广还,过吉州城下,先生来见,曰:“今日丞相赴北,某当借行。”既至燕,寓于公囚所侧近,日以美馔馈,凡三载,始终如一。且潜制一椟,公受刑日,即以藏其首。复访求公之室欧阳氏于俘虏中,俾出焚其尸。先生收拾骸骨,袭以重囊,与先所函椟南归,付公家葬之。后公之子忽梦公怒云:“绳锯发断。”明日启视,果有绳束发。其英爽尚如此。刘须溪纪其事,赞于公画像上曰:“闲居忽忽,万古咄咄,天风惨然,如动生发。如何寻约,亦念束发,岂其英爽,犹累形躯。同时之人,能不颡泚,昔忌其生,今妒其死。”邓中斋题曰:“目炯炯兮,疏星晓寒。气郁郁兮,晴雷殷山。头碎柱兮璧完，血化碧兮心丹。呜呼！曾谓斯人，不在世间。"

朱　张

宋季年，群亡赖子相聚，乘舟钞掠海上，朱清、张瑄最为雄长，阴部曲曹伍之。当时海滨沙民富家以为苦，崇明镇特甚。清尝佣杨氏，夜杀杨氏，盗妻子货财去。若捕急，辄引舟东行，三日夜，得沙门岛，又东北过高句丽水口，见文登、夷维诸山，又北见燕山与碣石，往来若风与鬼，影迹不可得，稍急，则复来，亡虑十五六返。私念南北海道此固径，且不逢浅角，识之。杭、吴、明、越、扬、楚与幽、蓟、莱、密、辽、解俱岸大海，固舟航可通，相传朐山海门水中，流积堆淤江沙，其长无际，浮海者以竿料浅深，此浅生角，故曰料角，明不可度越云。廷议，兵方兴，请事招怀，奏可。清、瑄即日来，以吏部侍郎左迁七资最下一等授之，令部其徒属，为防海民义，隶提刑，节制水军。江南既内附，二人者从宰相入见，授金符千户。时方挽漕东南供京师，运河隘浅，不容大舟，不能百里五十里，辄为堰潴水，又绝江、淮，溯泗水，吕梁、彭城，古称险处，会通河未凿，东阿、茌平道中，车运三百里，转输艰而糜费重。二人者建言海漕事，试之，良便。至元十九年也。上方注意向之，初年不过百万石，后乃至三百万石。二人者父子致位宰相，弟侄甥婿皆大官，田园宅馆遍天下，库藏仓庾相望，巨艘大舶帆交番夷中，舆骑塞隘门巷，左右仆从皆佩於菟金符，为万户、千户，累爵积赏，气意自得。二人者既满盈，父子同时夷戮殆尽，没资产县官，党与家破禁锢，大德六年冬也。见胡石塘先生所撰《何长者传》。

交　谊

陈子方、闵仲达，同舍生也，皆待次杭府史。陈月日在前，闵以计力反先之，陈殊无怒意。因赴都，以荐举入仕，历官浙西廉访司佥事。闵方升书史，闻陈来，叹曰："复何面目见之？"遂称疾不出。陈下车即问左右曰："闵仲达何在？"众以疾对。陈曰："必为我故，非疾也。"亟造其家。闵皇恐出肃。陈曰："吾与君气谊契厚，君昔先我而食禄者，命也，使非此，吾又能致是耶？今幸同一公署，惟有以教正之，幸甚，宁舍我与？"闵感激从事，相好如初。

假宅以死

吾乡周待制先生仁荣，字本心，筑一室，才落成，友人杨公道舆疾至门曰："愿假君新宅以死。"先生让正寝居之。妻子咸不然，先生弗顾。未几，杨死，箧财廿八，莫有主者。杨之弟诣先生求分财，先生曰："若兄寄死于我，意固在是。"丧事之费自己出，终不利其一毫，对众封籍，自平阳呼其子来，悉付与之。

清风堂尸迹

福州郑丞相府清风堂，石阶上有卧尸迹，天阴雨时，迹尤显。盖其当宋季，以暮年登科，未几拜相，至今闾巷表之曰耆德魁辅之坊。郑显时，侵渔百姓，至夺其屋庐以广居宅，有被逼抑者，遂自杀于此。今所居为官势豪夺，子孙不绝如线。因记宋临川吴曾《能改斋漫录》云：建炎四年五月，杨勍叛卒由建安寇延平，道出小常村，掠一妇人，逼胁欲犯之，妇人毅然誓死不受污，遂遇害，横尸道傍。贼退，人为收瘗之，而其尸枕藉处，痕迹隐然不灭，每雨则其迹干，晴即湿，宛如人影，往来者莫不嗟异。乡人或削去之，随即复见。覆以他土，而其迹愈明，今三十年矣。与顺昌军员范旺事略同。但范现迹街砖，而此现于土上耳。范死以忠，妇死以节。小常村去剑浦县治二十里，以《漫录》言之，则二人之死，足以惊动万世，宜其英烈之气，不泯如此。若清风堂者，不过冤抑之志不伸，以决绝于一时耳，亦何为而然哉？岂幽愤所积结致是耶？此理殆不可晓。

坐 右 铭

翰林学士卢疏斋先生挚，字处道，涿郡人。坐右铭大书一"天"字，其下细注六字云："有记性，不急性。"可谓知畏天者矣。

掘 坟 贼

杭玛瑙寺僧温日观，能书，所画蒲萄，须梗枝叶皆草书法也。性嗜酒，然杨总统饮以酒，则不一沾唇，见辄骂曰"掘坟贼，掘坟贼"云。

廉 介

李仲谦思让，滕州邹县人。前至元间，由嘉兴路吏员补浙西按察司书吏，廉介有为。上侍父母，下抚两弟，每退食自公，则闭户读书，稽今考古，而教训之俸薄，奉养不给，妇躬纺绩，以益薪水之费。仲谦止有一布衫，或须浣濯补纫，必俟休假日。至是，若宾客见访，则俾小子致谢曰："家君治衣，弗可出。"雷彦正号苦斋者，清正慎许可人也，时为使，偶戏谓曰："外郎穿布衲，到敢裹著珍珠。"仲谦略不答，徐至本案，书写辞退呈状，压几上而归。使知深悔失言，亲谒谢过，请其出，终不允。使去，他使来，复往请，始复役。后仕至宪官。

甲 午 节 气

至元三十一年甲午岁节气:正月一日壬子,立春。二月二日癸未,惊蛰。三月三日癸丑,清明。四月四日甲申,立夏。五月五日甲寅,芒种。六月六日乙酉,小暑。七月七日乙卯,立秋。八月八日乙酉,白露。九月九日丙辰,寒露。十月十日丙戌,立冬。十一月十一日丁巳,大雪。十二月十二日丁亥,小寒。

先 辈 谦 让

武林钱思复先生惟善尝言:年十六七时,以诗见息斋李公于州桥寓居。既拜公,公答拜,命坐,辞之再,公曰:"仲尼之席,童子隅坐。"因不敢辞。徐永之先生为江浙提举日,客往访之者,无间亲疏贵贱,必送之于门外,客或请纳步,则曰:"不可,妇人送迎不逾阈。"右二事,可见前辈诸老谦恭退抑,汲引后进,待人接物者如此。

双 竹 杖

白廷玉先生斑,号湛渊,钱唐人。家多竹,忽一竿上歧为二,人皆异之。赋《双竹杖》诗,未几,先生殁,先生有二子,或以为先兆云。

南村辍耕录卷六

兰　亭　集　刻

《兰亭》一百一十七刻，装裱作十册，乃宋理宗内府所藏，每版有内府图书钤缝玉池上，后圮贾平章。至国朝有江南，八十余年之间，凡又易数主矣。往在钱唐谢氏处见之，后陆国瑞携至松江，因得再三披阅，并录其目，真传世之宝也。

甲集一十二刻州郡

　　　　修城本叶仲山跋。　　定武阔行若合一契行阔。　　定武肥　　定武瘦　　定武板刻霍子明跋。定武缺石　　定武断石　　定武古刻　　西京断石　　永兴　　古懿郡斋　　宣城

乙集一十三刻

　　　　旧梅花　　三衢板刻　　安吉古苔真草　　临川麻石　　临贺　　豫章二　　静江府　　复州　　鼎州后有武陵二字。古潭　　新梅花　　宣城南陵

丙集一十刻

　　　　苏州府治　　福州府治　　福州枣木　　道州金陵三米米芾、米尹仁、米尹知。永嘉　　古雪断石　　隆州　　郴州　　兰亭重言

丁集一十刻

　　　　绍兴府治二　　绍兴仓司　　绍兴府学　　绍兴古

刻　　余姚县治　　曲水诗兰亭　　曲水诗前　　曲水
诗后　　婺州府治褚遂良摹。

戊集一十刻内府

　　高宗临定武米友仁跋。　　唐贞观　　太清开皇
秘省　　内殿　　内司四　　京师玉堂

己集九刻杂集

　　玉枕　　花石　　柳诚悬大字。唐人硬黄临　　唐
人双钩　　晋唐刻　　孙过庭草　　京师鹅黄枣木黄纸
印。　　彭城小字

庚集一十一刻故家

　　蔡君谟临　　薛绍彭　　秦少游小字　　安定家藏
　　辛道宗　　建康晁谦之　　绍兴汤氏　　南昌京氏
　　庐陵故氏　　蜀刘泾　　唐摹刻

辛集一十四刻

　　吴说草书　　吴璜　　刘无言临　　龙潭潘氏
方朔习写　　周平所藏　　临江张氏　　天台丁氏
新安汪氏　　江西故家　　庐山甲秀堂　　九江陶氏
　　循王家藏米芾跋云:"壬午闰六月九日,大江济川亭,舣宝晋斋,舻对
紫金、浮玉群山,迎快风消暑,重装。"　　番阳洪氏

壬集一十四刻

　　金陵毕氏　　庐山吴氏　　绍兴曾氏　　绍兴石氏
二　　毗陵尤遂初　　李忠愍所刻　　新唐李氏　　江
阴丘氏二　　东阳郭氏　　昌谷曹氏三

癸集一十四刻

　　赵虚斋　　吕氏家藏　　建邺朱氏　　大梁曾朴
陆子与　　韩松　　陆载之　　胡氏将　　玉林二

赵菊坡　　　不题名二　　　钱唐李和

禊　帖　考

姜白石先生《禊帖偏傍考》云：永字，无画，发笔处微折转。和字，口下横笔稍出。年字，悬笔上凑顶。在字，左反剔。岁字，有点在山之下、戈画之右。事字，脚斜拂，不挑。流字，内云字处就回笔，不是点。殊字，挑脚带横。是字，下疋凡三转，不断。趣字，波略反卷向上。欣字，欠右一笔，作章草发笔之状，不是捺。抱字，已开口。死生亦大矣，亦字，是四点。兴感，感字，戈边是直作一笔，不是点。未尝不，不字，下反挑脚处有一阙。右法如此甚多，略举其大概，持此法，亦可以观天下之兰亭矣。五字损本者，"湍、流、带、右、天"五字有损也。

丧　师　衰　绖

顾德玉，字润之，檇李人。自幼从宁国路儒学教授俞观光先生学，先生无子，尝与人曰："昔吾寝疾于杭，润之侍汤药，情至切，若父子，医为之感动，弗忍受金，今我行且老，必托之以死。"既而访医吴中，病且革，趣舟归润之，进次尹山卒，时后至元初元闰十二月戊子也。明日，乃至檇李。润之奉其尸敛于家，衰绖就位。邦人士为润之来吊者，润之拜之。越明年，葬于海盐，迄顾氏之先茔，岁时祭享惟谨。或曰："敛于家，礼与？"曰："吾闻师哭诸寝。又云：生于我乎养，死于我乎殡。非家敛之则将师尸委诸草莽。生服其训，死而委诸草莽，有人心者弗为也。"曰："师无服，而为衰绖，固近于掠美者矣。"曰："疑衰加麻之绖带，礼也。故曰：二三子绖而出，至葬，除之，心丧戚容终三年。夫民生于三，师居其一，于父也何异？今吾则加

一等以行之,盖出于人心天理之本然,若之何其惑也。"闻者叹
伏。先生讳长孺,越之新昌人。吁!圣远言湮,世道不古久
矣。朝为师生而暮若途人者,比比皆是。润之乃独能行人之
所难行于不可行之时,盖绝无而仅有者,真仁矣哉!天下后世
之为人弟子而忘其师,闻润之之言,宁不有动于中与?

廉 使 长 厚

徐文献公为浙西廉使时,治所尚在平江,有旨迁置于杭。
岁云暮矣,择日启行。一书吏者掌照制支郡诸司案牍,官吏合
受稽违罪责,已皆取状,至是引决。公谓曰:"正旦在迩,此曹
乃职官俸吏,礼宜陪位,望阙致贺,受刑而从事,无耻也,否则
为不敬,盍别议之。"吏以白于幕官,因进曰:"相公长厚之道固
如此,然将若之何?"公曰:"奚难,立案候明年分司施行可也。"
庭下欢声如雷。此亦厚风化之一端,故记之。

私 第 延 宾

公既迁司至杭,一日,有本路总管与一万户谒公私第,公
以宾礼延之上坐。适书吏从外来,见而趋避。伺其退,入见
曰:"总管、万户,皆属官耳,得无体貌之过与?"公曰:"在公府,
则有尊卑之辨,若私宅,须明主客之分。我辈能廉介,则百司
自然知惧,何待恃威势以骄凌之然后为尊严乎?"吏赧甚。

句 曲 山 房 熟 水

句曲山房熟水法:削沉香钉数个,插入林檎中,置瓶内,沃
以沸汤,密封瓶口,久之乃饮,其妙莫量。

法　帖　谱　系

法帖谱系云:熙陵以武定四方,载櫜弓矢,文治之余,留意翰墨,乃出御府所藏历代真迹,命侍书王著摹勒,刻版禁中,厘为十卷,各于卷尾题奉圣旨模勒入石,此历代法帖之祖。

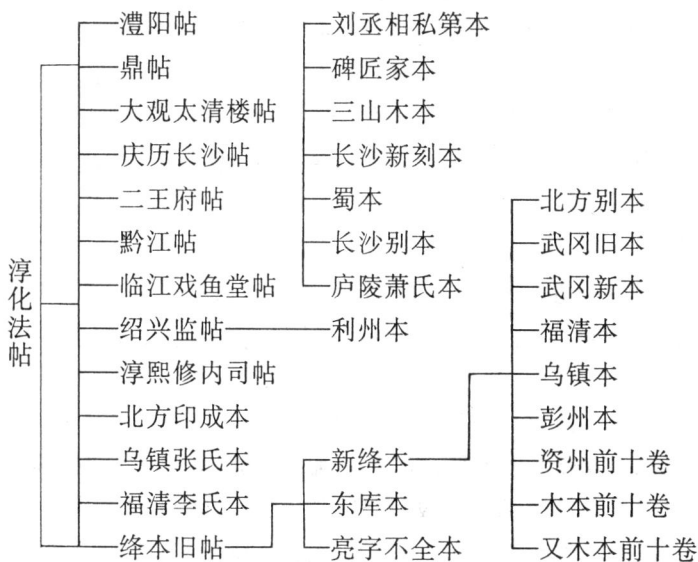

淳化法帖
- 澧阳帖
- 鼎帖
- 大观太清楼帖
- 庆历长沙帖
- 二王府帖
- 黔江帖
- 临江戏鱼堂帖
- 绍兴监帖 —— 利州本
  - 刘丞相私第本
  - 碑匠家本
  - 三山木本
  - 长沙新刻本
  - 蜀本
  - 长沙别本
  - 庐陵萧氏本
- 淳熙修内司帖
- 北方印成本
- 乌镇张氏本
- 福清李氏本
- 绛本旧帖
  - 新绛本
  - 东库本
  - 亮字不全本
    - 北方别本
    - 武冈旧本
    - 武冈新本
    - 福清本
    - 乌镇本
    - 彭州本
    - 资州前十卷
    - 木本前十卷
    - 又木本前十卷

评　　帖

刘后村先生云:阁帖为祖,十卷。绛帖次之,二十卷。临江又次之,潭又次之,武冈又次之。大观尤妙。武冈佳者可乱绛,临江佳者可乱阁。潭乃僧希白所模,有江左风味。希白工于摹字,拙于寻行数墨,文理错缪,然则虽工,其如难读何? 其字比之淳化帖为胜,东坡推潭帖胜阁帖。韩侂胄家开群玉帖,字好。薛绍彭亦有家塾帖,好。

淳化祖石刻

大梁刘衍卿世昌云：大德己亥，妇翁张君锡携余同观淳化祖石帖，卷尾各有题识。第一卷边，高平范仲淹曾观，年月日题。第五卷，东坡、张文潜等题。又有姜白石小楷三四十字。第六卷、洛阳伊川老夫，不知为何人。又太学博士陈士元云，此正祖石。又有苏舜钦题。第七卷，陈简斋奉旨观于秋香亭下，云：魏晋法书，非人间合有，自我太宗皇帝刻石，宠锡下方，见不满十数，臣与义顿首谨书。第八卷，苏颂云：此帖世不多见，是日赏牡丹，得观于相君西斋。张舜民题亦在此卷。第十卷，太宗书：淳化四年六月廿二日，赐毕士安。赐字上宝。后段，毕丞相黄字书"子孙保享"等语百余字。逐卷有高宗内府印百余颗。后有贾氏长字印。又有一小印合缝，云是蔡太师印。山和尚锦装褙，签头题云"淳化祖石刻"。及见吴郡陆友仁又云：尝观褚伯秀所记，江南李后主命徐铉以所藏古今法帖入石，名升元帖，此则在淳化之前，当为法帖之祖。刘、陆之说，殊不相合。偶读刘跂《暇日记》，亦载此事，云马传庆说，此帖本唐保大年摹上石，题云：保大七年，仓曹参军王文炳摹勒，校对无差。国朝下江南，得此石。淳化中，太宗令将书馆所有，增作十卷，为版本，而石本复以火断缺，人家时收得一二卷。然阁帖于各卷尾篆书题云："淳化三年壬辰岁十一月六日，奉圣旨模勒上石。"此侍书王著笔也。而陈简斋亦云太宗刻石，则衍卿所谓祖石刻，岂即南唐时帖乎？抑太宗增刻者。但不知南唐亦作十卷否？徐铉、马传庆二说又不同。今世言淳化阁帖用银锭闩枣木板刻，而以澄心堂纸、李廷珪墨印者，则传庆板本之说合。故赵希鹄《洞天清禄集》亦云用枣木板摹刻,故时有银锭纹。用李廷珪墨打,手揩之,不污手。余尝见阁本数十,止三本真者,其纸墨法度,种种迥别,妙在心悟,固难以言语形容。然又传仁宗尝诏僧希白刻石于秘阁,前有目录,卷尾无篆书题字,所谓祖石刻者,岂即此与?

家　　翁

世言家之尊者曰家主翁,亦曰家公。唐代宗谓郭子仪曰:"鄙谚有云:不痴不聋,不作家翁。"

奴　　材

世之鄙人之不肖者为奴材。郭子仪曰:"子仪诸子,皆奴材也。"

沙　　魇

湖南益阳州,夜中同寝之人,无故忽自相打,每每有之,名曰沙魇。土人熟此,不以为异,唯取冷水喷噀,候稍息,饮之汤,徐就醒,然犹二三日如醉余,不知者殊用惊骇。

孝　　行

延祐乙卯冬,平江常熟之支塘里民朱良吉者,母钱氏,年六十余,病将死,良吉沐浴祷天,以刀剖胸,割取心肉一脔,煮粥以饮母,母食粥而病愈。良吉心痛,就榻不可起。邻里怜其且欲绝,乃哀财,命颐真观道士马碧潭者醮告神明,祈阴祐之。是日,邑人俞浩斋闻而过其家,视良吉胸间疮裂几五寸,气腾出,痛莫能言。俞为纳其心,以桑白皮线缝合,未及期月,已无恙矣。俞因述其事以为世劝。吴郡宋翠岩先生有诗纪之,其小序曰:夫孝为百行宗。人以父母遗体而生,乳哺鞠育,教诲劬劳,其恩号罔极。然而剖心刲股,恐其伤生而或死也。父母存而子死,故又有禁止之令焉。观今世降俗薄,悖逆其父母者,视良吉何如哉!如良吉者,自当旌异,为世教劝,而有司曾莫能省。原其一念之纯,剖心之际,动天地,感鬼神,固不待赏之于有司,而天地神明,固已阴录其孝矣。《太上感应篇》所谓"若人者人敬之,天祐之,福禄随之,众邪远之,神灵卫之。今日谢世,明日为地下主,进补仙阶",若良吉者有焉。故为显白其孝,以为人子之劝省也。宗仪之先人,有孝感一事,人多传道之,会稽张君思廉尝书于杨铁崖先生所撰墓铭之后矣,今并录于此云:元故白云漫士陶明元氏,讳煜。弱冠时,用道家法,事所谓玄武神,甚谨。明元母病心痛,痛则拍张跳躅,啮床簨衾褥,号叫以纾苦楚。岁濒死者六七发,医莫能愈。明元每掏心嚼舌,以代母痛。一日,危甚,计无所出,走祷玄武前曰:"刲股割肝,非先王礼,在法当禁,某非不知也。今事急矣,敢犯死取一裔为汤剂,神尔有灵,疾庶几其瘳。"祷毕,即引刀欲下。忽有二童自外跃入,叱曰:"毋自损,我天医也!"明元大骇,伏地乞哀。童子取案上笔,书十数字于几面。掷笔,二童子咸仆地。随呼家人救之,噀以水,良久苏,乃邻氏儿也,叩之,无所知焉。视其书,药方也,随读随隐。明元私喜曰:"此必玄武神也,吾母其瘳矣。"即如方治之。药甫及口,而痛已失,终母身不再举。张子曰:齐谐志怪,圣人不道。左氏尚诬,君子非之。明元之事,遂昌郑元祐状行,会稽先生杨维桢志墓,皆不书,非逸也,畏讥而削之也。彼以谓玄武神者,西北方之气也,莽苍无知,非如俞跗岐扁,能切脉察色,投汤熨火,抉肠剔胃,以取人疾,在理所不通,故不书。虽然,动天地,感鬼神,莫大乎孝。焉知冥冥中英魂烈气不散者，或如俞跗岐扁，依凭精魄，以遂孝子之请也。不然，何穹然漠然之体而有所谓天医乎？明元子宗仪与余友善，其寓殡又在玉笥山下，去余居不远，以是得其实尤详。故宁受左氏之讥，不敢没明元之孝。《书曰》："与其杀不辜，宁失不经。"先王之过盖如此。会稽张宪撰。

吾 竹 房 先 生

吾子行先生衍，太末人。大父为宋太学诸生，因家钱唐。先生旷放，高不仕之节。其所厌弃者或请谒，从楼上遥谓曰："吾出有间矣。"顾弹琴，吹洞箫，抚弄如意不辍。求室委巷，教小学常数十人，与客对笑谈喧，楼上下群童一是肃安。其所著述，有《尚书要略》、《听玄集》、《造玄集》、《九歌谱》、《十二月乐谱辞》、《重正卦气》、《楚史梼杌》、《晋文春秋》。兼通声音律吕之学，工篆书。初，先生年四十未娶，所知宛丘赵君天锡，为买酒家孤女为妾。年饥，女尝事人，后夫知妻在先生所，讼之，因逮妾父母。父母至，客先生家，又伪楮币事觉，因言舍主人。先生固弗知，因逻捽辱先生，南出数百步，录事张君景亮识先生，叱逻曰："是不知情，摄之何为？"即解纵遣归。先生不胜惭，明日，持玄䌷缁笠，诣仇山村先生别。值晨出，因留诗一章，有"西泠桥外断桥边"之句，意将从灵均于斯。明日，有得遗履于桥上者。后卫大隐以六壬筮之，得亥子丑，顺流象，曰："是其骨朽渊泥九十日矣。"西湖多宝院僧可权，从先生学，闻先生之死，哭甚哀，乃葬先生遗文于后山，与其师骨塔相对，曰："皆吾师。"仍乞铭于胡石塘先生，庶几先生有后世名。铭曰："生弗渎，死弗辱，贞哉白。"余习篆书，极爱先生翰墨，得一纸半幅,如获至珍,以故于书法颇有助。偶与郑遂昌先生谈先生之始末,就识之。竹房、竹素、贞白,皆先生号也。

抗疏谏伐宋

何公巨川者,京师长春宫道士也。会世皇将取宋,乃上疏抗言宋未有可伐之罪,遂命副国信使翰林学士郝文忠公经使江南,殁于真州。至正间,诏追赠二品官。有人作诗悼之云:"奇才不泄神仙事,抗疏曾干世祖知。每恨南邦本无罪,空留北使欲何为。忠魂久掩孤城馆,褒诏新镌二品碑。地上若逢奸似道,为言故国黍离离。"

发 腊

妇人头发有时为膏泽所黏,必沐乃解者,谓之腊。按《考工记·弓人》注云:"腊,亦黏也,音职。"则发腊之腊,正当用此字。

鬼 赃

陕西某县一老妪者,住村庄间,日有道流乞食,与之无吝色。忽问曰:"汝家得无为妖异所苦乎?"妪曰:"然。"曰:"我为汝除之。"即命取火,焚囊中符篆。顷之,闻他所有震霆声。曰:"妖已诛殛,才遁其一。廿年后,汝家当有难。今以铁简授汝,至时,亟投诸火。"言讫而去。自是久之,妪之女长而且美,一日,有曰大王者骑从甚都,借宿妪家,遣左右谓曰:"闻尝得异人铁简,可出示否?"盖妪平日数为他人借观,因造一伪物,而以真者悬腰间,不置也,遂用伪献。留不还,谓曰:"可呼汝女行酒。"以疾辞。大王怒,便欲为奸意。妪窃思道流之说,计算岁数又合,乃解所佩铁简投酒灶火内,既而电掣雷轰,烟火满室,须臾平息,击死猕猴数十,其一最钜,疑即向之逃者。所赍随行器用,悉系金银宝玉,走告有司,籍人官库。泰不华元帅为西台御史日,阅其案朱语曰鬼赃云。余亲闻泰公说甚详,且有钞具案文,惜不随即纪录,今则忘邑里姓名岁月矣。

居　　士

今人以居士自号者甚多。考之六经中,惟《礼记·玉藻》有曰"居士锦带",注谓道艺处士也。吴曾《能改斋漫录》云:居士之号,始于商周之时。按《韩非子》书曰:太公封于齐,东海上有居士任矞、华仕昆弟二人,立议曰"吾不臣天子,不友诸侯,耕而食之,掘而饮之,吾无求于人,无上之名,无君之禄,不仕而事力"云云。然则居士云者,处士之类是已。

亲　　家

凡男女缔姻者,两家相谓曰亲家,此二字见《唐·萧嵩传》。今北方以亲字为去声。按卢纶作王驸马花烛诗云:"人主人臣是亲家。"则是亦有所祖。亲家又曰亲家翁,《五代史·刘昫传》:昫与冯道为姻家,而同为相,道罢,李愚代之。愚素恶道之为人,凡事有稽失者,愚必指以诮昫曰:"此公亲家翁所为。"苏氏《开谈录》:冯道与赵凤同在中书,凤有女适道中子,以饮食不中,为道夫人谴骂,赵令婢长号知院者来诉,凡数百言,道都不答。及去,但云:"传语亲家翁,今日好雪。"

宝晋斋研山图

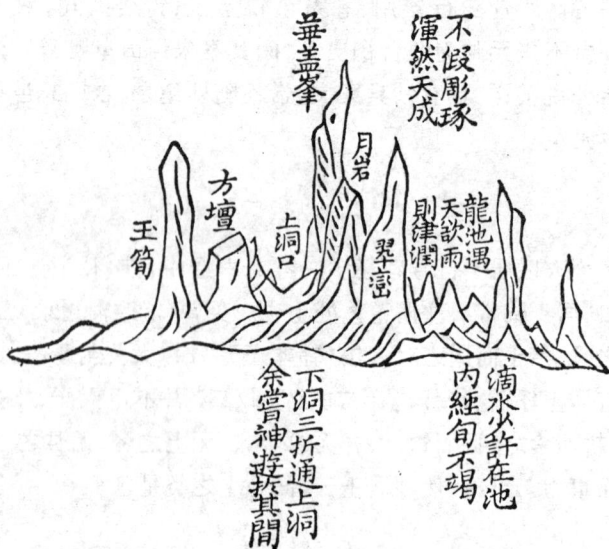

不假彫琢　渾然天成

垂盖峰

月岩

方坛

玉笋

上洞口

翠巗

龍池遇天欲雨則津潤

下洞三折通上洞

余尝神遊於其間

滴水少許在池内經旬不竭

　　右此石是南唐宝石，久为吾斋研山，今被道祖易去。中美旧有诗云："研山不易见，移得小翠峰。润色裹书几，隐约烟朦胧。巉岩自有古，独立高崧茏。安知无云霞，造化与天通。立璧照春野，当有千丈松。崎岖浮波澜，偃仰蟠蛟龙。萧萧生风雨，俨若山林中。尘梦忽不到，触目万虑空。公家富奇石，不许常人同。研山出层碧，峥嵘实天工。淋滴上山泉，滴沥助毫端。挥成惊世文，主意皆逢原。江南秋色起，风远洞庭宽。往往入佳趣，挥扫出妙言。愿公珍此石，美与众物肩。何必嵩少隐，可藏为地仙。"今每诵此诗，必怀此石。近余亦有作云："研山不复见，哦诗徒叹息。唯有玉蟾蜍，向余频泪滴。"此石一人渠手,不得再见,每同交友往观,亦不出示,绍彭公真忍人也。余今笔想成图,仿佛在目,从此吾斋秀气尤不复泯矣。崇宁元年八月望,米芾书。余二十年前,嘉兴吴仲圭为画图,钱唐吴孟思书文。后携至吴兴,毁于兵。偶因清暇,默怀往事,漫记于此。

卫　夫　人

《翰墨志》云:卫夫人,名铄,字茂漪,晋汝阴太守李矩妻。善钟法,能正书,入妙,王逸少师之。《西溪丛语》云:夫人,廷尉展之弟,恒之从妹,中书郎李充之母 。

南村辍耕录卷七

赵 魏 公 书 画

魏国赵文敏公孟頫，以书法称雄一世，画入神品。其书人但知自魏晋中来，晚年则稍入李北海耳。尝见《千字文》一卷，以为唐人字，绝无一点一画似公法度，阅至后，方知为公书。公自题云："仆廿年来写《千文》以百数，此卷殆数年前所书，当时学褚河南《孟法师碑》，故结字规模八分，今日视之，不知孰为胜也。田君良卿，于骆驼桥市中买得此卷，持来求跋，为书其后。因思自五岁入小学学书，不过如世人漫尔学之耳，不意时人持去，可以鬻钱，而吾良卿又捐钱若干缗以购之，皆可笑也。元贞二年正月十八日，子昂题。"则知公之书所以妙者，无帖不习也。又尝见公题所画马云："吾自幼好画马，自谓颇尽物之性，友人郭祐之尝赠余诗云：'世人但解比龙眠，那知已出曹韩上。'曹、韩固是过许，使龙眠无恙，当与之并驱耳。"然往往阅公所画马及人物、山水、花竹、禽鸟等图，无虑数十百轴，又岂止龙眠并驱而已哉！又闻公偶得米海岳书《壮怀赋》一卷，中阙数行，因取刻本摹拓，以补其阙，凡易五七纸，终不如意，乃叹曰："今不逮古多矣！"遂以刻本完之。公之翰墨，为国朝第一，犹且服善如此，近有一等人，仅能点画如法便自夸大者，于公宁不愧乎！

金 鳌 山

吾乡于佩远先生演题金鳌山诗曰："金鳌之山金碧浮,重玄宝坊居上头。钟声夜渡海门月,树色远揽丰山秋。龙伯国人真妙手,掣此巨灵镇江口。丹丘逸士来跨之,石洼为尊江当酒。黄须天子七宝鞭,黄头渔郎棹江船。百年尘迹果何在,芒砀云去山苍然。历试诸难固天造,中兴开国何草草。腹心有疾日月昏,英雄无声天地老。两宫不归汴水流,此地空传帝子游。惜无健笔驱风雨,一洗江山万古愁。"此诗至今脍炙人口。山枕海,属临海县章安镇。初,宋高宗在潜邸日,泰州人徐神翁云能知前来事,群阉言于徽宗,召至,以宾礼接之。一日,献诗于帝曰："牡蛎滩头一艇横,夕阳西去待潮生。与君不负登临约,同上金鳌背上行。"及两宫北狩,匹马南渡,建炎庚戌正月三日,帝航海,次章安镇,滩浅阁舟,落帆于镇之福济寺前以候潮,顾问左右曰："此何山?"曰："金鳌山。"又问:"此何所?"曰:"牡蛎滩。"因默思神翁之诗,乃屏去警跸,易衣徒步登岸,见此诗在寺壁间,题墨若新,方信其为异人也。时住持僧方升坐,道祝圣之词,帝趾忽前,闻其称赞之语甚喜,戒左右勿惊怖,而谛听之。少焉,千乘万骑毕集,终知为六飞临幸。野僧初不闲礼节,恐怖失措,从行有司,教以起居之仪。山下曰黄椒村,村之妇女闻天子至,咸来瞻拜龙颜,欢声如雷,曰:"不图今日得睹天日。"帝喜,敕夫人各自遂便。故至今村妇皆曰夫人,虽易世,其称谓尚然不改。《宋史》但载御舟幸章安镇,而不见金鳌之详。偶与张善初话乡中旧事,因笔之。善初,章安人也。

委 羽 山

吾乡台之黄岩诸山,脉络相连,属大江越州治北。自州出南门,陆行四五里许,有委羽山,特立不倚,形如落舞凤,故得名。然州人与之朝夕者,俱弗自知其为胜。山旁广而中深,青树翠蔓,阴翳葢郁,幽泉琮琤,若鸣珮环于修竹间,千变万态,不可状其略。中藏洞穴,仙家所谓空明洞天者是也。好道之士尝持炬入,行两日,不可穷,闻橹声乃出。洞之侧产方石,周正光泽,五色错杂,虽加琢磨,殆不是过,大者三四分,小者比米粒而小,以斧粉碎之,亦无不端方。见长老言,尝有素服靓妆飘飘若仙之女者,当风清月白时,则逍遥乎松杉竹柏之下,或时变服叩里人门求水火。里人所居,去洞所不能百步,异其状,密觇之,迤逦从洞中去。里人以为怪,粪其地。越数日,里人家夜失火,势张甚,不可灭,室宇一空,妻子仅以身免,遂离他处。识者以为厌秽仙境,故致此奇祸。自是仙女不复出矣。余幼时尚及见里人故址。至今有欲得方石者,裹粮撮许,往洞口撒之,随意拾地上土,则有石在土中,不尔,绝无有也。

斛 铭

镇国上将军福建宣慰使费荣敏公窠,余内子之曾大父也,吴兴人,今著籍松江之上海。器度弘厚,不以富贵骄人。轻财好施,勇于为义,人皆称曰费佛子。陵阳牟先生瓛所撰墓志铭,载其事甚详。家之量衡无二致,刻铭于斛之四面曰:"出以是,入以是,子孙永如是。"推此则真古仁人之用心者矣。内子之大父良显侯拱辰,父昭武大将军雄,皆世守其业,克不坠先志云。

孝　　感

越枫桥里人丁氏，母双目失明，丁至孝，每朝盥漱讫，即舐母之目，积有年矣。俄而母左目明，未久右目复明。宪司上其事于朝，表其闾曰孝子之门，至治年间也。因读《江南别录》：彭李者，世为义门陈氏之佣，夫丧明已久，有子一人，尝闻陈之子弟言，舜为父瞽叟舐目而致明，乃归效之，不旬日，父目忽然明朗。右二事，诚孝行所感。今段吉父先生母夫人刘，双目久失明，医弗能愈，先生中乡举，一目忽自见物，先生及第，一目又如之。虽夫人喜溢于中，不自知其然而然，亦先生学业有成所致与？传曰："立身扬名，以显于后世，孝之至也。"其此之谓焉。先生讳天祐，汴梁兰陵人，仕至江浙儒学提举。

火 失 剌 把 都

火失剌把都者，回回田地所产药也。其形如木鳖子而小，可治一百二十种证，每证有汤引。

屈　　戌

今人家窗户设铰具，或铁或铜，名曰环纽，即古金铺之遗意。北方谓之屈戌，其称甚古。梁简文诗："织成屏风金屈戌。"李商隐诗："锁香金屈戌。"李贺诗："屈膝铜铺锁阿甄。"屈膝，当是屈戌。

回 回 石 头

回回石头，种类不一，其价亦不一。大德间，本土巨商中卖红剌一块于官，重一两三钱，估直中统钞一十四万锭，用嵌帽顶上。自后累朝皇帝相承宝重，凡正旦及天寿节大朝贺时则服用之。呼曰剌，亦方言也。今问得其种类之名，具记于后：

红石头<small>四种，同出一坑，俱无白水。</small>

　　剌<small>淡红色，娇。</small>　　避者达<small>深红色，石薄方娇。</small>　　昔剌泥<small>黑红色。</small>　　苦木兰<small>红黑黄不正之色，块虽大，石至低者。</small>

绿石头<small>三种，同出一坑。</small>

　　助把避<small>上等暗深绿色。</small>　　助木剌<small>中等明绿色。</small>　　撒卜泥<small>下等带石，浅绿色。</small>

鸦鹘

　　红亚姑<small>上有白水。</small>　　马思艮底<small>带石，无光，二种，同坑。</small>

　　青亚姑<small>上等深青色。</small>　　你蓝<small>中等浅青色。</small>　　屋扑你蓝<small>下等如冰样，带石，浑青色。</small>　　黄亚姑　　白亚姑

猫睛

　　猫睛<small>中含活光一缕。</small>　　走水石<small>新坑出者，似猫睛而无光。</small>

甸子

　　你舍卜的<small>即回回甸子，文理细。</small>　　乞里马泥<small>即河西甸子，文理粗。</small>　　荆州石<small>即襄阳甸子，色变。</small>

黄 巢 地 藏

赵生者，宋宗室子也。家苦贫，居闽之深山，业薪以自给。一日，伐木溪浒，忽见一巨蛇，章质尽白，昂首吐舌，若将噬己，生弃斧斤奔避，得脱。妻问故，具以言。因窃念曰："白鼠白蛇，岂宝物变幻邪？"即拉夫同往，蛇尚宿留未去，见其夫妇来，回首溯流而上。尾之，行数百步，则入一岩穴中。就启之，得石，石阴刻押字与岁月、姓名，乃黄巢手瘗，治为九穴，中穴置

金甲,余八穴金银无算。生掊取畸零,仍旧掩盖。自是家用日饶,不复事事。邻家疑其为盗,告其姊之夫尝为吏者。吏询之严,不敢隐,随馈白金五锭。吏贪求无厌,讼之官。生不获已,主一巨室,悉以九穴奉巨室,广行贿赂,有司莫能问。迨帅府特委福州路一官往廉之,巨室私献金甲,因回申云:"具问本根所以,实不曾掘发宝藏。"其事遂绝。路官得金甲,珍袭甚,至任满他适,其妻徙置榻下,一夕,闻绕榻风雨声,顷刻而止,颇怪之,夫归共取视,镝钥如故,启笼乃无有也。生无子,夫妇终老巨室。嗟夫!天地间物苟非我有,虽得之亦终失也。巢之乱唐天下,剽掠宝货,历三四百年,至于我朝,而为编氓所得。氓固得之,不能保之,而卒归于富家。其路官得金甲,自以为子孙百世计,一旦作神物化去。是皆何为贪婪妄求者劝。

官　　奴

今以妓为官奴,即官婢也。《周礼·天官·酒人》"奚三百人"注:"今之侍史、官婢。"

梵　　嫂

唐郑熊《番禺杂记》:广中僧有室家者,谓之火宅僧。宋陶穀《清异录》:京师大相国寺僧有妻,曰梵嫂。

房　　老

王子年《拾遗记》:石季伦有妾名翔风,及色衰,退为房老。

鸳　　衾

孟蜀主一锦被,其阔犹今之三幅帛,而一梭织成。被头作二穴,若云版样,盖以叩于项下,如盘领状,两侧余锦则拥覆于肩,此之谓鸳衾也。杨元诚太史言,儿时闻尊人枢密公云,尝于宋官库见之。

奚奴温酒

宋季,参政家公铉翁,于杭将求一容貌才艺兼全之妾,经旬余,未能惬意。忽有奚奴者至,姿色固美,问其艺,则曰能温酒。左右皆失笑,公漫尔留试之。及执事,初甚热,次略寒,三次微温,公方饮。既而每日并如初之第三次。公喜,遂纳焉,终公之身,未尝有过不及时。归附后,公携入京,公死,囊橐皆为所有,因而巨富,人称曰奚娘子者是也。吁!彼女流贱隶耳,一事精至,便能动人,亦其专心致志而然。士君子之学为穷理正心修己治人之道,而不能至于当然之极者,视彼有间矣。

挂牌延客

江右胡存斋参政,能折节下士,宾客至如家焉。故南北士大夫有经过其地,无不愿见者。每虑阍人不为通刺,苟不出日,即于门首挂一牌云"胡存斋在家"。

买宅有谶

松江在城金世昌者,出继夏氏。尝买废宅,修葺前厅,梁内有凿成金世昌三字。必昔时客商所记姓名,人以为有定数云。

待　士

恒阳廉文正王希宪,字善父,畏吾氏。由父孝懿王布鲁凯官廉访使,氏焉。国初,拜平章政事。秉政日,中书右丞刘武敏公整,以初附为都元帅,骑从甚都,诣门求见。王之兄弟凡十人,后皆至一品,内王弟昭文馆大学士、光禄大夫、蓟国公希贡,犹布衣,为通报。王方读书,略不答。蓟公出,整复浼入言之。因令彻去坐椅,自据中坐,令整入。整展拜起,侧立,不予之一言。整求退,谓曰:"此是我私宅,汝欲有所言,明日当诣政事堂。"及出,愧赧无人色。顷之,宋士之在羁旅者,寒饿狼狈,冠衣褴缕,袖诗求见,王之兄弟皆揶揄之。蓟公复为入言,急令铺设坐椅,且戒内人备酒馔,出至大门外,肃入,对坐,出酒馔,执礼甚恭,且录其居止。诸儒但言困苦,乞归。王明日遂言于世皇,皆遂其请。是夜,诸兄弟问曰:"今日刘元帅者,主上之所倚任,反菲薄之,江南穷秀才,却礼遇如此其至,我等不能无疑。"王曰:"我是国家大臣,言动嚬笑,系天下重轻。整虽贵,卖国叛臣也,故折辱之,令其知君臣义重。若寒士数十,皆诵法孔子者也,在宋,朝不坐,燕不与,何故而拘执于此?况今国家起朔漠,斯文不绝如线,我更不尊礼,则儒术且将扫地矣。"王之作兴斯文若此,是大有功于名教者也。

雇 仆 役

许鲁斋先生在中书日,命牙侩雇一仆役,特选一能应对闲礼节者进,却之,曰:"特欲老实耳。"他日,领一蓬首垢面愚呆之人来,遂用之。侩请问其故,先生曰:"谚云:马骑上等马,牛用中等牛,人使下等人。马上等能致远,牛中等良善,人下等易驯。若其聪明过我,则我反为所使矣。假如司马温公家一仆,三十年止称君实秀才,苏子瞻学士来谒,闻而教之,明日,改称大参相公,公惊问,以实告,公曰:'好一仆,被苏东坡教坏了。'这便是样子。"

志　异

至正壬辰春,自杭州避难居湖州。三月廿三日,黑气亘天,雷电以雨,有物若果核,与雨杂下,五色间错,光莹坚固,破其实食之,似松子仁,人皆曰娑婆树子。闰月十二日,复雨。八月,过杭州,因知三月十八日亦雨如湖州,郡人初不以为异。及九月十日,红巾犯省治,雨核之地悉被兵火,无有处屋宇如故。余弗之信。九月廿六日,湖州陷,仪凤桥四向焚戮特甚。追思雨核时,桥四向为最多,信前言不诬也。后闻池州亦然,与杭日同,池州之祸,尤可惨也。按白乐天诗集载月中尝坠桂子于天竺寺,叶石林《玉涧杂书》亦云仁宗天圣中,七月八月两月之望,有桂子从空降如雨,其大如豆,杂黄白黑三色,食之味辛,寺僧道式取以种,得二十五本。二书岂尽妄耶?此理殊不可晓。但今又为时谶,尤可异也。

课　马

俗呼牝马为课马者,《唐六典》:凡牝,四游五课,羊则当年而课之。课,岁课驹犊也。

客　作

今人之指佣工者曰客作,三国时已有此语,焦光饥则出为人客作,饱食而已。

咸　杬　子

今人以米汤和入盐草灰以团鸭卵,谓曰咸杬子。按《齐民要术》:用杬木皮淹渍,故名之。若用圆字写,则误矣。

官制资品

品	公服俱紫罗襻膊右衽系舒系脚头	爵	勋	母妻	文
正一	紫罗服，大独科花直径五寸，玉带	国公	上柱国	国夫人	开府仪同三司　仪同三司　特进　崇进　金紫光禄大夫　银青荣禄大夫　荣禄大夫
从一			柱国		光禄大夫
正二	紫罗服，小独科花直径三寸，花犀带	郡公	上护军	郡公夫人	资德大夫　资政大夫　资善大夫
从二			护军		正奉大夫　通奉大夫　中奉大夫
正三	紫罗服，散答花直径一寸，荔枝金带	郡侯	上轻车都尉	郡侯夫人	正议大夫　通议大夫　嘉议大夫
从三			轻车都尉		大中大夫　中大夫　亚中大夫
正四	紫罗服，小杂花直径一寸半，金带	郡伯	上骑都尉	郡君	中议大夫　中宪大夫　中顺大夫
从四			骑都尉		朝请大夫　朝散大夫　朝列大夫
正五	紫罗服，小杂花直径一寸半，乌犀带	县子	晓骑尉	县君	奉政大夫　奉议大夫
从五		县男	飞骑尉		奉直大夫　奉训大夫
正六	绯罗服，小杂花直径一寸，乌犀带			恭人	承德郎　承直郎
从六					儒林郎　承务郎
正七	绿罗服，无纹，乌犀带			宜人	文林郎　承事郎
从七					征事郎　从事郎
正八	路提控案牍府州都吏目典吏等襕幞罗衫，罗幞束带				登仕郎　将仕郎
从八					登仕佐郎　将仕佐郎

（续表）

	公服俱幞头右衽系脚	紫罗服，大独科花直径五寸，玉带	紫罗服，小独科花直径三寸，花屏带	紫罗服，散答花直径一寸，荔枝带	紫罗服，小杂花直径一寸半，荔枝金带	紫罗服，小杂花直径一寸半，乌屏带	六品七品绯罗服，小杂花直径一寸，乌屏带	八品九品明绿无纹罗服，乌屏带	路摄提控案牍书目、府州都曹等体掬罗袴衫，乌屏束带
武		龙虎卫上将军 金吾卫上将军 骠骑卫上将军	昭武大将军 昭毅大将军 昭勇大将军	安远大将军 定远大将军 怀远大将军	广威将军 宣威将军 明威将军 信武将军 显武将军 宣武将军	武节将军 武德将军 武义将军 武略将军	忠武校尉 忠显校尉 承信校尉 昭信校尉	修武校尉 武教校尉 忠勇校尉 忠翊校尉	保义副尉 进义副尉 保义校尉 进义校尉
司天				明时大夫 颁朔大夫 钦象大夫 正议大夫	保章大夫	司玄大夫	授时郎 灵台郎 侯仪郎	平秩郎 司正郎	正纪郎 絜壶郎 司历郎 司辰郎
太医			保和大夫 保安大夫 保康大夫 保宜大夫	保顺大夫	保冲大夫	保全郎	成安郎 成和郎	医正郎 成全郎	医效郎 医痊郎

（续表）

公服俱幞头右系皂束脚	紫罗服，大独科花直径五寸，玉带	紫罗服，小独科花直径三寸，花犀带	紫罗服，散答花直径二寸，荔枝金带	紫罗服，小杂花直径一寸半，荔枝金带	紫罗服，小杂花直径一寸，乌犀带	紫罗服，小杂花直径半，乌犀带	六品七品绯罗服，小杂花径一寸，乌犀带	人品九品明绿无纹罗服，乌犀带	路提控案牍府州都吏目典吏等樏罗窄衫乌犀束带	
内侍		中散大夫	中引大夫	中仪大夫	中御大夫	中卫大夫	通侍郎	通侍郎	侍正郎 侍直郎	司谒郎 司闶郎	司仆郎 司引郎
教坊					云韶大夫 韶大夫	长宁大夫 德和大夫 和大夫	协律大夫	嘉成大夫	纯和郎 调音郎	协乐郎 司乐郎	和乐郎 和节郎 弘节郎
文官子孙阴正五	正五	从五	正六	从六	正七	从七	正八	从八	正九	从九	
正五两考须历上州尹一任，再历正五一任，方入四品，正从四品以外不次，通人十月与三品，正从五以上三品司定夺	三考正五升正五	两考升从五	三考升从五	两考升正六	三考升正七管	两考升从六	两考升从七	三考升从七	三考升从八 正九品	两考升从八 从九 外任官转升例	至元六年三月奏准外任考未及九月五日升，不及六月十五日后任贴补，朝官一考升少月五月之上减两任一资等，一十五月以上同一等所少月日后任贴补，通升三等止

奎章政要

　　文宗之御奎章日，学士虞集、博士柯九思常侍从，以讨论法书名画为事。时授经郎揭傒斯亦在列，比之集、九思之承宠眷者则稍疏。因潜著一书曰《奎章政要》以进，二人不知也。万几之暇，每赐披览。及晏朝，有画"授经郎献书图"行于世，厥有深意存焉。句曲外史张雨题诗曰："侍书爱题博士画，日日退朝书满床。奎章阁中观政要，无人知有授经郎。"盖柯作画，虞必题，故云。

义　奴

　　刘信甫，扬州人，郡富商曹氏奴。曹濒死，以孤托之。孤渐长，孤之叔利孤财，妄诉于府曰："某家资产未尝分析，今悉为侄所据。"郡守刘察其诈，直之。叔之子以父讼不胜，惭且愤，毒父死，而复诉于府曰："弟挟怨杀吾父。"适达鲁花赤马马火者，受署之初，与守不和，竟欲置孤法，并得以中守。引致百余人，皆抑使诬服，曰孤俾某等杀叔，守受孤贿若干。末鞫信甫，信甫曰："杀人者某也，孤实不知，守亦无贿。"既被锻炼无完肤，终无两辞。初，信甫先遣人密送孤至京师，避于一达宦家，嘱之曰："慎毋出。"至是，乃厚以金帛赂达鲁花赤，孤得无预，而信甫减死。既出，叩跸陈告，达鲁花赤以罪罢去，守复官。凡狱讼道里费盖钜万计，孤归，悉算偿。信甫曰："奴之富皆主翁之荫也。今主有难，奴救脱之，分内事耳，宁望求报哉！"力辞不受。

忠　倡

至正壬辰秋，边寇陷常州，守吏望风奔溃。徐妇，倡者，寇命以佐燕，乃愤詈弗从，竟刺死之。未几，江浙平章定定来克复，儒流吴寅夫、赵君谟等以从逆伏诛。嘉兴张翔南翼作《忠徐倡诗》以白于世曰："西神峨峨，睢孽蔓乘。兵涂毗膏，国武乏兴。喈尔尸素营贿朋，城弗典守妖狐凌。彼章逢之徒，冠伦魁能，蒲伏袭服，倒授太阿慷以承。天廓不白暑雨冰，纲常沦堕，线绝罔凭。胡为优徐倡，冶容倚市矜。夔妖驱之俾侑乐，颒玉肆詈无凌兢。噤讴褫舞余，怒鬟植髯髻。铅为钢，刃刬膺，载营霸，灼上升。顾守臣钜儒，汗恶衔愧死莫惩。二仪磅礴忠义气，独出下里孰可仍。桓桓执夷徒，乃反经沟塍。尔倡丹衷烛日月，易粉黛誉声绳绳。污浊流，回清澄。"盖吴尝室其少妹，且与生子，名教中所不齿者，一死固有余辜。赵颇纯谨老成，乃亦在列，可哀也已。《随隐漫录》载宋端平二年，李全据高邮城叛，召官奴毛惜惜佐酒，骂曰："汝本健儿，官家何负于汝而反？吾有死耳，不能为反贼行酒！"全以刃裂口，立命脔之，骂至死不绝。后阃臣以闻，特封英烈夫人，且赐庙。潘紫岩有诗曰："淮海艳姬毛惜惜，蛾眉有此万人英。恨无匕首学秦女，向使裹头真呆卿。玉骨花颜城下土，冰魂雪魄史间名。古今无限腰金者，歌舞筵中过一生。"噫！当是时也，奸凶得志，势焰熏天，虽厚禄重臣，峨冠世儒，罔不效力执事，战兢奔走于指麾之下，而倡优下贱，乃能奋不顾身，独何人与？夫徐氏之与英烈夫人，同一死耳，而无有为之举申朝廷，褒赠封号，以为世劝，惜哉！

鹰背狗

北方凡皂雕作巢所在，官司必令人穷巢探卵，较其多寡。如一巢而三卵者，置卒守护，日觇视之，及其成鷇，一乃狗耳，取以饲养，进之于朝。其状与狗无异，但耳尾上多毛羽数根而已。田猎之际，雕则戾天，狗则走陆，所逐同至，名曰鹰背狗。

志　怪

至正乙未正月廿三日，日入时，平江在城忽闻东南方军声且渐近，惊走觇视，他无所有，但见黑云一簇中，仿佛皆类人马，而前后火光若灯烛者，莫知其算，迤逦由西北方而没。惟葑门至齐门居民屋脊龙腰悉揭去，屋内床榻屏风俱仆。醋坊桥董家杂物铺失白米十余石，酱一缸，不知置之何地。此等怪事，竟不可晓。

鬻　爵

至正乙未春，中书省臣进奏，遣兵部员外郎刘谦来江南，募民补路府州司县官，自五品至九品，入粟有差，非旧例之职专茶盐务场者比。虽功名逼人，无有愿者。既而抵松江时，知府崔思诚惟知曲承使命，不问民间有粟与否也，乃拘集属县巨室，点科十二名，众皆号泣告诉，曾弗之顾，辄施拷掠，抑使承伏，即填空名告身授之。平江路达鲁花赤卒不避遣斥，力争以为不可，竟无一人应募者。崔闻之，深自悔赧。

还金绝交

曹公克明鉴，号以斋，宛平人。为湖广行省员外郎日，麻阳主簿顾渊白致书问讯,且以辰砂一包见寄,未及启封,漫尔置箧笥中。后有宪官过访,因论制药,谓苦无好辰砂。公曰:"我有一故人尝以此为惠,当奉送。"及取视,乃有砂金三两杂其内。公惊叹曰:"渊白以我为何如人也?"时渊白已没,呼其子归之。其廉洁如此。官至礼部尚书,谥文穆。

画　　鬼

王渊,字若水,钱唐人。善山水人物,尤长于花竹翎毛。幼时获侍赵魏公,故多得公指教,所以傅色特妙。天历中,画集庆龙翔寺两庑壁。时都下刘总管者总其事,刘命若水于门首壁上作一鬼,其壁高三丈余,难于著笔,因取纸连粘粉本以呈。刘曰:"好则好矣,其如手足长短何?"若水不得其理,因具酒礼再拜求教于刘。刘曰:"子能不耻下问,吾当告焉。若先配定尺寸,画为裸体,然后加以衣冠,则不差矣。"若水受教而退,依法为之,果善。

南村辍耕录卷八

写 山 水 诀

　　黄子久散人公望,自号大痴,又号一峰,本姓陆,世居平江之常熟,继永嘉黄氏。颖悟明敏,博学强记。画山水宗董、巨,自成一家,可入逸品。其所作《写山水诀》,亦有理致,迩来初学小生多效之,但未有得其仿佛者,正所谓画虎刻鹄之不成也。

写 山 水 诀

　　近代作画,多宗董源、李成二家笔法,树石各不相似,学者当尽心焉。

　　树要四面俱有干与枝,盖取其圆润。

　　树要有身分,画家谓之纽子。要折搭得中,树身各要有发生。

　　树要偃仰稀密相间,有叶树枝,软面后皆有仰枝。

　　画石之法,先从淡墨起,可改可救,渐用浓墨者为上。

　　石无十步,真石看三面,用方圆之法,须方多圆少。

　　董源坡脚下多有碎石,乃画建康山势,董石谓之麻皮皴。坡脚先向笔画边皴起,然后用淡墨破,其深凹处,着色不离乎此,石着色要重。

　　董源小山石,谓之矾头。山中有云气,此皆金陵山景。皴法要渗软,下有沙地,用淡墨扫屈曲为之,再用淡墨破。

山论三远:从下相连不断,谓之平远;从近隔开相对,谓之阔远;从山外远景,谓之高远。

山水中用笔法,谓之筋骨相连,有笔有墨之分。用描处糊突其笔,谓之有墨;水笔不动描法,谓之有笔。此画家紧要处。山石树木皆用此。

大概树要填空,去声。小树大树,一偃一仰,向背浓淡,各不可相犯。繁处间疏处,须要得中。若画得纯熟,自然笔法出现。

画石之妙,用藤黄水侵入墨笔,自然润色。不可用多,多则要滞笔。间用螺青入墨,亦妙。吴妆容易入眼,使墨士气。

皮袋中置描笔在内,或于好景处见树有怪异,便当模写记之,分外有发生之意。登楼望空阔处气韵,看云采即是山头景物,李成、郭熙皆用此法。郭熙画石如云,古人云天开图画者是也。

山水中唯水口最难画。

远水无痕,远人无目。

水出高源,自上而下,切不可断派,要取活流之源。

山头要折搭转换,山脉皆顺,此活法也。众峰如相揖逊,万树相从,如大军领卒,森然有不可犯之色,此写真山之形也。

山坡中可以置屋舍,水中可置小艇,从此有生气。山腰用云气,见得山势高不可测。

画石之法,最要形象,不恶石有三面,或在上,在左侧,皆可为面。临笔之际,殆要取用。

山下有水潭,谓之濑,画此甚有生意,四边用树簇之。

画一窠一石,当逸墨撇脱,有士人家风。才多,便入画工之流矣。

或画山水一幅，先立题目，然后著笔，若无题目，便不成画。更要记春夏秋冬景色，春则万物发生，夏则树木繁冗，秋则万象肃杀，冬则烟云黯淡。天色模糊，能画此者为上矣。

李成画坡脚，须要数层，取其湿厚。米元章论李光丞有后代儿孙昌盛，果出为官者最多。画亦有风水存焉。

松树不见根，喻君子在野。杂树，喻小人峥嵘之意。

夏山欲雨，要带水笔。山上有石，小块堆在上，谓之矾头。用水笔晕开，加淡螺青，又是一般秀润画，不过意思而已。

冬景借地为雪，要薄粉晕山头。

山水之法，在乎随机应变，先记皴法不杂，布置远近相映，大概与写字一般，以熟为妙。纸上难画，绢上矾了，好著笔，好用颜色，易入眼。先命题目，此谓之上品。古人作画，胸次宽阔，布景自然。合古人意趣，画法尽矣。

好绢用水喷湿，石上槌眼匾，然后上帧子。矾法，春秋胶矾停，夏日胶多矾少，冬天矾多胶少。着色，螺青拂石上，藤黄入墨画树，甚色润好看。

作画只是个理字最紧要，吴融诗云"良工善得丹青理"。

作画用墨最难，但先用淡墨，积至可观处，然后用焦墨浓墨，分出畦径远近，故在生纸上有许多滋润处。李成惜墨如金是也。

作画大要去邪、甜、俗、赖四个字。

邓　山　房

平江会道观主邓山房道枢，绵州人，在宋季为道士，时斋法已精，际遇理、度两朝。一日，谢后遣巨珰召至内后门，泣降德音,且令其责军令状,使无泄,然后谓曰:"吾昨夜梦见济王怒甚,以为吾且将兵由独松关入,灭汝社稷矣。吾此梦颇可怪,汝可就南高峰顶,为誊心章,宣告上帝。"已而黄头先锋斩关而来。宋亡后,邓遂筑今观。

狗　　站

高丽以北名别十八,华言连五城也。罪人之流奴儿干者,必经此。其地极寒,海亦冰,自八月即合,至明年四五月方解,人行其上,如履平地。征东行省每岁委官至奴儿干,给散囚粮,须用站车,每车以四狗挽之,狗悉谙人性。站有狗分例,若克减之,必啮其主者,至死乃已。

五　马　入　门

吾乡陈刚中先生孚,临海县人。国初时,尝为僧,以避世变。一日,大书所作诗于其父执某之粉墙上云:"我不学寇丞相,地黄变发发如漆。又不学张长史,醉后挥毫扫狂墨。平生绀发三千丈,几度和云眠石上。不合感时怒冲冠,天公罚作圆顶相。肺肝本无儿女情,亦岂惜此双鬓青。只忆山间秋月冷,搔首不见鬟鬆影。"父执见之,曰:"此子欲归俗也。"呼来馆穀之,命养发。经半年余,谓曰:"汝当娶,吾将以女事汝。"先生辞谢再三。既而命寓他所,遣媒妁行言,择日迎归。父执喜曰:"五马入门矣。"先生虽获佳偶,自妻母以至妻之兄姊弟妹皆不然,遂挈家入京,馆阁诸老,交章荐举,入翰林。会朝廷遣使交趾,授先生礼部郎中,副之。至交州,尝有诗曰:"老母越南垂白发,病妻塞北倚黄昏。蛮烟瘴雨交州客,三处相思一梦魂。"及抵安南国,以文字言语谕之,其国遂降,将其世子并国相入朝。后以功授治中，典乡郡，终老焉。若父执者，可谓识人也已。

隐　　逸

　　吾乡吕徽之先生□□，家仙居万山中，博学能诗文，问无不知者，而安贫乐道，常逃其名，耕渔以自给。一日，携楮币诣富家易谷种，值大雪，立门下，人弗之顾。徐至庭前，闻东阁中有人分韵作雪诗，一人得"滕"字，苦吟弗就，先生不觉失笑。阁中诸贵游子弟辈闻得，遣左右诘之，先生初不言，众愈疑，亲自出见，先生露顶短褐，布袜草屦，辄侮之，询其见笑之由。先生不得已，乃曰："我意举滕王蛱蝶事耳。"众始叹伏，邀先生入坐。先生曰："我如此形状，安可厕诸君子间？"请之益坚，遂入阁。众以"藤、滕"二字请先生足之，即援笔书曰："天上九龙施法水，人间一鼠啮枯藤。鹙鹅声乱功收蔡，蝴蝶飞来妙过滕。"复请粘"昙"字韵诗，又随笔写云："万里关河冻欲含，浑如天地尚函三。桥边驴子诗何思，帐底羔儿酒正酣。竹委长身寒郭索，松埋短发老瞿昙。不如乘此擒元济，一洗江南草木惭。"写讫，便出门，留之不可得，问其姓字亦不答。皆惊讶曰："尝闻吕处士名，欲一见而不能，先生岂其人邪？"曰："我农家，安知吕处士为何如人？"惠之穀，怒曰："我岂取不义之财。"必易之，刺船而去。遣人遥尾其后，路甚僻远，识其所而返。雪晴，往访焉，惟草屋一间，家徒壁立，忽米桶中有人，乃先生妻也，因天寒故坐其中。试问徽之先生何在，答曰："在溪上捕鱼。"始知真为先生矣。至彼果见之，告以特来候谢之意。隔溪谓曰："诸公先到舍下，我得鱼，当换酒饮诸公也。"少顷携鱼与酒至，尽欢而散。回至中途，夜黑，不良于行，暂憩一露棚下，适主人自外归,乃尝识面者,问所从来,语以故,喜曰:"是固某平日所愿见者。"止客宿,翼旦,客别,主人蹑其踪,则先生已迁居矣。又一日,先生与陈刚中治中遇于道,治中策蹇驴,时犹布衣,见先生风神高简,问曰:"得非吕徽之乎?"曰:"然。足下非陈刚中乎?"曰:"然。"握手若平生欢,共论驴故事。先生言一事,治中答一事,互至四十余事,治中止矣。先生曰:"我尚记得有某出某书,某出某传。"又三十余事。治中深敬之。

关 节 梯 媒

《杜阳杂编》云:元载宠姬薛瑶英,善为巧媚,载惑之。瑶英之父曰宗本,兄曰从义,与赵娟相递出入,以构贿赂,号为关节。赵娟本岐王爱妾,后出为薛氏妻,主瑶英三人,更与中书主吏卓倩等为腹心,而宗本辈以事告者,载未尝不领之,天下赍宝货求大官,无不恃载权势,指薛卓为梯媒。又李肇《国史补》总叙进士科云:"造请权要,谓之关节。"牛轲《牛羊日历》云:"由是轻薄奔走,扬鞭驰骛,以关节紧慢为甲乙。"以此推之,则谚所谓打关节,有梯媒者,不为无祖矣。

利 市

利市之说,到处皆然。《易·说卦》:"巽为利市三倍。"

志 苗

杨完者,字彦英,武冈绥宁之赤水人。为人阴鸷酷烈,嗜斩杀。初,群无赖啸聚溪洞,完者内深贼,持权诈,故众推以为长。王事日棘,湖广陶梦祯氏举师勤王,闻苗有众,习斗击,遣使往招之,由千户累阶至元帅。梦祯死,枢密院判阿鲁恢总兵驻淮西，仍用招纳。既得旁缘入中国，不复可控制，略上江，顺流而下，直抵扬州。禽兽之行，绝天逆理，民怨且怒，共起义，攻杀之。余党奔溃，度扬子，宿留广德、吴兴间。至正十六年春二月朔，淮人陷平江。时江浙行中书省丞相塔失帖木儿有旨得便宜从事，嘉兴北连平江，南去杭州无二百里，为藩镇喉舌，有司告援急星火，驿使交道中不绝，丞相兵少，策无所出，以完者来守之。完者取道自杭，以兵劫丞相，升本省参知政事，填募民入粟空名告身予之，即拜添设左丞。所统苗獠洞猺答剌罕等，无尺籍伍符，无统属，相谓曰阿哥，曰麻线，至称主将亦然。喜著斑斓衣，制衣袖广狭修短与臂同，衣幅长不过膝，袴如袖，裙如衣，总名曰草裙、草袴。固脰以兽皮，曰护项。束腰以帛，两端悬尻后若尾。无间晴雨，被毡毯，状绝类犬。按《邕管杂记》、《溪蛮丛笑》等书所载，五溪之蛮，尽槃瓠种属，曰貓，曰猺，曰獠，曰犵狳，曰犵狫，字皆从犬，则谚所谓苗犬者，信然。军中无金鼓，杂鸣小锣，以节进止。其锣若卖货郎担人所敲者。夜遣士卒伏路，曰坐草。军行尚首功，资抄掠。抄掠曰检刮，检刮者，尽取而靡有孑遗之意。所过无不残灭。掳得男女，老羸者、甚幼者、色陋者杀之，壮者曰土乖，幼者曰赖子，皆驱以为奴。人之投其党者，曰入火。妇人艳而皙者，畜为妇，曰夫娘。人有三四妇，多至十数，一语不合，即剚以刃，与之处者，得至日暮无恙，则心窃自贺。古云"好则人，怒则兽"，形容尽之矣。是月，丞相又以王与敬摄元帅事，守松江。与敬据郡应平江，完者遣部将萧亮员成来，与敬奔。苗有松江，火一月不绝，城邑殆无噍类。偶获免者，亦举刖去两耳。掠妇女，劫货财，残忍贪秽，惨不忍言。官庾尚有粟四十万余，籍为己有。越五十日，平江兵破淀湖栅，苗夜遁去。秋，平江兵入杭，苗将吴大旺败，完者自嘉兴来，驻兵城东菜市桥外，未即进，民自为战胜，完者兵淫刑以逞，嘉兴仅保孤城，城之外悉遭兵燹，有穷目力所至无寸草尺木处。完者虽阳浮尊事丞相，生杀予夺，于己是决，丞相仅得署成案。然浙江之南则行御史台总督官迈里古思，建德路则达鲁花赤古笃鲁丁，各自为守，苗不敢犯其境，完者之威令，仅行于杭州、嘉兴两郡而已。筑营德胜堰，周围三四里，子女玉帛皆在焉，且以为郿坞计。用法刻深，任势立威，而邓子文、金希尹、王彦良之徒，又悉邪佞轻佻，左右交煽，气焰翕忽。时左丞李伯升、行枢密同知史文炳、行枢密同佥吕珍等，皆先魁淮旅而降顺者，丞相以其众攻杀之。既受围，遣吏致牲酒于文炳，为可怜之意曰："愿少须臾毋死，得以底里上露。"报不可。完者乘躁力战，败，尽杀所有妇女，自经以死。独平章庆童女，以先往在富阳，得免。平章女已尝许嫁亲王，为完者强委禽焉，至是未及三月，故数其罪者此居首。诸军开门纳款，惟恐弗先。文炳解衣裹尸瘗之，祭哭尽哀。十八年秋八月也。完者部将宋兴在嘉兴闭城自守，亦攻降之，城中燔毁者三之二，民遇害者十之七。南村野史曰：苗入华夏，民之不幸，亦国家之不幸也。国以民为本，本不固矣，邦奚以宁？为之将若相者，在于明黜陟，严赏罚，奉将天威，降者招之，逆者讨之，以培国家之本可也。顾于此而不为，又无他奇谋远略，而乃借重于非类，正犹开虎兕之柙而使赴犬羊耳，尚冀保民命为社稷计，一何愚哉！罪恶贯盈，天怒于上，败亡戮辱，身膏草野，民争以为快，实亦自取之也。惟完者则有说焉。完者宠荣过望，岂有贰志，忠君爱民之道，颇亦见诸行事，独矜己犯分，贪财好色，固夷性所然，君子责备贤者，于此可以略之，则罪亦未至于死也。兼以所部吏卒，视完者起身等寒微，故威令有所不信，急之则恐内变，缓之则坏法败度，遂卒至于如此，亦可哀矣。又惜乎草草之举，断自一时，吾恐国家之本铲刈殆尽，虽有智谋之士，亦无如之何矣。天乎人乎！吾不得而知也。

双　砚　堂

周待制月岩先生仁荣买地于府城之郑捏儿坊，创义塾以淑后进。筑础时，掘地深才数尺，有青石，获双砚，砚有款识，乃唐郑司户虔故物。塾既成，遂名双砚堂。尔后，先生之弟本道先生仔肩登庚申科，仕至惠州判官。虔字弱齐，俗讹为捏儿云。

嫁妾犹处子

先师钱先生璧，字伯全，壬申科进士。端重清慎，语不伤气。尝纳一女鬟，风姿秀雅，殊可人意。室氏劝先生私之，正色而答曰："我之所以置此者，欲以侍巾枥耳，岂有他意哉！汝乃反欲败吾德耶？"即具赀嫁之，果处子也。先生，云间人。

聂碧窗诗

京口天庆观主聂碧窗，江西人，尝为龙翔宫书记。国初时，诏赦至，感而有诗曰："乾坤杀气正沉沉，又听燕台降德音。万口尽传新诏好，累朝谁念旧恩深。分茅列土将军志，问舍求田父老心。丽正立班犹昨日，小臣无语泪沾襟。"又哀被虏妇云："当年结发在深闺，岂料人生有别离。到底不知因色误，马前犹自买胭脂。"又咏胡妇云："双柳垂鬟别样梳，醉来马上倩人扶。江南有眼何曾见，争卷珠帘看固姑。"

玉　腴

江邻几《杂志》云:丁正臣赍玉腴来馆中,沈休文云:"福州人谓之佩羹。"即今鱼脬是也。

蟹　断

陆龟蒙《蟹志》云:稻之登也,率执一穗以朝其魁,然后任其所之。蚤夜嘈沸指江而奔,渔者纬萧承其流而障之,名曰蟹断。然"纬萧"二字尤奇。

作今乐府法

乔孟符吉博学多能,以乐府称。尝云:"作乐府亦有法,曰凤头、猪肚、豹尾六字是也。大概起要美丽,中要浩荡,结要响亮,尤贵在首尾贯穿,意思清新,苟能若是,斯可以言乐府矣。"此所谓乐府,乃今乐府,如《折桂令》《水仙子》之类。

岷　江　绿

太师伯颜擅权之日,剡王彻彻都、高昌王帖木儿不花皆以无罪杀。山东宪吏曹明善时在都下,作《岷江绿》二曲以风之,大书揭于五门之上。伯颜怒,令左右暗察得实,肖形捕之,明善出避吴中一僧舍。居数年,伯颜事败,方再入京。其曲曰:"长门柳丝千万缕,总是伤心处。行人折柔条,燕子衔芳絮,都不由凤城春做主。""长门柳丝千万结,风起花如雪。离别重离别,攀折复攀折,苦无多旧时枝叶也。"此曲又名《清江引》,俗曰《江儿水》。

温　暾

南人方言曰温暾者，乃微暖也。唐王建《宫词》"新晴草色暖温暾"。又白乐天诗"池水暖温暾"。则古已然矣。

飞　云　渡

飞云渡风浪甚恶，每有覆舟之患。有一少年子，放纵不羁，尝以所生年月日时就日者问平生富贫寿夭，有告曰："汝之寿莫能逾三旬。"及遍叩他日者，言亦多同。于是意谓非久于人世，乃不娶妻，不事生产作业，每以轻财仗义为志。尝俟船渡傍，见一丫鬟女子，徘徊悲戚，若将赴水，少年亟止之，问曰："何为轻生如此？"答曰："我本人家小婢，主人有姻事，暂借亲眷珠子耳环一双，直钞三十余锭，今日送还，竟于中途失去，宁死耳，焉敢归？"少年曰："我适拾得，但不审果是汝物否？"方再三磨问颗数装束，实是，遂同造主人。主人感谢，欲赠以礼，辞不受。既而主人怒此婢，遣嫁业梳剃者，所居去渡所咫尺间。期岁，少年与同行二十有八人将过渡，道遇一妇人，拜且谢，视之，乃失环女也，因告其故于夫，屈留午饭。余人先登舟，俄风涛大作，皆葬鱼腹。盖少年能救人一命，而造物者亦救其一命以答之。后少年以寿终。渡在温之瑞安。

汉　子

今人谓贱丈夫曰汉子。按北齐魏恺自散骑常侍迁青州长史，固辞，文宣帝大怒曰："何物汉子，与官不就！"又段成式《庐陵官下记》：韦令去西蜀时，彭州刺史被县令密论诉，韦前期勘知，屈刺史诣府陈谢。及回日，诸县令悉远迎，所诉者为首，大言曰:"使君今日可谓朱研益丹矣。"刺史笑曰:"则公便自研朱汉子也。"

长　　年

吾乡称舟人之老者曰长年。长,上声。盖唐已有之矣。杜工部诗云:"长年三老歌声里,白昼摊钱高浪中。"《古今诗话》谓川峡以篙手为三老,乃推一船之最尊者言之耳。因思海舶中以司柁曰大翁,是亦长年、三老之意。

龙　见　嘉　兴

携李郭元之言:至正乙未秋七月三日,城东马桥上白龙挂,盲风怪雨,天暗黑若深夜然,坏民居五百余所,大木尽拔,木自半空坠下,悉折为二,杂以万瓦乱飞,溪水直立,人皆叫号奔走,不暇顾妻子。龙由马桥历城北北丽桥,望太湖而去。时方在家,家去城可三里许,如闻万屋齐压。急出户四望,黑云汹涌,失府城所在。经一二时,方乃开霁。不一年,为战斗之地。凡龙所过处,荆棘寒烟,衰草野磷,视昔时之繁华如一梦也。

星　入　月

松江孙元璘言:至正乙未七月六日夜,自平江归,泊舟城西栅口,方掀蓬露坐,忽见一星,大如杯碗,色白而微青,尾长四五丈,光焰烛天,戛然有声,由东北方飞入月中而止。此时月如仰瓦,正乘之,无偏倚,若人以手拾置其中者。尝记宋张端义《贵耳集》云:丁亥年,余为仪真录参。十月二十三日夜,因观天象,见一星入月。算历者邹淮绝早相别,云:"昨夜星入月,恐两淮兵动,不可住,径唤渡过建康。"余问之:"古有此否?"邹云:"汉献帝时,一次星入月,今再见也。"十一月十二日,刘倬举兵僇孝姑,姑反戈,一城狼狈,仅以身免,继此兵祸未泯也。据此说,则松江之祸,亦非偶然。松江自丙申二月十八日军乱,越三日,苗来克复,首尾两月之间,焚杀掳掠,十里之城,悉化瓦砾之区,视他郡尤可畏。是则星入月不知此时在于何所分野,顾乃松江独应其兆与?

军中礼士

　　浙省参政董公搏霄,字孟起,以名行。当至正癸巳之间,总兵戍昱岭、独松、千秋三关日,号令严肃,民赖以安,及克复诸郡,不杀掳,不抄掠。其御将帅也,凛然不可犯,而四方之士归之者,礼遇勤至,尊酒在前,起立捧觞,既恭且和,然复取其所长而任之。若董公者,可谓得待士之体矣。

不耐烦

不耐烦三字,见《宋书》庾登之弟仲文传。

阿谁

阿谁二字,见《三国志·庞统传》。

南村辍耕录卷九

文 章 宗 旨

卢疏斋先生《文章宗旨》云：大凡作诗，须用《三百篇》与《离骚》，言不关于世教，义不存于比兴，诗亦徒作。夫诗，发乎情，止乎礼义，《关雎》乐而不淫，哀而不伤，斯得性情之正，古人于此观风焉。赋者，古诗之流也。前极宏侈之规，后归简约之制，故班固《二都》之赋，冠绝千古，前极铺张巨丽，故后必称典谟训诰之作终焉。厥后十数作者，仿而效之，盖诗人之赋必丽以则也。古今文章，大家数甚不多见。六经不可尚矣。战国之文，反覆善辨，孟轲之条畅，庄周之奇伟，屈原之清深，为大家。西汉之文，浑厚典雅，贾谊之俊健，司马之雄放，为大家。三国之文，孔明之二表，建安诸子之数书而已。西晋之文 渊明《归去来辞》，李令伯《陈情表》，王逸少《兰亭叙》而已。唐之文，韩之雅健，柳之刻削，为大家，夫孰不知。然古文亦有数。汉文司马相如、扬雄，名教罪人，其文古。唐文韩外，元次山近古，樊宗师作为苦涩，非古。宋文章家尤多，老欧之雅粹，老苏之苍劲，长苏之神俊，而古作甚不多见。盖清庙茅屋谓之古，朱门大厦谓之华屋可，谓之古不可。大羹玄酒谓之古，八珍谓之美味可，谓之古不可。知此者，可与言古文之妙矣。夫古文以辨而不华，质而不俚为高，无排句，无陈言，无赘辞。夫记者，所以纪日月之远近，工费之多寡，主佐之姓名，叙事如书史法，《尚书·顾命》是也，叙事之后，略作议论以结之，然不可多，盖记者，以备不忘也。夫叙者，次序其语，前之说勿施于后，后之说勿施于前，其语次第不可颠倒，故次叙其语曰叙。《尚书》序、《毛诗》序，古今作序大格样。《书》序首言画卦书契之始，次言皇坟帝典三代之书，及夫子定书之由，又次言秦亡汉兴求书之事。《诗》序首言六义之始，次言变风变雅之作，又次言二南王化之自。碑文惟韩公最高，每碑行文，言人人殊，面目首尾，决不再行蹈袭。神道碑揭于外，行文稍可加详，埋文圹记，最宜谨严，铭字从金，一字不泛用。善为文者，宜如古诗雅颂之作，行实之作当取其人平生忠孝大节，其余小善寸长，书法宜略。为人立传之法亦然。跋，取古诗"狼跋其胡"之义，犯前则躐其胡，跋语不可多，多则冗，尾语宜峻峭，以其不可复加之意。说，则出自己意，横说竖说，其文详赡抑扬，无所不可，如韩公《师说》是也。真公编次古文，自西汉而下，它并不录，迄唐，惟存韩公四记、柳公游西山六记而已。古文之难，岂其然乎。

麻　答　把　历

耶律文正王于星历、医卜、杂算、内算、音律、儒释、异国之书，无不通究。尝言西域历五星密于中国，乃作麻答把历，盖回鹘历名也。

续 演 雅 发 挥

白湛渊先生《续演雅》十诗发挥云："'海青羽中虎，燕燕能制之，小隙沉大舟，关尹不吾欺'者，海青，俊禽也，而群燕缘扑之即坠。物受于所制者，无小大也。"右一——"'草食押不芦，虽死元不死,未见涤肠人,先闻弃簀子'者,漠北有名押不芦,食其汁立死,然以它药解之即苏。华佗洗肠胃攻疾,疑先服此也。"右二"'谁令珠玉唾,出彼藜藿肠,仁人不为宝,良贾宜深藏'者,和林有尼,能吐珠玉杂宝也。"右三"'婴啼闻木枝,羝乳见茅茹,何如百年身,反尔无根据'者,漠北种羊角,能产羊,其大如兔,食之肥美。婴啼木枝,见《山海经》所载。右四"'西狩获白麟,至死意不吐,代北有角端,能通诸国语'者,角端,北地异兽也,能人言,其高如浮图。"右五"'才脱海鹤喙,已登方物舆,仰面勿啾啾,我长非侨如'者,小人长仅七寸,夫妇二枚,形体毕具也。"右六"'羯尾大如斛,坚车载不起,此以不掉灭,彼以不掉死'者,西漠有羯,尾大于身之半,非车载尾,不可行也。"右七"'八珍殽龙凤,此出龙凤外,荔枝配江蚝,徒夸有风味'者,谓迤北八珍也。所谓八珍,则醍醐、麈沆、野驼蹄、鹿唇、驼乳糜、天鹅炙、紫玉浆、玄玉浆也。玄玉浆即马奶子。"右八"'滦人薪巨松,童山八百里,世无奕超勇,惆怅度易水'者,取松煤于滦阳,即今上都,去上都二百里,即古松林千里,其大十围,居人薪之,将八百里也。"右九"'两驼侍雪立,终日饥不起,一觉沙日黄,肉屏那足拟'者,沙漠雪盛,命两驼跌其旁,终夜不动,用断梗架片毡其上,而寝处于下,暖胜肉屏,且不起心兵也。"右十

面　花　子

今妇人面饰用花子,起自唐昭容上官氏所制,以掩黥迹。大历已前,士大夫妻多妒悍,婢妾小不如意,辄印面,故有月黥、钱黥。事见《酉阳杂俎》。

奇　疾

　　今上之长公主之驸马刚哈剌咱庆王，因坠马，得一奇疾，两眼黑睛俱无，而舌出至胸，诸医罔知所措。广惠司卿聂只儿，乃也里可温人也，尝识此证，遂剪去之。顷间，复生一舌，亦剪之，又于真舌两侧各去一指许，却涂以药而愈。时元统癸酉也。广惠司者，回回之为医者隶焉。

磨　兜　鞬

　　襄州縠城县城门外道傍石人缺剥，腹上有字云：“磨兜鞬，慎勿言。”是亦金人之流也。距县西五十里，有石人二，相偶而立，腹上题刻，一云“已及”，一云“未匝”，不可得而详也。《浮休阁目集》

葛　大　哥

　　吾乡临海章安镇有蔡木匠者，一夕，手持斧斤自外归，道由东山。东山，众所殡葬之处。蔡沉醉中，将谓抵家，扪其棺，曰：“是我榻也。”寝其上。夜半酒醒，天且昏黑，不可前，未免坐以待旦。忽闻一人高叫，棺中应云：“唤我何事？”彼云：“某家女病损证，盖其后园葛大哥淫之耳，却请法师捉鬼，我与你同行一观如何？”棺中云：“我有客至，不可去。”蔡明日诣主人曰：“娘子之疾，我能愈之。”主人惊喜，许以厚谢。因问屋后曾种葛否，曰：“然。”蔡遍地翻掘，内得一根，甚巨，斫之，且有血，煮啖女子，病即痊。

万　柳　堂

　　京师城外万柳堂,亦一宴游处也。野云廉公一日于中置酒,招疏斋卢公、松雪赵公同饮。时歌儿刘氏名解语花者,左手折荷花,右手执杯,歌《小圣乐》云:"绿叶阴浓,遍池亭水阁,偏趁凉多。海榴初绽,朵朵蹙红罗。乳燕雏莺弄语,对高柳鸣蝉相和。骤雨过,似璃珠乱撒,打遍新荷。人生百年有几,念良辰美景,休放虚过。富贫前定,何用苦张罗。命友邀宾宴赏,饮芳醑,浅斟低歌。且酩酊,从教二轮,来往如梭。"既而行酒,赵公喜,即席赋诗曰:"万柳堂前数亩池,平铺云锦盖涟漪。主人自有沧洲趣,游女仍歌白雪词。手把荷花来劝酒,步随芳草去寻诗。谁知只尺京城外,便有无穷万里思。"此诗集中无。《小圣乐》乃小石调曲,元遗山先生好问所制,而名姬多歌之,俗以为"骤雨打新荷"者是也。

树　鸣

　　金石草木之变异,杂见于传记,数年来,天下扰攘,怪事尤甚,信前人之书不诬也。至正丙申,浙西诸郡皆有兵,正月,嘉兴枫泾镇戴君实门首柳树若牛鸣者三,主人与仆从悉闻之,斩其树。不一月,苗军抄掠资产。又两月,屋毁于兵。是岁寒食日,海盐州赵初心率子侄辈诣先垅汛扫松楸,忽闻如老鹳作声,戛戛不绝,审听所在,乃是一柏树。顷间,众树同声和之,一二时方止,举家惶惑。至八月,苗军火其居。明年六月,红军掠货财妇女,而侄善如死于难。余亲见君实馆宾黄伯成与初心之孙元衡说。元衡,善如子也。其事虽迟速不同,而二家之遭祸则一。吁,诚异哉!

松 江 官 号

至正丙申正月,常熟州陷,松江府印造官号,给散吏兵佩带,以防奸伪。号之制作,画为圆圈,绕圈皆火焰,圈之内一府字,以府印印府字上,圈之外四角,府官花押。民间谣曰:"满城都是火,府官四散躲,城里无一人,红军府上坐。"不二月,城破,悉如所言。

割 　 势

杭州赤山之阴曰筲箕泉,黄大痴所尝结庐处。其徒弟沈生,狎近侧一女道姑,同门有欲白之于师,沈惧,引厨刀自割其势,几死。众救得活,而疮口流血,经月余不合。偶问诸阉奴,教以煨所割势,捣粉酒服。如其言,不数日而愈。

题 屏 谢 客

三宝柱,字廷珪,色目人,颇以才学知名。虽湛于酒色,而能练达吏事,刚正有守。为浙省郎中日,大书四句于门屏之上曰:"逆刮蛟龙鳞,顺挼虎豹尾,若将二伎论,尤比干人易。"其意盖以杜绝人之求请耳,然亦隘矣哉,终不大显达,而死于难。

婚 　 启

至元间,平原郡公赵氏与芮,宋福王也,其子娶全竹斋少保之女,婚启内一联云:"依光蓟北,苟安公位之居;回首江南,惟重母家之念。"尽有味。

陶　母　碑

陶侃母得古正之道,发人伦之本,将示教于天下,谓朴散俗坏,乐溃礼阙,有子不教,不至于道,若失大训,不可登于伟望。乃求师傅,延英茂,终日迫于用,不欲子却客。俄而车盖载止,饩馈并竭,苟失其人,子将不进。计画始成,确然独断,谓发可弃,训不可失。乃金刀既止,鬒发云散,怡然无咨嗟之色,俨若待宾之具。上恐不足以显恭,下未可谓训子。顾其母激忿填膺,寸晷是学,不遄于至,以超圣人之域,焕乎贤者之业。且礼信仁义,君子之事,妇人何得而知? 盖世道大丧,其俗已乱,故妇人贤者,得以行其事。千古之下,厥行独明。当时为人之父,为人之母,睹斯行,闻斯举,得不激厉乎? 苟天下皆如陶母之志,则天下皆陶之子也。盖人谓子幼而蒙稚,不致精训,致悖大道,乱人纪,良可惜哉。铭曰:发也者,为养之具。宾也者,致教之英。苟非异礼,孰能作世之程。千载之下,如陶之母,安可继乎兹英。宗仪因读唐皇甫持正先生湜文集,见《陶母碑》,不觉泣数行下。追惟先妣拳拳于教子,真有陶母之志,是故今翰林承旨蜕庵张先生翥所撰墓铭有曰“夫家贫,幼力纺绩,以给诸子,无废学”之辞,自顾不肖,不克勉于学,以成令名,罪莫大焉,谨录于此,庶亦可以自惧也。

许　文　懿　先　生

婺州许白云先生谦,字益之,隐居金华山,四十年不入城府,著书立言,足以垂教后世。浙东廉使王公继学访先生于山中,谓先生清气逼人可畏。既退,明日以学行荐于朝。有录其举文至者,先生方讲说,目不一少视,其无意于仕宦如此。先生殁,追谥文懿先生。

谣　　言

后至元丁丑夏六月,民间谣言朝廷将采童男女,以授鞑靼为奴婢,且俾父母护送,抵直北交割。故自中原至于江之南,府县村落,凡品官庶人家,但有男女年十二三以上,便为婚嫁,六礼既无,片言即合。至于巨室,有不待车舆亲迎,辄徒步以往者。盖惴惴焉惟恐使命戾止,不可逃也。虽守土官吏,与夫鞑靼色目之人,亦如之,竟莫能晓。经十余日才息。自后有贵贱、贫富、长幼、妍丑匹配之不齐者,各生悔怨,或夫弃其妻,或妻憎其夫,或讼于官,或死于夭,此亦天下之大变,从古未之闻也。吴中僧祖柏号子庭者,素称滑稽,口占绝句曰:"一封丹诏未为真,三杯淡酒便成亲。夜来明月楼头望,惟有姮娥不嫁人。"又有人集古句云:"翡翠屏风烛影深,良宵一刻值千金。共君今夜不须睡,明日池塘是绿阴。"可谓深于命意者矣。

兽　　医

世以疗马者曰兽医,疗牛者曰牛医。《周礼·天官冢宰》篇"兽医下士八人",注:"兽,牛马之属。"按此,则疗牛者亦当曰兽医矣。

想　　肉

天下兵甲方殷,而淮右之军嗜食人,以小儿为上,妇女次之,男子又次之。或使坐两缸间,外逼以火,或于铁架上生炙。或缚其手足,先用沸汤浇泼,却以竹帚刷去苦皮。或盛夹袋中,入巨锅活煮。或刲作事件而淹之。或男子则止断其双腿,妇女则特剜其两乳。酷毒万状，不可具言。总名曰想肉，以为食之而使人想之也。此与唐初朱粲以人为粮，置捣磨寨，谓啖醉人如食糟豚者无异，固在所不足论。唐张鷟《朝野佥载》云：武后旹，杭州临安尉薛震，好食人肉，有债主及奴诣临安，止于客舍，饮之醉，并杀之，水银和煎，并骨销尽。后又欲食其妇，妇知之，逾墙而遁，以告县令。令诘之，具得其情，申州录事奏，奉敕杖一百而死。段成式《酉阳杂俎》云：李廓在颍州，获火光贼七人，前后杀人，必食其肉。狱具，廓问食肉之故，其首言："某受教于巨盗，食人肉者，夜入人家，必昏沉，或有魇不寤者。"《卢氏杂说》云：唐张茂昭为节镇，频吃人肉。及除统军到京，班中有人问曰："闻尚书在镇好人肉，虚实？"笑曰："人肉腥而且臊，争堪吃？"《五代史》云：苌从简家世屠羊，从简仕至左金吾卫上将军，尝历河阳、忠武、武宁诸镇，好食人肉，所至多潜捕民间小儿以食之。赵思绾好食人肝，及长安城中食尽，取妇女幼稚为军粮，每犒军，辄屠数百人。《九国志》云：吴将高澧好使酒，嗜杀人而饮其血，日暮，必于宅前后掠行人而食之。宋庄季裕《鸡肋编》云：自靖康丙午岁，金狄乱华，盗贼官兵以至居民更互相食，全躯暴以为腊。登州范温，率忠义之人，泛海到钱唐，有持至行在犹食者。老瘦男子廋词谓之饶把火，妇人少艾者名之不羡羊，小儿呼为和骨烂。又通目为两脚羊。赵与旹《宾退录》云：本朝王继勋，孝明皇后母弟，太祖时，屡以罪贬，后以右监门卫率府副率分司西京，残暴愈甚，强市民间子女，以备给使，小不如意，即杀而食之。太宗即位，会有诉者，斩于洛阳。又知钦州林千之，坐食人肉削籍隶海南。嗟夫！食人之肉，人亦食其肉，此兵革间之流惨耳，君子所不愿闻者。其薛震辈，当天下宴安之日，而又身为显宦，岂无珍羞美膳足以厌其口腹，顾乃喜啖人肉，是虽人类而无人性者矣，终至于诛斩窜逐而后已，天之报施，不亦宜乎！

王 眉 叟

王眉叟寿衍，号溪月，杭州人。出家为道士，受知晋邸，后以弘文辅道粹德真人管领郡之开元宫。浙省都事刘君时中致者，海内名士也，既卒，贫无以为葬，躬往吊哭，周其遗孤，举其枢葬于德清县，与己之寿穴相近，春秋祭扫不怠。然此事行之于异教中，尤不易得。

钱 唐

钱唐二字，其来甚远。按《史记·始皇本纪》：至云梦，浮江下丹阳，至钱唐，临浙江，上会稽，立石刻颂秦德。《西汉·地理志》亦有钱唐县。今唐字从土，则误矣。盖以钱易土，及捐钱筑塘等事，皆傅会之辞，自注《世说》者已然，况后世乎？

漱 芳 亭

道士张伯雨雨，号句曲外史，又号贞居，尝从王溪月真人入京。初，燕地未有梅花，吴闲闲宗师全节时为嗣师，新从江南移至，护以穹庐，扁曰漱芳亭。伯雨偶造其所，恍若与西湖故人遇，徘徊既久，不觉熟寝于中。真人终日不见伯雨，深以为忧，意其出外迷失街道也。梦觉，日已暮矣，归道所由，嗣师笑曰："伯雨素有诗名，宜作诗以赎过。"伯雨遂赋长诗，有"风沙不惮五千里，将身跳入仙人壶"之句。嗣师大喜，送翰林集贤尝所往来者袁学士伯长、谢博士敬德、马御史伯庸、吴助教养浩、虞修撰伯生和之。他日，伯雨往谒谢诸公，惟虞先生全不言儒者事，只问道家典故，虽答之，或不能详。末问："能作几家符篆？"曰："不能。"先生曰："某试书之，以质是否。"连书七十二家。伯雨汗流浃背，辄下拜曰："真吾师也。"自是托交甚契，故与先生书，必称弟子焉。伯雨，杭州人。

食 品 有 名

水之咸淡相交处产河豚。河豚，鱼类也，无鳞颊，常怒气满腹，形殊弗雅，然味极佳。煮治不精，则能杀人，所以东坡先生在资善堂与人谈河豚之美云："据其味，真是消得一死。"浙西惟江阴人尤珍之，每春首初出时，必用羞祭品毕，然后作羹，而邻里间互相馈送以为礼。腹中之脬曰西施乳。夫西施，一美妇耳，岂乳亦异于人耶？顾千载而下，乃使人道之不置如此，则夫差之亡国非偶然矣。若鲦鱼子名螳螂子，及松江之上海、杭州之海宁人，皆喜食蜇蜈螯，名曰鹦哥嘴，以有极红者似之故也，二物象形而云，又非西施乳之比矣。按《类编·鱼部》引《博雅》云："鯸鲐盈之反。鲀也，背青腹白，触物即怒，其肝杀人。"正今人名为河豚者也。然则豚当为鲀。

火 灾

至正辛巳暮春之初，江浙行省平章政事只理瓦台入城之任之日，衣红，儿童谣曰："火殃来矣。"至四月十九日，杭州灾，毁官民房屋公廨寺观一万五千七百五十五间，烧死七十四人。明年壬午四月一日，又灾，尤甚于先，自昔所未有也。数百年浩繁之地，日就凋弊，实基于此。

落水兰亭

余尝见落水《兰亭》一卷,乃五字不损本,今吴中分湖陆氏所藏,而赵彝斋之物也。彝斋宋宗室子,讳孟坚,字子固,彝斋其自号。居嘉兴之广戍,酷嗜古法书名画,能作墨花,于水仙尤长。此帖,姜白石旧藏,后归雪川俞寿翁,彝斋复从寿翁易得,喜甚,乘夜回棹,至升山,大风覆舟,行李皆湮溺无余,彝斋立浅水中,手持此帖,示人曰:"《兰亭》在此,余不足介吾意也。"因题八字于卷首云:"性命可轻,至宝是保。"

阴府辩词

李子昭者,松江府提控案牍李宗庆子也。侧室刁氏有娠,妻怒之,棰挞苦楚,昼夜不息,数次自经与溺,以省觉不得死。窃自念曰:"我若就蓐,亦必死耳,等死,何自求早死之为幸?"因多食海蛰与冷水,胎既落,血上冲心,而身随亡。不数日,鬼怪百出。妻得奇疾,宛若死者,但只心胸微温,支体不僵,其家就床褥作一窍,任其便溺,时以少饭纳口中辄咽,不与亦不言饥。经三年余,形骸枯槁,无复生理,家人益厌之。一夕,忽诣舅姑所,叩寝室户。舅姑曰:"汝恶得至此? 必为鬼矣。"曰:"妾已复生,实非鬼也,愿见舅姑,具告所然。"舅姑惊恐,呼家人悉起,取火烛之,果此病躯,及觇其卧榻已空,始信之。因问其详,曰:"妾为亡婢诉冤,摄至阴府,即今岳祠也。命妾与婢对词,妾以汝怀孕时打骂则或有之,然未尝令汝吞药损堕。婢仇执甚坚,妾不得白,遂招承。枷禁幽圄中,日得小叔以饼饵粥饭之类相馈,故不馁。今复得送妾还。入门,弄其儿,戏挞之一下,儿哭,遂推妾置灶上,即若梦觉者,但觉怠倦,故勉强至此。"舅姑曰:"汝既被禁,何自得释?"曰:"会上帝有赦故也。"急呼小郎妻问之,曰:"适间儿子惊啼,云梦见乃父击其首。"小郎盖提控之次子泰甫,先为其妹夫金可大所杀者。此妇至今强健,与夫见寓府城西郭,又复生两子矣。志怪古或多,然漫书于此,以为世之妒妇劝。

诗　　法

赵魏公云:作诗用虚字殊不佳,中两联填满方好,出处才使唐已下事,便不古。

姓　名　考

庄绰《鸡肋编》云:太史公作《伯夷传》,但云"伯夷、叔齐,孤竹君之二子也。"而《论语音注》引《春秋少阳篇》,谓伯夷姓墨,名允,一名元,字公信。叔齐名智,字公达。夷、齐,谥也。陆德明取之。不知《少阳篇》何人所著,今世犹有此书否? 吾衍《闲居录》云:孤竹君,姓墨,音眉。名台,音怡。初见《孔丛子》注。中子名伯辽,见周昙《咏史诗》注。伯,当作仲。若如吾说,则伯夷、叔齐似又是名,非谥矣。

女 谏 买 印

淮海龚翠岩先生开寓吴门日,一僧权道衡者,颇聪慧,识道理,先生与之游。偶市肆鬻汉印一颗,权尝酬价,归取镪,先生适见,主人以实告,遂用十五缗买之,语诸女。女曰:"大人乃亦夺人所好。"先生惊悟,即持送权,遇诸道,权曰:"先生爱而收藏,奚以赠?"曰:"在彼犹在此也。"权固辞曰:"在彼犹在此也。"相让久之,沉诸渊而别。吁,若先生者,可谓善矣! 孰谓异端中有此哉！然先生之女，尤可敬也。

吴 江 塔 颠 箭

　　吴江华严寺浮图之颠，望之，二矢著其上，簳羽宛然可辨。相传宋南渡初，金人粘罕乘快一发而中。又贾似道出督时，祝矢自誓，亦中焉。故留题者有"至今塔杪留遗镞，犹是元戎金仆姑"之句。大德庚子春，寺主僧善信大修浮图，更其颠而新之，视向二矢，实圆铁条二，交贯横亘，盖必昔人以是辅颠，且以防鹳鹊之巢故耳，传者所谓，乃大妄也。因著此，以袪后世之惑。长乐郭德基，尝有《华严塔颠辨疑》行于时，盖郭尝官此州，目击其非。

素　　领

　　项后白发曰素领。汉冯唐白首为郎官，素发垂领。

南村辍耕录卷十

御 史 五 常

周景远先生,驰名能文,为南台御史时,分治过浙省,每日与朋友往复。其书吏不乐,似有举刺之意,大书壁上曰:"御史某日访某人,某日某人来访。"御史忽见之,呼谓曰:"我尝又访某人,汝乃失记,何也?第补书之。"因复谓曰:"人之所以读书为士君子者,正欲为五常主张也。使我今日谢绝故旧,是为御史而无一常。宁不为御史,不可火人理。"吏赧服而退。

官 仓 入 粟

今官府收敛秋粮之际,比先涓吉启仓,于青龙方廒房入粟六石六斗六升六合以应日。盖国家初无定制,不知各处何以一皆如此,余意必取上下四方六合之意耳。

食 物 相 反

凡食河豚者,一日内不可服汤药,恐内有荆芥,盖与此物大相反,亦恶乌头、附子之属。余在江阴时,亲见一儒者因此丧命。其子尤不可食,能使人胀死,尝水浸试之,经宿,颗大如芡实。世传中其毒者,亟饮秽物乃解,否则必亡。又闻不必用此,以龙脑浸水,或至宝丹,或橄榄,皆可解。后得一方,用槐花微炒过,与干燕支各等分,同捣粉,水调灌,大妙。

先 辈 谐 谑

　　赵魏公刻私印曰"水晶宫道人"，钱唐周草窗先生密以"玛瑙寺行者"属比之，魏公遂不用此印。后见先生同郡崔进之药肆悬一牌曰"养生主药室"，乃以"敢死军医人"对之，进之亦不复设此牌。魏公语人曰："吾今日方为水晶宫吐气矣。"先辈虽谐谑，自是可喜。

马 　 判

　　冯公士启梦弼尝言，为八番云南宣慰司令史日，尝因公差抵一站，日已暮矣，站吏告曰："今夜马判上岸，麻线须暂停驿程以避之。"问其故，闭目摇手不敢言。公怒，便上马，行数十里，至大溪，忽见一物如屋，所谓乌剌赤者，下马跪泣，若告诉状，呼问何为，亦闭目摇手弗答。于是下马祝之曰："某许昌人，窃禄来此，苟天命合尽，尔其啖之，否则容我行。"祝毕即转入溪中，腥风臭雾，触人口鼻。既而各上马，比曙，抵前站。站吏惊曰："是何麻线，大胆若是耶？"公问此为何物，始敢言曰："马蟥精也。"麻线，方言曰官人。乌剌赤，站之牧马者。公官至礼部尚书。

字 　 训

　　善字训多字，《诗·载驰》："女子善怀。"郑笺："善，犹多也。"《汉书》"岸善崩"，善亦多也。

丘 　 真 　 人

　　大宗师长春真人，姓丘氏，名处机，字通密，号长春子，登州栖霞县滨都里人也。祖父业农，世称善门。金皇统戊辰正月十九日生。生而聪敏，有日者相之曰："此子当为神仙宗伯。"大定丙戌，年十九，辞亲居昆仑山，依道者修真。丁亥，谒重阳全真开化王真君嘉于海宁，请为弟子。戊申，召见阙下，随还终南山。贞祐乙亥，太祖平燕城，金主奔汴。丙子，复召，不起。己卯，居莱州，时齐鲁入宋，宋遣使来召，亦不起。是年五月，太祖自乃蛮国遣近侍刘仲禄持手诏致聘，十二月，至隐所。诏文云："制曰：天厌中原，骄华太极之性；朕居北野，嗜欲莫生之情。反朴还淳，去奢从俭，每一衣一食，与牛竖马圉，共弊同飨。视民如赤子，养士若兄弟。谋素和，恩素畜。练万众以身人之先，临百阵无念我之后。七载之中成大业，六合之内为一统。非朕之行有德，盖金之政无恒。是以受天之祐，获承至尊。南连赵宋，北接回纥，东夏西夷，悉称臣佐。念我单于国千载百世以来，未之有也。然而任太守，重治平，犹惧有阙。且夫刳舟剡楫，将欲济江河也；聘贤选佐，将以安天下也。朕践祚已来，勤心庶政，而三九之位，未见其人。访闻丘师先生，体真履规，博物洽闻，探赜穷理，道冲德著。怀古君子之肃风，抱真上人之雅操。久栖岩谷，藏身隐形。阐祖宗之遗化，坐致有道之士，云集仙径，莫可称数。自干戈而后，伏知先生犹隐山东旧境，朕心仰怀无已。岂不闻渭水同车，茅庐三顾之事，奈何山川悬阔，有失躬迎之礼。朕但避位侧身，斋戒沐浴，选差近侍官刘仲禄，备轻骑素车，不远千里，谨邀先生暂屈仙步，不以沙漠悠远为念，或以忧民当世之务，或以恤朕保身之术，朕亲侍仙座，钦惟先生将咳唾之余，但授一言斯可矣。今者，聊发朕之微意万一，明于诏章，诚望先生既著大道之端要，善无不应，亦岂违众生之愿哉。故兹诏示，惟宜知悉。五月初一日笔。"庚辰正月,北行。二月,至燕,欲俟驾回朝谒,仲录令从官曷剌驰奏,真人进表陈情。表曰:"登州栖霞县志道丘处机,近奉宣旨,远召不才。海上居民,心皆恍惚。处机自念谋生太拙,学道无成,辛苦万端,老而不死。名虽播于诸国,道不加于众人。内顾自伤,衷情谁测。前者南京及宋国屡召不从,今者龙庭一呼即至,何也?伏闻皇帝天赐勇智,今古绝伦;道协威灵,华夷率服。是故便欲投山窜海,不忍相违;且当冒雪冲霜,图其一见。兼闻车驾只在桓抚之北,及到燕京,听得车驾遥远,不知其几千里,风尘澒洞,天气苍黄,老弱不堪,切恐中途不能到得。假之皇帝所,则军国之事,非己所能,道德之心,令人戒欲,悉为难事。遂与宣差刘仲禄商议,不若且在燕京德兴府等处盘桓住坐,先令人前去奏知。其刘仲禄不从,故不免自纳奏帖。念处机肯来归命,远冒风霜,伏望皇帝早下宽大之诏,详其可否。兼同时四人出家,三人得道,惟处机虚得其名,颜色颓顿,形容枯槁,伏望圣裁。龙儿年三月日奏。"十月,曷剌回,复奉敕旨曰:"成吉思皇帝敕真人丘师,省所奏应召而来者,具悉。惟师道逾三子,德重多方。命臣奉厥玄纁,驰传访诸沧海。时与愿适,天不人违。两朝屡召而弗行,单使一邀而肯起。谓朕天启,所以身归,不辞暴露于风霜,自愿跋涉于沙碛。书章来上,喜慰何言。军国之事,非朕所期,道德之心,诚云可尚。朕以彼酋不逊,我伐用张,军旅试临,边陲底定,来从去背,实力率之故。然久逸暂劳,冀心服而后已。于是载扬威德,略驻车徒。重念云轩既发于蓬莱,鹤驭可游于天竺。达磨东迈,元印法以传心;老氏西行,或化胡而成道。顾川途之虽阔,瞻几杖以非遥。爰答来章,可明朕意。秋暑,师比平安好,旨不多及。十四日辛巳。"十一月,至邪迷思干城。壬午三月,过铁门关。四月，达行在所。时上在雪山之阳，舍馆定，入见。上劳曰："它国征聘皆不应，今远逾万里而来，朕甚嘉焉。"赐坐，就食，设二帐于御幄之东以居之，约日问道。以回纥叛，亲征，不果。至九月，设庭燎，虚前席，延问至道。真人大略答以节欲保躬，天道好生恶杀，治尚无为清净之理。上说，命左史书诸策。癸未，乞东还。赐号神仙，爵大宗师，掌管天下道教。甲申三月，至燕。八月，奉旨居太极宫。丁亥五月，特改太极为长春。七月九日，留颂而逝，年八十。至元己巳正月，诏赠五祖七真徽号，而曰长春演道主教真人。已上见《蟠溪集》、《鸣道集》、《西游记》、《风云庆会录》、《七真年谱》等书。初，真人自行在归，道由宣德日，一富家新居落成，礼致下顾，将冀一言以为福。既入其室，默然无语，辄以所持铁拄杖于窗房墙壁上，颇毁数处而出。主人再拜希解悟，曰："尔屋完矣美矣，完而必毁，理势然也。吾不尔毁，尔将无以图厥终。今毁矣，尔宜思其毁而欲完，克保全之，则尔与尔子子孙孙，庶几歌斯哭斯，永终弗替。"主人说服。吁，真人真知道哉！

南　池　蛙

宋季，城信州，掘土处为濠百亩许，在郡南，曰南池。池之旁可居，旧为里人屋。归附后，达鲁花赤灭彻据有其地。每春夏之交，群蛙聒耳，寝食不安。会三十八代天师张广微与材朝京回，因以告。天师朱书符篆新瓦上，使人投池中，戒之曰："汝蛙毋再喧。"自是至今寂然。

雁　　　子

《汉书》："太液池中，凫雏雁子，布满充积。"用雁子甚佳。

王维诗"芦笋穿荷叶,菱花冒雁儿",又新。

趁办官钱

浙省广济库,岁差杭城谭实户若干名充役库子,以司出纳。比一家中侵用官钱太多,无可为偿。府判王某,素号残忍,乃拘其妻妾子女于官。又无可为计,则命小舟载之,求食于西湖,以赀纳官。鬼妾鬼马,不肖辈群趋焉。鲜于伯几先生枢作《湖边曲》云:"湖边荡桨谁家女,绿惨红愁羞不语。低回忍泪傍郎船,贪得缠头强歌舞。玉壶美酒不须忧,鱼腹熊蹯弃如土。阳台梦短匆匆去,鸳锁生寒愁日暮。安得义士掷千金,遂令桑濮歌行露。"后王之子孙有为娼者,天之报施一何捷也。

鼎作牛鸣

义兴王子明,家饶于财,所藏三代彝鼎,六朝以来法书名画,实冠浙右。每年必祈一签于烈帝庙,以卜休咎。一岁,签词有曰"开沟凿井,当得古鼎",殊不以为意。家人以商贾至汴,夹谷郎中者藏一商彝,绝精妙,示之曰:"恐尔主翁未必有此物也。"归以白,即遣赍金购得之,比旧藏,皆不能及。至正壬辰,寇起蕲黄,将由义兴取道犯浙西,子明罄其所藏,凿深窖以埋之,彝亦在列。既入窖,作牛鸣者七夜,颇可怪,取出寄田家。其窖后遭发掘,独此彝获存。

鏖糟

俗语以不洁为鏖糟。按《霍去病传》"鏖皋兰"下注:"世俗谓尽死杀人为鏖糟。"然义虽不同,却有所出。

越 民 考

迈里古思，字善卿，西夏人，侨居松江。家贫，授徒以养母。性至孝，然落落不羁，善谐谑，名人士多与之游。至正甲午，进士及第，授绍兴路录事司达鲁花赤。比视篆，天下云扰，所在悉痫瘵，君抚字周至，民爱之如父母。乙未秋，杭破，遄即克复。浙省左丞杨完者以本部苗将持露布至，统洞蛮甚众，意实觇视虚实，又将流毒于我民也。纵虐恣暴，民皆束手，惴惴不敢与争。无故劫府架阁照磨陈修家，妻妾几被污。君激怒填膺，指挥吏兵收之，郡民欢呼从事，苗遂尽死。后完者闻越民结义且固，终不敢调兵渡浙江。方集庆陷时，江南行台官流避抵庆元，奉旨置治所于越，遂檄君总督义民，护城池。君更募得勇悍者二千余人，以果毅二字为号，曰果毅军。练习武事，分拨守要害。乃日与常所往来者，击鲜饫酾，酣咏叫啸，以为娱乐，虽户外上官坌至，不少延纳。永康寇起，据有县境，君收复，朝廷旌其功，除江南浙西道廉访司知事。未上，又除江东建康道经历。浙省丞相塔失帖木儿便宜除行枢密院判官，君即自署诸参谋为幕官，曰经历，曰都事者，不可枚举。时御史大夫拜住哥任奸黠吏为爪牙，又自统军三千，曰台军，纪律不严，民横被扰害。有诉于君，君辄抑之，众军皆怨怒，然拜委琐龌龊，惟以钩距致财为务，君不礼之。或以谏君，曰："吾知上有君，下有民耳，安问其他。"拜颇闻，衔之，遂与台军元帅列占、永安张某、万户阎塔思不花、王哈剌帖木儿等谋杀之，未得间。戊戌十月廿二日，首事，出兵逾曹娥江，与平章方国珍部下万户冯某斗，既不利，驻军东关，单骑驰归，拜意决矣。廿三日迟明，召君私第议事。入至中门，左右以铁槌挝杀之。初甚秘,守阍军自相谓,无已杀总督官,我辈幸也。民始有闻之者,走白君部将浙东金元帅黄中。诸参谋闻变,奔避不顾,至有坠城以出行四五十里者。初夜二鼓,中提军入城,屯戒珠山,拜未及知。中卧病,方饮药,得少汗,尚昏溃困顿,左右扶翼,擐甲上马,遇台军于江桥,斗十数合,破阵陷坚,身当矢石。郡民老幼皆号泣曰:"杀我总督官,我尚何生为?"壮者助中军殊死战,台军一败涂地,屠其二营。入拜家,姬侍奴隶,死者相枕藉,一女为队官陈某所掠。举君尸,无元,大索三日,得于溺池中。拜与二子匿梵宇幽隐处,民搜见之,齐唾其面,且骂曰:"瞎贼!我总督官何罪,而令致于此耶?"不自杀,执以归中,冀中杀之。中解其缚,率诸军罗拜之曰:"总督官忠肝义胆,照映天地,人神所共知。公信任憸邪,使国之柱石陨于无辜。我之复仇,明大义也。杀我主将者既已斩之,公幸毋罪。"拜执中以泣曰:"我之罪尚何言,尚何言!"既而军民为君持服为位以祭,私谥曰越民考。越六日,拜自刭,纳印绶去。其印是夜遗失,中以白金百两购得于一卒以还行台者。君未死先三日,有星大如栲栳,红光烛天,坠镇粤门,化为石。及君出师,识者已卜君之有死兆矣,至是果验云。南村野史曰:兵,凶器也。战,逆德也。圣人不得已而用之。故吾夫子必以临事而惧,好谋而成,答子路行三军之问。夫迈里古思受任之初,殊有古贤县令之风。一握兵柄,志满意得,酣贪废事,轻谋首乱,不旋踵而身首异处,盖亦平昔越己之过有以酿成此祸与?微中,则老母稚子,亦皆几上之肉矣。原其忠君爱民之心,炅然与日星相昭明者,则无可议也。拜住哥为国大臣,坐镇四省,百官庶司,孰不听令。迈之不奉台檄,擅兴师旅,明问其罪,黜之可也,斩之可也,而乃阴结小丑,作为此态,是盗杀之,非公论矣。民心之所以不服,良以是也。噫!享有尊爵重禄,而当国步艰难之日,既不思涓埃补报之道,又不责自己贪饕之非,反以谋害忠良为先务,谓之无罪,得乎?故其妻妾子女遭罹戮辱,实自取之,尚复何怜哉!

三 姑 六 婆

三姑者,尼姑、道姑、卦姑也。六婆者,牙婆、媒婆、师婆、虔婆、药婆、稳婆也。盖与三刑六害同也。人家有一于此,而不致奸盗者,几希矣。若能谨而远之,如避蛇蝎,庶乎净宅之法。

不 中 用

不中用,不可用也。《左传》成二年:郤子曰:"克于先大夫无能为役。"杜预注:"不中为之役使。"

国 字

杜清碧先生本,字伯原,有所编《五声韵》,自大小篆分隶真草,以至外化蕃书,及国朝蒙古新字,靡不收录,题曰《华夏同音》。至正壬午,中书奏修三史,以翰林待制聘先生。起至武林,辞疾不行,盘桓久之,浙省平章康里子山公巙巙时来访,一日,语及声律之学,因问国字何以用不喉音,有音无字。字为首。先生曰:"正如婴儿初堕地时作此一声,乃得天地之全气也。"平章甚说服。

水 畜

陶朱公《养鱼经》曰:夫治生之法有五,水畜第一。水畜,鱼也。此二字亦奇。

缠　足

　　张邦基《墨庄漫录》云：妇人之缠足，起于近世，前世书传，皆无所自。《南史》：齐东昏侯为潘贵妃凿金为莲花以帖地，令妃行其上，曰："此步步生莲花。"然亦不言其弓小也。如古乐府、《玉台新咏》，皆六朝词人纤艳之言，类多体状美人容色之姝丽，及言妆饰之华，眉目唇口腰肢手指之类，无一言称缠足者。如唐之杜牧之、李白、李商隐之辈，作诗多言闺帏之事，亦无及者。韩偓《香奁集》有咏屦子诗云"六寸肤圆光致致"，唐尺短，以今校之，亦自小也，而不言其弓。惟《道山新闻》云：李后主宫嫔窅娘，纤丽善舞，后主作金莲，高六尺，饰以宝物细带缨络，莲中作品色瑞莲，令窅娘以帛绕脚，令纤小，屈上作新月状，素袜舞云中，回旋有凌云之态。唐镐诗曰"莲中花更好，云里月长新"，因窅娘作也。由是人皆效之，以纤弓为妙。以此知扎脚自五代以来方为之，如熙宁、元丰以前人犹为者少。近年则人人相效，以不为者为耻也。

溺水不跃

　　漳州龙溪县澳里人陈端才之妻蔡氏三玉，后至元间，本处寇起，掠其里，里媪集里中妇女同舟避难，寇追及，三玉亟以水渍衣，寇视三玉有姿色，欲先污之。三玉绐曰："衣湿，更求衣。"间寇取衣，投水死。寇曰："溺者必跃。"以长竿络钩，俟其跃而举之。尸竟不跃。寇退，三玉之父端广，舟次上流，尸逆流附父舟，掉之不去。移舟溯河而上，尸从之上者三。父异甚，视则其女也。夫三玉，一妇人耳，宁死不辱，出于天性，宜其贞爽不昧如此。

锁　阳

鞑靼田地野马或与蛟龙交，遗精入地，久之，发起如笋，上丰下俭，鳞甲栉比，筋脉联络，其形绝类男阴，名曰锁阳，即肉从容之类。或谓里妇之淫者就合之，一得阴气，勃然怒长。土人掘取，洗涤去皮，薄切晒干，以充药货，功力百倍于从容也。

辊咨谝三卦

淮南潘子素纯尝作《辊卦》，讥世之人以突梯滑稽而得显爵者，虽曰资一时之谑浪调笑，不为无补于名教。卦辞曰："辊亨，可小事，亦可大事。象曰：'辊亨，天地辊而四时行，日月辊而昼夜明，上下辊而万事成，辊之时义大矣哉。'象曰：'地上有木，辊，君子以容身固位。'初六，辊出门，无咎。象曰：'出门便辊，又何咎也。'六二，傅于铁辊。象曰：'傅于铁辊，天下可行也。'六三，君子终日辊辊，厉无咎。象曰：'终日辊辊，虽危无咎也。'九四，模棱吉。象曰：'模棱之吉，以随时也。'六五，神辊。象曰：'六五神辊，老于事也。'上六，或锡之高爵，天下揶揄之。象曰：'以辊受爵，亦不足敬也。'"此篇或者又谓自宋末即有，非潘所造，未审是否。后平江蔡宗鲁卫作《咨卦》以配之，曰："咨亨，利居闲，不利有所为。象曰：'咨，鄙啬也。利居闲，无所求也。不利有所为，恐致祸也。'初六，居富，咨于周急，悔亡，无攸利。象曰：'咨于周急，莫恤其贫也。悔亡，无攸利，已终有望也。'六二，听妇言，至咨，不养其亲，不恤其弟，贞凶。象曰：'听妇言，昵于私也。不养其亲，忘大恩也。不恤其弟，失大义也。虽养弗时，亦致灾也，故贞凶。'九三，极咨，咨

其财，不吝其身，于行非宜。象曰：'吝其财，斯致富也。不吝
其身，乃轻生也。'六四，太吝，君子吉，小人凶。象曰：'吝于君
子，虽有言，无尤也。吝于小人，虽不有言，终有悔也。'六五，
不吝于色，务所欲，终以死亡，凶，朋来，吝于酒食，弗克欢，无
咎。象曰：'不吝于色，惑于淫也。务所欲，乐其顺从也。终以
死亡，凶可知也。朋来，从其类也。吝于酒食，诚大谬也。虽
弗克欢，可无咎也。'上九，居其家，不吝于内，吝于教子，弗叶
吉。象曰：'居其家，妄自尊也。不吝于内，畏寡妻也。吝于教
子，终无所成也。'"近扶风马文璧琬又作《谝卦》曰："谝，贞亨，
初吉终凶，利见小人，不利于君子。象曰：'贞，正也。亨，通
也。通乎正言，谝或庶几也。终凶，谝不由初也。利见小人，
犹同类也。不利于君子，入于邪也。'象曰：'丽口掉舌，谝，君
子以求名干禄。'初九，谝于同朋，无咎。象曰：'同朋于谝，又
谁咎也。'九二，略施于民，吉。象曰：'九二之吉，以新众听
也。'六三，来其谝，酒食用享。象曰：'来其谝，民取则也。享
其酒食，以崇功也。'九四，饰言如簧，以娱彼心，乃获南金。象
曰：'娱人获金，不足道也。'九五，君子终日高谝，王用征，安车
以迎，终岁弗宁，后有凶。象曰：'以谝受征，不羞也。终岁弗
宁，只足烦劳也。后有凶，不副实也。'上六，莽谝不已，四方欲
杀之。象曰：'莽谝取怒，杀之何过也。'"右三卦切中时病，真
得风刺之正，因并录之。

乌蜑户

　　广海采珠之人，悬组于腰，沉入海中，良久得珠，撼其组，
舶上人挈出之，葬于鼋鼍蛟龙之腹者，比比有焉。有司名曰乌
蜑户。蜑，音但。仁宗登极，特旨放免。时敬公威卿为江西行

省参知政事,俾该管掾史立案,令广东帅府抄具乌蜑户一一籍贯姓名,置册申解他省。官曰:"中书咨文无是,恐不必也。"公曰:"万一申明旧典,庶不害及良民。"未几,太后中使至,人咸服公先见之明。

重　　台

凡婢役于婢者,俗谓之重台。按《左氏传》昭公五年:"日之数十,故有十时,亦当十位,自王以下,其二为公,其三为卿。"注云:"日中为王,食时为公,平旦为卿,鸡鸣为士,夜半为皂,人定为舆,黄昏为隶,日入为僚,晡时为仆,日昳为台,隅中日出,阙不在第,尊王公,旷其位。"又昭公七年:"天有十日,人有十等,故王臣公,公臣大夫,大夫臣士,士臣皂,皂臣舆,舆臣台。"则所谓台者,十等之至卑,今岂亦本是与? 然加以重字,尤有意。

日　　子

《文选·曹公檄吴将校部曲文》:"年月朔日子。"注:"发檄时也。"

南村辍耕录卷十一

写　像　诀

　　王思善绎，自号痴绝生，其先睦人，居杭之新门，笃志好学，雅有才思。至正乙酉间，樵李叶居仲广居寓思善之东里教授，余从永嘉李五峰先生孝光往访之。时思善在诸生中，年方十二三，已能丹青，亦解写真。先生即俾作一圆光小像，面部仅大如钱，而宛然无毫发异。先生喜，作文以华之。尔后余复托交于其尊人曰华晔，遂与思善为忘年友。思善继得吴中顾周道逵绪言开发，益造精微，是故于小像特妙，非惟貌人之形似，抑且得人之神气。尝授余秘诀并采绘法，今著于此，与好事者共之。

写　像　秘　诀

　　凡写像，须通晓相法。盖人之面貌部位，与夫五岳四渎，各各不侔，自有相对照处，而四时气色亦异。彼方叫啸谈话之间，本真性情发见，我则静而求之，默识于心，闭目如在目前，放笔如在笔底，然后以淡墨霸定，逐旋积起。先兰台廷尉，次鼻準。鼻準既成，以之为主。若山根高，取印堂一笔下来，如低，取眼堂边一笔下来，或不高不低，在乎八九分中，则侧边一笔下来。次人中，次口，次眼堂，次眼，次眉，次额，次颊，次发际，次耳，次发，次头，次打圈。打圈者，面部也。必宜如此一一对去,庶几无纤毫遗失。近代俗工,胶柱鼓瑟,不知变通之道,必欲其正襟危坐,如泥塑人,方乃传写,因是万无一得,此又何足怪哉!吁,吾不可奈何矣。

采 绘 法

凡面色,先用三朱、腻粉、方粉、藤黄、檀子、土黄、京墨合和衬底,上面仍用底粉薄笼,然后用檀子、墨水斡染。面色白者,粉入少土黄,燕支不用,燕支则三朱。红者,前件色入少土朱。紫堂者,粉檀子老青入少燕支。黄者,粉土黄入少土朱。青黑者。粉入檀子、土黄、老青各一点,粉薄罩,檀墨斡。已上看颜色清浊加减用,又不可执一也。

口角,燕支淡,如要带笑容,口角两笔略放起。

眼中,白染瞳子外两笔,次用烟子点睛,墨汀圈,眼梢微起,有折,便笑。

口唇上,燕支蓦。

鼻色,红燕支微笼。

面雀斑,淡墨水斡。麻,檀水斡。

髯色,黑者,依鬓发渲。紫者,檀墨间渲。黄红者,藤黄、檀子渲。

发,先用墨染,次用烟子渲。有间渲、排渲、乱渲,当自取用。

手指甲,先用燕支染,次用粉染根。

凡染妇女面色,燕支粉衬,薄粉笼,淡檀墨斡。

凡染法,白纸上先染后却罩粉,然后再染提搋,绢则先衬背后。

凡调合服饰器用颜色者:绯红,用银朱紫花合。桃红,用银朱燕支合。肉红，用粉为主，入燕支合。柏枝绿，用枝条绿入漆绿合。黑绿，用漆绿入螺青合。柳绿，用枝条绿入槐花合。官绿，即枝条绿是。鸭头绿，用枝条绿入高漆绿合。月下白，用粉入京墨合。柳黄，用粉入三绿标，并少藤黄合。鹅黄，用粉入槐花合。砖褐，用粉入烟合。荆褐，用粉入槐花、螺青、土黄标合。艾褐，用粉入槐花、螺青、土黄、檀子合。鹰背褐，用粉入檀子、烟墨、土黄合。银褐，用粉入藤黄合。珠子褐，用粉入藤黄、燕支合。藕丝褐，用粉入螺青、燕支合。露褐，用粉入少土黄、檀子合。茶褐，用土黄为主，入漆绿、烟墨、槐花合。麝香褐，用土黄、檀子入烟墨合。檀褐，用土黄入紫花合。山谷褐，用粉入土黄标合。枯竹褐，用粉土黄入檀子一点合。湖水褐，用粉入三绿合。葱白褐，用粉入三绿标合。棠梨褐，用粉入土黄、银朱合。秋茶褐，用土黄入三绿槐花合。油里墨，用紫花、土黄、烟墨合。玉色，用粉入高三绿合。鮀色，用粉漆、绿标墨入少土黄合。毹子，用粉、土黄、檀子入墨一点合。蓝青，用三青入高三绿合。金黄，用槐花粉入燕支合。雅青，用苏青衬，螺青罩。鼠毛褐，用土黄粉入墨合。不老红，用紫花、银朱合。蒲萄褐，用粉入三绿紫花合。丁香褐，用肉红为主，入少槐花合。杏子绒，用粉墨、螺青入檀子合。毹绫，用紫花底，紫粉搭花样。番皮，用土黄、银朱合。鹿胎，用白粉底，紫花样。水獭毡，用粉土黄合。牙笏，用好粉一点，土黄粉凝。皂靴，用烟墨标。柘木交椅，用粉、檀子、土黄、烟墨合。金丝柘，同上，不入墨。紫袍，用三青、燕支合。其余不能一一备载，在对物用色可也。

　　凡合用颜色细色，头青、二青、三青、深中青、浅中青、螺青、苏青、二绿、三绿、花叶绿、枝条绿、南绿、油绿、漆绿、黄丹、飞丹、三朱、土朱、银朱、枝红、紫花、藤黄、槐花、削粉、石榴、颗绵、燕支、檀子。其檀子,用银朱浅入老墨、燕支合。

相　地　理

江阴州,宋季时,兵马司在州治东南里许平地上,司之后置土牢。归附后,有善地理者,以为宜帝王居之。人问其故,曰:"君山龙脉正结于此,是以知其然也。"皆弗之信。越数年,就其上起盖三皇庙。亦奇术哉!君山,州之主山也。

狎　娼　遭　毒

姑苏郑君辅,放浪不羁,为漕府小吏,时督运至直沽,狎游群娼,挑达太甚,殊弗堪之。或有进药于郑曰:"此助阳奇剂也。"郑试傅之,数日后,阴器消缩,若阉宦然,竟以此终其身。漫书为后人戒。

梦

应之绍才,钱唐人,以乡贡下第,任嘉兴学正。丁父忧,仍寓居授徒。至正壬辰秋,避难于其诸生李氏子家,去城数十里,曰奉贤乡。李之从祖号太无,为道士,住持紫虚观。之绍一见,若平生欢。八月廿九日,太无得中风疾,之绍馈药疗之,获苏,日一再诣问。九月四日,又自紫虚问疾,还寓,忽得疾,一中而殂。其妻杨氏,太史同金瑢之女,就所馆治丧,且以讣其母若弟于海宁及嘉兴城中。紫虚之徒以其疾与太无同,不以告。是夜将半,太无忽呼弟子卓处潜辈谓曰:"适得梦甚怪。"俾取纸笔书之。云于本观所奉岳祠之前,见有某姓名吏,及卒二人,押男女各一,并持公文而来。因读其词,曰:"嘉兴路城隍司准海宁州城隍司牒,为陆小莲告至正八年内溺水事,冤屈未伸。今发陈喜儿、应伟,前去勒要应才,同解岳祠周府君取问。"太无询来使之详,答曰:"陆小莲者,嘉兴百福坊人,而应才之婢也。为其妻妒,逐之,遂赴水死。陈喜儿者,才之母也,时居海宁。伟,字之奇,才之弟也,居嘉兴城东,谓彼时不为救护,故连逮耳。"太无见陈氏带锁,衣白衣黄裙。问之,年六十有四。应伟荷校,衣青衣。录其罪状,皆历历可记。来使云:"今若贵司移牒温都统,为之解释,则尚可也。"遂觉。始知之绍已逝。王昌言与之绍有交承之好,同寓其所,明旦,来紫虚。太无因问应母之年及之奇之貌,皆如所梦,乃以告之。昌言驰报杨氏。杨即诣紫虚,拜恳太无于床下,谓梦中事皆实有之,复自诉其详,且言其夫胸间尚温,手足犹软,故求移文解释。仍躬祷岳祠,冀之绍之复生也。是日午后,之奇自城东来,衣青衣,云昨日亦得疾,与兄同,所见如太无梦,今虽少苏,犹惯惯莫知所以然。至夜,杨氏以忧惧,亦疾作,旋即无他。而之绍气已绝矣。时建德邵清溪偶宿紫虚,目击其事,翼日遂行,不知往讣陈氏者归报何如,及之奇之死生耳。

白　　醉

开元时,高太素隐商山,起六逍遥馆,各制一铭,其三为"冬日初出",铭曰:"折胶堕指,梦想负背,金锣腾空,映檐白醉。"见《清异录》。楼攻媿尝取"白醉"二字以名阁。

贤母辞拾遗钞

聂以道宰江右一邑日,有村人早出卖菜,拾得至元钞十五锭,归以奉母。母怒曰:"得非盗来而欺我乎? 纵有遗失,亦不过三两张耳,宁有一束之理? 况我家未尝有此,立当祸至,可急速送还,毋累我为也。"言之再,子弗从。母曰:"必如是,我须诉之官。"子曰:"拾得之物,送还何人?"母曰:"但于元拾处俟候,定有失主来矣。"子遂依命携往。顷间,果见寻钞者。村人本朴质,竟不诘其数,便以付还。傍观之人,皆令分取为赏。失主靳曰:"我元三十锭,今才一半,安可赏之?"争闹不已,相持至厅事下。聂推问村人,其辞实,又暗唤其母审之合,乃俾二人各具失者实三十锭得者实十五锭文状在官后,却谓失主曰:"此非汝钞,必天赐贤母以养老者。若三十锭,则汝钞也,可自别寻去。"遂给付母子。闻者称快。

女 奴 义 烈

朵那者,杭城东伟兀氏之女奴也。年十九,勤敏谨愿。主卒某郡官所,朵那奉主妇日谨,主妇亦委以腹心。至正壬辰秋七月初十日,寇陷杭,劫官民府库。至伟兀氏家,不得物,乃反接主妇柱下,拔刀砺颈上。诸侍婢皆散走,朵那独以身覆主妇,请代死,且告曰:"将军利吾财,岂利杀人哉! 凡家之货宝,皆我所藏,主母固弗知,若免主母死,我当悉与将军不吝。"寇允解主妇缚,朵那乃探金银珠玉币帛等散置堂上,寇争夺,竟又欲犯朵那身。朵那持刀欲自屠,曰:"我主二千石,我誓不奴他姓主,况汝贼乎?"寇惊异,舍而去。朵那泣拜主妇曰:"弃主货,全主命,权也。妾受命主钥货,今失货而全身,非义也,请从此死。"遂自杀。时人莫不称之曰义烈、义烈云。

龙 广 寒

龙广寒,江西人,移居钱唐。挟预知之术,游湖海间,咸推为异人，或谓专持寂感报耳秘咒故尔。寂感，即俗所谓万回哥哥之师号也。《释氏传灯录》：师姓张，九岁乃能语，兄戍安西，父母遣问讯，朝往夕返，以万里而回，号万回。又《护法论》：虢州阌乡张万回法云公者，生于唐贞观六年五月五日，有兄万年，久征辽左，相去万里，母程氏思其信音，公早晨告母而往，至暮持书而还。《护法论》乃宋无尽居士张商英撰，必有所据。按此，则师之灵通容有之。广寒又行服气导引之法，常佩小龟十数于身，至晚仍解饲之。事母至孝，六月一日母生辰，方举觞为寿，忽见北窗外梅花一枝盛开，人皆以为孝行所感，士大夫遂称之曰孝梅，赠诗者甚多，惟张菊存一篇最可脍炙，曰："南风吹南枝，一白点万绿。岁寒谁知心，孟宗林下竹。"至治初间，广寒卒，时年百有八岁，犹童颜绿发云。

夜　航　船

凡篙师于城埠市镇人烟凑集去处，招聚客旅装载夜行者，谓之夜航船，太平之时，在处有之。然古乐府有《夜航船》曲，皮日休诗有"明朝有物充君信，携酒三瓶寄夜航"之句，则此名亦古矣。

不　快

世谓有疾曰不快。陈寿作《华佗传》已然。

雷　雪

至正庚子二月六日，浙西诸郡震霆掣电，雪大如掌，顷刻积深尺许，人甚惊异。后阅李复中《青唐杂记》云：宋元符二年九月廿一日夜，镇洮大雷，自初更至四鼓，凡一百三十余雷，雪深二尺。后旬日,西羌叛,以有备无患,出师大捷。又周密《癸辛杂识》云:庚寅正月二十九日癸酉,余至博陆,大雷,雪下如织,而雷不止,天地为之陡黑,平生所未见。据二说如此,然杭州自去岁十二月被围至三月兵退,岂即青唐之谶与?

分　　疏

人之自辨白其事之是否者,俗曰分疏。疏,平声。《汉书·袁盎传》"不以亲为解",颜师古注曰:"解者,若今分疏矣。"《北齐书·祖珽传》:高元海奏珽不合作领军,并与广宁王交结,珽亦见帝,令引入自分疏。

西　　皮

髹器称西皮者,世人误以为犀角之犀,非也。乃西方马鞯,自黑而丹,自丹而黄,时复改易,五色相叠,马镫磨擦有凹处,粲然成文,遂以髹器仿为之。事见《因话录》。

暖　　屋

今之入宅与迁居者,邻里醵金治具,过主人饮,谓曰暖屋,或曰暖房。王建《宫词》"太仪前日暖房来",则暖屋之礼,其来尚矣。

鬼　　室

温州监郡某,一女及笄,未出室,貌美而性慧,父母之所钟爱者。以疾卒,命画工写其像,岁序张设哭奠,常时则庋置之。任满,偶忘取去。新监郡复居是屋,其子未婚,忽得此,心窃念曰:"娶妻能若是,平生愿事足矣。"因以悬于卧室。一夕,见其下,从轴中诣榻前,叙殷勤,遂与好合。自此无夜不来。逾半载,形状羸弱。父母诘责,以实告,且云:"至必深夜,去以五鼓,或赍佳果啖我,我答与饼饵,则坚却不食。"父母教其此番须力劝之。既而女不得辞,为咽少许,天渐明,竟不可去,宛然人耳,特不能言语而已,遂真为夫妇,而病亦无恙矣。此事余童子时闻之甚熟,惜不能记两监郡之名。近读杜荀鹤《松窗杂记》云:唐进士赵颜,于画工处得一软障,图一妇人,甚丽。颜谓画工曰:"世无其人也,如可令生,余愿纳为妻。"工曰:"余神画也,此亦有名,曰真真。呼其名百日,昼夜不歇,即必应之。应则以百家彩灰酒灌之,必活。"颜如其言,乃应曰"诺",急以百家彩灰酒灌之,遂活,下步言笑,饮食如常。终岁,生一儿。儿年两岁,友人曰:"此妖也,必与君为患,余有神剑,可斩之。"其夕,遗颜剑。剑才及颜室,真真乃曰:"妾,南岳地仙也,无何为人画妾之形,君又呼妾名,既不夺君愿,今疑妾,妾不可住。"言讫,携其子却上软障。睹其障,惟添一孩子,皆是画焉。读竟,转怀旧闻,已三十余年,若杜公所书不虚,则监郡子之异遇有之矣。

牙　　郎

　　今人谓驵侩者为牙郎,本谓之互郎,谓主互市事也。唐人书互作牙,互与牙字相似,因讹而为牙耳。

墓 尸 如 生

　　松江蟠龙塘普门寺侧,一无主古墓,至正己亥春,为其里之张雕盗发,有志石,乃宋时钱参政良仁妹,讳惠净,以该恩奏封孺人,生一男五女,年六十有五,尝舍田入寺,因于绍熙四年十月,祔夫墓之右。破棺,无秽气,颜色如生,口脂面泽,若初傅者,冠服鲜新,亦不朽腐,得金银首饰器皿甚多。至脱其绣履,传相玩弄,人以为异。余闻汉广川王去疾发魏王子且渠冢,无棺椁,有石床,床下悉是云母,床上二尸,一男一女,皆年二十余,东首裸卧,颜色如生人,鬓发亦如生人。此恐是云母之功。今此妇葬日距今百七八十年,而亦不损坏,其理又何邪?

枯 井 有 毒

平江在城峨眉桥叶剃者,门首檐下有一枯井,深可丈许。偶所畜猫坠入,适邻家浚井,遂与井夫钱一缗,俾其取猫。夫父子诺。子既入井,久不出。父继入视之,亦不出。叶惶恐,系索于腰,令家人次第放索,将及井底,亟呼救命。比拽起,下体已僵木如尸,而气息奄奄。乡里救活之,白于官。官来验视,令笼火下烛,仿佛见若有旁空者。向之死人,一横卧地上,一斜倚不倒。钩其发提出,遍身无它恙,止紫黑耳。众议以恐是蛟蜃之属,实之土焉。余意山岚蛮瘴,尚能杀人,何况久年干涸,阴毒凝结,纳其气而死,复奚疑哉? 此事在至正己亥秋八月初旬也。后读《酉阳杂俎》,有云:凡冢井间气,秋夏多杀人,先以鸡毛投之,直下无毒,回舞而下者不可犯,当以泔数斗浇之,方可入矣。得此一章,信余意之诚是也。

贤 　 孝

前至元间,杭州有郑万户者,天性峻急,不能有所容,而奉事母夫人备极孝道。母诞日垂至,预市文绣毯段,制袍为寿。针工持归,缝缀既成,为油所污。时估贵重,工莫能偿,自经不死。邻妇有识其母者,潜送入白之。至日,卧不起。子至,候问安否,见有忧色,请其故。曰:"昨暮偶视新袍,适几上油缶翻,溅渍成玷,我情思殊不佳耳。"子告曰:"一袍坏,复制一袍可也,夫人何重惜乃尔!"母阳为自解,遂起受子孙拜贺,如常岁仪。人咸以此为贤母,而益见万户之孝。国朝妇人礼服,达靼曰袍,汉人曰团衫,南人曰大衣,无贵贱皆如之。服章但有金素之别耳,惟处子则不得衣焉。今万户有姓者而亦曰袍,其母岂达靼与?然俗谓男子布衫曰布袍,则凡上盖之服或可概曰袍。

事 物 异 名

暇日读书,遇事物之异名者,偶记一二,以备采览云。

割政　割剥之政也。《史记》帝纪三。

父马　牡马也。《史记·平准书》。

毳布　罽也。《说文》曰:"西胡毳布。"

香物　《梦书》曰:"梦得香物,妇女归也。"

藏鱼　《说文》:"鲊,藏鱼也。"

请室　狱也。《史记·袁盎传》。

猊糖　狮子乳糖也。《后汉·显宗纪》。

令草　宜男花也。傅玄赋。

毛席　毡也。《后汉·西域传》注。

竹练　竹布也。庾翼与燕王书曰:"竹练三端。"

竹萌　笋也。《说文》。

练香　和香也。李贺诗"练香熏宋鹊。"

南威　橄榄也。《太平广记》。

石蜜　樱桃也。同上。

木蜜　枣子也。同上。

杂馥　合香也。《通典》四十三。

脂炬　烛也。《杜阳杂编》。

竹胎　笋也。《说文》。

调香　和香也。《华严经》曰:"鬻香长者善调香。"

毛布 褐也。《诗·七月》笺。

玉窣 酒器也。《纬略》。

猎碣 石鼓曰猎碣。苏勖《载记》。

浃日 从甲至癸,凡十日也。《周礼·天官》。

浃辰 辰,十二辰,自子至亥也。《左传》成九年。

丹若 石榴也。《酉阳杂俎》。

金锬刺肉

木八剌,字西瑛,西域人,其躯干魁伟,故人咸曰长西瑛云。一日,方与妻对饭,妻以小金锬刺窝肉,将入口,门外有客至,西瑛出肃客,妻不及啖,且置器中,起去治茶。比回,无觅金锬处。时一小婢在侧执作,意其窃取,拷问万端,终无认辞,竟至陨命。岁余,召匠者整屋扫瓦瓴积垢,忽一物落石上有声,取视之,乃向所失金锬也,与朽骨一块同坠。原其所以,必是猫来偷肉,故带而去,婢偶不及见,而含冤以死,哀哉!世之事有如此者甚多,姑书焉,以为后人鉴也。

杭人遭难

杭民尚淫奢,男子诚厚者十不二三,妇人则多以口腹为事,不习女工,至如日用饮膳,惟尚新出而价贵者,稍贱便鄙之,纵欲买又恐贻笑邻里。至正己亥冬十二月,金陵游军斩关而入,突至城下,城门闭三月余,各路粮道不通,城中米价涌贵,一斗直二十五缗。越数日,米既尽,糟糠亦与常日米价等,有赀力人则得食,贫者不能也。又数日,糟糠亦尽,乃以油车家糠饼捣屑啖之。老幼妇女,三五为群,行乞于市,虽姿色艳丽而衣裳济楚,不暇自惭也。至有合家父子、夫妇、兄弟,结袂把臂,共沉于水,亦可怜已。一城之人,饿死者十六七。军既退,吴淞米航凑集,藉以活,而又太半病疫死。岂平昔浮靡暴殄之过,造物者有以警之与?

承　天　阁

平江承天寺,初畜大木,将造千佛阁。会浙省灾,责有司籍所在木植,官酬以价。寺一黠僧,于阁木上皆凿万岁阁三字,于是有司不敢取。及阁成,其字固在。诸寺观凡起造必作俪语题两梁间,其余则记住持檀越主名,此所必然,独承天诸殿俱否。至正丙申春,今张太尉士诚未归顺时,伪称诚王,国号大周,改元天祐,历曰明时,由淮渡浙,攻破平江,即承天以居,尽撤去殿上像,设坐于其中,且以僧元凿字名其阁。岂亦有定数乎?

阿　疼　疼

淮人寇江南日,于临阵之际,齐声大喊“阿疼疼”以助军威。按《朝野佥载》:武后时,沧州南皮县丞郭胜静,每巡乡,唤百姓妇,托以缝补而奸之。其夫至,缚胜静,鞭数十。主簿李懋往救解之,胜静羞,讳其事,低身答云:“忍痛不得,口唱阿疼疼,胜静不被打,阿疼疼。”据此,乃有所本。

海　　运

国朝海运粮储,自朱清、张瑄始,以为古来未尝有此。按杜工部诗《出塞》云:“渔阳豪侠地,击鼓吹笙竽。云帆转辽海,粳稻来东吴。”又《昔游》云:“幽燕盛用武,供给亦劳哉。吴门持粟帛,泛海凌蓬莱。”如此,则唐时已有海运矣,朱、张特举行耳。

夫 妇 死 孝

杜阳父友开，江阴人，隐居教授，妻吴辟纑以资之。天历间，浙右荐荒，米价腾踊，学徒散去，困于饥饿。吴之兄弟，屡劝斩丘木、鬻墓地，以少延余息，阳父坚持不可。继欲挈吴归，吴曰："夫既尽孝，妾独不以义自处？宁不食若粟。"遂相枕藉而卒。

猪 妖

至正辛卯春，江阴永宁乡陆氏家，一猪产十四儿，内一儿，人之首面手足而猪身。

南村辍耕录卷十二

园　池　记

　　唐南阳樊宗师，字绍述。所撰《绛守居园池记》，艰深奇涩，读之往往昧其句读，况义乎哉！韩文公谓其文不蹈袭前人一言一句，观此记，则诚然矣。宋王晟、刘忱尝为解释，今不复有。偶得溧阳赵仁举字伯昂笺注本，句分字析，词理焕然。因书其记，传其句读，以使披览云。有未解者，又须观全注可也。点法：○为句，〇为读。记曰：绛即东雍〇雍去声。为守去声。理所〇禀参所今切。实沈分〇分去声。气畜两河润〇有陶唐冀遗风余思〇思去声。晋韩魏之相剥剖〇世说总其土田士人〇令无磽口交切。杂扰〇宜得地形胜泻水施法〇岂新田又蓁猥不可居〇州地或自有兴废〇州字或属上句。人因得附为奢俭〇将为守悦致平理与〇与平声。益侈心耗物害时与〇与平声。自将失敦穷华〇终披夷不可知〇脾绅音脾睨也。绅疑作佈。孤颠〇阿偃〇上苦下切下㮊勿切。玄武踞〇守居割有北〇自甲辛苞大池泓〇横硖旁〇潭中葵次〇木腔瀑三丈〇余〇或属上句。涎玉沫珠〇子午梁贯亭曰洞涟〇虹霓雄雌〇穿鞠觑矗〇时忍切。碍很胡恳切。岛坻〇音池。淹淹委委〇平声。莎麋缦〇莫半切。萝蔷翠蔓红刺相拂缀〇南连轩井〇阵中涌曰香〇承守寝瘁虽遂切。思〇西南有门曰虎豹〇左画虎搏补各切。立〇万力千气〇底音旨。发〇巉匿地〇努肩脑口牙快抗〇电火雷风黑山震将合〇右胡人髯〇黄佾于元切。累力追切。珠○丹碧锦袄○身刀囊靴桄绿○上刀切。白豹玄斑○饫距○掌胖○意沮得○东南有亭曰新○前含音额。曰槐○有槐屃虚器切。护○霄郁荫后颐○渠决决缘池西直南折庑赴○可宴可簄○又东骞渠曰望月○骞音轩。又东骞穷角池○研云曰柏○有柏苍官青士○拥列与槐朋友○巉鉏衔切。阴洽色○北俯渠○幢幢来○刮级回西○巽瞑疑作隅。间○黄原玦天○汾水钩带○白言谒○行旦艮间○远冈青葼○近楼台井间点画察○可四时合奇士○观云风霜露雨雪○所为去声。发生收敛赋歌诗○正东曰苍塘○蹲濒西溿望○瑶翻碧潋○光文切镂。梨深挠挠奴巧切。收穷正北曰风堤○乘携左右○堤势北回股努○塀徒计切。捄力计切。蹴塘○衔渠歆池○南楯楹○景怪烛○蛟龙钩牵○宝龟灵疈薄猛切一音脾。文文章章○阴欲呼合切。垫都念切。欱○呼恬切。烟溃霭聚桃李兰蕙○神君仙人衣裳雅冶○可会脱赤热○西北曰鳖○蛏音灰。原○开哈呼来切。储○虚明茫茫○嵬眼颎耳○可大客旅钟鼓乐○提鹣挈鹭○偝音弼。池豪渠○憎乖怜围○正西曰白滨○荟鸟外切。深○梨○素女雪舞百佾○水翠披○啴啴虚郭切。千幅○迎西引东土长崖○挟横圬○圬字音劣。日卯酉○日或作自。樵途坞径幽委○虫鸟声无人○风日灯火之○昼夜漏刻诡娓鱼毁切。绚化○大小亭饲池渠间○走池堤上亭后前○陴乘塘○如连山群峰拥○地高下○如原隰堤溪壑○水引古○自源三十里○凿高○槽绝○窦塘○为或作其。池沟沼渠瀑深音丛潨终出○汩汩于笔切。音骨,非。街巷蛙町阡陌间○入汾○巨树木○资土悍○水沮○沮将预切。宗族盛茂○旁荫远映○锦绣交果枝香○睌丽○又上下可通作一句。绝他郡○考其台亭沼池之增○盖豪王才侯袭以奇意相胜○至今过客尚往往有指可创起处○余退常吁○后其能无○果有不○音否。补建者○池由于炀○及当作反。者雅文安○

薛雅裴文安二人。发土筑台为拒〇几平。附于污宫〇水本于正平轨〇病井卤生物瘠〇引古〇沃浣人便〇几附于河渠〇呜呼〇为附于河渠则可〇为附于污宫其可〇书以荐后君子〇长庆三年五月十七日记。又见一本,亦注解者,不著姓名,所分句读与前略有不同处,并附于此:绛△即东雍为守理所作一句。世说△土田△士人△宜〇得地形胜△自将失敦穷华△陴缔孤颠△阿倔玄武△守居〇割有北△自甲辛苞大池△泓横硖旁作一句。潭中△癸次木腔作一句。△瀑三丈余作一句。△子午梁△虹霓雄雌穹鞠觑龘作一句。△莎靡缦△南连轩井△阵△左画虎搏立△万力千气底发作一句。△峣匿地△电火△雷风△右胡人△鬌△黄笉累珠△丹碧锦袄△身刀△囊△靴△挝△绦△白豹玄班△饫距掌胇作一句。有槐厕护霵作一句。△郁荫△渠决决△缘池西△直南折庑赴△拥列△与槐朋友△巽瞴间△白言谒行△旦艮间△远冈青䓓△近△可四时合奇士△观云△风△霜△露△雨△雪△所为发生收敛△正东曰苍塘蹲濑西㳻望作一句。△瑶翻碧潋△正北曰风堤乘携左右作一句。△堤势北回股努堋捩蹴墉作一句。△南楯楹△景怪烛△蛟龙钩牵△烟溃霭聚△开咍储△虚明茫茫△提鹇△挈鹭△嘟嘟千幅△迎西引东△日卯酉樵途坞径幽委〇虫鸟声〇昼夜〇大小亭饲〇池渠间〇间作去声。走池堤上〇亭后前陴乘墉作一句。如连山群峰△拥地高下作一句。凿高槽作一句。绝窦墉作一句。为此作其。池沟沼渠瀑深每字。△汨汨街巷△畦町阡陌每字。△间人汾作一句。水沮宗族茂盛作一句。旁荫远映△锦绣交果枝香畹△丽绝地郡作一句。考其台亭沼沚之增△后其能无果有不补建者作一句。池由于炀及者雅文安作一句。诔△此本多此字。病井卤△生物瘠△引古沃浣作一句。人便几附于河渠作一句。

厕　筹

今寺观削木为筹，置溷圊中，名曰厕筹。《北史》：齐文宣王嗜酒淫泆，肆行狂暴，虽以杨愔为相，使进厕筹。然则愔所进者，岂即此与？按《说文》厕，清也，从广，则声。韵书初吏切，间也，杂也，次也，圊也。居高临垂边曰厕，高岸夹水曰厕。《史记·太仓公传》：竖奉剑从王之厕。《汲黯传》：卫青大将军侍中，上踞厕见之。注：如淳曰："厕　音则，谓床边，据床视之。"一云：溷，厕也。厕，床边侧。《汉书》注：如淳曰："厕，溷也。"孟康曰："厕，边侧也。"师古曰："如说是也。"仲冯曰："厕，当从孟说。"愚意古者见大臣，则御坐为起，夫武帝固以奴隶待青，亦不应踞溷圊而见之。然汉文居灞北，临厕，使慎夫人鼓瑟。注：韦昭曰："高岸夹水为厕。"即此推之，则凡厕者，皆取其在两物间为义。又《郅都传》：贾姬如厕，有野彘入厕，命都击之。则此之如厕，亦恐非是溷圊。它如《刘安别传》：谪守都厕三年。《庄子·庚桑篇》"适其偃"，注："偃，屏厕也。"屏厕则以偃溲。《仪礼·既夕礼》：甸人筑坅坎，隶人温厕塞厕。《万石君传》：建取亲中裙厕腧，身自浣洒。注：孟康曰："厕，行清，腧，行中受粪函也。"至于晋侯食麦胀如厕陷而卒，赵襄子如厕执豫让，高祖鸿门会如厕召樊哙等，及如厕见柏人，金日磾如厕擒莽何罗，范睢佯死置厕中，李斯如厕见鼠，陶侃如厕见朱衣，王敦如厕食枣，刘寔误入石崇厕，郭璞被发厕上，刘季和厕上置香炉，沈庆之梦卤簿入厕中，崔浩焚经投厕中，钱义厕神，李赤厕鬼，蒯聩盟孔悝于厕，曹植戒露顶入厕之类，则真溷圊矣。

拗　花

南方或谓折花曰拗花。唐元微之诗："试问酒旗歌板地，今朝谁是拗花人。"又古乐府："拗折杨柳枝。"

连　枝　秀

京师教坊官妓连枝秀，姓孙氏，盖以色事人者。年四十余，因投礼逸士风高老为师，而主教者褒以空湛静慧散人之号，挟二女童，放浪江海间。偶至松江，爱其风物秀丽，将结数椽为栖息所。郡人陆宅之居仁尝往访焉，秀颇不以礼貌。因其请作募缘疏，遂为撰之，疏曰：京师第一部教坊，占排场曾使万人喝彩。道德五千言公案，抽锁钥只因片语投机。向林下得大道高风，指云间问前缘福地。一跳身才离了百戏棚中圈子，双摆手便作个三清门下闲人。赤紧地无是无非，到大来自由自在。识尽悲欢离合幻，打开老病生死关。交媾功成，阴阳炭烧空欲海；修持行满，雌雄剑劈破愁城。七星冠刚替下凤头钗，合欢带生纫做鹿皮袋。空非空，色非色，色即是空；道可道，名可名，强名曰道。往常时红裙翠袖生绡帕，猛可里草履麻衣匾皂绦。销金帐冷落风情，养丹炉消磨火性。半世连枝带叶，算从前历尽虚花；一朝划草除根，到此际方成结果。寻几个烟霞外逍遥伴侣，抵多少尘埃中浮浪男儿。存一点志诚心，百事可做；少几处风流债，一笔都勾。试问他浊酒狂歌，争如我清茶淡话。迷魂阵当时落陷，人负我，我负人，总是虚脾；玄关窍今日点开，心即道，道即心，无非妙用。牢着眼看乌飞兔走，急回头怕鹤怨猿啼。五陵人买笑追欢，掉头不顾；三岛客谈玄论道，稽首相迎。大都来几个知音，多管是前生有分。

玉楼花下千钟酒，几番歌《白苎》，遏行云；纸帐梅边一炷香，从此诵《黄庭》，消永日。桃花扇深藏明月影，椰子瓢长醉白云乡。皓齿细腰，打叠少年歌舞；锦心绣腹，宣扬老子经文。发科打诨，不离机锋；课嘴撩牙，长存道眼。烧夜香非寻佳偶，披鹤氅星月下礼拜茅君；登春台不望远人，驾鸾车云霄上追寻萧史。歌馆化为仙馆静，戏房翻作道房幽。净洗燕支，见全真本来面目；轻敲檀板，听步虚别是宫商。人尽夸七真台添上个小孙姑，我只道五城山册立了新王母。不比寻常钩子，曾经老大钳锤。百炼不回，万夫莫敌。畴昔微通一笑，白面郎争与缠头；如今顿悟三生，青眼人便当抬手。既不作入梦朝云暮雨，也须撇等闲秋月春风。若教了蒲团上工夫，便可到蓬壶中境界。肯庄严一处千年香火，是成就到头陆地神仙。金银钞等物，是必大块子舍来；福禄寿利钱，拟定加倍儿还你。得道者多助，看琳宫宝殿，日月交辉；爱人者必亲，仗玉磬金钟，晨昏报德。疏文一出，远迩传诵，以资笑谈。秀不可留，遂宵遁。然文虽新奇，固近于俳，视厚德君子有间矣，而其帷簿之不修者，岂偶然哉。

却　　鞭

文贞王阿怜帖木儿之夫人举月思的斤，以贤行称。一日，有献马鞭于王者，鞭内暗藏一铁简，拔靶取之则得。王喜，持示夫人，将酬以币。夫人曰"君平昔若尝害人，则防人之必我害也。苟无此心，焉用为？"王悟，亟还之。

奉　母　避　难

泰州人袁氏，兄弟二人，同居养母。至正壬辰，红巾压境，兄弟负母逃避。至中途，兄念妻子不置，辞母归，惟弟与母借居田舍。后城陷，其一房尽遭杀戮，独弟之妻子获免，乘间奔避，适夫妇父子相会，时传为孝行所感。

匠官仁慈

杭州行金玉府副总管罗国器世荣，郡人也，天性仁慈。有匠人程限稽违，案具，吏请引决。罗曰："吾闻其新娶，若责之，舅姑必以新妇不利，口舌之余，不测系焉，姑置勿问，后或再犯，重加惩治可也。"夫罗职在造作耳，尚能知此，而受民命之寄者，则反贪墨苛惨，惟以鞭扑立威为务，哀哉！

著衣吃饭

谚云："三代仕宦，学不得著衣吃饭。"按《魏书》，文帝诏群臣云："三世长者知被服，五世长者知饮食。"则古已有此语。

文章政事

吕仲实先生思诚佥浙西宪司事时，有自首不合令女习学讴唱者。先生案议云："男女无父母之命，私有所从，王法不许。父母违男女之愿，置之非地，公论岂容。所首宜不准，合依律杖断。"又有年七十之上而殴人者，案议云："既能为不能为之事，必当受不当受之刑。"先生文章政事，皆过人远甚，而廉洁不污，家甚贫。至正间，官至中书左丞。先生未显时，一日，晨炊不继，欲携布袍贸米于人，室氏有吝色，因戏作一诗曰："典却春衫办早厨，老妻何必更踌躇。瓶中有醋堪烧菜，囊里无钱莫买鱼。不敢妄为些子事，只因曾读数行书。严霜烈日皆经过，次第春风到草庐。"后果及第。

浙 江 潮 候

浙江,一名钱唐江,一名罗刹江。所谓罗刹者,江心有石,即秦望山脚,横截波涛中,商旅船到此,多值风涛所困而倾覆,遂呼云。此事见吴越时僧赞宁传载中。其昼夜二潮甚信,上人以诗括之曰:"午未未未申,申卯卯辰辰,巳巳巳午午,朔望一般轮。"此昼候也。初一日午未,初二日未初,十五日如初一,夜候则六时对冲,子午丑未之类。汉东宣伯骙先生昭尝作《浙江潮候图说》云:大江而东,凡水之入于海者,无不通潮,而浙江之潮独为天下奇观,地势然也。浙江之口,有两山焉,其南曰龛山,其北曰赭山,并峙于江海之会,谓之海门。下有沙潬,跨江西东三百余里,若伏槛然。潮之入于浙江也,发乎浩渺之区,而顿就敛束,逼碍沙潬,回薄激射,折而趋于两山之间,拗怒不泄,则奋而上阶,如素霓横空,奔雷殷地,观者胆掉,涉者心悸,故为东南之至险,非他江之可同也。原其消长之故者,曰天河激涌,曰地机翕张。揆其晨夕之候者,曰依阴而附阳,曰随日而应月。地志涛经,言殊旨异,胡可得而一哉!盖圆则之运,大气举之,方仪之静,大水承之,气有升降,地有浮沉,而潮汐生焉。月有盈虚,潮有起伏,故盈于朔望,虚于两弦,息于朓朒,消于朏魄,而大小准焉。月为阴精,水之所生,日为阳宗,水之所从,故昼潮之期,日常加子,夜潮之候,月必在午,而晷刻定焉。卯酉之月,阴阳之交,故潮大于余月。大梁析木,河汉之津也。朔望之后,天地之变,故潮大于余日。寒暑之大,建丑未也。一晦一明,再潮再汐,一朔一望,再虚再盈,天一地二之道也。月经于上,水纬于下,进退消长,相为生成,历数可推,豪厘不爽,斯天地之至信,幽赞于神明,而古今不易者也。杭之为郡，枕带江海，远引瓯闽，近控吴越，商贾之所辐凑，舟航之所骈集，则浙江为要津焉。而其行止之淹速，无不毕听于潮汐者。或违其大小之信，爽其缓急之宜，则必至于倾垫底滞，故不可以不之谨也。某承乏兹郡，属兵革未弭之秋，信使之往来，师旅之进退，虽期会纷纭，边陲警急，必告之曰："谨候潮汐，毋躁进以自危。"然而迹累肩摩，晨驰夕骛，有不能人喻而户说之者。考之郡志，得《四时潮候图》，简明可信，故为之说，而刻石于浙江亭之壁间，使凡行李之过此者，皆得而观之，以毋蹈夫触险躁进之害，亦庶乎思患而预防之之意云。此说博极群书，辞理超诣，而古今之论潮候者盖莫能过之矣，因并录之。

贞　烈　墓

千夫长李某戍天台县日，一部卒妻郭氏有令姿，见之者无不啧啧称赏，李心慕焉。去县七八十里，有私盐出没处，李分兵往戍，卒遂在行。既而日至卒家，百计调之，郭氏毅然莫犯。经半载，夫归，具以白，为属所辖，闵敢谁何。一日，李过卒门，卒邀入，治茶，忽忆得前事，怒形于色，亟转身持刃出，而李幸脱，走诉于县。县捕系穷竟，案议，持刃杀本部官，罪死，桎梏囹圄中。从而邑之恶少年，与官之吏胥皂隶辈，无有不起觊觎之心者。郭氏躬馈食于卒外，闭户业绩纺，以资衣食，人不敢一至其家。久之，府檄调黄岩州一狱卒叶其姓者至，尤有意于郭氏。乃顾视其卒，日饮食之，情若手足，卒感激入骨髓。忽传有五府官出。五府之官，所以斩决罪囚者。叶报卒知，且谓曰："汝或可活，我与为义兄弟。万一不保，汝之妻尚少，汝之子若女才八九岁耳，奚以依？顾我尚未娶，宁肯俾为我室乎？

若然,我之视汝子女犹我子女也。"卒喜诺。叶遂令郭氏私见卒。卒谓曰:"我死有日,此叶押狱性柔善,未有妻,汝可嫁之。"郭氏曰:"汝之死,以我之色,我又能贰适以求生乎?"既归,持二幼痛泣而言曰:"汝爷行且死,娘死亦在旦夕,我儿无所怙恃,终必死于饥寒,我今卖汝与人。娘岂忍哉,盖势不容已,将复奈何!汝在他人家,非若父母膝下比,毋仍如是娇痴为也。天苟有知,使汝成立,岁时能以卮酒奠父母,则是我有后矣。"其子女颇聪慧,解母语意,抱母而号,引裾不肯释手。遂携二儿出市,召人与之,行路亦为之堕泪。邑人有怜之者,纳其子女,赠钱三十缗。郭氏以三之一具酒馔,携至狱门,谓叶曰:"愿与夫一再见。"叶听入,哽咽不能语。既而曰:"君扰押狱多矣,可用此少礼答之。又有钱若干,可收取自给。我去一富家执作,为口食计,恐旬日不及看君故也。"相别垂泣而出,走至仙人渡溪水中,危坐而死。此处水极险恶,竟不为冲激倒仆。人有见者,报之县。县官往验视,得实,皆惊异失色,为具棺敛,就葬于死所之侧山下,又为申达上司,仍表其墓曰"贞烈郭氏之墓",大书刻石墓上。至正丙戌,朝廷遣奉使宣抚循行列郡,廉得其事,原卒之情,释之,人遂付还子女,终身誓不再娶。

特 健 药

《墨薮》载《徐氏书记》云:平一韶龀之岁,见育宫中,尝睹先后阅书法数轴,将拓以赐藩邸,令女学内人,出六十余函,于亿岁殿曝之,多装以镂牙轴紫罗缥,云是太宗时所装。其中有故青绫缥玳瑁轴者,云是梁氏旧迹,楷书,每函可二十余卷,别有一小函有十余卷,所记忆者,是扇书《乐毅》、《告誓》、《黄庭》。私访于所主女学,问其函出尽否,答云:"尚有,不知其几。"至中宗神龙初,贵戚宠盛,官禁不严,御府之珍,多归私室,先尽金璧,次及书法。嫔主之家,因此擅出。或有报安乐公主者,于内出二十余函。驸马武延秀久践房庭,无功于此,徒闻二王之迹,强效宝持,时呼薛稷、郑愔及平一,详其善恶,诸人随事答称。上者,登时去牙轴紫缥,易以漆轴黄麻纸缥,题云"特健药",云是房语其书合作者,时有太宗御笔于后题之,叹其雄逸云云。及考之《书苑菁华》,特健药作特健乐,恐是锓梓者之误耳。

乞　　求

世之曰乞求,盖谓正欲若是也。然唐时已有此言。王建《宫词》:"只恐他时身到此,乞求自在得还家。"又花蕊夫人《宫词》:"种得海柑才结子,乞求自过与君王。"

张　道　人

暨阳之南门桥军人张旺者,人咸称之曰张牌,素凶狠无赖。尝夜盗城西田父菜,被执,濡其首溺池而释之,以故恨人骨髓,每思有以为报而未能。一夕,宿火瓦罂往烧其家,道由观沟,时月色微明,画师吴碧山尚未寝,偶闻步履声,穴窗窥之,见张前行,而殇鬼百数踵其后。饭顷,又闻步履声,复窥之,则张回,而青衣童子二人前导焉。吴甚惊怪,盖张乃吴常所厚善者,诘旦,往叩张,张初不承。及语之审,因以前事告,且曰:"我实欲毁其室,以快所愤,因念冤冤相报,无有了时,遂弃火归,他无见也。"吴乃告以其详。张大感悟,曰:"一念之顷,可不谨哉!"即舍俗出家,人又咸称之曰张道人。后竟得道云。此在至正五年事也。

阴 德 延 寿

　　昔真州一巨商，每岁贩鬻至杭。时有挟姑布子之术曰鬼眼者，设肆省前，言皆奇中，故门常如市。商方坐下坐，忽指之曰：“公大富人也，惜乎中秋前后三日内数不可逃。”商惧，即戒程。时八月之初，舟次扬子江，见江滨一妇，仰天大号。商问焉，答曰：“妾之夫作小经纪，止有本钱五十缗，每买鹅鸭过江货卖，归则计本于妾，然后持赢息易柴米，余资尽付酒家，率以为常。今妾偶遗失所留本钱，非惟饮食之计无所措，亦必被棰死，宁自沉。”商闻之，叹曰：“我今厄于命，设令铸金可代，我无虞矣。彼乃自夭其生，哀哉！”亟赠钱一百缗，妇感谢去。商至家，具以鬼眼之言告父母，且与亲戚故旧叙永诀，闭门待尽。父母亲故宛转宽解，终弗自悟。逾期，无他故，复之杭。舟阻风，偶泊向时赠钱处，登岸散步。适此妇褓负婴孩，遇诸道，迎拜，且告曰：“自蒙恩府持拔，数日后乃产，妾母子二人没齿感再生之赐者，岂敢忘哉！”商至杭，便过鬼眼所，惊顾曰：“公中秋胡不死？”乃详观其形色而笑曰：“公阴德所致，必曾救一老阴少阳之命矣。”商异其术，捐钱若干以报之。

帝 师

　　巴思八帝师法号曰：皇天之下，一人之上，开教宣文，辅治大圣，至德普觉真智祐国，如意大宝法王，西天佛子，大元帝师板的达巴思八八合失。

南村辍耕录卷十三

中 书 鬼 案

　　中书省准陕西行省咨,察罕脑儿宣慰司呈,八匝街礼敬坊王弼告:至正三年九月内,到义利坊平易店,见有算卦王先生,因问来历致争。当月廿九日夜,睡房窗下,似风吹葫芦声,不时有之。请到李法师遣送,虚空人言,算卦先生使我来,哭声内称冤枉。弼祝之曰:"尔神,尔鬼,明以告我。"鬼云:"我是丰州黑河村周大亲女月惜,至正二年九月十七日夜,因出后院,被这王先生将我杀了,做奴婢使唤,如今教在尔家作怪。"哭者索要衣服。抄写所说,赴官陈告。差卢捕盗等与社长吴信甫,于王先生房内,搜获木印二颗,黑罗绳二条,上钉铁针四个,魇镇女身,小纸人八个,五色彩,五色绒,上俱有头发相缠。又小葫芦一个,上拴红头绳一条,内盛琥珀珠二颗,外包五色绒,朱书符命一沓。又告:十二月初三日,有鬼空中言:"我是奉元路南坊开张机房耿大第二男顽驴,这先生改名顽童。我年一十八岁,被那老先生引三个伴当杀了我。"二十二日,又有鬼空宁云:"我是察罕脑儿李帖家孩儿延奴,又名抢灰,那老贼杀了我,改名买卖。我被杀时,年一十四岁。"勘问得犯人王万里,即王先生状招,年五十一岁,江西省吉安路民,于襄阳周先生处习会阴阳课命。至顺二年三月内,到兴元府,逢见刘先生,云:"我能使术法迷惑人心,收采生魂,使去人家作祸,广得财

物。我有收下的,卖与你一个。"随于身畔取出五色彩帛,并头
发相结一块,言称这个小名唤延奴。我课算,拣性格聪明的童
男童女,用符命法水咒语迷惑,活割鼻、口唇、舌尖、耳朵、眼
睛,咒取活气,剖腹掏割心肝各小块晒干,捣罗为末,收裹,及
用五色彩帛同生魂头发相结,用纸作人形样,符水咒遣往人家
作怪。根随到伊下处,至夜,刘先生焚香念咒烧符,听得口言,
不见形影,问:"师父,你教我谁家里,索甚去?"刘先生分付:
"李延奴,你与这先生做伴去。"说罢,将咒语收禁。万里与讫
钞七十五两,买得五色彩帛头发相结一块,称说我改名买卖,
传教采生,遣使,收禁符命咒水。又云牛狗肉破法,休吃。续
后于房州山地面经过,逢见广州旧识邝先生,云:"我亦会遣使
鬼魂,我有收下的生魂,卖与你。"万里与讫钞一锭。邝先生取
出五色彩帛头发相结纸人儿一个,云此名耿顽童。万里将与
李买卖一处遣使,以课算为由,前到大同路丰州黑河村地面往
来。至正二年八月内,到于周大家课命,将伊女周月惜八字看
算,性格聪慧,要将杀害,收采生魂。至九月十七日夜,于周大
住宅后院墙下黑影内潜藏间,见一人往后院内来,认得系是月
惜,在彼出后,万里密念咒语,向前拖拽,往东奔走,将月惜禁
止端立,脱下沿身衣服,用原带鱼刀,将其额皮割开,扯下悬盖
眼睛,及将头发割下一缕,用纸人并五色彩帛绒线结成一块,
如人形样,然后割下鼻、口唇、舌、耳尖、眼睛、手十指梢、脚十
趾梢,却剖开胸腹,才方倒地气绝。又将心、肝、肺各割一块,
晒干捣末,装于小葫芦内。至正三年九月内,来到察罕脑儿平
易店安下,开张卦肆,与王弼相争挟仇,令生魂周月惜等三名,
前往伊家作祸。为买马肉食,因店内将牛肉作马肉卖与,因此
不能收禁,事发到官。及责得李福宝,即李帖,状结,生到孩儿

延奴,常有疾病,于五岳观口许出家,落在纸灰内,改名抢灰。天历二年二月内,令其赶牛牧放,不归,此时饥荒,想得被人亏害,不曾根寻。及行移奉元路咸宁县并大同路丰州,照勘耿顽童、周月惜致死缘由相同,呈乞咨请施行。准此,送据刑部,拟得王万里残忍不道,合令凌迟处死,其妻子迁徙海南安置。

乌　宝　传

余幼时,尝见胡石塘先生《玄宝传》,今不能记其全篇。有人出永嘉高则诚明《乌宝传》相示,虽曰以文为戏,要亦有关于世教。传曰:乌宝者,其先出于会稽褚氏,世尚儒,务词藻,然皆不甚显。至宝,厌祖父业,变姓名,从墨氏游,尽得其通神之术,由是知名。初,宝之先有钱氏者,亦以通神之术显,迨宝出,而钱氏遂废,然其术亦颇相类,故不知者犹以为钱云。宝轻薄柔默,外若方正,内实垢污。善随时舒卷,常自得圣人一贯之道,故无入而不自得,流俗多惑之。凡有谋于宝,小大轻重,多寡精粗,无不曲随人所求。自公卿以下,莫不敬爱。其子姓蕃衍,散处郡国者,皆官给庐舍而加守护焉。其有老死者,则官为聚其尸而焚之,盖知墨之末俗也。宝之所在,人争迎取邀致,苟得至其家,则老稚婢隶,无不忻悦,且蕐扃邃宇,敬事保爱,惟恐其他适也。然素趋势利,其富室势人,每屈辄生,虽终身服役弗厌,其窭人贫氓,有倾心愿见,终不肯一往。尤不喜儒,虽有暂相与往来者,亦终不能久留也。盖儒墨之素不相合若此。宝好逸恶劳,爱俭素,疾华侈。常客于弘农田氏。田氏朴且啬,宝竭诚与交,田氏没,其子好奢靡,日以声色宴游为事,宝甚厌之,邻有商氏者,亦若田氏父之为也,遂挈其族往依焉,盖墨之道贵清净故也。然其为人多诈,反覆不常,凡达官势人，无不愿交，而率皆不利败事。故其廉介自持者，率不与宝交。自宝之术行，挟诈者往往伪为宝术以售于时，后皆败死，故宝之术益尊。是时，昆仑抱璞公、南海玄珠子、永昌从革生，皆能济人，与世俯仰，曲随人意，而三人者亦愿与宝交，苟得宝一往，则三人亦无不可致，故时誉咸归于宝焉。宝族虽伙，然其状貌技术，亦颇相似，知与不知，咸谓之乌宝云。论曰：乌氏见于《春秋》、《世本》、《姓苑》，若存余技乌获，皆为显仕。至唐，承恩重，胤始盛，迨宝而益著。宝裔本褚氏，而自谓乌氏，则变诈亦可知矣。宝之学虽出于墨，而其害道伤化尤甚，虽孟轲氏复生，不能辟也。然使宝生于唐虞三代时，其术未必若是显。然则宝之得行其志者，亦其时有以使之。呜呼，岂独宝之罪哉！

绿 窗 遗 稿

新喻傅汝砺先生若金尝志其妻殡云：君讳淑，字蕙兰，姓孙氏，其先汴人。年二十三，归我于湘中，五月而卒。君高朗秀惠，生六岁，母卒，父教以书。稍长，习女工。晨起，独先盥栉，适父母所，问安毕，佐诸母具食饮，退治女工。晡时，观经史，或鸣琴自休。既夕，聚家人瞑坐，说古贞女孝妇传。烛至，治女工如初。富贵家多求婚，父不许。及以许余，家人不悦。一日，有幸余疾者，欲因动之。君曰："大人以爱子许人，必慎所择矣，即有不讳，命也，若等谓我且慕世俗富贵而改聘耶？有死而已！"皆愧谢，不敢复言。事继母尽孝道，死之日，母大恸，既瞑目久，忽徐起，止母哭，令自宽，及母出，私泣告余曰："妾为父母所偏爱，即死，必伤其心，然终必死矣，为将奈何？君后富贵，幸念之。"言既，复瞑目。泰定五年八有廿有一日也。后三日,寓殡湘中。及序其遗稿云:故妻孙氏蕙兰,早失母,父周卿先生以《孝经》、《论语》及凡女诫之书教之,诗固未之学也。因其弟受唐诗家法于庭,取而读之,得其音格,辄能为近体五七言,语皆闲雅可诵,非苟学所能至者。然不多为,又恒毁其稿。家人或窃收之,令勿毁,则曰:"偶适情耳。女子当治织纴组纫以致其孝敬,辞翰非所事也。"既卒,家人哭而称之,因出其稿,得五言七首、七言十一首、五七言未成章者廿六句,特为编集成帙,题曰《绿窗遗稿》,序而藏之。五言诗曰:"窗里人初起,窗前柳正娇。卷帘冲落絮,开镜见垂条。坐对分金线,行防拂翠翘。流莺空巧语,倦听不须调。"右一"小阁烹香茗,疏帘下玉钩。灯光翻出鼎,钗影倒沉瓯。婢捧消春困,亲尝散暮愁。吟诗因坐久,月转晚妆楼。"右二"灯前催晓妆,把酒向高堂。但愿梅花月,年年映寿觞。"右三"采阁闭朝寒,妆成拟问安。忽闻春雪下,唤婢卷帘看。"右四"粲粲梅花树,盈盈似玉人。甘心对冰雪,不爱艳阳春。"右五"小小春罗扇,团团秋月生。蟠桃花树里,绣得董双成。"右六"自拂双眉黛,何曾惯得愁。若教如翠柳,便恐不禁秋。"右七七言诗曰:"楼前杨柳发青枝,楼下春寒病起时。独坐小窗无气力,隔帘风乱海棠丝。"右一"绿窗寂寞掩残春,绣得罗衣懒上身。昨日翠帷新病起,满帘飞絮正愁人。"右二"小妹方才习孝经,可怜娇怯诔偏灵。自寻女诫窗前读,嗔道家人不与听。"右三"几点梅花发小盆,冰肌玉骨伴黄昏。隔窗坐久怜清影,闲划金钗记月痕。"右四"绣被寒多未欲眠,梨花枝上听春鹃。明朝又是清明节,愁见人家买纸钱。"右五"春雨随风湿粉墙,园花滴滴断人肠。愁红怨白知多少,流过长沟水亦香。"右六"春风昨夜碧桃开,正想瑶池月满台。欲折一枝寄王母,青鸾飞去几时来。"

右七"空阶日晚雨才干,小婢相随倚画阑。金钗误挂绯桃落,罗袖愁依翠竹寒。"右八"小窗今夕绣针闲,坐对银蟾整翠鬟。凡世何曾到天上,月宫依旧似人间。"右九"乞巧楼前雨乍晴,弯弯新月伴双星。邻家小女都相学,斗取金盆看五生。"右十"庭院深深早闭门,停针无语对黄昏。碧纱窗外初生月,照见梅花欲断魂。"右十一未成章诗曰:"露下庭梧叶,风吹月桂花。""登楼闻过雁,开户见栖鸦。""绣帘当雪卷,银烛背风然。""雪晴山显翠,风暖水生纹。""萱草当阶绿,樱桃落地红。""芍药开时病,茶蘼落处愁。""玉钗簪茉莉,罗扇绣芙蓉。""窗前垂柳分春色,镜里幽兰对晓妆。""花间影过那知燕,柳外声来不见莺。""慈亲教婢回金剪,娇妹嗔人夺绣针。""妆成宝镜杨花过,行出珠帘燕子归。""自倾瓮里春泉水,亲灌阶前石竹花。""海棠带雨燕支重,杨柳凝烟翡翠浓。"先生既丧妻,哀戚之情,多见于诗。《悼亡》曰:"惊飙吹罗幕,明月照阶庑。春草忽不芳,秋兰亦同死。斯人蕴淑德,夙昔明诗礼。灵质奄独化,孤魂将安止。迢迢湘西山,湛湛江中水。水深有时极,山高有时已。忧思何能齐,日月从此始。"右一"皇天平四时,白日一何遽。勤俭毕婚姻,新人忽复故。衾裳敛遗袭,棺椁无完具。送葬出北门,徘徊怛归路。玉颜不可恃,况乃纨与素。累累花下坟,郁郁茔西树。他人亮同此,胡为独哀慕。"右二"新婚誓偕老,恩义永且深。旦暮为夫妇,哀戚奄相寻。凉月烛西楼,悲风鸣北林。空帷奠巾栉,中房虚织纴。辞章余婉娈,琴瑟有余音。眷言瞻故物,恻怆内不任。岂无新人好,焉知谐我心。掩穴抚长暮,涕下沾衣襟。"右三"人生贵有别,室家各有宜。贫贱远结婚,中心两不移。前日良宴会,今为死别离。亲戚各在前,临诀不成辞。傍人拭我泪,令我要裁悲。共尽固人理,谁能心

勿思。"右四《感独》曰："幽幽蕙草晚，靡靡兰芳断。皎皎夜泉
人，冥冥不复旦。流尘栖暗壁，凉吹经虚幔。无论欢意消，日
复愁思乱。魂伤夕方永，气变秋将晏。当窗惨断素，捐箧悲柔
翰。忆初成好合，誓且同忧患。何言遂长终，独处增永叹。瘺
寐忽如在，展转惊复散。念兹何嗟及，哀至聊自判。"《百日》
曰："人生悲死别，矧在心相知。新婚未及久，杳杳遽何之。昔
为连理木，今为断肠枝。相去时几何，百日奄在兹。亏月有圆
夕，逝水无还期。弃置非人情，何以慰我思。"《入室》曰："妆阁
闭长夜，幽兰坐复春。犹疑挑锦字，不见掩罗巾。故物空在
目，萧条生网尘。"右一"虚窗明月满，芳砌绿苔滋。花间时染
翰，尚忆解题诗。寂寞幽泉下，贞心空自知。"右二《追和蕙兰》
曰："小窗开尽碧桃枝，忆得青鸾化去时。昨夜秋风妒幽怨，梦
中吹断素琴丝。"右一"江上愁时复值春，带围宽尽不宜身。阶
前旧种樱桃树，日暮飞花故著人。"右二嗟夫！孙氏之诗，依乎
礼义，先生之诗，哀而不伤，举得性情之正，是可传也已。

为 将 嗜 杀

　　王皮者，住凤翔府城外八九里许。盛暑中，入城买皮料，
归至中途，憩道傍大树下。忽有二卒来前，状貌奇怪，似非凡
世间人，遽问曰："汝王皮与？"王窃疑惧，然不敢不以实对，乃
曰："某是已。"卒曰："阴府摄汝。"王曰："某平生无他过恶，望
赐矜怜。"卒不诺。又告曰："容到家与妻子一别可乎？"卒乃
诺。将及门，卒力挽之，不能入，王大叫："救我！"比妻子来前，
王已仆地气绝。既敛，胸间微暖如生，经宿未敢盖棺。王于冥
漠中随卒至一所，俨若王者之庭，仪卫吏隶，无不备具。问曰：
"汝为秦白起偏将，坑赵降卒四十万，知其罪否？"王答曰："某

佣工,平生不曾读书,不知白起为何人,亦不知降卒为何事。"
于是令王起,凡再历二庭,问亦如之,答亦如之。乃反接王一
大池边,取池中泥涂其胸,寒气凛冽,洞腹透背。王即悟曰:
"某已记前身事矣。"遂解其缚,复引至元问第三庭。王告曰:
"某当年曾为白起偏将,其杀赵降卒时,某曾力谏,不从,非某
之罪。"顷间,牵一荷铁校者跪王侧,王认得似是白起,而形骸
骨立,又若非似,盖因久囚故也。起见王曰:"子来矣,余复何
言。"方招承。庭吏发王还第一庭,检录阳寿,及阅籍,尚有若
干年,即命元摄卒引至原憩树下,一推,而王乃在棺中跳跃而
起。妻子亲邻,既惊且喜,叩问之,备言其故。有传之至京师
者,差进士卨哲笃来凤翔覆察,果实。时王元吉为本府照磨,
元吉能备言其详,且有抄录公文。此一事然虽若幻诞,端可为
为将而嗜杀人者之戒,故略节大概如上。

释 怨 结 姻

扬州泰兴县马驼沙农夫司大者,其里中富人陈氏之佃家
也。家贫,不能出租以输主,乃将以所佃田转质于他姓。陈氏
田旁有李庆四者,亦业佃种,潜赂主家儿,约能夺田与我而不
以与陈氏者,以所酬钱十倍之一分之。家儿素用事,因以利唼
其主,主听,夺田归李氏,司固无可奈何。既以谷田不相侔,轻
其直十之一。司愈不平。会归,而李与尝所用力及为立券者,
杀鸡饮酒,司因随所之。李欲却司,辄先持一卮酒饮之。司忿
恨去,对妻语所以与李怨仇之故。妻苦口谏曰:"吾之穷,命
也,奈何仇人哉!"不听,夜持炬火往烧其家。忽闻得内有人
娩,司窃念:"吾所仇者,其家公也,何故杀其母子?"遂弃火沟
中而归。司无以为养生计,即所偿钱为豆乳酿酒,货卖以给

食。久之，不复乏绝，更自有余。而李日益贫。更十年，李复出所佃田质陈氏，司还用李计复其田，过种之钱比前又损其一，为券悉值前人，相视惊叹。司纪为李所辱时，今幸可一报复，遂具鸡酒，饮亦如之。李忘前过，不自责，反怨薄己，怒甚，归积膏火破盎中，夜抵司家。司妻方就蓐，李犹豫间，闻人启户，惧事觉，遗火亟走，而司家实不有人。且得火器场中，验器底有李字，因悟："昔我焚彼家，以其家人产子，不欲焚；今彼焚我家，而我之妻亦产子，而不被焚。此天也，非人也。"持钱五千往李，曰："昨日小人无状，失礼义，不得共饮，兹愿少伸谢意，幸毋督过。"李疑，绐以疾，卧不起。强请不已，遂同之酒家，邀酤儿与饮。酒半，自起酌酒，劝李曰："子之孙某年月日夜子时生，而吾子亦夜者子时生，怨仇之事，慎勿复为。"具白前所仇事，沥酒为誓，语酤儿曰："子识之，试用此警世间人，不善慎勿为也。"剧饮尽欢，乃更约为婚姻。自是李亦不贫，两家至今丰给。此在至正初元间。吾谓司氏妇之极谏，与司氏之易虑时，天固已监之，所以李不复可加害也。向使司氏决快所欲，未必能复田，纵复田，未必不无祸。一念之善，从而两家子孙皆蒙其利泽。《书》曰："天道福善祸淫。"又曰："惟上帝不常，作善降之百祥，作不善降之百殃。"呜呼，天岂远人哉！天岂远人哉！

杜荀鹤诗

尝读杜荀鹤诗，其《乱后逢村叟》曰："经乱衰翁居破村，村中何事不伤魂。因供寨木无桑柘，为点乡兵绝子孙。还似平宁征赋税，未尝州县略安存。至于鸡犬皆星散，日落前山独倚门。"《山中寡妇》曰："夫因兵死守蓬茅，麻苎衣衫鬓发焦。桑柘废来犹纳税，田园荒后尚征苗。时挑野菜和根煮，旋斫生柴带叶烧。任尔深山更深处，也应无计避征徭。"《旅泊遇郡中乱》曰"握手相看谁敢言，军家刀剑在腰边。遍搜宝货无藏处，乱杀平人不怕天。古寺拆为修寨木，荒坟掘作甃城砖。郡侯逐去浑闲事，正是銮舆幸蜀年。"然方之今日，始信其非寓言也。

太　　公

今人谓曾祖父曰太公，此盖相承之谬，当称祖父为是。后汉李固之父郃为司空，固女当固伏诛曰，曰："太公以来云。"注："太公谓祖父郃也。"

刚　　介

御史台准陕西行台咨，监察御史乌古孙良祯呈：伏闻纲常者，天之所以经天下者也。天子，所以为天守纲常者也。臣而不忠，子而不孝，凡触罪于纲常者，不容于死，又乌可处以相位，俾之重任乎？谨按：辽阳行省丞相答失帖木儿，即驸马丞相也。心怀阴险，行畜奸邪，败坏彝伦，反侧不道，通天之罪，无所于容。昔在晋邸，擢登首相，居百僚之上，极一品之荣。受任托孤，躬承顾命，君臣分义，至重且深。及乎大事之时，干戈之际，尽领北土之兵，以救颠危。本官阴畜二心，坐观成败，南至红桥，逗遛不进，致于败亡，不能死义，腼面入降，大亏臣节，反以藉口，矜为己功，天下义士闻之，莫不为耻。昔丁公为项王一将耳，尝二心于汉，及天下定，高帝诛之，后世称其明断。方楚之与汉，敌国之势未分，尚以大义责之，以示垂戒。今答失帖木儿之于晋邸，爵禄之宠已崇，君臣之分素定，较之丁公不忠之罪，又有甚焉！况天历之初，营充枢密知院，御史已尝纠言，又复贿赂权臣，出为江西行省丞相。两居江浙，至与房邻拜降都运，贿赂交通，坏乱盐法，至今官民皆被其害。中间徇私败政，不可枚举。所至之处，流毒一方。今则移置辽阳，辽阳之民奚罪焉。原其本官，昔既不忠，今岂尽节。又兼辽阳即系东方重镇，反覆之人，岂宜处此，脱有边衅，关系非轻。似此卖国卖臣之罪，使其人已死，犹当追贬，今既未死，得以幸逭天禄，设居相位，是国法不行，邪正不辨，愚恐奸臣贼子接迹仿效，甚非国家之福。伏望闻奏，为天下正纲常之义，将答失帖木儿流窜遐荒，追夺累受宣命，庶几人臣分严，罪于纲常者，死有余辜，以为不忠不道之劝，其于治道不为小补，天下幸甚，公论幸甚！至正元年八月十二日，别理怯不花怯薛。第一日，忽鲁秃纳钵里、有时分云都赤、汪家奴、殿中百撒里、大夫亦怜真班、经历藏吉、蒙古必阇赤朵朵等奏，台官备著西台文书：俺商量来行与省家文书，将他见行的勾当黜罢了呵，怎生奏呵，奉圣旨，那般者。钦此。初，良桢之父福建闽海道肃政廉访使润甫公泽，年五十，未有子。夫人杜氏，深以为忧，屡请公再聘，公不允。仕西广时，闻寡居王安人者，美而宜子，夫人自为公谋聘之。既归，执妇礼甚恭。长夫人数岁，夫人推让正寝以居之。相处雍睦，宛若姊娣，饮食起居，罔有不同。公独内不自安。越明年，夫人生良桢。一日，王氏告公曰："君自有妇，所以再娶妾者，为嗣续计耳。今夫人既生子，妾何事焉？"即出道家冠服一袭以示曰："妾之志决矣，请从此辞。"夫人固留不得。公因谓夫人曰："向吾再娶，惧无后也，若不改图，人其以我为汰乎？"乃听王氏去，奁赀万金悉返之。自是出居一女道庵，戒行严谨，人未尝能见其面，而夫人岁时问遗弥至。后良桢贵显,迎以归,事之如亲母。嗟夫! 自古求忠臣于孝子之门,今良桢外有严君,内有贤母,教诲造就之道,有过人者,宜乎在家为孝子而在朝为忠臣也。然其扬历台省,秉性刚介,不畏强御,事无不言,言必有中,如驸马丞相,恃居国戚,莫敢孰何,乃必发其底里,直使去位而后已。推此一节,则凡忠君之事,类可知矣。后至中书左丞而卒。

发　墓

至元间,释氏豪横,改宫观为寺,削道士为髡。且各处陵墓,发掘迨尽。孤山林和靖处士墓,尸骨皆空,惟遗一玉簪。时有人作诗以悼之曰:"生前不系黄金带,身后空余白玉簪。"

南村辍耕录卷十四

忠　　烈

萧景茂，漳州龙溪隔洲里人。儒而有文，以谨厚信于乡里。后至元间，漳寇乱，景茂率乡人立栅保险，坚不可破。会旁里有人导之，从间道入，景茂被执。贼使拜，曰："汝贼也，何拜?"贼欲胁之降，以从民望。景茂骂曰："逆贼，国家何负汝而反? 汝族汝里何负汝，而坐累之?"贼相语曰："吾杀官军将吏多矣，至吾砦，皆慑靡求生，未有若此饿夫之倔强者。察其志终不为吾用，留之祇取辱耳。"遂缚之于树，刲其肉，使自啖之。且嚼且骂曰："我食我肉，无若汝贼行将万段，狗彘弃不食!"贼怒，绝其舌而死。又江州路总管李黼，字子威，汝宁人。泰定丁卯，状元及第。至正十年庚寅，来守是郡，政修民和。明年辛卯夏五月，红巾寇逼淮西，公即申告江西行省，以谓九江为豫章藩屏之地，蕲黄乃九江唇齿之邦，不可不早为进兵守护。或者非其过虑，公乃张文榜以谕民曰："为臣死忠，为子死孝，在黼之分，惟知尽死守土而已，所谓城存与存，城亡与亡者也。"闻者悚然。秋九月，寇侵蕲黄属邑，公复上言："宜速乘机进援，苟淮西失守，长江之险，与彼共之，非所恃矣。"行省不报。既而蕲州陷。冬十月，黄州陷。十一月二十五日，行省平章秃坚不花奉中书省命，领兵至，公极陈攻守之策，秃坚不花以堤备把截为辞。越明年壬辰，春正月初二日，行省左丞孛罗帖木儿奉总兵御史大夫领枢密院也先帖木儿命,领兵进攻淮西,亦来屯驻,逗遛不前。十四日,武昌陷。十六日,藩王大臣官民舟航蔽江而下,我民解散。十九日,秃坚不花、孛罗帖木儿皆遁去,僚佐司属,悉为一空。公亟发廪赈民,收召士卒。数日,稍辑。机务繁剧,不遑寝食。以二十三日卧病,然犹扶惫乘肩舆领兵出境。行省以公忠诚昭著,授本省参知政事,行江州南康路军民都总管,便宜行事。二月初九日,秃坚不花惧台宪公议,自三山移兵入城。十一日,寇忽至城下甘棠湖,纵火焚西门。公立城上,身当矢石。秃坚不花从北门遁去。日中,势益炽,分众攻北门,城遂陷,公犹执铁树指挥左右迎战。众惊溃,公被执,胁以刃,不肯降,口骂不绝声,遂杀之。侄男秉昭亦遇害。初,武昌陷时,公谓子秉方曰:“我国之守臣,当死此土,汝可奉母往下江依伯父,以存吾后。”秉方曰:“父死国,子死父,有何不可?”公怒曰:“汝不遵命,是不孝也。”秉昭亦告其兄曰:“兄不去,则叔父无后,不孝莫大于是。某当与叔父同死生矣,兄无虑焉。”秉方不获已,买舟奉母夫人行,舟次何家堡,迟留不忍舍。公闻之,手批责以大义,遂去。不半月,公死。又江浙行省参知政事樊执敬,字时中,郓人。是年秋七月初十日,红巾自徽犯杭,时公守宿卫于省,有报已入北关门,省吏皆次第引去,公独被甲上马,率宿卫兵急出省,将救关。从者止之,公曰:“吾封疆之守,不守而去,是以私利废臣道。”行至清河坊口,遇他走将,又以兵孤且散,控其马首返。公怒,引佩刀斫其人曰:“城不守,何适?”遂跃马逆战以死,死时犹嚼齿骂不绝声。死之所,则天水桥也。又福宁州尹王伯颜,字伯敬,滨州人,由湖广行省知印,历官至兹任。抚字多方,政教大行。是年春,除福建盐运司同知。将行,会邻境贼众势颇张,

州民群拥马前,拜且泣曰:"公吾之父母,岂容舍我去? 方今兵
戈蜂起,公去,吾民将孰赖?"父老千余人,诣上司乞留公。遂
复留。至秋,贼众自邵武间道迫福宁,公募民兵得一千五百余
人,为守御备。冬十一月庚辰,贼进至青皎,屯杨梅岭。公与
中子相引兵直抵其营,与战,破之。既而益众,复进,我兵仅千
余人,乃分为二道拒之,公以五百人还守州治。壬午,贼众万
余,平旦攻西门,众寡不敌,吏卒奔溃,公独身奋以死自誓。俄
马中流矢,遂为贼所执。其魁首王兼善者,谓曰:"闻公廉能著
称,欲屈再尹此州。"公厉声叱曰:"我天子守臣,义当杀贼,不
幸败,有死耳。"魁怒,令公跪,公曰:"此膝岂跪贼耶?"魁益怒,
令左右殴之。公曰:"我为人臣,当为国死。"乃啮舌出血,喷其
面,骂曰:"杀我即杀,殴何也? 然可杀我,不可害吾民。官军
且暮且至,杀尔等无噍类矣。"会其执达鲁花赤阿撒都刺至,责
之曰:"汝何得与王尹同起兵拒我?"阿撒都刺股栗口噤,不能
对。公曰:"吾义当起兵杀贼,何名拒汝?"因大骂不绝口,且
曰:"我死当为神以杀汝曹。"魁大怒,遂害之。临死,色不变,
立而受刃,颈断,微有血如乳。时年七十矣。子相,亦被执,魁
欲官之,相曰:"汝逆吾君,又杀吾父,义不共戴天。我忠臣子,
讵能事贼邪?"魁知不可屈,亦杀之。相妻潘氏逃民间,有恶少
欲乱之,不从,执献魁。潘恸哭曰:"吾既失所天,义岂受辱!"
乃绝不饮食,及其二幼女皆死。又溧阳儒学教授林梦正,字古
泉,吾乡人,中书以著述荐,得官。是岁,贼众寇溧阳,获其魁
张某。先生问曰:"尔何人也?"应曰:"我父为军千户,红巾入
境,逼我父为帅,父以年老,不堪从事,令我代。"先生痛骂之
曰:"尔之父祖,世为国家臣子,而尔忍伪邪?"既而其势复盛,
竟夺张去,下令曰:"生得林教授者有赏。"先生匿他处,搜得,

张曰:"前日骂我者非尔邪?"先生曰:"然。"张曰:"降我,则俾尔为元帅,同享富贵。"先生曰:"尔伪也,我何为降?"再三终不屈。缚于树,不解衣冠而杀之。又江浙行省员外郎杨乘,字文载,滨州人,早为天官小史,辟中书参议掾,历官至谷城、介休二县尹,拜监察御史,擢今任。是年,杭州陷,公与郎中赫德尔、王仲温、员外月忽难、都事张镛,俱坐黜。公退居松江之青龙镇。后御史台以公等职在赞理,不当罪,宜复其官爵,上之,事遂白。十六年丙申,淮人陷平江,连陷松江。秋七月十八日,遣所署官吴县丞张经等,赍礼币造请。公遣人告曰:"吾废处田里久,不足以辱使者,吾当择日受命,请以币置里门外。"经等如其言。公命子卣、卓具牲醴告祖祢,既竣事,复命酒饮,逮暮,起行后圃中,顾西日晴好,慨然曰:"晚节如是,足矣。"命卣等治畦,处置家事,如平日。抚其孙虎林,若怡怡自得也。归,坐至夜分,二子立侍,命曰:"二子行且休,吾将就寝。"公俭约,无姬侍,其燕息寝处,人莫得与俱。诘旦,卣等怪寝门未启,发视之,则公已自经。得手书遗语,大意言死生昼夜之理,且以得全晚节为快。又西台监察御史张公,谢职居确山县,县陷贼。贼魁者,素闻公有治绩,置公上坐,胁之受伪官,公唾骂之。遂缚公妻孥九人至前,先杀妾,次杀子女以及妻,每杀一人,则谕公曰:"御史若降,馀可免。"公弗为动容,其骂如初。魁怒,拽下坐,杀之。此在至正辛卯秋八月间。公讳桓,字彦威。南村野史曰:天下之事战争,十有余年于兹矣。为臣辱国,为将辱师,败降奔窜,不可胜计。甚者含诟忍耻,偷生冒荣,以为得志,名节大闲,一荡去弗顾。求其忠义英烈,于千百之中莫克什一。噫!忠义英烈虽出于天性,要亦讲之有素,处之甚安,故于造次颠沛之际,决然行之而无疑。如李总管黼、

王州尹伯颜、樊参政执敬、张御史桓、林教授梦正、萧处士景茂
之杀身成仁,视死如归,是必讲之熟而处之当,一旦出于人所
不肯为,遂以惊动天下,而精英忠烈之气在宇宙间与嵩华相高
者,自不容泯。若桓之居在闲地,乘之久坐废黜,梦正之分颛
讲教,视握将帅之权,受民社之托,任大而责重者,有间矣,一
皆从容就义,是尤难也。景茂,里中一儒生耳,初未尝得斗升
之禄以养其父母,尺寸之组以荣其身,始于保民,终于报国,临
大节而不可夺,古称烈丈夫,又岂能过是与? 至于子为父死,
妇为夫死,声光赫奕,照映史册,使百世而下,知纲常大义之不
可废,天理人心之不可灭如此,其有功于名教为何如? 是亦深
仁厚泽涵养所致,孰谓百年之国而无人哉?

瘗　鹤　铭

　　《瘗鹤铭》,华阳真逸撰。"上皇山樵鹤,寿不知其纪也。
壬辰岁,得于华亭。甲午岁,化于朱方。天其未遂吾翔寥廓
邪,奚夺之遽也! 乃裹以玄黄之币,藏乎兹山之下。仙家无
隐,我故立石旌事,篆铭不朽。词曰:相此胎禽,浮丘著经。乃
征前事,我传尔铭。余欲无言,尔其藏灵。雷门去鼓,华表留
形。义惟仿佛,事亦微冥。尔将何之,解化惟宁。后荡洪流,
前固重扃。右割荆门,历下华亭。奚集真侣,瘗尔作铭。丹阳
外仙尉江阴真宰。"右刻在镇江焦山下顽石上,潮落方可模,相
传为晋王右军书,惟宋黄睿《东观余论》云为陶隐居书,良是。
其曰:今审定文格字法,殊类陶弘景。弘景自称华阳隐居,今
曰真逸者,岂其别号与? 又其著《真诰》,但云己卯岁,而不著
年名,其他书亦尔。今此铭壬辰岁甲午岁,亦不书年名,此又
可证云。壬辰者,梁天监十一年也。甲午者,十三年也。按隐

居天监七年东游海岳,权驻会稽,永嘉十一年,始还茅山。乙
未岁其弟子周子良仙去,为之作传,即十一年、十三年正在华
阳矣。后又有题丹阳尉江阴宰数字,当是效陶书故题于石侧
也。王逸少以晋惠帝太安二年癸亥生,年五十九,至穆帝升平
五年辛酉岁卒,则成帝咸和九年甲午岁,逸少方年三十二。至
永和七年辛亥岁,年四十九,始去会稽闲居,不应三十二岁已
自称真逸也。又未官于朝,及闲居时,不在华阳。以是考之,
决非王右军书也审矣。欧阳文忠公以为不类王右军法,而类
颜鲁公,又疑是顾况,云道号同,又疑王瓒,皆非。睿字长孺,
号云林子,邵武人。又董迪书跋第六卷,载南阳张举子厚所记
云:《瘗鹤铭》,今存于焦山,凡文字句读之可识,及点画之仅存
者,百三十余言,而所亡失几五十字。计其完书盖九行,行之
全者二十五字,而首尾不预焉。熙宁三年春,余索其逸遗于焦
山之阴,偶得十二字于乱石间。石甚迫隘,偃卧其下,然后可
读。故昔人未之见,而世不传。其后又有"丹阳外仙,江阴真
宰"八字,与华阳真逸、上皇山樵,为似是真侣之号。今取其可
考者,次序之如此。又董君自书其后云:文忠《集古录》谓得六
百字,今以石校之,为行凡十,行为字二十五,安得字至六百?
疑书之误也。余于崖上又得唐人诗,诗在贞观中,已列铭后,
则铭之刻非顾况时可知。《集古录》岂又并诗系之耶?君字彦
远,号广川,东平人。又国朝郑杓《衍极》第二卷,论《瘗鹤铭》,
而刘有定释云:《润州图经》以为王羲之书。或曰华阳真逸,顾
况号也。蔡君谟曰:《瘗鹤》文非逸少字。东汉末多善书,惟隶
最盛,至于晋魏之分,南北差异,钟王楷法,为世所尚,元魏间
尽习隶法,自隋平陈,中国多以楷隶相参,《瘗鹤》文有楷隶笔,
当是隋代书。曹士冕曰:焦山《瘗鹤铭》,笔法之妙,为书家冠

冕，前辈慕其字而不知其人，最后云林子以为华阳真逸为陶弘景，及以句曲所刻隐居朱阳馆帖参校，然后众疑释然，其鉴赏可谓精矣。以余考之，一本，山樵下有“书”字，真宰下有“立石”二字。一本，“我传尔铭”作“出于上真”，“尔其藏灵”作“纪尔岁辰”。张举本作“丹阳外仙”，邵亢本作“丹阳仙尉”，又有作“丹阳外仙尉”者。且中间词句，亦多先后不同。尚俟挐舟过扬子，手自模印，以稽其得失之一二可也。

风　入　松

吾乡柯敬仲先生九思，际遇文宗，起家为奎章阁鉴书博士，以避言路居吴下。时虞邵庵先生在馆阁，赋《风入松》长短句寄博士云：“画堂红袖倚清酣。华发不胜簪。几回晚直金銮殿，东风软，花里停骖。书诏许传宫烛，香罗初剪朝衫。御沟冰泮水挼蓝。飞燕又呢喃。重重帘幕寒犹在，凭谁寄，锦字泥缄。报道先生归也，杏花春雨江南。”词翰兼美，一时争相传刻，而此曲遂遍满海内矣。剪，一作试。

四　卦

睦人邵玄同先生桂子，尝作忍、默、恕、退四卦，揭之坐隅，真得保身慎言、絜矩知止之道者矣。其《忍卦》曰：忍，亨，初难，终吉，利君子，贞，不利小丈夫。彖曰：“忍，刚发乎内，柔制乎外，故亨。初若甚难，乃终有吉。唯君子为能动心忍性，不利小丈夫，其中浅也。”象曰：“刃在心上，忍，君子以含容成德。”初一，小不忍则乱大谋。象曰：“小不克忍，成大乱也。”次二，必有忍，其乃有济。象曰：“能忍于中，事克济也。”次三，一朝之忿，亡其身，以及其亲。象曰：“一朝之忿，至易忍也，亡身及亲,祸孰大焉。"次四,出于跨下,以成汉功,韩信以之。象曰:"跨下之辱,小辱也,成汉之功,大功也。"次五,张公艺九世同居,书一忍字以对于天子。象曰:"同居之义,忍克致也,积而九世,有容德也。"上六,血气方刚,戒之在斗。象曰:"方刚之气,忍则灭也,形而为斗,自求祸也。"其《默卦》曰:默,无咎,可贞,不利有所言。象曰:"默,不言也,乱之所生也,则言语以为阶,是以君子慎密而不出,故无咎。默以自守,其道可贞也。不利有所言,尚口乃穷也。"象曰:"口尚玄曰默,君子以去辨养静。"初一,守口如瓶,终吉。象曰:"守口如瓶,谨所出也。其初能默,终则吉也。"次二,多言不如守中。象曰:"言不如默,得中道也。"次三,驷不及舌,有悔。象曰:"驷不及舌,滕口说也,一言之失,悔何追也。"次四,无以利口乱厥官,卿士戒之。象曰:"位高而言轻,亦可戒也。"次五,圣人之教,不言而信。象曰:"不言而信,渊默之化也。"上六,君子之道,或默或语。象曰:"时然后言,默不可长也。"其《恕卦》曰:恕,有孚,终吉。象曰:"恕之为道,善推其所为而已,以己之心,合人之心,己所不欲,勿施于人,故有孚,能以一言终身而行之,其吉可知矣。"象曰:"如心,恕,君子以明好恶,同物我。"初一,强恕而行,求仁莫近焉。象曰:"强而行之,恕之始也,行而不已,违道不远也。"次二,君子有絜矩之道。象曰:"絜矩之道,恕也。"次三,好人之所恶,恶人之所好,是谓拂人之性,灾必逮夫身。象曰:"拂人从欲,身之灾也。"次四,己欲立而立人,己欲达而达人。象曰:"立而达,恕以从人也。"次五,圣人与众同欲。象曰:"与众同欲,圣人之恕也。"上六,责己重以周,待人轻以约。象曰:"待人之法,可用恕也,责己之道,不可自恕也。"其《退卦》曰:退,勿用有攸往。象曰:"退,止也。勿用有攸往,知止也。"曰中则退而艮，月盈则退而亏，四时之运，成功者退，而况于人乎？退之时义大矣哉！象曰："艮止其所退，君子以晦藏于密。"初一，退无咎。象曰："其进未锐，义无咎也。"次二，难进易退。象曰："难进易退，可事君也。"次三，兼人凶。象曰："兼人之凶，勇不知退也。"次四，见可而进，知难而退。象曰："知难而退，终无尤也。"次五，终日如愚，以退为进，颜子以之。象曰："颜子之退，进不可御也。"上六，蝼蛄升高，踬而不悔。象曰："蝼蛄升高，其道穷也，踬而不悔，亦可戒也。"

点　鬼　录

文章用事填塞故实，旧谓之点鬼录，又谓之堆垛死尸。见江氏《类苑》。

房　中　术

今人以邪僻不经之术，如运气、逆流、采战之类，曰房中术。按史，周有《房中乐》。《汉书·礼乐志》：高祖时有《房中祠乐》，唐山夫人所作。武帝时，有《房中歌》。又云：房中者，情性之极，至道之际，是以圣王制外乐以禁内情，而为之节文。乐而有节，则和平寿考。及迷者弗顾，以生疾而陨性命。《礼记》曾子问，众主人、卿大夫、士，房中皆哭。注："房中，妇人也。"然房中之谓，岂取此二书与？

妇　女　曰　娘

娘字，俗书也，古无之，当作嬢。按《说文》：烦扰也，肥大也。从女，襄声，女良切。其义如此。今乃通为妇女之称。故子谓母曰娘，而世谓稳婆曰老娘，女巫曰师娘，都下及江南谓男觋亦曰师娘,娼妇曰花娘,达旦又谓草娘,苗人谓妻曰夫娘,南方谓妇人之无行者亦曰夫娘,谓妇人之卑贱者曰某娘,曰几娘,鄙之曰婆娘。考之《风俗通》,汉何敞为鬼苏珠娘,按诛亭长龚寿。《隋书》:韦世康为绛州刺史,与子弟书云:"况娘春秋已高,温清宜奉。"《教坊记》:北齐时,丈夫著妇人衣行歌,旁人齐和,云踏谣娘。《南史》:梁元徐妃与帝左右竖季江私通,季江曰:"徐娘虽老,尚犹多情。"又梁临川王宏侵魏,魏遗以《巾帼歌》曰:"不畏萧娘与吕姥,但畏合肥有韦虎。"谓韦叡、吕僧珍也。《大业拾遗》:隋炀帝宫婢曰雅娘。《唐史》:张旭草书,见公孙大娘舞剑器而通神。又,武承嗣闻乔知之婢窈娘美,夺取之。杜工部诗:"耶娘妻子走相送。"又:"黄四娘家花满蹊。"白乐天诗:"吴娘暮雨萧萧曲。"韦应物诗:"春风一曲杜韦娘。"柳子厚《下殇女墓砖记》:"始名和娘。"《乐府杂录》:张红红唱歌丐于市,韦青纳为姬,敬宗召入宫,号记曲娘。又《望江南》曲,始自朱崖李太尉镇浙西日,为姬谢秋娘所制。《明皇杂录》称白鹦鹉为雪衣娘。《甘泽谣》:武三思晚获一妓,曰绮娘。狄仁杰至,遂逃壁隙中,曰:"我天上花月之妖也。"《樊川集》:杜秋娘,年十五,为李锜妾。锜败,入宫,后坐遣归故里。又窦桂娘,父良,建中初,为汴州户曹掾,李希烈破汴州,取桂娘去。李贺集:贺撰《申胡子觱栗歌》成,朔客喜,擎觞起立,命花娘出幕,徘徊拜客。《刘宾客集》:泰娘,本韦尚书家主讴者。《河东记》:唐进士段何卧病,遇妊娘留诗而愈。传奇:崔氏莺莺婢曰红娘。《霍小玉传》:长安中,有媒氏鲍十二娘,薛苍驸马青衣也。《余媚娘叙录》:陆希声娶余媚娘,媚娘约媒曰:"陆郎中若必得儿侍巾栉,须立誓不置侧室及女奴。"《图经》:蚕神谓之马头娘。《杜阳杂编》:南海贡奇女卢媚娘,工巧无比。《丽情集》：陈敏兄妾越娘，貌美，兄死，遂与款狎。《续齐谐记》：齐颖寓山阴，夜见前宰妾万文娘。《墨庄漫录》：李后主令宫嫔宵娘，以帛绕脚令纤小。右略举一二，不能悉载。是则今之云云，皆有所本。然都下自庶人妻以及大官之国夫人，皆曰娘子，未尝有称夫人、郡君等封赠者。载考之史，隋柴绍妻李氏，起兵应李渊，与绍各置幕府，号娘子军。唐平阳公主兵与秦王定京师，号娘子军。花蕊夫人《宫词》："诸院各分娘子位。"韩昌黎有《祭周氏二十娘子》文。以此推之，古之公主宫妃，已与民间共称娘子，则今之不分尊卑，亦自有来矣。

古　　刻

至正壬辰春，城平江，于古城基内掘得一碑，其文云："三十六，十八子，寅卯年，至辰巳，合收张翼同为利。不在常，不在扬，切须款款细思量。且卜水，莫问米，浮图倒地莫扶起。修古岸，重开河，军民拍手笑呵呵。日出屋东头，鲤鱼山上游，星从月里过，会在午年头。"右不晓所言何事，姑识之。或者以为，三十六，四九也。张翼，巳午之交也。今张太尉第行九四，而同首乱者适十八人，即十八子也，岂其然与？

上 头 入 月

今世女子之笄曰上头，而倡家处女初得荐寝于人亦曰上头。花蕊夫人《宫词》："年初十五最风流，新赐云鬟使上头。"又天癸曰月事。《黄帝内经》："女子二七而天癸至，月事以时下。"又曰："女子不月。"《史记》：济北王侍者韩女，病月事不下，诊其肾脉，啬而不属，故曰月不下。又程姬有所避，不愿进。注："天子诸侯，群妾以次进御，有月事者，止不御，更不口说,故以丹注面目的的为识,令女史见之。"王察《神女赋》:"施玄的的。"即上所云也。然入月二字尤新。王建《宫词》:"密奏君王知入月,唤人相伴洗裙裾。"

人　腊

至正乙巳春,平江金国宝袖人腊出售,余获一观。其形,长六寸许,口目耳鼻,与人无异,亦有髭髯,头发披至臀下,须发皆黄色,间有白发一根,遍身黄毛长二分许,脐下阴物,乃男子也。相传云:至元间,世皇受外国贡献,以赐国公阿你哥者,无几何时即死,因剖开背后,剜去肠脏,实以他物,仍缝合烘干,故至今无恙。按《汉武故事》:东郡送一短人,长七寸,名巨灵。《神异经》:西海有一鹤国,人长七寸。《山海经》有小人国,名靖人。《诗含神雾》:东北极有人长九寸。殆谓此小人也。靖或作竫,音同。然古尺短,今六寸,比之周尺,将九寸矣。则所腊者,岂其人与?

张　翰　林　诗

"天子临轩授钺频,东南无地不红巾。铁衣远道三军老,白骨中原万鬼新。义士精灵虹贯日,仙家谈笑海扬尘。都将两眼凄凉泪,哭尽平生几故人。"此至正辛丑间,张蜕庵承旨翥在都下寄浙省周玉坡参政伯琦诗也。夫翰苑词臣而寓言如此,则感时之意从可知矣。

南村辍耕录卷十五

淳化阁帖

《淳化阁帖》，非精于鉴赏者，莫能辨其真伪；非博于讨论者，不可得其源流。第六卷中，尝记祖石刻之说。今复究研大略于稽古之书，质正是否于好事之人，用赘于此云。宋太宗留意翰墨，淳化中，出御府所藏，命侍书王著临榻，以枣木镂刻，厘为十卷，于每卷末篆题云："淳化三年壬辰岁十一月六日，奉圣旨模勒上石。"至仁宗，又诏僧希白刻石于秘阁，前有目录，卷后无篆题，世传以为二王府帖者，非也。盖元祐中，亲贤宅从禁中借板墨百本，但用潘谷墨，光辉有余，而不甚黝黑，又多木横裂纹，时有皴皴失字处。亲贤宅，魏王所居。魏王，二王也。又有高宗绍兴中国子监本，其首尾与淳化略无少异。当时御前拓者多用匮纸，盖打金银箔者也。自后碑工作蝉翼本，且以厚纸覆板上，隐然为银铤槌痕以愚人，但损剥，非复拓本之遒劲矣。初，徽宗建中靖国间，出内府续所收书令刻石，即今续法帖也。大观中，又奉旨摹榻历代真迹，刻石于太清楼，字行稍高，而先后之次，与淳化则少异，其间数帖，多寡不同。各卷末题云："大观三年正月一日，奉圣旨摹勒上石。"此蔡京书也。而以建中靖国续帖十卷，易去岁月名衔，以为后帖。又刻孙过庭《书谱》及贞观《十七帖》，总为二十二卷，谓之大观太清楼帖。绛帖者，尚书郎潘师旦以官帖摹刻于家，为石本，而传写字多讹舛,世称为潘驸马帖。凡二十卷,其次序卷帙虽与淳化官帖不同,而实则祖之,特有所增益耳。单炳文曰:"淳化官本法帖,今不复多见。其次绛帖最佳,而旧本亦已艰得。尝以数本较之,字画多不侔。炜家藏旧本,比之今本,第九卷内,今本多误,笔法且俗。"曹士冕曰:"帖总二十卷,元无字号及断眼数目。"单炳文、曹士冕各有模刻本。世传潘氏析居,法帖分而为二,其后绛州公库乃得其一,于是补刻余帖,名东库本,第九卷之舛误,盖始于此。且逐卷逐段,各分字号,以日、月、光、天、德等二十字为次第。后避金主亮讳,但庾亮帖内亮字,皆去右边转笔,谓之亮字不全本。又有新绛本,北方别本,武冈新旧本,福清、乌镇、彭州、资州本木本,前十卷等,类皆绛帖之别也。潭帖者,庆历中,刘丞相帅潭日,以淳化官帖命慧照大师希白模刻于石,置之郡斋,增入伤寒、十七日、王濛、颜真卿诸帖,而字行颇高,与淳化阁本差不同,逐卷有慧照大师希白重模字,而岁月各异,中间缪处甚多,朱文公讥其极为可笑者是也。潭帖之别,则有刘丞相私第本,长沙碑匠新刻本,三山木本,蜀本,庐陵萧氏本,等类甚多。戏鱼,即临江帖也。元祐间,刘次庄以家藏《淳化阁帖》十卷,摹刻于戏鱼堂,除去篆题,而增释文。庆元中,四川总领权安节又重摹于利州。黔江者,黔人秦世章于长沙买石摹僧实月古法帖十卷。宝月,慧照也。谋舟载入黔中,壁之黔江之绍圣院后,题云"长沙汤正臣重摹鼎帖板本"。校诸帖增益最多。澧阳石刻散失,仅存者右军数帖而已。又有淳熙修内司本,北方印成本,乌镇张氏、福清李氏本。若此之类,大抵皆法帖一再之翻摹,殊失笔意,无足观者。汪逵字季路,衢州人,官至端明殿学士,建集古堂,藏奇书秘迹金石遗文二千卷,著《淳化阁帖辨记》共十卷,极为详备。

末云:其本乃木刻,计一百八十四版,二千二百八十七行,其逐段以一二三四刻于旁,或刻人名。或有银铤印痕,则是木裂。其墨乃李廷珪墨,黑甚,如漆。其字精明而丰腴,比诸刻为肥。刘潜夫曰:近人多不识阁帖,某家宝藏本皆非真,真者字极丰穰,有神采。如潭、绛则太瘦,临江则太媚。又用李廷珪墨印造。余始得汪端明所记阁帖行数,恨无真帖参校,晚使江左,用二千楮致一本,尤伯晦见之曰:"宝物也。"夫真帖可辨者有数条,墨色,一也。他本刊卷数在上,版数在下,惟此本卷数、版数,字皆相联属,二也。他本行数字比帖字小而瘦,此本行数字比帖中字皆大而浓,三也。余所得江左本,每版皆全纸,无接粘处,一部十卷,无一版不与端明所记合。乃知昔人装裮之际,宁使每版行数或多或寡,而不肯剪截凑合者,欲存旧帖之真面目,四也。

幽　　圄

太师丞相脱脱之死,盖副枢哈马与其弟雪雪,并詹事颏哥失里等所以挤陷之也。哈兄弟得侍上帷幄,而颏在东宫为近幸,故哈党颏,而私相誓曰:"若太师去位后,我能作右相,则左相必詹事矣。"既而入中书,又虞颏来,其权不颛,奏除宣政使,而以弟雪为御史大夫,颏殊失所望。未几,哈得罪杖死,雪亦仰药死。初,颏有侍从人亦曰桑哥失里,止颏、桑一字之异耳。服劳执事,得颏意,颏举充院宣使。一日,奄然长逝,经日乃醒,云:方坐卧室榻上,见二卒自外跃入,导之往至都城隍庙,转发岳祠。祠吏曰:"来矣,可亟解去。"旋又行,入祠西北隅大林内,有殿宇若王者居,入拜殿下,已,仰视之,则太师也。太师曰:"我所摄者,院使也,于汝无预。"因俾左右引观幽圄,见哈兄弟,括发关械,顾桑,泣下。及出,太师谓曰:“汝可即归,此非人间世也。”退而觉,恍若一梦然。明日,同寅有来约往院使家,桑辞疾,且曰:“君幸毋泄,吾恐院使不久生矣。”众问其故,告以详,皆相顾惊愕曰:“昨日院使将上马,以体少不安而入,岂遽至此乎?”语未终,有报院使已暴卒。近见浙西宪司经历何伯大所说甚详,此特其略耳。

煮　豆　帖

黄山谷《煮豆帖》云:庭坚顿首,失牛儿来,终日惘然,至今头昏眼痛,虽取所喜者为之,亦不能如意也,以是不能修问。辱手诲,喜承日用轻安,所须诸方,既无人可抄,又意绪不佳,懒动耳。煮黑豆法,碓豆一升,挼莎极净,用贯众一斤,细锉如骰子,同豆斟酌水多少,慢火煮豆香熟,日干之,翻覆令展尽余汁,簸取黑豆,去贯众,空心日啖五七粒,食百草木枝叶,皆有味,可饱也。世间不强学力行,自致于古人者,不可不畜此方。庭坚顿首翰礼秘校足下。

妓　妾　守　节

妓妾之以色艺取怜,妒宠于主家者,亦曰我之富与贵有以感动其中耳。设遇患难贫病,彼必戚戚然求为脱身之计,又肯守志不贰者哉!如金谷园绿珠、燕子楼盼盼、韩香之于叶氏、爱爱之于张逞者,真绝无而仅有也。大元混一以来,得三人焉。李翠娥,维扬名倡也,石九山万户纳置别业。石没,李誓不适他姓以辱身,终日闭阁诵经而已。年及七十余,万户之子若孙,遇岁时咸往拜之,乐籍中相传以为盛事。王巧儿,京师上色也,陈云峤同知与之狎,携至杭。陈卒,奉正室铁氏,以清慎勤俭终其身。汪怜怜，湖州角妓也，涅古伯经历常属意焉。汪曰："君若不弃寒征，当以侧室处妾，鼠窃狗偷，妾决不为此态。"涅乃遣媒妁，备财礼，娶之。经三载，死，汪髡发尼寺。时公卿士夫有往访之者，汪故毁其身形，以绝狂念，卒老于尼。若此者，亦可以追踪前古之懿德矣。

与妓下火文

钱唐道士洪丹谷，与一妓通，因娶为室。病且革，顾谓洪曰："妾死在旦夕，卿须自执薪，还肯作一转语乎？夫妾，歌儿也，卿能集曲调于妾未死时，使预闻之，虽死无憾矣。"洪固滑稽轻佻者，遂作文曰："二十年前我共伊，只因彼此太痴迷，忽然四大相离后，你是何人我是谁？共惟称呼，秀钟谷水，声遏楚云。玉交枝坚一片心，锦缠道余二十载。遽成如梦令，休忆少年游。哭相思两手托空，意难忘一笔勾断。且道如何是一笔勾断，孝顺哥终无孝顺，逍遥乐永遂逍遥。"听毕，一笑而卒。因记《中吴纪闻》载一事云：昆山倡周氏，系籍部中，张子韶为守时，倡暴亡，适道川来访，因命作下火文云："可惜许，可惜许，大家且道可惜许个甚么？可惜巫山一段云，眼如新水点绛唇。昔年绣阁迎仙客，今日桃源忆故人。休记丑奴儿脸子，便须抖擞好精神。南柯梦断如何也，一曲离愁别是春。大众还知某人向甚么处去？这里分明，会得蓦山溪畔，头头尽是喜相逢；芳草渡头，处处六幺花十八。其或未然，更听下句。咦！与君一把无明火，烧尽千愁万恨心。"其事颇相类，并附于此。

贺人妾得子启

陆伯麟侧室育子，友人陆象翁以启戏贺之曰："犯帝前禁，寻灶下盟。玉虽种于蓝田，珠将还于合浦。移夜半鹭鸶之步，几度惊惶；得天上麒麟之儿，这回喝采。既可续诗书礼乐之脉，深嗅得油盐酱醋之香。"苏东坡咏婢谑词，有"揭起裙儿，一阵油盐酱醋香"之句。

吊 四 状 元 诗

平江一驿舟中，有题吊四状元诗者，不知谁所作。诗曰："四榜状元逢此日，他年公论定难逃。空令太守提三尺，不见元戎用六韬。元举何如兼善死，公平争似子威高。世间多少偷生者，黄甲由来出俊髦。"元举，王宗哲字也，至正戊子科三元进士，时为湖广宪佥。兼善，泰不华字也，时为台州路达鲁花赤。公平，李齐字也，时为高邮府知府。子威，李黼字也，时为江州路总管。此四公者，或大亏臣节，或尽忠王事，或遇难而亡，故云。若论其优劣，则江州第一，台州次之，高邮又次之，宪佥不足道矣。

鸡 妖

至正丁酉春三月，上海李胜一家，鸡伏七雏，一雏作大鸡状，鼓翼长鸣。明年戊戌春正月，钱唐卢子明家，一鸡伏九雏，一雏有三足，二足在前，一足在后。三月，诸暨袁彦诚家，一鸡伏五雏，一雏有四足，二足在翼下。不数日皆死，而各家亦无他异。

胡 烈 女

越嵊县剡溪胡氏，讳妙端，适同邑祝某。至正庚子春，为苗獠虏至金华县，将妻之，义不受辱，乘间啮指血题诗壁上，已,赴水而死,三月廿四日也。獠帅服其节,为立庙祀之,邑人咸曰烈女庙。诗曰:"弱质空怀漆室忧,搜山千骑入深幽。旌旗影乱天同惨,金鼓声淫鬼亦愁。父母劬劳何日报,夫妻恩爱此时休。九泉有路还归去,那个云边是越州。"

蛙　狱

卢伯玉文璧,至正初尹荆山日,忽有一巨蛙登厅前,两目瞠视,类有所诉者。令卒尾之行,去县六七里,有废井,遂跳入不出。既得报,往集里社,汲井获死尸,乃两日前二人同出为商,一人谋其财而杀之。掩捕究问,抵罪。死者之家属云,其在生不食蛙,见即买放。岂一念之善,为造物者固已鉴之。蛙能雪冤,良有以也。

沁　园　春

宋刘改之先生过,词赡逸有思致,赋《沁园春》二首以咏美人之指甲与足者,尤纤丽可爱,一曰:"销薄春冰,碾轻寒玉,渐长渐弯。见凤鞋泥污,倩人强剔,龙涎香断,拨火轻翻。学抚瑶琴,时时欲剪,更掬水,鱼鳞波底寒。纤柔处,试摘花香满,镂枣成斑。　　时将粉泪偷弹。记绾玉,曾教柳传看。算恩情相著,搔便玉体;归期暗数,画遍阑干。每到相思,沉吟静处,斜倚朱唇皓齿间。风流甚,把仙郎暗揾,莫放春闲。"一曰:"洛浦凌波,为谁微步,轻尘暗生。记踏花芳径,乱红不损,步苔幽砌,嫩绿无痕。衬玉罗悭,销金样窄,载不起盈盈一段春。嬉游倦,笑教人款捻,微褪些根。　　有时自度歌声。悄不觉,微尖点拍频。忆金莲移换,文鸳得侣,绣茵催衮,舞凤轻分。懊恨深遮,牵情半露,出没风前烟缕裙。知何似,似一钩新月，浅碧笼云。"近邵青溪亨贞嗣其体调以咏眉目，真隽永有味。一曰："巧斗弯环，纤凝妩媚，明妆未收。似江亭晓玩，遥山拂翠，宫帘暮卷，新月横钩。扫黛嫌浓，涂铅讶浅，能画张郎不自由。伤春倦，为皱多无力，翻做娇羞。　　填来不满横秋。料著得，人间多少愁。记鱼笺缄启，背人偷敛，雁钿胶并，运指轻揉。有喜先占，长颦难效，柳叶轻黄今在否。双尖锁，试临鸾一展，依旧风流。"一曰："漆点填眶，凤梢侵鬓，天然俊生。记隔花瞥见，疏星炯炯，倚阑凝注，止水盈盈。端正窥帘，梦腾并枕，睅睆檀郎长是青。端相久，待嫣然一笑，密意将成。

困醋曾被莺惊。强临镜，挼挲犹未醒。忆帐中亲见，似嫌罗密，尊前相顾，翻怕灯明。醉后看承，歌阑斗弄，几度孜孜频送情。难忘处，是鲛绡揾透，别泪双零。"

恭　敏　坊

李恭敏公者，所居在江阴之南门，其门首巷坊亦题曰恭敏，不知当日名坊之义，而七八十年来，子孙消削，第宅倾圮殆尽，弃遗故址，竟为里豪薛德昭所吞，土木一新，乡闾健羡。忽有人献谄于薛云："若不除去旧坊，终非君家利也。"薛深然之。指数恭敏之族尊且长者，惟李唐卿可主其事，乃呼至，赠泉百缗，李忻然撤之。一夕，呓语呻吟甚苦，妻急呼之觉，问其故，曰："我梦见袍笏大官，自云是我祖，责以不能世守其业，又毁其坊，既骂且挞。我负痛叫号，故致此耳。"语既，暴死，莫救。又数年，城毁于兵，薛氏室屋财产悉空，贫无为计，遂执干役于时贵之家。噫！子孙之不肖，强霸之用心，皆可为后人鉴也。

隐　趣

　　余家天台万山中,茅屋可以蔽风雨,石田可以具饘粥,虽行江海上,而泉石草木之胜,未尝不在梦寐时见也。偶读卢陵罗景纶大经所著《鹤林玉露》,有曰:唐子西云:"山静似太古,日长如小年。"余家深山之中,每春夏之交,苍藓盈阶,落花满径,门无剥啄,松影参差,禽声上下。午睡初足,旋汲山泉,拾松枝,煮苦茗啜之。随意读《周易》、《国风》、《左氏传》、《离骚》、太史公书,及陶、杜诗,韩、苏文数篇。从容步山径,抚松竹,与麑犊共偃息于长林丰草间。坐弄流泉,漱齿濯足。既归竹窗下,则山妻稚子,作笋蕨供麦饭,欣然一饱。弄笔窗间,随大小作数十字,展所藏法帖、墨迹、画卷纵观之,兴到则吟小诗,或草《玉露》一两段,再烹苦茗一杯。出步溪边,邂逅园翁溪友,问桑麻,说粳稻,量晴校雨,探节数时,相与剧谈一饷。归而倚杖柴门之下,则夕阳在山,紫绿万状,变幻顷刻,恍可入目。牛背笛声,两两来归,而月印前溪矣。味子西此句,可谓绝妙。然此句妙矣,识其妙者盖少。彼牵黄臂苍,驰猎于声利之场者,但见衮衮马头尘,匆匆驹隙影耳,乌知此句之妙哉!人能真知此妙,则东坡所谓"无事此静坐,一日是两日,若活七十年,便是百四十",所得不已多乎? 此罗君语也,余盖亦知此妙久矣。风尘涷洞,豺虎咬人,几赋归与之诗,计无所得,又未知何日可以遂吾志也。掩卷为之三叹。

日 书 三 万 字

　　江浙平章子山公,书法妙一时,自松雪翁之后便及之。尝问客:"有人一日能写得几字?"客曰:"闻赵学士言,一日可写万字。"公曰:"余一日写三万字,未尝以力倦而辍笔。"公号正斋、恕叟,又号蓬累叟,康里人。

妓　出　家

李当当者,教坊名妓也,姿艺超出辈流。忽翻然若有所悟,遂著道士服。江浙儒学提举段吉甫先生天祐,赠之以诗曰:"歌舞当今第一流,洗妆拭面别青楼。便随南岳夫人去,不与苏州刺史留。璃馆月明箫凤下,绮窗云散镜鸾收。却嫌痴绝浔阳妇,嫁得商人已白头。"《能改斋漫录》云:唐阳郇伯作妓人出家诗曰:"尽出花钿与四邻,云鬟剪落向残春。暂惊风烛难留世,便是池莲不染身。贝叶欲翻迷锦字,梵声初学误梁尘。从今艳色归空后,湘浦应无解佩人。"《湘山野录》乃谓陈彭年作,此不考之过也。吁,二先生之风流余韵,于此可以想见矣!

河　南　王

河南王卜怜吉歹为本省丞相时,一日,掾史田荣甫抱牍诣府请印,王留田侍宴,命司印开匣取印至前。田误触坠地,王适更新衣,而印朱溅污满襟,王色不少动,欢饮竟夕。又一日行郊,天气且暄,王易凉帽,左右捧笠侍,风吹堕石上,击碎御赐玉顶,王笑曰:"是有数也。"谕令毋惧。噫,此其所以为丞相之量。

妖　异

至正辛卯夏,松江普照寺僧舍一弊帚开花。又嘉兴儒学阎人陶氏磨上木肘发青条,开白花。又吴江分湖里煅工一柳树桩以安铁砧者,且十余年矣,发长条数茎如苇。三家虽有此怪,而皆无恙,岂非关系国家之气数乎!

塔 影 入 屋

平江虎丘阁,版上有一窍,当日色清朗时,以掌大白纸承其影,则一寺之形胜,悉于此见之,但顶反居下耳。此固有象可寓,非幻出者。松江城中有四塔,西曰普照,又西曰延恩,西南曰超果,东南曰兴圣。夏监运家乃在四塔之东,而小室内却有一塔影,长五寸许,倒悬于西壁之上,不知从何而来。然不常有,或时见之焉,是又不可晓也。

钱 唐 怀 古 词

傅按察者,忘其名,钱唐怀古,尝作一词云:“静中看,记昔日湖山隐隐,宛若虎踞龙蟠。下襄樊,指挥湘汉,鞭云骑,围绕江干。势不成三,时当混一,过唐之数不为难。陈桥驿,孤儿寡妇,久假当还。挂征帆,龙舟催发,紫宸初卷朝班。禁庭空,土花晕碧,辇路悄,诃喝声干。纵余得西湖风景,花柳亦凋残。去国三千,游仙一梦,依然天淡夕阳闲。昨宵也,一轮明月,还照临安。”盖《鸭头绿》调也。

人 命 至 重

后至元间,同知两浙都转运盐使司事赵君伯常,休日与书吏谈官府政事,因曰:吾曩为中书提控掾史时,夜坐私第一室,忽有两隶来前,传都堂钩旨呼唤。遂即上马,隶前导,至一官府,树木阴翳,大官危坐厅事上,问云:“河南饥,省咨至,乃缓七日不报,彼处死者甚众,汝知之乎?”吾答曰:“某提控耳,该掾稽迟之罪,已尝呈举。"官沉思良久,曰:"非汝过也,汝退。"又命前隶曰:"可急追该掾某人来。"吾遂觉,梦也。明日晨起,令人觇之,夜暴死矣。人命至重,尔辈其慎之。

度量宏深

建德路达鲁花赤古笃鲁丁,字志道,守赣州路。任满听除时,有故吏丘往临江贴补,介鲁尺牍,见总管木八刺木,即日录用,就遣丘持俸钞五十锭馈鲁。盖鲁以廉故,家甚贫,朋友间每分财以济之。丘竟匿其钞。后木数得鲁书,而谢不及此,疑焉,因便使问之。鲁知为丘匿有,即具书请失谢之罪。丘闻此,惶赧无地,令儿子奉钞还鲁,终不受,且为隐其恶,未尝与人言。夫鲁,西域人也,度量之宏深乃如是,可谓厚德君子矣。若丘者,名教中所不可容,尚孰责哉!

高丽氏守节

中书平章阔阔歹之侧室高丽氏,有贤行。平章死,誓弗贰适。正室子拜马朵儿赤说其色,欲妻之而不可得,乃以其父所有大答纳环子献于太师伯颜,此物盖伯颜所属意者。伯颜喜,问所欲,遂白前事。伯颜特为奏闻,奉旨命拜马朵儿赤收继小母高丽氏。高丽氏夜与亲母逾垣而出,削发为尼。伯颜怒,以为故违圣旨,再奏命省台洎侍正府官鞫问。诸官奉命惟谨,锻炼备极惨酷。时国公阔里吉思于鞫问官中独秉权力,侍正府都事帖木儿不花数致语曰:"谁无妻子,安能相守至死,得有如此守节者,莫大之幸,而反坐以罪,恐非我治朝之盛典也。"国公悟,为言于伯颜之前,宛曲解释,其事遂已。帖木儿不花,汉名刘正卿,后至监察御史而卒。

寒 号 虫

五台山有鸟,名寒号虫,四足,有肉翅,不能飞,其粪即五灵脂。当盛暑时,文采绚烂,乃自鸣曰"凤凰不如我"。比至深冬严寒之际,毛羽脱落,索然如鷇雏,遂自鸣曰"得过且过"。嗟夫!世之人中无所守者,率不甘湛涪乡里,必振拔自豪,求尺寸名,诧九族侪类,则便志满意得,出肆入扬,以为天下无复我加矣。及乎稍遇贬抑,遽若丧家之狗,垂首帖耳,摇尾乞怜,惟恐人不我恤,视寒号虫何异哉,是可哀已。

邓 思 贤

尝见人戏呼一哗讦者为邓思贤,初不可晓。后读《笔谈》,始得其说云:世传江西人好讼,有一书名《邓思贤》,皆讼牒法也。其始则教以侮文。侮文不可得,则欺诬以取之。欺诬不可得,则求其罪劫之。盖思贤,人名也,人传其术,遂以名书。村校中往往以授生徒。

医 科

医有十三科,考之《圣济总录》:大方脉,杂医科,小方脉科,风科,产科兼妇人杂病科,眼科,口齿兼咽喉科,正骨兼金镞科,疮肿科,针灸科,祝由科则通兼言。

南村辍耕录卷十六

陶 氏 二 谱

宋泰山王质所著《云韬堂绍陶录》,录中首载栗里、华阳二谱。惟先生之大节高风,流播千古,而质者乃能次第其出处,作为年谱,且以名吾书绍陶之志,是可尚已,遂录于此云。

书 陶 栗 里 谱

元亮高风,发于宋晋去就之际。君曾祖事晋,懋著勋劳。自宋武帝芟元复马,逆揣其末流,即不出。武帝将收贤士,以系人心,见要,亦不应。陶、谢皆世臣,君世地色言俱僻,而灵运为武帝秉任,最后乃欲诡忠义,杂江海,远公送君过虎溪,而却灵运不入莲社,素心皆所鉴知。谱具左方。

兴宁三年乙丑 　晋哀帝

君生于浔阳柴桑,今德安县楚城市是。父轶名,命子诗云:"于穆仁考,澹焉虚止,寄迹风云,置兹愠喜。"陶氏自侃以武功擅世,后裔稍袭故风,多流乱歧,盖折翼之祥,发之旁派。传淡传君父子,皆以隐德著称。侃女适孟嘉,嘉女适君父,是生君。其气所传,造化必有可言者。

太元元年丙子 　晋武帝

君年十二,失母。《祭妹文》云:"慈妣早世,我年二六。"

太元九年甲申

　　君年二十。失妻，《楚调》诗云："弱冠逢世阻，始室丧其偏。"妻翟氏偕老，所谓"夫耕于前，妻锄于后"，当是翟。汤家，汤庄、矫、法、赐，四世以隐行知名。<small>亦柴桑。</small>

太元十九年甲午

　　君年三十。有《归园田诗》云："误落尘网中，一去三十年。"初为州祭酒，当在其前，不堪，乃解归，故云"久在樊笼里，复得返自然"，寻亦却主簿。

隆安四年庚子　<small>晋安帝</small>

　　君年三十六。五月，有《从都还阻风规林》诗，当是参镇军，衔命自京都上江陵，故在《始作镇军参军经曲阿》诗后。父在柴桑，故云"一欣侍温颜"，又云"久游恋所生"。父为人度不肯适都，当是已舍单行，见《还旧居》诗。军僚差强郡吏，故云"时来苟冥会，婉恋憩通衢。投策命晨装，暂与田园疏"。

隆安五年辛丑

　　君年三十七。正月，有《游斜川》诗云"开岁倏五十"，方三十七，作"五日"是。当是故岁五月还浔阳，今岁七月适江陵，有《赴假还江陵夜行途中》诗，留浔阳逾年，当是予告在乡，至是往赴，云"闲居三十载"，自未参镇军以前，得三十六年，当是不堪劳役，遂起归意，故云"诗书敦宿好，园林无俗情。如何舍此去，遥遥至南荆"。《失父祭妹文》云："昔在江陵，重罹天罚，触事未远，书疏犹存。"当是妹自武昌报江陵时，父在柴桑。

元兴二年癸卯

　　君年三十九。正月，有《始春怀古田舍》诗，当是自江陵归柴桑，复适京都，宅忧居家，思溢城，故有怀古田舍，又云良苗怀新。十二月,有《与从弟敬远》诗云"寝迹衡门下",在都亦当是处野。

元兴三年甲辰

君年四十。有《连雨独饮》诗云:"俛俯四十年。"有《饮酒》诗云:"是时向立年,志气多所耻。遂尽介然分,终死归田里。"当是在壬辰癸巳为州祭酒之时,所谓"投耒去学仕"。又云:"冉冉星气流,亭亭复一纪。"至是,得十二年。

义熙元年乙巳

君年四十一。三月,有《为建威参军使都经钱溪》诗,当是故岁自都还里即吉,庚子始事镇军,继事建威,中经罹忧,至是得六年,复衔命至都,其家尚未归柴桑。《还旧居》诗云:"畴昔家上京,六载去还归。"往来时经乡间,不常留,稍成疏,故云"阡陌不移旧,邑屋或时非。履历周故居,邻老罕复遗"。至是始定居,断他适。十一月,有《归去来辞》。九月,家留柴桑,身往彭泽,至是免归。当是不堪军役,故求县,不堪县役,故归家。所谓"风波未定,心惮远役。彭泽去家百里,公田足以为酒,少日,眷然有归与之情,平生之志始决"。见序及辞甚详。《失妹》所谓"情在骏奔,自免去职"。是岁,刘将军录尚书。

义熙三年丁未

君年四十三。有《祭程氏妹》文。自乙巳至是,所谓"服制再周"。

义熙四年戊申

君年四十四。有《六月遇火》诗云:"奄出四十年。"

义熙五年己酉

君年四十五。有《九日》诗。

义熙六年庚戌

　　君年四十六。有《西田获早稻》诗。

义熙七年辛亥

　　君年四十七。有《祭从弟敬远》文云："绝粒委务,考槃
山阴。晨采上药,夕闲素琴。"当是同志,见文甚详。

义熙十年甲寅

　　君年五十。有《杂诗》云："奈何五十年。"弃官来归,至
是得十年,故云"荏苒经十载,暂为人所羁"。

义熙十一年乙卯

　　君年五十一。有《与子俨等疏》云："年过五十"。又云:
"见树木交荫,时鸟变声,亦复欣然。五六月,北窗下卧,遇
凉风暂至,自号羲皇上人。"见疏甚详。

义熙十二年丙辰

　　君年五十二。有《下潠田舍获》诗云："曰余为此来,三
四星火颓。"当是得此在癸丑、甲寅之间。

义熙十四年戊午

　　君年五十四。《楚调》云："偈俛六九年。"召为著作佐
郎,不应。是岁,宋公为相国。

元熙元年己未　晋恭帝

　　君年五十五。王休元为江州,自造不得见,遣其故人庞
通之等赍酒于半道栗里要之,即引酌野亭,休元出与相闻,
极欢终日。尝九日把菊无酒,休元饷之,有《九日闲居》诗,
所谓"秋菊满园,时醪靡至",当是未获所遗。休元在江州几
六载,未审的在何年。自乙巳至丁卯,讫死未尝他适,独暂
为休元入州。

永初元年庚申　　宋武帝

　　君年五十六。同隐周续之召至都，为颜延之连挫。义熙间，檀韶为江州，邀续之在城北讲礼雠书。有《示周掾祖谢》诗云："马队非讲肆，校书亦已勤。"又云："但愿还渚中，从我颍水滨。"江城尚不欲周往，奚况京师。刘遗民亦同隐。有《和刘柴桑》诗云："挈杖还西庐。"又云："春醪解饥劬。"其还以春，有《酬刘柴桑》云："嘉稼眷南畴。"又云："慨然知已秋。"其还至是及秋。初自西庐移南村，有《移居》诗云："闻多素心人，乐与数朝夕。"又云："过门更相呼，有酒斟酌之。"迁居殆为遗民之徒，寻还西庐，度相距亦不远，与遗民更相酬酢不改。赏文析义之时，未审的在何年。或恐刘柴桑似县令，刘或尝为此县，存此呼，或有命不为，犹续之尝命为抚军参军不就，因呼周掾，皆不可知。但非时为宰者语。皆冷交，非热官。《丁柴桑》诗云"秉直司聪，于惠百里"，此乃当官无疑。寻诗，钟情于刘，过厚于周，遗民自隐之余无闻。续之在隐之中微婉。君与周、刘，号浔阳三隐。校情义，稍有浅深。是岁，宋武帝践祚。

景平元年癸亥　　晋营阳王

　　君年五十九。颜延之为始安，过浔阳日，造饮醄醉，临去，留二万钱，悉送酒家。相知久间，骤见益欢。延之未审何时来柴桑，所谓"自尔分居，及我多暇，伊好之洽，接檐邻舍"，当是不诣刘穆之之时。又未审何时去柴桑，当是为豫章世子参军之时。据诔，参传，略见。

元嘉三年丙寅　　宋文帝

　　君年六十二。檀道济为江州。时抱羸疾，多瘠馁。往候，馈以粱肉，不受。

元嘉四年丁卯

君年六十三。有《自祭文》云："律中无射。"《拟挽歌》诗
云："严霜九月中，送我出远郊。"当是杪秋下世。颜延之诔
云："视化如归，临凶若吉。药剂弗尝，祷祠弗恤。"其临终高
态，见诔甚详。君平生好谈归尽，萧统以为"处百龄之内，居
一世之中，倏忽白驹，寄寓逆旅，与大块而荣枯，随中和而放
荡，岂能劳于忧畏，役于人间"，最知深心。形赠影答，神释
本趣，略见所谓纵浪大化中，不喜亦不惧，应尽便须尽，无复
独多虑。惟患不知，既已洞知，安坐待此，夫复何言。杜甫
许避俗未许达道，识者更详之。

书陶华阳谱

　　通明高风，发于梁、齐、宋去就之际，君祖父皆食宋禄，身
又生宋代，自齐高帝代宋，旋引去。梁武帝代齐，益退藏。平
时以师待君，然大节有定操，岂复以恩礼推移。暂至丹阳，应
简文之命，不少至京都，慰武帝之怀，抑何其坚忍。壮年果于
遗世，照之审，故判之不疑。谱具左方。

孝建三年丙申　宋世祖

　　君生于丹阳秣陵，今上元县冶村是。母郝氏，梦两天人
持炉蓺香来前，有娠。今世为君，再世为孙思邈。两世肇启
于郝，故其兆先形，当是本居天仙趣，报尽还入人趣。植根
弗凡，受形亦异。生以火年火月，又夏至极阴日，悉禀纯阳，
多起飞心，累功积行，所升当益高。推佛言，参君迹，略见。

大明四年庚子

　　君年五岁。常持荻画灰学书。

泰始元年乙巳　宋明帝

　　君年十岁。得葛洪《神仙传》，即有志养生。语人，仰青

天,睹白日,不觉为远。及长,博读书,遂解文武诸伎。自后天文、地理、人事,虽至渊妙,咸臻底极。当时已罕传,历年愈远,行世寖稀。梁传所载十二种,今传惟三种,传不能纪十种。唐志所载九种,今传惟四种。传有志无八种,传无志有五种。《本草》,后人增衍,考正益详,间与集注差异。

元徽二年甲寅 宋苍梧王

君年十九。萧将军录尚书,引为诸王侍读。故事:止典文学,无他务。除奉朝请,故事:止奉朝会请召。本不为官,虽在宦途,亦居静地。及求县,乃不遂,缘势可见。

永明十年壬申 齐世祖

君年三十七。家贫,求宰县,不遂,脱朝服挂神武门去。止句曲山,体即轻捷。性嗜山水,所历必吟咏盘旋不已。语人:“吾见朱门广厦,虽适其华乐,而无欲往之心。望高岩,瞰大泽,知难立止,自常欲就之。永明中求禄,得辄差舛。不尔,岂得为今日之事,亦缘势使然。”此语甚真。是事先有根,次有缘,次有势,相符乃入。所谓道生之,德畜之,物形之,势成之,惟难契,故旷世难就。

隆昌元年癸酉 齐郁林王

君年三十八。沈约为东阳,屡要不至,自栖句曲不出。所谓遍历名山,求访仙药,或未然。一至句章,礼育王塔。一至丹阳,应太子召。他适皆无考。又言“往东阳从孙游岳,受符图经法”,亦无考。惟杨羲《灵宝五符》,传句容葛粲,粲以传陆修静,陆以传孙许翙。《二景歌》,东阳章灵民出都遇得,以与孙。度所得止在秣陵、句曲之间,非远适而后传。

永元元年己卯 齐东昏侯

君年四十四。在句曲。筑楼高三层，身处其上，弟子居其中，宾客至其下，与物遂绝。不娶，无子，他眷亦不通。先断此根，可议他事。特爱松风，庭院皆植松，聆响为乐，间独游泉石。此门忌浊便清，神仙上景多云霞，下景多山水，物多金玉，色多紫碧，他皆类是。所谓熟之、养之、覆之，若欲成办，必加将护，大要离尘换境为上。

中兴元年辛巳　齐和帝

君年四十六。萧都督至新林，遣弟子戴猛之迎谒。初，齐末作"水丑木之歌"，至是，援谶文成梁字，令弟子进之，遂以梁建国。后覆没，亦预言"朱点己巳"诗，叹朝阳重离七元，卒验。虽隐茅山，不却人主询谋。中大通初，献善胜、成胜二刀。度武帝狃陈庆之覆魏洛阳，好大之心寖侈，参会侯景，大触骇机，岂尽忘救世者，但观时耳。早慕张良甚深，黄石编书，盖传真秘谍兵法。其间余事，推己及物，亦致平绪术。此门隐除魔，显定乱，学道者问及，君著水镜，握镜当是早为，岂挂晚念。

天监元年壬午　梁高祖

君年四十七。梁武帝在西邸，与游，及即位，恩礼弥笃，问讯弗绝，屡招不出。画两牛，一牧放水草之间，一金络头人执杖驱之，知不可复致。旁族季直，亦不肯事梁。武帝尝叹："梁有天下，遂不见此人门风，何繇乃尔！"

天监四年乙酉

君年五十。移居积金涧，泉石益奇，无蛇虎，有佳木及杂药。初乏青林，及来居，皆自茂。在句曲东垄。

中大通元年己酉

君年七十四。遇异人宣阊，以《本草》用虻虫、水蛭之

属,伤物,迟一纪,可解形。至期果化,尸解。凡十余种。世
传:阖自青城来句曲,先升,以君闻帝,录其积水之功。化
后,为蓬莱都水监。见《仙传》及《拾遗》,甚略,今茅山相传
稍详,但微涉异。

大同二年丙辰

　　君年八十一。只眼或方,梦胜力菩萨授《菩提记》。乃
诣鄮县,礼阿育王塔,自誓受戒。世传吕岩从钟离权受剑
诀,后二百余年,来参黄龙惠南,始竟佛言,不修正觉,别得
生理。休止深山大岛,绝于人境。报尽还来,散入诸趣。晚
年始坚此愿。唐志有所著《草堂法师传》。当时佛教虽隆,
禅宗未开,圆觉以大通元年至,以是年去,留台城十九日,度
君不及相见。

大同六年庚申

　　君年八十五。逆克亡日,仍为《告逝》诗。及卒,颜色如
常,香气弥山。《华阳颂》云:“号期行当满,亥数未终丁。迨
乃承唐世,将宾来圣庭。”化后,一遇丁亥,为陈临海王光大
元年。再遇丁亥,为唐太宗贞观元年。升平之盛,降古所
稀,圣庭当是此时。初,隋文帝辅周,以国子博士召孙思邈,
不应,密言:“后五十年,有圣人出,吾且助以济人。”宣政元
年至贞观元年,适满五十年,应命来见。太宗官之,不受,辞
归太白山。风素极类隐居,他无种不类,形有转移,神无变
易。自是至丁卯,独孤信镇洛阳之时,正七岁。至丁亥,太
宗召至长安之时,得八十七岁。暮龄有少容,所以惊嗟。卢
照邻称其自谓生开皇辛酉,当时已不信。若尔,岂得圣童之
称。博士之召,贞观丁亥,方二十七岁,岂得少容之叹。若
言数百岁,岂得七岁弱冠之誉。度思邈之生,适继隐居之

没，其为后身何疑。《挺契颂》又云："重离倘或似。"谓简文与武帝俱非令终。又云："七夕乃扶胥。"谓武帝凡七改元。世称推戴为策立，侯景尝为怀朔镇功曹吏，至是篡梁，称汉，故云扶胥。所谓篇中字皆有义旨，后人自以篇中事求之，则《机萌》一颂二十字，顾岂虚设，矧又彰明。《业运颂》又云："济神既有在，去留从所宜。"神既济矣，在于何所？华原孙氏，即其所在也已。当知佛言报尽还来，及舍生趣生，至确可信，识者更推之。

药　　谱

《清异录》二卷，乃宋陶翰林谷所撰。凡天文、地理、君道、官志、人事、女行、君子、幺么、释族、仙宗、草木、花果、蔬药、禽兽、虫鱼、支体、作用、居室、衣服、妆饰、陈设、器具、文用、武器、酒浆、茗荈、馔羞、丧葬、鬼妖，皆创为异名新说，而"药谱"一则尤奇甚，因备录之。

药　　谱

芯苕清本良于医，药数百品，各以角贴，所题名字诡异。余大骇，究其源底，答言："天成中，进士侯宁极戏造《药谱》一卷，尽出新意，改立别名，因时多艰，不传于世，余以礼求假录一通，和娱闲暇。"

假君子牵牛	昌明童子川乌头	淡伯厚朴
木叔胡椒	雪眉同气白扁豆	含丸使者花椒
酖毒仙预知子	贵老陈皮	远秀卿沉香
化米先生神曲	九日三官吴茱萸	焰叟硫黄
三闾小玉白芷	中黄节士麻黄	时美中莳萝

导河掾 猪苓

曲方氏 防风

黄英古 檀香

禹孙 泽泻

雪如来 白芨

骨鲠元君 草藓

黑司命 从容

既济公 升麻

涩翁 诃梨勒

斜枝大士 草龙胆

玄房仲长统 皂荚

石仲宁 滑石

水状元 紫苏

金山力士 自然铜

草东床 大腹皮

玲珑霍去病 藿香

水银腊 轻粉

显明犯 阿胶

疟帚 何首乌

海腊 骐骥竭

无忧扇 枇杷叶

续命筒 干漆

羽化魁 五加皮

翻胃木 常山

玉皇瓜 马兜铃

混沌螟蛉 寄生

嗽神 五味子

白大寿 吴尤

绿剑真人 菖蒲

橐籥尊师 仙灵脾

风味团头 缩砂

苦督邮 黄芩

知微老 白薇

冷翠金刚 石楠叶

抱雪居士 香附子

野丈 白头翁

丛生药王 覆盆子

命门录事 安息香

飞风道者 牙硝

麝男 甘松

肾曹都护 葫芦巴

千眼 油蓯人

黄香影子 栀子

出样珊瑚 木通

支解 黄丁香

水磨橄榄 金铃子

鬼木串 槐角

蛮龙舌 血没药

度厄钱 连翘

汤主 山茱萸

偷蜜珊瑚 甘草

永嘉圣脯 干姜

削坚中尉 三棱

洞庭奴隶 枳壳

魏去疾 阿魏

风棱御史 史君子

敕肺侯 款冬花

调睡参军 酸枣仁

太青尊者 朴硝

脱核婴儿 桃仁

随汤给事中 甘遂

建阳八座 蛇床子

仁枣 川练子

隐上座 郁李仁

毕和尚 荜澄茄

冰喉尉 薄荷

寿祖 威灵仙

延年卷雪 桑白皮

六停剂 五味子

中央粉 蒲黄

洗瘴丹 槟郎

无名印 地榆

黑杀星 夜明砂

清凉种 香薷

圣苍松 瞿麦

醒心杖 远志

德儿 杏仁

红心石 赤石脂

药本五灵脂　　　　静风尾荆介　　　　正坐丹砂附子

迎阳子兔丝子　　　山屠黄蘖　　　　　脾家瑞气肉豆蔻

甜面淳于蜜陀僧　　剔骨香青皮　　　　痰宫霹雳半夏

玉虚饭龙脑　　　　锁眉根苦参　　　　黑龙衣鳖甲

小帝青青盐　　　　百辣云生姜　　　　缓带米麦蘖

半夏精天南星　　　夜金雄黄　　　　　沙田髓黄精

无声虎大黄　　　　小昌明草乌头　　　草兵巴豆

巢烟九肋乌梅　　　百子堂草果子　　　皱面还丹人参

琥珀孙松脂　　　　贼参莽苊　　　　　不死面茯苓

火泉竹沥　　　　　比目沉香乌药　　　陆续丸蔓荆子

地白瓜蒌根　　　　天豆破故纸　　　　滴胆芝黄连

新罗白肉白附子　　瘦香娇丁香　　　　破关符蓬莪尤

玉丝皮杜仲　　　　血柜牡丹皮　　　　川元蠹川芎

九女春鹿茸　　　　百药绵黄耆　　　　英华库益智

通天柱杖牛膝　　　赤天佩姜黄　　　　丹田霖雨巴戟

百丈须石斛　　　　飞天蕊旋覆花　　　安神队杖麦门冬

郓芝天麻　　　　　锦绣根芍药　　　　草鱼目薏苡

茅君宝荚苍尤　　　尉佗圭桂　　　　　炼形松子柏子仁

芦头豹子柴胡　　　丑宝牛黄　　　　　肚里屏风艾

九畹菜泽兰　　　　女二天当归　　　　大通绿木香

旱水晶硼砂　　　　还元大品地黄　　　两平草羌活

死冰白僵蚕　　　　一寸楼台蜂窠　　　三尸篆枸杞

无情手砒砂　　　　拔萃团麝香　　　　绿须姜细辛

笑靥金菊花　　　　走根梅干葛　　　　八月珠茴香

银条德星山药　　　埋光乌药良姜　　　椹圣荜拨

破军杀大戟　　　　吉祥杵桔梗　　　　金母蜕郁金

线子檀茅香　　良医匕首亭历　　产家大器秦艽

滴金卵延胡索　　鬼丹卢会　　　宜州样子白豆蔻

瓦垄斑贝母　　　孝梗知母　　　万金茸紫苑

秦尖疾黎　　　　西天蔓前胡　　蕨臣卷柏

五福裔白敛　　　保生丛藁本　　狱奴狗脊

蒜脑薯百合　　　备身弩芫花　　帝膏苏合香

玉灵片石膏

世　系

宋马永卿《懒真子》录云：古人重谱系故虽世胄绵远，可以考究。渊明《命子诗》云："天集有汉，眷于愍侯。赫赫愍侯，运当攀龙。抚剑风迈，显兹武功。参誓山河，启土开封。"按《汉功臣表》，开封愍侯舍，以右司马从汉破代，封侯。昔高帝与功臣盟云："使黄河如带，泰山若砺，国以永存，爰及苗裔。"所谓参誓山河，谓此盟也。高帝功臣百有二十人，舍，其一也。又云："亹亹丞相，允迪前踪。浑浑长源，郁郁洪柯。群川载导，众条载罗。时有语默，运同隆窊。"此盖谓青也。《功臣表》：开封愍侯舍，封十一年薨。十二年，夷侯青嗣，四十八年薨。所谓群川众条，以谕支派之分散也。语默隆窊，以言自青后未有显者也。渊明乃长沙公之曾孙，然侃传不载，世家独于此见之。后世累经乱离，谱籍散亡，然又士大夫因循灭裂，不如古人，所以家谱不传于世，惜哉！

南村辍耕录卷十七

古　铜　器

　　宋番阳张世南《游宦纪闻》云：辨博书画古器，前辈盖尝著书矣。其间有论议而未详明者，如临、摹、硬黄、响搨，是四者各有其说，今人皆谓临摹为一体，殊不知临之与摹，迥然不同。临，谓置纸在傍，观其大小、浓淡、形势而学之，若临渊之临。摹，谓以薄纸覆上，随其曲折，婉转用笔曰摹。硬黄，谓置纸热熨斗上，以黄蜡涂匀，俨如枕角，毫厘必见。响搨，谓以纸覆其上，就明窗牖间，映光摹之。辨古器，则有所谓款识，腊茶色、朱砂斑、真青绿井口之类，方为真古。其制作，有云纹、雷纹、山纹、轻重雷纹、垂花雷纹、鳞纹、细纹、粟纹、蝉纹、黄目、飞廉、饕餮、蛟螭、虬龙、麟凤、熊虎、龟蛇、鹿马、象鸾、夔牺、蜼㲵、双鱼、蟠虺、如意、圜络、盘云、百孔、鹦耳、贯耳、偃耳、直耳、附耳、挟耳、兽耳、虎耳、兽足、夔足、百兽、三螭、毯草、瑞草、篆带、若蚪结之势。星带、四旁饰以星象。辅乳、钟名，用以节乐者。碎乳、钟名，大乳三十六，外复有小乳周之。立夔、双夔之类。凡古器制度，一有合此，则以名之，如云雷钟、鹿马洗、鹦耳壶之类是也。如有款识，则以款识名，如周叔液鼎、齐侯钟之类是也。古器之名，则有钟、大曰镈，中曰镈，小曰编。鼎、尊、罍、彝、舟、类洗而有耳。卣、音酉，又音由，中尊者也。有攀盖，足类壶。瓶、爵、斗、有耳，有流，有足，流即嘴也。卮、觯、之豉切，酒觞也。角、类彝而无柱。杯、敦、簠、其形方。簋、类鼎而矮盖,有四足。豆、甒牛偃切,无底甒也。锭、徒径切,又都定切。斝、甒、鬲、形制同鼎,汉志谓空足曰鬲。镬、方宥切。《玉篇》云:似釜而大。其实类小瓮而有环。盉、户戈切,又胡卧切,盛五味之器也。似鼎而有盖,有嘴,有执攀。壶、其类有四,曰圆,曰匾,曰方,曰温。盦、于含切,覆盖也。似洗样而腰大,有足,有提攀。瓵、蒲后切,类壶而矮。铺、类豆,铺陈荐献之义。鏏、类釜。鉴、盛冰器,上方如斗,镂底如风窗,下设盘以盛之。匜、弋支切,沃盥器。盘、洗、盆、铏、呼玄切,类洗。《玉篇》云:小盆也。杆、磬、镎、铎、钲、类钟而矮。铙、戚、镦、饰物柄者。奁、鉴、即镜。节、钺、戈、矛、盾、弩、机、表坐、旂铃、刀笔、杖头、蹲龙、宫庙乘舆之饰,或云阑楯间物。鸠车、儿戏之具。提梁、龟蛇砚滴、车辂、托辕之属。此其大概,难于尽备。然知此者,亦思过半矣。所谓款识,乃分二义。款,谓阴字,是凹入者,刻画成之。识,谓阳字,是挺出者。正如临之与摹,各自不同也。腊茶色,亦有差别。三代及秦汉间器,流传世间,岁月寖久,其色微黄而润泽。今士大夫间论古器,以极薄为真,此盖一偏之见也。亦有极薄者,有极厚者,但观制作色泽,自可见也。亦有数百年前句容所铸,其艺亦精,今铸不及。必竟黑而燥,须自然古色,方为真古也。赵希鹄《洞天清禄集》古钟鼎彝器辨云:夏尚忠,商尚质,周尚文,其制器亦然。商器质素无文,周器雕篆细密,此固一定不易之论。而夏器独不然。余尝见夏雕戈,于铜上相嵌以金,其细如发。夏器大抵皆然。岁久金脱,则成阴篆,以其刻画而成凹也。铜器入土千年,纯青如铺翠,其色子后稍淡,午后乘阴气,翠润欲滴。间有土蚀处,或穿或剥,并如蜗篆自然,或有斧凿痕,则是伪也。铜器坠水千年,则纯绿色,而莹如玉。未及千年,绿而不莹,其蚀处如前。今人皆以此二品体轻者为古,不知器大而厚者,铜性未尽,其重止能减三分之一,或减半。器小而薄者，铜性为水土蒸淘易尽，至有锄击破处，并不见铜色，惟翠绿彻骨，或其中有一线红色如丹，然尚有铜声。传世古，则不曾入水土，惟流传人间，色紫褐而有朱砂斑。甚者，其斑凸起，如上等辰砂。入釜，以沸汤煮之，良久，斑愈见。伪者，以漆调朱为之，易辨也。三代古铜，并无腥气，惟土古。新出土，尚带土气，久则否。若伪作者，热摩手心以擦之，铜腥触鼻可畏。识文、款纹亦不同。识，乃篆字，以纪功，所谓铭书钟鼎。夏用鸟迹篆，商则虫鱼篆，周以虫鱼大篆，秦用大小篆，汉以小篆隶书，三国隶书，晋、宋以来皆用楷书，唐用楷隶。三代用阴识，谓之偃蹇字，其字凹入也。汉以来，或用阳识，其字凸，间有凹者，或用刀刻，如镌碑。盖阴识难铸，阳识易为，决非三代物也。款，乃花纹，以为饰。古器款居外而凸，识居内而凹。夏周器有款有识，商器多无款有识。古人作事精致，工人预四民之列，非若后世贱丈夫之事，故古器款必细如发，而匀整分晓，无纤毫模糊。识文笔画，宛如仰瓦，而不深峻，大小深浅如一，亦明净分晓，绝无纤毫模糊。此盖用铜之精者，并无砂颗，一也。良工精妙，二也。不吝工夫，非一朝夕所为，三也。今设有古器，款识稍或模糊，必是伪作。质色臭味，亦自不同。句容器非古物，盖自唐天宝间至南唐后主时，于升州句容县置官场以铸之，故其上多有监官花押。甚轻薄漆黑款细虽可爱，要非古器，岁久亦有微青色者。世所见天宝时大凤环瓶，此极品也。伪古铜器，其法以水银杂锡末，即今磨镜药是也。先上在新铜器上，令匀，然后以酽醋调细硇砂末，笔醮匀上，候如腊茶面色，急入新汲水满浸，即成腊茶色。候如漆，急入新水浸，即成漆色。浸稍缓，即变色矣。若不入水，则成纯翠色。三者并以新布擦，令光莹。其铜腥为水银所匮，并不发露。然古铜声微而清,新铜声浓而哄,不能逃识者之鉴。古人惟钟鼎祭器,称功颂德,则有识。盘盂寓戒,则有识。他器亦有无识者,不可遽以为非,但辨其体质、款纹、颜色、臭味足矣。夫二书之论铜器,固已粲然具备,然清修好古之士,又不可不读经传纪录,以求其源委。如薛尚功《款识法帖》及《重广钟鼎韵》七卷者,《宣和博古图》、吕大临《考古图》、王俅《啸堂集古录》、黄睿《东观余论》、董逌《广川书跋》等书,皆当熟味遍参而断之以经,庶可言精鉴也。

石　敢　当

今人家正门适当巷陌桥道之冲,则立一小石将军,或植一小石碑,镌其上曰"石敢当",以厌禳之。按西汉史游《急就章》云:石敢当。颜师古注曰:"卫有石碏、石买、石恶,郑有石制,皆为石氏。周有石速,齐有石之纷如,其后以命族。敢当,所向无敌也。"据所说,则世之用此,亦欲以为保障之意。

方　头

俗谓不通时宜者为方头。陆鲁望诗云:"头方不会王门事,尘土空缁白纻衣。"

七　十　二

《玉台》诗:"入门时左顾,但见双鸳鸯。鸳鸯七十二,罗列自成行。"孟东野《和蔷薇歌》:"仙机轧轧飞凤皇,花开七十有二行。"二诗皆用七十二,不知何所祖。

㫋　檀　佛

京师㫋檀佛,以灵异著闻海宇,王侯公相,士庶妇女,捐金庄严，以丐福利者，岁无虚日。故老相传云：其像四体无所倚著。人君有道，则至其国。国初时，尚可通一线无碍，今则不然矣。按翰林学士程钜夫《瑞像殿碑刻》云：释迦如来，初为太子，生七日，母摩耶弃世，生忉利天。佛既成道，思念母恩，遂升忉利天，为母说法。优填国王自以久失瞻仰于如来，欲见无从，乃刻旃檀为像。目犍连尊者虑有阙陋，躬以神力，摄三十二匠升忉利天，谛观相好，三返，乃得其真，既成，国王臣民奉之犹真佛焉。及佛自忉利天复至人间，王率臣庶同往迎佛。此像腾步空中，向佛稽首。佛为摩顶授记曰："我灭度千年之后，汝从震旦，东土也。广利人天。"由是西土一千二百八十五年，龟兹六十八年，凉州十四年，长安一十七年，江南一百七十三年，淮南三百六十七年，复至江南二十一年，汴梁一百七十七年，北至燕京，居圣安寺十二年，北至上京大储庆寺二十年，南还燕宫内殿五十四年。丁丑岁三月，燕宫火，迎还圣安寺居。今五十九年乙亥岁，当今大元世祖皇帝至元十二年也，帝遣大臣孛罗等四众，备法驾仗卫音伎，迎奉万寿山仁智殿。丁丑，建大圣安寺。己丑岁，自仁智殿迎安寺之后殿，大作佛事。瑞像计自优填王造始之岁，至今延祐丙辰，凡二千三百有七年。又《释氏感通录》云：梁武帝遣郝骞等往天竺国迎佛旃檀像，其王模刻一像付骞。天监十年，至建康，帝迎奉太极殿，建斋度僧，大赦断杀，自是蔬食绝欲。据此说，又与碑文不同。即今圣安寺所安之像，抑优填之所刻欤？天竺之摹刻欤？

传　　席

今人家娶妇，舆轿迎至大门，则传席以入，弗令履地。然唐人已尔。乐天《春深娶妇家》诗云："青衣转去声。毡褥，锦绣一条斜。"

归　妇　吟

吉之永丰刘氏女，天兵南下日，为东平王郎中宥所虏。后王闻其父母兄弟舅姑夫子咸在，因放之归，且作《归妇吟》以送之，诗曰："烈火都将玉石焚，死生契阔忆中分。信音一绝思青鸟，泪眼双穿望白云。残日鹍鸧还有难，北风鸿雁正离群。新诗送尔还家去，重续当年织锦文。"吁，固虽刘氏有莫大之幸，而王亦仁人者矣！

穿　耳

或者谓晋唐间人所画士女多不带耳环，以为古无穿耳者。然《庄子》曰："天子之侍御，不叉揥，不穿耳。"则穿耳自古亦有之矣。

丫　头

吴中呼女子之贱者为丫头。刘宾客《寄赠小樊》诗："花面丫头十二三，春来绰约向人时。"

点　心

今以早饭前及饭后、午前、午后、晡前小食为点心。《唐史》：郑偬为江淮留后，家人备夫人晨馔，夫人顾其弟曰："治妆未毕，我未及餐，尔且可点心。"则此语唐时已然。

奴　婢

今蒙古色目人之臧获男曰奴，女曰婢，总曰驱口。盖国初平定诸国日,以俘到男女匹配为夫妻,而所生子孙永为奴婢。又有曰红契买到者,则其元主转卖于人,立券投税者是也。故买良为驱者有禁。又有曰陪送者,则摽拨随女出嫁者是也。奴婢男女止可互相婚嫁,例不许聘娶良家,若良家愿娶其女者听。然奴或致富,主利其财,则俟少有过犯,杖而锢之,席卷而去,名曰抄估。亦有自愿纳财以求脱免奴籍,则主署执凭付之,名曰放良。刑律:私宰牛马,杖一百。殴死驱口,比常人减死一等,杖一百七。所以视奴婢与马牛无异。按《周礼》,其奴,男子入于皂隶,女子入于春藁。《说文》:奴婢皆古罪人。夫今之奴婢,其父祖初无罪恶,而世世不可逃,亦可痛已。又奴婢所生子,亦曰家生孩儿。按《汉书·陈胜传》:"秦令少府章邯免骊山徒人奴产子。"师古曰:"奴产子,犹今人云家生奴也。"则家生儿亦有所据。

愠羝

愠羝,谓腋气也。唐崔令钦《教坊记》云:范汉女大娘子,亦是竿木家,开元二十一年出内,有姿媚,而微愠羝。

天 子 争 臣

张公可与者,济南人。律身廉正,持法公平,苟可以纳忠于国,虽斧钺有所不避。为中书郎中日,先帝时一大奸以元恶受显戮,后二子夤缘入侍,幸沐天眷,特各授行省平章。陛辞,叩首言曰:"先臣在九原,弗获沾一命之荣,当不瞑目。臣敢昧死请。"上命左右传旨中书,独公不奉诏。越数日,上召丞相面谕之。丞相退,谓公曰:"圣意宠遇之深,当复奈何?"公曰:"朝廷果欲举行赠典,必须雪其非罪。若然,是先帝不合诛之,以先帝为何如主哉？则上之于先帝，反不若大奸之有后矣，不孝孰大焉？"丞相备公言以闻，上为动容而止。公以病在告，都堂有人诉宗室谋逆，奏送刑部问状，违鞫，有证验，而死于狱。宗室之妻见上泣曰："臣妾夫某，无罪枉死。"上但知送部，而不谓其已死，圣怒，命御史台鞫问。丞相惧，谋之公，即扶疾至省，取牍补署花押，众皆愕然。丞相曰："恐掾史所行有错，欲照略耳，非谓此也。"公曰："自丞相以下，皆当听问，某何独求免邪？"既而缄牍令该掾抱诣台，台官首问曰："张郎中曾书卷否？"曰："然。"台官议曰："张郎中所行未尝差错，况此一事，中书得旨施行，执法者复何罪？"因覆奏曰："臣等取省案根勘，宗室某之死不枉。"上领之，其事遂寝。如公者，诚天子之争臣也矣。

姉妗

宋张文潜《明道杂志》云：经传中无"姉妗"二字。姉字，乃世母字二合呼。妗字，乃舅母字二合呼也。二合如真言中合两字音为一。

黄金缕

苏小小见诸古今吟咏者多矣，而世又图写以玩之，一何动人也如此哉！《春渚纪闻》云：司马才仲初在洛下，昼寝，梦一美姝，牵帷而歌曰："妾本钱唐江上住，花落花开，不管流年度。燕子衔将春色去，纱窗几阵黄梅雨。"才仲爱其词，因询曲名，云是《黄金缕》。且曰："后日相见于钱唐江上。"及才仲以东坡先生荐，应制举中等，遂为钱唐幕官，其廨舍后，唐苏小墓在焉。时秦少章为钱唐尉，为续其词后云："斜插犀梳云半吐，檀板轻敲，唱彻黄金缕。梦断彩云无觅处，夜凉明月生春浦。"不逾年，而才仲得疾，所乘画水舆，舣泊河塘，柂工遽见才仲携一丽人登舟，即前声喏，而火起舟尾。仓忙走报，家已恸哭矣。

《能改斋漫录》云：刘次庄《乐府解题》曰：《钱唐苏小小歌》，苏小小非唐人，世见乐天、梦得诗多称咏，遂谓与之同时耳。次庄虽知苏小小非唐人而无所据。余按郭茂倩所编引《广题》曰：苏小小，钱唐名娼也，盖南齐时人。西陵在钱唐江之西，故古辞云："何处结同心，西陵松柏下。"余尝记《虞美人》长短句云："槐阴别院宜清昼，人坐春风秀。美人图子阿谁留，都是宣和名笔内家收。莺莺燕燕分飞后，粉淡梨花瘦。只除苏小不风流，斜插一枝萱草凤钗头。"亦蕴藉可喜，乃元遗山先生所作也。

哨　遍

某人以善经纪，积资至巨万计，而既鄙且啬，不欲书其姓名。其尊行钱素庵者抱素，逸士也，多游名公卿间，善诗曲，有集行于世。某尝以贵富骄之，故作今乐府一阕讥警焉：〔哨遍〕试把贤愚穷究，看钱奴，自古呼铜臭。徇己苦贪求，特不教泉货周流。忍包羞，油铛插手，血海舒拳，肯落他人后。晓夜寻思机彀，缘情钩距，巧取旁搜。蝇头场上苦驱驰，马足尘中厮追逐，积赘下无厌就。舍死忘生，出乖弄丑。〔耍孩儿〕安贫知足神明佑，好聚敛多招悔尤。王戎遗下旧牙筹，夜连明计算无休。不思日月搬乌兔，只与儿孙作马牛。添消瘦，不调裀鼎，姿逞戈矛。〔十煞〕渐消磨双脸春，已凋飕两鬓秋，终朝不乐眉长皱。恨不得，柜头钱五分息，招人借架上袑。一周年不放赎，狠毒性，如狼狗。把平人骨肉，做自己膏油。〔九〕有心待拜五侯,教人唤甚半州,忍饥寒儹得家私厚。待垒做钱山儿,倩军士喝号提铃守。怕化做钱龙儿,请法官行罡布气留。半炊儿,八遍把牙关叩。只愿得无支有管,少出多收。〔八〕亏心事尽意为,不义财尽力掊。那里问,亲弟兄,亲姊妹,亲姑舅。只待要春风金谷骄王恺,一任教夜雨新丰困马周。无亲旧,只知敬明眸皓齿,不想共肥马轻裘。〔七〕资生利转多,贪婪意不休,为锱铢舍命寻争斗。田连阡陌心犹窄,架插诗书眼不瞅。也学采东篱菊,子是个装呵元亮,豹子浮丘。〔六〕恨不得扬子江变做酒,枣穰金积到斗。为几文赚背钱,受了些旁人咒。一斗粟与亲眷分了颜面,二斤麻把相知结下寇仇。真纰缪,一味的骄而且吝,甚的是乐以忘忧。〔五〕这财曾燃了董卓脐,曾枭了元载头,聚而不散遭殃咎。怕不是,堆金积玉连城富,眨眼早,野草闲花满地愁。干生受,生财有道,受用无由。〔四〕有一日大小运并在命宫,死囚限缠在卯酉。甚的散得疾,子为你聚来得骤。恰待调和新曲歌金帐,逼临得佳人坠玉楼。难收救,一壁相投河奔井,一壁相烂额焦头。〔三〕窗隔每都贴贴的飞,椅卓每都出出的走。金银钱米,都消为尘垢。山魈木客相呼唤,寡宿孤辰厮趁逐。喧白昼,花月妖将家人狐媚,虚耗鬼把仓库潜偷。〔二〕恼天公,降下灾,犯官刑,系在囚。他用钱时难参透,待买他,上木驴钉子轻轻钉,吊脊筋钩儿浅浅钩。便用杀,难宽宥。魂飞荡荡,魄散悠悠。〔尾〕出落他平生聚敛的情,都写做临刑犯罪由。将它死骨头告示向通衢里甃,任它日炙风吹慢慢朽。乐府中押逐赎菊字韵者,盖中州之音轻,与尤字韵相近故也。此曲虽曰为某而作,然亦可以为世劝。

花 蕊 夫 人

　　蜀主孟昶纳徐匡璋女，拜贵妃，别号花蕊夫人，意花不足拟其色，似花蕊之翾轻也。或以为姓费氏，则误矣。

崔 丽 人

　　余向在武林日，于一友人处见陈居中所画唐崔丽人图，其上有题云：““并燕莺为字，联徽氏姓崔。非烟宜采画，秀玉胜江梅。薄命千年恨，芳心一寸灰。西厢旧红树，曾与月徘徊。”余丁卯春三月，衔命陕右，道出于蒲东普救之僧舍，所谓西厢者，有唐丽人崔氏女遗照在焉。因命画师陈居中绘模真像，意非登徒子之用心，迨将勉情钟始终之戒。仍拾四十言，使好事者知百劳之歌以记云。泰和丁卯林钟吉日，十洲种玉大志宜之题。’'延祐庚申春二月，余传命至东平，顾市鬻《双鹰图》，观久之，弗见主人而归。夜宿府治西轩，梦一丽人，绡裳玉质，逡巡而前曰：“君玩《双鹰图》虽佳，非君几席间物，妾流落久矣，有双鹰名冠古今，愿托君为重。”觉而怪之，未卜其何祥。迟明欲行，忽主人携鹰图来，且四轴，余意丽人双鹰，符此数耳。继出一小轴，乃梦所见，有诗四十字，跋语九十八，识曰“泰和丁卯，出蒲东普救僧舍，绘唐崔氏莺莺真。十洲种玉大志宜之题。”'画、诗、书，皆绝神品也。余惊诧良久。时有司群官吏环视，因缩不目，托以跋语佳胜赎之。呀，物理相感，果何如耶！岂法书名画自有灵邪？抑名不朽者随神耶？遇合有定数耶？余尝谓，《关雎》、《硕人》，姿德兼备，君子之配也。琴心雪句，才艳联芳，文士之偶也。自诗书道废，丈夫弗学，况女流乎？故近世非无秀色，往往脂粉腥秽，鸦凤莫辨，求其彷佛待月章之万一,绝代无闻焉,此亦慨世降之一端也。因归于我,义弗辞已。宜之者,盖前金赵愚轩之字,曾为巩西簿。遗山谓泰和有诗名,五言平淡,他人未易造,信然。泰和丁卯,迨今百十四年云。其月二日,壁水见士思容题。"右共五百九字,虽不知壁水见士为何如人,然二君之风韵可想见矣。因俾嘉禾绘工盛懋临写一轴。适舅氏赵公待制雝见而爱之,就为录文于上。按唐元微之传奇莺莺事,以为张生寓蒲之普救寺,适有崔氏孀妇,亦止兹寺。崔氏妇,郑氏也。生出于郑,视郑则异派之从母。因丁文雅军拢掠蒲人,郑惶骇不知所措,生与将之党善,请吏护之,不及于难。郑厚生德,谓曰:"姨之弱子幼女,当以仁兄之礼奉承。"命莺莺出拜,颜色艳异,光辉动人。生问其年纪,郑曰:"十七岁矣。"生自是惓之,私礼莺莺之侍婢红娘,间道其衷。既而诗章往复,遂酬所愿。中间离合多故,然不能终谐伉俪。说者以为生即张子野,宋王性之著传奇辨正。按微之作姨母郑氏墓铭云:其既丧夫,遭军乱,微之为保护其家。又作陆氏志云:余外祖睦州刺史郑济。白乐天作微之母郑氏志,亦言郑济女。而唐崔氏谱:永宁尉鹏,娶郑济女。则莺莺者乃崔鹏之女,于微之为中表。传奇言生年二十二。乐天作微之墓志,以大和五年薨,年五十三,即当以大历十四年己未生,至贞元庚辰,正二十二岁。凡此数端,决为微之无疑,特托他姓以避就耳。事具《侯鲭录》中。

江浙省地分

江浙行省,建治所于杭。陆路赴都,三千九百二十四里。若水程,则四千四百四十里。东至大海,四百九里,顺风海洋七日七夜可到日本国。西至鄱阳湖,接连江西省南康路界,一千三百四十五里。南至汀州路,接连广东潮州界,二千四百二十里。北至扬子江,接连淮南省扬州界,七百二十里。东到大海,四百九里。西到江西省南康路,一千七百五里。南到广东潮州路,二千五百一十里。北到淮南省扬州路,七百六十五里。东南到漳州路海岸,二千四百九十九里。西南到江西省建昌路,一千五百九十里。东北到松江海岸,五百二十二里。西北到池州路,接连河南省安庆路,一千三百四十二里。此四至八到也。今割福建道立行省,则又不同矣。

改　　常

今人谓易其所守者为改常。《北梦琐言》:左军容使严遵美,阉官中仁人也。尝一日发狂,手足舞蹈,傍有一猫一犬,猫忽谓犬曰:"军容改常也。"

南村辍耕录卷十八

叙　画

唐张彦远著《历代名画记》十卷，自轩辕时至会昌元年，能画者三百七十余人。其叙画之源流曰：夫画者，成教化，助人伦，穷神变，测幽微，与六籍同功。古先圣王，受命应箓，则有龟字效灵，龙图呈宝。自巢燧已来，皆有此瑞。庖牺氏发于荥河中，典籍图画萌矣。轩辕氏得于温洛中，史皇苍颉状焉。是时也，书画同体而未分，象制肇创而犹略，无以传其意，故有书，无以见其形，故有画。按字学之部，其六曰鸟书。在幡信上书端象鸟头者，则画之流也。颜光禄云：图载之意有三，一曰图理，卦象是也。二曰图识，字学是也。三曰图形，绘画是也。又周官教国子以六书，其三曰象形，则画之意也。是故知书画异名而同体也。洎乎有虞作绘，绘画明矣。既就彰施，仍深比象，于是礼乐大阐，教化由兴，故能揖让而天下治。《广雅》云："画，类也。"《尔雅》云："画，形也。"《说文》云："画，畛也，象田畛畔，所以画也。"《释名》云："画，挂也，以采色挂物象也。"故钟鼎刻则识魑魅而知神奸，旗章明则昭轨度而备国制。清庙肃而尊彝陈，广轮度而疆理辨。以忠以孝，尽在于云台；有烈有勋，皆登于麟阁。见善足以戒恶，见恶足以思贤。故陆士衡云："宣物莫大于言，存形莫善于画。"此之谓也。其论画六法曰：昔谢赫云：画有六法，一曰气韵生动，二曰骨法用笔，三曰应物象形,四曰随类傅采,五曰经营位置,六曰传模移写。自古画人,罕能兼之。彦远试论之曰:古之画,或能遗其形似而尚其骨气。以形似之外求其画,此难可与俗人道也。今之画,纵得形似,而气韵不生。以气韵求其画,则形似在其间矣。上古之画,迹简意澹而雅正,顾、陆之流是也。中古之画,细密精致而臻丽,展、郑之流是也。近代之画,焕烂而求备。今人之画,错乱而无旨,众工之迹是也。夫象物必在乎形似,形似须全其骨气。骨气形似,皆本乎立意,而归乎用笔。顾恺之曰:"画人最难,次山水,次狗马,其台阁一定器耳,差易为也。"斯言得之。至于鬼神人物,有生动之可状,须神韵而后全。故韩子曰:"狗马难,鬼神易。狗马乃凡俗所见,鬼神乃谲怪之状。"斯言得之。至于经营位置,则画之总要。然今之画人,粗善写貌,得其形似则无其气韵,具其采色则失其笔法,岂曰画也。其论画体工用榻写曰:夫画物特忌形貌采章,历历具足,甚谨甚细,而外露巧密,所以不患不了而患于了。既知其了,亦何必了,此非不了也。若不识其了,是真不了也。夫失于自然而后神,失于神而后妙,失于妙而后精,精之为病也而成谨细。自然者为上品之上,神者为上品之中,妙者为上品之下,精者为中品之上,谨而细者为中品之中。余今立此五等,以包六法,以贯众妙。其间诠量,可有数百等,孰能周知。非夫神迈识高,情超心慧者,岂可议乎知画。宋郭若虚著《图画见闻志》六卷,自唐会昌元年至神宗熙宁七年能画者二百七十四人。其论制作楷模曰:大率图画风力气韵,固在当人,其如种种之要,不可不察。画人物,必分贵贱气韵,朝代衣冠。释门有善功方便之颜,道像具修真度世之范,帝王崇上圣天日之表,外夷得慕华钦顺之情,儒贤见忠信礼义之风,武士多勇悍

英烈之貌,隐逸识肥遁高世之节,贵戚尚纷华侈靡之容,天帝
明威福严重之仪,鬼神作魄魏_{尺者反}。驰趱_{于鬼反}。之状,士女
宜秀色婑嫷_{乌果反。婧奴坐反}。之态,田家有醇甿朴野之真。画衣
纹林石,用笔全类于书。衣纹有重大而调畅者,有缜细而劲健
者,勾绰纵掣,理无妄下,以状高侧深斜卷折飘举之势。林木
有樛枝挺干,屈节皴皮,纽裂多端,分敷万状,作怒龙惊虺之
势,耸凌霄翳日之姿。山石多作矾头,亦为棱面,落笔便见坚
重之性,皴淡即生凹凸之形。破墨之功尤难。画畜兽,全要停
分向背,筋力精神,肉质肥圆,毛骨隐起。画龙,穷游泳蜿蜒之
妙,得回蟠升降之宜。画水,汤汤若动,使观者有浩然之思。
画屋木,折算无亏,笔画匀壮,深远透空。画花竹,有四时景
候,阴阳向背,笋箨老嫩,苞萼先后,自然艳丽间野。逮诸园
蔬、野草,咸有出土体性。画禽鸟,识形体名件之异,悟翔举飞
集之态。其论气韵非师曰:谢赫六法精论,万古不移。然而骨
法用笔以下五法可学,如其气韵,必在生知,固不可以巧密得,
复不可以岁月到,默契神会,不知然而然。其论用笔得失曰:
凡画,气韵本乎游心,神采生于用笔。意在笔先,笔周意内,画
尽意在,像应神全。夫内自足然后神闲意定,神闲意定则思不
竭而笔不困也。画有三病,皆系用笔,一曰版,二曰刻,三曰
结。版者,腕弱笔痴,全亏取与,物状平褊,不能圆混也。刻
者,运笔中疑,心手相戾,勾画之际,妄生圭角也。结者,欲行
未行,当散不散,似物凝滞,不能流畅也。其论古今优劣曰:佛
道、人物、士女、牛马,近不及古。山水、林石、花竹、禽鱼,古不
及近。何以明之?且顾恺之、陆探微、张僧繇、吴道玄及阎立
德、立本,皆纯重雅正,性出天然。吴生之作,为万世法,号曰
画圣。张萱、周昉、韩干、戴嵩,气韵骨法,皆出意表,后之学

者,终莫能到。故曰近不及古。至如李成、关仝、范宽、董源之迹,徐熙、黄筌、居寀之踪,前不藉师资,后无复继踵。借使二李、三王之辈复起,边鸾、陈庶之伦再生,亦将何以措手于其间哉! 故曰古不及近。邓椿著《画继》十卷,自熙宁七年至孝宗乾道三年能画者二百一十九人。其论远曰:画之为用大矣,盈于地间者万物,悉皆含豪运思,曲尽其态。而所以能曲尽者,止一法耳。一者何也? 曰:传神而已矣。世徒知人之有神,而不知物之有神。此若虚浑鄙众工,谓虽曰画而非画者,盖止能传其形,不能传其神也。故画法以气韵生动为第一,而若虚独归于轩冕岩穴,有以哉! 又曰:自昔鉴赏家分品有三,曰神,曰妙,曰能。独唐朱景真撰《唐贤画录》,三品之外,更增逸品。其后黄休复作《益州名画记》,乃以逸为先,而神、妙、能次之。景真虽云逸格不拘常法,用表贤愚。然逸之高,岂得附于三品之末,未若休复首推之为当也。又有《画继补遗》一卷,不知谁所撰,则自乾道以后至理度间能画者八十余人。尔后陈得辉著《续画记》一卷,再自高宗建炎初至幼主德祐乙亥能画者一百五十一人,然与《画继补遗》则相出入者耳。二书仅可考阅姓名,无足观也。赵希鹄《洞天清禄集》云:古画多直幅,至有画身长八尺者。双幅亦然。横披始于米氏父子,非古制也。河北绢,经纬一等,故无背面。江南绢,则经粗而纬细,有背面。唐人画或用捣熟绢为之,然止是生捣,令丝编,不碍笔,非如今煮练加浆也。古绢自然破者,必有鲫鱼口与雪丝,伪作者则否。古画色黑或淡黑,则积尘所成,自有一种古香可爱。若伪作者,多作黄色而鲜明,不尘暗,此可辨也。米芾《画史》云:古画若得之不脱,不须背褾。若不佳,换褾一次,背一次,坏屡更矣,深可惜。盖人物精神发采,花之秾艳、蜂蝶,只在约略浓淡之间,一经背,多或失之也。古画至唐初皆生绢,至吴生、周昉、韩幹,后来皆以热汤。汤半熟,捶如银版,故作人物精采入笔。今人收唐画,必以绢辨,见纹粗,便云不是唐,非也。张僧繇、阎令画皆生绢,南唐画皆粗绢,徐熙绢或如布。绢素百破,必好画。裂文各有辨,长幅横卷裂文横,横幅宜卷裂文直,各随轴势裂也。直断,不当一缕。岁久,卷自两头苏开,断不相合。不作毛,掐亦苏,不可伪作。其伪者,快刀直过,当缕两头,依旧生作毛起,掐又坚纫也。湿染者,色栖缕间。干熏者,烟臭,上深下浅。古纸素有一般古香,真绢色淡,虽百破而色明白,精神采色如新,惟佛像多经香烟熏损本色。染绢作湿香色,栖尘文间,最易辨,仍盖色上作一重。古破不直裂,须连两三经,不可伪作。国朝东楚汤垕,字君载,号采真子,著《画鉴》一卷,论历代名画,悉有依据。其杂论曰:古人作画,皆有深意,运思落笔,莫不各有所主。况名下无虚士,相传既久,必有过人处。今人看画,出自己见,不经师授,不阅记录,但合其意者为佳,不合其意者为不佳,及问其如何是佳,则茫然失对。仆自十七八岁时,便有迂阔之意,见图画爱玩不去手,见鉴赏之士,便加礼问,遍借记录,仿佛成诵。详味其言,历观名迹,参考古说,始有少悟。若不留心,不过为听声随影,终不精鉴也。灯下不可看画,醉余酒边不可看画,俗客尤不可示之,卷舒不得其法,最为害物。至于庸人孺子,见画必看,妄加雌黄品藻,本不识物,乱订真伪,令人短气。古人画稿,谓之粉本,前辈多宝畜之,盖其草草不经意处,有天然之妙。宣和、绍兴所藏粉本,多有神妙。古人作画,有得意者,多再作之。如李成《寒林》、范宽《雪山》、王诜《烟江叠障》,不可枚举。看画如看美人,其风神骨相,有肌体之外者。今人看古迹,必先求形似,次及传染,次及事实,殊非赏鉴之法也。元章谓好事家与赏鉴家自是两等,家多资力,贪好名胜,遇物收置,不过听声,此谓好事。若鉴赏,则于资高明,多阅传录,或自能画,或深画意,每得一图,终日宝玩,如对古人,不能夺也。观六朝画,先观绢素,次观笔法,次观气韵,大概十中可信者一二。有御府题印者,尤不可信。古画东移西掇,捋补成章,此弊自高宗朝庄宗古始也。余友人吴兴夏文彦,字士良,号兰渚生,其家世蓄名迹,鲜有比者。朝夕玩索,心领神会,加以游于画艺,悟入厥趣,是故鉴赏品藻,万不失一。因取各画记、《图画见闻志》、《画继》、《续画记》为本,参以《宣和画谱》、南渡七朝画史,齐、梁、魏、陈、唐、宋以来诸家画录,及传记、杂说、百氏之书,搜潜剔秘,网罗无遗,自轩辕时至宋幼主德祐乙亥,得能画者一千二百八十余人,又女真三十人,本朝自至元丙子至今九十余年间二百余人,共一千五百余人。其考核诚至矣,其用心良勤矣。所论画之三品,盖扩前人所未发。论曰:气韵生动,出于天成,人莫窥其巧者,谓之神品。笔墨超绝,传染得宜,意趣有余者,谓之妙品。得其形似而不失规矩者,谓之能品。古人画,墨色俱入绢缕,精神迥出,伪者虽极力仿佛,而粉墨皆浮于缣素之上,神气亦索然。盖古人笔法圆熟,用意精到,初若率易,愈玩愈佳。今人虽极工致,一览而意尽矣。唐及五代绢素粗厚,宋绢轻细,望而可别也。御题画,真伪相杂,往往有当时名笔临摹之作。故秘府所藏临摹本,皆题为真迹,惟明昌所题最多,具眼自能识也。吁,可谓真知画者哉!

记 宋 宫 殿

廉访使杨文宪公奂,字焕然,乾州奉天人。尝作《汴故宫记》云:己亥春三月,按部至于汴,汴长史宴于废宫之长生殿,惧后世无以考,为纂其大概云。皇城南外门曰南薰。南城之北新城门曰丰宜,桥曰龙津桥,北曰丹凤,而其门三。丹凤北曰州桥,桥少北曰文武楼,遵御路而北横街也。东曰太庙,西曰郊社。正北曰承天门,而其门五,双阙前引。东曰登闻检院,西曰登闻鼓院。检院之东曰左掖门,门之南曰待漏院。鼓院之西曰右掖门,门之南曰都堂。承天之北曰大庆门。而日精门左,升平门居其东,月华门右,升平门居其西。正殿曰大庆殿。东庑曰嘉福楼,西庑曰嘉瑞楼。大庆之后曰德仪殿,德仪之东曰左升龙门,西曰右升龙门。正门曰隆德,曰萧墙,曰丹墀,曰隆德殿。隆德之左曰东上阁门,右曰西上阁门,皆南向。东西二楼,钟鼓之所在,鼓在东,钟在西。隆德之次曰仁安门,仁安殿东则内侍局,内侍之东曰近侍局,近侍之东曰严祇门,宫中则曰撒合门。少南曰东楼,即授除楼也,西曰西楼。仁安之次曰纯和殿,正寝也。纯和西曰雪香亭,雪香之北,后妃位也,有楼。楼西曰琼香亭,亭西曰凉位,有楼。楼北少西曰玉清殿。纯和之次曰宁福殿,宁福之后曰苑门。由苑门而北曰仁智殿,有二大石,左曰敷锡神运万岁峰,右曰玉京独秀太平岩,殿曰山庄。庄之西南曰翠微阁。苑门东曰仙韶院,院北曰涌翠峰,峰之洞曰大涤涌翠,东连长生殿。殿东曰涌金殿,涌金之东曰蓬莱殿。长生西浮玉殿,浮玉之西曰瀛洲殿。长生之南曰阅武殿,阅武南曰内藏库。由严祇门东曰尚食局,尚食东曰宣徽院,宣徽北曰御药院,御药北曰右藏库,右藏之东曰左藏。宣徽东曰点检司,点检北曰秘书监,秘书北曰学士院,学士之北曰谏院,谏院之北曰武器署。点检之南曰仪鸾局,仪鸾之南曰尚辇局。宣徽之南曰拱卫司,拱卫之南曰尚衣局,尚衣之南曰繁禧门,繁禧南曰安泰门,安泰西与左升龙门直,东则寿圣宫,两宫太后位,本明俊殿试进士之所。宫北曰徽音殿,徽音之北曰燕寿殿,燕寿殿垣后少西曰震肃卫司,东曰中卫尉司。仪鸾之东曰小东华门,更漏在焉。中卫尉司东曰祇肃门,祇肃门东少南曰将军司。徽音、寿圣之东曰太后苑,苑之殿曰庆春,庆春与燕寿并。小东华与正东华对。东华门内正北尚厩局,尚厩西北曰临武殿。左掖门正北尚食局,局南曰宫苑司,宫苑司西北曰尚酝局、汤药局、侍仪司,少西曰符宝局、器物局,西则撒合门。嘉瑞楼西曰三庙,正殿曰德昌,东曰文昭殿,西曰光兴殿,并南向。德昌之后,宣宗庙也。宫西门曰西华,与东华直,其北门曰安贞。二大石外,凡花石台榭池亭之细并不录。观其制度简素,比土阶茅茨则过矣,视汉之所谓千门万户、珠璧华丽之饰,则无有也。然后之人因其制度而损益之,以求其称,斯可矣。公又有《录汴梁宫人语》五言绝句一十九首,虽一时之所寄兴,亦不无有伤感之意,今并附于此。诗曰:"一入深宫里,经今十五年。长因批帖子,呼到御床前。"右一"岁岁逢元夜,金蛾闹簇巾。见人心自怯,终是女儿身。"右二"殿前轮直罢,偷去赌金钗。怕见黄昏月,殷勤上玉阶。"右三"翠翘珠掘背,小殿夜藏钩。蓦地羊车至,低头笑不休。"右四"内府颁金帛,教酬贺节盘。两宫新有旨,先与问孤寒。"右五"人间多枣栗,不到九重天。长被黄衫吏,花摊月赐钱。"右六"仁圣生辰节,君王进玉卮。寿棚兼寿表,留待北还时。"右七"边奏行台急,东华夜启封。内人催步辇,不候景阳钟。"右八"画烛双双引,珠帘一一开。辇前齐下拜,欢饮辟寒杯。"右九"圣躬香阁内,只道下朝迟。扶仗娇无力,红绡贴玉肌。"右十"今日天颜喜,东朝内宴开。外边农事动,诏遣教坊回。”右十一“驾前双白鹤，日日候朝回。自送銮舆去，经年更不来。”右十二“陡觉文书静，相将立夕阳。伤心宁福位，无复夜熏香。”右十三“二后睢阳去，潜身泣到明。却回谁敢问，校似有心情。”右十四“为道围城久，妆奁斗犒军。入春浑断绝，饥苦不堪闻。”右十五“监国推梁邸，初头静不知。但疑墙外笑，人有看宫时。”右十六“别殿弓刀响，仓皇接郑王。尚愁宫正怒，含泪强添妆。”右十七“一向传宣唤，谁知不复还。来时旧针线，记得在窗间。”右十八“北去迁沙漠，诚心畏从行。不如当日死，头白若为生。”右十九陈随应《南度行宫记》云：杭州治旧钱王宫也，绍兴因以为行宫。皇城九里，入和宁门，左进奏院玉堂，右中殿外库至北宫门。循廊左序，巨珰幕次，列如鱼贯。祥曦殿朵殿，接修廊为后殿，对以御酒库、御药院、慈元殿、外库、内侍省、内东门司、大内都巡检司、御厨、天章等阁。廊回路转，众班排列。又转内藏库，对军器库。又转便门，垂拱殿五间，十二架，修六丈，广八丈四尺。檐屋三间，修广各丈五。朵殿四，两廊各二十间，殿门三间，内龙墀折槛。殿后拥舍七间，为延和殿。右便门通后殿，殿左一殿，随时易名，明堂郊祀曰端诚，策士唱名曰集英，宴对奉使曰崇德，武举及军班授官曰讲武。东宫在丽正门内，南宫门外，本宫会议所之侧。入门，垂杨夹道，间芙蓉，环朱栏。二里至外宫门节堂，后为财帛、生料二库，环以官属直舍。转外窑子，入内宫门廊。右为赞导春坊直舍，左讲堂七楹，扁新益，外为讲官直舍。正殿向明，左圣堂，右祠堂。后凝华殿，瞻箓堂，环以竹，左寝室，右齐安，位内人直舍百二十楹。左彝斋，太子赐号也。接绣香堂便门，通绎己堂，重檐复屋，昔杨太后垂帘于此，曰慈明殿。前射圃，竟百步，环修廊右转，雅楼十二间，左转数十步，雕阑花甃，万卉中出秋千，对阳春亭、清霁亭,前芙蓉,后木樨。玉质亭,梅绕之。由绎己堂过锦胭廊,百八十楹,直通御前廊外,即后苑。梅花千树,曰梅岗亭,曰冰花亭,枕小西湖,曰水月境界,曰澄碧。特丹曰伊洛传芳,芍药曰冠芳,山茶曰鹤丹,桂曰天阙清香。堂曰本支百世,佑圣祠曰庆和,泗洲曰慈济,钟吕曰得真,橘曰洞庭佳味,茅亭曰昭俭,木香曰架雪,竹曰赏静,松亭曰天陵偃盖。以日本国松木为翠寒堂,不施丹艧,白如象齿,环以古松。碧琳堂近之。一山崔嵬,作观堂,为上焚香祝天之所。吴知古掌焚修,每三茅观钟鸣,观堂之钟应之,则驾兴。山背芙蓉阁,风帆沙鸟履舃下。山下一溪萦带,通小西湖,亭曰清涟。怪石夹列,献瑰逞秀,三山五湖,洞穴深杳,豁然平朗,翚飞翼拱。凌虚楼对瑞庆殿,损斋、缉熙、崇政殿之东,为钦先、孝思、复古、紫宸等殿。木围即福宁殿,射殿曰选德。坤宁殿,贵妃、昭仪、婕妤等位宫人直舍螘聚焉。又东过阁子库、睿思殿,仪鸾、修内、八作、翰林诸司,是谓东华门。右二记书法详赡,宋之宫阙,概可见矣。

廉　　察

徐文献公任浙西廉访使日,遇有诉讼者,必历问其郡邑官吏臧否,分为三等,载诸籍。第一等,纯臧者。第二等,臧否相半者。第三等,极否者。又用覆察相同,候分司按巡时,遂以畀之。曰第一等,褒举之;第二等,勿问;第三等,惩戒之使改过可也,慎勿罢其职役。分司遵奉,一道肃清。

宣　　发

人之年壮而发斑白者,俗曰算发,以为心多思虑所致。盖发乃血之余,心主血,血为心役,不能上荫乎发也。然《本草》

云：“芜菁子压油涂头，能变蒜发。”则亦可作蒜。《易·说卦》：“巽为寡发。”陆德明曰：“寡，本作宣，黑白杂为宣发。”据此，则当用宣字为是。

檄 书 露 布

檄书、露布，何所起乎？汉陈琳草檄，曹操见之，顿愈头风，遂谓檄起于琳。《说文》：“檄，二尺书。”徐锴通释曰：“檄，征兵之书也。汉高祖以羽檄征天下兵，有急，则插以羽。”《尔雅》：“木无枝为檄。”注：“檄，擢直上也。”《文心雕龙》有张仪《檄楚书》、隗嚣《檄亡新文》，《文选》有司马相如《喻蜀檄文》。则檄非自琳始也明矣。《隋·礼仪志》：“后魏每战克，书帛于漆竿上，名露布”。《世说》：“桓宣武征鲜卑，唤袁粲作露布，倚马，手不辍笔，俄成七纸。”如《隋志》、《世说》所云，则露布起于后魏，而晋因之。然《汉官仪》：“凡制书皆玺封，唯赦赎令司徒印，露布州郡。”又《汉书》：贾洪为马超作伐曹操露布。则汉时已然。及读《初学记》引《春秋佐助期》曰：“武露布，文露沉。”宋均云：“甘露见其国，布散者人上武，文采者则甘露沉重。”岂露布之义当取于此与？

靸 鞋

西浙之人，以草为履而无跟，名曰靸鞋。妇女非缠足者，通曳之。《炙毂子杂录》引《实录》云：“靸鞋，舄，三代皆以皮为之，朝祭之服也。始皇二年遂以蒲为之，名曰靸鞋。二世加凤首，仍用蒲。晋永嘉元年用黄草，宫内妃御皆著，始有伏鸠头履子。梁天监中，武帝易以丝，名解脱履。至陈、隋间，吴、越大行，而模样差多。唐大历中进五朵草履子，建中元年进百合草履子。"据此,则鞜鞋之制,其来甚古。然《北梦琐言》载"雾是山巾子,船为水鞜鞋"之句,抑且咏诸诗矣。鞜,悉合切,在飒字韵下,今俗呼与娿同音者,误。

书　　手

世称乡胥为书手,处处皆然。《报应记》:宋衎,江淮人,应明经举。元和初,至河阴县,因疾病废业,为盐铁院书手。盖唐时已有此名。

南村辍耕录卷十九

脉

人禀天地五行之气以生，手三阳、三阴，足三阳、三阴，合为十二经，以环络一身，往来流通，无少间断，其脉应于两手三部焉。夫脉者，血也。脉不自动，气实使之，故有九候之法。《内经》云："脉者，血之府。"《说文》云："血理分邪行体者，从辰，从血。"亦作脉。《通释》云："五藏六府之气血分流四体也。"《释名》云："脉，幕也。幕络一体。字从肉，从辰。辰音普拜切，水之邪流也。脉字从辰，取辰行之象。"无求子云："脉之字从肉，从辰，又作脈。盖脉以肉为阳，脈以血为阴。"华佗云："脉者，血气之先也。气血盛则脉盛，气血衰则脉衰，血热则脉数，血寒则脉迟，血微则脉弱，气血平则脉缓。"晋王叔和分为七表八里，可谓详且至矣。然文理繁多，学者卒难究白。宋淳熙中，南康崔子虚隐君嘉彦以《难经》于六难专言浮沉，九难专言迟数，故用为宗，以统七表八里而总万病。其说以为浮者为表、为阳，外得之病也，有力主风，无力主气，浮而无力为芤，有力为洪。又沉为实，沉者为里、为阴，内受之病也，有力主积，无力主气，沉而极小为微，至骨为伏，无力为弱。迟者为阴，主寒，内受之病也，有力主痛，无力主冷，迟而少驶为缓，短细为涩，无力为濡。数者为阳，主热，外得之病也，有力主热，无力主疮，数而极弦为紧，有力为弦，流利为滑。他若九道六极之殊,三焦五藏之辨,与夫持脉之道,疗病之方,其间玄妙,具在《四脉玄文》及《西原脉诀》等书,世以为秘授。始由隐君传之刘复真先生,先生传之朱宗阳炼师,炼师传之张玄白高士,今往往有得其法者,学者其求诸。

四 司 六 局

俗称四司六局者,多不能举其目。《古杭梦游录》云:官府贵家置四司六局,各有所掌,故筵席排当,凡事整齐。都下街市亦有之,常时人户,每遇礼席,以钱倩之,四司六局皆可致。四司者,帐设司,厨司、茶酒司、台盘司也。六局者,果子局、蜜煎局、菜蔬局、油烛局、香药局、排办局也。凡四司六局人只应惯熟,便省宾主一半力。

稽 古 阁

《博古图》,宋徽庙朝所修书,故世知有博古之名,而不知更有稽古等阁。蔡京《保和殿曲燕记》云:宣和元年九月十二日,皇帝召臣京等燕保和殿。臣儵等东曲水,朝于玉华殿。上步西曲水,循酴醾架,至太宁阁,登层峦、林霄、骞凤、垂云亭,始至保和。殿三楹,楹七十架,两挟阁,中楹置榻。东西二间,列宝玩与古鼎彝器玉。左挟阁曰妙有,设古今儒书史子楮墨。右曰日宣,道家金柜玉笈之书,与神霄诸天隐文。上步前行,稽古阁有宣王石鼓,历邃古、尚古、鉴古、作古、传古、博古、秘古诸阁,藏祖宗训谟,与夏、商、周尊彝鼎鬲爵斝卣敦盘盂,汉、晋、隋、唐书画,多不知识,上亲指示,为言其概。

经　　纪

今人以善能营生者为经纪。唐滕王元婴与蒋王皆好聚敛，太宗尝赐诸王帛，敕曰："滕叔、蒋兄自能经纪，不须赐物。"韩昌黎作《柳子厚墓志》云："舅弟卢遵，又将经纪其家。"则自唐已有此言。

庞　居　士

世斥贪利之人，必曰："汝便是庞居士矣。"盖相传以为居士家资巨万，殊用劳神，窃自念曰："若以与人，又恐人之我若，不如置诸无何有之乡。"因辇送大海中，举家修道，总成证果。又以为居士即襄阳庞德公。《释氏传灯录·庞居士传》云：襄州居士庞蕴者，衡州衡阳县人也。字道玄。世本业儒，志求真谛。德宗贞元初，谒石头迁禅师，豁然有省。后参马祖，问："不与万法为侣者，是甚么人？"答曰："待汝一口吸尽西江水，却向汝道。"遂于言下顿悟玄旨，乃留驻参承。有偈曰："有男不婚，有女不嫁，大家团栾头，共说无生话。"元和六年，北游襄汉，随处而居。女灵照，卖竹漉篱，以供朝夕。将入灭，谓曰："视日早晚以报。"灵照遽曰："日已中矣，而有蚀也。"居士出户观视，即登父座，合掌坐亡。居士曰："我女机锋捷矣。"更延七日。州牧于公颀闻之，来问，居士谓曰："但愿空诸所有，慎勿实诸所无。好住世间，皆如影响。"言讫，枕公膝而化。庞婆走田中谓其子庞大曰："汝父死矣。"庞大曰："嘎。"倚锄脱去。婆为焚烧毕，自后莫知其所。按此传，知非庞德公明矣，但亦不言其富何耶？辇财之说，特恐后人所傅会耳。然今之积金蓄谷，倍息计赢，校斗斛合龠，诈欺不得自休息，又否则射歉饥发积,授枚识出,布筹会人,穷日疲极而睡者,能以居士之事便作真想,岂不为养生之福哉!

宋　朝　家　法

郑遂昌言:宋巨珰李太尉者,国亡,为道士,号梅溪。余童时,尝侍其游故内,指点历历如在。过葫芦井,挥涕曰:"是盖宋之先朝位,上钉金字大牌曰:皇帝过此,罚金百两。"近周申父言,先表叔祖金二提举,住杭州,暗问其室氏,乃宋内夫人。余年十四五,尚犹识之,但两鬓俱秃。问知在宫中任此职者,例裹巾,巾带之末,各缀一金钱,每晨用以掠发入巾,故久而致然也。因曰:"吾为内夫人日,每日轮流六人侍帝左右,以纸一番,从后端起笔,书帝起居,旋书旋卷,至暮,封付史馆。"内夫人别居一宫,宫门金字大牌曰:官家无故至此,罚金一镒。以二者言之,可见宋朝家法之严。

阑　驾　上　书

至正乙酉冬,朝迁遣官奉使宣抚诸道,问民疾苦,然而政迹昭著者十不二三。明年秋,江右儒人黄如征邀驾上书,指数散散、王士宏等罪状,且及国家利害。斧钺在前,有所不避,古之所谓豪杰之士,如征其人者与? 天子亲览其书,喜见于色,又虞如征必为权豪所中,顾近臣馆谷以俟。越数日,特授江西等处儒学提举,敕侍卫护送出都。如征感上德意,受命而不领职,天下共贤之。散散、王士宏等虽免谴责,终以不显死。其书略曰:江西布衣书生黄如征,百拜上书皇帝陛下:如征忝生僻土,遭遇明时。用竭愚衷,冒干天听,伏望采览万一焉。夫皇朝版图之广,历古所无,法制之良,万世莫易。而水旱灾变,连年不息者,实由官皆污滥,民悉怨咨之所致也。钦惟陛下,忧民之心,日夕孜孜,遂于去年冬分遣大臣奉使宣抚诸道,正欲其察政事之臧否,问生民之疾苦,礼贤德,振贫乏,信冤抑,起淹滞,俾所至之处,如陛下亲临焉。苟能宣布圣泽,各尽乃职,则雍熙、泰和之治,正在今日。然江西福建一道,地处蛮方,去京师万里外,传闻奉使之来,皆若大旱之望云霓,赤子之仰慈母。而散散、王士宏等,不体圣天子抚绥元元之意,鹰扬虎噬,雷厉风飞。声色以淫吾中,贿赂以缄吾口。上下交征,公私朘剥。赃吏贪婪而不问,良民涂炭而罔知。间阎失望,田里寒心,乃歌曰:"九重丹诏颁恩至,万两黄金奉使回。"又歌曰:"奉使来时惊天动地,奉使去时乌天黑地。官吏都欢天喜地,百姓却啼天哭地。"又歌曰:"官吏黑漆皮灯笼,奉使来时添一重。"如此怨谣,未能枚举,皆万姓不平之气,郁结于怀,而发诸声者然也。此盖庙堂遴选非人,使生民感陛下忧恤之虚恩,受奉使掊剥之实祸。陛下于此而不察,将何以取法于后世哉!如征,无官守,无言责,所以不惮江河之险,不畏斧钺之诛,而诣阙以陈其事者,正恐散散、王士宏等回观之日,各饰巧言,妄称官清民泰,欺诈百端,昏蔽主聪。陛下不悟,为奸邪所卖,擢任省台,恣行威福,流毒四海,则江西福建一道之痛苦,与天下共之。以此而望阴阳和,风雨时,年岁登,边隅静,不亦难乎?倘陛下不弃刍荛之言,委官察其实迹,责以欺天罔民之罪,投诸遐荒,雪江西福建一道之痛苦,以为百官劝,则天下幸甚,万世幸甚。如陛下以为诽谤大臣,置而不问,非惟今日祸起萧墙,抑且天下万世之不幸矣。如征鄙语俗言,不知避讳,触犯清跸,罪在不赦,请伏锧以俟命。

钱　武　肃　铁　券

　　吾乡钱叔琛氏赟,乃武肃王之诸孙也。其家在郡城外东北隅,亭台沼沚,联络映带,犹是先朝赐第。与余相友善,尝出示所藏铁券。形宛如瓦,高尺余,阔二尺许。券词黄金商嵌,一角有斧痕。盖至元丙子天兵南下时,其家人窃负以逃而死于难,券亦莫知所在,越再丙子,渔者偶网得之,乃在黄岩州南地名泽库深水内,渔意宝物,试斧击之,则铁焉,因弃诸幽。一村学究与渔邻,颇闻赐券之说,买以铁价。然二人皆不悟其字乃金也。有报于叔琛之兄者,用十斛谷易得。青毡复还,诚为异事。时余就录券词一通,叔琛又出武肃当日谢表稿并录之。昨晚检阅经笥,偶得于故纸中,转首已三十余年矣。人生能几何哉! 漫志于此。词云:维乾宁四年,岁次丁巳,八月甲辰朔,四日丁未,皇帝若曰:咨尔镇海镇东等军、节度浙江东西等道、观察处置营田招讨等使、兼两浙盐铁制置发运等使、开府仪同三司、检校太尉、兼中书令、使持节润越等州诸军事、兼润越等州刺史、上柱国、彭城郡王、食邑五千户、食实封一百户钱镠:朕闻铭邓隲之勋,言垂汉典;载孔悝之德,事美鲁经。则知褒德策勋,古今一致。顷者,董昌僭伪,为昏镜水,狂谋恶贯,渫染齐人。而尔披攘凶渠,荡定江表。忠以卫社稷,惠以福生灵。其机也氛祲清,其化也疲羸泰。拯瓯越于涂炭之上,师无私焉;保余杭于金汤之间,政有经矣。志奖王室,绩冠侯藩。溢于旂常,流在丹素。虽钟繇刊五熟之釜,窦宪勒燕然之山,未足显功,抑有异数。是用锡其金版,申以誓词。长河有似带之期,泰山有如拳之日。唯我念功之旨,永将延祚子孙。使卿长袭宠荣,克保富贵。卿恕九死,子孙三死,或犯常刑,有司不得加责。承我信誓,往惟钦哉;宜付史馆,颁示天下。表云:恩主赐臣金书铁券一道,臣恕九死、子孙三死者,出于睿眷,形此纶言。录臣以丝发之劳,赐臣以山河之誓。镂金作字,指日成文。震动神祇,飞扬肝胆。伏念臣爰从筮仕,迨及秉麾,每自揣量,是何叨忝。所以行如履薄,动若持盈。惟忧福过祸生,敢忘慎初护末。岂期此志上感宸聪,忧臣以处极多危,虑臣以防微不至,遂开圣泽,永保私门,屈以常刑,宥其必死。虽君亲嘱念,皆云必怒必容;而臣子为心,岂敢伤慈伤爱。谨当日慎一日,戒子戒孙。不敢因此而累恩,不敢乘此而贾祸。圣主万岁,愚臣一心。按史:唐僖宗乾符五年,王仙芝余党曹师雄寇掠二浙,杭州募兵使石镜、都将董昌等,将以讨之,临安人钱镠,以骁勇事昌为兵马使。中和元年,昌为杭州刺史。光启二年,昌谓镠曰:"汝能取越州,吾以杭授汝。"镠攻克之,昌遂徙越,以镠知杭州事。三年,昌为浙东观察使,镠为杭州刺史。昭宗景福元年,为武胜军防御使。二年,为镇海节度使。乾宁二年,昌僭号,镠遗书曰:"与其关门作天子,与九族百姓俱陷涂炭,岂若开门作节度使,终身富贵耶?"昌不听。镠以状闻,削夺昌官爵,委镠讨之。三年,昌伏诛。镠令两浙吏民上表,请兼领浙东。朝廷不得已,以为镇海镇东节度使,改威胜曰镇东。天复二年,进爵越王。天祐元年,更封吴王。梁太祖开平元年,以为吴越王。乾化二年,加尚父。末帝贞明二年,以为诸道兵马元帅。三年,以为天下兵马元帅。龙德三年,以为吴越王。镠始建国,仪卫名称多如天子之制,惟不改元。置百官,有丞相、侍郎、客省等使。唐明宗天成四年,削镠官爵。初,镠尝遗安重诲书,辞礼甚倨。及朝廷遣奉使乌昭遇、韩玫使镠还,玫奏,昭遇见镠,称臣拜舞,重诲奏赐昭遇死。镠以太师致仕，自余官爵皆削之。长兴三年，镠卒。镠寝疾，出印钥授子元瓘，曰："子孙善事中国，勿以易姓废事大之礼。"卒年八十一。史称乾宁三年秋九月，以镠为镇海镇东节度使，而券词乃四年秋八月，何耶？史称仪卫名称多如天子之制，惟不改元，程大昌《演繁露》云：宝正六年，岁在辛卯，见封落星石制书。辛卯乃唐明宗长兴二年。宝太元年，罗隐记新城县记云癸未岁。癸未乃唐庄宗同光元年。以此知吴越虽禀中原正朔，既长兴、同光年号，与其宝正、宝太，同岁而名不同，知吴越自尝改元审矣。又僧文莹《湘山野录》云：唐昭宗以钱武肃平董昌，拜为镇海镇东节度使、中书令，赐铁券，罗隐为撰谢表。殆庄宗入洛，又遣偗贡奉，恳请玉册金券。有司定议，非天子不得用，后竟赐之。镠即以节钺授其子元瓘，自称吴越国王，名其居曰殿，官属悉称臣。又于衣锦军大建玉册、金券、诏书三楼，遣使册东夷诸国，封拜其君长，几极其势，与向之谢表所陈处处极防微、累恩贾祸之诫，殊相戾矣。禅月贯休尝以诗投之，有"满堂花醉三千客，一剑霜寒十四州"之句，镠爱其诗，遣客吏谕之曰：教和尚改十四为四十，方与见。休性偏介，谓吏曰："州亦难添，诗亦不改，然闲云野鹤，何天而不飞耶？"遂飘然入蜀。镠后果为安重海奏削王爵，以太师致仕。重海死，明宗乃复镠爵位。夫武肃之逾越，固莫逃乎二书所论。

射　字　法

有教予射字法，必须彼我二人俱聪明，熟于翻切，优于记问者，方乃便捷。倘遇人以诗词或言语示我，彼在隔坐，不及知闻，我则拊掌，彼便说出，与所示同。然片段文章皆可成诵，非特一句一字而已。用拊掌代击鼓，殊无勾肆市井俗态。此天下太平，优游无事，谩以取一时之笑乐耳。使鼙鼓之声震天，干戈之锋耀日，又能留情于此？耶其法：七字诗十二句，逐句排写，前四句括定字母，后八句括定叶韵。诗曰：轻轻牵。兵兵边。平平便。明明眠。逢〇〇。兴兴掀。征，征煎。经经坚。迎迎年。傅傅偏。停停田。应应烟。成成涎。声，声膻。清清干。澄澄缠。星星鲜。晴晴涎。丁丁颠。榘榘虔。盈，盈延。能能〇。称称千。非〇〇。精精煎。零零连。汀汀天。橙，橙缠。东蒙锺江支兹为，微鱼胡模齐乖佳，灰咍真谆臻匽亏，元魂痕寒欢关山，先森萧宵爻豪歌，戈麻阳唐耕斜荣，青蒸登尤侯车侵，潭谈盐添横光凡。如欲切春字，清谆，清清千春，清字在第三行第一字，谆字在第七行第四字，拊掌则前三后一。少歇，又前七后四。夏字平声为霞，盈麻，盈盈延霞，盈字在第三行第七字，麻字在第十行第二字，拊掌则前三后七。少歇，又前十后二。少歇，又三。盖夏字去声，所以又三也。若入声，则四矣。余仿此。但字母不离二十八字，而叶韵莫逃五十六字，此为至要。后见《宾退录》一则，与此略同，并志之。其曰：俗间有击鼓射字之伎，莫知所始。盖全用切字，该以两诗，诗皆七言。一篇六句，四十二字，以代三十六字母，全用五支至十二齐韵，取其声相近，便于诵习。一篇七句，四十九字，以该平声五十七韵，而无侧声。如一字字母在第三句第四字，则鼓节前三后四，叶韵亦如之。又以一二三四为平上去入之别。亦有不击鼓而挥扇之类，其实一也。诗曰：西希低之机诗资，菲卑妻欺痴梯归，披皮肥其辞移题，携持齐时依眉微，离为儿仪伊锄尼，醯鸡篦溪批毗迷。此字母也。罗家瓜蓝斜凌伦，思戈交劳皆来论，留连王郎龙南关，卢甘林峦雷聊邻，帘桄嬴娄参辰阑，楞根弯离驴寒间，怀横荣鞋庚光颜。此叶韵也。

神人狮子

　　松江之横云山，古冢累累然，世传以为多晋陆氏所藏。山人封生业盗冢，至正甲辰春，发一冢，冢砖上有"太元二年造"五字。按：太元，东晋武帝时也。逆数而上，计九百一十余年矣。或者谓，冢有志石，但恐事泄，秘弗示人。冢中得古铜罍、勺、壶、洗、尊、鼎、杂器物二百余件。内一水滴，作狮子昂首轩尾走跃状，而一人面部方大，髭须飘萧，骑狮子背。左手握无底圆桶，右手臂鹰。人之脑心为窍，以安吸子。吸子顶微大，正盖脑心，俨一席帽胡人。衣褶及狮鹰羽毛，种种备具。通身青绿，吸子浑若碧玉。论其制作肤理，则非晋人所能，乃汉器无疑，必其平生宝惜，而以殉葬。约长五寸，高四寸许，诚奇物也。至秋，夏士安偶过生，生出以售，捐钱五十缗买之归，剔凿沙土，饰泽蜡石，神气百倍于昔，韫椟保藏，时以示博古好雅者。一日，为有势力时贵夺去。昔鲜于困学公尝畜一水滴，正与士安者大同小异，相承曰蛮人狮子，爱之未尝去手。寓杭州断桥日，临湖有水阁，倚阑把玩，偶坠吸子于湖水中，百计求之不可见，悒怏慨叹，形神为之凋枯。既他往，逾三年，复来杭，仍居昔所寓舍，追怀故物，注视湖波，适当霜降水净之时，吸子俨在土内，亟命仆下取，欣然如获至珍，即易号曰神人狮子。遂序述颠末，求馆阁诸老与夫骚人雅士，歌咏以张之，浸成巨轴。公殁，子孙不能世守，水滴与诗卷皆归婺州陶氏。陶亦不能久有，又将求善贾而沽诸。今不知所在。自我朝百余年来，仅闻公得其一于先，而士安得其一于今，非若他古铜器比，可以屈指数也。

至 元 钞 样

中书左丞叶公亦愚李,钱唐人,宋太学生,上书诋贾似道公田、关子不便,专权误国。似道怒,嗾林德夫告公泥金饰斋匾不法,令狱吏鞫之,云:“只要尔做一个麻糊。”公即口占一诗曰:“如今便一似麻糊,也是人间大丈夫。笔里无时那解有,命中有处未应无。百千万世传名节,二十三年非故吾。寄语长安朱紫客,尽心好上帝王书。”遂遭黥,流岭南。及蒙恩放还,与似道遇诸途,公以词赠云:“君来路,吾归路,来来去去何时住。公田关子竟何如,国事当时谁汝误。雷州户,崖州户,人生会有相逢处。客中颇恨乏蒸羊,聊赠一篇长短句。”归附后,入京上书言时相,并献至元钞样。此样在宋时固尝进呈,请以代关子,朝廷不能用,故今别改年号而复献之。世皇嘉纳,便用铸板。以功累官至今任而终。

妓 聪 敏

歌妓顺时秀,姓郭氏,性资聪敏,色艺超绝,教坊之白眉也。翰林学士王公元鼎甚眷之。偶有疾,思得马版肠充馔,公杀所骑千金五花马,取肠以供。至今都下传为佳话。时中书参政阿鲁温尤属意焉,因戏谓曰:“我比元鼎如何?”对曰:“参政,宰相也。学士,才人也。燮理阴阳,致君泽民,则学士不及参政。嘲风咏月,惜玉怜香,则参政不如学士。”参政付之一笑而罢。郭氏亦善于应对者矣。

日 无 光

至正辛丑四月朔日,日未没三四竿许,忽然无光,渐渐作蕉叶样,天且昏黑如夜,星斗粲然,饭顷方复旧,天再明,星斗亦隐,又少时,乃没。按《天官书》、王隐《晋书》曰:"日无光,臣有阴谋。"京房《易传》曰:"臣专刑,兹谓分威,蒙微而日不明。"

松　江　志　异

至正壬寅八月中,上海县三十四保辰字围金寿一家,已阉雄狗生小狗八,其一嘴爪红如鲜血然。犬之为妖,多见于占验之书,而未有若此者。若男变为女,男子孕育,则尝闻之古昔。盖阳衰阴盛,兵戈乱离之兆。今夫牡物而生儿,阳化阴也。又犬属火,一嘴爪红,红亦火也,岂非主兵主火者与?甲辰四月十三日,华亭县五保杨巷邵浦云之西清庵廊屋一十九间,每间屋柱皆有声,其声若以桶覆水面而击其底者,人以手按之,则振掉而起,经时乃止。按《乾坤变异录》:人君宫室无故有音声,主兵起,若人家,主家亡。六月二十三日夜四更,松江近海去处,潮忽骤至,人皆惊讶,以非正候,至辰时,潮方来,乃知先非潮。后见湖泖人说,湖泖素不通潮,忽平拥起,高三四尺,若潮涨之势,正与此时同。又闻平江、嘉兴亦如之。按《五行志》:"水自盈溢,主兵兴。"《乾坤变异录》:"河水大壅,臣下执政有背叛。"

郡　县　君

国朝品官母妻,四品赠郡君,五品赠县君。然古邦君之妻,邦人曰小君。《礼·士丧》:"妾不得匹其夫,必曰君,妻曰女君。"后世封羊祜妻为万岁君,则此可为令甲之原。

面 不 畏 寒

人之四支百骸,莫不畏寒,独面则否。医书谓:头者,诸阳之会,诸阴脉至颈及胸而还,独诸阳脉上至头,所以然也。

南村辍耕录卷二十

纳　音

六十甲子之有纳音，世人鲜知其理。尝观《笔谈》有曰：六十甲子纳音，盖六十律旋相为宫也。一律合五音，十二律纳六十音也。凡气，始于东方而右行，音，起于西方而左行，阴阳相错而生变化。所谓气始于东方者，四时始于木，右行，传于火，火传于土，土传于金，金传于水。所谓音始于西方者，五音始于金，左旋，传于火，火传于木，木传于水，水传于土。纳音与《易》纳甲同法，乾纳甲而坤纳癸，始于乾而终于坤。纳音始于金，金，乾也。终于土，土，坤也。纳音之法，同类娶妻，隔八生子，此《汉志》语也。此律吕相生之法也。五行先仲而后孟，孟而后季，此遁甲三元之纪也。甲子，金之仲，黄钟之商。同位娶乙丑，大吕之商，同位，谓甲与乙、丙与丁之类，下皆仿此。隔八下生壬申，金之孟。夷则之商，隔八，谓大吕下生夷则也。下皆仿此。壬申同位娶癸酉，南吕之商。隔八上生庚辰，金之季。姑洗之商，此金三元终。若只以阳辰言之，则依遁甲逆传仲、孟、季。若兼妻言，则顺传孟、仲、季也。庚辰同位娶辛巳，仲吕之商。隔八下生戊子，火之仲。黄钟之徵，金三元终，则左行传南方火也。戊子娶己丑，大吕之徵。生丙申，火之孟。夷则之徵。丙申娶丁酉，南吕之徵。生甲辰，火之季。姑洗之徵。甲辰娶乙巳，仲吕之徵。生壬子，木之仲。黄钟之角，火三元终，则左行传于东方木。如是左行，至于丁巳。中吕之宫，五音一终。复自甲午金之仲娶乙未，隔八生壬寅,一如甲子之法,终于癸亥。谓蕤宾娶林锺,上生太簇之类。自子至于巳为阳,故自黄锺至于中吕皆下生。自午至于亥为阴,故自林锺至于应锺皆上生。甲子乙丑金,与甲午乙未金虽同,然甲子乙丑为阳律,阳律皆下生。甲午乙未为阳吕,阳吕皆上生。六十律相反,所以分为一纪也。得此一说,固已判然。及读《瑞桂堂暇录》,亦论及此,则尤明白简易。其曰:六十甲子之纳音,此以金木水火土之音而明之也。一六为水,二七为火,三八为木,四九为金,五十为土。然五行之中,惟金木有自然之音,水火土必相假而后成音。盖水假土,火假水,土假火。故金音四九,木音三八,水音五十,火音一六,土音二七。此不易之论也。何以言之?甲己、子午,九也。乙庚、丑未,八也。丙辛、寅申,七也。丁壬、卯酉,六也。戊癸、辰戌,五也。巳亥,四也。甲子、乙丑,其数三十有四,四者,金之音也,故曰金。戊辰、己巳,其数二十有八,八者,木之音也,故曰木。庚午、辛未,其数三十有二,二者,火也,土以火为音,故曰土。甲申、乙酉,其数三十,十者,土也,水以土为音,故曰水。戊子、己丑,其数三十有一,一者,水也,火以水为音,故曰火。凡六十甲子皆然,此纳音之所起也。大抵六十甲子,历也,纳音,律也。支干,纳音之别也。此天地自然之数。《河图》,生数也。生者左旋,故以中央之土而生西方之金,西方之金而生北方之水,北方之水而生东方之木,东方之木而生南方之火,南方之火而复生中央之土。《洛书》,克数也。克者右转,故以中央之土而克北与西北之水,北与西北之水而克西与西南之火,西与西南之火而克南与东南之金,南与东南之金而克东与东北之木,东与东北之木而又克中央之土。此《图》、《书》生克自然之数也。又见日家一书,专解海中、炉中之类,其辞虽凿,亦自颇通,因并录之。曰:甲子、乙丑海中金者，子属水，又为湖，又为水旺之地，兼金死于子，墓于丑，水旺而金死墓，故曰海中金也。丙寅、丁卯炉中火者，寅为三阳，卯为四阳，火既得地，又得寅卯之木以生之，此时天地开炉，万物始生，故曰炉中火也。戊辰、己巳大林木者，辰为原野，巳为六阳，木至六阳，则枝荣叶茂，以茂盛之木而在原野之间，故曰大林木也。庚午、辛未路傍土者，未中之木而生午位之旺火，火旺则土于斯而受刑，土之始生，未能育物，犹路傍土若也，故曰路傍土也。壬申、癸酉剑锋金者，申酉，金之正位，兼临官申，帝旺酉，金既生旺，则诚刚矣，刚则无逾于剑锋，故曰剑峰金也。甲戌、乙亥山头火者，戌亥为天门，火照天门，其光至高，故曰山头火也。丙子、丁丑涧下水者，水旺于子，衰于丑，旺而反衰，则不能为江河，故曰涧下水也。戊寅、己卯城头土者，天干戊己属土，寅为艮山，土积而为山，故曰城头土也。庚辰、辛巳白镴金者，金养于辰，生于巳，形质初成，未能坚利，故曰白镴金也。壬午、癸未杨柳木者，木死于午，墓于未，木既死墓，虽得天干壬癸之水以生之，终是柔弱，故曰杨柳木也。甲申、乙酉井泉水者，金临官申，帝旺酉，金既生旺，则水由是以生，然方生之际，力量未洪，故曰井泉水也。丙戌、丁亥屋上土者，丙丁属火，戌亥为天门，火既炎上，则土非在下而生，故曰屋上土也。戊子、己丑霹雳火者，丑属土，子属水，水居正位，而纳音乃火，水中之火，非神龙则无，故曰霹雳火也。庚寅、辛卯松柏木者，木临官寅，帝旺卯，木既生旺，则非柔弱之比，故曰松柏木也。壬辰、癸巳长流水者，辰为水库，巳为金长生之地，金生则水性已存，以库水而逢生金，则泉源终不竭，故曰长流水也。甲午、乙未沙中金者，午为火旺之地，火旺则金败，未为火衰之地，火衰则金冠带，败而方冠带，未能斫伐，故曰沙中金也。丙申、乙酉山下火者,申为地户,酉为日入之门,日至此时而藏光,故曰山下火也。戊戌、己亥平地木者,戌为原野,亥为木生之地,夫木生于原野,则非一根一株之比,故曰平地木也。庚子、辛丑壁上土者,丑虽土家正位,而子则水旺之地,土见水多,则为泥也,故曰壁上土也。壬寅、癸卯金箔金者,寅卯为木旺之地,木旺则金羸,又金绝于寅,胎于卯,金既无力,故曰金箔金也。甲辰、乙巳覆灯火者,辰为食时,巳为禺中,日之将中,艳阳之势,光于天下,故曰覆灯火也。丙午、丁未天河水者,丙丁属火,午为火旺之地,而纳音乃水,水自火出,非银汉不能有也,故曰天河水也。戊申、己酉大驿土者,申为坤,坤为地,酉为兑,兑为泽,戊己之土加于坤泽之上,非其他浮薄之土也,故曰大驿土也。庚戌、辛亥钗钏金者,金至戌而衰,至亥而病,金既衰病,则诚柔矣,故曰钗钏金也。壬子、癸丑桑柘木者,子属水,丑属金,水方生木,金则伐之,犹桑柘方生,人便以喂蚕,故曰桑柘木也。甲寅、乙卯大溪水者,寅为东北维,卯为正东,水流正东,则其性顺,而川涧池沼俱合而归,故曰大溪水也。丙辰、丁巳沙中土者,土库辰绝巳,而天干丙丁之火至,辰冠带巳,临官土,既库绝,旺火复与生之,故曰沙中土也。戊午、己未天上火者,午为火旺之也,未中之木又复生之,火性炎上,及逢生地,故曰天上火也。庚申、辛酉石榴木者,申为七月,酉为八月,此时木则绝矣,惟石榴之木反结实,故曰石榴木也。壬戌、癸亥大海水者,水冠带戌,临官亥,水临官冠带,则力厚矣,兼亥为江,非他水之比,故曰大海水也。

化　气

甲己土,乙庚金,丁壬木,丙辛水,戊癸火,此十干化五行真气也。其法,取岁首月建之干如甲己丙作首,丙属火,火生土,故化土。馀仿此。又一说亦通,谓遇龙则化。龙,辰也。甲己得戊辰,戊属土,故化土。乙庚得庚辰,庚属金,故化金。丙辛以下皆然。

应 聘 不 遇

胡石塘先生尝应聘入京,世皇召见于便殿,趋进张皇,不觉笠子欹侧。上问曰:“秀才何学?”对曰:“修身齐家治国平天下之学。”上笑曰:“自家一笠尚不端正,又能平天下耶?”然怜其贫,特授扬州路儒学教授。吁,以先生之学行而不见遇于明君,是果命矣夫!

皇 舅 墓

河间路景州蓨县河浒一土阜,相传为皇舅墓。自国家奄混区夏,即有谣云:“皇舅墓门闭,运粮向北去。水浯墓门开,运粮却回来。”至正辛卯,中原大水,舟行木杪间,及水退,土阜崩圮,墓门显露,继后天下多事,海道不通。先是,张蜕庵翥尝有诗云:“青州刺史河上坟,坟不可识碑仍存。维舟上读半磨灭,使君乃缘戚里恩。当时赐葬宜过厚,冢阙树立须雄尊。岂知陵谷有迁变,石马尽没龟趺蹲。驿夫指我原傍岸,县官恐坠移高原。岸滨往往多古冢,零落空余秋草根。至今父老传谶记,野人之语那足论。我疑其藏必深锢,或谓已被湍流吞。安得壮士塞河水,万古莫令开墓门。”读公之诗,伤今之世,则谶纬之说诚不可诬矣。

真　率　会

　　林昉《田间书》载《会友人游山檄》云："人有残缣败素，绘一山一水，爱之若宝，售之必千金。至于目与真景会，则略不加喜，毋乃贵伪而贱真耶？求乐之真，今日正在我辈。春雪既霁，春风亦和，或坐钓于鸥边，或行歌于犊外。百年瞬息，欢乐几何！肴核杯盘，随意所命，毋以丰约拘也。檄书驰告，盍勇而前。"此文殊清新。向予避兵云间泗滨时，其地有林泉之胜，而无烽燧之虞，同时嘉遁者，皆文人高士，因仿司马温公故事，俾予作约语云："百岁光阴，万物乃天地逆旅；四时行乐，我辈亦风月主人。幸居同泗水之滨，况地接九山之胜。尽可傍花随柳，庶几游目骋怀。节序骎骎，莫负芒鞋竹杖；杯盘草草，何惭野蔌山肴。虽云一饷之清欢，亦是百年之嘉话。敢烦同志，互作邀头。慨元祐之耆英，衣冠远矣；集永和之少长，觞咏依然。订约既勤，践言弗替。"用附于此，以见真率之会不让游山之乐也。

珠　帘　秀

　　歌儿珠帘秀，姓朱氏。姿容姝丽，杂剧当今独步。胡紫山宣慰极锺爱之，尝拟《沉醉东风》小曲以赠云："锦织江边翠竹，绒穿海上明珠。月淡时，风清处，都隔断落红尘土。一片闲情任卷舒，挂尽朝云暮雨。"冯海粟先生亦有《鹧鸪天》云："十二阑干映远眸，醉乡空断楚天秋。虾须影薄微微见，龟背纹轻细细浮。红雾敛，翠云收，海霞为带月为钩。夜来卷尽西山雨，不著人间半点愁。"皆咏帘以寓意也。由是声誉益彰。

汉儿字圣旨

至元丙子秋八月,宋扬州守臣朱焕以城降。后于焕之孙道存家,钦睹世祖招谕诏旨,其文曰:上天眷命大元皇帝圣旨:谕淮安州安抚朱焕。据陈楚客奏,臣与朱安抚同年,又有通家之好,自戊午归顺之后,不相见者十有八载。今王师吊伐,诸道并进,数内一路,领涟河、清河将士,攻取淮东未附州郡,切恐城陷之日,玉石俱焚,臣于故人情分,不容缄默。且彼所以婴城自守者,无他,原其本心,但未知趋向之方,初无执迷抗拒之意。今大江南北,西至全蜀,悉入版图。若蒙圣慈,特发使命,宣示德音,开其生路,彼亦识时达变之士也,宁不以数万生灵为念乎?臣昧死上言,伏候敕旨。准奏,今遣使特旨前去,宣布大信,若能识时达变,可保富贵,应在城守御将帅同谋归顺者,意不殊此。故兹诏示,想宜知悉。至元十二年七月日。白麻正书,北方谓之汉儿字圣旨。此诏岁月在城未降一载先,则焕之来归必先有所期矣。焕之子德辉,承父荫,仕至汉阳同知。道存,德辉之子也,亦以父荫仕至江阴知事,既而复受伪周户部主事之职,将命扬州,被执至淮安,杀之。弟兄子侄客居上海,又悉死于苗獠之劫掠。焕之宗族,所遗殆无噍类。夫焕既不能尽忠于前,而道存又不能尽忠于后,被执遭戮之地,适在扬州、淮安,天之报施,固其宜也。谩书于此,以为畔逆之劝。

碧 澜 妾

吴兴赵公碧澜,宋宗室也,老而益贫。二妾方少艾,虑无以安其心,因遣之去。咸弗肯嫁,数献肴酒,致殷勤焉。公于

卒也,覆诸水,曰:"慎毋再见。昔吾割情忍爱以去尔,尔弗我
忘,只搅我心耳。"既而各与其父母俱至,泣而言曰:"妾家每岁
请给,足可养赡,愿执事终身,为尼以报主恩。"公遂复留之。
他日,公死,果如所言。公有寡女,复资育之。四明黄伯成先
生玠尝有诗曰:"感之以诚感必深,应之以真应必捷。真情一
合了弗离,听我长歌碧澜妾。碧澜亦是诸王孙,世殊事异老且
贫。少陵尚爱燕玉暖,况是当时真贵人。春衣典尽春寒峭,二
妾朱颜正姝好。忍将罗带拆同心,懊恨浮生头白早。珠钿翠
屩幸仅存,此时犹及嫁夫君。十二楼头燕子去,挥手不用留仙
裙。去妾相悲两相约,既去犹烦送肴酌。主君讵忍覆弃之,见
此翻令心绪恶。一心专天天得知,忍著主衣还事谁。遂携衾
裯与俱来,后君死者当为尼。碧澜堂下双溪水,使客往来岂知
此。不愿新欢恋旧恩,千万人中两人耳。"

箕仙咏史

　　悬箕扶鸾召仙,往往皆古名人高士来格,所作诗文,间有
绝佳者。意亦英爽不昧之鬼,依凭精魄,以阐扬其灵怪耳。友
人檇李顾元凯舜举亦善此术,尝召一仙至,大书曰:"独乐园主
也,可命题。"众以咏史请,鸾不停留,作成长篇,自非熟于史学
者弗能焉,殊不知此等为何如鬼也。诗曰:"三皇之前不可传,
尧舜垂衣化自然。夏衰商败兵革起,征讨有罪非传贤。苍姬
种德极深厚,历载八百何绵绵。孔丘孟轲不得位,唯有文字登
书编。春秋笔削严一字,诛恶褒善持大权。丘明作传详本末,
下迨战国何茫然。秦皇并吞六王毕,始废封建迷井田。功高
自谓传万世,仁义不施徒托仙。东游弗返祖龙死,赤灵火德明
中天。汉朝文景称至治,刑措可比成康前。无端杂用黄老术,

是以未得称其全。王莽贼臣篡汉祚,赖有光武如周宣。云台名将应列宿,婉婉良策扶戎轩。绝胜高祖醢彭越,可比周召终天年。崇儒往谒曲阜庙,典章灿灿罗星躔。后人不省创业苦,宠任阉宦皆貂蝉。西园鬻爵诚可耻,党锢忠士灾何延。一朝曹氏帝称魏,铜驼荆棘生荒烟。关张早死后主弱,典午自帝开坤埏。五胡云扰乱中国,五马南渡何翩翩。六朝兴废有得失,岂知合并归杨坚。琼花城里建宫阙,汴河春水浮龙船。乱离思治否复泰,唐室高祖催飞骞。秦王神武不可及,遂承天祚传高玄。大纲不正有惭色,我尝抚卷思其渊。纷纷女祸握神器,扰扰藩镇横戈铤。乘舆避乱数奔窜,翠华几度游西川。黄巢残贼不忍说,白骨山积血成泉。侵凌渐使唐祚绝,江海虽大犹涓涓。朱温降将乃一贼,僭号暂时得复失。后唐石晋暨知远,但以功利不尚德。周家亦僭登天基,独有世宗明治术。我朝列圣皆深仁,天下苍生得苏息。史书浩浩充屋栋,人主欲观宁遍及。小臣纂集作通鉴,治乱兴亡明似日。愿言乙夜细垂观,比美成王戒无逸。"

夫 妇 同 棺

　　张春儿,叶县军士李清之妻也。年二十,清疾革,顾谓春曰:"吾殆矣,汝其善事后人。"春截发示信,誓弗再适。未几,清死,春恸垂绝,且嘱匠人曰:"造棺宜极大,将以尽纳亡者衣服弓剑之属。"匠如其言,既敛,乃自经,邻里就用此棺同葬之。事上于朝,旌其墓。时至正戊子也。呜呼!春儿生长寒微,不闲礼节,尚知夫妇大义如此,顾世之名门巨族,动以衣冠自眩,往往有夫骨未寒而求匹之念已萌于中者,岂不为春儿万世之罪人也与!

宋幼主诗

"寄语林和靖,梅花几度开? 黄金台下客,应是不归来。"此宋幼主在京都所作也。始终二十字,含蓄无限凄戚意思,读之而不兴感者几希。

孔掾史

孔某者,皇庆癸丑间,为江浙省掾史。身躯短小,仅与堂上公案相等。凡呈署牍文,必用低凳阁足令高。脱欢丞相以其先圣子孙,而且才学优长,甚礼遇之。时有诏许文正公从祀夫子庙庭,公之子参知政事恶孔风度不雅,因小过,叱之退。丞相曰:"他祖公容得参政父亲坐,参政反不容他一个子孙立耶?"许大惭。

挽文教授诗

至元间,宋文丞相有子,出为郡教授,行数驿而卒,人皆作诗以悼之。闽人翁某一联云:"地下修文同父子,人间读史各君臣。"独为绝唱。

狷洁

郑所南先生思肖,福州连江人,宋太学上舍,应博学宏词科,刚介有立志。会天兵南,叩阙上疏,犯新禁,众争目之,由是遂变今名。曰肖,曰南,义不忘赵北面他姓也。隐居吴下一室萧然,坐必南向。岁时伏腊,望南野哭,再拜而返。人莫识焉。誓不与朔客交往,或于朋友坐上见有语音异者,便引去,人咸知其狷洁,亦弗为怪。工画墨兰,不妄与人。邑宰求之不得，闻先生有田三十亩，因胁以赋役取。先生怒曰："头可斫，兰不可画。"尝自写一卷，长丈余，高可五寸许，天真烂熳，超出物表，题云："纯是君子，绝无小人。深山之中，以天为春。"《过齐子芳书塾》云："此世但除君父外，不曾别受一人恩。"《寒菊》云："御寒不藉水为命，去国自同金铸心。"其忠肝义胆，于此可以见之。晚年究竟性命之学，以寿终。

雁　　书

"霜落风高恣所如，归期回首是春初。上林天子援弓缴，穷海累臣有帛书。中统十五年九月一日放雁，获者勿杀。国信大使郝经书于真州忠勇军营新馆。"右五十九字，郝公书也。公字伯常，泽州陵川人，世皇召居潜邸。岁己未，扈从济江，授江淮宣慰司副使。中统元年，拜翰林侍读学士，充国信使，使宋，宋馆于真州，凡十有六年，始得归。此书当在至元十一年。是时南北隔绝，但知纪元为中统也。先是，有以雁献，命畜之。雁见公，辄鼓翼引吭，似有所诉者。公感悟，择日率从者具香案北向拜，舁雁至前，手书尺帛，亲系雁足而纵之。后虞人获之苑中，以闻。上恻然曰："四十骑留江南，曾无一人雁比乎？"遂进师南伐。越二年，宋亡。至今秘监帛书尚存。

碑　刻　印　识

李和，钱唐人，国初时尚在，鬻故书为业，尤精于碑刻。凡博古之家，或有赝本求一印识，毅然弗从。其印文"李和鉴定"，石刻印。

九 姑 玄 女 课

吴楚之地,村巫野叟及妇人女子辈,多能卜九姑课。其法,折草九茎,屈之为十八,握作一束,祝而呵之,两两相结,止留两端,已而抖开,以占休咎。若续成一条者,名曰黄龙傥仙。又穿一圈者,名曰仙人上马圈。不穿者,名曰蟏窠落地。皆吉兆也。或纷错无绪,不可分理,则凶矣。又一法,曰九天玄女课。其法,折草一把,不计茎数多寡,苟用算筹亦可,两手随意分之,左手在上,竖放,右手在下,横放,以三除之,不及者为卦。一竖一横曰太阳,二竖一横曰灵通,二竖二横曰老君,二竖三横曰太吴,三竖一横曰洪石,三竖三横曰祥云,皆吉兆也。一竖二横曰太阴,一竖三横曰悬崖,三竖二横曰阴中,皆凶兆也。愚意俗谓九姑,岂即九天玄女欤?《离骚经》云:"索藑茅以筵篿兮,命灵氛为余卜。"注曰:"藑茅,灵草也。筵,小破竹也。楚人名结草折竹以卜曰篿。"据此,则亦有所本矣。

白 翎 雀

《白翎雀》者,国朝教坊大曲也。始甚雍容和缓,终则急躁繁促,殊无有余不尽之意,窃尝病焉。后见陈云峤先生云:白翎雀生于乌桓朔漠之地,雌雄和鸣,自得其乐,世皇因命伶人硕德闾制曲以名之。曲成,上曰:"何其末有怨怒哀鳌之音乎?"时谱已传矣,故至今卒莫能改。会稽张思廉宪作歌以咏之曰:"真人一统开正朔,马上鞮鞻手亲作。教坊国手硕德闾,传得开基太平乐。檀槽舒呀凤凰腭,十四银镮挂冰索。摩诃不作兜勒声,听奏筵前白翎雀。霜矆矆,风壳壳,白草黄云日色薄。玲珑碎玉九天来,乱撒冰花洒毡幕。玉翎玲珑起盘礴,左旋右折入寥廓。崒崒孤高绕羊角，啾啁百鸟纷参错。须臾力倦忽下跃，万点寒星坠丛薄。砉然一声震龙拨，一十四弦暗一抹。鹙鹅飞起暮云平，鹙鸟东来海天阔。黄羊之尾文豹胎，玉液淋漓万寿杯。九龙殿高紫帐暖，踏歌声里欢如雷。白翎雀，乐极哀。节妇死，忠臣摧。八十一年生草莱，鼎湖龙去何时回。"

天 下 士

《漫浪野录》云：苏子瞻泛爱天下士，无贤不肖，欢如也。尝自言："上可以陪玉皇大帝，下可以陪卑田院乞儿。"子由晦默，少许可，尝戒子瞻择交。子瞻曰："吾眼前见天下无一个不好人，此乃一病。"以余言之，先生，天下士也，此其所以泛爱天下士。顾今之忌才嫉能，口尧舜而心盗跖者，使先生视之，乃土苴之不若矣。

南村辍耕录卷二十一

宫 阙 制 度

　　至元四年正月,城京师,以为天下本。右拥太行,左注沧海,抚中原,正南面,枕居庸,莫朔方,峙万岁山,浚太液池,派玉泉,通金水,萦畿带甸,负山引河,壮哉帝居,择此天府。城方六十里,里二百四十步。分十一门,正南曰丽正,南之右曰顺承,南之左曰文明,北之东曰安贞,北之西曰健德,正东曰崇仁,东之右曰齐化,东之左曰光熙,正西曰和美,西之右曰肃清,西之左曰平则。大内南临丽正门,正衙曰大明殿,曰延春阁。宫城周回九里三十步,东西四百八十步,南北六百十五步。高三十五尺。砖甃。至元八年八月十七日申时动土,明年三月十五日即工。分六门。正南曰崇天,十一间,五门。东西一百八十七尺,深五十五尺,高八十五尺。左右趓楼二。趓楼登门两斜庑,十门。阙上两观皆三趓楼,连趓楼东西庑各五间。西趓楼之西,有涂金铜幡竿。附宫城南面,有宿卫直庐。凡诸宫门,皆金铺、朱户、丹楹、藻绘、彤壁、琉璃瓦饰檐脊。崇天之左曰星拱,三间,一门。东西五十五尺,深四十五尺,高五十尺。崇天之右曰云从,制度如星拱。东曰东华,七间,三门。东西一百十尺,深四十五尺,高八十尺。西曰西华,制度如东华。北曰厚载,五间,一门。东西八十七尺,深高如西华。角楼四,据宫城之四隅,皆三趓楼,琉璃瓦饰檐脊。直崇天门,有白玉石桥三虹，上分三道，中为御道，镌百花蟠龙。星拱南有御膳亭，亭东有拱辰堂，盖百官会集之所。东南角楼，东差北有生料库，库东为柴场。夹垣东北隅有羊圈。西南角楼，南红门外，留守司在焉。西华南有仪鸾局，西有鹰房。厚载北为御苑。外周垣红门十有五，内苑红门五，御苑红门四。此两垣之内也。大明门在崇天门内，大明殿之正门也，七间，三门。东西一百二十尺，深四十四尺，重檐。日精门在大明门左，月华门在大明门右，皆三间，一门。大明殿，乃登极正旦寿节会朝之正衙也，十一间，东西二百尺，深一百二十尺，高九十尺。柱廊七间，深二百四十尺，广四十四尺，高五十尺。寝室五间，东西夹六间，后连香阁三间，东西一百四十尺，深五十尺，高七十尺。青石花础，白玉石圆碣，文石甃地，上藉重裀，丹楹金饰，龙绕其上，四面朱琐窗，藻井间金绘，饰燕石，重陛朱阑，涂金铜飞雕冒。中设七宝云龙御榻，白盖金缕褥，并设后位，诸王百寮怯薛官侍宴坐床，重列左右。前置灯漏，贮水运机，小偶人当时刻捧牌而出。木质银裹漆瓮一，金云龙蜿绕之，高一丈七尺，贮酒可五十余石。雕象酒卓一，长八尺，阔七尺二寸。玉瓮一，玉编磬一，巨笙一。玉笙、玉筚篥，咸备于前。前悬绣缘朱帘，至冬月，大殿则黄狙皮壁幛，黑貂褥，香阁则银鼠皮壁幛，黑貂暖帐。凡诸宫殿乘舆所临御者，皆丹楹、朱琐窗，间金藻绘，设御榻，裀褥咸备。屋之檐脊皆饰琉璃瓦。文思殿在大明寝殿东，三间，前后轩，东西三十五尺，深七十二尺。紫檀殿在大明寝殿西，制度如文思。皆以紫檀香木为之缕花，龙涎香间白玉饰壁，草色髹绿其皮为地衣。宝云殿在寝殿后，五间，东西五十六尺，深六十三尺，高三十尺。凤仪门在东庑中，三间，一门，东西一百尺，深六十尺，高如其深门。门之外有庖人之室,稍南有酒人之室。麟瑞门在西庑中,制度如凤仪。门之外有内藏库二十所,所为七间。钟楼,又名文楼,在凤仪南。鼓楼,又名武楼,在麟瑞南。皆五间,高七十五尺。嘉庆门在后庑宝云殿东,景福门在后庑宝云殿西,皆三间一门,周庑一百二十间,高三十五尺。四隅角楼四间,重檐。凡诸宫周庑,并用丹楹、彤壁、藻绘、琉璃瓦饰檐脊。延春门在宝云殿后,延春阁之正门也,五间,三门,东西七十七尺,重檐。懿范门在延春左,嘉则门在延春右,皆三间,一门。延春阁九间,东西一百五十尺,深九十尺,高一百尺,三檐重屋。柱廊七间,广四十五尺,深一百四十尺,高五十尺。寝殿七间,东西夹四间,后香阁一间,东西一百四十尺,深七十五尺,高如其深。重檐,文石甃地,藉花毳裀,檐帷咸备。白玉石重陛,朱阑,铜冒,楯涂金雕翔其上。阁上御榻二。柱廊中设小山屏床,皆楠木为之,而饰以金。寝殿楠木御榻,东夹紫檀御榻。壁皆张素画,飞龙舞凤。西夹事佛像。香阁楠木寝床,金缕褥,黑貂壁幛。慈福殿又曰东暖殿,在寝殿东,三间,前后轩,东西三十五尺,深七十二尺。明仁殿又曰西暖殿,在寝殿西,制度如慈福。景耀门在左庑中,三间,一门,高三十尺。清灏门在右庑中,制度如景耀。钟楼在景耀南,鼓楼在清灏南,各高七十五尺,周庑一百七十二间,四隅角楼四间。玉德殿在清灏外,七间,东西一百尺,深四十九尺,高四十尺。饰以白玉,甃以文石,中设佛像。东香殿在玉德殿东,西香殿在玉德殿西,宸庆殿在玉德殿后,九间,东西一百三十尺,深四十尺,高如其深。中设御榻,帘帷裀褥咸备。前列朱阑,左右辟二红门,后山字门三间。东更衣殿在宸庆殿东,五间,高三十尺。西更衣殿在宸庆殿西,制度如东殿。隆福殿在大内之西,兴圣宫之前。南红门三,东西红门各一，缭以砖垣。南红门一，东红门一，后红门一。光天门，光天殿正门也，五间，三门，高三十一尺，重檐。崇华门在光天门左，膺福门在光天门右，各三间，一门。光天殿七间，东西九十八尺，深五十五尺，高七十尺。柱廊七间，深九十八尺，高五十尺。寝殿五间，两夹四间，东西一百三十尺，高五十八尺五寸。重檐，藻井，琐窗，文石甃地，藉花毳裀，悬朱帘、重陛，朱阑，涂金雕冒楯。正殿镂金云龙樟木御榻，从臣坐床重列前两傍。寝殿亦设御榻，裀褥咸备。青阳门在左庑中，明晖门在右庑中，各三间，一门。翥凤楼在青阳南，三间，高四十五尺。骖龙楼在明晖南，制度如翥凤，后有牧人宿卫之室。寿昌殿又曰东暖殿，在寝殿东，三间，前后轩，重檐。嘉禧殿又曰西暖殿，在寝殿西，制度如寿昌，中位佛像，傍设御榻。针线殿在寝殿后，周庑一百七十二间，四隅角楼四间。侍女直庐五所，在针线殿后。又有侍女室七十二间，在直庐后，及左右浴室一区，在宫垣东北隅。文德殿在明晖外，又曰楠木殿，皆楠木为之，三间，前后轩一间。盝顶殿五间，在光天殿西北角楼西，后有盝顶小殿。香殿在宫垣西北隅，三间，前轩一间，前寝殿三间，柱廊三间，后寝殿三间，东西夹各二间。文宸库在宫垣西南隅，酒房在宫垣东南隅，内庖在酒房之北。兴圣宫在大内之西北，万寿山之正西，周以砖垣，南辟红门三，东西红门各一，北红门一。南红门外，两傍附垣有宿卫直庐，凡四十间，东西门外各三间。南门前夹垣内，有省院台百司官侍直板屋。北门外，有窨花室五间。东夹垣外，有宦人之室十七间，凌室六间，酒房六间。南北西门外，棋置卫士直宿之舍二十一所，所为一间。外夹垣东红门三，直仪天殿吊桥，西红门一，达徽政院。门内差北，有盝顶房二，各三间。又北，有屋二所，各三间。差南,有库一所,及屋三间。北红门外,有临街门一所,三间。此夹垣之北门也。兴圣门,兴圣殿之正门也,五间,三间,重檐,东西七十四尺。明华门在兴圣门左,肃章门在兴圣门右,各三间,一门。兴圣殿七间,东西一百尺,深九十七尺。柱廊六间,深九十四尺。寝殿五间,两夹各三间,后香阁三间,深七十七尺。正殿四面,朱悬琐窗,文石甃地,藉以毳裀,中设扆屏榻,张白盖帘帷,皆锦绣为之。诸王百寮宿卫官侍宴坐床,重列左右。其柱廊寝殿,亦各设御榻,裀褥咸备。白玉石重陛,朱阑,涂金冒楯,覆以白磁瓦,碧琉璃饰其檐脊。弘庆门在东庑中,宣则门在西庑中,各三间,一门。凝晖楼在弘庆南,五间,东西六十七尺。延颢楼在宣则南,制度如凝晖。嘉德殿在寝殿东,三间,前后轩各三间,重檐。宝慈殿在寝殿西,制度同嘉德。山字门在兴圣宫后,延华阁之正门也,正一间,两夹各一间,重檐,一门,脊置金宝瓶。又独脚门二,周阁以红板垣。延华阁五间,方七十九尺二寸,重阿,十字脊,白琉璃瓦覆,青琉璃瓦饰其檐,脊立金宝瓶,单陛,御榻从臣坐床咸具。东西殿在延华阁西,左右各五间,前轩一间。圆亭在延华阁后。芳碧亭在延华阁后圆亭东,三间,重檐,十字脊,覆以青琉璃瓦,饰以绿琉璃瓦,脊置金宝瓶。徽青亭在圆亭西,制度同芳碧亭。浴室在延华阁东南隅东殿后,傍有盝顶井亭二间,又有盝顶房三间。畏吾儿殿在延华阁右,六间,傍有窨花半屋八间。木香亭在畏吾儿殿后。东盝顶殿在延华阁东版垣外,正殿五间,前轩三间,东西六十五尺,深三十九尺。柱廊二间,深二十六尺。寝殿三间,东西四十八尺。前宛转置花朱阑八十五扇。殿之傍有盝顶房三间,庖室二间,面阳盝顶房三间,妃嫔库房一间,缝纫女库房三间,红门一。盝顶之制,三椽,其顶若笥之平,故名。西盝顶殿在延华阁西版垣之外,制度同东殿。东殿之傍,有庖室三间,好事房二,各三间,独脚门二,红门一。妃嫔院四,二在东盝顶殿后,二在西盝顶殿后,各正室三间,东西夹四间,前轩三间,后有三椽半屋二间。侍女室八十五间,半在东妃嫔院左,西向,半在西妃嫔院右,东向。室后各有三椽半屋二十五间。东盝顶殿红门外,有屋三间,盝顶轩一间,后有盝顶房一间。庖室一区,在凝晖楼后,正屋五间,前轩一间,后披屋三间,又有盝顶房一间,盝顶井亭一间,周以土垣,前辟红门。酒房在宫垣东南隅庖室南,正屋五间,前盝顶轩三间,南北房各三间。西北隅盝顶房三间,红门一,土垣四周之。学士院在阁后西盝顶殿门外之西偏,三间。生料库在学士院南。又南,为鞍辔库。又南,为军器库。又南,为牧人庖人宿卫之室。藏珍库在宫垣西南隅,制度并如酒室,惟多盝顶半屋三间,庖室三间。万寿山在大内西北太液池之阳,金人名琼花岛,中统三年修缮之,至元八年赐今名。其山皆叠玲珑石为之,峰峦隐映,松桧隆郁,秀若天成。引金水河至其后,转机运斛,汲水至山顶,出石龙口,注方池,伏流至仁智殿后,有石刻蟠龙,昂首喷水仰出,然后由东西流入于太液池。山前有白玉石桥,长二百余尺,直仪天殿后。桥之北有玲珑石,拥木门五,门皆为石色。内有隙地,对立日月石。西有石棋枰,又有石坐床,左右皆有登山之径,萦纡万石中,洞府出入,宛转相迷,至一殿一亭,各擅一景之妙。山之东有石桥,长七十六尺,阔四十一尺半,为石渠以载金水,而流于山后以汲于山顶也。又东,为灵圃,奇兽珍禽在焉。广寒殿在山顶,七间,东西一百二十尺,深六十二尺,高五十尺。重阿藻井,文石甃地,四面琐窗,板密其里,遍缀金红云,而蟠龙矫蹇于丹楹之上。中有小

玉殿,内设金嵌玉龙御榻,左右列从臣坐床。前架黑玉酒瓮
一,玉有白章,随其形刻为鱼兽出没于波涛之状,其大可贮酒
三十余石。又有玉假山一峰,玉响铁一悬。殿之后有小石笋
二,内出石龙首,以喷所引金水。西北有厕堂一间。仁智殿在
山之半,三间,高三十尺。金露亭在广寒殿东,其制圆,九柱,
高二十四尺,尖顶上置琉璃珠。亭后有铜幡竿。玉虹亭在广
寒殿西,制度如金露。方壶亭在荷叶殿后,高三十尺,重屋八
面,重屋无梯,自金露亭前复道登焉,又曰线珠亭。瀛洲亭在
温石浴室后,制度同方壶。玉虹亭前仍有登重屋复道,亦曰线
珠亭。荷叶殿在方壶前,仁智西北,三间,高三十尺,方顶,中
置琉璃珠。温石浴室在瀛洲前,仁智西北,三间,高二十三尺,
方顶,中置涂金宝瓶。圜亭,又曰胭粉亭,在荷叶稍西,盖后妃
添妆之所也,八面。介福殿在仁智东差北,三间,东西四十一
尺,高二十五尺。延和殿在仁智西北,制度如介福。马㟈室在
介福前,三间。牧人之室在延和前,三间。庖室在马㟈前。东
浴室更衣殿在山东平地,三间,两夹。太液池在大内西,周回
若干里,植芙蓉。仪天殿在池中圆坻上,当万寿山,十一楹,高
三十五尺,围七十尺,重檐,圆盖顶,圆台址,甃以文石,藉以花
裀,中设御榻,周辟琐窗,东西门各一间,西北厕堂一间,台西
向,列甃砖龛,以居宿卫之士。东为木桥,长一百廿尺,阔廿二
尺,通大内之夹垣。西为木吊桥,长四百七十尺,阔如东桥,中
阙之,立柱,架梁于二舟,以当其空,至车驾行幸上都,留守官
则移舟断桥,以禁往来。是桥通兴圣宫前之夹垣。后有白玉
石桥,乃万寿山之道也。犀山台在仪天殿前水中,上植木芍
药。隆福宫西御苑在隆福宫西,先后妃多居焉。香殿在石假
山上,三间,两夹二间,柱廊三间,龟头屋三间,丹楹,琐窗,间

金藻绘，玉石础，琉璃瓦。殿后有石台，山后辟红门，门外有侍女之室二所，皆南向并列。又后直红门，并立红门三。三门之外，有太子斡耳朵荷叶殿二，在香殿左右，各三间。圆殿在山前，圆顶上置涂金宝珠，重檐。后有流杯池，池东西流水，圆亭二，圆殿有庑以连之。歇山殿在圆殿前，五间，柱廊二，各三间。东西亭二，在歇山后左右，十字脊。东西水心亭在歇山殿池中，直东西亭之南，九柱，重檐。亭之后，各有侍女房三所，所为三间，东房西向，西房东向。前辟红门三，门内立石以屏内外，外筑四垣以周之。池引金水注焉。棕毛殿在假山东偏，三间，后盝顶殿三间。前启红门，立垣以区分之。仪鸾局在三红门外西南隅，正屋三间，东西屋三间，前开一门。史官虞集曰：尝观纪籍所载，秦、汉、隋、唐之宫阙，其宏丽可怖也，高者七八十丈，广者二三十里。而离宫别馆，绵延联络，弥山跨谷，多或至数百所。嘻，真木妖哉！由余有言，使鬼为之，则劳神矣；使人为之，则苦人矣。由余当秦穆公之时为是，俾见后世之侈何如也。虽然，紫宫著乎玄象，得无栋宇有等差之辨，而茅茨之简，又乌足以重威于四海乎！集佐修《经世大典》，将作所疏宫阙制度为详，于是知大有径庭于古也。方今幅员之广，户口之夥，贡税之富，当倍秦、汉而参隋、唐也，顾力有可为而莫为，则其所乐不在于斯也。孔子曰："禹吾无间然矣，卑宫室而尽力乎沟洫。"重于此则轻于彼，理固然矣。

公　宇

中书省

吏部

户部　　都提举万亿绮源库　　都提举万亿赋源库　　都提

举万亿宝源库　都提举万亿广源库　提举富宁库　诸路宝钞都提举司　顺承行用库　文明行用库　光熙行用库　健德行用库　和义行用库　崇仁行用库　顺承平准库　大都平准库　宝钞总库　印造宝钞库　烧钞西库　烧钞东库　印造茶盐引局　抄纸坊

　　礼部　　会同馆　教坊司　铸印局　白纸坊　油磨坊

　　兵部

　　刑部

　　工部　　覆实司　提举都城所　提举右八作司　提举左八作司　备章总院　大都人匠总管府　大都等路诸色民匠总管府　纹绣总院　绣局　诸路杂造总管府　茶迭儿局诸色人匠总管府　提举诸司局　诸司局人匠总管府　大都金银器盒局　大都毡局　织染局　花毯蜡布等局　帘局　撒答剌欺等局人匠提举司　造船提举司　诸物库　符牌库　受给库　左右厢

　　枢密院　　右卫亲军都指挥使司　左卫亲军都指挥使司　中卫亲军都指挥使司　前卫亲军都指挥使司　后卫亲军都指挥使司　武卫亲军都指挥使司　蒙古侍卫亲军都指挥使司　虎贲侍卫亲军都指挥使司　唐兀侍卫亲军都指挥使司　钦察侍卫亲军都指挥使司　贵赤侍卫亲军都指挥使司　西域侍卫亲军都指挥使司

　　御史台　　殿中司　察院

　　也可札鲁忽赤　　司狱司

　　徽政院　　宫正司　掌谒司　掌医署　掌膳署　内宰司　备用库　藏珍库　掌仪署　文成库　供须库　仪从库　卫候司　右都威卫使司　左都威卫使司　延庆司　随路诸色人匠

都总管府　马瑙玉局　大都等路诸色民匠提举司　织染杂造
人匠总管府　绫锦局　织染局　文绮局　诸路怯怜口民匠都
总管府　大护国仁王寺财用规运都总管府

　　宣徽院　　尚舍监　诸物库　尚食局　生料库　光禄寺
尚酝局　尚饮局　醴源仓　阑遗监　提举太仓　柴炭提举司
沙糖局

　　中政院　　奉宸库　管领随路民匠打捕鹰房纳绵总管府

　　集贤院　　国子监　国子学　兴文署

　　翰林院　　国子监　国子学

　　翰林国史院

　　宣政院　　资善库

　　昭文馆

　　太常寺　　太庙署　大乐署　社稷署　礼直署

　　大司农司　　广济署　藉田署　丰赡署　供膳署　昌国
署　济民署

　　大都护府

　　通政院　　廪给司

　　秘书监　　著作局　秘书库

　　大府监　　内藏库　右藏库　左藏库　器备库

　　中尚监　　资成库　杂造局诸色人匠提举司　　铁局　木
局　怯怜口诸色人匠提举司　大都等路种田人匠织染局

　　利用监　　资用库　怯怜口皮局人匠提举司　大都杂造
双线局　熟皮局　店皮局　貂鼠局　大都软皮局

　　章佩监　　御带库　异珍库

　　典瑞监

　　大都留守司兼少府监　　修内司　大木局　小木局　泥

瓦局　妆钉局　铜局　车局　绳局　祇应局　画局　油漆局器备局　器物局　铁局　仪鸾局　大都诸色人匠提举司　犀象牙局　雕牙局　雕木局　采石局　木场局　上林局　大都门尉

　将作院　诸路金玉人匠总管府　玉局提举司　玛瑙局提举司　石局　金丝子局　大小雕木等局　鞓带斜皮局　璀玉局　画局　温犀玳瑁　漆纱冠冕局　珠子局　异样等局总管府　异样纹绣两局　绫锦织染两局　金丝颜料总库　尚衣局　御衣局

　泉府司　　富藏库

　侍仪司　　法物库

　武备寺　　寿武库　利器库　甲匠提举司　箭局　弦局

　都水监　　大都河道提举司

　尚乘寺　　诸路杂造总管府　诸路旋匠提举司　网帘局资乘库

　太仆寺

　太史院

　司天台

　回回司天台

　太医院　　御药局　御药院　回回药物院　回回药物局大都惠民局　广惠司

　崇福司

　拱卫直都指挥使司　　仪从司

　大司徒领异样金玉人匠总管府　　塑局　出镴局　银局铜局　铸泻等铜局　唐像画局　梵像局　杂造提举司　镔铁局　玉局　诸物局

　　李可孙

　　仪凤司　　安和署

　　京畿都漕运使司　　万斯南仓　万斯北仓　千斯仓　相因仓　丰闰仓　通济仓　广贮仓　永平仓　永济仓　惟亿仓　既盈仓　盈衍仓　大积仓　丰实仓　广衍仓　顺济仓

　　大都等路都转运盐使司　　大都税课提举司　大都酒课提举司

　　大都南北两兵马都指挥使司　　北兵马司

　　内史府

　　省架阁库

　　左右部架阁库

　　长信寺

喝　盏

　　天子凡宴飨，一人执酒觞，立于右阶，一人执柏板，立于左阶。执板者抑扬其声，赞曰"斡脱"，执觞者如其声和之曰"打弼"。则执板者节一拍，从而王侯卿相合坐者坐，合立者立，于是众乐皆作，然后进酒，诣上前，上饮毕，授觞，众乐皆止。别奏曲，以饮陪位之官。谓之喝盏。盖沿袭亡金旧礼，至今不废，诸王大臣非有赐命不敢用焉。斡脱、打弼，彼中方言，未暇考求其义。

碧珠示谶

　　文宗潜邸金陵日，岁当戊辰，适太平兴国寺铸大钟，为金数万斤，方在冶，上至其所，取相嵌碧珠指环默祝曰："若天命在躬，此当不坏。"即投液中。钟成，其款有曰"皇帝万岁",珠宛然在其上,若故识之,而坚固完好,光采明发,不以灼毁。万目惊睹,欢叹如一。及登大宝,方与近侍言向时祝天之谶。

南村辍耕录卷二十二

圣 门 弟 子

孔门弟子姓字,见诸《家语》、《论语》、《史记》等书。金华张君孟兼,稽订异同,集为章句,以便记诵,即古《急就》之义也。其文曰:繄昔圣门,弟子三千。身通六艺,七十二贤。德行著称,颜回子渊。冉耕伯牛,闵损子骞。及冉雍仲弓,为四科之先。宰予子我,<small>并鲁人。</small>端木赐子贡,<small>卫人。</small>言语是称,赐言多中。乃多才艺,仲由季路,<small>陈人。</small>冉求子有,<small>鲁人。</small>政事并著。言偃子游,<small>吴人。</small>卜商子夏,<small>卫人。</small>文学著名,孰可方驾。曾参子舆,纯孝全归,父点子晳,浴沂舞雩。回父无繇,<small>并鲁人。</small>仲由同字,有公晳哀,<small>齐人。</small>字以季次。县成子祺,左郢子行,<small>并鲁人。</small>乐咳<small>亡。</small>颜哙,同字子声。其字子羽,澹台灭明,<small>并鲁人。</small>子之是字,公祖句兹。<small>亡。</small>其有秦非,亦字子之。孔忠子蔑,叔仲会子期,乃子旗字者,粤巫马施。颜之仆子叔,申枨子续,商瞿子木,<small>并鲁人。</small>蘧瑗伯玉。<small>卫人。</small>有若子有,公伯寮子周。<small>并鲁人。</small>其申党<small>一作续。</small>者,止字曰周。<small>亡。</small>司马黎耕,<small>宋人。</small>乃字子牛。颛孙师子张,<small>陈人。</small>公冶长子长,<small>齐人。</small>一字子禽,其陈亢子亢。<small>陈人。</small>名而不字,唯句井疆。高柴子羔,<small>并卫人。</small>公肩定子中,<small>亡。</small>有南宫适子容,<small>鲁人。</small>薛邦子从。<small>亡。</small>公西蒇<small>鲁人。</small>及公西舆如,<small>亡。</small>字子上同。穰驷赤子徒,<small>秦人。</small>廉洁子庸,<small>卫人。</small>漆雕开<small>鲁人。</small>琴牢,子开字同。宓不齐子贱,<small>并卫人。</small>步叔乘子车,齐人。其滕雕哆邽巽,子敛字偯。并鲁人。粤梁鳣者,其字叔鱼。齐人。秦祖子南,秦人。樊须子迟,齐人。亦有后处,字以里之。亡。原宪,鲁人。燕伋,亡。同字子思。郑国荣旂,字子徒子祺。伯虔子析,公夏首子乘,施之常子恒,并亡。公良孺子正。陈人。冉孺子鲁,冉季子产。字子柳者颜幸,并鲁人。字子象者县亶。石作蜀子明,并亡。公孙龙子石。楚人。商泽子季,奚容蒧子晳。狄黑晳之,罕父黑子索。其原亢籍,仍字子籍。并亡。字子丕者,曰惟商秦。楚人。秦冉字开,颜祖字襄。并亡。任不齐子选,楚人。曹恤子循。漆雕徒父,字曰子文。颜高一作刻。子骄,郏单子家。并亡。颜何字冉,公西赤子华。并鲁人。猗欤多贤,升堂入室。慨举世之所传,名固逾乎七十。乃稽纪载,尚遗其实。《家语》史迁,所录不一。嗟嗟小子,何敢忘逸。爰重列以自识,俾蒙士之易述。其不铨次,岂缘声律。不韪之罪,莫敢自恤。尚同好之君子,幸有以订愚之失。

颜无繇音遥。《正义》云音由。　县成县音玄。　公祖句兹句音钩。　句井疆句《正义》作钩。

宓不齐宓音密。《正义》云当作伏。　漆雕哆音赤者反。　邽巽邽音圭。　郏单上音苦尧反。下音善。

黄　河　源

潘昂霄志曰:延祐乙卯春,圣天子以四海万国之广,轸念庶民艰虞罔控告也,分使诣外郡诸道,布扬德心,戚休兴替之,清污扬激之。畿甸密迩,独不得均其泽。越五月,诏前翰林学士承旨臣阔阔出、翰林侍读臣昂霄,奉使宣抚京畿西道。臣昂霄承命,惊悸罔措,唯务罄竭忠赤,尽民瘼后已。阔公一日语昂霄:“余尝从余兄荣禄公都实抵西国,穷河源。”耳之不觉瞿

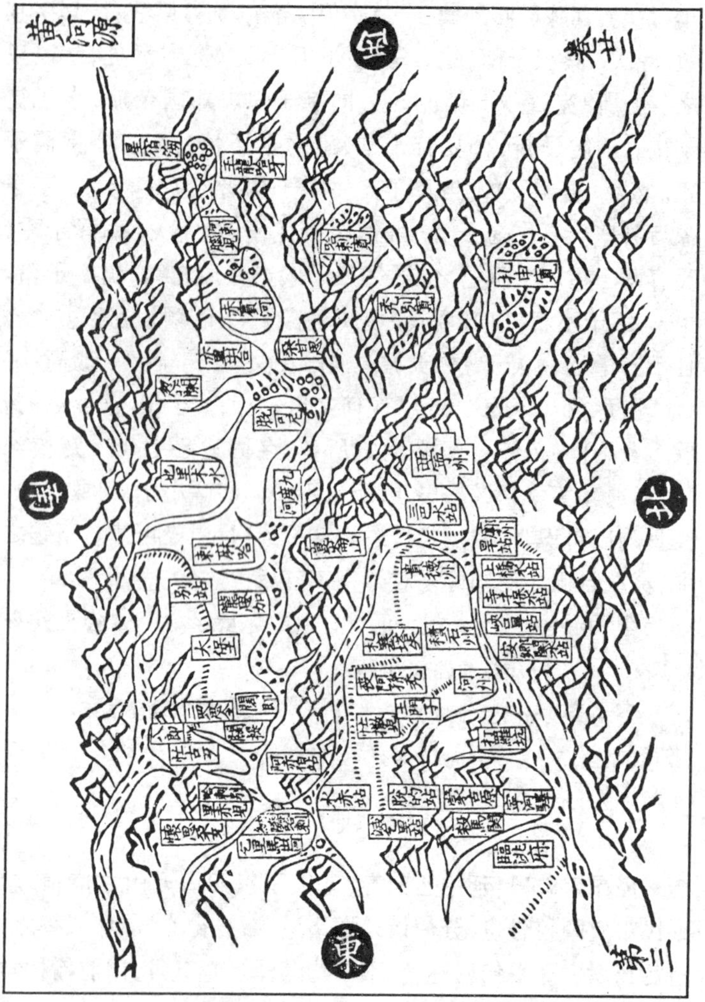
黄河源
北
東
西寧州
河州

然以骇,有是乎哉,请毕其语。公曰:世祖皇帝至元十七年,岁在庚辰,钦承圣谕,黄河之入中国,夏后氏导之,知自积石矣,汉唐所不能悉其源。今为吾地,朕欲极其源之所出,营一城,俾番贾互市,规置航传。凡物贡水行达京师,古无有也,朕为之,以永后来无穷利益。盖难其人。都实汝旧人,且习诸国语,往图汝谐。授招讨使,佩金虎符以行。是岁四月,至河州。州东六十里,有宁河驿。驿西南五六十里,山曰捉一作杀。马关,林麓穹隘,译言泰石答班,启足浸高,一日程至巅,西迈愈高。四阅月,约四五千里,始抵河源。冬还,图城传位置以闻。上悦,往营之,授土蕃等处都元帅,仍金虎符,置寮采督工,工师悉资内地。造航为艘六十。城传措工物完,阔阔出驿闻,适相哥征昆哥藏不回,力沮,遂止。翼岁,兄都实旋都。河源在土蕃朵甘思西鄙,有泉百余泓,或泉或潦,水沮洳散涣,方可七八十里,且泥淖弱,不胜人迹,逼观弗克。旁履高山,下视灿若列星,以故名火敦恼儿。火敦,译言星宿也。群流奔凑,近五七里,汇二巨泽,名阿剌恼儿。自西徂东,连属吞噬,广轮马行一日程,迤逦东骘成川,号赤宾河。二三日程,水西南来,名亦里出,合赤宾。三四日程,南来,名忽兰。又水东南来,名也里尤,合流入赤宾。其流寖大,始名黄河。然水清,人可涉。又一二日,歧裂八九股,名也孙斡论,译言九渡。通广六七里,马亦可度。又四五日程,水浑浊,土人抱革囊乘骑过之,民聚落斜木干象舟傅毛革以济,仅容两人。继是,两山峡束,广可一里二里或半里,深叵测矣。朵甘思东北鄙,有大雪山,名亦耳麻不莫剌,其山最高,译言腾乞里塔,即昆仑也。山腹至顶皆雪,冬夏不消。土人言,远年成冰时,六月见之。自八九股水至昆仑,行二十日程。河行昆仑南半日程地。又四五日程,至地名阔即及阔提，二地相属。又三日程，地名哈剌别里赤儿，四达之冲也，多寇盗，有官兵镇防。昆仑迤西，人简少，多处山南。山皆不穹峻，水亦散漫。兽有牦牛、野马、狼狍、羱羊之类。其东山益高，地亦渐下，岸狭隘，有狐可一跃越之者。行五六日程，有水西南来，名纳邻哈剌，译言细黄河也。又两日程，水南来，名乞儿马出，二水合流入河。河北行，转西，至昆仑北，二日程地，水过之北流，少东，又北流。约行半月程，至贵德州，地名必赤里，始有州事官府。州隶河州置司土蕃等处宣慰司所辖。又四五日程，至积石州，即《禹贡》积石。五日程，至河州安乡关。一日程，至打罗坑。东北行，一日程，洮河水南来入河。又一日程，至兰州。其下过北〔一作比〕卜渡，至鸣沙州。过应吉里州，正东行，至宁夏府。南东行，即东胜州，隶西京大同路地面。自发源至汉地，南北涧溪，细流傍贯，莫知纪极。山皆草山石山，至积石，方林木畅茂。世言河九折，彼地有二折，盖乞儿马出及贵德州必赤里也。汉张骞使绝域，羁联拘执，艰厄百罹，历大宛、月氏等数国，其傍大国五六，皆称传闻，以为穷河源，乌能睹所谓河源哉！史称河有两源，一出于阗，一出葱岭。于阗水北行，合葱岭河，注蒲类海，不流，潜至临洮出焉。今洮水自南来，非蒲类明矣。询之土人，言于阗葱岭水，其下流散之沙碛。又有言河与天河通，寻源得织女支机石以归，亦妄也。昆仑去嵩高五万里，阆风、玄圃、积瑶、华盖仙人所居，又何耶？《唐史·土蕃传》：河上流由洪济梁南二千里，水益狭，春可涉，秋夏乃胜舟。其南三百里，三山中高而四下，曰紫山，古所谓昆仑。其言颇类，然止称河源其间云。国家敞天威，亘天所覆焘，无间海内外，冠带万国，罔非臣妾，视汉、唐为不足讶，故穷河源，去万里，若步闺闼。嘻，盛典也，不可不志，因志之。都实族女真蒲察氏，统乌思臧路，暨招讨都元帅，凡三至吐蕃。阔阔出，今除甘肃行省参知政事。是岁八月初吉，翰林侍读学士、中奉大夫、知制诰、同修国史臣潘昂霄谨述。柯九思述云：河源有志，自本朝始，前乎此曷为未有。志河源者，道路辽阻，所传闻异辞，莫能究河之源也。《山经》曰：敦薨之水，西流，注于泑泽，出于昆仑之东北陬，实惟河源。而《水经》载，河出昆仑，经十余国，乃至泑泽。《山经》又称：阳纡之山，河出其中，凌门之山，河出其中。《穆天子传》亦云：阳纡之山，河伯冯夷所居，是惟河宗氏。《释氏西域志》称：阿耨达大山上，有大渊水，即昆仑山也。《地里志》亦称：昆仑山在临羌西。而《汉书》载河出两源，或称有，或称无，而河源所著异同，况世殊代易，名地亦异，终莫能有究之者。我太祖皇帝二十有一年，春正月，征西夏。夏，取甘肃等城。秋，取西凉府。遂过沙陀，至黄河九渡。按昆仑当九渡下流，则昆仑固已归我职方氏矣。宪宗皇帝二年，命皇太弟旭烈帅诸部军征西域，凡六年，辟封疆四万里，于是河源及所注枝出者，尽在封域之内。当时在行有能记其说，皆得于目击，非放也。逮世祖皇帝，功成治定，天下殷富，遂命臣都实置郡河源。故翰林侍读学士潘公，得究其详实，搜源析派，而作斯志。乃知更昆仑行一月，始穷河源。於戏！当四海混一之盛，闻广见核，至数千载莫能究者，俾后世有考而传信焉，岂斯文之光，实邦家无疆之休也。公之子诩，能不坠其先业，增光而润色之。至顺间，以同知嘉定州事吴吴，将刊是书行于世，属九思叙其说于篇端。元统元年冬十有一月日南至，奎章阁学士院鉴书博士、文林郎柯九思序。

皇太子署牒

国朝故事，正六品以下官，中书奉敕署牒以命之。牒具，中书官位最尊者，令也，署牒者，自丞相以下，而不敢以烦令。惟皇太子立，必兼中书令枢密使。皇太子既受册，即中书上日，独署一牒。明日，省臣以其名闻，天子即以宣命超拜五品官。其人自非素亲近有誉望最于群臣者不得也。

禽　戏

余在杭州日，尝见一弄百禽者，蓄龟七枚，大小凡七等，置龟几上，击鼓以使之，则第一等大者先至几心伏定，第二等者从而登其背，直至第七等小者登第六等之背，乃竖身直伸其尾向上，宛如小塔状，谓之乌龟叠塔。又见蓄虾蟆九枚，先置一小墩于席中，其最大者乃踞坐之，余八小者左右对列，大者作一声，众亦作一声，大者作数声，众亦作数声，既而小者一一至大者前点首作声，如作礼状而退，谓之虾蟆说法。至松江，见一全真道士，寓太古庵，一日，取二鳅鱼，一黄色，一黑色，大小相侔者，用药涂剂刃，各断其腰，互换接续，首尾异色，投放水内，浮游如故，郡人卫立中，以盆池养之，经半月方死。叠塔说法，固教习之功，但其质性蠢蠢，非他禽鸟可比，诚难矣哉。若夫断而复续，死而复生，药欤法欤？是未可知也。但剧戏中似此者，果亦罕见。

虎　祸

大德间，荆南境内，有九人山行，值雨，避于路傍旧土洞中。忽有一虎，来踞洞口，哮吼怒视，目光射人。内一人素愚，八人者密议:"虎若不得人,恶得去?"因绐愚者先出,我辈共掩杀之。愚者意未决,遂各解一衣,缚作人形,掷而出之。虎愈怒。八人并力排愚者于外,虎即衔至洞口,怒视如前。须臾,土洞压塌,八人皆死,愚者获生。夫当颠沛患难之际,乃欲以八人之智而陷一人之愚,其用心亦险矣,天道果梦梦耶?

河南妇死

河南妇,世为河南民家。大兵下江南,妇被虏,姑与夫行求数年,得之湖南,妇已妻千户某,饶于财,情好甚洽,视夫姑若涂人。会有旨,凡妇人被虏,许银赎,敢匿者死。某惧罪,亟遣妇,妇坚不行。夫姑留以俟,妇闭其室,弗与通,遂号恸顿绝而去。行未百步,青天无云而雷,回视,妇已震死。钱唐白湛渊先生纪以诗曰:"从军古云乐,获罪祷应难。毋望明珠复,夫求破镜完。押衙逢义士,公主奉春官。为报河南妇,天刑不可干。"

玉堂嫁妓

姚文公燧为翰林学士承旨日,玉堂设宴,歌妓罗列。中有一人,秀丽闲雅,微操闽音。公使来前,问其履历。初不以实对,叩之再,泣而诉曰:"妾乃建宁人氏,真西山之后也。父官朔方时,禄薄不足以给,侵贷公帑无偿,遂卖入娼家,流落至此。"公命之坐,乃遣使诣丞相三宝奴,请为落籍。丞相素敬公,意公欲以侍巾栉,即令教坊检籍除之。公得报,语一小史黄溍,后显官者。曰:"我以此女为汝妻,女即以我为父也。"史忻然从命。京师之人相传以为盛事云。嘉兴贝阙尝有诗曰:"断丝弃道边,何日缘长松。堕羽别炎洲,不复巢梧桐。昔在至元

日,六合车书同。玉堂盛文士,燕集来雍雍。金刀手割鲜,酒
给蒲萄浓。坐有一枝春,秀色不可双。叶娉婷刘碧玉,绰约商
玲珑。宝钏金雀钗,已觉燕赵空。或闻操南音,未解歌北风。
上客惊且疑,姓字初未通。问之渐复泣,乃起陈始终。妾本建
宁女,远出西山翁。父母生妾时,谓是金母童。梨花锁院落,
燕子窥帘栊。迢迢官朔方,位卑食不充。侵贷国有刑,桎梏加
父躬。鬻女以自赎,白璧沦泥中。秋娘教歌舞,屡入明光宫。
永为倡家妇,遂属梨园工。京华多少年,门外嘶青骢。不如孟
光丑,犹得嫁梁鸿。自伤妾薄命,失路似秋蓬。客闻为三叹,
天道何懵懵。遣使白宰相,削籍归旧宗。小史十八九,勿恨相
如穷。配尔执箕帚,今夕看乘龙。鸳鸯并玉树,鹦鹉开金笼。
弃汝桃花扇,红牙不复从。提瓮自汲水,绤绤自御冬。时多困
辄轲,事或忻遭逢。安知百尺井,忽登群玉峰。借问为者谁,
内相姚文公。"

数　谶

　　至元甲子,阿合马拜中书平章,领制国用使司。时乐府中
盛唱《胡十八》小令,知谶纬者,谓其当擅重权十八年,人未之
信,果于至元壬午伏诛。越五年,丁亥闰二月,桑哥拜中书平
章,立尚书省,贪暴残忍,又十倍于阿合马。人亦谓桑字拆而
为四十八。桑字后改作相字,亦拆而为四十八。竟不知应之
于寿,或应之于职。然自立省之日至辛卯正月败绩,恰四十八
月,其神验如是。

戎　显　再　生

　　大德戊戌二月二十日,张汉臣尚书、赵松雪学士、费北山

漕侯同在杭州,泛舟过西湖,至毛家步,上岸乘肩舆,将游水乐洞。行里余,逢一尼寺,赵公偕二公入寺访亲。俄而从人来报,张公之老仆戎显卒死矣。亟回至其所,呼救不省,气绝身僵。忽有二道士过,一老一幼,云不妨事。老者即于死人面上吹呵。幼者就篱落间摘一青叶度于老者,若作法书符状,置死人顶上,随即再生。顷间,失二道士所在。或云,恐是洞宾变现,隐括其姓如此耳。

算 命 得 子

橋李郭宗夏,尝见建德路总管赵良臣,言都下有李总管者,官三品,家巨富,年逾五十而无子,闻枢密院东有术者,设肆算命,谈人休咎多奇中,试往叩焉,且语之曰:"吾之禄寿,已不必言,但推有子与否。"术者笑曰:"君有子矣,何为绐我?"李曰:"吾实无子,岂绐汝耶?"术者怒曰:"君年四十当有子,今年五十六矣,非绐我而何?"同坐者皆军官,见二人争执,甚讶之。李沈吟良久曰:"吾年四十时,一婢有娠,吾以职事赴上都,比归,则吾妻鬻之矣,莫知所往,若有子,则此是也。"术者曰:"此子终当还君。"相别而出。时坐中一千户,邀李入茶坊,告之曰:"十五年前,吾亦无子,因到都,置一婢,则已有孕,到家时,适吾妻亦有孕,前后一两月间,各生一男,今皆十五六矣,岂君之子耶?"两人各言妇人之容貌齿岁相同。李归语于妻。妻往日诚悍妒,至是,见夫无嗣,心颇惭而怜之。翼日,邀千户至家,享以盛馔,与之刻期而别。千户先归南阳府,李以实告于所管近侍大官,乞假前往。大官曰:"此美事也,我当与汝奏闻。"既而有旨,得给驿以行,凡筵席之费皆从官办。李至,众官郊迎,往千户宅,设大宴,李所以馈献千户并其妻子仆妾之

物甚侈。千户命二子出拜，风度不殊，衣冠如一，莫知何者为
己子，致请于千户。千户曰："君自认之。"李谛视良久，天性感
通，前抱一人曰："此吾子也。"千户曰："然。"于是父子相持而
哭，坐中皆为之堕泪。举杯交贺，大醉而罢。明日，千户答礼
会客如昨，谓李曰："吾既与君子矣，岂可使母子分离？今并其
母以奉。"李喜出望外。回都，携其子见大官，大官曰："佳儿
也。"引之入觐，通籍宿卫，后亦官至三品。大抵人之有子无
子，数使之然，非人力所能也，而术士之业亦精矣。

夫 妇 入 道

　　王氏守素，钱唐民家女，其夫丁，弃家为全真道士于吴山
之紫阳庵。一日，召守素入山，书付四句云："懒散六十三，妙
用无人识。逆顺两俱忘，虚空镇常寂。"坐抱一膝而逝。方外
者流谓之骑鹤化。守素遂亦束发簪冠，着道士服，奉夫遗尸，
二十年迹不下山，年逾七十，几于得道者。神仙渺茫，故未暇
论，贞守一节，乃可尚也。丁卯进士萨都剌天锡赠之诗曰："不
见辽东丁令威，旧游城郭昔人非。镜中春去青鸾老，华表山空
白鹤归。石竹泪干斑雨在，玉箫声断彩云飞。洞门花落无人
迹，独坐苍苔补道衣。"

项 节 妇

　　燕山项氏，其夫江南人，行贾燕蓟间，聘项与居。未几，夫
死。项时年二十，奉枢回江南，誓以夫余赀养姑以自终。比
至，姑已改适，励志孑居，以守夫祀。盱江李宗洌闵其事而赋
之，诗曰："少无依倚老何堪，白发婆娑乱不簪。梦里尚思江北
好，悔将夫骨葬江南。"

西 域 奇 术

任子昭云：向寓都下时，邻家儿患头疼，不可忍，有回回医官，用刀划开额上，取一小蟹，坚硬如石，尚能活动，顷焉方死，疼亦遄止。当求得蟹，至今藏之。夏雪蓑云：尝于平江阊门，见过客马腹膨胀倒地，店中偶有老回回见之，于左腿内割取小块出，不知何物也，其马随起即骑而去。信西域多奇术哉！

童 子 属 对

湖广行省平章归自雨中，有一童子，年七八岁，直造伞下避雨。平章问曰："学生能属对否？"曰："能。"平章曰："青衿来避雨。"即应声对曰："紫绶去朝天。"平章喜，引至家，遗以果肴。明日，除书至，拜中书平章之命，复大喜，再以楮币彩缯赠之。

先 辈 风 致

龙麟洲先生过福建，宪府设宴，命官奴小玉带佐觞。酒半，宪使举杯请曰："今日之欢，皆玉带为也，愿先生酬之以诗，先生其毋辞。"时先生负海内重名，雅畏清议，又不能违宪使之请，遂书一绝句云："菡萏池边风满衣，木犀庭下雨霏霏。老夫记得坡仙语，病体难禁玉带围。"于是举席称叹，尽欢而散。盖前辈既不肯拂人意，又不欲失所守，而且用事清切，一时风致可想见，信非野儒俗士所能及也。

司 马 善 谏

御史大夫也先帖木儿，与夫人不睦，已数年矣。翰林学士承旨阿目茄八刺死，大夫遣司马明里往唁之。及归，问其所以。明里云："承旨带罟罟娘子十有五人，皆务争夺家财，全无哀戚之情。惟正室坐守灵帏，哭泣不已。"大夫默然。是夜，遂与夫人同寝，欢爱如初。若司马者，可谓善于寓谏者矣。

俞 竹 心

术士俞竹心者，居庆元，嗜酒落魄，与人寡合。顺其意者，即与推算，醉笔如飞，略不构思，顷刻千余言，道已往之事极验，时皆以为异人。至元己卯间，娄敬之为本路治中，尝以休咎叩之。答曰："公他日直至一品便休。"娄深信其说，弃职别进。适值壬午更化，俯就省掾，升除益都府判，改换押字再，宛然真书一品二字。未几，卒于官所。此偶然耶，抑数使然耶？

犬 胁 生 子

元贞丙申秋，大都南城武仲祥家，有乳犬怀胎，左胁下忽肿成疮。六七日后，于疮生五子，色皆青苍，每当脊梁自顶至尾，生逆毛一道，他无所异。又数日，疮亦平复。

南村辍耕录卷二十三

书 画 裱 轴

　　唐贞观、开元间，人主崇尚文雅，其书画皆用紫龙凤绸绫为表，绿文纹绫为里，紫檀云花杵头轴，白檀通身柿心轴。此外又有青赤琉璃二等轴，牙签锦带。大和间，王涯自盐铁据相印，家既羡于财，始用金玉为轴。甘露之变，人皆剥剔无遗。南唐则裱以回鸾墨锦，签以潢纸。宋御府所藏，青紫大绫为裱，文锦为带，玉及水晶檀香为轴。靖康之变，民间多有得者。高宗渡江后，和议既成，榷场购求为多，装褫之法，已具《名画记》及《绍兴定式》，兹更不赘。姑以所闻见者，使赏鉴之士有考焉。

锦裱

克丝作楼阁　　克丝作龙水　　克丝作百花攒龙　　克丝作龙凤
紫宝阶地　　紫大花　　　　五色簟文俗呼山和尚。
紫小滴珠方胜鸾鹊　　　　　青绿簟文俗呼阁婆，又曰蛇皮。　　　　紫百花龙
紫鸾鹊一等紫地紫鸾鹊，一等白地紫鸾鹊。
紫龟纹　　紫珠焰　　紫曲水俗呼落花流水。
紫汤荷花　红霞云鸾　黄霞云鸾俗呼绛霄，其名甚雅。
青楼阁阁又作台。　　　青大落花　　　紫滴珠龙团
青樱桃　　皂方团白花　褐方团白花　　方胜盘象
球路　　　衲　　　　柿红龟背　　　樗蒲

宜男	宝照	龟莲	天下乐
练鹊	方胜练鹊	绶带	瑞草
八花晕	银钩晕	红细花盘雕	翠色狮子
盘球	水藻戏鱼	红遍地杂花	红遍地翔鸾
红遍地芙蓉	红七宝金龙	倒仙牡丹	白蛇龟纹
黄地碧牡丹方胜	皂木		

绫引首及托里

碧鸾	白鸾	皂鸾	皂大花
碧花	姜牙	云鸾	樗蒲
大花	杂花	盘雕	涛头水波纹
仙纹	重莲	双雁	方棋
龟子	方縠纹	鸂鶒	枣花
鉴花	叠胜	白毛辽国。	回文金国。
白鹭	花并高丽国。		

赗卷纸

高丽	蠲	夹背蠲	揩光

轴

出等白玉碾龙簪顶或碾花。		白玉平顶	玛瑙浆水红。
金星石	珊瑚	水晶	蜡沉香
古玉	象牙	犀角	

轴杆

檀香木

匣

螺钿宋高宗内府皆钿匣。

炉　鸣

至元庚寅冬,江浙行省官立相哥、沙不丁辈德政碑,穹窿莫比,特阙坐石。时赵若晦者素善谄媚,因以杨和王坟域所有为言,役人夫数千,拖拽而至。毕工之日,是夜,省堂中火炉鸣,直至昧爽方休,嗣是夜以为常。又枭鸣梁压,虎入城市。越明年春,相哥败,诸公俱罹奇祸,岂非事有先兆与?

田　夫　人

刘公复新为上都留守时,有令史亢子春者,值公退食,偶与同列据案判事以戏,遂为仇家发之。公大怒,责问罪状,枷项示众。及归,怒容未霁。其夫人田氏,问公何故不乐,公语其故。夫人曰:"此小节耳,何足怒也?"即令人呼亢至,请公为脱其枷,且劳以酒,云:"此一杯与汝压惊,此一杯与汝庆喜。男子大丈夫,何所不至,留守之位何患不到!"亢感谢而退。不数年,公卒而无子,止一女,适田直长。直长遄卒,女病双瞽。后亢官湖广参政,迎夫人母子归,没齿敬养不息。公乃廉访使刘廷幹之从祖父也。

嗓

大名王和卿,滑稽挑达,传播四方。中统初,燕市有一蝴蝶,其大异常,王赋《醉中天》小令云:"挣破庄周梦,两翅驾东风。三百处名园,一采一个空。难道风流种,谍杀寻芳蜜蜂。轻轻的飞动,卖花人搊过桥东。"由是其名益著。时有关汉卿者,亦高才风流人也,王常以讥谑加之,关虽极意还答,终不能胜。王忽坐逝,而鼻垂双涕尺余,人皆叹骇。关来吊唁,询其由，或对云："此释家所谓坐化也。"复问鼻悬何物，又对云："此玉箸也。"关云："我道你不识，不是玉箸，是嗓。"咸发一笑。或戏关云："你被王和卿轻侮半世，死后方才还得一筹。"凡六畜劳伤，则鼻中常流脓水，谓之嗓病。又爱讦人之短者，亦谓之嗓，故云尔。

金　莲　杯

杨铁崖耽好声色，每于筵间见歌儿舞女有缠足纤小者，则脱其鞋载盏以行酒，谓之金莲杯。予窃怪其可厌。后读张邦基《墨庄漫录》，载王深辅道《双凫诗》云："时时行地罗裙掩，双手更擎春潋滟。傍人都道不须辞，尽做十分能几点。春柔浅蘸蒲萄暖，和笑劝人教引满。洛尘忽浥不胜娇，划蹋金莲行款款。"观此诗，则老子之疏狂有自来矣。

大　佛　头

宋高宗朝，钱唐喻氏出家为沙门，名思净，建妙行院于北关，接待供僧三百万。画阿弥陀佛，入于神妙，杨侍郎杰赞为嵒弥陀，人从而称之。净又于西湖之北镌石为大佛头。父老相传云，此石乃秦始皇系缆石。盖是时皆浙江耳，初无西湖之名，始皇将登会稽，为风浪所阻，故泊舟此处。

扬　州　白　菜

扬州至正丙申、丁酉间，兵燹之余，城中屋址遍生白菜，大者重十五斤，小者亦不下八九斤，有膂力人，所负才四五窠耳。亦异哉！

谲 诞 有 配

　　天下之事,未尝无配,虽谲诈诞妄之谈,亦有然者。松江卫山斋有材誉,时庸医儿孙华孙颇知嗜学,山斋因奖予之,使得侪于士类。山斋既死,华孙忽谓人曰:"尝梦天使持黄封小合授吾,曰:'上帝有勅,以卫山斋声价畀汝。'吾受命谢恩而寤。"华孙才思极迟,凡作一诗,必数十日乃就,则曰:"吾登溷偶得一联。"或又曰:"枕上得此。"故人戏赠以诗,有"浪得诗名索价高"及"山斋声价黄封合"之句。陆居仁每谓人曰:"吾读书至得意时,见庆云一朵现,家人皆不能睹。又一日,读《诗集传》,有不安处,思所以易之,忽若梦寐中见尼父拱立于前而呼吾字曰:'陆宅之,朱熹误矣,汝说是也。'"偶与友人之黠者言及此,友人曰:"足下得非禀受素弱乎?"曰:"何为?"曰:"吾见足下眼目眊眩,又梦寐颠倒,故知其然也。"居仁惭赧,不复辨。客来谈及,拊几大笑,命笔识之。

检 田 吏

　　"有一老翁如病起,破衲毲毵瘦如鬼。晓来扶向官道傍,哀告行人乞钱米。时予奉檄离江城,邂逅一见怜其贫。倒囊赠与五升米,试问何故为穷民。老翁答言听我语,我是东乡李福五。我家无本为经商,只种官田三十亩。延祐七年三月初,卖衣买得犁与锄。朝耕暮耘受辛苦,要还私债输官租。谁知六月至七月,雨水绝无湖又竭。欲求一点半点水,却比农夫眼中血。滔滔黄浦如沟渠,农家争水如争珠。数车相接接不到,稻田一旦成沙涂。官司八月受灾状,我恐征粮吃官棒。相随邻里去告灾,十石官粮望全放。当年隔岸分吉凶,高田尽荒低田丰。县官不见高田旱，将谓亦与低田同。文字下乡如火速，逼我将田都首伏。只因嗔我不肯首，却把我田批作熟。太平九月开旱仓，主首贫乏无可偿。男名阿孙女阿惜，逼我嫁卖陪官粮。阿孙卖与运粮户，即目不知在何处。可怜阿惜犹未笄，嫁向湖州山里去。我今年已七十奇，饥无口食寒无衣。东求西乞度残喘，无因早向黄泉归。旋言旋拭腮边泪，我忽惊惭汗沾背。老翁老翁勿复言，我是今年检田吏。"此袁介《踏灾行》也，足可以为民牧不恤民瘼者之劝。介，字可潜，尝掾松江，盖能以儒术饰吏事者，因载之。

玉 辘 轳

霍清甫治书云：《考古图》载古衣服，今有玉辘轳、玉具剑。古乐府曰："腰间辘轳剑。"此器，以块然之璞，既解为环，中复为转关，而上下之隙，仅通丝发，作宛转其间，今之名玉工者，往往叹其所未睹。按：汉隽不疑带櫑鏻同。具剑。晋灼曰：古长剑首，以玉作井辘轳形，上刻木作山，形如莲花初生未敷时。今大剑末首，其状如此。前说乃宋李公麟之所纪也。余昔宦游钱唐，因识吴和之者，性慧巧，博物，收一辘轳，玉青色，形如吕字，环口中间，辘轳旋转，无分毫缝镈，形色极古，人皆以为鬼工。因土渍，用白梅熬水煮之，良久，脱开，详视窍中，有双玉轴在焉。中嵌一物，形若牛筋，意度必是当间煮之胖胀，撑塞双轴，入窍关生，所以宛转无碍，年深腐败缩瘦，因而煮脱，试用干牛筋捶实，置轴两间，对勘孔窍，以线缚定煮之，少时，双轴果涌入窍中，须臾取出，依前动转不脱。后余亦收一小者，状若旋环，制作大约相似，后因损折，转轴中亦有一物，形似笒涌，想亦同一关捩。其玉具剑，自三代有之，今止以两汉为始，至于宋朝，且千余年，未有能穷其辘轳底蕴。今偶以煮脱乃得其机轴，亦云奇矣。

猴　盗

夏雪蓑云：尝见优人杜生彦明，说向自江西回至韶州，寓宿旅邸，邸先有客曰相公者居焉，刺绣衣服，琢玉帽顶，而仅皮履。生惑，具酒肴延款，问以姓名履历，客具答甚悉，初不知其为盗也。次日，客酬宴，邀至其室，见柱上锁一小猴，形神精狡。既而纵使周旋席间，忽番语遣之，俄捧一碟至。复番语詈之，即易一碗至。生惊异，询其故。客曰："某有婢得子，弥月而亡，时此猴生旬有五日，其母毙于猎犬，终日叫号可怜，因令此婢就乳之，及长成，遂能随人指使，兼解番语耳。"生别后，至清州，留吴同知处。忽报客有携一猴入城者。吴语生云："此人乃江湖巨盗，凡至人家，窥见房室路径，并藏蓄所在，至夜，使猴入内偷窃，彼则在外应接。吾必夺此猴，为人除害也。"明日，客谒吴，吴款以饭，需其猴。初甚拒，吴曰："否则就此断其首。"客不得已，允许，吴酬白金十两。临去，番语嘱猴。适译史闻得，来告吴曰："客教猴云，汝若不饮不食，彼必解尔缚，可亟逃来，我只在十里外小寺中伺也。"吴未之信。至晚，试与之果核水食之类，皆不食。急使人觇之，此客果未行。归报，引猴挝杀之。

盗　有　道

后至元间，盗入浙省丞相府。是夕，月色微明，相于纱帏中窥见之。美髭髯，身长七尺余。时一侍姬亦见之，大呼有贼。相急止之，曰："此相府，何贼敢来？"盖虞其有所伤犯故也。纵其自取七宝系腰,金玉器皿,席卷而去。翼旦,责令有司官兵肖形掩捕,刻期获解,沿门搜索,终不可得。越明年,才于绍兴诸暨州败露。掠问其情,乃云:初至杭,寓相府之东,相去三十余家。是夜,自外大醉归,倒于门外,主人扶掖登楼而卧。须臾,呕吐,狼籍满地。至二更,开楼窗,缘房檐,进府内。脚履尺余木级,面带优人假髯。既得物,直携至江头,置于白塔上,复回寓所。侵晨,逻者至,察其人,酒尚未醒,酣睡正熟。且身材侏儒,略无髭髯,竟不之疑。数日后,方携所盗物抵浙东,因此被擒。盗亦有道,其斯之谓欤?

预 知 改 元

省掾李孟容度为余言:元统间在都门见一全真先生,年五十余,相貌魁伟。尝坐省东茶肆中,所言辄有验。因访其寓所,乃在五门外第二桥民家,遂以出处叩之。全真曰:"汝仕不在北方,且宜南归,四十后,方可食禄。"临别,偶问及时事,全真曰:"此后当改至元,至元后改至贞,天下乱矣。"仆曰:"国初已有至元。"全真曰:"汝第识之。"仆南还,至关河,闻改至元,心益信之。及改至正,则知贞者,正也。四十后,方补饶州府史。夫全真之言,如烛照数计,特不知果何术也,岂非至人者乎!

醉 太 平 小 令

"堂堂大元,奸佞专权,开河变钞祸根源,惹红巾万千。官法滥,刑法重,黎民怨。人吃人,钞买钞,何曾见。贼做官,官做贼,混贤愚,哀哉可怜。"右《醉太平》小令一阕,不知谁所造,自京师以至江南,人人能道之。古人多取里巷之歌谣者,以其有关于世教也。今此数语,切中时病,故录之,以俟采民风者焉。

讥省台

集庆失守,行御史台移置绍兴路,前御史大夫纳璘再任。时浙省丞相达失帖木儿得便宜行事,民间颇言其贪。后又以大夫子安安判行枢密院,护台治,大夫之政,一听决于院判。有人作诗云:"旧省新丞相,新台旧大夫。大夫听子语,丞相爱金珠。"又有人大书于台之门曰:"苞苴贿赂尚公行,天下承平恐未能。二十四官徒獬廌,越王台上望金陵。"

造物有报复

会稽陈思可睿云:至正丙申,御史大夫纳璘,开行台于绍兴。于时庆元慈溪则有县尹陈文昭,本路余姚则有同知秃坚,在城则有录事达鲁花赤迈里古思,皆总制团结民义者。纳璘之子安安,以三人为不易制,思有以去之。乃先绐召秃坚至,拘留宝林寺,夜半,率台军擒杀之。从而方国珍亦执陈文昭,沈之海。独存迈里古思一人耳。人皆以秃坚之死,归罪于迈里古思不能力救,殊不知当时之执秃坚,乃所以擒迈里古思也。执秃坚之谋,出于潘子素,子素亦为安安绐诸途。执子素之谋出于辛敬所,敬所艰关投张士诚,客死平江僧舍。及拜住哥代纳璘为大夫,又能容迈里古思,挝杀于其私第。拜住哥以弟搠思监拜中书右相,诏入朝,既得罪,兄弟诛戮,家无噍类,但未知安安死所耳。静而思之,若有尸于冥冥之中者,不知造物果如何也。

锁　锁

　　回纥野马川有木曰锁锁，烧之，其火经年不灭，且不作灰。彼处妇女取根制帽，入火不焚，如火鼠布云。

叶 氏 还 金

　　叶公政，字克明，淮阴人，行宣政院都事季实之子，翰林直学士蟾心之从子也。至正甲午，公政以浙西幕史，奉卜颜平章檄，转饷鄂阃。时丹阳富民束子章，先与是役，会饮于蕲，志相合，即以兄礼事公政。未几，子章起赴沔，泣别公政曰："弟今济大江，涉重地，兄言行笃信，愿以赍囊相托。"公政辞弗获，俾子章手缄，而为谨藏之。越两月，子章之友朱君让，率其奴来谒，曰："子章不幸入莲台湖，遇盗死矣。子章昔寄囊中亦有某物在。"间欲启囊而请之。公政曰："汝寓物子章未尝语我，子章已矣，家固无恙也。义必质诸其家，明以付汝。"君让以公政匿为己有，衔之，去。明年，既竣事，还坐丹阳驿门，要束、朱二氏父子，启囊缄，得钞二百五十缗、黄金五十两、银三百两、珠八千枚，衣帛有差，归之束氏。余钞五十缗、黄金五两、银五十两、珠千枚，有朱题封，归之朱氏。盛具酒馔以谢，辞之。前翰林院编修胶西张复初，嘉公政义，为作传。且称，公政幼知读书，尝从平章克池之诸县，破兰溪渠魁徐真一，平蕲水寨，司辎粮四年，无纤芥遣呵。平章凡七荐，中书不报。人谓公侯子孙必复其始，天道岂独远耶？江阴王逢诗曰："蕲春肥羊采石酒，君为玉昆我金友。夜谈接膝昼握手，乾坤意气同高厚。霜风吹芦客衣薄，湿云羁鸿飞漠漠。蓬窗篝灯照囊橐，嗟君远行感君托。莲台湖深浪泊银，鹡鸰杜若伤心神。天生祸乱有今日，谁谓交游无故人？叶郎还金何愧窦禹钧。"

傅　氏　死　义

　　傅氏，绍兴诸暨人，年十八，适同里章瑜。瑜为苛吏胁军兴期会，迫死道上。讣至，傅氏蒲伏抱尸归，号泣三日夜，不忍入梓。尸有腐气，犹依尸呵珍，曰冀苏。既入棺，至啮其棺成穴。及葬，投其身圹中，母强挽以出。制未百日，母欲夺志，语闻，遂大恸，连日不食。母嘱侍婢谨视之，阅数日，绐婢"吾当浴，若辈理沐具俟予"，既而失所在。明日，婢汲井，见二足倒植井中，乃傅氏也。杨铁史维桢尝赞之曰："余读古节妇事，至青绫台及祝英氏，以为后无继者，世道降也久矣，今瑜妻乃尔，谓世降德薄者，吾信欤？夫妇伦与君臣等，世之称臣子者，独不能以瑜妻之义于夫者义其君欤？噫！"

武　官　可　笑

　　张氏据有平江日，其部将左丞吕珍守绍兴，参军陈庶子、饶介之在张左右。一日，陈赋诗，饶染翰，题一纨扇以寄吕云："后来江左英贤传，又是淮西保相家。闻说锦袍酣战罢，不惊越女采荷花。"饶素负书名，且诗语俊丽，为作者所称。吕俾人读罢，忽大怒曰："吾为主人守边疆，万死锋镝间，岂务爱女子而不惊之耶？见则必杀之！"又元帅李其姓者，杭州庚子之围解，颇著功劳，一士人投之以诗，将有求焉。其诗有"黄金合铸李将军"之句。李大怒曰："吾劳苦数年，止是将军，今年才得元帅，乃复令我为将军耶？"命帐下策出之。右二事虽相传以为笑，亦可因以为戒云。

鞠　狱

吴人高伯厚云:元统间,某吏杭东北录事。一日,有部民某甲某乙斗殴,某甲之母劝解,被某乙用木棒就脑后一击,仆地而死。适某承该检验,脑骨唇齿,皆有重伤,某乙招伏。系狱经二载,遇赦,以非谋杀合宥。既得释放,来致谢,因言:"与某甲斗殴时,其母来劝,力牵其子之裾,手脱仰跌,自搕其脑,昏绝在地。邻里有剪刀挑母唇齿灌药,不苏,乃死。故脑唇有伤,实未尝持棒击之也。"某问何为招伏,某乙言:"仓皇之际,惟恐棰楚,但欲招承,偿命弗暇计也。邻里见我已招,遂皆不复言矣。"吁,今之鞠狱者,不欲研穷磨究,务在广陈刑具,以张施厥威,或有以衷曲告诉者,辄便呵喝震怒,略不之恤,从而吏隶辈奉承上意,拷掠锻炼,靡所不至,其不置人于冤枉者鲜矣!使闻伯厚之言,宁不知惧乎?

圣　铁

杭州张存,幼患一目,时称张眼子。忽遇巧匠,为安一磁睛障蔽于上,人皆不能辨其伪。至元丙子后,流寓泉州,起家贩舶。越六年壬午,回杭。自言于蕃中获圣铁一块,厚阔仅及二寸,作法撒沙布地,噙铁于口,刀刃不能伤其身。后传闻既广,有乌马儿奉使来取试,以铁纳于羊口,笼其首,作法撒沙验之,剑果无所伤。去铁复挥,应手首落。遂就进呈。

鬼爷爷

元统间,杭州盐仓宋监纳者,尝客大都,求功名不遂,甚至穷窘,然颇慎行止 不敢非为。遂出齐化门求一死所,望见水潭，将欲投入。虚空中有鬼作人声云："宋某阳寿未终，不可死也。"四顾，一无所有，于是默默而回。中途，拾得一纸帖云："宋某可于吏部某令史下某典吏处习学书写。"翼日，物色之，果得其人，遂获进步。再得一帖云："汝可求托某人谋请俸禄。"因依所言，一举而成。凡历俸数十月，至于受敕命，获财宝，取妻买妾，生子育女，为富家翁，一皆阴冥所佑。平昔却未尝睹其形状，只见一矮小影子而已。但有所见，即便祭献，称名爷爷。忽一日，有一帖云："我要叶子金一百八十两。"索之甚急，未免数数祭献求免。因问云："爷爷要此何用？"一帖云："我要去扬州天宁寺妆佛也。"又一夕，其妻臂上失去金钏金镯，急告之，一帖云："在汝第几只箱内，权且付还。"又一日，失去熟羊背皮。一帖云："我借用了，明日当还。"次日，一大绵羊自外走入。如此等类甚多，不可枚举。及宋受前职，鬼亦随到。恐被窃其所有，乃令人诣龙虎山求天师符箓，悬于所寓室内。晨兴，但见一样四十道，皆倒悬之，莫可辨其真伪。及礼请功行法师驱治，而坛内牌位颠倒错乱，弗能措手而止。又一日，盐仓印信不知所在，告之哀切。一帖云："在汝第四十几只箱内第几个缎子下。"开寻果有。时与张大使同寅，将印寄于伊家。一帖飞告云："印信当长官收掌，若不送还，一棒打碎汝头也。"大使惊恐，急送还之，后有一过路道人诣门，偶以始末诉之。道人曰："我当为汝遣之。"乃于桃树上，砟取朝向东南大枝，作一捶一楔，便以楔钉东南隅地上，嘱云："每月逢五，则击五下，当自绝也。"后果寂无影响，竟不知何等鬼也。江阴陈範季模与宋交代，所以极知其详。季模，盖余友也。

死 护 文 庙

　　胡善字师善,绍兴诸暨人,泰定进士,胡一中高第弟子也。至正乙未,以宪佥赵公举,为松江儒学经师。越明年二月,苗寇至,欲毁孔子庙,善坐经席骂寇,寇怒,杀之,庙得免于灾。先是,善以死自许,题诗于壁曰:"领檄来司教,临危要致身。"及难死,果不诬。今校官貌其像,祀于先贤堂。

南村辍耕录卷二十四

结 交 重 义 气

国初，张公可与、李公仲方、鲜于公伯机，同仕于朝。既而张除浙省郎中，李除都事，鲜于除浙东宣慰经历，胥会于杭，欢甚。李卒于官，张移书鲜于曰："仲方殁矣，家贫子幼，吾辈若不为之经纪，则孤寡何所依也？吾以一女许配其仲子矣，公以为何如？"鲜于闻讣，哀祭成礼，亦以一女许赘其长子，即从善也，后官至绍兴推官。仲子字复初，官至淮安总管。于此可见前辈结交重义气，不以贵贱贫富易其心，诚可敬也。张公官至中书左丞。

帝 廷 神 兽

国朝每宴诸王大臣，谓之大聚会。是日，尽出诸兽于万岁山，若虎豹熊象之属，一一列置讫，然后狮子至。身才短小，绝类人家所蓄金毛猱狗。诸兽见之，畏惧俯伏，不敢仰视。气之相压也如此。及各饲以鸡鸭野味之类，诸兽不免以爪按定，用舌去其毛羽，惟狮子则以掌擎而吹之，毛羽纷然脱落，有若烬洗者，此其所以异于诸兽也。古云狮子吼，盖不易于吼，一吼则百兽为之辟易也。

勾　阑　压

至元壬寅夏，松江府前勾栏邻居顾百一者，一夕，梦摄入城隍庙中。同被摄者约四十余人，一皆责状画字。时有沈氏子，以搏银为业，亦梦与顾同，郁郁不乐。家人无以纾之，劝入勾栏观排戏。独顾以宵梦匪贞，不敢出门。有女官奴，习讴唱，每闻勾栏鼓鸣，则入。是日，入未几，棚屋拉然有声，众惊散，既而无恙，复集焉。不移时，棚阽压，顾走入抱其女，不谓女已出矣，遂毙于颠木之下。死者凡四十二人，内有一僧人、二道士，独歌儿天生秀全家不损一人。其死者皆碎首折胁，断筋溃髓，亦有被压而幸免者，见衣朱紫人指示其出，不得出者，亦曲为遮护云。

鹁　鸽　传　书

颜清甫，曲阜人，颜子四十八代孙。尝卧病，其幼子偶弹得一鹁鸽，归以供膳，于梢翎间得书一缄，书上题云："家书付男郭禹开拆。"禹乃曲阜县尹郭仲贤也，盖其父自真定寄至者。时仲贤改授远平县尹去，鸽未及知，盘桓寻觅，遂遇害。清甫见之，责其子，便取木匣函鸽，候病稍愈，直抵仲贤官所，献书与鸽，且语其故。仲贤戚然曰："畜此鸽已十七年矣，凡有家书，虽隔数千里，亦能传致，诚异禽也。"命左右瘗之。以清甫长厚君子，留之累日。商及子弟出处，仲贤告言，长子国祥颇习儒业。及仲贤知霍州，召补州史，贡山东廉访，奏差升书吏，后官至汉中廉访使。

待士鄙吝

嘉兴林叔大镛掾江浙行省时，贪墨鄙吝，然颇交接名流，以沽美誉。其于达官显宦，则刲羔杀豕，品馔甚盛，若士夫君子，不过素汤饼而已。一日，延黄大痴作画，多士毕集，而此品复出。扪腹阔步，讥谑交作。叔大赧甚，不敢仰视，遂揖潘子素，求题其画。子素即书一绝句云："阿翁作画如说法，信手拈来种种佳。好水好山涂抹尽，阿婆脸上不曾搽。"大痴笑谓曰："好水好山，言达官显宦也；阿婆脸不搽，言素面也。"言未已，子素复加一句云："诸佛菩萨摩诃萨。"俱不解其意。子素曰："此谢语，即僧家忏悔也。"哄堂大笑而散。叔大数日羞出见客。人之鄙吝，一至于此，亦可怜已。

陈公子

陈云峤柏，泗州人，性豪宕结客。其祖平章，故宋制置，即龙麟洲题琵琶亭以讥之者。凡积金七屋，不数年，散尽。尝为侍仪舍人，馆阁诸老，朝省名公，莫不折辈行与交，咸称之曰公子。其妻，铁大保女也，恃富贵近戚，偶以一言骄之，遂终身不见。尝被命监铸祭器于杭，无锡倪元镇慕其名，来见之，张燕湖山间，罗设甚至，酒终为别，以一帖馈米百石。云峤命从者移置近所，举巨觥，引妓乐驺从者而前，悉分散之。顾倪曰："吾在京时，即熟尔名，云南士之清者，它无与比。其所以章章者，盖以米沽之也。请从今日绝交。"且骂诸尝誉之者。时张伯雨在坐，不胜踊跃。其豪气类如此。尝雪中骑牛拜米南宫墓诗云："少年不解事，买骏轻千金。何如小黄犊，踏雪空山深。小小双牧童，吹笛穿松林。醉拜南宫墓，地下有知音。"言世上无知音也。平日喜居钱唐,好古有余,而治才不足,又不乐小官,怒骂宰相,年逾六十,不得志而死。其毕命时,作偈云"前身本是泗州僧"。

汉魏正闰

霍治书云:紫阳杨焕然先生,读《通鉴》至论汉魏正闰,大不平之,遂修《汉书》,驳正其事。因作诗云:"风烟惨淡驻三巴,汉烬将燃蜀妇髽。欲起温公问书法,武侯入寇寇谁家?"后攻宋军回,始见《通鉴纲目》,其书乃寝。顺德刘道济先生尤不平之,修书名《三为》,亦见《纲目》,闷而不行。中统改元,陵川郝伯常先生使宋,被留仪真,势不得还,就买书作《续汉史》,既脱稿,会同僚苟正甫诸公饮,至数行,忽长叹曰:"某辛苦十余年,莫不被高头巾辈已做了也?"皆对云:"不闻之。"至元丁亥,予分台江西,购得萧常《续汉书》全部,因喟然曰:"惜乎郝君不及见此!"

刚卯

刚卯者,按许慎《说文》:"殺音开。改,大刚卯,以逐鬼也。"《玉篇》:"开改,刚卯大印,以辟鬼也。"《广韵》:"殺改,大开坚也。"《王莽传》服虔注曰:"刚卯,以正月卯日作,佩之,长三寸,广一寸。四方,或用玉,或用金,或用桃,著佩之。"又注:"当中央从穿作孔,以彩丝茸其底,刻其上,文曰:正月刚卯既央,灵殳四方,赤青白黄,四色是当,帝令祝融,以教夔龙,庶疫刚瘅,莫我敢当。又曰:疾日严卯,帝令夔化,顺尔国化,伏兹灵殳,既正既直,既觚既方,庶使刚瘅,莫我敢当。"凡六十六字。殺改者,佩印也,以正月卯日作,故谓刚卯,又谓之大坚,以辟邪也。金刀之利者，皆不得行。服虔曰："刚卯，以正月卯日作，佩之，长三寸，广一寸，四方，或用金，或用桃，著革带佩之，今有玉在者，铭其一面曰'正月刚卯金刀'，莽所铸之钱也。"晋灼曰："刚卯，长一寸，广五分，四方，当中央从穿作孔，以彩丝茸其底，如冠缨头蕤，刻其上面作两行书，文曰：正月刚卯既央，灵殳四方。云云同前。其一铭曰：疾日严卯，帝令夔化，顺尔故﹝一作固﹞伏，化兹灵殳。云云同前。"师古曰："今往往于土中得玉刚卯者，按大小及文，服说是也。莽以刘字上有卯，下有金，旁又有刀，故禁刚卯及金刀也。"博谋卿士，佥曰："天人同应，昭然著明，其去刚卯，莫以为佩。除刀钱，勿以为利。承顺天心，快百姓意。"乃更作小钱，径六分，重一铢，文曰"小钱直一"，与大泉五十者，为二品并行。《后汉·舆服志》：佩双印，长寸二分，方六分，乘舆，诸侯及王公、列侯，以白玉。中二千石以下，至四百石，皆以黑犀。三百石，以至私学弟子，皆以象牙。上合丝。乘舆以縢，贯白珠，赤罽蕤。诸侯王以下以綟，赤丝蕤。縢綟各如其印质。刻书曰：正月刚卯既决。云云同前。慎尔周伏，化兹灵殳。云云同前。凡六十六字。前书注云：正月卯日作。霍治书清甫云：尝于吴中得白玉刚严双印四枚，完具者二，刚卯铭词三十四字，严卯铭词三十二字，其二字笔画损缺，刚卯无"既央"二字，余十字难辨。尝考《王莽传》、《舆服志》、《说文》，《刚卯铭》与《说文》及《王莽传》同。《舆服志》央为决，严卯疾日为曰。疑志误。又"顺尔故伏"，与《莽传》同，《说文》作"顺尔国伏"，《舆服志》作"慎尔周伏"，未详孰是。其服用制度，递相引据，亦不同。后见徐容斋参政藏刚卯一，梁贡父尚书藏刚严二，并系古玉篆体，《刚卯铭》三十四字，字画亦损缺，制度铭词，与前双印大约不异。续收严卯二，一以玉为之，一若琴瑟,俗传葛仙翁炼丹头,又名药注子。其文曰:“制曰严卯,帝命莫忘,日资唯是,黑青白黄,既正既直,既觚既方,庶使罔谈,莫我敢当。”与前《严卯铭》词并差。鲜于伯机经历收一枚,高彦敬尚书收二枚,并真楷书,皆似近代制作,未见所出。偶得金陵学官所刻黄山谷先生《辨刚卯遗迹》,其说与前相同,但云:絴,丝绳也,音护。古文无此字。按:五纽,绳器也。罬,兔罬也。岂绉丝绳与兔罬相类,故同此音耶?又马永卿《懒真子录》云:汉人以正月卯日作,佩之,铭其一面曰刚卯。乃知今人立春或戴春胜,亦古制也。盖刚者,强也,卯者,刘也。正月佩之,尊国姓也。与陈汤所谓强汉者同义。

倜傥好义

顾仲庸,泰州人,以财雄一乡,倜傥好义,有古豪侠风。自奉甚薄,而礼贤养士无虚日,名公巨儒多馆其家,张蜕庵承旨亦其人也。仲庸与保定张文友交。文友嵊县尹秩满,侨居江阴,一日,暴卒。时仲庸留京师,友人以讣告,戒勿泄。友询其故,曰:“文友贤而贫,在六品选人中,吾将与其子为地。”即走告当路者曰:“张文友已疾病矣,愿致仕。”因代入状中书,遂获以奉政大夫、嘉定知州致仕。既领宣命,数月,又代文友之子告荫,寻注常州晋陵县尉,便其养母也。其家悉无所知。仲庸南归,遣人致赙奠,奉宣敕以授其子。闻者惊叹。仲庸行事类如此。

道士寿函

会稽阳明洞天,在秦望山后,禹庙之西南,云即古禹穴,越之胜境也。诸峰环耸盘郁,空曲中有东岳行祠及老子宫。余尝宿留其间。一老道士者,朱颜鹤发,延至其室,室横一空棺,云已十余年矣,未能即弃浮世而入此匣也。其后兵攻越城,游骑四出,道士乃沐浴冠佩,绝粒饮,与众永诀,卧于其中,七日不死。军至,发棺,挈之出。兵退,乃入城,一病而卒,向之棺不可得矣,岂非分定欤?

馄 饨 方

乔公仲山,官吏部郎中,好古博雅,仍喜谐谑,所交皆名人才士。公家制馄饨得法,常苦宾朋需索,一日,于每客前先置一帖,且戒云:“食毕展卷。”既而取视,乃制造方法也。大笑而散。自后无复言矣。

精 塑 佛 像

刘元,字秉元,蓟之宝坻人,官至昭文馆大学士、正奉大夫、秘书监卿。元尝为黄冠,师事青州杞道录,传其艺非一,而独长于塑。至元七年,世祖建大护国仁王寺,严设梵天佛像,特求奇工为之,有以元荐者。及被召,又从阿尼哥国公学西天梵相,神思妙合,遂为绝艺。凡两都名刹,有塑土范金、抟换为佛,一出元之手,天下无与比。所谓抟换者,漫帛土偶上而髹之,已而去其土,髹帛俨然像也。昔人尝为之,至元尤妙。抟丸又曰脱活,京师语如此。

缪 孝 子

缪孝子伦,字叔彝,东平人,侍父宦游,寓居钱唐。至正十六年,淮兵寇城,执其父,将杀之,伦哀号乞免,弗听,倾家资以赎,又弗听。乃自缚请代,于是杀伦而释其父。甚哉,贼之不仁也！

赵　孝　子

赵孝子天爵，字伯廉，平阳解州夏县人。尝为吏，多平反。惇行孝弟，治家甚严，三子皆颀然玉立。母丧，庐墓三年，父继丧，又如之。惟蔬食菜羹，不饮酒食肉，不与妻妾见。有司以闻于朝，旌表其门间，复其身。

王　义　士

王义士天爵，字仁杰，亦夏县人。饶于财，有善行。以粟贷人，不图重息，年丰，仅取十之二三，稍饥，但收其本，大凶，则皆已之。乡里不知字，咸称义士云。每值生身之辰，寝苫一月，以报父母。

木　冰

朝廷于岁首例遣使祭岳渎。至正乙巳，翰林应奉李国凤代祀嵩、恒、医无间。抵汴，路闭，即城中望祭嵩岳，时闰月下旬也。二月十三日，游相国寺，池上群僧方聚观，从之仰视，日旁一月一星，月如初弦者。又十，雨木冰，状如楼阁，人物、冠带、鸟兽、卉木，百态具备，殆非人工。高林大树，珠葆羽幢，弥望不绝，凡五日始解。又十日，复冰，自汴至中滦皆然。不一岁，盗陷汴据之。

龙　湫　献　灵

亦集乃路在西北方，有山曰塞占。山北多龙湫，土人欲有所事，则投之。吉安道士刘学仙尝至其地，见有烹羔桐酪，祠

焉,数皮而沈之,祝曰:"神为我鞑而治之。"为期而去。至期,
复祠之,则得成革矣,若有曰鬼工然,不可测也。归,语于虞邵
庵先生。先生初以为诳,及质诸其土人之在京师者,则始信。
盖其人习以为常,不以为异耳。

王　一　山

杭州属邑有一巨室,怙财挟势,虐害良善,邑官贪墨,莫敢
谁何。众不可堪,走诉宪府,巨室逃匿。宪使怒,督责有司,示
罪赏,揭大逵,且家至壁白,隐藏者罪连坐,首捕者赏万缗。其
友人王一山者,世业儒,居湖山第一楼,帱彼于密,期月不发。
邻家察知,图给赏钱,告报于官。官搜索得之,并王逮系,囚见
宪使。使问云:"女知彼所犯乎?"王曰:"知之。""女闻国有制
乎?"曰:"知之。""女见揭示罪赏乎?"曰:"见之。""女奚不就利
避害乎?"曰:"朋友颠连来奔,乘其危以售之,则名教中有所不
容,某诚弗忍为,事觉连坐,乃甘心焉。"使竦然曰:"君子所谓
临难毋苟免,其人践之矣,真义士也! 若加以罪,是吾政苛而
刑滥,民何以劝?"遂释之。使即许文正公子也。

误 堕 龙 窟

徐彦璋云:商人某,海舶失风,飘至山岛,匍匐登岸,深夜
昏黑,偶坠入一穴,其穴险峻,不可攀缘。比明,穴中微有光,
见大蛇无数,蟠结在内。始甚惧,久,稍与之狎,蛇亦无吞噬
意。所苦饥渴不可当,但见蛇时时舐石壁间小石,绝不饮啖,
于是商人亦漫尔取小石嚼之,顿忘饥渴。一日,闻雷声隐隐,
蛇始伸展,相继腾升,才知其为神龙,遂挽蛇尾得出,附舟还
家。携所嚼小石数十至京城,示识者,皆鸦鹘等宝石也,乃信

神龙之窟多异珍焉。自此货之致富。彦璋亲见商人,道其始末如此。

鸡司晨有准

尝至松江钟山净行庵,见笼一雄鸡置于殿之东檐。请问其故,寺僧云:"蓄此以司晨,盖十有余年矣,时刻不爽。"余窃记张公文潜《明道杂志》云:鸡能司晨,见于经传,以为至论,而未必然也。或天寒鸡懒,至将旦而未鸣,或夜月出时,邻鸡悉鸣。大抵有情之物,自不能有常而或变也。若然,则张公之言非欤?因举似以询其所以。僧云:"司晨之鸡必以童,若坏其天真,岂能有常哉!"盖张公特未知此理故耳。

黄 道 婆

闽广多种木绵,纺绩为布,名曰吉贝。松江府东去五十里许,曰乌泥泾,其地土田硗瘠,民食不给,因谋树艺,以资生业,遂觅种于彼。初无踏车椎弓之制,率用手剖去子,线弦竹弧置按间,振掉成剂,厥功甚艰。国初时,有一姬名黄道婆者,自崖州来,乃教以做造捍弹纺织之具,至于错纱配色,综线挈花,各有其法,以故织成被褥带帨,其上折枝团凤棋局字样,粲然若写。人既受教,竞相作为,转货他郡,家既就殷。未几,姬卒,莫不感恩洒泣而共葬之,又为立祠,岁时享之。越三十年,祠毁,乡人赵愚轩重立。今祠复毁,无人为之创建。道婆之名,日渐泯灭无闻矣。

天 陨 鱼

至正丙午八月辛酉,上海县浦东俞店桥南牧羊儿三四,闻头上恰恰有声，仰视之，流光中陨一鱼，刺麻佳上成二创，其状不常见，自首至尾根仅盈尺，似阔霸而短。是日晴无阴云，亦无雕鹗之类，是可怪也。日昳时，县市人哄然指流星自南投北，即此时也。桥下一细家取欲烹食，其妻盐而藏之，来者多就观焉。或者曰：志有云：天陨鱼，人民失所之象。

十 二 生 子

至元丁丑，民间谣言拘刷童男女，以故婚嫁不问长幼而乱伦者多矣。平江苏达卿，时为上海吏，有女年十二，赘里人浦仲明之子为婿，明年，生一子。

刘 节 妇

刘节妇，泰州坂坨人。至正丙申春，随父渡江，居吴门，适张士诚部将曹某。方数月，夫阵亡。刘不避凶险，躬至死所，求得其尸归葬。欲以身殉，父不许。既而权贵人闻刘美且贤，争欲强委禽焉，刘誓死不贰，遂削发为比丘尼。夫刘本一闾阎女子，其操行乃尔，盖有贵为后妃而莫之及者，谓非天性也欤？

历 代 医 师

三皇

僦贷季　　天师岐伯　　鬼臾区　　少师　　少俞
伯高　　桐君太乙雷公　　马师皇

五帝

巫咸　　伊尹

周

巫彭　　矫氏　　俞氏　　卢氏　　医缓　　医竘

　　文挚　　医和　　范蠡　　凤纲

秦

　　长桑君　　李豹　　神应王扁鹊　　子阳　　安期
先生　　太医令李醯　　崔文子

西汉

　　楼护　　元里公杨庆　　公孙光　　秦信　　太仓
公淳于意　　王遂　　宋邑　　冯信　　高期
王禺　　唐安　　杜信　　玄俗

东汉

　　张机仲景　　郭玉　　程高　　涪翁　　沈建
张伯祖　　杜度　　魏沉　　淮南子

蜀汉

　　李撰　　唐慎微　　韩保升　　孟昶

魏

　　华佗　　李当　　吴普　　青牛道士封君达　　樊
阿　　韩康

吴

　　吕博　　负局先生　　董奉

西晋

　　王叔和　　李子豫　　仰道士　　殷仲堪　　李法
存　　皇甫谧玄晏先生　　张苗　　裴頠　　裴觊
刘德　　史脱　　宫泰　　靳邵　　张华　　蔡谟
赵泉　　阮德

东晋

　　葛洪抱朴子　　范汪　　程据

南宋

少主元微　　王纂　　胡洽　　徐熙秋夫　　徐道

度秋夫长子　　徐叔向道度弟　　薛伯宗　　徐仲融

徐文伯　　徐嗣伯　　僧深　　刘涓子　　羊晰

秦承祖

南齐

张子信　　马嗣明　　张远游

北齐

顾欢　　李元忠　　李密　　崔季舒　　祖挺

褚澄　　邓宣文　　颜光禄　　龙树王菩萨　　徐

之才　　徐林卿之才长子　　徐同卿林卿弟

梁

贞白先生陶弘景　　苏恭

后魏

王显　　徐謇　　徐雄謇长子

后周

徐之范　　杜善方

隋

徐敏斋　　许智藏　　巢元方　　杨善

唐

金元起　　真人孙思邈　　许胤宗　　宋侠　　药

王韦慈藏　　甄权　　甄立言　　王冰启玄子

张文仲　　孟诜　　兰陵处士萧炳　　李虔纵

杨玄操　　元珠先生　　杨损之　　王方庆　　秦

鸣鹤　　许孝宗　　陈士良　　李含光　　张鼎

陈藏器

五代

日华子

宋

赵从古　　谢复古　　刘温舒　　朱肱无求子
孙用和　　纪天锡　　刘元宾通真子　翟煦
宋道方　　许叔微　　王从蕴　　吴复圭　　张泂
曹孝忠　　林亿　　秦宗古　　丁德用　　贾祐
苏颂　　朱有章　　掌禹锡　　初虞世　　道士马
志　　庞安时　　孙兆　　王惟一　　王光祐
蒋淮　　安自良　　张素　　陈遇明　　刘翰

金

成无己　　何公务　　刘守真　　侯德和　　张子
和　　马守素　　杨从政　　李道源　　张元素洁
古老人　　袁景安

南村辍耕录卷二十五

论　秦　蜀

　　秦皇坑儒，武侯相汉，未有置异议于其间者。偶读宋萧森《希通录》及俞文豹《吹剑录》，而得其说，可采。森曰：李斯曰："非博士官所职，天下敢有藏诗书百家语者，皆诣守尉杂烧之。"则是天下之书虽焚，而博士官犹有存者，惜乎入关收图籍而不及此，竟为楚人一炬耳。前辈尝论之，但坑儒一事，未有究极之者。仆按史书，所坑特侯生、卢生四百六十余人，非能尽坑天下儒者。为其所坑，又非儒者。何以知之？始皇三十二年，使卢生求羡门，刻碣石门，坏城郭，决通堤防。又卢生入海还，因奏录图书曰："亡秦者胡也。"始皇乃遣蒙恬，发兵三十万人，北伐匈奴，起临洮，筑辽水。又卢生说始皇曰："日方中，人主时为微行，以避恶鬼，恶鬼避，真人至，愿上所居宫毋令人知，然后不死之药殆可得也。"其后建阿房宫，千间万落，必自此言发之。观此二事，皆卢生稔其恶，又纵臾之，特方伎之流耳，岂所谓儒者哉？始皇因封禅之议，谤口纷纷，已怀杀意。及其一怒而坑之，或者天理之不容。方其求药海上也，则挟童男童女以行，皆取于民间，夺其无告之孤，肆厥不轨之状，如今所谓妖教，窃其中死无辜者多矣，此一罪也。因亡胡之谶，兴北伐之师，筑长城，断地脉，南北生灵，因是役而死者，不可胜算，骸积如山，血流成川，调发频仍，剥及闾左，原始要终，谁生厉阶，此二罪也。献避鬼之术，觊真人之来，咸阳宫观二百七十，复道相连，有言其所幸之处者罪死，梁山之上，其语一泄，时在旁者尽杀之，自是莫知行之所在，此三罪也。有一于此，罪不容于死，况兼有之。以四百六十余人之坑，偿万民之命，良不为过。天网恢恢，疏而不漏，真可畏哉！始皇曰："卢生等，吾尊赐之甚厚，今乃诽谤我，诸生在咸阳者，吾使廉问，或为妖言，以乱黔首，于是使御史按问，诸生传相告引。"仆亦信卢生非吾儒中人，况始皇自谓尊赐甚厚，岂非如前三者方术图谶之类，有以中其欲，故尊赐之，初不闻其诵孔子之言以进。古今相承，皆曰坑儒，盖惑于扶苏之谏。扶苏曰："诸子皆诵法孔子，皇上皆重法绳之，臣恐天下不安。"呜呼，至若卢生者，何尝诵法孔子，自扶苏言之误，使儒者蒙不韪之名，自我一洗，亦万世之快也。不然，如两生、四皓、伏生之流，鸿飞冥冥，弋人何慕，肯摇唇鼓吻，自投于陷阱哉！仆故曰：卢生四百六十余人，皆方伎之士也。天下之大，所谓儒者，固不止此。其坑之者，此而已矣，有道之士，秦不能坑。火德一炎，两生以讲礼闻，四皓以羽翼之功闻，伏生以口授古书闻，岂非天寿其脉，留此数公，以见吾儒不可磨灭，而朋奸党恶小人终不能为长久计。商君以变法祸秦，竟遭车裂，卢生以方伎祸秦，坑于咸阳，其罪等也，天其或者假手于秦欤？商君裂矣，卢生坑矣，而秦以不祀，抑亦自相挤陷之明报，而祸淫之道为不偏矣。仆恶夫坑儒之名，故论其颠末如此。文豹曰：古今论孔明者，莫不以忠义许之，然余兄文龙，尝考其颠末，以为孔明之才，谓之识时务则可，谓之明大义则未也；谓之忠于刘备则可，谓之忠于汉室则未也。其说有四。一者，备虽称为中山靖王之后，然其服属疏远，世数难考，温公谓犹宋高祖自称楚元王后，故《通鉴》

不敢以绍汉统。况备又非人望之所归,周瑜以枭雄目之,刘巴以雄人视之,司马懿以诈力鄙之,孙权以猾虏呼之,亮独何见而委身焉。藉使以为刘氏族属,然献帝在上,犹当如光武之事更始,东征西伐,一切听命焉可也。二者,备之枉驾草庐也,始谋不过曰:"主上蒙尘,孤不度德量力,欲伸大义于天下。"其辞甚正,其志甚伟。自亮开之以跨荆益成霸业之利,而备之志向始移,无复以献帝为念。由建安举兵以来,二十四年,天子或都许,或居长安,或幸洛阳,宫室煨烬,越在篱棘间,备未尝使一介行李诣行在所。今年合众万余,明年合众三万,未尝一言禀命朝廷,而亮亦未尝一谈及焉。盖其帝蜀之心,已定于草庐一见之时矣。三者,曹操欲顺流东下,求救于吴,无一言及献帝,而独说以鼎足之说。夫鼎足之说,始于蒯通,然通之说韩信以此,犹有汉之一足,当三国时而为是说,则献帝无复染指之望矣。赖周瑜汉贼之骂,足以激怒孙权,故能成赤壁之胜,若备若亮,何以厉将士之气,服曹操之心哉!荆楚之士,从之如云,非从备也,乃从汉也。四者,备之称王汉中,则建安二十四年也。献帝在上,而敢于自王。及称帝武担,则闻献帝之遇害也。亮不能如董公说高祖,率三军为义帝缟素,仗大义,连孙吴,声罪讨贼,乃遽乘此即帝位,而反锋攻吴。晋文公有言:父死之谓何,又因以为利。故费诗以为大敌未克,便先自立,恐人心疑惑,而谏以高祖不敢王秦之事,亮反怒而黜之。夫以操之奸雄,其王其公,犹必待天子之命,荀或且以此愤死。以丕之篡逆,亦必待献帝之禅,杨彪且不肯臣之。备虽宗室,而亦臣也,何所禀命,而自王自帝。固方哓哓以兴复汉室为辞,不知兴复汉室,为献帝耶,为刘备耶?亮既有心于帝备矣,万一果能兴复,将置献帝于何地。出师一表,虽忠诚恳恳,特忠

于所事耳,其于大义,实有所未明也。管仲、乐毅之事,君子所
羞道者,以其但知有燕、齐而不知有王室也。亮乃以管、乐自
许,宜其志虑之所图回,功业之所成就,止于区区一蜀耳。或
者但谓备刘氏宗也,备帝蜀,则汉祚存矣,亮忠于备,即忠于汉
矣。吁!无献帝则可,有献帝在,而君臣自相推戴,则赤眉之
立盆子,亦有辞于世矣。春秋之末,诸侯争强,周室微弱,孔子
无一日不以尊王为心。若如亮之见,则鲁同姓也,亦可奉之为
王矣。天下后世惟持此见,故于亮之事,无敢置异议于其间。
文中子曰:通也,敢忘大皇昭烈之懿识,孔明、公瑾之盛心。
噫!汉之君既称献帝,魏之君又称武帝,吴之君又称大皇帝,
蜀之君又称昭烈皇帝,天无二日,民无二王,一天下而四帝并
立,可乎?通之见如此,宜其为续书之僭也。余兄尝以是说取
解于同文馆。

院　本　名　目

　　唐有传奇,宋有戏曲、唱诨、词说,金有院本、杂剧、诸宫
调。院本、杂剧,其实一也,国朝,院本、杂剧始厘而二之。院
本则五人,一曰副净,古谓之参军。一曰副末,古谓之苍鹘,鹘
能击禽鸟,末可打副净,故云。一曰引戏。一曰末泥。一曰孤
装,又谓之五花爨弄。或曰:宋徽宗见爨国人来朝,衣装鞋履
巾裹,傅粉墨,举动如此,使优人效之以为戏。又有焰段,亦院
本之意,但差简耳,取其如火焰,易明而易灭也。其间副净有
散说,有道念,有筋斗,有科泛。教坊色长魏、武、刘三人,鼎新
编辑。魏长于念诵,武长于筋斗,刘长于科泛,至今乐人皆宗
之。偶得院本名目,用载于此,以资博识者之一览。

　　和曲院本

月明法曲　郓王法曲　烧香法曲　送使法曲　上坟
伊州　烧花新水　熙州骆驼　列良赢府　病郑逍遥
乐　四皓逍遥乐　四酸逍遥乐　贺贴万年欢　掮廪
降黄龙　列女降黄龙

上皇院本

壶春堂　太湖石　金明池　恋鳌山　六变妆　万岁
山　打草阵　赏花灯　错入内　问相思　探花街
断上皇　打球会　春从天上来

题目院本

柳絮风　红索冷　墙外道　共粉泪　杨柳枝　蔡消
闲　方偷眼　呆太守　画堂前　梦周公　梅花底
三笑图　脱布衫　呆秀才　隔年期　贺方回　王安
石　断三行　竞寻芳　双打梨花院

霸王院本

悲怨霸王　范增霸王　草马霸王　散楚霸王　三官
霸王　补塑霸王

诸杂大小院本

乔托孤　旦判孤　计算孤　双判孤　百戏孤　哨呫
孤　烧枣孤　孝经孤　菜园孤　货郎孤　合房酸
麻皮酸　花酒酸　狗皮酸　还魂酸　别离酸　三缠
酸　谒食酸　三楪酸　哭贫酸　插拨酸　酸孤旦
毛诗旦　老孤遗旦　缠三旦　禾哨旦　哮卖旦　贫
富旦　书柜儿　纸褴儿　蔡奴儿　剁毛儿　喜牌儿
卦册儿　绣箧儿　粥碗儿　似娘儿　卦铺儿　师婆
儿　教学儿　鸡鸭儿　黄丸儿　棱角见　田牛儿
小丸儿　丑奴儿　病襄王　马明王　闹学堂　闹浴

堂　宽布衫　泥布衫　赶汤瓶　纸汤瓶　闹旗亭
芙蓉亭　坏食店　闹酒店　坏粥店　庄周梦　花酒
梦　蝴蝶梦　三出舍　三入舍　瑶池会　八仙会
蟠桃会　洗儿会　藏阄会　打五脏　兰昌宫　广寒
宫　闹结亲　倦成亲　强风情　大论情　三园子
红娘子　太平还乡　衣锦还乡　四论艺　殿前四艺
竞敲门　都子撞门　呆大郎　四酸擂　问前程　十
样锦　长庆馆　癫将军　两相同　竞花枝　五变妆
洪福无疆　白牡丹　赤壁鏖兵　穷相思　金坛谒宿
调双渐　官吏不和　闹巡铺　判不由己　大勘刀
同官不睦　闹平康　赶门不上　卖花容　同官贺授
无鬼论　四酸讳偌　闹棚阑　双药盘街　闹文林
四国来朝　双捉婿　酒色财气　医作媒　风流药院
监法童　渔樵问话　斗鹌鹑　杜甫游春　鸳鸯筒
四酸提猴　满朝欢　月夜闻筝　鼓角将　闹芙蓉城
双斗医　张生煮海　赊馒头　文房四宝　谢神天
陈桥兵变　双揭榜　矇哑质库　双福神　院公狗儿
告和来　佛印烧猪　酸卖徕　琴剑书箱　花前饮
五鬼听琴　白云庵　迓鼓二郎　坏道场　独脚五郎
卖花声　进奉伊州　错上坟　医五方　打五铺　拷
梅香　四道姑　隔帘听　硬行蔡　义养娘　唁师姨
论秋蝉　刘盼盼　墙头马　刺董卓　锯周朴　四柏
板　大论谈　牵龙舟　击梧桐　渰蓝桥　入桃园
双防送　海棠春　香药车　四方和　九头顶　闹元
宵　赶村禾　眼药孤　两同心　更漏子　阴阳孤
提头巾　三索债　防送哨　偌卖旦　是耶酸　怕水

酸　回回梨花院　晋宣成道记
院幺
　　海棠轩　海棠园　海棠怨　海棠院　鲁李王　庆七
夕　再相逢　风流婿　王子端卷帘记　紫云迷四季
张与梦孟杨妃　女状元春桃记　粉墙梨花院　妮女
梨花院　庞方温道德经　大江东注　吴彦举　不抽
关　不掀帘　红梨花　玎珰天赐暗姻缘
诸杂院爨
　　闹夹棒六幺　闹夹棒法曲　望赢法曲　分拐法曲
送宣道人欢　逍遥乐打马铺　扯彩延寿乐　讳老长
寿仙　夜半乐打明星　欢呼万里　山水日月　集贤
宾打三教　打白雪歌　地水火风　夜深深三磕胞
佳景堪游　琴棋书画　喜迁莺刽草鞋　太公家教
十五郎　滕王阁闹八妆　春夏秋冬　风花雪月　上
小楼衮头子　喷水胡僧　打注论语　恨秋风鬼点偌
诗书礼乐　论语谒食　下角瓶大医淡　再游恩地
累受恩深　送羹汤放火子　擂鼓孝经　香茶酒果
船子和尚四不犯　徐演黄河　单兜望梅花　皇都好
景　四偌大提猴　双声叠韵　上皇四轴画　三偌一
卜　调猿卦铺　偉刀馒头　河转迓鼓　背箱伊州
酒楼伊州　蓑衣百家诗　埋头百家诗　偷酒牡丹香
雪诗打樊哙　抹面长寿仙　四偌卖诨　四偌祈雨
松竹龟鹤　王母祝寿　四偌抹紫粉　四偌劈马桩
截红闹浴堂　和燕归梁　苏武和番　羹汤六幺　河
阳舅舅　偌请都子　双女赖饭　一贯质库儿　私媒
质库儿　清朝无事　丰稔太平　一人有庆　四海民

和　金皇圣德　皇家万岁　背鼓千字文　变龙千字文　摔盒千字文　错打千字文　木驴千字文　埋头千字文　讲来年好　讲圣州序　讲乐章序　讲道德经　神农大说药　食店提猴　人参脑子爨　断朱温爨　变二郎爨　讲百果爨　讲百花爨　讲蒙求爨　讲百禽爨　讲心字爨　变柳七爨　三跳涧爨　打王枢密爨　水酒梅花爨　调猿香字爨　三分食爨　煎布衫爨　赖布衫爨　双楪纸爨　谒金门爨　跳布袋爨　文房四宝爨　开山五花爨

冲撞引首

打三十　打谢乐　打八哥　错打了　错取鬼　说狄青　憨郭郎　枝头巾　小闹掴　莺哥　猫儿　大阳唐　小阳唐　歇贴韵　三般尿　大惊睡　小惊睡　大分界　小分界　双雁儿　唐韵六贴　我来也　情知本分　乔捉蛇　铛锅釜灶　代元保　母子御头　嘴苗儿　山梨柿子　打淡的　一日一个　村城诗　胡椒虽小　蔡伯喈　遮截架解　窄砖儿　三打步　穿百倬　盘榛子　四鱼名　四坐山　提头带　天下乐　四怕水　四门儿　说古人　山麻秸　乔道场　黄风荡荡　贪狼观　通一母　串梆子　拖下来　西　伴哥　刘千刘义　欢会旗　生死鼓　捣练子　三群头　酒槽儿　净瓶儿　卖官衣　苗青根白　调笑令　斗鼓笛　柳青娘　论句儿　请车儿　身边有艺　调刘衮　霸王草　难古典　左必来　香供养　合五百　奶奶嗔　一借一与　已巳己　舞秦始皇　学像生　支道馒头　打调劫　驴城白守　呆木大　定魂刀

说罚钱　年纪大小　打扇　盘蛇　相眼　告假　捉
记　照淡　矇哑　投河略通　调贼　多笔　厽押
扯状　罗打　记水求楞　烧奏　转花枝　计头儿
长娇怜　歇后语　芦子语　回且语　大支散

拴搐艳段

襄阳会　驴轴不了　抛绣球　鞭敲金镫　门帘儿
天长地久　眼药里　衙府则例　金含楞　天下太平
归塞北　春夏秋冬　斗百草　叫子盖头　大刘备
石榴花诗　哑汉书　说古棒　唱拄杖　日月山河
胡饼大　嘴揾地　屋里藏　骂吕布　张天觉　打论
语　十果顽　十般乞　还故里　刘金带　四草虫
四厨子　四妃艳　望长安　长安住　骂江南　风花
雪月　错寄书　睡起教柱　打婆束　三文两扑　大
对景　小护乡　少年游　打青提　千字文　酒家诗
三拖旦　睡马杓　四生厉　乔唱诨　桃李子　麦屯
儿　大菜园　乔打圣　杏汤来　谢天地　十只脚
请生打纳　建成　纻食　球棒艳　破巢艳　开封艳
鞍子艳　打虎艳　四王艳　蝗虫艳　撅子艳　七捉
艳　修行艳　般调艳　枣儿艳　蛮子艳　快乐艳
慈乌艳　眼里乔　访戴众半　陈蔡　范蠡　扯休书
鞭塞　金铃　感吾智　诸宫调　枕杌扫竹　雕出板
来　套靴　舌智　俯饭　钗发多　襄阳府　仙哥儿

打略拴搐

星象名　果子名　草名　军器名　神道名　灯火名
衣裳名　铁器名　书集名　节令名　虀菜名　县道
名　州府名　相扑名　法器名　乐人名　草名　军

名　门名　鱼名　菩萨名

赌扑名　　照天红　著棋名　衮骰子　琴家弄　闷葫芦　握龟

官职名　　说驾顽　敲待制　上官赴任　押剌花赤

飞禽名　　青鹎　老鸦　厮料　鹰鹘雕鹗

花名　　石竹子　调狗　散水

吃食名　　厨难偌　蘑菇菜

佛名　　成佛板　爷娘佛

难字儿　　盘驴　害字　刘三　一板子

酒下拴　　数酒　三元四子

唱尾声　　孟姜女　遮盖了　诗头曲尾　虎皮袍

猜迷　　杜大伯　大黄

和尚家门　　秃丑生　窗下僧　坐化　唐三藏

先生家门　　入口鬼　则耍胡孙　大烧饼　清闲真道本

秀才家门　　大口赋　六十八头　拂袖便去　绍运图　十二月　胡说话　风魔赋　疗丁赋　牵著骆驼看马胡孙

列良家门　　说卦象　由命赋　混星图　柳簸箕　二十八宿　春从天上来

禾下家门　　万民快乐　咬得响　莫延　九斗一石共牛

大夫家门　　三十六风　伤寒赋　合死汉　马屁勃　安排锹钁　三百六十骨节　撒五谷　便痾赋

卒子家门　　针儿线　甲仗库　军闹　阵败

良头家门　　方头赋　水龙吟

邦老家门　　脚言脚语　　则是便是贼

都子家门　　后人收　桃李子　上一上

孤下家门　　朕闻上古　刁包待制　绢儿来

司吏家门　　罢笔赋　事故榜

仵作家门　　一遍生活

撅俫家门　　受胎成气

诸杂砌

模石江　梅妃　浴佛　三教　姜武　救驾　赵娥娥

石妇吟　变猫　水母　玉环　走鹨哥　上料　瞎脚

易基　武则天　告子　拔蛇　鹿皮　新太公　黄巢

恰来　蛇师　没字碑　卧草　祏祆　封碑　锯周朴

史弘肇　悬头梁上

遁　　母

　　钱唐戴厚甫淳，邓文肃公之婿也。精遁甲法。戴之母常寝处楼上，忽一夕，惊见红光贯室，急开帏，细视之，乃是一美妇人，独立榻前，自拔金钗遗母，既而无所见。母以语戴，答曰："适某祭遁神，遂致此耳。遁母见，某必不久于人世矣。"由此悒悒不乐，逾数月，果卒。

天　竺　观　音

　　今杭州上天竺寺观音像，长不盈五尺，而叠著灵异，官民信奉甚恭，凡旱潦，祷之必应。尝考《释氏纪录》云：后晋天福己亥，僧道翊一夕见山间光明，往视之，得奇香木，命良工刻成观世音菩萨像，白光焕发，继以昼夜。后汉乾祐戊申，有僧从勋以古佛舍利置毫相中，舍利时现冠顶。宋咸平庚子，浙西自春徂夏不雨,给事中知杭州张去华率僚属具幡盖鼓吹,迎祷于梵天寺,继时霪雨,四境沛足。如此,则自有像已四百余年,其所由来远矣。

南村辍耕录卷二十六

传 国 玺

御史中丞崔彧进传国玺，笺曰：资德大夫、御史中丞臣崔彧言：至元三十一年，岁次甲午，春正月既旦，臣番直宿卫，御史台通事臣阔阔朮，即卫所告曰："太师国王之孙曰拾得者，尝官同知通政院事，今既殁矣，生产散失，家计窘极，其妻脱脱真紫病，一子甫九岁，托以玉见贸，供朝夕之给。"及出玉，印也。阔阔朮蒙古人，不晓文字，兹故来告。闻之，且惊且疑，乃还私家取视之，色混青绿而玄，光彩射人，其方可黍尺四寸，厚及方之三不足，背纽盘螭，四厌方际，纽尽玺垺之上，取中通一横篆，可径二分，旧贯以韦条，面有篆文八，刻画捷径，位置匀适，皆若虫鸟鱼龙之状，别其仿佛有若"命"字、若"寿"字者。心益惊骇，意谓无乃当此昌运，传国玺出乎？急召监察御史臣杨桓至，即读之曰："受命于天，既寿永昌。"此传国宝玺文也。闻之，果合前意，神为肃然。乃加以净绵，复以白帕，率御史臣杨桓、通事臣阔阔朮等，直趋青宫，因镇国上将军都指挥使詹事王庆端、嘉议大夫家令臣阿散罕、少中大夫詹事院判臣仆散寿导谒，进献皇太妃御前。徽仁裕圣皇后。启曰：此古传国玺也。秦以和氏璧所造，厥后有天下者宝之，以君万国。然自前代失之久矣。今当宫车晚出，诸大臣佥议迎请皇太孙成宗龙飞之时，不求而见，此乃天示其瑞应也，宜早达于皇太孙行殿，以符

灵贶。已蒙嘉纳。翼日，令资善大夫中书右丞詹事臣张九思、
少中大夫詹事院判臣仆散寿，传皇太孙，亲为付授。此盖皇太
妃懿虑深远，非臣愚所能及也。臣前又启：收藏宝玺之家，不
知甄别，循常以玉求鬻，臣见而识之，特将来献，彼犹未知，望
恩恤其家。传旨：赐收玉之家楮币二千五百贯，并逮臣等进辨
其宝者三人衣缎各一表里，纹金绮素有差，以为异日旌赏之
征。臣等已诣府前敬受讫。自惟无状，不胜惭赧。是日，金紫
光禄大夫中书右丞相臣完泽率集贤翰林侍从诸臣入贺御前，
命出宝玺遍示群臣，此又出于皇太妃至公至大之量。翰林学
士臣董文用等前启曰："此诚神物，出当其时，若非皇太妃、皇
太孙圣感，何以臻此。"丞相以下台臣等，次第上寿。自是内外
称庆，咸曰天命有归。臣闻《诗》序曰："文王有明德，故天复命
武王。"今神宝之出，盖因先帝有明德，故天命复归于皇太孙
也。又曰："皇天亲有德，享有道。"以言皇天非有德有道则不
亲不享也。又闻之《书》曰："皇天无亲，惟德是辅。"又曰："天
命有德，克享天心'，受天明命。作善，降之百祥。"历观上世诗
书之旨，未有无德而能致天命之归也。钦惟太祖圣武皇帝，秉
资神格，始为天下除祸定乱，隆功盛德，简在天心，受命而为天
下主。以至我宪天述道仁文义武大光孝皇帝，德配乾坤，功包
海岳，孝格宗庙，子育黎元，舆地所记，悉主悉臣，照临无幽，咸
遂生乐。施及明孝太子，天锡仁慈之德，上感君亲之悦，下系
亿兆之望，至元建号，日月重明，无为而治者迨廿年。虽由太
子进德修业之洪溢，亦赖元妃内助之渊密也。敬惟皇太妃，聪
明淑懿，母仪崇严，德量溥厚，孝敬慈恕，出乎天性，往古未有
也。自明孝太子升遐，内则皇孙翼翼，训导端严，外则百司班
班，临御整饬，由是圣上君父，大见倚重。虽于时皇太孙未昭

储副之托,而詹事之司未尝一日废阙,以见皇天定命于青宫之位,无时不在,诚非人力所能为也。钦惟皇太孙殿下,德资刚明,才兼文武,英谋独断,大肖祖宗,族属系望,遐迩归心。圣祖宪天述道仁文义武大光孝皇帝,灼知天命之所在,久存隆顾,将付以抚军之重,于至元三十年夏六月二十二日,赐以皇太子金宝,大正储位,而后诏以出师之期。天下闻之,室家胥庆。和气穰穰,出于两间。是岁秋稔,数年罕遇。臣切念天象无言,托命不爽,岂期又于大行皇帝宫车晚出之后甫八日,传国神宝,不求而出于大功臣子孙之家,连由台谏耳目之司,直达于皇太妃御前。斯盖皇天授命,皇太孙诞膺龙飞,以正九五之位,俾符宝玺之文,既寿而永,永而又昌。臣又见皇天之心,大赖我皇元继体之君,不疾不迟,景命适至,以允四海之望者,其瑞应之兆有三。按唐史:代宗之将为太子,先封楚王,及位正储副而监国,楚州献定国宝一十有三。因曰:楚者,太子之封,今于降宝于楚,宜建元宝应,盖以宝为太子瑞应也。昔明孝太子,封为燕王,今皇太孙,燕王之子也,将主神器,而神宝出于燕,适与前事相符,此瑞应之兆一也。又宝玺之出,正当皇元圣天子六合一统之时,宫车晚出之近朝,以见天心正为继体之君设也,此瑞应之兆二也。又宝玺之出,适当月之三十日,有终而复始之象,以见先圣皇帝御世太平之功既成,俾继体之君复其始也,此瑞应之兆三也。今以此三兆观之,益见天命之来,际合于青宫。臣区区之情,无任倾向,辄罄所见,以赞其万一。谨将宝玺之出处古今始末,详据考按。许慎《说文》:"玺,王者印也。以守土,故为文从尔,从土。"其义盖曰:天付尔此器,俾宝之以守尔土也。至周太史籀,易为从尔从玉,义取天付尔此玉宝,以为天下君也。三代以上,玺文无所考,诸史籍并《宝玺篆文图说》曰:传国玺,方四寸,其文文饰如前。楚以卞和所献之璞,琢而成璧,后求婚于赵,以纳聘焉,秦昭王请以十城易之而不获。始皇并六国,得之,命李斯篆其文,玉工孙寿刻之。《太平御览》又以为蓝田玉所刻。二世子婴,奉玺降沛公于轵道旁。高祖即位,服其玺,因世传之,谓为传国玺。厥后孺子未立,藏于长乐宫。及莽篡位,使安阳侯王舜迫太后求之,太后怒骂而不与,舜言益切,出玺投之地,玺因归莽。及更始灭莽,校尉公宾得玺,诣宛献于更始。赤眉杀更始,立盆子,玺为盆子所有。后盆子面缚奉玺于光武。至献帝,董卓作乱,掌玺者投于井中,孙坚征董卓,于井中得之。袁术夺于坚妻。术死,荆州刺史徐璆闻帝为曹操迎在许昌,以玺送之。帝后逊位,并以玺归魏。常道乡公禅位,玺归于晋。怀

向巨源本

帝遇刘聪之害,玺归于聪。聪死,归曜。曜为石勒所灭,玺入于
勒。勒灭,入于冉闵。闵败,见收于闵之将军蒋干。晋征西将
军谢尚购得之,以还东晋,时穆帝永和八年也。自玺寄于刘
石,共五十三年,晋复得之。是后,宋、齐、梁、陈相传,以至于
隋灭陈,萧后与太子正道,并传国玺并入于突厥。唐太宗即
位,宝玺未获,乃自刻玉曰"皇帝景命,有德者昌"。贞观四年,
萧后与正道自突厥奉玺归于唐,唐始得焉。朱温篡唐,玺入于
温。庄宗定乱,玺入于后唐。庄宗遇害,明宗嗣立,再传养子
从珂,是为废帝。石氏篡立,自焚,自是,玺不知所在。至宋哲
宗,咸阳民段义献玉玺。及徽宗,为金所虏,凡有宝玺,金皆取
之,内玺一十有四,青玉传国玺一,其色与今所献玉玺相同,则
知宋之南迁二百年,无此宝玺也明矣。然自金既取于宋之后,

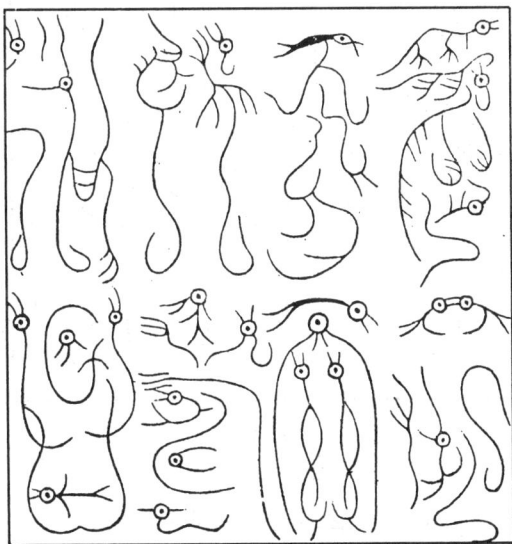

蔡仲平本

宝玺出处得失,亦未见明说。以及我元,适集皇太孙宝命所归之际,应期而出。臣职总御史,亲会盛事,不可以不录。又图中别有玺,其文亦八,旁注曰:"此传国玺背文也。"今见宝玺之背,皆刻螭形蟠屈,凹凸不齐,遍厌四际,无地可置此文。按《太平御览》:晋太元十九年,雍州刺史郗恢表,慕容永称藩,奉玺,方六寸,厚七分,蟠螭为鼻,今高四寸六分,四边龟文,下有字曰:"受天之命,皇帝寿昌。"原其所由,未详厥始。以斯言之,当别是一玺,非今传国玺也。此又不可不辩。臣彧诚惶诚恐,顿首顿首,谨奉笺上进以闻,伏希听览,微臣不胜瞻望之

毕景儒本

受天之命,皇帝寿昌。

其文玄妙淳古,无过于此,虽龙飞凤翥,

不足以拟其势,摹印之祖也。

至。谨言。此文乃桓所撰。桓，字武子，兖州人。幼警悟，为人宽厚，事亲笃孝，博览群籍，尤精篆籀之学，由儒学教授仕至国子司业卒。阔阔尤，拓跋氏。成宗即位，近臣以其事闻，授汉中廉访司佥事，仕至湖广廉访使卒。国史于按礼儿传，谓拾得乃国王速浑察之子。谓桓辩其文曰"受命于天，既寿永昌"。于桓传，谓桓辩其文曰"受天之命，既寿永昌"。盖秦别有"受天之命，皇帝寿昌"一玺，又非此玺。此则史之误也。今取宋薛尚功所编《历代钟鼎彝器款识法帖碑本》第十八卷内玺文，模勒于后，以备博古者之一览云。

　　尚功云：二玺文本只一器，缘传摹字画不同，形制大小有异，因并刻之，亦疑以传疑之意也。

螭纽　新增

瑞 应 泉

湖州长兴州金沙泉,唐时用此水造紫笋茶进贡。泉不常出,有司具牲牢祭之,始得水,事讫即涸。宋季屡加浚治,泉迄不出。至元十五年岁戊寅,中书省遣官致祭,一夕,水溢,可溉田千亩,遂赐名瑞应泉。

疑 冢

曹操疑冢七十二,在漳河上。宋俞应符有诗题之曰:"生前欺天绝汉统,死后欺人设疑冢。人生用智死即休,何有余机到丘垄。人言疑冢我不疑,我有一法君未知。直须尽发疑冢七十二,必有一冢藏君尸。"此亦诗之斧钺也。

卢 橘

世人多用卢橘以称枇杷。按司马相如《游猎赋》云:"卢橘夏熟,黄柑橙楱,枇杷橪而善切。柿。"夫卢橘与枇杷并列,则卢橘非枇杷明矣。郭璞注:"蜀中有给客橙,冬夏花实相继,通岁食之,谓即卢橘也。"意者橙橘惟熟于冬,而卢橘夏亦熟,故举以为重欤?《唐三体诗》裴庾注云:《广州记》:卢橘皮厚,大如柑,酢多,至夏熟,土人呼为壶橘,又曰卢橘。

五 龙 车

叶公李为宋太学生时,上书极言贾似道权奸误国,几为所害。及世祖平江南,即召见,官之,至中书右丞。凡有军国大事,必问曰:"曾与蛮子秀才商量否?"盖指李也。一日,议事大廷,乃不在列,问其故,则病足。遂以所御五龙车召之至,命坐而谘决焉。尝于其孙以道处，见当时所画《应召图》，五龙车中，坐一山野质朴之老，其遭遇有如此者。使无贾似道以发其正大之论，直一书生耳，而望功名显天下，亦难矣。

伏 波 将 军

琼州一水，南北有两伏波将军庙，世人莫明其故。尝考之《史记》及《东汉书》，盖汉元鼎五年，卫尉路博德为伏波将军，出桂林，下汇水，不特马援为伏波将军也。

至 元 钞 料

至元印造通行宝钞，分一十一料：

　　贰贯　　壹贯　　伍伯文　　叁伯文　　贰伯文

　　壹伯文　　伍拾文　　叁拾文　　贰拾文　　壹拾

　　文　　伍文

雕 传

某人浮湛里中，无以为生，侦民有小不平，嗾之讼，佐之请谒，己旁缘自资，且既饵临政者，因持其短长，以蠹民梗政，遂有人作《雕传》以警之。传曰：昔皇帝少皞氏之世，凤鸟适至，故为鸟师而鸟名，命凤凰为百禽长。当是时，南山有鸟，其名曰雕。雕之性，鸷而健，贪而狡，稻粱之甘，木实之美，雕不屑焉，资众禽之肉以为食。雕之徒实繁，其与雕同气而异质者，鹰鹯、鸢隼、鹘鹍、鸥鹗，皆助雕为虐者也。其异类而同性者，鸥鸮、偁鹠、枭鸩、训狐、鬼车，其恶与雕同，特其材异尔。然雕有大小，小者从鹪鹩、鹝雀，力可制则制之，大者虽鸿鹄不畏也。故雕之所在，众禽皆逃散远去，摽枝无安巢，灌丛无息羽。

雕无所得食，则遣操诡辞，招众禽之过而诉诸凤曰："鸿雁背北而来南是叛者也，鹦鹉舍禽言习人语是奸者也，仓庚出幽谷迁乔木是冒越者也，鹈鹕秋冬远遁是避役者也。乌知吉凶，言妖祥以惑众听。鹊填河以阻水利，鸤鸠攘鹊之居，鸳鸯荒淫无度，鸥好闲，鸡好斗殴相伤，凫鹥、鹅鸭习水战，鸬鹚、白鹭得鱼不税，孔雀有异相，杜鹃催归令戍卒逃亡，提壶劝人饮酒生事，是皆有罪，不治，将益甚。"凤凰惑焉，命爽鸠氏治之。雕与爽鸠相为表里，穷山谷，搜林麓，禽之出者，搏之逐之，攫之拿之，啄嘴扼吭，裂肪绝筋，磔毛扬风，洒血殷地，凡遇之者无噍类。其余皆周章振掉，谋所以免祸者，毁巢破鷇，空所积以奉爽鸠，且以赂雕，使勿执。于是雕之势益张，而众禽之生理日蹙。其爪距稍利者，慕雕所为，则起而效之。其钝者，深藏远窜，馁死于草莽者，相藉也。而凤凰始忧之。闻蓬莱之巅，有胎仙焉，胎仙名鹤，号青田翁，廉介而洁白，和平而好生，于是征爽鸠，使鹤乘轩而治之。鹤乃与凤凰谋曰："夫雕，其始一而已，自子之不戒，而使之蔓延，今之为雕者何其多耶？昔之雕，名雕，字雕，形雕，性雕，本为雕者也。今有非雕而雕者，何也？雕则得食，不雕则不得食；雕则有利而无害，不雕则利未见而害常随之，故不容其不雕也。今禽之产子者愿为雕，雏之习飞者学为雕，形状与雕异者又冒为雕。不诛其渠魁，歼其凶丑，以励其余，吾恐鸾鷟、鹓鹭、神雀、大鹏、金翅皆化为雕耳。"凤凰曰："善。"奏请于帝。帝遣虞人，持弓矢，张网罗，随雕而磔之，雕之徒尽毙，敕天下无留雕，故其余党皆屏迹匿影不敢出，众禽始得安于生养，以尽其天年。此皆少皞氏之恩，凤凰与鹤之力也。太史公曰：雕，奸禽也。暴恶受诛，固宜。吾独惧今之人子务养雕，意有所欲，举雕而放之，求众禽之血肉以肥其躯，殊不知少皞氏之戒也。嗟夫！害物而日益者，刑虽未及，天必谴之，其雕，岂足恤哉！

三　瓦　戒

陈众仲先生尝题乐全堂，有"能守不成三瓦戒"之句，人多不知所出。按《史记·龟策传》云："天尚不全，故世为屋，不成三瓦而陈之。"注："陈，犹居也。"

酸斋辞世诗

贯酸斋先生临终有辞世诗曰："洞花幽草结良缘，被我瞒他四十年。今日不留生死相，海天秋月一般圆。"洞花、幽草，乃先生二妾名。

高　昌　世　家

虞文靖公集撰《高昌王世勋碑》，序其世家曰：畏吾儿之地，有和林山，二水出焉，曰秃忽剌，曰薛灵哥。一夕，有天光降于树，在两河之间，国人即而候之，树生瘿，若人妊身然，自是光恒见者。越九月又十日，而瘿裂，得婴儿五，收养之，其最稚者曰卜吉可罕。既壮，遂能有其民人、土田，而为之君长。传三十余君，是为玉伦的斤，数与唐人相攻战，久之，乃议和亲，以息民而罢兵，于是唐以金莲公主妻玉伦的斤之子葛励的斤，居和林别力跋力答，言妇所居山也。后迁交州。至太祖龙飞朔漠，当是时，巴而尤阿而忒的斤亦都护在位。亦都护者，其国王号也。举国入朝，太祖嘉之，妻以公主曰也立安敦，自是子孙皆封王。

后　　德

今上皇后弘吉剌氏，名伯颜忽都，武帝宣懿惠圣皇后之侄，毓德王孛罗帖木儿女，后至元二年丁丑三月立。性节俭，不妒忌，动以礼法自持。第三皇后奇氏素有宠，居兴圣西宫，帝希幸东内。左右以为言，后无几微怨望意。尝从帝时巡上京，次中道，帝遣内官传旨欲临幸，辞曰："暮夜非至尊往来之时。"内官往来再三，竟拒不纳，帝益贤之。居坤德殿，终日端坐，未尝妄逾户阃。至元二十五年乙巳八月丁未崩，年四十二。

文 宗 能 画

文宗居金陵潜邸时，命臣房大年画京都万岁山，大年辞以未尝至其地。上索纸，为运笔布画位置，令按稿图上。大年得稿，敬藏之。意匠经营，格法遒整，虽积学专工，所莫能及。

武 当 山 降 笔

至元十三年，江南初内附，民间盛传武当山真武降笔书长短句曰《西江月》者，锓刻于梓，黄纸模印，贴壁间。其词云："九九乾坤已定，清明节候开花。米田天下乱如麻，直待龙蛇继马。继一作罤。　依旧中华福地，古月一阵还家。当初指望作生涯，死在西江月下。"

箕 仙 有 验

虞邵庵先生布衣时，落落不偶，久客钱唐。一日，偕友人杨公仲弘、薛公宗海、范公德机访方外宰渊微练师于西湖之曲,求召鬼仙,以卜行藏。练师即置箕悬笔,书符作法。有顷,箕动笔运而附降云:“某非仙,乃当境神也。”练师叱曰:“吾不汝召,汝神何来?”神附云:“某欲乞虞公撰一保文,申达上帝,用求迁升耳。”众因劝先生其无辞神请,先生遂诺。翼日,文成,火于湖滨。逾旬,再诣练师祷卜,神复降云:“某已获授城隍,谨候谒谢,公必贵显,幸毋自忽。”既而先生由校官至奎章阁侍书学士,赠江西行中书省参知政事,封仁寿郡公,谥文靖,以文章名海内。岂非先世积有余庆,天将报施于先生之躬,而鬼神预有知耶?

诗画题三绝

高文简公一日与客游西湖,见素屏洁雅,乘兴画奇石古木。数日后,文敏公为补丛竹。后为户部杨侍郎所得。虞文靖公题诗其上云:“不见湖州三百年,高公尚书生古燕。西湖醉归写古木,吴兴为补幽篁妍。国朝名笔谁第一?尚书醉后妙无敌。老蛟欲起风雨来,星堕天河化为石。赵公自是真天人,独与尚书情最亲。高怀古谊两相得,惨澹酬酢皆天真。侍郎得此自京国,使我观之三叹息。今人何必非古人,沦落文章付陈迹。”此图遂成三绝矣。

浙 西 园 苑

浙西园苑之胜,惟松江下砂瞿氏为最古,宋秀州守方岳亦有诗留题壁间。后紫阳虚谷翁来游,继题十绝,其一云“壁间墨客扫龙蛇,所写诗佳字亦佳。忽见题诗增感慨,吾家宗伯老秋厓”是也。次则平江福山之曹,横泽之顾,又其次则嘉兴魏塘之陈。当爱山全盛时,春二三月间,游人如织,后其卒、未及数月,花木一空。废弛之速,未有若此者。自后,其地吴氏之园曰竹庄,盖元有池陂数十亩,天然若湖,莹之尝买得水殿图,据图位置,构亭水心,潇洒莫比。哗讦之徒,欲闻诸官,亟塑三教像于中,易曰三教堂,人不可得而入矣。莹之卒,荐遭兵燹,今无一存者。福山、横泽、下砂,皆无有久矣,可胜叹哉!

吴江长桥

吴江长桥七十二间,作桥者,僧徒雅师立总其役,崇敬率众以给其费,居士姚行独任劳以终事。经始于泰定乙丑二月,期年而成。后九年,州守的斤海牙作巨阁,奉观音像于上。

南村辍耕录卷二十七

四位配享封爵

颜子,唐玄宗太极元年壬子二月,赠太子太师,配享孔子庙。宋真宗大中祥符二年己酉四月,封兖国公。

曾子,同前,赠太子太保,配享孔子庙。宋理宗咸淳三年癸卯二月,封郕国公,配食大成殿。

子思,宋度宗咸淳三年丁卯二月,封沂国公,配食大成殿。

孟子,宋神宗元丰七年甲子五月,追封邹国公,配享先圣,位次兖国公下。

宋黄震云:往岁颜、孟配享,并列先圣左,近升曾子、子思,又并列先圣左,而虚其右,不以相向。震闻太学博士陆鹏举云:初制,颜、孟配享,左颜而右孟。熙丰新经盛行,以王安石为圣人,没而跻之配享,位颜子下,故左则颜子及安石,右则孟子。未几,安石女婿蔡卞当国,谓安石不当在孟子下,迁安石于右,与颜子对,而移孟子位第三,次颜子之下,遂左列颜、孟而右列安石。又未几,蔡卞再欲升安石压孟子,渐次而升,为代先圣张本。优人有以艺谏于殿下者,设一大言之士,戏薄先圣,颜子出争之,不胜,子贡出争之,不胜,子路出而盛气争之,又不胜。然后设为公冶长,有击其首而叱之曰:"汝何不出一争?且看他人家女婿!"盖蔡卞,安石婿,而公冶长,先圣婿也。蔡卞闻之,遂不敢进安石于颜子上,颜、孟左而安石右,遂为定制。南渡后，安石罢配享，宜迁孟子以对颜子，如旧制。议者失于讨论，故安石既去，其右遂虚，而颜、孟并列于左。岳珂尝记其事。近岁增曾子、子思，又并列于左，亦未有讨论者。

金　果

成都府江渎庙前，有树六株，世传自汉唐以来即有之。其树高可五六十丈，围约三四寻，挺直如矢，无他柯干，顶上才生枝叶，若棕榈状，皮如龙鳞，叶如凤尾，实如枣而加大，每岁仲冬，有司具牲馔祭毕，然后采摘，金鼓仪卫迎入公廨，差点医工，以刀逐个劚去青皮，石灰汤焯过，入熬熟，冷蜜浸五七日，漉起控干，再换熟蜜，如此三四次，却入瓶缶，封贮进献。不如此修制，则生涩不可食。泉州万年枣三株，识者谓即四川金果也，番中名为苫鲁麻枣，盖凤尾蕉也。

李哥贞烈

河南理幕沈易云：灊州倡女李哥，年十二三时，母教之歌舞，哥泣曰："女率有工，繄我独为此乎？"母告以业不可废。哥曰："若此听母，母亦当从我好，否则有死而已。"母阳许之。自是不粉泽，不茹荤，所歌多仙曲道情。有召者，必先询主客姓名，然后往。人亦预相戒，毋戏狎。哥凝立筵前，酒行歌阕，目不流盼。与之酒，勿饮。州判官尝忤哥，径还，誓不与见。孟津县达鲁花赤厚赂哥母，夜抵舍，哥怀利刃，闭卧内，骂之曰："汝职在牧民，而狗彘之不若，可急去，不且血污吾刃矣！"惭怒以回。明日，知州闻之，叹曰："州有贞女，而吾不知，是一失也。吾次子明经举秀才，真若配。"以礼聘娶之。未几，红巾入寇，夫妇被执，见哥妍丽，将杀其夫，哥走前抱夫项大呼曰："吾断不从汝求活。"寇并杀之。

刘　节　妇

刘节妇,冀之衡水人,通古文《孝经》、小学书,适同郡曹泰财。红巾陷河朔,因避兵聊城村。贼掩至,大掠,见节妇居群人中,特妍整,持刀驱之行。节妇曰:"吾妇人,惟知从夫而已,不从贼也。"贼欲移其心,乃盛陈金玉珠玑,仍用锦绣衣服被节妇身,节妇裂碎之。强拥上马,堕地者数四。贼怒,绳其项,就马上曳之。节妇以手爪地,以头触石流血,骂贼不绝声,遂遇害。

病　洁

毗陵倪元镇有洁病,一日,眷歌姬赵买儿,留宿别业中。心疑其不洁,俾之浴。既登榻,以手自顶至踵,且扪且嗅。扪至阴,有秽气,复俾浴。凡再三,东方既白,不复作巫山之梦,徒赠以金。赵或自谈,必至绝倒。

杂　剧　曲　名

稗官废而传奇作,传奇作而戏曲继。金季国初,乐府犹宋词之流,传奇犹宋戏曲之变,世传谓之杂剧。金章宗时,董解元所编《西厢记》,世代未远,尚罕有人能解之者,况今杂剧中曲调之冗乎?因取诸曲名,分调类编,以备后来好事稽古者之一览云。

正宫

端正好　　衮绣球　　倘秀才　　脱布衫　　小梁州　　朝天子　　四换头　　十二月　　尧民歌

收尾　　叨叨令　　醉太平　　呆古朵　　笑和尚
蛮姑儿　　伴读书　　剔银灯　　道和　　柳青娘
双鸳鸯　　摊破满庭芳　　月照庭　　塞鸿秋
白鹤子中吕出入　　快活三中吕出入

黄钟

愿成双　　醉花阴　　喜迁莺　　出队子　　刮地
风　　四门子　　神仗儿　　挂金索　　水仙子
兴龙引　　金殿乐三台　　侍香金童　　降黄龙衮
塞雁儿　　接接高

南吕

一枝花　　梁州第七　　贺新郎　　牧羊关　　隔
尾　　红芍药　　菩萨梁州　　三煞　　骂玉郎
感皇恩　　采茶歌　　随煞尾　　斗虾蟆　　四块
玉　　哭皇天　　乌夜啼　　隔尾黄钟煞　　摊破
采茶歌　　楚天秋　　隔尾随煞

中吕

粉蝶儿　　醉春风　　迎仙客　　石榴花　　斗鹌
鹑　　上小楼　　快活三正宫出入　　鲍老儿
般涉　　哨遍　　耍孩儿　　收尾　　红绣鞋
喜春来　　尧民歌　　满庭芳　　鲍老衮　　醉高
歌　　十二月　　普天乐　　叫声　　双鸳鸯
白鹤子正宫出入　　穷河西　　朝天子　　干荷叶
剔银灯　　菩萨蛮　　墙头花　　乔捉蛇　　鹘打
兔　　酥枣儿　　镇江回　　鹌鹑儿　　鸳鸯儿
风流体　　卖花声　　蔓菁菜

仙吕

赏花时　　点绛唇　　油葫芦　　天下乐　　哪吒令　　鹊踏枝　　六幺序　　后庭花　　青哥儿赚煞　　混江龙　　金盏儿　　醉中天　　村里迓鼓　　元和令　　上马娇　　圣葫芦　　江西后庭花　　柳叶儿　　寄生草　　赚煞尾　　摊破天下乐　　醉扶归　　低过金盏儿　　八声甘州　　游四门　　赚尾　　忆王孙　　一半儿　　得胜乐雁儿　　袄神急　　翠裙腰　　六幺遍　　大安乐柳叶儿

商调

集贤宾　　逍遥乐　　梧叶儿　　后庭花　　双雁儿　　金菊香　　浪来里　　醋葫芦　　青哥儿上京马　　随调煞　　柳叶儿仙吕出入　　黄莺儿踏莎行　　垂丝钓　　盖天旗

大石

青杏子　　好观音　　六国朝　　念奴娇　　归塞北　　初问口　　怨别离　　擂鼓体　　雁过南楼憨郭郎　　催拍子　　玉翼蝉　　茶蘼香　　女冠子　　林里鸡近　　蓦山溪　　喜秋风　　净瓶儿鹧鸪天

双调

新水令　　驻马听　　甜水令　　折桂令　　落风花　　沉醉东风　　小将军　　清江引　　碧玉箫雁儿落　　德胜令　　乔牌儿　　挂玉钩　　川拨棹　　殿前欢　　七弟兄　　梅花酒　　收江南水仙子　　滴滴金　　鸳鸯煞　　步步娇　　揽筝

琵　　豆叶黄　　风入松　　拨不断　　庆东原
沽美酒　　太平令　　一锭银　　荆湘怨　　阿纳
忽　　夜行船　　镇江回 _{中吕出入}　　胡十八
挂玉钩序　　五供养　　行香子　　梧桐树　　离
亭宴煞　　鸳鸯儿煞尾　　太平歌　　十棒鼓
小妇孩儿　　挂打灯　　乔木查　　蝶恋花　　庆
宣和　　枣卿调　　石竹子　　山石榴　　山丹花
醉娘子　　驸马还朝　　大拜门　　雕刺鸪　　不
拜门　　喜人心　　忽都白　　倘兀歹　　风流体
_{中吕出入}

燕南芝庵先生唱论

古之善唱者三人：

　　韩秦娥　　沈古之　　石存符

帝王知音者五人：

　　唐玄宗　　后唐庄宗　　南唐后主　　宋徽宗
　　金章宗

三教所尚：

　　道家唱情　　僧家唱性　　儒家唱理

近世所谓大曲：

　　苏小小蝶恋花　　邓千江望海潮　　苏东坡念奴娇
　　辛稼轩摸鱼子　　晏叔原鹧鸪天　　柳耆卿雨霖铃
　　吴彦高春草碧　　朱淑真生查子　　蔡伯坚石州慢
　　张子野天仙子

歌之格调：

　　抑扬顿挫　　顶叠垛换　　萦纡牵结　　敦拖呜咽

推题丸转　　捶欠遏透

歌之节奏：

停声　　待拍　　偷吹　　拽棒　　字真　　句笃

依腔　　贴调

凡歌一声，声有四节：

起末　　过度　　揾簪　　擷落

凡歌一句，句有声韵：

一声平，一声背，一声圆。　　声要圆熟，腔要彻满。

凡一曲中，各有其声：

变声　　敦声　　杌声　　哐声　　困声

三过声：

偷气　　取气　　换气　　歇气　　就气　　爱者

有一口气

歌声变件：

三台　　破子　　遍子　　擷落　　实催　　全篇

尾声　　赚煞　　随煞　　隔煞　　羯煞　　本调

煞　　　拐子煞　三煞　　十煞

唱曲门户：

小唱　　寸唱　　慢唱　　坛唱　　步虚　　道情

撒炼　　带烦　　瓢叫

唱曲题目：

曲情　　铁骑　　故事　　采莲　　击壤　　叩角

结席　　添寿　　宫词　　禾词　　花词　　汤词

酒词　　灯词　　江景　　雪景　　夏景　　冬景

秋景　　春景　　凯歌　　棹歌　　渔歌　　挽歌

楚歌　　杵歌

歌之所：

> 桃花扇　　竹叶尊　　柳枝词　　桃叶怨　　尧民
> 鼓腹　　壮士击节　　牛童马仆　　间阎女子
> 天涯游客　　洞里仙人　　闺中怨女　　江边商妇
> 场上少年　　阛阓优伶　　华屋兰堂　·衣冠文会
> 小楼狭阁　　月馆风亭　　雨窗雪屋　　柳外花前

凡声音各应律吕，分六宫十一调，共十七宫调：

> 仙吕宫唱清新绵邈　　南吕宫唱感叹伤悲　　中吕
> 宫唱高下闪赚　　黄钟宫唱富贵缠绵　　正宫唱惆
> 怅雄壮　　道宫唱飘逸清幽　　大石唱风流酝藉
> 小石唱旖旎妩媚　　高平唱条拗滉漾　　般涉唱拾
> 掇坑堑　　歇指唱急并虚歇　　商角唱悲伤宛转
> 双调唱健捷激袅　　商调唱凄怆怨慕　　角调唱呜
> 咽悠扬　　宫调唱典雅沉重　　越调唱陶写冷笑

有子母调，有姑舅兄弟，有字多声少，有声少字多，所谓一串骊珠也。比如仙吕《点绛唇》、大石《青杏儿》，人唤作杀唱的刬子。

有爱唱的，有学唱的，有能唱的，有会唱的，有高不揭、低不咽，有排字儿，打截儿，放捎儿，唱意儿，有明捎儿，暗捎儿，长捎儿，短捎儿，碎捎儿。

有一曲入数调者，如《啄木儿》、《女冠子》、《抛球乐》、《斗鹌鹑》、《黄莺儿》、《金盏儿》之类是也。

凡唱曲有地所：

> 东平唱木兰花慢　　大名唱摸鱼子　　南京唱生查
> 子　　彰德唱木斛沙　　陕西唱阳关三叠黑漆弩

凡唱所忌：

子弟不唱作家歌　　浪子不唱及时曲　　男不唱艳词　　女不唱雄曲　　南人不唱北人不歌

凡人声音不等,各有所长。有川嗓,有堂声,皆合被箫管。有唱得雄壮的,失之村沙;唱得蕴拽的,失之乜斜;唱得轻巧的,失之寒贱;唱得本分的,失之老实;唱得用意的,失之穿凿;唱得打揸的,失之本调。

凡唱节病,有困的,灰的,涎的,叫的,大的。有乐府声,撒钱声,拽锯声,猫叫声。不入耳,不著人,不彻腔,不入调。工夫少,遍数少,步力少,官场少。字样讹,文理差,无丛林,无传授,拗嗓,劣调,落架,漏气。

凡唱声病:

散散	焦焦	乾乾	冽冽	哑哑	嗄嗄
尖尖	低低	雌雌	雄雄	短短	憨憨
浊浊	赵赵	格嗓	囊鼻	摇头	歪口
合眼	张口	撮唇	撇口	昂头	咳嗽

凡添字病:

则他	兀那	是他家	俺子道	我不见
兀的不呢	一条了	唇撒了	一片了	团
栾了	茄子了			

大忌:郑卫之淫声,续雅乐之后,丝不如竹,竹不如肉,以以其近之也。又云:取来歌里唱,胜向笛中吹。

成文章曰乐府,有尾声曰套数,时行小令曰叶儿。套数当有乐府气味,乐府不可似套数。

词山曲海,千生万熟,三千小令,四十大曲。

庄蓼塘藏书

庄蓼塘,住松江府上海县青龙镇,尝为宋秘书小史。其家蓄书数万卷,且多手钞者,经史子集,山经地志,医卜方伎,稗官小说,靡所不具,书目以甲乙分十门。蓼塘既没,子孙不知保惜,或为虫鼠蚀啮,或为邻识盗窃,或供饮博之需,或应糊覆之用,编帙散乱,所存无几。至正六年,朝廷开局修宋、辽、金三史,诏求遗书,有以书献者,予一官。江南藏书多者止三家,庄其一也。继命危学士朴特来选取。其家虑恐兵遁图谶干犯禁条,悉付祝融氏。及收拾烬余,存者又无几矣。其孙群玉悉载入京,觊领恩泽,宿留日久,仍布衣而归。书之不幸如此。

买假山

陈爱山买顾氏废族石假山一所,移置家园。一日,邀渊白观之,指而谓曰:“此公族中之物。”渊白笑答曰:“东搬西倒。”陈嘿然。

戴氏绝嗣

华亭枫泾戴君实,其家巨富,妻王氏,妒悍无比。仅有一女,赘谢季初为婿。君实纳一妾于嘉兴外舍,得男。王闻之,早夜怒詈。君实不得已,遣其妾,取儿以归。而女恐其长大分我财产,遂于褓褓中酷加凌虐,致成惊疾,又不容医疗,竟就夭亡。大为喜幸。越三年,自孕将产,梦抱此儿。及娩,得男,后随殒于蓐,儿亦不育。此妇女妒悍之报。今戴氏绝嗣,天道岂远也哉!事在至正十五年四月上旬也。

妓妾守志

汪佛奴，歌儿也，姿色秀丽。嘉兴富户濮乐闲，以中统钞一千锭娶为妾。一日，桂花盛开，濮置酒，佛奴奉觞。濮有感于中，潸然堕泪。佛奴请问其故，濮曰："吾老矣，非久于人世者，汝宜善事后人。"佛奴亦泣下，誓无贰志。人莫之信。既而，濮果死，佛奴独居尼寺，深藏简出，操行洁白，以终其身。

讥伯颜太师

重纪至元间，太师丞相伯颜专权蠹政，贪恶无比，以罪左迁南恩州达鲁花赤，至隆兴，卒，寄棺驿舍。滑稽者题于壁云："百千万锭犹嫌少，垛积金银北斗边。可惜太师无运智，不将些子到黄泉。"

讥方士

丙子岁，松江亢旱，闻方士沈雷伯道术高妙，府官遣吏赍香币过嘉兴，迎请以来。骄傲之甚，以为雨可立致，结坛仙鹤观，行月孛法，下铁简于湖泖潭井，日取蛇燕焚之，了无应验，羞赧宵遁。僧柏子庭有诗，其一联云："谁呼蓬岛青头鸭，来杀松江赤缝蛇。"闻者绝倒。

燕都赋

檇李顾渊白，恃才傲物。尝入京献《燕都赋》，翰长元公复初不喜，曰："今天朝四海一统，六合一家，燕盖昔时战国名，何燕之称？"惭恨而归。晚年始得领教岳阳，高照庵先生以诗送之云："豪气欲吞天下士，冷官初到岳阳城。"切中其实。渊白自出一对句云："天下秀才爷。"有刀镊人对之曰："村中和尚种。"

裱背十三科

　　世人但知医有十三科，画有十三科，殊不知裱背亦有十三科。一织造绫锦绢帛，一染练上件，一抄造纸札，一染制上件颜色，一糊料麦面，一糊药矾蜡，一界尽裁版杆帖，一轴头，或金，或玉，或石，或玛瑙、水晶、珊瑚、沈檀、花梨、乌木。每轴止用一色，所以只归一科。一糊刷，一铰练，一绦，一经带，一裁刀。数内阙其一，则不能成全画矣。其糊刷、裁尺，亦皆有名。糊刷，棕软者谓之平分，棕硬者谓之糊掤，大小得中者谓之黏合，狭小者谓之寸金。裁尺，极等阔者曰满手，次等曰三指，又次等曰两指，最狭者曰单指。

厉　狄

　　越人朱仲桓武云：至正丙申岁，大旱，余在萧山，观方士陈希微祷雨于北岭将军庙。累日，俄降笔云："吾秦人厉狄也，与项羽起事山阴，虽功不竟而死，然有德于民，其父老不忘我者，俾血食于此。尔来几千五百年，世代云变，遂湮我姓名，至蔑焉无闻，故以相告。"目击其事，感叹弥日。

旗　联

　　中原红军初起时，旗上一联云："虎贲三千，直抵幽燕之地，龙飞九五，重开大宋之天。"其后毛贵一贼横行山东，侵犯畿甸，驾幸滦京，贼势猖獗，无异唐末。

桃 符 谶

张之翰,字周卿,邯郸人。由翰林学士除授松江知府,自题桃符云:"云间太守过三载,天下元贞第二年。"是岁卒。亦谶也。

金 甲

嘉定州大场沈氏,因下番买卖致巨富。一日,自番中还,先报家信有云:番船今到何处,发金甲先回。金甲者,硙坊甲头也。后因逐一干仆,仆出此书首告,以为玉印未到,金甲先回。沈厚赂官府,得理。闻者亦可为戒。

蔺 节 妇

许叔瑛环云:陈友谅部属称邓平章者,陷江西某县。有妇蔺氏,其夫以财雄一乡,因赂邓之帅某,丐免剿戮。帅闻蔺有殊色,辄歼其家,独生蔺及四岁婴,将纳之。蔺曰:"帅贵人,妾事之无恨。然吾良人以礼币聘妾为妇者若干年,与生二子,妾不忍即背恩。军中礼不备,请持一月丧服,乃为帅妇未晚。"帅许之。服未终,移兵别县,帅曰:"吾如汝约,今夕谐吾婚乎?"蔺曰:"诺。"既而帅上马他之,使二卒守。蔺曰:"为取鸡酒,具香火,今夕吾为帅妇,敢告先良人灵。"卒俱出,乃先杀婴,啮指血书壁曰:"泾渭难分浊与清,此身不幸厄红巾。孤儿未忍更他姓,烈妇何曾嫁二人。白刃自挥心似铁,黄泉欲到骨如银。荒村日落猿啼处,过客闻之亦惨神。"书罢,即自刎。帅返,凉叹,讯二卒,欲罪之。卒指壁间题,倩人读其诗,驰白邓,邓闻之陈,陈为立庙旌表云。

忠　孝　里

至正壬辰秋七月,红巾陷钱唐。九月,陷吴兴延陵。冬十月,陷江阴州。州大姓许晋字德昭者,有武略,善格斗。仲子如璋,亦英勇。遂相谋曰:"乌合之众,败亡可待,我族我里,何忍坐累焉。"乃潜聚无赖恶少,资以饮食,保护邻井。日有余党四散抄掠,则诱使深入,悉殪而埋之。所居素隐僻,贼无知者。寻闻官军驻近郊,阴遣人约为内应。十一月八日,浙东宣慰元帅观孙统兵入城,晋率所募应之。官军少却,晋弗之知,尚与贼战于城北之祥符寺前。会贼党自他所来,掎其后,如璋遂与家僮往救,手刃数人,破围而入,偕父力战,众寡不敌,父子皆死。明日,官军复进攻,贼遂溃。家人得父子尸,敛而葬之,枢车相继于道,见者无不堕泪。乡之父老诔之曰:"父死于忠,子死于孝。"私表其里曰忠孝。郡上其事于朝,不报。

胡仲彬聚众

胡仲彬,乃杭城勾阑中演说野史者,其妹亦能之。时登省宫之门,因得夤缘注授巡检。至正十四年七月内,招募游食无藉之徒,文其背曰"赤心护国,誓杀红巾"八字为号,将遂作乱。为乃叔首告,搜其书名簿,得三册,才以一册到官,余火之,亦诛三百六十余人。

扶　箕　诗

"天遣魔军杀不平,不平人杀不平人。不平人杀不平者,杀尽不平方太平。"此扶箕语,验之今日,果然。

南村辍耕录卷二十八

非 程 文

各行省乡试，则有人取发解进士姓名，一如登科记，镂梓印行，以图少利。至正四年甲申，江浙揭晓后，乃有四六长篇，题曰“非程文语”，与抄白省榜同时版行，不知何人所造，而路府州县盛传之。语曰：设科取士，深感圣世之恩；倚公挟私，无奈吏胥之弊。岂期江浙之大省，坏于禹畴之小刘。名锡，眉山人，当该掾史。斯文孔艰，衷情痛愤。待士无礼，呼名散饼于路傍；怀璧有谋，打号贴图于墙上。厨传用猾吏，内外之消息可通；试官取贫夫，上下之机关不泄。阳揭题驾言无弊，实自生奸宄之心；觅厚赂力举还魂，特欲箝是非之口。五服之亲不避，故违国朝之典章；杂犯之卷俱抄，恐失手本之名字。应才杭州。鼓勇于终场之日，局长之信已通；刘还即环翁，杭州。知名于未榜之前，代笔之钱尽去。万户侯之关节可验，丈人峰之气力何勤。吕将铅山万户吕天泽。监门，进乐平之八字；许瑗、董彝、徐复、邹成、操琬、汪绎、许道传、戴用。海郎吴县主簿海鲁丁。受卷，通括苍之二林。松庆、彬祖。本生之地增辉，同列之情不薄。黄璋松江。称干首，二三月已买试官；鲍恂嘉兴。在榜中，十四名全赖妻父。建德知事俞镇。藉开元真人之力，叶氏叶璞，信州。礼经；依永嘉县尹林泉生。之门，江郎兄弟。晖、晃，建宁。刘大希贤，庆元。在列，赖为省郎之师；沈小惟时，杭州。登科，谁知运吏之婿。黄岩赵蔺，友蔺。得家兄宁海丞由钦。为帘外之官；瑞安高明，托馆主有堂上之友。纷纷在眼，历历难言。许瑗饶州。作魁，三百定卖几千株之木；邹成饶州。驼榜，十八日纳七万户吕天泽。之钱。左者如斯，右其可见。尺牍先来于柏府，仕宦势高；稿文潜出于棘闱，师生情密。递手帖全凭巡绰，写怀挟不避军人。四子入场，代笔有此刘之手；一家在榜，瞒人起各路之文。所谋不臧，其忠何在。王贺绍兴，备榜。省中典史，不读书亦解成名；李思思齐。婺山村童，未知礼焉宜中选。错《春秋》之年分，临海梦龙；姓赵，备榜。乱《周易》之阴阳，平江俞鼎。耳目之所及者如此，心术之潜运者难知。姑舍举人，更陈坐主。俞镇建德知事。夤缘考试，这番丰卒岁之资；吴暾峡州知事。买题登科，方得证旧时之本。麟经错乱因赂取，林泉之生生何如；永嘉尹林泉生。易义驳杂以名寻，夏日之孜孜安用。会稽尹夏日孜。其余泛泛，不必叨叨。分经考卷，得便私情，自开科曾无此例；出院改文，以欺公论，虽刊版乃是讹传。历观解据之非，益见文衡之缪。指实告官者反罹其罪，怀才抱艺者虚费其劳。赵俶、蒋堂，空仰天而叹息；江孚、沈干，徒踏地以咨嗟。潘伯修、蔡余庆，两举奚为；闻梦吉、陆居仁，再来告免。呜呼！文运已矣，吾道安之？何等主司，污滥坏今年之选举；既生圣世，进修冀异日之公明。此非一口之经陈，实乃众贤之愿告。有人心者，念天理焉。至二十二年壬寅，复有作弹文云：文运重开，多士欢腾于此日；科场作弊，丑声莫甚于今年。启奸人侥幸之门，负贤相宾兴之意。事既如此，人其奈何！切惟考试官实文章之司命，讵宜伪定于临期；员外郎执科举之权衡，安可公然而受赂。恼谋既遂，清议难容。闻人枢肤浅之学，翰林怀宾主之旧情；啜霭山游侠之徒，座主念梓桑之宿好。只因厚契，便擢科名。尸

位宪宾,进乡闾之十子;居丧台掾,升里闬之三王。沈庭珪错
破《书》经,混死生于同列;战惟肃不明《诗》意,强今古于已然。
朱舜民乃濒海之强梁,喻宜之实许门之童子。新昌庭瑞,输彩
缎之几缣;雪水莫孜,奉白金之一锭。张谊罔知象象,皆徐中
造就之私;杨明不辨春秋,拜周溥作成之赐。施省宪贴书之手
段,坏乡闾整肃之纲常。唐肃以词赋而见收,明经安在?柯理
以梯媒而得中,对策何长!舍弟致谋,甚矣有心之唐溥;家兄
代笔,嗟哉无学之郑沂。靖而思之,良可丑也。白头钱宰,感
绨袍恋恋之情;碧眼倪中,发仓廪陈陈之粟。俞潜、徐鼎,三月
初早买试官;丘民、韩明,五日前预知题目。元孚乃泉南之大
贾,挥金不啻于泥沙;许征实云间之富家,纳粟犹同于瓦砾。
拔颖之于陋巷,余波有自于杨明;超宋祀于穷途,主意必资于
张谊。既正榜之若此,则备选之可知。姑舍前言,更陈余意。
屈仲孚于受卷,《易》经可谓失人;进公甫于考文,麟史大孤众
望。不分报赛,叔通岂可与言《诗》;缪讲进修,孺子乌足以论
《易》。重载连樯之白粲,始谐校艺于青藜。逯信止索乏文才,
嗟老夫之已耄;孟天晖每称好嘴,奈举业之久疏。大坏士风,
难逃舆论。呜呼!天之将丧斯文,实系兴衰之运;士欲致用于
国,岂期贡举之私。此非一口之诬谋,实乃众情之公论。用书
既往,以警将来。

于　阗　玉　佛

　　丞相伯颜尝至于阗国,于其国中凿井,得一玉佛,高三四
尺,色如截肪,照之,皆见筋骨脉络。即贡上方。又有白玉一
段,高六尺,阔五尺,长十七步,以重,不可致。

处士门前怯薛

杜清碧先生本应召次钱唐,诸儒者争趋其门。燕孟初作诗嘲之,有"紫藤帽子高丽靴,处士门前当怯薛"之句,闻者传以为笑。用紫色棕藤缚帽,而制靴作高丽国样,皆一时所尚。怯薛,则内府执役者之译语也。

宪佥案判

松江府儒学直学沈伯云,因花破钱粮,乃与教授陈仲微有隙。伯云之父曰君实者,老吏也,一日,率婢妾喾棰仲微于途。适宪佥吕公思诚分按至府,具状以诉。公怒其诟辱师表,有伤风化,勾摄赴官,服辜。君实年逾七旬,乞以铜赎。公判云:"既能为不能为之事,正当受不当受之刑。"卒杖断之。

诗　谶

张起,字起之,四明人,有诗名。尝作一联云:"别来越树长为客,看尽吴山不是家。"未几,卒。诗亦有谶欤?

丘机山

丘机山,松江人。宋季元初,以滑稽闻于时,商谜无出其右。遨游湖海间,尝至福州,讥其秀才不识字。众怒,无以难之。一日,构思一对,欲令其辞屈心服。对云:"五行金木水火土。"丘随口答云:"四位公侯伯子男。"其博学敏捷类如此。

不孝陷地死

杭州杨镇一凶徒,素不孝于母,尤凌虐其妻。有子三岁,爱惜甚至，妻常抱负，偶失手，擿损其头，泣而谓姑曰："夫归，妇必被殴死，不若先溺水之为幸。"姑曰："汝第无忧，但云是我之误，我却去避汝小姑处，俟其怒息而还。"至晚，夫归，见儿头破，径捽妻，欲杀之。妻告曰："非我过也，婆擿之耳。惧汝怒，已往小姑家去。"遂释之。次日，持刀寻母。中途，藏诸石下，却到妹家，好言诱母还。至石边，忿躁詈骂，取刀杀母，竟失藏刀所在，惟见巨蛇介道。畏怯退缩，不觉双足陷入地中。须臾，即没至膝，七窍流血，声罪自咎。母急扶抱，无计可施，走报于妇。妇掘地，随掘随陷。啖以饮食，三日乃死。观者日数千人，莫不称快。时至正甲辰六月也。

嘲　回　回

　　杭州荐桥侧首，有高楼八间，俗谓八间楼，皆富实回回所居。一日，娶妇，其昏礼绝与中国殊，虽伯叔姊妹，有所不顾。街巷之人，肩摩踵接，咸来窥视，至有攀缘檐阑窗牖者，踏翻楼屋，宾主婿妇咸死，此亦一大怪事也。郡人王梅谷戏作下火文云："宾主满堂欢，闾里盈门看。洞房忽崩摧，喜乐成祸患。压落瓦碎兮，倒落沙泥；别都钉折兮，木屑飞扬。玉山摧坦腹之郎，金谷坠落花之相。难以乘龙兮，魄散魂消；不能跨凤兮，筋断骨折。毯丝脱兮尘土昏，头袖碎兮珠翠黯。压倒象鼻塌，不见猫睛亮。呜呼！守白头未及一朝，赏黄花却在半晌。移厨聚景园中，歇马飞来峰上。阿剌郎葛反。一声绝无闻，哀哉树倒猢狲散。"阿老瓦、倒剌沙、别都丁、木偬非，皆回回小名，故借音及之。象鼻、猫睛，其貌也。毯上声。丝、头袖，其服也。阿剌，其语也。聚景园，回回丛冢在焉。飞来峰，猿猴来往之处。

白县尹诗

　　嘉兴白县尹得代,过姚庄访僧胜福林,闲游市井间,见妇人女子皆浓妆艳饰,因问从行者,或答云:"风俗使然。少艾者,僧之宠,下此,则皆道人所有。"白遂戏题一绝于壁云:"红红白白好花枝,尽被山僧折取归。只有野薇颜色浅,也来钩惹道人衣。"胜见,亟命去之,然已盛传矣。

废家子孙诗

　　秀之斜塘,有故宋大姓居焉。家富饶,田连阡陌,宗族虽盛衍,而子孙多不肖,祖父财产,废败罄尽。郡人金方所,谈辞滑稽,为赋诵好嫚戏,因撼其事,成近体一律云:"兴废从来固有之,尔家忒煞欠扶持。诸坟掘见黄泉骨,两观番成白地皮。宅眷皆为撑目兔,舍人总作缩头龟。强奴猾干欺凌主,说与人家子弟知。"夫兔撑目望月而孕,则妇女之不夫而妊也。其家有道观二所。语虽鄙俚,然为人后者见此,宁不知惧也哉。

乐　　曲

　　达达乐器,如筝、秦琵琶、胡琴、浑不似之类,所弹之曲,与汉人曲调不同。

　　大曲

　　哈八儿图　　口温　　也葛倘兀　　畏兀儿　　闵古里　　起土苦里　　跋四土鲁海　　舍舍弼　　摇落四　　蒙古摇落四　　闪弹摇落四　　阿耶儿虎　　桑哥儿苦不丁江南谓之孔雀,双手弹。　　答剌谓之白翎雀,双手弹。　　阿厮阑扯弼回盏曲双手弹。　　苦只把失吕弦。

小曲

哈儿火失哈赤黑雀儿叫。　　阿林捼花红。　　曲律

买　者归　　洞洞伯　　牝畴兀儿　　把担葛失

削浪沙　　马哈　　相公　　仙鹤　　阿丁水花

回回曲附

优里　　马黑某当当　　清泉当当

爇 梅 花 文

周申父之翰,寒夜拥罏爇火,见瓶内所插折枝梅花,冰冻而枯,因取投火中,戏作下火文云:寒勒铜瓶冻未开,南枝春断不归来。这回勿入梨云梦,却把芳心作死灰。恭惟地罏中处士梅公之灵,生自罗浮,派兮庾岭。形若槁木,棱棱山泽之臞;肤如凝脂,凛凛雪霜之操。春魁占百花头上,岁寒居三友图中。玉堂茅舍总无心,金鼎商羹期结果。不料道人见挽,便离有色之根。夫何冰氏相凌,遽返华胥之国。玉骨拥罏烘不醒,冰魂剪纸竟难招。纸帐夜长,犹作寻香之梦;筠窗月淡,尚疑弄影之时。虽宋广平铁石心肠,忘情未得;使华光老丹青手段,摸索难真。却愁零落一枝春,好与茶毗三昧火。惜花君子,还道这一点香魂,今在何处?咦!炯然不逐东风散,只在孤山水月中。

如 梦 令

一人娶妻无元,袁可潜赠之《如梦令》云:"今夜盛排筵宴,准拟寻芳一遍。春去几多时,问甚红深红浅。不见,不见,还你一方白绢。"

黄　门

世有男子虽娶妇而终身无嗣育者,谓之天阉,世俗则命之曰黄门。晋海西公尝有此疾,北齐李庶生而天阉。按《黄帝针经》曰:人有具伤于阴,阴气绝而不起,阴不能用,然其须不去,宦者之独去何也,愿闻其故。岐伯曰:"宦者去其宗筋,伤其冲脉,血写不复,皮肤内结,唇口不荣,故须不生。"黄帝曰:"其有天宦者,未尝被伤,然其须不生,其故何也?"岐伯曰:"此天之所不足,其任冲不盛,宗筋不成,有气无血,唇口不荣,故须不生。"又《大般若经》载五种黄门云:梵言扇搋丑皆切。半择迦,唐言黄门,其类有五:一曰半择迦,总名也,有男根用,而不生子。二曰伊利沙半择迦,此云妒,谓他行欲即发,不见即无,亦具男根,而不生子。三曰扇搋半择迦,谓本来男根不满,亦不能生子。四曰博叉半择迦,谓半月能男,半月能女。五曰留拿半择迦,此云割,谓被割形者。此五种黄门,尽为人中恶趣受身处。然《周礼》阉人,郑氏注云:"阉,真气藏者。"宋赵忠惠帅维扬日,幕僚赵参议有婢慧黠,尽得侪辈之欢,赵昵之,坚拒不从,疑有异,强即之,则男子也。闻于有司,盖身二形,前后奸状不一,遂置之极刑。近李安民尝于福州得徐氏处子,年十五六,交际一再,渐具男形,盖天真未破,则彼亦不自知。然小说中有池州李氏女及婢添喜事,正相类。而此外绝未见于古今传记等书,岂以为人之妖而污笔墨,不复载乎?《晋·五行志》谓之人疴。惠帝时,京洛有人,兼男女体,亦能两用人道,而性尤淫乱。此乱气所生也。《玉历通政经》:"男女两体,主国淫乱。"而《二十八宿真形图》所载心房二星,皆两形,与丈夫妇女更为雌雄,此又何耶?《异物志》云:"灵狸一体自为阴阳,故能媚人。"《褚氏遗书》曰:"非男非女之身,精血散分。"又曰:"感以妇人,则男脉应诊,动以男子,则女脉顺指,皆天地不正之气也。"右载周密《癸辛杂识》。

花 山 贼

中原红寇未起时,花山贼毕四等仅三十六人,内一妇女尤勇捷,聚集茅山一道宫,纵横出没,略无忌惮。始终三月余,三省拨兵,不能收捕,杀伤官军无数。朝廷召募蹉徒朱陈,率其党与,一鼓而擒之。从此天下之人,视官军为无用,不三五年,自河以南,盗贼充斥,其数也夫!

爵 禄 前 定

宇文公谅,字子贞,湖州人。初领乡贡,入浙省试院。头场,占一席舍,其案上有宇文同知四字,不知何人书。试官考卷,以文不中式,将黜之。时坐主龙麟洲先生,江西老儒也,年八十余,始过江浙,力主此卷,卒置榜中。及会试,果登高第,授同知婺源州事。虽曰爵禄前定,盖亦阴德所致,人鲜有知者。公少年时,尝馆授巨室,其闺爱中夜来奔,坚拒不纳,明旦,托以他故,敛书告别。此非阴德也与?

醋 钵 儿

俞俊,其先嘉兴人,今占籍松江上海县。娶也先普化次兄丑驴女。也先普化长兄观观死,蒸长嫂而妻之,次兄丑驴死,又蒸次嫂而妻之,俊妻母也。既而亦死,俊缚彩缯为祭亭,缀银盘十有四于亭两柱,书诗联盘中云:"清梦断柳营风月,菲仪表梓里葭莩。"盖柳营,暗藏亚夫二字。菲仪,谓非人。表梓,谓脿子,总贱娼滥妇之称。葭莩,皆是夫也。郡人莫不多其才而讥其轻薄如此。又尝诣妻父墓所,题于庐壁曰:"柏舟在河,可谓节乎? 二嫂治栖,可谓义乎? 覆宗绝祀,可谓孝乎?"先刺妻母,中刺也先普化,末刺妻之弟博颜帖木儿也。博颜帖木儿无他兄弟,因利也先之财,愿继其后,竟不恤亲父小宗之祀为重,故云。博颜帖木儿将赴乡试,谓人曰:"若忝一荐,有司以礼敦遣,先就北宅上马,赴府公宴毕,却归新宅下马。"北宅,丑驴所居。新宅,也先普化所居。人戏之曰:"昔人有二天,今子有二父,何其幸欤!"博颜帖木儿赧甚。俊弱冠时,从顾琛渊白游,负气傲物。当伯颜太师柄国日,尝赋《清平乐》长短句云:"君恩如草,秋至还枯槁。落落残星犹弄晓,豪杰消磨尽了。

放开湖海襟怀,休教鸥鹭惊猜。我是江南倦客,等闲容易安排。"手藁留叶起之处,后与叶交恶,竟诉于官,必欲构成其罪,夤缘贿赂,浙省移准中书省咨,札付儒学提举司,议得古人寄情遣兴,作为闺怨诗词,多有指夫为君者,然此亦当禁止,以故获免罪戾,而所费已几万锭矣。至正丙申春,张士诚僭号诚王,据有平江日,又以贿通松江伪尹郑焕,署宰华亭,用酷刑朘剥,邑民恨入骨髓。郡士袁海叟有诗曰:"四海清宁未有期,诸公衮衮正当时。忽然一日天兵至,打破黄婆醋钵儿。"或者不知醋钵之义,以问叟。叟曰:"昔有不轨伏诛,暴尸于竿,王婆买醋,经过其下,适索朽尸坠,醋钵为其所压,著地而碎,王婆年老无知,将谓死者所致,顾谓之曰:'汝只是未曾吃恶官司来。'"闻者皆绝倒。

棋　谱

通玄集　　通远集　　　清远集　　　清乐集　　幽玄

集　　机深集　　增广通　　远集　　玄玄集
忘忧集

军 前 请 法 师

谢景旸居松江北郭，结坛于家，行召鬼法。至正十一年，官兵下海剿捕方国珍，传云贼中有人能呼召风雨，必得破其法者乃可擒讨。千户也先等遂以谢荐。总兵官给传致请，省札有云："参裁军事，必访异人。既达天时，当为世用。"时知府王克敏廉介端严，有声于时，不得已亲造其庐，起赴军前。其术一无所验，自后全军败衄。吁！宰臣统大兵数十万，剿除草窃，如拉朽耳，而乃延一方士，则其机略安在哉！

凌 总 管 出 对

嘉兴总管凌师德，以文章政事自居，同僚莫敢与抗。然其行实贪污，颇闻人有讥议，因出对云："竹本无心，外面自生枝节。"有推官对云："藕因有窍，中间抽出丝豪。"盖讽之也。

承 天 寺

平江承天寺遭回禄，殿宇一空。僧悦楚南来住持，施财者云集，遂大兴土木之工，金碧殊胜，有加于昔。或劝题梁，悦不从，曰："当有俗人来暂居。"悦升领径山，卒。高邮兵攻破城，张士诚据以为宫，佛像悉毁，坏铜观音铸为钱。既投降，作太尉，别造府。越四五年，复为寺。

义 丈 夫

吴兴钱泰窝云：至正初，二贾自嘉兴来平江，买舟至海口，收市舶货。行二十余里,两道人诣舟求度,一负磬,一持鬼神像。既上舟,去巾服,乃两甲者。从像中出二长刀,叱曰:"吾逐盗至此,汝真盗也。"舟人阳应曰:"我固知为盗,顾无以发。今壮士诚与吾意合,此未可,前途乃可耳。"故纡行,且曰:"二盗已落公手,治酒助公勇。"遂命妻取酒劝甲者。迟暮,醉,抽其刀斫贼。其一跃起,复斫之,二盗尽死。舟还,二贾泣且拜曰:"非公吾几不免虎口。"遂以白金二饼为舟人寿。吁,决死生于阽危之际,不负贾之托,不谓之义丈夫,可乎!

解 语 杯

至正庚子秋七月九日,饮松江泗滨夏氏清樾堂上。酒半,折正开荷花,置小金卮于其中,命歌姬捧以行酒。客就姬取花,左手执枝,右手分开花瓣,以口就饮,其风致又过碧筩远甚。余因名为解语杯,坐客咸曰然。

戏 题 小 像

张句曲戏题黄大痴小像云:"全真家数,禅和口鼓。贫子骨头,吏员脏腑。"唐伯刚题邾仲谊小像云:"七尺躯威仪济济,三寸舌是非风起。一双眼看人做官,两只脚沿门报喜。仲谊云是谁是谁? 伯刚云是你是你。"

水 仙 子

张明善作北乐府《水仙子》讥时云:"铺眉苦眼早三公,裸袖揎拳享万钟,胡言乱语成时用。大纲来,都是烘,上声说英雄谁是英雄。五眼鸡岐山鸣凤,两头蛇南阳卧龙,三脚猫渭水非熊。"

铜 钱 代 蓍

今人卜卦以铜钱代蓍,便于用也。又有以钱八文,周围铺转,而取六爻,名曰金井阑,但乾卦初爻及复之泰不可变,盖止有六十二卦耳,此法不可用。

刑 赏 失 宜

至正十二年岁壬辰秋,蕲黄徐寿辉贼党攻破昱岭关,径抵余杭县。七月初十日,入杭州城。伪帅项蔡、杨苏,一屯明庆寺,一屯北关门妙行寺,称弥勒佛出世以惑众。浙省参政樊执敬,死于天水桥。宝哥与妻,同溺于西湖。其贼不杀不淫,招民挟附者,署姓名于簿籍。府库金帛,悉辇以去。至二十六日,浙西廉访使自绍兴率盐场灶丁过江,同罗木营官军克复城池,贼遂溃散。三平章定定逃往嘉兴,郎中脱脱过江南,越数日,携省印来会,权署省事 至是,亦回。四平章教化自湖州统军归,举火焚城,残荡殆尽。附贼充伪职者范县尹等,明正典刑。里豪施遵礼、顾八,为迎敌官军剐于市,家产悉没县官,明庆、妙行亦然。省都事以下,坐失守城池,罢黜不叙,省官复任如故。朝廷法度既堕,刑赏失宜,欲天下宴安,不可复得矣。

画 家 十 三 科

佛菩萨相　　玉帝君王道相　　金刚神鬼罗汉圣僧
风云龙虎　　宿世人物　　全境山　水
花竹翎毛　　野骡走兽　　人间动用　界画楼台
一切傍生　　耕种机织　　雕青嵌绿

南村辍耕录卷二十九

纪　隆　平

张士诚弟兄四,淮南泰州白驹场人。泰州地滨海,海上盐场三十有六,隶两淮运盐使司。士诚与弟士义、士德、士信,并驾运盐纲船,兼业私贩,初无异于人。先是,中书省右丞相脱脱在任,灾异叠见,黄河变迁。至正十一年,遣工部尚书贾鲁,役民夫一十五万,军二万,决河故道,民不聊生。河南韩山童首事作乱,以弥勒佛出世为名,诱集无赖恶少,烧香结会,渐致滋蔓,陷淮西诸郡,继而湖广、江西、荆襄等处,皆沦贼境。山东杜遵道,以李氏子为主,起汝宁萧县。李二、老彭、张君用,攻陷徐州。李二号芝麻李。邹普胜、徐寿辉即真一,据蕲黄。镇南班据江东。又有毛贵、陈友谅辈,不可枚数,分据各处。方国珍弟兄,啸聚台州海上。朱定一、陈贤五、江宗三,作乱江阴。初,王克柔者,亦泰州人,家富好施,多结游侠,将为不轨,高邮知府李齐收捕于狱。李华甫与赵张四,素感克柔恩,谋聚众劫狱。齐以克柔解发扬州,后招安华甫为泰州判,四为千夫长。十三年五月,士诚又与华甫同谋起事。未几,士诚党与十有八人,共杀华甫,遂并其众,焚掠村落,驱民为盗,陷通、泰、高邮,自号诚王,改元天祐,设官分职,把截要冲,南北梗塞。立淮南中书省于扬州,以厄其势。既而亦招安之,立义兵元帅府以官其党。然狙诈百出,卒不就降,杀知府李齐。十五年五

月,攻破扬州路,杀淮南行省参政赵琏。士义被获,伏诛。既
而退还高邮。至九月二十五日,又攻破扬州。适湖广行省右
丞阿鲁恢引苗军来,十月初一日,复退。丞相脱脱亲总大军以
擒之,众号百万,旌旗辎重,首尾千里,以为高邮刻日可平。然
脱脱与弟御史大夫也先帖木儿,专权日久,及出师,遂有议其
后者,诏脱脱安置淮安路,也先帖木儿安置宁夏路,别选相臣
统其兵。诏未下时,部将董抟霄每对脱脱言:“天兵南下,势如
破竹,今老师费财,何面目归报天子? 不若先攻其易。”脱脱从
其言,分兵破天长、六合,贼皆溃散,所杀者悉良民。及攻高
邮,堕其外城,城中震恐,自分亡在旦夕。忽闻诏解其权,勇气
百倍,出城拒敌,诸卫铁甲军抱不平者,尽皆散去,或相聚山林
为盗,高邮不可得而复矣。江阴群寇,互相吞啖,江宗三、朱
英,分党戕杀。宗三将入城杀英,时英就招安,为判官,州之僚
佐无如之何,遂申白江浙行省,云朱英谋反,省差元帅观孙压
境。观孙利其货赂,逗遛不进,英因乘间挈家逸去。过江求救
于士诚,仍质妻子,借兵复仇。士诚初亦疑惑,弗听。英盛陈
江南土地之广,钱粮之多,子女玉帛之富,以动其中。于是先
遣士德,率高邮贼众,击横坍,渡福山。十六年正月朔,攻破常
熟州。江南自兵兴以来,官军死锋镝,郡县荐罹饥馑,乡村农
夫,离父母,弃妻子,投充壮丁,生不习兵,而驱之死地,以故乌
合瓦解,卒无成功。江浙行省丞相达识帖木儿,有旨得便宜行
事,升漕运万户。脱因为参政,统领官军民义,捍御境上。平
江达鲁花赤六十病亡,升松江府达鲁花赤哈散沙为平江达鲁
花赤,领兵出战。除都水庸田使贡师泰为平江总管,巡守城
池。吴江境上,止有元帅王与敬。官军一战而败,死者过半。
残兵千余,欲走入城,城中闭门不纳,退屯嘉兴,旋抵松江。士

诚贼众才三四千人，长驱而前，直造北门，弓不发矢，剑不接刃，明旦，缘城而上，遂据有平江路，二月壬子朔也。劫掠奸杀，惨不忍言。脱因匿俞家园，自刎不死，游兵杀之。哈散沙在境外，闻城破，自溺死。既而昆山、嘉定、崇明州人，相继来降。维扬苏昌龄，比先避乱居吴门，士德用为参谋，称曰苏学士。毁承天寺佛像为王宫，易平江路为隆平郡，立省院六部百司，凡有寺观庵院，豪门巨室，将士争夺，分占而居，了无虚者。几月，进攻嘉兴，全师覆没。与敬据松江叛，以城降。常州豪侠黄贵甫，间道归款，许为内应，不战而城破，易为毗陵郡。分兵入湖州，一鼓而得，易为吴兴郡。隆平太守周仁，家本锻工，稍习吏事，性资深刻，与士德同心僇力，躬亲细故。三月癸巳，士诚来自高邮，服御器用，皆假乘舆，改至正十六年为天祐三年，国号大周，历曰明时。设学士员，开弘文馆，以阴阳术人李行素为丞相，弟士德为平章，提调各郡兵马。蒋辉为右丞，居内省，理庶务。潘元明为左丞，镇吴兴。史文炳为枢密院同知，镇松江。郡州县正官，郡称太守，州称通守，县仍曰尹，郡同知称府丞，知事曰从事，余则损益而已。南向欲取嘉兴，嘉兴则有参政杨完者，统领苗獠猺獞，名曰答剌罕，守御甚坚，屡攻不克。秋八月，文炳大举兵临其东门，悉为所歼，文炳仅以身免。士德又与与敬提兵入杭州，军器甚锐，杭州大军，敛锋不敌，丞相退避萧山，士德军检刮房掠。罗木营万户普贤奴，乃庆元路万户全驹儿之子，年未弱冠，智勇过人，率兵先出，完者部领苗军继进，民亦挺身巷战，士德大溃，收拾残兵，十丧八九。及攻海盐，又为乍浦钟氏所挠。后得马道骁勇，擒获苗军无算，西南接境，赖此无虞，不然，松江非士诚有矣。昆山数为方国珍海军攻击，托丁氏往来说合，结为婚姻，昆山之民，幸遂苏息。湖之长兴、武康，与广德相界，花枪军出没之地，虽互有胜负，然亦不胜其苦，所跨三州，皆邻勍敌，可畏者特集庆一军最盛。陆路则无锡、宜兴、长兴，水路则太湖，士马震耀，舳舻相衔。自后长兴陷，常州又陷，士德战败被擒，缚致集庆。俾其作书劝士诚归附，士德以身徇之，终无降意。士诚势穷力迫，愿就丞相招安，使者往返，迄莫成就。仁亲诣江浙省堂，具陈自愿休兵息民之意，议始定，时十八年秋八月也。朝廷诏赦其罪。后授士诚太尉，开府平江。士诚以下，授爵有差，立江淮分省江浙分枢密院于平江，以设其官属。

降　真　香

道家者流，为人典行醮事，曰高功。其有行业精白者，则必移檄南岳魏夫人，请借仙鹤，或二只，或四只。青鸾导卫，翔鸷澄空，昭扬道妙，往往亲见之。偶读《本草》有云："降真香出黔南，拌和诸杂香，烧烟直上天，召鹤，得盘旋于上。"注："按仙传云：烧之或引鹤降。醮星辰，烧之甚，为第一度箓，烧之，功力极验。"若然，则鹤之来，香所致也，非欤？

宋二十一帝

长编所载宋二十一帝，盖自顺、宣、僖三祖，及太祖、太宗、真、仁、英、神、哲、徽、钦、高、孝、光、宁、理、度、少帝，并端宗、帝昺也。

字　音

吾衍子行《闲居录》云：舜生诸冯及冯妇等，皆音皮冰切，古不音符容切也。冯妇与徐夫人皆男子。三国时，有暨艳，乃吴人，附《陆抗传》，当音结，不音暨也。

许　负

绛侯周亚夫，自未侯为河内守时，许负相之曰：“君后三岁而侯。”见《史记·绛侯传》。注谓：索隐曰：应劭云：负，河内温人，老妪也。按《楚汉春秋》，高祖封负为鸣雌侯。是知妇人亦有封邑。

李玉溪先生

赵公琪，字元德，官至赠湖广行省参政，谥文惠，临淄人，飘然有神仙思。常使方士烧水银、硫黄、朱砂、黄金等物为神丹，以资服食。有玉溪李简易先生者，得道为神仙，数访公，授以其术，久久隐去，人或以为不死。公思之，一日，见其至，喜而固留之。先生曰：“吾远来，甚热，请具浴。”公即具浴。先生就浴室，久之，不闻声，日且暮，公亲候之，见有光昱然在水上，圆如初日出，不复见先生所在。先生书藏公家，今稍稍传人间。虞文靖序其事如此云。

称地为双

尝读金黄华老人诗，有“招客先开四十双”之句，殊不可晓。近读《云南杂志》白：夷有田，皆种稻，其佃作三人，使二牛前牵，中压而后驱之，犁一日，为一双。以二乏为已，二已为角，四角为双，约有中原四亩地。则老人之诗意见矣。

骨咄犀

骨咄犀，蛇角也，其性至毒，而能解毒，盖以毒攻毒也，故曰蛊毒犀。《唐书》有古都国，必其地所产，今人讹为骨咄耳。

一门五节

奉化陈氏妇以贞节称者五人。初，陈元娶竺氏，生子侗，而元卒，竺氏年才二十二，义不再适，后三十三年卒。侗娶璩氏，生子瑞、泰二人，侗亦以疾夭，璩氏年二十六，后五十八年卒。瑞娶王氏，生子通甫，而瑞复夭，王氏年三十，后五十五年卒。通甫娶楼氏，楼氏甫笄，归于陈，至二十六而寡，父母欲夺其志，泣不从，其姑王氏年老，楼氏事之尤谨，姑卒，敛葬悉如礼。子四人，长养才，娶楼氏，生子孟雍、孟熙，而养才遘疾不愈，方卒时，楼氏年二十六，所守如其姑云。

一门三节

陇西李子平氏子茂德，聘同郡张氏女，年十七，归李氏，生子庸，甫六岁而寡。舅姑怜其少也，欲嫁之，使左右风之，即引刀截发以见志，乃止。茂德之弟仲德，亦早卒，其妻张氏，年二十有八，生子庆，方龀，亦誓不再适。从弟希贤妻陈氏，年二十有四，希贤卒，时其子度方孕四月，守志益坚。一门三妇，以贞白闻。庸，至正间仕至同知济南路总管府事，推恩赠父同知益州路总管府事、陇西郡伯，母封陇西郡夫人。再调关襄宣慰，阶中奉大夫，而夫人始卒。

黄龙洞

黄龙洞在吴兴郡北，去城阛廿里，枕太湖。其山皆怪石林立，中有一石最尊，上大，其本小，危立如幢。自石上涌起，轻撼则摇动，稍加力排，辄不动，人甚异之。洞旁壁立千仞，俯瞰

不能见底，投以石，下应，以声呼，则相答，深窅不测。每岁旱，
郡民祷之。东坡先生曾游，题诗述龙之迹，山谷先生书黄龙洞
三字，刻犹存。

粘接纸缝法

王古心先生《笔录》内一则云：方外交青龙镇隆平寺主藏
僧永光，字绝照，访予观物斋，时年已八十有四。话次因问光，
前代藏经，接缝如一线，岁久不脱，何也？光云："古法用楮树
汁、飞面、白芨末三物调和如糊，以之粘接纸缝，永不脱解，过
如胶漆之坚。"先生，上海人。

井　　珠

人欲娶妻而未得，谓之寻河觅井。已娶而料理家事，谓之
担雪填井。男婚女嫁，财礼奁具，种种不可阙，谓之投河奔井。
凡纳婢仆，初来时曰擂盘珠，言不拨自动；稍久，曰算盘珠，言
拨之则动；既久，曰佛顶珠，言终日凝然，虽拨亦不动。此虽俗
谚，实切事情。

一钱太守庙

一钱太守刘宠庙，在绍兴钱清镇。王叔能参政过庙下，赋
诗曰："刘宠清名举世传，至今遗庙在江边。近来仕路多能者，
也学先生拣大钱。"

全　真　教

《全真纪实》云：金主亮贞元元年，有吏员咸阳人王中孚
者，倡全真教，谈、马、丘、刘和之，其教盛焉。章宗泰和四年，

元学士作《紫微观记》,所载详悉。

马　孝　子

　　马伯傑,山东邹县人。父某,拜江南行台监察御史,不以家行,傑独与母居。盗起汝颍,转略齐鲁境,傑负母匿草间。母死,仓卒不能具棺敛,聚石葬郓地西。盗入郓城,傑伏于墓上。众欲驱而前,胁以白刃,傑大恸曰:"母在此,母在此!"盗曰:"此孝子也。"乃舍之,复遗以衣粮。既而邑刬于兵,失墓所在,求之二年,得于榛莽中,故衣尚存,始克迁祔祖茔。御史转浙西宪佥,留江南者八年,遂冒锋镝间走数千里省之,钱唐人咸称为马孝子云。

杨　贞　妇

　　天台金沙里女王静安,年十七,归同邑杨伯瑞。瑞为枢密院断事官,未几,死于兵。静安守节不嫁,权贵争求之,至截发自刭不殊。

窑　　器

　　宋叶寘《坦斋笔衡》云:陶器自舜时便有,三代迄于秦汉,所谓甓器是也。今土中得者,其质浑厚,不务色泽。末俗尚靡,不贵金玉而贵铜磁,遂有秘色窑器。世言钱氏有国日,越州烧进,不得臣庶用,故云秘色。陆龟蒙诗:"九秋风露越窑开,夺得千峰翠色来。如向中霄盛沆瀣,共嵇中散斗遗杯。"乃知唐世已有,非始于钱氏。本朝以定州白磁器有芒,不堪用,遂命汝州造青窑器,故河北唐、邓、耀州悉有之,汝窑为魁。江南则处州龙泉县,窑质颇粗厚。政和间,京师自置窑烧造,名曰官窑。中兴渡江，有邵成章提举后苑，号邵局，袭故京遗制，置窑于修内司，造青器，名内窑，澄泥为范，极其精致，油色莹彻，为世所珍。后郊坛下别立新窑，比旧窑大不侔矣。余如乌泥窑、余杭窑、续窑，皆非官窑比。若谓旧越窑，不复见矣。

墨

上古无墨，竹挺点漆而书。中古方以石磨汁，或云是延安石液。至魏晋时，始有墨丸，乃漆烟松煤夹和为之。所以晋人多用凹心砚者，欲磨墨贮渖耳。自后有螺子墨，亦墨丸之遗制。唐高丽岁贡松烟墨，用多年老松烟和麋鹿胶造成。至唐末，墨工奚超，与其子廷珪，自易水渡江，迁居歙州，南唐赐姓李氏，廷珪父子之墨，始集大成，然亦尚用松烟。廷珪初名廷邽，故世有奚廷珪墨，又有李廷珪墨，或有作庭珪字者，伪也，墨亦不精。宋熙丰间，张遇供御墨，用油烟入脑麝金箔，谓之龙香剂。元祐间，潘谷墨见称于时。自后蜀中蒲大韶、梁杲、徐伯常，及雪斋、齐峰、叶茂实、翁彦卿等出，世不乏墨。惟茂实得法，清黑不凝滞，彦卿莫能及。中统至元以来，各有所传，可以仿古。

唐

祖敏　　奚鼐易水。　　奚鼏鼐之弟。　　奚起鼏之子。　　陈朗兖州。　　王君得　　柴珣并唐末五代。

南唐

李超鼏之子始居歙州。南唐赐姓李氏。　　李廷珪　　李廷宽　　李承宴皆超之子。　　李文用承宴之子。李惟庆　　李惟一　　李仲宣皆文用子。　　耿遂仁歙州。　　耿文政　　耿文寿皆遂仁子。　　耿德

耿盛　　盛匡道宣州。　　　盛通　　盛真　　盛舟
盛信　　盛浩

宋

张遇　　潘衡　　蒲大韶款曰书窗轻煤、佛帐余韵。
叶世英尝造德寿宫墨。　　　朱知常款曰朱知常香齐。
梁杲　　徐知常　　叶邦宪尝造复古殿墨。　　　雪斋
款曰雪斋墨宝。　　　李世英款曰丛桂堂李世英。　　　胡友
直　　潘衡孙秉彝　　周朝式　　李世英男克恭
乐温　　蒲彦辉　　刘文通　　郭忠厚　　镜湖方
氏　　黄表之　　齐峰　　刘士先尝造绍熙殿墨。
寓庵得李潘心法。　　　俞林　　丘放　　谢东　　徐
禧　　叶茂实三衢。　　　翁彦卿

元

潘云谷清江。　　　胡文中长沙。　　　林松泉钱唐。
於材仲宜兴。　　　杜清碧武夷。　　　卫学古松江。
黄修之天台。　　　朱万初豫章。　　　丘可行金溪。
丘世英　　丘南傑皆可行子。

斫　琴　名　手

隋

赵取利

唐

雷霄　　雷威　　雷珏　　雷文　　雷迅　　郭亮
一作谅。皆蜀人。　　　沈镣　　张钺皆江南人。　　　金
儒大中进士。　　　僧三慧大师

宋

蔡献　　朱仁济　　卫中正庆历中道士。　　赵仁济兴国中。　　马希仁　　马希先一作仙崇宁中。　　金渊绍兴初。　　金公路即金道。绍兴初。　　陈亨道高宗朝。　　严樽　　马大夫　　梅四官人　　龚老应奉。　　林杲东卿。

元

严古清恭字子安,樽之孙,梅四之婿。　　施溪云　　施谷云　　施牧洲

古　琴　名

冰清	春雷	玉振	黄鹄	秋啸	鸣玉
琼向	秋籁	怀古	南薰	大雅	松雪
浮磬	奔雷	存古	寒玉	百衲	响泉
冠古	韵磬	涉深	天球	混沌材	万壑松
雪夜冰	玉涧鸣泉		石上清泉	秋塘寒玉	九霄环佩

戏　语

至正丙申,高邮兵累攻嘉兴不克,或人撰戏语云:史帅一日下令行兵,参谋掌史进言:"自古行师,必先祭旗。"史曰:"王元帅破松江时,曾祭否?"答曰:"不祭。"史曰:"王元帅不祭,我也不祭。"盖祭、济字音同,传以为笑。又有一说:红军与苗军战不胜,禀主帅曰:"彼中军前有十丈大旗,旗上篆书'大元统兵官'五字。"帅曰:"我此间亦效之。"旗成,军吏禀所写何字,帅曰:"八分书写'赵王令'。"既而写赵字未成,才写得走字,传报苗军到,走,走,走。二说皆可捧腹。

日 家 安 命 法

　　日家者流，以日月五星及计罗炁孛四余气躔度过宫迟留伏逆，推人之生年月日时，可以知休咎，定寿夭。其书曰《百中经》，经首有安命法，曰周天宿度十二宫，安命例凡十叶，有术士以其例节为一叶，简明易见。其法，但看本生日太阳所躔何度，便以本生时加在上向下逐宫虚数，如下面已尽，则又于此行自上而下，见卯住，即是此度安命。真捷径也。

子	丑	寅	卯	辰	巳	午	未	申	酉	戌	亥
女二	斗四	尾三	氐二	軫十	张十五	柳四	井九	毕七	胃四	奎二	危十三
三	五	四	三	十一	十六	五	十	八	五	三	十四
四	六	五	四	十二	十七	六	十一	九	六	四	十五
五	七	六	五	十三	翌一	七	十二	十	七	五	十六
六	八	七	六	十四	二	八	十三	十一	八	六	室一
七	九	八	七	十五	三	九	十四	十二	九	七	二
八	十	九	八	十六	四	十	十五	十三	十	八	三
九	十一	十	九	十七	五	十一	十六	十四	十一	九	四
十	十二	十一	十	十八	六	十二	十七	十五	十二	十	五
十一	十三	十二	十一	角一	七	星初	十八	觜初	十三	十一	六
虚一	十四	十三	十二	二	八	一	十九	一	十四	十二	七
二	十五	十四	十三	三	九	二	二十	参初	十五	十三	八
三	十六	十五	十四	四	十	三	廿一	一	昴初	十四	九

（续表）

子	丑	寅	卯	辰	巳	午	未	申	酉	戌	亥
四	十七	十六	十五	五	十一	四	廿二	二	一	十五	十
五	十八	十七	房一	六	十二	五	廿三	三	二	十六	十一
六	十九	十八	二	七	十三	张初	廿四	四	三	十七	十二
七	二十	箕初	三	八	十四	一	廿五	五	四	娄一	十三
八	廿一	一	四	九	十五	二	廿六	六	五	二	十四
九	廿二	二	五	十	十六	三	廿七	七	六	三	十五
危一	廿三	三	心初	十一	十七	四	廿八	八	七	四	十六
二	牛初	四	一	亢一	十八	五	廿九	九	八	五	十七
三	一	五	二	二	十九	六	三十	井初	九	六	十八
四	二	六	三	三	二十	七	鬼初	一	十	七	壁初
五	三	七	四	四	轸一	八	一	二	十一	八	二
六	四	八	五	五	二	九	二	三	毕一	九	三四
七	五	九	六	六	三	十	三	四	二	十	五
八	六	斗初	尾初	七	四五	十一	柳初	五	三	十一	六
九	七	一	一	八	六	十二	一	六	四	胃一	七
十、十一	女初	二	一	九	七八	十三	二	七	五	二	奎初
十二	一	三	二	氐一	九	十四	三	八	六	三	一

淮 涡 神

泗州塔下,相传泗州大圣锁水母处,缪也。按地志云:水神在临淮县龟山之下,形若猕猴,缩鼻高额,青躯白首,金目雪牙,颈伸百尺,力逾九象,禹获之,锁其颈于龟山之足,淮水乃安流注海。迩来渔者知锁所在。《古岳渎经》云:禹治水,三至桐柏,获淮涡水神,曰无支祁,乃命庚辰制之,锁于龟山之足,淮水乃安。唐永泰初,楚州有渔人夜钓山下,其钩为物所掣,沉水视之,见大铁锁绕山足,一兽形如青猿,兀若昏醉,涎沫腥秽,不可近。又东坡《濠州涂山》诗"川锁支祁水尚浑",注:程演曰:《异闻集》载《古岳渎经》,禹治水,至桐柏山,获淮涡水神,名曰巫支祁,善应对,辩淮之浅深,源之远近。而神曰庚辰者,锁于龟山之足,淮乃安流。唐时有渔者,钓得一古锁,牵出,其末有如猕猴者,盖此物也。《国史补》曰:楚州渔人于淮中钓得古铁锁,刺史李阳大集人力引之,锁穷,有青猕猴跃出水而逝。《山海经》:水兽好为云雨,禹锁于军山之下,其名曰无支祁。

寄 衣 诗

洞庭刘氏有夫叶正甫,久客都门,因寄衣,侑以诗云:"情同牛女隔天河,又喜秋来得一过。岁岁寄郎身上服,丝丝是妾手中梭。剪声自觉和肠断,线脚那能抵泪多。长短只依先去样,不知肥瘦近如何。"

南村辍耕录卷三十

印 章 制 度

《周礼》玺节,郑氏注云:"玺节者,今之印章也。" 许慎《说文》云:"印,执政所持信也。"徐锴曰:"从爪,手爪以持信也。" 卫宏曰:秦以前,民皆以金玉为印,龙虎钮,惟其所好。然则秦以来,天子独以印称,玺又独以玉,群臣莫敢用也。七雄之时,臣下玺始称曰印。 汉制:诸侯王金玺。玺之言信也。古者,印玺通名,《汉旧仪》云:诸侯王黄金玺,橐驼钮。又曰玺,谓刻"曰某王之玺"。列侯黄金印,龟钮,文曰"某侯之章"。丞相太尉与三公、前后左右将军黄金印,龟钮,文曰"章。"中二千石银印,龟钮,文曰"章"。千石、六百石、四百石至二百石以上皆铜印,鼻钮,文曰"印"。 建武元年,诏诸侯王金印缫绶,公侯金印紫绶,中二千石以上银印青绶,千石至四百石以下铜印墨绶及黄绶。 陈制:金章或龟钮、貔钮、兽钮、豹钮,银章或龟钮、熊钮、罴钮、羔钮、鹿钮,银印或珪钮、兔钮,铜印率环钮。 吾衍云:汉有摹印篆,其法只是方正篆法,与隶相通。后人不识古印,妄意盘屈,且以为法,大可笑也。多见故家藏得汉印,字皆方正,近乎隶书,此即摹印篆也。王俅《啸堂集古录》所载古印,正与相合。凡屈曲盘回,唐篆始如此。今碑刻有鲁公诰尚书省印,可考其说。汉晋印章,皆用白文,大不过寸许。朝爵印文皆铸,盖择日封拜,可缓者也。

军中印文多凿,盖急于行令,不可缓者也。古无押字,以印章为官职信令,故如此耳。唐用朱文,古法渐废。至宋南渡,绝无知此者,故后宋印文皆大缪。　白文印皆用汉篆,平正方直,字不可圆,纵有斜笔,亦当取巧写过。　三字印,右一边一字,左一边两字者,以两字处与一字处相等,不可两字中断,又不可十分相接。四字印,若前二字交界有空,后二字无空,须当空一画别之,字有有脚无脚,故言及此,不然,一边见分,一边不分,非法度也。　轩斋等印,古无此式,唯唐相李泌有端居堂白文玉印,或可照例,终是白文,非古法,不若只从朱文。

朱文印或用杂体篆,不可太怪,择其近人情,免费辞说。

白文印用崔子玉写张平子碑上字,及汉器上并碑盖印章等字,最为第一。凡姓名表字,古有法式,不可用杂篆及朱文。

白文印必逼于边,不可有空,空便不古。　朱文印不可逼边,须当以字中空白得中处为相去,庶免印出与边相倚,无意思耳。字宜细,四旁有出笔,皆带边,边须细于字。边若一体,印出时四边虚纸皆昂起,未免边肥于字也。非见印多,不能晓此。粘边朱文,建业文房之法。　多有人依款识字式作印,此大不可。盖汉时印法不曾如此,三代时却又无印,学者慎此。《周礼》虽有玺节及职金,掌其媺恶,揭而玺之之说,注曰印,其实手执之印也。正面刻字,如秦氏玺,而不可印,印则字皆反矣。古人以之表信,不问字反,淳朴如此。若战国时苏秦六印,制度未闻。《淮南子·人间训》曰:鲁君召子贡,授以大将军印。刘安寓言而失辞耳。　道号,唐人虽有,不曾有印,故不可以道号作印用也。三字屋扁,唐印有法。　凡印文中,有一二字忽有自然空缺,不可映带者,听其自空,古印多如此。凡印,仆有古人印式二册,一为官印,一为私印,具列所以,实为甚详,不若《啸堂集古录》所载只具音释也。　凡名印,不可妄写,或姓名相合,或加印章等字,或兼用印章字。曰姓某印章,不若只用印字最为正也。二名者,可回文写,姓下著印字在右,二名在左是也。单名者,曰姓某之印,却不可回文写。名印内不得著氏字,表德可加氏字,宜审之。　表字印只用二字,此为正式。近人欲并姓氏于其上,曰某氏某,若作姓某父,古虽有此称,系他人美己,却不可入印。人多好古,不论其原,不为俗乱可也。汉人三字印,非复姓及无印字者,皆非名印。盖字印不当用印字以乱名。汉张安字幼君,有印曰张幼君。右一字,左二字。唐吕温字化光,有印曰吕化光。此亦三字表德式。　诸印下有空处,悬之最佳,不可妄意伸开,或加屈曲,务欲填满。若写得有道理,自然不觉空也。字多无空,不必问此。　李阳冰曰:摹印之法有四,功侔造化,冥受鬼神,谓之神。笔画之外,得微妙法,谓之奇。艺精于一,规矩方圆,谓之工。繁简相参,布置不紊,谓之巧。　赵彦卫云:古印文作白文,盖用以印泥,紫泥封诏是也。今之米印及仓敖印近之矣。自有纸,始用朱字,间有为白字者。　《通典》云:北齐有木印,长一尺,广二寸五分,背上为鼻钮,长九寸,厚一寸,广七分,腹下隐起篆文,曰“督摄万几”,惟以印籍缝。今觇合缝条印,盖原于此。　秦有八体书,三曰刻符,即古所谓缪篆;五曰摹印,萧子良以刻符摹印合为一体。徐错谓:符者,竹而中刻之。字形半分,理应别为一体。摹印屈曲填密,则秦玺文也,子良误合之。　《宣和谱》四卷。　杨克一《图书谱》一卷。又名《集古印格》。　王厚之《复斋印谱》。　颜叔夏《古印谱》二卷。　姜夔《集古印谱》一卷。　吾衍《古印文》二卷。　赵孟頫《印史》二卷。

银　工

浙西银工之精于手艺表表有声者,屈指不多数也。

朱碧山嘉兴魏塘。　　　谢君余平江。　　　谢君和同上。
唐俊卿松江。

祖　孝　子

祖孝子浩然,字养吾,建宁浦城人,世儒家。至元中,盗黄华起政和,朝廷命将帅师往讨。未至,盗已就缚,回军经浦城,焚其庐舍,孝子母全氏遭掠而北。是时,孝子年六岁,母子相失,独与父居,不闻问者二十又八年。至大三年,福建闽府檄为三山书院山长。将之任,或告之曰:"而母在河南。"而不能名其处。孝子欣然弃职辞父,为河南行。既渡江,抵河南,每舍逆旅,行道途间,闻操南音者,必就与语,庶几有所遇也。当时从军之人犹有存者,或曰:"此有赵副使,故为军校,归自军中,得妇人全氏,非而母也耶? 赵死而家替,全氏归一蒙古氏,挈之而南,当在汝、邓间耳。"孝子知母定在,惊喜,遂回汝州。抵鸦路山,不遇。行八百里,至牛蹄白石,不遇。又行七百余里,至枣阳崔桥,又不遇。然自离汝州,行路既远,知母所乡,停车道傍,投宿旅舍,举其状以问人,颇有相酬答,可物色。或指唐州以告曰:"彼有别盖山,可寻讨也。"孝子梦神人顾而言,有月圆再圆之语。既寤,言犹在耳,益喜扑。自崔桥三百余里至别盖,访其母,在焉。既见,相与抱持涕泣,七月之望也。神人之言,于是有征矣。留别盖半月,舟具,奉母南归。当时闻其事者,自朝廷达官,以至湖海名胜,莫不为歌诗以美之,多至数十百篇,往往举朱寿昌事以为比。会稽韩庄节先生性作《孝子传》行于世。

白 日 圜 文

　　周易痴处馆讲授,宾主不合,遂作《白日圜》文,飘然而去。其文曰:听之不闻,视之不见,子以我为隐乎?用之则行,舍之则藏,吾亦从此逝矣。未得青云路,且坐白日圜。饭蔬食,乐亦在中。素贫贱,不愿乎外。兹承贤主人,不取通士,乃求拘儒。匪我求童蒙,取其交以道,馈以礼。择师教子弟,盖亦据于德,依于仁。圜土而居,重门以待。当尔耳不听淫,目不视恶,将以塞其兑,闭其聪。然而口不绝吟,手不停披,安能存其心,养其性。黄芽若就,白发已空。常念流地上之白水真人,且作锁洞门之清溪道士。子其子,亲其亲,固宜造次必于是,颠沛必于是;尔为尔,我为我,安肯哀矜而辟焉,敖惰而辟焉。不越文字之间,自行束修以上。受风魔贬,为自在囚。口出雌黄,用狙翁朝四暮三之术;目生虚白,披羲皇天一地二之图。有朋自远方来,与进也,与退也;使君从此中入,或止之,或尼之。俾我行其庭不见其人,而子过我门不入我室。望而未见,招之不来。所不与同心,指苍天而为证。亦欲从游耳,曰黄昏以为期。不以我为贫,知有时为养。所愿诸生,人十己千,以一识百。师也过,商也不及,尚得夫子之中庸;参也鲁,回也如愚,竟传圣人之道统。而某诗书无祟,笔墨有灵。蝉蜕污浊之中,凤翔尘埃之表。排云叫阊阖,吐三千丈豪气之沉埋;乘风归蓬莱,诉百万亿颠厓之辛苦。藩篱既剖,门阃洞开。纵意所如,从吾所好。口说五千言,乘牛出函谷,愿与关门令尹游乎;腰缠十万贯,骑鹤上扬州,皆曰闭户先生来也。

金　灵　马

凡宫车晏驾,棺用香楠木,中分为二,刳肖人形,其广狭长短,仅足容身而已。殓用貂皮袄皮帽,其靴袜系腰盒钵,俱用白粉皮为之。殉以金壶瓶二,盏一,碗碟匙箸各一。殓讫,用黄金为箍四条以束之。舆车用白毡青缘纳失失为帘,覆棺亦以纳失失为之。前行用蒙古巫媪一人,衣新衣,骑马,牵马一匹,以黄金饰鞍辔,笼以纳失失,谓之金灵马。

髹　器

黑光　凡造碗碟盘盂之属,其胎骨则梓人以脆松劈成薄片,于旋床上胶粘而成,名曰卷素。髹工买来,刀刳胶缝,干净平正,夏月无胶泛之患。却炀牛皮胶,和生漆,微嵌缝中,名曰梢当。去声。然后胶漆布之,方加灰。灰乃砖瓦捣屑筛过,分、中、细是也。胶漆调和,令稀稠得所。如髹工自家造卖低歹之物,不用胶漆,止用猪血厚糊之类,而以麻筋代布,所以易坏也。灰过停,令日久坚实,砂皮擦磨,却加中灰,再加细灰。并如前。又停日久,砖石车磨,去灰浆,洁净停一二日,候干燥,方漆之,谓之糙漆。再停数月,车磨糙漆,绢帛挑上声。去浆迹,才用黑光。黑光者,用漆斤两若干,煎成膏。再用漆,如上一半,加鸡子清,打匀,入在内,日中晒翻三五度,如栗壳色,入前项所煎漆中和匀,试简看紧慢,若紧再晒,若慢加生漆,多入触药。触药,即铁浆沫。用隔年米醋煎此物,干为末,入漆中,名曰黑光。用刷蘸漆,漆器物上,不要见刷痕。停三五日,待漆内外俱干,置阴处晾之,然后用揩光石磨去漆中颣。雷,上声。揩光石,鸡肝石也，出杭州上柏三桥埠牛头岭。再用箬纷，次用布纷，次用菜油傅，却用出光粉揩，方明亮。

朱红　　修治布灰，一一如前，不用糙漆，却用赙朱桐叶色，然后用银朱，以漆煎成膏子，调朱。如朱一两，则膏子亦一两，生漆少许，看四时天气，试筒加减，冬多加生漆，颜色暗，春秋色居中，夏四五月、秋七月，此三月颜色正，且红亮。

鳗水　　好桐油煎沸，以水试之，看躁也，方入黄丹腻粉，无名异煎一滚，以水试，如蜜之状，令冷，油水各等分，杖棒搅匀。却取砖灰一分，石灰一分，细面一分，和匀，以前项油水搅和稠粘灰器物上，再加细灰，然后用漆，并如黑光法，或用油亦可。

只孙宴服

只孙宴服者，贵臣见飨于天子则服之，今所赐绛衣是也。贯大珠以饰其肩背膺间，首服亦如之。

三教一源图

儒

理　　　性　　　體　　用

順　健　陽　陰　虚神　惟執

知禮義仁　覺知静真　靈明一中

則舍信則用　而不本而不　不无妙不無
藏之　行之　中勉　得思　然時合有物

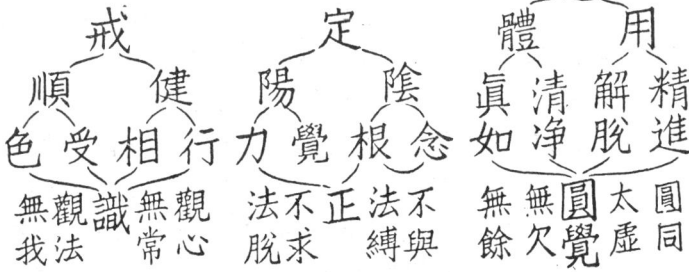

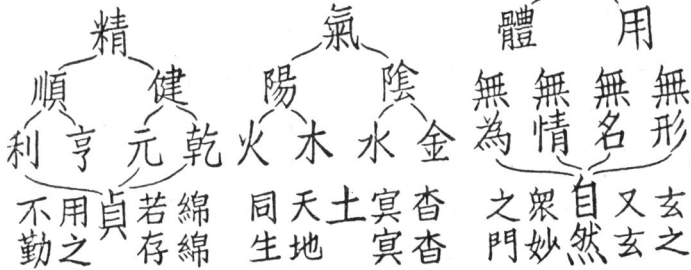

银锭字号

银锭上字号,扬州元宝,乃至元十三年,大兵平宋,回至扬州,丞相伯颜号令搜检将士行李,所得撒花银子,销铸作锭,每重五十两,归朝献纳。世祖大会皇子、王孙、驸马、国戚,从而颁赐。或用货卖,所以民间有此锭也。后朝廷亦自铸。至元十四年者,重四十九两,十五年者,重四十八两。辽阳元宝,乃至元二十三年、二十四年征辽东所得银子而铸者。

学 宫 讲 说

　　凡学宫朔望讲说,乃礼之常。所属上司官,或省宪官,至自教授学官,暨学宾斋谕等,皆讲说一书。然儒生未达时宜,往往迕意多矣。泰定甲子,开吴淞江,省台宪僚咸集。时治书刘公涿源,北方学者,首谒先圣先师。其年值闰,詹肖岩讲《书·尧典》,三百有六旬有六日,以闰月定四时成岁,大咈其意,以为学校讲说,虽贱夫皂隶、执鞭坠镫之人,皆令通晓,今乃稽算度数何为。肖岩由是悒怏而卒。至元己卯冬,分宪老老公检踏灾伤,以复熟粮为急,陆宅之讲省刑罚、薄税敛一章,公变色而作。至正辛巳,知府杨侯锐意浚河,以兴利除害为己任,时宪佥某谒学宫,王玉岩讲禹别九州,随山浚川,结意皆归美于知府,宪佥不悦而罢。丁酉岁,张士诚据有姑苏日,遣苏守周仁来,王可权讲《易·泰卦》盖君子道长、小人道消之义,周以为讥讪,累及诸职事皆停月廪。惟钱先生伯全父训导时,行刑官至,讲“钦哉钦哉惟刑之恤哉”,讲毕,称赏不已。前数君子,亦可为后人戒也。

松 江 之 变

　　王与敬,字可权,淮西安丰人,由浙省典吏充宣使,后于董抟霄部下立功,擢松江府判,未任,转省都镇抚,升元帅。至正丙申二月朔,伪诚王张士诚红军破平江,时与敬兵败,径趋嘉兴,又与苗军参政杨完者不协,乃投松江,名曰守御,实欲恋倡妇董赛儿故也。达鲁花赤八都帖木儿,知府崔思诚,皆无制变之术,激成其祸。盖其至也,不郊迎之,已自不悦。越二日,浙省又命元帅帖古列思等提兵而来,镇守城池,二帅抗行,不相上下,帖点两仓脚夫,散口粮,给器械,发号施令,盖意在逐与敬行。十八日,帖宴军民官,无一人至者。至夜,与敬下万户戴列孙等,率引军卒,自西门放火,鼓噪而叛。官僚溃散,寺观民房,悉化焦土。检刮金银财物,塞满舟船。自与敬以下,人口辎重皆出西门。二十四日,完者下元帅萧亮员成等,率苗军突至,兵不与敌,遂北出通波塘而去,投降士诚,子女玉帛,悉为苗军所有。民亦持梃相逐,列孙孔镇抚等,死者过半。苗军恣肆检刮,截人耳鼻,城中女妇,多为淫污。房舍间有存者,皆为焚毁,靡有孑遗。居民两遭锋镝,死者填街塞巷,水为不流。四月初十日,士诚下元帅史文炳一部兵马,自湖泖入古浦塘,舳舻相衔,旗帜蔽日,苗军一矢不交,竟溃散而去。南村野史曰:“天下本无事,庸人自扰之。”卓哉斯言也。初,王与敬之庋止,苟得一守土官,能以智虑处之,则不致若是。况松江尚侈靡习淫风者久矣,余尝扼腕而叹,必有后日之患,终为一贱倡祸及数万家,非小变也。与敬负逆贼之名,遗臭万年,戴氏逞匹夫之勇,卒丧其生,皆自取之也,悲夫!

果 典 坐

嘉兴天宁寺有老僧曰果典坐,平生不蓄积,得钱辄买酒饮。长老念空海每岁遗衣缎。至正癸巳正月一日,无疾而卒,年一百二岁。

诗 谶

“潮逢谷水难兴浪,月到云间便不明。”松江古有此语。谷水、云间,皆松江别名也。近代来作官者,始则赫然有声,终则阘茸贪滥,始终廉洁者鲜。两句竟成诗谶。

书 画 楼

松江自来无大火灾，至正丙戌闰十月廿九日夜，普照寺西业制帽民姚不谨于火，延燎三千余家，重门邃馆，灵宫梵宇，悉为煨烬，而夏爱闲氏收藏古法书名画楼岿然独存，岂有神物护之也耶？抑亦数耶？

物 必 遇 主

松江普照寺门首刀镊胡，忽见街上有小片荷叶，舒卷不已，一人拾置怀中去。胡叩之曰：“汝得何物？但欲见之，以决所疑。”及出示，乃至元钞叁拾文。又同郡夏氏仆，尝见小花蛇盘旋道左，行人捉藏诸袖。生颇讶，问其所以，则至元钞贰拾文。右二事绝相类。吁！三十文、二十文，直微末耳，尚必待主。今之积金蓄谷，倍息计赢，孳孳以利为念者，于此宁不可鉴哉！

枪 金 银 法

嘉兴斜塘杨汇縻工枪去声。金枪银法：凡器用什物，先用黑漆为地，以针刻画，或山水柸石，或花竹翎毛，或亭台屋宇，或人物故事，一一完整，然后厈新罗漆。若枪金，则调雌黄。若枪银，则调韶粉。日晒后，角挑挑嵌所刻缝罅，以金薄或银薄，依银匠所用纸糊笼罩，置金银薄在内，逐旋细切取，铺已施漆上，新绵楷拭牢实。但著漆者自然粘住，其余金银都在绵上，于熨斗中烧灰，甘锅内熔锻，浑不走失。

磨兜坚箴

磨兜鞬，已见第九卷。昔李侍郎敦立，尝揭磨兜坚三字于坐隅。磨兜坚者，古之慎言人也，其善于自防者哉！金华宋濂为著箴曰："磨兜坚，慎勿言。口为祸门，昔人之云，磨兜坚。人各有心，山高海深，磨兜坚。高不知极，深不可测，磨兜坚。言出诸口，祸随其后，磨兜坚。钟鼓之声，因叩而鸣，磨兜坚。不叩而鸣，必骇众听，磨兜坚。惟口之则，守之以默，是曰玄德，磨兜坚。磨兜坚，慎勿言。"

三 笑 图

杨铁厓云：坡翁跋石恪所画，以为三人皆大笑，至衣服冠履皆有笑态，其后之童子亦罔知而大笑。永叔书室图三笑于壁，想见石恪所作，与此无异。然坡翁所跋三笑，不言为谁，山谷特实以远公、陶、陆事。陈贤良舜俞《庐山记》，亦谓举世信之。有赵彦通者，作《庐岳独笑》一篇，谓远公不与修静同时。楼攻媿亦言，修静元嘉末始来庐山，时远公亡已三十余年，渊明亡亦二十余年，其不同时信哉。后世传讹，往往如此，使坡翁见之，亦当绝倒也。

官 制 字 讹

按古官制取义皆有所主，非徒名也。后世或讹其音者有矣，音虽讹而义则不讹也。如仆射，秦官。仆，主也。古者重武事，每官必有主射以督课之，射音神夜反，关中人讹为寅谢反，韵书不取其义于神夜反中，却收在寅谢反下。尚书，亦秦官。秦世，少府遣吏四人，在殿中主发书，故谓之尚书。尚，犹主也,如尚方、尚食、尚医、尚衣、尚冠、尚浴、尚席之尚,并音时亮反,后世乃以尚书之尚讹为辰羊反,陆德明亦音平声,韵书遂两收之。洗马,《前汉志》:太子太傅、少傅属官有先马。张晏曰:先马员十六人,秩比谒者。如淳曰:前驱也。《国语》载勾践亲为夫差先马。先,先之也,从先见反,今韵书作苏典反,字作洗。愚意此类并当从其正义,不当从其讹音。今人但见读仆射之射作神夜反,尚书之尚作时亮反,洗马之洗作先见反,便非哂之,不究其义故也。此类甚多,今姑举其显者。

巾 帻 考

巾帻《释名》:巾,谨也,当自谨于四教。《仪礼》:二十成人,士冠。如字。庶人巾。《说文》:发有巾曰帻。帻即巾也。又《方言》:覆髻谓之帻。《汉书》:卑贱执事不冠者所服,或谓之承露。按《仪礼》士冠庶人巾,则古者士以上有冠无巾,帻惟庶人戴之。秦谓民为黔首,汉谓仆隶为苍头,《汉书》谓卑贱者所服,此其证也。后世上下通用之,谓之燕巾。蔡邕《独断》曰:汉元帝额有壮发,不欲人见,故加巾帻以包之也。然则巾自巾,帻自帻,不独卑贱者所服,虽尊者亦服之矣。至王莽冠内加巾,故时人云“王莽秃,帻施屋。”又光武岸帻见马援。又按《魏志》注:太祖以天下凶荒,资财乏匮,拟皮弁裁缣帛为帢。或作幅,乞洽反。合乎简易随时之义,以色别其贵贱,本施军饰,非为国容。韵书:弁缺四隅谓之帢。前时军人弓手所戴小白帽是也。一曰:按头使下,故曰帢。《增韵》、《埤苍》皆曰帽也。《晋舆服志》:哀帝立,秋御读,令改用素白帽。汉末,王公名士,多委王服,以幅巾为雅,魏武始制帢。成帝制,使尚书八坐丞郎门下三省侍官乘车白帢低帏,出入掖门。又二宫直官著乌纱帽,往往士人宴居皆著帽弁。帽虽冠弁遗制，去古益远，用巾帻为近之。一说，秦加武将首饰为绛帕，后稍稍作颜题。汉兴，续其颜，却摞_{音罗}之，施巾连题，却覆之，即丧帻也，名之曰帻。至孝文帝，乃高颜题，续之以耳，崇其巾为屋，合后施巾上下，文者长耳，武者短耳。古者冠制皆硬壳，自额上至于顶，如今礼冠者然。后世乃作小冠，厘以束发，冠下施帻，冠帻之上，又总施巾，皆效汉元帝所服之制也。夫历代损益，随其所宜，苟不害于义，从俗可也。孔子居宋衣缝掖，居鲁冠章甫，亦从俗也。

屦舄履考

屦、舄、履，屦人注：禅下曰屦，复下曰舄。《说文》无舄字，舄本鹊字，今借为履舄字也。陆佃云：舄通为舄履之舄，古人居欲如燕，行不欲如鹊，故借为舄字，所以为行戒也。然借鹊为舄，作思积反者，盖屦舄履也。《古今注》：以木置履下，干腊，不畏泥湿，故曰舄。以是知舄履之下，必再用木矣。《士丧礼》：夏葛屦，冬皮屦。屦人注又谓：凡屦、舄各象其裳之色。引《士冠礼》曰：玄端黑屦，青绚钩。繶亿。纯，准。素帻白屦，缁绚繶纯，爵弁纁屦，黑绚繶纯是也。绚，《说文》：护绳绚也。《玉藻》注：履头饰也。《韵会》：状如刀衣鼻在屦头。言拘者，取自拘持，使低目，不暇顾视。一曰：用缯一寸，屈为之头，著屦头，以受穿贯。繶，屦人注：缝中纴也，《博雅》：纴，绦也。纯，屦人注：缘也。言繶必有绚纯。言绚必有繶纯。三者相将，则屦、舄皆有绚、繶、纯矣。凡绚、繶、纯皆一色。又按屦人注：舄有三等，赤舄、白舄、黑舄也。赤舄为上。冕服之舄，《诗》曰："王锡韩侯，玄衮赤舄。"则诸侯与王同矣。所谓玄舄青舄，王后祭服之舄也。凡屦之饰，如绣次也，黄屦白饰，白屦黑饰，黑屦青饰。天子诸侯，吉事皆舄，其余服冕著舄耳。士爵弁纁屦，黑绚繶纯，尊祭服之屦，饰

从缋也。至若履者,《说文》:足所依也,从尸,从彳夂,从舟,象
履形。毛氏曰:舟能载物,履能载人。又草曰屝,芳未反。麻曰
屦,凡布皆可谓之麻。皮曰履。按履无别制。《说文》:屦,履也,
从履省,娄声,又鞻也。徐曰:鞻,革履也。舃,《韵会》:履也。
《古今注》:以木置履下,干腊,不畏泥湿,故曰舃。以是知履、
舃、屦之异名也。但有禅下、复下、用木之异耳。古人舃、屦、
履,至阶必脱,唯著袜而入。《礼》:户外有二屦。是脱屦而入
者也。汉赐剑履上殿,是不赐则不敢著履上殿明矣。谏不行
则纳履而去。纳,结也。言纳履,则在外明矣。是脱履而入者
也。王乔入朝,双舃化凫先至。是脱舃而入者也。古者,堂上
皆有席,所以著鞻为宜,况鞻又从韦乎。又按《乡饮酒》云:说
屦,揖让如初,升堂。疏云:凡堂上揖行礼不脱屦,坐则脱屦。
理固然也。由是观之,凡宗庙堂室之间行礼,亦必不脱屦矣。
夫降而脱屦,然后升坐,礼也。其后宾与主人酬酢之时,皆在
两阶之间,又须降而著屦,复升于阶。酬酢之礼毕,又降而脱
屦,复升于坐也。古人礼繁如此,今何略也。

山 房 随 笔

[元]蒋子正　撰

徐时仪　　校点

校 点 说 明

《山房随笔》一卷，元蒋子正撰。子正，字平仲。正史无传。书中所记多为宋末元初之事，有"穆陵在御"之语，故当为宋末元初人。书中说到其曾"分教溧阳"，则其宋末曾任溧阳学官。据其书中品评所记前人诗词有"对属甚切"和"皆有思致"等语，可知其亦工于诗词。

综观全书内容，一为记叙前人遗闻轶事，如记刘改之因善于赋诗而受到辛弃疾的知遇，遂成为莫逆之交。又如记赵淮被刑，其宠姬请葬，遂盛其骨殖投江而死。二为记叙见闻所得前人所赋诗词和题词，间作品评，志在存佚。如记聂碧窗咏北妇和题京口天庆观中赵太祖像。又如记陆秀夫挽张世杰诗时说到"此诗全篇不传，忠义英烈虽亡，尤耿耿也"。书中所载诗词往往与传本不尽一致，可供研究文学史之佐证。如王昂《催妆词》，可据以考校《全宋词》所录此词。又如书中所录的一些诗词，虽仅为断联残韵，然亦为研究文学史上的这些诗人提供了弥足珍贵的资料。尤其值得一提的是书中记叙贾似道贬死事甚详，可据以补正史之阙。

此书成于元初。《古今说海》、《稗海》、《说郛》、《知不足斋丛书》和《四库全书》等皆收录此书，然内容不尽一致。现以《知不足斋丛书》为底本，又据《藕香零拾》本补以其未收录的11则，加以标点，并校以《稗海》、《说郛》和《四库全书》诸本。《知不足斋丛书》本载此书作者为蒋正子，《四库全书》本等则为蒋子正。本书从《四库全书》所据纪昀家藏本改为"子正"，囿于史料，谨记此存疑。

目　录

山房随笔

　　辛稼轩帅浙东时，晦庵、南轩任仓宪使。刘改之欲见，辛不纳，二公为之地，云："某日公燕，至后筵便坐，君可来，门者不纳，但喧争之，必可入。"既而，改之如所教，门外果喧哗。辛问故，门者以告。辛怒甚，二公因言改之豪杰也，善赋诗，可试纳之。改之至，长揖。公问："能诗乎？"曰："能。"时方进羊腰肾羹，辛命赋之。改之对："寒甚，欲乞卮酒。"酒罢，乞韵。时饮酒手颤，余沥流于怀，因以流字为韵。即吟云："拔毫已付管城子，烂首曾封关内侯。死后不知身外物，也随樽酒伴风流。"辛大喜，命共尝此羹，终席而去，厚馈焉。席散，南轩邀至公廨，置酒，语之曰："先君魏公一生公忠为国，功厄于命，来挽者竟无一篇得此意，愿君有作以发幽潜。"改之即赋一绝，云："背水未成韩信阵，明星已陨武侯军。平生一点不平气，化作祝融峰上云。"南轩为之堕泪。今《龙洲集》中不见此二诗，岂遗之邪？又云稼轩守京口，时大雪，帅寮佐登多景楼，改之敝衣曳履而前。辛令赋雪，以"难"字为韵，即吟云："功名有分平吴易，贫贱无交访戴难。"自此莫逆云。

　　李公山节，汾州人也。端平中，朱湛、卢复之使北展觐八陵，引李与王仲偕南。李初任乡郡节制司干官，后任西山倅。时正倅陈三屿松龙会寮友于多景楼，赏杨妃菊，令诸妓各持纸笔侍众官请诗。李自江下后至，酒一行，起，背手数步，吟云："命委马嵬坡畔泥，惊魂飞上傲霜枝。西风落日东篱下，薄幸三郎知不知?"辞至精切,或至阁笔。

西山张伜芸窗有绣养娘者,命苍头递一罗帕与馆人刘启之童,偶遗之于地,芸窗责刘,即遣去。刘作诗谢张云:"夜深挝鼓醉红裙,半世侯门熟稔闻。自是东邻窥宋玉,非关司马挑文君。苍头误送香罗帕,簧舌翻成贝锦文。幸赖老成持定力,一帆安稳过溪云。"

李邦美过句容之村乡,见酒肆粉壁明洁,题云:"青裙白面哄挑菜,茅舍竹篱疏见梅。"未及后联,店翁怒曰:"我以此壁为人涂污,方一新之。今尔又作俑也。"遂不书。有客续至,问翁,翁悔之。一日,李再过之,翁请足成。李笑取笔书云:"春事隔年无信息,一声啼鸟唤将来。"往来知音皆爱之。

宝祐甲寅,江东多虎,有司行袚禳之典。青词末联云:"虽曰寅年之足,或有数存;去其乙字之威,尚祈神力。"盖古诗有"寅年足虎狼"之句,传谓"虎威如乙字",对属甚切。

京口韩香除夜请客作桃符,云:"有客如擒虎,无钱请退之。"以其姓为对也。

直北某州有道君题壁一诗,云:"彻夜西风撼破扉,萧条孤馆一灯微。家山回首三千里,目断天南无雁飞。"

"曾闻海上铁斗胆,犹见云中金甲神。"乃陆枢密君实挽张鄞州世杰诗也。张公拥德祐、景炎、祥兴于海上,各拥兵南北岸。一夕大风雨,皆不利,张舟覆而薨。翌早,获尸棺殓焚化,其胆如斗大而焚不化,诸军感恸。忽云中见金甲神人,且云今天亡我,关系不轻,后身当出恢复矣。此诗全篇不传,忠义英烈虽亡,尤耿耿也。

僧本真号月湖半颠,赋吴门上元云:"村翁看了上元归,正是西楼月落时。夸道官衙好灯火,不知浑点尔膏脂。"微闻于郡守吴退庵，遂命住虎丘寺。

有刺夏金吾贵云："节楼高耸与云平，通国谁能有此荣。一语淮西闻养老，三更江上便抽兵。不因卖国谋先定，何事勤王诏不行。纵有虎符高一丈，到头难免贼臣名。"人谓北兵既至，许贵以淮西一道与之养老，故戢兵不战。然宋当国者处置失宜，方诏贵及其子松，上流策应。又知正阳失利，松已死，不能无憾。又俾受孙虎臣节制，乃大不乐。本无战心，况秋壑退师，数十万众一鼓而溃，夏虽勇健亦何为哉。

京口天庆观主聂碧窗，江西人。尝为龙翔宫书记。北朝敕至感而有诗云："乾坤杀气正沉沉，又听燕台降德音。万口尽传新诏好，四朝谁念旧恩深。分茅列土将军志，问舍求田父老心。丽正押班犹昨日，小臣无语泪沾襟。"又哀被虏妇云："当年结发在深闺，岂料人生有别离。到底不知因色误，马前犹是买胭脂。"又咏北妇云："双柳垂肩别样梳，醉来马上倩人扶。江南有眼何曾见？争卷珠帘看固姑。"观中有赵太祖真容，北来者见必拜。聂因题其上云："凤表龙姿俨若新，一回展卷一伤神。天颜亦怪君非虏，河北山东总旧臣。"

梁栋隆吉题茅峰云："杖藜绝顶穷追寻，青山世界开岖嵚。碧云遮断天外眼，春风吹老人闲心。大君升天宝剑化，小龙入海明珠沉。何人更守元帝鼎，有客欲问秦王金。颠崖谁念受辛苦，古洞未易寻幽深。神光不破黑暗恼，山鬼空作离骚吟。安得长松撑日月，华阳世界收层阴。长笑一声下山去，草木为我留清音。"隆吉以戊辰登科，任仁和尉。老依元符宫宗师许道杞，许甚礼之，且赒其家。梁好嘲骂，众道士恶之，遂笺此诗告官，以讥时逮捕金陵，备尝笞楚。卒得免，亦终不偶而殂。

吴履斋开庆之变再入相，四明士子上诗："来则非邪抑是

邪,绿堤何必更行沙。瑟当调处难胶柱,棋到危时见作家。公
论有谁能著脚,事机至此转聱牙。不如叠嶂双溪下,行对青山
坐看花。"言者附贾似道描画弹劾,贬循州而殂。饶州士熊某
嘲之,云:"近来西北又干戈,独立斜阳感慨多。雷为元城驱劫
火,天胡丁谓活鲸波。九原谁起先生死,万世其如公论何。道
过雕峰休插竹,想逢宗老续长歌。"菊岩季芯祭以文曰:"潞公
不能不疏,温公不能不毁,赵忠简不能不迁,寇莱公不能不死。
尔民无福,岂天夺之? 我士无禄,岂天厌之? 呜呼! 后世而无
先生者乎,孰能志之? 后世而有先生者乎,孰能待之?"

　　永嘉余德邻宗文与聂碧窗弈棋,余屡北。有卖地仙丹者,
国手也。余呼之至,绐聂云:"某有仆能棋,欲试数著不敢。"聂
俾对枰,连败数局。余自内以片纸书十字:"可怜道士碧,不识
地仙丹。"聂大笑曰:"吾固疑其不凡。"

　　三山林观过年七岁,嬉游市中,以鹦诗自命,或戏令咏转
矢气,云:"视之不见名曰希,听之不闻名曰夷。不啻若自其口
出,人皆掩鼻而过之。"林曾试神童科,不甚达。

　　三衢留中斋甲辰大魁,文山宋瑞丙辰大魁。中斋作相,身
享富贵三十年,仕北为尚书。文山才登第,丁父忧,仕途亦坎
壈。乙亥纠义兵勤王,终以罔功。患难中倚之为重,虽名为
相,黄扉之贵、万钟之奉无有也。江西罗壶秋诗云:"啮雪苏郎
受苦辛,庾公老作北朝臣。当年龙首黄扉客,犹是衡门一样
人。"中斋物色将罗织之,亟归而免。

　　薛制机言有贺自长沙移镇南昌者,启云:"夜醉长沙,晓行
湘水,难教檐燕之留;杜诗朝飞南浦,暮卷西山,来听佩鸾之舞。
王勃又有贺除直秘阁依旧沿江制置司干办公事,云:"望玉宇
琼楼之邃,何似人间;从纶巾羽扇之游,依然江表。"上巳请客

云:"三月三日,长安水边多丽人;一咏一觞,会稽山阴修禊事。"又云:"良辰美景,赏心乐事,四者难并;崇山峻岭,茂林修竹,群贤毕至。"姚橘洲尹临安,时吴履斋拜相。姚语诸客作启贺之,商量起句。彭晋叟云:"转鸿钧,运紫极,万化一新;自龙首,到黄扉,百年几见。"

陈云屋嘲翟兄之姓,云:"失足如何跃,无光耀不成。若非身倚木,为棹亦难行。"时翟馆水南杨氏,盖嘲其倚杨也。

莫两山伤丁氏故基,题一绝于太虚堂:"疏雨斑斑洒叶舟,前山唤客作清游。芳华消歇春归后,野草荒田一片愁。"文本心典淮郡,萧条之甚,谢贾相启中云:"人家如破寺,十室九空;太守若头陀,两粥一饭。"

蒋复轩《镊白发》诗云:"劝君休镊鬓毛斑,鬓到斑时已自难。多少朱门少年子,业风吹上北邙山。"

杜氏妇作《北行》诗:"江淮幼女别乡闾,一似昭君远嫁胡,默默一身离故国,区区千里逐狂夫。慵拈箫管吹羌曲,懒系罗裙舞鹧鸪。多少眼前悲泣事,不如花柳旧江都。"此等多有戏作,题之驿亭,以为美谈。

许平仲衡学问文艺为世所尊,称为夫子,人目为许先生。养志不仕,有《辞召命》诗,云:"一天雷雨诚堪畏,千载风云漫企思。留取闲身卧田舍,静看蝴蝶挂蛛丝。"可以观其志矣。一号鲁斋。

张文简《雪》诗:"银檐不雨溜常滴,玉树无风花自开。"其家集不收。

卢梅坡诗《梅开一花》诗云:"昨夜花神有底忙,先教踏白入南邦。冷将双眼窥春破,肯把孤心受雪降。樊弟得兄呼最长,竹君取友叹无双。试于月夜窗前看,一在枝头一在窗。"

杜善甫,山东名士,工诗文,不屑仕进,游严相之门。严乃济南望族,善甫为所敬重。一日,谗者闲之,情分浸乖。杜谢以诗,云:"高卧东窗兴已成,帘钩无复挂冠声。十年恩爱沦肌髓,只说严家好弟兄。"严悟非其过,款密如初。时有掌兵官远戍于外,其妻宴客,笙歌终夕。善甫诗曰:"高烧银烛照云鬟,沸耳笙歌彻夜阑。不念征西人万里,玉关霜重铁衣寒。"闻者快之。有荐之于朝,遂召之,表谢不赴,中二联云:"俾献言于乞言之际,敢尽其忠;若求仕于致仕之年,恐无此理。不能为白居易漫法香山居士之名,惟愿学陆龟蒙拜赐江湖散人之号。"予分教溧阳,一淮士过,求宿学舍。士游山东甚久,为余道其辞甚多,仅记此。

杨焕然号关西夫子,《题孔子庙》:"会见春风入杏坛,奎文阁上独凭栏。渊源自古尊洙泗,祖述何人似孟韩。竹简不随秦火冷,楷林高倚鲁城寒。漂零踪迹千年后,无分东家寄一箪。"又党怀英诗:"鲁国遗踪堕渺茫,独余林庙压城荒。梅梁分曙霞栖影,松牖回春月驻光。老桧曾沾周雨露,断碑犹是汉文章。不须更问传家久,泰岱参天汶泗长。"党,承安间人。工篆书,尝作"杏坛"二字刻于祖庭。

翟惠父《咏鬼门关》:"盘盘重险压三涂,惨惨阴灵怖万夫。青海战魂来守钥,黄尘行客过张弧。西风古道悲羸马,落日荒山啸老狐。年少文人今白首,小猖休苦笑揶揄。"惠父,北人。

阎子静复,至元间翰林学士。后廉访浙西,有《梅杖》诗云:"拣尽西湖万玉柯,春风入手重摩挲。较量龙竹能香否,比并鸠藤奈白何。声破梦寒霜满户,影随诗瘦月横坡。只知功到调羹尽,不道扶颠力更多。"

元遗山好问裕之,北方文雄也。其妹为女冠,文而艳。张平章当揆欲娶之,使人嘱裕之,辞以可否在妹,妹以为可则可。
张喜,自往访觇其所向。至则方自手补天花板,辍而迎之。张
询近日所作,应声答曰:"补天手段暂施张,不许纤尘落画堂。
寄语新来双燕子,移巢别处觅雕梁。"张悚然而出。

刘山翁汝进,漫塘幼子,学问宏深,文字典雅。与客九日
游龙山,以"尘世难逢开口笑"分韵,翁得"口"字,云:"纵步龙
山颠,放舟龙荡口。群然雁鹜行,杂之牛马走。我拙不能诗,
我病不饮酒。试问赏花人,还有菊花否?"众服其工。诸信斋
诵此。

金国南迁后,国浸弱不支。又迁睢阳,某后不肯播迁,宁
死于汴。元遗山曰:"罗绮深宫二十年,更持桃李向谁妍? 人
生只合梁园死,金水河头好墓田。"

至元戊寅己卯间,有董恢者,江陵人,后居太原,任丁角酒
税副使,僦屋以居。诗云:"白发苍头一腐儒,行无辙迹住无
庐。邓林万顷青青木,肯为鷾鸸借一株。"又:"翠阁朱楼锁撬
扉,寻巢燕子不能归。落花吹泥东风雨,绕遍芳檐无处依。"

漫塘先生与客燕坐,指窗外樱桃唯一实,共以为笑。忽一
客来访,自言能诗,因命赋之。云:"烧丹道士药炉空,枉费先
生九转功。一粒丹砂寻不见,晓来枝上弄春风。"众咸喜之。

周芝田,浙人。浪迹江湖,道冠野服,诗酒谐笑,略无拘
检,亦时出小戏以悦人,而不知其能琴与诗也。遇琴则一弹,
适兴则吟一二句而不终篇。尝赋石上雨竹云:"淋漓满腹藏春
雨,突兀半拳生晓云。"亦自可人。又:"草香花落后,云黑雨来
时。"《琴》诗云:"膝上横陈玉一枝,此音唯独此心知。夜深断
送鹤先睡,弹到空山月落时。"

遨溪张复《题雨竹图》云:"涓涓而净,森森而立。孟宗何

之？泪痕犹湿。"《风竹图》云："可屈者气，不屈者节。故人之来，尽扫秋月。"皆有思致。

赵静斋淮被执于溧阳丰登庄，《至北府辞家庙》云："祖父有功，王室德泽，沾及子孙。今淮计穷被执，誓以一死报君。刀锯置之不问，万折忠义常存。急告先灵速引，庶几不辱家门。"即登桌船。发至瓜洲被刑，无有敢埋其尸者。有一宠姬在焦金省处。此姬启金省云："赵四知府今日已死矣。妾元是他婢子，望相公以妾之故，许妾将尸焚化也。是相公一段阴骘事。"焦许之，乃作一棺焚之。又启收骨撒之于水，亦从之。遂以裙盛骨殖到江边，大恸投江而死。又闻其孙享祭，静斋降笔云："生居四代将门家，不幸遭逢被房拿。死在瓜洲无葬地，幽魂夜夜到长沙。"其兄冰壶湑自京口迁金陵，北兵至，弃城而遁，南徙不返，死葬海旁山上。

吴门有吏娶一娼，燕客，歌舞彻旦。明日犯事，决配九江，与妇泣别登舟。卢梅坡诗云："昨夜笙歌燕画楼，明朝挥泪送行舟。当初嫁作商人妇，无此江头一段愁。"

一户曹之妻与太守有私，府学一士子知其事。户曹任满将去，守招其夫妇饮。士子作《祝英台近》付妓，令歌之："掩琵琶，临别语，把酒泪如洗。似恁春时，仓卒去何意。牡丹恰则开园，荼䕷厮勾，便下得、一帆千里。　　好无谓，复道明日行呵，如何恋得你。一叶船儿，休要更沉醉。后梅子青时，杨花飞絮，侧耳听喜鹊哩。"守与此妇俱堕泪，其夫不悟。

灵隐寺主僧元肇号淮海。寺有松，大数十围。史相当轴遣人伐松，松与月波亭相对。僧作诗云："大夫去作栋梁材，无复清阴覆绿苔。惆怅月波亭上望，夜深惟见鹤归来。"

穆陵在御，阎贵妃父良臣起香火功德院，欲胜灵竺，乃伐邻松供屋材。僧作诗曰:"不为栽松种茯苓,只缘山色四时青。老僧不惜携将去,留与西湖作画屏。"诗彻于上,遂命勿伐。又山中有寺基久圮,势家规其地营葬。僧亦有诗刺之:"一定空山已有年,不须惆怅起颓砖。道旁多少麒麟冢,转眼无人送纸钱。"遂不复取。

吉州罗西林集近诗刊,一士囊诗及门,一童横卧枨阈间。良久,唤童起曰:"将见汝主人求刊诗。"童曰:"请先与我一观,我以为可则为公达。"客怪之,曰:"汝欲观吾诗,汝必能吟,请赋一诗,当示汝。"童请题,客曰:"但以汝适来睡起搔首意为之。"童即吟曰:"梦跨青鸾上碧虚,不知身世是华胥。起来搔首浑无事,啼鸟一声春雨余。"客骇伏,同入见。西林款之数日,取其菊诗,云:"不逐春风桃李妍,秋风收拾短篱边。如何枝上金无数,不与渊明当酒钱。"童子,罗之子也。

南康建昌县有神童山,每大比试,童子至百人,七取其一。有邓文龙,年八岁,颖出诸童子右。方岳巨山守南康,欲祝为子。父谓之曰:"汝,予所钟爱。太守固欲祝汝,将若何?"文龙曰:"第许之。"巨山一日招诸名士如冯紫山深居兄弟者,而邓父子与焉。席上太守及诸公只服裰子,文龙以绿袍居座末。坐定,供茶,文龙故以托子堕地,诸公戏以失礼。文龙曰:"先生衩衣,学生落托。"众为一笑。酒酣,巨山戏曰:"口红衣绿如鹦鹉。"文龙应曰:"头白形乌似老鸦。"又令赋《君子竹》,即咏曰:"萧洒子猷宅,平将风月分。两轩浑似我,一日可无君。"众异之。后易名元观,年十五领乡荐登上第。

僧德丰,三山人,有《重阳》诗云:"战尽今秋见太平,西风多作北风声。不吹乌帽吹毡帽,篱下黄花笑不成。"钟山长老举以自代,答云:"耿耿孤吟对古梅,忽传军将送书来。倚崖枯木摧残甚，虚负阳和到一回。”竟不赴。

贾秋壑败师亡国后，有人刺以诗曰：“深院无人草已荒，漆屏金字尚辉煌。只知事去身宜去，岂料家亡国亦亡。理考发身端有自，郑人应梦果何祥。卧龙不肯留渠住，空使晴光满画墙。”又云：“事到穷时计亦穷，此行难倚鄂州功。木绵庵上千年恨，秋壑堂中一梦空。石砌苔稠猿步月，松庭叶落鸟呼风。客来未用多惆怅，试向吴山望故宫。”又《伤西楼》诗云：“檀板歌残陌上花，过墙荆棘刺檐牙。指麾已失铁如意，赐予宁存玉辟邪。破屋春归无主燕，坏池雨产在官蛙。木绵庵外尤愁绝，月黑夜深闻鬼车。”有人和云：“荣华富贵等浮花，膂力难为国爪牙。汉世只知光拥立，唐朝谁识杞奸邪？绮罗化作春风蝶，弦管翻成夜雨蛙。纵有清漳人百死，碧天难挽紫云车。”秋壑出处本末自有知者，兹不书。

秋壑在朝，有术者言：“平章不利姓郑之人。”因此每有此姓为官者多困抑之。武学生郑虎臣登科辄以罪配之，后遇赦得还。秋壑丧师，陈静观诸公欲置之死地，遂寻其平日极仇者监押，虎臣遂请身为之，乃假以武功大夫押其行。虎臣一路凌辱，求死不能。至漳州木绵庵，病笃，泄泻，踞虎子欲绝。虎臣知其服脑子求死，乃云：“好教作只恁地死。”遂锤数下而殂。

庚申，履斋吴相循州安置，以贾似道私憾之故。未几，除承节郎。刘宗申知循州。刘，江湖士，专以口舌吓迫当路要人，货贿官爵。士大夫畏其口，姑厚馈弥缝之。其得官亦由此。守循之除，似道欲其杀吴相。宗申至郡所以捃摭履斋者无所不至，随行吏仆以次病亡。或谓置毒所居井中，故饮水者皆患足软而死，履斋亦不免。似道后亦遭郑虎臣之辱。其时赵介如守漳，贾门下客也。宴虎臣于公舍。介如欲客似道，似道不可,以让虎臣,口口称天使惟谨。虎臣不让,似道遂坐于下。介如察其有杀贾意,命馆人启郑,且以辞挑之。于时似道衣服饮食皆为郑减抑,介如作锦衣等馈之,见其行李辎重令截寄其处,俟得命放回日就取之。其馆人语郑云:“天使今日押练使至此,度必无生理,曷若令速殒,免受许多苦恼。”郑云:“便是这物事受得这苦,欲死而不死。”未几,遂殒。赵往哭,郑不许。赵固争,郑怒云:“汝欲检我邪?”赵云:“汝也宜得一检。”郑无如之何。赵经纪棺敛,且致祭。其辞云:“呜呼!履斋死循,死于宗申;先生死闽,死于虎臣。”呜呼云云,只此四句,然哀激之恫无往不复之,微意悉寓其中。季一山闱为郡学正,为予道之。

　　似道败后有题其养乐园曰:“老奸曾居葛岭西,游人谁改问苏堤?势将覆𫗧不回首,事到出师方噬脐。废圃久无人作主,败垣唯有客留题。算来只有孤山耐,依旧梅花伴月低。”养乐者,以其奉母而乐也。其赐第正在苏堤葛岭孤山之近,游人常盛。自贾据此,有游骑过其门,必为侦事者察报,每为所罗织。有官者被黜,有财者被祸,逮世变而后已。有人题葛岭二诗云:“当年谁敢此经过,相国门前卫士多。诸葛功名犹未满,周公事业竟如何?雕梁雨蠹藏狐鼠,花础云蒸长薜萝。万死莫酬亡国恨,空留遗迹在山阿。”又云:“楼台突兀妓成围,正是襄樊失援时。王气暗随檀板歇,江声流入玉箫悲。姓名不在功臣传,家庙徒存御赐碑。误国误民还自误,满庭秋草露垂垂。”

山房随笔补遗

端平中，余申周翰分教毘陵，题捷人簿云："三年大比，视郊祀天地之礼均；万乘临轩，与封拜公孤之仪等。"中一联云："昭陵之仁如天，积岁月而养成巨栋；欧公之学如海，鼓波涛而放出老龙。"惜未见全篇。

天台陈刚中孚在燕，端阳日思当母诞，作《太常引》二章云："彩丝堂上簇兰翘。记生母、正今朝。无地捧金焦。奈烟水、龙沙路遥。　碧天迢递，白云何处，风急雨萧萧。万里梦魂消。待飞逐、钱塘夜潮。"其二："短衣孤剑客乾坤。奈无策、报亲恩。三载隔晨昏。更疏雨、寒镫断魂。　赤城霞外，西风鹤发，犹想倚柴门。蒲醑漫盈尊。倩谁写、青山泪痕？"时为编修云。

三山卓用，字稼翁，能赋驰声，尝作词云："丈夫只手把吴钩，欲断万人头。因何铁石打成心性，却为花柔。君看项籍并刘季，一怒使人愁。只因撞著虞姬、戚氏，豪杰都休。"其为人溺志可想。

翰林学士王文炳《铁椎铭》："朱亥贡金，张良受之，合以忠义，锻成此锤。铜山可破，锤不可缺；金埒可碎，锤不可折。噫！乱臣滔滔，四海嗷嗷，长蛇其毒，封豕其饕。上帝愤之，以锤畀著。著，王千户名也。锤不自奋，假手于汝。数未莫先，时来敢后？曾是一挥，元凶碎首。匪锤之重，唯人之勇；匪锤之功，惟人之忠。长仅数尺，重才数斤，物小用大，策此奇勋。锤在人亡,再用者谁? 藏之武库,永镇奸回。"

　陈野水言:昔绍兴学正任满后,入城给取解由。道经婺境,至山中村舍。时暑行倦饥渴,入一野室,见数人捣桐油。一老下碓,询所以来。野水言:"自绍兴。"又问:"往绍兴何为?"野水言:"学正任满往倒解由。"老笑曰:"汝自倒解由,我自捣桐油。"上碓不顾。野水怪之,出问其邻曰:"此何人也?"邻人云:"此我郡傅省元。兵革以来,隐处山中,父子碓油种艺以自给。"野水取纸,书一绝云:"忽遇山中避世翁,居然沮溺古人风。白头方作求名计,不满先生一笑中。"傅观诗讫,召坐,曰:"子真悟者邪。"即命置饮食劳之。要之,山泽之臞长往不返者,颠崖果何限也。役役蜗蝇,苟窃升斗,彼视之一噱耳。

　探花王昂榜下择婿时作《催妆词》云:"喜气满门阑,光动绮罗香陌。行到紫薇花下,悟身非凡客。不须脂粉污天真,嫌怕太红白。留取黛眉浅处,共画章台春色。"

　湘人陈诜登第,授岳阳教官。夜,逾墙与妓江柳狎,颇为人所知。时孟之经守岳,闻其故。一日,公燕,江柳不侍。呼至,杖之,文其眉鬓间以"陈诜"二字,仍押隶辰州。妓之父母诣学宫咎诜云:"自岳去辰八百里,且求资粮。"陈且泣且悔,罄其所有及资衣物得千缗,以六百赠柳,馀付监押吏卒,令善视。且以词饯别云:"鬓边一点似飞鸦,休把翠钿遮。二年三载,千阑百就,今日天涯。杨花又逐东风去,随分入人家。要不思量,除非酒醒,休照菱花。"柳将行,会陆云西以荆湖制司干官沿檄至岳,与陈有故,将至,陈先出迎,以情告陆。陆即取空名制干札,填陈姓名,檄入制幕,既而并迎。陆入,即开宴。陆曰:"闻籍中有江柳者善讴,谁是也?"孟即呼至,柳花钿隐眉间所文。饮间陆越语孟曰:"能以柳见予否?"孟曰:"唯命。"陆笑曰："君尚不能容一陈教，岂能与我？"孟因叙诜之过，陆叹慨。既而终席，陆呼柳问其事，柳出诜送别词。陆大嗟赏而再登席。陆举词示孟，且诮之曰："君试目此作，可谓不知人矣。今制同檄诜入幕，将若之何？"孟求解于陆，并召诜同宴。明日，列荐诜，且除柳名。陆遂将诜如江陵，见之阃公秋壑，俾充幕僚。诜不独洗一时之辱，且有幸进之喜。至今巴陵为佳话矣。

扬州琼花，天下只一本。士大夫爱重，作亭花侧，扁曰"无双"。德祐乙亥，北师至，花遂不荣。赵棠国炎有绝句吊曰："名擅无双气色雄，忍将一死报东风。他年我若修花史，合传琼妃烈女中。"

北方王郎中宥有《归妇吟》，其序曰："天马浮江，兵强将锐，所征无敌，所掠无遗，俘戮之民，奚啻亿万。然生死存亡，悲欢聚散，岂无数存乎其间。夫刘氏者，吉之永丰人也。问其父母兄弟舅姑夫与子皆在焉。夫我不知则已，既知之，何独不令其归宁于父母乎？吾力虽不能使其死者生，亡者存，亦可谓欢悲聚散者。呜呼！不幸之幸莫大于斯，故不可无一言以送之。东平士王宥。"诗曰："烈火俱将玉石焚，死生契阔忆中分。信音一绝思青鸟，泪眼双穿望白云。残日鹢鸰还有难，北风鸿雁正离群。新诗送汝还家去，重续当年织锦文。"

"交交桑扈，交交桑扈，桑满墙阴三月暮。去年蚕时处深闺，今年蚕时涉远路。路傍忽闻人采桑，恨不相与携倾筐。一身不蚕甘冻死，只忆儿女无衣裳。"○"不如归去，不如归去，家在浙江东畔住。离家一程远一程，饮食不同言语异。今之眷聚皆寇仇，开口强笑心怀忧。家乡欲归归未得，不如狐死犹首邱。"○"泥滑滑，泥滑滑，脱了绣鞋脱罗袜。前营上马忙起行，后队搭驼疾催发。行来数里日已低，北望燕京在天末。朝来传令更可怪，落后行迟都砍杀。"〇"鹁鸪鸪，鹁鸪鸪，帐房遍野常前呼。阿姊含羞对阿妹，大嫂挥涕看小姑。一家不幸俱被虏，犹幸同处为妻孥。愿言相怜莫相妒，这个不是亲丈夫。"辞意婉切，诵之可伤。此金沙潘武子文虎《四禽言》词也。少有隽才，善赋。

梁栋隆吉亦作《四禽言》，云："不如归去，锦官宫殿迷烟树。天津桥边叫一声，叫破中原无住处。不如归去。"〇"脱却布裤，贫家能有几尺布？寒机织尽无得裁，可人不来廉叔度。脱却布裤。"〇"提葫芦，近来酒贱频频沽。众人皆醉我亦醉，湘江唤起醒三闾。提葫芦。"〇"行不得也哥哥，湖南湖北春意多。九疑山前叫虞舜，奈此乾坤无路何！行不得也哥哥。"寓意甚远，诸作不及。

至正直记

[元]孔齐　撰

庄葳　郭群一校点

校 点 说 明

　　《至正直记》,又称《静斋直记》、《静斋类稿》,元孔齐撰。齐,字行素,号静斋,别号阙里外史,山东曲阜人。其父退之曾任建康书吏,孔齐随父迁居溧阳。元末至正年间,农民起义烽火遍及江南,孔齐又避居四明(今浙江宁波)。《至正直记》就是他避居四明时所撰的一部笔记。

　　这部笔记内容相当庞杂,涉及面颇广,实际上是作者为提供"观省"而写的一部见闻杂记。书中为我们提供了不少有关当时政治、经济等方面的资料。例如卷一"楮币之患"条记述了元末纸币和铜钱的使用情况以及它们所产生的弊端;卷三"曼硕题雁"条借揭曼硕翰林的《题雁》诗,揭露了元朝统治者重用色目人压迫南方汉人、"视南方如奴隶"的情况,这些条目均可供治元史者参考。书中又记载了不少手工业品和文物用品的制作情况。诸如松江青花布、集庆官纱、宋代缂丝的花样颜色,笔、墨、纸的制造工艺,本书都一一作有记述。特别要提到的是,书中还记载了许多文学家和艺术家的遗闻轶事。作者和这些人年代相近,所记当较为可信。这些材料对研究者也相当有用。

　　本书虽颇有资料价值,但也有不少地方污蔑农民起义;宣扬风水谶语、因果报应;记述家训家规,美化封建伦理道德,这是应向读者指出的。

　　本书刊本甚少。明代著名文学家归有光曾将此书抄录订正,并撰有《静斋类稿引》,准备刻印问世,但迄今未发现有明刊本著录。现存的《至正直记》刻本为《粤雅堂丛书》本。《四库全书总目》子部小说家类存目谓《至正直记》"别一本题曰《静斋直记》，其文并同，惟分四卷为五卷，而削去各条目录，盖曹溶《学海类编》所改窜也。"但《学海类编》曹溶原辑本已散佚无存，现存的《学海类编》为清道光十一年（1831）晁氏木活字排印本，而晁氏本早经清人陶越增删，《至正直记》已被删去。所以，《至正直记》仅存《粤雅堂丛书》本，现即据以标点整理。凡发现书中明显刻误者，则径行改正。正文和目录不符之处，也作了校改。校点不当之处，希读者指正。

目　　录

至正直记卷一

杂 记 直 笔

杂记者,记其事也。凡所见闻,可以感发人心者;或里巷方言,可为后世之戒者;一事一物,可为传闻多识之助者,随所记而笔之,以备观省,未暇定为次第也。至正庚子春三月壬寅记,时寓鄞之东湖上水居袁氏祠之旁。

上 都 避 暑

国朝每岁四月,驾幸上都避暑为故事,至重九,还大都。盖刘太保当时建此说,以上都马粪多,一也;以威镇朔漠,二也;以车驾知勤劳,三也。还大都之日,必冠世祖皇帝当时所戴旧毡笠,比今样颇大。盖取祖宗故物,一以示不忘,一以示人民知感也。上都本草野之地,地极高,甚寒,去大都一千里。相传刘太保迁都时,因地有龙池,不能干涸,乃奏世祖,当借地于龙。帝从之。是夜三更雷震,龙已飞上矣。明日,以土筑成基,至今存焉。乱后,车驾免幸,闻宫殿已为寇所焚毁。上都千里皆红寇,称伪龙凤年号,亦岂非数耶!

文 宗 潜 邸

文宗皇帝尝潜邸金陵,后入登大位,不四五年而崩。专尚文学,如虞伯生诸翰林,时蒙宠眷。一时文物之盛,君臣相得,当代无比。因有以今上皇帝非其子草诏,伯生几至祸,以意出内殿,且目眚免罪。后奉诏出文宗神主,诏未出而太庙陨石已击碎碧玉神主矣,岂谓圣语不应天而何?又闻今上潜邸远方时,经过某郡,见一山甚秀,但一峰不雅,圣意偶欲去之。后思其山,令画工图以进,复见此一峰,用笔抹去。未几,雷已击削此真峰矣,非天人而何?文宗尚文博雅,一时文物之盛,过于今日。但纵奸权燕帖末淫乱宫中,且挟征先帝后为妻,人伦大丧。造龙翔寺,以无用异端而费有限之膏血,不思潜邸之苦,而纵奢侈之非,视今上俭素,诛权臣,则相去大远矣。

周　王　妃

文宗后尝椎杀周王妃于烧羊火坑中,正今上太后也。文后性淫,帝崩后,亦数堕胎,恶丑贻耻天下。后贬死于西土,宜矣。周王即火失剌太子。

古　　雁

国朝翰林盛时,赵松雪诸公在焉,一时诗僧亦与坐末。客有以《古雁图》求跋者,诸公咸命此僧先赋。诗僧即援笔题云:"年去年来年又年,帛书曾动汉诸贤。雨暗荻花愁晚渚,露香菰米乐秋田。影离冀北月横塞,声断衡阳霜满天。人生千里复万里,尘世网罗空自悬。"诸公称赏,即以诗授客去。

酸斋乐府

北庭贯云石酸斋,善今乐府,清新俊逸,为时所称。尝赴所亲某官燕,时正立春,座客以《清江引》请赋,且限金木水火土五字冠于每句之首,句各用春字。酸斋即题云:"金钗影摇春燕斜，木杪生春叶，水塘春始波，火候春初热，土牛儿载将春到也。”满座皆绝倒。盖是一时之捷才，亦气运所至，人物孕灵如此。生平所赋甚多，特举其一而记之云。

佥厅失妻

宋末，金陵一小佥厅官之妻，有艳色，好出游。一日，郡守作燕，会其僚属之妻，此妇预焉。邀者至，欣然登轿，但觉肩者甚急，家仆失后。及下轿，乃倡家也。其仆至郡守家，不见所在，奔告其子，白于守，追捕已无及矣。盖倡人数见此妇之艳，设计也久，乘此机而陷之。连夜登舟往他郡，教歌舞，使之娱客以取钱。妇郁郁不乐，每为娼人所鞭挞。后恐事觉，乃鬻于大官人为妾，至杭州守；而小官适为杭通判，因会饮，见供具有熝鳖，食未既而泣下。守问其故，曰：“此味绝似先妻所治者，感而泣焉。”守问其妇何在，曰：“昔因赴燕，中途失之，已二载矣。”守入问其妾，即通判之妻也。出曰：“汝妻在此，幸无孕，当复还。”遂相见而泣，言及前事，夫妇如初。噫！妇人教令不出闺门，岂有赴燕出游者乎？且好游艳色，谓之不祥。佥厅无礼而不能正其家，故有失妻之祸；其妇恃色而不能安其室，故有失身之辱。世之好色纵游者，当以是而观之。

文山审音

国初宋丞相文文山被执至燕京，闻军中之歌《阿剌来》者，惊而问曰：“此何声也？”众曰：“起于朔方，乃我朝之歌也。”文山曰：“此正黄钟之音也，南人不复兴矣。”盖音雄伟壮丽，浑然若出于瓮。至正以后，此音凄然，出于唇舌之末，宛如悲泣之音。又尚南曲《斋郎》、《大元强》之类，皆宋衰之音也。

中 原 雅 音

　　北方声音端正，谓之"中原雅音"，今汴、洛、中山等处是也。南方风气不同，声音亦异。至于读书字样皆讹，轻重开合亦不辨，所谓不及中原远矣。此南方之不得其正也。

罗 太 无 高 节

　　罗太无，钱唐人，故宋宦官也。侍三宫入京，后以疾得赐外居，闭门绝人事。处一室甚洁。夏则设广帷，起卧饮食皆在焉。旁有小炷灶一，几一，设酒注大小三，盏斝六。遇故人至，则启关纳之，必问膳否，否则留过午，度路程远近，使从卒辈引去。至酒毕，复候为期。以客之多寡，用注之大小。酒不过三行，果脯惟见在易办者。客虽多，不过五六人也。好读书史，善识天文、地理、术艺。武夷杜本伯原尝私问之，多所指教，因得其秘，略云：时乃侄官至司徒，亦宦者也，权势正炎炎，凡贵近公卿，莫不候谒谀附。适遇岁朝，司徒者自内请谒太无，太无掩门不纳。司徒称名大呼，以首触扃。从官偕至者，动以百骑，惊惶失色。俄太无于户内呼司徒名，款应之曰："你阿叔病，要静坐。你何故只要来恼我，使受得你几拜，却要何用！人道你是泰山，我道你是冰山。我常对你说，莫要如此，只不依我阿叔，莫顾我你。你若敬我时，对太后宫里明白奏，我老且病颓，乞骸骨归乡，若放我归杭州，便是救我。"司徒于是特奏，可其请。太无以所积金帛玩好，皆散与邻坊故人无遗，惟存书籍数千部，束于车后褥上，嘱其侄司徒曰："我不可靠你，你亦不可靠势。"至于再三，乃登车出齐化门，仰视而笑曰："齐化门从此别矣，我再不复相见你矣。"遂到杭，逾年病卒。司徒者,不遵乃叔父之训,弄权不已,后以赃受湖州人旧土坐罪,流远方卒,而太无乃得终于乡里云,泰定间事也。偶因亲友林叔大提举言及此,可谓有先识者,遂记其略如此,至正丁酉冬十一月也。杭州七宝山乃罗司徒所见者。

惜儿惜食

前辈云:"惜儿惜食,痛子痛教。"此言虽浅,可谓至当。至"教子婴孩,教妇初来",亦同。

富州奇闻

先人尝言,为富州幕官时,闻一事甚异。市民某,家道颇从容,以贩货为业,惟一妻一女。民暮出朝还,女年及笄,未嫁,忽觉有娠。父疑之,询其母及女,皆曰:"无他事,不知何以得此。"问其邻,亦曰:"此女无外事。"疑不能解。闻之官,验其得孕之由,乃知彼日父母交合时,女在榻后,间闻其淫欲声状,不觉情动。少顷,其母溺于盆,女亦随起溺之,同一器也,遗气随感逆上成胎,其异遂释。所以内外不共湢浴,不同圊溷,古人立法,盖亦有深意焉。

徐州奇闻

溧阳同知州事唐兀那怀,至正甲申岁尝与予言一事,亦可怪。徐州村民一妻一妹,家贫,与人代当军役。一日,见其妹有孕,询究其事,不能明,欲杀其妻与妹。邻媪咸至曰:"我等近居,惟一壁耳,终岁未尝见其他也。"考其得胎之由,乃兄尝早行时,与妻交合而出,妹适来伴其嫂。嫂偶言及淫狎之事,覆于姑之身,作男子状,因相感遗气成孕也。噫!防微杜渐之道,可不谨乎? 又闻老人言,凡室女与男子同溺器者,则乳色变起。此又不可不知也。

戏 婚

尝闻某处富家兄妹同居,兄生一女,妹生一子,偶同庚,自幼父母戏之曰:“当为夫妇。”既长,各异居,以生事不齐,遂渝盟。乳母每戏女曰:“小官人意欲望尔,不敢来也。”女始则怒之,久而情动,不复怒也。一日,别有人来议婚,女闻之不乐。乳母即语之曰:“小官人今夜欲来,如何?”女许之,灭烛以待。自是相通,每以金帛相遗。凡五月,觉有娠。父母责之。女曰:“一时所为,悔之何及,乃姑之子小官人也。”因诉之官,追其子勘之。不服,鞭楚不胜苦,遂枉受刑。既归,日夜号泣。父母怒曰:“尔自犯刑,何泣之有?”其子曰:“某已受刑矣,因念未尝为此事,枉受其屈,所以痛恨辱终身也。”父母察之,始得其情状,乃乳母之子假托其姑之子也。复诉于廉访司,杖杀其乳母于市。夫年幼议婚,古人所戒,况戏言乎? 所以辱家败俗,皆世之不学无术、庸碌之辈所致尔。

防 微 杜 渐

或人家以爱女之故,不能防微杜渐,纵令乳媪之子女往来,必为乱家之患。有识之男子,必当绝之于始,慎勿使妇人姑息,伤大义也。

脱 欢 报 应

我国家脱欢大夫之父,初至建康,宋都统某官备礼迎降,款馈甚厚,盖欲免患也。及延至私第,铺设俱具极整,且子女

玉帛,靡不耀目。脱欢父遂起贪心,复入其罪而有之。都统首
死,其家人奴仆尚众不服,夜半相杀,咸以兵法治之。六十余
年,脱欢大夫惟一子一女,其妻悍暴,不能制,脱欢畏之。一
日,招婿名曰虎舍者,又贪鄙不仁,尝侮其亲子。子盖妾所生
也。脱欢卒,其妻逐其子并妇,以婿立为嗣,凡家产田宅,尽为
婿。家奴林总管者,每怀不平,乃扶其子名庆舍者,诉之官。
官谕之,不伏,遂各执兵器相卫,久不能解,以致内外交兵。虎
舍尽携家财妻孥遁,庆舍始主其业,则已荡废矣。故老皆言,
却与杀都统时相似,此报应之不偶然也。

脱 欢 恶 妻

脱欢母王氏,广德长乐村人,为兵官所掠,见有姿色,端
重,不敢犯,遂献与总兵官,即脱欢父也。于是择日行婚礼,后
生脱欢。脱欢生庶子庆舍。脱欢之妻既逐其子并妇,复以妇
配驱奴之无妻者。妇曰:"我大夫之子妇也,义不受辱。"奴曰:
"我奴也,娘子是主人也,我不敢受。"各相拒。久之,脱欢之妻
痛挞其妇及奴,且令之曰:"弗从吾言,有死而已。"于是迫妇与
奴囚于一室,令其成配,却于窗隙中窥之,验其奸污之状,然后
释其罪。噫!脱欢愚人也,生不制其妻,死后受污辱,为百世
之恨,可谓愚矣。向使知其妻之悍,既不礼其夫,又欲杀其子,
恶丑彰露,情弊显然,则当决意去之,以绝后患,何其愚之甚
也!直至狼籍如此,死有痛恨,哀哉!

袁 氏 报 应

四明袁知府尝因官籍陆氏家财,悉为己有。后无嗣,养陆
氏子。既长,当受所分之物,见银盘背有陆氏祖名氏,报应如

此。吾闻之卓悦习之云。

古 阳 关

常见《和林志》所载，晋王大斡耳朵至亦纳里一千里，西北至铁门一万里。其门石壁凌云，上有镌字曰"古阳关"。有题《青门引》，其词云："凭雁书迟，化蝶梦速，家遥夜永，番然已到。稚子欢呼，细君迎迓，拭去故袍尘帽。问我假使万里封侯，何如归早？时运且宜斟酌，富贵功名，造求非道。靖节田园，子真岩谷，好记古人真乐。此言良可取，被驴嘶恍然惊觉。起来时，欲话无人，赋与黄沙衰草。"不知何人作也。

馆 宾 议 论

脱欢大夫在建康时，有一馆宾早起，闻堂上有人声，意谓大夫与僚佐也。久而视之，但见二人中坐，一人云："付之火。"或云："不可，恐延及他人。"一云："付之灾。"或云："其家亦有未当死者。"一云："付之脱欢。"言讫不见。馆宾惧，疑其主将有祸也，遂不告而去。是日，脱欢出门，忽有讼者诉某处巨室，豪横害民，因受状追问。后没入，其家皆杖配远方，乃知豪民恶贯满盈，神人共怒者也。逾年，馆宾复至，大夫问其故，始言及其所见云。

僧 道 之 患

宋淳熙中，南丰黄光大行甫所编积善录云："僧道不可入宅院，犹鼠雀之不可入仓廪。鼠雀入仓廪，未有不食谷粟者；僧道入宅院，未有不为乱行者。"此足为确论。予尝见溧阳至正间新昌村房姓者，素豪于里，茔墓建庵，命僧主之。后其妇女皆通于僧,恶丑万状,贻耻乡党。盖世俗信浮屠教,度僧为义子,往往皆称义父义母,师兄弟姊妹之属,所以情熟易狎,渐起口心,未有不为污乱者。或妇女辈始无邪僻之念,则僧为异姓,久而本然之恶呈露,亦终为之诱矣。浙东西大家,至今坟墓皆有庵舍,或僧或道主之。岁时往复,至于升堂入室,不美之事,容或多矣。戒之,戒之!

茔 墓 建 庵

予尝谓茔墓建庵,此最不好,既有祠堂在正寝之东,不必重造也。但造舍与佃客所居,作看守计足矣。至如梵墓以石,墓前建拜亭之类,皆不宜。此于风水休咎有关系,慎勿为之可也。

云 岩 至 言

宋末于潜吴度身之所编益载有云:云岩洪焘为浙西常平使者,节斋赵公判平江府。一日,招洪家眷燕集,洪力辞之。余问其故。洪答曰:“富贵之家,姬妾之盛,珠翠绮绣之繁,声乐肴馔之侈,何可当也!吾家先君尝贵显于朝,而始终一儒素。今家人辈皆山中人,一则必贻讥笑而怀惭忸;一则必生欣慕而思效学,无益也。明言累辈皆山中人,素无身装首饰,不曾出众,不敢前。节斋亦不敢强。”此至哉之言也。

妇 女 出 游

人家往往习染不美者,皆由出游于外,与妇客燕集,习以成风,始则见不美诮之,终则效之。尝记至正甲申春,继嫂自杭归,其姻党邢怀者为溧阳同知州事,因好会家眷燕聚,适

亲友宣城贡清之有源为教授,假居南轩,妻妹亦与席,惟先妣
及家人辈不得已,略相见即托疾不出。明日,各家再会,作回
席之意。先妣及家人辈亦坚辞不赴,且曰:"前日之会,在我
家,尚不乐终席,今日岂可出游赴宴耶?"自是燕集者数,以致
外议纷纷,渐起变夷之诮,则家人辈幸而免也。向使我不以家
法自拘,先妣不以先人所言是戒,鲜不为此曹所陷也。盖同知
之妻,嫂氏之同母姊,畏吾氏也。

米元章画史

米元章画史云:"翎毛之伦,非雅玩,故不录。"又云:"东丹
王胡瓌《蕃马》,见七八本,虽好,非斋室清玩。"又云:"古人图
画,无非劝戒。今人撰《明皇幸蜀》,无非奢丽。《吴王避暑》,
重屏列阁,徒动人侈心。"又云:"苏木为轴,石灰汤转色,愈久
愈佳,又性轻。角轴引虫。又臭气。"又云:"花草,至于士女、
翎毛,贵游戏阅,不入清玩。"

兄 弟 异 居

人家兄弟异居者,此不得已也。妇女相见,亦不可数,或
岁首一会,春秋祭祀家庙各一会,一岁之中不过三次可也。盖
庆贺吊问,非妇人之事。尝见浙西富家兄弟,有异居数十里,
妇女辈不时往复,以为游戏之常,至于夜筵,过三更归,或致暗
昧奸盗不可测。此当与宋末金厅失妻事并观之。

子 孙 昌 盛

世之欲子孙昌盛者,莫若积阴德最要紧。然积阴德者,必
以孝为第一义。前代之事,载诸传记者甚详。尝观《谕俗编》

所载："积善之家,必有余庆。积不善之家,必有余殃。"《易》六十四卦凡事不言必,独《坤》之论断,以两必字言之,以其效之必应也。而独于《坤》卦者,以坤属阴,一元之善在坤,为阴德也。所谓余者,言其殃庆及子孙也。此应知县俊之言也。

阴 德 之 报

宋四明史氏祖甚微,为郡杖直之卒,每有阴德及人,好善三世。生浩,南渡后拜相,赠越王。越王生弥远,又拜相,赠卫王。从子嵩之又拜相。子孙数千人,至今富盛不绝,皆阴德之报也。国朝真定史氏,在女真氏有阴德及于乡,后生孙拜相封王。国朝宣城南湖贡氏祖尝依吴履斋之门,屡有阴德,略且孝义。略以一微事言之。有婢与仆私通,窃财而遁,中途为仆所后,盖其意在得财也。婢追不及,后返至南湖,恐事觉,仓皇欲赴水死。贡适见而止之,曰:"汝宜急归,吾弗言也。"婢得免死。其余阴德,尚多如此者。后生士浚,自号南漪,又有阴德,以子贵,赠秘监之官。翰林学士奎,字仲章,是其子也。孙师泰,字泰甫,亦登显官,自平江太守,今为户部尚书。诸孙仕者尚多。

忠 卿 阴 德

族祖元敬,字忠卿,有阴德及于福建之民。若子若孙,皆仕福建之地。今汭世川自福建肃政廉访司经历拜南行台监察御史,是其孙也,世居金陵。又先祖约斋府君,晚年自来安县渡龙湾江至金陵,正值北兵南侵,人民离散之际,凡有可以为众人救者,宁自给不足,而分与之。盖出于祖妣太安人朱氏之助。未几,北兵取金陵,哨骑四出,俘掠太繁。府君上书谒军门,请示不杀,以取信于民。时左丞相伯颜大服,即挂在儒籍者悉安之,由是活者甚众。吾家五世无常居,至先人始富盛,寓溧阳。修德如先祖,后至子孙享用,皆祖考之功也。子孙当知之,为终身之训。

松 雪 遗 事

　　钱唐老儒叶森景修尝登赵松雪之门,松雪深爱之。盖谓其效奔走之时使令,且聪明,颇读书故也。家住西湖,妇女颇不洁,盖杭人常习也。所藏王右军《笼鹅帖》石刻,后有唐人复临一帖副之,诚为妙品。张外史每戏之,一日赋诗以贻之,有云:"家藏逸少《笼鹅》字,门系龟蒙放鸭船。"世以鸭比喻五奴也。至正丁酉秋八月,予往钱唐访妻母于西山普福寺,时景修数相过,每举松雪遗事助笑谈。有云松雪一日以幅纸界画十三行,行数十字,字各不等,问景修曰:"尔谓何物?"景修曰:"非律度式乎?"松雪曰:"也亏你寻思,惜太过耳。"乃临《洛神赋》界式也。一日,又侍行西湖上,得一太湖石,两端各有小窍,体甚平。松雪命景修急取布线一缕至,扣于两窍,而以石令人涤净扶立矣。久之,清风飒至,其声如琴,即命名曰"风篁"。他日归雪川,当易以细丝缕上之,为小斋前松下之玩。景修曰:"此是前人为之,而相公见之乎?"松雪曰:"否! 我自以意取之也。"其敏慧格物理、参造化之巧如此者,岂凡俗之所能拟其万一哉! 但亦爱钱,写字必得钱,然后乐为之书。一日,有二白莲道者造门求字。门子报曰:"两居士在门前求见相公。"松雪怒曰:"甚么居士? 香山居士、东坡居士邪? 个样吃素食的风头巾,甚么也称居士!"管夫人闻之,自内而出,曰:"相公不要恁地焦躁,有钱买得物事吃。"松雪犹愀然不乐。少顷,二道者入谒罢,袖携出钞十锭,曰:"送相公作润笔之资。有庵记,是年教授所作,求相公书。"松雪大呼曰:"将茶来与居士吃!"即欢笑逾时而去。盖松雪公入国朝后,田产颇废,家事甚贫,所以往往有人馈送钱米肴核,必作字答之。人以是多得书,然亦未尝以他事求钱耳。

径 寸 明 珠

近闻前代常有以径寸明珠进御者,一宦官见之,即求贿赂。其人不从。宦官遂取丝络悬珠于梁,焚乳香薰之。须臾,珠即化为水。其人失色。宦官曰:"尔独不能识宝耳。此非明珠也,乃猿对月凝视久,堕泪含月华结成者也。"其人惭悟而去。

子 母 相 关

尝见先妣在城南时,齐在芳村,月或三省或再省焉。每至时,先妣倚门见之,必喜曰:"我一思,汝即来我前。"若是不知其几番也。今日思之,痛哉,痛哉!观《棠阴比事》,有子母牛以血渍骨相渐者,其天理盖可见。又闻昔人采薪归倦,假寐破窑中,忽梦如雷震,遂惊觉,归而母疾思儿不能至,遂啮指出血,其相关如此之重也。世之不孝于母者,是诚禽兽之不若也。

石 枕 兰 亭

三衢叶文可君章居钱唐,善镌刻,尝游于诸老友周本心、陈恕、杜清碧之门,颇知典故礼法。乃兄肃可学国语,为蒙古长史,娶蒙古氏,与予交有年。尝云:"宋季小字《兰亭》,南渡前未之有也。盖因贾秋壑得一碔砆石枕，光莹可爱。贾秋壑欲刻《兰亭》，人皆难之。忽一镌者曰：'吾能蹙其字法，缩成小本，体制规模，当令具在。'贾甚喜。既成，此刻果然宛如定武本而小耳，缺损处皆全，亦神乎技也。今所传于世者，又此刻之诸孙也，世亦称《玉枕兰亭》云。"至正壬午春三月，为予论及如此，乃知小本之源也。此说盖得之宋明仲教授，其乃翁尝登贾之门行医，亲见其刻此枕，得预此庆宴云。

张贞居书法

钱唐张贞居善书法，初学赵松雪及唐皇玄宗《王先生碑》。松雪每称之曰："某之后，书碑文者，计范德机、吴子善、张伯雨此三人耳。"后得《黄庭》古本，临写不肯释手，深得其笔法。晚年字体加瘦劲，识者谓其脱去带肉，止剩瘦筋，已至妙处了。尝为予论书法，且云："用笔不可多滞水墨，当以毫端染墨作字，干则再染墨，切不可用力按开毫端，便不好也。凡退笔虽秃乏毫，皆洁净如未尝濡墨者。盖老赵写字，必连染三五管笔，信宿然后书之。"

赵岩乐府

长沙赵岩，字鲁瞻，居溧阳，冀公南仲丞相之裔也。遭遇鲁王，尝在大长公主宫中，应旨立赋八首七言律诗宫词，公主赏赐甚盛。出门，凡金银器皿，皆碎而分惠宫中从者及寒士。后遭谤，遂退居江南。尝又于北门李氏园亭小饮，时有粉蝶十二枚，戏舞亭前，座客请赋今乐府，即席成《普天乐》前联《喜春来》四句云："琉璃殿暖香浮细，翡翠帘深卷燕迟，夕阳芳草小亭西。问细履见十二个粉蝶儿飞。犹曲引子也。一个恋花心，一个搀春意,一个翩翩粉翅,一个乱点罗衣,一个掠草飞,一个穿帘戏,一个赶过杨花西园里睡,一个与游人步步相随,一个拍散晚烟,一个贪欢嫩蕊,那一个与祝英台梦里为期。"《普天乐》止十一句,今却赋十一个,末句结得甚工,便如作文字转换处,不过如此也。鲁瞻醉后,可顷刻赋诗百篇,有丁仲容之才思,时人皆推慕之。因不得志,日饮酒,醉而病死,遗骨归长沙。

脱脱还桃

太师马札儿为小官时,尝赁屋以居。居有桃树未实,至熟时,脱脱尚幼,一日尽采以贮小衮。太师归,思问曰:"此桃何在?"脱脱曰:"当时赁屋时,未尝言及此也,当还其主。"太师深喜之,所以他日亦拜相为太师云。

王黄华翰墨

王黄华翰墨名于女真,时人拟之苏东坡,得之者颇珍重其价。至元戊寅夏,在溧上时,予见一伶人来自中原,得一词云:"钓鱼船上谢三娘,双鬓已苍苍。蓑衣未必清贵,不肯换金章。汀草外,浦花旁,静鸣榔。自来好个渔父家风,一片潇湘。"字体瘦劲,不□北方遗□□初无书法。至正己亥秋,又见浙东帅府令史李某者,北方人。家有黄华纸上所书大字,字体颇类《小采》之飘逸,与向之所观山谷笺所写不同,未知孰是。

矮松诗

国初有张某者,真定人。幼能诗,曾赋小松云:"草中人不见,空外鹤先知。"后能篆法,自号秦山,官至御史,老于扬州。

字体颇善，今北方牌扁多其所题。

神 童 诗

脱脱丞相当朝时，有神童来谒，能诗，年才数岁，令赋担诗，即成绝句云："分得两头轻与重，世间何事不担当。"盖讽丞相也。

王 氏 奇 童

溧阳葛渚王氏崛起，富民也。至正庚寅间，其孙年六岁，能写文字。时知州把古者令见之，果能书径尺者，亦曰："异哉！"但不能诗耳。又解记诵诗文，如数岁者。

止 箸

宋季大族设席，几案间必用箸瓶查斗，或银或漆木为之，以箸置瓶中。遇入座，则仆者移授客，人人有止箸，状类笔架而小，高广寸许，上刻二半月弯，以置箸，恐坠于几而有污也，以铜为之。

萨 都 剌

京口萨都剌，字天锡，本朱氏子，冒为西域回回人。善咏物赋诗，如《镜中灯》云"夜半金星犯太阴"，《混堂》云"一笑相过裸形国"，《鹤骨笛》云"西风吹下九皋音"之类，颇多工巧。金陵谢宗可效之，然拘于形似，欠作家风韵，且调低，识者不取也。

松 江 花 布

近时松江能染青花布,宛如一轴院画,或芦雁花草尤妙。此出于海外倭国,而吴人巧而效之,以木棉布染,盖印也。青久浣亦不脱,尝为靠褥之类。

宋 缂

宋代缂丝作,犹今日绲丝也。花样颜色,一段之间,深浅各不同,此工人之巧妙者。近代有织御容者,亦如之,但着色之妙未及耳。凡缂丝亦有数种,有成幅金枝花发者为上,有折枝杂花者次之,有数品颜色者,有止二色者,宛然如画。绲丝上有暗花,花亦无奇妙处,但繁华细密过之,终不及缂丝作也,得之者已足宝玩。

集 庆 官 纱

集庆官纱,诸处所无,虽杭人多慧,犹不能效之。但阔处三尺大数以上,杂色皆作。近又作一色素净者,尤妙。暑月之雅服也。

铜 钱 牌

宋季铜钱牌,或长三寸有奇,阔一寸,大小各不同,皆铸"临安府"三字,面铸钱贯,文曰壹伯之等之类,额有小窍,贯以致远,最便于民。近有人收以为钥匙牌者,亦罕得矣。

楮 币 之 患

楮币之患,起于宋季。置会子、交子之类以对货物,如今人开店铺私立纸票也,岂能久乎?至正壬辰,天下大乱,钞法颇艰。癸巳,又艰涩。至于乙未年,将绝于用,遂有"观音钞、画钞、折腰钞、波钞、爁不烂"之说。观音钞,描不成,画不就,如观音美貌也。画者,如画也。折腰者,折半用也。波者,俗言急走,谓不乐受,即走去也。爁不烂者,如碎絮筋查也。丙申,绝不用,交易惟用铜钱耳。钱之弊亦甚。官使百文,民用八十文,或六十文,或四十文,吴、越各不同。至于湖州、嘉兴,每贯仍旧百文,平江五十四文,杭州二十文,今四明漕至六十文。所以法不归一,民不能便也。且钱之小者、薄者,易失坏,愈久愈减耳。予尝私议用三等,金银皆作小锭,分为二等,须以精好者铸成,而凿几两重字,旁凿监造官吏工人姓名,背凿每郡县名,上至五十两,下至一两重。第三等铸铜钱,止如崇宁当二文、大元通宝当十文二样。余细钱,除五铢、半两、货泉等不可毁,存古外,唐、宋诸细钱并用毁之。所铸钱文曰"大元通宝",背文书某甲子字,如大定背上卯酉字是也。凡物价高者,用金,次用银,下用钱。钱不过二锭,盖一百贯也。银不过五十两,金不过十两,每金一两重,准银十两。银一两,准钱几百文。必公议铜价工本轻重,定为则例可也。如此则天下通行无阻滞亦无伪造者。纵使作伪,须金银之精好,钱之得式,又何患焉。近赵子威太守亦言之颇详,其法与此小异耳。

国 朝 文 典

大元国朝文典,有《和林志》、《至元新格》、《国朝典章》、《大元通制》、《至正条格》、《皇朝经世大典》、《大一统志》、《平宋录》、《大元一统纪略》、《元真使交录》、《国朝文类》、《皇元风雅》、《国初国信使交通书》、《后妃名臣录》、《名臣事略》、《钱唐遗事》、《十八史略》、《后至元事》、《风宪宏纲》、《成宪纲要》,赵松雪、元复初、邓素履、杨通微、姚牧庵、卢疏斋、徐容斋、王肯堂、王汲郡等三王、袁伯长、虞伯长、揭曼硕、欧阳圭斋、马伯庸、黄晋卿诸公文集,《江浙延祐首科程文》、《至正辛巳复科经文》及诸野史小录,至于今隐士高人漫录日记,皆为异日史馆之用,不可阙也。中间惟《和林》、《交信》二书,世不多见。吾藏《和林》,朱氏有《交信》三四书,未知近日存否?今壬辰乱后,日记略吾所见闻。所书也,凡近事之有祸福利害可为戒者,日举以训子弟,说一过使其易晓易见也,犹胜于说古人事。如奸盗之源,及人家招祸之始,与夫贪之患,利之害,某人勤俭而致富,某人怠惰而致贫,择其事之显者,逐一训导之,纵不能全,是亦可知警而减半为非也。先人每举历仕时所见人家之致兴废阴德报应,及经新过盗贼奸诈之由,逐一训诲子弟,使之知警,有是病者省察之,无是患者加谨之,其拳拳乎子孙训戒如此。呜呼!痛哉。

义　雁

溧阳同知州事保寿,字庆长,伟元人,寓常州。尝陪所亲某人从车驾往上都,回途中遇二雁,射其一。至暮,行二十余里,宿于帐房,其生雁飞逐悲鸣于空中,保寿及所亲皆伤感思家之念,不忍食之。明日早起,以死雁掷去。生雁随而飞落,转觉悲呼,若相问慰之状,久不能去。其人遂瘗之。时庚寅秋九月,与予谈及此,已十年前事也。因思元遗山先生有《雁冢词》,正与此同,乃知雁之有义,人所不及。故谚云:“雁孤一世,鹤孤三年,鹊孤一周。”时所以亲迎奠雁者,岂无意乎?

欧 阳 宠 遇

溧阳教授天台林梦正,尝为僧数十年而复还俗,颇能诗文,游京师二十年,始得是职。一日,出示《许鲁斋神道碑》版本,乃欧阳玄奉敕撰者。梦正时在京,闻奉旨翰林有德行者为文,近臣以虞、揭诸公奏,再奉旨特以欧阳玄文不妄作,有德行,且明经学,当笔。于是,传旨命玄撰。可见欧阳公为人,得遇圣恩所眷,亦平昔公议如此。虽延祐诸贤及天历名士,未能为之,直待欧阳公了此,可拟前宋文忠公也。

欧 阳 梦 马

欧阳玄,字元功,号圭斋,浏阳人。幼梦天马墨色,大逾凡马数倍,横天而过,寤而赋之。延祐甲寅首科,公以《天马赋》中第,盖昔时所作也。为人谦和好礼,虽三尺童子请问,亦诚然答之。作文必询其实事而书,未尝代世俗夸诞。时人尝有论云:"文法固虞、揭、黄诸公优于欧,实事不妄,则欧过于诸公多矣。"

议 立 东 宫

朝廷议立东宫,奉特旨命近臣召欧阳玄,以老疾不至。天子特以御罗亲书墨敕召之,略云:"即日朝廷有大事商议,卿可勉为一行。"后不书名,但呼元功而已。圣眷之重,亘古莫有。玄即赴京,就以御札装潢成轴以荣之。既至,特旨乘舆赴殿墀下,其宠其荣,国朝百年以来一人而已,后以司徒封之。

地 理 之 应

地理之应，亦有可验者。若金陵之钟阜龙蟠，石城虎踞，真帝王之居也。此汉末诸葛武侯之言，必有得于地理之形势者。自吴而至六朝，皆常都之。然旧都距秦淮十八里，迫倚覆舟山紫薇之形也。南唐新城在秦淮河上，即今之集庆府城也，地势不及六朝远矣。句容之三茅山，原自丫头山。地理家尝谓丫头峰不尖，所以只主黄冠之流。若尖则为双文笔峰，必主出文章状元。丫头俗呼为丫角贪狼，盖阴阳者流以九星配山水者，固不足据。然其有是形者主是应，或可信矣。溧阳𡸣山前地脉一支过溪，直抵党城，又过溪至紫云山。凡在此脉上居止而得水汪洋回抱者，大则富，小则温饱。天历己巳旱，山东顽民欲引洮湖水灌溉，恨此脉截断溪间，纵石工凿断三五尺；而巡检申德兴禁之不能止，因大诃曰："此州里之地脉，关系祸福！"遂跃马鞭击之。虽移文州司，责顽民之罪，已被其所损矣。山前一境，自前代旧称无贫乏者，皆地脉之应也，幸赖申君，不为深害。然山间树木与夫脉上人家，由是而日见消废矣。地理之验，岂偶然哉！此予之目击耳闻，而乡人亦以此为痛恨。

渔 人 致 富

一渔人黄姓者，初贫，而母死于欠，化于𡸣山西南角上。盖捕鱼寓于此地者，就瘞灰骨于石穴之下，弗顾也。后术者相云："此山山龙之稍止处小结穴，惜乎不深，只主小富耳。"自此捕鱼获利倍常时，岁余家计温饱，三载之后日益。遂佃吾家衙前墟田数十亩，为造屋授业之计。遂买巨舟二只，每岁终，充

赁大家运粮输官仓之后，得钱十贯而致富云。雁岙墟、东都柂
柄墟_{墟形如舟柁}。路远湖墅村，相夹一沟，南北水旧通流，后人
筑土实其南，俾路直连两墟。凡在墟之近筑处数十家，三载必
有一人患膈气而翻胃死者。至正壬辰秋中，湖墅顽民石姓者
作乱，雁岙村民惧其不测，因开土流通。复为流通，自是绝无
翻胃者。

谢 庄 地 理

义兴谢庄谢仲明者，豪于里而子女多患痖疾。至元戊寅
间，溧阳财赋提举司官王某者过之，谓其家富者，水法好也。
盖自五里外迂回曲折而入，直至于门。然水口太塞，令凿上
墩，并去杂水，别筑桥于水流之外乃佳，自后果无痖疾。_{王州号}
_{王铁判。盖以善相遇知文宗，得是官也。江西人。}

溧 阳 新 河

溧阳南门外，宋末开河曰新河，建桥曰新桥，巷曰新巷。
其地多产矮而驼者，不知何故。至国朝至顺间，始绝此患。新
河出教场河，转桥南而东流也。北门砚池巷入东巷口戴姓者，
居舍所造不合式，多曲折斜侧之态，常出驼痖如新河上者，术
士为其改造，撤去斜侧，因遂绝其患。风水之说，见于葬书者，
止言阴宅，葬后所主吉凶，未尝及此。此盖予目睹耳闻而不诬
者，故直书之以训子孙也。予有《阳宅六段锦》甚妙，可以无此
患矣。予家福贤寓宅，盖沈氏之故地，先君加筑而成者也。初
有篱围于前，与沈氏园相接，宛如逆水兜势，观者咸以逆须鱼
笼目之，言可入不可出也。后渐撤此篱，沈氏亦以小斋不复围
障其园，眼界太空明，无关锁意思，家计不进，日见消歇，沈氏

亦然。盖由亜山地脉之凿伤,龙翔庄舍之虎吼而致此耳。风水之验,岂不信乎?

善权寺地势

荆溪善权寺地势甚妙,向山似覆钵盂,所以止出僧流,形局之内,左泉射胁后山,有凹处风吹,常被盗讼。至正庚寅春,主僧继祖西印,江西人,善地理,因筑土墙于左臂之内,又筑石墙以塞其凹风。且言门景太空敞,亦筑墙围以关锁,寺遂无事。寺有前贤读书台。寺之地势,结穴为三,天地人也。寺得其地,尚存天人耳。西印与予旧,尝言:“金陵蒋山寺之巅,可望西江远来之水,岂云小哉?”又言:“前辈士人多就名山妙处读书,盖借取其王气而为灵变也。”是以往往名山多名公读书处。又闻钟山有紫气,如烟缥缈,可望而不可见,真佳兆也。

芳村祖墓

地理之说,不可谓无。芳村外家祖墓,宋季咸淳吴将仕公讳旻者葬焉,颇荫福其子孙。后别房贫者,以右臂前地,佃于邻人取私租,不顾祸福也。予每言于内兄吴子道,当以己帑取之,亦吝微利而不听。不三年,西寇陷溧阳,犯莲河溪,芳村危急,吴之子弟起兵御之,兵败遇害者六人,仆厮数十人。考其地理之祸,非偶然也。每居族中,各杀一人,其可畏如此。由是家业大废,死亡被掠者相继不已。若三载之前,坟前未动土时,红寇尝过芳村至再三,亦无被害者,乱后反得财物,其势尤张,此地理之不可无也。

子弟三不幸

人家子弟有三不幸:处富贵而不习诗礼,一不幸也;内无严父兄,外无贤师友,二不幸也;早年丧父而无贤母以训之,三不幸也。

人家三不幸

人家有三不幸:读书种子断绝,一不幸也;使妇坐中堂,二不幸也;年老多蓄婢妾,三不幸也。

子弟居室

人家子弟,未有居室,父母姑息之,尝遗之以钱,此最不可。非惟启博戏之习,且致游荡之资,不率教训,皆由是也。或生朝岁时,则以果核遗之,入学之后,则以纸笔遗之可也。

生子自乳

凡生子以自乳最好,所以母子有相爱之情。吾家往往有此患,今当重戒之。或无乳而用乳母,必不得已而后可也,所以子弟不生娇惰,生女尤当戒之。

婚姻正论

婚姻之礼,司马文正论之甚详,固可为万世法者。士大夫家或往往失此礼,不惟苟慕富贵,事于异类非族,所以坏乱家法,生子不肖,皆由是也。甚致于淫奔失身者,亦有之,可为痛恨。

寡 妇 居 处

予尝谓不幸人家有寡妇，当别静室处之。或遇妯娌有贤者，正言大节，时相训讲，以坚其志，或庶几焉。凡寡妇之居，与寻常妯娌相近，此最不好。盖起居言笑与夫妇之事，未必不动夫妇之心。此心一动，必不自安，久而不堪者，必求改适，不至于失节非礼者，鲜矣。至于室女之居，尤宜深静，凡父母兄嫂房室之间，亦不可使其亲近，恐窥见寻常狎近之貌，大非所宜。此亦古人防微杜渐之遗意也。

年 老 蓄 婢 妾

年老多蓄婢妾，最为人之不幸，辱身丧家，陷害子弟，靡不有之。吾家先人，晚年亦坐此患，乡里蹈此辙者多矣。又见荆溪王德翁，晚年买二伶女为妾，生子不肖。甚至翁死未逾月，而私通于中外，莫能禁止。此《袁氏世范》言之甚详，兹不再述，有家者当深玩之。

婢 妾 之 戒

寻常婢妾之多，犹费防闲，久而稍怠，未有不为不美之事。其大患有三：坏乱家法，一也；诱陷子弟，二也；玩人丧德，三也。士大夫无见识者，往往蹈此。人之买妾者，欲其侍奉之乐也。妾之多者，其居处纵使能制御，亦未免荒于淫佚矣，何乐之有！或正室之妒忌，必致争喧，则家不治。苟正室之不妒，则妾自相倾危，适足为身家之重累，未见其可乐也。宜深戒之！

要 好 看 三 字

先人尝曰："人只为'要好看'三字，坏了一生。便如饮食，有鱼菜了，却云简薄，更置肉。衣服有阙损，挽修补足矣，却云不好看，更置新鲜。房舍仅可居处待宾，却云不好看，更欲装饰。所以虚费生物，都因此坏了。"先人一履，皆逾数年，随损随补。一白绸袄，着三十年。终身未尝兼味。所居数间，仅蔽风雨，客位窗壁损漏，四十余年未尝一易，乡里皆讥诮之，不顾也。子孙识之，当以为法。

棺 椁 之 制

先人与杨亲翁杨待制尝论棺椁之制，文公《家礼》所谓棺仅使容身，椁仅可容棺。其言信矣。后世皆不晓此义，惟务高大，殊为不根。尝见乡中荒岁盗古冢者，得棺木改造水车粪桶之类，不知几百年也。盖郴州之巨木，状如老杉，富贵之家，半先竞价以买之，高者万贯，下者千贯，以为美饰，否则讥诮之，可谓愚惑之甚。今不若止用老杉木，或楠木为之，高不过四尺，厚亦不过三寸，庶免殉埋他物之患，且不广开土穴，以泄地气。椁惟用砖或柏木足矣。此论甚善。至正乙未以后，盗贼经过之所，凡远近墓冢，无不被其发者，丧不如速朽之为愈也，因记为戒。自天历己巳年旱歉后，诸处发冢之盗，公行不禁，不预凶事，礼也。然近世皆预备棺木，谓之寿函，亦必年过六十然后可作，此亦无妨也。

至正直记卷二

别 业 蓄 书

古人积金以遗子孙，子孙未必能尽守；积书以遗子孙，子孙未必能尽读。不如积阴德于冥冥之中，以为子孙无穷之计。此言甚好，吾家自先人寓溧阳，分沈氏居之半，以为别业，多蓄书卷，平昔爱护尤谨，虽子孙未尝轻易检阅，必有用然后告于先人，得所请乃可置于外馆。晚年，子弟分职，任于他所，惟婢辈几人在侍。予一日自外家归省，见一婢执《选诗演》半卷，又国初名公柬牍数幅，皆剪裁之余者。急扣其故，但云："某婢已将几卷褙鞋帮，某婢已将几卷覆酱瓿。"予奔告先人。先人曰："吾老矣，不暇及此，是以有此患。尔等居外，幼者又不晓事，婢妮无知，宜有此哉！"不觉叹恨，亦无如之何矣。予至上虞，闻李生简公光无书不读，多蓄书册与宋名刻数万卷，子孙不肖，且粗率鄙俗，不能保守，书散于乡里之豪民家矣。《家训》徒存，无能知者。往往过客知庄简者，或访求遗迹，读其《家训》者，不觉为之痛心也。又见四明袁伯长学士，承祖父之业，广蓄书卷，国朝以来，甲于浙东。伯长没后，子孙不肖，尽为仆干窃去，转卖他人，或为婢妾所毁者过半。且名画旧刻，皆贱卖属异姓矣。悲夫！古人之言，信可征也。

诗 重 篇 名

《诗》之重篇名者,《柏舟》二,《邶》、《鄘》。《扬之水》三,《王》、《郑》、《唐》。《谷风》二,《邶》、《小雅》。《无衣》二,《唐》、《秦》。《杕杜》二。《唐》、《小雅》。

铁 板 尚 书

谚云:"铁板《尚书》,乱说《春秋》。"盖谓《书》乃帝王之心法典礼,学《春秋》者,但立得意高,便可断说也。

笔 品

予幼时见笔之品,有所谓三副二毫者,以兔毫为心,用纸裹,隔年羊毫副之,凡二层。有所谓兰蕊者,染羊毫如兰芽包,此三副差小,皆用笋籜叶束定,入竹管。有所谓枣心者,全用兔毫,外以黄丝线缠束其半,取其状如枣心也。至顺间,有所谓大小乐墨者,全用兔毫,散卓以线束其心,根用松胶,缎入竹管,管长尺五以上,笔头亦长二寸许,小者半之。后以松胶不坚,未散而笔头摇动脱落,始用生漆,至今盛行于世,但差小耳,其他样皆不复见也。笔生之擅名江、浙者,吴兴冯应科之后,有钱唐凌子善、钱瑞、张江祖出,近又吴兴陆颖、温国宝、陆文桂、黄子文、沈君宝,颇称于时。丙申以后,无复佳笔矣。

墨 品

江南之墨,称于时者三,龙游、齐峰、荆溪也。予尝试之,二者或煤粗损砚,惟荆溪于仲所造,则无此病,但伤于胶重耳。至顺后,或用鱼胶者,甚好。于氏已绝嗣,外甥李文远得其传,不若老于亲造之为佳。后至元间，姑苏一伶人吴善字国良者，以吹箫游于贵卿士大夫之门，偶得造墨法来荆溪，亚于李，亦可用也。近天台黄修之所造，可备急用。其长沙、临江，皆不足取，兵后亦亡矣。

白　鹿　纸

世传白鹿纸，乃龙虎山写箓之纸也，有碧黄白三品。其白者，莹泽光净可爱，且坚韧胜西江之纸。始因赵魏公松雪用以写字作画，盛行于时。阔幅而长者，称曰白箓，后以箓不雅，更名白鹿。临江亦造纸，似旧宋之单抄清江纸，兵后亦鲜矣。

龙　尾　石

歙县龙尾石，自元统以后，绝难得佳者。至正壬辰兵后，下品石亦难得矣。

乡　中　风　俗

乡中风俗，中户之家皆用藩篱围屋，上户用土筑墙，覆以上草。至元纪年之后，有力之家患盗所侵，皆易以碎石，远近多效之，由是丧讼交攻，不数年凋落甚矣。尝有业地理者与余言，此致不祥，其信然矣。至于茔墓用之，尤不吉。荆溪豪民杨希茂，溧阳王云龙，皆用石墙围祖墓，以绝樵采。至正壬辰之乱，杨、王全家遇害，其可畏也如此。

石　假　山

先人尝言，作石假山甚不祥。盖石者，土之骨也，不可使其露形于外。考之宋徽宗作花石纲，由是女真祸起。赵冀公南仲作石假山于溧阳南园,未几毁于兵火。豪民陈竹轩富甲于溧阳,号曰半州,所居即南仲之宅,堂后有巨石,高逾三丈,名曰双秀,见之者咸谓不祥,不数年竹轩死于京城,子孙凋落。又江景明,宣城人,寓居溧阳,风流文采,时人慕之,作假山石于南园,未逾年卒,由此遂废。妻兄吴子道假山石于所居之西,先人尝谕之曰:"立石以为标格之美观,固是好。但高则不祥,若不过五六尺,不逾檐,则无伤也。"且历举其覆辙者言之,有吴兴奸民蒋德藻,曰:"此公朴实,前辈特不欲此。"等至明年,外海致讼,家资废半,更兼子女祸于内,渐至气象不佳矣。至正丙申,毁于兵火。

寓鄞东湖

予以至正春二月寓鄞之东湖上水,暇游史祖墓,途中见废宅基,史之外孙宋末所卜居,未几,入我国朝,宅废,爰易三姓,今为耕地,旁有曲水流觞,立石山之遗制,尚存数十太湖石,不暇观也。今年,一豪民贡谀于时贵,率土民舁运往城中,而豪谢者为之徇。此亦以假山之不祥,作而不能玩于数年之久,且以力得于吴中,岂易置者,必害民劳物耳。今又为他人所夺,意何时而已耶。己巳闰十月二十五日记。

卜居近水

卜居近水,最雅致,且免火盗之患,然非地脉厚者不可居,只可为行乐之所。择乡村为上,负郭次之,城市又次之。山少而秀,水潆而澄者,可作居。山多而顽僻者,不可居。盖岚气能损人真气也。凡宅必倚地势,有来龙生脉者,能出人材;面对秀峰清水,则出聪明。若作圃,须要水四分,竹二分,花药二分,亭馆二分,然后能悦人心目,可游可息。

江 浙 可 居

　　江浙之可居者,金陵为上,溧阳、句容,可田可居。钟山、茅阜,可游可息。京口、毗陵次之,金坛风俗小淳,荆溪山水颇秀。吴兴又次之。山水之秀,风俗之浮。钱唐之华,姑苏之浇,可游不可居,故曰苏不如杭。越之薄,鄞之鄙,温之淫,台之狡,或可游,亦不可息,故曰台不如温,温不如鄞,鄞不如越。谚云:“明悭越薄。”凡边江临海之民,多狡犷悍暴难制。又曰:“温贼台鬼,衢毒婺痞,鄞不知耻,越薄如纸。”

淮 南 可 居

　　淮南之可居者,滁阳为上,仪真次之,舒城又次之。盖取其风土之接中原者,厚也,接江南者,清也。中原自古称风土之厚,惟邹鲁之邦为上,圣贤之遗风存焉。洛阳、汴梁次之,余未得其全美者矣。盖强悍之俗,战争之所由生也。故曰:“东南生气,西北战场。”

客 位 稍 远

　　人家客位,必须令与居室稍远。苟地窄不得也,亦使近外,毋与中门相望可也。

祭 祖 庖 厨

　　凡祭祀庖厨锅釜之类,皆别置近家庙祀堂之侧最好,庶可精洁感神。贫不能置者,亦先三日涤器釜洁净,此人家当谨之事。

浙　西　谚

浙西谚云:"年年防火起,夜夜防贼来。"盖地势低下,滨湖多盗,常有此患,此语亦好令人儆戒无虞也。至于为学检身者,亦然。

麦　蘖

麦蘖经炒,则不能化谷。庆元医者陈以明与予言,每炒用,忽遇造饧糖者曰:"麦蘖不可见火,但以酒缸炊饭试之。"陈如其言,以炒者置一缸内,以不炒者别置一缸内,三日视之,则炒者饭如故,不炒者已化为醋矣。

郑　氏　义　门

余尝观浦江郑氏义门《家规》极好,则于内一条云:"亲朋往来,掌宾客者禀于家长,当以诚意延款,务合其宜,虽至亲亦宜止宿于外馆。"此规尤善,盖杜渐防微之遗意。尝见浙西富家,多以母妻之党,中表子弟,使之入室混淆,渐致不美之事。此无他,盖主者不学无术,又无刚肠,纵令妇人辈溺于私亲,失于防闲之道,往往蹈此辙耳。又一条云:"仆人无故不入中门,亦不可与媵妾亲授。既立一转轮盘供送器物,又立一灶于其侧,外则注水而爨,内则汲汤而馈。子孙守之,勿轻改易。"此规深革其弊。尝见人家不辨内外,婢仆奸盗者多矣。先人家居谨内外,虽异居子弟,未尝辄入斋阁;诸子至暮,亦不敢入中门,况仆者乎?晚年不理家事,此法废矣。予每以为恨,欲效此法,以俟异日。

商纣之恶

商纣之恶,天人共怒,固不容于诛矣。然亦有人焉,犹足以绍六百年之宗祀,若微子是也。武王举兵,吊民伐罪,其义固正。然伐纣而自取之,是不急于吊民,而急于得国也。观武王之德,固足以灭商,然微子、箕子阙文。

赘婿俗谚

人家赘婿,俗谚有云:"三不了事件。"使子不奉父母,妇不事舅姑,一也;以疏为亲,以亲为疏,二也;子强婿弱,必求归宗,或子弱婿强,必贻后患,三也。吾家尝坐此患,几至大变,若非先人刚肠,立法于前,吾兄弟义气,保全于后,未免失恩贻笑乡里。吾亦尝为赘婿,妻母以爱女之僻,内外疑诮,苟非吾之处心以道,薄于货财,未免堕于不义。

皮褥权坐

凡皮褥之类,只宜权坐,不可久睡。盖此物能夺人生气,理或然也。

婢妾命名

婢妾以花命名,此最不雅,君子当以为戒。先人未尝命婢妾以花草及春云、童哥等字,吾家后当为法。以妓为妾,人家之大不祥也。盖此辈阅人多矣,妖冶万状,皆亲历之。使其入宅院,必不久安。且引诱子女及诸妾,不美之事,容或有之,吾见多矣。未有以妓为妾而不败者,故谚云:"席上不可无,家中不可有。"

桤　木

桤木惟蜀中有之,俗传与歌同音。邱宜切。郑音五来切,非。

楷　木

楷木惟吾祖陵有之,音与皆同,相传为南海外之木,弟子移植于鲁者也。二千余年,树身皆合抱,文理坚韧,可作挂杖手板之用。至正丁酉兵乱之后,所存无几矣。

五 子 最 恶

谚云:"五子最恶。"谓瞎子、哑子,驼子、痴子、矮子。此五者,性狠愎,不近人情。盖残形之人,皆不仁不义,凶险莫测,屡试屡验。

天 道 好 还

天道好还,理之必然。溧阳新昌村房副使者,豪民也。生二女一子,患吏胥无厌,乃以二女招市中女保家子为婿,意谓得通于官府,可济豪黠。长婿谢其,次婿史敬甫,尝窃房氏物,私置田产。惟谢最多,惧其妇翁所察,凡券契皆伪托史氏名,盖史为房所溺爱也。谢卒,惟一子,名元吉;史止生一女,遂为婚姻。一日,史与谢生曰:"我有田契若干亩,质钱汝家,今已久矣,可检寻见还。"谢生诺之。逾数年,生亦无子,复养房氏子为后,因主其田产云。始知财物有分,非苟得者。房素豪于乡,未免刻剥小民之患,所以不能保,几为谢、史所夺。谢、史二人所取不义之物,各不能保,又归之房之子孙,已传四姓矣。天理昭然,其可昧乎! 又东培村民史氏,素富实,国初乱离之际，以金银掩置谷中，寄托其亲家某氏者。事定取之，惟得谷耳。史曰："谷内有金若干，何不见还？"某曰："昔所寄者谷耳，未尝见金也。"史不得已，忿怒而归，遂绝往来。又数年，史、某两家长老皆卒，子弟复相通好，某氏乃以女嫁史氏子，奁具颇厚，且有卧榻帏帐之类。一日，围屏损裂，撤而视之，皆田券也，乃谷中所寄之一物耳。验其所偿，略无遗矣。

美 德 尚 俭

俭者，美德也。人能尚俭，则于修德之事有所补。不暴殄天物，不重裘，不兼味，不妄毁伤，不厚于自奉，皆修德之渐，为人所当谨。先人幼遭世变，衣食不给，至壮始有居。仕而得禄，家用日饶，盖亦勤于治生所致。自壮至老，三十余年，未尝妄用一物。资产虽中年颇丰富，亦未尝过用，犹如昔年也。或有讥者，先人尝谕之曰："吾今举家锦衣玉食，亦无不可者，但念幼时不给，不敢忘本。且略起侈心，即损俭德，必害诸物，获罪于造物矣。"于是，尝若不足。享年八十七岁，皆俭之报也。夫俭之德，于人厚矣。司马公有《训俭》文，已备言之。人生好俭，则处乡里无贪利之害，居官无贿赂之污，舍此，吾未见其能守身也。

人 生 从 俭

先人尝云："人生虽至富贵，但住下等屋，穿中等衣，吃上等饭。"所谓下等者，非茅茨土阶也，惟不垩壁不雕梁也。中等者，绫绢是也。上等者，非宝胳珍羞也，惟白米鱼肉也。予亦尝自谓住寻常屋，著寻常衣，吃寻常饭，使无异于众，尤妙。此予终身之受用也。

买 妾 可 谨

买妾亦不可不谨,苟不察其性行及母之所为,必有淫污之患,以贻后悔,或致妄乱嗣续,此人之大不幸。尝见奉安汤氏幸婢私通于仆王关者而有妊,妄称主翁之子,主则不能察也。既长,资性愚贱,习下流,每为宗族乡党所诮。近土有如此者,亦多矣。且以吾家言之,先祖晚年,托外孙黄瀞纳妾,有姿色,先与之通,有娠已三月。既入门,虽察知其情状,为其色所眩惑,一时置之不问。后七月生子,复归之黄,命名遂初。自是复与黄通,或私仆隶,生子不肖,为吾家之患五十余年,其耻辱之事不一,可谓至恨。先人晚年,尝置半细婢三四人,虽以家法素守之严,且先姒制御之谨,犹为欺蔽;或为中外子弟私通,亦不能觉察,甚为清明之累。《袁氏世范》言甚详,不可不深思远虑。覆辙之祸,后当痛戒。

壮 年 置 妾

壮年无子,但当置妾,未可便立嗣。或过四旬之后,自觉精力稍衰,则选兄弟之子。无则从兄弟之子,以至近族或远族,必欲取同宗之源,又当择其贤谨者可也。不然,当视吾家之患。或有不肖,亦当别议。凡异姓之子,皆不得为后。北溪陈先生云:"阳若有继,阴已绝矣。"近世士族,或以庶生之弟为嗣,此大乱伦序,知礼者当谨为戒。

娶 妻 苟 慕

娶妻苟慕富贵者,必有降志辱身之忧。尝见冯氏奸生子晋,既长,娶当涂东管陶氏为妇。陶之家富有奁具,既娶而淫悍，且在家时已与邻家子通，未尝觉也。后生子顽很凶暴，通乎其同母妹，不齿于人。而陶后通其邻钱四官者。晋死，又通于仆小葛者，恶丑太甚，不可言也。

又

又，五叔逊道，寓杭州，丧妻厉氏，后议再娶，堕于媒妁之言，而与湖州市牛家寡妇濮氏成姻，意其田产资装之盛，弗耻其失节也。既入其家门，其田则质于僧寺，问其奁具，则假于他人者，惟空屋数间，大失所望。且濮与陈富一通，凡数堕胎，皆邻媪臧氏济其奸事。五叔虽知之，不能去者，亦因濮能谀媚曲从，侍奉百至所惑耳。凡其己帑，皆为濮所有，反受其制，莫敢谁何。自是濮暴悍奸淫，与陈通无间。及赴□溪县尹任，濮、陈受赂，几为所倾，致仕而归。

浙西风俗之薄者，莫甚于以女质于人，年满归，又质而之他，或至再三然后嫁。其俗之弊，以为不若是，则众诮之曰："无人要者。"盖多质则得物多也。苏、杭尤盛。予尝与遂从子希定论及此，为之叹息。窃谓买妾亦当先察其姓行，否则卜之而后纳之，使得以终其身，死则陪葬，勿使受污，勿更适人，此亦仁人之用心也。或有恶行，则当逐之，是自取之，非在我者也。惟婢亦然，幸之而能谨愿无过，忠事其主者，待之与妾同。或有忠勤奉侍，而为正室妒忌者，当详察之，慎勿令无过而受枉。

脱欢无嗣

脱欢大夫无嗣时，纳一民家女为妾，颇谨愿。既生子，脱欢加意待之，甚为其妻所妒，驱迫陷诱，其妾不受污。一日以冷热酒相和,命之饮,既醉,使二婢扶其就寝于脱欢之榻,盖重裀列褥锦绣之乡。睡未熟,复呼之。其妾勉强起行,已被酒恶所病,遂呕吐秽物满床席。脱欢归,妻趋而前曰:"官人爱此妾,不知其不才也。伺尔出门,即痛饮醉,且与仆厮嬉笑,今坏尔衾褥,当何如?"脱欢素好洁净,视之,不觉大怒。此妾欲明主母之计,不敢言也。于是出之。脱欢昏愚之流,其妻淫妒之甚,莫能制御,几被杀子绝嗣,幸而免耳。

婢妾察情

婢妾有无故而事主弗谨者,必有嫁心,察其情实,颇资以遣之,听其适人,不可留,留则生事,恐贻后患。

屠刽报应

镇江一民,以屠刽致温饱,尝淫人之妻者,不可悉数。其妻有美色而淫,每坐肆中卖猪肉。邻人潘二者,以木梳为业,善歌,每歌淫词以挑之,遂与私通。一夕,其夫出外买猪,行未十里许,忽忘取他物,急还家,呼妻不应,启关视之,则与奸夫潘二者正酣睡。其夫遂斩潘二首而去。其妻不知也,既觉而惊异,亦不声言,乃以奸夫肢体,碎之以食猪,拭去血痕,略不彰露。逾月,其夫复归,因醉而问曰:"向日你与奸夫同睡,被吾杀之,汝知之乎?"妻曰:"我不知也,岂有此事,勿乱言也。"夜半,亦杀其夫以饲猪,以灯笼置于门侧,呼其婢曰:"你主人出外,何不开门?"婢曰:"不知。"出门视之,遗灯尚在,意谓主人出也。明日,此妇坐铺自若。更一月,邻人咸疑夫之不归,且潘二之无踪迹。众来询其妇,妇以他辞答之,仓皇失措,遂闻之官,其妇伏诛。此亦报应之一端也。

又，溧阳奉安汤子刚淫佃客之妻，凡租米及逋负皆置之不问。过数年，佃妇色衰，且诸子长大，子刚索其积年旧逋，佃客无从而出。诸子怒，思与母雪耻。一日，伺子刚出门，持长柄斧追而杀之。后虽闻之官，以正其首谋者之罪，亦何补于事矣。此岂非报应也。夫以妇人之淫乱，固自关于其家前人之作恶，所以报之耳。或以势利威胁，无故引诱而淫污人之妇，则其夫家百世祖宗，皆受耻辱，冥冥之中，安得无报应乎？或以势强人之女为妾，虽若比淫人之妇稍轻，然非情愿，终亦不免得罪于造物矣。

希元报应

天台林希元尝馆于其乡张大本家，私通其女。游宦于京师，又通馆人之妇，就娶为妻。后为上虞县尹，妻妾淫奔，希元防闲太甚，独官三年，卒于县。其妻通于希元姊之子徐生，复以女妻之。张大本者乃携女出更适人，一时狼籍，人人皆耻之，此报应之速也。虽居官能廉，交友能信，且能文章，甚为士大夫之所惜耳。

金陵二屠

金陵二屠者，尝以同出买猪，情好甚密，遂为结义弟兄，往来无忌惮。一日，弟与兄妻曰："吾无妻，凡寒暑衣服，皆得藉嫂氏，破为补缀，垢为洗濯。他日得娶，当报吾兄。但今冷守空房而不能耳，若得嫂全吾一宿之愿，吾妻异日亦当侍兄。"妇乃以是言备陈其夫。夫令其妻与之通，意必弟娶不负信也。后弟娶，兄亦求奸，不从，遂持尖刀往刺杀之；复自刎，不死，乃为地方所获。闻之官，审供其情，各证其罪，悔无及矣。

鄞县侏儒

鄞县大松场滨海民某者,侏儒之甚,且戆呆。娶妻有姿色,不乐与夫妇同处,遂私通于某。既不称其淫欲,又通于某。一日,此妇语之曰:"某者来,不能拒绝之,不若杀之可也。"后奸者即伺前奸者闲行,扑杀于海。未几,此妇复语之曰:"尚有亲夫在,或能知之,奈何?当复杀之。"后奸者于是杀其亲夫于海,然后请于里之大姓潘氏,遂为夫妇。闻者莫不以为大恨。予寓东湖,有叶氏子备言其详,因记于此,以俟贤宰县者至,当白之以正其罪,戒后之为恶者云。

不 葬 父 母

不葬父母者,大获阴罪,前代已有明鉴,姑以所见者言之。荆溪芳村吴义安以父母烬骨,置祖祠梁上,终身不葬。后生子不肖,亦如之。吴子文不葬母者七年,吾尝力谕之,更助以钱,始克葬,后以不善终。弟应东、长子本中皆为盗所杀。

妻 死 不 葬

溧阳张允天妻死不葬,至正丙申死于非命。鄞县袁日华不葬其妻,及身死四年,庶母老而子幼,弟父不义,至今亦不克葬。五叔逊道同知丧妻厉氏,既从异端,烬骨寄僧舍中,又无故终身不葬,后为晚妇淫悍所辱,甚至见逐于外,困饿而死。庶子克一,亦从异端,焚化复寄僧舍中,与其母骨相并。至正己亥冬,西寇犯杭城,僧舍皆毁,遗骨亦为之狼籍。近世有如此者,亦多矣。报应显然,兹不尽录。

画 兰 法

予记至正辛巳秋过洮湖上，忽邻人郎玄隐来访。玄隐幼为黄冠于三茅山，善画兰，得明雪窗笔法，因授于予曰："画兰画花易，画叶难。必得钱唐黄于文小鸡距样笔，方可作兰。用食指擒定笔，以中指无名托起，乃以小拇指划纸，衬托笔法挥之。起笔稍重，中用轻，末用重，结笔稍轻，则叶反侧斜正如生。有三过笔，有四过笔，叶有大乘钓竿、小乘钓竿，皆叶势也。花或上或下，叶自下而上，花干自上而下，盖取笔势之便也。毫须破水墨，则叶中色浅而两旁稍浓也。忌似鸡笼，忌似井字，忌向背不分。花有大小驴耳、判官头、平沙落雁、平沙落雁势，画薄花也。大翘楚、小翘楚诸形。茅有其颖、发箭诸体。"盖兰谱也。壬辰毁于寇，今略记此仿佛于上云。

学 书 法

凡学书字，必用好墨、好砚、好纸、好笔。笔墨尤为要紧。笔不好则坏手法，久而习定，则书法手势俱废，不如前日矣。墨不好则滞笔毫，不能运动，亦坏手法。此吾亲受此患。向者在家，有荆溪墨、钱唐笔，作字临帖，间有可取处。及避地鄞县，吴、越阻隔，凡有以钱唐信物至，则逻者必夺之，更锻炼以狱，或有至死者，所以就本处买羊毫蒜麻丝所造杂用笔，井市卖具胶墨，所以作字法皆废。仅存得旧墨少许，以自备用，不敢纵研磨也。吴中则不然，凡越、明、温、台之物至者，置之不问，其相去也远矣。呜呼！悲哉。

鲜于困学书法

鲜于困学公善书悬笔，以马靯三片置于座之左右及座顶，醉则提笔随意书之，以熟手势，此良法也。悬笔最好可提笔，则到底亦不碍手，惟鲜公能之，赵松雪稍不及也。

松雪家传书法

赵松雪教子弟写字，自有家传口诀，或如作斜字草书，以斗直下笔，用笔侧锋转向左而下，且作屋漏纹，今仲先传之。又试仲穆幼时把笔，潜立于后掣其管，若随手而起，不放笔管，则笑而止。或掣其手墨污三指，则挞而训之。盖欲执管之坚，用力如百钧石也。尝闻先人如此说，顾利宾、董仲诚亦谈及之。

鱼鮇作简

前辈以鱼鮇作简牌，方广八寸，状如旧家红漆木简板，盖惜字省纸，又便于临摹古法帖。又见旧府第有象牙简板尤好，但不可隐写法书耳，且富贵气也。

冀国公论书法画法

宋冀国公赵南仲葵在溧阳时，尝与馆客论画有云："画无今古，眼有高低。"予谓书法亦然。当今赵松雪公画与书，皆能造古人之阃，又何必苦求古人耶！

裁翦石刻

石刻不可裁翦。宋赵德父收金石刻二千卷，皆裱成长轴，甚妙，盖存古制，想见遗风也。予尝论亦不必装潢太整齐，但以韧纸托褙定，上下略用厚纸，以纸绳缀之。可以悬挂而展玩；否，折叠收之，庶几不繁重而易卷藏也。或有不得已裁翦作册子褙者，凡有阙处，听其自阙，磨灭处白纸切不可裁去了，须是一一褙在册子内，略存遗制。今考洪氏《隶释》有云阙几字者，正谓此也。若打磨唐古刻，须用纸幅宽过于碑石，则无阙遗字制也，好古者宜留心焉。

收 贮 古 刻

予甚爱古刻，尝欲广收贮而不能如意。壬辰以前，先君因宦游江、浙间，多拓得碑刻墨本。及予续收，本逾数百，红巾盗起，皆散失不存矣。观赵德父之妻李易安居士所论，最善，今不敢多置，抑且无买书之资耳。惟存古刻数本，皆世之罕有者。若古钟鼎款识，古《黄庭》、《兰亭》、《楚相》旧碑及《石经》遗字、《急就章》之类是也。若唐名刻，则欧阳率更《化度寺铭》，近得一本，虽旧而未尽善。虞永兴《庙堂记》、褚河南《孟法师》、薛河东《郑县令》三刻，久失而求之未得者，当俟他日。其余虽满千数，亦徒堆几案耳，又何以多为贵耶。然物之废兴，自古及今有不可免者，至于人亦然。存亡之数，尤系前定，亦不足论也。物之微固可寓意，岂可留意而反为吾累哉，此予之鄙论也。

江 西 学 馆

江西学馆读书，皆有成式。《四书集注》作一册钉，《经传》作一册钉，少微《通鉴详节》横驰作一册钉，《诗苑丛珠》作一册钉，《礼部韵略》增注本作一册钉。庐陵娄奎所性游学溧上，其子弟皆如此,云易于怀挟,免致脱落也。此法甚便,吾甚效之。至如僻地,尤宜此法。

文 章 设 问

近闻或者有云:"古之文章,即今之文章,便今之虚妄,古亦由是。"即数问于宣城贡相之有成。有成对曰:"何以设此问耶?"或者曰:"吾见今之乡里人骤富者,非好礼之家,家或不正。且富从不义而得,爵从非礼而受,往往托名公为文,称好善乐义,有功立勋,及节妇贞烈之门者,吾尝疑之,使文章为虚诞之具邪?为后世之美事邪?"有成曰:"必有其实事半而饰以文耳。"或者曰:"若经略使赠某氏节妇及某叟高年耆德者,吾世知之,某人淫乱,某人不义,而富岂能掩蔽耶?"有成无以答,但唯唯而已。或者曰:"吾今亦不能尽信古之文章也。"予闻其言,深切叹之。贤如韩子,犹不免谀墓金之诮。蔡伯喈尚云:"唯郭有道碑无愧近世。"如京城淫风太甚,虽达官犹不免。盖风俗习惯,皆妇人出来行礼,日必醉而后归,或通于隶厮,或通于恶少年,或通于江南人求仕者,比比皆然,其节妇不可胜数,此近礼部而易得也。若南洲遐域,果有贞烈而贫者,至死亦无闻焉。此文人才士虚诞言辞之不可信也。必若近地有贞烈之可考,而里人为之记者,或可信。其翰林诸公所为,皆不足取,徒以其名之增价为乡里讥诮耳。今虞、黄、张、贡皆妄诞不实,当代有诚笃君子,必以吾言为然也。又知宋季事实皆不足信,若袁韶之父,前史云为郡小隶,盖杖直也,果有阴德,或系罪者,多用猪肉贯于杖中,往往多受其轻刑免死之德,是以有后。近因其养子之孙伯长公为史官时,改作小隶为吏字,已过于实矣。其诸生辈犹耻之,又欲隐然夸诞讹言小吏为小官,愈失其实矣。若是者岂胜数哉！岂胜叹哉！袁升，字德远，为郡小吏，而有阴德，后生子贵，追赠卫国公，妻杨氏齐国夫人。

学 文 读 孟

愚谓学作文不必求奇，但熟读孟子足矣。以韩、柳、欧、曾间架活套为常式，以《孟子》之言辞句意行之于体式之中，无不妙也。盖《孟子》之言有理有法，虽太史公亦不能及，徒夸艳于美观耳，吾不取也。此吾近日读《孟子》忽有所悟。

梁 栋 题 峰

宋末士人梁栋隆吉先生有诗名，以其弟中砥为黄冠，受业三茅山，尝往还，或终岁焉。一日，登大茅峰题壁赋长句有云："大君上天宝剑化，小龙入海明珠沉。""安得长松撑日月，华阳世界收层阴。"隆吉先生每恃己才，藐忽众人。众人多憾之，且好多言。一黄冠者与隆吉有隙，诉此诗于句容县，以为谤讪朝廷，有思宋之心。县上于郡。郡达于行省。行省闻之都省，直毁屋壁，函致京师，捄梁公于狱。不伏，但云："吾自赋诗耳，非谤讪也。"久而不释。及礼部官拟云："诗人吟咏情性，不可诬以谤讪。倘使是谤讪，亦非堂堂天朝所不能容者。"于是免罪放还江南。尝观其子才所编诗集一帙散失之复存者，赋《雪中见山茶一株》云："千株守红死，一点反魂归。"赋《暴雨》云："痴儿娇勿啼，不久须晴霁。"赋《蔬》云："家贫忽暴富，菜种二十七。痴儿不解事，问我何从得？于义苟有违，吾宁饥不食。"其诗中之意，亦足悲矣。惜乎见义不能勇为，以致托乎言辞，而招辱身之过，志有余而才不足，非吾叠山公所出挣得做得之人也。然大事已去矣，力既不能挽回，所以郁郁于不得志，犹托之空言,亦厌见衣冠制度之改,有不容自己者耳。呜呼!若梁公者,其殷之顽民欤!于兹可见宋之维持人材也至矣。我朝八十余年,深仁厚德,非不及于士民也。今天下扰攘十载,求之若梁公者,亦岂易得也哉!亦岂易得也哉!初本已失,其孙实子真为江西宪使时,重刻板于家。后金陵陷,子真辟地钱唐,此集又不知存亡也。后世之托于空言者,视此为戒。

鹦　鹉　诗

前辈尝论诗云:"莫谓宋人不能诗者,且以蔡确一绝句云:'鹦鹉言犹在,枇杷事已非。伤心瘴江水,同渡不同归。'亦自好诗法。"确遭贬,笼养一鹦鹉,每以妾枇杷调之作人语。后放还,复渡江,而妾死矣,故作是诗也。

鹦　鹉　曲

冯海粟题《鹦鹉曲》序云:"白无咎有《鹦鹉曲》云:'侬家鹦鹉洲边住,是个不识字渔父。浪花中一叶扁舟,睡熟江南烟雨,觉来满眼青山,抖擞绿蓑归去。算从前错怨天公,甚也有安排我处。'余壬寅留上京,有北京伶妇御园秀之属,相从风雪中,恨此曲无续者。且谓前后多亲炙士大夫,拘于韵度,如第一'父'字,便难下语。又'甚也有安排我处','甚'字必须去声字,'我'字必须上声字,音律始谐。不然,不可歌,此一节又难下语也。诸公举酒索余和之,以'汴、吴、上都、天京风景'试续之云云。"

广　德　乡　司

广德小民钱乡司者,专与乡里大家理田亩丈尺税赋等,则出入谓之乡司,至贱之职也,能存心于正直,无私曲,生子用士登进士第,为国史编修官。他乡司者或以多作寡,以实作虚,子孙死绝者,比比然也。

不 惜 衣 食

人云:"不惜衣裳,得冻死报。不惜饮食,获饿死报。寻常过分,获贫穷报。"谚云:"惜衣得衣,惜食得食。"此言虽鄙,最是实论。以古今之好奢侈暴殄天物者验之,多不善终。或过于衣服,必贫而无衣;或过于饮食,必贫而无食。至于遗剩饭食饭粒于地以饲鸡犬者,往往皆饿死;寻常虚费剪布帛者,多冻死,吾见亦多矣。

结 交 胜 己

谚云:"结交须胜己,似我不如无。"朱子云:"亲近师友,莫与不胜己者往来,薰染习熟坏了人也。"此言深有补于世道。吾尝谓取友相观以善,有以全德而交之者,有以一行而交之者,又有一善则思齐,有一不善则当自反,非谓好其善而不知其恶。今有人焉,能以忠孝存心,轻财仗义,行人之所难行,处人之所难处,虽无学问,无才艺,吾取其本而弃其末,故交之乃心交也。或多学问而鲜仁义,或有才艺而无德行,吾取其长而弃其短,泛交之非真交也。人之于己者亦然,使己有善,人当效之,有一不善,人当责之,如此,然后可见责善为朋友之道焉。古人云:"日久与之俱化。"此之谓也。

成 人 在 勤

谚云:"成人不自在,自在不成人。"子朱子云:"此言虽浅,然实切至之论,千万勉之。"先人每以此二句苦口教人,虽拳拳服膺,尚未行到此地步之汲处,因书以自警。

家 法 兴 废

尝谓有家法则兴,无家法则废,此系人家兴废之枢机也,至于国亦然。吾自十八九岁时,先人年已老,不理家事,悉以朱氏姊主之,遗法渐废。及在外家,又皆处置不以礼。因观《袁氏世范》,有感于心,且念先人之遗法,作《家范》以自警。若姊若兄弟终不谕者,至于今未尝不叹息痛恨也。至正戊戌春,获睹浦江义门《郑氏家规》于上虞王生处,于是重有感焉。尝记溧阳孔汝楫字济川者,本细民,以友爱于兄而致富,颇有忠于家法。其妻陈氏,虽小吏之女,相助其夫。无后嗣,养蒋氏子惟和为后。一日,为娶蔡氏女。蔡亦细民而富者,至其家,见弟侄或坐于叔兄之上,恬不为怪。汝楫归语其妻曰:"蔡家无礼,今虽胜吾家,后不若也。"不数年,蔡果荡废,子孙狼籍之甚。汝楫死,庶子惟懋渐习华靡,养子亦如之。母陈不能制,渐致凋谢。后遇寇,家业一空。朱氏姊既废先人之法,且习奢,亦为寇所废,至今贫窘不可言。吾虽避地,赖先人之灵,亦以不敢违背家法见祐,庶几小安于客旅云。

秤 斗 不 平

秤斗不平,大获天谴,往往见雷击天火之报,皆此等人家。或邻火而独免,或里疫而独安,皆孝义之家,能以不欺心获此报耳。如此者甚多,不欲举其名字也。吾家秤斗只如一,至吾用事,又较平之。长兄又或斛以收田租,比前差小五合,佃户欣然。避地小安,此亦报之一也。

浙　西　风　俗

浙西风俗太薄者,有妇女自理生计,直欲与夫相抗,谓之私。乃各设掌事之人,不相统属,以致升堂入室,渐为不美之事。或其夫与亲戚乡邻往复馈之,而妻亦如之,谓之梯己问信,以致出游赴宴,渐为淫荡之风,至如母子亦然。浙东间或若是者,盖有之矣。夫妇人,伏于人者也,无专制之义,有三从之道。今浙间妇女虽有夫在,亦如无夫,有子亦如无子,非理处事,习以成风,往往陷于不义,使子弟视之,长其凶恶,皆由此耳。或因夫之酗酶纵博,子之不肖者,固是妇人之不幸,亦当苦谏其夫,严教其子,俾改过为善可也,亦不当自拟为男子之事,此乃人家之大不祥也。

妇人不嫁为节

表兄沈教授圭常言:"妇人以不嫁为节,不若嫁之以全其节;兄弟以不分为义,不若分之以全其义。"此论若浅近,然实痛切,盖因不得已而立是言也。世有仗大义立大节者,则不然。吾尝问此二句出何典故,表兄云:"闻诸传记者,亦未暇考其详,但是好言语耳。"今大家巨族,往往有此患,守志之不能终,阴为不美;同居之不能久,心怀不平,未若此言之为愈也。

寻　常　侍　奉

寻常侍奉父母,固是子妇之职,然至切近之处,非婢妾则不可,年老之人尤要紧。凡早晚寒温之事,惟婢妾为能相安。谚云:"男子侍奉,不如女子相便。"然有婢妾,无法以制之,不免外患,《袁氏世范》、《应氏训俗编》言之详矣,当谨戒之。戒之之要,在乎谨内外,时防闲。防闲之法,在乎主母及长子冢妇。世之蓄婢妾者,不可不鉴。

楮帛伪物

宋孙莘奉伟云:"近世焚楮帛及下里伪物,唐以前无之,盖出于玄宗付王屿辈牵合寓马之义。数百年间,俚俗相师,习以为常。至于祀上帝亦有用之者,皆浮屠老子之徒,欺惑愚众。天固不可欺,乃自欺耳。士大夫从而欺其先,是以祖考为无知也。颜鲁公尝不用矣,惜乎不以文字导愚民焉。伟今一切斥去之,有违此训,非孙氏子孙也。"斯言盖欲使后人知其无用而谆谆告戒乎?吾家自先人不祭非族,然犹未免随俗,以楮帛祀先,且用俗礼。及吾祭祀时,一遵家礼,凡冥钱寓马皆斥去,尝作《楮钱说》以明之。若神主圆祭器,皆从吾始。今在患难之中,不能备礼,故从苟简,然亦不敢阙也。

外戚之患

外戚之患,深入骨髓,为国亦然,此又人家之不可不知也。外舅吴丹徒殁后二年,为至元己卯岁,外姑潘氏主家,三子德远、子道、德芳各治其己事而不辅其母。癸未岁,有幸婢邹淫奔,一日,私与佣工掌事潘大关者通,潘氏侄也。事觉,将出之。大关乞怜于德芳,欲强娶。潘氏不许。大关以德芳沉酗无酒德,即饮之,使醉归,以刀胁其母。母扃户不纳。德芳以刀刺户,几伤母臂。明日,欲讼于官,族党引德芳请罪,乃免。即遣此婢嫁乡佃华亚寄,逐大关出外。逾年,大关复至,潘氏溺于私戚,亦不问也,数私盗家财及离间其母子。吴氏之族咸恶之,敢怒不敢言。至正甲申秋七月后,德芳卒,无嗣,惟妻尹氏寡居。逾四年，后不能守，意欲更适。大关者乞怜于潘氏，将许之。其孙吴溥者，力谏于父子道曰："昔者使吾叔有犯母之恶，皆大关所陷。且犯祖之幸婢，此吾家之大恨，今奈何又欲辱吾门乎？"族党咸攻之，遂寝其议。尹亦不敢有他志，而大关复执隶役。夫世之愚者，莫甚于妇人，所以易于受侮。虽有聪明如武后，犹不免杀亲子，立外族，自欲绝于宗祀，况其他者乎？若潘氏之溺于外戚者，始由丹徒公之无刚肠远虑，终亦诸子之不学无术也。吾自赘居时，尝见外戚之党烂其盈门，又从而招致他族，其元恶则大关也。眇一目而生逆毛，吾深恶之，已知其为他日之患。既而小丑微露，吾力言之，潘氏唯唯然不能除患，亦无一人能以利害□之者，直至攘窃幸婢，凶暴日张，几不能免乎殒身非命，祸及家门，犹且隐忍姑息，以至祸乱大作，乃欲污其寡妇，利其家财。潘氏顿忘夫子之大耻，略不为恨，哀哉！向非溥之力谏，则丹徒父子之大耻，何日而雪，潘氏亦何面目见吴家之祖先乎？事既往矣，言之痛心。有志于家法者，尚鉴于兹。

古　之　贤　母

古之贤母，载之方册，不为少矣。且以目所见者一二言之。

金陵王勋，字成之，世为儒学门族仆，其母甚贤。先祖约授时，勋尚幼，母令其侍奉读书，每训之曰："汝亲近官人，学做好人，我当纺绩供汝衣食耳。买书与汝读，他日识得几个字，免做贱隶，我含笑入地下矣。"先祖闻之，遂令勋受读，日侍先人于学舍。既长，试吏，后至府架阁，为母求墓铭，翰林赵子昂书字。勋生壁，字长文，今为州案牍官。

溧阳徐生本刀镊者,其妻为故家之妾,既娶而改业。及有娠,乃属其夫迁居乡先生李仲举之邻,且曰:"令子在腹中,日闻读书声,必能若是也。"后生子朝显,字公达,自五六岁时即能记诵千余言,长而习举子业,此母之所训也。

又,严儒珍,隶卒子也。幼孤,母训其读书,从汤景贤学。至正辛卯中进士第,授分宜县丞。今辟江浙行省掾史。

上虞谢生,世为隶卒之役。乡有故家叶氏女,贫而孤,下嫁于谢之祖。既娶而家道日兴,生子变其习,后诸孙皆知读书学儒者事,此亦母之遗训也。

又,宣江汉,景明父也,幼失母,从父寓居溧阳,依继母养。及九岁,父卒。母训之曰:"汝母早亡,吾养之无异心。今汝父又死,汝勿以吾继母有外心。吾固甘心守节而待之。"汉拜而受训。其母后择贤师而教,躬纺绩助其薪水。子亦不违母意,日则勤诵读之功,夜则尽温清之礼,遂成儒业。乡人无不赞叹。母再无他志,为终身焉。

蒋 氏 嫡 贤

溧阳辛丰墟蒋氏,相传善兴负村之裔,家虽贫窘,读书尚礼,不怠其志。后生子文秀富,且母贤训,习举子业,累科不第,至正间纳粟补官。虽为乡人之诮,因才后擢宪职。厥族有居湖墅者,渐成消废,惟荆溪州中楼下一族,颇师事书业。

又,宣城王德辉,其父无□,纳姚为妾,正室薛争妒不已。越三年,夫丧,薛议出其妾。妾曰:"且勿嫁,有娠。"后果生德辉。薛加抚育,过于养母。既大,择师款业,至正戊子登第,此则嫡母之贤训也。

十 六 字 铭

先公尝言以十六字作座右铭,凡铸镜背及几杖铭匣上,皆书之云:"宁人负我,毋我负人。宁存书种,无苟富贵。"

和 睦 宗 族

和睦宗族,置义庄广宅,最是第一件好事,亦是最难之事。使其皆得如今浦江郑氏有家规以制之,则无愚不肖之患。贤者既守诗礼,愚者又能修教,志气相若,家法归一,长幼之中,循规守矩,焉有不同居不和睦者乎?或有愚者愈愚,不肖者愈不肖,日习下流,自暴自弃,一家之中,贤愚相别,则难睦矣。且如兄弟之气禀,犹自不同。有尚志气者,所为皆上等之事,日笃行父师之训,唯恐不及。有徇贪鄙者,则反是,至于交友婚姻,亦下等之人,非无严父师之教也。又有一等,气质虽美而不学无术,闻父师之教为不足行,论才行之士为不足法,甘心庸碌而不知,熏染污俗而不耻。使其交友姻戚,一旦与之往复,非惟污降志气,抑且坏乱家规,为子弟害;若遽然绝之,又失亲情之道,若此等事,最是难处。人家不幸而遇此,则当竭力以救其源,俾知礼法相尚,过失相规可也。或不能救,则当以家法自处,切不可与之往来,熏染习俗,坏了人也。谚云:"要做好人者,自做好人。不要做好人者,自不做好人。"此言虽鄙,然实不得已而自警也。近世士大夫家,犹多此患,至于吾家亦然。吾亦处得自好。他日子孙长成,必效浦江义门家法也。然亦无难之,行事在吾一人,有志者行之,恐甚易也。至正庚子冬十月癸巳,灯下有感,书此以志之。时寓鄞之东湖上水居。

遗 山 奇 虎

遗山元先生金末遭乱，避兵行至一穷僻之所，有古庙焉，因假宿，意谓明日将他之也。忽更余，若有人声自梁屋间出，熟听之，声愈亲切，问元先生曰："先生博学强记，吾尝闻之矣。试与学士一一问答之，何如？"先生曰："某也学浅才疏，然世之经史，亦尝涉猎，愿子问之。"于是，先问《易》，次及《诗》、《春秋》、《书》、《四书》及汉、唐史之异同，皆前辈所未著者。先生以己意所见详辨之。其声称善曰："先生真大才也，惜乎不遇时也！"如此问答称间，复曰："先生得毋饥乎？"先生曰："虽饥亦无奈何。"其声曰："学生当与先生备之，并裀褥进，先生慎无疑而勿受也。"先生曰："某虽不与子相识，若神若鬼，既蒙问答，亦何疑焉。"其声曰："愿先生少出户外，当自备至。"于是，先生出复进，则皮毯饭羹毕具。先生始甚愧之，因自思曰："受此亦岂有所害耶？"食既而寝。明日将行，其声又曰："先生未可行，学生当先往觇之。"须臾，至曰："兵事方炽，不若就此为善也。"居数日，先生欲去，其声又曰："先生可行矣，然向某方则善。"先生曰："某与子既若是情好，犹故人也。今日告别，或可使某知子之为何人？姓氏为谁？他日必思以报。"其声曰："学生非人也，因见先生遭难，故来相护耳。既欲相见，而必待送数程，择一半壁窗处，月明后夜相见就别。"自此行数日，无日不见报前途虚实者，先生深以为幸。一日，告前途可无虑矣，学生当与先生别。夜半月明，其声渐近，先生倚窗立，但见一虎特大，斑文可观，拜舞而去。先生尝载此事于文集。后至正庚子夏，宗叔可道思言因备道其详云。

烹 鸡 法

鸡之为畜,身有风,人食之能动风气。镇江顾利宾姊丈与余言:"凡治此具,俟焯毛后,必以少盐擦其遍体,如澡浴状,加以香油少许,复以汤洗净,然后烹而食之可也。"

见 物 赋 形

前辈尝言见物赋形,理之或可验者。妊娠者食兔,必产儿缺唇。闻某处海滨一妇,尝食螺甲之属,所观皆此类,忽产一物,似螺而大,且无骨。若此者,往往有之。故经传云:"不食邪味,不听淫声,不视恶色。"盖亦有深意焉。是以故家俟有妊娠,则悬婴孩像于壁,加以彩色作绘,亦使之观感,且寓宜男之义云。

生 果 菜

凡生果菜,必净洗而后食。先师赵德辉老先生在至顺辛未年馆于宅前庄,尝言上埠一妇人,就山林中采笋归,觉粘如饴涎,既剥笋,则笋壳以齿啮开,一时不暇洗盥,由是成孕,后产蛇妖而死。

祖 宗 之 法

吾尝论祖宗之法不可失,祖宗之财或可失,使其遇盗遭乱离,则田宅财货皆不保矣,惟家法不可一日紊也。虽处患难,家法犹存,恶可废乎?

宋 末 豪 民

溧阳宋末豪民潘贤二者,害众成家,造楼于东桥东侧,于庚申年某月某日卯时立柱,未几而败,凡田产房舍,皆籍入官。北兵至,有襄阳王经历者,为本州幕官,国初此地为府也,见此楼伟然,又出于市桥之间,官价所得,为主三十有余年,转货于市民周信臣。至正壬辰,寇火毁之。王经历正是年造楼之日卯时始生,造物之有数也,岂偶然哉!

宋 末 叛 臣

宋末叛臣范殿帅文虎,行兵擅杀,不可言。国初及宋末,所得湖州南浔及庆元慈溪等处田土,皆以势豪夺之者。至正壬辰,红巾寇杭城,其孙范静善为钱唐县尹者,从逆,劫官库,克复后伏诛,田地房舍皆没入官。妻子以庆元袁日严所谋,幸免其祸。范之妻,日严异母姊也。日严以同父之故,痛其犯刑,乃以重赂赎之,其义亦可尚矣。世之叛主不忠,擅杀不仁,豪夺不义者,盍以是观之。谚云:“善恶有报,只争迟早。”斯言吾信之也。

浙 东 辟 地

乡人有浙东辟地庆元,后为宪司畜史,适他所,将行,因忿此邦人情太薄,尝时未尝受相识之惠,乃戏言于其故人曰:“此去甚好,免使他日欲报人恩耳。”盖反言以骚世也。予曰不然。真是确论,使其或受人之惠,则长己之贪,必至于无厌之贱,他日能施报,或庶几焉。使其不能报,则有负于心,何面目立于天地间耶? 不若无所求于人,亦无所报于人,彼此各淡薄,实为幸事。使吾辈处乡里，从容之时，却不可以效此。偶遇邻族之贫弱，贤士之困穷，过往之无聊者，则当量力以周给之，尽其在我，亦不妄思求报于彼也，向在家憾亦未尝受吾惠也。先祖尝言曰："宁人负我，无我负人。"此之谓欤。

饶州御土

饶州御土，其色白如粉垩，每岁差官监造器皿以贡，谓之御土窑，烧罢即封土不敢私也。或有贡余土，作盘盂、碗碟、壶注、杯盏之类，白而莹，色可爱。底色未着油药处，犹如白粉。甚雅、薄难爱护，世亦难得佳者。今货者皆别土也，虽白而垩□耳。

吃素看经

谚云："穷吃素，老看经。"言人强为也。吾以为不然。若穷时，安分不妄想，亦是好事，免致干人取厌。老而行善，绝已往非僻之心，亦可为好人。盖做得一时好事，即做一时好人。临死之日，虽恶人悔过，言辞颇善，可为世法者，亦当取之。吃素看经，虽是世俗鄙见，推此以往于下等人之中，亦可免为恶好杀好贪之患，何所不可耶？吾故以是说解之。

至正直记卷三

景 明 好 事

溧阳承平时,好事者多。如江景明家,专设宾馆,款留名士。建平县尹王勉起宗,号东岩,以事罢,来馆于江,赋诗作画,饮馔无虚日,或终岁焉。卞仲祥款延前御史周驰景远亦如之。石庄史道原款接郑禾子实于家,赋诗作画,以习文采。白湛渊一日尝赋六言四季诗意,道原爱之,求子实为作图,以双幅好细绢,用大着色,逾年而成,湛渊复题诗于上。盖湛渊,翁也;子实,婿也。一时好事者争相访玩,车马盈门,筵宴无虚日,且品馔制度器用清玩皆不俗。是习于浙西故家之遗风,又溧阳宋季赵、俞二府所传也。其诗有云:"红杏绿杨永昼,野服柴门散仙。莫道无人知处,东风都在吟笺。"又云:"莲叶吹香澹澹,扁舟撑影斜斜。惊散一行白鹭,东风卷起梨花。"后二首忘之,备见白氏集中。此画后质之于余外家,又归之于余,壬辰毁于寇。东岩所画《景明南山图》大幅,属之予表兄沈子高,壬辰亦毁之,短卷今在予行囊中。此画盖王氏生平妙笔,其尝自谓:"如此去当追配古人,不可忽吾所作也。"景明废之也。

学 宫 香 鼎

学宫香鼎将烬,而忽焰如烛光者,谓之香笑,主吉庆,其池必产英贤或出进士。勤学掌仪臧某为予言如此。

张昱论解

　　江西张昱光弼尝与予言，其乡先生论解管氏反坫之说，便如今日亲王贵卿饮酒，必令执事者唱一声，谓之喝盏，饮毕，则别盏斟酌，以饮众宾者。浙江行省驸马丞相相遇贺正旦及常宴，必用此礼，盖出于至尊以及乎王爵也。

老儒遗文

　　先人于延祐戊午时，在嘉兴幕府，闻宋末一老儒，以某郡知府而致仕归，无子，养子承其业。年几七十，妾始生子。老儒病，以所居之田宅析为二，俾各受其半。未几，复召其妾语之曰：“吾殁后，养子必利其财以害亲子。”乃作一绝句付其妾，俾以蜡纸裹封纫小瓶中，慎勿令人知。给曰：“祭粮罂当随椁埋于墓左，他日有患，以此验于官。”居数年，养子果以亲子非父所出，并母逐之。后妾引其子告于官。有知府者，昔与老人同学，诘其妾曰：“老先生为人有学识，性缜密，此事关系甚大，何独无遗文耶？”妾曰：“屏去左右，当请具之。”遂遣吏卒同此妾启视之，果得一罂，有诗云：“七十余年一点真，此真之外更无亲。虽然不得供温清，也是坟前拜扫人。”知府验之，果老儒之亲笔也。养子遂伏诬。

恕可兰亭

　　陈如心恕可先生闲居会稽时，教子弟写字，以右军《兰亭帖》刻于木，阳文用朱色印，令作字式，久而能书。程敬叔先生亦以智永《千文真字本》刻板，用苏木浓煎红水印纸，令诸生习书尤好。若归乡日，必用此法也。

不 食 糟 辣

先人平日不食糟姜、胡椒及炙煿之味,以其动痔血也。不食蒜,以其荤心损目且秽气也。不食盐物,以其伤肺动咳嗽也。曰惟猪肉、肾、肚脏、蹄膊等,肉必烂熟而进,或鲫、鳊、白鳜以为常馔,羊、牛、鸡、鹅则间进之,然止于一味而已。冬月则麇、野兔和萝卜及蒸鸭子和鲟鲊常进。天寒饮鸡子和葱丝酒三杯。野味惟鹿、獐、玉面狸、山鸡之雄者,鹌鹑、斑鸠之类,余不多食,及未成物者亦不食。年及五十,齿及坏脱,肉食必细锉。常时喜食糖蜜及时果,剩贮小奁,置之左右,日不可阙。暮夜必以炒芝麻和干饼擂作糊茗以进,盖欲润肠肺也。

喜 啖 山 獐

先妣喜啖山獐及鲫鱼、斑鸠、烧猪肋骨,余不多食。平生唯忌牛肉,遗命子孙勿食。先人深憎恶家凫,非但不食,若闻其声亦怒,盖贱其情状之可厌也。至于邻近亦不敢畜之,止进其子耳。

不 嫁 异 俗

先人居家,誓不以女嫁异俗之类。尝曰:"娶他之女尚不可,岂可以己女往事,以辱百世之祖宗乎?"盖异类非人性所能度之,彼贵盛则薄此,必别娶本类,以凌辱吾辈之女;贫贱则来相依,有乞觅无厌之患。金陵王起岩最无远识,以女事录事司达鲁花赤之子某者,政受此患,犹有不忍言者。世上若此类者颇多,不能尽载,则我赵子威先生如此显仕,有力量远识,一时为所误,尚使其女怀终身之恨。世俗所谓"非我同类,其心必异”。果信然也,可不谨哉!

婢 不 配 仆

先人誓不以婢配仆厮。或有仆役忠勤可任者,则别娶妇女以配之,婢则别配佃客邻人之谨愿者。尝谓婢仆一书配了,后来者必私相自议,意必谓后日当配也,渐致奸盗之患。或配矣,又添内外私盗,甚费关防。

仆 厮 端 谨

先人取仆厮,未尝要有市井浮浪之态及时衣浇服者,惟求其端谨颇愚痴者留之。至于婢妾亦然,宁于里邻择田舍女子颇能女工者,不求其颜色也。衣服装饰并与里巷相同,无使异也。

友 畏 江 西

先人交友惟畏江西与台人,盖谓其无情。或有妻子矣,又游他方,见富贵可依者便云未娶,若设计为婿,既娶矣,外家贫,又往而之他方,亦云未娶,则前日之妻皆不顾,亦无所记念矣。台人亦然。至于父母亦弃而不养,况朋友之交情乎?所以惧之也。平生之友江西及台者仅一二人而已,盖于有乡德异于其乡俗者也。

深 恶 游 惰

先人尝见游惰之民及懒惰不习生理者,深患恶之,终身未尝轻与之一交也。子弟或有语言不务实、衣服异于众者,必严诃禁之。比与人约必信,或有故亦必报其所以然者,至于仆细皆如此。凡与人期，必曰某日。若曰三五日，则叱之曰："三日则云三日，五日则云五日。三五却是十五日也。"严毅至于一言一笑之间，亦未尝轻易也。居家未尝闲坐，或看书，或监治杂务，或理岁计，甚至婢仆之役冗者，亦间提调之。井石、碎瓦、木屑、断钉之类，时使人收贮一库，用则取之。所以先妣效习颇熟，终身勤苦，皆相如此。至于今日，子孙虽在患难之中不致饥冻者，皆父母不暴殄天物之报也。呜呼痛哉！

衣 服 尚 俭

先人衣服惟尚绸绢、木棉，若毳衣、纻丝、绫罗不过各一二件而已。白绸袄一着三十年，旧而不污。平生惜物如此。至于片纸亦谨藏之，一文亦未尝施于无用处。布衣、素履、磁器、木箸与常人同。或讥之太简，先人曰："吾昔者甚贫，今日颇富，始终皆是吾也。岂可以此为忧乐而有异哉！"盖随遇而安，无预于己，故无适而不自得也，知者鲜矣。

月 蚀 大 雨 词

江西一士人某至京师，久见月蚀、大雨，作二小词，偶忘某调，云："前年蚀了，去年蚀了，今年又盏作平声。来了。姮娥传语这妖蟆，逞胡四切。脸则管不了。锣筛破了，鼓擂破了，谢天地早是明了。若还到底不明时，黑洞洞几时是了？""城中黑潦，村中黄潦，人都道天瓢翻了。出吾溅吾一身泥，这污秽如何可扫？东家壁倒，西家壁倒，窥见室家之好。问天工还有几时晴？天也道阴晴难保。"此二词虽近俚俗，然非深于今乐府者不能作也。咏其词旨，盖亦有深意焉。岂非《三百篇》之后其讽刺之遗风耶？此闻诸亡友杨大同云。

平 江 谶 语

“平江”二字,谶者云“淫”字也。是以平江人多淫,男女淫奔,恬不为愧。张九四陷平江,僭改隆平府。谶者云:“隆平”二字,远观似“降卒”,不久当归正。果然。吴善乡守绍兴,集民兵号曰“果毅”,以篆书二字悬于兵卒之背,谶者云是“果杀”二字,不久当败。果然。“姑苏”二字,谶云“一女养十口”。是以风俗与温州同,“温”字远观似“淫”字。

窗 扇 开 向

人家窗扇开向内甚便,若向外恐为盗者所启,亦须坚实者佳,不可务于巧妙以美观也。盖向内者开在内,启闭皆由内也,直楅为上,格眼者次之。

议 肉 味

子尝议肉味,唯羊、猪、鹅、鸭可食,余皆不可食。盖四者非人不能畜,苟放之则必害禾稼,重为民患,故食之无伤也。牛、马之为畜,最有大功于世,非奉祭祀先圣及有故谓天子圣节之宴。则不食。鸡亦有小功,非奉荐待宾客亦不常食。犬之功与牛马同,且知向主人之意,尤不忍无故烹之,非疾病则不食。至于野味,非害稼菽者不可食,若以时腊者或买食之。螺虾细物得已则止,尤不可恣以口腹而损众物命也。牛肉予以先妣命不食,戊子年误食之,因一武官相招。致患肿毒于左股内,乃梦先妣责之。丁酉年在上虞,以病,因猪肉价高、牛肉价平,予因祷而食之,使我疾平体气复则不食此味。己亥年在鄞东湖,复梦如初,因悟食之,乃患肿毒于老足,今始决定不食此味。又思之,若买善杀者则违国典,若食自死者则致恶疾。违国典非臣也,致恶疾非孝也,不奉遗命非子也。以三者时省之,何乃以口腹之微末尚不能力行乎?则他日之大节犹未可保,书以为戒。

朱 氏 所 短

予家因先人晚年不主事,先妣主城南新居。长兄一房亦在城南。予又赘居外家,惟二幼弟随生母侍奉。然平生所蓄资财,及一切什物,皆在旧居也。朱氏姊主之,渐变先人之法,且有结姻党潜布左右,而向者旧仆与婢等惟知有朱夫人,待吾辈甚落落也。独门下士英君佐感先人之恩,始终如一,亦尝为吾辈不平也。朱氏姊惟生一女,时尚未适人,忽有女僧至,自称俗姓朱,安吉人,幼尝受业杭州某寺,遂称朱氏姊为嫂,曰:"我是汝夫朱元礼三从姊也。"朱氏姊以私亲之故,延入内室,受其欺诱,与之同饮食起居,莫敢言其非者。此僧深奸大猾,居一月,即以钱买石修路、施茶汤,及遍游诸寺,咸施钱。又一月而去,竟不知所之。朱氏姊隐然馈赆甚厚,人皆不知也,惟有侍婢沈添妆知之耳。明年又至,遗果核及土物馈送,各房皆有之,谓之会亲。乃驾一画舫,侍从皆异类之人,人咸疑之。长兄与表兄沈子高为之忧,潜使人扣其梢人,据云:"我是松江万户府家人,以了师姑连年来说有一亲侄女寄居溧阳,富有金帛田产,别无兄弟管顾,舅家又各自分析了,由是万户多以钱劳此师姑,托其主婚。今有舍人在后,船不久当至。"长兄怒甚,即选门下能言者以大义折之,此僧忽发不逊曰:"我朱家女既受孔家财产,孔氏不可管也。"既而欲诉之官以欺骗事,众皆知其诬妄,此僧乃为万户家人所逐,余稍稍引去,遂杜其患。

朱氏姊反以吾辈明言其非，至于衔怨。吁，此妇人之所以至患而家不可使干蛊者，信不诬矣！向非长兄顾大节义拒绝此辈，必致于陷身异类，受辱受害不浅也。朱氏姊不以为功而反以为怨，惜哉！言之至此，可为深叹。先人五十余年辛勤所致者，晚年关防不及于前时，抑且人情咸变于机巧轻薄，是以既失之于外，又失之于内，吾辈归省犹如客也。先人虽觉此意，岂能遽反其正耶？临终至于一案一器皆无存者，独遗白金之类，已失过半矣。此无他，先人姑息于初年，盖为沈氏止生一女，不忍远嫁，所以奁具及田产是沈氏者咸与之，诸子皆不授也。既各有所授矣，明立家券，以为异日执照，而财物一切大小事件尚托之朱氏姊。后至庶子长大，亲女当聘，渐有富贵气，未免侵窃公堂之资。先人不能察者，为朱氏姊侍奉极至，不露圭角，以父爱女之心既至，但知其能孝，不知其为财也。先人殁后，此情渐发露，乃有不平不了之语，反以为父不念女之恨，惜哉惜哉！不了者似嫁非嫁，似赘非赘；不平者田之少也。朱氏所得孔氏金物钞贯兼于诸子之数，房金什物、髹磁几凳尽数有之。惟田止于沈氏者，较之他女及乡中所嫁已过百倍，犹以为不足，见人情之日薄也。有女者勿蹈往辙，当视吾家之患有不可言者矣。思之痛哉！思之痛哉！及七年戊戌，避地在安吉之大山，遇寇，资物皆失，而沈添妆被榜掠几死。又盛添寿者亦遭此苦，其婿吴唐辅坠石折足，庶子妇等奔窜，极其颠沛，向之所得，今日尽矣，一时报应分明，犹未甚也。当年归荆溪之芳村，依吴而居，寇再至，不胜艰苦颠沛，衣服首饰荡然一空，唐辅死于乱兵。先自庶子自大山已与母长别而去，长子虽有侍奉之心，颇欲尽孝，而母则待之落落，惟亲女及婿之是恋，溺于偏私以至如此。为婿者亦恐物之遗于子，往往问其母子。殊不知一身尚不能保，遑及其他乎？自婿入门，竟有相疑之渐，非惟孔氏如客，其朱氏子亦犹客也。其盛添寿者，先人之侍婢，尝与朱氏姊窃吾家物之人也。先人殁，此婢从朱氏姊，甘心侍奉其妇女及婿，见者莫不叹之。所以亦受祸者，天理之昭然也。此虽一事，作戒数端。女僧名了坚。

朱 氏 所 长

朱氏姊平日处事可法者亦多，初年待夫之前妻吴氏之长子隆祖犹如己子，二庶子祖道、崇祖亦如之，今世之罕比者。及长子受荫为温州监支纳官，去家千里，尝以无音讯为忧，至于忘寝食。受夫之遗命养庶子祖道居溧阳，凡饮食衣服教训甚于己生者，及长为娶妇亦厚。过数年，亲女当聘，而庶子崇祖疑朱氏姊未免以奁具之物颇丰于庶子，亦人之常情，无足愧者。庶子阴怀不平。及婿入门，朱氏姊以家事付之，婿及庶子稍有彼此防闲之意，则庶子不得纵费所资矣。先是庶子以正母之私帑、岁收租米、一切什物，莫不为主而恣其所欲，尤有甚焉者，至是始有怨言。而正母知之，亦以忘恩不知分限是怒。据其始末则庶子之罪多矣。乱后，正母自与婿居，不得已也，庶子之心不能挽回矣。隆祖之祖心斋县尹殁时，隆祖在温州，惟其仲父元之在侍。朱氏姊不远数百里，涉太湖、跋山路，往承大事，可谓孝矣。一切不及者，悉以父家之资办之。及其子欲信浮屠教，焚其父尸，朱氏姊曰："凡作佛事者，吾愿从之。至于焚化，则不敢许也。其长子死时，具棺葬未尝如此，今反以其父不若其子哉！且儒家无焚尸之说，断不可从也。"由是心斋公免于焚尸之祸。族长樗友兴，乡人耆老咸叹曰："人家不必要好儿孙，但愿得好新妇足矣。"远近称之。盖元之吝于出己财以葬父也，可谓鄙矣。先是隆祖之父卒时，有年少之妾包氏及其母在安吉，朱氏姊往见之，待之颇安。或谮之曰："隆祖之父因许作黄冠事，未几而包产，不能毕备，以致触忤，是以死耳。"内外咸憾之，隆祖亦以众怒将逐此妇。朱氏姊大怒曰："人之生死自有命，包氏之产亦有是天地间之常事，尔辈何归罪于包耶？且尔父死未卒哭，便逐其妻，人谓我何如者？"留之三月，葬其夫。将归溧阳，召包而语曰："我欲携汝往溧阳，则父母之家不可也；留汝置此，则寡妇且年少无主，又不可也。"包乃泣谢。遂厚资嫁之，乡邦人又称善不已。时年四十有七岁，以其长子及季子侍奉乃祖，主安吉家事，携仲子归，遵夫之命也。常时在家，每安吉有人至，必欢欣问候乡族安否，厚待其仆。至于邻人作小商至此，亦善待之，其怀来之宛曲如此。待婢未尝加以呵叱，有小过则不与之语，婢知所惧，则使令如常；有大过则逐之。盖蓄仆皆乡里之淳谨者。乡里之贫且极者，病则时以粥米果核惠之，乡人仰之若母。凡姻戚急难次竭力救助，未尝惮劳苦。姻戚或忘其恩者亦多矣，此无他，施之有不当者则人不以为惠也。至于奉父母及继母，能曲尽其情。待妹与弟诚可谓友爱，而吾兄弟亦奉朱氏姊情若母也，终始无一言之间。惜乎晚年渐废先人之遗法及有不多得田之语，且终身不得主朱氏之祭祀，及晚年不惜朱氏之遗孤，是以不能无议者矣。虽然朱氏姊之过亦势之使然，使当时既重割奁资，则出嫁以礼，必能守朱氏之业而无晚年之怨，两得其道，不失父女之情、子母之义，可谓尽矣。何其徇于世俗而制之于似嫁非嫁、似分不分，所以易恩为怨，彼各有辞，深可叹也。有女者盖以是而观之哉。呜呼！若朱氏姊者亦不失为大家之妇式也。

首 饰 用 翠

首饰用翠，最为无补之物。买时以价十倍，及无用时不值一文。珍珠虽贵，亦是无用。盖予避地，将所在囊中者遍求易米，不可即得，且价不及于前者已十倍之上。惟金银为急，绢帛次之。民有谣曰："活银病金死珠子。"犹不言翠也。盖言银为诸家所尚，金遇主渐少，珠子则无有问及者，犹死物也。世之承平时，人人皆自以百世无虑，以致穷奢极侈，以金银珠玉之外又置翠毛，殊不知人生不可保，一旦异于昔，则无用之物皆成委弃。倘遇再承平时，切不可用无补之物。

虞 邵 庵 论

虞翰林邵庵尝论一代之兴，必有一代之绝艺足称于后世者，汉之文章、唐之律诗、宋之道学、国朝之今乐府，亦开于气数音律之盛。其所谓杂剧者，虽曰本于梨园之戏，中间多以古史编成，包含讽谏，无中生有，有深意焉。是亦不失为美刺之一端也。

新 人 旧 马

谚云："使新人骑旧马。"此言良有以焉。盖谓人生于世间，一动一止、喜怒勤怠，或有不常，不皆可测。仆奴之久相处者，必察主之情性好恶，乘其隙而侮弄之，则至慢忽，不能尽心奉事者多。凡新至之仆，不知主之情性，纵能奸诈，亦未敢施，期月渐而彰露耳。马之为畜，有善有恶，有能负远者，有不能负远者，有惊疑而暗疾者，有能备乘坐而无失者，新至者岂能察其美恶耶？必逾年然后知其可否，或逾月亦不能尽知久远之美恶也。虽然仆、马皆有相法可观可察,则其深奸大诈必须久而能知之耳。

势 不 可 倚

夫势之不可倚也,自古及今,历历可鉴。远者故未暇悉论,且以近者大者言之:伯颜弄权,奸臣也,附其势者多取富贵,死之日皆受祸。至于脱脱,虽不弄权,而权自盛,门客亦众,势去之后,祸亦如之。至于哈麻、雪雪两奸臣也,既贬之后亦不免。苗僚杨完者之凶暴,又非伯颜、哈麻之所比也。承国家多事、皇纲解纽之时,恣遏邦化外之常性,怒则死,喜则生,视生民人类如草芥,虽天子之命亦若罔闻者。附其势者,一旦至于极贵,盗受天子名爵,皆能生杀人。及其恶贯满盈,□手而死,党与皆伏诛,漏网者固多,岂能避于他日邪?又以其小者言之:国初溧阳之民,有以田土妄献于朱、张二豪者,遂为户计,一切科役无所预焉。是时朱、张首以海运为贡道,至于极品。天子又以特旨谕其户计,彼无敢挠之者,权豪奢侈可谓穷于天下。或两争之田,或吏胥之虐者,皆往充户计,则争者可息,虐者可免,由是民皆乐而从之也。不数年,朱、张皆构祸,籍其户口财产以数百万计,后立朱、张提举司以掌之,向者附势之人皆受祸,而投户计者隶为佃籍,增租重赋,倍于常民,受害不浅,虽悔无及矣。

豪 僧 诱 众

又,湖州豪僧沈宗摄承祧总统之遗风,设教诱众,自称白云宗,受其教者可免徭役。诸寺僧以续置田每亩妄献三升,号为"赡众粮"。其愚民亦有习其教者,皆冠乌角桶子巾,号曰

“道人”。朔望群会,动以百五。及沈败,粮籍皆没入官,后拨入寿安山寺,官复为经理。所献之籍,则有额无田,追征不已,至于鬻妻卖子者有之,自杀其身者有之。僧田以常赋外又增所献之数,遗患至今,延及里中同役者。

富 户 避 籍

又,荆溪、句容、金坛等处富户,有避良民之籍而妄投河南王卜邻吉耳养老户计者。及其有势之时,可附可倚,颇称所欲。未几势去,复隶常调徭役,而养老钱仍旧不免。或有贫者,则位下之人追求不已,苦楚尤甚,一岁之间杂使无有穷已。最所耻者,受辱于位下之人,如驱奴隶。然此三者之患虽同,而其轻重则有别者,朱、张、白云宗以田者也,河南户计以身者也。以田者患可绝,以身者隶其位下之籍,虽子子孙孙不能免也,其患过于二者远矣。原其所自,皆由苛政不能聊生,又非有才智者苟徒逞一时之欲,是以陷于终身也。夫陷溺其民者罪莫大于土吏,土吏之罪不容于诛。凡教猱升木,吹毛求疵,为害百端,败坏风俗,吏之所为也。今天下扰攘,城池残破,舞文弄法,助虐济奸,吏之所为也。吏之为害深矣哉!

世 祖 一 统

世祖能大一统天下者,用真儒也。用真儒以得天下,而不用真儒以治天下,八十余年,一旦祸起,皆由小吏用事。自京师至于遐方,大而省院台部,小而路府州县以及百司,莫不皆然。纵使一儒者为政,焉能格其弊乎?况无真儒之为治者乎?故吾谓坏天下国家者,吏人之罪也。

好 食 鸡

安吉亲友朱元之尝言,其族人有好食鸡者,凡亲族邻里待之必以鸡,别不设他物。其人一日过佃客家,将午,佃饷之以鸡,知其所好也。其人忽觉体困,就隐几假寐,戒其佃曰:"吾欲睡,慎勿惊觉。鸡熟时,置于几上,待我醒后食也。"其人乃熟睡,未醒,鸡已至。佃客侍候于傍,逾时见一物自其人鼻孔中出,延于几,渐至鸡上,若蜈蚣而短,多足而黑。佃以虫置于碗而覆之。须臾,其人醒,见鸡于前,挥之令去。且曰:"□鸡气臭秽不可食。"佃乃告其故。其人见虫。曰:"远弃于地。"令别烹鸡。鸡至,复曰:"臭秽不可食。"自是不好食鸡矣,不知何故。意其当初必误食虫物,以致此患,患既绝,是以不好也。

戒 阉 鸡

吾尝戒子弟不可阉鸡,盖畜物之可阉者惟鸡最受苦,剖腹以指刳其背而去其内肾,肺脏皆惕,有仁心者岂忍见之哉!独猪犬淫状可愧,不识其母,或阉之亦无损,鸡则切不可也。口腹之患,致恶如此。吾虽食鸡,独不喜食阉鸡。人皆谓阉者味美,殊不知以尔口腹之奉而害物耶!且阉鸡死者亦多,生者固难得,又何泥于人欲哉!

不 畜 母 鸡

吾家以先人在日未尝畜母鸡,虽有诞子者则付之邻佃之家,后视雏之多寡平分之,所以厌其求雄之态,雌伏雄之状,未有不动人私欲之情者。近世民家妇人以母鸡绳系其足,抱携至于他处求其雄,甚可憎恶。以致渐习无耻、流于淫奔者,亦此等之微也。避地之所，家人婢媪咸畜鸡母，往往有此风，每欲禁绝之未可，盖各得雏以市易布帛，所以未深绝之也。归乡之后，必以先人之遗训是戒。

不 置 牝 牡

犬羊之畜尤不可置牝牡者，惟宫者无害。若畜牝者，必求其牡，牡者必求其牝，此盖生物之性，至其时有不可得而已者，惟不畜此是幸。盖畜此等，淫状可憎，尤甚于鸡，未必不坏人之正性，婢仆最宜戒，不可以观此。至于犬之牡者，或庶几焉，其牡求牝，必出他处，则求牡者或鲜矣。又，畜牝物生子，子大不识其母，遂亦求牝，甚不美观，亦伤风败俗之渐也。先人见他人家畜牝兽，尚怒而叱之，可为切戒！

食 必 先 家 长

人家饮食，必先家长。至于一房亦然。则使幼者渐知礼义，家道日兴矣。吾家向日饮食，惟先人以无齿别炊烂饭，余必先奉先妣，然后分与子弟及诸妾与婢，其仆厮则在外厨与农夫同膳。至如先生之馔，则先妣之外即分置一器及羹一器，备与先生，欲使众人知所敬在主翁之次也。

出 家 人 心

出家人心孤忍，不可交。盖其性习孤洁，自幼离绝亲爱之道，惟寡情坚忍是务，所以交友皆无情也。或疾痛，或急难，岂可责其相扶持乎？

家 出 硬 汉

谚云:"家有万贯,不如出个硬汉。"硬者非强梁之谓,盖言操心虑患,所行坚固,识是非好恶之正者。若有此等子弟,则贫可富,贱可贵矣。或富贵而子弟不肖,惟习骄惰,至于下流,岂富贵之可保,虽公卿亦不免于败亡也。

万 顷 良 田

谚云:"万顷良田,不如四两薄福。"四两言其太轻也;福者非世俗能受用,衣食之外,盖言祖宗积德以及于后人,虽或太薄至轻,犹胜于暴富不仁而以力至者也。假力而至者,虽可暴富及贵,不久当败。惟阴德为福,虽未至大富极贵,亦可保全小康,不至流落为下贱矣。

日 进 千 文

谚云:"日进千文,不如一艺防身。"盖言习艺之人可终身得托也。艺之大者,莫如读书而成才广识,达则致君泽民,流芳百世,穷则隐学受徒,亦能流芳百世。其次农桑最好,无荣无辱,惟尚勤力耳。其次工,次商,皆可托以养身,为子孙计。舍此之外,惟务假势力以取富,虽日进千文之钱,亦不免于衰败零落者,此理之必然也。故曰"读书万倍利",此之谓也。又有一等,小有才,无行止,专尚游说以求食,绝无廉耻,虽曰能取饱于一时,不能免饿死沟壑。

仆 主 之 分

人家或有家生仆子,虽幼便当闲之以礼,使之知有主仆之分。吾见近日人家有仆子及己子相戏,慢骂喜怒必相敌,父母见之亦不呵禁,则曰:"小儿无知耳!"殊不知习气不好,以致长大渐有无主之心,皆由习惯,病根不去也。至如女子幼小时,不可与仆子群聚,或至于浇薄市井之态者亦有之。至于长则情狎相习,乌能免于意外之虑耶?又见人家之女幼而命仆厮抱而出游,久而情熟,亦有非礼而戏弄之者。至于长而嫁人,其仆于外必谈及女之疾病、好恶、嬉戏之类,盖其幼而见之也。若此而致引诱不美者多矣,浙中富家多或有此患焉。

书留边栏

抄书当多留边栏,则免鼠啮之患。书册必穿钉,不可用脑折也。若《通鉴》大本数多至百者,则脑之以下皆穿钉可也。脑者久而糊纸无力,必致损脱而零落矣。书帙必厚至一二寸或三寸亦无妨,但钉近边缘多空余处,不可迫近边栏间,且易观,又免零落也。抄书外边栏留一寸以上,如内穿钉处缘边栏亦留一寸以上方可。

丘字圣讳

丘字,圣人讳也。子孙读经史,凡云孔某者,则读作某者以丘字朱笔远圈之。凡有丘字,皆读作区。至如诗以丘为韵者皆读作休,同义则如字。

乞丐不置婢仆

乞丐妇女子弟皆不可置之为婢为仆,盖以气象不佳,渐有凋落之态。吾家以后至元乙亥间,尹氏姊在官庄时,族人凋落,邻媪蒋家妇,施氏女也,常执役尹氏,丧夫又无近族,孤且贫。尹氏姊引致来，以携挈幼弟之役。其状矮小，贫寒可贱。表兄沈子成见之曰："此媪不可留。"予问其故，曰："吾连日见其出入于君家之门，气象不好，如门中出一丐妇也。吾厌之。"不三载，黄遂男有得争讼起，自此不兴矣。

又，乙酉年后，北方饥，子女渡江转卖与人为奴为婢，乡中置者颇多，而吾家亦有一二。子成又言于余曰："此等之类，皆劫数中物，得不死而来南者，苟免耳，然好者已悉媚优有力者先得之，此辈皆饿损且丑陋不类长成者，宜勿留。万一劫数未尽，必致灾病，病必传染，患及好人矣。不然则此等入门，门景又何美观！"自是果至于乱难，无好气象矣。然此自系气数，亦一渐也。

又，外家吴子道，以至正甲午年，乡中多置淮妇作婢，贪其价廉也，子道亦置一二。吾以子成之言喻之，一笑而已。乙未兵乱，流离至于今日，亦是气象之一变也。

又子道以大门副厅耷谷米置农具，杨大同时相依以居，见之曰："此等气象不好。公家无限闲屋，偏置于此，岂有官厅前之门景！向之客官所聚，今置农具，太觉不好。"未几，丧乱无宁日，此居皆成瓦砾矣。

蜈 蚣 毒 肉

鸡肉与蜈蚣有冤，春夏秋三时，切不可过宿，杀人。烧炙之味，夏月不宜置。露宿，当谨盖藏。尝有某处孝妇，养老姑甚谨，姑好食烧肉，孝妇每得肉置火上熟，必以竹签插壁，阴候火气过，然后奉姑。一夕食肉暴卒，姑之女有诉于官，曰嫂氏有私通，惧姑觉，故进毒杀其姑。孝妇不胜拷掠，诬伏其罪。未几，审囚官至，识其情疑之，再令买肉置故处，夜半视之，惟见蜈蚣毒虫群食其肉。官以啖死罪囚,囚食亦死。孝妇由是得免,姑之女反伏诬。其置肉时,适夏月也。

奸 僧 见 杀

奸邪之人不可交接。苟不得已,则当敬而远之。不然轻则招谤,重则贻祸不小。尝闻一某官,平日自任以辟异端为事,凡僧道流皆数耻辱之。所居近有一寺,寺僧多富豪者,一僧尤甚奸侠,某官尝薄之。一日某官出外,其僧盛服过其门,惟见某官之妻倚门买鱼菜之类,盖尝习惯也。适雨霁,僧乃诈跌仆污衣,且佯笑而起。某官之妻偶亦付之一笑,僧遂向前求水洗濯。明日馈以殽核数品,相馈某官之妻。初不肯受,以谓未尝相识,且无故也。僧但曰感谢濯衣之恩,强掷而去。某官归,余殽未尽,问其故,惟怒其妻之不谨,亦未以为疑也。一日潜使人以僧鞋置于某官厅次侧房,适见之,怒其妻有外事,遂逐去。且僧数有奸计,某官盖愈疑之矣。此僧闻之,即卷资囊,一夕避去,莫知所之。其妇归母家,依兄而居年余,不能受清苦。此僧已长发为俗商矣,夤缘成姻,其妇初不知也。逾三年,已生二子。一夜月明,夫妇对酌浅斟,其夫问其妻曰:"尔可认得我否?"妻曰:"成亲三载,何不认得耶?"夫曰:"我与你今日团圞,岂是易事,费多少心机耳!"其妻问故,夫曰:"我便是向日污衣之僧也。"备述前计。其妻即佯言曰:"因缘却是如此,乃前世之分定也。"遂再饮。大醉后,其妻操刃刺杀其夫并二子,明日自赴有司陈罪。官不能决,系狱者一年,忽朝廷遣官分道决狱,见之,乃壮其事而释之。后与前夫某官复相见,其妇曰:"我所以与你报奸人之仇而明此心者也。今既失节,即不可同处。"乃筑室某山,夫妇各异居云。二十余年前事也。

黄 华 小 庄

至正癸巳,乡里寇平,吾复到黄华小庄。忽故干者史仲珍、王道者来谒,谈及世事人情,因发一叹曰:"向时人中拣贼,今日贼中拣人。"盖伤好人之绝少也。此言虽浅,乃实论耳。所谓人者,犹半是贼心也。

山 阳 之 薪

山阳之薪有焰光,能发火力;山阴之木无焰光,然烹之际,不若山阳者佳。吾避地鄞之上水,乃始验之。又腊月采薪,虽生湿之木亦可然。

宣 城 木 瓜

宣城产木瓜最佳,其父老相传:唐末不生实,至宋初生;靖康中忽不生,至绍兴后又生;宋宋咸淳末不生,国初始生。今自甲午年又不生,至今无木瓜,合药甚难得。何其一木擅天地之正气,犹若是之灵耶?

芦 把 劚 石

芦把束劚石则石裂,茶汁浇石器久则石如蛀烂。物性所畏,有不可晓者。

玛 瑙 缠 丝

玛瑙惟缠丝者为贵,又求其红丝间五色者为高品。谚云:"玛瑙无红一世穷。"言其不直钱也。又言:"玛瑙红多不直钱。"言全红者反贱,惟取红丝与黄白青丝纹相间,直透过底面一色者佳。浙西好事者往往竞置,以为美玩。或酒杯,或系腰,或刀靶,不下数十,定价过于玉。盖以玉为禁器不敢置,所以玛瑙之作也。金陵吕子厚知州有祖父所遗玛瑙碗一枚,可容一升,其色淡如浆水,惟三点红如蒲桃状极红,又一二点黄色如蜡 可谓佳品也。予因与好事者辨之曰:"五金之器莫贵如金,珠之为物固不足贵也。金愈远愈坚,珠则有晦坏之时也。诸石之器莫贵于玉,玉与金并称,取其温润质色玉为上,坚而不坏金为上。若水晶之浮薄,玛瑙之杂绞,皆不足贵。"此固世俗所尚,一时之竞,非古今之公论也。今燕京士夫往往不尚玛瑙,惟倡优之徒所饰佩,又以为贱品,与江南不同也。谚云:"良金美玉,自有定价。"其亦信然矣。其次则有古犀,斑文可爱,诚是士夫美玩,固无议者矣。

经 史 承 袭

经史中往往承袭,故宋俗忌避讳者,字画皆减省不成字,如匡字、贞字、敬字、恒字、勖字、黄字、殷字、构字、朗字,皆不成文。以让为逊、玄为元、慎为顺、桓为威、匡为康、宏为洪、贞为正、敬为恭。又追改前代人名甚是纰缪。胡公作《春秋传》,辨论详明,岂有古今经典以私讳改其字哉!是无识之人取媚一时,以为万世消。国朝翰林院及诸处提举司儒学教授官当建言前代之失,合行下书坊订正所刻本,重新校勘,毋致循习旧弊可也。至如《诗》、《书》、《易》正文,亦当行下书坊删去小序及王弼序卦之类,毋得仍旧讹误后人。

美 玉 金 同

美玉与金同,亦有成色可比对。其十成者极品,白润无纤毫瑕玷也。九成难辨，非高眼不能别。八成则次之。以至七成、六成又次之。古玉惟取古意，或水银渍血渍之类不必问成色也，绝难得佳品。

灵　璧　石

灵璧石最为美玩，或小而奇峰列壑，可置几玩者尤好。其大则盈数尺，置之花园庭几之前，又是一段清致。谚云："看灵璧石之法有三：曰瘦、曰绉、曰透。"瘦者峰之锐且透也，绉者体有纹也，透者窍达内外也。凡取其色之黑而声清者灵璧也。惟取其声之清远者太湖石也。亦有卧纱纹弹丸两点红，独无峰耳。英石之质赤黑，亚于灵璧，特声韵不及太湖而质过耳。卢疏斋翰林有《太湖石记》。

曼　硕　题　雁

豫章揭翰林曼硕《题雁图》云："寒向江南暖，饥向江南饱。物物是江南，不道江南好。"盖讥色目北人来江南者，贫可富、无可有，而犹毁辱骂南方不绝。自以为右族身贵，视南方如奴隶。然南人亦视北人加轻一等，所以往往有此诮。

古　　钱

古钱置之图书印傍，久而色赤，亦古气类使然也。

沙　鱼　胎　生

沙鱼胎生。予至鄞食沙鱼，腹中有小鱼四尾或五六尾者，初意其所食，但见形状与大者相肖，且有包裹，乃知其为胎生也。此软皮沙也。

郭 南 山 石

湖州安吉郭南山中出一石，色白，巉岩状类将乐石，可设置几筵为玩器，不可浸水种菖蒲。惟昆山石宜水浸润，今亦罕得旧者。

铜 棺 山 草

义兴铜棺山顶有一种似草非草，又类木本，叶似侧柏而卷，凌冬不凋，可移菖蒲石上，枯而复青，岁久亦茂可观。

半 两 钱

半两钱，古者煅而酒服可续折骨，五铢次之。浙东斗尺皆仍故宋遗制。斗谓之百合足，比之今官数八升也。谓官数有二十合。尺谓之百分，比今之官数八寸。吾乡绝无此样，皆用官样。至宜兴，则间有之。杭城人有七升斗、七寸尺者，谓之小百合、小百分也。考其此制尚存古法，则是今之制差增大耳。郭俗则有二样：二斗五升者曰料；五斗曰菁。料，音劳，去声。

学 士 帽

今之学士帽遗制类僧家师德帽，不知唐人之制如此否？愚意自立一样，比今之国帽差增大，顶用稍平，檐用直而渐垂一二分。里用竹丝，外用皂罗或纱，不必如旧制。顶用小亐笠样，用紫罗带作项攀，不必用笠珠顶，却须用玉石之类。夏月林下则以染黑草为之，或松江细竹丝亦好。归乡晚年当如此也。更置野服亦称之，略见《鹤林玉露》。便如今日鹤氅样，布为之。

艾　蒸　饼

试艾以蒸饼,将艾丸炷于饼上然之,若是好艾,则满饼香透底;不好者止于饼内一半,香不透。四明王韶卿云。

先　贤　之　后

先贤之后,理不当绝。然所闻者无几,且真伪莫辨。周濂溪之裔绝无闻者。程子之裔数人者寓居江东,不知为伯为叔也。近长枪兵中程某者,谢国玺女兄之夫也,咸礼之,以其为程伊川之后也,寓居磁州。朱子之裔,真者三四人而已,近亦无闻者。若金陵之朱仲明自是冒姓,其养子垔,字伯厚者,是陈姓之子,云心道士之侄,福清人也。仲明家世淫乱,垔后淫其妹,不听适人,人伦已丧。钱唐之朱姓者,自称朱通判之后,亦是冒姓,本朱氏之甥也。张横渠之裔绝无闻者。南轩之裔有二人焉,今亦不知存亡也。至如颜氏之裔,乱亡之后仅存一人,今在四川,颜真卿孙也,幼孤,与祖母孔氏相处。孔氏,潜夫之姊,世居林外。孟子之裔,今皆无闻,或在北兵中,未可知也。

西　川　道　者

西川一道者学长生之法,修炼三十年而内外丹皆成。一日城中兵变,而道者已仙去,遗下黄芽大丹一炉,为兵官所得,后半归之贾平章似道,半流落民间。贾事败,丹大半零落一美妾处,妾后归钱唐宋氏,丹遂为宋所有。今又半归于余,乃一半中之再半也。此丹性和而不烈,人皆可服,服之者可以助元阳,延生命。临服时,默诵咒七遍,面东南,以枣汤或白汤吞下,先以雪糕裹丹,预于前一夕服青丸子。咒曰:"归我常,返我乡,服之千岁朝玉皇。"表姊宋氏常患久痢,元气衰弱,因服此丹三五服,始得复生,每服十粒。

乡 中 大 家

乡中大家皆用刀镊者入内院,虽妇人女子,咸令其梳剃,甚是不雅。惟吾则不然。时外家却不用此。颇合礼法,他事则不及也。凡居家者谨之。

溧 阳 父 老

尝闻溧阳父老云:"国初兵革之后,居民荒业。至元间,有一奸民,曾为北兵掠去。复后归,径来卬山前丰登庄寄居,每掠买良人子女,投北转卖为奴婢。居三二年,忽遇一虎至村落三日,居民惊惶,幸不为害,惟啖此奸而去。"岂非造物者报焉。

高 昌 偰 哲

高昌偰哲笃世南以儒业起家,在江西时,兄弟五人同登进士第,时人荣之。且教子有法,为色目本族之首。世南以佥广东廉访司事被劾,寓居溧阳,买田宅,延师教子,后居下桥。世南有子九人,皆俊秀明敏。时长子焘,本名傲伯辽孙。年将弱冠,次子十五六,余者尚幼。每旦,诸子皆立于寝门之外省谒父母,非通报得命则不敢入,至暮亦如之。一日,予造其书馆,馆宾荆溪储惟贤希圣主之,见其子弟皆济济有序,且资质洁美,若与他人殊者。盖体既俊秀,又加以学问所习气化使之然也。予深羡慕之。既而欲遣一生通谒于世南,求跋二小画卷。希圣曰:"姑少待,有宦者出中门可问之,则主者出矣。不则别托门子转相通报亦可。"诸生则不敢妄入也。予初疑之,希圣曰:"世南处家甚有条理,僮仆无故不入中门,子弟亦然。自吾至馆中,因知诸生居宿于外者昏定晨省,皆候于寝门之外,非奉父母命则不敢入。"盖谓私室中父母处之,或有未谨者,则肢体袒惰,使子弟窥见非所宜,故亦防闲之也。予始服其法之有理,深慕之,尝为家人辈言之。因外家处事太无理,虽干仆亦得入于寝室告报家事,予深恶之,每以偯事之法谕之也。予家以先人遗法亦颇若是,惟防闲外居子弟,未尝及于诸子也。偯氏之法忍不可忽,他日归乡,当谨谨效之云。

紫　苏　薄　荷

凡泡紫苏、薄荷之类,先贮滚汤,后投以药而覆之,则秀气浓而色浅;先投以药剂,后沃以汤,则色浓而香气浅,其味则皆同也。凡欲升上之药则泡之如此法,用其气也;降下则熟煮之,用其味也。近日因访同避地一友沈思诚,留坐久,忽云:"我以上焦燥热,喉痛眼赤,乃用黄连解毒汤四味,药锉碎,先以沸汤,后投以药而覆之,半时许服之,其香烈而味清。盖欲升上也。"质之王韶卿,乃云:"独不知大黄必候他药将熟而旋投之,即倾服,亦取其气能泻也。"吾始得其义如此,因记之。

出　纳　财　货

人家出纳财货者谓之掌事,盖佣工受雇之役也。古云:"谨出纳,严盖藏。"此掌事者大字铭也。然计算私籍,其式有四:一曰旧管;二曰新收;三曰开除;四曰见在。盖每岁、每月、每日各有具报,事目必依此式然后分晓,然后可校有无多寡之数,凡为子弟亦然。干父之蛊,虽微物钱数,亦必日月具报明白,免致久而迷乱,无可考也。先人尝云:"人家掌事必记帐目,盖惧其有更变,人有死亡,则笔记分明,虽百年犹可考也。"此虽俗事,亦不可不知。此式私记谓之曰黄簿,又曰帐目。

鲜 于 伯 机

予尝见鲜于伯机公亲书一幅云:"登公卿之门不见公卿之面,一辱也;见公卿之面不知公卿之心,二辱也;知公卿之心而公卿不知我之心,三辱也。大丈夫宁当万死,不可一辱。"不知何人所言,而困学喜而书此,凡见数幅。观其言虽不深奥,然亦可为确论。金陵杨大同尝与予言:"士大夫不得已,宁受小人辱,莫受君子辱。"此亦良言。居乡里时,乱后,一酷吏权州事,又一奸民掌案牍佐之,尝会于乡人家,予颇以礼貌待之。其人亦不问何如人,但略答片言,即自与济其奸酷者笑谈,既而又忌予在座,不乐。予即起而出。越明日,乡人对予言:"昨日所会二人,始不知子为何如人,既而略闻之,且惧子之直言,恐坏其奸计,是以不乐与语,子出甚好。"大同亦在座,曰:"正所谓宁受小人辱者是也。今之江海中遇寇,穷途中遇恶少年,皆不可与之事者,顺其无礼,何有加于我哉!"予曰:"善。"因记于此云。

至正直记卷四

四 民 世 业

黄山谷曰："四民当世其业，读书种子尤不可断绝，有才气者出，便可名世矣。"此石刻在荆溪岳氏，后为显亲寺僧有大方厓所得。石背刻一诗云："渔家无乡县，满船载稚乳。鞭捶公私急，醉眠听秋雨。"皆山谷诗也。至正丙申以后，寺毁兵火，此石不知存亡。

江 古 心

宋末江古心丞相之养子某，至元乙酉岁为建康路同知总管府事，常时祭祀有阙。一日监修南城，惟其妻在家，忽闻中堂喧哄，出视，但见朱衣吏数辈曰："丞相在此，当肃拜。"其妻惊仆于地，仰视一紫衣官人中坐曰："同知何在？"言未及应答，闻厉声曰："岂有为人后而祭祀有阙者乎？"言讫而出。少顷，同知自外归，呼其妻曰："忽若背脊间疼，若为人所击，神思昏愦，故今日早回家。"其妻告其故，同知惊惧，即治具享祭。奈明日疽发，诸医不能疗，半月而卒。其子某与先叔生同庚，乙亥又同学。建康邵斋备言其事。夫人之贵有子者，欲为祭祀之主也，不幸无嗣而养子如子，恶可不事其父？为父养子既如是，况亲子乎？不孝者以是为儆。按《宋史》古心讳万里，字子远，都昌人，以蜀人王橚子镐为后，父子相继投沼中。据先叔所言甚详，意镐投沼后或不死,亦未可知。或抚养别子,亦未可知也。姑记此以俟知者。

山 中 茅 叶

山中茅叶可盖园亭,既坚且雅,晴则卷,雨则舒,不漏水也,胜如稻草,即开花可止血者。

箬 叶 铺 衬

箬叶铺衬土桥,能隔湿气,百年亦不朽坏,即篛叶也。稻草俗呼砻糠,可筑塞沟渠,继之以土,虽百年再翻起,黄色如新,如箬叶着土护板久不坏。二物非坚,其性然也。

兔 无 雄

世传兔无雄者,每岁玩中秋月,即夜成胎,其夜晴明则育。尝记二十年前,偶剥一兔,有二外肾,殊不晓其所以然,独未遍考其众,果复有肾否也?

翰 林 谶 语

虞伯生翰林云:"方言谶语皆有应时,固无此理,然有此事。如'天翻地转','人化兽,兽为乀',戏言之事,容或有之。凡人世之有是言,必有是事。又如劫灰冥数之类者,未可一论也。"便如今日世传《五公经》、《推背图》书亦然。

董 栖 碧 云

董栖碧云:释氏有言三世佛:"过去佛、见在佛、未来佛。"其说甚好,但以佛名称之,语涉异端,儒者所不道,吾今以三世界言之可也。

黟县老民

潘多吉尝为黟县教谕，云县有深山，可入数百里，中有老民，或过百二三十岁者，或自言前宋年号者，皆未尝知有本朝也。其山忽崩陷发洪，流出大木片长数丈，广二三丈，状类海舟，底宛如木钉相连不用铁者。多吉不晓其意，一老民云："此恐是前世物，遇天翻地覆遗下耳。"山民多不食盐酱，亦未尝诚，故能栖碧，谓此过去世界也。混沌之物，岂起自盘古，岂世人止如是耶？独不知盘古以先又几千万万年也。今之世乃见在世界，久而混沌如上世了，又复开辟如盘古时，此乃未来世界也。吾又尝闻金陵城中人有于延祐间掘井，深及数丈，遇巨木阻泉，复广掘木之两头处不得见，遂凿断出之，长二三丈，高广数尺，磨洗认之，乃香楠也。此地岂非万余载耶，乃有是木，意当时必江水也。俗所谓海变桑田，容有是乎？世传此等事亦多矣，未暇记耳。

董生遇阄

董生名毅，字仲诚，一名纯伯，父天台人，寓湖州。潘公名矗，诸暨人，游于杭，博学能诗文，先曾除黟县教谕，丁内艰，服阕再往，又得是县。盖浙江省注选，恐吏作弊，例以兵卒用竹箸拈瓶中纸球，纸球中书合注人名姓，谓之拈阄。一吏检文卷对阄读之，惟空人名，读至是阄，云某处某阄，兵卒探取人名对此阄，吏然后书之也。矗两遇是阄，岂非分已定乎？矗，音哲。

莫置玩器

先人尝劝人莫置玩好之物，莫造华丽之居，每以训戒子

弟。予闻之耳熟，犹未能深省也。义兴王仲德老先生，平日诚
实喜静，惟好蓄古定官窑剔红旧青古铜之器，皆不下数千缗，
及唐、宋名画亦如之，独无书册法帖耳。至正壬辰，红巾陷城，
定窑青器皆为寇击毁。寇亦不识，无取者也。此一失也。后
乙未复陷，所存者又无几，惟附箧随身之物乃画之高品，铜之
古器，剔红之旧制，寄藏友人。渡江浙时，苗獠据杭州，因寄托
之，主丧，乃取归西山，不一宿，尽为苗獠所掠。画卷转卖于
市，凡剔红小桴，咸以刀砍毁，无完器也。此再失也。时仲德
翁已死一载，明年又不能保其余矣。所见多蓄者皆不能保，非
独乱世，寻常传子孙者诚空耳。居室亦然，乱离之后，浪荡无
遗。使人入知有此患，惟检身之不及，何暇玩于物哉！李易安
居士序其人之好蓄书卷，戒之甚详。先人之训，盖目见耳，闻
者多矣。尝云谚曰："与人不足，撺掇人起屋。与人无义，撺掇
人置玩器。"撺掇者，方言犹从臾也。盖华屋、玩器皆能致祸。
向有一人为玩器，因得罪于时官，遂破家丧身。又有一人因华
屋招讼不已，直至荡产。此皆予所目见者耳，闻者又不知其几
矣，可为明戒。

月　中　影

　　月中影，世传玉兔与桂树。先师徐实庵云："释氏说是山
河影。"未详。今年中秋月倍明，因细观之，果若山影，空缺处
乃水也。释氏不为无所见。

阳　起　石

　　世传阳起石无真者，欲辨之，观其纹，有若云头、雨脚、鹭
鹚毫者是也。

村 馆 先 生

村馆先生惟乡中有德行者为上,文章次之,不得已则容子弟游学从师,求真实才学者,亦在德行为先也。浙西富豪之家延馆宾皆不以德行,馆宾亦不以儒者自任,所以往往刁讦,有玷儒风,至于破馆主之家者有之。今日乱世,犹有甚者。往年无锡华氏曾有此患。今年太仓徐氏寓庆元,为方氏职役,家豪于赀,忽馆宾讦其通好张兵,因此受害,家资一空。盖当时为主宾者皆不以礼,主者特欲改换士风,宾者乃是图口腹货利耳。初非若古之主待宾以诚敬,宾报主以学业者比也,恶可谓之宾主哉!然此可为后来之戒。

元 章 画 梅

会稽王元章尝谓:"暑月着衣畏汗湿,则用细生苎布,以薄金漆水刷过干而后着,则便且凉也。"元章名冕,善画梅。

古 今 无 匹

古今无匹者,美玉也。盖天地秀气所结,质色大小各不同,是以无匹,真可贵惜也。古犀次之。画卷则今之精者或能近古,亦古之善画者多,非止一笔也,是以多得而有匹也。至于定器官窑又其多矣,皆未足珍贵也。前辈论者或有及于此,因记之。

无 锡 谶 石

相传无锡有石刻,谶云:"无锡平,天下宁。"在惠山寺泉之傍。或云天下井旧咸置锡以滋泉味,盖茗与锡相便,惟是邑无之。或有云有锡则民争兵,故名无锡。皆未详孰是。

鸡卵熟栗

鸡卵与熟栗在午前食则佳,过午后则能闭气。

江西罗生

江西罗生卖碑刻者言:"天地初如卵形者,指鸡卵也,鹅鸭则不可拟矣。"此说近是。

义兴邵亿

义兴邵亿永年,一字惟贤,暑月冠墨漆巾,盖取离汗也。以葛为之,用淡金漆水和以墨水置葛其中染之,干而后制甚好。

兰艾不同根

古云兰艾不同根,盖比故家嶙起也。艾叶茂而根浅,兰叶少而根多耳。

江湖术者

江湖术者说客不可延至家庭,盖起词讼之端,诱破家之事,容或有之。先人每言之,尝亲见此曹患也。

戴率初破题

先人尝言,幼在金陵郡庠从戴率初先生游,先生每因暇即以方言俗谚作题,令诸生破如经义法。一日命破"楼"字,先君曰:"盖尝因其地之不足而取其天之有余。"先生大喜,又命以谚云:"宁可死,莫与秀才担担子。肚里饥,打火又无米。"破曰:"小人无知,不肯竭力以事君子。君子有义,不能求食以养小人。"

宋 镀 金 器

故宋镀金器皿用金熔化,以银器渍之,凡数十次,犹如今之摆锡铁器相类。

宋 迎 酒 杯

故宋过府官及朝贵,例蒙赐酒,却于官库支给,以鼓吹迎归,谓之迎酒杯。杯是夹盏,盖内金外银,或内银外金者。予在四明问史善可,说乃母项氏闻诸其长上先辈言。因袁伯长学士与乃子敬存家书中有谓迎酒杯者,故及此。

故 宋 剔 红

故宋坚好剔红堆红等小样香金箸瓶,或有以金桦底而后加漆者,今世尚存重者是也。或银、或铜、或锡。

齅 香 吸 髓

谚云:"齅俗音闻,齅也。香、吸髓、倚阑干。"言三险也。花心有小虫,齅之或作鼻痔,惟腊梅最不可齅。诸兽骨髓中击破有碎屑,吸之恐伤肺。阑干临水,恐有坠折之患。犹三件险处也。此言虽近,亦可为戒。

巴 豆 黄 连

谚云:"巴豆未开花,黄连先结子。"盖黄连能制伏巴豆毒也。犹"螳螂捕蝉，黄雀在后"同意。尝观《宋史》，宣、政之间，女直叛契丹而谋宋，南侵之日，鞑靼亦叛女真而举兵矣，正此谓也。

山 中 私 议

山中私议，人才列为九品，以比世爵，盖贱虚而贵实也。一曰孝，事亲竭力，移忠于君；二曰义，尽忠效节，轻财赴难；三曰廉，不苟取受，知耻尚俭；四曰直，真实不欺，内外如一；五曰谨，持守礼法，行之有常；六曰才，谋辨雄略，济时于时；七曰教，博学于己，推以及人；八曰隐，不事王侯，高尚其志；九曰艺，文词书画，以材成材。

种 竹 之 法

种竹之法，古语云："深种、浅种、多种、少种，最是良法。"予治西园，尝一日成林，彼时人事从容，工力毕具，甚易为也。且取竹于邻里佃客之家，皆吾田土上所出者，故不劳而办也。深种者，深壅客土也。浅种者，浅开畦穴也。多种者，连鞭三五竿或二三竿，宁少种几垛也。若独竿则根少，根少则难活，纵活亦不能茂耳。江西小竹及公孙竹、云头顶竹，凡筐盆栽者亦用此法。

制 药 当 谨

制药不可不谨。四明韶卿言，其乡今岁有合疟丹者，用砒霜为末，搜和蒸饼，盘晒于日，而二小儿不知食之，一死一生，生者食少，急服解剂也。死者明日焚化，肠已腐矣。又，往年镇明岭一医士尝合墨锡丹，母及妻皆惯服之，一日以他药丸归，未曾题名，色类墨锡丹，母及妻亦取服之，一夕而毙。可不谨乎？书此为制药之戒。

草 药 疗 病

村民多采草药疗病，或致殒命者多矣。盖草药多有相似者，似是而非，性味不同，愚民不能别，一概与人服之，不至于误者寡矣。尝观《本草》云："山阳有草，其名曰黄精，饵之可长生。山北有草，其名钩吻，入口即死。"盖此草绝相类而性善恶不同如此。又，安吉朱氏亲友有为子腹疼，人教以取楝树东南根煎浓者。子初不肯服，其父挞之。既入口，少顷而绝。盖出土之根能杀人，朱氏不考古之过也。此表兄沈子成在安吉目击其事，尝以戒人。医家用桑白皮，《本草》云，出土者，亦能杀人，可不戒哉！

季 弟 患 疾

己亥秋，季弟在上虞患痢疾，亦服村民草药，后为所误，虽更医已无及矣。盖此弟不肯读书，不交好人，不习好行，惟市井辈是狎，所以致此者，亦禀气受胎之贱，且有不忍言者故耳。

堕 胎 当 谨

堕胎不可不谨。妻母潘，尝在三月之期服堕胎之剂，至四阅月而旋旋下血块或腐肉块，盖受毒烂胎之故也。或惧孕育之繁者，夫妇之道亦自有术，盖以日计之也。不然，则在三月之间、前两月之间服为犹可，若过此则成形难动，动必有伤母之患。今人或以村妇法用牛膝等草带于产户者，深非细事，不致于殒绝者鲜矣。尝见溧上亲友李汉杰，其妻黄氏冒姓孔女者，凡数十孕多男子，惮夫产育之劳苦，服桂姜行血之剂，过于三月后,胎虽不堕,漏血不止。医者所亲殷国材忧之,但饮以补血之剂,因惧不能止,所以生之也,此亦是一法。及十月而产,乃无胞之儿。盖因形成而被毒药所腐,胞衣以致常时漏血也。可不戒哉!吾近以家人多产,又在客中不便,常服堕胎之药,既过三月不动,则易以安胎顺气之剂,以防护之耳。

服 药 关 防

人家服药须是关防,或被媼妮所倾,别添水煮,则味不能功矣。或误堕地,及与药相反,则伤人命。或杂乱误投于人,物之冷热不同,误增病症,若是多矣,不可不戒。尝见赵希贤云:"赵冀国公府,凡治家事各有局次,如煮药必在外院,干者轮日掌之,名籍日计簿,以凭稽考。遇某夫人、某官人、某直阁、某乳媪及贱妾辈有疾,外院书名悬牌于盏托之上,覆定然后送入内院饮,别间药次第尝之。"人家虽不能如此,或仿此防闲亦好。

五 苓 散

五苓散隔年者泽泻必变油,服之者杀人。惟见一方云治项骨倒用隔年者,余皆不可不谨也。

滚 痰 丸

吾乡王中锡制滚痰丸,疗疾甚妙,然亦有害人者。徙常熟,常闻一官甚壮实,每患痰热即服之,后因患脾泻脉绝,以致不救,盖过于此剂也。然此剂正可推利痰热,疾平则已,不已则伤元气,岂可以素壮实而自欺邪!人非纯阳真人,焉能保其无七情之害,害则有损,非损纯阳矣。

平阳王叔玑

平阳王叔玑为嘉兴郡照磨，丙申年避地与予同寓上虞。时乃嗣本元才二十五岁，未娶，因纳妾于外，未免过度于酒色，自南台宣使，间亦来上虞。忽患疟疾半载，且脓疥遍身，因久病脾虚，腹胀足肿，问药于予。予曰：“当实脾元补肾去湿则可矣，宜用厚朴干山药、白朮、木香之剂。”未过五日已不喜服，遂信房主者徐生引至柑酱使与其针腿膝间放水，少顷即死，悔无及矣。庚子月甲申日也。又，吾亲友杨文举，乃嗣元硕于乙未年夏秋之间亦患疟，生疥如王本元，但无虚损下元之证，因服葶苈而愈，盖利水道也。尝书此以记之。

上虞陈仁寿

上虞陈仁寿，字景礼，尝应写金字经生员，为人有交情。尝言一日过江西，舟中遇漏雨，醉卧湿蒸之所，遂患骨节疼软，逾年尤甚，因往杭求医，医用针法治之，一针竟不能步，疾倍于前时，怒而舁归，自此不得痊矣。其疾甚怪异，手足指缝间始患肿毒，久而溃脓，脓尽微露白块如骨，以手捻之即出，稍软，见风坚，白如粉色，若此者不知其几也。凡肘膝有骨节处皆患遍，筋骨拘挛不能举动，终身废疾。每恨无名医，不治犹可，因治而成废人。盖其幼时曾酒色过度，风湿侵之久矣，亦是冤业所致如此。至正戊戌秋，会于会稽后山月余，因谈及之。

先君教谕

先君初欲仕时，颇厌冷官，既授上元县学教谕，不就。江淮行省尚书有又授常州路学正，亦不就。豪气英迈，必欲即能济时行道者,遂荐为岁首儒人书吏往宣城。时安吉凌时中石岩为宪幕宾,一见甚喜。乃嗣懋翁师德正读书侍师作《兰花》诗,石岩暮归,即命同赋,有"风流得似谢家郎"之句,石岩称赏,已,怀建康□牒而去。越三日,忽告先君曰:"公又且拨置在此未迟也,子宜归,岂有谒人求仕者乎?"先君闻之不乐,遂飘然以不就此职而去。且对其馆宾曰:"吾以凌公长者,故相投耳,非千里谋谒也。公既不我识,我亦不就此谋矣。人生岂止于是耶?"馆宾即白于主者,遣仆追之,先君怒而登舟矣。石岩更大喜曰:"吾所以试之,乃灼见其英气如此,公文已就,特未与之言,待其未至溧上,随令隶卒发牒取补书吏也。"及先君未到家而江东廉访已至建康,转下溧阳敦请矣。先辈作成人如此,未尝轻许,既就亦未尝有矜色。先君极感之,时至元甲午春也。是年,以入仕获免沈家杂泛差役,铺夫贱隶,本州悉除放之,因先君之功也。时与贡仲章交,乃翁南漪一见,深喜之至,欲纳为婿,每折行辈,分宾主。如是交游寓秀野堂者二年,后数相见,敬爱如初,先君每叹先辈仕人之不可及也。又宪使卢公疏斋雅相推重,一游一燕,未尝不与先君同处。或赋诗词,必先书以见示,其前辈气象如此。一日,廉使容斋徐公云:"书中有女颜如玉。"戏谓先君曰:"试为我属一对,以俗语尤好。"先君即应之曰:"路上行人口似碑。"容斋大喜。又一日,有歌妓千金奴者请赠乐府,容斋属之先君,即席赋《折桂令》一阕。容斋大喜,举杯度曲,尽兴而醉,由是得名,亦由是几至被劾。而以容斋人品高,且尚文物之时,独免此患。若是今日,亦无此等人物,亦不敢如此倡和风流也。其曲今书坊中已刊行,见于《阳春白雪》,内题但作徐容斋赠云。又尝以律诗呈容斋公,公喜而书于后曰:"吾退之天资颖异,笔力过人,擅江淮之英,本邹鲁之气,观此佳作,未能走和,甚觉吾老迈矣。吾退之当勉力为政,以继前修,则吾深有望也,汝叟徐炎题。"

先 师 德 辉

先师赵德辉先生尝言:溧阳儒学祭□□□,诸儒执事者皆来,忽一儒惊见黑旗白字大书云"本州城隍监祭",须臾被击而死。盖此儒患痢疾,未涤衣服,媟秽庙殿,故遭谴也。常人欺心,举事不思报本,且坏乱学官者,其可免耶?

建 康 儒 学

建康路儒学,至元以后,有以儒人窃学粮,且坏教范,日横于学宫。一夕得病,且狂呼其妻曰:"吾被子路所击,痛不堪忍也。"言讫而死。先君目睹其事。

衢 州 学 霸

衢州学霸王杞者,久占出纳之计,半为己资,横行积久。会先叔祖平斋府君来教授时稍防闲之,杞积忿,遂欲诬于宪司。是夜,忽见子路叱之曰:"孔君圣人子孙,仁人也。汝敢加害耶?"鞭击其背,即患疽发,七月而死。金陵李懋子才尝作传记其事.

太 平 路 学

太平路学一儒人甚贫,或告之曰:"可拜先圣七七四十九夜即得金。"儒甚痴愚,果如其言往拜之。或者又伪造锡锭,潜置殿侧,儒见甚喜。或者窥伺其所得,即求分惠,儒者辞以同货。或者竟强持去,乃笑曰:"我特戏尔耳。"儒诉于学官云:

“或者夺我白金。”且告所得本末如此。官诘之曰："或者不可以假金诳儒，欲免罪，当偿真金。"儒者得金，遂奉父母、育妻子。人咸谓儒者贫而诚，所以得金。圣人不能以金与人，故假手于或者，是亦可异可笑之事也。从父诸暨君尝言及此，盖目击其事云。

克 诚 窃 食

义兴蹇克诚久窃食于学宫，未免点党行蠹。一日因事逮及，拘于常州，久不能脱，忿而自刳挖出外肾，血流满床席，自是召保放归。此亦作恶之报，或有作恶未之闻者也。蹇之祖，宋末蜀人。溧阳杨浚久占学官出纳之计，凡饮食居止皆是学中资也。子能聪明读书，一夕而死。余子虽在，作恶无行，可见报应也如此。深甫晚年贫困，郁郁而卒。尝闻前辈言，学粮不可妄食，必有报应。若果贤而贫无所依，则食于学，此分内事耳。苟无行，强受学粮，必贻神人之怒。且无故而食农夫汗血之劳，岂无报应！吾见如此者亦多矣。至如无功而食官之禄亦然，不及其身，则在子孙，事之必然也。

种 兰 之 法

种兰之法，古语云："喜晴而恶日，喜幽而恶僻，喜丛而恶密，喜阴而恶湿。"盖欲干不欲晒烈日，欲隐不欲处秽处，欲长苗至繁则败，欲润不欲多灌水。当以碎瓦屑火煅过伏湿处，出气后却细和土置于兰之着根，可离水而常暖也。又以焐煮鸡鸦毛汤积芽而灌之，灌必徐徐使润，不宜太湿，太湿则根腐矣。抽芽谓之发箭，至发箭时，当以隔宿冷茶水灌之，能发其芳也。惧其瘠，则稍加以粪土。粪土之法，用山中黄土槌细粪沃之，晒干待其无秽气后,渐加于盆面,遇灌水则肥自上而入,不至伤也。又云:"有竹方培兰。"即喜晴恶日、喜幽恶僻之意。常置疏竹林中,纵遇晴亦无烈日,遇雨不致太浸,盖以此也。兰本出广地者为上,叶短而柔,广而泽,根如大香附状最香,闽次之。庆元之昌国州,近见一种亦好,土人名曰铁干荪,出小沙寺山上,可与闽本伯仲者也。春开曰蕙,夏开曰芷,秋兰冬开曰荪,皆一干而数花。凡今之诸山所产,叶狭而劲,一花或众花者幽草也,非真兰也。广、闽、昌国者或有一干一花,多在春开亦好,但香浅耳。象山县山中及鄞县育王山中亦出一种。象山与昌国同。

邵　永　年

　　义兴县邵亿永年,一字惟贤,宋熙宁三魁之后也,世称红楼邵家。乃祖于嘉定间抄写《杂记》一帙,中载一诗如谶语,云:"壬辰癸巳这一番,人人灾死尽无棺。狗拖尸者心犹颤,鸦啄鸟睛血未干。半亩田埋千百冢,一家人哭两三般。说与江南卿与相,任他石佛也心酸。"当时见此皆不为意,及至正壬辰、癸巳之间,兵事大乱,绝与此诗相验,犹触景而作者。溧阳潘毅士宏幼年在广德山中亦见此诗,正不知何人所作,是宋之何年时也,却与今日壬辰、癸巳符合,岂偶然哉!

平　江　筑　城

　　平江始筑城时,某处城数丈,筑而陷者三。于是深掘其地,偶得一石,方广三尺,刻云:"三十六,十八子,寅卯年,至辰巳,合修张掖同音例。国不祥,不在常,不在洋,必须款款细思量。耳卜水,莫愁米,浮屠倒地莫扶起。修古岸,重开河,军民拍手笑呵呵。日出屋东头，鲤鱼山上游。星从月里过，会在午年头。"末行云"唐癸丑三月三日立"。时至正辛卯秋冬之间，民相传诵，竟不晓其谶。至丙申春城陷，张九四据之，明年秋纳款，始有人云："张起谋时止十八人，若火、周、李、严等也。"又，测"鲤鱼山上游"者，高邮也。"星从月里过"者，横舟也。"三十六"者，四九三十六也。皆未尽详明其意，亦未知应在何事也。"开河"之说，却是贾鲁平章为之，天下遂乱。"浮屠倒地"者，自乱后寺观皆废，僧徒遁去，以置军寨。此二事颇相应。常记杜清碧先生在杭城，时至正癸未岁，忽言天下不久当筑城，筑城后自此多事，南人多得大官，但恐得官时五更鸡叫天将明，无多时光也，自后皆验。杜公、临江人，寓武夷，善阴阳术数之学，长于天文地理，但心术未正，弄黄白左道，识者鄙之，尤好博古，能篆隶，予尝从其问地理法。又杭城国初尝有术者言："此地当变荆棘，在八十年后。"今果如其术者云。

大 兴 土 木

大兴土木之工必主不祥。盖土神好静，或动作则必不安，轻则工者仆役见咎，重则祸灾及主人。吾尝见长官好兴土木修庙宇者，皆不得美任，虽未究其事理，亦劳民动众，俾土神不安之所致也。人家承祖父旧居最好，不得已则修营无妨，然亦看《授时历》，前所定诸神煞方外处，合宜避之，此不可不信也。虽云东家之西即西家之东，然亦不可执而忽之，当详审耳。

钱 唐 张 炎

钱唐张炎，字叔夏，自号玉田，长于词曲，尝赋《孤雁词》，有云："写不成行，书难成字，只寄得相思一点。"人皆称之曰张孤雁。有《山中白云集》,首论作词之法,备述其要旨。

茅 山 水 涧

茅山冷水涧,雨过,泉流大急,则流出一等白石,土人收而斫成器用,或杯、或带、或笠珠、或刀靶,莹然如玉,惟欠温润耳。间亦有润而如玉者,必砆砆之异种也,颇难得。盖坚而难琢,不多出故也。

苍 蝇 变 黑

谚云:"苍蝇变黑白。"盖蝇粪污物,遇白则黑,遇黑则白。世以喻夫君子小人相反也。

海 滨 蚶 田

海滨有蚶田,乃人为之。以海底取蚶种置于田,候潮长。育蚶之患,有班螺,能以尾磨蚶成窍而食其肉。潮退,种蚶者往视,择而剔之。

浙 西 水 旱

四月十六日,浙西卜水旱,云:"月出早则旱,迟则潦。"尝记父老云:"己巳年,日方没未久,而月已高,其年大旱。"又卜,是日宜阴,不宜大晴,亦不宜大雨。浙东占四月八日晴及众风,或南与北风亦好,宜二麦,若雨及西风,则损二麦。每岁六月一日、三日、六日,晴则旱,若雨则潦,阴则平。每岁朔,喜东风,惟十月朔,宜西风,则夏米平。

磨 镜 透 闺

磨镜者以铁片六七叶参差衔击之,行市则摇动,使其声闻于内院,如云响板之音,谓之透闺。

自 称 和 靖 后

国初有人自称林和靖七世孙,杭人戏赠诗曰:"和靖从来不娶妻,如何七代有孙儿? 若非童种与鹤种,定是瓜皮搭李皮。"至今传诵,以为笑具。盖讥人妄托遥遥华胄也。

诗 联 对 句

又一生作诗喜联对句,有云:"舍弟江南死,家兄塞北亡。"询其所以,惟一身实未尝有兄弟也。时人续之曰:"只求诗对好,不怕两重丧。"至今以为妄作诗求切对者之诮。

园 丁 棕 丝

园丁以棕丝攀结花枝最为损物。往年尝往杭城买蟠桃千叶红白者数盆,花谢移植于地,枝干长茂,高即五尺。忽大风,枝皆折。视之,有棕在骨,被拘束不能长,但长皮耳。遍观拘缚处,莫不皆然。予即以小刀直割断其棕丝,庶几可以长大骨肉矣。至次年,则无吹折之病。此花木之受害,岂浅浅哉! 盖棕不腐断,且桃枝胶多易长故也,他木亦然。于是初买即断其棕,任其直干横斜,栽移于后,皆成大树。予性不喜矫揉者,忽见园丁如此,即以理谕之。

鄞 人 虚 诈

鄞人多虚诈不实，皆江水长落不常，俗性亦由是习成。予自至鄞凡四载，若亲戚邻识，未尝见一言之可信，一人之可托者，最是无耻无义，得利于己则与人往还，不得则遽变绝交。明日得之又复往还，或假借不合意又有绝交之情。此只是土人待他处客也，使客乞假于土人，终岁未之闻也。吾侄婿袁氏子，无情尤甚，若非世人类者，其妄诞谲诈，浙西未尝见之，亦未尝遇此等亲戚也。细民多不务实，好饮啖酒肉，无一日不买鱼腥酒食。吾乡则不然，小民终岁或未尝知鱼肉味者，简俭勤苦，又非鄞人所闻见也。鄞人宁饮啖而至于贫无衣食者有之，其不务实非类人俗则可知矣。所以汤伯温薄其风俗，尝云："有男未娶宁过于半百，有女未嫁宁可为尼姑，必待承平归浙西、江东然后为之，未为晚也。"伯温平日多妄诞，此言最有所见，吾颇然之。

敬 仁 祭 酒

许敬仁祭酒，鲁斋子也，学行皆不逮于父，以门第自高。尝忽傲人，每说及乃父奉旨之荣，口称先人者不一。四明袁伯长亦以讥谑为习，常嘲敬仁，敬仁大薄之。伯长嘲之曰："祭酒许敬仁，入门鞑靼唤，出门传圣旨，口口称先人。"盖敬仁颇尚朔气，习国语，乘怒必先以阿剌花剌等句叱人，人咸以为诮也。邓文肃亦薄伯长，以谓有海滨滑稽之风耳。

乙 酉 取 士

乙酉科取士不公，士人揭文以谤之云：设科取士，深感圣朝之恩。倚公行私,无奈吏胥之弊。岂期江浙之大省,时耐禹畴之小刘云云。其间亦言开元王弥叟嘱托之过者不一,虽是不得第者之言,亦因取士不公之诮也。后云一样五千本印行。

四 明 厚 斋

四明王厚斋尚书好博学,每以小册纳袖中入秘府,凡见书籍异闻则笔录之,复藏袖中而出。晚年成《困学纪闻》,可谓遗训后学者矣。国初袁伯长、孔明远、史果斋,尝登门请教者惟三人焉。明远讳昭孙,时为庆元儒学教授,时伯长方十二年,不过随众习句读已耳。

伯 长 九 字

袁伯长家字号以九字为则,取相生之义:"水木土日人心示言金石丝竹。"盖以"日"字至"竹"字也。

石　　莲

石莲数百年不腐,尝见筑黄花小庄基时,掘地数尺,得石莲数枚,其坚如铁,置浅水中则复生。考其地乃宋嘉泰辛酉所筑,其初是莲花水荡也。所以道家服莲肉,亦有所因者云。

金 陵 李 恒

金陵李恒,字晋重,杨通微女兄之子、文举之表弟也。进士出身,颇称廉简。然以家贫,常以五分取逋息,作文鬻钱,是以贱隶、庸人、富室等皆得易而求之。尝为小吏凌立义之父作墓志,时人亦以是薄之。尤善小篆,性执僻而强,邻里鲜与交者。祖居溧阳,所以自称中山李某也。

推 人 五 行

前辈多言推人五行定休咎，今以受胎日时为准，但以所生时甲子合，得十月数某甲子是也。如甲子则推己丑，甲与己合，子与丑合。乙丑则庚子之类乙与庚合，子与丑合。也。又云唐宫中如此。未详。

无 土 不 成 人

谚云："无土不成人。"盖谓有田可耕诚务本也。所以术者推人五行亦以无土为忌。先人尝戏言"田"字云："昔为富字尾，今为累字头。"此确论也。人生居乡里，处田园之乐，可谓足矣。既欲多买田，买田多赋役，由是而日繁挂籍于户役，则小人皂隶之辈皆得易而侮之，可谓累矣。有志者但守旧田庐足供衣食。使富于田，亦必择其中下等者鬻于他姓，尝食勤力取俭，可谓福矣。

字 谶

字谶容或可验，虽曰偶然，亦自可笑。先人尝言："桑哥拜相，术者测其止有四十八月之位。更作相哥，术者又曰，也只是四十八月。"既而果然，又，溧阳南门开解库，始议名"胤定"二字，计十七画，疑其验数止十七年。更作"曲阜"，亦是十七画。岂偶然耶？自壬子岁开张，颇觉称意，至戊辰以后，渐渐不资长，虽不亏废，随得随消，终不及前矣。又，允定大圩是赵丞相信庵以水泊之所筑堤，遂为良产三十余年。而国朝兵至，赵不能有，转鬻于吕平章。吕至三十余年，子弟不肖，废其业，始为吾家所有，主四十余年，今为盗所陷。一佃干蒋士龙者偶言及此，未必无定数存乎其间。以此推之，何必枉图也哉！吾尝论此家犹国也，周之八百年，仁厚以延之也；秦止于二世，暴虐以促之也。治家者戒之。相哥事载郭宵凤云翼《江湖记闻》前集第六卷《艺术门》。

天赐归旸

河南归旸常为翰林学士，性廉介，多有阴德在乡里，因治圃亭锄地，见白金锭满窖，锭皆铸成字，云"天赐归旸"。旸笑而掩之曰："焉有是理？吾何德而可受此哉！"竟不复顾，当时厮役咸知之。后遇范并诸叛，举家逃避他所，事定始归，及见圃亭侧若经发掘者，视之惟失十二锭，复笑而掩之。后因宦游过荆阳、湖，舟中闻梢人喧哄，旸问故，梢人云："一竹箱随舟尾而行，欲捞之，重不能起。"旸曰："不可。湖海中多盗劫人物，以首级填其空箱往往有之，切勿捞也。"梢人因以篙推之使走。越三日，至某处城下，其箱溯流亦至，浮于舟之前，梢人得之，乃白金锭也。与其厮役同见，亦分二锭，上皆有"天赐归旸"四字。梢人或曰："舟中官人姓归，恐当受此物乎？"厮役遂走报旸曰："箱中之物皆白金锭也，锭上皆有爷爷名字。某当分得其二，总计十有二锭。"旸闻之，皆叱其还于梢人，勿有其分。旸感叹久之。为驿吏所知，言于某处官司，遂捕梢人者归之旸，旸力辞不受。后闻于朝，奉旨别以公帑之金随其数而赐之云。旸字彦温。

萧斠讲学

萧斠先生名斠，字维斗，讲学一本于朱子。尝闲居，夜梦一大鸟飞集于屋上，晨起戒仆厮："凡有客至，当报我。"及将暮，无人。先生步出门外，遥望一人颀然而癯，昂藏如瘦鹤，荷一高肩担，至门则弛担，通谒刺姓名曰李述鲁翀。先生一见即喜，意谓梦中所验也。遂进而语，甚聪敏。问："尝读小学书不？"曰："未也。"时已年二十余矣。先生曰："我以朱子教人之法而授诸生，必先由小学始，子虽读他书多，愿相从者必当如是。"翀曰："百里相从，惟先生言是听。"自讲学三年，皆经学务本之道。有司闻其学行，又出于萧公之门，遂荐为南阳县儒学教谕，廉介刚毅，为时所称，御史台即就教谕选用拜监察御史。时与同官劾某官不法，直达于文宗御览，因问："两御史何一人无散官？"近臣曰："无前资也。"文宗曰："既无前资，何为御史？"近臣曰："有御史之才，刚正不畏强御，选用人才，难拘此也。"帝乃以御笔填写将仕佐郎于其衔上，时人以为荣且称也。既又劾元复初先生，先生文章固为一代之宗，而贪污泛交，为清德之累。翀尝师问之，即劾而又见复初先生。先生曰："何劾我而又来见我乎？"翀曰："劾者，御史之职也；见者，师生之礼也。且先生以不美之名非止于此，某恐先生日堕于扫地，故以轻者言之，使先生退而修晚节也。"复初时为参知政事矣。翀后为祭酒，国子监书册无不遍阅。凡某句在某册第几行，无不博记，诸生皆叹服之。官礼部时，却胡僧帝师之礼，时人以为难。一日，侍文宗言事，俄而虞伯生学士至，帝引伯生入便殿，翀不得入，久立阶上，闻伯生称道帝曰："陛下尧、舜之君，神明之主。"翀在外厉声曰："这个江西蛮子阿附圣君，未尝闻以二帝三王之道规谏也。论法当以罪之。"文宗笑曰："子翚醉也，可退，明日来奏事。"帝虽爱其忠直，又恐中伤于伯生也。文宗爱伯生如手足，然是时伯生竦惧，月余不敢见子翚也。其严恪刚正如此。

维 扬 宪 吏

维扬旧宪吏尝言："淮东宪司官某某,曾作书寄一某官,向使者拜以授书,使者拜而受之。使往彼见某官,亦拜而捧书。盖拜而授之者,如见某人,必面其所居之方以望之也。使拜而奉者,代司官拜也。此必于其稍尊者及平交者也。"尝见北方官长称朋友亲戚寿日,或远不能亲往,则先寄使者或托亲友转寄,必拜而授手帕一方,或纻丝一端,使及亲友,亦拜而受之。到其所,则代某人拜献寿者,此礼亦好,南方反不及也。本朝凡遇生辰及岁旦冬至朝,咸以手帕奉贺,更相交易云。一丝当一岁,祝其长年也。蒙古之地则以皮条相贺,然大者遇小者则不回易。回易之礼出于平交也。

江 南 富 户

至正乙酉间,江南富户多纳粟补官,倍于往岁,由是杨希茂父子、周信臣、蒋文秀、吕养诰等一时炫耀于乡里。未几,信臣以他赃罪黜,文秀以倨傲被讦,希茂父子自劾免罪,养诰以他事见拘。时荆溪士人张载之作诗嘲之曰："纳粟求官作贵翁,谁知世事转头空。一朝金濑周巡检,三日维扬蒋相公。希茂知几先首罪,长源陪课不言功。何如林下山间者,红叶黄花酒一钟。"长源者,荆溪王德翁子,富而无才识,本故家子弟,足可求入仕之门而不思,反欲速贵,先于希茂等十年前纳粟为本州税使,陪课钱十年,欲退不可,故诗中及之。先是三宝奴作相日,富户杂流皆可入官,有至贵受宣命秩高品者,时人嘲诗有"茶盐酒醋都提举,僧道医工总相公"之句。至乙未、丙申间,国家无才识之人当朝,而行纳粟之诏,许以二万石者正五品,于附近州县常选内委付,则诗人亦不暇嘲讽而天下事可知矣。三十年前承平之日,或有富输十万斛,焉得县佐之职哉?纵使有才德之士,乡荐于州县,州县上于郡,郡上于行省,已有疑难吏诘之淹滞,或达于部,犹不肯商量,何前日之太艰,今日之太滥也?噫,可痛也哉!直至流于滥授宣勅于工隶倡贱之人,犹不知其所以贵者,是亦深可痛恨也哉!

溧 阳 富 民

溧阳富民罗贵一婢之子罗中者,幼尝从学,颇习儒雅,然妄诞不实,为乡中之诮。先是馆客庐陵娄奎谓其兄汝楫云:"何苦效欺诳以累辱前人乎?"遂痛哭流涕于汝楫父子之墓,云邦人痛责罗中有罪。

文 益 弃 母

溧阳王文益,字仲谦,医人子也。习为儒名而无儒行。以妻貌陋,遂弃母女而之他,通奸于提举官王吉父之淫女,飘泊赴都。尝有达官荐文益于江浙行省注兰溪州学正,文益鄙之不受,入国子监九年无成。母思文益而病卒,文益不即奔丧,寓公俣世南在都责文益曰:"汝母死逾年,吾家人附信已至四阅月矣,何不奔丧,以甘事不孝乎?"文益不得已乃归。仅一载,凡游戏亵饮,无不从也。其兄适仲南戒之,文益怒不受戒,亦不与故妻及二女相见,赖仲南供养十年。至正甲申八月,文益不终制而去,亦不葬其母。其兄欲助其费,文益曰:"待吾得官归方可营葬,否则十年亦不可葬也。所助葬资,未若助吾行色。"其兄曰:"助子葬事当以二十锭,今助行色可半之。"文益遂行。又三年无成,仲南遂葬其母,事为继母也。又五年。仲南为嫁其二女,其妻以忧死,亦葬于姑之侧后。甲午年,文益始充淮南宣使升掾史,从总兵官至江西病死,终身无成,虚名而已。自甲申秋离乡去至死,并不作讯字寄乃兄及亲戚朋友。其不孝不义恶行,不可容于诛,徒以小聪明善逢迎卿相耳,何足取哉!可为乡里之戒。继文益之恶者有一人:严瑄。

窑 器 不 足 珍

尝议旧定器官窑等物皆不足为珍玩,盖予真有所见也。在家时,表兄沈子成自余干州归,携至旧御土窑器径尺肉碟二个,云是三十年前所造者,其质与色绝类定器之中等者,博古者往往不能辨。乙未冬,在杭州时,市哥哥洞窑器者一香鼎,质细虽新,其色莹润如旧造,识者犹疑之。会荆溪王德翁亦云:"近日哥哥窑绝类古官窑,不可不细辨也。"今在庆元见一寻常青器菜盆,质虽粗,其色亦如旧窑,不过街市所货下等低物,使其质更加以细腻,兼以岁久则乱真矣。予然后知定器官窑之不足为珍玩也。所可珍者真是美玉为然。记此为后人玩物之戒。至正癸卯冬记。

咸 物 害 人

咸物能害人。予避地四明,久知地卑湿,民多食咸,其病患者多疝气肾癥,或坠下如斗者,或大如瓜者,盖食盐腥所致。尝会张谦受都事云:"某长于浙西素无疝疾,自至正戊戌夏来四明,因日食少盐味,竟患疝,遂戒之,今不甚苦。"又会西域马元德云:"近苦外肾癥如瓜,服药不效。盖日食咸故也。"又会昆山豪获施五者云:"其家从役者数人,皆长自大都,今至四明五年间咸患肾癥,亦日食咸腥故也。"予旧有脉痔疾,无疝气,自至四明,痔血倍于前时,忽患外肾偏坠,盖咸能走血坠肾故也。侄儿辈皆患疝,自至此地,随俗日食鲞,且鲞价廉,可为度岁计,由是而致疾也。苦欲戒之为不能,时助滋味耳。

漳 州 香 花

漳州有香花如烂瓜,腊瓣如兰,其叶如栗,可爱玩,土人名之曰鹰瓜花,取其似也。

溧 阳 昏 鸦

幼时尝见溧阳东门昏鸦累万,夜飞集张巷马店之村,不几年,日渐稀少,而此处人家衰之。后集法华庵,又转集杨巷,未几又去而之他所,则法华消废而杨亦衰矣。故储德修有言:"寒鸦栖暖地。"向时臧村储月心富时亦然,后去而月废也。予自至元丁丑岁初至芳村,见其宅东西竹木郁然,昏鸦乱集,啼声彻夜。后三二年,鸦去木凋,直至衰落而后已也。谚云:"山朝不如水朝,水朝不如人朝,人朝不如鸟朝。"或亦有可信者哉。

减 铁 为 佩

近世尚减铁为佩带刀靶之饰,而余干及钱唐、松江竞市之,非美玩也。此乃女真遗制,惟刀靶及鞍辔或施之可也。若置之佩带,既重且易生绣衣,非美玩之所刻,书此以为戒。重则劳吾体,绣则损吾服,何饰用之有哉!

静 物 致 寿

世间静物致寿者固多,且以文房四宝论之,砚主静,故能寿,笔主动,故不寿,惟人以是观之,可知宜寿之道。

钟 山 王 气

钟山王气,昔时在二十余里之内,自丁亥以后,气如紫烟,远接淮西,亦异事也。扬州兴废不常,山水之胜又有时而兴也。唐人有诗云:"天下三分明月夜,二分无赖是扬州。"洪容斋《笔记》云。女真之寇乱扬州,百里之间,虚无人烟,至隆兴以后复盛,德祐末兵乱又废。父老尝云:自扬州至中原七百余里无人烟,至元贞以后复盛。至正甲午以后,今如荒野,不知何时复兴也?

吴 铎 中 丞

吴元人,名铎,中丞,中山人,寓吴兴,后卒于福建官舍,肯当平章长子也。平昔颇事饮食,云:"凡饮酒食肉遇晚膳,必用白汤泡饮,以荡涤肠胃油腻,不致作疾也。"又云:"丈夫居家,必有妻妾之嗜,晨膳必以羊、豨、鹅、鸡等味或一或兼可也。凡鱼腥不可食,食恐伤肾气,气非所宜。午后食鱼则无伤矣。"

水 向 西 流

凡城郭水向西流者,主居人多无义寡恩。又水不通江湖者,主不产清奇之物。金陵人多薄情,秦淮河西流也。京口人多不富且浊,水不通流也。湖州多窃盗,水散漫也。盖山深处则民厚而实,水泛处则民薄而顽。风水之说,信不诬矣。

图书在版编目(CIP)数据

宋元笔记小说大观/上海古籍出版社编.—上海：上海
古籍出版社，2007.3（2023.11重印）
（历代笔记小说大观）
ISBN 978-7-5325-4662-6

Ⅰ.①宋…　Ⅱ.①上…　Ⅲ.①笔记小说—作品集—中国—
宋代　②笔记小说—作品集—中国—元代　Ⅳ.①I242.1

中国版本图书馆CIP数据核字 (2007) 第 018699 号

历代笔记小说大观

宋元笔记小说大观

（全六册）
本社　编
上海古籍出版社出版发行
（上海市闵行区号景路159弄1-5号A座5F　邮政编码201101）
(1) 网址：www.guji.com.cn
(2) E-mail：gujil@guji.com.cn
(3) 易文网网址：www.ewen.co
上海展强印刷有限公司印刷
开本 850×1168　1/32　印张 209.625　插页 30　字数 4,514,000
2007 年 3 月第 1 版　2023 年 11 月第 12 次印刷
印数：9,801-10,900
ISBN 978-7-5325-4662-6

I·1934　定价：658.00 元

如发生质量问题，请与承印公司联系
电话：021-66366565